Wassili Nareshny

Der russische Gil Blas oder Die Abenteuer des Fürsten Gawrila Simonowitsch Tschistjakow

Wassili Nareshny

Der russische Gil Blas oder Die Abenteuer des Fürsten Gawrila Simonowitsch Tschistjakow

Rütten & Loening
Berlin 1990

Titel der russischen Originalausgabe
Российский Жилблаз или похождения князя Гаврилы Симоновича Чистякова

Deutsch von Georg Schwarz
Mit einer Nachbemerkung
von Eberhard Reißner

Mit Illustrationen von Gerhard Preuß

Homo sum, humani nihil a me alienum puto.

Terenz

Vorwort

Lesages vorzügliche, unter dem Titel „Die Geschichte des Gil Blas von Santillana“ bekannt gewordene Schöpfung hat den Lesern ebensoviel Vergnügen und Nutzen wie dem Verfasser Ehre und Bewunderung für seine Talente eingebracht und tut es noch heute.

Auch Frankreich und Deutschland haben Helden, deren Abenteuer unter dem Namen „Der französische Gil Blas“ und „Der deutsche Gil Blas“ beschrieben wurden. Ebendarum habe auch ich mich entschlossen, mein neues Werk, diesem Beispiel folgend, unter dem wohlbekannten Titel erscheinen zu lassen und die Mühen derer zu erleichtern, die nach einem Vergleich für mich und für mein Werk suchen sollten.

Die Grundsätze, die zu wahren ich mir vornahm, sind Glaubhaftigkeit, Anstand, Übereinstimmung der Beschreibungen mit der Natur, Schilderung der Sitten in den verschiedenen Zuständen und Verhältnissen. Das Ziel des Ganzen ist dasselbe, das Lesage sich steckte — *das Angenehme mit dem Nützlichen zu verbinden.*

Da jedoch diese beiden Wörter — das Angenehme, das Nützliche — beinah von jedermann auf andere Weise verstanden werden und wir allenthalben sehen — soweit wir wirklich sehen und nicht mit offenen Augen schlafen —, daß dieselbe Sache, dasselbe Gefühl, dieselbe Bewegung, derselbe Wunsch, derselbe Widerwille von diesem als nützlich, von jenem als verderblich, von dem einen als angenehm, von dem anderen als abstoßend bezeichnet werden, da dem also so ist, stelle ich mich, ohne darauf bedacht zu sein, dem Schicksal alles Irdischen zu entgehen, gelassen dem freien Urteil des einzelnen und kehre mich nicht daran, ob er genau dasselbe als nützlich und angenehm erachtet, was mir als nützlich und angenehm erschien; sich darum zu sorgen wäre auch in jeder Beziehung *nutzlos und unangenehm.*

Mögen mir die leidenschaftlichen Liebhaber der Metaphysik, des Kirchenslawischen und alles dessen, was von den Deutschen kommt, nicht zürnen, wenn ich mich nicht immer mit dem schuldigen Respekt darüber auslasse. Es besagt keinesfalls, daß ich die Metaphysik für Schaumschlägerei, das Kirchenslawische für barbarisch und all das, was deutsche Köpfe ersonnen haben, für törichte Erfindung halte. Gottbewahre! Nur dünkte es mich stets, daß das Überschreiten der gebotenen Schranken, auf welchem Gebiet auch immer, im äußersten Grade unvernünftig ist. Die Metaphysik ist ohne Zweifel eine erhabene Wissenschaft und hilft den menschlichen Verstand verfeinern, wenn auch nicht in dem Maße, daß er zu entscheiden vermöchte, womit sich das höchste Wesen vor der Erschaffung der Welt beschäftigt hat und womit es sich nach deren Untergang beschäftigen wird. Und solche kühnen Gelehrten, die sich darauf einlassen, gibt es. — Das Kirchenslawische ist unstreitig erhaben, exakt und reich; dennoch dürfte jemand, der, einer Schönen gegenüberstehend, ihrem Ohr mit Wendungen schmeicheln wollte wie: wohlgestalte Jungfrau, Taube, Schönste des Paradieses, so ziemlich als Wahnwitziger gelten; doch solche Helden trifft man bei uns bis auf den heutigen Tag, ja, sie finden ihre Nachahmer!

Was das Deutsche anbelangt, worunter ich, dem Beispiel unserer Ahnen folgend, alles Fremdländische überhaupt verstehe, so täte es mir sehr leid, wenn man mich einen Tadler alles dessen nennen würde, das nicht von uns stammt. Das wäre eine übertriebene Vorliebe für alles eigene und würde ebensowenig taugen. Alle Voreingenommenheit führt zum Irrtum, und ich wüßte nicht, was schlimmer und schädlicher wäre als der von Eigensinn bestärkte Irrtum.

Bei der Beschreibung des menschlichen Lebens in seinen mannigfaltigen Beziehungen konnte ich nicht umhin, auch Bilder zu zeigen, bei denen bejahrte Betbrüder und Betschwestern Scham empfinden mögen, wenn auch geheuchelte. Vielleicht wird die Wirkung auf junge Menschen eine nämliche sein; doch mögen sie angesichts der Niedrigkeit des fremden Lasters lieber erröten, solange sie noch jung sind und ihm noch nicht gefrönt haben, statt zu erröten, wenn sie alt sind, das Laster kennen und nur noch über wenig Gelegenheiten und Kräfte verfügen, ihm zu widerstehen.

Ich habe den Russen ihren eigenen russischen Landsmann vor Augen geführt, weil ich die Überzeugung hege, daß es bei weitem billiger ist, an den Angelegenheiten eines Landsmannes Anteil zu nehmen als an denen eines Ausländers. Weshalb

Lesage das nicht tun konnte, wird jeder erraten. Auch bei uns hätte man vor einigen Jahrzehnten nicht wagen dürfen, unvoreingenommen unsere Sitten zu schildern. Ich habe, soweit mein Talent und meine Erfahrungen dazu ausreichten, alles getan, um es einigen meiner Leser recht zu machen, und zwar denjenigen, die das wahrhaft Nützliche und Angenehme von dem zu unterscheiden wissen, was nur denselben Namen führt, und die es folglich auch wert sind, daß sich andere um deren Vergnügen willen mühen.

Erster Teil

ERSTES KAPITEL

Ein Abend auf dem Lande

In einem kleinen Dorf, das an der Grenze zwischen den Gouvernements Orjol und Kursk liegt, lebten der Gutsbesitzer Iwan Jefremowitsch Prostakow und seine Familie in ihrem Herrenhaus. Er hatte in jungen Jahren bei mehreren Regimentern gedient und an Feldzügen und selbst an Gefechten teilgenommen. Er schwieg sich zwar darüber aus, dafür aber — und desto öfter — erzählte seine Frau davon; als Beweisstück führte sie ein Loch in seinem Waffenrock vor. Ob es von einer Kugel oder von einem feindlichen Bajonett oder einfach von einem Nagel herrührte, wußte sie nicht mit Sicherheit zu sagen, da sich beim besten Willen nichts Genaues feststellen ließ; ihr Mann aber konnte sich, weil alles so weit zurücklag, auf nichts mehr besinnen, und lügen mochte er nicht. Er war im Range eines Hauptmanns verabschiedet worden und lebte still und friedlich in seinem Dorf von den Einkünften, die ihm sein Gut einbrachte und die bei seiner einfachen Lebensweise mehr als ausreichten. Er war still, sanft und empfänglich für alles Gute, befaßte sich mit der Wirtschaft und las in seinen Mußestunden gerne Bücher oder rauchte Tabak. Seine würdige Gattin Maremjana Charitonowna war ziemlich beleibt, außerordentlich stolz und übertrieben eitel. Sie konnte nicht vergessen, daß ihr seliger Vater ein reicher Edelmann im russischen Süden gewesen war und daß in seinem Hause Bälle, Theateraufführungen und Maskenfeste stattgefunden hatten. „Ja, auch Maskenfeste", wiederholte sie des öfteren, wenn sie sich mit ihren Nachbarinnen unterhielt. „Schade nur", fuhr sie fort, „daß Papa auf die Bälle und Maskenfeste verzichten mußte, bevor ich unter der Haube war. Ich wäre sonst wohl kaum die Frau eines Hauptmanns geworden!" Hier pflegte sie sich im Kreise umzuschauen und mit finsterem Blick vor den Spiegel zu treten, aber auch der konnte sie nicht trösten. Sie war bereits Mutter von drei erwachsenen Kindern. Zu ihrer oder auch ihres Mannes Ehre soll gesagt sein, daß sie ihm noch immer eine durchaus gehorsame Frau war und sich keineswegs seltener in der Küche zeigte, als sie von den Theateraufführungen und Maskenfesten im Hause ihres verstorbenen Vaters redete. Die Prostakows hatten zwei Töchter und einen Sohn. Da dieser noch in einer Kadettenanstalt erzogen wurde, brauchen wir hier kein Wort über ihn zu verlieren und teilen nur seinen Namen mit — auch er hieß Iwan. Das möge fürs erste genügen.

Die Töchter hießen Jelisaweta und Katerina. Die jüngere sah aus wie die Kopie eines Jugendbildnisses ihrer Mutter, verachtete ihren Vater, den Hauptmann, allerdings nicht; denn er war reicher als alle Nachbarn, und sie ging infolgedessen schmucker geputzt umher als ihre ländlichen Freundinnen; dennoch erzählte sie ihnen gern von ihrem ehrenwerten Großvater, in dessen Hause Bälle, Theateraufführungen und sogar Maskenfeste stattgefunden hatten. Die Freundinnen zuckten mit den Schultern, und Katerina seufzte.

Ihre Schwester Jelisaweta war das ganze Gegenteil — sowohl in den Gedanken und den Gefühlen als auch in den Handlungen. In ihren ernsten Augen glomm sanfte Empfindsamkeit, jede Bewegung verriet Zärtlichkeit des Gefühls, die unschuldige Einfalt der Seele erschien manchmal sogar als Befangenheit. Wenn ihre Schwester auf die Theateraufführungen, auf die festlichen Gelage beim Großvater zu sprechen kam und seufzte, ging Jelisaweta in den Garten, lehnte sich an einen Kirschbaum, blickte zum wolkenlosen Himmel und zu den flimmernden Sternen hinauf und seufzte ihrerseits.

Worüber trauerte ihr unschuldiges Herz?

Bis vor drei Jahren waren die beiden Schwestern in einem städtischen Pensionat erzogen worden. Es war keineswegs der Wunsch des Vaters gewesen, doch seine Frau hatte sich gegen ihn durchgesetzt.

„Was soll daraus werden", rief seinerzeit Maremjana Charitonowna, „wenn meine Töchter weder musizieren und tanzen noch französisch sprechen lernen?"

„Meine Schwestern haben sich auf nichts dergleichen verstanden und verstehen sich auch heute noch nicht darauf, genausowenig wie ich", entgegnete der Ehemann, „und sie sind trotzdem glücklich. Sie waren gute Töchter, gute Ehefrauen, gute Mütter und sind sogar zufrieden mit ihren Kindern, obwohl sie sie nicht in ein Pensionat in der Kreisstadt geschickt haben."

Er urteilte, wie mir scheint, nicht schlecht, aber die Töchter wurden dennoch ins Pensionat geschickt, verbrachten dort fünf Jahre und wurden Hals über Kopf ins Dorf zurückgeholt. Und der Grund?

In demselben Pensionat war auch ein junger Mann untergebracht, der Sohn eines bettelarmen Adligen, wie man vermuten mußte. Er war dort aufgenommen worden, weil ein Unbekannter gut für ihn zahlte. Dann war er womöglich mit diesem unbekannten Wohltäter verwandt oder vielleicht ein unehelicher Sohn der Tochter, des Sohnes oder gar des Wohltäters selbst? All das wäre denkbar, doch ist mir vorerst noch nichts davon bekannt — ebensowenig wie dem jungen Mann, der damals nur wußte, daß er Nikander hieß.

Dieser geheimnisvolle junge Mann warf Jelisaweta zunächst neugierige, dann aufmerksame und schließlich leidenschaftliche Blicke zu. Jelisaweta erwiderte sie in derselben Reihenfolge. Ihre Freundschaft wuchs mit jedem Tage, und eines Tages kam es dazu, daß Jelisaweta und er, als sie in ihrer Mußezeit im Pensionatspark spazierengingen, sich plötzlich allein gegenüberstanden. Er sah sie an, und sie sah ihn an; er ergriff ihre Hand und drückte sie; sie drückte die seine, am Ende erkühnte er sich, die junge Schöne an sein Herz zu ziehen und einen leidenschaftlichen Kuß auf ihre glühenden Lippen zu pressen. — Ach, wie glücklich sie in diesem Augenblick waren! Doch leider — welche Folgen!

„Grand dieu!" erklang hinter ihnen eine zittrige Stimme. Sie schauten sich um und ... wer vermöchte ihr Entsetzen zu beschreiben? Mit offenem Mund und weit aufgerissenen Augen kam, so schnell sie die Beine trugen, die alte Madame Ulrike auf sie zugeeilt.

Die jungen Liebenden stoben erschrocken in verschiedene Richtungen auseinander, aber das half ihnen wenig. Er, der Zögling, wurde, da man nicht wußte, wohin man ihn schicken sollte, einfach vor die Tür gesetzt, während man mit Rücksicht auf den Reichtum der Familie Prostakow dem Vater der beiden jungen Mädchen nur einen Brief schrieb, in dem man ihm nahelegte, einen Wagen zu schicken und seine Töchter abzuholen.

Natürlich erwies sich Ulrike als ausgezeichnete Pensionatsvorsteherin, weil sie die Zärtlichkeiten der jungen Erziehungsbefohlenen nicht duldete und damit Schlimmeres verhütete; aber wahr ist ebenso, daß der Liebhaber bettelarm war und aus diesem Grunde keinerlei Beachtung verdiente. Hätte sich nämlich umgekehrt ein reicher junger Fürst in eine arme Erziehungsbefohlene verliebt, dann wäre vermutlich auch Madame zu klug gewesen, sich zum Gespött der anderen und zuvorkommenderen Erzieherinnen zu machen.

Seit dieser Begebenheit also waren drei Jahre vergangen, und an einem regnerischen Herbstabend hatte sich die ganze Familie im Wohnzimmer versammelt, um gähnend auf die Rauchwölkchen zu blicken, die von der Tabakpfeife des Hausherrn aufstiegen, und sich später einige Abenteuer des Gil Blas anzuhören, die Prostakow, auf dem Sofa ausgestreckt, vorlas.

Maremjana: „Sag, was du willst — die Theatervorstellungen bei meinem verstorbenen Vater waren viel amüsanter als die von Madrid."

Prostakow: „Vielleicht ist er ebendarum so früh gestorben."

Schweigen trat ein. Nach einer Pause ging es weiter.

Maremjana: „Mein Gott! Wie reizend jene Gleichheit war, die auf den Maskenfesten herrschte! Bewege dich, sitz da oder tanze — keiner kennt dich."

Prostakow: „Ebendarum konnte sich mancher Schuft, der keinen Deut wert war und den ein vernünftiger Mensch nicht einmal angespuckt hätte, unter euch bewegen, mit euch herumsitzen und tanzen. Und die Folgen?"

Maremjana verstummte aufs neue und ging ins Speisezimmer hinüber, um den Abendbrottisch zu decken; Katerina wiegte sich vor dem Spiegel unauffällig im Walzertakt, Jelisaweta saß am Kopfende des Sofas, das Kinn betrübt in die Hand gestützt.

„Was machst du da, Katerina?" fragte der Vater und richtete sich ärgerlich auf.

„Ich tanze Walzer, Papa."

„Wie kannst du Walzer tanzen, wenn ich aus einem Buch vorlese, dazu aus einem guten? Es wäre noch etwas anderes, wenn es sich um ein kleines Lustspiel oder einen belanglosen Roman wie den ‚Modewarenladen', den ‚Neuen Stern' oder dergleichen handelte, womöglich um noch Geringeres, aus dem Französischen Übersetztes, womit die Buchläden angefüllt sind."

„Mama sagt, man gefällt niemandem, wenn man immer nur über Büchern oder dem Stickrahmen sitzt."

„Gefällt?" fragte der Vater noch ärgerlicher und richtete sich noch höher auf. „Zu früh, dich darum zu sorgen! Dir sollte es genügen, wenn du Vater und Mutter gefällst."

Katerina ging — trotz allem leicht tänzelnd — ins Speisezimmer hinüber. Der Vater seufzte und machte sich wieder an das Buch. Auch Jelisaweta seufzte und senkte den Kopf noch tiefer; die Quellen, denen diese Seufzer entsprangen, waren allerdings sehr verschieden.

Die Uhr im Saal schlug acht, und Katerina kam zurück.

„Vater! Der Tisch ist gedeckt, Mutter hat schon Platz genommen." Und sie verschwand wieder.

Kaum hatte Prostakow die Kappe abgesetzt und das eine Bein vom Sofa genommen, als ein Bedienter zur Tür hereinstürzte und atemlos meldete: „Gnädiger Herr! Im Vorzimmer steht irgendein Fürst und bittet, eintreten zu dürfen. Den Namen habe ich nicht behalten — er ist mir zu schwierig."

„Ein Fürst?" rief Prostakow und strich sich den Schlafrock zurecht.

„Ein Fürst!" ertönten zwei Stimmen, und Mutter und jüngere Tochter eilten herbei. „Ein Fürst!" erklang es in der Gesindestube, im Mägdezimmer, in der Küche; kurz — man hörte im ganzen Haus nichts als den Ruf: „Ein Fürst! Ein Fürst!"

„Was soll das? Was ist das für ein Lärmen und Schreien? Als wäre ein Fürst ein Ungeheuer oder ein Cherub", sagte Prostakow verdrossen und zupfte an sich herum. „Bitt' ihn herein!"

Der Diener ging hinaus. Alle Blicke waren neugierig auf die Tür gerichtet, alle Münder standen offen, alle hielten den Atem an; nur am Wogen der Brust erkannte man, daß es nicht Statuen waren. Um der Wahrheit die Ehre zu geben — außer Herrn und Frau Prostakow, die einen Fürsten zuletzt vor etwa zwanzig Jahren gesehen hatten, gab es im Hause niemand, der sich unter einem Fürsten etwas Rechtes vorstellen konnte. Die meisten glaubten, er müsse ein Riese, von Kopf bis Fuß mit Gold und Edelsteinen behängt, kurzum, ein Wesen sein, das einem gewöhnlichen Menschen in keiner Weise gleicht.

ZWEITES KAPITEL

Der Fürst

Endlich war der Augenblick gekommen, da sich das Rätsel lösen sollte. Die Tür tat sich auf und — o Gott, welch ein Anblick!

„Ach", riefen Maremjana und ihre Töchter aus, „ach, du meine Güte!" Und sie stürzten davon. Auch Prostakow trat zurück, wurde blaß und bekreuzigte sich. Das ist ein Ungeheuer, sagte er sich und trat einen weiteren Schritt zurück.

Worüber waren sie alle so erschrocken? Nun, den Frauen konnte man das noch nachsehen — sie nahmen an kriegerischen Auseinandersetzungen nicht teil, allenfalls an solchen mit halbwüchsigen Stubenmädchen oder barfüßigen Jungen vom Hofgesinde, denn die Strafgewalt über die Lakaien, die Kutscher, Köche und überhaupt das erwachsene Gesinde blieb den Männern vorbehalten; doch auch Prostakow — und das war das Erstaunliche! —, auch Prostakow, der an Gefechten teilgenommen und eine Verwundung erlitten hatte, was ja das Loch im Waffenrock bewies, auch Prostakow war entsetzt. Die Haare standen ihm zu Berge, und hätte er nicht mit bebender Hand seine Kappe festgehalten, sie wäre dem Gespenst — oder zumindest doch Werwolf — vor die Füße gerollt.

Sie standen lange da und schwiegen. Als das Gespenst erkannte, daß das Entsetzen des Hausherrn und der Familie anhielt, runzelte es stark die Stirn. Prostakow bemerkte das und biß sich auf die Lippen — er hatte offenbar endlich etwas sagen wollen.

Doch ist es an der Zeit, den Grund des allgemeinen Entsetzens zu entdecken.

Das Gespenst erinnerte äußerlich an einen Mann von etwa fünfzig Jahren. Das Haar war zerzaust und starrte vor Schmutz, Schmutz klebte auch am Gesicht und an den zerkratzten, blutenden Händen; die Kleidung hing in Fetzen herab; der eine Fuß war bloß, der andere steckte in einem Bastschuh; das ganze Wesen schlotterte vor Kälte; die Augen blickten matt und verzagt.

„Mein Herr“, begann er (wir sagen hier schon „er“ und nicht mehr „es“, das heißt „das Gespenst“, weil jedermann gewisse Merkmale des männlichen Geschlechts an ihm wahrgenommen hatte), „mein Herr! Ich bitte herzlich um Vergebung, wenn ich Sie und Ihre verehrte Familie erschreckt habe. Ein Unglück hat mich heimgesucht. Ich leide Hunger und Durst; seit vierundzwanzig Stunden habe ich keinen Bissen im Munde gehabt; ich wage es, Sie um Barmherzigkeit und um Obdach für die Nacht zu bitten.“

Also sprach er und wischte sich mit der schmutzigen Hand über die Augen, in denen Tränen standen.

„Sie sind unglücklich?“ fragte Prostakow rasch, machte drei Schritte auf ihn zu, und seine Miene hellte sich auf.

„Ja, ziemlich unglücklich, zum mindesten für eine Weile.“

„He!“ rief Prostakow dem Diener zu. „Bring diesen Herrn in die Küche und bestelle, sie sollen ihm Wasser zum Waschen geben. Du, Maremjana, legst inzwischen saubere Wäsche, Schuhe, einen Rock und was sonst noch gebraucht wird zurecht. Mein Herr“, fuhr er, an den Unbekannten gewandt, fort, „sobald Sie sich in Ordnung gebracht haben, bitte hierher. Wir warten mit dem Abendessen, um es gemeinsam mit Ihnen einzunehmen.“

Der Unbekannte verbeugte sich tief und verließ das Zimmer.

„Mein Gott!“ riefen die Ehefrau und die Töchter aus und kamen wieder herein.

Die Ehefrau: „Du handelst immer so unüberlegt!“

Der Ehemann: „Ich handle so, wie mein Gefühl es mir eingibt.“

Die Ehefrau: „Dein Gefühl gibt dir Torheiten ein.“

Der Ehemann: „Das kann schon sein, aber geh erst mal und leg die Wäsche zurecht!“

Die Ehefrau: „Und wenn es ein Verbrecher ist?“

Der Ehemann: „Selbst der größte Verbrecher hat Anspruch auf Mitgefühl.“

Die Ehefrau: „Und wenn es ein Räuber ist?“

Der Ehemann: „Er soll sich, wenn er hungrig ist, bei mir satt essen, erst dann überantworte ich ihn dem Arm der Gerechtigkeit.“

Die Ehefrau: „Ja! Nachdem er dich in der Nacht zuvor umgebracht hat!“

Der Ehemann: „Du redest lauter Unsinn! Er führt keine Waffen bei sich und kann sich vor Erschöpfung kaum auf den Beinen halten.“

Die Ehefrau: „Alles Verstellung, alles nur Heuchelei!“

Der Ehemann: „Geh, leg die Wäsche zurecht! Oder möchtest du nicht zu Abend essen? Wir setzen uns nicht zu Tisch, bevor er nicht zurück ist.“

„Mein Gott, wie eigensinnig du bist!“ entgegnete sie und ging, mit den Schlüsseln rasselnd, aus dem Zimmer.

„Vater“, sagte Katerina, „mir scheint beinahe, Mama hat recht. Einen schlechten Menschen im Hause aufnehmen — das gehört sich nicht.“

„Gewiß, meine Tochter“, erwiderte der Vater, „nur muß man sich vorher davon überzeugen, ob er schlecht ist. Einen Menschen seines verschmutzten Gesichts, der dürftigen Kleidung, des schüchternen Wesens wegen dafür zu halten und ihm ein Stück Brot und ein Obdach für eine regnerische Herbstnacht zu verweigern — bewahre euch Gott vor einer solchen Zimperlichkeit, meine Kinder! Ich würde euch hundertmal gelassener im Grabe sehen als mit diesen frischen Wangen und vor Gleichmut und Zufriedenheit leuchtenden Augen und einem Herzen aus Stein! Im Mitgefühl, in der Empfindsamkeit besteht der wahre menschliche Adel. Erst sie erheben den Menschen auf eine so hohe Stufe innerhalb der Schöpfung. Verstand genug, um den Tiger vom furchtsamen Schaf zu unterscheiden und das eine zu fliehen, das andere zu verfolgen, haben auch Wolf und Bär. Ein empfindsamer, wenn auch unglücklicher Mensch wird — wenn nicht heute, so doch morgen oder irgendwann einmal — Herzen finden, die ihn verstehen und ihm ihre Freundschaft schenken, und dann trotz seiner armseligen Kleidung glücklich sein. Der Hartherzige aber bleibt ewig unglücklich — trotz Reichtum, Ruhm und Größe, wiewohl er Krone und Purpur trägt.“

Der Alte verstummte, doch seine Augen strahlten vor Genugtuung. Er sah sich nach seinen Töchtern um — Katerina hatte sich abgewandt und machte sich an ihren Ohrgehängen zu schaffen, Jelisaweta stand da, die tränenfeuchten Augen zu Boden gesenkt, die Arme über der Brust gekreuzt. Der Alte seufzte, Jelisaweta ebenfalls; er blickte sie an, begriff, daß ihr das Herz klopfte, und kehrte schweigend zum Sofa zurück.

Nach einer halben Stunde erschien der Unbekannte in zwar abgetragenen, aber recht sauberen Kleidungsstücken des Hausherrn. Prostakow, der die Knausrigkeit seiner Frau mit einigem Mißbehagen zur Kenntnis nahm, ließ die Sache für diesmal auf sich beruhen.

Der Unbekannte trat schüchtern auf ihn zu, neigte den Kopf und murmelte etwas von Dankbarkeit.

„Darüber reden wir später", entgegnete Prostakow, „setzen wir uns erst einmal zu Tisch, ich glaube, das tut im Augenblick mehr not als alles andere."

Als Prostakow sah, daß sein Gast gesättigt und von ein paar Schnäpsen, die er ihm aufgedrängt hatte, um seine erschöpften Kräfte wiederherzustellen, halbwegs aufgeheitert war, sagte er zu ihm: „Ich halte Sie für einen ehrlichen Menschen — gebe Gott, daß ich mich nicht irre! Aber erklären Sie mir bitte, was hat Sie bei Ihrem Äußeren, das Ihre Worte Lügen strafen mußte, dazu bewogen, sich meinem Diener als Fürsten vorzustellen? Muß denn ein Unglücklicher, um Mitgefühl zu erregen, durchaus ein Fürst sein? Man hat Sie offenbar falsch über mich unterrichtet."

Alle maßen den Unbekannten mit forschenden Blicken und warteten auf seine Antwort. Der Frau des Hauses erstarrte die Hand mit dem Löffel, den sie gerade zum Mund führen wollte, in der Luft, und sie sah ihren Mann verschlagen an.

„Daß ich ein Fürst bin, ist ebenso wahr wie die Tatsache, daß ich existiere. Ich bin Fürst Gawrilo Simonowitsch Tschistjakow", entgegnete der Unbekannte und schaute sich belustigt im Kreise der Anwesenden um.

Alle waren wie vom Donner gerührt. Maremjana stieß einen lauten Seufzer aus, der Löffel entglitt ihrer Hand, und sie begoß sich mit Soße.

„Ach, du lieber Gott!" rief sie mehrmals hintereinander, tupfte mit der Serviette die Soße vom Kleid und starrte den Fürsten Gawrilo Simonowitsch Tschistjakow unverwandt an.

Nach einigen raschen Fragen und Antworten gewannen schließlich alle die Fassung wieder, und nur Frau Prostakowa entschuldigte sich viele Male, daß sie nicht gleich den Fürsten in ihm erkannt habe, obwohl sein Äußeres ihn deutlich genug verrate.

„Rede nicht“, sagte ihr Mann und leerte sein Gläschen. „In seinem vorherigen Zustand erinnerte Seine Durchlaucht eher an einen Teufel.“

Alle lachten, selbst der Fürst Gawrilo, der sich die Stirn dabei rieb.

Der Hausherr fuhr fort: „Frau! Es ist Schlafenszeit. Weise dem Fürsten die Räume neben dem Herrenzimmer an! Und laß im Badehaus ein bißchen früher einheizen — den Morgentee nehmen wir wieder alle zusammen ein.“

DRITTES KAPITEL

Unkraut in Nachbars Garten jäten . . .

Der Morgen kam. Er war zwar nicht besonders schön, doch dem Hausherrn, seiner Familie und ihrem Gast erschien er so. Dieser fühlte sich geborgen, und jene freuten sich darüber. Sie tranken miteinander Tee, verbrachten die Zeit bis zum Mittagessen gemeinsam, aßen gemeinsam zu Mittag und so weiter. Es verging ein Tag, danach ein zweiter und auf diese Weise eine ganze Woche — und bald waren es mehrere. Fürst Gawrilo schickte sich wohl wiederholt an, Abschied von seinen Gastgebern zu nehmen, doch diese schoben die Trennung immer wieder hinaus; jeder gemeinsam verbrachte Tag vertiefte das gegenseitige Vertrauen; der Gast erkannte im Hausherrn einen herzensguten, von Natur und durch Lebenserfahrung klugen alten Mann; und dieser wieder entdeckte an jenem mit jedem Tag mehr Aufrichtigkeit und Geradheit. Je mehr die gegenseitige Zuneigung wuchs, desto herzlicher wurde das Einvernehmen, und als der Fürst sich einen Monat im Prostakowschen Hause aufgehalten hatte, wollte es allen scheinen, als sei er hier aufgewachsen und alt geworden.

Eines Morgens, als die Fröste des nahenden Winters alles in die warmen Stuben verbannten, kam Prostakow nach dem Frühstück — gleichsam beiläufig — auf die früheren Lebensumstände seines Gastes zu sprechen. „Ich verstehe“, sagte der Fürst, „und werde Ihrem Wunsch sogleich Genüge tun. Ich werde zwar öfter dabei erröten müssen, doch bringe ich dieses Opfer gern, nachdem Sie mich so freundschaftlich bei sich aufgenommen haben.“

Prostakow machte den Töchtern ein Zeichen — sie erhoben sich, um hinauszugehen, aber der Fürst hielt sie zurück und sagte zu ihrem Vater: „Seien Sie unbesorgt, guter Mann. Ihre Kinder werden aus meiner Geschichte nur lernen.“

Alle setzten sich zurecht, und Seine Durchlaucht begann.

„Ich stamme aus dem Dorf Falalejewka im Gouvernement Kursk. Meine Heimat ist als Kornkammer berühmt und füllt die Speicher von Petersburg und Moskau. Nur hat sie einen eigentümlichen Mangel, wenn man so sagen darf — es gibt dort ebenso viele Fürsten, wie es in Kleinrußland Adlige und in Schottland Grafen gibt. Das eine ist des anderen wert.

Um jedoch der Wahrheit die Ehre zu geben — unsere Fürsten sind bei weitem klüger als die ausländischen Grafen. Dort erhebt sich, wie man mir wiederholt versichert hat, der Vater Graf von seiner Lagerstatt aus Pferdedecken und sagt zu seinem Sohn: ‚Nun, Graf, sind meine Stiefel geputzt?‘ — ‚Gewiß, Euer Durchlaucht, hier — meine Hände sind noch ganz voller Wichse.‘ Und die Gräfinmutter, die auf dem Herd eine Kasserolle putzt, sagt zu ihrer Tochter: ‚Nun, Komteß, ist die Kuh gemolken?‘ — ‚Gewiß, Euer Durchlaucht, meine Füße sind noch ganz voller Mist, und an der Stirn habe ich eine Beule — so schlägt das verdammte Vieh aus!‘

Unsere russischen Fürsten sind hundertmal klüger. Sie bestellen ihren Acker, befassen sich mit ihrer Wirtschaft, pflügen, ernten, verkaufen das Korn und leben in Frieden und Brüderlichkeit mit ihren eigenen und den fremden Bauern. Und nur an hohen Feiertagen, wenn alles in den Schenken versammelt ist und irgendein Grobian es wagt, gegen einen von ihnen die Hand zu erheben — was gar nicht so selten vorkommt —, pochen sie auf ihren Titel.

Vom Schlage dieser Fürsten war auch mein ehrenwerter Vater, Fürst Simon Gawrilowitsch Tschistjakow. Als er starb, sagte er zu mir: ‚Ich lasse dich, geliebter Sohn, nicht ganz im Unglück zurück. Du hast ausreichend Ackerland, einen kleinen Heuschlag, den Gemüsegarten und das Blumengärtchen, dazu den Bauern Iwan und seine Mutter Marja. Sei fleißig, arbeite, ohne dich deines leeren Titels zu schämen, und Gott wird deinen Besitz mehren.‘

Nach dem Tode meines Vaters erfüllte ich seine Gebote einige Zeit gewissenhaft. Aber dann neidete mir — wie hätte es anders sein sollen — ein feindlicher Dämon meinen Frieden und mischte sich in meine Angelegenheiten ein.

Neben meinem Häuschen lebte Fürst Sidor Burkalow mit seiner hübschen Tochter, der Fürstin Fekluscha. Sie hatte schwarze Augen und Purpurwangen — kurz, ich verliebte mich in sie. Doch sie zu heiraten, gedachte ich keineswegs, denn ihr Vater, der Fürst, hatte nur eine einzige Bäuerin, nämlich die Fürstin, seine Tochter. Ansonsten besaß er niemanden und nichts und schleppte obendrein das wenige, das seine verstorbene Frau hinterlassen hatte, aus Leichtsinn oder aus Trauer nach und nach zum Juden Janka, dem Schankwirt unseres Dorfes. Ich war also fest entschlossen, nicht um die schöne Fekluscha zu freien, liebte sie aber und folgte unwillkürlich ihren Spuren. Sie bemerkte es und schien nicht unzufrieden darüber.

Als sie mir eines Tages begegnete, gebeugt, mit dem Tragejoch auf den Schultern, bemitleidete ich sie. ‚Ach, Fürstin! Du hast es sicherlich nicht leicht?' — ‚Was soll man machen', entgegnete sie und errötete. Ich nahm die beiden Eimer und trug sie ihr bis vor das Haus. ‚Danke, Fürst', sagte sie. Ich tätschelte ihr die Schulter, sie drückte mir die Hand, wir sahen einander an, und sie bemerkte: ‚Morgen früh will ich das Unkraut auf unserem Kohlbeet jäten', und sie hielt inne. ‚Ich helfe dir', rief ich aus, schloß sie in die Arme und küßte sie. Sie schien ein wenig verärgert, stieß mich zurück und ging.

Nun, dachte ich bei mir, als ich allein in meiner Stube war, sie ist mir böse und liebt mich offenbar nicht. Ich wurde traurig, trat in meinen Gemüsegarten hinaus und ging in tiefem Kummer auf und ab. Bald jedoch tröstete ich mich. Worüber grämte ich mich denn? Sie hatte mich heute so freundlich angeblickt. Wenn sie nicht in den Gemüsegarten kam, um Unkraut zu jäten, dann war sie mir böse, kam sie aber, dann würde ich zu ihr eilen und ihr helfen.

Nachdem ich diesen Entschluß gefaßt hatte, wartete ich ungeduldig auf das Morgenrot. Ich lief in meinem Gemüsegarten umher, den Kopf im Nacken, ohne auf etwas zu achten, und zerbrach oder zertrampelte im Taumel meiner Begeisterung alles, was mir vor die Füße geriet. Schließlich zog das Morgenrot herauf. Ich trat mit angehaltenem Atem an den Zaun, der unsere Gemüsegärten voneinander abgrenzte, lugte durch das Geflecht und heftete den unbeweglichen Blick auf das Kohlbeet. Das Morgenrot wurde glühender und prächtiger — von Fekluscha war nichts zu sehen. Mein Herz schlug ungewohnt heftig. Ich fuhr zusammen, wenn eine Sonnenblume schwankte. Das ist sie, dachte ich. Aber die Sonnenblume hörte auf zu schwanken, und Fekluscha war noch immer nicht da. Verzweiflung schüttelte mich. Ich zog den Kopf vom Zaun zurück und sah traurig zur aufgehenden Sonne. Wozu erscheinst du, Zeugin meines Leids? Ein starker Wind erhob sich plötzlich, und ich hörte ein sonderbares Geräusch. ‚Das ist sie!' rief ich laut, außerstande, an mich zu halten. ‚Da ist sie endlich, die wunderschöne Fürstin Fekluscha!' In der festen Überzeugung, sie sei gekommen, kletterte ich auf den Zaun, überblickte alles in einem Nu — und was mußte ich sehen? Eine entsetzliche Enttäuschung ergriff Besitz von mir. Eine Vogelscheuche, umgerissen vom Wind, lag in den Erbsen. Mit blutendem Herzen stieg ich vom Zaun, betrachtete meinen Gemüsegarten und erstarrte. Auf meine Stirn trat kalter Schweiß. Diese vermaledeite Fürstin, diese undankbare Fekluscha! Alles ihretwegen verwüstet und zertreten, und von ihr keine Spur! Meine schönen Bohnen, die teuren Gurken, die wunderbaren Kürbisse — wozu waren sie noch nütze? Oh, ich Scheusal ...! Untröstlich schluchzend, kehrte ich in mein Haus zurück, beschloß, es wenigstens fünf Tage lang nicht zu verlassen, und blieb meinem Wort auch bis zum Abend treu. Da wurde ich ungeduldig und trat vor das Tor — ich wußte, daß sie um diese Zeit dasselbe zu tun pflegte. Und wirklich, sie stand schon da. Ich wandte mich verächtlich von ihr ab, entschlossen, sie nicht zu beachten, und ich beachtete sie auch mindestens eine Minute lang nicht.

‚Fürst', sagte sie mit gedämpfter Stimme, und ich drehte mich sogleich zu ihr um.

‚Was ist?' entgegnete ich und seufzte. ‚Was willst du noch von mir? Ich habe keinen Gemüsegarten mehr. Geh und sieh ihn dir an, du Grausame! Das Herz wird dir bei diesem Anblick bluten. Der böseste Türke hätte nicht schlimmer darin wüten können! Aber die Macht der Liebe ...'

Sie trat auf mich zu, ergriff still meine Hand, drückte sie und sagte mit einem Lächeln: ‚Ich habe deinen Garten heute gesehen und erraten, warum er so verwüstet ist — ich war zu Tränen gerührt.'

‚Mehr nicht? Ich habe herzzerreißend geschluchzt.'

‚Aber jetzt, mein Lieber, beruhige dich', sprach sie noch freundlicher. ‚Du kennst doch die große Sonnenblume in der Ecke, rechts neben der Laube aus Bohnenranken?'

‚Wie sollte ich nicht!' versetzte ich fröhlich, faßte sie bei der Hand und wollte sie schon umarmen, erinnerte mich aber an den Tag vorher und fuhr rasch zurück.

‚Dort bin ich, sobald mein Vater von dem verdammten Juden heimgekehrt und eingeschlafen ist. Heute hat er meine silbernen Ohrgehänge und ein seidenes Tuch zu ihm gebracht, das letzte bißchen, was mir von meiner seligen Mutter geblieben war.'

‚Ach, liebste Fürstin', rief ich entzückt, ‚du wirst noch heute zwei Paar Ohrgehänge und zwei Tücher von mir bekommen. Ich habe noch dies und jenes von meiner Mutter übrigbehalten, denn mein seliger Vater hat den Weg zum Juden Janka gar nicht gekannt!'

Wir trennten uns. Ich wartete bis zum Morgenrot, kletterte mit meinen Geschenken über den Zaun und betrat leise die Laube aus Bohnenranken. ‚Hartherziger Fürst Sidor', flüsterte ich vor mich hin, ‚du vergnügst dich bei dem Juden, und ich muß leiden.' Eine Stunde verging, Fekluscha erschien nicht. Ich war wie von Sinnen. Ich fragte mich schon, ob sie mich behandeln wolle wie am Vortage, und schwor bei meinem und ihrem Engel, ihren Gemüsegarten noch übler zuzurichten als meinen.

Einige Zeit darauf erstrahlte endlich meine Sonne — die

Fürstin kam. Wir setzten uns in die Laube und versöhnten uns. Ich überreichte ihr meine Gaben, sie nahm sie wohlwollend an, und die Morgenröte wurde Zeugin unserer sehr freundschaftlichen Unterhaltung.

‚Ach, wie überraschend das alles gekommen ist! Durfte ich je daran zu denken wagen?' rief Fekluscha aus. Als sie sich verabschiedete, standen Tränen in ihren Augen.

‚Könntest du mich nach alledem je verlassen?'

‚Niemals, geliebte Freundin', rief ich feierlich. ‚Lieber möge mein Haus verbrennen oder der Hagelschlag meine Felder verwüsten! Morgen noch bin ich beim Fürsten Sidor und bitte ihn um deine Hand! Er wird mich wohl nicht abweisen.'

‚O nein! Natürlich nicht', entgegnete sie, trocknete ihre Tränen und entfernte sich.

Ich weiß nicht, wie ich ihr Treue schwören und ihr versprechen konnte, um sie zu freien, obzwar ich bis zu ihrem Erscheinen nicht den leisesten Gedanken daran gehegt hatte. Natürlich waren die überhitzte Phantasie und das feurige Blut daran schuld, obwohl mir damals dünkte, ich hätte nie etwas anderes im Sinne gehabt, als sie zu meiner Frau zu machen; und ich war sehr zufrieden mit mir. Doch ach! Sobald ich den Zaun erklomm und meinen Gemüsegarten erblickte, empörte sich mein Herz, und der Wunsch, Fürstin Fekluscha zu heiraten, verging mir fast ganz. Ich betrat mein Haus und war wie umgewandelt. ‚Wie dumm du doch bist, Fürst Gawrilo Simonowitsch!' rief ich und seufzte. ‚Warum hast du versprochen, um sie zu freien, und auch noch gleich heute! Hättest du es wenigstens noch eine Woche hinausgeschoben! Mit welchen Aussichten heirate ich? Das Korn ist nicht eingebracht, der Gemüsegarten zertrampelt — wovon sollen wir leben?'

Nach derlei vernünftigen Überlegungen beschloß ich, nicht zu Fürst Sidor zu gehen. Als es dann aber Nacht wurde, fand ich mich plötzlich neben dem Bohnenbeet wieder. Fekluscha war bereits da und hatte, wie ich bemerkte, verweinte Augen.

‚Warum bist du denn nicht bei meinem Vater gewesen?' fragte sie traurig und streckte die Hand nach mir aus.

Ich steckte ihr einen silbernen Ring an den Finger.

‚Meine Liebe, wir haben im Augenblick nichts zum Leben. Wäre es da nicht besser, ein, zwei Monate zu warten? Bis dahin ist das Korn eingebracht, und auch meine Kuh hat, wie ich schätze, gekalbt. Nicht wahr? Es wäre viel angenehmer, wenn wir die Hochzeit würdig feiern könnten. Man will sich doch nicht blamieren! Vergiß nicht, wer wir sind! Und Hochzeit feiert man nur einmal im Leben.'

,Gewiß, das ist schon richtig', erwiderte die Fürstin betreten. ,Wenn ich nun aber bis dahin ...' Sie stockte. Ich verstand, und kalter Schweiß trat bei diesem Gedanken auf meine Stirn. Ich faßte mich jedoch rasch und erzählte ihr so viel und so gut von der Schicklichkeit, die die Hochzeit eines so angesehenen Paares wie die des Fürsten Tschistjakow und der Fürstin Burkalowa begleiten müsse, daß sie sich beruhigte und wir zufrieden voneinander schieden."

VIERTES KAPITEL

Heiratsabsichten

„Obwohl ich, wie ich schon sagte, nie daran gedacht hatte, Fürstin Fekluscha zu heiraten, vergaß ich nicht, die Laube aus Bohnenranken zu besuchen, und schleppte die wenigen Habseligkeiten hin, die mir von meiner Mutter geblieben waren. Da ich mich auf dem Felde nicht mehr blicken ließ, konnte ich nicht wissen, daß mein Bauer Iwan faulenzte. Statt auf meinem Felde zu mähen, mähte er auf einem fremden, empfing dafür Geld und vertrank es oder verschwendete es für ebensolche Fürstinnen wie meine Fekluscha. Ich war ständig hinter Ihrer Durchlaucht her, litt unter ihren Aufforderungen, sie zu freien, wie sie unter meinen Ausflüchten, und als ich schließlich nicht mal ein Schleifchen mehr für sie übrig hatte, kam es gelegentlich auch zu einem Streit. Ich hoffte jedoch, durch den Verkauf des überschüssigen Korns schon bald zu Gelde zu gelangen, und wartete ziemlich gelassen auf die Beendigung der Ernte. Iwan und Marja versicherten mir, für die Feldarbeiten würden allenfalls noch zwei Tage benötigt. Plötzlich gewahrte ich, daß sich nicht nur das Verhalten der Fürsten, sondern auch das der Bauern und selbst der Bauernweiber zu mir verändert hatte. Mein Gott, was mag das bedeuten? fragte ich mich. Sollten sie meine Beziehungen zur Fürstin Fekluscha entdeckt haben und mir aus diesem Grunde grollen? Konnte doch jeder von ihnen sich bis dahin in der Hoffnung wiegen, mich als seinen Schwiegersohn zu sehen. Hier muß ich, ohne mich rühmen zu wollen, gestehen, daß ich zu den begehrtesten Freiern im Dorf gehörte. Da ich das feindselige Verhalten bemerkte, wuchs mein Verdruß von Tag zu Tag, und schließlich kam es so weit, daß selbst die Kinder mit dem Finger auf mich zeigten und johlten.

Was mag das nur auf sich haben? Sollten wahrhaftig schon die Kinder etwas von solchen Beziehungen verstehen und ihre törichten Väter ihnen so früh davon erzählt haben?

Ein unverhoffter Zufall eröffnete mir die Ursache von alledem.

Eines Tages stand ich bei Sonnenuntergang gegen den Zaun gelehnt und blickte mit Bedauern auf meinen Gemüsegarten, in dem nichts mehr gedieh. Selbst das, was nach meiner Heldentat übriggeblieben war, erstickte in Brennesseln oder wurde von Würmern gefressen.

Plötzlich riß mich die Stimme eines Nachbarn aus meiner Nachdenklichkeit. Er saß unweit neben demselben Zaun und brach Kohlköpfe, während sein siebenjähriger Sohn Mohrrüben aus dem Boden zog.

‚Das geht schwer, Vater', sagte das Kind.

‚Müh dich, mein Sohn', entgegnete der Vater, ‚wer sich im Sommer nicht müht, wird im Winter nichts zu essen haben — wie, sagen wir, unser leichtsinniger Nachbar, Fürst Tschistjakow. Bei ihm ist es im Hause ebenso leer wie draußen auf dem Acker und im Gemüsegarten. Er läßt sich den ganzen Sommer über nicht auf dem Felde blicken. Was wird er im Winter machen? Müh dich, mein Sohn, müh dich, sei nicht so dumm wie er!'

Ich erstarrte. Wie? dachte ich. Zugegeben, mein Haus und mein Gemüsegarten sind leer, da ist nichts dran zu deuteln. Aber bin vielleicht ich daran schuld? Lauter unglückliche Zufälle! Doch draußen auf dem Feld? Ach, du lieber Gott!

Ich betrat aufgeregt das Haus. ‚Iwan! Ist mein Korn zu Schobern zusammengetragen?' — ‚Aber gewiß doch!' — ‚Restlos?' — ‚Bis auf die letzte Ähre!' — ‚Gut, wir werden den Taugenichtsen beweisen, daß man nicht über uns spotten darf! Spann morgen in aller Frühe an — wir fahren aufs Feld. Das Korn muß eingebracht werden, solange das Wetter gut ist.'

Am nächsten Morgen stand ich entgegen meiner Gewohnheit bei Tagesgrauen auf und rief nach Iwan, um zu erfahren, ob schon angespannt sei. Ich erhielt keine Antwort. Ich rief noch einmal, aber wieder vergebens. Da zog ich mich an und lief in den Flur hinaus — keiner da. Ich kam auf den Hof und sah: mein armes Pferdchen stand am Zaun, es war also nicht angespannt. Mir stockte das Herz. Hierauf wandte ich mich in den Gemüsegarten — ob sich Iwan dort etwa hingelegt hatte und schlief, aber ich erblickte nur Marja — sie saß gelassen auf einem Beet, riß nußgroße Rüben aus, wischte sie an ihrer Schürze ab, beförderte sie in den Mund und wiederholte ein jedes Mal: ‚Was könnte das für eine Rübe sein, wenn Gawrilo Simonowitsch, dieser unnütze Faulpelz, so wie sein seliger Vater wäre!'

‚Nichtstuerin!' rief ich erzürnt und versetzte ihr einen Fußtritt in den Rücken. Sie purzelte vom Beet in die Furche, rappelte sich mit Mühe und Not hoch, bekreuzigte sich mehrmals und sagte: ‚Was wünschen Euer Durchlaucht?'

‚Wo ist Iwan?' fragte ich.

‚Das sollten Euer Durchlaucht besser wissen als ich. Iwan hat mir erzählt, Euer Durchlaucht hätten befohlen, er solle

irgendwelche Angelegenheiten von Euer Durchlaucht regeln . . .'

‚Hol dich und alle deine Durchlauchten der Teufel', entgegnete ich. ‚Wo ist er denn jetzt?'

‚Das müßten Euer Durchlaucht besser wissen als ich, er ist ja schon . . .'

‚Iwan hat also gesagt, meine Durchlaucht habe ihn irgendwohin geschickt?' unterbrach ich sie noch zorniger.

‚. . . er ist ja schon gestern abend fortgegangen und bisher nicht wieder aufgetaucht.'

Wozu mit diesem hirnlosen Weibsbild reden, dachte ich bei mir, ich lege mich lieber schlafen — vielleicht kommt er inzwischen zurück.

‚Wenn dein Sohn kommt', sagte ich, ‚bestell ihm, er soll anspannen und auf mich warten.'

Ich schlief bis zum Mittag.

‚Iwan?' fragte ich, als ich aufwachte. Marja stand neben mir und weinte. ‚Was hast du denn, Marja?'

‚Ach, guter Herr', schluchzte sie, ‚Iwan ist entflohen!'

‚Entflohen?' rief ich und sprang auf wie ein Rasender. ‚Und wohin?'

‚Das weiß Gott allein.'

‚Und woher willst du wissen, daß er entflohen ist?'

‚Makruscha, die Fürstin Ugorelowa, hat mir soeben gesagt, daß er sie überreden wollte, mit ihm zu fliehen.'

Ich stand lange betrübt da. Schließlich ging ich auf den Hof hinaus, um selber das Pferd vor den Wagen zu spannen und mit dem Einfahren zu beginnen. Darin war ich zu Vaters Lebzeiten ein großer Meister gewesen. Aber — o weh! Welch ein Schrecken befiel mich! Das arme Tier war verendet — vermutlich infolge zu langen Fastens. Ich beweinte aufrichtig seinen Tod und machte mich zu Fuß auf den Weg zum Feld.

Ich war noch einige Deßjatinen davon entfernt, als mir grün vor den Augen wurde. Das sollte mein Feld sein? Ich glaubte es gut genug zu kennen. Jetzt sah ich eine Wiese vor mir, auf der ganze Viehherden weideten. Ich trat dicht an meine Flur heran, und das Herz krampfte sich mir zusammen — alles war zerstampft, verwüstet, niedergetrampelt. Ich faßte mich und ging festen Schrittes auf die Hirten zu.

‚Nichtsnutze', rief ich zornig, ‚wie könnt ihr es wagen?' Und meine Lippen wurden zu Eis.

‚Was wünschen Euer Durchlaucht?' fragte einer von ihnen und näherte sich mir mit spöttischem Lächeln. ‚Dieses Feld gehört uns!'

Sein hämischer Ausdruck brachte mich zur Besinnung.

‚Wieso euch?'

‚Iwan, der Bauer von Euer Durchlaucht, hat uns gesagt, Sie wären plötzlich reich geworden und wünschten auf keinen Fall als Ackermann zu gelten — das wäre für einen Fürsten zu gewöhnlich. Er verkaufte uns dieses Feld im Namen von Euer Durchlaucht, und wir händigten ihm unter vielen Zeugen die ausgehandelte Summe aus.'

Er verstummte und lächelte. Die verächtliche Miene dieses Mannes bewahrte mich davor, meine Verzweiflung zu zeigen. Iwans Flucht bewies mit aller Klarheit, daß er die Wahrheit sprach. Ich nahm mich zusammen und wandte mich — dem Anschein nach ziemlich gelassen — zurück zum Dorf. Noch lange hörte ich sie hinter mir lachen. ‚Leben Sie wohl, Euer

Durchlaucht', grölten sie mir nach, ‚guten Weg, Euer Durchlaucht!'

Zu Hause angelangt, konnte ich mich nicht länger beherrschen — ich warf mich bäuchlings auf den Fußboden, und erst nach einer Stunde vermochte ich wieder einen vernünftigen Gedanken zu fassen. Mein Gott, wie traurig war mir ums Herz! Von meiner beweglichen Habe blieb mir nur noch die Kuh. Ich beschwor Marja, sie nicht auch noch verhungern zu lassen, wie ihr Sohn mein Pferd hatte verhungern lassen.

Mehrere Tage verbrachte ich in tiefer Mutlosigkeit. Meine durchlauchtige Fekluscha kam wiederholt zu mir ins Haus, um mich an mein Versprechen zu erinnern. Ich fühlte mich wie gemartert und schob alles, so weit ich konnte, von mir.

Eines Abends saß ich traurig am Fenster und grübelte über mein bitteres Los und die Möglichkeiten, es zu ändern. Doch ich zerbrach mir den Kopf vergebens — nichts, aber auch gar nichts fiel mir ein.

Da trat mit einemmal Marja auf mich zu.

‚Euer Durchlaucht . . .!'

‚Scher dich zum Teufel, dorthin, wo auch dein Sohn ist!'

‚Ich habe Sie nicht angesprochen, um Sie zu kränken. Ich möchte Ihnen mit meinem Rat beistehen. Mir scheint, Sie überlegen, wie Sie Ihre Lage verbessern können?'

‚Das ist leicht möglich!'

‚Ich kann Ihnen das sicherste Mittel dazu sagen!'

‚Das sicherste Mittel?' rief ich und sprang auf. ‚Das sicherste Mittel? Und worin besteht es nach deiner Meinung?'

‚Im Heiraten!'

Ich war starr. Das Wort ‚heiraten' traf mich wie ein Donnerschlag. Ich nahm an, Fürstin Fekluscha habe sie überredet, mir vom Heiraten zu sprechen, weil sie selber keine Zeit dazu hatte.

‚Ratgeberinnen wie dich soll der Teufel holen!' sagte ich, wandte mich ab und griff mir an den Hinterkopf.

‚Aber warum denn nicht heiraten', entgegnete Marja nachsichtig, ‚wenn man zum Beispiel ein ehrliches, gescheites, arbeitsames und tüchtiges Mädchen im Auge hat . . .'

‚Ja doch, sehr arbeitsam, sehr tüchtig!'

‚Ein Mädchen, das obendrein ziemlich reich ist!'

Beim Worte ‚reich' riß ich verwundert die Augen auf.

‚Ja, stimmt es vielleicht nicht? Ist Mawruscha, die Tochter unseres Dorfältesten, etwa nicht reich?'

Mein Erstaunen war unbeschreiblich.

‚Die Tochter des Dorfältesten?‘ sagte ich durch die Zähne und stockte. ‚Wie käme er dazu, sie einem wie mir zur Frau zu geben?‘

‚Es genügt, daß Sie ihr gefallen‘, erwiderte die Alte vergnügt. ‚Sie sind in ihren Augen ein vortrefflicher Freier, und sie hat — ich gestehe von vornherein, daß ich über alles mit ihr gesprochen habe —, sie hat den sehnlichsten Wunsch, Ihre Frau und damit Fürstin zu werden. Auch ist sie wohlhabend genug, um sich so zu bewegen, wie es diesem vornehmen Titel angemessen ist. Zweifeln Sie nicht am Erfolg! Morgen ist Feiertag — ziehen Sie sich sauber an, gehen Sie in die Kirche, beten Sie inbrünstig, und dann ... zum Dorfältesten!‘

Marja entfernte sich, und ich begann mit meinen Vorbereitungen. Ich holte den Waffenrock meines Urgroßvaters hervor, der bei irgendeinem Regiment als Unteroffizier gedient hatte, sah mir das Kleidungsstück sorgfältig an und fand es ausgesprochen hochzeitlich. Dann nahm ich den Säbel vom Nagel, putzte ihn mit einem Tuchläppchen blank und klopfte den Staub aus dem Hut. Kurz und gut — ich stellte mir die äußerste Verwunderung der Bauern, wenn sie mich in diesem Staat erblickten, und den nachdrücklichen Wunsch des Dorfältesten vor, mir seine Tochter zur Frau zu geben. Und als ich dann im Bett lag, träumte ich: Ich heirate also Mawruscha! Sobald ich aber verheiratet bin, habe ich Geld mehr als genug. Ich kaufe ein Grundstück in der Stadt und baue ein Haus darauf, denn für den Fürsten Gawrilo Tschistjakow schickt es sich wirklich nicht, auf dem Dorf zu leben. Meine Fürstin ist von zierlichem Wuchs. Sie ist weder Getreideschneiden noch Jäten noch Wäschewaschen gewohnt. Ihr steht es an, sich zu putzen, zu tanzen und ein Liedchen zu trällern.“

FÜNFTES KAPITEL
Die Brautwerbung

„Kaum wurde es hell, war ich schon auf den Beinen. Die Gestalt der schönen Mawruscha geisterte immerfort durch meine Phantasie. Noch mehr jedoch fesselte mich, wie ich gestehe, die Vorstellung vom Haus in der Stadt, von den Wagen, Lakaien und sonstigen Annehmlichkeiten des Lebens, die sie als Mitgift in die Ehe einbringen würde.

Ich betrachtete den Waffenrock, den Säbel, den Rohrstock und die übrigen Requisiten meiner Vornehmheit und frohlockte in der Seele und in Gedanken. Der weisen Marja zollte ich tausendfachen Dank für ihren kostbaren Einfall. Wie wäre es in der Tat möglich, fragte ich mich, während ich mich in einer Spiegelscherbe, die in der Lehmwand eingelassen war, beäugte und mich hin und her drehte, wie wäre es möglich, daß der Dorfälteste, so reich und hochmütig er übrigens auch sei, einen Mann wie mich abwiese? O nein, das würde er auf keinen Fall tun. Erstens würde er sich scheuen, meine vornehmen Ahnen zu kränken, und zweitens — was noch schlimmer wäre — mich selbst, der ich mit diesem Säbel bewaffnet war. Allein seine Altertümlichkeit bewies das Alter meines vornehmen Geschlechts. Kurz und gut, ich war schon eine Stunde vor Beginn des Mittagsgottesdienstes fertig, spazierte stolz wie ein Spanier im Hause umher, blickte streng drein, und wenn mir die Katze oder der Hofhund Barbos über den Weg liefen, zog ich drohend mein Schwert und setzte ihnen nach, wobei ich dieselben Worte ausstieß, die man auf Schlachtfeldern auszustoßen pflegt, wenn man den Feind verfolgt (davon hatte mir mein verstorbener Vater erzählt, obwohl weder er noch mein Großvater je ein Schlachtfeld zu Gesicht bekommen hatten).

In der Hitze meiner edlen Begeisterung zertrümmerte ich mehrere Töpfe und zwei Fensterscheiben meines Gemachs. Ich stieß gelegentlich Marja an, die jedesmal dabei aufschrie, und riß mir an einem Nagel ein Loch in den Schoß des Waffenrocks, was mich am meisten betrübte. Ich war wie vor den Kopf gestoßen und Marja desto mehr. ‚Ach, du lieber Gott!‘ riefen wir beide erschrocken aus. ‚Was fangen wir nun an? Es wird bald zur Mittagsandacht läuten! Zustopfen? Und womit, Euer Durchlaucht? Wir haben keine Daumenlänge Nähseide im Haus. Aber warten Sie, das ist ja wunderbar! Natürlich hat das Glück in eigener Person Ihre Schritte auf die Spur der frechen Katze gelenkt, damit der Schoß des Waffenrocks am Nagel hängenbleibt ... Erklären Sie jedem, der danach fragt, und am besten auch denen, die es nicht tun, daß dieses Loch von einer Kugel herrührt, die einer der Fürsten Tschistjakow in einer fürchterlichen Bataille empfing.‘

Um meiner Freude über diesen vortrefflichen Plan Ausdruck zu verleihen, schnellte ich einen Arschin hoch, und als ich wieder auf der Erde landete, verhedderte sich der Säbel zwischen meinen Beinen, und der Griff, der vermutlich von Rost zerfressen war, brach ab. Er flog beiseite und fiel klirrend vor die Füße der verdutzten Marja.

‚Mein Gott!' sagte ich gedehnt und erhob mich vom Fußboden. ‚Was nun, Marja?'

Marja dachte nach, lächelte und erwiderte: ‚Gott richtet alles zum Vorteil von Euer Durchlaucht ein. Wenn jemand fragt, warum Ihr Säbel keinen Griff hat, dann sagen Sie, Ihr streitbarer Ahnherr habe den Griff im Kampf gegen die ungläubigen Türken verloren. Und wenn man fragt, wieso, dann geben Sie zur Antwort, Ihr Ahnherr sei, als er den Widersacher niederstreckte, gegen den Säbel gestoßen, und die Klinge sei abgebrochen.'

‚Dann hat er aber doch den Griff in der Hand behalten', entgegnete ich verwirrt und versuchte Marjas Gedanken zu erraten.

‚Das ist es ja eben! Er warf den Griff fort, weil er zu nichts mehr taugte, und hob dafür die Klinge auf.'

‚Bravo!' sagte ich begeistert und ging in die Kirche, denn es wurde schon längst geläutet. Ich glaube, selbst Kaiser Augustus war bei dem Triumphzug nach dem Sieg, der über sein Schicksal entschied, nicht so stolz wie ich, der Mawruscha, die Tochter des Dorfältesten, zur Frau zu bekommen hoffte. Sie hatte ich schon gewonnen. Jetzt galt es nur noch den Alten zu bekehren, und das schien keineswegs so schwer. Der Waffenrock mit dem Loch und der Säbel ohne Griff ... Oh! Einem solchen Köder konnte kaum jemand widerstehen! Dies waren meine Gedanken beim Betreten der Kirche, aber leider zeigte sich niemand beeindruckt. Alle lächelten nur geringschätzig, und als ich am Dorfältesten vorbeischritt, lachte er sogar ziemlich laut auf, denn einem Dorfältesten ist ja alles gestattet. Ich sah mich selbstbewußt um und bemerkte, daß Mawra errötete, doch der Dorfälteste lachte weiter.

Das ist nur Neid, sagte ich mir und blickte stolz in die Runde. In den Gesichtern ringsum war jedoch nichts als tiefste Empörung, ja Verachtung zu lesen, mit einer Ausnahme — dem Gesicht der Fürstin Fekluscha, die nahe am Eingang stand. Unsere Blicke begegneten sich. Sie war verwirrt und schlug die Augen nieder. Mir dünkte, sie sei, seitdem sie mich nicht mehr besucht hatte — das heißt in den letzten drei Wochen —, ziemlich beleibt geworden. Diese Entdeckung bewirkte, daß ich mir den Schweiß von der Stirne wischte und die Kirche verließ. Mich quälte mein Gewissen.

Was soll ich jetzt machen? fragte ich mich. Ich stand am Tor der Kirchenumfriedung, rieb mir die Hände und bemühte mich, einen vernünftigen Gedanken zu fassen. Schließlich drang ein glänzendes Etwas in meine Seele ein, und ein Licht erleuchtete meinen Verstand. ‚Ja, ich tu's!' rief ich aus, machte mich zum Hause des Dorfältesten auf und schwor mir, mich in seinem Heim ebenso wacker zu halten wie mein Ahnherr in der Schlacht, in der er ein Loch im Waffenrock davongetragen und den Säbelgriff verloren hatte.

Ich trat festen Schrittes ein und gewahrte, daß im Hause allerlei Vorbereitungen zum Empfang von Gästen im Gange waren.

‚Oh! Hier findet bestimmt eine Feier statt', sagte ich stokkend.

‚So ist es', entgegnete Pegassija, die Frau des Dorfältesten, und runzelte die Stirn, ‚Mawruscha, unsere Tochter, hat heute Namenstag.'

‚Na wunderbar', sagte ich, weil ich nichts Besseres zu sagen wußte, und blieb wie angewurzelt auf der Schwelle stehen.

‚Was wünschen Sie, Fürst?' fragte Pegassija. ‚Wenn Sie ein Anliegen an meinen Mann haben, dann bitte ich Sie zu warten — er wird bald hier sein.'

Die Anrede ‚Fürst' brachte mich zur Besinnung. Ich warf einen Blick auf das Loch im Waffenrock und auf den Säbel ohne Griff, betrat würdevoll die Stube und setzte mich auf einen Stuhl.

Hier sah ich mir in Muße die Einrichtung an und mußte mir eingestehen, daß ich noch keine schönere gesehen hatte. Im Geiste suchte ich schon aus, was mir zum Besten zu gehören schien und was der Dorfälteste ohne Zweifel seiner Tochter als Heiratsgut überlassen würde. Namentlich die Bilder fesselten meine Aufmerksamkeit. Die Farben darauf leuchteten und glühten. Ich erhob mich und schaute sie mir der Reihe nach an. Mein Gott, was gab es da für Wunderdinge! Hier begruben blaue Mäuse einen violetten Kater. Das sind offenbar fremdländische Tiere, dachte ich bei mir und wandte mich dem nächsten Bild zu. Das zeigte — o Schrecken! — das Jüngste Gericht. Der Hölle Rachen war weit aufgesperrt — Bojaren und Popen, Dorfälteste und Fürsten, Mörder und Brandstifter wurden hineingeschleift. Alle hatten vor Angst rote Gesichter. Ich fuhr im Betrachten fort und erkannte die Gestalten der Sünden. Sie nahmen den gleichen Weg. Hier war der Stolz, dort kam die Grausamkeit, die Heuchelei und so weiter. Ich hatte mir schon mehr als die Hälfte angesehen und freute mich, daß ich kein Mörder und kein Brandstifter war. Doch schon bei der Gestalt des Stolzes errötete ich ein wenig. Plötzlich geriet mir der Verführer der Unschuld vor die Augen. Ich erblaßte und wich zurück. Später trat ich aus Neugier wieder auf ihn zu — mich verlangte zu wissen, was mit dem Verführer der Unschuld geschehen würde. In meiner Phantasie tauchte in aller Lebendigkeit das Bild Fekluschas auf.

Ich sah — die Teufel rissen dem Verführer mit einer glühenden Zange die Zunge aus und wiederholten dabei: ‚Lüge nicht, schwöre nicht, verführe nicht!‘

Mir sträubten sich die Haare. O schöne und unschuldige Fürstin Feklusch a! Wie wird es deinem armen Fürsten Gawrilo Simonowitsch ergehen! Ich griff nach Hut und Stock, wollte das Weite suchen und auf die reiche Mawruscha verzichten, um nicht zur Zielscheibe des Spotts der bösen Geister zu werden, als der Dorfälteste mit seiner Tochter am Arm und mehrere der angesehensten Fürsten und Bauern unseres Dorfes eintraten.

‚Willkommen, Fürst!‘ sagte der Dorfälteste mit freundlichem Lächeln. ‚Sie finden sich zur rechten Stunde bei uns ein — meine Tochter hat heute Namenstag. Ich bitte Sie, zu Tisch bei uns zu bleiben.‘

‚Ich komme in ganz anderer Absicht‘, entgegnete ich, rückte das Halstuch zurecht und errötete. Mehr brachte ich nicht über die Lippen. Wäre der Dorfälteste scharfsichtiger gewesen, dann hätte er aus meinem Erröten, aus dem gesenkten Blick unschwer erraten können, worüber ich mit ihm zu sprechen wünschte. Aber er war in dieser Hinsicht fühllos wie ein Stein.

‚Reden Sie, Fürst‘, sagte er wohlgelaunt, und ich bedeutete ihm, so gut es ging, daß ich ihn unter vier Augen sprechen wolle.

Er führte mich in ein besonderes Zimmer, ließ mich Platz nehmen, setzte sich ebenfalls und erkundigte sich aufs neue nach dem Anlaß meines Besuchs. Ich weiß nicht, wie ich es fertigbrachte, dieses Gespräch mit ziemlichem Ungestüm zu führen, wie Sie im folgenden hören werden.

Ich: ‚Ich habe von meinem verstorbenen Vater gehört, daß er und Sie sehr befreundet waren.‘

Er: ‚Wollen Sie, daß ich offen mit Ihnen rede, und werden Sie nicht gekränkt sein, wenn ich Ihnen die Wahrheit sage?'

Ich: ‚Oh, ich bitte darum! Die Angelegenheit, in der ich hier bin, erfordert Offenheit.'

Er: ‚Also gut. Ihr verstorbener Vater und ich sind tatsächlich Freunde gewesen! Er war klug und gütig, und er verstand sich auf seine Wirtschaft, und das ist in unseren Verhältnissen am notwendigsten.'

Ich (errötend und an mir herumzupfend): ‚Ja, das stimmt.'

Er: ‚Was haben Sie mir sonst noch mitzuteilen?'

Ich (den Blick zu Boden gesenkt): ‚Von dieser Grundlage ausgehend, hege ich die Hoffnung, daß Sie es nicht ablehnen werden, mir Ihre Tochter Mawruscha zur Frau zu geben. Ich bete sie an!'

Ich gestehe — das war gelogen. Ich betete Mawruscha keineswegs an, ich war nicht einmal in sie verliebt. Dagegen berührte mich der Reichtum ihres Vaters an der empfindlichsten Stelle, und eben ihm galt meine Liebe. Der Dorfälteste riß die Augen auf und maß mich von Kopf bis Fuß mit dem Blick. Ich bin sicher, daß er weder das Loch im Waffenrock noch den Säbel ohne Griff bemerkte. Er runzelte nur die Stirn und fragte: ‚Fürst! Wie wollen Sie Ihre Frau ernähren?'

Was sollte ich darauf erwidern? Ich saß da, blaß und außerstande, etwas zu sagen.

‚Junger Mann', fuhr der Dorfälteste fort, ‚wenn deine Wirtschaft einen freundlicheren Anblick gewinnt, wenn du sie wenigstens wieder auf den Stand bringst, den sie zu Lebzeiten deines Vaters gehabt hat, dann komm zu mir und frage noch einmal an — wir werden sehen, vielleicht . . . Doch jetzt — auf Wiedersehen!' Er erhob sich und verließ das Zimmer.

Ein Eisberg wälzte sich auf meine Brust. Ich stand mit Mühe auf und ging, vor Scham und Verzweiflung wankend, hinaus. Mir wurde schwarz vor Augen, die Gegenstände verdoppelten sich oder verschwanden. Trotz dieser Trübung meines Blicks gewahrte ich, daß mich die Gäste anstarrten, als wäre ich ein Fabelwesen. Der Tisch war gedeckt. Flaschen mit Wodka, Honigwein, Bier und Schüsseln mit Essen standen bereit. Alle warteten darauf, daß ich ginge, damit der Geistliche den Segen sprechen und das Festmahl seinen Lauf nehmen könne. Ich beschleunigte meine Schritte, doch wer beschreibt die Lage, in die ich geriet? Das obere Ende meines Säbels ohne Griff, das ziemlich weit aus der Scheide herausgerutscht war, verfing sich in einem überhängenden Zipfel des Tischtuchs. Dieses verschob sich infolge meiner raschen Bewegung zusammen mit all den Weinen, Wodkaflaschen und Schüsseln. ‚Ach!' erklang es von allen Seiten. Ich erschrak, gab mir einen Ruck und machte einen weiteren Schritt — alles fiel klirrend, scheppernd und rasselnd zu Boden, und auch ich selbst schlug hin. In Windeseile sprang ich auf, doch meine Stiefel waren schon voller Wodka und Wein, und eine fette Nudelsuppe rann an meinem Gesicht herunter.

Ich lief, so schnell mich meine Beine trugen. Die Bauern sahen mir verwundert nach, und die Kinder ringsum riefen: ‚Schaut nur, schaut, der Fürst ist übergeschnappt!'

In dieser Aufmachung langte ich zu Hause an. Die arme Marja brach in Tränen aus. ‚Was soll das bedeuten?' fragte sie und zitterte vor Angst.

‚Das Schicksal ist grausam zu mir', entgegnete ich, außer

Atem vor Scham und Zorn. ‚Hilf mir beim Ausziehen. Zu Mittag essen will ich nicht, ich muß mich beruhigen.' Ich warf den Waffenrock ab und zog die Stiefel aus, wusch mich und legte mich zu Bett, konnte aber nicht einschlafen. Mir stand in einem fort meine Schande vor Augen."

SECHSTES KAPITEL
Noch ein Fürst

An dieser Stelle seiner Erzählung mußte Fürst Gawrilo Simonowitsch die Fortsetzung derselben des folgenden Umstands wegen hinausschieben. Gegen vier Uhr nachmittags spielte und sang Katerina im Saal eine Arie. Jelisaweta saß im Schlafzimmer und las ein Buch. Fürst Gawrilo Simonowitsch schlenderte in einem warmen Überrock in den Dorfstraßen umher. Prostakow rauchte im Herrenzimmer seine Pfeife und las ein Buch, und seine Frau saß am Fenster und stopfte Strümpfe.

Der Mann (leise): „Wie majestätisch jedes Wort bei ihm ist! Jeder Gedanke gleicht einer Belehrung!"

Die Frau (ebenso leise): „Hör auf! Jedes Wort, das er sagt, ist Unsinn, jeder Gedanke — Torheit!"

Der Mann (leise): „Wie edel sein Blick in diesem entscheidenden Moment gewesen sein muß!"

Die Frau (leise): „Als er sich mit der Fürstin Fekluscha in der Laube aus Bohnenranken vergnügte? Oder als er nach Hause rannte, nachdem er den fertig gedeckten Tisch beim Dorfältesten umgerissen hatte?"

Der Mann (laut): „Wie majestätisch sein Gesicht dabei gewesen sein muß!"

Die Frau (ebenso): „Als er das erstemal bei uns erschien, völlig verschmutzt, in Lumpen, mit zerkratzter Visage? Ich wundere mich, Verehrter, daß du so viel Vortreffliches an ihm siehst. Mag sein, daß er gut ist, aber Verstand hat er, ehrlich gesagt, nicht für eine Viertelkopeke. Ein schöner Spaß! Den eigenen Gemüsegarten zu zertrampeln — und weshalb?"

Der Mann: „Entweder hast du den Verstand verloren, Frau, oder du hast nie welchen besessen. Ich las soeben eine Geschichte von Peter dem Großen und sprach zu mir selbst von der Lage, in der sich dieser unvergleichliche Held befand, als er eine Schar Verschwörer allein durch seine Worte entwaffnete."

Die Frau: „Und ich habe wahrhaftig geglaubt, du redest von unserem Fürsten Gawrilo Simonowitsch. An ihm kann ich nichts Vortreffliches entdecken."

Der Mann: „Warum mußt du überall nach dem Vortrefflichen suchen? Was findest du so Vortreffliches an dir selbst? Die große Welt kennt er offenbar nicht, doch diese Unkenntnis ist für ihn nur von Vorteil! Er ist aufrichtig und gesteht seine Verfehlungen mit der ganzen Bekenntnisfreudigkeit eines Kindes. Das genügt mir. Wer stets ohne Maske herumgeht, den kann man unbedenklich einen guten Menschen nennen! Du wiederholst in einem fort — er ist sehr einfältig. Gut! Aber wenn wir mit unseren Töchtern nach Petersburg oder Moskau führen — ich versichere dir, die meisten würden uns dort, ohne zu zögern, als dumm und abgeschmackt bezeichnen."

Die Frau: „Das glaube ich auf keinen Fall! In den Theateraufführungen, bei den Maskenfesten und auf den Bällen im Hause meines Vaters sind hohe Herrschaften aus Moskau und Petersburg zugegen gewesen, aber keiner hat auch nur durch einen Blick verraten, er halte mich für eine dumme Gans."

Der Mann: „Daran zweifle ich nicht! Aber bitte störe mich nicht beim Lesen!"

Er wandte sich ab, griff wieder zu Buch und Pfeife, und Stille trat ein. Doch nicht für lange. Mit ungewohntem Ungestüm betrat der alte Diener Makar das Zimmer, in dem die Prostakows saßen.

„Gnädiger Herr! Der Fürst, der unten an der Außentreppe steht, bittet eintreten und bleiben zu dürfen, bis seine Kutsche repariert ist."

„Bis seine Kutsche repariert ist?" riefen Mann und Frau zugleich und erhoben sich von ihren Plätzen. „Was soll das heißen? Was für eine Kutsche? Mir dünkt fast, du hattest recht, Frau. Er scheint ein Nichtsnutz, vielleicht sogar ein heimlicher Feind unseres Friedens zu sein. Nein, nein! Sag ihm, Makar, er soll den Fuß nicht auf die Stufen meiner Treppe setzen! Er macht sich auch noch über uns lustig! Stimmt's nicht? Er, der immer ungehindert Zutritt hatte, bittet auf einmal, hereinkommen zu dürfen? Offensichtlich hat er das Seine erreicht und will sich jetzt einen Spaß mit uns machen."

Kaum hatte Prostakow voller Unruhe und Gram geendet — seine Frau stimmte ihm durch Blicke und Seufzer bei, während der Diener dastand und nicht das geringste begriff —, als plötzlich Fürst Gawrilo Simonowitsch erschien. Alle waren verdutzt. Der Fürst trat auf Prostakow zu und sagte mit allen Anzeichen einer gewissen Besorgnis im Gesicht: „Der Mann, der draußen auf Ihre Antwort wartet, ist der Fürst Swetlosarow, wie mir sein Diener sagte."

„Wie? Was?" riefen der Ehemann und die Ehefrau wieder gleichzeitig aus, sahen sich an und blickten erstaunt zum Fürsten.

„Wie ist denn das nun, mein Herr?" fragte Prostakow. „Dann gehört also die Kutsche, die in meinem Dorf repariert wird, nicht Ihnen?"

„Eine Kutsche? Mir?" entgegnete Tschistjakow mit bitterem Lächeln. „Es hat zwar eine Zeit gegeben, da ich in einer Kutsche fuhr, doch diese Zeit ist mir noch heute verhaßt. Sie werden von den damaligen Umständen meines Lebens hören, sobald Sie es wünschen — wenn Sie erlauben, daß ich noch einige Tage bleibe."

„Und sei's das ganze Leben!" rief Prostakow erfreut und umarmte ihn. „Vor wenigen Sekunden habe ich dir unrecht getan — ich dachte, die Kutsche gehöre dir, du hättest uns aus irgendeinem Grunde getäuscht und deine Armut sei erfunden. Verzeih mir!"

„Getäuscht?" fragte Tschistjakow aufs tiefste betroffen und wandte sich ab, um zu verbergen, daß ihm die Tränen kamen. Prostakow war äußerst verwirrt. Es schmerzte und verdroß ihn, auch nur vorübergehend an der Ehrlichkeit seines Gastes gezweifelt zu haben. Er bot ihm die Hand und sah ihn erwartungsvoll an. Der Fürst verstand ihn, sie umarmten einander, und ihre Herzen waren ausgesöhnt.

Unterdes hatten sich die Töchter sowie mehrere Stubenmädchen und Lakaien in ihren Räumen versammelt, und alle wiederholten mit gedämpfter Stimme: „Mal sehen, wie dieser andere Fürst ausschaut."

„Mein Herr", wandte sich Gawrilo Simonowitsch mit flehender Gebärde an Prostakow, „solange sich dieser anscheinend reiche Fürst bei Ihnen aufhält, bitte ich Sie ergebenst, mich mit einem anderen Vor- und Familiennamen anzureden — ich schwöre Ihnen, keineswegs darum, weil ich jemand täuschen will. Ich habe aber wichtige Gründe, von denen Sie zu gegebener Zeit erfahren sollen — Sie werden zufrieden sein. Weder er noch seine Leute brauchen zu wissen, daß ich ein Fürst, dazu der Fürst Tschistjakow bin. Es würde den hochmütigen reichen Herrn veranlassen, sich über mich lustig zu machen. Und das wäre Ihnen, wie ich glaube, kaum genehm."

„Gewiß nicht!" rief Prostakow und hieß den Diener den Fürsten hereinbitten. Der Diener ging, und Prostakow fuhr fort: „Sie werden also einfach, sagen wir, Terenti Pafnutjewitsch heißen und ein armer Edelmann sein, den ein Prozeß ruiniert hat, ein Freund oder gar entfernter Verwandter unseres Hauses!"

„Doch der Familienname", sagte Tschistjakow hastig, „mir fällt so schnell nichts ein."

Alle setzten die Miene von Erfindern auf. Prostakow rieb sich die Stirn, Maremjana starrte zur Decke und bewegte lautlos die Lippen, aber keiner kam in der kurzen Zeit auf einen Namen, der zu dem Gast gepaßt hätte.

„Mein Gott, er wird gleich hiersein, und ich habe noch keinen Namen!" Alle schwiegen. Plötzlich setzte sich eine Krähe aufs Fensterbrett und schrie in einem fort „kra-kra".

„Ein böses Vorzeichen!" jammerte Maremjana.

„Bravo!" rief Tschistjakow. „Was könnte besser sein! Nennen Sie mich *Herr Krakalow*! Mir scheint, das ist ein schöner Name, jedenfalls steht er einem Edelmann, den ein Prozeß zugrunde gerichtet hat, besonders gut an."

Alle billigten die Wahl, und sogleich wurde für das ganze Haus der strengste Befehl gegeben, mit keinem Wort vom Fürsten Tschistjakow zu sprechen, sondern ihn einfach Herr Krakalow zu nennen.

Die Tür tat sich geräuschvoll auf, und wie ein stürmischer Windstoß wirbelte, kratzfüßelnd und scharrend, der neue Fürst herein. Er mochte um die fünfunddreißig sein, war aber noch so lebendig, so gewandt und anziehend, daß man sich täuschen und meinen konnte, er sei nicht älter als fünfundzwanzig. Sein Gesicht wirkte zart. Eine dem Rang entsprechende Haltung im Verein mit einer feinen Liebenswürdigkeit nahm alle auf den ersten Blick für ihn ein, außer Prostakow und dem Fürsten Gawrilo Simonowitsch.

„Gestatten Sie mir die Frage, in wem von Ihnen ich die Ehre habe, den Herrn des Hauses vor mir zu sehen?"

Prostakow trat in seiner biederen Art auf ihn zu, reichte ihm die Hand und sagte: „Der Hausherr bin ich, das ist meine Frau, und das sind meine Töchter. Bitte nehmen Sie Platz!"

Und bei diesen Worten setzte er sich gelassen. Dafür aber maßen Frau Maremjana und ihre beiden Töchter den neuen Gast von Kopf bis Fuß.

Er war prächtig gekleidet und duftete auf eine ziemliche Entfernung nach Parfüm. An seinem Finger funkelte ein kostbarer Ring. Er saß bequem zurückgelehnt im Sessel, spielte mit der linken Hand an der Uhrkette und hielt in der rechten einen kleinen Spazierstock, mit dessen goldenem Knauf er über seine Zähne hinklirrte.

„Sie sagten, das sind Ihre Töchter, verehrter Hausherr?"

Prostakow wollte gerade den Mund auftun, da kam Maremjana Charitonowna ihm schon zuvor. „Ganz recht, Euer Durchlaucht. Das ist die ältere, Jelisaweta, und das die jüngere, Katerina. Jene ist bereits neunzehn, während diese noch keine siebzehn ist. Sie sind in der Gouvernementshauptstadt erzogen, in einem Pensionat, obgleich uns das ..."

Prostakow flammte vor Entrüstung. Er warf ihr einen drohenden Blick zu, der sie besonders verblüffte, weil sie dergleichen nur selten von ihm zu sehen bekam. Der Fürst bemerkte es nicht, da er sich als gewandter Mann mit wohlwollender Miene der Betrachtung der errötenden Töchter widmete.

„Und das, gnädige Frau", wandte er sich an Maremjana und wies mit dem Stöckchen auf den armen Tschistjakow, der weiter ab am Fenster stand und, ohne jemand anzuschauen, die Finger an seinen Händen zählte, „das ist natürlich ein Nachbar?"

„Das ist ...", begann sie, stockte und sah zu ihrem Mann.

„Das ist ein entfernter Verwandter von uns", erwiderte Prostakow trocken. „Terenti Pafnutjitsch Krakalow, ein Edelmann, den ein Prozeß zugrunde gerichtet hat."

„Sehr erfreut über die Ehre", sagte der Fürst, zu Tschistjakow gekehrt, nickte ihm zu und machte einen Kratzfuß, ohne jedoch aufzustehen.

„Keine Veranlassung, Euer Durchlaucht", entgegnete Tschistjakow, verneigte sich tief und begab sich in sein Zimmer.

Nachdem man Tee getrunken hatte, bat der Fürst um die Erlaubnis, Zeuge der Talente der Prostakowschen Töchter zu sein. Maremjana ging mit Vergnügen darauf ein. Man wechselte in den Salon hinüber, doch es tauchte eine Schwierigkeit auf — wer sollte Klavier spielen und wer mit dem Fürsten tanzen? Maremjana beharrte darauf, daß ihre Töchter einander ablösten und sich in beiden Künsten zeigten. Jelisaweta widersprach ihr hartnäckig — sie sei zwar bereit zu spielen, doch tanzen werde sie auf keinen Fall.

„Ich wünsche es aber unbedingt", rief Maremjana mit zornroten Wangen.

„Üb keine Nötigung aus", sagte Prostakow ziemlich ärgerlich, „was gegen den Willen getan wird, ist niemals gut. Jelisaweta, spiel — soll Katerina tanzen."

Die Mutter verstummte. Jelisaweta setzte sich an den Flügel. Der Fürst ergriff zärtlich Katerinas Hand, und der Tanz begann.

Man mußte sich im klaren darüber sein, daß Fürst Swetlosarow, der ja schon in den Jahren war, in denen man unwillkürlich und ohne jede Absicht ein solides Äußeres annimmt — man mußte sich also im klaren darüber sein, daß der Fürst nicht den Anblick eines sorglosen jungen Mannes bot, der von der schmeichelnden Hoffnung auf Liebe und Glück berauscht ist. Eher hätte man ihn mit dem ewig jungen Apoll vergleichen können, wäre dieser Gott auf dem Olymp jemals auf ähnliche Weise herumgehüpft! Dafür übertraf Katerina alle Erwartungen ihrer Mutter, die mit freudestrahlenden Augen jeden ihrer Schritte, jede Bewegung verfolgte. Prostakow hingegen saß in der Ecke, runzelte die Stirn, hielt es schließlich nicht aus und meinte mit gedämpfter Stimme zu Tschistjakow, der wieder hereingekommen war und neben ihm stand: „Es ist, als hätte sich der böse Geist bei uns einquartiert, nicht wahr?"

„So ähnlich ist es", entgegnete Tschistjakow, seufzte und zuckte die Schultern. „Es gibt hier zwar keine Laube aus Bohnenranken, aber dennoch ..."

„Der Teufel stellt seine Fallen überall", bemerkte Prostakow und seufzte seinerseits.

So verging der größte Teil des Abends, und zu guter Letzt schlug die Uhr neun.

Prostakow riß die Geduld. „Wäre es nicht an der Zeit, daß Euer Durchlaucht ein wenig ausruhen, damit sich der Appetit einstellt? Wir essen bald zu Abend."

Der Fürst ging mit keinem Wort darauf ein, sondern drehte sich weiter, bis der Tanz zu Ende war. Er schritt mit einschmeichelndem Lächeln auf Maremjana Charitonowna zu, neigte den Kopf und sagte: „Um der Wahrheit die Ehre zu geben — Ihre entzückende Tochter tanzt wie ein Engel. Ach, könnte sie sich doch öfters darin üben! Aber wie und mit wem sollte sie das auf dem Dorf!" —

„Für Mädchen vom Lande steht diese Kunst an hinterster Stelle“, warf Prostakow trocken ein, „Hauptsache, sie sind gescheit.“

Maremjana unterbrach ihn: „Ach, du lieber Gott! Weiß man denn, welches Los ihnen beschieden ist? Vielleicht verbringen sie ihr ganzes Leben in der Stadt oder gar in der Hauptstadt.“

Der Ehemann sandte ihr nach seiner Gewohnheit einen vielsagenden Blick zu. Sie verstummte.

Der Fürst trat zu ihm. „Sie wollten mir etwas sagen, wenn ich mich recht erinnere?“

„Möchten Sie sich nicht ein wenig ausruhen? Es wird Zeit, zu Abend zu essen und schlafen zu gehen.“

„Schlafen zu gehen?“ rief Maremjana in äußerster Erregung und ließ die Arme sinken.

Der Fürst zog die Uhr aus der Tasche.

„Mein Gott! Was haben Sie da gesagt? Um zehn Uhr schlafen gehen? Das hieße die Zeit vergeuden! Sind es nicht die vergnüglichsten, schönsten Stunden?"

„Tun Sie sich keinen Zwang an", sagte Prostakow und ging auf seine Frau zu. „Worüber wehklagst du, Verehrte?"

Sie faßte ihn geheimnisvoll bei der Hand, führte ihn in ein anderes Zimmer und gab Tschistjakow durch einen Blick zu verstehen, er möge ihnen folgen.

„Ach, was ist dieser Fürst für ein liebenswürdiger Mensch!" äußerte sie begeistert.

„Das hättest du mir auch später mitteilen können", entgegnete der Ehemann ärgerlich.

Die Frau: „Immer mußt du über etwas zürnen, mein Freund. Das ist wahrhaftig unangenehm, zumal, wenn es in Gegenwart von Fremden geschieht."

Der Mann: „Dann gib keine Veranlassung dazu."

Die Frau: „Dieses Mal hast du sie gegeben."

Der Mann: „Und womit?"

Die Frau: „Du willst schlafen gehen und hast dir nicht einmal überlegt, wo der Gast übernachten soll!"

Der Mann: „Hier, in diesem Zimmer, auf dem Sofa. Wenn man auf der Durchreise ist und morgen weiterfährt, braucht man nicht viel. Von seinen beiden Dienern soll der eine dorthin gehen, wo die Kutsche repariert wird, und der andere mag im Vorzimmer schlafen."

Die Frau: „Ach, du lieber Gott! Ein so feiner Herr soll mit einem Sofa vorliebnehmen!"

Der Mann: „Wenn man müde ist, hat man es hier am besten."

Die Frau: „Du hast aber anders darüber gedacht, als Fürst Gawrilo Simonowitsch bei uns ankam!"

Der Mann: „Weil ich ihn nicht so bald fortlassen wollte — er war unglücklich, das bewies jeder Schlag seines Herzens, jeder Blick. Während dieser hier in einer Kutsche reist. Mehrere Personen erfüllen jeden seiner Wünsche. Was sollte er hier wohl anfangen?"

Die Frau: „Ach, mein lieber Freund! Wenn er doch ein paar Tage bleiben wollte! Wie überredet man ihn dazu?"

Der Mann: „Du bist von Gott verlassen!"

Die Frau: „Dann bringen wir ihn doch wenigstens in dem Zimmer unter, in dem Fürst Gawrilo Simonowitsch wohnt!"

Der Mann: „Fürst Swetlosarow würde erst recht unzufrieden sein, wenn er das Zimmer mit jemand teilen müßte."

Die Frau: „So meine ich es nicht! Fürst Gawrilo Simonowitsch kann einstweilen in die kleinen Gartenhausstuben umziehen."

Tschistjakow erklärte sich plötzlich mit Freuden dazu bereit. Die Frau dankte ihm herzlich, und ehe der Mann ja oder nein sagen konnte, war bereits der Befehl erteilt, das Bettzeug, einige Stühle und die Wäsche, die Prostakow dem Fürsten geschenkt hatte, hinüberzuschaffen.

So mußte sich der Ehemann, ob er wollte oder nicht, zufriedengeben.

Der Abend verlief geräuschvoll und wirr — man sang, tanzte und lachte, schmeichelte einander und fühlte sich selbst geschmeichelt und so weiter und so weiter. Der arme Prostakow betrat sein Schlafgemach mit äußerst finsterer Miene erst eine halbe Stunde nach Mitternacht, was seit dem Tage seiner Abdankung nicht mehr vorgekommen war. Der neue Gast machte es sich in seinem Zimmer bequem, und der neugebakkene Terenti Pafnutjewitsch Krakalow zog sich in sein Gartenhaus zurück und war vergnügter denn je — er fand es seinem alten Fürstenpalast viel ähnlicher als das Haus des Herrn Prostakow.

SIEBENTES KAPITEL
Der Gast

Alle verschliefen oder lagen doch länger als gewöhnlich in den Betten. Prostakow war nie so trüber Stimmung gewesen wie an diesem Morgen. Der mißglückte Abend hatte Spuren auf seinen Wangen und in den Augen, besonders aber in seinem Herzen hinterlassen. Er zog sich ebenso schlicht an wie jeden Morgen und beschloß, um sich halbwegs abzulenken, den neuen Eremiten Krakalow zu besuchen und seine Schwermut durch ein Gespräch mit einem einfachen, aber guten Menschen zu zerstreuen. Er stieg die Stufen hinunter in den Garten, setzte die Mütze ab, bekreuzigte sich und sagte: „Sei gepriesen, o Herr, daß dieser durchlauchtige und schon bejahrte Schwerenöter heute fährt. Ich habe nicht einmal die Absicht, ihn zum Mittagessen dazubehalten. Soll er sich zum Teufel scheren!"

Er betrat Herrn Krakalows Hütte, traf ihn aber nicht an, und der Junge, der ihn bediente, richtete ihm aus, Herr Krakalow sei vor einer Stunde zu einem Spaziergang aufgebrochen und habe einen Zettel zurückgelassen. Prostakow griff nach dem Zettel, entfaltete ihn nicht ohne einige Bewegung und las:

Mein hochverehrter Wohltäter! Für mich ist jeder Augenblick, den ich mit Ihnen verbringe, ein großes Vergnügen, aber die Anwesenheit dieses Fürsten bedrückt mich. Er, der mich beleidigt hat, kann mich auf keinen Fall für sich einnehmen, ich weiß jedoch — Ihr empfindsames Herz wird er rühren. Erwarten Sie mich darum nicht zum Morgentee. Zum Mittagessen erscheine ich und hoffe, daß Sie mich dann nicht mehr als Herrn Krakalow, sondern bereits als den begrüßen werden, der ich bin — als Ihren ergebenen Tschistjakow.

„Gewiß, gewiß", sagte Prostakow mit zufriedenem Lächeln. „Wenn man den Schwerenöter nicht zum Bleiben auffordert, wird er bestimmt verstehen, daß man ihn los sein will."

Er streifte wohl eine Stunde im Garten umher, denn der Morgen war zwar winterlich, aber einigermaßen erträglich, und vom wolkenlosen Himmelsgewölbe schien die Sonne herab. Aus dem Garten kommend, verfiel er auf den Gedanken, über den Gutshof zu gehen und die Pferdeställe, die Wagenremise und anderes zu besichtigen. Er tat es und war nicht wenig erstaunt, als er einer unbekannten Kutsche ansichtig wurde, aus der Bediente Gepäckstücke abluden. Er trat verdrossen auf sie zu und fragte: „Wessen Kutsche ist das? Wen schickt uns der Herrgott noch?"

Ein Bedienter erwiderte: „Es ist die Kutsche des Fürsten Swetlosarow."

Prostakow war zunächst verwundert, sagte sich aber dann, der verwöhnte Herr finde es natürlich zu mühsam, sich an die Stelle zu begeben, wo seine Kutsche repariert worden war. Die Entfernung betrug in der Tat etwa eine Viertelwerst. „Was macht ihr denn da?" erkundigte er sich aufs neue.

Der Bediente entgegnete: „Diese Kassette enthält die Toilettenutensilien des Fürsten, dieser Sack die Reisegarderobe und diese Schatulle das Geld, die Wertgegenstände und einige unentbehrliche Papiere."

Prostakow trat beiseite und dachte sich: Was diese vornehmen Herrschaften doch für Käuze sind! Um Tee bei einem

Landedelmann zu trinken, müssen sie ihre Toilettenutensilien, die Garderobe, selbst irgendwelche Papiere auspacken lassen! Ich könnte es ihm wahrhaftig nachsehen, wenn er sich in derselben Kleidung, in der er gestern bei uns erschien — dem einfachen Reiserock —, in seinen Wagen setzen und davonfahren würde.

Kaum betrat er sein Haus, als ihm ein Diener meldete, er werde längst im Salon erwartet. Er vertauschte den kurzen Schafpelz gegen einen Rock und ging hinein. Hier war er nicht wenig erstaunt, ungewöhnliche Freude auf allen Gesichtern zu gewahren, ausgenommen dem Jelisawetas. Er hatte sich eben gesetzt, als Maremjana sich mit triumphierendem Ausdruck an ihn wandte und sagte: „Du wirst es nicht glauben, mein Freund, welche Ehre uns Seine Durchlaucht erweist! Stell dir vor, ich habe ihn überredet, ich habe sein Wort darauf, daß er weder heute noch morgen fährt, sondern ein, zwei Wochen bei uns bleibt.“ Prostakow erstarrte. Sein Blick war unbeweglich auf seine Frau gerichtet, die nicht begreifen konnte, wieso ihn ein solcher Glücksfall so gleichgültig ließ.

Nachdem er sich ein wenig gefaßt hatte, wandte er sich zum Fürsten um, eine Verbeugung wenigstens anzudeuten. Als er jedoch den Brillantring, der noch gestern an Swetlosarows Finger gesteckt hatte, an Katerinas Hand erblickte, trübte sich sein Auge. Blässe überzog die Wangen, und die Sinne schwanden ihm. Er sank vornüber auf die Armlehne seines Sessels.

„Ach!" erklang es von allen Seiten. Keiner konnte verstehen, wie das geschehen war. Alle stürzten auf ihn zu, hasteten hin und her und hielten ihm Riechfläschchen unter die Nase. Schließlich schaffte man den bewußtlosen alten Mann ins Bett.

Er verharrte mehrere Stunden in diesem Zustand. Dann kam er zu sich und sah Jelisaweta und Fürst Tschistjakow weinend an seinem Bett stehen. Sie schrien freudig auf und beeilten sich, ihn zu umarmen.

„Wo ist die Mutter, Jelisaweta? Wo ist deine Schwester?"

„Sie essen zu Mittag. Ich hole sie rasch."

Alsbald waren alle zur Stelle. Maremjana sank in seine Arme. Katerina küßte ihm die Hand.

„Laßt mich, unvernünftige Tochter und noch viel unvernünftigere Mutter. Das Herz meiner guten Jelisaweta und dieses verehrten Freundes genügen mir. Geht, laßt mich! Harte Herzen und leichtfertige, eitle Seelen mag ich nicht leiden."

Maremjana und Katerina standen da, dem Weinen nahe. Jelisaweta glitt auf die Knie, drückte seine Hand an ihr Herz und fragte unter Schluchzen: „Vater! Womit sind Sie unzufrieden?"

„Meine empfindsame Tochter", entgegnete er, „nicht einmal dein fühlendes Herz versteht es?"

Sie seufzte und senkte den Blick.

„Geht alle essen, auch du, mein werter Freund! Oder hört ihr nicht, wie unser Gast im Salon auf und ab läuft und ein Liedchen pfeift? Geht nur. Ich werde mich beruhigen und komme nach. Man muß, was uns der Zufall bringt, zu tragen wissen. Je unangenehmer es ist, desto gefälliger ist dem Himmel unsere Geduld."

„Gebe Gott, dem wäre so", sagte Fürst Tschistjakow. „Von nun an erscheine ich auch zum Morgentee — trotz des Fürsten Swetlosarow."

Alle gingen. Prostakow dachte gründlich nach und fand, er sei strenger gewesen als nötig. Fürst Swetlosarow ist ein Schwerenöter, das stimmt, aber sollte er denn imstande sein, meine Familie in zehn Tagen zu verderben, nachdem ich zwanzig Jahre lang bemüht war, die Saat der Tugend und der Empfindsamkeit in das Herz jedes Familienmitgliedes zu senken? Übrigens trifft ihn gar nicht so viel Schuld. Die Ursache für alles ist die Unvernunft meiner Frau. So Gott will, wendet sich alles zum Guten. Ich werde mich bemühen, den Anstand zu wahren, kann aber ihre Possen nicht mitmachen. Ich habe

Ziele für schöne Spaziergänge, ich habe meine ausgedehnten Felder und meinen lieben Freund Tschistjakow.

Gesagt, getan. Er zog sich an, ging zu den anderen hinüber und erklärte dem Fürsten seinen Anfall recht geschickt. Alles verlief gut; er versöhnte sich mit seiner Frau und mit Katerina, schärfte aber jener ein, sparsamer im Erteilen, und dieser, sparsamer in der Entgegennahme von Komplimenten zu sein.

Er suchte also des öfteren das einsame Asyl seines Freundes auf und streifte mit ihm oder allein in der verschneiten Ebene umher. So verstrichen die Tage ziemlich angenehm. Die Mutter und die jüngere Tochter beherzigten seine Ratschläge, und Fürst Swetlosarow, der dies bemerkte, wurde stetiger und unterhaltsamer, und wiewohl Prostakows Herz sich nie gegen ihn auftat, schien ihm der Fürst jetzt wenigstens erträglich. Dennoch war es ihm weit lieber, ihn nicht zu sehen. Bei einer solchen Lage der Dinge entschloß er sich, für einige Tage in das benachbarte Städtchen zu fahren. Er schützte dabei erfundene Gründe vor und bestellte den Fürsten Tschistjakow zum strengen Hüter über seine Familie und das ganze Haus. Maremjana erschien das kränkend, dem Fürsten Swetlosarow sonderbar und allen miteinander unverständlich.

Eines ziemlich trüben Abends saßen die ganze Familie und beide Fürsten beisammen und warteten auf Prostakow, denn eben an diesem Tage wollte er gegen Abend zurück sein. Die festgesetzte Stunde rückte heran, aber er kam nicht. „Wie weit er wohl noch sein mag?" fragte man der Reihe nach, doch keiner wußte Antwort. Alle waren beunruhigt und saßen schweigend da — Maremjana auf dem Sofa, neben ihr Katerina auf der einen und Fürst Tschistjakow auf der anderen Seite, Jelisaweta am Fenster zum Gutshof. Sie blickte hinauf zu den Schneewolken, die am Himmel dahinjagten, froh, daß keiner ihre Seufzer hörte oder, falls er sie hörte, auf einen Gegenstand bezog, über den auch die anderen seufzten — auf die Verspätung Prostakows.

Schließlich rief Jelisaweta: „Der Vater ist da!"

Alles lärmte und schrie durcheinander: „Er ist da, er ist da!" So daß es Prostakow schon auf dem Gutshof vernahm und vergnügt lächelte. Er ging hinein, alle strebten, ihn zu umarmen, und die gerührte Maremjana hielt ihm vor, wie unrecht es doch von ihm gewesen sei, nicht zur festgesetzten Stunde zu kommen.

Prostakow erwiderte mit zufriedener Miene: „Ich habe eine Stunde länger als vorgesehen bei einem mir bekannten Geistlichen verweilt. Dort traf ich einen jungen Mann mit anziehendem, klugem Gesicht und erfuhr, daß er von Beruf Maler sei. Wir kamen ins Gespräch, und ich fand, daß er ehrliche Lebensregeln, ziemliche Kenntnisse und eine Erfahrung besaß, die man einem so jungen Menschen nicht zugetraut hätte. Ich entschloß mich, ihn mitzubringen, damit er die ganze Familie porträtiert und meine Töchter nebenher in der Malerei unterweist, besonders Jelisaweta, die eine große Liebhaberin dieser Kunst ist."

„Wird er auch nicht zuviel dafür verlangen?" erkundigte sich Maremjana.

„Nein", entgegnete ihr Mann, „er ist arm und steht so allein, daß er nicht einmal einen Familiennamen hat und sich einfach Nikander nennt."

Fürst Tschistjakow und Jelisaweta zuckten zusammen — beide erinnerten sich insgeheim an jemanden, der diesen ihnen so teuren Namen führte. Wir werden diesen Jemand noch näher kennenlernen. Endlich trat Nikander ein. Alle eilten auf ihn zu. Auch Jelisaweta erhob sich, um ihren zukünftigen Lehrer zu sehen, und eine unverhoffte Freude ließ ihr Herz erbeben. Sie erkannte ihren Freund aus der Stadt und trat ein paar Schritte zurück, damit man die äußerste Verwirrung nicht bemerkte, in der sie sich befand. Nikander erkannte sie seinerseits, und seine Bestürzung war unbeschreiblich, man hielt sie jedoch der Schüchternheit zugute, die der junge Mann vor der Familie des reichen Gutsbesitzers empfinden mochte.

„Nun, Herr Krakalow", sagte Prostakow vergnügt, „hier haben Sie vorerst einen Gefährten. Ich bin sicher, daß Sie sich gut mit ihm verstehen werden."

„Da seien Sie ganz unbesorgt!" versetzte Tschistjakow. „Ich kenne mich zwar in den Künsten und Wissenschaften nicht allzugut aus, bin aber Menschen, die etwas wissen, von Herzen zugetan."

Man verbrachte den Abend bei bester Laune. Frau Prostakowa war namentlich darum zufrieden, weil der Maler beim Fürsten Tschistjakow untergebracht werden sollte und kein hohes Gehalt verlangen würde.

ACHTES KAPITEL
Hochzeitsvorbereitungen

Mehrere Tage hintereinander brachte man damit zu, einen Stundenplan aufzustellen, besonders jedoch Nikander zu examinieren. Der junge Mann übertraf, wie sich erwies, alle Erwartungen und Hoffnungen der Herrschaften Prostakow.

„Der Wahrheit die Ehre — er spricht ein blendendes Französisch“, sagte eines Abends Fürst Swetlosarow, lässig im Sessel zurückgelehnt und darauf wartend, daß man zu tanzen beginne.

„Noch besser spielt er Klavier“, meinte Maremjana und rückte ihr Häubchen zurecht.

„Und er zeichnet mit außerordentlichem Geschmack“, flocht Katerina ein.

Jelisaweta sah ihn mit der Zärtlichkeit eines Engels an, und ihr Blick fragte: Sind nicht dein Herz und deine unveränderliche Liebe das Schönste von allem? Nicht wahr? Die Antwort, die sie in seinen Augen las, beglückte sie, sie seufzte wohlig, und stille Zufriedenheit durchflutete das Innerste ihrer Seele.

Die Unterrichtsstunden wurden so verteilt: morgens Sprachen und Zeichnen, abends Musik.

Eines Tages, als man gerade von der Mittagstafel aufgestanden war, übergab ein Diener dem Fürsten Swetlosarow einen Brief. Dieser warf einen Blick auf die Anschrift und verfärbte sich. Dann brach er das Siegel auf, las, geriet in große Verwirrung und stieß hervor: „Es bleibt mir nichts übrig, als mich der Allmacht der Umstände zu fügen. Sofort meine Kutsche!“

Sosehr man ihn auch drängte und nach dem Grund einer so plötzlichen Abreise forschte, er blieb dabei, seine häuslichen Angelegenheiten ließen keinen Aufschub zu, und schließlich polterte seine Kutsche zur größten Freude des überwiegenden Teils der Familie, besonders Prostakows und des Fürsten Gawrilo Simonowitsch, zum Gutshof hinaus. Bevor er die Fahrt antrat, hatte er sich freundschaftlich verabschiedet und versprochen, die liebenswürdige Familie in Kürze wieder zu besuchen. Maremjana Charitonowna wurde nachdenklich, Katerina seufzte, Jelisaweta war wie sonst, nur kamen ihre Seufzer und das Wogen ihres Busens nicht wie früher vom Herzeleid, sondern von einem sanften Liebes- und Hoffnungstaumel. So gingen Tage und Wochen dahin. Prostakows Anhänglichkeit an Fürst Tschistjakow und dessen jungen Freund Nikander wurde immer herzlicher — diese beiden hatten sich auf das zärtlichste liebgewonnen.

Die langen Dezemberabende brachen an, und an einem dieser Abende, als Nikander und Jelisaweta im Speisezimmer ihren Musikstudien oblagen, während die Eheleute Prostakow, Fürst Tschistjakow und Katerina im Wohnzimmer vor dem Kamin saßen, wandte sich der Hausherr mit einem Mal lebhaft an den Fürsten.

„Was ist denn nun, Fürst? Wir haben die Fortsetzung deiner Abenteuer ganz aus den Augen verloren, und du erinnerst uns nicht daran! Solche Winterabende sind dazu wie geschaffen."

„Ich bin mit Vergnügen bereit", entgegnete Fürst Gawrilo Simonowitsch, „sofern auch Sie bereit sind, mir weiter zuzuhören. Wenn ich mich recht entsinne, war ich dabei stehengeblieben, wie ich in tiefer Verzweiflung vom halsstarrigen Dorfältesten zurückkam und mich zu Bett legte, um meinen Kummer über den Verlust Mawruschas und ihres Reichtums einigermaßen zu vergessen. Doch der Schlaf mied mich. Ich seufzte, stöhnte und wußte nicht, was tun. Schließlich stand ich auf und setzte mich traurig ans Fenster, den Kopf in die Hand gestützt. Voller Entrüstung schaute ich zu, wie sich die Katzen- und Hundejungen balgten, und sagte: ‚Nichtsnutzige Kreaturen! Ihr freut euch des Lebens, und euer Herr und Gebieter, der Fürst, verzweifelt!' Ich kehrte mich von ihnen ab und sah zu meiner Verblüffung den Dorfältesten und zwei der angesehensten Fürsten unseres Dorfes hereinkommen. Ich sprang auf, straffte mich und wollte etwas sagen, doch meine Zunge gehorchte mir nicht. Gott sei Dank half mir der Dorfälteste aus dieser peinlichen Lage. Er ergriff als erster das Wort.

‚Junger Mann! Du bist gewiß unter einem günstigen Stern geboren! Dein Schicksal wird sich bald wenden. Meine Tochter hat die Oberhand über uns alle gewonnen, und ich bin bereit, dich meinen Sohn zu nennen. Begreifst du dein Glück, und wirst du dankbar sein?'

‚Hochherzigster unter allen Dorfältesten der Welt!' rief ich mit dem Schwung, mit dem auf der Bretterbühne in unserer Kreisstadt die Possenreißer von Ostern künden. ‚Meine Dankbarkeit wird ohnegleichen sein.'

‚Gut', sprach er weiter, ‚ich stelle dir einige Fragen, und du schwörst mir, daß du sie offenherzig beantworten wirst.'

‚Das schwöre ich, mein Wohltäter', rief ich noch lauter und fiel vor ihm auf die Knie.

‚Hast du bisher ein anderes Mädchen geliebt?'

‚Nein, mein Vater', erwiderte ich ein wenig stockend, was man jedoch meiner Zerstreutheit infolge des unerwarteten Glücks und meiner angeborenen Schüchternheit zuschrieb.

‚Versprichst du, ein guter, umsichtiger Hausherr zu sein?'

‚Soweit mein Verstand und meine Kräfte dazu ausreichen!'

‚Wirst du meine Tochter immer und beständig lieben?'

‚Bis an mein Lebensende und mehr als mich selbst!'

‚Gut, wenn es sich so verhält, mein Sohn', sagte der Dorfälteste feierlich. ‚Gott segne dich und ...'

Und er verstummte.

Vergeblich wartete ich, daß er fortfahre. Ich dachte mir, ich neige mich vielleicht zu tief, und es falle ihm zu schwer, mir die segnende Hand aufzulegen, und hob darum den Kopf, erhielt aber im selben Augenblick von hinten eine furchtbare Ohrfeige. Mir verging Hören und Sehen, und ich schlug in äußerster Verwirrung auf den Fußboden hin. ‚Nichtsnutz!' hörte ich eine Stimme rufen, erkannte sie aber in meinem damaligen Zustand nicht wieder. Eine Weile herrschte Schweigen, ich kam ein wenig zu mir, wagte aber kein Wort hervorzubringen oder auch nur die Augen aufzuschlagen.

Plötzlich vernahn ich die Stimme des Dorfältesten: ‚Kommt, Fürsten! Habe ich euch, als ihr mir zuredetet, den Bitten meiner Tochter nachzugeben, nicht gesagt, daß er ein richtiger Spitzbube ist und geradezu an den Galgen gehört! Lassen wir diesen Taugenichts, gehen wir!'

Ich hörte sie gehen und glaubte mich allein. Ich erhob mich, schaute mich um, und die Haare sträubten sich mir — auf der Bank erblickte ich den Fürsten Sidor Archipowitsch, der jede Minute herunterzufallen drohte (so ausgiebig hatte ihn der Jude Janka bewirtet), und neben ihm die leise weinende Fekluscha, die mich zärtlich ansah.

Ihr Vater warf mir aus seinen blutunterlaufenen Augen grimmige Blicke zu und tätschelte — vielsagend genug — den Bauch der Tochter. Sie trat mit jener Zärtlichkeit, mit jener herzlichen Offenheit auf mich zu, die es mir in der ersten Zeit unserer Liebe so angetan hatte.

‚Wie', sagte sie, und ihre Augen füllten sich wieder mit Tränen, ‚du willst mich verraten? Was findest du an Mawra so

Besonderes? Ihre Jugend? Sie ist nicht jünger als ich! Ihre Schönheit? Ich habe dir eher gefallen als sie! Ihre Unschuld? Ach, auch ich war unschuldig! Ihr Reichtum? Ja, sie ist reich, aber Gott schaut auch auf die Armen herab!'

So viel Beredsamkeit hatte ich von ihr nicht erwartet. Sie rührte mich und zog mich sogleich auf ihre Seite. Ob es die Unmöglichkeit, sich aus diesen Umständen zu befreien, oder

die schrecklichen Augen des Fürsten Sidor waren — ich kann die Ursache nicht mit Sicherheit nennen. Jedenfalls erschien mir die Fürstin Fekluscha in diesem Augenblick ebenso liebenswert, ebenso schön und in ihrer neuerlichen Fülle ebenso lieblich wie damals, bei unserem ersten Stelldichein in der Laube aus Bohnenranken, mit ihrer schlanken, ätherischen Statur. Mit der Liebe kam die Entschlossenheit, und ich umarmte sie leidenschaftlich als meine Braut. Ich bin heute nicht mehr der Meinung jener vielen, die behaupten, die Liebe zwischen Ehegatten sei wesentlich kühler als die zwischen Geliebten. Das mag zwar teilweise wahr sein, dafür ist jene aber zarter, tiefer, edler. Kurzum — Fekluscha und ich aßen gemeinsam zu Abend und verbrachten den Rest des Tages sehr traulich miteinander.

Morgens sahen wir, daß der ehrenwerte Fürst Sidor Archipowitsch Burkalow noch fest schlief, und konnten uns ungestört unterhalten.

‚Heute, liebe Fürstin, ist also unser Hochzeitstag!'

‚So ist es, teurer Fürst!'

‚Was gedenkst du denn zur Trauung anzuziehen?'

‚Ich weiß selber nicht recht — vielleicht das grüne? Oder das scharlachrote Taftkleid, das du mir geschenkt hast?'

‚Weder das eine noch das andere', entgegnete ich, ‚sondern das weiße Baumwollkleid. Es wird dir besser stehen, besonders an so einem Tag.'

Sie willigte ein. Wir standen auf und kleideten uns an. Ich eilte flugs zum Popen, um ihn beizeiten zu überreden, uns möglichst spät am Tage zu trauen, da die Üppigkeit meiner Braut im Volk eine gewisse Bewegung auslösen konnte."

NEUNTES KAPITEL
Die Hochzeit

„Mein Gang zum Popen hatte Erfolg. Obwohl man Trauungen bei uns fast immer gleich nach dem Mittagsgottesdienst vornimmt, bewegte ich den Popen mit Hilfe starker Argumente dazu, unseren Wunsch zu erfüllen, um die Sprößlinge zweier ruhmreicher Fürstengeschlechter — der Tschistjakows und der Burkalows — nicht der allgemeinen Schande preiszugeben und die Gemeinde obendrein einer gewissen Versuchung auszusetzen. Ich kam nach Hause und traf Fekluscha in der Küche, wo sie zusammen mit Marja damit beschäftigt war, ein leichtes Mittagsmahl, vor allem aber ein prächtiges Abendessen zu richten. Wir erwarteten nur den Geistlichen, einen Fürsten und ein oder zwei ältere Bauern, da die übrigen Fürsten einer nach dem anderen abgelehnt hatten. Das stimmte mich einigermaßen nachdenklich. Doch mein zukünftiger Schwiegervater, der inzwischen aufgestanden war, sagte zu mir: ‚Warum betrübt dich das, mein Sohn? Bleibst du nicht Fürst Tschistjakow, auch wenn die anderen Fürsten nicht zu deiner Hochzeit erscheinen?'

Ich nahm Fekluscha beiseite und sprach zu ihr: ‚Liebste! Ich will dir unter dem Siegel der Verschwiegenheit eröffnen, mit welcher Neuheit ich dich zur Trauung bedenken möchte! Du weißt, ich lese gerne Bücher. Aus einem nun habe ich erfahren, daß man in fremden Landen die Braut, wenn sie zum Traualtar geleitet wird, mit einem Rosenkranz schmückt. Da es bei uns aber keine Rosen gibt und ihre Zeit auch schon vorbei ist, will ich zusehen, ob ich nicht andere Blumen finde, um so auch dich mit einem Kranze zu schmücken. Du bist nicht einen Deut schlechter als eine Braut in fremden Landen und überdies immerhin eine Fürstin.‘ Sie drückte mir die Hand, und ich freute mich meines großartigen Einfalls.

Dann aßen wir schnell zu Mittag.

‚Fürstin‘, sagte ich, ‚es wird Zeit, daß du dein Kleid anprobierst, ich gehe derweil passende Blumen für dich suchen. Nun, wo ist deine Aussteuer?‘

Sie errötete und entgegnete unschuldig: ‚Die Aussteuer habe ich von meinem Verlobten.‘

Hier holte sie den Schlüssel zu ihrer Truhe hervor, die schon in mein Haus gebracht worden war — zusammen mit allen Habseligkeiten des Schwiegervaters. Sie versuchte, die Truhe zu öffnen, aber es kam nichts dabei heraus — der Schlüssel drehte sich ringsherum, und dabei blieb es. Ich sah ihr lange zu; schließlich wurde ich ungeduldig und sprach: ‚Gib doch mal her, ich verstehe mich besser darauf als du!‘ Aber auch ich drehte und drehte — es war immer dasselbe. ‚Was, zum Teufel?‘ rief ich und hob den Deckel an — er sprang mühelos auf. ‚Aber es ist doch gar kein Schloß da‘, sagte ich und warf einen Blick in die Truhe — sie war leer. Fekluscha, die niedergekniet war und den kahlen Truhenboden anstarrte, wurde blaß. Ich befand mich in ziemlich der gleichen Lage.

‚Nun, welches Kleid ziehst du zur Trauung an?‘ fragte ich einigermaßen wütend. ‚Das rote, das grüne oder das weiße?‘

Fekluscha weinte, streckte mir die Hände entgegen und sagte bedauernd: ‚Alles nur Vaters Streiche!‘

‚Wo steckt er?‘ rief ich zornig und erhob mich.

‚Ärgere dich nicht, schilt ihn nicht, mein Freund! Lieber will ich in meinem baumwollenen bunten Feiertagssarafan zur Trauung gehen als ihn traurig sehen. Gott wird uns helfen. Wir kommen schon noch zu etwas.‘

‚Es handelt sich nicht darum, ob wir zu etwas kommen

oder nicht‘, entgegnete ich streng. ‚Aber wie soll Fürst Tschistjakow mit seiner Fürstinbraut zum Traualtar schreiten, wenn sie einen bunten Sarafan trägt? Das tut weh. Und dabei wollte ich dich auf fremdländische Art mit einem Blumenkranz schmücken!‘

Fekluscha brach wieder in Tränen aus.

‚Weine nicht, Liebste‘, sagte ich weicher gestimmt, und plötzlich traf mich ein Strahl der Erleuchtung. Ich ging in die Küche hinüber und sah — Fürst Sidor Archipowitsch saß auf der Bank, rauchte seelenruhig seine Pfeife und schwatzte mit Marja.

‚Vater‘, sagte ich ziemlich unfreundlich, ‚wo sind Fekluschas Kleidung und Wäsche?‘

‚Danach, mein Sohn, erkundige dich beim Juden Janka. Der muß es besser wissen.‘

‚Marja! Folge mir!‘

Wir traten auf den Hof hinaus. Marja schaute mich verwundert an. Wir gingen zum Stall, wo meine einzige Habe stand — die Kuh. Ich umschlang ihre Hörner mit einer Leine, drückte Marja eine lange Gerte in die Hand und befahl ihr, die Kuh anzutreiben.

‚Euer Durchlaucht, durchlauchtigster Fürst!‘ sprach die Alte erschrocken. ‚Wo soll die Kuh hin?‘

Ich schwieg. Wir verließen den Hof, ich schlug den Weg zum Juden Janka ein.

‚Wo führen Sie sie hin?‘ rief Marja bekümmert.

‚Treib sie an, Marja‘, entgegnete ich, ‚du siehst doch, daß sie sich sträubt!‘

‚Was soll ich denn machen, Euer Durchlaucht?‘

‚Du mußt sie derber schlagen‘, verlangte ich mit Nachdruck.

‚Aber wo führen Sie sie denn hin? So sagen Sie's doch wenigstens! Zum Schlachten? Das ist nicht nötig! Ich habe zum Abendessen ein paar Gänse und ein paar Enten aus eigener Aufzucht. Sie sind nicht älter als fünf, sechs Jahre.‘

‚Treib die Kuh kräftiger an‘, rief ich.

‚Wo führen Sie sie hin?‘

‚Zum Juden Janka‘, erwiderte ich mit gedämpfter Stimme, ‚ich will das Brautkleid meiner Verlobten einlösen!‘

Marja fiel vor Entsetzen beinah in Ohnmacht. Hätte sie sich nicht an den Kuhschwanz geklammert — es wäre wirklich geschehen. Die Kuh aber war wohl erbost, daß ich sie so grimmig hinter mir herzog, oder sie hatte Marja nicht erkannt —

jedenfalls schlug sie gehörig aus, und die arme Alte purzelte auf die Dorfstraße.

Sie stand auf, schüttelte den Staub ab und sagte: ‚Wenn es sich so verhält, wenn es zu Nutz und Frommen Ihrer Durchlaucht Fjokla Sidorowna ist — dann sei es nach Ihrem Willen!‘ Sie trocknete die Tränen und trieb die Kuh gelassen an.

Es war an einem Feiertag, und allerlei Volk jeden Ranges und Alters befand sich auf der Straße. Übrigens wußten alle, sosehr ich es auch geheimgehalten hatte, daß ich mich an diesem Tag trauen lassen wollte.

‚Schaut! Schaut! Der Bräutigam‘, sagten die einen und zeigten mit dem Finger auf mich. Die anderen entgegneten: ‚Still, stört ihn nicht, er gibt heute einen Ball und schafft seine Kuh zum Juden.‘ Vermutlich hatte es ihnen der böse Geist geflüstert, oder Fürst Sidor hatte ausgeplaudert, daß das Kleid beim Juden verpfändet war. Alle errieten, ich strebe in diesem feierlichen Aufzug zu ihm, um es einzulösen.

Obwohl ich aufs tiefste beschämt war, tröstete mich die Vorstellung von meiner geliebten Fekluscha. Wie schön sie in dem weißen Kleid mit dem Blumenkranz ausschauen wird! dachte ich bei mir. Wir werden ja sehen, was ihr verdammten Gaffer dann sagt!

Solcherart mit Mut gewappnet, führte ich meine Kuh zum Juden und rief, des vielstimmigen Geschreis der Menge nicht achtend, lauter als alle anderen: ‚Marja, nur zu, treib sie an!‘

Schließlich erreichten wir die Behausung des Kindes Israel.

Wir stritten uns, lärmten ein wenig und trieben den Preis hinauf oder drückten ihn herunter. Das Ende vom Liede war, daß mir Janka die gesamte Habe meiner zukünftigen Frau — fünf Rubel in bar und zwei Stof Wodka — aushändigte. Ich sagte mir, so prächtig habe nicht mal der angesehenste meiner Ahnen seine Hochzeit gefeiert. Den Wodka zu tragen, überließ ich Marja. Ich selbst schoß mit dem Kleiderbündel und den fünf Rubel wie ein Pfeil nach Hause, um meiner durchlauchtigsten Braut zu zeigen, wie sehr ich sie liebte.

‚Hier, Fürstin, nimm und verfüge darüber', sagte ich und überreichte ihr das Kleiderbündel. ‚Such aus, was dir beliebt — das grüne oder das rote Taftkleid oder das weiße aus gutem Kattun. Zwar war meine Fürstinmutter höher von Wuchs als du, dafür aber bist du jetzt doppelt so dick.' Mein Schwiegervater saß in der Ecke, und man sah, wo die Hälfte der Hochzeitsgetränke geblieben war. Ich machte Fekluscha darauf aufmerksam. Sie räumte ein, daß dies die Wahrheit sei, und wir beschlossen, die andere Hälfte in Sicherheit zu bringen.

‚Mach dir keine Sorgen', sagte ich leise, aber mit feierlicher Miene. ‚Marja bringt noch genug.'

‚Wie ist das möglich?' erkundigte sich meine Zukünftige verdutzt und vertauschte ihre groben Schuhe gegen feine Pantoffeln. ‚Wo nimmt sie das denn her?'

‚Schweig still, Geliebte', entgegnete ich in wahrhaft fürstlichem Tone, ‚du sollst noch mehr erfahren.' Ich führte sie

hinter die Zwischenwand in das andere Stübchen, dem wir den klangvollen Namen Schlafgemach gegeben hatten, und drückte ihr die fünf Rubel vom Juden Janka in die Hand. ‚Nur sag dem Vater nichts davon! Das ist für unsere häuslichen Ausgaben bestimmt!' flüsterte ich ihr ins Ohr.

‚Bewahre mich Gott davor!' erwiderte sie, nachdem sie aus der Verzückung erwacht war, in die sie der unverhoffte Reichtum versetzt hatte. Meine Fürstin hatte noch nie so viel Geld auf einmal gesehen. Wie wunderbar ihr der Ehestand erscheinen mußte!

Derweil wir zu Mittag aßen, uns unterhielten, darüber nachdachten, ob ich und der Jude richtig gerechnet hätten, und uns noch mit allerlei anderen Sorgen beschäftigten, begann es zu dämmern.

‚Fekluscha! Zieh dich an, ich suche unterdes Blumen zum Kranz für dich!'

Die Fürstin machte Toilette, während ich mich in den Gemüsegarten wandte und nachdenklich wurde. Wo sollte ich um diese Jahreszeit Blumen hernehmen? Es war Herbst und alles verblüht und abgefallen. Wie ich mir so, in meinem Gemüsegarten wandelnd, den Kopf zerbrach, erblickte ich plötzlich den purpurroten Blütenstand einer Klette. Ein Funke der Befriedigung belebte mein Herz, ich stürzte auf die Kletten zu, pflückte wohl ein halbes Hundert und kehrte, restlos beglückt, langsam zum Haus zurück. Sind sie etwa weniger wert als Rosen? sagte ich mir. Nun ja, die Rose ist zwar eine schöne Blume, und sie duftet auch nicht übel, aber ehe man sich's versieht, ist sie schon hin! Und die Klette? O schönste aller Blumen! Der Herbstwind kann dir nichts anhaben — du blühst unentwegt fort! O Vorsehung! Hätte ich mich damals nicht über Fekluscha gegrämt, weil sie nicht in der Frühe Unkraut auf ihrem Kohlbeet jäten kam, und meinen ganzen Gemüsegarten zertrampelt, dann hätte Marja die Kletten bestimmt ausgerottet!

Von solchen Gedanken bewegt, betrat ich das Zimmer. Fekluscha stand schon in ihrem weißen Kleid mit einem rosa Band als Gürtel vor meinem Spiegelscherben und konnte sich nicht satt sehen.

‚Hier hast du deinen Kranz', rief ich vergnügt und schüttete den ganzen Rockschoß voller Blumen auf den Tisch.

‚Aber das sind ja Kletten!' sagte sie enttäuscht.

‚Ja, Kletten', entgegnete ich, ‚die einzigen Blumen, die es

in dieser Jahreszeit gibt. Rühr sie nicht an, ich mache alles selbst, aber erst kleide ich mich an.'

Meine Toilette war rasch beendet. Ich zog den Waffenrock und gewöhnliche saubere Pumphosen aus Leinen an und setzte den Hut auf. Dann machte ich mich an den Kranz, und das ging mir so nett, so angenehm und leicht von der Hand, daß es nicht besser sein konnte. Ich brauchte nur zwei Klettenköpfe aneinanderzubringen, und sie hielten zusammen. In wenigen Minuten war ich fertig. Ich legte den Klettenkranz meiner Fürstin mit triumphierender Miene aufs Haupt, drückte ihn leicht an, und er haftete so gut, daß ich nicht glaubte, es könne sich auch nur ein einziges Köpfchen daraus lösen.

So reichte ich denn meiner Fekluscha den Arm und führte sie in Begleitung der Gäste zur Kirche.

‚Was wird Mawruscha, die Ältestentochter, sagen, wenn sie die Braut in ihrem Hochzeitsstaat sieht? Ja, eine Fürstin! Das will etwas heißen!'

Kaum aber waren wir auf der Straße, als sich mein Auge verfinsterte. Zahllose Menschen säumten sie. Und alle brachen in fürchterliches Gelächter aus. Warum — weiß ich bis heute nicht. Fekluscha war verwirrt, ihr Schritt wurde ungleichmäßig, und ihre Fülle trat noch stärker zutage.

‚Nicht unsicher werden', flüsterte ich ihr ins Ohr und schritt in wahrhaft fürstlicher Haltung dahin. Aber ach, ein Unglück kommt selten allein! Fekluscha hatte plötzlich den Einfall, sich den Kopf zu kratzen, und eine Klette löste sich aus dem Kranz und fiel herab. Sie bemerkte das Mißgeschick und wollte den Kopfputz in Ordnung bringen. Da fiel eine zweite ab. Fekluscha war ganz verstört. ‚Rühre nicht mehr daran', flüsterte ich ihr zu.

Doch sogleich hoben Neugierige die beiden Kletten auf. ‚Kletten!' rief es von allen Seiten, und das Gelächter vervielfältigte sich. Fekluscha fiel fast in Ohnmacht. ‚Ich sterbe vor Scham', sagte sie und stützte sich auf meinen Arm. ‚Das geht vorüber', entgegnete ich einigermaßen ärgerlich.

Schließlich erreichten wir die Kirche und wurden ohne Zwischenfälle getraut, denn der Geistliche als unser Gast hatte niemanden hereingelassen, der nicht dazugehörte. Nach Beendigung der Zeremonie riet er uns, den Heimweg nicht über die Straße, sondern lieber durch die Gemüsegärten zu nehmen.

Wir befolgten seinen Rat. Der Weg war zwar beschwerlicher und erheblich weiter, aber dafür behelligte uns auch niemand.

Wir langten glücklich zu Hause an. Einige Gäste und mein Schwiegervater saßen bereits am Tisch und labten sich an der Spende des Juden Janka. Alles verlief still und ruhig. Einige Bauern und Bäuerinnen kletterten zwar auf unseren Zaun, um sich aufs neue über uns lustig zu machen, aber mein Schwiegervater hatte diesmal einen guten Einfall — er erschien, ohne vor uns etwas verlauten zu lassen, mit einem schrecklichen Knüppel auf dem Hof und drohte, ihnen Arme und Beine zu brechen. Sie sprangen vom Zaun, trollten sich und kamen auch nicht wieder."

ZEHNTES KAPITEL
Verzweiflung und Tröstung

„Wir lebten einige Zeit im Liebestaumel, in Träumereien und also auch im Glück dahin. Ich bin überzeugt, daß das Glück des Menschen nicht immer die Frucht seines Verstandes, sondern eher die seiner blühenden Einbildungskraft ist. Fürstin Fjokla Sidorowna war für mich die einzige Frau auf der Welt. Ihre Liebkosungen beflügelten mich. Ich war heiter und zufriedener als der Dorfälteste, besonders solange wir noch etwas von dem Gelde besaßen, das mir der Jude als Rest auf meine Kuh herausgegeben hatte. Doch ach, es war nach wenigen Wochen verbraucht. Ich betrachtete meine schöne Gattin und wußte nicht, was tun. Oft rief ich, in Nachdenken versunken, aus: ‚O mein Erzeuger! Wie richtig waren deine Belehrungen, aber dein unglückseliger Sohn hat sie nicht beherzigt! Hätte ich mein Feld bearbeitet, statt mich auf meinen Bauern Iwan zu verlassen! Hätte ich aus Wut darüber, daß die Fürstin nicht Unkraut auf ihrem Kohlbeet jäten kam, nicht meinen Gemüsegarten verwüstet! Hätte ich die Habe, die meine Mutter mir hinterließ, nicht zu ihr geschleppt, dann besäße sie sie noch heute, ja, auch die Kuh stünde im Stall, und wir brauchten nicht bittere Not zu leiden!‘ Aber was tun? Ich sah in allen Ecken nach, ich blickte zur Decke und auf den Fußboden — hier wie dort war alles leer. Der Tag, an dem meine Frau entbinden sollte, rückte näher, und wir besaßen nichts, um den neuen Erdengast halbwegs aufzunehmen, ja, wir entgingen selber gerade noch dem Hungertod, und auch das nur dank unserer Bäuerin Marja. Nur mein Schwiegervater, Fürst Sidor Archipowitsch, machte sich keine Sorgen.

Mir blieb nichts übrig, als mitleidige Herzen um Hilfe zu bitten. Äußerste Not und die schiere Unmöglichkeit, mich auf ehrlichere Weise zu ernähren, zwangen mich dazu. Dennoch vergaß ich nicht, an meine ruhmreiche Herkunft zu denken, und beschloß, um nicht die Schatten meiner ehrwürdigen Ahnen zu kränken, die in der Tat niemals um Almosen gebettelt hatten, so zu verfahren, wie es die edlen Spanier tun, das heißt nicht etwa um fünf Kopeken zu bitten, sondern majestätisch den Kopf zu neigen und zu sagen: ‚Mein Herr! Leihen Sie mir für kurze Zeit fünfzigtausend Piaster!' Ein einsichtiger Mensch, der eine solche Sprache versteht, gibt dem Bittsteller zwei Kopeken, und der überspannte Don, der sie mit hochmütiger Miene einstreicht, entgegnet: ‚Sehr wohl! In Kürze, sobald sich meine Lage gebessert hat, erhalten Sie Ihr Kapital zurück — zuzüglich der gesetzlichen Zinsen.'

Mir dünkte, ich, der hochgeborene Fürst, stehe einem hispanischen Don in keiner Weise nach, und eben auf diese tiefschürfende Überlegung gründete sich mein Plan.

Eines regnerischen Herbstabends begannen meine Fürstin die Wehen zu quälen. Die gute Marja stand ihr in allem bei. Ich stürzte davon, um etwas Geld zu leihen, aber bei wem sollte ich anfangen? Ich machte mich auf gut Glück ans Werk, und das erste Haus, das zu betreten mir lohnend erschien, war das des Fürsten Boris. Ich trat desto hoffnungsvoller bei ihm ein, als er erst vor wenigen Wochen auf meiner Hochzeit gewesen und nicht schlecht bewirtet worden war.

‚Sieh da, mein lieber Freund!' sagte er vergnügt, erhob sich vom strohgeflochtenen dreibeinigen Stuhl und reichte mir die Hand. ‚Herzlich willkommen! Wie geht es der Fürstin?'

Ich: ‚Nicht besonders, Euer Durchlaucht. Es wird Ihnen nicht entgangen sein, in welchem Zustand sie sich zur Zeit der Trauung befand. Jetzt quälen sie die Wehen.'

Er: ‚Meinen Glückwunsch, teurer Freund! Gebe Gott, daß es ein Thronfolger wird!'

Ich: ‚Das wünsche ich mir auch. Ich muß jedoch gestehen, Fürst, dergleichen Umstände erfordern Geld, und ich habe keine Kopeke im Hause.'

Er: ‚Oh! Das ist schlimm genug — ich kenne das, mir geht es nicht viel besser. Sehen Sie — mein Haus ist überholungsbedürftig. Meine Tochter steht im heiratsfähigen Alter. Ich müßte in die Stadt, um dies und jenes einzukaufen, hocke aber zu Haus, weil ich kein Geld habe.'

Ich: ‚Ich brauche nur sehr wenig, Euer Durchlaucht!'

Er: ‚Ich nehme an, mein Freund, daß Sie, als Sie so vorteilhaft Ihr Feld verkauften, nicht weniger dafür bekommen haben als ich für den Verkauf meines Korns. Entschuldigen Sie, lieber Freund, entschuldigen Sie! Der Herrgott ist gnädig. Vielleicht erbringt Ihr Gemüsegarten im nächsten Jahr eine bessere Ernte.'

Er verschwand in der Stube nebenan, und ich trat mit beklommenem Herzen auf die Straße hinaus. Die Nacht war nicht besser als der Tag — Scharen von finsteren Wolken jagten am Himmel dahin, es regnete in Strömen. Ich wollte mich schon nach Hause wenden, sagte mir aber dann: Was erwartet mich zu Hause? Eine kreißende Frau und vielleicht sogar schon ein weinendes Kind! Mein Gott, fragte ich mich in furchtbarer Verwirrung, warum ist jeder Mensch mit so viel Lust dabei, ein Wesen seinesgleichen in die Welt zu setzen, und überlegt sich nur in den seltensten Fällen, wie er das Leben dieses Wesens und der Mutter erhalten kann, von seinem eigenen ganz zu schweigen? Ich war durchnäßt bis auf die Knochen, wollte aber weiter mein Glück versuchen. Aber wo ich auch anklopfte, überall sprach man mir von dem verkauften Feld, dem zertrampelten Gemüsegarten, von der Laube aus Bohnenranken. Hier und da riet man mir, ich solle, da doch mein Schwiegervater, Fürst Sidor Archipowitsch, jetzt bei mir wohne, dessen Haus verkaufen und so meine Lage verbessern. Ein sehr vernünftiger Rat, sagte ich mir, der mir jedoch im Augenblick nichts nützt.

Kurz — ich irrte so lange durch die Straßen, bis allerorten die Lichter ausgingen. Vergeblich klopfte ich beim Dorfältesten, beim Geistlichen, beim Kirchendiener — niemand machte sich die Mühe, auch nur zu fragen, wer da sei und was er wünsche.

Zum erstenmal befiel mein Herz ein Gefühl, das der Verzweiflung nahekam. Ich war bis dahin nicht verheiratet gewesen. Obwohl aber die Fürstin beinah wie eine Ehefrau mit mir gelebt hatte, konnte ich sie jetzt, da sie die Frucht unserer unglückseligen Liebe zur Welt brachte, nicht mit den Wehen ringen sehen.

Erst als ich weiter nichts für sie tun konnte, wandte ich mich nach Hause.

Ich näherte mich dem Tor und war äußerst erstaunt, ziemlich viel Licht zu sehen. Mir wurde leichter ums Herz. Gewiß hatte mir meine Frau irgendeinen Schatz verheimlicht, da das Haus in der Nacht ihrer Niederkunft so hell erleuchtet war. Ich schritt mit einem freudigen Gefühl auf meine Tür zu, und der Ruf des Neugeborenen, begleitet von einem Schmerzensschrei der Mutter, drang an mein Ohr. Sie hatte also entbunden. Doch warum jammerte sie dann so, fragte ich mich. Ich hatte gehört, daß eine Frau, sobald sie geboren habe, die Schmerzensschreie unterdrücken könne.

Ich öffnete die Tür und trat ein — barmherziger Gott! In der Mitte des Zimmers erblickte ich einen Tisch, darauf ein

dickes Bettuch, an seinen Seiten vier Kandelaber und auf dem Tisch den Leichnam meines Schwiegervaters, des Fürsten Sidor Archipowitsch Burkalow.

‚Was fange ich Unglücklicher jetzt an?' rief ich aus und sank bewußtlos zu Boden.

Als ich zu mir kam, sah ich die schluchzende Marja zu meinen Füßen und zu meinen Häupten den Juden Janka stehen.

‚Auch du hier, Verfluchter!' sagte ich zornig. ‚Bist nicht du an seinem Tode schuld?'

‚Keineswegs, Euer Durchlaucht', entgegnete er, ‚er selber ist ein wenig unvorsichtig gewesen. Er hat vom frühen Morgen an bei mir gesessen. Warum auch nicht, ich freue mich über einen guten Gast! Gegen Abend kam noch der und jener hinzu, und alle bemühten sich, ihn in seinem Kummer über die Niederkunft der Tochter und seine Armut zu trösten. Er tröstete sich so lange, daß ich ihn ermahnen mußte: »Euer Durchlaucht sollten eine Pause machen.« — »Das geht dich Juden nichts an«, erwiderte er barsch und holte mit dem Stock nach mir aus. Sie wissen ja selber, wie der Verstorbene war! Ich schwieg still. Die Folgen haben wir vor uns. Er starb am Schlagfluß oder eines anderen jähen Todes. Ich ließ sofort die Lichter löschen, lud ihn gemeinsam mit meinem Knecht auf die Schultern und trug ihn hierher. Bei Moses! Ich habe Marja ohne jedes Pfand genügend Geld gegeben, damit sie aus eurer Kirche Kandelaber entleiht und einen Psalmenleser besorgt.'

Ich sah Marja an, und ihr Nicken bestätigte seine Worte. Bald darauf ging er. Mir blutete das Herz! Meine Frau schluchzte, das Kind weinte. Die Frage, womit ich sie morgen ernähren würde, bedrückte meine Seele. Ich saß, den Ellenbogen aufgestützt, am Fenster und starrte mit unbeweglichen Augen den blauroten Leichnam meines Schwiegervaters an. So verstrich eine ganze Weile. Sie war tausendfach bitterer als die, da ich vergebens darauf wartete, Fürstin Fekluscha Unkraut auf ihrem Kohlbeet jäten zu sehen, und, weil ich sie nicht sah, meinen Gemüsegarten zertrampelte.

Mein Hahn hatte bereits mehrmals gekräht. Der Psalmenleser gähnte nach jedem Wort. Aus der Kammer nebenan drangen das Schluchzen meiner Fürstin und das Geplärr des jungen Fürsten an mein Ohr. Ich wäre gern zu ihnen hineingegangen, doch Marja widersprach auf das entschiedenste — das sei in keiner der Fürstenfamilien in der Nachbarschaft üblich. Ich mußte ihr recht geben, wußte aber nicht, was weiter tun — den Schwiegervater anzustieren, hatte ich satt. Schließlich hielt ich es für das beste, mich in den Stall zu begeben, der leer stand, seit ich die Kuh zum Juden Janka gebracht hatte. Dort wollte ich zu schlafen versuchen. Und wirklich schlief ich entgegen meiner Erwartung bald ein. Die Sonne stand schon hoch, ich hatte mein Schlafgemach noch nicht verlassen, als ich Marja, die mich vergeblich suchte, jammern hörte. Ich trat ins Freie und sah, daß eine Schar Menschen beiderlei Geschlechts und des verschiedensten Alters sich vor dem Tore drängte, um zu gaffen. Ich verstehe nicht, welches Vergnügen die Leute an einem solchen Schauspiel finden. Gut, wenn ich reich gewesen wäre — dann hätten sie wenigstens über die Pracht und den Reichtum staunen können, die die sterblichen Überreste meines Schwiegervaters auf dem Wege zu seinen ruhmreichen Ahnen begleiten würden. Aber so? War es wirklich der Mühe wert, den entstellten Leichnam eines plötzlich und wohl aus Unmäßigkeit Verstorbenen anzustarren?

Ich selber vermochte ihn nicht ohne Schauder anzusehen!

Bald wird der Mittagsgottesdienst beginnen, dachte ich, und ich habe weder einen Sarg noch etwas, um den Fürsten Sidor passend auszustaffieren! Aber halt, sagte ich mir nach einigem Nachdenken, ich hülle ihn in meinen Waffenrock — den brauche ich nicht mehr. Und den Sarg zimmere ich eigenhändig aus den Brettern, die ich auf meinem Hofe liegen habe. Was soll man machen! Not macht erfinderisch!

Ich bearbeitete die Bretter mit der Axt, paßte sie aneinander, hobelte sie, hobelte sie um und tat alles mit äußerstem Eifer und in größter Eile, um es bis zum Mittagsgottesdienst zu schaffen, dessen Stunde näher rückte. Plötzlich vernahm ich hinter mir ein Geräusch und blickte mich um. Ein unbeschreibliches Staunen befiel mich.

Auf dem Zaun, der meinen Hof vom Gemüsegarten meines Schwiegervaters trennte, sah ich einen neuen, sehr ordentlichen, mit rotem Lehm gestrichenen Sarg. Ich betrachtete ihn mit dem Entzücken, mit dem ein Bräutigam sein Ehelager betrachtet, und dankte im stillen der Vorsehung. Ich war überzeugt, daß es ihr Werk sei, zumal der Sarg von einer Hand gestützt wurde, die unsichtbar blieb. Ich scheute mich, auf ihn zuzutreten, als wäre es ein Heiligtum, stand da und ließ die Arme hängen — Axt und Hobel waren meinen Händen längst entglitten. Doch dann gewahrte ich zu meiner Überraschung, wie hinter dem Sarg zuerst ein Bärtchen, danach ein ganzer Kopf zum Vorschein kamen, erkannte ihn, stürzte auf ihn zu und rief aus vollem Halse: ‚Janka! Janka!' — ‚Halt mal den Sarg fest!' sagte er. ‚Ich klettere auf den Zaun, und wir holen ihn zusammen herunter.'

Wir brachten den schönen Sarg im Triumphzug in die Stube — zum grenzenlosen Erstaunen Marjas und der beiden Hirten, die Iwan mein Feld abgekauft hatten. Sie waren gekommen, um mir bei meinen vielen Erledigungen zu helfen. ‚Wir hätten unsere Dienste natürlich nicht anzubieten gewagt', sagten sie, ‚hätten wir nicht gesehen, daß Ihnen keiner von Ihren Standesgenossen helfen will.' Ich dankte ihnen mit einem Blick.

‚Lieber Janka', sagte ich, ‚lege den Leichnam mit Marjas und dieser ehrlichen Leute Hilfe in den Sarg, ich laufe derweil zum Popen, um mit ihm einig zu werden.'

‚Um mit ihm einig zu werden?' fragte Janka verwundert. ‚Worüber denn einig werden? Es geht schließlich nicht um Kaufen und Verkaufen.'

‚Nein, aber darum, daß mein Schwiegervater mit den Ehren beerdigt wird, die ihm gebühren!' entgegnete ich."

ELFTES KAPITEL

Begräbnis und Predigt

„Im Hause des Geistlichen sagte man mir, er sei schon in die Kirche gegangen. Ich eilte dorthin — er war glücklicherweise noch nicht im Ornat.

‚Was hast du mir zu sagen, Fürst?' fragte er.

‚Ich habe ein Anliegen an Sie, ehrwürdiger Vater', entgegnete ich traurig.

‚Das hast du reichlich oft, mein Sohn!'

‚Was soll man machen, Vater! Vor einem Jahr begrub ich meinen Erzeuger. Vor wenigen Wochen ließ ich mich trauen und hatte eine unbedeutende Bitte. Es handelte sich nur darum, die Trauung ein wenig später als üblich vorzunehmen. Heute befinde ich mich in äußerster Not, denn ich muß meinen Schwiegervater beerdigen, und ich besitze nichts.'

‚Ich habe davon gehört. Auch daß er eines recht zweifelhaften Todes gestorben ist.'

‚Inwiefern, ehrwürdiger Vater?' fragte ich hitzig.

‚Er ist in der Kneipe gestorben, bei dem Juden, und wahrscheinlich vom Wodka, wie das Gerücht verlautet.'

‚Das ist nicht erwiesen', erwiderte ich, ‚man kann überall eines plötzlichen Todes sterben.' Der Pope wunderte sich über meine Festigkeit und schwieg.

Das ermutigte mich, und ich fuhr fort: ‚Und was den Juden

Janka betrifft, so ist es ein Jude, wie es nur wenige auf der Welt gibt.‘

‚Das mag schon sein, mein Sohn! Ehrliche Menschen gibt es in allen Berufen und in allen Ständen‘, sagte er. Meine Demut hatte ihn beschwichtigt. Er sprach: ‚Bring deinen Schwiegervater in die Kirche. Ich werde bei dieser Gelegenheit, um dich zufriedenzustellen, zugleich aber auch zur Belehrung der Gemeinde, eine Predigt halten.‘

Ich verließ ihn restlos begeistert.

Selbst eine Predigt will er halten! frohlockte ich lächelnd. Nun, eine solche Ehre ist in unserem Dorf noch keinem Ältesten und keinem Fürsten zuteil geworden. Danke, ehrwürdiger Vater, danke!

Die Kirchenglocken läuteten. Ich und die beiden Hirten nahmen den Sarg auf die Schultern und machten uns auf den Weg, denn Janka, dem Juden, verbot es der Anstand, den Sarg eines rechtgläubigen Christen zu tragen.

Ich prahle nicht, wenn ich behaupte, daß alle erstaunt die Augen aufrissen, als sie die Ausstattung sahen. Es herrschte tiefes Schweigen, man bekreuzigte sich und verneigte sich ehrerbietig vor dem Toten. Ich war des Entzückens voll. Das Kopfende des Sarges auf den Schultern, schritt ich gleich einem Helden im Triumph dahin. Wir zogen an den Zuschau-

erreihen vorbei, und hinter uns flüsterte man: ‚Wirklich, ganz wunderbar! Wer mag das ersonnen haben?‘

Aha, sagte ich mir stolzgeschwellt, das habt ihr wohl nicht erwartet? Es gibt so manches, das ihr nicht erwartet! Jetzt seht ihr, was es bedeutet, Fürst Gawrilo Simonowitsch Tschistjakow zu heißen! Die Liturgie ging auf das Ende zu, und eine sonderbare Unruhe ergriff mein Herz. Wie sollte ich die Predigt anhören, in der die Tugenden und außerordentlichen Vorzüge meines Schwiegervaters in meiner Gegenwart gepriesen werden würden? Würde es nicht Überheblichkeit und unverzeihlicher Hochmut sein? Eben erst hatte mich der Hochmut verleitet! Ich würde demütig beiseite treten!

Ich tat einen Schritt zurück, doch mein Gewissen foppte mich: Wo willst du hin? Gedachtest du, mit guten Werken anderer zu protzen? Der Pope hat sich höchstwahrscheinlich über dich lustig gemacht. Was könnte ihn veranlassen, am Sarge eines solchen Mannes, auch wenn er ein hochgeborener Fürst war, eine Predigt zu halten? Er hat sich gewißlich über dich lustig gemacht!

Ich wandte mich, meiner inneren Stimme folgend, weiter rückwärts und stellte mich an das Fußende des Sarges. Wie groß und angenehm aber war mein Erstaunen, als man nach Schluß der Liturgie ein Lesepult hereintrug und der Pope zu predigen begann! Alle Fürsten, Bauern und Fürstinnen drängten nach vorn und drückten mich so gegen den Sarg, daß ich, selbst wenn ich es gewollt hätte, nicht mehr beiseite treten konnte.

Schweigen trat ein. Aller Augen waren bald auf den Popen, bald auf mich gerichtet. ‚Seltsam!' flüsterte man sich zu. ‚Hier steckt etwas dahinter. Offenbar war ihre Armut nur vorgetäuscht! Es mag drei Jahre her sein, da wurde der damalige Dorfälteste begraben, doch eine Predigt gab es nicht.' So leise sie auch sprachen, entging mir doch kein Wort. Ich senkte den Blick und errötete über das unverdiente Vergnügen. Die irrige Meinung, ich spiele mich nur als Armer auf und sei in Wirklichkeit ein Krösus, schmeichelte mir. Schon bald darauf schämte ich mich dieser Schwäche oder, besser gesagt, dieser Torheit; die Zeit belehrte mich, daß sich die meisten Menschen so verhalten. Der Geistliche sah sich um, holte ein kleines Heft hervor und begann:

‚Gottesfürchtige Christen! Höret, was ich euch heute zu sagen habe. Mein Wort an euch wird nicht unziemlich sein, da ein hoher Feiertag bevorsteht, und zwar in einer Woche, am nächsten Sonntag. Feiertag, rechtgläubige Zuhörer und Zuhörerinnen, das Wort Feiertag ist für viele von euch ein überaus verführerisches Wort. Statt an Gott und an Beten zu denken, sinnt ihr, sobald ihr euch von den Betten erhebt — urteilt selber, ihr Rechtgläubigen! —, auf Völlerei und Saufen! Und ihr überlegt, wenn ihr kein Geld im Hause habt, was ihr versetzen könntet!'

Diese Einleitung machte mich stutzig. Ich sah auf und errötete noch stärker, aber nicht mehr aus Scham wie eben noch, sondern aus einer dunklen Vorahnung heraus. Der Pope fuhr fort: ‚Die Kirche, ihr Christen und Christinnen, billigt zwar an den Namenstagen gewisser Heiliger den Genuß von Wein und Öl, wie ihr aus vielen Stellen des Kiewer Heiligenkalenders ersehen könnt. Am Namenstage des Gottesknechts Alexej zum Beispiel den Genuß von Wein und Öl. Zu Mariä Verkündigung den Genuß von Wein und Öl. Aber in welchem Heiligenkalender, ihr Rechtgläubigen, haben diejenigen unter euch, die lesen können, davon gelesen oder diejenigen, die es nicht können, davon gehört, daß geschrieben steht, es sei erlaubt, sich am Namenstag des Gottesknechts Alexej sinnlos zu betrinken, am Tage der Verkündigung Mariä die Straße entlangzutaumeln und mit dem Kopf gegen die Zäune zu rennen wie jemand, der vom Ofenrauch benebelt ist, und sich im

Straßenschlamm zu wälzen wie ein nichtswürdiges Schwein? Dergleichen steht nirgends geschrieben, geschieht aber in unserem Dorf nicht selten.

Aber genug davon — ihr fühlt, wie häßlich es ist, wie sehr es Gott mißfällt, wie widerwärtig es sogar unseren, der Sünder, Augen erscheint. Wenden wir uns denen zu, die selbst die Wochentage zu solchen Feiertagen machen, das heißt zu Feiertagen nach ihrem Sinn. Alles, was sie tun, ist saufen und schlafen und darauf wieder saufen und wieder schlafen. Und welches ist die Folge davon? Daß sie für Welt und Menschen eine Schande sind. Nach und nach schleppen sie alles — bis auf den letzten Fetzen — aus ihrem Haus, geraten an den Bettelstab und werden erst den anderen und schließlich sich selbst zuwider. Ihr Gewissen martert sie auf das grausamste. Statt aber zu bereuen und dem Laster zu entsagen, versuchen diese Elenden, natürlich von ebensolchen elenden Geistern wie sie selber verleitet, ihre Gewissensbisse im Schnaps zu ertränken, und besaufen sich ärger denn je. Und was weiter? Die Kinder beginnen sie zu verachten und gehorchen ihnen nicht. Die Söhne verführen Mädchen, die Töchter lassen sich von Burschen beschwatzen. Alles im Hause steht kopf. Die sündhaften Väter sehen all dieses und wagen kein Wort zu sagen, denn ihre *Sündhaftigkeit ist offenbar*. Und welches ist das Ende? Ihr Körper wird durch mangelnde Enthaltsamkeit ständig geschwächt, und sie, die nach der Zahl ihrer Jahre noch lange zu leben hätten, sterben, ohne gebeichtet zu haben, und lassen ihre Familie in Schande, Kummer und Not zurück.

Wer Ohren hat zu hören, der höre! Amen.‘

‚Amen! Amen!‘ murmelten mir die Hirten ins Ohr; denn in der Mitte der Predigt befiel mich ein Zittern, ich zuckte an allen Gliedern und wäre ohne Zweifel zu Boden gestürzt, wäre es nicht so eng gewesen und hätten mir meine treuen Hirten nicht unter die Arme gegriffen.

Ich stand wieder auf den Beinen, lauschte äußerlich ruhig dem Totenamt und nahm den Sarg gemeinsam mit meinen Helfern auf die Schultern, um ihn zum Friedhof zu tragen und in der Erde zu versenken. Niemand außer uns war dabei anwesend. Weinend schüttete ich das Grab mit Lehmerde zu, seufzte und dachte: O lieber Schwiegervater, Fürst Sidor Archipowitsch! Mußten dein Ende und dein Begräbnis ebenso kränkend für dein Andenken sein, wie es dein Leben für deine Kinder war? Ich lud die Hirten zu mir ein, um ihnen für ihre Mühen wenigstens ein Stück Brot zu geben. Sie nahmen meine Einladung freundlich an, und wir gingen — ich immer noch weinend, sie seufzend — zusammen zu mir nach Hause."

Kaum hatte Fürst Tschistjakow diese Worte mit dem Gefühl einer unangenehmen Erinnerung ausgesprochen, als ein Diener hereinstürzte und meldete, soeben habe Fürst Swetlosarow vorzufahren beliebt! „Ach, wie ungelegen das kommt!" sagte Prostakow und erhob sich. Maremjana warf rasch die Strümpfe, die sie gestopft hatte, unter das Sofa, Katerina errötete und steckte die ihren in die Tasche, während Fürst Tschistjakow mit einem Seufzer sagte: „Nun bin ich wieder Herr Krakalow, der Edelmann, den ein Prozeß zugrunde gerichtet hat."

ZWÖLFTES KAPITEL
Eine unbedeutende Entdeckung

Seit der neuerlichen Ankunft des Fürsten im Hause der Herrschaften Prostakow war annähernd eine Woche wie im Rausch oder im Taumel verflogen, was dem Hausherrn aufs äußerste mißfiel. Jelisaweta ging gewissenhaft ihren Studien nach, las, schrieb und zeichnete. Nikander war so fleißig, daß man im Hause nicht wußte, ob die Schülerin mehr Lust zum Lernen oder der Lehrer mehr zum Unterrichten hatte. Katerina sang, spielte Klavier und tanzte, immer und in allem vom Fürsten angeleitet. Maremjana lief ohne Unterlaß vom Salon zur Küche und von der Küche zum Salon, lachte, erging sich in Ausrufen und nestelte an ihrer Kleidung. Tschistjakow wechselte gewöhnlich aus dem Wohnzimmer, wo Jelisaweta und Nikander ihren Studien oblagen, in den Salon hinüber, wo der Fürst und Katerina ein wahres Sodom heraufbeschworen, lächelte, zuckte leicht mit den Schultern und kratzte sich den Kopf, während Prostakow bei diesem Anblick die Stirn in Falten legte und sich schüttelte. So verstrich eine weitere Woche, und eines Tages sah sich Prostakow veranlaßt, seine Tennen, Getreidedarren und alles, was zur Wirtschaft gehörte, zu besichtigen, denn er wollte in die Stadt, um zum Weihnachtsfeste dies und jenes, das in der Wirtschaft gebraucht wurde, sowie Geschenke für jedermann im Hause einzukaufen — dies

tat er ausnahmslos Jahr für Jahr. Der alte Mann lud Fürst Gawrilo Simonowitsch ein, ihn durch das Dorf zu begleiten. Er sprach mit gutherzigem Lächeln: „Der Herrgott hat mich mit einer Wohlhabenheit bedacht, die meinen Verdiensten in keiner Weise entspricht. Ich habe Bediente und Kutschen, ein friedliches Heim und einen guten Tisch, und das zu jeder Zeit. Ebendarum will ich, daß die Menschen, die mir dienen, wenigstens einige Tage im Jahr ihre Ruhe, ihren Frieden und ein unschuldiges Vergnügen haben! Auch Stubenmädchen und Bauernmädel möchten — ganz wie meine Töchter — gefallen, lieben und geliebt werden. Dazu aber bedarf es neben der Schönheit und Unschuld dann und wann auch eines besonderen Putzes oder Schmucks. An meinen Töchtern glitzern Gold, Edelsteine und Perlen. Warum also sollten sich die Mädchen aus meinem Gesinde und meine Bauernmädel nicht feuerrote Bänder, bedruckten Kattun und kupferne Ringe mit funkelnden Glassplittern wünschen? Wenn ich meiner Tochter, ob der einen oder der anderen, einen Ring nicht kaufe, weil sie ohnehin genug Ringe besitzt und ihn gar nicht entbehrt, kann ich für dieses Geld mein Haus und das ganze Dorf mehrere Jahre hintereinander beschenken."

Solcherart Überlegungen stellte Prostakow jedes Jahr an, bevor er sich in die Stadt begab. Dasselbe äußerte er diesmal vor dem Fürsten Tschistjakow, während er seine Wirtschaft besichtigte und nach jedem längeren Satz die Frage einschob: „Nicht wahr, teurer Freund?"

Tschistjakow drückte dem guten Alten tief gerührt die Hand und sagte unter Tränen: „Das tröstet Ihr Herz! Ach, wenn es mir schon angenehm ist, davon zu hören, um wieviel angenehmer muß es Ihnen sein, so zu handeln!"

„Das fühle ich", entgegnete Prostakow und sah zum sternenübersäten Himmel auf. „So ist es! Ich bin im Innersten überzeugt, daß die Monarchen, wären sie Seelenkenner, den Hartherzigen den Reichtum, so sie ihn mißbrauchen, fortnehmen und den armen, aber guten Menschen geben würden. Aber leider ..." Er seufzte, und beide setzten ihren Weg fort, bis Prostakow auf einmal stehenblieb.

„Sage mir, mein Freund Gawrilo Simonowitsch, warum du oft lächelst, wenn du aus dem Wohnzimmer ins Speisezimmer kommst. Fällt dir dort etwas auf?"

„Es erstaunt mich, daß es Ihnen nicht auffällt", entgegnete Tschistjakow mit einer Wichtigkeit, die jeder andere komisch gefunden hätte, nicht jedoch Prostakow. Er war es gewohnt, den Fürsten immer sanft, offenherzig und jeder törichten Wichtigtuerei unfähig zu sehen, und wunderte sich über dessen Verwunderung.

„Und was erstaunt Sie, teurer Freund?" fragte Prostakow gedämpft.

„Daß Sie, lieber, guter Iwan Jefremowitsch, nicht allzu scharfsichtig sind. Der Herrgott hat Ihnen ein weiches Herz gegeben, aber ..."

„Fahr fort", sagte Prostakow ungeduldig.

„Vielleicht ist meine Beobachtung ebenso belanglos wie viele andere, die Sie in meiner Geschichte gefunden haben und noch finden werden, aber es ist immerhin eine Beobachtung."

„Ja, worin besteht sie denn?"

„Wenn ich im Wohnzimmer bin, wo Nikander Jelisaweta in der französischen Sprache unterrichtet, gibt er seine Erläuterungen in russisch, und nicht nur ich, sondern auch jeder russische Dorfjunge kann verstehen, daß es sich um das Studium einer Sprache handelt. Höre ich ihn aber französisch sprechen, dann bin ich ganz sicher, daß es sich um die Phonetik, um die Aussprache handelt. Der ruhige Blick des Lehrers und der Schülerin werden jedermann davon überzeugen."

„Ärmster Fürst Gawrilo Simonowitsch! Diese Beobachtung ist in der Tat wohl eine deiner belanglosesten. Aber weiter, lieber Fürst!"

„Ich höre einige Minuten zu und gehe in den Speisesaal hinüber. Hier drehen sich hüpfend und tänzelnd Fürst Swetlosarow und Katerina, wobei sie einander fast in den Armen liegen. Ihre Brüste berühren sich, die Lippen atmen Feuer, seine Augen sprühen verzehrende Funken, die ihren schmelzen und schmachten. Wenn der Tanz beendet ist, setzen sie sich und erklären sich gegenseitig ihre Gedanken — immer in dieser fremden Sprache. Sie sehen das, verstehen kein Wort und runzeln nur die Stirn. Wie soll ich da nicht lächeln?"

Dieses Mal war die Beobachtung des Fürsten Tschistjakow eine von den aufschlußreichen.

Als er verstummte, verharrte Prostakow einige Augenblicke in gebührender Verwirrung.

„Ach, was bin ich für ein Narr!" rief er aus und rieb sich kräftig die Stirn. „Und ich bin ihr Vater! Bin ich denn dieses Namens würdig? Genug, wenn sich ein schwaches, eitles Weib wie ihre Mutter vergißt und törichte Hoffnungen im Busen nährt. Daß aber auch ich nur Übermut und Ausgelassenheit bemerken wollte und die Stirn nur runzelte, weil man mich daran hinderte, ein Buch zu lesen oder eine vernünftige Unterhaltung zu führen! Oh, wie blind ich doch bin! Ich werfe diesen verdammten Taugenichts auf der Stelle hinaus, nehme meine Tochter ins Gebet und nötige sie, alles zu gestehen."

Er wollte schon davoneilen, aber Fürst Tschistjakow hielt ihn zurück.

„Gemach, lieber Freund", sagte er, „ich habe nur etwas beobachtet, behaupte aber nicht, daß ich die Wahrheit gefunden hätte. Zwar haben mich meine Erfahrungen manches gelehrt, und dennoch gibt es im Leben keinen Punkt, in welchem man sich leichter irren kann."

„Wie gehen wir also zu Werke?" fragte Prostakow ungeduldig, blieb stehen und sah den Fürsten unverwandt an.

„Lassen Sie Fürst Swetlosarow erst einmal abreisen", entgegnete Tschistjakow ruhig. „Er muß es bald tun, denn bis zum Fest bleiben nunmehr knappe vierzehn Tage, und aufdringlich wird er doch nicht sein, nehme ich an. Um der Wahrheit auf den Grund zu kommen, muß man sich vor allem darüber im klaren sein, wie man es anfangen will. Wenn Sie Katerina ohne Umschweife darauf ansprechen — nun, Sie wissen ja, wie verstockt und scharfsinnig Mädchen in derlei Fällen im allgemeinen zu sein pflegen. Sie wird sofort erkennen, daß Sie lediglich einen Verdacht hegen, und ihr Herz wird sich verhärten. Sie müßten ihr schon von Anfang an zu verstehen geben, daß Sie alles wissen und nur noch ein Geständnis und Gehorsam von ihr verlangen."

„Somit, Fürst . . ."

„Somit müssen Sie vor allem Jelisaweta ausforschen. Es ist undenkbar, daß ein so kluges und gesetztes Mädchen nichts bemerkt hat, sofern etwas vorgefallen sein sollte. Haben sie doch ein gemeinsames Schlafzimmer. Sie kann ihre Seufzer belauscht, sie weinen gesehen, vielleicht sogar ein Geständnis von ihr vernommen haben und schweigt nur aus Bescheidenheit."

Prostakow drückte Fürst Tschistjakow stumm die Hand, umarmte ihn und sagte: „Du bist ein wahrer Freund, daran gibt es für mich keinen Zweifel. Was mir jedoch sonderbar an dir erscheint, ist der Umstand, daß du, obwohl du auf dem Lande aufgewachsen bist und dein ganzes Leben in Armut und völliger Unkenntnis der großen Welt verbracht hast, alles so gut erkennst, während ich . . ."

Er hielt inne und schämte sich.

„Wer hat Ihnen gesagt", entgegnete der Fürst einigermaßen streng, „daß mir die große Welt gänzlich unbekannt ist? Die Zeit wird kommen, da Sie mehr von mir wissen und zugeben werden, daß man arm sein und diese eitle und verdorbene große Welt dennoch halbwegs kennen kann. Ein Jahr der Leiden, auch wenn es auf dem Dorf verbracht ist, lehrt die Regungen des Herzens besser verstehen als zwanzig Jahre eines geruhsamen, glücklichen Daseins im Kreise der Familie und einiger Nachbarn, die ein ebenso geruhsames und glückliches Leben führen. Lieber, verehrter Freund! Glaubst du etwa, die Fürsten, die Grafen und die Großen dieser Welt, die dem Throne nahestehen und mit einer Fülle von Macht und Ehren ausgestattet sind, glaubst du etwa, sie zertrampeln keine Gemüsegärten, wenn sich ihre Fekluschas nicht einstellen, um beim Morgengrauen Unkraut auf dem Kohlbeet zu jäten? Glaubst du, sie klettern nicht über Zäune? Oh, alles das tun sie auch, allein auf andere Art! Ich habe in meinem Gemüsegarten Pflanzen zertreten. Sie verwüsten ganze Dörfer und lassen Tausende Tränen vergießen und betteln gehen, statt es selber zu tun wie ich. Mein zertrampelter Gemüsegarten erholte sich bis zum nächsten Frühjahr und brachte Pflanzen hervor, die in nichts schlechter waren als die zertretenen. Aber wer trocknet die Träne des Kummers, die aus dem Auge einer verwaisten Familie rinnt? Wer erweckt das Opfer eines vorzeitigen Todes zu neuem Leben? Weder die Tränen der unglücklichen Ehefrau noch das Jammern der schutzlosen Waisen!"

„Wer bist du, unbegreiflicher Mann?" fragte Prostakow, nachdem er aus der Erstarrung erwacht war, in die ihn die Worte seines Gastes versetzt hatten.

„Fürst Gawrilo Simonowitsch Tschistjakow. Verzeih, lieber Hausherr! Wenn ich mit dir allein bin, will ich offen und wie zu einem Freunde mit dir sprechen."

„Immer, immer!" rief Prostakow und streckte ihm beide Hände hin.

Der Fürst umarmte ihn und sagte mit einem Lächeln: „Nein, den Anstand soll man nie außer acht lassen. Ich möchte dir also sagen, daß nur deine Verwunderung und der Gedanke, ich hätte keinerlei Vorstellung von der großen Welt, mich genötigt haben, so mit dir zu sprechen. Aber ich schwöre, daß alles, was ich in meiner Geschichte berichtet habe, die reine Wahrheit ist. Zudem versichere ich dir, auch im folgenden nur die lautere Wahrheit zu sagen, sofern du mir weiter zuhören willst."

Sie gelobten einander nochmals unverbrüchliche Freundschaft. Darauf kehrten sie nach Hause zurück — und welches Vergnügen für sie, als sie die Kutsche des Fürsten angespannt vor dem Eingang stehen sahen!

„Der Fürst reist wohl ab?" fragte Prostakow einen Bedienten neben der Kutsche.

„Er wartet nur noch auf Sie, um sich von Ihnen zu verabschieden", lautete die Antwort, und beide eilten in den Salon. Man nahm Abschied, umarmte sich und gab sich alle Mühe, einander zu täuschen. Der Fürst versprach, sich nach den Feiertagen wieder einzufinden, um die Annehmlichkeiten des Lebens im Kreise einer so reizenden Familie zu genießen.

„Sie sind sehr leutselig, Fürst", begann Maremjana Charitonowna, leicht knicksend und ein wenig geziert. Ihr Mann fiel ihr jedoch mit lauter Stimme ins Wort. Er sagte: „Ich werde mich freuen, Fürst. Sie sind willkommen."

Man trennte sich. Prostakow verschob auf Anraten des Fürsten Gawrilo Simonowitsch die Erforschung von Katerinas Herz auf den anderen Morgen. Zugleich erklärte er dem ganzen Haus, er fahre am nächsten Tag in die Stadt.

DREIZEHNTES KAPITEL
Eine bedeutsame Entdeckung

Man stand auf dem Lande, selbst ungeachtet des Winters, für gewöhnlich sehr früh auf — besonders wenn der Tag dank irgendwelchen Umständen anders als üblich war, was auf dem Lande allerdings sehr selten geschieht. Es war in aller Frühe, die Hausbewohner hatten sich schon erhoben, und die Reisekutsche stand angespannt vor der Tür. Prostakow brauchte nur einzusteigen und loszufahren. Er hätte es gewiß auch getan, doch die Bemerkungen des Fürsten Tschistjakow vom Vortage bedrückten sein Herz. Und welchem Vater wäre es in einem solchen Falle anders ergangen? Er beschloß also, zu warten, bis es Tag war, nahm Jelisaweta, die nicht von seiner Seite wich, bei der Hand, betrat mit ihr das Wohnzimmer, wo bereits ein Feuer im Kamin flackerte, setzte sich auf das Sofa und wollte dem erstaunten Mädchen etwas sagen. Doch seine Zunge vermochte nicht auszudrücken, was sein Herz bewegte. Er öffnete mehrmals den Mund, gab einen unartikulierten Laut von sich und verstummte.

„Was haben Sie, lieber Vater?" fragte die Tochter, nun schon mehr erschrocken denn erstaunt.

Der Vater (sich die Hände reibend): „Fürst Gawrilo Simonowitsch ist wohl noch nicht aufgestanden?"

Die Tochter: „Doch, ich habe ihn bereits im Speisesaal gesehen."

Der Vater: „Bitte ihn her und komm auch selber zurück!"

Die Tochter ging. Ich weiß wahrhaftig nicht, wo ich anfangen soll, dachte Prostakow. Sag ich es ihr geradeheraus, dann entdecke ich einem unschuldigen Mädchen möglicherweise Dinge, von denen ihr Herz noch nichts ahnt. Mit Schweigen aber ist nichts zu erreichen.

Fürst Tschistjakow und Jelisaweta erschienen.

„Guten Tag, mein Freund", sagte der Alte, „du glaubst

nicht, in welcher Verlegenheit ich mich befinde. Sei so gut und hilf mir, mit Jelisaweta zu reden und dort anzuknüpfen, wo wir gestern stehengeblieben sind!"

Die arme Unschuld war sprachlos. Sie fragte sich plötzlich, ob das Geheimnis, das zwischen ihr und Nikander bestand, nicht etwa entdeckt sei. Ob sie der Vater vielleicht dem Fürsten Tschistjakow zur Frau geben wolle? Sie bebte an allen Gliedern.

„Sie sind der Vater und müssen aussprechen, was Ihnen Ihr väterliches Herz zu sagen rät", entgegnete Tschistjakow trokken und wollte schon das Zimmer verlassen, doch der Alte hielt ihn zurück.

„Ich fange also ohne Vorwort an", sagte er und griff liebkosend nach der zarten Hand seiner Tochter. „Jelisaweta, antworte mir offen und ehrlich, wie es dir deine Pflicht gebietet!"

„Ich bin bereit, Vater", versetzte sie und ließ die Arme hängen. Alles deutete auf ein schreckliches Ungewitter. Doch dieses Mal irrte ihr empfindsames Herz.

„Ich verlange nichts als völlige Offenheit von dir", sagte der Vater. „Hast du irgendwelche Veränderungen an Katerinas Benehmen bemerkt?"

Jelisaweta: „Sie hat mich ebenso lieb wie immer."

Prostakow: „Das glaube ich gern. Aber gibt es nicht irgendwelche Veränderungen in ihrer Lebensweise?"

Jelisaweta: „Ich habe keinerlei Veränderungen bemerkt. Sie steht auf, geht ihren Studien nach, spielt Klavier und legt sich zu gewohnter Stunde schlafen."

Prostakow: „Es handelt sich nicht um die Stunde, zu der sie dies tut, sondern darum, ob sie es so wie gewöhnlich tut."

Jelisaweta: „Anscheinend ja."

Prostakow (ärgerlich): „Aus diesem kleinen Mädchen bekommt man nichts Vernünftiges heraus."

Fürst Tschistjakow trat auf Jelisaweta zu, die sich unterdes gefaßt hatte, weil sie erkannte, daß sich die Unterredung vor allem um ihre Schwester drehte. Er nahm ihre Hand und sagte: „Sie sind eine gute Tochter, das weiß ich. Er ist ein zärtlicher Vater, davon sind alle überzeugt. Sein väterliches Herz ist beunruhigt. Ihm dünkt, daß Ihre Schwester Katerina dem Werben des Fürsten Swetlosarow nicht gleichgültig gegenübersteht. Wären seine Absichten ehrlich, dann hätte er sie dem Vater eröffnet. Obwohl er sich aber über diesen Gegenstand ausschweigt, scheint er ihr zu gefallen. Der Vater kann jedoch nicht ungerührt zusehen, wenn ihr ein Mann gefällt, der nicht den guten Willen hat, sie ehrlich zu lieben. Können Sie uns dieses Geheimnis entdecken, ja oder nein?"

Jelisaweta befand sich in arger Verlegenheit. Ihre Lage war sehr unangenehm, doch Fürst Gawrilo Simonowitsch blickte sie mit solchen Augen an, daß sie unbedingt etwas erwidern mußte. Aber was? Sie war verwirrt.

„Sprechen Sie", befahl er, „ein guter und zärtlicher Vater wartet auf Ihre Antwort!"

„Ach", entgegnete Jelisaweta, „das weiß und fühle ich. Aber was soll ich sagen? Ich weiß von nichts."

„Das ist nicht wahr!" widersprach Fürst Gawrilo Simonowitsch in einem so strengen Ton, daß Jelisaweta erzitterte und ihr Vater zusammenzuckte.

„Fürst! Sie dürfen sie nicht erschrecken ..."

„Sie haben mich Ihren Freund genannt, lieber Iwan Jefremowitsch, nicht wahr? Wenn dem aber so ist, dann will ich mich dieses Namens auch würdig erweisen. Ich will Ihr Freund in jedem Falle sein, in dem es sich um Ihren Frieden, Ihren Vorteil, Ihr Glück handelt. Ihre Ausreden, mein Fräulein, sind also vergeblich. Ihr Vater und dessen Freund möchten die Wahrheit erfahren. Der Ausdruck Ihres Gesichts und jeder Ihrer Blicke verraten, daß sie Ihnen bekannt ist. Alles nur Eigensinn ..."

„Aber nein!" entgegnete Jelisaweta unter Tränen.

„Dann ist es eben ein verfehltes Zartgefühl! Es ist entschuldbar, aber vergessen Sie nicht, daß kein Unbefugter nach den Herzensgeheimnissen Ihrer Schwester forscht! Es sind Ihr Vater und dessen Freund."

Jelisaweta schlug die Augen nieder, zupfte an ihren Fingern und sagte: „Es ist wahr, mir ist mancherlei Ungewöhnliches aufgefallen ..."

„Na also!" rief Iwan Jefremowitsch triumphierend, sprang auf und schlug den Schafpelz zusammen. „So red schon, meine Tochter, was war es?"

„Katerina ist seit einiger Zeit nicht wiederzuerkennen. Sie sitzt nächtelang bei Kerzenschein, ohne etwas zu tun. Diese Nacht hat sie geseufzt und geweint. Ich habe durch meinen Bettvorhang bemerkt — oder es schien mir nur so —, daß sie einen Zettel las, vermutlich einen Brief."

„Da haben wir's!" schrie der Vater zornig.

„Nein, nicht so!" widersprach der Fürst. „Sie dürfen nicht eine Minute vergessen, daß Sie der Vater sind. Zwar sind Sie zugleich auch der Richter, aber doch keiner, der auf den ersten Verdacht hin urteilt, ohne den Beschuldigten gehört zu haben! Bedenken Sie auch, daß Sie Ihr väterliches Urteil nicht über einen Sohn, sondern über die Tochter sprechen wollen! O mein Freund! Wer findet sich in dem schrecklichen Labyrinth von Zartgefühl und Grausamkeit, von Liebe und Verrat, von Anhänglichkeit und Widerwillen zurecht? Wer begreift das Herz einer Frau?"

„Meine Katerina ist noch so unschuldig und empfängt Briefe von einem Liebhaber — ohne Wissen ihres Vaters! Ist das nicht dasselbe wie Unkraut auf Nachbars Kohlbeet jäten gehen?"

„Ich habe das nicht gesagt, um Ihnen mein Urteil aufzudrängen", fuhr der Fürst fort. „Davor bewahre mich Gott! Ich meine es vielmehr so: Urteilen Sie über Ihre Tochter nicht zu streng, aber drücken Sie auch nicht beide Augen zu. Sagen Sie nicht zu den anderen und besonders nicht zu sich selbst — sie ist unschuldig! Möglich, daß ihr Herz wirklich unschuldig ist, aber in Liebesangelegenheiten ziehen die Frauen manchmal nicht einmal ihr Herz zu Rate. Manchmal ersetzt ihnen die *Eitelkeit* — ich schwöre Ihnen —, die bloße, verwerfliche Eitelkeit alles andere. Gründen Sie Ihr Verhalten darauf, lieber, verehrter Freund. Seien Sie ein Vater, wie er sein muß, das genügt. Allein dieser Name schließt alle Pflichten ein. Und jetzt gehen Sie zu Ihrer Tochter!"

Prostakow hatte schlecht zugehört, so betroffen war er über die Worte seines Gastes. Er wandte sich jedoch zum Schlafzimmer seiner Tochter. Jelisaweta blieb.

„Sagen Sie mir um Gottes willen, Fürst", begann sie in ziemlich feierlichem Tone, „Sie raten Vater, kein strenger Richter zu sein, flößen ihm aber zugleich Zweifel an der Unschuld seiner Tochter ein! Wie ist das zu vereinbaren?"

„Was ist Unschuld?" fragte der Fürst noch feierlicher.

Jelisaweta senkte aufs neue den Blick.

„Junge Tochter meines Freundes!" fuhr er fort und faßte gefühlvoll Jelisawetas Hand. „Wer so lange wie ich der Spielball der Launen von allerlei Leuten gewesen ist, wer so oft betrogen wurde, wer so oft seinen Frieden verlor — der müßte der unglücklichste unter den Erdensöhnen sein, wenn er nicht weitblickender wäre als früher, da er sich glücklich wähnte, sobald er im Frühling einen Schmetterling einfing oder den Einfall hatte, Kletten für den Hochzeitskranz seiner Braut zu pflücken! Glauben Sie aber nicht, meine junge Freundin, ich sei Menschenhasser oder gar Frauenhasser! Nein! Selbst heute noch, da mein Haar zu ergrauen beginnt, liebe ich diese reizende Blüte der Natur. Aber ich lege auch Wert darauf, die Klette von der Rose zu unterscheiden, Jelisaweta! Ich habe dein Herz längst verstanden. Blicke ich dir in die Augen, dann kann ich mich nicht satt sehen. Gestern habe ich deinem sorglosen Vater das Geheimnis deiner Schwester entdeckt. Doch ich beobachte auch täglich, Jelisaweta, wie deine Augen aufflammen, wie dein Busen wogt, wie deine Wangen erblühen und wieder erlöschen gleich Rosen, und ich schweige. Ich sehe dir bis auf den Grund des Herzens, ich sehe seine Unschuld, und ich betrachte dich mit stummem Wohlgefallen. Du wirst immer unschuldig bleiben, Jelisaweta, und der Herrgott wird dich dafür belohnen!"

Er trocknete mit dem Taschentuch die Augen und ging aus dem Zimmer. Die schluchzende Unschuld schlug die Hände vor das Gesicht.

Sie befand sich noch in derselben Lage, als ihr Vater eintrat, den Fürsten Tschistjakow an der Hand.

„Jelisaweta, verlaß uns!" sagte er.

Allein geblieben, verharrten sie lange in Schweigen, das der Fürst schließlich durch die Frage „Nun?" unterbrach.

„Du hattest recht, mein Freund", entgegnete Prostakow, gleichsam erwachend, „du kennst dich in den Herzen der Frauen gut aus! Sie hat alles gestanden und erzählt, der Fürst habe ihr eine Liebeserklärung gemacht und um Erwiderung seiner Gefühle gefleht, sie habe sich seiner Qualen erbarmt und ihm gestattet, mich um ihre Hand zu bitten."

„Ich wußte gar nicht, daß man jemandem aus Mitleid die Hand fürs Leben reichen kann", sagte Tschistjakow.

„Sei nicht zu streng, mein Freund! Hier bring ich dir übrigens den Brief des Fürsten."

„Nun, habe ich's nicht gesagt?"

„Ich war von Anfang an deiner Meinung. Ich habe die verdammte Epistel noch nicht gelesen. Sei so gut, lies sie mir vor! Ich kann bei Lampenlicht nichts sehen, und meine Brille hab ich im Schlafzimmer vergessen."

„Warum denn gleich ‚verdammte Epistel'?" fragte Tschistjakow. „Wenn dieser Fürst in seinem Herzen wirklich fähig ist zu lieben, wenn er endlich fühlt, was er bisher noch bei keiner Frau gefühlt hat, obwohl er Tausende liebte, das heißt — wenn er jene Zärtlichkeit, jene sanfte und keineswegs stürmische Neigung des Herzens an sich selbst erfahren hat, die dem

Menschen sagt: ‚Du konntest früher viele lieben und warst unglücklich, glücklich sein wirst du nur mit ihr', dann soll diese Epistel gesegnet sein. Aber sehen wir sie uns an!

Geliebtestes Mädchen!

Tausendfachen Dank für das Billett, das Du mir zukommen ließest und mit dem Du mir gestattest, bei Deinem verehrten Vater um Deine Hand anzuhalten! Dann, geliebte junge Freundin, dann erwidert also Dein zärtliches Herz die Gefühle des meinen? Oh, wie glücklich ich in diesem Augenblick bin! Ich hoffe, daß mir Dein Vater, nachdem Du mir Dein Herz geschenkt hast, Deine Hand nicht verweigern wird. Er ist ein wenig geizig. Dies scheint mir auch der Grund, weshalb Deine ältere Schwester bis heute noch nicht verheiratet ist. Doch ich besitze ein großes Gut, ich habe Geld und Edelsteine. Ich begehre nichts als die Hand seiner angebeteten Tochter von ihm. Ich fahre für einige Wochen in meine Dörfer. Nach Ordnung meiner wirtschaftlichen Verhältnisse werde ich Deinen Vater schriftlich um die Erlaubnis bitten, mich als Bräutigam bei Euch einzufinden. Mein Glück wird vollkommen sein, wenn ich eine zufriedenstellende Antwort erhalte.

Fürst Swetlosarow“

„Nun, was hältst du davon?“ fragte Prostakow nach gründlichem Nachdenken. Auf seinem Gesicht malte sich eine Genugtuung, die er zu verbergen trachtete.

„Ich glaube, daß dieser Brief nicht schlechter verfaßt ist als andere dieser Art.“

„Was soll diese Bemerkung?“ fragte Prostakow ein wenig ärgerlich.

„Ich möchte zuerst Ihre Gedanken darüber wissen“, erwiderte Fürst Gawrilo Simonowitsch kühl.

„Ich meine“, sagte Prostakow, nachdem er nochmals gut nachgedacht hatte, „wenn seine Absichten so sind, wie er erklärt hat, wenn meine Tochter mich überzeugt, daß sie glücklich mit ihm sein wird, wenn er mich schriftlich um meine Einwilligung bittet — dann kann ich nichts Schlechtes daran finden und bin im voraus bereit, ihnen meinen Segen zu geben.“

„Warten wir ab“, entgegnete der Fürst gleichgültig. „Gott geb's! Vielleicht wendet sich alles zum Besten. Aber wir werden ja sehen.“

„Gewiß, das werden wir", gab Prostakow zur Antwort und ging in den Salon hinüber.

Gegen Mittag desselben Tages fuhr er in die Stadt.

VIERZEHNTES KAPITEL
Eine große Entdeckung

Nach Herrn Prostakows Abreise in die Stadt trat im Hause tiefe Stille ein. Maremjana war mit der Küche und dem Stopfen alter Wäsche beschäftigt. Katerina ließ den Kopf hängen, irrte umher und tat gar nichts. Wenn sie gelegentlich in den Spiegel sah, stellte sie fest, daß sie ein wenig magerer geworden war. Jelisaweta ging wie eh und je ihren Studien mit Nikander nach. Fürst Gawrilo Simonowitsch saß zumeist in seinem Gartenhäuschen, las in den „Heiligenleben" und fand sich nur zweimal am Tage im Hause ein — zum Mittagessen und zum Abendbrot. Alle miteinander aber trösteten sich mit der Hoffnung, daß sich der Sturm in Katerinas Herzen während Prostakows Abwesenheit legen werde. Dasselbe hätten sie auch von Jelisaweta denken können, aber keiner wußte von deren Gespräch mit Fürst Tschistjakow, und weder er noch sie hatten das Verlangen, es irgendwem zu entdecken; und nicht jedermanns Augen waren so scharf wie die des Fürsten Gawrilo Simonowitsch.

Die Tage vergingen. Maremjana bat den Fürsten immer wieder, in der Erzählung über sein Leben fortzufahren; dieser weigerte sich jedoch auf das entschiedenste, es in Abwesenheit Prostakows zu tun. Was sollte man machen? Eine ermüdende Eintönigkeit bedrückte alle außer Jelisaweta und Nikander. Sie bemerkten in jedem Augenblick und bei jeder Beschäftigung tausenderlei Reize aneinander und waren glücklich und zufrieden.

Maremjana wiederholte Tag für Tag: „Mein Gott, die ganze Wäsche ist gestopft und in Ordnung gebracht, und er ist noch nicht zurück!" Und Tag für Tag fügte sie hinzu: „Wenn es auch spät werden kann, aber heute kommt er bestimmt." Sie blieb bis Mitternacht bei einer Kerze auf. Er kam nicht, sie löschte das Licht, seufzte und legte sich schlafen. Welch wunderbare Sache doch die Gewöhnung des Mannes an seine Frau

und der Frau an ihren Mann ist, auch wenn sie einander nie mit der ungestümen, feurigen Liebe geliebt haben, die man so wunderschön in Büchern beschrieben findet — manchmal von Leuten, die sie nie verspürt haben! Aber warum auch? Beschreibt nicht ein Poet oftmals, wenn er in einer Winternacht vor dem mit Tintenklecksen bedeckten Tisch an dem vereisten Fenster sitzt, vor Kälte zitternd und in einem fort auf die erstarrten Finger hauchend — beschreibt er nicht oftmals, sage ich, auf dem Bogen Papier, der vor ihm liegt, den Zauber eines Morgens im Frühling? Bei ihm wandeln Hirt und Hirtin über blumige Wiesen. Sie genießen die Schönheit des wolkenlosen Himmels, die Blumen duften, die Bäume schmükken sich mit jungem Laub, die Bäche murmeln und schäumen und laden das holde Paar zum Ausruhen ein. „Oh, wie schön das ist“, sagt, vor Kälte mit den Zähnen klappernd, der Poet, „oh, welch entzückendes Bild!“ Und er sieht, wie sich der Atem vor seinem Munde zu einem dichten Dampfwölkchen ballt.

Wenn es schon bei so großen Männern wie den Poeten, jenen Söhnen des Zeus, jenen irdischen Propheten, vorkommt, daß sie ganz anders reden denn fühlen, und zwar einzig und allein aus Gewohnheit — warum sollte dann Maremjana ihren Mann, mit dem sie seit ungefähr fünfundzwanzig Jahren im Ehebündnis lebte, nicht, ebenfalls aus Gewohnheit, lieben? Wenn sie beisammen waren, stimmte sie fast nie und in keiner Hinsicht mit ihm überein, und nur der befehlende Blick, den er ihr trotz seines sanften Wesens zuwarf, vermochte ihm das Vorrecht zu bewahren, der Herr im Hause zu sein und ihre Zunge zu bändigen. War er aber abwesend, und das womöglich mehrere Tage, dann empfand sie aufrichtige Sehnsucht nach ihm, war verdrossen und vergaß vollkommen, daß er nur im Hauptmannsrange stand, während ihr Vater ein angesehener Mann gewesen war, in dessen Hause Bälle, Theateraufführungen und Maskenfeste stattgefunden hatten. Die Töchter warteten auf ihn als auf ihren guten Vater, aber nicht mehr. Katerina fürchtete, er würde aufs neue mit Moralpredigten bezüglich des Fürsten beginnen, Jelisaweta aber war ohnehin glücklich. Nur Fürst Gawrilo Simonowitsch harrte der Rückkehr des Hausherrn mit aufrichtiger Ungeduld, denn er liebte ihn nicht aus Gewohnheit wie seine Frau, nicht aus Kindespflicht wie die Töchter, sondern als Freund, der einzig an seinem weichen, empfindsamen, noch in der winterlichen Kühle des vorgerückten Alters blühenden Herzen hing. Auf seinem Haupte schimmerte Schnee, in seiner Seele aber, in seinem Herzen blühten die schönsten Rosen des Frühlings. In dieser Stimmung befand sich die Familie, als der Tag vor Weihnachten anbrach.

Das Wetter war so schlecht, wie es nur Ende Dezember sein kann. Der Wind wehte aus den verschiedensten Richtungen, staubfeiner Schnee wirbelte durch die Luft, stieg hoch oder sank herab — kurz, es tobte ein schrecklicher Schneesturm. Frau Prostakowa versicherte, einen solchen Schneesturm habe nur ihre Großmutter erlebt, und zwar mit siebzehn Jahren, zur Zeit des Feldzuges Peters des Großen. Würde der Herrgott den russischen Landen noch einen solchen Schneesturm bescheren, dann werde das so gut wie das Ende der Welt bedeuten. Das ganze Haus wirkte düster, ungemütlich und leer. Alle waren maulfaul. Der eine stellte lustlos Fragen, der andere gab lustlos darauf Antwort. Den Fürsten Tschistjakow, der zum Mittagessen herübergekommen war, fröstelte; Frau Prostakowa wiederholte in einem fort: „Mein Gott, wenn ihn der Schneesturm unterwegs überrascht!" Alles verstummte wieder und war finster wie zuvor; und nur Jelisaweta und Nikander, von der Gottheit, die ihre Herzen erfüllte, beseelt und von der Liebesglut, die sie atmeten, erwärmt, saßen gelassen in ihrem Studierzimmer. Weder das Schneetreiben noch der Sturm vermochten sie zu stören. Ich kann im Gegenteil versichern, daß gerade diese Naturerscheinung ihren Gedanken jenen unbeschreiblichen Reiz des Genießens, jene unsagbare Seligkeit verlieh, die sich so gern vom Ungewöhnlichen nährt, weil nur die Flamme des Ungewöhnlichen der Einzigartigkeit des Gegenstandes entspricht.

„Was diese ausländischen Wissenschaften doch für eine seltsame Sache sind!" sagte Maremjana Charitonowna und blickte gähnend zu ihrer gähnenden Tochter Katerina und zu dem gähnenden Fürsten Tschistjakow.

„Mein seliger Vater wollte sie uns nicht erlernen lassen, obwohl er ein eigenes Haustheater besaß. Aber schaut euch Jelisaweta an! Es scheint, als ob sie an einem heiteren Sommertag Blumen im Garten pflücke, obwohl der Schnee die Fensterscheiben verklebt. O ausländische Wissenschaften! Katerina! Wie gerne würde ich sehen, daß du dich fleißiger darin übtest! Wahrhaftig, eine wahre Freude, wie Jelisaweta lernt!" Sie trat, um die Übenden nicht zu stören, auf Zehenspitzen an die Tür und blieb dort stehen. Katerina und Fürst Gawrilo Simonowitsch saßen schweigend am Ofen.

Die jungen Verliebten lasen in einem Buch und waren zutiefst gerührt. Dieses Mal nahmen sie keine Lektion in ausländischen Wissenschaften durch. Sie sprachen russisch, und Frau Prostakowa verstand das eine oder andere.

Nikander las: „O du allewiges, beglückendes, lebenspendendes Feuer, das den Umkreis der ganzen Schöpfung durchströmt, o Liebe! Meine Seele segnet dich, hingesunken vor den Thron der erhabenen Barmherzigkeit, aus Dank dafür, daß du Besitz von meinem Herzen ergriffen hast!"

Er hielt inne und legte das Buch aus der Hand. Mit dem Gefühl unaussprechlicher Zärtlichkeit blickte er in Jelisawetas Augen, die in verschwenderischem Liebreiz schwammen, auf das Auf und Ab ihres Busens, das dem Glücklichen verriet: Ich glaube dir, denn ich fühle dasselbe.

„Begreifst du die ganze Macht dieser Worte, Jelisaweta?" fragte er.

„Ich fühle sie", gab sie zur Antwort und sah ihn an. Es war, als ginge über ihre Wangen das Morgenrot hin. Ihre Augen erglänzten. Nikander neigte den Kopf bis auf die Brust, seufzte, nahm das Buch in die Hand, legte es wieder hin und schien sich in süßer Qual zu verzehren, hätte jedoch gegen alle Schätze der Welt nicht von ihr geheilt werden wollen.

Es ist, als spielten sie Theater, befand Maremjana, die nicht das mindeste von der Unterhaltung begriff.

Jelisaweta sagte nach einem Schweigen: „Warum bist du so finster? Genügt es dir nicht, das heilige Gefühl mit mir zu teilen, das unsere Seelen erfüllt und unser Sein in jeder Minute erhellt? Sind wir nicht schon in der Gegenwart glücklich? Geben wir uns mit ihr zufrieden, bis uns der gütige Gott eine noch glücklichere Zukunft beschert!"

Sieh einer an, sagte sich die Mutter, sie spricht genauso wie jene verdrehte Schauspielerin, die meinem Vater zum Ruin verhalf! Wahrhaftig, die geborene Schauspielerin!

Nikander entgegnete: „Schönstes Mädchen! Dich mit der heiligsten Liebe zu lieben und unsere Übereinstimmung zu sehen ist ein Gut, das ich gegen kein anderes auf der Welt tauschen würde! Aber du kannst nicht über deine Hand verfügen — du hast Eltern. Wie sanft, wie gutherzig dein Vater auch sein mag, er ist ein reicher Edelmann, während ich ein armes Geschöpf bin, das im ganzen russischen Land weder Vater noch Mutter findet!"

Jelisaweta: „Du wirst sie in unserer Familie finden. Sobald mein Vater kommt, will ich ihm alles eröffnen, ihn bitten, ihn anflehen, ihn beschwören. Er ist ein zärtlicher Vater und wird sich der weinenden Tochter erbarmen."

Nikander: „Und wenn er es nicht tut?"

Jelisaweta: „Ängstige mich nicht mit einer so grausamen Prophezeiung! Aber selbst wenn er alles Erbarmen unterdrückt und ungerührt auf meine bitteren Qualen blickt — was erreicht er damit? Er kann nur verhindern, daß ich mich dem verbinde, dem ich mit ganzer Seele ergeben bin. Doch keine Macht der Welt vermag mich einem anderen zu verbinden. Die Gesetze gelten gleichermaßen für arm und reich, für niedrig und vornehm, für Eltern und Kinder."

Nikander: „Und während der verbannte Nikander sein gramvolles Dasein in der Wüste fristet, taucht im Hause der Prostakows ein junger schöner Edelmann auf..."

Jelisaweta: „Und wäre es ein leibhaftiger Engel!"

Nikander: „O meine unschätzbare Herzensfreundin! Du weißt noch nicht, was die Zeit, das Drängen der Eltern, die Bitten eines schönen jungen Mannes bedeuten!"

„Nichts auf der Welt wird unsere Herzen trennen", rief Jelisaweta feierlich und streckte ihm die Arme entgegen. Nikander sprang wie der Wind vom Stuhl und sank an ihre Brust.

Maremjana rieb sich die Augen und sagte mit stockendem Atem: „Nein, das ist kein Theater mehr!"

Ihr furchtbarer Aufschrei gellte durch das ganze Haus.

Fürst Gawrilo Simonowitsch und Katerina stürzten erschrocken zu ihr; man kam von allen Seiten gelaufen — aus der Mägdekammer, aus der Gesindestube, aus der Küche, und alle hörten, wie Maremjana, die auf der Schwelle stand und sich mit beiden Händen auf die Hüften klatschte, fürchterlich schrie: „Nichtsnutz, Spitzbube, Dieb! Seelenverderber und Ungeheuer! Du Scheusal, du Teufel, du Satan!" Doch niemand von den Leuten kannte die Ursache ihres Zorns, und alle gafften sich mit offenem Munde an. Nur Gawrilo Simonowitsch und Katerina blickten mit zärtlichem Mitgefühl auf die Übeltäter, die ganz benommen waren. Wer aber beschreibt das Erstaunen des Fürsten Gawrilo, als er sah, daß Jelisaweta, statt entsetzt in ihr Schlafzimmer zu flüchten, ohnmächtig aufs Bett zu sinken und sich hemmungslos hysterischen Anfällen zu überlassen — daß also Jelisaweta den verblüfften Nikander mit sanfter Würde an der Hand nahm und auf die Mutter zuging, worauf beide vor ihr auf die Knie fielen?

„Mutter", sagte sie und schlug die Augen zu ihr auf, „ich stelle Ihnen in diesem jungen Mann einen Sohn vor!"

„Ach!" schrie Maremjana aufs neue und streckte in höchstem Zorn die Hände gegen sie aus. „Ach, du Nichtsnutzige, du Schamlose! Hab ich dich das gelehrt?" Und sie stürzte auf sie zu; doch der Teufel spielte ihr einen Streich — sie blieb mit ihrer großen Tasche am Türschlüssel hängen, riß sich los und fiel der Länge nach über die Knienden. Alle drei kullerten durcheinander.

„Zu Hilfe! Zu Hilfe!" jammerte Maremjana und rappelte sich hoch. „Die Bösewichter bringen mich um!" Mit diesen Worten eilte sie auf Jelisaweta zu und versetzte ihr zwei schallende Ohrfeigen. Danach empfing Nikander die gleiche Belohnung, er allerdings mit den gesetzlichen Zinsen. Jelisaweta war am Rande einer Ohnmacht. Man stützte sie und führte sie hinaus, um sie ins Bett zu bringen. Nikander stand wie betäubt. Er starrte Maremjana an und regte sich nicht.

„Was siehst du mich an, du Seelenverderber?" fragte sie und rückte das zerknitterte Häubchen zurecht. „Hinaus mit dir, auf der Stelle hinaus! Und wenn du dich irgendwann in der Nähe unseres Hauses zeigst, dann schreib dir die Folgen selber zu. Hinaus, hinaus mit dir!"

„O Armut!" sagte Nikander, rang die Hände und verließ zögernden Schrittes das Haus. „O Vorsehung! Warum gibst du den Armen ein Herz? Warum schickst du denen, die zur Drangsal verurteilt sind, auch noch das Unglück?"

Das ausrufend, schleppte sich der arme junge Mann zum Gartenhaus. Dort packte Fürst Gawrilo Simonowitsch Nikanders Köfferchen oder, besser gesagt, sein ledernes Ränzel; große Tränen tropften unablässig auf die Wäschestücke.

„O Armut! O Vorsehung!" rief Nikander noch einmal aus und warf sich mit dem Gesicht aufs Bett. Nachdem sich der Sturm in seinem Herzen ein wenig gelegt hatte, erhob er sich, trat auf den Fürsten zu und fragte mit leiser Stimme: „Was machen Sie da?"

Der Fürst: „Ich packe deinen Ranzen. Vor dir liegt, wie du weißt, eine Wanderung."

Nikander: „Ich brauche nichts. Ich gehe so, wie ich bin. Wozu mit einer Traglast auf den Schultern sterben?"

Der Fürst: „Da hast du recht. Aber warum denn gleich sterben?"

Nikander: „Wie? Sie meinen, ich könnte nach allem, was geschehen ist, noch weiterleben?"

Der Fürst: „Natürlich meine ich das. Ich würde sonst nicht deinen Ranzen packen."

Nikander: „Sie kennen das menschliche Herz nur schlecht."

Fürst Gawrilo Simonowitsch sah ihn zuerst ziemlich streng an, dann faßte er in väterlicher Zärtlichkeit seine Hand und sagte: „Junger Mann! Mein Haar ist von grauen Strähnen durchzogen, und du sprichst so zu mir! Wie kommst du darauf, anzunehmen, ich hätte nicht viele solcher Stürme erlebt wie in diesem Augenblick du? Mein junger Freund! Lerne die Herzen der Menschen erkennen! Ich für mein Teil glaube genug von ihnen zu wissen. Mein Ende ist nicht mehr fern. Höre also auf einen alten Mann. Er spricht zu dir wie dein Vater.

Die größte aller Tugenden ist die Geduld. Bewahre alles in deinem Herzen, aber wappne es mit Geduld. Denke nicht, daß nur die Armen ihrer bedürfen! Nein! Ohne sie stöhnt man nicht selten auch auf üppigen Betten und auf prächtigen Thronen. Sie erhebt dich in deinen eigenen Augen — das ist das Beste an ihr. Mögen die Menschen dich schmähen und dein Andenken durch Verleumdung beschmutzen — du wendest den Blick zum Himmel, erhebst deine Seele zum Quell aller Tugenden und sagst: ‚Himmlischer Vater, ich bin unschuldig!'

Man hat dich aus dem Hause gewiesen — so geh! Heute, in diesem schrecklichen Sturm, da selbst die Hunde nicht ihre Hundehütten verlassen, weist man dich aus dem Haus — was bleibt dir übrig? Sie haben das Recht dazu. Erfülle ihren Willen und geh. Dein Ränzel ist geschnürt."

Fürst Gawrilo Simonowitsch zog einen kleinen Beutel aus der Tasche, gab ihn seinem jungen Freund und sprach: „Hier hast du fünfzig Dukaten. Du wunderst dich? Du möchtest wissen, woher ich dieses Geld habe? Oh! Das laß nur meine Sorge sein! Es hat mich viele bittere Stunden gekostet. Ich habe geweint und gelitten, mein Sohn, aber nicht lange, dann griff ich zum Balsam der Geduld und beruhigte mich. Ich hoffe, du teilst mir mit, wo du untergekommen bist, besonders, falls es dir schlecht ergeht. Soweit ich dazu imstande bin, will ich dir helfen und dir zwei Drittel von dem meinen abgeben. Leb wohl, mein Sohn, Gott segne dich!"

Nikander sank auf die Knie. Fürst Gawrilo Simonowitsch legte ihm die Hände aufs Haupt, wandte den Blick gen Himmel und sagte unter Tränen: „Barmherziger Vater aller lebenden Kreatur! Sei gütig und beschere diesem Jüngling noch frohe Stunden in diesem Leben, solange er gut ist und nicht von deinen Pfaden abweicht!"

Dann half er ihm den Ranzen schultern, schnallte ihn fest, faßte Nikander an der Hand und begleitete ihn hinaus.

„Leb wohl, mein Sohn!" — „Leb wohl, mein Wohltäter!" Das war alles, was der Alte und der Jüngling einander zum Abschied sagten. In der Ferne hörte man Nikanders Schluchzen.

FÜNFZEHNTES KAPITEL
Verzagtheit

Einem so traurigen Tag folgte ein noch traurigerer Abend. Sturm und Schneetreiben ließen nicht nach; der Wind heulte im Garten und pfiff durch die Ritzen in den Fensterläden; Jelisaweta lag mit Fieberphantasien im Bett; Katerina, die auf dem Bettrand saß, weinte und seufzte, und Maremjana Charitonowna, deren erster Zorn verraucht war, eilte aus einem Zimmer ins andere und rief alles im Hause zu Hilfe; alle kamen, aber niemand konnte helfen.

Ich weiß nicht, wie Aufgeblasenheit und Gutmütigkeit vereint in einem Herzen wohnen können, jedenfalls vertrugen sich diese beiden Züge im Charakter der Frau Prostakowa. Nikanders Vertreibung aus dem Haus bei diesem häßlichen Wetter war ein Werk des Stolzes und Hochmuts gewesen. Das Bedauern, das sie zwei Stunden später darob empfand, zeugte von Mitleid und Gutherzigkeit. Am meisten beunruhigte sie der Gedanke, wie sie es ihrem Mann sagen werde. Er war beispiellos sanft, hatte aber vom ersten Tage an darauf bestanden, der Herr im Hause zu sein, und war es bis auf den heutigen Tag. Jedesmal, wenn draußen der Wind aufheulte, lief sie ans Fenster, blickte hinaus und hätte gern ein Dutzend ihrer besten Kleider hergegeben, wäre Nikander zurückgekehrt. Sie spähte und horchte, aber sie sah nur Schnee und hörte nichts als den pfeifenden Wind. In dieser Lage befand sich die ländliche Familie, als die Nacht hereinbrach. Jelisaweta war seit einer Weile in eine Art Dämmerzustand gesunken oder vielmehr eingeschlummert, wie sich die Mutter ausdrückte.

Es schlug neun Uhr. „Ach, schon so spät!" seufzten Mutter und jüngere Tochter und schauten einander an. „Schon so spät, und er ist immer noch nicht da!"

Ich halte es für einigermaßen angebracht, an dieser Stelle eine kurze Überlegung über die Wendungen „Ach, so früh!" und „Ach, schon so spät!" einzuschieben, soweit sie sich auf ein und denselben Zeitpunkt beziehen.

Wenn ein unglücklicher Verbrecher in seinem Kerker den Stundenschlag neun erwartet, da man ihn in die geheimen Verliese holen wird, wo Ketten, Zwingen, Äxte und anderes Foltergerät bereitliegen, dann fährt er beim Ton der Glocke zusammen, knirscht mit den Zähnen und sagt: „Ach, so früh!"

Wenn aber ein verliebter junger Mann, dem seine Schöne zum erstenmal gewogen ist und lieblich zugelächelt und ein zärtliches Stelldichein versprochen hat — im Schatten der weitverzweigten Eiche, sobald das Abendrot verglimmt und Sterne den Himmel übersäen —, dann wartet er, wagt nicht zu atmen und vermeidet das geringste Geräusch. Er hört, daß es neun schlägt, seufzt und sagt: „Ach, schon so spät! Und sie ist noch nicht da!"

Ich könnte noch Tausende von Beispielen anführen, aus denen der Leser ersehen würde, daß ein und derselbe Zeitpunkt dem einen als früh, dem anderen als spät erscheint, aber sehr wichtige Begebnisse halten mich davon ab; und zwar die folgenden: Kaum hatten Frau Prostakowa und ihre Tochter „Ach, schon so spät!" geseufzt, als auf dem Hof ein Peitschenknall erklang. Man hörte das Stampfen der müden Pferde und den Lärm, den die Bedienten verursachten.

„Er ist da, er ist da!" ertönte es von allen Seiten. Maremjana und Katerina starrten mit angehaltenem Atem zur Tür des Speisesaals. Es dauerte einige Minuten, dann stapfte Iwan Jefremowitsch in Reisekleidung herein. Nach den üblichen Willkommensgrüßen, Freundlichkeiten, Fragen und Antwor-

ten sagte Prostakow: „Ich hätte schon mittags zu Hause sein können, wäre nicht dieses unerträgliche Wetter. Wind und Schnee benehmen den Pferden die Sicht. Sie sind es nicht gewohnt und scheuen, gehen in einem fort durch und zerreißen das Geschirr. Man hat die ganze Zeit zu tun, es wieder zu flikken."

Während die Diener große Kartons mit Einkäufen hereintrugen und öffneten, fragte Prostakow: „Warum sehe ich die anderen nicht? Wo sind sie?"

„Ich glaube, sie schlafen schon", entgegnete Maremjana verlegen.

„Sie schlafen schon?" wiederholte ihr Mann mißtrauisch. „Sonderbar — Fürst Gawrilo Simonowitsch, mein Nikander und meine zärtliche, gute Jelisaweta schlafen, während meine Frau und Katerina auf den Freund beziehungsweise den Vater warten! Awdotja! Weck das Fräulein und bestell ihr, sie soll herkommen! Iwan! Geh, weck Gawrilo Simonowitsch und Nikander. Sage ihnen, ich bin da." Sie gingen, und Prostakow schickte sich an, die Geschenke vorzuzeigen. „Das ist für dich, meine Liebe", sagte er zu seiner Frau, „hier findest du Taft,

Atlas, Musselin und allerlei anderen Plunder. Und das ist für unsere Töchter — mehr oder weniger dasselbe. In diesem Karton habe ich Tuch, Kaschmir, gutes Linnen und anderes für den Fürsten und seinen Gefährten. Und in diesem, nur für Nikander bestimmten einige russische und französische Bücher, eine Kollektion von Stichen eines bekannten Künstlers, einen Farbkasten und dergleichen mehr. Aber warum ist denn immer noch niemand zu sehen?"

Awdotja trat ein, und ihr Ausdruck verriet die Antwort im voraus. Sosehr Maremjana sie auch ansah, ihr zuzwinkerte und das Gesicht verzog — wie sollte das arme Mädchen sie verstehen, wenn alles, was sie wußte, nur Vermutung war?

„Kommt Jelisaweta bald?" fragte Prostakow.

„Sie kommt überhaupt nicht", entgegnete Awdotja. „Sie hat Fieberhitze im Kopf, Schüttelfrost in allen Gliedern und Gott weiß was noch."

„Was mag das wohl bedeuten?" fragte der alte Mann erstaunt mit der Teilnahme des Vaters.

„Das geht vorüber", entgegnete Maremjana mit etwas geheuchelter Ruhe, „ihr wurde gleich nach dem Mittagessen ein wenig übel, und sie bekam Kopfschmerzen. Eine leichte Erkältung, die sich bald geben wird. Das beste ist, man läßt sie jetzt in Ruhe."

„Also gut", gab Prostakow zur Antwort, „aber wo bleiben denn . . ." In diesem Augenblick kehrte Iwan zurück. „Nun?"

„Fürst Gawrilo Simonowitsch kommt nicht!"

„Natürlich, sie haben sich alle verschworen, mir den Feiertag zu verderben", sagte Prostakow ärgerlich. „Warum lehnt Seine Durchlaucht meine herzliche Bitte ab? Was beliebt er zu tun?"

Der Diener erwiderte: „Er sitzt in einer Ecke seines Zimmers, vor ihm steht eine Kerze, und daneben liegt die Bibel. Er scheint aber nicht zu lesen, sondern blickt zur Decke und weint bitterlich."

Eine furchtbare Kälte, hundertmal schlimmer als der Schneesturm draußen, durchdrang Prostakows Brust. „Er weint?" fragte er mit einer Stimme, die Maremjana und die Tochter zittern machte. „Ein tugendhafter Mann, dem ich Asyl gewähre, weint unter meinem Dach! Oh, ich bete zu Gott, daß die Schuld an seinen Tränen nicht meine Familie trifft! Ich selbst würde die Strafe Gottes auf die Häupter der Fühllosen herabflehen, die den Augen eines unglücklichen, aber guten Menschen Tränen entlocken."

„Woher soll man es wissen, mein Freund?“ sagte Maremjana. „Jeder hat seine eigenen Gründe!“

„Gewiß“, entgegnete ihr Mann, „und ich will von den Geheimnissen dieses Herzens auch nichts wissen, bevor es sich nicht freiwillig vor mir auftut. Doch Nikander?“

Alle verharrten in tiefem Schweigen.

„Ich bin wohl vom Wege abgekommen und in ein Irrenhaus geraten?“ rief Prostakow verdrossen. „Wo ist Nikander, und was ist mit ihm?“ fragte er den Bedienten. Der stand regungslos da und erwiderte kein Wort.

Prostakow sah seine Frau forschend an. Sie faßte ihn zitternd an der Hand, führte ihn in das Wohnzimmer und sagte: „Mein Freund! Nikander weilt nicht mehr in unserem Hause!“

„Aber wo ist er denn?“ fragte der Ehemann mit einer Stimme, daß seine Frau, die sein Halstuch zurechtrücken wollte, ein großes Stück Batist in der Hand behielt, so schlecht gehorchten ihr die Finger. Aber schließlich mußte ausgesprochen werden, wie sich alles verhielt. Maremjana zerfloß in Tränen, während sie ihrem Mann von dem Auftritt erzählte, der sich am Tage ereignet hatte — von der gemeinsamen Lektüre, der gegenseitigen Liebeserklärung, von den Umarmungen, den Ohrfeigen und der Vertreibung Nikanders. „Ich glaube, du hättest ebenso gehandelt wie ich, lieber Freund“, schloß sie und schmiegte sich an ihren Mann.

Prostakow stand lange aufs tiefste betroffen da. Er blickte bald zu seiner Frau, bald auf den Schnee, der immer noch in dicken Schichten an den Scheiben klebte. Dann setzte er sich und erkundigte sich zerstreut: „Was hast du vorhin gesagt?“

Maremjana gewann einigermaßen ihre Selbstsicherheit zurück und trat mit der Miene eines Menschen auf ihn zu, der aus Unkenntnis verleumdet worden, nunmehr aber gerechtfertigt ist und das frühere Vertrauen wiedererlangt hat. Sie sagte: „Ich glaube, du wirst meinem Verhalten Gerechtigkeit widerfahren lassen und würdest selber in deinem Hause keine Versuchung dulden, die — gottbewahre — mit der Zeit womöglich zur Liederlichkeit geführt hätte. Auch du hättest Nikander des Hauses verwiesen, den Undankbaren, den ...“

„Mag sein“, entgegnete Prostakow lauter als sonst, um den flammenden Redefluß seiner Frau zu unterbrechen, „mag sein, daß ich genauso gehandelt hätte, aber das schwöre ich dir beim großen Kenner des menschlichen Herzens, auf keinen Fall so unverständig wie du! Ich habe zwar nie daran gedacht, in Nikander einen Bräutigam für meine Tochter zu sehen. Auch Fürst Gawrilo Simonowitsch meint, man solle nie den Anstand vergessen: Geh deinen Weg, dräng dich nicht ungebührlich vor, halte dich aber auch nicht aus bloßem Kleinmut zurück. Was ist denn eigentlich geschehen? Nikander hat sich in unsere Tochter verliebt — eine ganz normale, keineswegs ungewöhnliche Auswirkung der Natur. Er ist jung und heißblütig, sie hübsch und wohlhabend; einen armen Menschen feuert auch das zur Liebe an. Jelisaweta erwidert seine Gefühle, was erst recht nicht verwunderlich ist. Er ist gebildet, zärtlich und empfindsam — was braucht sie mehr? Sie glaubte, wir würden unsere Zustimmung geben, und streckte ihm voller Vertrauen beide Hände entgegen, wie du selber berichtest."

„Was höre ich da, mein Freund?" fragte Maremjana mit Befremden und Verdruß. „Du könntest ruhig mit anschauen, wie dieses leichtsinnige Mädchen und dieser unverschämte junge Mann mit den Armen fuchteln und einander um den Hals fallen, wie das bei meinem Vater auf dem Haustheater geschah?"

„Du hast mich völlig mißverstanden", entgegnete, nun seinerseits ärgerlich, Prostakow. „Ich erkläre dir doch die ganze Zeit, ich hätte dasselbe getan, aber anders als du! Ich hätte, sobald mir etwas Ungebührliches aufgefallen wäre — und so, wenn nicht noch anders, gebietet mir mein Gewissen, es zu nennen —, ich hätte also Nikander an der Hand genommen, ins Gartenhaus geführt und gesagt: ‚Junger Mann, du liebst meine Tochter Jelisaweta, aber deine Frau wird sie nicht werden. Meinst du es also ehrlich, dann verlasse uns. Wende dich in allen Nöten, die dir begegnen sollten, an mich. Ich werde dir nach Kräften beistehen, denn ich habe dich liebgewonnen und werde dich liebbehalten, solange du nicht vom Pfade der Gutherzigkeit und Empfindsamkeit abweichst. So ist das, junger Mann! Du hast keine Eltern. Ich will dir den Vater ersetzen, aber Jelisaweta gebe ich dir nicht zur Frau, denn man soll nie den Anstand vergessen, wie Fürst Gawrilo Simonowitsch sagt. Mein Gewissen bürgt mir dafür, daß das richtig ist.'

Natürlich hätte ich ihm nicht erlaubt, Jelisaweta wiederzusehen, hätte ihn aber auch nicht aus dem Hause gejagt, ohne eine passende Stellung für ihn gefunden zu haben. Du siehst, meine Liebe, das Ergebnis wäre dasselbe gewesen, aber der junge Mann hätte unser Haus unter tausend Segenswünschen verlassen, statt wie jetzt im Schneesturm davonzugehen, der über die finsteren Wälder und hügligen Felder hinpfeift, statt, die Schultern voller Schnee und das Gesicht voller Reif, mit der Kälte und den wilden Tieren zu ringen und zähneknirschend wohlverdiente Verwünschungen gegen uns auszustoßen."

Maremjana brach in Schluchzen aus, und auch ihr Mann erstickte in Tränen — vor Zorn, vor Ärger und aus Mitgefühl.

„O Maremjana!" brachte er mühsam hervor. „O grausames, unmenschliches Weib! Wer flößt deinem Herzen den Ingrimm ein? Verspürst du wirklich keine Gewissensbisse, wenn du mich so entsetzlich quälst?"

Sie blieb stumm. Plötzlich öffnete sich die Tür, und Fürst Gawrilo Simonowitsch tauchte wie ein Nachtgespenst darin auf. Seine Augen waren vom Weinen gerötet, die Wangen bleich, die Knie zitterten. Er trat langsam auf die Eheleute zu, und Prostakow sank mit einem Aufschrei in seine Arme. „Ich weiß alles", rief er, „mir ist alles bekannt, werter Freund! Oh, könnte ich ihre Grausamkeit je wiedergutmachen!"

„Es gibt die nimmer schlummernde Vorsehung", erwiderte Fürst Gawrilo Simonowitsch und zeigte zum Himmel.

„Ich glaube an sie, ja, ich glaube an sie, und nur auf sie hoffe ich!"

Nachdem alle wieder einigermaßen zu sich gekommen waren, fragte Prostakow seine Frau in kühlem Ton: „Was hast du ihm auf den Weg mitgegeben?" Sie sah ihn an und schwieg. „Womit hast du ihn ausgerüstet?" wiederholte er ernst und erhob sich aus seinem Sessel, rührte sich aber nicht von der Stelle. Seine Frau senkte den Kopf und blieb stumm. „Oh, ich verstehe! Ich verstehe alles — zu meinem großen Kummer!" klagte Prostakow, faltete die Hände über der Stirn und verdeckte das Gesicht.

„Machen Sie sich keine Sorgen", tröstete ihn Fürst Gawrilo Tschistjakow, „ich habe ihn zur Genüge ausgestattet. Er braucht vorerst keinerlei Not zu leiden."

„Du? Aber du hast doch selber nichts."

„Ich habe alles, was ich besaß, mit ihm geteilt und ihn mit meinem väterlichen Segen ziehen lassen."

„Belohne und segne dich der ewige Vergelter", rief Prostakow und schloß ihn aufs neue in seine Arme.

SECHZEHNTES KAPITEL

Der Jude Janka

Mein Gott! Was die Zeit doch ausmacht!

Hätte ich mich in meinem einundzwanzigsten Lebensjahr von wem auch immer, und wäre es der halsstarrigste Professor gewesen, überzeugen lassen, daß man mit achtundzwanzig den Gegenstand seiner ungestümen Leidenschaft fast völlig vergessen haben würde? Sich jedenfalls an nicht viel mehr als an seinen Namen erinnern werde, aber auch das kaum länger als fünf Minuten? Wo also sind meine einstigen Gefühle geblieben? Sind sie ganz aus mir gewichen? Ist das Blut in meinen Adern erkaltet? Nein, sein Feuer hat eher noch zugenommen. Wo also ist das Vergangene hin? Ich weiß es nicht, ich fühle nur, daß es nicht mehr da ist. Und ich bin sicher, daß ich, wenn ich den Gegenstand wiedersähe, an den ich einst nur mit wollüstig flammender Seele denken konnte, wobei mir das ganze Dasein wie verwandelt erschien — daß ich diesen Gegenstand also kaum anders betrachten würde als das Blatt Papier, auf das ich in meinen ersten Schultagen mit Rotstift allerlei Fratzen kritzelte. Oder wie jenes, auf das ich einige Jahre später einen Vierzeiler hinschmierte, was noch viel ärgerlicher war. Aber nicht wahr, auch für große Dichter und Maler ist es belustigend, ihre ersten, noch kindlichen Arbeiten zu sehen? Sie allerdings blicken mit einem Lächeln darauf, das deutlich genug besagt: Welch ein Unterschied gegenüber unseren heutigen Werken!

O meine Freunde! Wenn Sie unter dem Joch grausamer Nöte stöhnen — trösten Sie sich! Einige Zeit wird vergehen, und an Ihrem Strauch, der Heckenrosen trug, werden Edelrosen erblühen. Wenn eine verzehrende Liebesleidenschaft an Ihnen nagt und Sie merken, daß ihr Gegenstand allzuweit von Gegenliebe entfernt ist — oh, so trösten Sie sich, beruhigen Sie sich! Halten Sie sich vor Augen, daß in ein paar Jahren — oder meinetwegen Jahrzehnten — die Schönheit der Beherrscherinnen Ihrer Herzen nebst deren Reizen, der Zärtlichkeit der Blicke und des Lächelns, daß alles, alles unwiderruflich dahin sein wird und an die Stelle der heutigen Göttinnen — o weh! — die grimmigen Parzen treten werden, um Ihnen zwar nicht gleich den Lebensfaden abzuschneiden, Sie aber doch langsam zu Tode zu quälen — durch Knurren und Wimmern, durch Mißtrauen und Bosheit, mit einem Wort, durch jegliche Höllenpein.

Überlassen Sie alles der Zeit und trösten Sie sich, meine Freunde, wie nicht selten auch ich getan — vertrauen Sie sich der kostenlosen Behandlung durch diesen Seelenarzt an!

So oder ähnlich dachten alle in der Familie Prostakow, und schließlich beruhigte man sich tatsächlich schlecht und recht — der eine natürlich mehr, der andere weniger. Prostakow war ziemlich heiter und wie sonst mit seinen Angelegenheiten beschäftigt, das heißt, er sah sich am Tage mit Fürst Gawrilo Simonowitsch in der Wirtschaft um und beteiligte sich abends an der allgemeinen Unterhaltung.

Mit Jelisaweta hatte er sich längst versöhnt, nur konnte er sich nicht genug über den Zufall wundern, der ihn bewogen hatte, ausgerechnet die Pensionatsliebe seiner Tochter ins Haus zu bringen.

Er wie auch Katerina harrten gelassen einer Nachricht vom Fürsten Swetlosarow. Fürst Tschistjakow stellte Betrachtungen an, scherzte und wußte der ganzen Familie so zu gefallen, daß Maremjana Charitonowna ihn mit einem fröhlichen Blick, ihr Mann mit einem Händedruck, Katerina mit dem sichtlichen Wunsch, ihm immer weiter zuzuhören, und die zärtliche Jelisaweta mit einem sanften Lächeln belohnten.

Vielleicht wird mich der eine oder andere hier daran erinnern wollen, ich hätte nicht mitgeteilt, wieso der arme, ja fast bettelarme Fürst Gawrilo Simonowitsch seinem Liebling fünfzig Dukaten gegeben hatte.

Ich habe es keineswegs vergessen und werde es verraten, wenn es mir passend erscheint, nur sage ich im voraus — nicht so bald.

„Nun, lieber Freund“, rief eines Abends Prostakow und schaute seinen Gast dabei wohlgelaunt an, „du läßt uns lange darauf warten, wie es nun nach dem Tode deines werten Schwiegervaters, des Fürsten Sidor Archipowitsch Burkalow, weiterging. Wir sind gerade alle versammelt.“

„Ich fahre herzlich gern in meiner Erzählung fort“, entgegnete Gawrilo, schwieg eine kleine Weile und begann: „Ich war dort stehengeblieben, wo ich in Begleitung der beiden ehrlichen Hirten, die ich zum Lohn für ihre Mühen mit einem Stück Brot beschenken wollte, durchs Tor meines Hauses trat.

Ich kam in die Stube, in der eben noch der Sarg gestanden hatte, und sperrte vor angenehmer Verwunderung Mund und Augen auf. Der Tisch war in die Mitte des Zimmers gerückt, mit einem Tischtuch bedeckt und mit fünf oder sechs Schüsseln, einigen Flaschen Wein und einer großen Karaffe Wodka vollgestellt. Meine Gäste befanden sich in der gleichen Lage wie ich; Fürstin Fjokla Sidorowna, die sich schon besser fühlte und die mit Marjas Erlaubnis an unserem Totenschmaus teilnehmen durfte, saß mit dem Kind auf dem Arm in einer Ecke.

‚Was hat das zu bedeuten?' fragte ich, sobald ich mich meiner Zunge mächtig fühlte. Ich war wieder versucht zu glauben, meine Frau besitze tatsächlich einen großen Schatz, den sie jedoch vor mir, dem von Natur aus zu Freigebigen, verberge. Daß ich es war, hatte ihr das Verschenken der Kleider meiner Mutter und die spätere Herausgabe meines einzigen beweglichen Besitzes, der Kuh, bewiesen — so mochte sie also befürchten, der Schatz werde den gleichen Weg gehen. Doch die Tatsache, daß wir soeben ihren Vater begraben hatten, ließ mich diesen Gedanken unterdrücken.

Statt zu antworten, nahm mich meine Frau an der Hand, führte mich in den Flur, dann über den Hof zum Stall, wo — o Wunder aller Wunder! — vor einem großen Heuhaufen meine Kuh stand.

‚Fürstin‘, fragte ich stockend, ‚ist das nicht Hexerei oder vielleicht ein Traum, wie es ihn böser nicht geben kann?‘ Ich rieb mir kräftig die Augen, um mich zu vergewissern, daß ich auch richtig sah.

‚Nein, lieber Fürst‘, entgegnete Fekluscha mit einem Lächeln, ‚es ist weder Hexerei noch ein Traum. Setz dich an den Tisch zu den Gästen und iß, ich werde dir alles später erklären.‘

So machten wir uns an den Genuß der Gaben, die uns auf wunderbare Weise zugefallen waren. Die Hirten, die weder etwas von der Herkunft des prunkvollen Sarges noch der des üppigen Mittagsmahls wußten, glaubten, ich sei tatsächlich reich, verheimliche aber meinen Reichtum. Sie fielen wie hungrige Wölfe über die Speisen her, hielten keinen Augenblick im Essen inne und wiederholten während der ganzen Mahlzeit: ‚Dieser Wein, Euer Durchlaucht, Fürst Gawrilo Simonowitsch, ist einfach wunderbar! Dieses Gericht, Euer Durchlaucht, Fürstin Fjokla Sidorowna, hat einen ganz besonders guten Geschmack!‘ Meine Frau und ich sahen uns schweigend an. Sie lächelte, ich hielt mich ans Essen und konnte immer noch nicht verstehen, woher sie das viele Geld für den Loskauf der Kuh und ein solches Bankett hatte.

Schließlich war die Totenfeier beendet. Meine Gäste, die Hirten, verabschiedeten sich, wobei sie in einem fort sagten: ‚Wir sind Ihnen, Euer Durchlaucht, Fürst Gawrilo Simonowitsch, sehr verpflichtet! Wir sind Ihnen, Euer Durchlaucht, Fürstin Fjokla Sidorowna, über die Maßen dankbar!‘ Aha, dachte ich bei mir, das hört sich schon anders an als damals, da ihr mich von dem abgegrasten Feld vertrieben habt!

Ich forderte meine Fürstin auf, mir alles zu erklären, und sie übergab mir einen dicken Brief. Ich erbrach ihn, warf einen Blick auf die Unterschrift und sah — wie war ich nicht gleich darauf gekommen? — den Namen des Juden Janka. Ich setzte mich, im Innersten bewegt, und las den Brief meiner Fürstin vor:

Hochverehrtester Fürst Gawrilo Simonowitsch! Ich danke der erhabenen Vorherbestimmung, in deren Augen der Fürst und der Bauer, der Dorfälteste und der Jude Janka gleich sind.

Kraft der Vorherbestimmung durch den Herrn Zebaoth bin ich hier und da in der Lage, den Christen dieses Dorfes — wenn auch nur in bescheidenem Maße — in diesem oder jenem zu helfen. Wären aber die Fürsten und Bauern reicher als ich, dann, davon bin ich überzeugt, wäre der arme Janka längst Hungers gestorben und draußen auf freiem Feld an einer Wegkreuzung liegengeblieben, den wilden Tieren zur Beute. Ja, ich nehme Pfänder und Prozente. Aber wer nimmt sie nicht? Der ganze Unterschied besteht darin, daß der Jude (weil es manchmal nicht anders geht) einige Monate Aufschub gewährt, während der Christ den Christen gleich am folgenden Tage in den Schuldturm sperren läßt! Fürst! Ich bin geboren, um alle, die mich umgeben, wie meine Brüder und Freunde zu lieben, aber niemand wollte in mir den Freund oder Bruder sehen. Was bleibt einem übrig? Undank ist manchmal nicht nur der Wesenszug gewisser Familien und Gegenden, sondern selbst ganzer Völker und Epochen. Woher also sollte der Jude Janka Dank erwarten? O nein! Auf ein solches Glück darf er nicht hoffen. Und seine langjährigen Erfahrungen haben ihn so weit gebracht, daß er gar keine Erkenntlichkeit anstrebt, sondern hilft, weil es der leidenschaftliche Wunsch seines Herzens ist. Glauben Sie nicht, lieber Fürst, daß ich das sage, um Ihnen Vorhaltungen zu machen! Nein, wirklich nicht! Sie sind gut, aber arm. Und den Armen beizustehen, gebietet Gott, der Gott der Juden, der Gott der Christen, der Gott aller lebenden Kreatur! Ich gebe Ihnen Ihre Kuh zurück, weil weder ich noch meine Kinder sie brauchen. Ich möchte, daß die Totenfeier für Ihren Schwiegervater dem Stand angemessen ist, dem Sie beide angehören, und bitte Sie auf das herzlichste, alles wohlwollend anzunehmen. Sollten Sie irgendwann in Schwierigkeiten geraten, dann kommen Sie zu mir — ich werde Sie nach Möglichkeit zufriedenstellen, ohne auf einen Wechsel, auf die Anwesenheit eines Maklers oder Zeugen zu bestehen. So lieb es mir auch ist, ehrlichen Menschen unter die Arme zu greifen, so sehr wünsche ich Ihnen (und ich glaube, daß die Erfüllung meines Wunsches ganz in Ihrem Sinne wäre), daß Sie nie und in keiner Hinsicht in Not geraten. Sollte es Ihnen aber vom Höchsten anders bestimmt sein, dann stehen Ihnen Jankas Herz und Geldtruhe offen.

Ich verbleibe mit vorzüglicher Hochachtung Ihr ergebener Diener,

der Jude Janka.

‚O Janka, Janka!‘ rief ich seufzend aus. ‚Dein Mitgefühl wäre jedes Christenmenschen würdig!‘

Meine Frau und ich verbrachten den ganzen Abend mit verzückten Betrachtungen über unsere zukünftige Wirtschaft. Ich war überglücklich, blickte auf meinen Sohn und meine Frau, die ich länger als einen Tag und eine Nacht nicht gesehen hatte, und dachte über die Rückkehr meiner Kuh nach. Wir bauten in Muße die herrlichsten Luftschlösser.

‚Die Kuh haben wir wieder‘, sagte Fürstin Fjokla Sidorowna, ‚was wollen wir mehr? Wir verkaufen Vaters Haus, kaufen das Feld zurück und erstehen Sämereien für die Bestellung. Roggen und Weizen werden bei uns gedeihen. Unser Gemüsegarten ist größer denn je, und es besteht keine Veranlassung mehr, ihn zu zertrampeln. Oh, ich habe das Gefühl, wir werden mit der Zeit vielleicht nicht gerade reicher als alle Fürsten unseres Dorfes sein, dafür aber um so zufriedener, denn wir werden uns mit dem zu begnügen wissen, was wir haben können.‘

Die Verständigkeit meiner Frau entzückte mich. Ich sank in ihre Arme und schwor, nie wieder Gemüsebeete zu zertrampeln, und ich habe mein Wort bis auf den heutigen Tag gehalten, während sie ... Ach, wieviel Tränen hat mich die Wortbrüchigkeit meiner Fürstin Fjokla Sidorowna gekostet!

Zur Nacht setzte aufs neue ein ziemlich heftiger Herbstregen ein. Doch ich versichere, ich sah ihn mit Vergnügen — der Zustand unserer Herzen verwandelte die Natur in unseren Augen. Allerdings war unsere gute Laune nicht zuletzt auch dadurch bedingt, daß unser Reichtum, die Kuh, wieder im Stall stand.

Da trat auf einmal ein Unbekannter bei uns ein und erklärte, er sei Kutscher und fahre seinen Herrn, einen Kaufmann, zum Jahrmarkt. Unterwegs habe sie das Unwetter überrascht, sie hätten gehofft, in diesem Dorf ein Obdach zu finden, doch seien zu ihrem Unglück überall schon die Lichter gelöscht gewesen, und alles Klopfen habe nichts genützt.

‚Das glaube ich gern‘, sagte ich und warf der Fürstin einen Blick zu, ‚weißt du noch, Fekluscha, wie es mir in der Nacht deiner Entbindung erging? Nirgends wollte man mir öffnen.‘

‚Da ist ein Unterschied‘, entgegnete meine Frau betont, ‚damals warst du es, der klopfte, während mit ihm ein Kaufmann fährt, vielleicht sogar ein reicher.‘

‚Oh, ein sehr reicher und freigebiger‘, fiel der Kutscher ein.

‚Und wäre es der freigebigste aller Freigebigen auf der

Welt, ich kann ihn nicht bei mir beherbergen. Ich habe nur zwei Stuben, diese hier und eine zweite, zehnmal kleinere, in der wir schlafen. Urteile selbst, mein Freund — wir haben ein kleines Kind, das alle Augenblicke schreit, die ganze Nacht ein einziges Hin und Her. Mit einem Wort, dein Herr schläft ruhiger im Wagen als in meinem Hause.'

Der Kutscher war betrübt, wir auch. Plötzlich fiel mir ein, daß uns ja noch das unbewohnte Haus meines Schwiegervaters zur Verfügung stand, und ich schlug vor, sie sollten sich dort einrichten. Mein Vorschlag wurde mit Freuden aufgenommen. Marja machte Feuer im Herd, um Wasser zu kochen und den Braten zu wärmen (was der Kaufmann mit dem Wasser sollte, wußte ich damals nicht; erst einige Jahre später ging mir ein Licht auf — gemeint war Teetrinken). Ich gab dem Kaufmann, einem alten Mann mit furchterregendem Bart, aber anziehendem Gesicht, den Schlüssel zu dem Schrank, in dem die Bücher meines Schwiegervaters lagen. Ich hatte noch nie hineingeschaut.

‚Vielleicht möchten Sie sich mit Lesen vergnügen', sagte ich mit prahlerischer Miene, um dem Kaufmann zu zeigen, daß ich kein gewöhnlicher Fürst vom Schlage der Fürsten in unserem Dorfe war, sondern sogar lesen konnte.

‚Ich werde sehen, vielleicht', entgegnete der Kaufmann, ‚ich habe die Absicht, zu bleiben und mich auszuruhen, solange es mir gefällt. Ich hoffe, Sie können die Wohnung entbehren?'

‚Du lieber Gott, ich brauche sie überhaupt nicht.'

Es erschien mir immerhin unangenehm, daß er, statt sich darüber zu wundern, daß ich lesen konnte, vom Ausruhen sprach. Um ihn zu verblüffen und für die Nichtachtung zu strafen, fügte ich noch schamloser hinzu, ich selber sei für Bücher sehr zu haben und meine Frau und ich läsen einander abwechselnd ganze Abende vor.

Der Kaufmann sah mich an. Ich wurde unwillkürlich rot, weil ich so unverschämt gelogen hatte, konnte doch Fekluscha nicht mehr als die ersten fünf Buchstaben des Alphabets auseinanderhalten; ich allerdings las in der Tat kaum schlechter als der kahlköpfige Kirchendiener Jakow, der das Erstaunen aller benachbarten Kirchengemeinden erregte.

‚Sehr schön', sagte der Kaufmann trocken, ‚auch ich verbringe meine freie Zeit mit Lesen.'

Ich schied unzufrieden von ihm. ‚Dieser Kaufmann ist entweder ein bißchen dumm oder so ungeschliffen, daß er die Menschen nicht unterscheiden kann oder will', erklärte ich, zur Fürstin zurückgekehrt, holte die Nachtlampe vom Tisch und begleitete sie und den Sohn ins Schlafzimmer.

Der Kaufmann blieb ungefähr eine Woche. Er kam öfter zu uns herüber, unterhielt sich mit der Fürstin und schien sich sehr wohl zu fühlen. Wir gaben uns alle Mühe, ihn gut zu bewirten, soweit es unsere Umstände erlaubten. Besonders fiel mir auf, welchen Gefallen er an meinem Sohne fand.“

SIEBZEHNTES KAPITEL
Der Schatz

„Wenige Tage nachdem sich der Kaufmann bei uns einquartiert hatte, wurde mein Sohn getauft. Als Marja, die seine Taufpatin war — der Taufpate war der Pope —, nach Hause kam und erklärte, mein Sohn habe den Namen Nikander erhalten, fuhr ich zusammen und erstarrte. Meine Fürstin weinte. Marja, die ebenfalls in Tränen ausbrach, versicherte, sie habe den Popen durchaus nicht überreden oder erweichen können, ihm einen schöneren Namen zu geben.

Ihr wundert euch, meine Freunde, weil ihr keinen Grund für unsere Betrübnis seht“, sagte Fürst Gawrilo Simonowitsch, an die erstaunte Familie gewandt. „Nun ja, der Grund war eingebildet, aber für uns nicht minder schwerwiegend.

‚O Bösewicht, o Tyrann!‘ rief ich wutentbrannt und zögerte, meinen Sohn in die Arme zu schließen. Und wirklich hatte uns der Pope damit gekränkt, bitteren Hohn angetan und sogar Ungelegenheiten bereitet. Weder in den vornehmen Familien der Fürsten Tschistjakow oder Burkalow noch in irgendeinem anderen Adelshaus unseres Dorfes hatte es je diesen Namen gegeben; und ebendarum waren wir so betrübt. Man weiß, jede Familie hat ihre Lieblingsnamen, die von den Großvätern auf die Enkel übergehen und so bewirken, daß man im ganzen Dorf nur einige wenige — männliche wie weibliche — Vornamen hört. Mein Sohn hätte nach unserem dörflichen Brauch den Namen Simon bekommen müssen, sein Sohn den Namen Gawrilo und so fort, immer abwechselnd. Malen sie sich also die Empörung aller Adligen unseres Dorfes aus, als sie von meiner ungewöhnlichen und darum unverzeihlichen Freiheit in dieser so wichtigen Angelegenheit erfuhren!

‚Wie kann man nur', sagte der Dorfälteste zu den bei ihm versammelten Gästen, ‚wie kann man nur das Andenken seines Vaters so beschimpfen? Und Fürst Gawrilo ist offenbar darauf aus! Heißt es nicht irgendwo in der Bibel (der Kirchendiener Jakow weiß genau, wo), der Segen der Väter hilft Häuser bauen? Wie aber kann der verstorbene Fürst Simon seinen Enkel Nikander segnen? Es geschähe ihnen ganz recht, wenn ihr Haus einstürzen und all diese Gesetzesübertreter unter sich begraben würde. Damit das böse Beispiel aber nicht Schule macht und wir nicht die gerechte Strafe Gottes auf uns ziehen, gedenke ich gemäß den mir gegebenen Instruktionen im ganzen Dorf verkünden zu lassen, man möge die Langmut Gottes nicht auf die Probe stellen und das Haus des Fürsten Gawrilo nach Möglichkeit meiden.'

Eine Stunde danach war mir alles bekannt. Fürstin Ugorelowa, mit der meine Frau schon als Mädchen befreundet gewesen war, suchte uns auf. Die Gefahr, in der wir uns alle befanden, ließ mich erbeben.

‚Möge die Strafe dafür über das Haupt dessen hereinbrechen, der schuld daran ist', rief ich aus, ‚ich bin es nicht, das schwöre ich!'

Es wurde Mittag, und man rief mich zu unserem Gast, dem Kaufmann — er wollte abrechnen. Ich trat ein, sah, daß der Alte mit größter Aufmerksamkeit in einem von meinen Büchern las und fünf, sechs andere neben ihm lagen. Der Kaufmann setzte die Brille ab, lud mich ein, Platz zu nehmen, und fragte in freundschaftlichem Ton: ‚Gehören die Bücher Ihnen?'

‚Ja, ich habe sie geerbt.'

‚Ich vermute, Sie werden sie in Ihrem dörflichen Dasein nicht brauchen?'

Oh, sagte ich mir, du weißt offenbar nicht, daß ich von fürstlichem Geblüt bin, und überlegte schon, wie ich ihm, ohne in Eigenlob zu verfallen, am geschicktesten klarmachen könne, daß ich durchaus nicht der letzte unter den Aufgeklärten meines Dorfes sei, als mich der Kaufmann, ohne meine Antwort abzuwarten, geradeheraus fragte: ‚Würden Sie mir diese sieben Bücher überlassen? Ihnen verbleibt dann immer noch mehr als die Hälfte.'

‚Warum auch nicht, mein Herr, vorausgesetzt, daß . . .'

‚Ich pflege niemanden zu übervorteilen und zahle Ihnen einen guten Preis.'

Mit diesen Worten holte er einen großen Lederbeutel

hinter dem Aufschlag hervor, band ihn auf, rechnete hin und her, und zwar laut, legte hundert Rubel in Gold auf den Tisch und fragte freundlich: ‚Sind Sie damit zufrieden?‘ Ich erhob mich mit einer ruckartigen Bewegung von der Bank, fliegende Hitze durchlief meine Adern, ich traute meinen Augen nicht. Der Kaufmann deutete das offenbar falsch und hielt das Gefühl meines überraschenden höchsten Glücks für den Gipfel der Entrüstung.

‚Weshalb ärgern Sie sich denn?‘ fragte er und griff wieder nach dem Beutel. ‚Wenn es zuwenig ist, dann sagen Sie es doch rundheraus!‘ Mit diesen Worten legte er fünfzig Rubel in der gleichen Münze dazu. Ich sah das Geld an, dann ihn und verharrte noch immer in demselben Zustand. Der Kaufmann verzog ein wenig das Gesicht, tat nochmals fünfzig Rubel dazu und fragte kühl: ‚Wären Sie jetzt zufrieden?‘

Die Furcht, ich könne einen so ehrwürdigen Mann beleidigen, gab mir einigermaßen die Gewalt über meine Sinne zurück. ‚Das bin ich!‘ entgegnete ich, mit den Zähnen klappernd und die Hände reibend, als hätte ich einen schrecklichen Schüttelfrost, obwohl mir der Schweiß von der Stirne rann. Der Kaufmann nahm wieder eine heitere Miene an. Er packte die Bücher zusammen, rief den Kutscher und befahl, sie im Wagen zu verstauen. Dann wandte er sich an mich und sagte: ‚Ich danke für das ruhige Quartier, mein teurer Hausherr!‘ Mit diesen Worten holte er eine Handvoll kleiner Silbermünzen aus der Tasche, tat sie auf den Tisch, drückte mir freundschaftlich die Hand und ging so vergnügt davon, als sei ihm überraschend ein Schatz zugefallen. Er kam bald außer Sicht, während ich immer noch in einer halben Ohnmacht verharrte. Bei dem geringsten Geräusch glaubte ich, der Kaufmann sei umgekehrt, um sein Geld zurückzuverlangen; ich sprang mit einem Entsetzensschrei auf, warf mich über den Tisch und bedeckte meinen Schatz mit der Brust. Doch der Kaufmann kehrte nicht zurück, und ich kam schließlich einigermaßen zu mir. Ich zählte das Geld nach, verbarg es mechanisch in der Tasche und stürzte wie ein Besessener nach Hause. Fürstin Fjokla und Fürstin Makruscha Ugorelowa, die sich noch bei uns aufhielt, erschraken, als sie mich erblickten. Sie waren sprachlos. Nur Marja erhob ein lautes Geschrei.

‚Was haben Sie nur, Euer Durchlaucht?‘ jammerte sie.

‚Nichts‘, entgegnete ich, ‚wo ist mein Sohn Nikander? Ich will meinen Sohn sehen, und hieße er noch seltsamer als Nikander!‘

Meine Frau, der Besuch und Marja riefen alle drei ‚Ach!' und bekreuzigten sich. Ich lief in die Schlafstube, hob das Kind auf den Arm, schoß mit ihm wie ein Pfeil auf den Hof hinaus und schrie, so laut ich konnte: ‚Das ist mein Sohn Nikander, ja Nikander!' Fekluscha und die Fürstin Ugorelowa redeten mir zu, ins Haus zurückzukehren und mich und meinen Sohn nicht der Schande preiszugeben, denn sie glaubten, ich habe vor Verzweiflung den Verstand verloren. Ich schrie jedoch noch lauter als zuvor: ‚Das ist mein Sohn Nikander!'

Nach und nach sammelte sich eine Menschenschar vor meinem Tor. Ich fragte jeden: ‚Weißt du, wie mein Sohn heißt? Nikander! Jawohl, Fürstinnen und Fürsten, er heißt Nikander!' Alle schüttelten den Kopf, ließen die Arme hängen und raunten einander im Fortgehen zu: ‚Der Ärmste ist übergeschnappt — kein Wunder. Da sieht man, wohin die Armut führt.'

Nachdem ich allen so feierlich den Namen meines Sohnes verkündet hatte, entfernten sie sich. Ich betrat ziemlich ruhig die Stube und übergab der weinenden Fürstin das Kind.

‚Warum weinst du denn', fragte ich, ‚und gerade dann, wenn du Gott danken und dich freuen solltest?'

‚Geh, beruhige dich, lieber Fürst. Vielleicht läßt sich das Unglück noch abwenden. Fürstin Ugorelowa meint, für Geld werden noch ganz andere Dinge gemacht. Geh, leg dich schlafen!'

‚Ist alles nicht nötig', rief ich aus. ‚Und hätte der Pope meinem Sohn einen noch seltsameren Namen gegeben, wir brauchten nichts mehr daran zu ändern. Du irrst dich, meine Liebe: In dieses Entzücken, das du für Irrsinn hältst, hat mich nicht der seltsame Name meines Sohnes versetzt, sondern etwas ganz anderes. Wisse — ich habe einen *Schatz* gefunden!'

‚Einen Schatz!' riefen alle zugleich; Fürstin Fekluscha verdutzt — sie sah mich befremdet an und schien diese ‚Erfindung' als ein neues Anzeichen meines Irrsinns zu werten; Marja vor Schreck über den ungewöhnlichen Vorfall mit versagenden Knien; Fürstin Makruscha starr vor Neid, wie mir deuchte; und alle drei wiederholten ein dutzendmal: ‚Einen Schatz? Ei was!'

‚Hat Ihnen der Alte von vorhin dabei geholfen, Fürst?' fragte Marja scheu. ‚Ob er nicht ein Zauberer oder ein Hexenmeister ist?'

‚Mag er ein Zauberer oder was immer sein, jedenfalls hat er mir in der Tat geholfen, den Schatz zu finden.'

‚Er ist wahrscheinlich ein Schwarzkünstler', fuhr Marja fort. ‚Ich habe beobachtet, daß er mit großem Eifer in dicken Büchern las.'

Das Wort ‚Schwarzkünstler' brachte mich in Verwirrung. Mir wurde sogleich bewußt, wie großzügig er die Bücher bezahlt hatte. Ich blickte Marja finster an und wußte keine Antwort.

Bald darauf verabschiedete sich Fürstin Makruscha, aber, wie ich bemerkte, ohne die frühere Herzlichkeit und sogar ziemlich kühl. O Neid! Was tust du den Menschen an? Wie höhnst du über ihre Herzen!

Sobald unser durchlauchtigster Besuch gegangen war, erzählte ich meiner Frau und Marja in aller Kürze von dem mir zugefallenen Schatz und zeigte ihnen das Geld. Wir wußten nicht, worüber wir uns wundern sollten — über die Dummheit oder auch übermäßige Freigebigkeit des Kaufmanns oder den möglicherweise wirklich sehr großen, aber verborgenen Wert unserer Bücher.

‚Das hat schon seinen Grund', meinte Marja mit einem Seufzer. ‚Er ist bestimmt ein Schwarzkünstler.'

‚Und wäre er der Böse in Person — wenn er den Menschen Gutes tut, verwandelt er sich in einen Engel', entgegnete ich ärgerlich und lief zu meinem Freund, dem Juden Janka. Er war über die glückliche Wendung in meiner Lage aufs höchste erfreut und sagte zu, mich bei der Einrichtung meiner Wirtschaft zu beraten, wollte jedoch durchaus nicht die Summe wiederhaben, um die die Kleidung meiner Frau versetzt gewesen war, bevor ich statt dessen die Kuh verpfändete.

‚Janka!' rief ich einigermaßen hitzig. ‚Solange ich bettelarm war, habe ich deine Geschenke, ohne zu erröten, angenommen. Nachdem ich aber Gott sei Dank ... Kränke mich nicht durch deine Weigerung!'

Janka nahm das Geld schließlich an und versprach, abends zu mir zu kommen, um die Kindtaufe mit uns zu feiern. ‚Machen Sie sich keine Umstände, Fürst! Ich bringe alles mit!'

Wir trennten uns in bester Laune."

ACHTZEHNTES KAPITEL
Der Schwarzkünstler

„Ich war außer mir vor Freude, als ich zu Hause anlangte.

‚Nun, liebe Frau, mit Janka bin ich quitt. Jetzt kannst du das rosa Kleid anziehen, ohne vor Scham zu erröten, oder, ohne vor Zorn zu erblassen, das weiße. Alles gehört uns, wir sind niemandem etwas schuldig! Laß uns überlegen, wie wir die Wirtschaft aufziehen. Ich möchte einen Knecht und eine Magd als Unterstützung für Marja dingen, sie selber soll den Haushalt führen und unseren Thronerben hüten, während wir beide, geb's Gott, sobald es Frühjahr und schließlich Sommer wird, das Feld bearbeiten wollen.'

‚Sehr schön und gut', sagte meine Frau, die sich in unseren gegenwärtigen Verhältnissen sogleich darauf besann, daß sie eine geborene Fürstin Burkalowa und eine verehelichte Fürstin Tschistjakowa war. ‚Sehr schön und gut, mein Freund! Nur hat die Dorfältestentochter Mawruscha einen so wunderbaren himmelblauen Sarafan, daß man sich unwillkürlich verleitet fühlt.' Und sie senkte den Blick.

‚Sich verleiten lassen ist schädlich', bemerkte ich höchst philosophisch. ‚Wäre ich damals nicht so schwach gewesen, dann hätte ich meinen Gemüsegarten nicht zertrampelt.'

Wir schwiegen eine Weile, dann nahmen wir das Gespräch über unseren zukünftigen Reichtum wieder auf.

‚Wir haben das Haus umbauen lassen, und das neue wächst ins Riesenhafte. Unsere Felder sind unermeßlich, unsere Herden unübersehbar, die Diener schimmern von Gold und Silber, und schließlich gehen wir auf Reisen — in einem Wagen, der mit sechs Rappen bespannt ist', sagte ich lächelnd.

‚Nein, mit sechs Schimmeln', entgegnete meine Frau bestimmt. ‚Das wäre bei weitem passender. Ich werde ein weißes Kleid und einen weißen Hut tragen, und also müssen auch die Pferde weiß sein.'

‚Du hast kein bißchen Geschmack', sagte ich und hob die Nase mit der Wichtigkeit eines Kenners. ‚Man muß die Symmetrie wahren. Davon kann der kahlköpfige Kirchendiener Jakow so gut erzählen, der ja wohl besser Bescheid weiß als jeder andere. Er hat sich in Moskau und selbst in nächster Nähe von Petersburg aufgehalten.‘

Die Fürstin war von meinem Argument entwaffnet und wußte nichts zu erwidern. Sie gab in aller Unschuld zu, der Ausdruck ‚Symmetrie‘ sei ihr nicht recht verständlich.

‚Das hättest du gleich sagen sollen‘, fiel ich ein. ‚Ich will es dir erklären. Du hast schwarze Augen, schwarze Augenbrauen und ebensolche Haare, und also müssen auch die Pferde Rappen sein! Das nennt man Symmetrie! Verstehst du?‘

Trotz dieser einwandfreien Symmetrie und meines wichtigtuerischen Gebarens konnten wir uns durchaus nicht einigen — jeder dachte an seine eigene Symmetrie. Unser Streit wurde hitziger und immer heftiger. Schließlich fühlte ich mich bemüßigt, den Prügelstock meines Ahnen zu heben, um die Symmetrie zwischen ihm und dem Rücken meiner Fürstin herzustellen, als sich plötzlich die Tür auftat und zu meinem nicht geringen Erstaunen der Dorfälteste, drei Dorfpolizisten und vier oder fünf Fürsten mit finsteren und feierlichen Gesichtern eintraten.

‚Herzlich willkommen, ehrenwerte Gäste‘, begrüßte ich sie und bat sie, Platz zu nehmen. Ich war überzeugt, sie kämen, um mich zu meinem Reichtum zu beglückwünschen, und nahm mir vor, den großen Bojaren zu spielen. ‚Was gibt es Neues, meine Herren?‘

Der Dorfälteste: ‚Ja, Euer Durchlaucht, wir haben von einer Neuigkeit gehört — und zwar von Ihrem plötzlichen Reichtum! Walte Gott, daß alles gesetzlich zugegangen ist!‘

Ich: ‚Ich bin darüber sehr erfreut, verehrter Pamfil Paramonowitsch! Der Herrgott hat mich ganz überraschend gesegnet. Zwischen mir und meiner Frau ist es gerade zu einer kleinen Meinungsverschiedenheit darüber gekommen, wie wir die Wirtschaft aufziehen. Sie meint so, und ich sage — so. Sie erscheinen im richtigen Augenblick. Da Sie ein weiser Mann sind und in der Politik des Düngens, Pflügens, Säens und Erntens von Korn bestens Bescheid wissen, werden Sie mir Ihren vernünftigen Rat gewiß nicht verweigern.‘

Der Dorfälteste: ‚Ich darf, ohne zu prahlen, behaupten, daß ich in diesen Dingen zu den besten Kennern im Dorf gehöre und auch bereit bin, Ihnen zu helfen, sofern Sie mir befriedigende Antwort auf meine Fragen geben.‘

Ich (erstaunt): ‚Auf Ihre Fragen? Was denn für welche?‘

Der Dorfälteste: ‚Es dürfte Ihnen bekannt sein, daß ich eine Anweisung oder Instruktion vom Landgericht besitze, der zufolge ich verpflichtet bin, auf jedermann ein wachsames Auge zu haben, unter anderem auch auf Zauberer, Hexenmeister und Werwölfe.‘

Ich: ‚Sehr wohl, Herr Dorfältester.‘

Der Dorfälteste: ‚Unter diesen Titulierungen sind, mit Ihrer Erlaubnis, auch Schwarzkünstler zu verstehen.‘

Da wurde mir klar, worauf er hinauswollte. Obwohl ich im allgemeinen leicht einzuschüchtern war, zumal von einem Manne wie dem Dorfältesten, der Anweisungen und Instruktionen vom Landgericht besaß, erschien mir das Wissen um meine Unschuld als das schärfste, am besten geeignete Schwert, um das Gewebe der Verleumdung und Bosheit zu durchhauen.

‚Was hast du sonst noch vorzubringen, Dorfältester?‘ entgegnete ich hochmütig, in dem Bewußtsein, nicht mehr der arme Teufel von früher zu sein. Die Anrede ‚Dorfältester‘ ohne die Floskel ‚Herr‘ war für Pamfil Paramonowitsch wie eine Ohrfeige. Eine solche Beleidigung hatte er, seitdem er Dorfältester war, noch nicht gehört. Die Galle lief ihm über, seine Augen funkelten, er bebte vor Zorn über den Anschlag auf seine Ehre.

Der Dorfälteste: ‚Es bleibt mir offenbar nichts anderes übrig, Fürst, als Ihnen zu beweisen, daß ich hier tatsächlich der Dorfälteste bin und daß ich über besondere Anweisungen oder Instruktionen vom Landgericht verfüge. Ich frage Sie also im Namen jenes hohen Gerichts — wo haben Sie Ihren Schatz her?‘

Die Worte ‚Zauberer‘, ‚Hexenmeister‘, ‚Schwarzkünstler‘ und ‚Schatz‘ hatten mich schon immer in heftige Angst versetzt. Jetzt, da mich der Dorfälteste verhörte, hätte ich, sollte man meinen, umsinken müssen vor Schrecken, jedoch das Gegenteil war der Fall. Die menschliche Natur zeigte eine ganz neue Wirkung! Ich war entschlossen, tapfer zu sein, und koste es nicht nur mein Leben, sondern auch meinen hohen Rang.

Ich: ‚Wo ich den Schatz herhabe, Dorfältester? Was geht dich das an? Ich frage dich ja auch nicht, wo du neulich den Hammel und die zwei Schafe, das junge Fohlen und manches andere herhattest. Das alles war natürlich nicht von deinem Gelde gekauft. Aber ich habe dich nicht danach gefragt — und wohl auch keinen von den hochverehrten Gästen, die damals bei dir waren.‘

Die hochverehrten Gäste strichen sich die Bärte und schienen mit mir zufrieden.

Der Dorfälteste: ‚Das gehört nicht zur Sache, Fürst Gawrilo Simonowitsch. Warum lassen Sie einen Schwarzkünstler aus

den Augen, der die Leute betrügt? Wenn Sie ihn aufgehalten und mich benachrichtigt hätten, wäre vielleicht ...'

Ich: ‚Es war ein grundehrlicher alter Mann. Wenn man ihn einen Schwarzkünstler nennen kann, so allenfalls darum, weil er mir Bücher von meinem Schwiegervater abgekauft hat. Diese Bücher waren infolge ihres Alters tatsächlich schon völlig schwarz.'

Die Auseinandersetzung wurde bald lebhafter, bald leiser geführt. Man drohte mir mit allen Strafen, mit denen man Hexenmeister und deren Helfershelfer belegt. Oder man winkte mir mit den Belohnungen, die den erwarten, der einen großen Bösewicht anzeigt. Ich weiß nicht, womit diese politische Unterhaltung geendet hätte, wäre nicht der Jude Janka mit seinem Knecht bei mir eingetreten. Der Knecht war mit Eßbarem und mit Getränken bepackt.

‚Woher ein solcher Lärm in dieser glänzenden Versammlung? Wäre es nicht viel schöner, den Abend vergnügt zu verbringen, statt sich um nichts und wieder nichts zu streiten?'

‚Natürlich, das haben auch wir schon wiederholt gesagt', pflichteten ihm die Fürsten und sonstigen angesehenen Männer bei, mit väterlicher Zärtlichkeit zu den Flaschen hinüberschielend, die auf den Tisch gestellt wurden. ‚Aber du siehst — Pamfil Paramonowitsch und Seine Durchlaucht können sich durchaus nicht einigen.'

Der Dorfälteste: ‚Du behauptest, wir streiten uns um nichts und wieder nichts? Nein, Janka, davon verstehst du nichts! Ginge es um Wodka, Wein oder andere Getränke, dann könntest du vielleicht ...'

Janka: ‚Ich kann auch urteilen, wenn es sich um einen Menschen handelt, auch ich habe ein Herz!'

Der Dorfälteste: ‚Du bist ein Jude und hast also ein Judenherz!'

Ich: ‚In seinem Herzen ist mehr Liebe zum Nächsten, als in deinem zu Schmiergeldern und allerlei Drum und Dran ist, Dorfältester!'

Alle Fürsten: ‚Ach du meine Güte! Das wird was geben!'

Der Dorfälteste: ‚Belieben Sie mir zu folgen, Fürst!‘

Ich: ‚Wohin?‘

Der Dorfälteste: ‚In das Gemeindehaus. Wir werden in der Gemeindeversammlung zu einem Urteil über den Schwarzkünstler und seine Helfershelfer kommen. Ich weiß in meinem Amt genau Bescheid, denn ich besitze eine Anweisung oder Instruktion vom Landgericht. Die Angelegenheit ist von größter Wichtigkeit. Ich habe nicht die Absicht, für andere geradezustehen. Belieben Sie mir zu folgen, Fürst Gawrilo Simonowitsch!‘

Ich: ‚Beliebe du dich erst mal zum Teufel zu scheren, Dorfältester! Ich möchte die Nacht zu Hause verbringen, und dabei fröhlich!‘

Furchtbarer Lärm erhob sich. Der Dorfälteste tobte. Die Gäste versuchten, da ein Friedensschluß nicht möglich schien, uns wenigstens zu einem Waffenstillstand zu überreden. Fürstin Fjokla Sidorowna und Marja schluchzten, das Kind schrie. Die Polizisten schickten sich auf Befehl des Dorfältesten mehrfach an, mich zu ergreifen. Ich drohte ihnen mit meinem grifflosen Säbel, den ich — wenn auch vergebens — aus der Scheide zu ziehen versuchte. Kurzum — es herrschte ein Heulen, Schreien, Lärmen und Keifen, wie es wohl seit Erschaffung der Welt noch nicht gehört worden war.

Der Jude Janka, der die ganze Zeit mit verschränkten Armen dagestanden und geschwiegen hatte, entschloß sich plötzlich, zu handeln. Er schob die Menge auseinander und bat in aller Bescheidenheit, ein paar Worte sagen zu dürfen, ohne daß man ihn unterbreche. Man willigte ein, und er begann: ‚Ruhmreiche Fürsten und ehrwürdigste Männer unseres Dorfes! Ihr habt den Juden Janka in seiner Kneipe nicht selten mahnen hören, ihr solltet nicht weitertrinken, zumal auf Pump. Er nahm eure Pfänder nicht an. Ihr aber überredetet mich, ich ließ mich erweichen und schenkte aus — auf Pump. Ich machte euch das Vergnügen, auf euch zu hören, so tut auch ihr mir den Gefallen, und schenkt mir auch einmal Gehör! Ich bitte euch um Friedfertigkeit und Sanftmut! Ihr schreit zu laut! Nun gut — wenn ihr euch nicht beherrschen könnt ... Aber gebt zu, daß man bei weitem klüger spricht, wenn man nicht laut wird und nicht in Hitze gerät, zumal über einen Fall von solcher Wichtigkeit wie der, der sich in dieser ruhmreichen Gesellschaft ereignet hat — ich meine, über den Fall mit der schwarzen Kunst. Hilf meiner Unwissenheit nach, hochverehrter Dorfältester Pamfil Paramonowitsch, und erkläre mir, was ist ein Schwarzkünstler?‘

Der Dorfälteste: ‚Ein böser Zauberer.‘

Janka: ‚Und was ist ein Zauberer?‘

Der Dorfälteste: ‚Ein Hexenmeister!‘

Janka: ‚Und was ist ein Hexenmeister, und was tut er?‘

Der Dorfälteste: ‚Er brockt den Leuten allerlei Gemeinheiten ein — beschwört Dürre oder Platzregen herauf, verdirbt das Vieh, verwandelt Menschen in Werwölfe und was dergleichen mehr ist.‘

‚Wenn dem so ist‘, fuhr der Jude fort, ‚dann sind die Hexenmeister tatsächlich böse Leute und würdig, daß man sie bestraft. Aber sehen wir uns einmal an, was denn der Alte, der im Hause des Fürsten Gawrilo Simonowitsch abgestiegen war, verschuldet hat! Er fand Gefallen an einigen dicken, altertümlichen Bänden eurer heiligen Schriften und kaufte sie. Ich kenne diese Bände, weil der verstorbene Fürst Sidor Archipowitsch Burkalow sie wiederholt bei mir verpfänden wollte, was ich jedoch jedesmal ablehnte. Was hat der alte Kaufmann also Böses getan? Wen hat er in einen Werwolf verwandelt? Nichts dergleichen ist geschehen. Er hat im Gegenteil ein gutes Werk vollbracht und die Lage der ruhmreichen, aber verarmten Familie der Fürsten Tschistjakow verbessern helfen! Ist es also, hochverehrter Dorfältester Pamfil Paramonowitsch und ihr, ruhmreiche Fürsten mitsamt dieser ganzen ehrenwerten Versammlung, nicht hundertmal besser und lobenswerter, statt sich um Dinge zu streiten, von denen wir nichts Rechtes wissen, und sich die Kehle heiser zu schreien, die Taufe des Sohnes unseres verehrten Hausherrn zu feiern?‘

Er trat, ohne die Antwort abzuwarten, an den Tisch, füllte einen großen Kelch mit gutem Wein und brachte ihn Pamfil Paramonowitsch dar. Der Dorfälteste sah auf den Kelch, dann auf den Juden, dann auf die ganze Versammlung und sagte mit einem Schmunzeln: ‚Wahrhaftig, Janka Jankeliowitsch, du bist ein großer Versucher!‘ Mit diesen Worten ergriff er den Becher, verneigte sich nach allen Seiten und leerte ihn.

Die Fürsten und alle übrigen Teilnehmer dieser so rühmlichen Versammlung erhoben ein Freudengeschrei und klatschten in die Hände. Der Friede war wiederhergestellt. Es wurde eine ausgedehnte Feier. Man unterhielt und stritt sich zwar noch über Zauberer, Werwölfe und Schwarzkünstler, doch nun schon ohne Lärm und ohne einander an die Gurgel zu wollen, und es war längst nach Mitternacht, als man aufbrach und sich gegenseitig gute Nacht wünschte."

NEUNZEHNTES KAPITEL
Die Kenntnis der großen Welt

„Wir zogen unsere Wirtschaft recht ordentlich auf. Ich stellte den Knecht Foma und die Magd Mawruschka an und erstand ein Pferd an Stelle des an Hunger verendeten. Den Flechtzaun, der meinen Gemüsegarten von dem des Schwiegervaters abgegrenzt hatte, nahm ich auseinander und sparte auf diese Weise im Haushalt einiges Geld, da ich im Winter kein Brennholz brauchte. Mein Feld kaufte ich zurück. Die Tage waren mit Arbeit ausgefüllt, die Winterabende — das hätte wohl niemand erraten — mit Lesen! Mir war der sehr vernünftige Gedanke gekommen, meine Frau über die Sitten der großen Welt aufzuklären. Auf welche Weise, sagte ich mir, ließe sich das bequemer machen als mit Hilfe des Lesens von guten Büchern? Aus ihnen wird sie ersehen, daß es Fürsten gibt, die keinerlei Ähnlichkeit mit Fürst Gawrilo haben; und Fürstinnen anderen Schlages als Fürstin Fjokla; kurz und gut, sie wird Dinge erfahren, von denen sie bisher nicht das geringste ahnte. Ach! Sie erfuhr sie tatsächlich! Und mehr, als gut war! Ich ging also mit diesen löblichen Vorsätzen ins Haus des Schwiegervaters hinüber, schloß den Schrank auf, holte ungefähr hundert kleine Bücher hervor (die großen hatte alle der alte Kaufmann mitgenommen) und sah sie mir mit gewichtigem Ausdruck an. Fast alle waren mit kolorierten Bildern ausgestattet. Und was kann reizender sein? Das erste Buch, das mir in die Hand fiel, hieß ‚Der Weiber Schliche'. Gar nicht übel, dachte ich. Ich muß Fürstin Fekluscha zeigen, was es für Kreaturen unter ihren Geschlechtsgenossinnen gibt, damit sie sich vor ihnen in acht nimmt; von Fürstin Makruscha befürchte ich nichts, denn sie hat wiederholt mit aller Deutlichkeit bewiesen, daß sie von einwandfreier Gemütsart ist; mögen sie Freundinnen bleiben. Über die anderen Fürstinnen aber will ich noch nachdenken und sie im Geiste durchgehen.

Ich fuhr mit der Durchsicht meiner Bibliothek fort und fand der Reihe nach die folgenden Bücher: ‚Von Bowa dem Königssohn', ‚Von der Prinzessin Militrissa', ‚Von Jeruslan Lasarewitsch', ‚Vom Recken Bulat', ‚Von Zarewitsch Iwan und dem Grauwolf' und ähnliches mehr. Ich trug all diese Schätze zu mir hinüber und las an freien Abenden daraus vor, um meiner Frau die Kenntnis der großen Welt zu vermitteln. Obwohl ich damals noch nicht wußte, wie man richtig denkt, dachte ich doch ziemlich dasselbe wie jener Weise, der einmal gesagt hat: Docendo docemus; die artige Verwunderung meiner Fürstin machte mir Freude. Ich las, so gut ich irgend konnte, und immer mit großem Feuer. Sie war betrübt und weinte fast, wenn sie hörte, wie der Prinz und die Prinzessin vom bösen Zauberer verfolgt und ständig getrennt wurden und ihre Liebe nicht ungestört genießen konnten.

‚Ach, wie schade!' sagte sie und seufzte. ‚Liebster, was hättest du getan, wenn dich damals, als du über den Zaun in die

Laube aus Bohnenranken klettertest, ein böser Zauberer daran gehindert hätte?'

,Ich?' entgegnete ich zornig und ballte drohend die Fäuste. ,Ich hätte ... weißt du, was ich mit ihm gemacht hätte?'

,Was denn, mein lieber Fürst?'

,Ja, siehst du', erwiderte ich nachdenklich, ,im Augenblick fällt mir nichts Rechtes ein. Aber etwas hätte ich bestimmt mit ihm gemacht.'

Wenn ich von den ruhmreichen Taten irgendeines Ritters las, der in dunkler Nacht, unter größter Gefahr, sich den Hals zu brechen, zum Fenster seiner geliebten Prinzessin emporklimmt, hielt Fekluscha den Atem an und blickte mir unverwandt auf den Mund. Kam ich aber zu der Stelle, wo der Ritter fehltritt, in die Tiefe stürzt, laut aufschlägt und sich natürlich nichts tut, denn als Ritter darf er sich einfach nichts tun, durch seinen Sturz jedoch die königliche Wache weckt, welche herbeieilt, den Unglücklichen umringt, in Ketten legt und in den Kerker schleift — dann entfuhr Fekluschas Lippen ein ,Ach!', und die Spindel fiel ihr aus den Händen. ,Ach, Gott sei Dank', fuhr sie nach einer Pause fort, ,Gott sei Dank, daß unser Zaun nicht hoch war und daß es auch keine Wache gab, außer Vater, der, wenn er von Janka zurückkehrte, so fest schlief, daß er nicht wach geworden wäre, und hätte es Ritter gehagelt!' — ,Gewiß', pflegte ich dann mit stolzer Miene zu entgegnen, denn ich bemerkte, daß die natürlichen Gaben und die Empfindsamkeit meiner Frau sich durch das Lesen rasch vervollkommneten.

Bei solchem Zeitvertreib traf uns der grünende Frühling an. Ich zog mit Foma, meinem neuen Knecht, aufs Feld, während Marja und Mawruschka mit der Bestellung des Gemüsegartens begannen. Alles ging gut, und als die Zeit der Ernte heran war, blickte ich mit väterlicher Zärtlichkeit auf meine glänzende Flur und den großen Gemüsegarten mit seinen reifenden Früchten.

,O teurer Vater!' rief ich unter Tränen. ,Wie richtig waren deine letzten Worte! In der Tat, wie hat mein Feld im vorigen Sommer ausgesehen? O Liebe, Liebe!'

Zum Zeichen meiner kindlichen Dankbarkeit ließ ich, nachdem die Ernte beendet und alles Korn und Gemüse eingebracht war, zum Gedenken an meinen guten Vater eine Seelenmesse lesen und veranstaltete eine Erinnerungsfeier.

Was soll ich länger von meinem eintönigen Leben erzählen? Es genügt, wenn ich erwähne, daß so zwei Sommer und zwei Winter verstrichen. Im Sommer waren wir mit den Landarbeiten, im Winter mit Lesen beschäftigt. Beides kam sehr erfolgreich voran. Mein Haus füllte sich mit allerlei Habe, und Fekluscha hatte sich der Aufklärung von Anfang an so leidenschaftlich zugewandt und war mit so viel Lust und Liebe dabei, daß sie im Laufe dieser zwei Jahre unseres ehelichen Zusammenlebens recht ordentlich lesen und schreiben lernte. In dieser Hinsicht mochte höchstens die Frau des Popen meine Fürstin übertrumpfen, auf gar keinen Fall aber die Tochter des Dorfältesten. Ich sah das alles sehr wohl. Mein Sohn konnte schon einigermaßen laufen, streckte mir, sobald er mich sah, lächelnd die Ärmchen entgegen und stammelte: ‚Fürst Papachen, Papachenfürst!' Oh, wie nett sich das anhörte! Mir traten vor Entzücken die Tränen in die Augen, und ich umarmte Fekluscha, die ihn die lieben Worte gelehrt hatte.

Eines Winterabends, als ich gerade eine besonders interessante Szene vorgelesen hatte, in der der Held nach Überwindung aller Hindernisse und Gefahren in das Schlafzimmer der Frau seines Freundes eindringt und dortselbst eine angenehme Nacht verbringt, fragte mich die Fürstin: ‚Tu mir den Gefallen und sage mir, Liebster, wie ist denn das möglich? Sie ist doch eine verheiratete Frau!'

‚Na und? Sieh dir doch an, wie es in der großen Welt zugeht', fuhr ich fort, vor ungeduldigem Eifer brennend, sie immer gründlicher aufzuklären. ‚Wenn in der großen Welt die Tochter aus dem Elternhaus entläuft, der Sohn ein unschuldiges Mädchen entführt, der Mann eine andere betört, die Frau den Hausfreund in ihrem Schlafgemach empfängt, so sind das alles Lappalien, über die man kaum nachdenkt, und selbst ganz junge Mädchen — aus vornehmen Häusern, versteht sich — erzählen sich von allen Finessen dieser Begebenheiten mit so viel Ungezwungenheit und Kaltblütigkeit, daß man versucht ist, aus vollster Überzeugung auszurufen: »Ihr armen Kleinen! Ach, ihr bedauert nur, daß ihr euch nicht an Stelle dieser Verführten befindet, und wartet mit Ungeduld auf Augenblick und Gelegenheit, eine ebenso kühne Heldentat zu vollbringen.«

Aber all das sind, wie ich schon erwähnte, Kleinigkeiten, die man am folgenden Tage vergißt. In der großen Welt kommen — und das nicht selten — Dinge vor, die viel schwerer wiegen: Da vergiften oder erstechen Ehefrauen ihre Männer, um den Liebhaber zu heiraten; Ehemänner die Frauen, um sich mit ihrer Geliebten zu verbinden; Stiefmütter die Stiefsöhne, um das Vermögen den eigenen Kindern zuzuschanzen; Stiefväter tun dasselbe und zu demselben Zweck. Der Sohn prozessiert mit dem Vater, der Bruder mit dem Bruder, die Schwester mit der Schwester; sie verleumden sich gegenseitig, schwärzen sich in aller Öffentlichkeit an, betrügen, ruinieren einander und machen Gott weiß was mehr. Wenn sie nicht körperliche Strafen befürchteten, würden sie vermutlich solche Prozesse mit Gift und Stahl rascher beenden. Du wunderst dich vielleicht', wandte ich mich an meine Frau, ‚woher ich das alles weiß, denn die Ritter in diesen Büchern tun dergleichen nicht. Das ist nicht weiter erstaunlich — sie waren Menschen einer anderen Zeit! Dir ist bekannt, mein Herz, daß mein Großvater einen guten Teil seines Lebens in der Stadt verbracht hat. Er hat von alledem ausführlich meinem Vater erzählt. Da ich aber sein nächster Verwandter und also sein Erbe war, kamen all diese Kenntnisse — ohne Gerichtsverhandlung — auf mich.'

Der Winter war vorbei, das Frühjahr brach an, danach der Sommer. Wir mühten uns im Schweiße unseres Angesichts und dankten Gott, daß wir die Kräfte besaßen und mit den Arbeiten Bescheid wußten. Eines Tages, als ich mich mit Foma auf dem Felde befand, hörte ich ein jämmerliches Geschrei auf der Flur nebenan. Wir eilten hinzu, und was sahen wir? Fürst Akila Warfolomejewitsch schlug erbarmungslos auf seine Frau, die Fürstin Warwara Wukolowna, ein. Foma und ich versuchten sie zu trennen, hatten aber lange keinen Erfolg. Schließlich gelang es uns aber doch. Aus den flammenden Umarmungen ihres Mannes befreit, stürzte Fürstin Warwara davon und ordnete im Laufen Kleidung und Haar. Fürst Akila schrie wie ein Irrer: ‚Ach, die Missetäterin! Ich sterbe vor Scham.'

‚In solchen Fällen, teurer Fürst', erklärte ich mit Nachdruck, ‚muß man sich mit dem Gedanken trösten, daß in der großen Welt weit Schlimmeres geschieht. Dort wird nicht selten ...'

‚Hol die große Welt der Teufel', rief Fürst Akila, ‚es sind nicht meine Frauen, die dort leben. Und wenn sie sich alle aufhängen — was kümmert es mich? Meine Frau aber schlage ich, weil ...'

‚Genug, genug, teurer Fürst, beruhige dich und überlasse alles der Zeit. Die Zeit ...'

‚Ich soll mich beruhigen? Nein, ich gehe unverzüglich hin und beweise ihr ...'

Seine Entschlossenheit verwirrte mich. Es kann, dachte ich

mir, nach seinem entschiedenen Gesichtsausdruck zu urteilen, wahrhaftig ein Unglück geben. Wie bringe ich ihn davon ab, eine schwere Sünde auf seine Seele zu laden? Und das um einer Bagatelle willen, über die man sich in der großen Welt häufig nicht einmal Gedanken macht! Plötzlich hatte ich einen ausgezeichneten Einfall.

‚Ei, Fürst!‘ rief ich vergnügt. ‚Übernachte, bis der Sturm sich in deinem Herzen legt, bei mir! Du weißt, ich stehe jetzt gottlob anders da als früher. Meine Fürstin wird uns ein nahrhaftes Abendessen bereiten. Und Janka, der Jude, ist mein aufrichtiger Freund. Wir machen uns einen fröhlichen Abend, und was morgen ist, wird man ja sehen.‘

Fürst Akila Warfolomejewitsch zierte sich eine Weile, aber schließlich gewann der Gedanke an Jankas Zuneigung zu mir die Oberhand. Er willigte ein; um sich dankbar zu zeigen, half er aus Leibeskräften mein Feld mähen. Als wir uns meinem Haus näherten, stand am wolkenlosen Himmel bereits der helle Mond.

Wir traten ein, und ich wurde gewahr, daß Marja den Herd angeheizt hatte. Der junge Fürst Tschistjakow saß mit untergeschlagenen Beinen auf der Ofenbank und blickte ins Feuer.

‚Wo ist denn die Fürstin?‘ fragte ich.

‚Sie wird wohl ausgegangen sein‘, entgegnete Marja. ‚Ich komme gerade erst aus dem Gemüsegarten, wo ich den ganzen Tag Unkraut gejätet habe.‘

Ich saß wohl zehn Minuten mit Fürst Akila Warfolomejewitsch beisammen, dann fragte ich aufs neue: ‚Marja! Wo bleibt denn nur die Fürstin?‘

‚Ich weiß es wirklich nicht‘, gab sie zur Antwort. ‚Soll ich zu Fürstin Makruscha laufen und nachsehen, ob sie da ist? Sie hält sich in letzter Zeit oft bei ihr auf.‘

‚In Ordnung!‘ erwiderte ich. ‚Nur stell uns vorher eine Kerze auf den Tisch. Dann schau beim Juden Janka herein und sage ihm, ich habe einen Gast. Verstehst du? Danach mach dich zur Fürstin Makruscha auf.‘

Marja stellte die Kerze auf den Tisch und ging.

Wir saßen eine Weile da und plauderten, als ich plötzlich hinter dem Heiligenbild einen Brief entdeckte. Ich nahm ihn in die Hand und suchte nach der Unterschrift. Ein kalter Schauer überlief mich: Ich erkannte die Handschrift meiner Frau, konnte mich nicht mehr auf den Beinen halten, sank auf die Bank und entfaltete mit zitternden Händen den Brief.

‚Was haben Sie, teurer Fürst?‘ fragte mein Gast.

‚Nichts, nichts', entgegnete ich und vertiefte mich in die Zeilen.

Durchlauchtigster Fürst und hochedler Gemahl!

Euer Durchlaucht haben mir so viel Interessantes von der großen Welt erzählt, daß der unüberwindliche Wunsch in mir erwachte, sie in Augenschein zu nehmen, eine Weile in ihr zu leben und mich durch eigene Erfahrung von der Wahrhaftigkeit Ihrer Worte zu überzeugen. Leben Sie wohl, durchlauchtigster Fürst, und seien Sie nicht betrübt! Sie werden viel Ähnliches in Ihren hübschen Büchern finden. Prinzessin Militrissa Kirbitjewna verließ ihren Mann Durandas, um dem schönen, heißgeliebten Markobrun zu folgen. Warum also sollte eine Fürstin nicht tun, was sogar eine Prinzessin tut? Und mein Reisebegleiter steht Markobrun in keiner Beziehung nach und ist ebenfalls ein Fürst, wenn auch von anderem Schlage als Euer Durchlaucht. Durandas tröstete sich mit der liebenswerten Prinzessin Golostschepa. Weshalb also sollten sich nicht auch Euer Durchlaucht trösten und eine Fürstin Makruscha, Fürstin Akulka, Fürstin Matrjoschka oder ein an-

deres Reis aus einem der ruhmreichen Häuser unseres Dorfes für sich gewinnen können? Leben Sie wohl! Mein verliebter Reisebegleiter (ich bin schon lange mit ihm bekannt) drängt mich, Ihre Gemächer zu verlassen, ehe uns Euer mit Sensen und Sicheln bepackte Durchlaucht überrumpeln.

Ihre sehr ergebene Dienerin und so weiter.

PS: Marja weiß von nichts. Es ist völlig zwecklos, sie nach etwas zu fragen.

Ich fiel um wie ein Klotz, von der Bank auf den Fußboden. Als ich zu mir kam, saß ich, von Fürst Akila Warfolomejewitsch und Marja gestützt, wieder auf der Bank. Ich sah ihm an den Augen an, daß er den unglückseligen Brief gelesen hatte und meinen Schimpf und meine Schande kannte.

‚Genug der Zimperlichkeiten, Fürst', rief er, mich mit der einen Hand umschlingend, in der anderen einen Becher Wein. ‚Auf das Wohl des unbekannten Helden, der dir diesen garstigen Streich gespielt hat! Wirklich, Verehrter, er ist ein Fürst von anderem Schlage als wir. Vivat!' Mit diesen Worten leerte er den Becher.

‚Herzloser Mensch!‘ entgegnete ich mit einem Seufzer. ‚In einem solchen Augenblick kannst du scherzen!‘

‚Schon gut‘, sagte er. ‚In solchen Fällen, teurer Fürst, muß man sich mit dem Gedanken trösten, daß in der großen Welt weit Schlimmeres geschieht. Dort wird nicht selten ...‘

‚Was kümmert mich die große Welt?‘ rief ich schmerzbewegt.

‚Genug, genug, teurer Fürst, beruhige dich und überlasse alles der Zeit!‘

‚Ruhe finde ich erst im Grab‘, erwiderte ich.

‚Unsinn, mein Freund, man kann sie auch noch im Leben finden! Ich bin dir sehr dankbar dafür, daß du mich zur Besinnung gebracht hast. Ich habe alles vergessen und bin vollkommen ruhig. Mit der Zubereitung eines Abendessens weiß Fürstin Warwara nicht schlechter Bescheid als Fjokla Sidorowna, und mit dem Juden Janka bin auch ich gut Freund. Komm, Verehrter, übernachten wir bei mir. Auf deinen Sohn kann auch Marja aufpassen. Und was morgen ist, wird man ja sehen.‘

Soviel er mir auch zuredete, es half nichts. Auf meinem Herzen lag ein schwerer Berg. Das Mark in meinen Knochen war zu Eis erstarrt, ich konnte kaum noch atmen und glaubte, ich müsse ersticken. Fürst Akila Warfolomejewitsch sprach mir Trost zu und trank Wein; trank erneut Wein und sprach mir erneut Trost zu. Am Ende war er betrunken, ohne mich im geringsten getröstet zu haben.

‚Nun, wenn es sich so verhält, bleib da! Tröste dich Gott‘, sagte er einigermaßen ärgerlich und schickte sich zum Aufbruch an. ‚Wir hätten zu Fürstin Warwara Wukolowna gehen sollen. Gewiß, sie hat gefehlt, aber ich habe ihr auch gezeigt, wer der Herr im Haus ist. So bald tut sie's nicht wieder.‘

Er ging. Ich legte mich ins Bett und konnte erst gegen Morgen einige Tränen vergießen. Mein Kummer zerstreute sich ein wenig. Aber ich hatte hohes Fieber, Marja behauptete, ich hätte die ganze Nacht phantasiert. ‚Was soll man da machen, Marja, ich werde vielleicht sterben‘, entgegnete ich und verfiel aufs neue in einen Dämmerzustand.

So verbrachte ich zwei Tage und drei Nächte.“

ZWANZIGSTES KAPITEL

Leb wohl, Heimat!

„Am Morgen des dritten Tages nach der Flucht meiner Frau ging am blauen Himmel eine prächtige Sonne auf. Ich erhob mich vom Bett, sah meinen friedlich schlafenden Nikander an, und Tränen rannen über meine Wangen. ‚Unschuldiges Kind‘, sagte ich, ‚du weißt nicht, welche Qualen dein Vater leidet. Gott gebe, daß du es nie erfährst, vor allem, daß du sie nicht selber erduldest!‘ Ich berührte mit der Linken vorsichtig seinen Scheitel, reckte die Rechte zum Himmel und flehte: ‚Großer Gott, verlaß diese Waise nicht!‘ Der Kleine erwachte und streckte lächelnd die Hände nach mir aus. Ich hob ihn auf meinen Arm und rief: ‚Barmherziger Vater! Nimm ihn in deinen Schutz. Er hat keine Mutter mehr!‘

Süße Tröstung ergoß sich in meine Seele. Meine Gedanken erhellten sich. Es war, als hätte sich mein Blut, mein Herz, mein ganzes Dasein erneuert. ‚Wie?‘ fragte ich. ‚Ich überlasse mich einer schmählichen, eines Mannes unwürdigen Verzagtheit, einem ermüdenden, erschlaffenden Müßiggang, nur weil meine Frau ein liederliches Frauenzimmer ist? Bin ich der einzige, dem das geschehen ist? Oh! Ich will die Undankbare vergessen und nur für meinen Sohn leben!‘ Zum Vergnügen des ganzen Hauses brach ich am selben Morgen mit Foma zur Feldarbeit auf. Marja war außer sich vor Freude.

‚Recht so‘, wiederholte sie in einem fort, ‚ich war überzeugt, daß Gott Ihnen gnädig ist und Sie Ihre alte Heiterkeit zurückgewinnen werden. Soll sich Fürstin Fjokla in der Welt herumtreiben! Sie wird es nirgends behaglicher haben als in diesem Hause. Sie wird es bereuen, aber zu spät. Der Herrgott wird sie und diesen nichtsnutzigen Menschen richten.‘

‚Laß sie, Marja‘, erwiderte ich ernst, ‚kein Wort mehr über sie!‘ Man kann nicht behaupten, ich sei auf der Fahrt durch mein Dorf sehr ruhig gewesen. Mir schien, alle starrten mich an, was ja auch zutraf. Ich errötete oder erblaßte und forderte Foma unablässig auf, das Pferd anzutreiben. Auf dem Rückweg war ich schon gefaßter, am folgenden Tage erst recht, und sechs Wochen später hatte ich Fekluscha zwar nicht vergessen, erinnerte mich aber ihrer schon ohne den Schmerz, der mich zuerst gepeinigt hatte. Allmählich glaubte ich, ich würde mich mit der Zeit ganz trösten. Ich machte Besuche, empfing auch den und jenen bei mir und philosophierte: ‚So ist das alles! Die Zeit heilt seelische Wunden besser als jeder Arzt.‘

O weh! Bitterer Kummer stand mir bevor. Eines Abends kehrte ich bei Sonnenuntergang vergnügt ins Dorf zurück — ich schritt neben dem Wagen einher, der mit den letzten Garben beladen war. ‚Gott sei Dank‘, sagte ich, ‚die Feldarbeit haben wir hinter uns. Jetzt kommen die Arbeiten in Haus und Hof an die Reihe. Die sind viel leichter.‘ Ich ordnete lächelnd einen großen Kornblumenstrauß, den ich für meinen Sohn gepflückt hatte.

Als ich eintrat, fand ich die Stube leer. Sie werden im Gemüsegarten sein, dachte ich mir und ging hinüber. Ich traf jedoch nur Mawruscha an — sie zog Möhren und Rüben aus der Erde. ‚Wo sind denn die anderen?‘ erkundigte ich mich. ‚Ich weiß nicht, ich bin schon seit Mittag hier‘, entgegnete sie. Ich lief in die Stube zurück, setzte mich auf die Bank und sah, nichts Böses ahnend, seelenruhig und mit heiterer Miene zu, wie Foma die Garben vom Wagen lud und zur Tenne trug.

Schließlich kam Marja — allein.

‚Wie?‘ fragte sie. ‚Sie sind schon da? Wo sind denn die ehrenwerten Gäste?‘ Mit diesen Worten stellte sie zwei Flaschen Wein auf den Tisch.

‚Du bist wohl nicht bei Troste, Marja‘, rief ich ungeduldig, ‚von was für Gästen redest du? Ich habe, als ich nach Hause kam, niemanden angetroffen. Wo ist mein Sohn?‘

Marja blieb stumm.

‚Wo ist mein Sohn?‘ schrie ich sie zornig an. ‚Wo hast du ihn gelassen?‘

Marja wurde blaß und erwiderte mit zitternder Stimme: ‚Ich habe ihn hier bei den Gästen gelassen, als ich zum Juden ging.‘

Ich erstarrte. Eine böse Ahnung erfüllte meine Seele. Ich saß gleich einem unbeweglichen Götzen auf der Bank und blickte Marja mit furchterregenden Augen an. ‚Erzähle, wie alles war‘, verlangte ich und knirschte mit den Zähnen. Und Marja erzählte. Kurz vor meiner Rückkehr war im Dorf ein prächtiger Wagen aufgetaucht, der stracks auf unser Haus zuhielt. Die Neugier trieb Marja vor das Tor. Dem Wagen entstiegen zwei

Herren, die sie fragten: ‚Ist das nicht das Haus des Fürsten Gawrilo Simonowitsch Tschistjakow?' — ‚Ja!' — ‚Ist er zu Hause?' — ‚Nein, er ist auf dem Feld.' — ‚Er wird uns doch nicht böse sein, wenn wir ein Stündchen bei ihm rasten?' — ‚O nein! Er ist ein herzensguter Mann.'

Sie traten ein und setzten sich. ‚Das ist wohl sein Sohn?' — ‚Ja.' — ‚Wie heißt er denn?' — ‚Nikander.' — ‚Und wie alt ist er?' - ‚Rund zweieinhalb Jahre.' — ‚Wer hat ihn getauft?' — ‚Vater Onissifor, der Pope bei uns im Dorf.' Die Gäste schienen von dieser Antwort befriedigt. ‚Komm doch mal her, Kleiner', sagte der Ältere und gab dem Jungen einen Pfefferkuchen und eine Klapper. Das Kind war hell begeistert, überwand seine Scheu und kletterte schließlich auf des Fremden Knie. ‚Sag, Alte, habt ihr einen guten Tropfen im Hause?' fragte er Marja. ‚Nein', entgegnete sie, ‚Fürst Gawrilo Simonowitsch hält nichts auf Vorrat, sondern kauft ihn, wenn Gäste kommen, beim Juden Janka, der eine Schankwirtschaft betreibt.' — ‚Und ist es weit bis dahin?' — ‚Ja, ziemlich. Sie liegt am anderen Ende des Dorfes.' — ‚Was kann man da machen?' seufzte der Gast. ‚Du wirst dich schon hinbemühen müssen, für die Mühe werden wir dich belohnen.' — ‚Ich würd es ja gerne tun, aber wer beaufsichtigt inzwischen das Kind?' — ‚Das übernehmen wir.'

Mit einem Wort — die Gäste gaben Marja das Geld, sie machte sich auf den Weg, und als sie zurückkam, fand sie nur mich vor, während der Wagen mit den höflichen Gästen verschwunden war und mit ihm mein Sohn Nikander.

‚Alles klar! Sie haben ihn entführt!' rief ich mit einer Stimme, daß Marja erbebte.

‚Der Herrgott ist gnädig', sagte sie, ‚vielleicht sind sie weggefahren, und das Kind läuft im Dorf umher. Das ist auch früher schon öfter vorgekommen. Erbarme dich, Muttergottes! Sollten die Gäste Menschenfresser sein?'

Ich stürzte auf die Straße hinaus, lief überall herum und rief: ‚Nikander! Mein Sohn! Wo bist du?' Ich ließ kein Haus aus, fragte jeden, der vorüberkam, ob alt, ob jung. Die Antwort war jedesmal: ‚Ich weiß nicht.'

Die Dämmerung brach herein. Erschöpft, eine wahre Hölle im Herzen, schleppte ich mich klagend und stöhnend nach Hause. Das war natürlich Schwachheit, doch jeder Vater in meiner Lage hätte ebenso gestöhnt wie ich; wenn nicht, dann erkläre ich ihm ins Gesicht: ‚Es ist nicht dein eigenes Kind, es ist die Frucht der Treulosigkeit deiner Frau. Einen leichtgläubigen Mann kann man betrügen, aber nie die Natur.'

In diesem Zustand betrat ich mein Haus, und ein neues Unglück traf mich mit neuem Entsetzen. Marja lag bewußtlos auf dem Fußboden. Foma und Mawruscha weinten und bemühten sich, sie aufzurichten. ‚Noch mehr Neuigkeiten?' fragte ich und prallte zurück.

Foma entgegnete: ‚Nachdem Sie den jungen Fürsten suchen gegangen waren, brach Marja in Tränen aus, stöhnte und rang die Hände. »O ich Unglückselige!« rief sie. »Ich bin womöglich die Ursache dieses Verlustes! Aber der Herr ist gnädig, er wird sich meiner erbarmen!« Sie hoffte noch immer und betete. Als sie dann aber Ihre Stimme und Ihr Stöhnen hörte, schrie sie auf, brach zusammen und starb.' Dieses Unglück lenkte mich vom ersten ab, und ich verlor nicht den Verstand, obwohl ich nahe daran war. Ich hielt die Hand an Marjas Herz und stellte fest, daß es aufgehört hatte zu schlagen. ‚Ja, sie ist tot, wir müssen sie aufbahren', sagte ich leise.

Ich fand mich selber nicht mehr in meinen Gefühlen zurecht. Ich hatte den Sohn verloren! Ein unermeßlicher Verlust, aber auch Marja hatte mich mit der Zärtlichkeit einer Mutter geliebt. Oh, wie bitter, wie traurig war diese Nacht für mich! Was wiegt schon der Verlust einer ungetreuen Frau gegen den des Sohnes! Allein der Gedanke an ihre Untreue bedeutet Trost! Aber wem hatte das unschuldige Kind etwas getan? Oh, wie qualvoll war meine Lage!

Drei Tage danach bestattete ich Marja in einem Grab neben dem meines verehrten Vaters, des Fürsten Simon. Meine Tränen waren versiegt. Ich irrte am hellichten Tage wie ein Nachtgespenst umher. Sosehr mich der Jude Janka auch zu trösten versuchte — seine Worte drangen nicht in mein Bewußtsein. Einige Tage vergingen. Als ich eines Abends niedergeschlagen dasaß, fiel mein Blick auf den Stapel Bücher unter der Bank, mit deren Hilfe ich meine Fürstin aufgeklärt hatte. Die bittere Erinnerung zerriß mir das Herz. ‚Garstige Bücher!' rief ich aus. ‚Möge euer Verfasser in der Hölle ebensolche Qualen leiden wie die, die ich euch zufügen werde! Mawruscha! Mach Feuer im Herd, aber ein tüchtiges!' Inzwischen beugte ich mich hinunter, holte die Bücher einzeln unter der Bank hervor und schleuderte sie auf den Fußboden. Aber — o Wunder! Während ich meine erlesene Bibliothek auf diese Weise mißhandelte, sie zerfetzte, manche Bücher gar mit den Zähnen zerriß, hörte ich plötzlich, wie unter meiner Hand etwas klirrte. Ich faßte zu und erblickte einen ziemlich großen Geldbeutel. Ich schnürte ihn auf und traute meinen Augen nicht — Goldstücke prasselten daraus hervor. Lange stand ich da, ohne ein Glied zu rühren, bis ich am Ende einen Zettel zwischen den Dukaten erspähte. Ich las: ‚Trösten Sie sich, Fürst! Ich habe Ihren Sohn in guter Absicht entführt!'

‚Aha! Das ist das Geld für meinen Sohn?' schrie ich außer mir, warf die Dukaten auf den Fußboden und trampelte auf ihnen herum. Mein Tobsuchtsanfall dauerte wohl eine halbe Stunde. Ich verwünschte den Kindesentführer und überantwortete ihn der Gewalt ganzer Heerscharen von Teufeln. Ich verwünschte Fekluscha, ja meines Unverstandes wegen auch mich selbst. Danach beruhigte ich mich, wie es nun mal in der Natur der Dinge liegt. Kaltblütig verbrannte ich meine Bücher und sammelte noch kaltblütiger die Goldstücke auf. Was sollte ich machen? Ich mußte mich irgendwie trösten. Ich zählte über hundert Dukaten.

Es war Mitte September. Mein Zustand war immer noch unerträglich, das heißt, ich weinte zwar nicht mehr (oder nur selten), raufte mir nicht die Haare, stampfte nicht mit den Füßen, fand aber auch an nichts Gefallen. Mein Herz glich einem in tausend Scherben zersprungenen Spiegel. Zwar stellt jede Scherbe einen Teil des bewußten Gegenstandes dar, doch alle zusammen ergeben ein widerwärtiges Ganzes. Nein, sagte ich mir, hier finde ich keine Ruhe. Dieses Schleifchen erinnert mich an die ungetreue Fekluscha, jener Kornblumenstrauß an meinen entführten Sohn, dieser Stock und allerlei anderer Kram an meinen Vater und an Marja, die beide schon unter der Erde liegen. Nein, hier kann ich nicht länger bleiben. Ich gehe, wohin die Vorsehung meine Schritte lenkt. Man erträgt seine Leiden leichter unter Menschen, die deren Ursache nicht kennen, unter einem fremden Himmel, der nicht Zeuge der wenigen Freuden in meinem Leben war.

Nachdem dieser Gedanke festen Fuß in mir gefaßt hatte, holte ich ein Blatt Papier, griff zur Feder und schrieb den folgenden Brief.

Mein lieber Freund Janka Jankeliowitsch! Ich kann in diesem Dorf nicht leben, denn ich bin unglücklich, und der Gedanke an die einstigen glücklichen Tage, die ich hier verbracht habe, macht mich noch unglücklicher. Ich habe die Absicht, fortzuziehen, und vielleicht für lange. Ich will nicht Abschied von dir nehmen, denn ich weiß, du wirst mich zurückzuhalten versuchen. Ich kann um nichts auf der Welt darein einwilligen, und das würde uns beide nur noch tiefer betrüben. Leb also wohl, mein großmütiger Freund Janka! Ich lasse zwei Häuser zurück, eines davon mit einigem Zubehör. Dazu das Feld, die Gemüsegärten und einen ziemlichen Vorrat an Korn und anderem mehr — all das übergebe ich dir. Wenn Foma und Mawruscha bei dir arbeiten wollen — gut; wenn nicht, dann entlasse und belohne sie. Dieser Brief — andere Formen kenne ich nicht — soll vor dem ganzen Dorf und, wenn nötig, auch vor den Gerichten als Beglaubigung dafür dienen, daß ich dir meinen ganzen Besitz zu treuen Händen überantworte; denn ich bin überzeugt — wenn ich zurückkehre, wirst du redlich mit mir teilen. Eine solche Vollmacht würde kein anderer von mir bekommen. Du möchtest vielleicht wissen, wohin ich meine Schritte lenke. Du kannst mir glauben, ich weiß es selber nicht, nur eins steht für mich fest — ich will mich zur Hauptstadt durchschlagen. Geld habe ich, und für den Anfang genug. Leb wohl, Janka, leb wohl, mein treuer Freund!

Fürst Gawrilo Simonowitsch Tschistjakow

Ich versiegelte den Brief, versah ihn mit der Anschrift und machte mich reisefertig. Ich packte Wäsche und einige Kleidungsstücke in einen mäßig großen Rucksack und rief Foma.

‚Mein Freund', sagte ich zu ihm, ‚ich will in ein benachbartes Dorf zu einem guten Bekannten und werde mich möglicherweise zwei oder drei Tage bei ihm aufhalten. Ich muß mich beruhigen.'

‚Oh, natürlich, Euer Durchlaucht', entgegnete Foma vergnügt, ‚das ist nur richtig! Ich spanne an und fahre Sie . . .'

‚Nein! Bleib hier. Im Haus ist dies und jenes zu tun, ich gehe zu Fuß. Trag diesen Brief gleich morgen früh zu Janka, aber vergiß es nicht! Es ist sehr wichtig.'

Nachdem ich auf diese Weise alles geordnet hatte, verließ ich mein Haus. Ich verweilte weinend auf dem Friedhof und nahm Abschied von den Gräbern meiner Eltern. Draußen auf der Flur blickte ich mich wohl hundertmal um — nach dem Dorf, das in der Ferne blaute, von den letzten Strahlen der sinkenden Sonne beleuchtet. Es dämmerte. Ich sah mich ein letztes Mal um und streckte weinend die Arme aus. ‚Lebt wohl, meine friedlichen Hütten, lebt wohl, ihr guten Freunde und dienenden Helfer, lebt wohl, ihr Gräber meines Vaters, des Fürsten Sidor, meiner Mutter und Marjas! Lebt wohl!'

Dichter Nebel senkte sich auf das Dorf herab. Ich trocknete meine Tränen, wandte mich ab und ging, die Hände vor das Gesicht gedeckt, meines Weges."

Zweiter Teil

ERSTES KAPITEL

Eine Erläuterung des Verfassers

Im ersten Teil dieses Werkes habe ich den Lesern mehrmals versprochen, einige Stellen zu erläutern; andere bedürfen der Erläuterung auch ohne ein solches Versprechen. Obwohl die Verfasser im allgemeinen und die Journalisten im besonderen ihre Versprechen nicht immer halten und sich nur wenig darum kümmern, wenn sie deswegen nicht geachtet und gar gescholten werden, bin ich doch überzeugt, daß sie es entweder aus Vergeßlichkeit tun oder weil sie selber nicht wissen, wie sie das, was ihre Phantasie zunächst dunkel beließ, klarer gestalten könnten. Indem sie den einen Umstand erläutern, verdunkeln sie einen anderen; indem sie einen Gedanken, eine Begebenheit glaubwürdiger machen, rufen sie, ohne dessen innezuwerden, Mißtrauen gegen andere hervor. Kurzum — die Verfasser befinden sich bei allem guten Willen mitunter in denselben Nöten, in denen sich ein Advokat befindet, der einen auf purer Prozeßsucht beruhenden Rechtsstreit zu entwirren sucht. Da es mit mir jedoch Gott sei Dank noch nicht so weit gekommen ist, gehe ich nun gelassen an meine Erläuterungen.

Erstens werden es viele, wie ich vermute, für höchst unglaubwürdig halten, daß sich Iwan Jefremowitsch immer so leicht mit seiner Frau und seinen Töchtern aussöhnt, nachdem er ihre kleinen Ungebührlichkeiten gerügt hat. Ich gebe zu, hier hätte sich eine ausgezeichnete Gelegenheit geboten, durch den Mund des Herrn Prostakow eine Unmenge fürtrefflicher Belehrungen anzubringen und erbarmungslos über die heutige Sittenverderbnis herzuziehen, da sich die Söhne und Töchter ohne Wissen der Eltern zu lieben erkühnen, wovon in alten Zeiten — gottbewahre! — nicht die Rede sein konnte. — Gewiß, meine Herrschaften, das wäre durchaus nicht unpassend gewesen, und ich hätte, wäre ich darauf eingegangen, vielleicht nicht schlecht daran getan, eine Komödie oder Tragödie zu schreiben. Aber wie hätte ich, das Leben eines ehrenwerten alten Mannes schildernd, so unsinnig über ihn schwindeln können? Er selber tat es nicht. Die Güte und Empfindsamkeit seines Herzens waren so groß, daß sie manchmal an kindliche Schwäche grenzten. Ein und derselbe Nichtsnutz konnte ihn tausendmal hereinlegen. Er wurde es gewahr, denn er war klug von Natur und durch das Lesen von Büchern ziemlich gebildet. Einen Augenblick ärgerte er sich, aber das war auch alles. Der Bittsteller brauchte nur die Brauen zu runzeln und die Miene eines Bedürftigen anzunehmen, und Iwan Jefremowitsch griff unwillkürlich nach dem Beutel, gab, was er konnte, und dachte: Vielleicht betrügt er mich dieses Mal nicht! Aus ebendemselben Beweggrund glaubte er, ein väterlicher Blick und — wenn unbedingt nötig — wohl auch ein Wort oder zwei genügten, den Töchtern oder seiner Frau das Unpassende einer Handlung vor Augen zu führen. Er war überzeugt, daß sie ihn gut verstanden und ebenso fühlten wie er, und beruhigte sich völlig. Überdies hatte ja Maremjana Charitonowna der so zarten, empfindsamen Jelisaweta eine, man sollte meinen, recht schlagende Lektion erteilt.

Nicht minder wichtig ist ein anderer Zweifel des Lesers. Alle haben gesehen, daß Fürst Gawrilo Simonowitsch auf dem Dorf geboren wurde, in den kümmerlichsten Verhältnissen aufwuchs und seine Heimat verließ — nicht ohne einiges Geld, gewiß, aber das lag schon zwanzig Jahre zurück. Wie konnte ihm also von den hundert Dukaten noch etwas verblieben sein, nachdem er so lange Zeit ohne fremde Hilfe gelebt hatte? Das war unmöglich. Auch wird man nicht vergessen haben, in welchem Zustand er vor etlichen Monaten im Hause der Herrschaften Prostakow erschien. Woher also, aus welchen Mitteln konnte er Nikander fünfzig Dukaten geben? Darüber hinaus hatte er selber erklärt, er habe nur geteilt, das heißt nicht alles geopfert. Es mußte ihm also noch mindestens ebensoviel verblieben sein.

Ich kann die Wünsche des Lesers, wie ich gestehe, im Augenblick nicht voll befriedigen und seine Fragen nicht beantworten und erzähle daher für alle Fälle die folgende Geschichte. Sie spielt zwar im Orient und müßte demzufolge erfunden sein, doch schwören viele wahrheitsliebende Menschen, sie habe sich wirklich zugetragen.

Es war einmal ein indischer Großmogul, ein weiser, gütiger, frommer und gerechter Herrscher. Sein ganzes Augenmerk war darauf gerichtet, nichts zu unterlassen, was dem Lande zu Nutz und Frommen gedieh, und denjenigen großherzig zu belohnen, der solches vollbracht hatte. Die Würdenträger an seinem Hofe bedachte er für derlei Taten mit Ehrungen, Rangerhöhungen und allerlei Auszeichnungen. Die Kaufleute unterstützte er mit Geld, mit Handelsvergünstigungen, mit dem Erlaß von Steuern und so weiter; die Ackerbauern belohnte er mit guten Geräten zur Bodenbearbeitung, mit starken Stieren und wohlgenährten Schafen. Alle waren glücklich und zufrieden und priesen im stillen und vor den Leuten den Namen des wohltätigen Herrschers. Und doch hatte auch er — so unwahrscheinlich es klingen mag — eine Schwäche, und zwar eine, die für einen so aufgeklärten Monarchen ganz unverzeihlich war — er schenkte den Fakiren in seinem Lande keinerlei Beachtung. Die Würdenträger waren darob äußerst befremdet, die Kaufleute sahen es mit Gleichmut, das Volk war einigermaßen empört, und die Fakire tobten.

Die gegenseitige Liebe von Monarch und Volk ist etwas Großes, Heiliges, den Erden- und Himmelsbewohnern Angenehmes. Sie läßt sich nur schwer erschüttern, aber es gibt keine Schwierigkeit, die Bosheit und Rachgier nicht zu überwinden trachteten. Die Fakire trieben sich also gleich grimmigen Skorpionen im Lande Indien herum; und überall hinterließen sie ihr Gift, welches aber lange Zeit unwirksam blieb, weil niemand ihren Einflüsterungen Glauben schenken wollte, der Mogul habe den Göttern seines Heimatlandes abgeschworen, verehre insgeheim fremde Götzen, und seine Frömmigkeit sei darum nichts als Maske und Heuchelei. Wieso? Weil er in den fünf oder sechs Jahren seiner Herrschaft keiner einzigen Pagode ein Geschenk gemacht und keinen einzigen Fakir zu Tisch gebeten habe. Die frommen Moguln vor ihm hatten das täglich getan. Sie hatten die Pilger scharenweise empfangen und manche Stunde in liebenswürdigem Gespräch mit den Gerechten verbracht. So predigten die Fakire in Städten und Dörfern, auf Feldern und in Wäldern, überall, wo sich menschliche Spuren fanden. Zuerst hörte man sie, wie ich schon sagte, gar nicht an. Sie verzagten nicht und setzten ihr, wie sie meinten, gottgefälliges Werk fort. Später lauschte man ihnen, wollte ihnen aber durchaus nicht glauben; am Ende glaubte man ihnen dann doch, und Empörung verbreitete sich über die indischen Lande. Dem weisen Monarchen blieb das nicht lange verborgen. Alle erwarteten von ihm Befehle, aber er gab sie nicht und lächelte über die ängstliche Besorgnis seiner Freunde. Er war hochherzig und klug und des Glückes wert, Freunde zu besitzen. Doch was geschah? Er wartete so lange, bis eines Tages auf dem weiten Platz vor seinem Palast Tausende von Fakiren erschienen, die laut über des Moguls Gottlosigkeit klagten und den nahen Sturz ganz Indiens voraussagten. Eine riesige Volksmenge geleitete sie, bereit, die frommen Mönche im Falle einer Kränkung zu verteidigen, und begierig, zu erfahren, wie und womit der Mogul ihnen Genüge tun werde.

„Rette dich, Herr!“ riefen die Würdenträger. „Flieh zu deinem Bruder, dem Radscha, während wir inzwischen die Unruhen beilegen.“

„Ihr ratet mir nicht gut, meine Freunde“, entgegnete der Mogul mit Festigkeit und Würde. „Gehen wir zu den Fakiren und dem Volk. Der Vater muß den Grund der Unzufriedenheit seiner Kinder kennen.“

Er trat, gefolgt von den erstaunten Würdenträgern, auf den Platz hinaus, richtete das Wort an die Fakire und fragte nach der Ursache des Auflaufs. Der Rangälteste unter ihnen entdeckte sie ihm, und der Mogul erwiderte: „Gut, meine Kinder! Ich erkenne die Berechtigung eurer Forderungen an und werde sie erfüllen! Versammelt euch heute in dreißig Tagen auf dem Feld neben der Hauptpagode. Dort werde ich mich mit den Großen meines Hofes einfinden und euch mit einem Festmahl bewirten und mit angemessenen Gaben beschenken. Unterdes entsende ich reitende Boten zu allen Radschas, die meinem Zepter untertan sind, mit dem Verlangen, sie sollen alle Fakire aus ihren Landen zu diesem Tage herschicken.“

Das Volk erhob ein Freudengeschrei und warf sich nieder in den Staub. Die Fakire beugten vor dem Monarchen die Knie, und alle begleiteten seine Rückkehr in den Palast mit Segenswünschen.

Mit welcher Ungeduld wartete man auf diesen Tag! Schließlich kam er. Der Mogul erschien mit einem vielköpfigen Gefolge und einer bewaffneten Leibwache in dem bezeichneten Tal. Dort waren zahllose lange Tische mit Speisen und Getränken aufgestellt. Es hatten sich etwa dreißigtausend Fakire versammelt. Alle aßen und tranken und wünschten dem Mogul durch laute Zurufe ein langes Leben.

Das Festmahl war beendet. Der Mogul bestieg einen zu diesem Zwecke errichteten erhöhten Thron und rief: „Fromme Fakire! Ich habe nicht nur versprochen, euch zu sättigen, sondern auch, euch angemessen zu beschenken. Dieses Versprechen will ich jetzt einlösen.“

Er gab ein Zeichen, und die riesigen Zelte zu beiden Seiten des Throns öffneten sich. Dort lagen Stapel von neuen, für die Fakire ausgewählten Kleidern bereit. Neben den Zelten aber loderte ein großer Scheiterhaufen.

Der Mogul fuhr fort: „Gottesfürchtige Mönche! Eure Gewänder haben sich durch langes Tragen in Lumpen verwandelt, und ihr erinnert eher an Bettler denn an ehrwürdige Fakire in indischen Landen. Trete also jeder von euch an diesen Scheiterhaufen und werfe seine Kleidung hinein, ohne etwas zurückzubehalten, und er erhält sogleich eine neue Gewandung aus diesen Zelten." Totenblässe überzog die Wangen der Fakire. „Gebieter!" rief der Älteste unter ihnen und fiel auf die Knie. „Wir haben unseren Göttern Armut und Demut gelobt und dürfen unser Gelöbnis nicht ungestraft übertreten! Diese Fetzen bewahren uns vor bösem Dünkel!"

„Gut", entgegnete der Mogul, „aber auch ich habe mein Wort gegeben, euch neu zu bekleiden, und muß es halten. Oberster der Fakire! Tritt als erster ans Feuer und übergib ihm deine Lumpen!"

Die Fakire sahen einander in äußerster Verwirrung an. Sie hätten sich gerne weiter auf ihre Redegewandtheit verlegt, doch das ernste Gesicht des Monarchen und namentlich der furchterregende Anblick der vielköpfigen Leibwache hielten sie davon zurück. Es half nichts! Sie schritten mit zitternden Knien auf das Feuer zu, warfen die Lumpen hinein und nahmen die neue Kleidung in Empfang.

Als sie nun endlich eingekleidet waren und in tiefem Schweigen dastanden, die trüben Blicke auf den Scheiterhaufen geheftet, ließ der Mogul das Feuer löschen. Im voraus bestimmte Diener durchwühlten die Asche und häuften in kurzer Zeit Berge von Geld vor den Stufen des Thrones auf. Allein an indischen Goldmünzen zählte man drei Millionen.

Das allgemeine Erstaunen, die Beschämung und Verzagtheit der Fakire waren unbeschreiblich. Gerechte Strenge flammte auf der Stirn des Großmoguls.

„Niederträchtige Heuchler!" rief er. „Sind das die Zeichen der Armut und Demut, die ihr unseren Göttern gelobt habt? Mir aus den Augen! Ihr seid des Zornes des Moguls nicht würdig!"

Die Fakire zerstreuten sich mit demütig gesenktem Kopf in alle Himmelsrichtungen und wurden während der langen Zeit seiner Herrschaft nicht wieder in der Nähe der Hauptstadt gesehen. Der Großmogul verteilte den also entdeckten Schatz unter die Krieger und das Volk, deren dankbare Stimmen sich zum Himmel erhoben.

Soweit die fremdländische Geschichte. Der Leser mag aus ihr schließen, daß der Zustand, in welchem sich Fürst Gawrilo Simonowitsch bei seinem ersten Erscheinen im Hause Prostakow befand, da er in der Tat an einen Fakir erinnerte, keineswegs beweist, daß er kein Geld besaß. Aber wo hatte er es her? Oh, das ist eine andere Frage, die ohne Zweifel im rechten Augenblick, wenn auch nicht allzubald, beantwortet werden wird.

Ob diese Erläuterung meinen Leser befriedigt, weiß ich nicht. Jedenfalls war es mein aufrichtiger Wunsch, ihn wenigstens fürs erste zufriedenzustellen.

Die dritte Erläuterung betrifft folgendes: Manche Leser werden vielleicht glauben, Fürst Gawrilo Simonowitsch führe seine Geschichte regelmäßig, Tag für Tag und zu festgesetzter Stunde fort, wie ich es manchmal tue und ihn mehrere Kapitel hintereinander sein Leben erzählen lasse. Keineswegs! Er mußte sie wiederholt für Tage und Wochen unterbrechen und eine Pause einlegen. Auch die Herrschaften Prostakow hatten ihre Beschäftigung: Bald gab es in der Wirtschaft zu tun, bald besuchten sie ihre Gutsnachbarn oder bewirteten diese bei sich, was sie, wie ich schon sagte, mitunter wochenlang in Anspruch nahm. Ich habe bisher darüber geschwiegen, weil das Belanglosigkeiten sind, die in Iwan Jefremowitschs Augen keinerlei Beachtung verdienten und in meine Geschichte auch gar nicht hineingehören. Ich beschreibe nur das, was der Substanz nach wesentlich ist, und komme auf diese Dinge nur nebenbei, sozusagen für alle Fälle, zu sprechen.

Der vierte Einwand, den man mir gegenüber erheben

könnte, würde darin bestehen, daß der so gütige, so empfindsame Herr Prostakow, welcher Nikander mit väterlicher Zärtlichkeit liebt, sich so rasch und leicht beruhigt, nachdem er ihn auf die bewußte fast tragische Weise verloren hat. Nun ja, er krakeelt ein wenig und schilt mit seiner Frau, aber das hätte auch ein anderer, weniger gütiger oder mildtätiger Mann getan. Man braucht sich nur den Schneesturm vorzustellen, der an jenem Weihnachtsabend herrschte, dazu die Jugend und Hilflosigkeit des jungen Nikander, und man wird finden — ein anderer hätte nicht nur krakeelt, sondern wäre auch eingeschritten. Herr Prostakow vergißt jedoch alles bereits am folgenden Tag und kommt auch überhaupt nicht mehr darauf zurück. Er hat hierin keinerlei Ähnlichkeit mit sich selbst!

Daran habe auch ich gerade gedacht, und ebendarum weise ich diesen Vorwurf zurück, indem ich den guten Prostakow gegen sich selbst in Schutz nehme. Das Weitere hierüber wird man aus dem folgenden Kapitel ersehen, während obiges als Vorwort zum zweiten Teil gelten möge.

ZWEITES KAPITEL

Die Entdeckung eines Geheimnisses

Im ersten Teil verließen wir die Familie Prostakow, als sie auf Briefe vom Fürsten Swetlosarow wartete und, da diese nicht eintrafen, der Erzählung von Gawrilo Simonowitsch lauschte. In dieser ungewissen Lage verging ziemlich viel Zeit, und schließlich kam der Tag vor der Fastnachtswoche. Iwan Jefremowitsch schien ungewöhnlich besorgt, aber worüber, wußte niemand. Man las zwar keinen Kummer in seinem Gesicht, es verriet jedoch eine gewisse Unruhe, Nachdenklichkeit und eine unausgeglichene Gemütsverfassung. Alle im Hause bemerkten es, aber keiner wagte nach dem Grund zu fragen, da er im voraus zu wissen glaubte, er werde nichts erfahren. So dachte selbst Maremjana Charitonowna und fragte nicht. Wer also entschloß sich am Ende als erster zu diesem großen Unterfangen? Man mag erraten, daß Fürst Gawrilo Simonowitsch es war. Und das wäre richtig geraten!

Zu Fastnacht selbst, als alle der Reihe nach auf Iwan Jefremowitsch zutraten, ihn beglückwünschten und sich wieder entfernten, um ihren Beschäftigungen nachzugehen, blieb zuletzt nur Fürst Gawrilo Simonowitsch, der nichts Besonderes zu tun hatte, bei ihm zurück. Sie saßen in verschiedenen Ekken, sahen sich hin und wieder an, wandten sich ab, sahen sich wieder an, senkten mit einem heimlichen Seufzer die Augen und wandten sich aufs neue voneinander ab.

„Wahrhaftig", rief am Ende Prostakow, „das ist bedrückender, als nachts bei häßlichem Wetter dem Gegner gegenüberzuliegen, mit dem man sich am Morgen bei ebenso schlechtem Wetter schlagen wird!"

„Ich denke fast dasselbe", entgegnete Fürst Tschistjakow und warf ihm einen bedeutsamen Blick zu.

„Und was ist das eigentlich, Fürst?" fragte Prostakow, schob die Kappe in die Stirn und legte die Pfeife auf den Tisch. „Ich bin gespannt, was du dazu zu sagen hast!"

„Das ganze Haus hat längst bemerkt, daß ein Geheimnis auf Ihrem Herzen lastet!" erwiderte der Fürst. „Und dieser Umstand ist allen besonders unerträglich, weil er Ihnen, wie man erraten kann, große Schwierigkeiten bereitet."

„Das ist nicht ganz verkehrt", fuhr der alte Mann fort. „Wenn meine Lage mich auch nicht allzusehr beunruhigt, ist sie doch immerhin schwierig, das stimmt! Glaubst du, du könntest die Wahrheit herausfinden?"

„Ich hoffe es."

„Wirklich?" rief Prostakow aus und sprang auf. Mit dem Schritt eines Jünglings eilte er auf den Fürsten zu, setzte sich neben ihn und fragte eindringlich: „Du errätst also die Ursache meiner gegenwärtigen Lage? Ich würde gerne deine Gedanken wissen und die Begründung dazu hören!"

„Es gibt zwei Ursachen", entgegnete der Fürst gelassen. „Die erste ist das Ausbleiben der Briefe vom Fürsten Swetlosarow. Die zweite — die Ungewißheit über das Schicksal des unglücklichen Nikander!"

„Nein, völlig danebengegriffen!" schrie Prostakow und klatschte in die Hände. Auf seinem Gesicht malte sich der Stolz eines Menschen, der sich überzeugt hat, daß auch er Geheimnisse zu hüten vermag. Hier jedoch flüsterte ihm eine innere Stimme zu: Überlege gut, Iwan Jefremowitsch! Er überlegte, errötete ein wenig, faßte Fürst Gawrilo Simonowitschs Hand und gestand mit gedämpfter Stimme: „Immerhin — so ganz unrecht hast du nicht, lieber Freund!" Fürst Gawrilo Simonowitsch sah ihn mit jenem abwägenden und prüfenden, zugleich aber auch wohlwollenden Blick an, der bei aller äußeren Strenge das befreundete Herz einlädt: Eröffne dich mir! Herr Prostakow rückte mit seinem Stuhl noch näher heran und sagte: „Was die angekündigten Briefe des Fürsten Swetlosarow betrifft, so bin ich bereit, auf sie zu verzichten, und sei es für alle Zeit! Zwar wäre es mir ganz angenehm, meine Tochter als Frau eines so vornehmen und reichen Mannes zu sehen, zumal er auch schon ihr Herz gewonnen hat. Doch überlasse ich alles gern dem Zufall und der Zeit. Was aber das Schicksal des jungen Nikander betrifft, so bleibt es wahr, daß ich gewissermaßen selber den Anlaß zu alledem gab, indem ich ihn herbrachte — zur Fortsetzung dieser kindischen Liebe, die allerdings nicht mehr kindisch ist. Ja, lieber Fürst! Zu meinem großen Kummer erfuhr ich von Jelisaweta, daß unser Nikander derselbe junge Mann ist, der sich vor gut drei Jahren im Pensionat in sie verliebte. Er wurde daraufhin davongejagt, und ich mußte meine Töchter nach Hause zurückholen. Was blieb mir übrig? Und dennoch, Fürst, es ist nicht die Lage dieses jungen Mannes, die mich jetzt beunruhigt, obwohl ich selbst ihn noch unglücklicher gemacht habe!"

„Wie?" entgegnete der Fürst mit Mißmut. „Es bereitet Ihnen keinerlei Sorge, daß dieser unglückliche junge Mann jetzt möglicherweise mit den Schrecken der Armut und der Verzweiflung ringt?"

„Sachte, sachte, lieber Freund, ereifere dich nicht vor der Zeit!" beschwichtigte ihn Prostakow. „Du würdest mich bitter kränken, wenn du glauben solltest, ich könnte auch nur einen Augenblick lang böswillig oder ungerecht sein. Aber höre dir mein Geheimnis an! Es ist zwar kein großes Staatsgeheimnis, aber doch ziemlich wichtig für meine Familie. Ihr Friede ist mir genauso lieb und teuer wie einem großen Herrscher die Ruhe und der Friede unter den Millionen, die ihm untertan sind.

Als ich das letztemal aus der Stadt zurückkehrte, hatte ich eine ganz unerträgliche Nacht. Bei jedem Aufheulen des Windes fuhr ich zusammen und dachte: Das ist das Stöhnen des sterbenden Nikander! Am nächsten Morgen betrat ich in aller Herrgottsfrühe mein Arbeitszimmer, wo mein alter Diener Makar gerade den Kamin heizte. ‚Makar', sagte ich, ‚wir feiern heute die Geburt des Herrn, und dennoch muß ich dich des Vergnügens berauben, diesen Tag mit deinen Kindern und Enkelkindern zu verbringen — dir steht eine kleine Reise bevor!' Makar verzog ein wenig das Gesicht, als ich ihm aber erklärte, es handle sich um ein Werk der Menschenliebe, lächelte der alte Mann und entgegnete: ‚Ich bin bereit, und ginge es bis ans Ende der Welt!' Sobald die ganze Familie versammelt war, rief ich Makar und erklärte mit lauter Stimme: ‚Makar! Ich will dich auf einen ziemlich weiten Weg schikken, und zwar sogleich!' — ‚Oh, gnädiger Herr, was das betrifft ...'

Ich zuckte zusammen — aus Furcht, er könnte mein Geheimnis mit einem unbedachten Wort verraten.

‚Es handelt sich um eine dringende Angelegenheit!' rief ich fast ärgerlich. ‚Du fährst sogleich los, ich gebe dir eine schriftliche Anweisung an die Ältesten meiner Dörfer mit. Geh ins Herrenzimmer und warte auf meine Befehle.'

Der arme Alte ging betrübt hinaus und glaubte sich von mir getäuscht. Maremjana und meine beiden Töchter fielen mit Vorwürfen über mich her — ich hätte die Menschlichkeit vergessen und trenne an einem so hohen Feiertage aus kleinlicher Gewinnsucht einen Vater von den Seinen.

Oh! dachte ich mir im stillen, eben deiner Unmenschlichkeit wegen, Maremjana, sorge ich mich und hoffe sie wiedergutzumachen. Dieser Gedanke erheiterte mich, und ich mußte zu all den hitzigen Vorhaltungen lächeln. Jelisaweta war betrübt, Katerina unzufrieden, und Maremjana geriet in solchen Eifer, daß sie mir tausend Dinge aufzählte, derentwegen ich sie tadle, obwohl ich selber sie tue.

‚So ist der Mensch nun einmal beschaffen', entgegnete ich, ‚auf das Erteilen von Belehrungen versteht er sich, aber sich selber daran halten? Oh, das überläßt er lieber den anderen! Ganz wie der deutsche Pastor, der seine Gemeindeglieder ermahnte, in Frieden mit ihren Frauen zu leben, als aber einer von ihnen fragte: »Herr Pastor! Alles ganz schön und gut, aber wieso prügelst du dich täglich mit der Frau Pastor herum?«, darauf erwiderte: »Mein Bester! Mein Gehalt beziehe ich für das Predigen. Wenn ich mich aber selber daran halten sollte, müßte ich mindestens das Vierfache bekommen!«'

Alle glaubten, ich sei ein wenig geistesgestört. Aber ich küßte sie der Reihe nach mit der Zärtlichkeit des Gatten beziehungsweise Vaters, und sie erkannten, daß sie sich geirrt hatten.

Als ich mein Arbeitszimmer betrat, fand ich Makar sehr betrübt.

‚Makar, gräme dich nicht', sagte ich. ‚Du wirst dich zwar für einige Tage von deiner Familie trennen müssen, aber das ist dir ja nichts Neues. Erinnerst du dich noch, wie wir zusammen am Feldzug teilnahmen?‘ Das Wort Feldzug rief — gleich einem Zauberstab — einen vergnügten Ausdruck auf dem Gesicht des Alten hervor. Ich bemerkte es und fuhr fort: ‚Ich möchte ein gutes, gottgefälliges Werk tun. Ich selber kann es gewisser Umstände halber nicht ausführen und habe niemanden außer dir, auf den ich mich verlassen könnte, denn es bedarf dabei der strengsten Verschwiegenheit. Und nun, Makar, entscheide! Bleibst du zu Hause bei den Deinen, oder willst du mir und dem Herrgott einen Dienst erweisen?‘

‚Wenn es sich so verhält‘, rief Makar, ‚bin ich bereit, und ginge es übers Meer. Wer in der Fastnachtswoche ein gutes Werk vollbringt, nimmt keine Sünde auf sich, auch wenn er sich in den Großen Fasten ein Vergnügen gönnt!‘

‚Also gut, hör zu! Gestern hat meine Frau in meiner Abwesenheit Nikander, über den sie sich geärgert hatte, des Hauses verwiesen. Ich bin nach gründlicher Überlegung zu der Ansicht gelangt, daß er tatsächlich nicht gut bei uns bleiben konnte, aber erst recht nicht verhungern darf. Ich nehme an, er wird in der Stadt vor allem zu Iwan, dem alten Geistlichen, gehen, von dem ich ihn geholt habe. Fahre also, mein Freund Makar, um keine Zeit zu verlieren, gleich in die Stadt. Findest du ihn bei dem Geistlichen — desto besser; wenn nicht, dann warte ein, zwei Tage ab — vielleicht kommt er noch hin! Hier ist Geld und ein Brief für ihn. Auf denn, und Gott befohlen.‘

Makar fuhr los und kehrte fünf Tage später mit der Antwort des jungen Mannes zurück, in der er sich heiß dafür bedankte, daß man ihn nicht im Stiche ließ, sich gefühlvoll des Kummers wegen entschuldigte, den er uns bereitet hatte, und schwor, er wolle meine Tochter nie wiedersehen und verzichte auf ihre Hand, auch wenn sie selbst sie ihm antragen sollte."

„Schön und edelmütig von beiden Seiten!" lobte Fürst Gawrilo Simonowitsch.

„Und hier mein Plan, sein zukünftiges Los betreffend, denn ich gestehe ehrlich, ich würde keine Ruhe finden, bevor ich diesen jungen Mann nicht so glücklich wie möglich gemacht habe. Der Plan besteht also darin, ihn mit Hilfe meiner Freunde in der Stadt, darunter des reichen und darum einflußreichen Kaufmanns Afanassi Onissimowitsch Pritschudin, bei einer Gerichtsbehörde unterzubringen. Aufs Geld soll es mir nicht ankommen. Er wird klug und fleißig sein, wir werden ihn nach und nach immer höher hinaufmanövrieren und schließlich zum Gerichtssekretär befördern lassen. Nun? Wie findest du meinen Plan?"

„Ausgezeichnet!" entgegnete der Fürst. „Ich bin sicher, daß Nikander mit Ihrer Unterstützung bald vorankommen wird. Für seine Ehrlichkeit und seinen Fleiß verbürge ich mich!"

„Und nun höre weiter", fuhr Prostakow fort. „Nachdem er im Dienst einiges erreicht hat, schauen wir uns nach einer passenden Braut aus einem Kaufmannshause für ihn um. Die gegenwärtigen Flausen in seinem Kopf werden bis dahin verflogen sein, er wird heiraten und so weiter ... Nun, was hältst du von diesem Plan?" fragte Prostakow mit triumphierendem Lächeln und war äußerst erstaunt, als der Fürst das Gesicht verzog.

„Warum verziehst du das Gesicht, Fürst?" wollte Iwan Jefremowitsch verstimmt und einigermaßen enttäuscht wissen.

„Weil ich mich für das Gelingen der zweiten Hälfte Ihres Planes nicht verbürgen kann. Flausen wie die von Nikander pflegen nicht so bald zu verfliegen, zumal nicht aus einem Herzen wie dem seinen."

Die beiden Alten versanken in Nachdenken. Prostakows Miene hellte sich bald wieder auf, und er meinte: „Nun, wir werden ja sehen. Bis dahin hat es noch reichlich Zeit! Da ist jedoch eine Angelegenheit, bei der ich deiner Hilfe bedarf. Sie besteht in folgendem: Meine Frau und Katerina liegen mir unablässig in den Ohren, ich möge die kommende Woche mit ihnen in der Stadt verleben. Du weißt, wie schwer es ist, sie von einem Vorhaben abzubringen, ohne einen Grund dafür zu nennen. Und ihn zu nennen, fürchte ich mich. Jelisaweta zu Hause lassen? Das würde seltsam erscheinen und auch kaum möglich sein. Es bleibt mir also nichts anderes übrig, als einzuwilligen. Und nun urteile selbst — sie könnten sich dort in der Kirche, auf der Straße oder in einer kleinen Abendgesellschaft begegnen, und die ganze Geschichte ginge von vorne los: zuerst ein Schmachten, dann Seufzer, dann Stöhnen und Tränen. Und Maremjana Charitonowna käme vielleicht auf den Gedanken, allem aufs neue durch ein paar Ohrfeigen ein Ende zu machen. Solche Begebenheiten sind äußerst unangenehm und bedrückend, besonders für den Vater."

„Nicht minder auch für mich", entgegnete mit einem Seufzer der Fürst. „Was wünschen Sie denn von mir?"

„Folgendes, lieber Freund: Fahre noch heute in die Stadt! Ich gebe dir einen Brief an den alten Geistlichen mit, in dem ich dich als unser aller Freund und Verwandten Terenti Pafnutjewitsch Krakalow vorstelle. Er wird erfreut sein, und erst recht unser junger Mann. Verstehst du jetzt, worauf ich hinauswill? Du wirst Nikander die ganze Woche an dich fesseln, so daß er gar nicht auf den Gedanken verfällt, die Possenreißer auf den Plätzen anzugaffen oder in einer Gutsbesitzersfamilie Blindekuh zu spielen. Ihr werdet zu Hause sitzen, und ich erspare mir die unerträgliche Peinlichkeit, die eine zufällige Begegnung herbeiführen könnte. In den Großen Fasten ist alles erlaubt. Ich bin dann wieder zu Hause, und ihr könnt von mir aus selber die Possenreißer machen oder Blindekuh spielen, soviel ihr wollt. Der alte Vater Iwan weiß nichts von dem, was sich in meinem Hause zugetragen hat, und glaubt, Nikander sei von uns fort, weil er nicht mehr gebraucht wird."

Fürst Gawrilo Simonowitsch fand Iwan Jefremowitschs Beweisgründe sehr einleuchtend. Er mochte auch selbst nicht gern allein im Hause bleiben, das erschien ihm zu langweilig; und sich sinnlos in der Stadt herumzutreiben — desto mehr. Was aber konnte verlockender für ihn sein, als diese Zeit zurückgezogen mit Nikander zu verbringen?

Er besorgte sich Gastgeschenke für den Geistlichen und für Nikander und brach nach dem Mittagessen auf, angeblich in einer Angelegenheit von Herrn Prostakow. Am Morgen darauf fuhren auch Iwan Jefremowitsch und seine Familie in die Stadt.

DRITTES KAPITEL

Der Verbannte

Nikanders Geschichte

Der Stadtgeistliche las Iwan Jefremowitschs Brief und schloß Herrn Krakalow sogleich in die Arme. Nikanders Entzücken war unbeschreiblich. Er seufzte, lächelte, weinte, lachte aus vollem Halse, warf sich Gawrilo Simonowitsch alle Augenblicke an die Brust und dachte: Du Glücklicher! Du hast sie gesehen. Ihr Blick hat manchmal auf dir geruht. Vielleicht hat ihre Hand die deine berührt! Und er küßte dem gerührten Alten zärtlich die Hände.

Herrn Prostakows Festtagsgaben machten Vater Iwan Prostakows Verwandten, Herrn Krakalow, noch geneigter. Er wollte ihm ein eigenes Zimmer zuweisen, aber beide Freunde lehnten einstimmig auf das entschiedenste ab. Gawrilo Simonowitsch dachte bei sich: Ich muß ständig neben ihm sein, das wünscht Herr Prostakow! Und Nikander dachte: Ach, vielleicht kommt er auf sie zu sprechen, und sei es mit einem einzigen Wort!

Am Morgen des folgenden Tages betrat Vater Iwan das Zimmer seiner Gäste.

„Terenti Pafnutjewitsch", sagte er, an den Fürsten gewandt, „ich möchte mich bei Ihnen entschuldigen! Unser Städtchen ist zwar nicht groß, aber in dieser Woche finden sich hier fast alle Gutsbesitzer aus der Umgebung ein. Und ich, der ich nicht ahnen konnte, daß Sie mein Gast sein würden, habe mich erst gestern für die ganze Woche festgelegt. Morgens bin ich für gewöhnlich in der Kirche, zu Mittag bei dem, zum Abendessen bei jenem. Höchstens, daß Sie am Sonnabendabend den einen oder anderen zu Gast bei mir sehen werden. Es ist mir wirklich sehr peinlich."

„Dazu besteht durchaus keine Veranlassung, ehrwürdiger Vater", rief der Fürst mit sichtlichem Vergnügen. „Ich bin nicht wegen der Fastnachtswoche hier, sondern einzig und allein, um einige Tage in Muße mit meinem Freund zusammen zu sein, und ich glaube, auch er wird die Zeit trotz seiner Jugend lieber mit mir als anderswo verbringen."

„Oh, ohne jeden Zweifel“, entgegnete Nikander, „was soll ich auf den Abendgesellschaften fremder Leute?“

Der Geistliche war froh über diese Antwort, bat nochmals um Vergebung und verließ lächelnd das Zimmer. Nachmittags blieben sie allein. Nikander saß am Fenster, und Fürst Gawrilo Simonowitsch ging mit langen Schritten auf und ab — beide waren nachdenklich. Nikander blickte mit sehnsüchtigen Augen zum Fürsten, als flehe er ihn an, ihm zu verraten, ob sie gesund sei, ob sie nicht irgendwann von ihm gesprochen habe — vergebens! Der Fürst durchschaute die Gedanken des jungen Mannes sehr wohl und zerbrach sich den Kopf darüber, wie er ihn ein für allemal von einem Beginnen abbringen könnte, das scheitern mußte. Einer las in den Gedanken des anderen, und beide waren unzufrieden, mehr mit sich selbst als mit dem Gefährten.

Schließlich blieb der Fürst stehen, setzte einen Fuß vor, nahm die Hände aus den Taschen und rief: „Ja!“ Er trat mit einem Lächeln ans Fenster, setzte sich Nikander gegenüber und sagte mit großer Freundlichkeit: „Junger Mann, ich nehme an, du hast Vertrauen zu mir? Du mußt es auch haben, denn ich verdiene es durch meine zärtliche Liebe zu dir. Warum also weiß ich bis heute nicht, wer du bist und woher du kommst?“

„Weil ich selber nichts darüber weiß!“ entgegnete Nikander finster.

„Aber etwas mußt du doch wissen“, widersprach der Fürst, „und manchmal gelangen Menschen durch eine geringfügige Kleinigkeit zu einer großen Entdeckung. Hat sich in deinem Leben denn wirklich nichts ereignet?“

„Es hat natürlich einige Abenteuer gegeben, in wessen Leben gäbe es die nicht? Aber welche, aus denen ich etwas über mich selbst hätte schließen können, nicht!“

„Ich würde dennoch gerne davon hören. Was das eine Auge nicht sieht, sieht das andere — ebendarum haben wir ja zwei Augen und zwei Ohren. Ich bitte dich darum ...“

„Wenn Sie es wünschen, erzähle ich Ihnen alles, was war.“

„Ich bitte darum!“ rief der Fürst, und Nikander hob an:

„Als ich mir meiner einigermaßen bewußt zu werden begann, sah ich, daß ich allein mit meiner Mutter, einer uralten Frau, in einem kleinen, ebenfalls uralten Hause in der Gouvernementsstadt Orjol lebte. Sie lehrte mich lesen, der Kirchendiener unseres Sprengels schreiben. In beiden Künsten war ich mit zehn Jahren ziemlich bewandert. Nicht selten setzte ich meiner Mutter mit Fragen zu, wer mein Vater sei und wie er mit Vor- und Familiennamen heiße. ‚Das brauchst du nicht zu wissen“, pflegte sie darauf zu antworten; daß es aber doch nötig war, erkannte ich, wenn sich die Jungen in meinem Alter selbstgefällig mit vollem Namen riefen, wobei sie dem Familiennamen das Wörtchen ‚Herr‘ voranstellten. Ich allein hieß immer nur Nikander und grämte mich darüber.

Eines Tages, als ich mit dem Kirchendiener dasaß und schrieb, fuhr vor unserem Häuschen eine Kutsche vor. Wir waren aufs äußerste verwundert, besonders, als ein älterer Mann bei uns eintrat, ein Kaufmann, wie es schien. Meine Mutter kannte er offenbar nicht. Sie gingen in ein anderes Zimmer, er hielt sich dort eine Viertelstunde auf und kehrte schließlich mit einem Bündel in der Hand zurück. Meine Mutter hatte verweinte Augen. ‚Nikander‘, sprach sie, ‚komm her‘, und sie führte mich in das Zimmer, in dem sie mit dem Unbekannten gewesen war. ‚Du wirst mich jetzt verlassen, mein Guter‘, fuhr sie fort, ‚leb wohl!‘ Ich klammerte mich an ihr Kleid, jammerte und rief: ‚Wo soll ich hin, Mutter?‘ — ‚Liebes Kind‘, entgegnete die Alte, ‚du bist nicht mein eigener Sohn. Dieser Herr hat dich hergebracht, damit du bei mir aufwächst. Jetzt holt er dich wieder zurück. Leb wohl!‘ “

Ein begeisternder Gedanke erhellte Fürst Gawrilo Simonowitschs Herz, und plötzlich fragte er, sich alle Umstände, den Zeitpunkt und den Namen selbst vergegenwärtigend, den flammenden Blick auf seinen jungen Freund gerichtet, mit bebender Stimme: „Mehr hat sie nicht gesagt?“

„Ach“, entgegnete Nikander, „von ihrer weiteren Erklärung hätte ich am liebsten nichts gehört! Sie verriet mir unter dem Siegel ewiger Verschwiegenheit, eines Tages habe sie dem Mann, der ihr das Geld und die Wäsche für mich brachte, folgendes entlockt: Ich sei der uneheliche Sohn eines vornehmen Herrn, der mein Vorhandensein nicht einzugestehen wage, mich aber auch nicht verhungern lassen wolle. Er lasse mich daher heimlich, nur unter dem Vornamen Nikander, erziehen.“

Fürst Gawrilo Simonowitsch ließ die Arme hängen. Er blickte unwillkürlich zu Boden, seufzte und sagte gedehnt: „Schade! Aber fahre fort . . .“

Und Nikander fuhr fort: „Der bewußte Unbekannte kam herein, nahm mich an der Hand, setzte mich in die Kutsche und brachte mich in das Ihnen bekannte Pensionat. Ich gewöhnte mich bald an meine neue Umgebung, in der ich runde vier sehr ruhige und frohe Jahre verbrachte. Der Oberaufseher, Herr Delaveigne, war gleichzeitig auch Madames Mann und unser Lehrer; er verstand sich auf einige angenehme Künste, besonders auf die Malerei, in ziemlichem Maße, und ich machte dank seiner Ermunterung gute Fortschritte. Als die Mädchen Prostakow bei uns auftauchten, war ich schon fünfzehn Jahre alt. Ich sah sie, und ich weiß selber nicht, warum mein Herz beim ersten Blick für die ältere, die zehnjährige Jelisaweta, in einer Weise zu schlagen begann, wie ich es bis dahin nicht erlebt hatte. Ach, schon ein Blick des reizenden Kindes bezauberte mich! Meine Anhänglichkeit an sie nahm mit jedem Tag zu, und ich bemühte mich, jede freie Minute zu nutzen, um mit ihr zusammen zu sein. Mein Fleiß verdoppelte sich. Ich wollte Lisa beweisen, daß kein Unwürdiger um ihr Herz warb. Oh, es kam mir damals einfach nicht in den Sinn, an den gewaltigen Unterschied zwischen mir, dem Namenlosen, Verwaisten, und der Tochter eines wohlhabenden Landedelmannes zu denken!

Lisa schien meine Blicke zu verstehen, die Ursache der ungewöhnlichen Röte zu ahnen, die meine Wangen überzog, wenn ich in den Tanzstunden ihre Hand berührte. Ich erkühnte mich, ihre kleinen Hände zu drücken, und sie erwiderte dies auf dieselbe Weise. Tanzte ich mit ihr, dann war ich leicht wie der Wind. Blieb sie aber infolge Krankheit oder aus anderen Gründen fort oder war da und tat nicht mit, dann war ich der schlechteste aller Tänzer.

Eifersüchteleien kamen auf. Manchmal widmete ich mich absichtlich anderen Mädchen, besonders solchen, die hübscher von Gesicht, reicher, glänzender waren. Meine junge Angebetete barst vor Ärger und entgalt es mir auf ähnliche Weise. Ich bemerkte jedoch mit heimlichem Vergnügen jene Verzagtheit, jene Gezwungenheit an ihr, die für gewöhnlich das Anzeichen der Herzensbetrübnis ist. Das rief — wer hätte es gedacht? — einen Briefwechsel zwischen uns hervor. Als wir eines Winterabends aus unseren Klassenräumen traten, wagte ich es zum erstenmal, ihr ein Billett zuzustecken. Sie sah mich mit einem sanften, aber eindringlichen Blick an, der zu sagen schien: Ich wußte, daß deine Kälte nur vorgetäuscht war. Ach, auch meine Gleichgültigkeit war geheuchelt!

Unsere Korrespondenz setzte sich mehrere Jahre fort. Ich wurde neunzehn und war erwachsen, Jelisaweta war fünfzehn. Da kam es zu jener traurigen Geschichte, die Ihnen natürlich bekannt ist und derentwegen ich einen Ort verlassen mußte, der mir so teuer war! Oh, wie ich mich freute, daß man meine

Habseligkeiten nicht durchsuchte und ich ihre Briefe behalten durfte! Heute lese ich sie immer wieder und vergleiche die kleine Lisa mit dem erwachsenen jungen Mädchen Jelisaweta. Ja, mein hochverehrter Freund, das Lesen dieser Briefe ist das einzige Glück, das es in der gegenwärtigen Lage für mich gibt. An keine andere Sterbliche werde ich mein Herz verlieren. Ich bin entschlossen, mein Leben einsam zu verbringen, und hoffe, daß sich unter den bitteren Stunden auch halbwegs erträgliche finden werden. Unter den schwierigsten Umständen, da Kummer und selbst die Not meine Seele bedrückten und mir das Leben verhaßt machten, nahm ich mir die Briefe meiner Jelisaweta vor — ich sage meiner, weil sie mir ihr Herz geschenkt hat — und schöpfte Trost, Erleichterung und Seelenwonnen daraus.

Sie scheinen unzufrieden mit mir zu sein, mein hochherziger Freund, aber seien Sie ganz beruhigt! Ich versichere Ihnen hoch und heilig — mag Jelisaweta die Hand einem anderen reichen, mag sie mit der Verzückung der Leidenschaft in die Arme des Glücklichen sinken, mag sie ihm Kinder gebären, die ebenso schön sind wie sie, ich werde sie stets so lieben wie jetzt. Ich liebe nicht das an ihr, was den Sinnen zugänglich ist. Nein, ich liebe etwas an ihr, das für mich groß und einzig ist auf der Welt, und ich werde es auch dann noch mit dem gleichen Feuer lieben, wenn sie Mutter zahlreicher Kinder von einem anderen ist; denn meine Liebe zu ihr ist mehr als bloße Sinnlichkeit."

Fürst Gawrilo Simonowitsch flammte vor Mißbehagen. Wie kann man sich in diesem Alter, dachte er, so sehr auf seinen Verstand und namentlich auf seine Gefühle verlassen! Er wird wahrhaftig noch unglücklicher werden als ich, nachdem ich meinen Gemüsegarten zertrampelte!

„Mein junger Freund", sagte er und griff nach Nikanders Hand, „um Vergnügen, und zwar beständiges Vergnügen an derlei Gefühlen zu empfinden, mußt du fest überzeugt sein, daß der Gegenstand deiner Liebe sie erwidert."

„Oh, man muß nur sein wie ich, um ihr Herz zu verstehen!" rief Nikander.

„Schlimm, sehr schlimm", tadelte der Fürst. „Jelisawetas Vater, ein guter und ehrlicher, empfindsamer alter Mann, hat solchen Undank nicht verdient!"

„Undank?" entgegnete Nikander. „Treffe das undankbare Herz die Strafe des Himmels! Hab ich ihm nicht geschworen, nie nach einer Gelegenheit zu suchen, sie wiederzusehen? Selbst wenn sie mir gegen seinen Willen die Hand reichen sollte — ich würde mich nie darauf einlassen, das Herz eines so kindeslieben Vaters und mildtätigen alten Mannes zu zerfleischen! Ich werde ins Grab sinken, vor Sehnsucht, Kummer und Qual mein Leben aushauchen und zum höchsten Richter sagen: Ja, ich habe Jelisaweta geliebt, sie mit der heiligsten Liebe geliebt und niemals daran gedacht, sie zu verführen!"

Diese letzten Worte stimmten Fürst Gawrilo Simonowitsch ein wenig nachdenklich. Er sah mit aller Deutlichkeit die lebendig dargestellten Teufel vor sich, die dem Verführer mit einer glühenden Zange die Zunge ausrissen — auf jenem Bild in Falalejewka, beim Dorfältesten Pamfil Paramonowitsch. So also urteilt dieser junge Mann! überlegte er weiter. O Iwan Jefremowitsch, mein lieber Freund! Wenn sich das Herz deiner Tochter in demselben Zustand befindet wie das dieses Jünglings, dann wird dich ihre Pensionatserziehung in der Gouvernementsstadt noch so manche Träne kosten!

Damit endete der Abend. Der Morgen fand sie zwar ruhiger, doch nicht zufriedener. Nikander war wenigstens über die Gelegenheit froh, sein Herz zu ergießen, und wollte gerade darin fortfahren, doch Fürst Gawrilo Simonowitsch, der keineswegs damit einverstanden war, fragte ihn: „Nun, lieber Freund, und was geschah dann, nachdem du aus dem Pensionat entlassen worden warst?"

Die Aufforderung versetzte Nikander in einige Verlegenheit, denn all seine Gedanken und all seine Beredsamkeit waren darauf gerichtet, nur um Jelisaweta zu kreisen und nur von ihr zu sprechen. Doch Fürst Gawrilo Simonowitsch ließ keinerlei Neigung dazu erkennen. Und der junge Mann, der einsah, daß es nicht anging, auch weiterhin nur von der Angebeteten zu sprechen, tröstete sich und beschloß, bei jedem sich bietenden Anlaß auf sie zurückzukommen, um sein Herz wenigstens einigermaßen zu erleichtern.

Er fügte sich also und fuhr fort.

VIERTES KAPITEL

Der Maler

Fortsetzung

„Ich tat meine Wäsche und die Briefe meiner Jelisaweta in ein Bündel und trat auf die Straße hinaus. Die Sonne war noch nicht untergegangen, aber doch nahe daran. Ich hatte zehn Jahre in der Stadt Orjol gelebt, wußte aber so wenig von ihr, als wäre ich nie dagewesen. Außer dem Hof meiner Ziehmutter, den Klassenzimmern und dem nicht allzu großen Pensionatsgarten war mir alles unbekannt. Ich streifte mehrere Stunden in den Straßen umher und begaffte alles. Die prächtigen Kutschen, die herrlichen Pferde, die prunkvoll gekleideten Diener und die pompösen Damen fesselten meinen Blick und riefen einiges Erstaunen bei mir hervor, aber auch nicht mehr. Ach, sagte ich mir, Jelisaweta in ihrem schlichten weißen Kleidchen mit dem feuerroten Band als Gürtel ist hundertmal schöner, hundertmal reizender als diese stolzen Frauen mit ihrem glänzenden Aufputz!

Auf solche Weise umherschlendernd und meinen Betrachtungen nachhängend — seit ich liebte, hing ich Betrachtungen nach —, gelangte ich auf einen kleinen Platz, der von so merkwürdigen Gebäuden umgeben war, daß ich unwillkürlich stehenblieb. Zur Rechten erhob sich ein großes steinernes Gebäude, an dem oben ein bunt bemalter hölzerner Doppeladler angebracht war. Viele Menschen gingen hinein oder kamen heraus. Auf den Gesichtern derer, die hineingingen, malte sich Erwartung. Sie hielten die Hände in den Taschen und bewegten sich hin und her. Diejenigen, die herauskamen, waren traurig, hatten die Hände draußen, wischten sich mit der einen den Schweiß, kratzten sich mit der anderen den Kopf und entfernten sich. Ich verfiel nach meiner Gewohnheit sogleich in Nachdenken. Das ist natürlich ein Zarenpalais, sagte ich mir, in dem entweder der Zar persönlich oder sein Statthalter wohnt. Die, die hineingehen, wollen ihm offenbar ihre Aufwartung machen; da er aber keine Zeit hat oder schlechter Dinge ist, hat er sie eben schlecht aufgenommen — daher ihre Betrübtheit. Ich erinnere mich sehr genau — auch Herrn Delaveigne durfte man nicht unter die Augen kommen, wenn er und Madame Ulrike sich prügelten.

Zufrieden darüber, daß ich die schwierige Aufgabe so leicht gelöst hatte, wandte ich mich lächelnd nach links. Meine Verwunderung war unbeschreiblich. Ich erblickte ein kleines, baufälliges Haus mit eingeschlagenen Fensterscheiben und einem runden Schild über der Tür, auf dem ebenfalls der Doppeladler prangte. Auch hier ging viel Volk ein und aus, auch hier hielten diejenigen, die hineingingen, die Hände in den Taschen. Der einzige Unterschied bestand darin, daß sich auf den Gesichtern derer, die herauskamen, nicht Betrübnis, sondern Freude malte. Manche hüpften sogar vor Vergnügen und ließen fröhliche Ausrufe hören. Hier stand ich vor einem Rätsel. Soviel ich auch nachdachte, soviel Betrachtungen ich auch anstellte, sosehr ich mir den Kopf zerbrach — es half nichts. Ich richtete den Blick wieder auf den Eingang des rätselhaften Hauses und verharrte reglos. ‚Was soll das, zum Teufel‘, rief ich ärgerlich. ‚Hier wie da der Doppeladler — als sei auch das ein Zarenhaus, nur ein sehr kleines. Aber woher dieser Unterschied im Ausdruck der Leute?‘

Kaum hatte ich diese Worte ausgesprochen, als ich zwei Männer aus dem kleinen Haus treten sah. Der eine war groß von Wuchs und hager, hatte einen zerzausten Kopf und trug eine grüne Uniform, wie man gerade noch erriet. Die Hand umklammerte den Degengriff, die blutunterlaufenen Augen spähten nach allen Seiten. Vor ihm stand ein Mann in kaffee-

braunem Rock, klein von Wuchs und etwas lahmend. Er drehte den Hut in den Händen und verneigte sich in einem fort ehrerbietig vor dem Großen. Sie unterhielten sich eine Weile und trennten sich. Der Uniformierte strebte dem großen Palais zu, während der Kleine mit vergnügtem Lächeln näher kam und mich fragte: ‚Was schaust du dich so aufmerksam um, junger Mann?'

‚Ich betrachte die beiden Zarenhäuser und wundere mich — jenes ist groß und dieses klein', entgegnete ich selbstgefällig.

Er musterte mich seinerseits aufmerksam und erkundigte sich: ‚Ja, wer bist du denn, und woher stammst du? Vielleicht aus China?'

Ich erzählte ihm offenherzig von meinem Los — daß ich aus meinem Pensionat entfernt worden sei, wo ich vieles gelernt habe; daß ich weder Verwandte noch Bekannte besitze und nicht wisse, wo ich übernachten solle.

‚Oh, dem ließe sich abhelfen', erwiderte er. ‚Verbring diese Nacht bei mir. Und wenn du etwas Vernünftiges gelernt hast, wird sich auch eine Stelle für dich finden. Was zum Beispiel hast du im Pensionat gelernt?'

Ich zählte, schamhaft errötend, auf: ‚Französisch und Deutsch, Eloquenz, Poesie, Mythologie und Antike.' Er blickte mich an und lächelte giftig — das verdroß mich ein wenig. Ha, warte, wenn du mir so kommst, dachte ich und fuhr, von Rachsucht bewegt, fort: ‚Auch Logik, Ontologie,

Psychologie und Kosmologie, ferner Metaphysik, Ethik, Politik, Hydraulik, Hydrostatik, Optik, Dioptrik und Katoptrik.‘ Ich wollte — und nun schon mit verbissener Beredsamkeit — auch Aristoteles, Plato, Kant, Leibniz und manchen anderen anführen, als ich mit Schrecken bemerkte, daß das Lächeln des Zwerges völliger Gleichgültigkeit gewichen war. Er schüttelte leise den großen Kopf. Ich hielt erschrocken inne.

Er schwieg eine Weile und fragte: ‚Hast du wirklich nichts Besseres, nichts Nützlicheres als diesen Unsinn gelernt, mein Freund?‘

Ich stöhnte: ‚Nein!‘, und der Ausdruck ‚Unsinn‘ ließ mich zusammenzucken.

‚Zum Beispiel — irgendwelche Künste?‘ drängte er weiter. ‚Auch sie werden dort gelehrt, wie ich mir habe sagen lassen.‘

‚Nun ja‘, entgegnete ich trocken und einigermaßen niedergeschlagen, ‚ich habe darüber hinaus Musik, Tanzen, Fechten und Malerei gelernt.‘

‚Wie?‘ rief er aus, machte einen kleinen Luftsprung, riß die Augen auf und starrte mich mit offenem Munde an. ‚Auch Malerei?‘

‚Ja‘, erwiderte ich, ‚und ich beherrsche die Maltechniken kaum schlechter als mein Lehrer.‘

‚Nun‘, sagte der Zwerg und schloß mich begeistert in die Arme, ‚du hast Glück und brauchst dich um nichts zu sorgen. Sieh mein Haus als das deine an! Wisse, junger Mann — ich selber bin Maler und wohl der Erste in der Stadt, meinen Rivalen, diesen verdammten Bösewichtern, zum Trotz. Wer etwas vorstellt, wird immer Gegner haben, mag er tun und lassen, was er will. Mein Name ist Jermil Fedulowitsch Chodulkin. Willst du mein Gehilfe werden? Deine Tätigkeit wird darin bestehen, die Farben zu reiben, leichtere Bilder zu malen, die Bilder auszutragen und das Geld in Empfang zu nehmen.'

Ich willigte mit Freuden ein, und wir gingen zu ihm nach Hause.

Unterwegs kamen wir auf die beiden Zarenpaläste zu sprechen, die mich in solche Verwirrung gestürzt hatten.

‚Du warst schon auf dem richtigen Wege, mein Freund', sagte Jermil Fedulowitsch, ‚zwar sind diese Häuser keine Zarenpaläste, wie du glaubtest, aber immerhin führen beide recht anspruchsvolle Namen. Das große heißt *Amtsgericht*, das kleine *Staatlicher Branntweinausschank*. Du wirst natürlich fragen, womit man sich in beiden beschäftigt. Mit folgendem: Im ersten, das heißt dem großen, rechtfertigt man oder klagt an, wägt ab und richtet. Kurz und gut, alles, was es in der Natur gibt, unterliegt dem Urteil dieser Behörde — die Menschen, das Vieh, ob Vierbeiner oder Geflügel, die Fische, die Kriechtiere, die Früchte, die Bäume — alles, ausnahmslos alles! In dem kleinen, ebenfalls der Krone gehörenden Haus versammelt sich in der freien Zeit das einfache Volk, um den Alltagskummer eine kleine Weile zu vergessen, und kommt, nachdem es von der künstlichen Gabe Gottes, will sagen: dem Branntwein, genossen hat, wahrhaftig über ihn hinweg!'

‚Dann hast du wohl ebenfalls Kummer', fragte ich, ‚da ja auch du dort warst?'

‚Wie sollte ich keinen haben! Junger Mann, werde erst einmal älter, und du wirst manches kennenlernen. Dieses Mal allerdings war ich in anderer Absicht da. Hast du den hageren älteren Mann in Uniform und mit Degen bemerkt?'

‚Wie sollte ich nicht!'

‚Also wisse — den habe ich auf meine Rechnung leben lassen, um ihm den Alltagskummer vergessen zu helfen.'

‚Du bist ein herzensguter Mensch', sagte ich.

‚Da hast du vielleicht recht', entgegnete der Maler, ‚aber in diesem Falle irrst du dich. Ich bin ganz einfach auf ihn angewiesen. Im großen Haus mit dem Doppeladler wird eine Eingabe von mir geprüft, er hat die Fäden in der Hand und soll der Sache die gewünschte Wendung geben.'

‚Wie', rief ich eingeschüchtert, ‚du führst also einen Prozeß?'

‚Ja, werter Freund, und es geht dabei auf Biegen und Brechen. Der Anlaß aber ist folgender: Mein Nachbar, ein Kleinbürger, doppelt so reich wie ich, aber gut mit mir befreundet, beschaffte sich irgendwoher eine schöne fremdländische Ente mitsamt zwei Entenküken. Da er auf seinem Hof keinen Teich hat, Enten aber bekanntlich Wasser sehr lieben, stellte er einen großen Trog für sie auf. Unser Kater kriegte das spitz, ließ sich verleiten und würgte vor den Augen der ganzen Familie das eine Entlein ab. Statt nun herüberzukommen und mit mir zu beraten, wie sich's in einer Angelegenheit von solcher Wichtigkeit gehört hätte, beschloß mein Nachbar auf Einflüsterung seiner Frau, sich zu rächen. Vor etwa zweieinhalb Jahren saßen meine Frau und meine Tochter aus erster Ehe am Zaun und hülsten Bohnen aus. Der Nachbar nun, als er sah, wie sich mein Kater auf dem Zaun gegenüber duckte und einem Spatzen auflauerte, entschied, die Gelegenheit sei günstig. Er ergriff ein Holzscheit, kletterte leise auf den Zaun, dicht über den Köpfen meiner Frau und meiner Tochter, die er aber nicht bemerkte, weil er unentwegt auf den Kater starrte, und schleuderte das Scheit mit voller Wucht über den Hof. Das hatte, wie du gleich hören wirst, die unglückseligsten Folgen. Der Kater entkam, das Scheit aber prallte gegen den Zaun und sprang zurück, traf unsere umherstolzierende Pute und brach ihr ein Bein. Dann fuhr es nochmals herum und erschlug ihre beiden Küken. Alle erhoben ein fürchterliches Geschrei. Ob nun durch den Schwung, mit dem er das Scheit geschleudert hatte, ob aus Zorn darüber, daß ihm der Kater entwischt war, oder vor Schreck über das Geschrei — der Nachbar verlor den Halt und fiel in unseren Hof, den beiden Frauen fast auf den Kopf. Der Stoß, den sie dabei empfingen, war zwar nicht allzu schmerzhaft, aber er riß sie immerhin zu Boden. Sie wollten rasch aufspringen, taten es aber irgendwie ungeschickt und gerieten in eine höchst unanständige Lage. Der Nachbar suchte rasch das Weite. All diese unglücklichen Begebenheiten waren in meiner Abwesenheit geschehen. Als ich nach Hause kam, schlugen mir Jammern und Klagen, Schluchzen und Schimpfen entgegen. Sosehr ich meine Frau auch zu beschwichtigen und zu besänftigen suchte — es half nichts. Ich mußte am nächsten Morgen Herrn Urywow zu mir rufen — denselben, den du vor dem Branntweinausschank mit mir gesehen hast. Wir verfaßten eine Eingabe, in der die unserer Pute zugefügte Körperverletzung, der Tod ihrer beiden Kinder und die entsetzliche Schmach, die meiner Frau und meiner Tochter widerfahren war, in aller Klarheit und Ausführlichkeit beschrieben wurde. Wir verlangten die Befriedigung unserer legitimen Ansprüche. Ich reichte die Klage ein, und man versicherte mir, die Angelegenheit würde alsbald zu meinen Gunsten entschieden werden.'

‚Wie?' fragte ich. ‚Dein Prozeß dauert also schon zweieinhalb Jahre?'

‚Angelegenheiten von solcher Wichtigkeit', entgegnete der Maler, ‚brauchen eben ihre Zeit. Da ist über mancherlei nachzudenken!'

Wir betraten die Wohnung meines Gastgebers, und er stellte mich zwei Frauen, die an irgendeiner Arbeit saßen, als seinen Gehilfen vor. Die eine war etwa vierzig, die andere ungefähr fünfundzwanzig. Beide nickten mir zu und musterten mich von Kopf bis Fuß — meinen Wuchs, die Haare, die Kleidung — so jedenfalls schloß ich aus ihren aufmerksamen Blikken. Sie schienen Jermil Fedulowitschs Wahl gutzuheißen und sagten im gleichen Atemzug: ‚Nehmen Sie Platz!'

Dann entspann sich folgende Unterhaltung.

Die Frau: ‚Nun, war Herr Urywow mit der Bewirtung zufrieden?'

Der Mann: ‚Es scheint so. Er schwört, der Prozeß wird bald entschieden sein, und zwar zu unseren Gunsten.'

Die Frau: ‚Und mir für mein Teil scheint, daß einer von euch beiden ein großer Spitzbube ist. Entweder dieser Urywow hält uns hin und täuscht uns, um dies und das für sich herauszuschlagen, oder du selber vertrinkst das Geld und betrügst mich.'

Der Mann: ‚Ich muß schon bitten, Frau, du bist recht unfein! Vergißt du denn, daß wir einen neuen Menschen, meinen zukünftigen Gehilfen, im Hause haben?'

Die Frau: ‚Was ich mir daraus mache! Und wäre es der Stadthauptmann persönlich — ich fürchte mich vor niemand und spreche aus, was ich meine.'

Der Mann (würdevoll): ‚Zum mindesten solltest du nicht vergessen, daß ich dein Mann und also der Herr im Hause ...'

Er kam nicht zu Ende. Die Frau sprang wütend auf, stürzte auf ihn zu, knallte ihm eine Ohrfeige, setzte sich wieder ruhig hin und sagte: ‚Halte den Mund, Halunke! Ich werde dir zeigen, wer hier der Herr im Hause ist!'

‚Vater hat, glaube ich, nichts verschuldet', widersprach einigermaßen hoheitsvoll die Tochter. Im gleichen Augenblick hatte auch sie eine Ohrfeige weg. Schweigen trat ein. Nun ja, dachte ich mir, man sieht, daß er in der Tat der Herr im Hause ist ...

Wir aßen bei Dämmerlicht zu Abend, dann führte mich die Frau des Hauses, eine Nachtlampe in der Hand, in eine mit Lehm verputzte kleine Bodenkammer. Dort lagen auf einem schmalen, kurzen Bettgestell eine Filzdecke, zwei kleine, mit Schafwolle gefüllte Kissen und ein Stück Sackleinen. Alles zusammen bedeutete: Das ist dein Bett! Ein kleiner Tisch und zwei Stühle vervollständigten die Einrichtung.

Ich tat mein Bündel in die Ecke, legte mich nieder, überließ mich meinen Betrachtungen und sagte mir: Nun ja, auch hier ist es ganz schön. Im Pensionat allerdings war es schöner — ich hatte ein bequemeres Bett, und außerdem war da Jelisaweta! Aber was soll man machen? Sie haben mich davongejagt ... Ich seufzte und schlief alsbald inmitten meiner Betrachtungen über die Erlebnisse dieses Tages ein."

FÜNFTES KAPITEL

Ein nachbarlicher Rat

Fortsetzung
der Geschichte Nikanders

„Am nächsten Morgen trat Jermil Fedulowitsch in aller Frühe bei mir ein. Ich war schon angezogen, ging in meiner Kammer auf und ab und dachte nach. ‚Worüber denkst du nach, Herr Nikander?' fragte er. Er erhielt eine nichtssagende Antwort, setzte sich, nötigte auch mich dazu und begann: ‚Bevor wir anfangen, Geld für unsere Arbeit und Ruhm für unsere Werke einzuheimsen, muß ich dich über meine Lebensumstände und die Charaktere in meiner Familie unterrichten. Fedora Tichonowna stammt aus einem ziemlich angesehenen Kleinbürgerhaus und ist meine zweite Frau. Meine Tochter Darja stammt aus erster Ehe. Mein ganzes Unglück besteht darin, daß ich klein von Wuchs, ein Hinkebein und nicht sehr kräftig bin. Wie zum Trotz ist meine jetzige Frau groß, stark und äußerst zänkisch und händelsüchtig. Was kann man machen, mein Freund, offenbar ist das mein Schicksal! Werde erst älter auf dieser Welt, und du wirst mancherlei erfahren. Ich erkläre dir das alles, damit du dich nicht wunderst, wenn du solche Auftritte wie den gestrigen des öfteren siehst. Derlei kommt jeden Tag wie auf Bestellung, hindert mich aber nicht, zu arbeiten und so viel Geld zu verdienen, daß es für unseren Unterhalt und die Bewirtung des Herrn Urywow reicht. O dieser verdammte Prozeß!‘

Wir machten uns also trotz allem an die Arbeit. Der Hausherr war in seiner Art tatsächlich nicht der Schlechteste. Da es in der Stadt jedoch mehr reiche Kaufleute als reiche Adlige gab, malte er mehr Ikonen als Porträts oder Historienbilder, worin er aber nur wenig ungeschickter war als ich.

Nachdem ich etwa einen Monat im Hause verbracht hatte, war ich an alles gewöhnt. Fedora Tichonowna sauste mit schwingenden Armen und flatternden Häubchenenden von morgens bis abends wie der Wirbelwind aus einem Zimmer in das andere. Sie tobte und schimpfte über alles. Wenn ihr Mann früh aufstand, zeterte sie, er habe sie aus dem Schlaf gerissen; tat er es spät, dann war er ein schrecklicher Faulpelz. Ob er hustete, nieste, lächelte oder die Stirne runzelte — seine Frau fand an allem etwas auszusetzen und schalt. Sogar wenn ein Floh sie biß, keifte sie mit ihm und warf ihm vor, er habe schuld. Mit einem Wort — man konnte sie mit Miltons Satan vergleichen, der durch die Hölle rast und nach dem Ausgang sucht.

Das alles störte uns nicht bei der Arbeit. Der Ehemann ertrug das Schreien und Schelten auf wahrhaft stoische Weise. Selbst auf das wüsteste Gezänk seiner Frau pflegte er zu entgegnen: ‚Gewiß, gewiß, mein Herzchen. Aber jetzt hör bitte auf!'

Die Gerechtigkeit gebietet mir, zu sagen, daß Fedora Tichonowna und Darja Jermilowna zu mir ganz anders waren. Sie schienen sich in Gefälligkeiten gegen mich überbieten zu wollen. Ob beim Frühstück, beim Mittagessen oder beim Abendbrot — immer zeigten sie mir Wohlwollen und freundschaftliche Zuneigung. Ich bemerkte sogar eine gewisse Verstimmung zwischen ihnen, wenn es die eine der anderen darin zuvortat. Besonderen Eifer legten sie an den Tag, wenn der Hausherr abwesend war, bemühten sich aber, das voreinander zu verbergen.

Um Jermil Fedulowitsch eine angenehme Überraschung zu bereiten und zu beweisen, daß ich nicht um des Geldes willen arbeite, malte ich heimlich ein lebensgroßes Porträt von ihm. Ein wenig Mogelei war allerdings dabei — ich gab ihm einen kleineren Kopf und einen kleineren Mund, geradere Beine und einen höheren Wuchs. Und eines Tages hängte ich, während ich auf ihn wartete, das Bild wie auf einer Ausstellung an die Wand. Er war gerade mit einer auf Bestellung gemalten Ikone der beiden Heiligen Kosmas und Damian zu einem reichen Kaufmann gegangen, der jedes Jahr einen Dankgottesdienst für sie abhalten ließ.

Als Jermil Fedulowitsch sein Porträt erblickte und erfuhr, daß ich es gemalt hatte, übermannten ihn unbeschreibliche Freude und Verwunderung. Er sah sich das Bild, dann lange sich selber im Spiegel an und rief: ‚Nein! So viel Kunst und Talent dürfen nicht im verborgenen bleiben — das wäre eine Sünde vor dem Herrn und eine Schande vor den Menschen! Ich selber hätte das kaum besser gemalt.'

An der Aufrichtigkeit dieser letzten Wendung hatte ich einige Zweifel, und Ehefrau und Tochter gaben auch offen zu, ein solches Bild zu malen würde ihm nie gelingen. Ich dankte ihnen mit einem Lächeln, das sie ihrerseits mit einem Lächeln und freudigen Blicken beantworteten.

In kürzester Zeit posaunte Jermil Fedulowitsch in der ganzen Stadt aus, in seinem Hause lebe ein Porträtmaler, wie man noch keinen auf der Welt gesehen habe. Man lud mich überallhin ein. Ich sträubte mich nicht und wurde in wenigen Monaten — auch in den eigenen Augen — ein großer Mann. Edelleute und Edelfrauen, Kaufleute und Kaufmannsfrauen wollten mit ihren ganzen Familien porträtiert werden, und alle nur von mir, was aber möglicherweise auch daran lag, daß es keine anderen Porträtmaler in der Stadt gab.

In solchem Triumph und Ruhm verbrachte ich den folgenden Winter und das Frühjahr. Ich hatte Geld genug und war vergnügt — soweit dies nach der Trennung von Jelisaweta möglich war. Ich sah die Begeisterung des Hausherrn und seiner Familie, denn ich teilte das Geld, das ich für meine Arbeiten erhielt, zu gleichen Teilen zwischen mir und ihnen; und diese Hälfte war eher größer als die gesamten Einnahmen aus seiner Heiligenpinselei.

‚Er ist ein wahrer Schatz!' sagte die Frau zum Mann. Und obwohl sie nach wie vor hin und her rannte, schimpfte und tobte und den armen Jermil gelegentlich auch schlug, waren wir doch so daran gewöhnt, daß es uns nicht entmutigte.

An einem schönen Abend im Monat Mai kamen der Hausherr und ich auf den Gedanken, einen Spaziergang zu machen und uns im Freien über den Ruhm zu unterhalten, den ein großer Maler — zu Recht — erwirbt. Wir hatten nicht einmal unsere Straße durchmessen, als uns der Nachbar Pachom Trifonowitsch begegnete. Jermil wurde rot und wollte sich abwenden, doch Pachom trat auf ihn zu, ergriff freundschaftlich seine Hand und sagte: ‚Einen recht schönen guten Tag, Nachbar!' Jermil zog in seiner Verwirrung den Hut, deutete mit dem schiefen Bein einen Kratzfuß an und entgegnete, noch stärker errötend als zuvor: ‚Besten Dank!'

Es folgten Erklärungen, man stritt sich ein wenig und machte sich gegenseitig Vorwürfe, bis schließlich alles damit endete, daß Pachom meinen Jermil mit zu sich nach Hause nahm. ‚Erweisen auch Sie mir die Ehre', bat er mich, und ich ging mit.

Nachdem wir uns alle gesetzt hatten und Jermil Fedulowitsch ein Glas der *künstlichen Gabe Gottes* genossen hatte, brach eine allgemeine Fröhlichkeit aus.

Pachom verkündete: ‚Mein teuerster Jermil! Worum prozessieren wir eigentlich? Wahrhaftig — um Lappalien! Ich habe vor kurzem erfahren, daß Herr Urywow ein großer Gauner ist. Wisse — er hat auch meinen Anwalt gespielt und mir von Zeit zu Zeit versprochen, daß unsere Angelegenheit sich bald entscheiden werde, und zwar zu meinen Gunsten.‘

‚Wieso denn das?‘ rief Jermil und riß die Augen auf.

‚Weil es nun mal nicht anders ist‘, entgegnete Pachom. ‚Sobald ich das erfuhr, beschloß ich, unbedingt zu einem Vergleich mit dir zu kommen, und zwar ohne eine richterliche Entscheidung. Also, mein lieber Freund und Nachbar, bist du bereit, zum Entgelt für alles Böse, das ich dir zugefügt habe, einen Hammel von mir anzunehmen?‘

‚Warum nicht‘, erwiderte Jermil, ‚aber was wird meine Frau dazu sagen?‘

‚Du bist ein herzensguter Kerl‘, gab Pachom zur Antwort, ‚aber ein ganz unmöglicher Ehemann. Ich räume ein, auch mir gab meine Frau den schnöden Gedanken ein, deinen Kater zu töten, und ich versuchte es, womit denn auch der ganze Jammer begann. Aber weißt du was? Ich will dir ein Geheimnis verraten, damit du deine Frau in Zukunft nicht zu fürchten brauchst!‘

‚Tu's bitte!‘ entgegnete Jermil leise und rückte an Pachom heran. ‚Was ist das für ein Geheimnis? Es wäre für mich von Nutzen!‘

‚Du mußt sie zwei-, dreimal gehörig verprügeln, das ist alles — ich weiß es aus Erfahrung.‘

‚Du hast gut reden, lieber Nachbar! Du bist groß, und deine Frau ist ein Spatz. Aber schau mich und Fedora Tichonowna an!‘

‚Das ist kein Hindernis‘, widersprach Pachom, ‚wo die Kraft nicht ausreicht, schafft es die List. Wahrhaftig, du solltest dich schämen — du bist ja, wie es aussieht, für deine Frau ein richtiger Prügelknabe! Versuch es doch mal!‘

‚Also gut‘, sagte Jermil entschlossen und leerte noch ein Gläschen von der *Gabe Gottes*, ‚geschehe, was will! Ich verlasse mich auf Gottes Allmacht!‘

Man ließ Herrn Urywow kommen, erklärte, man hätte sich ausgesöhnt und ersuche ihn, die erforderliche schriftliche Erledigung zu übernehmen, man werde sich dankbar dafür erweisen.

In der Abenddämmerung verabschiedeten sich die beiden als Freunde voneinander. Jermil zog den jungen Hammel an den Hörnern hinter sich her, und ich hielt ihn am Schwanz, damit er sich nicht losreiße. Als wir zu Hause anlangten, schlug uns der Schrei entgegen: ‚Was soll das heißen? Wo habt ihr den Hammel her?‘

‚Ich habe mich wieder mit dem Nachbarn vertragen‘, entgegnete Jermil trocken. Danach war kein Wort mehr aus ihm herauszubekommen. Sosehr seine Frau auch tobte, sosehr sie mit ihm schalt, er schwieg und machte sich ans Werk. Und an welches? Er ging wortlos in die Küche und brachte ein Mangelholz mit, dann stieg er auf den Dachboden und kehrte mit einem gegabelten Spieß zurück. ‚Was willst du damit? Was soll das heißen?‘ zeterte die Frau, aber der Mann blieb stumm und legte beides neben seinen Farbenkasten.

Als Fedora Tichonowna erkannte, daß er angesäuselt war und stumm wie ein Fisch zu bleiben gedachte, gab sie sich damit zufrieden, ihm ein paar Ohrfeigen zu verabfolgen, und verließ das Zimmer, um das Abendessen zu richten.

Hierauf stellte Jermil Fedulowitsch einen Stuhl neben die Tür und bestieg ihn, das Mangelholz in der Hand. Ich erkundigte mich nach dem Anlaß zu solchen Vorbereitungen, aber er schwieg und hielt den Atem an.

Einige Zeit darauf tauchte hoheitsvoll die Ehegattin auf und fragte auf der Schwelle in drohendem Tone: ‚Wo steckt der Halunke Jermoschka?‘ Ein furchtbarer Schlag traf sie am Hinterkopf. ‚Ach!‘ schrie sie auf, sank zu Boden und wälzte sich bäuchlings auf ihm herum. Jermoschka, der diese Heldentat vollbracht hatte, sprang rasch vom Stuhl, packte sie mit der Linken am Schopf, hieb mit der Rechten erbarmungslos auf sie ein, einerlei, wohin er traf, und wiederholte bei jedem Schlag: ‚Das ist für den Halunken, das für den Faulpelz, das für den Dieb, das für den Taugenichts, das für Jermoschka!‘ Er machte ein verzweifeltes Gesicht.

Als er merkte, daß Fedora Tichonowna aufgehört hatte zu jammern, beruhigte er sich ein wenig, zog sich würdig in seine Ecke zurück und packte den gegabelten Spieß. ‚Jermil Fedulowitsch, was soll das heißen?‘ rief ich aus. ‚Leb erst ein Weilchen, dann wirst du noch ganz anderes zu sehen bekommen!‘ erwiderte er.

Als die Frau erkannte, daß ihr Mann von ihr abgelassen hatte, sprang sie auf, schürzte die Ärmel und stürzte kreischend auf ihn los, erstarrte aber zu Stein, als sie sah, daß Jermil Fedulowitsch ihr den Spieß entgegenhielt wie einem Bären. Soviel sie auch hin und her sprang, sooft sie auch die Stellung wechselte — der Spieß war immer gegen sie gerichtet.

Nichts zu wollen! Sie mußte sich damit begnügen, seinen Farbenkasten durcheinanderzuwerfen und Darja Jermilowna ein paar Ohrfeigen zu versetzen.

In dieser Weise verlief fast jeder Tag. Der Hausherr blieb der Anleitung seines Nachbarn eingedenk, man müsse, wo die Kraft nicht ausreicht, zur List greifen. Und er erfand jeden Tag eine neue — mit dem Mangelholz schlug er die Frau zu Boden, dann verprügelte er sie und hielt sie sich mit dem Spieß vom Leibe.

Aber — o weh! Sein weiches Herz verging dabei vor Kummer. Mir wurde bewußt, daß geprügelt zu werden nützlicher und angenehmer für ihn war, als andere zu prügeln. Da er aber nun einmal damit begonnen hatte, fuhr er eben darin fort. ‚Man soll die eingeführte Ordnung nicht ändern', meinte er und seufzte aus tiefster Brust.

Eines Tages stach er Fedora Tichonowna, nachdem er sie verprügelt hatte, versehentlich mit dem Spieß in den Arm, sah Blut fließen und sank bewußtlos um. Das Blut seiner Frau war bald gestillt, aber den armen, guten Jermil Fedulowitsch hob man entseelt vom Fußboden auf — er hatte einen Herzschlag erlitten!"

SECHSTES KAPITEL

Zwei Gespenster

Fortsetzung
der Geschichte Nikanders

„Den dritten Tag darauf wurde der arme Jermil Fedulowitsch beerdigt. Ich war allein an seinem Grabe. Frau und Tochter vermochten das Haus vor lauter Verzweiflung nicht zu verlassen. Meine Trauer war ungeheuchelt. Ich hatte den guten Hausherrn geliebt, obwohl er ein Zwerg und Hinkebein gewesen war. Am meisten bedrückte mich die Sorge um die Zukunft. Was sollte ich anfangen? Wo mein Haupt niederlegen? In dieser Stimmung verbrachte ich einen ganzen Monat. Obwohl die Freundlichkeiten von Mutter und Tochter keineswegs nachließen, sondern im Gegenteil von Tag zu Tag zunahmen und immer zärtlicher wurden, beschloß ich, davonzugehen, ehe man mir die Tür wies, auch wenn ich nicht wußte, wohin. Der Herr wird die Schritte der unglücklichen Waise lenken, dachte ich mir. Und eines Tages schickte ich mich an, meine Sachen zu packen. Als Fedora Tichonowna das sah, eilte sie teilnahmsvoll und beunruhigt auf mich zu und erkundigte sich: ‚Was hast du vor, teurer Freund?'

‚Ich will Sie verlassen', entgegnete ich, ‚der Gedanke, ich könne Ihnen zur Last fallen, ist eine Qual für mich. Lieber will ich obdachlos durch die Welt irren als Ihnen Sorgen bereiten!'

‚Durch die Welt irren? Uns Sorgen bereiten?' rief sie aus. ‚Gottbewahre! Im Gegenteil, ich überlasse dir die Farben und alles übrige, was zur Malerei gehört, und hoffe, daß du noch lange bei uns bleiben wirst.'

Ich nahm das Angebot der Frau des Hauses mit gebührender Dankbarkeit an. Kaum war sie mit einem Lächeln auf den Lippen zur Tür hinaus, als ihre wohlbeleibte Stieftochter bei mir eintrat.

‚Was höre ich, teurer Freund, du wolltest uns verlassen?' fragte sie. ‚Menschen, die dich lieben wie einen Verwandten, so grausam zu betrüben wäre gottlos!'

‚Ich habe es mir schon überlegt', erwiderte ich, ‚ich bleibe, bis ihr mich satt habt.'

‚Das heißt — du bleibst für immer', fiel Darja ein. Sie drückte mir warm die Hand und verließ im höchsten Grade zufrieden die Kammer. Ich beschloß also, vorerst in diesem Haus zu verweilen und dort zu arbeiten. Fedora Tichonowna schlug mir vor, nach unten, in das Zimmer ihres verstorbenen Mannes, zu ziehen, ich fand es jedoch schicklicher, weiter in der Dachkammer zu wohnen, und ließ mich durch keinerlei Überredungskünste davon abbringen.

Etwa drei Wochen danach saß ich, in Betrachtungen versunken, in später Nacht bei Kerzenschein in meinem Allerheiligsten. An meiner verzagten Phantasie zogen selbst die geringsten Umstände im Pensionat und später hier, im Hause des verstorbenen Jermil, vorüber. Bittere Vorstellungen erfüllten meine Seele, und ein tiefer Seufzer entrang sich meiner Brust.

Ich war nicht wenig erstaunt, als er draußen vor der Dachkammertür von einem ebenso tiefen Seufzer erwidert wurde. Ich erhob mich, horchte, hörte aber nichts mehr. Es muß mir nur so vorgekommen sein, sagte ich mir, setzte mich wieder und seufzte aufs neue. Und wieder antwortete mir ein Seufzer von draußen.

Nein, dachte ich und sprang auf, dahinter steckt ein Geheimnis! Sollte etwa der Schatten des guten Jermil erschienen sein, um Rache an der Übeltäterin Fedora zu nehmen? Mir wurde kalt ums Herz. Ich trat aufgeregt an die Tür, öffnete sie und prallte zwei Schritte zurück. Etwas Weißes, Riesenhaftes mit offenem Haar stand in geringer Entfernung vor meiner Schwelle.

Obwohl meine Tapferkeit zuerst ein wenig ins Wanken geriet, fand ich bald Hilfe in der Metaphysik. Ich sagte im Geiste rasch das Traktat de possibili et impossibili her, schöpfte gründlich Mut und setzte mich auf den Stuhl, nahm aber für alle Fälle den gegabelten Spieß in die Hand. Wenn sich Jermil Fedulowitsch mit dieser Waffe erfolgreich gegen das tollwütige, böse Weib verteidigen konnte, dachte ich mir, dann reicht sie sicherlich auch gegen Gespenster aus.

Das Gespenst trat über die Schwelle, bewegte sich auf mich zu, streckte die Hand nach mir aus und fragte mit Zärtlichkeit: ‚Wozu diese Bewaffnung, teurer Freund?' Ich sah genauer hin und erkannte die hochgewachsene, wohlbeleibte Darja Jermilowna in einem äußerst leichten Nachtgewand. Die Entlarvung meiner Tapferkeit ließ mich ein wenig erröten. Ich stellte den Spieß in die Ecke und sagte: ‚Setz dich, Darja Jermilowna!'

Sie: ‚Ich konnte trotz der stillen Mondnacht nicht einschlafen. Allerlei Gedanken gingen mir durch den Kopf. Mein Herz schlug so heftig, daß ich beschloß, mich abzulenken und auf einen Sprung zu dir zu kommen. Ich wußte, daß du noch wach bist.'

Ich: ‚Ja, ich saß und dachte nach.'

Sie: ‚Wahrhaftig, dazu neigst du sehr. Gestehe offenherzig, worüber denkst du immerzu nach? Oft scheinst du gar nicht zuzuhören, wenn ich mit dir spreche, und antwortest mit Ja, wo man mit Nein antworten muß.'

Ich: ‚Das rührt vielleicht von meiner Zerstreutheit her.'

Sie: ‚Weißt du auch, teurer Freund, was die Leute darüber reden und was ihnen dabei auffällt?'

Ich: ‚Was denn?'

Sie: ‚Neulich bin ich bei einer Freundin gewesen. Sie kennt dich ein wenig und kam auf dich zu sprechen — was meinst du, mein Freund, was sie von deiner häufigen Nachdenklichkeit sagt?'

Ich: ‚Was denn?'

Sie: ‚Daß du verliebt bist!'

Hier senkte Darja schamhaft den Blick. Ich wußte nicht, was ich erwidern sollte — diese Entdeckung verblüffte mich. Woher wußte ihre Freundin von meiner Liebe zu Jelisaweta, woher, daß man mich dieser Liebe wegen aus dem Pensionat verstoßen hatte? Kurz — meine Verwirrung war unbeschreiblich. Wie sehr aber steigerte sie sich noch, als die keusche Darja Jermilowna nach einer kleinen Pause stockend fragte: ‚Und weißt du auch, in wen, mein Freund?'

‚Nein', entgegnete ich noch stockender, bereit, bei der Erwähnung des Namens Jelisaweta, dieses so lieben und mir so teuren Namens, vor Scham und Kummer in Ohnmacht zu sinken, faßte mich aber dann und erkundigte mich ziemlich ruhig: ‚In wen denn?'

‚In mich', erwiderte sie. Sie senkte aufs neue den Blick und spielte mit den Fingern der auf den Knien gefalteten Hände.

‚Ach was!' rief ich aus und starrte sie unverwandt an.

Mein Gott! Mit wieviel Freuden hätte ich auf das Leben verzichtet, um ein einziges ‚Ich liebe dich!' aus dem Munde Jelisawetas zu hören. Doch das Geständnis von Darja Jermilowna — so neu ich auf der Welt auch war, verstand ich doch, was ihre Worte bedeuteten — stürzte mich in Kummer, in Zorn, in Raserei. Von einem Herzen Gegenliebe zu fordern, in dem Jelisaweta herrschte, erschien mir als Entweihung.

Darja mißdeutete meine Verwirrung. Sie hielt sie für Schüchternheit, für Fassungslosigkeit über das unerwartete Glück, nahm mich zärtlich an der Hand und sagte mit schmachtender Stimme: ‚Warum auch nicht, teurer Nikander? Einer ehrlichen, rechtmäßigen Liebe braucht man sich nicht zu schämen! Der Herrgott erteilt ihr seinen Segen. Weißt du auch, daß dieses Haus mit allem, was es darin gibt, nach Vaters Tod mir als seiner Erbin gehört? Fedora Tichonowna hatte, als sie ihn heiratete, nichts als ein Hemd auf dem Leibe und hat demnach auch keinen Anteil an dem Besitz. Wir werden sehr glücklich miteinander leben, mein Freund', fuhr sie fort und umarmte mich in der Tat sehr freundschaftlich. ‚Du bist ein großer Könner, an Geld wird es uns nicht mangeln. Damit uns aber meine Stiefmutter mit ihrem Gekeife nicht auf die Nerven fällt, werfen wir die Hexe einfach hinaus. Nicht wahr?'

Kaum hatte sie diese vertrackte Rede beendet und wollte mich noch zärtlicher umarmen, als wir ein Rascheln und leises Schnaufen auf dem Dachboden hörten. ‚Mein Gott', stammelte Darja in äußerster Verwirrung, ‚das muß die Stiefmutter sein! Was mache ich bloß? Aus dem Fenster springen geht nicht, es liegt zu hoch. Da bricht man sich noch die Beine! Was tut man nur?‘

Wir wußten in der Tat nicht, was wir beginnen sollten, mußten uns aber rasch entscheiden. Plötzlich öffnete sich die Tür, und Fedora erschien in dem gleichen Aufzug wie Darja.

‚Wie‘, sagte sie und blieb auf der Schwelle stehen, ‚du schläfst noch nicht, Nikander?‘

Sie trat zwei Schritte auf mich zu, erblickte die Stieftochter und erstarrte.

‚Bah!‘ rief sie aus. ‚Du hier? Ja, ist denn so etwas möglich! Ein Mädchen mitten in der Nacht bei einem ledigen jungen Mann, und auch noch in diesem Aufzug! O Schamlose!‘

‚Nicht mehr und nicht weniger schamlos als du!‘ entgegnete Darja. ‚Ja, ist denn so etwas möglich — eine Witwe mitten in der Nacht bei einem ledigen jungen Mann, dazu in diesem Aufzug! O Schamlose!‘

‚Ha!' kreischte Fedora auf, stürzte auf die Stieftochter zu und versetzte ihr eine Ohrfeige, daß sie wankte, dann aber ihrerseits ‚Ha!' rief und der Stiefmutter eine Ohrfeige versetzte, daß diese umsank. Sie sprang jedoch gleich wieder auf, und beide packten einander an den Haaren und zausten sich, bis sie am Boden lagen, wo sie den Zweikampf fortsetzten, sich hin und her wälzten und sich gegenseitig ihre Tugenden vorhielten. Sie rissen dabei den Tisch um, und mein epiktetischer Leuchter ging in Scherben.

Ich sehe, hier ist meines Bleibens nicht mehr, sagte ich mir. Ich darf nicht warten, bis diese beiden Furien über mich herfallen. Ich würde eine Züchtigung erleiden, wie sie Jermil Fedulowitsch im ganzen Leben nicht erfahren hat. Dem ruhmreichen Maler Nikander wäre das Los des ruhmreichen Sängers Orpheus beschieden.

Ich packte also den Ranzen mit meinen Habseligkeiten und den gegabelten Spieß und machte mich aus dem Staube. Ich hatte richtig gerechnet — kaum lag die Schwelle hinter mir, als beide Heldinnen ausriefen: ‚Wohin?', schleunigst vom Fußboden aufsprangen und mir nachstürzten. Ich konnte jedoch noch rasch die Tür schließen, warf die Riegelöse zu und sicherte sie mit einem Hölzchen. Sosehr sie auch schrien, sosehr sie auch bettelten oder drohten — ich stieg in aller Ruhe die Treppe hinunter, trat auf den Hof und gelangte von da auf die Straße.

Aber was sollte ich mitten in der Nacht im Freien beginnen? Der Stundenschlag vom Glockenturm neben dem Friedhof in der Nähe des Stadtwalles verriet mir, daß es schon ein Uhr nachts war, und ließ mich die Unentschlossenheit überwinden. Ich gehe in den Hain, der die Gräber umgibt, und lege mich irgendwo schlafen, dachte ich bei mir.

Ich betrat den Friedhof und wählte ein dichtes Gebüsch neben einem Grabmal, das ein vom Blitz zerschmettertes junges Myrtenbäumchen darstellte. Ich stand eine Weile in seinen Anblick versunken da, seufzte, tat mein Ränzel auf die Erde und streckte mich aus, den gegabelten Spieß griffbereit neben mir."

SIEBENTES KAPITEL

Der Gespenster drittes

Fortsetzung
der Geschichte Nikanders

„Ich hatte nicht länger als eine Viertelstunde unter dem Busch geruht, als ich in einiger Entfernung etwas Weißes erblickte, das auf mich zukam. Mein Gott, dachte ich, es scheint, als sollte ich die Nacht mit lauter Gespenstern verleben! Zweien bin ich mit Mühe und Not entronnen. Was wird mir das dritte bringen? Ich rückte bis unmittelbar an das Gebüsch, drückte den Spieß an mich und nahm mir vor, kein Auge von der Erscheinung zu wenden. Sie näherte sich immer mehr. Mein Herz schlug immer schneller. Schließlich war sie neben mir und ließ sich zu Füßen des Grabmals mit dem Myrtenbäumchen nieder. Hier erkannte ich, daß es ein noch ganz junges Mädchen war. Es legte ein kleines Bündel neben sich auf die Erde, sprang bei dem geringsten Geräusch auf, sah sich nach allen Seiten um, seufzte und setzte sich wieder.

Dieses Liebchen war offenbar noch feuriger als Darja Jermilowna, während der Verlobte, auf den sie wartete, denn doch zu kühl erschien, da er so lange ausblieb. Ich machte mich darauf gefaßt, der Augenzeuge einer Liebesszene zu werden, und war entschlossen, mich auf keinen Fall einzumischen — was kümmerten mich die anderen?

Vom Glockenturm schlug es zwei Uhr. Die Schöne schrak zusammen, fuhr hoch und rief: ‚Mein Gott, es ist schon zwei, und er ist immer noch nicht da!‘

Was kann man machen, meine Teure, sagte ich in Gedanken zu ihr, gedulde dich — Geduld vervielfacht das Vergnügen.

Endlich tauchten zwei Männer auf. Die Unbekannte erhob sich. Ihr ganzer Körper verriet Erregung. Der Busen wogte. Der Atem ging schwer und unregelmäßig.

Dann standen die beiden Helden vor ihr. Der eine deuchte mir besonders furchterregend. Er trug einen langen dunklen Umhang. Der andere, ein wenig freundlichere war wie ein Kaufmann gekleidet. Das Gespräch zwischen ihnen begann.

Der Mann in Kaufmannstracht: ‚Wie, liebe Natalja, du bist schon da?'

Natalja: ‚Ja, seit über einer Stunde.'

Der Mann im Umhang: ‚So zeig deine Mitgift vor!'

Natalja: ‚Hier ist sie.'

Sie hielt ihnen das Bündel hin. Der Mann im Umhang knüpfte es auf, betrachtete mit vergnügtem Lächeln den Inhalt und sagte: ‚Gut! Da sind Brillanten, da sind Perlen, da ist Geld. Wieviel Geld ist es?'

Natalja: ‚Ich weiß nicht. Ich habe genommen, soviel ich fand.'

Der im Umhang: ‚Gut, wir zählen es später nach!'

Er band das Bündel gelassen wieder zu, reichte es dem Gefährten, schaute ihn unverwandt an und sagte mit fester Stimme: ‚Nun, mein Freund, es ist zwei. Wir müssen fort!'

‚Ja, das müssen wir', entgegnete jener, rührte sich aber nicht von der Stelle.

Der im Umhang: ‚Also gut, geh mit dem Bündel zum Wagen. Das übrige erledige ich selbst.'

Mit diesen Worten schlug er den Schoß des Umhangs zurück und zog ein riesiges Messer hervor. Ich erstarrte zu Stein, die arme Natalja stieß einen Schreckensschrei aus und sank am Fuß des Grabmals in Ohnmacht.

‚Desto besser', rief der Mann im Umhang und trat auf sie zu.

Der in Kaufmannstracht (eine Pistole aus der Tasche ziehend): ‚Nein, Verehrter, du tötest sie nicht! Die Pistole ist geladen, und ich habe noch nie mein Ziel verfehlt!'

Der im Umhang: ‚Bist du von Sinnen? Was hast du von diesem Mädel? Nichts als unnütze Scherereien! Schließlich mußt du sie irgendwie loswerden!'

Der in Kaufmannstracht: ‚Sei's drum, aber nicht so! Soll sie am Leben bleiben! Sie vermag mich eine Woche lang auf das angenehmste zu fesseln, dann mag sie gehen. Wenn ich sie nicht mehr brauche, braucht sie ein anderer. Kurz — ich bin entschlossen, sie mitzunehmen.'

Der im Umhang: ‚Ich gebe dir mein Wort darauf, daß ich bezüglich eines gewissen Edelfräuleins vom Lande, in das du dich vorigen Sommer in der Stadt vergafftest, weil ihr Vater, wie behauptet wird, einen Haufen Geld besitzt, keinerlei Druck auf dich ausüben werde. Mit der tu, was dir beliebt — da mische ich mich nicht ein. Laß aber auch du mich bei der Angelegenheit aus dem Spiel. Hier, wo du mich nun einmal hineingezogen hast, will ich Schluß machen, wie ich's gewöhnt bin. Du weißt — Gewohnheit ist des Menschen zweite Natur.'

Er trat einen Schritt vor. Sein Gefährte hob die Pistole und rief: ‚Hör zu!'

Während sie sich stritten, lag ich im Gebüsch und überlegte: Ich ahne, es gibt ein Unglück! Wenn sie das arme Mädchen umbringen, lassen sie es hier liegen, und der Verdacht fällt womöglich auf mich. Geraten sie sich aber an die Gurgel, wird alles vielleicht noch ärger. Was fange ich also an?

Ach, fuhr ich in meinen Gedanken fort, wenn es mir doch gelänge, die Unglückliche zu retten, wenn mir der Herrgott dabei zu Hilfe käme! Wie sehr wäre sie mir verpflichtet, wie dankbar wären mir ihre Eltern! Ein gutes Werk zu vollbringen ist angenehm, aber manchmal auch äußerst schwer!

Der Wunsch, es dennoch zu tun, verlieh mir ans Unwahrscheinliche grenzenden Mut. Ich kam mir wie ein großer Ritter vor. Die Ritter allerdings suchten gefährliche Abenteuer und dachten kaum oder gar nicht darüber nach — im Gegensatz zu mir, der nachdachte, wo man besser gehandelt hätte.

Bei dieser Einsicht schlug ich dreimal das Kreuz, rief meinen Schutzengel zu Hilfe, ergriff den gegabelten Spieß, sprang unter fürchterlichem Gebrüll wie ein Irrer auf und hieb, bevor die beiden zur Besinnung kamen, erst dem mit der Pistole und dann dem anderen auf den Arm, so daß sie ihre Waffen und das Bündel mit Nataljas Mitgift fallen ließen. Dabei rief ich, so laut ich konnte: ‚Aha, jetzt haben wir euch Halunken! Jungen, macht rasch! Hierher, zu mir!'

Die Unbekannten ergriffen die Flucht. Ich stampfte mit den Füßen, klirrte mit dem Spieß gegen die Grabsteine und schrie: ‚Archip, Kusma, Makar! Haltet sie, packt sie, schneidet ihnen den Weg ab!'

Nachdem sie hinter der Umfriedung verschwunden waren, stürzte ich zurück auf das Schlachtfeld, nahm — aus Furcht, sie könnten sich besinnen und, da sie niemand sahen, zurückkehren — Natalja auf die Schultern, schleuderte das Messer möglichst weit weg, hob meinen Spieß, die Pistole und das Bündel auf und zog mich ins Dickicht der Büsche zurück. Während ich mich durch das Gestrüpp zwischen den Bäumen durcharbeitete und die Zweige auseinanderbog, um das Gesicht des geretteten Opfers vor Kratzern zu bewahren, erlangte Natalja das Bewußtsein wieder und stöhnte: ‚O Gott! Wohin trägt man mich? Ach, lebe ich noch?'

Ich stellte sie auf die Beine und sagte: ‚Beruhige dich, liebes Mädchen, du lebst, und was noch wichtiger ist — du hast deine Unschuld bewahrt. Du siehst deinen Retter vor dir und kannst mir vertrauen wie einem Bruder. Fürchte nichts, aber sei still! Die Bösewichter können zurückkehren. Ich allein würde mit ihnen nicht fertig, wir wären gewiß verloren. Schweige also und füge dich meinen Anordnungen!'

Sie ging neben mir her und klammerte sich an meinen Arm. Sie schlotterte an allen Gliedern. Wir erreichten eine Stelle, die mir sicher erschien. Eine weitverzweigte, von Wacholderbüschen umgebene Tanne wurde unsere Zuflucht. Ich ließ Natalja hineinschlüpfen, reichte ihr das Bündel und den Spieß, holte auch noch Reisig zusammen, kroch selber hinein und legte mich neben ihr nieder, in der einen Hand den Spieß, in der anderen die Pistole.

Natalja seufzte tief und schwieg.

Eine Stunde verstrich, dann hörte ich, nicht allzuweit von uns entfernt, die lauten Stimmen der beiden Unbekannten. ‚Natalja', sagte ich leise, ‚sie kommen — halte den Atem an!' Sie zitterte und erstarrte zu Stein.

Ich erschrak. ‚Lebst du noch, liebes Mädchen?' Ein leises ‚Ach' war die Antwort.

Ich bezog eine angemessene Verteidigungsposition: Ich streckte mich bäuchlings auf die Erde, den Kopf in Richtung der Stimmen gewandt, die immer näher kamen. Den Spieß legte ich zu meiner Rechten hin, nahm die Pistole in die Hand und spannte den Hahn. Ich dachte mir: Wenn Natalja vor Schreck ihrem Versprechen untreu wird und sie uns finden, werfe ich jegliche Bedenken über Bord, schieße auf den Mann im Umhang und setze mit Gottes und meines Spießes Hilfe auch den anderen außer Gefecht.

Sie blieben in der Nähe unserer Tanne stehen und unterhielten sich dröhnend und in hitzigem Ton.

Der Mann im Umhang: ‚Es ist zum Heulen! Nirgends etwas zu sehen! Offenbar ist dieser Spitzbube mit seiner Beute über die Umfriedung entwischt. Und das Bündel hatte es in sich! Sie selbst haucht jetzt vermutlich an einem Grab ihr Leben aus. Feigling, du Feigling! Du hast dich als erster aus dem Staube gemacht!'

Der Mann in Kaufmannstracht: ‚Wem wäre sein Leben nicht lieb! Er hatte nach so vielen Leuten gerufen ...‘

Der Mann im Umhang: ‚Aber er war allein und ist, wie seine Stimme verrät, noch ein ganz junger Bursche!‘

Der in Kaufmannstracht: ‚Wer konnte das wissen? Es hätten ebensogut auch viele sein können!‘

Der im Umhang: ‚Gib zu, du hättest besser daran getan, mich nicht zu hindern!‘

Der in Kaufmannstracht: ‚Niemals! Das Mädchen gefiel mir, und sogar besser, als meine eigene Frau mir in den ersten Tagen unserer Ehe gefiel. Nun ja, ich hätte mich ganz gerne eine Zeitlang mit ihr vergnügt. Aber das schwöre ich dir — ich wäre auch bereit gewesen, sie auf dem Friedhof ihrem Schicksal zu überlassen, nicht aber, das leichtgläubige Kind getötet zu sehen.‘

Der im Umhang: ‚Du bist es nicht wert, dich meinen Kumpan zu nennen! Deine Ängstlichkeit, dein ewiges Zögern, dein Gewissen ...‘

Der in Kaufmannstracht: ‚Daß ich nicht ängstlich bin, habe ich dir heute und auch schon früher in vielen Fällen bewiesen. Und ebendarum leide ich jetzt Gewissensqualen.‘

Der im Umhang: ‚Besser, wir trennen uns, als daß ich mit dir leiden muß, du Hohlkopf! Leb wohl, teurer Kaufmann, Gutsbesitzer, Fürst und was dergleichen mehr ist!‘

Der in Kaufmannstracht: ‚Leb wohl, teurer Bauer, Kleinbürger, Kaufmann aus fremden Landen und was dergleichen mehr ist!‘

Sie stießen diese Worte atemlos vor Zorn hervor. ‚Oh, hätte ich doch meinen Dolch bei mir!‘ — ‚Oh, hätte ich noch meine Pistole!‘

So sprachen sie zähneknirschend und gingen in verschiedenen Richtungen auseinander.

Nachdem alles verstummt war, steckte ich meinen Kopf aus dem Wacholdergebüsch und sah zu meiner großen Freude, daß im Osten bereits das purpurne Morgenrot glomm. ‚Natalja, wir können hinaus!‘

Wir krochen aus unserem Versteck. Natalja trat einige Schritte beiseite, sank auf die Knie, erhob die Hände zum Himmel und brach in Tränen aus. Man sah an ihren Lippen, daß sie etwas murmelte. Oh! Ohne Zweifel betete sie, und ohne Zweifel würde ihr der große Herzenskenner den Kummer, den sie ihren Eltern zugefügt hatte, vergeben!

Sie erhob sich, trat auf mich zu, griff rasch nach meiner

Hand und küßte sie mit all der Leidenschaft, die eine tief empfundene Dankbarkeit verrät.

‚Laß das, Natalja', rief ich und entzog ihr meine Hand, ‚die Tugend selbst ist gegen eine Stunde der Versuchung nicht gefeit.'

Natalja: ‚Wie, Sie kennen mich?'

Ich: ‚Nein, du liebe Unschuld. Ich kenne deinen Namen nur, weil ihn der eine der Räuber nannte, als ihr euch an dem steinernen Myrtenbäumchen traft.'

Natalja: ‚Führen Sie mich zu meinem Vater. Möge ich tot zu seinen Füßen niedersinken!'

Ich: ‚Gut, aber wie fangen wir das an? In den Straßen wimmelt es schon von allerlei einfachem Volk. Was werden die Leute sagen, wenn sie uns zu so früher Stunde in die Stadt kommen sehen? Deine Blässe, deine Erregung, die Seufzer, die du nicht unterdrücken kannst, werden vielen müßigen Leuten Anlaß zu Vermutungen geben. Und Vermutungen sind zuweilen schlimmer als die Gewißheit. Wäre es nicht besser, wir warteten, bis der Mittagsgottesdienst zu Ende ist? Wenn sie alle aus der Kirche nach Hause gehen, machen wir uns ohne Bedenken zu deinem Vater auf.'

Sie pflichtete meinem Vorschlag bei, setzte sich neben die Tanne und überließ sich ihrem stummen Kummer.

Nachdem der Mittagsgottesdienst beendet war, schlossen wir uns den heimkehrenden Kirchgängern an und suchten Nataljas Vater, einen reichen Kaufmann, auf. Wir traten ein und fanden das Vorzimmer leer. Im Saal war ebenfalls niemand zu sehen. Erst im Wohnzimmer erblickten wir den Alten — er saß, den Kopf in beide Hände gestützt, am Tisch. Seine Frau lag vor den Heiligenbildern auf den Knien, rang die Hände, weinte und betete.

‚Vater! Mutter!' rief Natalja aus, sank mitten im Zimmer auf die Knie und streckte ihnen die Arme entgegen. Die Alten stürzten auf sie zu, umarmten ihre verirrte Tochter, weinten vor Freude und lachten vor Bitternis. Natalja vermochte ihr Entzücken nicht zu teilen — ihr wurde aufs neue schlecht, und man brachte sie auf meinen Rat zu Bett. Ich selbst, der ich die ganze Nacht genauso schlaf- und ruhelos verbracht und mit Gespenstern und allerlei dunklen Rittern gekämpft hatte, riß mich trotz allem zusammen, erzählte den Eltern, was ich wußte, und übergab ihnen das Bündel. Ihre Dankbarkeit war ungeheuchelt. ‚Verlange, was du willst, junger Mann', rief der Kaufmann, ‚was ich besitze, reicht nicht aus, dich für die

Heimkehr unseres einzigen Kindes, meiner Natalja, zu belohnen!‘ Ich bat ihn um die Erlaubnis, einige Tage bei ihm bleiben zu dürfen, um mich nach einer passenden Stellung umzusehen. Er gewährte es mir mit Freuden und wies mir ein eigenes, vortrefflich eingerichtetes Zimmer an.“

ACHTES KAPITEL

Auf Stellungssuche

Fortsetzung
der Geschichte Nikanders

„Eine Woche brachte ich bei dem guten Kaufmann damit zu, mich auszuruhen, wie ich mich damals ausdrückte, oder, einfacher gesagt, in Tatenlosigkeit und Faulheit. Natalja hatte sich mit ihren Eltern völlig ausgesöhnt und warf mir dann und wann schüchterne und verwirrte Blicke zu. Ihre Unterhaltung war schlicht, klug, angenehm. Obwohl sie nicht gelernt hatte, über die Dinge so nachzudenken wie ich, waren ihre Bemerkungen über das Zusammenleben der Menschen zutreffender als die meinen. Sie hatte ein äußerst feines Gefühl, ohne ihre Empfindungen wie ein Gebildeter beim Namen nennen zu können. Wenn ich mit ihr allein war, was fast jeden Morgen geschah, fand ich höchstes Vergnügen darin, von meinem ritterlichen Verhalten in jener Nacht zu ihr zu sprechen. Ich schrie, als wäre alles Wirklichkeit, mit grimmiger Stimme, fuchtelte statt mit dem Spieß mit einem Stock herum und kroch auf dem Fußboden umher, als befänden wir uns noch im Wacholdergestrüpp unter der Tanne. Mit einem Wort — ich tat wie ein vorzüglicher Schauspieler. Natalja weinte, griff nach meiner Hand und sah mir in die Augen. Hätte in meiner Seele, in meinem Herzen nicht Jelisaweta gewohnt, ich wäre ihr zu Füßen gesunken und hätte ihr ewige Liebe geschworen. Doch dazu war es zu spät, unwiderruflich zu spät!

Die reizende Natalja erzählte mir, daß der Mann, der sie verleitet hatte, von ihrem Vater selbst im Hause eingeführt worden war. Er gab an, Semjon Andrejew zu heißen und Kaufmann aus einem fernen Gouvernement zu sein. Obwohl nicht mehr der Jüngste, bezauberte er alle durch seine Gewandtheit, sein anziehendes, liebenswürdiges Wesen. Natalja wußte unter den Kaufleuten, die im Hause ihres Vaters verkehrten, keinen, der einen Vergleich mit ihm aushalten konnte. Allmählich fesselte er ihr Herz, und alles endete schließlich in der bekannten Weise. Später erfuhr ich, daß solche Vorkommnisse keineswegs selten sind — Bauernmädchen, Kaufmanns- und Popenkinder, Edelfräulein, selbst Fürsten- und Grafentöchter laufen ihren Eltern davon.

Nachdem ich, wie schon gesagt, eine Woche auf diese Weise verbracht hatte, besann ich mich darauf, daß ich mir eine Stellung suchen wollte, die meinem Rang und meinen Fähigkeiten entsprach. Ich teilte dies dem Kaufmann mit und erhielt von ihm zur Antwort: ‚Gut, mein Freund, und Gott befohlen!' Er lächelte, und ich trat auf die Straße hinaus.

Insgeheim wünschte ich mir eine Stelle in jenem großen Gebäude mit dem Zarenwappen, von dem mir der selige Jermil Fedulowitsch so viel Erstaunliches erzählt hatte. Was könnte schöner sein, sagte ich mir, während ich auf der Straße dahinschritt, als ein Mitglied dieses angesehenen Gerichtshofes zu werden, dem die gesamte Natur untersteht! Ich brauche nur näher zu treten, und die ehrenwerten Mitglieder werden an meinem Gesicht ablesen, daß ich durchaus geeignet bin, ihr Gefährte zu werden. In solche Betrachtungen vertieft, erreichte ich den Platz und stellte mich gegenüber dem Eingang auf, ein Dutzend Sashen von ihm entfernt. Die ruhmreichen Mitglieder des Gerichts (ich erkannte sie an ihren Uniformen, die ohne Ausnahme der Uniform des Herrn Urywow glichen) bewegten sich gemessen wie aufgezogene Maschinen aus dem großen Haus ins kleine hinüber und aus dem kleinen zurück ins große. Ihr Lebenskummer muß ganz ansehnlich sein, dachte ich mir, da sie in solcher Zahl hinübergehen, um sich zu trösten, und die Natur befindet sich offenbar in ziemlicher Unordnung, da alle wieder zurückkehren, um sie durch ihre Urteile instand zu setzen. So seid auch ihr bemitleidenswert, ihr großen Männer!

Ich harrte wohl zwei Stunden auf meinem Posten aus, aber keiner von jenen Männern erkundigte sich, warum ich da stünde. Ich lief ärgerlich nach Hause.

‚Was ist, mein Freund, hast du eine Stellung gefunden?' fragte der Kaufmann.

‚Bisher noch nicht, warten wir ab, was uns der morgige Tag bringen wird', entgegnete ich gezwungen.

‚Sobald du etwas ausfindig gemacht hast, laß es uns bitte wissen', sagte der Kaufmann und lächelte wie schon am Morgen. Seine spöttische Art verdroß mich. Was ist schon dabei, dachte ich, wenn mir heute noch keiner von diesen Richtern über die Natur ein Wort vergönnt hat? Sollten sie sich morgen ebenso hochmütig erweisen? Das will ich nicht glauben!

Ich glaubte es nicht, aber es war so. Volle zwei Wochen stellte ich mich täglich vor dem großen Haus mit dem Zarenwappen ein, doch die vortrefflichen Richter würdigten mich keines Blickes. Zu meinem großen Ärger empfing mich der Hausherr jedesmal mit der Frage: ‚Nun, lieber Freund, hast du eine Stellung gefunden?‘

Warte, sagte ich mir, morgen mache ich der Sache ein Ende. Da mich diese stolzen Richter, wie man sieht, nun mal nicht fragen wollen — sie meinen vielleicht, sie würden sich damit etwas vergeben —, verlangt es der Anstand, daß ich den ersten Schritt tue. Das soll gleich morgen geschehen. Ich rede einen von denen an, die aus dem kleinen Hause kommen, das heißt sich über die Kümmernisse des Lebens getröstet haben. Ich will dabei möglichst beredt und farbenprächtig sprechen, was natürlich die härtesten Herzen erweichen wird — sie werden mich als ihresgleichen unter sich aufnehmen. Von dieser Idee berauscht, nahm ich unmerklich ein stolzes Äußeres an, sprach in gedehntem Tone und antwortete kurz angebunden, wenn sich Natalja an mich wandte, ihre Rede mit einem sanften, zärtlichen Blick begleitend. Da sieht man, was der bloße Gedanke, ein großer Mann zu werden, bedeutet!

Am Tage darauf verließ ich zu passender Stunde das Haus und bezog meinen Posten auf dem Platz. Nachdem ich eine Stunde gewartet und mir die Rede eingeprägt hatte, die ich zu halten gedachte, sah ich einen meiner vortrefflichen Richter aus dem kleinen Hause treten. Ich zog den Hut und wartete, daß er näher komme. Wie groß aber war meine Freude, als ich Herrn Urywow erkannte! Kaum war er neben mir, verneigte ich mich tief, pflanzte mich vor ihm auf und begann feurig und mit den Armen fuchtelnd: ‚Fürtrefflichstes aller Mitglieder dieses hohen Gerichtshofes über die ganze Natur! O du, der du urteilst und richtest über alles, was diese Welt erfüllt! Bringst nicht du die auseinanderstrebenden Teile alles Seienden auf dieser Erde in Einklang? Du tust es! Du bändigst grimmige Löwen und blutrünstige Tiger! Du verbietest Schlangen und Kröten, ihr todbringendes Gift zu verspritzen! Und du versöhnst die ärgsten Feinde, so Jermil Fedulowitsch und Pachom Trifonowitsch, die ein gebrochenes Putenbein

und die verletzte Ehre der Frau und Tochter des einen entzweite ...'

‚Das muß ein Narr sein', sagte Herr Urywow und sah mich finster an.

‚Mein Herr, ich bitte Sie, mich bis zu Ende anzuhören, Sie werden mit mir zufrieden sein', entgegnete ich. Dann fuhr ich fort: ‚Nun denn! Fürtrefflicher Mann! Alles beweist, daß deine Mühe und Arbeit so schwer, so unermeßlich ist, daß du nicht einmal Zeit hast, an dich selbst zu denken! Man sieht es an der grauen Feder, die sich in deiner Uniform verfangen hat. An deinen Haaren, die so stolz nach allen Seiten auseinanderstarren. An deinen blutunterlaufenen Augen, die mit der Wichtigkeit dreinschauen, die deinem Range entspricht. Kurz — an deinem ganzen Äußeren, das mich an den vom Himmel stürzenden Beelzebub erinnert!'

Hier hielt ich inne, äußerst befriedigt darüber, alles so selbstbewußt vorgebracht zu haben, doch Herr Urywow blickte mich immer zorniger an.

‚Hör zu, mein Freund', erkundigte er sich, ‚wo bist du eigentlich ausgebrochen?'

‚Ich bedaure auf das tiefste', entgegnete ich mitfühlend,

‚daß Sie die Kümmernisse des Lebens in jenem kleinen Haus nicht ganz vergessen haben. Ich habe Geld. Kommen Sie, ich halte Sie frei — nicht schlechter als Jermil Fedulowitsch!‘ Mit diesen Worten faßte ich ihn freundschaftlich unter, er holte jedoch aus, hieb mir den Spazierstock auf den Rücken, sagte: ‚So ein Halunke!‘ und ging davon zum großen Haus.

Ich prallte einen Sashen zurück, sah ihm betrübt nach und seufzte. ‚Oh, wie böse doch angesehene, große Männer sein können! Nun ja — ihre Herzen verhärten sich gegen die Menschen, da sie doch über die ganze Natur zu urteilen haben, in der es wilde Tiere und harte Steine gibt.‘

Ich kam nach Hause und erzählte alles dem Hausherrn.

‚Wir wollen offen miteinander reden, mein Freund‘, sagte er und zog mich in sein Zimmer. ‚Ich habe viel Bildung und theoretische Kenntnisse an dir bemerkt und, was am wichtigsten und wertvollsten ist, viel Herz und edelmütige Gedanken. Die Welt kennst du zwar nicht, wie aber sollte man sie auch kennen, wenn man nicht unter Menschen sämtlicher Stände gelebt hat! Du hast keine Ahnen, das will nicht viel heißen. Der ruhmreiche Name eines Vorfahren und dessen große Taten vermögen einen verdienstlosen Nachfahren nicht zu schmücken — jedenfalls nicht in den Augen eines verständigen Mannes. Dennoch kann man nicht ohne Stand, nicht ohne Beruf leben. Könnte man's aber, dann wäre es nicht gut, im Gegenteil, es wäre für jedermann, der so lebte, beschämend. Man ist, sobald man geboren ist, ein Mitglied der Gesellschaft und übernimmt damit die Verpflichtung, sich zu mühen und ihr nach Kräften voranzuhelfen. Du mußt also vor allem einen Stand und eine Beschäftigung haben, und da, mein Freund, habe ich vorgesorgt.‘

In meinen Augen blitzte ein Strahl des Vergnügens auf. Ich bildete mir ein, er habe insgeheim die ruhmreichen Richter über die Natur dazu bewogen, mich als ihren Gefährten auszuerwählen.

Der Kaufmann fuhr fort: ‚Alles, was ich dir mitteilen will, habe ich schon mit meiner Frau besprochen. Wir sind uns einig. Ich werde allmählich alt. Außer der einen Tochter habe ich keine Kinder; ich will dich an Sohnes Statt annehmen, dir meinen Namen, mein Vermögen und meine Natalja geben. Was hast du dazu zu sagen, junger Mann? Gewiß, sie hat gefehlt, doch war es eher die Frucht der überhitzten Phantasie als echte Leidenschaft. Sie hat sich beruhigt, und wenn sie dich noch nicht liebt, so wird sie es sicher bald tun. Und ich erlaube dir, danach zu streben und dich um ihre Liebe zu bemühen.‘

Wen hätte ein so wohlwollender Vorschlag nicht in Begeisterung versetzt? Ich allerdings war wie vom Blitzschlag getroffen, stand da, ohne mich von der Stelle zu rühren, und schwieg. Der Kaufmann wunderte sich und fragte nach dem Grunde, und ich gestand verlegen, ich sei bereits seit langem verliebt.

‚In wen?‘ rief er erstaunt, und ich erzählte ihm ausführlich von allen meinen Abenteuern bis zu dem Augenblick, da man mich aus dem Pensionat verstieß.

‚All das ist Unsinn, ein bloßer Traum, eine Verstiegenheit, die nicht einmal durch deine Jugend zu entschuldigen ist‘, sagte der Kaufmann ernst. ‚Warum nicht lieben? Man muß aber einen Gegenstand erwählen, der unserer Lage, unserem Stande, unserem Charakter entspricht. Was hätte ich davon, verliebte ich mich in eine Fürstin oder Gräfin? Zwar hat es Aberwitzige gegeben, die sich in ihre Kaiserin verliebten, doch welchen Vorteil hatten sie davon? Ihr Schicksal war, im Land umherzuirren, um später in einem Narrenhaus zu sterben! Welches Ziel verfolgt deine Liebe, Nikander? Bist du nicht überzeugt, der Vater deiner Angebeteten gibt sie dir nie zur Frau? Wisse, daß dem so ist! Gott verhüte, daß du sie raubst oder verführst. Im übrigen bist du auch gar nicht dazu fähig — dein Herz würde vor einer solchen Untat zurückschrecken. Würde dich aber die Liebe so verblenden und fändest du Mittel und Wege, dein Ziel zu erreichen — was käme dabei heraus? Armut, Kummer, Gewissensbisse. Das ist der Lohn, der einer aberwitzigen Liebe winkt. Überlege gut, mein Sohn, ich werde dich bald nach deiner Antwort fragen! Ich hoffe, daß sich der Nebel in deinem Kopfe lichtet.‘

Ich dachte zwei, drei Tage, dachte eine Woche, dann eine zweite und einen ganzen Monat nach, doch meine Gedanken blieben die gleichen. Ständig kreiste gleich einer jungen, bezaubernden Gottheit Jelisaweta in meiner Seele. Im Geist bedeckte ich die liebe Gestalt mit Küssen. Wonnige Wärme erfüllte mein Herz, heiliges Feuer durchflammte mein ganzes Wesen, ich fühlte, wie meine Liebe mit jedem Augenblick, mit jedem Schlage meines Herzens wuchs. Ich verbarg es dem Kaufmann nicht, und er war ehrlich verdrossen.

‚Ja, wenn es sich so verhält‘, sagte er eines Tages, ‚dann mußt du unser Haus verlassen, mein Freund. Wie leicht könnte dein Fieberwahn Natalja anstecken! Was hätte es für einen Sinn — sie verliebt sich in dich, wird aber nicht die Deine, und neuer Kummer trifft unser Haus. Du mußt uns also verlassen, mein Sohn.'

‚Ich würde es gerne tun, mein Wohltäter', entgegnete ich, ‚weiß aber nicht, wohin. Die Richter über die Natur sind äußerst hart zu mir gewesen, ich habe keine Hoffnung mehr . . .'

‚Mach dir keine Sorgen', erwiderte der Kaufmann mit einem Lächeln, ‚ich weiß eine Stelle für dich, die für den Anfang recht ordentlich ist. Ich bin mit einem von den gelehrten Männern dieser Stadt befreundet. Seine Tätigkeit besteht darin, öffentliche Vorlesungen oder Reden über die Metaphysik zu halten, in welcher Wissenschaft er sehr bewandert ist. Er wird darob von allen angesehenen Leuten dieser Stadt verehrt. Nun sucht er seit langem einen Sekretär, der in der Rechtschreibung Bescheid weiß, denn seine Aufgabe soll darin bestehen, für Herrn Trismegalos, so heißt jener Gelehrte, Aufsätze ins reine zu schreiben.'

Ich ging mit Freuden auf das Anerbieten meines ehrenwerten Gastgebers ein. Er verfaßte einen Empfehlungsbrief, entnahm der Kommode einen Beutel mit Goldmünzen, legte ihn auf den Tisch und sagte in freundlichem Ton: ‚Betrachte mich, auch wenn du nicht mehr in meinem Hause lebst, als deinen väterlichen Freund. Herr Trismegalos ist ein schlichter und äußerst gutmütiger Mann. Er wird dich gewiß ins Herz schließen und für dich tun, was er vermag. Er hat aber auch Schwächen, über die ich dich unterrichten muß — nicht, um den Herrn Gelehrten zu tadeln, sondern einfach, damit du sie kennst, dich nicht über sie wunderst und den guten Alten nicht kränkst. Er hängt nämlich mit Leidenschaft an der Metaphysik, am Kirchenslawischen und am Punsch. Allen drei Gegenständen ist er gleichermaßen und dabei maßlos ergeben. Er spricht nur selten von etwas anderem als von der Metaphysik und selten eine andere Sprache als Kirchenslawisch, und er trinkt sehr selten etwas anderes denn Punsch. Seine öffentlichen Reden sind allerdings in der gewöhnlichen Sprache von heute abgefaßt, denn das schreibt ihm die Obrigkeit vor. Er hält sich dafür zu Hause und bei Besuchen schadlos, wo er Kirchenslawisch spricht. Wenn du dich hin und wieder in dieser Sprache mit ihm unterhältst, wird er dich liebgewinnen wie seinen eigenen Sohn. Es ist gerade die Zeit, da alle Leute Tee trinken — geh hin, du triffst ihn sicherlich zu Hause. Mein Diener trägt dir deine Habseligkeiten und zeigt dir das

Haus. Hier ist der Brief an Herrn Trismegalos, und hier sind zweihundert Dukaten. Du wirst sie brauchen. Leb wohl, mein teurer Freund!‘

Er schloß mich mit väterlicher Zärtlichkeit in die Arme. Mir kamen die Tränen, und ich umarmte ihn meinerseits wie der Sohn den guten Vater. Dann nahm ich Abschied von seiner Frau und seiner Tochter und verließ in Begleitung des Dieners das Haus. Ich habe noch nicht erwähnt, daß die redliche Familie des Kaufmanns mich während meines Aufenthalts in seinem Hause mit Wäsche, Schuhwerk und mancherlei anderem ausgestattet hatte. Unterwegs ging ich im Geiste alle kirchlichen Bücher durch, die ich je gelesen hatte, und prägte mir die hochtrabendsten Ausdrücke und Wendungen ein. Klopfenden Herzens durchschritt ich das Tor zu Trismegalos' Haus.“

NEUNTES KAPITEL
Der Metaphysiker
Fortsetzung
der Geschichte Nikanders

„Wir traten ein und wurden von einer alten Frau in einem schmierigen Kleid empfangen. ‚Was wünschen Sie, meine Herren?‘ fragte sie. Ich sagte, ich wolle Herrn Trismegalos sprechen, ich hätte ihm einen Brief zu überbringen. Sie führte uns in sein Arbeitszimmer. Dort sah man riesige Schränke mit riesigen Büchern und dicken Heften. Am Fenster stand ein kleiner, mit schwarzem Wachstuch bedeckter Tisch. Am Tisch, auf dem ein großer Samowar summte, saßen zwei ältere Herren mit dunkelroten Gesichtern und großen Gläsern in der Hand. Beide wandten mir ihre glänzenden Augen zu. Ich war verwirrt und wußte nicht, wem von ihnen ich den Brief nun aushändigen sollte. Der eine war groß von Wuchs und hatte eine hochmütige Miene. Der andere war klein und stämmig und hatte einen Kopf, kaum kleiner als der des seligen Jermil Fedulowitsch, und eine Knollennase mit sehr breiten Nasenflügeln.

‚Was begehrst du, mein Sohn?‘ fragte dieser. Mir wurde auf einmal klar, dies müsse Trismegalos sein, und ich überreichte ihm voller Respekt den Brief. Er las, lächelte, verleibte seiner Nase wohl eine Handvoll Schnupftabak ein, warf den Kopf zurück, wodurch derselbe plötzlich an einen Delphinschädel erinnerte, und fuhr fort: ‚Heil dir, mein Sohn, daß du bewandert bist in den Wissenschaften, wie mein geneigter Freund mir Kunde gibt! Du wirst in meinem Hause geborgen sein wie in der Arche Noah und nimmer angefochten werden von irgendwelchem Ungemach. Bist du auch fest in der Orthographie?'

Ich entgegnete bescheiden: ‚Das bin ich, ehrenwertester Herre mein. Gewißlich nicht minder denn der gelahrteste aller Männer.'

Trismegalos war außer sich. Er sprang auf, starrte mich an und maß mich mit ehrfurchtsvollen Blicken. Sein Freund dagegen lachte so schallend, daß ihm das Glas aus den Händen fiel. ‚Da bist du ja an den Richtigen geraten!' Und er lachte und lachte.

Trismegalos setzte sich und entgegnete im Tone der Ermahnung: ‚Worüber erheiterst du dich, o Gorlanius? Kommt es in unseren Tagen, da alles Schöne auf Erden dahingegangen ist und die Sittenverderbnis überhandgenommen hat, kommt es da, so meine ich, nicht einem Wunder gleich, einen so wohlgesinnten Jüngling vor sich zu sehen und in der weisesten, wohlklingendsten aller Sprachen künden zu hören? O Gorlanius, Gorlanius! Worüber spottest du?'

Er umarmte mich und fügte hinzu: ‚Lasse dich nieder in unserer Mitte, mein Sohn, und labe dich an diesem Getränk, an dem auch wir uns gütlich tun!'

‚Mitnichten, o Herr', entgegnete ich, ‚ich bin noch jung und dieses Getränk, das man wohl Punsch heißt, nicht gewohnt.'

‚Schon recht', gab er zur Antwort, ‚aber lasse dich immerhin bei uns nieder!'

Ich setzte mich also. Die Unterhaltung wurde vergnüglicher. Gorlanius, der uns in einem fort Ausdrücke wie alsda, ansonsten, selbander und so weiter gebrauchen hörte, riß ziemlich grobe Späße über uns.

Nachdem Herr Gorlanius gegen Abend gegangen war, wies mir der Metaphysiker eine Stube an, die zwar nicht ganz so gut war wie die, die ich beim Kaufmann bewohnt hatte, aber bei weitem besser als die Dachkammer bei Jermil Fedulowitsch. Am Tage darauf setzte er mir meine künftigen Pflichten auseinander, die denn auch tatsächlich nur darin bestanden, seine Reden abzuschreiben. Da sie aber in gewöhnlichem Russisch abgefaßt waren, erschien mir diese Arbeit sehr leicht. Ich brachte gut zwei Monate damit zu. Nachmittags begaben sich Trismegalos und ich in sein Gärtchen und plauderten freundschaftlich und auf das angenehmste, wobei der gelehrte Mann mir außerordentlich entgegenkam und nur Russisch sprach. Auch mir erlaubte er dies und setzte hinzu, ich solle, solange ich das Kirchenslawische nicht ganz beherrsche, mich dieser Sprache lieber nicht bedienen — das hieße ein Heiligtum mit unreinen Händen berühren. Gegen Abend kam gemeinhin Gorlanius herüber, oder er schickte zu uns und bat uns in sein Haus, wohin sich Trismegalos mit dem größten Vergnügen verfügte. Gorlanius' Haus befand sich neben dem unseren, und unsere Gärten grenzten aneinander. Die Innenausstattung und alles übrige war zehnmal prächtiger als bei uns. Gorlanius' Familie bestand aus seiner erwachsenen Tochter Agafja, der gleichfalls erwachsenen Nichte Anissja (beide waren, soweit man auf den ersten Blick erkennen konnte,

reichlich unverfroren), aus einem uralten Mann und der häßlichen, nicht mehr ganz jungen Salomonida, an welcher der Herr des Hauses nichtsdestoweniger Gefallen fand. Spötter hatten sogar das Gerücht verbreitet, die Nichte Anissja stelle die mittlere Proportionale zwischen Salomonida und Gorlanius dar und sei mit diesem näher verwandt, als Nichten sonst mit ihren Onkeln verwandt sind. Man wird aus alledem erraten können, welche Art Ordnung und Anstand im Hause des Philologen — so nannte sich Gorlanius — herrschen mußte. Er, der andere durch seinen Wuchs, durch sein Gedröhn und sein Gebrüll erzittern ließ, erzitterte seinerseits nicht selten bei dem Gekreisch Salomonidas, die er — sei es der Kürze halber oder aus übergroßer Zuneigung — gewöhnlich Salomo nannte. ‚Salomo', rief er jedesmal, wenn wir das Haus betraten, ‚heiz den Samowar an! Oder nein, Salomo, das sollen Agafja oder Anissja tun. Du gehst mit dem Zettel hier zum Weinhändler!'

In diesem Hause Gast zu sein sagte mir keineswegs zu. Ich war es dennoch sehr oft, denn Trismegalos wünschte es so — ich hatte den guten Alten gern und fügte mich seinem Willen. Sein Vertrauen zu mir, seine Freundschaft wuchsen mit jedem Tag. Er las mir seine Reden vor, ehe er sie in den Versammlungen hielt. Er verlangte, daß ich mich über sie äußere, ja er bat mich manchmal um Rat. Und was dem Herzen des hochgelehrten Mannes am meisten zur Ehre gereichte — er befolgte ihn auch. Er schloß mir in allem sein Herz auf — in einer Hinsicht ausgenommen. Nicht selten versank er in Grübeln, saß da, ohne auf etwas zu achten, und überhörte sogar, wenn man ihn etwas fragte, oder er stand rasch auf, lächelte, klatschte in die Hände und rief: ‚Gut, sehr gut! So werde ich es vollbringen!'

Ich hielt dergleichen Äußerungen für Eingebungen der Metaphysik und manchmal auch wohl des Punsches.

Auf diese Weise verbrachten wir den Sommer, den Herbst und einen Teil des Winters. Als es früher Abend wurde, brachen wir auch früher zu Gorlanius auf. Gorlanius trank dann ununterbrochen, Trismegalos schob dann und wann eine Pause ein, trat auf Anissja zu und nannte sie eine Taube, schöner als jene, die Noah in seiner Arche mitnahm. Gelegentlich faßte er sie an der Hand, blähte lächelnd die Nasenflügel und kehrte wieder zu seinem Glas zurück. Anissja drehte und wendete sich wie ein Irrwisch und versetzte dem Alten gelegentlich einen Nasenstüber, worauf er die Stirne runzelte. Wenn sie die Sprache auf seine Perücke oder seine Brille brachte, die er so gern verborgen hätte, geriet er in Verlegenheit. Ich setzte mich gewöhnlich ans Klavier und spielte Arien. Anissja sprang umher wie eine Elster, während Agafja im Augenblick ganz friedlich war, neben mir saß und wie ein Zeisigweibchen sang. Der reinste Lockvogel! Mit einem Wort — ein Bild zum Malen.

Eines Morgens rief man mich in Trismegalos' Arbeitszimmer. Ich trat ein und sah ihn mit selbstgefälligem Lächeln dasitzen, den Blick auf ein dickes Heft und einen beschriebenen Bogen Papier gerichtet.

‚Setz dich, mein Freund', sagte er. Ich tat, wie mir geheißen, und er hob an: ‚Ich möchte dir mein teuerstes Herzensgeheimnis anvertrauen. Glaube nicht, wie viele Uneingeweihte glauben, ich liebte nur die Metaphysik, das Kirchenslawische und den Punsch. Gewiß, sie liebe ich auch, aber nicht sie allein! O weh! Ich bin trotz meines fortgeschrittenen Alters über die Maßen in Anissja verliebt, die wohlgestalte Nichte des hochweisen Gorlanius.'

Er hielt inne und seufzte schwer.

‚Wieso verwirrt das Ihr Herz?' fragte ich. ‚Ein Mann von Ihrer Gelehrtheit erweist einem Mädchen aus angesehenem Hause nur eine große Ehre, wenn er ihr Herz und Hand anträgt.'

‚Das tue ich tagtäglich', entgegnete er, ‚aber vergebens. Sie ist stolzer als Nebukadnezar. Gorlanius ermahnt sie immer wieder, auf meine Wünsche einzugehen, doch sie erlegt mir die schwierigsten Prüfungen auf, um die ersehnte Ehe hinauszuzögern. Eines Tages zum Beispiel sagte sie zu mir: »Ich steige nicht eher in Ihr Ehebett, bevor Sie nicht Ihr Traktat beendet haben!« O weh, mein Sohn Nikander! Ich habe mich lange gemüht, aber nicht das geringste erreicht. Zuerst erbrachte ich auf ihr Verlangen den unumstößlichen Beweis dafür, daß sich der Sitz der Seele hinter der Stirn, und zwar zwischen den Augen, befindet. »Gut«, meinte sie, aber am Tage darauf schrieb sie mir einen Brief: »Jetzt wünsche ich, daß Sie mir beweisen, der Sitz der Seele sei der Hinterkopf!« Ein böswilliger Anschlag auf die Ehre der Metaphysik! Ein Sakrileg, das einem Vatermord gleichkommt! Aber was tun? Ich willigte auch in diesen Frevel ein, denn die Liebe zu Anissja siegte über die Liebe zur Metaphysik. Und hier nun siehst du meine Abhandlung von einhundertsiebzig und einer halben Seite, in der mit aller Klarheit und unwiderleglich bewiesen wird, daß der Sitz der menschlichen Seele der Hinterkopf ist, allerdings mit der Einschränkung, daß sie fähig sei, ihn nach vorn, hinter die Stirn, zu verlegen. Auf diese Weise habe ich mein Verbrechen wenigstens einigermaßen gutzumachen versucht. Nimm die Mühe auf dich, mein Sohn, und überbringe diese Abhandlung der Grausamen!

Aber höre dir erst das Schreiben an, das du zusammen mit dem Traktat über die Seele im Hinterkopf zu ihr tragen sollst.‘

Er nahm den Bogen vom Tisch, seufzte wieder und las: ‚Hiermit überreiche ich dir meine Abhandlung, aus der du ersehen wirst, welches Verbrechens ich Elender — aus lauter Liebe zu dir — fähig bin, indem ich beweise, der Sitz unserer Seele sei der Hinterkopf, und, so du befiehlst, auch beweisen werde, er sei es unwiderruflich. Erbarme dich mein, o Auserwählteste der Jungfrauen, und schiebe den Tag unserer Eheschließung nicht weiter hinaus! Du bist nunmehr meine einzige Metaphysik — deine Augen sind meine Ontologie, die Stirn die Pneumatologie, der Hinterkopf — o weh! — die Psychologie. Sei nicht grausam wie das Wildschwein im Walde noch unvernünftig wie ein Vogel, der am Hinterkopf verletzt und damit wund ist an Verstand und Seele.‘

So viel Torheit in solchen Jahren rief bei mir nur Mitleid mit dem ehrenwerten, braven Alten hervor. Ich sann auf Mittel, ihn zu heilen, und redete ihm lange und, wie ich glaube, auch verständig zu, aber vergebens. Er seufzte, richtete den Blick gen Himmel, und man konnte meinen, seine Seele wolle ihren Sitz wirklich, und zwar unwiderruflich, in den Hinterkopf verlegen. Schließlich entschloß ich mich, seiner Leidenschaft zu schmeicheln, damit er sich wenigstens beruhige, wenn nicht für immer, so für eine Weile, und der Dinge zu harren, die da kommen sollten. Ich trug also den Brief und das Traktat zu Anissja. Sie nahm das eine wie das andere hohnlachend in Empfang, spottete über den Alten und schalt ihn einen Narren. Als sie den Brief las, wollte sie vor Lachen schier ersticken.

Ich errötete vor Scham und Ärger über den biederen Trismegalos. Anissja erschien mir so garstig, so liederlich, daß sie es nicht verdiente, sich auch nur die Nichte des letzten Hirten zu nennen, geschweige denn die des hochweisen Gorlanius. ‚Ich werde morgen schriftliche Antwort geben‘, erklärte sie, und ich ging.

O Trismegalos, Trismegalos! sagte ich zu mir selbst, während ich auf der Straße dahinschritt. Wie konntest du außer acht lassen, daß man mit so viel Lieben schwer zurechtkommt, selbst in weit jüngeren Jahren? Man bedenke! Die Liebe zur Metaphysik, zum Kirchenslawischen und zum Punsch und obendrein auch noch die Liebe zu Anissja. Und alle diese Lieben sind, wie ich sehe, leidenschaftlich! O unglückseliger Trismegalos!“

ZEHNTES KAPITEL

Eine metaphysische Komödie

Fortsetzung
der Geschichte Nikanders

„‚Wie steht es?‘ fragte von der Schwelle Trismegalos, der ungeduldig auf meine Rückkehr gewartet hatte.

‚Ein wenig besser‘, entgegnete ich. ‚Die schöne Anissja bedeckte Ihre Epistel mit begeisterten Küssen und sagte, sie werde morgen Antwort geben.‘

Der Alte war vor Freude ganz aus dem Häuschen. Er schloß mich hundertmal in seine Arme, und ich errötete vor Scham, als ich die Wirkung meiner Lüge erkannte. Ich hätte ihn lieber stöhnen hören, als dieses Lächeln, die Folge einer Täuschung, zu sehen. Der Tag verlief für ihn sehr angenehm, für mich überhaupt nicht. Ich warf mir immerfort meine Lüge vor.

Kaum war ich am nächsten Morgen erwacht, als ich den Ruf des Hausherrn durch alle Räume schallen hörte: ‚Ist denn noch keine Nachricht da von der dem Auge so wohlgefälligen Anissja?‘ Man verneinte, und er schwieg still. Als wir uns später beim Frühstück über sein letztes Traktat, will sagen: die Seele im Hinterkopf, unterhielten, brachte man plötzlich den Brief. Die Augen des gelehrten Mannes erglänzten. Als er den Brief entfaltete, zitterten ihm die Hände. Er glich einem Fieberkranken. Er las und mußte sich setzen. Eine erschreckende Blässe überzog seine Wangen. Die Augen starrten zur Decke. ‚Gerechter Gott!‘ sagte er, reichte mir den Brief und versank in tiefes Schweigen.

Die nichtsnutzige Anissja dankte Herrn Trismegalos für das Traktat und bat ihn, zum Zeichen seiner aufrichtigen Liebe und unverbrüchlichen Beständigkeit — als letztes — eine Komödie zu schreiben. Erdichtungen dieser Art liebe sie vor allem. Sie versprach, nach einem solchen Versuch an seiner Liebe nicht mehr zu zweifeln und ihm ihr Herz und ihre Hand zu schenken.

,Was soll ich machen?' rief Trismegalos betrübt. ,Ich, der vielgerühmte Metaphysiker, soll meine seelischen Kräfte für eine so belanglose Angelegenheit wie eine Komödie verschwenden?'

Er murrte lange, zumal er sich nie im Leben mit dieser literarischen Gattung befaßt hatte. Für ihn wäre es bei weitem leichter gewesen, ein Traktat über die Seele in der Bauchhöhle oder den Fersen zu schreiben denn eine Komödie. Vor fünfunddreißig oder vierzig Jahren, als er in die Mysterien der Metaphysik noch nicht eingeweiht war, hatte er Terenz, Plautus und einige andere Komödiendichter gelesen. Er wurde nachdenklich und schwieg. Die Erfindungsgabe in seiner Seele quälte sich lange und verzweifelt ab, was man aus den geschwollenen Adern und dem Schweiß ersah, der an seiner Stirn herunterrann. Schließlich rief er aus: ,Anna! Heiz den Samowar an! Ja, mein Sohn!' fuhr er, an mich gewandt, fort. ,Ich habe einmal gelesen, man müsse die eine Leidenschaft durch eine andere austreiben. Ich sehe, ich kann die Halsstarrigkeit der keuschen Anissja nicht überwinden, und eine Komödie zu schreiben ist mir unmöglich. Somit, geliebter Sohn, will ich die Liebe zum Punsch verdoppeln, wenn nötig, sogar verdreifachen, um meine Liebe zu Anissja zu vergessen.'

,Nicht doch!' entgegnete ich. ,Die Verdopplung der Liebe zum Punsch könnte gefährlich werden! Sollten Sie nicht lieber doch eine Komödie zu schreiben versuchen?'

Wir stritten uns lange herum. Schließlich gelang es mir, ihn halbwegs zu überzeugen, daß sich auch ernsthafte Männer mit derlei Angelegenheiten befaßt hätten. Er willigte ein und begann über den Plan zu einer Komödie nachzudenken. Nach wie vor besuchte er Gorlanius, oder dieser besuchte ihn. Im Hause kehrte wieder Ruhe ein, und ich sah, daß man auch ernsthafte Männer wie Trismegalos mit derlei Belanglosigkeiten ablenken konnte. Sobald er die Komödie beendet haben wird, dachte ich, versuche ich ihn durch Anissja an eine Tragödie oder an ein Poem zu setzen — soll die kleinere Narrheit die größere austreiben.

Eines Tages erklärte er mir mit vergnügtem Lächeln, den Plan habe er schon fertig, und bat mich, ihm zu helfen. ,Dieweil ich Metaphysiker bin, soll auch meine Komödie metaphysisch sein', sagte er. Und wir machten uns gemeinsam ans Werk. Es verging ein Monat, dann ein zweiter und so fort. Es wurde Juli — und die Komödie war fertig, durchgesehen und ins reine geschrieben.

‚Jetzt wird die Halsstarrige nicht widerstehen können', meinte Trismegalos und blickte lächelnd auf das Heft. ‚Wer könnte sich dem Zauber der reizenden Einfälle entziehen, die in der Komödie aufblitzen!'

Um ihn zu erheitern, las ich ihm diese unsterblichste aller Schöpfungen vor, die es in russischen Landen je gegeben hat und selbst in Deutschland kaum geben würde, wo man so viele große Metaphysiker findet.

Die handelnden Personen waren: die Weisheit und die Torheit; die Liebe und der Haß; die Tugend und das Laster; die Bildung, die Unhöflichkeit; Trismegalos, Anissja, Nikander.

Jawohl — auch mein Name war dabei und sollte auf diese Weise verewigt werden!

Der Inhalt der Komödie bestand in folgendem: Die Liebe kommt in Gestalt eines ehrwürdigen alten Mütterchens, das eine Brille trägt und immerfort hustet, zur Göttin der Weisheit und beklagt sich über die hartherzige Anissja, weil diese dem Werben eines gewissen Trismegalos nicht nachgeben will. Sie erklärt, das hätten Anissja die nichtsnutzigen Dirnen Torheit und Unhöflichkeit beigebracht, die ihrerseits vom mächtigen Bösewicht Laster dazu bewogen worden seien. Die Weisheit schickt, über die unerhörte Begebenheit erschrokken, ihr geliebtes Kind Nikander aus, um Anissja vor ihren Richterstuhl zu laden. Der Tugend aber trägt sie auf, den ehrenwerten Trismegalos zur Stelle zu schaffen. Alle erscheinen. Die Weisheit sitzt über sie zu Gericht und verkündet das Urteil: Anissja hat Trismegalos unverzüglich zu heiraten. Die Torheit und die Unhöflichkeit werden dazu verurteilt, sich ein volles Jahr nicht in den Arbeitsräumen von Professoren zu zeigen, das Laster aber, sich überhaupt nirgends blicken zu lassen. Anissja hört auf die Stimme der Weisheit und reicht dem Freund mit Freuden die Hand. Die Nichtsnutzigen aber — das Laster, die Torheit und die Unhöflichkeit — ziehen schimpfend ab und erklären der Weisheit, sie dächten nicht daran, ihr zu gehorchen, sondern würden im Gegenteil vor allem in den Arbeitsräumen der Gelehrten nisten, um Kinder und Kindeskinder dortselbst zu zeugen. Die Weisheit zuckt nur mit den Schultern. Ihrem geliebten Sohn Nikander aber schenkt sie zum Lohn für seine Treue gegen Trismegalos die Gesamtausgaben von Leibniz und Kant aus dessen Bibliothek.

Nachdem ich einige Seiten der Komödie vorgetragen hatte, über deren Eleganz man nach dem Inhalt urteilen mag, geriet ich allmählich in Feuer. Meine Stimme wurde lauter, ich fuchtelte mit den Armen. Trismegalos, dessen Augen mit unbeschreiblichem Entzücken auf mir ruhten, blies majestätisch die Nasenflügel auf. Plötzlich hörten wir die heisere Stimme des Herrn Gorlanius. Ich versteckte das Manuskript, und der Metaphysiker war zum erstenmal über den Besuch des Philologen etwas verstimmt.

Nachdem die gelehrten Freunde die üblichen Begrüßungsworte gewechselt hatten, kam man auf die Liebe zu sprechen. Da man vor mir nichts mehr verheimlichte, nahm man auch kein Blatt vor den Mund. Gorlanius hörte sich Trismegalos' leidige Klagen ärgerlich an. Nach dem Genuß von ein paar Gläsern eines gewissen Getränks ergrimmte er schließlich noch mehr und rief: ‚Hier hast du meine Hand darauf, alter Freund — in einer Woche ist Anissja deine Frau! Ich drohe es ihr heute noch an, und morgen mache ich es unwiderruflich wahr — ich werfe sie im bloßen Hemd aus dem Haus. Dann kommt sie bestimmt zu dir. Da sei fest überzeugt! Ich bin dazu imstande und tu's!'

‚Oh!' entgegnete Trismegalos. ‚Deine Worte in Gottes Ohr!'

Ich sah, daß ich überflüssig war, ging, obwohl man mich nicht aus dem Zimmer wies, in den Garten und setzte mich auf eine Rasenbank am Zaun. Plötzlich hörte ich im benachbarten Garten sprechen. Ich horchte hin und erkannte die Stimme der keuschen Anissja und die von Antipytsch. So hieß der junge Sohn eines vermögenden Kaufmanns. Er war klein von Wuchs, lahmte auf dem linken Bein, hatte eine völlig fleckige Haut und sehr dicke Lippen. Wie ich später erfuhr, war er ein großer Faustkämpfer vor dem Herrn.

Neugier packte mich. Ich spähte durch eine Lücke im Zaun und sah die Jungfer Anissja in den Armen des lahmen Antipytsch auf einer Rasenbank sitzen.

Da hätten wir das Heilmittel gegen die Liebe, sagte ich mir, im höchsten Grade über meine Entdeckung erfreut. O ehrenwerter, braver Trismegalos! Hast du eine solche Treulosigkeit verdient? Ich stürzte atemlos ins Haus und nahm ohne ein Wort Trismegalos und Gorlanius an die Hand; ich bedeutete ihnen durch ein Zeichen, tiefstes Schweigen zu bewahren, führte sie in den Garten und zeigte auf die Lücke im Zaun, während ich mir selbst etwas abseits ein anderes Guckloch suchte. Das reizende Paar saß nach wie vor umschlungen. Antipytsch sagte: ‚Weiß Gott, ich ließe es mich allerhand kosten, wenn dieser alte Dummkopf Trismegalos seine Komödie so rasch wie möglich beendete. Du wirst es nicht glauben, mein Schatz, welches Vergnügen ich meinen Freunden bereite, wenn ich in der Kneipe die Gedankengänge dieses verliebten Waldschrats über den Sitz der Seele hinter der Stirn beziehungsweise im Nacken zum besten gebe! Ich nehme an, die Komödie wird nicht schlechter sein!'

Bei diesen Worten sanken sie einander abermals in die Arme. Er tätschelte ihr den Hals und drückte die wulstigen Lippen darauf. Gorlanius und Trismegalos jammerten plötzlich los. Der eine: ‚O schamlose, deiner Mutter Salomo unwürdige Tochter!' Der andere: ‚Weh mir, dem unglückseligen, alten Sünder!'

Gorlanius stürzte davon, um sich den hinkenden Teufel zu greifen und ihm die Überlegenheit eines Mannes mit geraden Beinen zu beweisen. Den armen Metaphysiker aber verließen die Sinne. Ich schlug Lärm, trug Trismegalos mit Hilfe der Köchin ins Haus und legte ihn aufs Bett. Er kam bald wieder zu sich, doch der Nebel in seinem gelehrten

Haupt zerstreute sich nicht. Er wiederholte in einem fort: ‚Weh mir!‘

Ich wich die ganze Nacht nicht von seinem Lager. Er wurde alle Augenblicke wach und rief: ‚O Liebe, Liebe! O meine kostbaren Traktate über die Seele hinter der Stirn beziehungsweise im Hinterkopf, o meine unschätzbare Komödie! Für wen habe ich euch geschrieben! Damit euch ein Hinkebein in den Kneipen und auf den Märkten zum besten gibt! Weh mir, dem vielfachen Sünder!‘ “

ELFTES KAPITEL

Verwandtenliebe

Fortsetzung
der Geschichte Nikanders

„Wenige Tage später war das körperliche Weh von ihm gewichen, das seelische keineswegs. Er war unentwegt trüber Stimmung und sah sich scheu nach allen Seiten um. Wenn sich seine Blicke mit den meinen trafen, errötete er vor Scham. Langeweile und Mißmut zogen in unsere friedliche Behausung ein. Herr Gorlanius ließ sich nicht blicken, ja er schrieb uns nicht einmal eine Zeile. Es war ihm natürlich peinlich, ein so berühmter Gelehrter und gleichzeitig ein so schlechter Vater zu sein. Anissja hütete das Haus. Wie wir von dritter Seite erfuhren, hatte sie ihr Vater in der ersten Hitze seines gerechten Zornes halbtot geprügelt — mit dem neunundachtzigsten Band einer Enzyklopädie in Großformat, herausgegeben von der Pariser Akademie. Noch nie hatte sich die Enzyklopädie so nützlich erwiesen wie hier, wo sie das nichtsnutzige Geschöpf für mindestens einen Monat im Haus gefangensetzte. Anissja vermochte kaum die Glieder zu rühren, ihr Haar war beinah völlig ausgerauft. Gewiß hatte Gorlanius — in Übereinstimmung mit Trismegalos' letztem Traktat — ihre Seele im Hinterkopf gesucht. Doch wir verzichteten darauf, uns unsererseits nach irgend etwas zu erkundigen.

Eines Tages betrat ich Trismegalos' Arbeitszimmer und war nicht wenig erstaunt. Im Feuerloch des Ofens loderte eine Flamme, Trismegalos saß auf einem Stuhl und warf gelassen ein beschriebenes Heft nach dem anderen hinein. Ganze

Berge davon türmten sich auf dem Fußboden neben ihm. Als er mich sah, lächelte er und sagte:

‚Mein Sohn! Es wird Zeit, von all den Dummheiten abzulassen, gleich, welcherart sie seien! Ich statuiere hiermit ein Exempel, und du wirst sehen, ich schwöre jedweder Liebe ab — außer der einen. Jedwede Liebe, wem sie auch gelte, welches ihr Gegenstand auch sei, wird zur unverzeihlichen Dummheit, wenn sie das Maß übersteigt. Und doch kommt der Mensch zur Welt, um Sklave oder Spielzeug der verschiedensten Torheiten zu werden. Ich habe leidenschaftlich die Metaphysik geliebt und immerfort geirrt. Ich habe bis zum Wahnsinn das Kirchenslawische geliebt, und alle lachten über mich. Ich habe Anissja geliebt und wurde mir selbst zuwider! Ich habe den Punsch geliebt, und er allein hat mir keinen erkennbaren Schaden zugefügt. Eben aus diesem Grunde will ich von nun all meine Zärtlichkeit und all mein Feuer ihm allein zuwenden. Alles übrige aber kann mir gestohlen bleiben! Anissja verachte ich aus tiefster Seele. Kirchenslawisch werde ich kein Wort mehr sprechen, und an die Metaphysik mag ich erst gar nicht denken. Meine Traktate über die Seele hinter der Stirn beziehungsweise im Hinterkopf sind längst zu Asche geworden. Und jetzt schau her — dies hier ist eine Abhandlung über die Seele der Tiere, in der bewiesen wird, daß sie gelegentlich klüger als die der Menschen, nur eben sterblich ist. Dies hier ist eine weitere — sie zeigt, womit sich das höchste Wesen vor der Erschaffung der Welt befaßt hat. Und dies hier eine dritte, in drei Bänden, in der erörtert wird, womit das höchste Wesen sich nach deren Untergang befassen wird.‘

Während er das sagte, tat er Heft um Heft in den Ofen und schürte die Flamme kaltblütig mit der Ofengabel. Binnen einer halben Stunde verwandelte sich die Arbeit von vierzig Jahren in Asche.

‚Sehr schön‘, sagte ich, ‚daß Sie bezüglich der undankbaren Anissja, die Ihre Liebe mit Bösem vergalt, so streng verfahren sind. Was aber die Metaphysik und das Kirchenslawische betrifft, so muß ich Ihnen offen sagen — alles hat seine Grenzen und seine Zeit. In Hinsicht des Punsches aber will mir scheinen, daß es selbst ihm gegenüber nicht ratsam ist, das Wohlwollen zu verdoppeln. Würde die derzeitige Menge nicht genügen?‘

‚Nein, mein Sohn. Du weißt, welche Leere jetzt in meiner Seele herrscht. Ich habe mir drei Lieben auf einmal aus dem Herzen gerissen und muß sie durch etwas ersetzen, sonst wäre das Gleichgewicht gestört, und unangenehme Folgen könnten sich einstellen.‘

Ich vermochte ihn durchaus nicht zu überzeugen. Tag für Tag hielt ich ihm eine Predigt, und Tag für Tag betrank er sich. Zwei Monate später war er nicht wiederzuerkennen. Schwäche und krampfartige Zustände befielen ihn. Er klagte über Koliken, über Kopfweh, über Atemnot. Ich schrieb alles dem Übermaß seiner Leidenschaft für den Punsch zu, er dem Zuwenig daran. Er geisterte wie ein Schatten umher. Man merkte, daß die früheren Leidenschaften noch immer in seinem Herzen tobten. Alles andere war schnödes Gerede gewesen. Wenn er gelegentlich auf den Bücherschrank zutrat, griff er unwillkürlich nach einem möglichst dicken Band, schlug ihn auf und las mit einem Lächeln: ‚Drittes Kapitel. De miraculis.‘ Dann erinnerte er sich plötzlich seines Gelübdes, warf das Buch auf den Fußboden, trampelte darauf herum, knirschte mit den Zähnen und schrie wie ein Rasender: ‚Undankbare Metaphysik!‘ Genauso verhielt er sich, wenn er ins Kirchenslawische verfiel oder versehentlich den Namen Anissja nannte.

Eines Morgens, als wir beisammensaßen, sagte er zu mir: ‚Lieber Freund! Ich merke, daß mein Leben erlischt und ich mit raschen Schritten dem Grabe zustrebe. Ich hoffe, du harrst geduldig bis zu diesem für mich so freudigen Augenblick aus und verläßt mich Unglücklichen nicht. Als Lohn dafür soll dir dieses Haus mit allem, was dazu gehört, zufallen. Meine Bibliothek, die mich ziemlich viel gekostet hat und in der Hauptsache aus spekulativen Hirngespinsten besteht, hinterlasse ich dir mit der Auflage, sie innerhalb eines Jahres dem ersten besten Narren zu verkaufen, der sie zu kaufen wünscht. Findet sich in unserer Stadt innerhalb dieser Frist ein solcher Narr nicht, dann verbrenne sie! Andernfalls könnten auch dir große Kümmernisse in der Art der meinen zustoßen. Ich lag noch in den Windeln, als ich meinen Vater verlor. Im zehnten Lebensjahr verlor ich auch die Mutter.

Obwohl ich keine nahen Verwandten habe, sondern nur sehr entfernte, die ich nie im Leben gesehen habe, könnten sie dich dennoch im ruhigen Genuß meiner Hinterlassenschaft stören. Ich möchte darum alles ohne Aufschub gesetzlich regeln und mein Testament verfassen. Ich habe bereits nach dem Gerichtskanzlisten und dem Geistlichen geschickt.‘

Während ich ihm versicherte, ich wünschte mir, er möge so alt wie Methusalem werden, und er mir schwor, er betrachte jeden Tag, den er noch lebe, als gerechte Strafe des Himmels für seine törichten Leidenschaften, vernahmen wir ein gewaltiges Lärmen vor der Tür.

‚Das sind gewiß der Geistliche und der Gerichtskanzlist', meinte Trismegalos. ‚Aber warum lärmen sie so?'

Tatsächlich trat gleich darauf der Kanzlist ein, doch nicht allein. Zugleich mit ihm wälzte sich eine Schar Männer, Frauen und Kinder beiderlei Geschlechts und des verschiedensten Alters herein.

‚Bitte nehmen Sie Platz, Herr Kanzlist', sagte Trismegalos. ‚Und wer seid ihr, werte Damen und Herren, und was verschafft mir die Ehre, euch in meinem Hause zu sehen?'

‚Ach, wahrhaftig, es stimmt!' riefen alle wie aus einem Munde. ‚Ach, der Ärmste!'

Trismegalos blickte mich, ich Trismegalos an, und wir begriffen beide nicht, was das zu bedeuten hatte. Doch alsbald klärte sich alles auf.

Eine ältere, geschmacklos geputzte Frau trat mit gezierter Miene auf ihn zu und sagte: ‚Wie, lieber Onkel, Sie erkennen bereits Ihre nächsten Verwandten nicht mehr? Ich bin doch Ihre Nichte Olympiada, die Tochter Ihres Vetters siebenten Grades! Das hier ist mein Mann, der Doktor, und das sind zwei Töchter von mir. Zu Hause habe ich noch zwei Knaben und ein Mädchen.'

Trismegalos rief voller Zorn: ‚Und wenn Sie Hunderttausende von Knaben und Mädchen hätten — ich will nicht das geringste von ihnen wissen, ebensowenig wie von Ihnen selbst, denn auch Sie haben nichts von mir wissen wollen!'

Hier trat der Doktor auf ihn zu, beäugte ihn durch ein Lorgnon und faßte nach seiner Hand. Er fühlte ihm den Puls, zuckte mit den Schultern und meinte: ‚Bedauerlich, äußerst bedauerlich, aber da ist nichts mehr zu machen!'

‚Was zum Teufel?' fragte Trismegalos erstaunt. ‚Das sind wohl lauter Verrückte? Was findest du denn so bedauerlich, Verehrtester?'

‚Schaut ihn euch an, ehrenwerte Herrschaften, schaut euch nur seine Augen an — wie trüb, wie gerötet sie sind, wie wild sie um sich blicken!' Alle starrten ihn an und riefen ‚Ach!' oder ‚Weh!'.

Der Doktor wollte fortfahren: ‚Man merkt an allem, daß seine Seele . . .'

‚Was merkt man, was? Daß seine Seele ihren Sitz im Hinterkopf hat?' rief Trismegalos. ‚Wenn du das sagen wolltest,

Herr Doktor, dann bist du aber an den Falschen geraten! Ich habe das nur geschrieben, um einem liederlichen Mädchen einen Gefallen zu tun — sie wünschte es so. Ich selber aber bin überzeugt — und ich war es auch früher —, daß sich der Sitz unserer Seele hinter der Stirn befindet, und zwar zwischen den Augen. Was sagst du nun, Herr Doktor?'

Er sah sich im Gefühl seines Triumphes majestätisch um, aber alle zuckten nur mit den Schultern und nickten einander zu.

Hier trat ein anderer vor, der äußerlich an einen Handwerker erinnerte, und sagte: ‚Nun, meine Herrschaften, man sieht, da ist nichts mehr zu machen — nehmen wir also Abschied von ihm, soweit er uns erkennt. Und dann ...'

‚Wie soll ich euch erkennen', schäumte Trismegalos, ‚wenn ich euch nie im Leben zu Gesicht bekommen habe? Schert euch zum Teufel, aber rasch! Ich habe zu tun!'

‚Wie', fiel der Handwerker ein, ‚auch mich erkennen Sie

nicht? Ach du meine Güte! Aber ich bin doch Sudilkin, Ihr Vetter achten Grades, und das ist meine Frau Malanja. Und das sind unsere Söhne, die mir bereits tüchtig bei der Schlosserarbeit zur Hand gehen!'

Mit diesen Worten trat er auf Trismegalos zu, umarmte ihn mit mitleidiger Miene und sagte: ‚Leb wohl, teuerster Vetter!'

Hierauf erhob sich ein allgemeines Gejammer: ‚Leb wohl, Onkelchen, leb wohl, Gevatter, leb wohl, Großväterchen!' Alle drängten herbei, ihn zu umarmen — der eine griff nach seinen Knien, der andere nach seinen Händen, der dritte nach dem Rockschoß. Trismegalos geriet ernstlich in Wut. Atemlos vor Zorn, versuchte er sie zunächst nur zurückzustoßen. Dann trommelte er ihnen kräftig auf den Köpfen herum und trat nach allen Seiten um sich — als aber auch das nicht fruchtete, brüllte er los: ‚Zu Hilfe, zu Hilfe, sie erwürgen mich!'

Hier trat ein hochgewachsener Mann, der an einen Polizisten erinnerte und bislang abseits gestanden hatte, mit ernster Miene vor und befahl: ‚Unterlassen Sie das, meine Herrschaften, hören Sie auf! Damit können Sie ihm nicht mehr helfen!' Dann ging er auf Trismegalos zu und forderte ihn höflich auf: ‚Mein Herr! Belieben Sie mir freiwillig zu folgen, wenn Sie in der Lage dazu sind!'

Trismegalos: ‚Wohin?'

Der Polizist: ‚Als das Unglück über Sie kam, bewogen Ihre mitfühlenden Verwandten die Obrigkeit, Ihnen Asyl in einem gewissen Hause zu gewähren, wo die Aufsicht über Sie besser sein wird als hier. Und in der Tat — in der Verfassung, in der Sie sich jetzt befinden, könnten Sie allerlei anrichten. Das aber gehört sich nicht, denn Ihr Besitz kommt Ihren nächsten Verwandten zu. Sie haben für Sie gesorgt und sind es wert, daß alles unbeschädigt auf sie übergeht.'

Trismegalos: ‚So entdecken Sie mir doch um Himmels willen, welches Unglücks wegen Sie mich alle so bedauern und in was für ein gewisses Haus Sie mich bringen wollen!'

Der Polizist: ‚Falls Sie imstande sind, mich zu verstehen ...'

Trismegalos: ‚Wie? Dazu soll ich nicht imstande sein?'

Der Polizist: ‚Gut denn, dann will ich es Ihnen verraten! Das Unglück, das Sie betroffen hat und über das Ihre Verwandten so betrübt sind, besteht darin, daß Sie unwiederbringlich den Verstand verloren haben. Das gewisse Haus aber ist das Irrenhaus. Sind Sie endlich zufrieden?'

Trismegalos erbebte. Jeder Muskel an ihm geriet in Bewegung. Seine Wangen färbten sich abwechselnd dunkelrot vor

Zorn oder blaß vor Schrecken. Der Polizist nahm seine Hand und führte ihn zur Tür, wo Trismegalos sich plötzlich gegen die Schwelle stemmte und rief: ‚Nein, ihr Schufte, ich werde euch beweisen, daß ich bei vollem Verstande bin!‘ Aber die mitfühlenden Verwandten umringten ihn, banden ihm Arme und Beine, trugen ihn in diesem Aufzug auf die Straße hinaus und hoben ihn auf den wartenden Wagen. Der Polizist fuhr los. Trismegalos erhob ein fürchterliches Geschrei. Die Passanten fragten: ‚Was ist denn?‘ — ‚Ich bringe einen Verrückten ins Irrenhaus‘, entgegnete der Polizist, und die Leute bekreuzigten sich und sagten: ‚Gott beschütze die Rechtgläubigen!‘ Ich begleitete den Wagen unter Tränen bis vor das unglückselige Gebäude.

Als ich zurückkam, fand ich unsere Behausung von den Verwandten besetzt. Der eine schleppte Tische, der andere Geschirr. Dieser brach Schränke auf, jener klirrte mit Wein- und Schnapsgläsern. Kurz — das reinste Sodom.

Der Doktor trat aufgeblasen auf mich zu und sagte: ‚Scher dich fort, Freundchen! Dieses Haus gehört mir!‘

‚Mit dem größten Vergnügen‘, entgegnete ich und lief in meine Kammer, um zu packen.“

ZWÖLFTES KAPITEL

Allerlei Begebenheiten

Schluß
der Geschichte Nikanders

„Ich kniete neben meiner Truhe, holte meine Wäsche hervor und tat sie in den Ranzen, nahm schließlich meinen Goldschatz, um ihn nachzuzählen und in die Tasche zu stecken, und sagte mit zufriedener Miene: ‚Ich danke der Vorsehung dafür, daß sie mich in das Haus eines ehrlichen Mannes geführt hat. Ich hoffe, jetzt eine Weile ohne Sorgen leben zu können, so lange, bis ich eine passende Stellung finde.‘

‚O Schuft, o Gauner!‘ hörte ich eine Stimme über meinem Ohr, eine unsichtbare Hand entwand mir das Geld und war im gleichen Augenblick verschwunden.

‚Ein Wunder!‘ rief ich und deckte die Hände vor das Gesicht. Ein Zittern durchlief meinen ganzen Körper. Nachdem ich mich einigermaßen beruhigt hatte, erhob ich mich, wandte mich um und erblickte den Doktor. Er sagte äußerst böse: ‚Was denn, Freundchen, du schämst dich nicht, nach diesem traurigen Vorfall auch noch zu stehlen? Ist das nicht dasselbe wie Plünderung bei Schadenfeuer oder Kirchenraub? Danke Gott, daß er mich und keinen anderen hergesandt hat, als du das Geld gerade wegstecken wolltest! Ha, mit dem Schlosser Sudilkin wärest du nicht so leicht auseinandergekommen!‘

‚Wenn es sich so verhält, Herr Doktor‘, erwiderte ich ungezwungen, denn mein Gewissen war rein, ‚dann geben Sie mir mein Geld zurück! Ich habe es auf rechtmäßige Art erworben, und nicht in diesem Hause, sondern bei einem ehrlichen Mann, dessen Tochter ich ...‘

‚Dessen Tochter du mit dem leichtgläubigen alten Trottel Trismegalos verheiraten wolltest? Na weißt du, Freundchen! Da hast du dir aber ein ehrliches Gewerbe ausgesucht, und das in so jungen Jahren! Troll dich, und zwar gleich, sonst hole ich die Polizei und stelle klar, daß du der Schuldige an Trismegalos' Wahn bist; und was dann geschieht, weißt du wohl? Man wird dich fesseln, in Ketten schmieden und ins Gefängnis werfen. Wähle also, aber sofort — ich pflege nicht lange zu fackeln!‘

Der Schrecken packte mich. Die beiden Wörter ‚Ketten‘ und ‚Gefängnis‘ verliehen seiner erstaunlichen Beredsamkeit viel Kraft. Ich wollte ihm an Entschlossenheit nicht nachstehen, schulterte meinen Ranzen und ging raschen Schrittes davon.

Nachdem ich das Haus verlassen und einige Straßen durchquert hatte, blieb ich stehen und sagte mir: Höchste Zeit, daß ich mir überlege, was zu tun ist. An eine Rückkehr in Jermil Fedulowitschs Haus ist nicht zu denken — dort sind Fedora Tichonowna und Darja Jermilowna, und das ist schlimmer als alle Ketten und das Gefängnis. Ins Haus des Kaufmanns zurückzukehren, geniere ich mich. Auch könnte er Verdacht schöpfen und möglicherweise eine Klage gegen den Doktor anstrengen. Mich als den Anlaß derselben würde man womöglich irgendwo einsperren. Wenn aber schon der Rechtsstreit um das gebrochene Putenbein zweieinhalb Jahre gedauert und zu nichts geführt hat, ist in meinem Fall mit einer Prozeßdauer von mindestens fünfundzwanzig Jahren zu rechnen. Falls sich der Kaufmann meiner jedoch erbarmt und auf einen Prozeß verzichtet, wird er mich trotzdem nicht im Hause behalten und mich statt dessen mit Geld unterstützen wollen. Weise ich es zurück, dann ist er gekränkt.

Nehme ich es an, dann erscheine ich unverschämt. Ich soll mir die Herzensgüte eines freigebigen Mannes zunutze machen, ohne sie verdient zu haben? Nein, lieber verlasse ich die Stadt und tu mich woanders um! Menschen gibt's überall, und also ist auch überall Bedarf an Kenntnissen. Ich werde mich als Lehrer für Musik, Sprachen und Malerei durchschlagen.

Zu diesem Ergebnis gelangt, begab ich mich auf Wanderschaft. Ich war in Dörfern, in großen und kleinen Städten.

Und jedesmal verließ ich sie wieder, entweder weil ich jemandes Mißbehagen erregte oder weil ich mich selber nicht wohl fühlte. Dennoch hatte ich meinen Nutzen davon. Nichts lehrt uns besser die Menschen kennenlernen und bildet so wie Reisen. Im zweiten Jahr meines Wanderlebens kam ich in diese Stadt, machte die Bekanntschaft des Geistlichen Iwan und lebte sehr zufrieden bei ihm, da ich genug verdiente, um ihm nicht lästig zu fallen. Hier fand mich Herr Prostakow und nahm mich mit — in sein Haus. Ich wäre nie auf den Gedanken gekommen, Jelisaweta sei seine Tochter. Die weiteren Umstände, verehrter Gawrilo Simonowitsch, sind Ihnen bekannt."

Nikander hatte seine Geschichte beendet und saß in Nachdenken versunken.

Fürst Gawrilo Simonowitsch sagte: „Mach dir keine Sorgen, Nikander! Herr Prostakow ist ein herzensguter Mann und hat dich gern. Er hegt hinsichtlich deiner die besten Absichten. Er will dir eine Stelle verschaffen, und zwar in ebenderselben Stadt, in der du erzogen worden bist und dir allerlei Streiche geleistet hast, denn er hat dort viele angesehene Bekannte, darunter einen reichen Kaufmann, mit dem er bereits im Briefwechsel darüber steht."

„Ach, wie weit entfernt das liegt!" sagte Nikander.

„Desto besser", entgegnete der Fürst und erhob sich, denn Vater Iwan trat ein und verkündete wohlgelaunt, man werde am folgenden Tage Gäste haben. Es handelte sich um den Sonnabend vor Fastnacht. Nikander war über die Nachricht wenig erbaut. Fürst Gawrilo Simonowitsch nahm sie gleichgültig auf, und beide bereiteten sich auf den Empfang der Gäste vor.

Lassen wir sie bei dieser Beschäftigung allein und versetzen wir uns in die Stadtwohnung der Familie Prostakow. Der

Mann ging mit langen Schritten auf und ab, in der einen Hand den Hut, in der anderen den Spazierstock. Sein Äußeres verriet, daß er verstimmt war. Seine Frau saß in derselben Gemütsverfassung an einem Tischchen und ordnete Bänder und Spitzen. Katerina und Jelisaweta gähnten, jede in ihrer Ecke.

Die Frau: ‚Wenn du dir etwas in den Kopf setzt, kann man dich durch nichts davon abbringen!“

Der Mann: „Wenn du so fest davon überzeugt bist — warum quälst du dich und mich dann wegen solcher Belanglosigkeiten und versuchst, mich trotzdem umzustimmen?“

Die Frau: „Und warum kannst du, frage ich, nicht ausnahmsweise einmal nachgeben? Vater Iwan hat uns so höflich, so inständig gebeten zu kommen ...“

Der Mann: ‚Ich glaube, auch ich war nicht grob, als ich ablehnte.“

Die Frau: „Bedenke — dort werden die Richter, der Kreispolizeimeister und viele Adlige, alle mit ihren Familien, anwesend sein. Und wir allein sollen zu Hause sitzen?“

Der Mann: „Wieso zu Hause sitzen? Ich habe dem Stadthauptmann versprochen, wir kämen, und das werden wir auch tun!“

Die Frau: „Ich kann diese Frau Stadthauptmann nicht ausstehen. Sie ist so hochmütig, so aufgeblasen!“

Der Mann: „Sieh dich an und frage sie, welche Meinung sie von dir hat!“

Die Frau: „Ich fahre unbedingt zu Vater Iwan!“

Der Mann: „Du fährst unbedingt zum Stadthauptmann! Frau! Du kennst mich, und zwar seit langem! Tu, was ich wünsche, und du wirst es nicht bereuen! Anderenfalls ... Ich erwarte dich also beim Stadthauptmann.“

Hier schiebe ich eine kleine Geschichte ein, die zu den Umständen paßt und die ich vor langer Zeit in einem altmodischen deutschen Buch gelesen habe.

Ein Ehemann hing mit heißer Liebe an seiner Frau. Er verwöhnte sie auf jede erdenkliche Weise. Seine Liebkosungen waren zärtlich. Was konnte der Frau also noch fehlen, um restlos glücklich zu sein? Es handelte sich um folgendes — der Mann war rasend eifersüchtig, besonders auf seinen Nachbarn, einen regelrechten Schürzenjäger. Wenn der Nachbar aus dem Fenster seines Hauses sah, ließ der Ehemann sogleich die Läden seines eigenen schließen. Wenn er seine Stimme auf der Straße hörte, entführte er die Frau schleunigst in das entlegenste Zimmer. Jedermann im Hause hatte seine Eifersucht bemerkt, obwohl er sie vor allen zu verbergen suchte, namentlich vor seiner Frau.

Einmal traf es sich zu seinem bitteren Leidwesen, daß er für drei Tage fortmußte. Er seufzte, stöhnte und quälte sich, doch die Notwendigkeit kennt keine Rücksicht, und er fügte sich ihrem Gebot. Nachdem er, mit dem Gedanken an seine Frau und den Nachbarn beschäftigt, einige Werst gefahren war, fiel ihm zu seinem Schrecken ein, daß er ihr nicht verboten hatte, den Nachbarn bei sich zu empfangen. „Iwan", rief er und erblaßte, „spann sofort das eine Pferd aus und spreng, so rasch du kannst, nach Hause. Sag meiner Frau, sie soll auf keinen Fall den Nachbarn bei sich empfangen, sosehr er auch darum bittet, sosehr er sie auch beschwören sollte — nein und abermals nein!"

Iwan sprengte davon, und sein Herr schrie ihm noch eine Weile strenge Ermahnungen nach. Zu Hause angelangt, sagte Iwan zur Herrin: „Ihr Gemahl gebietet Ihnen, auf keinen Fall und unter gar keinen Umständen unseren großen Rüden Sultan zu besteigen und auf ihm zu reiten, und wenn Sie es noch so sehr wünschten!"

Die Frau war über die Verrücktheit ihres Mannes äußerst erstaunt, und Iwan galoppierte zurück.

Am ersten Tag grübelte die Frau darüber nach, was ihren Mann bewogen haben konnte, ihr etwas zu verbieten, das ihr nie in den Sinn gekommen wäre. Was sollte auch Vergnügliches daran sein? Diese Gedanken bewegten sie bis in die Nacht. Den zweiten Tag verbrachte sie mit der Überlegung, warum sie das Verbotene eigentlich nicht tun sollte. Ihr Mann sah sie gewiß als Kind oder als Puppe an, da er sie zwingen wollte, sich blindlings seinen verrückten Wünschen zu fügen. Sie zögerte noch. Am dritten Tag begann sie sich zu ärgern. Sie ging aus einem Zimmer ins andere, aber immerfort stand der Rüde in ihrer Phantasie vor ihr. Gegen Mittag schließlich rief sie: „Gut, ich werde ihm zeigen, daß er solche dummen Scherze mit mir nicht machen darf!" Mit diesen Worten ging sie rasch auf den Hof, wo Sultan an der Kette zerrte, und setzte sich rittlings auf seinen Rücken. Doch der böse Rüde, der es natürlich nicht gewohnt war, daß jemand auf ihm ritt, wurde wütend, knurrte und vollführte einen Satz, und seine arme Herrin purzelte kopfüber auf die Erde. Sie sprang auf, stürzte atemlos in ihr Zimmer und besah sich im Spiegel. O weh! Auf ihrer Stirn prangte eine beachtliche Beule, und das rechte Auge zierte ein blauroter Fleck. Die Hände wiesen

mehrere Kratzer von den Krallen des ungetreuen Sultan auf. Sie brach in bittere Tränen aus. In diesem Augenblick polterte ein Wagen über den Hof, und der feurige Ehemann eilte ins Zimmer, streckte die Arme nach ihr aus und fuhr schaudernd zurück, als er die Tränen, die Beule an der Stirn, den blauen Fleck unter dem Auge und das Blut an ihren Händen erblickte.

„Was hat das zu bedeuten, Liebste?“ rief er.

„Du hättest es voraussehen müssen“, entgegnete die Frau wütend, „aber du wolltest mich in diesem Zustand sehen. Du Fühlloser, du Unmensch, du Ungeheuer! Wäre ich je auf den Gedanken gekommen, mich rittlings auf diesen Bullenbeißer zu setzen, wenn du Iwan nicht hergeschickt hättest, um es mir zu verbieten?“

Der Herr sah Iwan drohend an. Dieser führte ihn jedoch mit geheimnisvoller Miene in ein anderes Zimmer und sagte: „Gnädiger Herr! Es stimmt, ich habe es ihr in Ihrem Namen verboten, und sie wäre auch in der Tat ohne dieses Verbot gar nicht auf den Gedanken verfallen. Aber ebendieser Umstand erklärt Ihnen alles. Hätte ich ihr verboten, den Nachbarn hereinzulassen, dann hätte sie, statt, wie geschehen, ununterbrochen über den Ritt auf Sultan nachzusinnen, sich ständig mit dem Gedanken beschäftigt, den Nachbarn hereinzulassen und sich mit ihm zu unterhalten. Was folgt daraus? Sie hat nicht widerstehen können, hat den Ritt gewagt und eine kleine Beule an der Stirn und einen blauen Fleck unter dem Auge davongetragen. Glauben Sie mir, sie hätte auch im anderen Fall nicht widerstanden. Und die Folge? Sie hätten jetzt vielleicht ein Paar gewaltige Hörner und zeit Ihres Lebens einige dunkle Flecken auf der Weste."

Der Herr war von der Wahrheit dieses Beweises verblüfft. Er umarmte den weisen Diener und soll der Eifersucht für immer abgeschworen haben.

Diese Geschichte kommt uns in Hinblick auf die Herrschaften Prostakow sehr zupaß. Hätte der Mann der Frau nicht so streng verboten, zu Vater Iwan zu fahren, dann hätte es die Frau nicht mit so viel Ungeduld gewünscht.

Nachdem sie einige Zeit gezögert hatte, sprang sie schließlich auf. „Zieht euch an, meine Töchter! Wir fahren zu Vater Iwan! Soll er doch toben, soviel er will! Wir müssen zwanzig Launen am Tage von ihm ertragen, warum also sollte er nicht eine im Jahr von uns hinnehmen?" Und damit machte man sich an die Toilette, kam auch erfolgreich voran und war gegen acht Uhr fertig. Das ist die beste Zeit, zu einer Abendgesellschaft aufzubrechen.

Als sie beim Geistlichen eintrafen, war die gesamte Creme der Gesellschaft bereits versammelt. Der Richter saß auf dem Ehrenplatz und rauchte seine Pfeife. Der Kreispolizeimeister, der ein Gläschen in der Hand hielt, versicherte, Wodka sei ein herzerquickendes Getränk, und leerte das Gläschen in einem Zuge. Die Frau des Richters fächelte sich mit einem Fächer Luft zu und spreizte den Mittelfinger der rechten Hand so auffallend wie möglich, um ihren Türkisring mit den Brillantsplittern zur Geltung zu bringen. Die Frau des Kreispolizeimeisters flüsterte ihr ins Ohr: „Mein Gott, wie kümmerlich diese Frau Prostakowa doch aussieht! Das Kleid, das sie anhat, hat allerlei Geld gekostet und ist dabei keine Kopeke wert. Und dann die Töchter — die eine wie eine aufgezogene Puppe, die andere wie aus Holz!"

Der Geistliche bereitete Frau Prostakowa und ihren Töchtern einen großartigen Empfang. Schon hatten sich alle niedergesetzt, schon kam man auf den nächsten Tag, den Rosenmontag, zu sprechen, als plötzlich aus dem Zimmer nebenan Fürst Gawrilo Simonowitsch und Nikander eintraten. Er erblickte Jelisaweta und sie ihn. Beide wurden feuerrot. Nikander wankte. Jelisaweta schloß die Augen. Die Gäste gerieten in Verwirrung, und Frau Prostakowa rief: „Ach, wir sind verraten! Ach, was soll jetzt werden!“

Sie sprang auf, nahm beide Töchter an die Hand und wollte eben das Zimmer verlassen, als plötzlich Iwan Jefremowitsch hereinstürzte, alle Anzeichen des Zorns und der Empörung auf der Stirn. Er wollte etwas sagen, doch seine Frau entwaffnete ihn sogleich, indem sie rief: „Ich bin schuldig vor dir, verzeih, mein Freund!“ Er begnügte sich damit, dem Herrn des Hauses und den Gästen die Hand zu schütteln, um kurz darauf, gefolgt von der Familie, zu gehen. Jelisaweta mußte sich auf ihre Mutter und ihre Schwester stützen, der Fürst drängte Nikander gleich wieder in sein Zimmer.

„Was für ein seltsamer Mensch dieser Iwan Jefremowitsch doch ist“, sagte Fürst Gawrilo Simonowitsch, „er hat mich schließlich nicht umsonst hierhergeschickt! Daß er die Handlungen seiner Frau nicht zu lenken weiß!“ Da fiel ihm Fürstin Fjokla Sidorowna ein. Er wurde rot und verstummte.

DREIZEHNTES KAPITEL
Zwei Reden

Die Gäste konnten nicht genug über den sonderbaren Vorfall staunen. Der sonst so zurückhaltende Prostakow war, als er eintrat, äußerst erzürnt gewesen. Seine Furie von Frau (so pflegte man sie zu nennen) zeigte sich sanft wie ein Lamm. Jelisaweta schien mehr tot als lebendig. Der junge Mann befand sich in einer Lage, die nicht besser war. Den zugereisten Alten aber hatte alles offenbar sehr betrübt. „Da steckt natürlich ein Geheimnis dahinter“, rief man im Chor und bestürmte den Geistlichen, er solle es lüften. Der schwor hingegen, er wisse nicht mehr als die anderen — nicht mehr, als daß der alte Gast Krakalow heiße, der junge Maler aber Nikander.

Man zerbrach sich lange die Köpfe, bemüht, den Zusammenhang zu erraten, vor der illustren Versammlung zu glänzen und mit dem Titel des besten Erfinders geschmückt zu werden. Was der eine jedoch vorbrachte, widerlegte der andere, und es entbrannte erst ein kleiner, dann ein hitziger Streit, bald darauf eine regelrechte Auseinandersetzung und schließlich ein Zank. Schon hörte man von allen Seiten so liebenswürdige Floskeln wie: „So kann nur ein gescheiter Ochse urteilen! Das kann nur eine hochweise Pute sagen! Eher errät es ein Hammel! Nicht einmal eine Hündin winselt so aufgeregt, wenn eine Schlange sie gebissen hat! Solche Einfälle haben nur in einem Kopf wie ein Weinfaß Platz oder in einem,

der voller Verleumdungen, Wirrwarr, Klatsch und Liebeshändel steckt! Ach! Was ist denn? Aha, du hast es erraten! Wie? Was? Beweise es! Ist doch ganz klar!“

Gott weiß, wie alles geendet hätte. Es hätte wohl eine blutige Schlacht gegeben, wenn nicht der Richter gewesen wäre. Als er die Unordnung in der Natur sah, legte er die Pfeife auf den Tisch, stellte das Glas daneben, erhob sich feierlich, trat in die Mitte des Zimmers und sagte: „Meine hochverehrten Herren und Damen! Sie wissen, daß ich bereits seit einigen Jahren Richter in dieser ruhmreichen Stadt bin und mitunter Angelegenheiten zu entwirren habe, die nicht weniger verzwickt sind als diese. Hören Sie also zu, ich will Ihnen alles erklären! Ich weiß zwar nichts Sicheres, aber vernünftige Vermutungen sind manchmal zutreffender als der Augenschein. Dieser Nikander hat einige Zeit in Prostakows Hause gelebt und wurde von allen wie dessen eigener Sohn behandelt. Beweist das nicht, daß er tatsächlich sein Sohn ist, aber ein unehelicher? Weder Nikander noch irgend jemand im Hause weiß es. Wäre es also verwunderlich, wenn er sich in Jelisaweta verliebt hätte und sie in ihn? Natürlich nicht! Und das geschah denn auch. Prostakow sah es und wußte nicht, was tun. Zwar ist Nikander nur sein unehelicher, aber immerhin sein Sohn und Jelisaweta somit seine

Schwester. Eine solche Liebe ist etwas Entsetzliches. Er schickte ihn also fort, hörte aber keineswegs auf, ihn zu unterstützen. Das eigene Fleisch und Blut spricht immer eine deutliche Sprache! Um nun aber die Tochter von dieser Liebe zu heilen und die Frau keinen Verdacht schöpfen zu lassen, verbot er ihnen, Nikander wiederzusehen. Da sie aber — wie ja bisher Sie alle — den wahren Grund dieses Verbots nicht kannten, begegneten sie sich heute eben wieder. Wie hätte er da nicht zürnen sollen?“

„Ausgezeichnet! Genau so ist es! Nichts könnte zutreffender sein!“ riefen alle im Chor. „Was aber hat es mit diesem Herrn Krakalow auf sich?“

„Unser Herr Krakalow“, entgegnete der Richter, über das

allgemeine Lob für seine Mutmaßungen geschmeichelt, „unser Herr Krakalow ist niemand anderer als der Bruder der ehrenwerten Mutter Nikanders — eben aus diesem Grunde lebt er in Prostakows Haus und hält kluge Reden. Ich habe aus zuverlässiger Quelle gehört, daß weder Frau Prostakowa noch ihre Kinder ihm zu widersprechen wagen."

„So ist es, genau so ist es", erscholl es von allen Seiten.

Und der Richter fuhr fort: „Damit sich aber in Zukunft dergleichen Streitigkeiten in unseren ruhmreichen Versammlungen nicht wiederholen können, vielmehr ein dauerhafter, auf unerschütterlicher Grundlage beruhender Friede herrsche, will ich anordnen, daß dieser unruhige Geist Nikander als Urheber von Streit und Zwistigkeiten die Stadt gleich morgen zu verlassen hat, anderenfalls er am dritten Tag auf unehrenhafte Weise polizeilich abgeschoben wird."

„Ausgezeichnet, ganz vortrefflich!" riefen die Gäste. Und der Kreispolizeimeister strich sich die Wangen und erklärte: „Und ich verbiete ihm auch den Aufenthalt im Kreis."

Der Richter verkündete es Nikander und kehrte mit triumphierender Miene zu den Versammelten zurück.

Nikander befand sich in arger Verwirrung.

„Wo lenke ich meine Schritte jetzt hin?" fragte er mit einem tiefen Seufzer und hob die Schultern.

„Wohin die Hand der Vorsehung dich geleitet", erwiderte Fürst Gawrilo Simonowitsch. „Gib zu — es ist bei weitem erträglicher, auf Befehl eines unvernünftigen Richters diese Stadt zu verlassen als auf Befehl der gekränkten Mutter aus dem Hause der Prostakows zu scheiden! Warte hier, ich habe noch etwas in der Nähe zu erledigen." Er warf sich den Pelzmantel über und ging.

In der Wohnung der Herrschaften Prostakow war der Mißklang zwar nicht so groß wie im Hause des Geistlichen, aber immerhin — es gab ihn, und er mußte überwunden werden. Herr Prostakow war kein Richter, dafür aber herzensgut und klug und söhnte sich mit der Familie und die Familienmitglieder untereinander aus, ohne eine so schöne und verwikkelte Rede zu halten wie der Richter. Trotzdem konnte er es, als sich alle ein wenig gefaßt hatten, nicht unterlassen, zu seiner Frau und den Töchtern zu sagen: „Macht euch am Beispiele des heutigen an und für sich recht belanglosen Abenteuers, das uns dennoch einige unerfreuliche Stunden eingebracht hat, klar, meine Lieben, wie töricht, wie sehr zum eigenen Schaden jene Frauen und Töchter handeln, die, ohne die Absichten ihrer Männer oder Väter im geringsten zu verstehen, in deren Geheimnisse einzudringen suchen, zu falschen Schlüssen gelangen, sich täuschen lassen und nach eigenem Gutdünken vorgehen. Und woher kommt das? Von dem Vertrauen in den eigenen Verstand, die eigenen Vorzüge, die eigene Überlegenheit. Dabei ist der Verstand der Frauen im Vergleich zu dem der Männer meist recht mittelmäßig. Ihre vermeintlichen Vorzüge bestehen darin, daß sie sich den Kopf verdrehen lassen, ihre Überlegenheit in der ständig mißleiteten Sinnlichkeit. Und was ist die Folge davon? Was eben die Folge sein muß — Aufregungen und Unannehmlichkeiten, Klagen, Tränen und Wehgeschrei, mit einem Wort — die Hölle! Ist ihnen alles das angenehm? Ich glaube, nicht, ich bin sogar überzeugt, daß dies nicht der Fall ist. Aber sie sind so leichtsinnig, so kurz entschlossen und, ich möchte behaupten, in einem solchen Grade töricht, daß sie bereit sind, in Ewigkeit zu leiden, sofern sie nur ihrer Nachbarin, die ebenso töricht ist wie sie, berichten können: ‚Mein Mann wollte es so. Aber nein, ich habe meinen Willen durchgesetzt und habe es so und so gemacht!' Ja, wiegt denn dieser Augenblick der Prahlerei, der selbst die vornehmste Frau erniedrigt, die Unruhe eines ganzen Tages auf, mit der sie diesen Augenblick erkauft? Ich sage damit nicht, daß alle Frauen so wären. O nein! Es gibt — wenn auch nicht allzu viele — wirklich kluge, tugendhafte und vortreffliche unter ihnen. Man beachte aber, wodurch sie das alles sind! Und man wird sehen, daß ihre Klugheit in der Erhaltung der häuslichen Ordnung, des häuslichen Friedens, der Häuslichkeit überhaupt besteht. Ihre Tugend — in der Makellosigkeit des Charakters, in der Annehmlichkeit der Umgangsformen, in der Zärtlichkeit und Empfindsamkeit, die alle ihre Handlungen begleitet. Kurz, in der liebenswürdigen Überzeugtheit eines reinen Gewissens. Ihre Vortrefflichkeit — in der Liebe, der Aufrichtigkeit und der Treue zu ihrem Mann und in der guten Anleitung der Kinder. Wenn auch ihr, meine Lieben, euch so verhaltet, dann werdet ihr, selbst wenn euch das Schicksal in die ärmlichsten Verhältnisse versetzt und ihr die Nacht in einer kleinen Hütte auf Stroh verbringen müßt, den Augen eines ehrenwerten und guten Mannes als kluge, tugendhafte, vortreffliche Frauen erscheinen. Er wird mit Tränen in den Augen den Himmel anflehen, euer Los zu ändern, falls er nicht selber dazu imstande ist!"

Prostakow verstummte. Frau und Töchter sanken in seine

Arme. Ihre Seufzer (sie waren nicht tief) und ihre Tränen (sie waren nicht bitter) ließen Prostakow erkennen, daß der Augenblick der Abweichung vom rechten Pfade nur ein Augenblick gewesen war und weder Frau noch Töchter darauf sannen, den früheren Wunsch zu erneuern und das zu suchen und zu lieben, was der Mann oder Vater zu suchen und zu lieben verboten hatte.

Makar trat ein und meldete, ein Herr wünsche ihn zu sprechen. „Bitte ihn herein", erwiderte Prostakow, doch der Diener entgegnete, der Besuch wolle unter vier Augen mit ihm reden. Prostakow ging hinaus. Wie groß aber war sein Erstaunen, als er Fürst Gawrilo Simonowitsch erkannte! „Was ist?" fragte er, und der Fürst ersuchte ihn um die Freundlichkeit, einen Ort zu bestimmen, an dem sie sich ungestört unterhalten könnten. Prostakow führte ihn in sein Zimmer und schloß ab. Hier setzte ihm Gawrilo Simonowitsch auseinander, wie Nikanders Angelegenheiten in Wirklichkeit standen. „Wenn Sie die Absicht haben sollten, dagegen vorzugehen, würden Sie alles verderben", sagte er. Es würden Vermutungen, Gerüchte, Meinungen aufkommen, und irgendein Unsinn, den müßige Leute zusammengebraut haben, würde als die Entdekkung der Wahrheit gelten. Vor Dummköpfen, besonders bösen, müsse man sich mehr in acht nehmen denn vor Schlangen. Dieses Reptil beißt nämlich erst, wenn es gereizt wird oder um sein Leben bangt. Der Dummkopf dagegen greift selber an, besonders wenn er sich für vornehm hält. Es macht ihm nichts aus, wenn er, den Gegenstand seines Hasses verfolgend, auch Unbeteiligte trifft und kränkt. Ja, er wird auch noch damit prahlen, wenn es ihm gelingt, sich stärker als andere zu erweisen! Und warum? Einfach, weil er ein Dummkopf ist!

Die Argumente des Fürsten erschienen Iwan Jefremowitsch einleuchtend. Er setzte sich nieder und begann einen Brief an den Orjoler Kaufmann Afanassi Onissimowitsch Pritschudin, in dem er ihn bat, Nikander bei sich aufzunehmen ... Hier hielt er jedoch inne.

„Hör zu, teurer Freund", sagte er. „Wir schicken Nikander in eine andere Stadt, um ihm eine Anstellung zu verschaffen. Doch dazu braucht er mehr als nur den Vornamen Nikander. Auf diese Weise werden wir nichts erreichen. Nicht wahr, wir müssen ihm einen Familiennamen geben, und auch den Vornamen sollten wir ändern, denn die Begebenheit, derentwegen er aus dem Pensionat verstoßen wurde, werden nicht alle vergessen haben — das könnte ihm noch einiges zu schaffen machen."

Der Fürst: „Ich bin durchaus derselben Meinung und wollte sie eben vortragen. Aber wie nennen wir ihn?"

Prostakow: „Denk einmal nach! Du hast doch damals, als Fürst Swetlosarow bei uns eintraf, einen so passenden Namen für dich gefunden!"

Beide versanken in Nachdenken und richteten den Blick zur Zimmerdecke. Eine kleine Weile darauf klatschte der Fürst vergnügt in die Hände und sagte: „Was wollen wir uns den Kopf zerbrechen! Mein Vater führte einen ziemlich ansehnlichen Vor- und Vatersnamen, und mit Familiennamen nennen wir ihn nach meinem Heimatdorf."

„Gut, sehr gut! Und wie würde er also heißen?"

„Simon Gawrilowitsch Falalejew!"

„Abgemacht", entgegnete Prostakow, dachte ein wenig nach und machte sich aufs neue an den Brief. Nachdem er ihn zu Ende geschrieben und versiegelt hatte, zählte er eine beträchtliche Geldsumme ab, übergab beides dem Fürsten und sagte: „Teurer Freund! Ich hoffe, daß du Nikander begleitest und all das an Ort und Stelle bringst! Er ist noch jung und unerfahren. Du stellst ihn dem Kaufmann Afanassi Onissimowitsch vor und hilfst ihm, sich bei ihm einzurichten. Aber halte dich bitte nicht lange damit auf! Ich werde mich, während ich dich und Nikander entbehren muß, sehr langweilen."

„Ich wollte ihn ohnehin begleiten und möglichst bald zu Ihnen zurückkehren."

Sie verabschiedeten sich voneinander. Am folgenden Tag fuhr Iwan Jefremowitsch in sein Dorf zurück. Die Mehrzahl der angesehenen Leute in der Stadt behauptete, er habe, als er merkte, daß die Liebe seines unehelichen Sohnes zur Schwester bekannt geworden war, die Schande nicht länger ertragen. „Das hat er nun davon", sagten diese liebenswerten Leute, „hätte er sich nicht verstellt und nicht geheuchelt, dann hätte die ganze Geschichte nicht solches Aufsehen erregt. Was kann er schließlich dafür?"

Der Fürst war bis Mittag damit beschäftigt, einen Wagen zu mieten, Vorbereitungen zu treffen, zu packen und alle Dinge zu erledigen, die zu einer längeren Reise gehörten. Nikander tat, was ihm der Fürst befahl, aber er fing das meiste verkehrt an, und der alte Mann sah sich genötigt, ihm zu raten: „Sitz lieber still und rühr dich nicht von der Stelle!"

Beim Abschied schloß der ehrwürdige Vater Iwan Nikander in die Arme und sagte, von rührendem Mitleid erfüllt: „Leb wohl, mein Sohn! Du mußt von dannen ziehen. Dein Name ist an diesem Ort besudelt und, was dich noch mehr betrüben wird, auch der deines Wohltäters.“ Hier eröffnete ihm der gute Hirte der nichtsnutzigsten aller Schafe, was der Richter auf Grund von Vermutungen für wahr hielt und wovon er die illustre Versammlung überzeugt hatte. Nikander brach in Tränen aus, und der Geistliche fuhr fort: „Wer du auch seist, ich will weder den Namen deines Vaters noch den deiner Mutter wissen, ich brauche auch deinen Familiennamen nicht, einerlei, ob er vornehm oder unbedeutend ist. Einem alten Mann, der schon recht grau ist, genügt die Überzeugung, daß du ein sanftes Wesen, ein reines Herz und edle Lebensregeln hast. Wenn dir das Glück den Rücken kehrt, teurer Freund, steht mein bescheidenes Heim dir jederzeit offen. Und wenn dich alle hassen, mein väterliches Herz bleibt dir auf immer zugetan. Ich werde niemals glauben, du könntest einem niedrigen Laster verfallen. Ob kleiner Verfehlungen aber brauchen nicht einmal die Wangen der Alten zu erröten. Gänzlich frei von ihnen ist nur die himmlische Weisheit!“

„Die ewige Liebe“, rief Nikander und warf sich in die Arme des Geistlichen, „wird mich vor allen Versuchungen des Lasters bewahren. Leben Sie wohl!“

Als sie das freie Feld erreichten, stand Nikander im Wagen auf und blickte mit unbeweglichem Auge zur Stadt zurück, in der sich, wie er meinte, Jelisaweta aufhielt. Hier und da tauchten noch dunkel die Kuppeln der Kirchen und die Dächer der Häuser auf, verschwammen und verloren sich bald völlig.

Nikander hielt sich das Taschentuch vors Gesicht, setzte sich neben Fürst Gawrilo Simonowitsch, der schweigend in die entgegengesetzte Richtung blickte, und dachte: Himmlische Gerechtigkeit! Bin ich in diese Gegend gekommen, um sie lange Monate täglich zu sehen, mich an der unbeschreiblichen Seligkeit zu berauschen, in ihrer Nähe zu sein, und plötzlich für immer von ihr zu scheiden? Für immer? So fragte er sich stöhnend, sank vornüber und weinte bitterlich.

VIERZEHNTES KAPITEL

Briefe

Am Ziel ihrer Reise angelangt, fanden der Fürst und Nikander am ersten Tage, der Kaufmann Afanassi Onissimowitsch sei ein liebenswerter, am zweiten, er sei ein kluger, am dritten, er sei ein nachdenklicher alter Mann, der kein sehr großer Freund von Unterhaltungen war. Er nahm Nikander mit väterlicher Freundlichkeit auf und bat ihn, sich keinerlei Sorgen zu machen und nichts zu befürchten, er stehe für alles ein. „Seitdem ich meine Tochter verloren habe", sagte er, zum Fürsten gewandt, „liebe ich hilfsbedürftige Menschen, als wären sie meine Verwandten. Ich habe niemanden, einfach niemanden mehr, Herr Krakalow. Meine undankbare Tochter hat mein Haus verlassen. So soll der junge Simon an Sohnes Statt bei mir leben!"

Drei Wochen danach bekam Nikander seinen Anstellungsbescheid und betrat klopfenden Herzens das Heiligtum, in dem sich Herr Urywow betätigte. Drei weitere Wochen darauf war er — man höre und staune! — sein Vorgesetzter. Er gewöhnte sich rasch an seine Arbeit und oblag ihr mit Eifer. Seine *großen Männer* von einst erschienen ihm jetzt weit unbedeutender, und er beschloß aus mancherlei Gründen, keine Freundschaften mit ihnen einzugehen. Statt dessen wollte er sich um das Wohlwollen der höheren Beamten, seiner Vorgesetzten, sowie die Sympathien der nach Benehmen und Kenntnissen herausragenden Gleichgestellten bemühen. Afanassi Onissimowitsch und Gawrilo Simonowitsch billigten sein Vorhaben und ermahnten ihn, ihm nicht untreu zu werden. Vergebens trugen Herr Urywow und seine Kumpane ihm an, gemeinsam das *Haus der Tröstung* aufzusuchen. „Nein", gab Nikander zur Antwort, „selbst wenn ich gerade einen Kummer hätte, dort würde ich mich nicht trösten."

Man sah ihn derlei Antworten wegen im allgemeinen als halben Narren an. Er wußte es, kehrte sich aber nicht im geringsten daran.

Eines Morgens, als Nikander im Gericht und der Kaufmann Pritschudin auf dem Markt waren, erhielt Gawrilo Simonowitsch einen Brief. Er öffnete ihn und war nicht wenig erstaunt, einen zweiten, für Nikander bestimmten Brief von Iwan Jefremowitsch darin zu finden, dessen Aufschrift aber offensichtlich von anderer Hand stammte.

Von Herrn Prostakow an Fürst Gawrilo Simonowitsch.

Du bist im Augenblick bei weitem glücklicher als ich, teurer Freund, jedenfalls hast Du es ruhiger. Während ich einfach nicht weiß, was ich machen soll! Wenige Tage nachdem ich aus der Stadt zurückgekehrt war, erhielt ich einen Brief vom Fürsten Swetlosarow — er bat mich, seinem Herzenswunsch, Katerinas Ehemann und mein Schwiegersohn zu werden, zuzustimmen! Meine Frau und ich haben lange nachgedacht und beratschlagt und am Ende beschlossen, den für uns und unsere Tochter offenbar vorteilhaften Antrag anzunehmen, zumal ihr Herz längst eingewilligt hat. Ich schickte die Antwort ab, der Fürst kam zu Besuch und erschien mir bedeutend anziehender als früher. Seine geräuschvolle Fröhlichkeit ist stiller, sanfter geworden. Seine Reden verraten genug Verstand und Herzensgüte. Nachdem er einige Tage in unserem Haus verbracht hatte, fuhr er zu seinem Vater, um eine förmliche Erlaubnis von ihm einzuholen. Obwohl er in einem Alter steht, in dem er über seine Handlungen selbst bestimmen könnte, tut er es nicht, und das ist schön! Dieser Umstand hat ihn in unseren Augen steigen lassen.

Bald nach seiner Abreise bewarb sich einer meiner Nachbarn, ein freilich nicht mehr junger, aber gutherziger und vermögender Mann, um die Hand Jelisawetas. Ich war sogleich einverstanden, während sich Maremjana nachdrücklich widersetzte und zu beweisen suchte, ihre Tochter würde es in Herrn Sosontows Hause nicht gut haben, da Kinder aus erster Ehe vorhanden seien — eine verwitwete Tochter, die älter als Jelisaweta ist, und eine Schwiegertochter mit drei Kindern. Aber auch meine Gründe waren nicht schlecht, und bald gab Maremjana ihre Einwilligung. Jelisaweta allerdings ... Der Teufel in eigener Person ist in das Mädel gefahren. Kaum hatten wir ihr's gesagt — mein Gott, was es da für Tränen, Wehgeschrei und Ohnmachten gab! Sie sperrt sich gegen alle Ermahnungen und erklärt mit Nachdruck, sie wolle lieber ins Kloster gehen als heiraten. Soviel wir ihr auch zureden, sie bitten oder ihr drohen, ihre Antwort bleibt immer dieselbe. Sie küßt uns die Hände, sagt: „Stürzt mich nicht ins Verderben, ich bin eure Tochter!" und läßt uns allein. Was sollen wir

anfangen? Wir blicken auf Katerinas Gehüpf und ihre Vorbereitungen und lächeln. Wir sehen den ewigen Flor in Jelisawetas Augen und seufzen tief.

Ich bitte Dich ergebenst, mir Deine Ansicht über diese beiden Umstände mitzuteilen. Meine Frau und ich wissen nicht weiter. Ich glaube, es wäre ganz gut, wenn ich dem alten Swetlosarow über die Absichten seines Sohnes schriebe, und ich täte es auch, habe aber versäumt, mir seine Adresse geben zu lassen. Leb wohl! Meine Freundschaft zu Dir ist unwandelbar. Nikander hat mir zwar manche bittere Stunde bereitet, aber ich liebe ihn nach wie vor. Nicht er war daran schuld! Sage es ihm und umarme ihn statt meiner. Wie kommt er in seinem Dienste voran? Alles Gute von Deiner Fürsorge für ihn und von seinen Fähigkeiten erhoffend, verbleibe ich et cetera

Iwan Prostakow

Fürst Gawrilo Simonowitsch dachte gründlich nach und schrieb in einer kurzen Entgegnung, in solchen Fällen einen übereilten Rat erteilen bedeute einen schlechten Rat erteilen.

Iwan Jefremowitsch möge sich darum gedulden und die eigentliche Antwort in etwa vierzehn Tagen erwarten. Dann saß er müßig da und drehte die für Nikander bestimmte Sendung hin und her. Was mag Iwan Jefremowitsch ihm mitteilen? fragte er sich. Ihn von Sosontows Werbung um Jelisaweta zu unterrichten wäre unvernünftig. Überhaupt hätte er ihm nicht schreiben sollen. Plötzlich blitzte ein Gedanke in ihm auf: Ob der Brief nicht von Maremjana Charitonowna war? Aber ja doch! Offenbar hatte sie sich innerlich mit ihm ausgesöhnt und wollte ihn dessen versichern. Auch die Schrift schien von weiblicher Hand zu stammen!

Mit diesen Gedanken glaubte er die Wahrheit gefunden zu haben, und als Nikander zurückkam, sagte er mit einem Lächeln: „Herr Prostakow läßt dich grüßen, und seine Frau sendet dir diesen Brief und versichert, daß sie dir nicht mehr zürnt!"

Nikander errötete, öffnete den Brief und wurde von Zittern befallen. Er brachte ein Blättchen zum Vorschein, das zwischen andere Blätter geschoben war, starrte es unverwandt an, drückte es ans Herz, dann an die Lippen und brach in Tränen aus. „O Schöpfer", rief er, den Blick gen Himmel gerichtet, „womit habe ich dieses Glück verdient?"

„Wie wird dir, Herr Falalejew?" fragte Fürst Gawrilo Simonowitsch. „Was schreibt dir Maremjana?"

Nikander reichte ihm schweigend das Blättchen, und der Fürst erblaßte, als er ein Miniaturporträt Jelisawetas erblickte. Entrüstung flammte auf seinem Gesicht. „Schnöde getäuschter Vater", rief er aus, „du bist so gutmütig, und deine Tochter betrügt dich! Was schreibt sie dir? Gib mir den Brief!"

Nikander, der ihn las, wurde abwechselnd blaß und rot. Jeder Muskel verriet ein furchtbares Ringen zwischen Hoffnung und Verzweiflung in seinem Herzen. Nachdem er zu Ende gelesen hatte, legte er den Brief auf den Tisch, stützte den Kopf in beide Hände und erstarrte. Der Fürst nahm den Brief und las:

Nikander! Einzig Geliebter meiner Seele und meines Herzens! Ein furchtbares Gewitter zieht sich über meinem Kopfe zusammen. Ein Nachbar hat meine Eltern um meine Hand gebeten. Sie haben sich einverstanden erklärt und setzen mir ständig mit Ermahnungen zu, denen ich niemals folgen kann. Ja, mein Freund — Deine Jelisaweta wird nie die Frau eines anderen werden, und wenn er ein König wäre. Keine Drohungen können mich auch nur für einen Augenblick schwankend machen. Wenn ich nicht die Deine werden kann — oh, schon dieses Opfer ist für mein Leben zuviel! —, wozu ein weiteres Unglück hinzufügen, das das schwache Dasein eines Sterblichen nicht zu ertragen vermag? Ja, Nikander, ja, mein unschätzbarer Freund! Jelisaweta bleibt Dir treu bis an das Grab! Tröste Dich, so gut Du vermagst, mit meiner Entschlossenheit! Ich schicke Dir mein Porträt, und es ist meiner Hände Arbeit. Da wir selbst nicht beisammen sein dürfen, soll wenigstens dieses Bildnis den Verlust einigermaßen ersetzen. Ich habe hundertmal versucht, auch Deines zu malen, und mir all Deine Züge, jede Einzelheit Deines Antlitzes vergegenwärtigt. Ich nahm den Pinsel in die Hand, doch meine Augen füllten sich mit Tränen, und der Pinsel entglitt mir. Was soll man da machen? Es geht nicht! Man ist imstande, seinen ärgsten Feind darzustellen, aber nicht den geliebten Freund, von dem man getrennt ist. Bei der bloßen Erinnerung an den Verlust krampft sich das Herz zusammen, es klopft, die Hände zittern, der Atem stockt. Leb wohl! Mit aller Liebe, mit allem Feuer meiner Seele bleibe ich Deine Herzensfreundin, Deine *Jelisaweta.*

PS: Du möchtest vielleicht wissen, wie es mir gelungen ist, diesen Brief an Dich abzusenden? Es war in der Tat kein Kinderspiel. Du kennst die Angewohnheit meines Vaters: Wenn er mehrere Briefe zu schreiben hat, ruft er mich und läßt mich den beendeten versiegeln und mit der Adresse versehen, während er sich derweil an den nächsten macht. In diese Angewohnheit setzte ich meine Hoffnung. Ich hielt den Brief bereit, fand aber nicht den Mut, ihn in den Umschlag zu stekken. Bei jeder Bewegung des Vaters zuckte ich zusammen, wurde blaß und wußte nicht, was tun. Aber dann entschloß ich mich doch. Mag er sehen, dachte ich, daß meine Liebe keine Kinderei ist, und aufhören, mich zu peinigen und mir zur Heirat mit einem anderen zuzureden. Auf diese Weise bist Du in den Besitz des Briefes gelangt und sollst, wenn möglich, auch weitere Briefe erhalten. Ach! Von Dir kann ich keine erwarten — ich sehe keinerlei Wege dazu.

Dir wird auch unverständlich sein, woher ich weiß, daß Du mit Fürst Gawrilo Simonowitsch zusammen bist. Ach, es hat lange gedauert, bis ich es herausbekam! Ich habe mehrere Wochen gewartet, bis man den guten Makar in die Stadt schickte. Ich bat ihn nachdrücklich, sich nach Dir und Deinem Aufenthalt zu erkundigen. Nach seiner Rückkehr eröffnete er mir, Du hättest die Stadt mit dem Fürsten am gleichen Tage wie wir verlassen. So erriet ich, daß ihr zusammen seid.

Nikander verharrte noch immer in derselben Lage. Fürst Gawrilo Simonowitsch riß den Brief und Jelisawetas Porträt in Fetzen und erklärte: „Dieses Mädchen hat wahrhaftig den Verstand verloren. Sosehr ich Fürstin Fjokla Sidorowna auch liebte, zu einer solchen Handlung hätte ich mich nicht hinreißen lassen!" Im gleichen Augenblick jedoch sagte ihm sein Gewissen: Und seinen Gemüsegarten zertrampeln? Ist es nicht dasselbe? Sich dem Müßiggang ergeben, sein Feld und damit sein täglich Brot verlieren — ist es nicht ebensolcher Wahnsinn wie Jelisawetas Brief an einen Mann, dessen Frau zu werden sie niemals hoffen darf, bei dem sie sich aber darüber beklagt? Oh, sie hätte es nicht getan, wenn sie nicht hoffte! Die Hoffnung begleitet den Unglücklichen bis an den Rand des Grabes.

Er schob die Schnipsel zu einem Häufchen zusammen und verstummte, als Nikander plötzlich den Kopf hob und stokkend fragte: „Wo ist ihr Bild, wo ist der Brief?"

„Hier ist das eine wie das andere", entgegnete der Fürst und zeigte auf die Schnipsel.

Nikander stimmte ein Wehgeschrei an. Er keuchte vor Qual, machte Gawrilo Simonowitsch bittere Vorwürfe, rang die Hände und schlug sich vor Verzweiflung an die Stirn.

„Junger Mann", rief der Fürst streng, „wie lange willst du ein kleiner Junge bleiben? Menschliche Schwächen verzeiht man. Torheiten nie. Es gibt die verschiedensten Schwächen und Torheiten — das hängt vom Alter und vom Zustand ab. Sie können sich so steigern, daß man sie Wahnsinn nennt. Wenn sich ein reicher alter Mann in ein junges Mädchen verliebt, begeht er eine Torheit, aber sie ist verzeihlich, denn er allein wird später darunter zu leiden haben. Wenn aber ein mittelloser Jüngling die Augen zu der Tochter eines reichen Mannes zu erheben wagt, der ihn mit väterlicher Güte bei sich aufgenommen hat, dann zieht er sich den strengsten allgemeinen Tadel zu. Erwidert der Gegenstand seiner Liebe seine Gefühle nicht, dann nennt man ihn einen Narren. Tut er es hingegen, dann müssen viele darunter leiden, sogar die ganze Familie — den Vater nennt man einen Dummkopf, die Mutter unbesonnen, die Tochter liederlich, den Liebhaber aber einen ehrvergessenen Mann, der nichts als Verachtung verdient.

Nun denn, Nikander, wenn dich die Leidenschaft schon in einem solchen Grade verblendet, daß du bereit bist, derlei Beleidigendes gleichmütig zu ertragen, kannst du dann wirklich auch wollen, daß die Namen deiner Wohltäter und Jelisawetas selbst so grausam verunglimpft werden?"

„Niemals!" rief Nikander, und seine Augen glänzten von edler Entschlossenheit. „Ihre Ruhe ist mir wertvoller als mein Leben. Mag ich allein mich quälen! Fürst, schreiben Sie Herrn Prostakow, daß mein Entschluß feststeht und ich Jelisawetas Namen nie mehr nennen werde!"

Der Fürst umarmte ihn, und der Friede schien hergestellt.

FÜNFZEHNTES KAPITEL
Die Antwort

Während unsere Freunde ihre Zeit in der Stadt verbrachten, jeder mit seinen Angelegenheiten beschäftigt, befanden sich die Herrschaften Prostakow auf dem Lande in größter Aufregung und Geschäftigkeit. Fürst Swetlosarow war zurückgekehrt und hatte Iwan Jefremowitsch einen Brief von seinem Vater mitgebracht, in dem geschrieben stand, der alte Fürst würde es als Ehre und Vergnügen ansehen, mit einer so ehrenwerten Familie verschwägert zu sein. Er habe viel von Herrn Prostakows Umsicht, von der Häuslichkeit und Sparsamkeit seiner Frau und von der Bildung seiner Töchter gehört. Zwar hätte sein geliebter Sohn, bemerkte der alte Fürst, in Hinblick auf seine vornehme Herkunft und seinen Reichtum auch eine passendere Braut finden können. Er sei jedoch überzeugt, daß der Bund zweier Herzen bei weitem fester sei als ein Bund, der auf Erwägungen über materielle Vorteile und über das Alter der Familien beruht. Der Brief schloß mit dem väterlichen Segen.

Herr Prostakow war es zufrieden, Frau Prostakowa desto mehr, und Katerina wußte sich vor Freude nicht zu lassen. Sie sah in ihrer Phantasie bereits die glänzenden Equipagen, die prächtige Ausstattung, den ganzen Prunk vor sich, der die durchlauchtige Fürstin Katerina Swetlosarowa umgeben würde. Die anderen blickte sie kaum noch an. Sie ging, die Nase in die Luft gereckt, mit majestätischen Schritten umher, wie ihr Bräutigam sie gelehrt hatte — er versicherte, das täten in der Hauptstadt alle vornehmen Damen. Statt wie bisher zu sagen: „Mama, ist es nicht Zeit, den Tisch zu decken? Papa ist von der Tenne zurück", sagte sie nun: „Ma chère maman! Ich erlaube mir, die Meinung zu äußern, es sei bereits an der Zeit, Gedecke für fünf Personen aufzulegen. Mon chèr papa ist von seiner voyage zurück, auf der er den Getreidebau betreffende Wirtschaftseinrichtungen zu besichtigen beliebte."

Iwan Jefremowitsch, der diese neue Torheit in der Familie bemerkte, schwieg dazu. Warum auch nicht? dachte er. Wenn es ihrem zukünftigen Mann gefällt, muß man sich anpassen. Man muß die Torheiten und Launen der Vornehmen eben ertragen. Maremjana Charitonowna konnte Katerinas majestätischen Gang und die gedehnte Redeweise nicht genug bewundern. „So solltest auch du dich halten, Jelisaweta", meinte sie. Jelisaweta jedoch entgegnete mit Sanftmut: „Mama! Ein so gezwungenes Wesen wäre mir schwer erträglich."

Mit einem Wort — Iwan Jefremowitsch gab dem unablässigen Zureden seiner Frau, den Bitten des Fürsten und Katerinas

nach. Ohne die entscheidende Antwort seines Freundes, des Fürsten Gawrilo Simonowitsch, abzuwarten, willigte er endgültig ein und erteilte den jungen Liebenden seinen Segen. Man beschloß, die Trauung für die zweite Woche nach Ostern festzusetzen.

Was da im Hause für ein Aufruhr begann! Was für ein Ansturm von Kaufleuten mit Seidenstoffen, Linon, Galanteriewaren und allerlei anderem mehr! Alle waren beschäftigt — der eine schnitt zu, der andere änderte, der dritte nähte und so fort. Inmitten dieses Getümmels — es waren etwa drei Wochen vergangen — traf der erwartete Brief von Gawrilo Simonowitsch ein. Iwan Jefremowitsch war hocherfreut und zog sich in sein Arbeitszimmer zurück. Er setzte die Brille auf, erbrach den Umschlag und sagte: „Wir wollen sehen, was er dazu meint. Ich zweifle nicht daran, daß er meine Absichten und meine Entschlossenheit billigt."

Mein Freund Iwan Jefremowitsch!

Wir stehen beide in vorgerücktem Alter und wollen uns über einen ziemlich wichtigen Gegenstand unterhalten. Ich möchte aus diesem Grunde nicht mit Ihnen, sondern mit Dir, das heißt nicht zu Euer Wohlgeborenheit und Reichtum, sondern zu Deinem Kopf und Herzen sprechen. Ich werde offen und ehrlich sagen, was ich denke, als stünde ich vor dem Gericht Gottes. Sieh also zu, daß Du meine Gedanken prüfst, wie es Deinen Jahren und Deiner Vaterwürde entspricht. Dein Brief besteht aus zwei Teilen. Du willst Deine Töchter verheiraten? Eine lobenswerte Absicht! Du möchtest Jelisaweta als Frau von Herrn Sosontow sehen? Da hast Du recht. Sie will ihn aber nicht heiraten, zumindest nicht jetzt? Auch sie hat recht! Du wünschst Deiner Tochter Glück, wünschst, daß sie möglichst bald die Seelenruhe zurückgewinnt, wünschst, daß in Deinem Hause wieder Frieden und Stille einziehen? Da tust Du gut daran! Sie fragt ihr Herz, ob es den Mann, den Du ihr vorschlägst, lieben kann, natürlich so, wie es von ihr verlangt wird. Und sie erhält von ihrem Herzen zur Antwort: *Nein, niemals!* Und sie verweigert ihm ihre Hand. Sie handelt damit vortrefflich! Gewiß, mein Freund, mag sein, daß dieses *niemals* sich irgendwann in ein *nicht gleich* verwandelt, aber zunächst bleibt es ein *niemals.* Und ein zärtliches, sanftes, empfindsames Herz soll man nicht nötigen. Das wäre dasselbe, als würde ein Mörder, während er Deine Brust mit einem Dolch durchbohrt, zu Dir sagen: „Geh, guter Mann, begib dich ins Jenseits! Es soll dort viel besser sein als hier!“

Wenn ein Mädchen, vor dem heiligen Altar stehend, bleich, mit trüben Augen und zitternder Stimme gelobt: „Ja, ich will meinen Mann lieben!“ — können wir dann wirklich glauben, daß diese Worte, obzwar vor einem Heiligtum gesprochen, ihr Innerstes verwandeln, die Liebe zu dem einen in Haß, die Gleichgültigkeit gegen den anderen in Liebe umkehren werden? Das wäre ein Wunder! Vielleicht ist ein Mädchen, dessen Herz noch frei ist, bereit, einen Mann zu heiraten, der weder Fisch noch Fleisch für sie bedeutet, aber auch das wird nur selten vorkommen und eher aus Not geschehen. Genauso, wie das Holz versteinern, aber der Stein nie zu Holz werden kann. Will aber ein Mädchen einen Mann nicht heiraten, weil sie einen anderen liebt, dann ist es das beste, alles der Zeit zu überlassen. Wäre ich ein fahrender Ritter aus alten Zeiten, ich ließe meinem Schild den Sinnspruch aufprägen: „Die Zeit heilt allen Kummer.“

Alles, was hier von mir geschrieben steht, soll heißen, daß ich Dir rate, Jelisaweta sich selbst und ihrem Schicksal zu überlassen. Nikander hat mir hoch und heilig versprochen, sie mit keinem Wort mehr zu erwähnen, was aber nicht bedeutet, daß er nicht an sie denken wird. Soweit ist er noch nicht. Immerhin ist bei einem so hitzigen jungen Mann auch damit viel erreicht.

Soviel über Jelisaweta. Ich hoffe, daß Du dem Rat Deines Freundes folgst. Ich komme nun zu Katerina, weiß aber nicht, ob Du meinen Beweisgründen beipflichten wirst. Sie bestehen in folgendem.

Ich habe in Deinem Brief eine gewisse Geheimnistuerei bemerkt, die für den Freund ein wenig kränkend ist. Du möchtest unentschlossen scheinen, ob Du den Antrag des Fürsten annehmen oder ablehnen sollst, aber alles weist darauf hin, daß Du viel eher zum Annehmen neigst. Ich werde Dir Deinen Brief zeigen, und Du wirst sehen, daß Deine Hand gezittert hat, als Du mir weismachen wolltest, der Brief des Fürsten habe Dich im Herzen nicht berührt. Ich verzeihe Dir diese Lüge; daß es eine wirkliche Lüge war, wird das Gewissen meinem guten Freund zu leugnen nicht erlauben. Ich brauche nicht viel zu schreiben, denn ich hoffe bei Euch zu sein, bevor der Tag der Eheschließung gekommen ist. Gott sei Dank, daß wir gerade Fasten haben! Hör zu! Vielleicht ist Fürst Swetlosarow wirklich ein ehrlicher Mann geworden — die Zeit vermag alles. Wahr jedoch bleibt, daß er noch vor wenigen Jahren ein Ungeheuer und der gewissenloseste Mensch in russischen Landen war. Staune nicht über meine Worte! Ich kenne ihn seit etwa zwanzig Jahren und er mich auch. Aber wir kannten einander nur dem Namen nach. Du wundertest Dich, guter, alter Freund, als ich Dich bat, mir einen anderen Namen zu geben, sobald ich den seinen hörte? Ich hätte Dir alles das nie entdeckt, wäre dieser ausschweifende Mensch in seiner Begehrlichkeit nicht so weit gegangen, um Deine Tochter zu freien. Da ich Dich liebe, will ich auch meine Liebe zur ganzen Familie beweisen. Aber wir werden ja sehen — die Zeit verändert alles. Ein junger Taugenichts kann, in die Mannesjahre gekommen, ein anständiger Mensch geworden sein. Doch das muß klargestellt und bewiesen werden, damit es offenkundig ist. Zu Deiner Meinung, Du solltest an seinen Vater schreiben und ihn um seine Einwilligung ersuchen, möchte ich Dir antworten — die Mühe kannst Du Dir sparen! Sein Vater wurde, als der Sohn noch keine neunzehn Jahre alt war, hinter den Baikalsee verbannt. Und heute wird, wie ich vermute, nicht einmal sein Grab zu finden sein. Zum Schluß bitte ich Dich, vor ihm nicht meinen Namen zu erwähnen und der Eheschließung nicht zuzustimmen. Ich bin bald wieder da und will Dir gern erklären, was Dir an meinem Brief noch dunkel erscheinen mag.

Dein Freund Tschistjakow

PS: Eine unverzeihliche Unterlassungssünde! Fast hätte ich es vergessen! Das bewegliche, sich im Walzertakt drehende Wesen, das sich Fürst Swetlosarow nennt, ist weder Fürst, noch heißt es Swetlosarow. „Wie? Was? Wer denn?" wirst Du fragen. Was er jetzt ist, weiß ich wirklich nicht, aber ich weiß mit aller Bestimmtheit, daß er der Nichtsnutzigste unter den Adligen war, deren Ruhm darin besteht, als Ungeheuer zu gelten.

Iwan Jefremowitsch war wie vor den Kopf gestoßen. Jeder Vater, natürlich ein guter und zartfühlender, der sich in seine Lage versetzt, wird sich mit Leichtigkeit ausmalen können, wie der alte Mann erblaßte und sein Herz zu Stein erstarrte. Er schloß die Augen, ließ das Haupt auf die Tischplatte sinken und verharrte eine Zeitlang in der Lage eines Märtyrers.

Nein, dachte er, dieser Fürst Gawrilo Simonowitsch ist ein sonderbarer Mann! Er macht sich einen Spaß daraus, mir Rätsel aufzugeben und mich zu quälen. Aber wer kann mir sagen, wer dieser Herr Swetlosarow in Wirklichkeit ist? Soviel ich auch überlege, in meinem Hirn wird alles zu Nebel. Welch schwierige Angelegenheit es doch ist, Töchter zu erziehen und sie so zu verheiraten, wie man möchte, ohne tausenderlei Qualen und Leiden auf sich zu nehmen! Welchem der beiden Fürsten soll ich nun Glauben schenken? Tschistjakow scheint gut und ehrlich zu sein. Swetlosarow ist zartfühlend, ja rührend! Warum hat mich jener nicht gewarnt, als dieser zum erstenmal in meinem Hause erschien? Richtig ist allerdings, daß er nicht ahnen konnte, dieser Besuch würde länger als einige Stunden dauern! Aber warum hat er auch später dazu geschwiegen? Ach, er hat nicht geschwiegen, jetzt entsinne ich mich. Er hat genug gesagt, aber ich habe nicht alles verstanden. Was soll ich nun tun?

Er zermarterte sich den Kopf, aber vergebens. Eine Absicht verdrängte die andere. Der schönste Einfall wurde durch ein Wort oder gar einen Blick, an den er sich erinnerte, zunichte gemacht. Mein Gott, wie vorsichtig der Mensch doch sein muß! sagte sich Prostakow. Besonders der, von dessen Verstand die Ehre, die Ruhe, die Lebensfreude jener Geschöpfe abhängt, deren Vater er sich nennt! Hier fiel ihm ein Ausspruch von Fürst Gawrilo Simonowitsch ein, den dieser getan, als seine Frau in den Geburtswehen lag und er nichts hatte, um sich und die Familie zu ernähren: „Mein Gott! Warum ist der Mensch mit so viel Lust dabei, ein Geschöpf seinesgleichen in die Welt zu setzen, und denkt nur selten daran, wie er des Kindes künftiges Dasein aufrechterhalten kann?“ Ich brauchte zwar nicht zu fürchten, fuhr Prostakow in seinen Gedanken fort, daß meine Kinder verhungern müßten. Ist es aber nicht viel schlimmer, daß ich sie nicht so erzogen habe, wie es richtig war? Warum habe ich sie nicht im Hause behalten? Hätte ich sie nicht alles lehren können, was sie in ihrer Lage wissen müssen? Gut, sie hätten keine fremden Sprachen gelernt, aber die brauchen sie auch nicht. Ich habe bemerkt, diese Pest greift von den Ausländern und von den Liebhabern alles Fremdländischen auf uns über und hat sich so ausgebreitet, daß sie, von den Palästen der Vornehmen ausgehend, in die Hütten der ärmsten Landedelleute vorgedrungen ist. Was ist der Grund? Warum haben sich unsere Vorfahren ihrer Muttersprache bedient, obwohl sie auch anderer Sprachen mächtig waren? Dabei hat es große Männer unter ihnen gegeben, die die Tugenden nicht nur im Munde führten, sondern sie auch in Taten umzusetzen suchten! Der Russe, der als erster in einer Versammlung von Landsleuten ohne Not in einer fremden Sprache zu reden begann, bewies damit entweder seine Aufgeblasenheit oder seinen Egoismus. Das eine wie das andere ist einer harten Strafe würdig. Oh, wie unverzeihlich es von mir war, den Vorstellungen meiner Frau nachzugeben und meine Töchter in ein städtisches Pensionat zu schicken! Meine Töchter hätten kein Französisch gesprochen und weder die „Alzire“ noch die „Andromache“ oder die „Henriade“ im Original gelesen, dafür aber auch nicht „Die Philosophin Thérèse“, „Die Jungfrau von Orleans“, „Die Töchter der Wollust“ und andere höchst unsittliche Erdichtungen mehr, die ihrer Zeit und ihrem Volk zur Schande gereichen. Sie hätten nicht gut Klavier spielen gelernt, dafür aber auch kein Klavier gebraucht, um familiäre Kümmernisse zu verströmen, zerquälten Herzens und in traurigen Intonationen.

SECHZEHNTES KAPITEL
Die Wendung der Angelegenheit

Als Herr Prostakow seine Überlegungen wiederaufnehmen wollte, um zu einem Ergebnis zu kommen, trat Maremjana Charitonowna rasch bei ihm ein und sagte: „Was machst du hier so lange? Das ist unverzeihlich! Fürst Wiktor Apollonowitsch singt eine wunderschöne Arie, so haben nicht einmal die besten Sänger auf meines Vaters Haustheater gesungen. Geh hin und höre ihn dir an!“

„Der Teufel hole den Sänger mitsamt seinen Noten!“ rief Prostakow. „Warum störst du mich beim Nachdenken?“

Maremjana war höchst verwundert. Zuerst beförderte sie ihren Mann (natürlich nur in Gedanken) zum Verrückten, dann zum Nörgler und schließlich zu einem unerträglichen alten Trottel, der nicht mehr weiß, was er sagt und tut.

Die Frau: „Haben Sie nicht einen Brief von Seiner Durchlaucht Fürst Gawrilo Simonowitsch erhalten? Ich sehe, Iwan Jefremowitsch, er fesselt Sie so sehr, daß Sie den Schwiegersohn und die Tochter darüber vergessen!“

Der Mann: „Wenn du den Fürsten Swetlosarow noch einmal Schwiegersohn nennst, bevor er mit meiner Tochter getraut ist, dann bin ich dir so böse wie nie zuvor. Ich habe meine Gründe dafür. Ja, der Brief ist von Gawrilo Simonowitsch! Und ich würde die Hälfte meines Besitzes hergeben, wenn er zwei Wochen früher gekommen wäre, damals, als ich noch nicht eingewilligt hatte. Setz dich, Mutter, und hör zu! Es handelt sich um deine Tochter!"

Er las ihr den Brief vor. Vieles begriff Maremjana nicht, aber auch das, was sie begriff, ließ sie erblassen.

„Wie", fragte sie unter Stöhnen, „sollte Wiktor Apollonowitsch uns etwa ..."

„Wir werden sehen", entgegnete der Mann. „Ich stelle ihm bei passender Gelegenheit zwei, drei Fragen, auf die ich sofort eine Antwort verlange. Du mußt ihm dabei unverwandt in die Augen sehen, ich tue dasselbe. Wenn sich in seinen Augen und auf dem ganzen Gesicht nur Unschuld spiegelt — oh, dann weise ich Gawrilo Simonowitsch die Tür, soll er gehen, wohin er will! Ich kann Verlogenheit und Geheimnistuerei nicht ausstehen. Das sind für mich die Merkmale eines verbrecherischen Menschen."

Maremjana Charitonowna stimmte seinem Vorschlag zu. Sie liebte Katerina mit mütterlicher Liebe und erschrak bei dem Gedanken, sie könnte sie ins Unglück stürzen. Aber wie sollte man Fürst Wiktor Apollonowitsch nicht Glauben schenken? Man sah aus allem, daß Gawrilo Simonowitsch ein Verleumder, ein durchtriebener Betrüger war und vielerlei Gründe hatte, sich vor Swetlosarow zu verbergen.

Sie wartete mit Ungeduld auf den Augenblick, da die aufregende Aussprache beginnen würde. Iwan Jefremowitsch nahm sie sich hundertmal vor, schreckte aber immer wieder zurück. Dreißig Jahre Landleben hatten ihn angesichts solcher Anlässe sehr unbeholfen gemacht. Wenn er schlafen ging, schwor er sich, die Aussprache mit dem Fürsten am nächsten Morgen herbeizuführen. Am Morgen verschob er sie auf den Abend und so fort. Er erinnerte an einen Schuldner, der seine halsstarrigen Gläubiger vertröstet: „Kommen Sie morgen oder übermorgen wieder" — und so weiter. Sein zartfühlendes Herz quälte sich ab. So verstrichen anderthalb Wochen.

Eines Abends kam Iwan Jefremowitsch durch den Saal. Sein Blick fiel zufällig auf den flammenden Kamin. Auf dem Kaminsims stand, den hundertköpfigen Drachen besiegend, ein Alabasterherkules.

Bah! sagte sich Prostakow und blieb stehen. Wenn dieser Bursche allein einem hundertköpfigen Drachen zu Leibe geht und ihn besiegt, warum sollte ich mich nicht mit dem Fürsten Wiktor Apollonowitsch auseinandersetzen, da mir doch meine Frau und die Kinder zur Seite sind und ich den Brief von Gawrilo Simonowitsch in der Tasche habe? Wir werden sehen, was dabei herauskommt! Mit diesem edlen Vorsatz betrat er das Speisezimmer, setzte sich, die Hände selbstbewußt in die Rocktaschen geschoben, auf das Sofa und begann: „Soweit ich mich erinnere, Fürst . . .“

„Er ist da! Er ist da!“ rief es von allen Seiten.

Iwan Jefremowitsch sprang auf und fragte: „Ja, wer denn?“

„Terenti Pafnutjitsch Krakalow“, entgegnete mit vergnügtem Ausdruck der eintretende Makar. Prostakow war hocherfreut. Jetzt läßt sich alles besser machen, sagte er sich, jetzt wird man endlich erfahren, woran man ist! Herr Krakalow trat ein. Die ganze Familie schloß ihn der Reihe nach in die Arme — mit Ausnahme Jelisawetas. Sie las in seinen Augen, daß er um das Geheimnis ihres Briefes wußte, schämte sich und ging beiseite. Fürst Gawrilo wollte ihr, zartfühlend und nachsichtig wie er war, kein neues Leid zufügen. Er umarmte sie und meinte: „Sie sind, während ich abwesend war, bedeutend voller und hübscher geworden, nicht wahr?“

Jelisaweta hörte aus seinen Worten die Lüge heraus, errötete und erwiderte keine Silbe.

Alle beruhigten sich. Fürst Swetlosarow musterte Fürst Gawrilo Simonowitsch mit vielsagenden Blicken.

„Nun“, sagte Prostakow, „Sie werden entschuldigen, Wiktor Apollonowitsch, wenn mein Freund und Verwandter unser Gespräch unterbrochen hat. Wir können jetzt fortfahren. Erzählen Sie bitte, ist Ihr Vater nicht schon recht alt und schwach?“

Fürst Swetlosarow: „Gewiß! Wenn nicht die Liebe zu Ihrer Tochter wäre, ich würde mich unablässig in seinem Hause aufhalten. Er ist so schrecklich hinfällig, daß man jeden Tag mit seinem . . .“

Fürst Tschistjakow erkannte die Absichten seines Freundes, schaute ihn bedeutungsvoll an und fragte Swetlosarow: „In welchem Gouvernement beliebt Ihr Vater zu leben?“

Fürst Swetlosarow: „Im Gouvernement Irkutsk, Herr Krakalow. Sehr weit entfernt von hier.“

Prostakow: „In welchen Regimentern haben Sie gedient?“

Fürst Swetlosarow: „Oh, ich habe des öfteren an Schlachten teilgenommen. Ich bewahre zu Hause drei von Kugeln durchsiebte Hüte auf!“

Fürst Tschistjakow: „Mir ist zu Ohren gekommen, Sie hätten an schweren Kämpfen teilgehabt, in denen nicht nur Hüte zu Schaden kamen! Erinnern Sie sich an die Twerskaja-Straße in Moskau und an die Nacht zum achtzehnten November siebzehnhundertund ..."

Fürst Swetlosarow (rasch): „Wie bitte? Was ..."

Fürst Tschistjakow: „Belieben Sie sich vielleicht auch einer unglücklichen Frau zu erinnern, die sich Fjokla Sidorowna Fürstin Tschistjakowa nannte?"

Fürst Swetlosarow (aufspringend): „Was soll das heißen? Wer sind Sie?"

Fürst Tschistjakow: „Fürst Gawrilo Simonowitsch Tschistjakow! Was haben Sie dazu zu sagen?"

Wiktor Apollonowitsch wurde totenblaß.

„Leute, den Wagen! Ich bin in einer Räuberhöhle, in ein Asyl für Vagabunden und Hochstapler geraten ..."

„Für Hochstapler?" fragte Fürst Tschistjakow mit einer Stimme, die keiner an ihm gekannt oder auch nur vermutet hatte. Seine Augen flammten vor Zorn und Rachgier.

„Mein Gott! Was hat das zu bedeuten? Was soll nun werden?" riefen Iwan Jefremowitsch, seine Frau und seine Töchter im Chor.

Fürst Swetlosarow war wie der Blitz verschwunden und galoppierte davon. Auf den Gesichtern der ganzen Familie malte sich Mißbehagen. Alle blickten Fürst Gawrilo Simonowitsch mit Augen an, von denen er ablas: Du bist ein sonderbarer Mensch, Tschistjakow! Wir haben dich in unserem Hause aufgenommen und dir Obdach gewährt, haben dich mit Kleidung und Schuhwerk versehen, und du verursachst, statt dankbar zu sein, nur Aufregung und Unannehmlichkeiten in ebendiesem Hause!

„Ich errate eure Gedanken", sagte der Fürst, an die Familie gewandt. „Ihr könnt den Wunsch nicht unterdrücken, Näheres über mich und Fürst Wiktor Apollonowitsch zu erfahren. Ich bin noch nicht dazu gekommen, euch alles zu erzählen, solltet ihr aber im geringsten an der Ehrlichkeit meiner Absichten zweifeln, dann habt ihr weit gefehlt! Ich schwöre euch — ihr könnt die weise Vorsehung nur segnen, wenn dieser Fürst nicht mehr in euer Haus zurückkehrt! Und weshalb? werdet ihr fragen. Ja, ich bin verpflichtet, euch diese Frage zu beantworten, und werde es auch tun, sobald ihr euch beruhigt habt und besser zuzuhören imstande seid. Fürs erste aber, Iwan Jefremowitsch, gebe ich Ihnen folgenden Rat: Schreiben Sie dem Fürsten Swetlosarow, er möge seinen Vater überreden, Sie mit seinem persönlichen Besuch zu beehren, denn das sei die Angelegenheit, um die es sich handelt, wert. Weicht er aus und schiebt Krankheit, Unabkömmlichkeit oder irgendwelche anderen Gründe vor, dann verlangen Sie von seinem Sohn, daß er Sie zu ihm hinfährt. Wir werden ja sehen, was er darauf erwidert."

Der Tag verlief nicht eben fröhlich. Man kann nicht behaupten, daß alle von Gawrilo Simonowitschs Rechtfertigungsversuchen und seinen Ratschlägen befriedigt waren. Hat man erst einmal Zweifel an der Ehrlichkeit eines Menschen und Mißtrauen gegen seine Herzensgüte gehegt und auch gezeigt, dann wird man ihm nicht so bald mit der heiteren Miene zuhören, ohne die ein Gespräch zwischen zwei älteren Männern kaum unterhaltsam ist.

Als sich Herr Prostakow ins Schlafzimmer zurückzog, sagte er: „Gut, Fürst, ich werde über deinen Rat nachdenken." Maremjana war äußerst verdrießlich, und Katerina — oh, wie hätte sie fröhlich sein sollen, wenn sie, vielleicht für immer, des schönen Titels einer Fürstin, der Pracht, der Vornehmheit und des Vergnügens verlustig ging, vor ihrer Schwester mit Bällen, Theatervorstellungen und Maskenfesten in ihrem Hause zu prunken!

Am folgenden Tag schrieb Iwan Jefremowitsch an Fürst

Swetlosarow in die Stadt, wie Gawrilo Simonowitsch ihm geraten hatte. Gleichzeitig bat er diesen, ihm inzwischen Näheres über sich selbst zu erzählen und ihm offenherzig zu gestehen, woher er Wiktor Apollonowitsch kenne, dazu von einer so schlechten Seite.

„Ich hatte nie die Absicht, irgendwelche von meinen Handlungen zu verbergen. Wenn ich sie Ihnen bis heute nicht gänzlich entdeckt habe, so kennen Sie die Gründe. Erstens hat es an der nötigen Zeit gemangelt. Zweitens habe ich geglaubt, man könne, nachdem man in jungen Jahren ein Taugenichts gewesen ist, im reiferen Alter ein ehrlicher Mensch werden. Drittens wollte ich mich in diese Angelegenheit zunächst nicht einmischen und es Ihrer eigenen Klugheit überlassen, zu erkennen, daß ein Freier, der Ihrer Tochter durch sein glänzendes Äußeres, sein Großtun, seine Liedchen und sein Gehüpfe, durch die französische Sprache und anderen Unfug zu gefallen suchte, unverzüglich fortgeschickt werden mußte. Ich freute mich, als ich sah, daß Sie dies wollten, und habe meine Übereinstimmung mit Ihnen, wie ich meine, deutlich genug gezeigt, indem ich mich sogar weigerte, ihn zu sehen. Aber was kann man machen! Die Dinge nahmen einen ganz anderen Verlauf. Swetlosarow blieb längere Zeit und steckte mit seinem Gift die ganze Umgebung an. Ich konnte doch nicht vorausahnen, daß ihm der Wunsch kommen würde, Katerina zu heiraten, und Ihnen der Wunsch, sie ihm zur Frau zu geben. Doch das geschah! Was kann man machen? dachte ich. Wenn sie Gefallen an ihm gefunden haben — warum auch nicht? Vielleicht ist er mittlerweile ein vernünftiger Mensch geworden. Bei dieser Meinung blieb ich bis zu dem Augenblicke, da ich aus Ihrem Brief erfuhr, Fürst Swetlosarow habe die Einwilligung seines Vaters erhalten. Bah, sagte ich mir, dann ist er also noch derselbe Taugenichts wie früher! Nein, der Schwiegersohn dieses braven Mannes darf er nicht werden! Ich weiß genau, daß sein Vater längst verstorben ist!"

„Wir werden sehen, was er vorzubringen hat", entgegnete Iwan Jefremowitsch und zuckte mit den Schultern. „Mein Gott! Wie leicht man sich doch in der besten Absicht, Gutes zu tun, irren und den Nächsten ins Verderben stürzen kann! O Swetlosarow! Wenn du wirklich so bist, wie Fürst Gawrilo Simonowitsch behauptet, dann wäre es besser gewesen, in meinem Hause hätte ein Leichenbegängnis stattgefunden, als dein Wagen brach — dann hätte ich einen Grund gehabt, dich abzuweisen!"

Gegen Abend desselben Tages begann Fürst Tschistjakow die Fortsetzung seiner Lebensgeschichte mit den folgenden Worten.

SIEBZEHNTES KAPITEL
Ein Irrtum bezüglich der Kennzeichen

„Ich bin in meiner Erzählung dort stehengeblieben, wo ich das Dorf verließ. Mein Kummer war grenzenlos. Innerhalb einer so kurzen Zeit die Frau und den Sohn zu verlieren tut sehr weh. Wäre das dem größten Professor oder dem allergrößten Poeten geschehen, dann wären jenem nicht die verständigen Gedanken gekommen, um sich zu trösten, und dieser hätte nicht die Worte gefunden, um seinen Herzenskummer auszudrücken. Einem Unglücklichen Trost zusprechen ist leicht, sich selbst hingegen im Unglück trösten ziemlich schwer.

Meine Absicht war, mich nach Moskau durchzuschlagen. Ich sagte mir — die Hauptstadt ist nicht Falalejewka. Dort muß es eine andere Gesellschaft geben. Die Menschen dort sind alle vornehm und also auch gebildet. Die Frauen laufen den Männern gewiß nicht davon, und niemand stiehlt fremder Leute Kinder. Oh, in der Hauptstadt ist das Leben wunderschön!

Nachdem ich wohl vierzehn Tage gewandert war und mehrere Dörfer durchquert hatte, kam ich in eine ziemlich große Stadt. Mein Gott, wie staunte ich da! Was für hohe Häuser, was für prächtige Kleider, welch majestätische Kirche! Was bedeuteten dagegen das Haus des Dorfältesten, Fürstin Tschistjakowas Brautkleid und die Kirche, in der ich mich trauen und bald darauf die Totenmesse für meinen Schwiegervater lesen ließ? Ob ich vielleicht in Moskau war? Mir klopfte vor angenehmer Erregung das Herz. Ich glaubte in der Tat, die prächtige Hauptstadt erreicht zu haben, in der alle Menschen gebildet und folglich auch klug, wohlwollend, gütig und freundlich waren.

Während ich diesen Gedanken nachhing, kam ich an einen kleinen Platz, setzte mich, da es Mittagszeit war, vor die Schenke an der Ecke, kramte Brot, Zwiebeln und den Butterbehälter aus Birkenrinde hervor und machte mich ans Essen. Ein älterer Mann in einer grünen Jacke mit gelben Aufschlägen, einen Hut, der an einen Pilz erinnerte, auf dem Kopf und einen langen Stock in der Hand, ging vor mir auf und ab. Er blickte mich immerfort aufmerksam an und trat schließlich auf mich zu.

‚Sag mal, Freundchen', fragte ich, ‚wie heißt diese Stadt?'

Er: ‚Fatesh, Kreisstadt im Gouvernement Kursk. Sie ist durch ihre Rüben und Möhren berühmt, noch mehr jedoch dadurch, daß sich viele der hiesigen Kleinbürger zum Militär melden, allerdings als Soldaten, wobei aber manche auch Generale geworden sind.'

Ich: ‚Das macht Ihnen und Ihrer Heimatstadt die größte Ehre. Und was bist du, mein Freund? Die Zeiten sind doch, sollte man meinen, friedlich, und du bist mit einem so furchtbaren Spieß bewaffnet!'

Er: ‚Oh! Du hast, wie ich sehe, nicht die geringste Ahnung! Hier geht es an den Basartagen schlimmer zu als auf dem Schlachtfeld — was da für Volk zusammenströmt! Die Menschen schreien, die Pferde wiehern, die Ochsen brüllen, und die Schafe blöken! Was kannst du da als Unbewaffneter ausrichten? Ich nenne mich Hüter der öffentlichen Ruhe und Ordnung oder, einfacher ausgedrückt, Stadtpolizist. Meine Aufgabe aber besteht darin, aufsässige Leute, die das eine oder das andere stören, zur Vernunft zu bringen.'

Hier stützte er sich mit vergnügter Miene auf seinen Stock und blickte sich nach allen Seiten um. Bald darauf jedoch lockte ihn mein Essen an. ‚Hör zu, Bäuerlein, teile mit mir!' bat er und trat auf mich zu. Hätte er mich respektvoller angeredet, dann hätte ich vielleicht tatsächlich eingewilligt. Doch bei der Anrede ‚Bäuerlein' verhärtete sich mein Herz. Wie, dachte ich, ein Fürst Tschistjakow ist für dich ein ‚Bäuerlein'? Oh, die Schatten meiner Ahnen würden sich empören, wenn ich dem Wunsch dieses Grobians nachkäme! ‚Mein Freund', erwiderte ich hochmütig, ‚ich würde dir raten, die Menschen besser unterscheiden zu lernen. Da hast du nun schon graue Haare und bist nicht klüger als das kleinste Kind in unserem Dorf! Nein, von mir kriegst du nicht einmal einen Brotkrümel!' Er machte sich schweigend davon, während ich, um ihn für seine Unhöflichkeit zu strafen, mit so lautem Schmatzen zu essen begann, daß es ein Dutzend Sashen weit zu hören war. Bald darauf tat er mir jedoch leid. Womöglich hat er wirklich Hunger, dachte ich, weshalb also sollte ich ihm nicht

ein Stück Brot abgeben? Ich wollte gerade zu meinem Messer greifen, um ein Stück für ihn abzuschneiden, als der Hüter der Ruhe und Ordnung auf mich zueilte und mir mit der kaltblütigsten Miene ein Dutzend Peitschenhiebe auf den Rücken verabfolgte, wobei er sagte: ‚Schmatz nicht, iß nicht so laut, stör nicht die Ruhe und Ordnung!‘

Ich sprang mit einem Klageschrei auf und rief: ‚Warum schlägst du mich, hartherziger Mensch? Was habe ich dir getan?‘

‚Ich habe dir den Grund schon genannt‘, gab er zur Antwort und ging beiseite. Oh! dachte ich bei mir, Ungerechtigkeiten gibt es also nicht nur auf dem Dorf, packte meinen Ranzen und verließ schleunigst die Stadt.

Nachdem ich eine weitere Woche gewandert war, fühlte ich mich vor Müdigkeit ein wenig ermattet, und ich beschloß, da der Herbst bereits im Anzug war, in einem größeren Dorf zu bleiben, bis die Straßen überfrieren würden. In dieser Absicht suchte ich mir eine gute Herberge und einigte mich mit dem Wirt über den Preis für das Quartier.

Die Familie meines Wirtes Agafon bestand aus ihm, einem schon ziemlich betagten Mann, einem jungen Frauenzimmer — seiner Frau — und einem stattlichen Knecht. Agafon war bereits zweimal verheiratet gewesen, hatte aber keine Kinder gehabt. Erst als er zum drittenmal heiratete, segnete der Herr die Ehe mit Nachkommenschaft. Seine junge Frau setzte ihm sehr vernünftig auseinander, die Ursache der Unfruchtbarkeit der beiden ersten Frauen sei Müdigkeit und Erschöpfung gewesen. Er hatte sie nämlich, obwohl er reich war, jegliche Arbeit verrichten lassen. ‚Wenn du also willst', erklärte sie ihm, ‚daß der Herrgott dir einen Erben schenkt, dann dinge den Knecht Kusma, der mehrere Jahre bei meiner Mutter gedient hat. Er ist sehr arbeitsam und so eifrig, daß du dich in allem auf ihn verlassen kannst wie auf dich selbst!' Agafon ließ sich überzeugen. Er holte sich Kusma, und seine Frau wurde im achten Monat ihres ehelichen Zusammenlebens schwanger. Der Mann konnte sich an ihr nicht satt sehen, und die Frau führte in allem das große Wort. Sie trat vor den Spiegel, zupfte das seidene Kopftuch zurecht und lächelte sich zu, denn sie war wirklich nicht übel. Sie trällerte allerlei Liedchen und sprang und tollte umher.

Es vergingen etwa fünf Tage, und ich war völlig ausgeruht. Da das Matschwetter aber anhielt, entschloß ich mich, noch einige Zeit zu bleiben.

Eines Tages zog ich mich nach dem Abendbrot in die Kammer zurück, in der die Fremden gewöhnlich schliefen. Gegen Mitternacht erhob sich im Hause ein schrecklicher Lärm. Menschen liefen hin und her, Pferde wieherten, ein allgemeines Durcheinander entstand. Ich ging hinaus, um nachzusehen, was es gäbe, und stieß im Flur auf zahlreiche Diener, bei denen ich mich erkundigte, wer angekommen sei.

‚Fürst Swetlosarow mit Gattin', entgegnete ein Diener.

Kaum hatte er es ausgesprochen, als ein junger Edelmann selbstgefällig hereinstolzierte, eine junge Frau am Arm. Ich sah das Paar an und erstarrte, als ich in Fürstin Swetlosarowa die Fürstin Fjokla Sidorowna erkannte. ‚O Himmel!' rief ich, außerstande, mich zu beherrschen. Die Diener packten mich auf Befehl ihres Herrn an den Armen, führten mich triumphierend vor das Tor und warfen mich in den Straßenschlamm. Ich sprang blutenden Herzens auf und stürzte zum

Tor des Hauses, aber nichts als Gelächter war die Antwort. Ich hielt mich noch eine halbe Stunde vor dem Hause auf, fror an allen Gliedern, ermüdete, war durchnäßt und ging, um mir ein anderes Quartier zu suchen, da ich einsah, daß mit Gewalt nichts zu erreichen war. Ein Glück, daß ich mein Geld bei mir hatte. Die Nacht war finster, es regnete in Strömen. Die Nacht, da meine Frau in den Wehen lag und mein Schwiegervater starb, war im Vergleich zu dieser glücklich gewesen. Damals hatte ich eine geliebte, treue Frau, aber kein Geld, und ich litt. Jetzt hatte ich Geld, aber eine treulose und frevelhafte Frau! Wie groß also mußte jetzt mein Leid sein! Ich fand überall verschlossene Türen. Nun, sagte ich mir, in halber Umnachtung, wenn dir bestimmt ist zu sterben, dann stirb, und schleppte mich, bis an die Knie im Schlamm versinkend, aus dem Dorf.

Nachdem ich einige Stunden marschiert war, konnte ich mich kaum noch auf den Beinen halten. Und als ich auf einer schmalen Brücke einen Graben überquerte, glitt ich aus und stürzte kopfüber hinein. Zufällig war das Wasser im Graben nicht tief, aber ich stieß mir schmerzhaft das Bein und den Kopf.

Kaum hatte ich mich von meinem Schreck erholt, als unter der Brücke hervor eine furchtbare Stimme ertönte: ‚Wer da? Wen reitet der Teufel, sich in solcher Nacht herumzutreiben?‘

‚Ich bin ein armer Wandersmann‘, entgegnete ich. ‚Im Dorf, wo ich übernachten wollte, hat mich niemand eingelassen. Da bin ich eben weitergegangen.‘

‚Uns ist das gleiche Unglück widerfahren‘, sagte der Unbekannte. ‚Auch mich hat man nicht eingelassen, und ich beschloß, die Nacht unter dieser Brücke zu verbringen. Leg dich hin und schlaf! Es ist hier zwar naß von unten, aber man hat dafür von oben keinen Regen! Bist du vielleicht einem geizigen Vater davongelaufen?‘

‚Nein‘, erwiderte ich, ‚die Untreue meiner Frau und der Verlust meines Sohnes haben mich bewogen, meinen Heimatort zu verlassen.‘

‚Oh, auch das ist ein ausreichender Grund, um unglücklich zu sein!‘ Wir schliefen ein, und es tagte schon, als wir erwachten. Wir waren unbarmherzig verdreckt. Der Schlamm hatte uns Räubern ähnlich gemacht. Mein Gefährte war ein junger Mann von hohem Wuchs und kräftigem Körperbau. Jeder Zug seines Gesichts verriet stolze Auflehnung gegen jedermann, der es wagen sollte, ihm den geringsten Zwang anzutun. Unterwegs erzählte er mir, sein Vater sei ein reicher Geistlicher in der Stadt Fatesh, ebenderselben, in der ich wegen Störung von Ruhe und Ordnung geschlagen worden war. Der Geiz und die maßlose Strenge des Vaters waren dem Sohn unerträglich gewesen. Da er nie eine Kopeke für seine Vergnügungen bekam, machte er einen Haufen Schulden zu Lasten seines Vaters und wurde hart dafür bestraft. Als er es schließlich satt hatte, in völliger Armut zu leben und von den anderen jungen Taugenichtsen, seinen Bekannten, verhöhnt zu werden, beschloß er, sich aus dem väterlichen Vermögen so viel zu nehmen, daß er ein für allemal versorgt war, und dann das Haus zu verlassen und fern der Heimat, aber in Freiheit zu leben. Er hatte den ganzen Kreis der Wissenschaften durchmessen und wäre, nach seinen Fähigkeiten und Erfolgen zu urteilen, ein wertvoller Mensch geworden. Doch die verderbliche Heftigkeit seines Temperaments, die Maßlosigkeit in Worten und Handlungen trugen ihm häufig Schläge ein. Statt ihn zu bessern, brachten sie ihn zur Verzweiflung. Der Vater wünschte ihn als Nachfolger in seinem Amt zu sehen, der junge Silvester dagegen träumte nur von einem — ein ruhmreicher Krieger zu werden.

Unterwegs sagte er zu mir: ‚Mich und meine Absichten kennst du jetzt. Nun möchte ich von dir und deinen Abenteuern hören. Sie müssen sehr unterhaltsam sein. Man denke! Du scheinst kaum älter als fünfundzwanzig Jahre zu sein und hast schon Frau und Sohn verloren!‘

‚Mit dem größten Vergnügen‘, entgegnete ich, ‚nur ist hier nicht der rechte Ort dafür. Machen wir erst mal Rast in einem Dorf, und du sollst alles erfahren.‘

Er: ‚Wo willst du denn eigentlich hin?‘

Ich: ‚Nach Moskau.‘

Er: ‚Bravo! Das trifft sich ausgezeichnet! Auch ich will dorthin! Was könnte schöner sein als Moskau? Von Moskau wird so viel Reizvolles erzählt, daß man gefesselt ist, auch ohne es gesehen zu haben. Dort kann man, heißt es, wenn man Geld hat — und für den Notfall ein bißchen Verstand, wenn nicht, dann geht's auch ohne —, dort kann man also, wenn man Geld hat, alles haben und alles werden, was man will.‘

Ich sah ihn freundlich an und steckte unwillkürlich die Hand in die Tasche.

Es war bereits gegen Mittag, als wir ungefähr eine halbe Werst vor uns ein kleines Dorf erblickten. Wir hörten hinter uns ein Geräusch und schauten uns um. Etwa hundert Sashen entfernt galoppierte ein Dreigespann auf uns zu, zu seinen Seiten ein halbes Dutzend Berittener. Mein neuer Freund sah genauer hin, veränderte sich im Gesicht, rieb sich die Stirn und sagte: ‚Aha, die verdammten Trabanten aus Fatesh! Ich erkenne sie an ihren Uniformen und Hellebarden. Leb wohl, mein Freund — wir müssen vorerst voneinander scheiden.‘ Mit diesen Worten stürzte er zum nahen Wald und war im Nu verschwunden. Sein Verhalten versetzte mich in größtes Erstaunen. Würde denn sein Vater, wenn er mir überhaupt die Wahrheit über ihn erzählt hatte, den Sohn so weit verfolgen lassen, dazu von so schwerbewaffneten Männern und auf so schimpfliche Weise, als wäre er ein Räuber?

Das Gespann und seine Eskorte hielten an. ‚Halt!‘ rief ein schlammbespritzter älterer Mann und stieg aus. Er trat auf mich zu, die Berittenen saßen ab und umringten mich.

Zittern befiel mich.

‚Was bist du für einer?‘ fragte der alte Haudegen.

Ich: ‚Ich bin unterwegs nach Moskau und komme aus dem Dorf . . .‘

Er: ‚Warum nicht gar nach Petersburg? Immerhin braucht man dazu einen Paß, und ich muß wissen, wie du heißt und wer du bist!‘

Ich: ‚Ehrenwerter Herr! Erlauben Sie mir, mich meinerseits danach zu erkundigen, wer Sie sind und wieso Sie mich so unfreundlich und eigenmächtig behandeln?‘

Er: ‚Ich bin zwar nicht verpflichtet, jedem Landstreicher Rede und Antwort zu stehen. Da aber dein Vater ein geachteter Mann bei uns ist und in engen Beziehungen zum Richter, zum Kreispolizeichef und zu den Gerichtsbeisitzern steht — hör zu und widersetz dich nicht! Ich habe gehört, du bist ein ziemlicher Galgenstrick!‘

Hier schlug er die Schöße seines Waffenrocks auseinander, entnahm der einen Tasche ein Papier, der anderen eine Brille, setzte sich diese auf die Nase und las feierlicher als jeder Kirchendiener vor:

‚Order an den Kanzlisten Sastoikin.

Du, Sastoikin, hast unverzüglich und im Galopp von Fatesh in Richtung Moskau zu fahren, alldieweil, wie man hört, Silvester, der Sohn des Popen Awksenti, dorthin entflohen ist, wobei er dem Vater eine nicht unbeträchtliche Summe Geldes entwendet hat. Nach Angabe des genannten Popen weist er, Silvester, folgende Kennzeichen auf: von Wuchs hoch, von Gesicht dunkel, Augen schwarz, das Haupthaar desgleichen.

Nach seiner, Silvesters, Ergreifung ist er von Dir, Sastoikin, ebenso unverzüglich und im Galopp nach Fatesh zurückzubringen. Sollte er, Silvester, sich jedoch widersetzen oder zu törichten Ausflüchten greifen und alles leugnen, so sind ihm, Silvester, die Hände zu fesseln, und zwar auf dem Rücken. So er, Silvester, sich auch dann noch nicht beruhigt und die Ausführung der Order auch fürder durch Ungehorsam behindert, sind ihm, Silvester, auch die Beine zu binden, worauf er auf den Wagen zu legen und ohne Säumen und im Galopp zurückzubefördern ist. Nach Eintreffen hierorts ist unverzüglich und ausführlich von allem Geschehenen Bericht zu erstatten.

Was sagst du nun, mein ehrenwerter Herr?' fragte Sastoikin mit listiger Miene.

Ich: ‚Ich freue mich sehr, daß ihr den echten Silvester nicht gefaßt habt. Er war zwar eben noch bei mir, erkannte aber, als er euch sah, was ihr für Leute seid, und stürzte in jenen Wald davon.'

Er: ‚O nein! Auf solche schlauen Erdichtungen falle ich nicht herein! Wie? Stimmen die oben vermerkten Kennzeichen nicht haargenau mit den deinen überein?'

Ich: ‚Ganz und gar nicht! Seht alle her — ich bin mittelgroß, von Gesicht nicht dunkel, sondern nur braungebrannt, weil ich ziemlich lange auf Wanderschaft war. Meine Augen sind blau und die Haare dunkelblond.'

Er: ‚Wie?' (Zum Begleitkommando): ‚Seht euch seine Haare an! Was könnte schwärzer sein?'

Das Begleitkommando: ‚Nichts, gar nichts! Der reinste Schlamm!'

Herr Sastoikin tat wieder einen Blick in seine Order und las vor: ‚Sollte er, Silvester, sich jedoch widersetzen und zu törichten Ausflüchten greifen, so sind ihm, Silvester, die Hände zu fesseln, und zwar auf dem Rücken! — Los, Jungen, führt den Befehl aus!' Und im Nu banden sie mir die Hände, daß ich keinen Finger mehr krümmen konnte.

‚Mein Gott', rief ich aus, ‚ist es mir denn verboten, etwas zu meiner Verteidigung vorzubringen?'

‚Keineswegs', entgegnete er, ‚von Lippen und Zunge steht in der Order nichts drin, und du kannst sie gebrauchen, soviel dein Herz begehrt. Jungen, durchsucht seine Taschen — er führt vielleicht Böses im Schilde! Womöglich findet sich eine Waffe! Man weiß im ganzen Kreise Fatesh, daß aus gewöhnlichen Dieben nicht selten schreckliche Räuber wurden.' Als erstes zogen sie mir den Geldbeutel aus der Tasche. ‚Oh, er hat sich nicht schlecht versorgt! Man muß das Geld wegstecken, damit es nicht abhanden kommt.' Sie öffneten meinen Ranzen und fanden ein kleines Messer, das ich zum Brotschneiden benutzte.

‚Da haben wir's!' rief Sastoikin. ‚Habe ich nicht gesagt, er führt nichts Gutes im Schilde? Was für ein riesiges Messer! Hier, Iwan, du nimmst es an dich', befahl er einem der Dragoner. ‚Paß auf, daß du es nicht verlierst — es ist ein wichtiges Beweisstück.'

Ich sah sie zuerst nur aus blicklosen Augen an, geriet jedoch, als ich ihre Habgier erkannte, in Raserei und rief: ‚Ihr seid alle Räuber und gehört an den Galgen! Und das soll Recht sein? Oh, ihr werdet nicht ohne Strafe ausgehen!'

Herr Sastoikin warf, ohne ein Wort zu erwidern, aufs neue einen Blick auf sein Papier. ‚... so er, Silvester, sich auch dann noch nicht beruhigt und die Ausführung der Order auch fürder durch Ungehorsam behindert, sind ihm, Silvester, auch die Beine zu binden.'

Er fragte das Begleitkommando: ‚Ehrenwerte Herren, sagt mir nach bestem Wissen und Gewissen, hat er, Silvester, sich beruhigt oder widersetzt er sich fürder?'

‚Das tut er, das tut er!' erwiderte das Begleitkommando und band mir die Beine.

Dann legte man mich auf den Wagen und galoppierte davon. Wir brauchten rund drei Tage für den Weg. Herr Sastoikin ließ keine Kneipe aus. Er bewirtete das ganze Kommando und zahlte zu meinem großen Kummer mit meinem Geld. Mich ernährte er mit Wasser und Brot. ‚Ist es denn in der Order so vorgeschrieben?' fragte ich und flehte ihn an, mir etwas Besseres zu geben.

‚In der Order steht es zwar nicht, aber es ist so Brauch. Bei Abtötung des Fleisches besänftigt sich auch der Geist. Und welch aufsässigen Geistes du bist, siehst du ja selbst.'

Wir kamen am späten Abend in Fatesh an. Man brachte mich ins Gefängnis, nahm mir die Fesseln von Armen und Beinen und legte mich auf einen Strohsack.

‚Angenehme Ruhe', sagte Sastoikin, ‚morgen statten dir die Herren Gerichtsbeisitzer ihren Besuch ab.' "

ACHTZEHNTES KAPITEL

Das Urteil und seine Vollstreckung

„Ich hatte geglaubt, daß mich der Ärger über die Ungerechtigkeit der Richter die ganze Nacht nicht schlafen lassen würde. Doch die Müdigkeit, die mich nach all den aufregenden Tagen befiel, und mein reines Gewissen bewirkten das genaue Gegenteil — ich schlief bis in den späten Morgen, wie ich an dem kleinen Fenster meiner Zelle erkannte.

Einige Zeit danach trat ein aufgeblasener Mann in Begleitung Sastoikins bei mir ein. ‚Steh auf und sage die reine Wahrheit, denn dieser Herr ist Seine Wohlgeboren, ein Gerichtsbeisitzer!'

Der Gerichtsbeisitzer: ‚Nun, Herr Silvester, ich schätze, du hast eine Weile ganz flott gelebt! Kunststück, wenn man dem Vater runde zwanzigtausend stiehlt, von denen so wenig übrig ist, daß es sie nicht mal zu zählen lohnt!'

Ich: ‚Ach, du lieber Gott! Stehen denn Tote aus ihren Gräbern auf? Überdies hat mein Vater auch nicht den hundertsten Teil dieser Summe besessen!'

Der Gerichtsbeisitzer: ‚Dreschen wir kein leeres Stroh! Er selber sagt, du hast ihm ein Drittel seines Vermögens gestohlen. Weißt du auch, daß dein Vater es nicht nur ablehnt, dir zu verzeihen, sondern dich auch nicht sehen will? Er hat zu Papier gegeben — wenn du nicht zu den Soldaten gehst und dich bei ihnen besserst, dann ist das ein sicheres Zeichen dafür, daß es ein Mittel, dich zu bessern, nicht gibt. In solchem Falle enterbt er dich. Also, wie ist das — willst du zum Militär?'

Ich: ‚Ganz und gar nicht, mein Herr! Mein Vater hat mir auf dem Totenbett seinen Segen erteilt, und das genügt mir. Einen anderen Vater brauche ich nicht. Will mir aber jemand mein Erbe abspenstig machen — er mag es in Frieden genießen. Ich habe meine Heimat aus freiem Willen verlassen und bin unterwegs nach Moskau, um dort mein Glück zu versuchen.'

Der Herr Gerichtsbeisitzer war über meine Worte nicht wenig erstaunt.

‚Hast du vielleicht vor Schreck den Verstand verloren?' fragte er. ‚Was redest du für ungereimtes Zeug?'

‚Nicht im geringsten, ehrenwerter Herr', entgegnete ich, ‚ich fühle mich durchaus nicht anders als sonst, nur daß ich durch das lange Fasten ganz von Kräften bin. Als Herr Sastoikin mich ergriff, war sein Blick offenbar etwas getrübt — sonst hätte er nicht finden können, meine Züge entsprächen den Kennzeichen, die in der Order beschrieben sind. Belieben Sie mich ans Tageslicht zu führen, und Sie werden sich mit Leichtigkeit überzeugen. Wie könnte ich mir auch erlauben, eine Person wie Euer Wohlgeboren zum besten zu halten!'

‚Nun ja! Gewiß! Also komm!'

Man führte mich in eine besondere Stube, in die man laut Befehl nur in gewaschenem Zustand und mit gründlich gereinigter Kleidung eintreten durfte. Nachdem ich beides vollzogen hatte, trat ich ein und erblickte drei Richter und an einem besonderen Tischchen den Sekretär. Jene befahlen diesem, die Order so deutlich wie möglich vorzulesen und nach jedem Punkt eine Pause zu machen. Bei jedem Kennzeichen schauten die Richter erst mich, danach einander an und zuckten mit den Schultern.

‚Alles klar! Er ist nicht Silvester', erklärten sie einstimmig. ‚Man muß trotz allem nach dem Popen Awksenti schicken — soll er es selber bestätigen!'

Awksenti, ein grauhaariger, aber noch kräftiger und stattlicher alter Mann, betrat die Gerichtsstube und verneigte sich bis an den Gürtel.

‚Nun, ehrwürdiger Vater', riefen die Richter, ‚ist das dein Sohn Silvester?'

Der Geistliche sah auf, blickte mich an, senkte aufs neue den Blick und erwiderte mit einem Seufzer: ‚Ach nein! Er hat nicht die geringste Ähnlichkeit mit ihm. Dem meinen steht auf der Stirn geschrieben, daß er ein Dieb und Räuber ist! Weh mir!' Sprach's und ging hinaus, stärker gebeugt denn zuvor.

Die Richter fragten mich nach einigem Schweigen: ‚Wer bist du also, und wo ist dein Paß?' Diese Frage brachte mich in beträchtliche Verlegenheit. Ich faßte mich jedoch bald, rief mir die vielen Abenteuer in den schönen Büchern, mit deren Hilfe ich meine Fürstin aufgeklärt hatte, ins Gedächtnis zurück und sagte: ‚Meine Herren, ich bin ein armer Kleinbürger aus dem Gouvernement Simbirsk und stamme aus dem Dorf Fomkino. Da ich die Erlaubnis besaß, überall unbeanstandet

Handel zu treiben, und merkte, daß ich in meiner Heimat kein Glück hatte, veräußerte ich alles, was einigermaßen wertvoll war, kaufte für den Erlös Waren und machte mich auf die Wanderschaft, in der Absicht, mich nach Moskau durchzuschlagen. Doch die verfluchten Räuber im hiesigen Gouvernement überfielen mich und raubten mir alles, auch die Papiere, nur das Geld fanden sie nicht — so gut hatte ich es versteckt. Herr Sastoikin allerdings fand es, und ich besitze jetzt

überhaupt nichts mehr. Ich bitte Sie also, hochverehrte Herren, mir Gerechtigkeit widerfahren zu lassen und anzuordnen, daß mir ein neuer Paß ausgestellt und mein Geld zurückgegeben wird.'

‚Und wieviel hattest du nach deiner Rechnung?' erkundigte sich der Richter rasch.

‚Mehr als hundert Dukaten und etwa zwanzig Rubel, ohne das Kleingeld.'

Hier blickten alle grimmig zu Sastoikin hin, der in der Ecke stand, am ganzen Leibe zitterte und mir mit Händen und Augen unverständliche Zeichen machte.

‚Und wie ist dein Name?'

‚Gawrilo Simonowitsch Tschistjakow', entgegnete ich und mußte mich in acht nehmen, um nicht das hübsche Wörtchen ‚Fürst' davorzusetzen.

Man hieß uns hinausgehen und erklärte, man werde Recht sprechen, wie die Gesetze es vorschrieben. Wir saßen etwa eine Stunde schweigend im Vorzimmer. Sastoikin war ungewöhnlich finster und seufzte. Ich überlegte, wohin ich mich nach Erhalt von Paß und Geld wenden solle. Mit Vergnügen an der gerechten Rache sagte ich zu meinem Gefährten: ‚Nun, ehrenwerter Herr, hab ich dir nicht gesagt, daß du dich irrst? Hättest du mich nicht angerührt, insbesondere mich nicht wie einen Räuber gefesselt oder mich unterwegs wenigstens besser ernährt, dann hätte ich dir aus Dankbarkeit etwas abgegeben. Aber so denke ich nicht daran. Du bekommst gar nichts!'

‚Wenn du, Herr Kleinbürger', erwiderte er, ‚mir ehrlich von deinem Geld erzählt und etwas von deiner edlen Absicht verraten hättest, dann hättest du die Hälfte von dem zurückbekommen, was nach den Ausgaben unterwegs noch übrig war, mindestens aber die mehr als vier Dukaten, die ich vorgewiesen habe. Jetzt kriegst du gar nichts.'

‚Das werden wir ja sehen! Weshalb denn nicht? Wieso denn?'

‚Du wirst es sehen, und zwar sehr bald!' Hier rief man ihn in die Gerichtsstube.

Ein kalter Schauer überlief mich. Wie, dachte ich, ich sollte nicht erhalten, was mir von Rechts wegen gehört und was ich für den Verlust meines Sohnes bekommen habe? Nein, das kann nicht sein! Du, Herr Sastoikin, willst mir wohl angst machen? Aber nein, mein Freund, da bist du an den Falschen geraten! Im Inneren weidete ich mich an der verlegenen und traurigen Miene, mit der er mir das Geld zurückgeben würde.

Oh, sagte ich mir, ich werde dieses nichtsnutzige Ekel strafen und beim Nachzählen möglichst laut mit dem Gelde klimpern! Hier rief man auch mich herein. Auf einem besonderen Tischchen lagen mein Ranzen, daneben meine drei Hemden, zwei seidene Halstücher und der Geldbeutel und auf dem Geldbeutel vier Dukaten, zwei halbe Fünfziger und einige Fünfundzwanzig-, Zehn- und Fünfkopekenstücke.

Die Richter saßen eine Weile feierlich da, dann gaben sie dem Sekretär ein Zeichen. Der erhob sich und las aus einem Papier, das er in Händen hielt: ‚Nach ausreichender Prüfung wird bestimmt. Erstens: Gawrilo, dem Sohne Simons, Tschistjakow, Kleinbürger aus dem Gouvernement Simbirsk, beheimatet im Dorf Fomkino, an Stelle des ihm von Räubern gestohlenen Passes einen neuen auszuhändigen, nach dem er, Tschistjakow, berechtigt ist, sich unbeanstandet an jedem Ort und nach Belieben aufzuhalten.‘

Nach diesen Worten stand einer der Richter auf und überreichte mir ein Papier. ‚Das ist dein Paß‘, sagte er. Ich nahm ihn entgegen, verneigte mich, und die Verlesung nahm ihren Fortgang. ‚Zweitens: Da er, Tschistjakow, sich auf der Landstraße jedoch in einem unschicklichen Aufzug und Zustand befand, konnte sich Sastoikin durchaus irren und sein blondes Haar und seine blauen Augen für schwarz halten. Überdies war er, nachdem bei Tschistjakow eine Messer genannte Waffe gefunden worden war, berechtigt, ihn zum Zwecke der notwendigen Aussage mitzunehmen. Drittens: Auf Grund der dargelegten Umstände sind die Hin- und Rückfahrt, desgleichen die Verpflegung des Begleitkommandos sowie die sonstigen Kosten, die unterwegs anfielen, dem Schuldigen, will sagen Tschistjakow, in Rechnung zu stellen und unverzüglich einzuziehen. Da aber auf Grund der Ermittlung alle Ausgaben, die im Zusammenhang mit dieser Kommission entstanden sind, sich nach Sastoikins Streckenbuch auf elf Rubel zwanzig Kopeken belaufen, ist seine, Tschistjakows, Habe zu konfiszieren beziehungsweise öffentlich zu versteigern. Er besitzt an Bargeld vier Dukaten, jeder gleich zwei Rubel vierzig Kopeken, macht neun Rubel sechzig Kopeken; drei Hemden je siebenunddreißig Kopeken, zusammen ein Rubel elf Kopeken; zwei seidene Halstücher zu zweiundfünfzig Kopeken, gleich ein Rubel und vier Kopeken; einen ledernen Ranzen im Werte von vierzig und ein Messer im Werte von zweieinhalb Kopeken; alles in allem elf Rubel siebzehneinhalb Kopeken. Da aber aus dieser Aufstellung zu ersehen ist, daß ihm,

Tschistjakow, zur Abrechnung mit dem Fiskus zweieinhalb Kopeken fehlen und das Kleingeld in Silber nicht in Zahlung genommen wird und auch der Aufschlag für selbiges nicht bekannt ist, wäre von ihm, Tschistjakow, die oben genannte Summe einzutreiben. Da aber der Kanzlist Sastoikin in eigener Person erklärt, er verpflichte sich, den fehlenden Betrag alsbald in gangbarer Münze aus seinem Kapital zu entrichten und auch den Gegenwert seiner, des Kleinbürgers Tschistjakow, Habe entsprechend der Schätzung einzuzahlen, sind ihm, Sastoikin, das Kleingeld in Silber und alles übrige zu übereignen. Der Kleinbürger Tschistjakow indessen ist von der Eintreibung durch den Fiskus zu befreien. Insoweit aber als Tschistjakow ausgesagt hat, er habe keinerlei Widerstand geleistet, für den er laut Order an den Händen oder gar an den Beinen zu fesseln gewesen wäre, Sastoikin indessen alles bestreitet und Zeugen nicht vorhanden sind, da die sechs Mann Bedeckung schon wiederholt der Trunksucht, des Diebstahls und anderer Nichtswürdigkeiten überführt worden sind und als Zeugen nicht zugelassen werden können, ist dieser Umstand dem Urteilsspruch Gottes zu überlassen.'

Ich stand da wie ein hölzernes Götzenbild und wischte mir den üppig rinnenden Schweiß von der Stirn. Die Richter und der Sekretär erhoben sich und gingen feierlich hinaus, ohne das Wort noch einmal an mich zu richten, nahmen aber dafür jeder einen Dukaten vom Tisch. Der verdammte Sastoikin packte lächelnd meine Habseligkeiten in den Ranzen, lud ihn sich auf die Schultern und klimperte mit den Silbermünzen in seiner Hand.

‚Nun, Freund', fragte er, ‚habe ich nicht recht gehabt? Leb wohl! Ob ich hingehe und einen auf deine Gesundheit trinke? Der Mittagsgottesdienst ist bald zu Ende.'

‚Das ist ja eine schöne Geschichte!' sagte ich, auf einem kleinen Platze angelangt, nachdem ich das Heiligtum der Fatesher Rechtsprechung verlassen hatte. ‚Was fange ich an? Wo wende ich mich hin? Ich bin fast nackt und bloß, bin hungrig und entkräftet! Ja', rief ich aus, als mein Blick auf die gegenüberliegende Kirche fiel, deren Tür geöffnet war, ‚ich habe niemand mehr auf der Welt, bei dem ich Zuflucht suchen könnte, als dich, barmherziges Wesen! Du bist der einzige Schutz, der mir geblieben ist! Du wirst den Unglücklichen nicht umkommen lassen!' Mit diesen Gedanken betrat ich, Tränen in den Augen, die Kirche. Dort sah ich den Popen Awksenti, dessentwegen ich so viel erduldet hatte, vor einem

Heiligenbild knien. Er betete mit größter Inbrunst, und ich hörte deutlich die Worte: ‚O Herr! Du beschertest dem Menschen den Reichtum nur dazu, damit er barmherzig zu seinen mittellosen Brüdern sei. Ich flehe zu dir, meine Schätze zu mehren, auf daß auch ich der Wonne teilhaftig werde, Gutes zu tun!'

‚O mildtätiger Greis', rief ich aus, ‚segne dich Gott in seiner Barmherzigkeit! Wie glücklich du bist, da du im Tiefsten deines Herzens die Seligkeit, die Wonne empfindest, die der Wohltätigkeit entquillt!'

Ohne mich im geringsten zu bedenken, ohne abzuwarten, bis er die Kirche verließ, stürzte ich davon. Man zeigte mir sein Haus, und ich betrat es mit dem frohen Gedanken — hier, in dieser Heimstatt der Frömmigkeit, im Schoße der Wohltätigkeit und Sanftmut, werde ich Tröstung finden."

NEUNZEHNTES KAPITEL
Reden und Handeln

„Ich betrat also den Flur und harrte, ob nicht jemand zu mir herauskommen würde. Aber ich hörte nur im Raum zu meiner Rechten, der, nach dem Geruch, der aus ihm drang, zu urteilen, die Küche war, die Stimme einer Frau — sie schlug erbarmungslos auf eine Katze ein, die eine Niere gestohlen hatte, und die eines Jungen, der diesen Verlust in Baßtönen beweinte. Ohne das Ende des Gerichts über das arme Tier zu verfolgen — ich spürte das Gericht über mich selbst noch allzu deutlich in Kopf und Magen —, öffnete ich die Tür zu dem Zimmer, das linker Hand lag. Niemand war darin. Ich schlüpfte in das nächste Zimmer, und mein Entzücken war unbeschreiblich! Auf einem kleinen, fertig gedeckten Tischchen standen zwei Karaffen mit Wodka, klarem und grünem, ein Teller mit Piroggen, ein anderer mit vorzüglichem Schinken. Daneben Kaviar, Wurst und ein ganzes geräuchertes Huhn.

‚O Wohltäter der Menschheit, o großmütigster aller Sterblichen, o Vater Awksenti!' sagte ich und streckte die Hände nach dem ungemein verführerischen Tischchen aus. Dann leerte ich, ohne mich mit weiteren Überlegungen aufzuhalten, ein Glas Wodka und machte mich tapfer über den Schinken, die Wurst und die eine Hälfte des Huhnes her. Nachdem ich mich gestärkt und meinen Magen für die Zeit des Fastens entschädigt hatte, sah ich den Herrn des Hauses heimkehren. ‚Er kommt', rief ich aus. ‚Oh, wie der gütige Mann sich freuen wird, wenn er erkennt, welchen Gefallen er mir erwiesen hat!' Hier lief ich in das Empfangszimmer hinaus, um ihn zu begrüßen und ihm zu sagen, welch unverhoffte Freude er mir, ohne es auch nur zu ahnen, mit seinem guten Werk bereitet habe.

Der Hausherr trat ein, in der einen Hand den langen, mit einem goldenen Knauf geschmückten Stab, in der anderen den Hut. Als er meiner ansichtig wurde, erkundigte er sich verwundert: ‚Was machst denn du hier, mein Freund?'

‚Mein Wohltäter', erwiderte ich begeistert, ‚du bist in einem Maße gut, daß du auch dann noch den Armen hilfst, wenn du abwesend bist! Wisse — ich bin der Unglückliche, den die hiesige Justiz für deinen geflüchteten Sohn Silvester hielt und aller Habe beraubte. Ich besitze keine Kopeke mehr und war verzweifelt, bis ich dich in der Kirche beten hörte. Deine Gebete entdeckten mir dein gütiges Herz. Tröstung durchdrang meine Seele. Nein, dachte ich, die himmlische Gnade verläßt die von der Welt Verlassenen nicht, und besuchte dein Haus. Freue dich und frohlocke, mildtätiger Mann. Tritt ein und siehe!'

Ich nahm ihn rasch an die Hand und führte ihn in das Zimmer, in dem ich dem Frühstück so tapfer zugesprochen hatte. Der Pope sah es und wurde dunkelrot. Ich führte dies auf die Scham zurück, die ein bescheidener Mensch empfindet, wenn seine Wohltaten ans Tageslicht kommen, und sagte: ‚Schon gut, erröte nicht, mein Vater! Dein Wohl!'

Hier griff ich rasch nach Gläschen und Karaffe, goß ein und trank, ohne auf sein ‚Danke!' zu warten.

‚Ach, du Bösewicht!' rief der Pope und machte ein ganz anderes Gesicht als beim Beten. Er stürzte auf mich zu und schrie: ‚Wer bist du, und was machst du hier, du Elender?'

‚Ich bin doch derjenige, welcher ...'

‚Nein! Wie viele Räuber und Plünderer sich doch in Fatesh eingenistet haben. Und der Stadthauptmann kümmert sich um gar nichts!'

‚Vater Awksenti, bedenke — ich besaß keine Kopeke und war hungrig. Erkundige dich über jenes bei den ehrenwerten Richtern, die mich vernommen haben, und über dieses bei der Wurst, dem Kaviar und den Piroggen, die mir alle ...'

‚Ein Dieb bist du, ein Räuber', tobte der Pope. In diesem Augenblick eilte, mit dem Schlüsselbund klirrend, eine Frau von etwa vierzig Jahren herbei.

‚Was ist? Was ist denn?' fragte sie.

‚Betrügerin, Faulenzerin, Verräterin!' klagte der Pope. ‚Wie konntest du diesen Landstreicher hereinlassen? Er hat mein ganzes Frühstück aufgegessen! Und in einer halben Stunde kommen die Herren Richter und Beisitzer zu mir!'

‚O Gott!' jammerte die Haushälterin. ‚Ich schlage ihm die Knochen kaputt! Wie hat er sich hier eingeschlichen?'

‚Ich gehe unverzüglich zum Stadthauptmann', schrie der Pope, ‚damit sie diesen Bösewicht mit Schimpf und Schande aus der Stadt jagen und für den vorsätzlichen Diebstahl zur Verantwortung ziehen!' Und er ging rasch hinaus.

‚Und ich', keifte die Haushälterin, ‚räche mich, bevor das geschieht, für die verzehrte Wurst und für den Schinken. Gleich hole ich die Ofengabel und breche ihm die Finger, damit er sie nicht wieder lang macht!' Mit diesen Worten stürzte sie in die Küche.

‚Eine schöne Bescherung', sagte ich in äußerster Verwirrung, ‚da verlasse sich einer auf rührselige Reden! Das reinste Unglück!' Ich rannte, vom Instinkt geleitet, hinter der Köchin her und verriegelte die Küche von außen mit dem Haken.

Bald darauf donnerte ein heftiger Schlag gegen die Tür. Schon recht, dachte ich, du hast noch Zeit genug, sie aufzubrechen, wenn ich fort bin, und stopfte mir die Taschen voll — mit Piroggen, mit dem übriggebliebenen Schinken und geräuchertem Huhn. Da ich all diese Heldentaten jedoch zu hastig und in angetrunkenem Zustand vollbrachte, riß ich zu meinem Unglück den Tisch um, und alles fiel zu Boden. Unter anderem rutschte dabei auch ein Schubfach heraus und aus diesem ein kleines Ebenholzkästchen, das haargenau denen glich, die unsere Durchlauchten von Falalejewka zum Aufbewahren ihrer alten Urkunden benutzten. Das trifft sich gut, dachte ich, sie haben mir heute den neuen Paß gegeben, und der Zufall schickt mir einen Behälter zu seiner Aufbewahrung — wie leicht könnte er sonst unterwegs Schaden nehmen! Ich steckte also das für den Popen entbehrliche, für mich jedoch auf der Wanderschaft sehr nützliche Kästchen hinter den Rockaufschlag, öffnete das Fenster und wollte schon hinausspringen, als ich den inbrünstigen Beter mit einem Kommando von Bewaffneten auf das Haustor zueilen sah. Ich schloß das Fenster und wartete, bis sie im Hof verschwanden. Dann stieß ich es rasch wieder auf, sprang auf die Straße und machte mich, so rasch mich die Beine trugen, aus dem Staube. Nachdem das Frühstück meine Körperkräfte einigermaßen wiederhergestellt hatte, konnte ich mehrere Werst zurücklegen, ohne mich auszuruhen. Obwohl der Frost bereits recht streng war, beschloß ich, nicht tags, sondern immer nur nachts zu wandern. Wenn Awksenti seinem Sohn ein so schreckliches Kommando nachgeschickt hat, sagte ich mir, dann wird er in meinem Fall bestimmt nicht zögern. Erwischen sie mich, dann zerren sie mir, da ich keine Kopeke mehr besitze, auch noch das letzte Hemd vom Leib.

Gewöhnlich machte ich morgens in einer ärmlichen Bauernhütte Rast, aß dort zu Mittag und schlief bis gegen Abend. Befand sich in der Nähe des Dorfes ein Wald, dann brach ich zeitiger auf, wenn nicht, dann erst bei Eintritt der Dunkelheit. Es war inzwischen Dezember geworden. Die Nächte waren hell. Ich konnte nicht eher beruhigt sein, bevor ich die Grenzen des Gouvernements Orjol nicht überschritten hatte und mich im Herrschaftsbereich von Tula befand.

Ihr werdet fragen, wovon ich mich ernährte. Geduld, ich will es euch offen sagen, wie sich's für einen ehrlichen Christenmenschen geziemt.

Nachdem ich Fatesh sozusagen Hals über Kopf verlassen hatte, dachte ich, solange der Vorrat reichte, den ich dem Popen entwendet hatte, an weiter nichts, als möglichst rasch weiterzukommen. Als er jedoch erschöpft war und ich zu überlegen begann, auf welche Weise ich mich nach Moskau durchschlagen sollte, zog ich mechanisch das Dokumentenkästchen aus der Tasche, um meinen Paß hineinzutun. Hier nun verblüffte mich eine unverhoffte Entdeckung — das Kästchen war ungeheuer schwer. Als ich vom Popen Awksenti floh, war mir das in der Aufregung gar nicht aufgefallen. Ich öffnete es, und an die Stelle der Verwunderung trat Entsetzen — ich fand beinahe zweihundert Dukaten darin. Was tun? Würde mich, wenn ich's behielte, nicht jeder ehrliche Mensch einen Dieb nennen? Ich selbst war von Natur diesem gemeinen Laster besonders abgeneigt. Das Geld zurückbringen? Das hieße sich in die Hände der Justiz begeben, die, selbst wenn man mich hängen ließe, weder von mir noch jemand anderem als ungerecht bezeichnet werden könnte. Leidet man schuldlos, dann mag man einigen Trost darin finden. Verdientermaßen zu leiden ist äußerst bitter.

In dieser niedergedrückten Stimmung wandte ich meinen verzagten Blick dem Kästchen zu und entdeckte auf seinem Grunde ein zusammengerolltes Papier. Ich holte es hervor, entrollte es und las:

Werter Freund Juda Issacharowitsch!

Du entgiltst mir meine guten Dienste nur schlecht, was in kaufmännischen Angelegenheiten nicht angebracht ist. Da machst Du mir zweihundert Dukaten zum Geschenk, wo selbst vierhundert noch zuwenig wären. Wer hat Dich denn davon unterrichtet, daß sich ein junger Bruder Lustig von Herrensöhnchen in Geldnot befindet und das letzte Viertel seines Erbes für achttausend Rubel verpfänden will, obwohl es gut das Fünffache wert ist? Ich hätte diesen glücklichen Zufall am liebsten selber genutzt, aber mein Geld lag zu meinem Unglück fest — teils bei den Bauern, teils bei Kaufleuten, Richtern und so weiter. Ich schickte ihn zu Dir, und Du erwarbst für ein Butterbrot ein schönes Gut. Jawohl, Du erwarbst es, denn daß es eingelöst werden wird, ist undenkbar. Urteile also selbst und frage Dich, ob ganze zweihundert Rubel als Entgelt angemessen sind! Schäme Dich, Kind Israels!

Aber lassen wir das! Ich glaube daran, daß auch ein Jude ein Quentchen Gewissen besitzt und Du mir für die Kommission noch einmal zweihundert Dukaten schickst. Es handelt sich doch wahrhaftig nicht um mich, sondern um Deinen eigenen Gewinst, denn diese Gelegenheit braucht nicht die letzte gewesen zu sein. Ich habe noch einige andere Herrensöhnchen im Auge, deren Besitz ich Dir zuspielen könnte, sofern Du in angemessener Weise mit mir teilst.

Awksenti

‚Oh', rief ich zornig, ‚wenn du ein solcher Schurke bist, dann bereue ich nicht, daß die Dukaten dieses Juden mir in die Hände gefallen sind! Du warst nicht würdig, dich ihrer zu erfreuen, nachdem du sie auf so schmutzige Art erworben hattest! Unsere Väter, Großväter und Urgroßväter haben, rechtschaffen wie sie waren, mit gutem Grund gesagt: Unrecht Gut gedeihet nicht.'

So urteilte ich damals. Heute, nachdem ich gründlich darüber nachgedacht habe, bin ich zu der Einsicht gelangt, daß meine Handlungsweise unentschuldbar war. Aber ich will auch meine Schwächen nicht vor euch verbergen.

Ich nähte die Goldmünzen in meine Kleidung ein, wobei ich ein paar von ihnen für den täglichen Bedarf zurückbehielt, und setzte meine Wanderung fort. Ich betrat bei Sonnenuntergang das Gebiet des Gouvernements Tula, kam in ein Dorf, guckte mir nach meiner Gewohnheit Haus für Haus an und bat im dürftigsten, baufälligsten um Obdach. Man ließ mich ein. Ich sah, die Besitzerin war eine alte alleinstehende Frau, und ich beschloß, mich eine Weile bei ihr auszuruhen. Als ich ihr diesen Vorschlag machte und, scheinbar ungewollt, mit dem Geld in meinem Lederbeutel klimperte, willigte sie mit Freuden ein, mich bei sich aufzunehmen und zu beköstigen, solange ich nur wollte."

ZWANZIGSTES KAPITEL

Was der Zufall nicht alles zu ändern vermag!

Herr Prostakow war mit den Geschichten des Fürsten Gawrilo Simonowitsch sehr zufrieden. Die Großen Fasten neigten sich ihrem Ende zu. Das Frühjahr traf die liebenswerte Familie beim stillen Genuß eines einfachen friedlichen Daseins an. Wenn sich der Nebel in Katerinas Kopf auch nicht völlig zerstreut hatte, wenn Jelisaweta gelegentlich auch in Grübelei verfiel und Iwan Jefremowitschs Blick sich in Anbetracht dieser beiden Umstände trübte, so war das doch nur von kurzer Dauer. Er erheiterte sich immer mehr und steckte die ganze Familie mit dieser Heiterkeit an.

Von Nikander gingen häufig Briefe ein, in denen er von der Freundschaft des guten Kaufmanns und von der Geneigtheit seiner Vorgesetzten berichtete. Er kam voran und hoffte, bald den Rang eines Offiziers zu erreichen. Pritschudin hatte versprochen, aus diesem Anlaß ein großes Essen zu geben und Nikanders oberstem Vorgesetzten Geld zu leihen. Es versteht sich, daß nur Iwan Jefremowitsch und Gawrilo Simonowitsch an diesem Briefwechsel teilhatten und alle anderen im Hause nichts davon wußten.

Der Mai war gekommen. Gärten und Wälder bedeckten sich mit zauberhaftem Grün. Die Blumen dufteten, die Felder wogten wie das Meer. Die ganze Natur hatte sich erneuert und glänzte in der Schönheit einer jungen Braut, die dem Verlobten zum Traualtar folgt. Wie hätten sich die guten, reinen, edelmütigen Herzen unserer ländlichen Familie da nicht freuen, wie hätten sie nicht frohlocken und sich der süßen Wonne nicht ergeben sollen?

Sie fühlten mit der ganzen Natur und waren glücklich! Doch für wie lange? Was bedeutet schon das menschliche Glück auf dieser Erde, wo alles so wechselhaft, so unbeständig, so flüchtig ist? Ist Glück nicht Schall und Rauch, ein bloßer Traum? Ganz gleich, worin man es erblickt. Im Reichtum? Er gleicht dem Sandkorn, den die stürmische Welle ans Ufer spült und wieder zurück in den Abgrund reißt! In Ruhm und Ehren? Sie gleichen einer jungen Blüte oder einem Hälmchen auf dem Felde, die bei Sonnenaufgang noch so schön sind, daß jeder Vorüberkommende sie bewundert. Doch ein Wirbelwind erhebt sich, und wo ist die Pracht der roten Blütenblätter, wo das Smaragdgrün hin? In der gegenseitigen Liebe? Oh, wie trügerisch, wie gleisnerisch dieses Glück doch ist! Alle Liebe gleicht einem Spielzeug! Kurz, worin immer man dieses traumhafte Gefühl auch erblickt, man wird stets enttäuscht. Und stets zeigt sich — alles war eitel Wahn.

Diese kleine Abschweifung gehört zu der folgenden Begebenheit.

Eines schönen Abends verließ Fürst Gawrilo Simonowitsch das Haus, um einen Spaziergang über die Fluren zu machen, denn Iwan Jefremowitsch war mit dem Plan und dem Kostenanschlag für eine neue Branntweinbrennerei beschäftigt. Die Durchsicht war beendet, aber der Fürst war noch nicht zurück. Der Abend verging, die Nacht brach an, und er fehlte noch immer. Iwan Jefremowitsch wurde unruhig und fragte alle Augenblicke nach ihm, aber jedesmal hieß es: „Nein, er ist noch nicht da!"

Die ganze Familie geriet in äußerste Besorgnis. Iwan Jefremowitsch schickte alle Leute, zu Fuß oder beritten, aus, um ihn zu suchen. Die Uhr schlug zwölf. Alle fuhren zusammen und riefen: „Ach! So spät, und er ist noch nicht da!"

„Legt euch schlafen", befahl Prostakow. Er ging mit großen Schritten im Zimmer auf und ab und rieb sich die Stirn. Als er allein geblieben war, spähte er bald durch das eine, bald durch das andere Fenster, sah aber niemand. Die Diener kehrten einer nach dem anderen zurück, alle mit derselben Antwort: „Nein, er ist nicht zu finden!" Auf diese Weise brachte Iwan Jefremowitsch die ganze Nacht zu. Er setzte sich, stand auf, setzte sich wieder, konnte sich aber nicht beruhigen.

Wo mag er geblieben sein? überlegte er. Hätte er sich verirrt, dann hätte ihm jeder Bauer den Weg gezeigt. Wenn er mein Haus verlassen wollte — wo fände er ein besseres Asyl? Auch wäre er nicht davongegangen, ohne mir den Grund zu sagen, ohne Abschied von denen zu nehmen, die ihn geliebt haben wie einen nahen Verwandten. Außerdem hätte er etwas von seinen Habseligkeiten mitgenommen — aber nein, alles ist da, alles befindet sich an seinem Platze! Wenn Räuber ihn überfallen haben — was ist bei ihm schon zu holen? Der Rock, der Hut, der Spazierstock. Nein, Unsinn, solche Leute werden nicht überfallen. Am wahrscheinlichsten ist, daß er sich verirrt hat. In dieser Gegend kennt er sich nicht aus, es ist Nacht, auf den Feldern kein Mensch zu sehen — da irrt er eben umher. Aber jetzt ist die Sonne aufgegangen. Die Bauern brechen zur Feldarbeit auf oder gehen ihrem Tagewerk nach, und er wird sich bestimmt bald einfinden.

An diesem Gedanken hielt er fest, faßte sich und wartete geduldig auf Gawrilo Simonowitschs Rückkehr, und als seine Frau und die Töchter hereinkamen und fragten: „Was ist?“, teilte er ihnen mit überzeugter Miene seine Überlegungen mit, worauf sich jeder wie gewöhnlich an seine Beschäftigung machte.

Ein großer Lärm auf dem Hof unterbrach dieselben. Natürlich war der Fürst zurück, und die Leute freuten sich! Prostakow stürzte ans Fenster und blieb im höchsten Grade verwundert davor stehen. „Was hat das zu bedeuten?“ fragte er leise. „Was ist denn, mein Freund?“ erkundigte sich seine Frau und stand vom Stickrahmen auf. Sie trat ans Fenster, und auch sie erstarrte, als sie einen Polizeioffizier aus einem Wagen steigen sah, dazu vier Mann Begleitung. Das Schweigen hielt an, bis der Offizier erschien.

„Gestatten Sie mir die Frage — sind Sie der Herr des Hauses?“ fragte der Offizier in Anbetracht seines Ranges ziemlich höflich.

Prostakow: „Der bin ich. Was wünschen Sie?“

Der Offizier: „Bei Ihnen verbirgt sich ein gewisser Fürst ...“

Prostakow: „Nein, mein Herr, erlauben Sie, daß ich Sie berichtige — bei mir lebt in der Tat ein Fürst, der sich jedoch in keiner Weise verbirgt. Er ist ein ehrlicher Mann und bewegt sich überall offen und ohne Scheu.“

Der Offizier (ironisch): „Über seine Ehrlichkeit haben andere zu befinden. Ich bitte Sie, ihn auf der Stelle herbeizuschaffen. Ich habe von der Obrigkeit den Befehl, ihn mitzunehmen.“

Prostakow: „Die Absichten der Obrigkeit sind mir nicht bekannt, ich würde jedoch gehorchen, so ich dazu imstande wäre. Der Fürst, der bei mir lebt, ist gestern abend zu einem Spaziergang ausgegangen und bis zur Stunde nicht zurückgekehrt.“

Der Offizier in heftiger Erregung: „Mein Gott! Wie lange wird sich dieser Mann meinem Zugriff noch entziehen? Zwanzigmal glaubte ich schon, ihn zu haben, und jedesmal entwischte er mir!“

Prostakow: „Sagen Sie um Himmels willen — weswegen wird er denn gesucht?"

Der Offizier: „Es tut mir herzlich leid, daß Sie sich hinsichtlich dieses Menschen so getäuscht haben. Er ist ein schrecklicher Räuber und steht einer großen Bande vor. Ein Plünderer, ein Brandstifter, mit einem Wort — ein Mann, der längst an den Galgen gehört. Aber das Schicksal begünstigt ihn, er schleicht sich unter den verschiedensten Masken in die Häuser ein — als großer Herr, als Bettler, als Spieler, was immer Sie wollen! Und zu welchem Zwecke? Um sich gründlich umzuschauen, die Lebensgewohnheiten zu erkunden und dem leichtgläubigen Hausherrn erbarmungslos das Fell über die Ohren zu ziehen. Schade, sehr schade, daß er es gemerkt hat oder daß seine Spione es ihm gesteckt haben — sein Aufenthalt hier ist uns bekannt geworden, sosehr er seinen Namen auch verheimlichte."

Iwan Jefremowitsch, seine Frau und die Töchter standen da wie vom Donner gerührt und regten kein Glied. Dann sahen sie sich wortlos an, und ein Zittern befiel sie. Blässe überzog ihre Wangen.

„Barmherziger Gott", rief schließlich Prostakow, stöhnte, schlug die Augen zum Himmel auf und hob die Arme, „weshalb wird mein mitleidiges Herz so oft getäuscht? Weshalb ist mein Blick so stumpf, so kurzsichtig, daß er den listigen Bösewicht nicht vom erbarmungswürdigen Menschen unterscheiden kann? Wie hätte ich dies ahnen sollen? Ich legte meine Seele vor ihm bloß, und alles, was ich tat, geschah mit seinem Einverständnis. Ich nannte ihn meinen Freund und liebte ihn mehr als jeden anderen, meine Familie ausgenommen — das schwöre ich Ihnen. Oh, wie es schmerzt, wie es bedrückt, wenn man Gutes tun will und dieses Gute an ein Ungeheuer verschwendet!"

So klagte Iwan Jefremowitsch. Er lief mit unregelmäßigen Schritten auf und ab, rang die Hände und vergoß bittere Tränen.

„Was fangen wir nun an, Herr Offizier?" fuhr er fort. „Wie Sie sehen, ist er nicht da und wird vermutlich auch nicht wiederkommen!"

„Daran gibt es für mich keinen Zweifel", erwiderte der Offizier, „es wäre für ihn nicht angenehm, mir zu begegnen. Ich werde offenbar noch ein, zwei Monate nach ihm suchen müssen. Er ist so flink, als wohne in ihm der Teufel und lenke ihn."

Maremjana bekreuzigte sich und flüsterte: „Gott steh uns bei!"

„Ich muß sein ganzes Eigentum versiegeln und bei der zuständigen Behörde abliefern", erklärte der Offizier.

„Tun Sie, was Ihres Amtes ist. Ich zeige Ihnen die Behausung des Bösewichts", entgegnete Prostakow und führte den Gast in das Gartenhaus. Dort entdeckte man die Wäsche, die Iwan Jefremowitsch ihm geschenkt hatte, und auch die alten Lumpen, in denen er bei ihm erschienen war. Der Offizier nahm sie in die Hand und sah in den Taschen nach, fand aber nichts als Schmutz. „Was soll ich mit dem Zeug", sagte er und warf den Plunder ärgerlich auf den Fußboden. Ein metallisches Klirren veranlaßte ihn jedoch, seine Ansicht dazu zu ändern. Er hob die Lumpen wieder auf, besah und befühlte sie von allen Seiten und rief schließlich triumphierend aus: „Hier! Geben Sie mir ein Messer!"

Er trennte die Jacke unter den Ärmeln auf, und auf den Fußboden prasselten lauter Dukaten. Man zählte sie nach, es waren mehr als fünfzig. Prostakow starrte sie an und wollte seinen Augen nicht trauen.

„Die waren vom Fürsten offenbar für den äußersten Fall gedacht", sagte der Offizier und nahm das Geld an sich. „Sie brauchen sich um nichts weiter zu sorgen. Ich bitte Sie erstens um Entschuldigung, daß ich Sie bemüht habe. Zweitens darum, uns, falls dieser Betrüger wieder auftaucht ... Aber wie sollte er sich erkühnen! Leben Sie wohl!" Er ging hinaus, sprang in den Wagen und fuhr rasch davon.

Herr Prostakow verbrachte den Tag in grenzenloser Niedergeschlagenheit. Seine Familie desgleichen. Alle seufzten, weinten und stöhnten: „Ach! Wer hätte das gedacht?"

Zwei Tage darauf erhielt Iwan Jefremowitsch einen Brief:

Sehr geehrter Herr!

Sie werden sich jetzt gewiß nicht mehr darüber wundern, daß ich in solche Erregung geriet, als dieser Bösewicht seinen Namen nannte. Oh, mir ist genug von ihm bekannt! Der Schreck wird Ihnen in die Glieder fahren, wenn Sie von allen seinen Heldentaten hören! Doch wenden wir uns von diesem mir und, wie ich vermute, auch Ihnen verhaßten Namen ab und demjenigen Gegenstand zu, der durch die Verleumdungen dieses Ungeheuers ins Stocken geraten ist! Sie wissen, was ich meine, verehrter Iwan Jefremowitsch! Erlauben Sie mir, mich in der gleichen Eigenschaft bei Ihnen zu zeigen, die ich vordem besaß? Ein einziges Wort von Ihnen genügt, und ich liege zu Ihren und Ihrer verehrten Tochter Füßen.

Swetlosarow

Prostakow, der den Brief vorgelesen hatte, fragte: „Was meint ihr dazu?"

Katerina wurde feuerrot und senkte den Blick. Maremjana aber rief: „Je nun! Weshalb auch nicht? Es wäre doch alles glatt gegangen, und du hättest deine Tochter bis zur Stunde als Fürstin vor dir gesehen, wenn dieses widerwärtige Scheusal Gawrilo Simonowitsch nicht alles verdorben hätte. Jetzt ist

mir die Sache klar. Er fürchtete, du würdest deiner Tochter viel Geld als Mitgift geben und es bliebe nicht genug für ihn übrig, dich zu bestehlen! O dieser nichtswürdige, dieser gottverfluchte Mensch!"

„Ob es sich so verhält oder anders", entgegnete Prostakow, „Gottes Wille geschehe! Wenn alle zustimmen, will auch ich mich nicht widersetzen!"

Er nahm einen Zettel und schrieb: „Sie sind willkommen! Sie werden für uns sein, was Sie uns vordem waren! Mir ist es wie Schuppen von den Augen gefallen. Das Ungeheuer ist entlarvt und wird mich nie wieder täuschen. Wir alle erwarten Sie mit Freuden."

Am folgenden Tag traf der glänzende Fürst ein, und alles, was ihn umgab, zeugte von Reichtum und Üppigkeit — die Kutsche, die Pferde, die Livreen und so weiter.

Es begann mit Erklärungen, Unterhandlungen, Mutmaßungen und endete damit, daß Fürst Swetlosarow in den Augen des ganzen Hauses als kluger, gebildeter, wohlgefälliger Mann erschien, an dessen Seite die Ehefrau gewiß ein dauerhaftes Glück genießen werde; Fürst Tschistjakow dagegen als solcher Unmensch, als solch Bösewicht, daß er längst niedergesäbelt, gehenkt, gerädert, in Stücke gehauen zu werden verdiente.

„Nun, Iwan Jefremowitsch, was sagst du jetzt?" stichelte Maremjana hochmütig und geziert. „Hab ich dich nicht gleich gewarnt, als dieser nichtswürdige Fürst Tschistjakow erschien, du solltest ihn nicht bei uns aufnehmen? Ich sah es ihm an, daß er ein Räuber, noch dazu ein ganz schrecklicher, ist! Also, was sagst du jetzt? Siehst du ein, daß ein Mann auch auf seine Frau zu hören hat?"

„Auch ich habe Vater darauf aufmerksam gemacht", sagte Katerina affektiert, „er beliebte jedoch nicht, mir Gehör zu schenken."

Fürst Swetlosarow dankte der einen mit einem zärtlichen Blick, der anderen mit einem respektvollen Kopfneigen. Prostakow aber seufzte, zuckte mit den Schultern und meinte: „Auch der Gescheiteste begeht gelegentlich eine Dummheit! Jetzt merke ich natürlich selbst, daß alle seine Geschichten erlogen und nichts als List und Tücke waren. Gott sei Dank, daß nicht Schlimmeres geschehen ist!"

Man behielt Fürst Swetlosarow einige Tage da, damit sich Braut und Bräutigam besser kennenlernten, wie Maremjana es ausdrückte. Die Hochzeit wurde auf die Zeit vor den Philippifasten anberaumt; Fürst Wiktor Apollonowitsch sollte sich bis dahin teils in seinen in der Nähe gelegenen Dörfern, teils bei seinem zukünftigen Schwiegervater aufhalten.

Herrn Sosontow, der an seiner Bewerbung um Jelisaweta festhielt, schlug man vor, zu warten, bis Katerinas Eheschließung vollzogen war; die Tochter einem Fürsten zu vermählen sei keine Kleinigkeit, und zwei Hochzeiten auf einmal zu feiern falle denn doch schwer.

Es wird vielleicht wundernehmen, daß Prostakow, der früher entschlossen war, Jelisaweta in dieser Angelegenheit nicht zu nötigen, jetzt so ungezwungen davon sprach, sie Herrn Sosontow zur Frau zu geben. Hier seine Worte zu dieser Absicht: „Es stimmt zwar, daß ich sie nicht nötigen wollte, aber einzig und allein aus Achtung vor Gawrilo Simonowitsch. Da er sich aber als Dieb, Räuber, Brandstifter und überhaupt als großer Bösewicht entpuppt hat, wäre es unehrenhaft von mir, auf seine Ratschläge zu hören. Jetzt mache ich dem Spitzbuben zum Trotz genau das Gegenteil von dem, wozu er mir geraten hat. Ob Jelisaweta will oder nicht, sie wird Sosontows Frau! Ich bin bis jetzt nachsichtig und milde gewesen, ich liebte die Empfindsamkeit und folgte ihren Gesetzen, aber ich war fast immer und in allem der Genarrte. Nun werde ich hart und unnachgiebig, ja unerbittlich werden und hoffe, daß mein Herz dabei nicht so leiden muß wie früher. Gegen Philippi, vor den Weihnachtsfasten, wird Katerina Fürstin. Und nach dem Heiligedreikönigstag ist Jelisaweta Sosontows Frau, oder sie liegt im Grabe."

Die arme Jelisaweta weinte und schwieg. Sie grübelte, überlegte, verfiel heute auf dieses und morgen auf jenes, aber am Ende lief doch alles auf eins hinaus — leide, ertrage dein unglückliches Los, da es nun einmal nicht anders ist! Mein Gott, fragte sie sich, was kann ich dafür, daß dieser Fürst Gawrilo Simonowitsch sich unserer Freundschaft und unseres Vertrauens als unwürdig erwiesen hat? Wie kann man aus Haß gegen einen Betrüger die eigene Tochter zugrunde richten! Wie grausam doch manchmal die Menschen sind — sie verlangen, daß andere die schweren Schläge, die sie ihnen zufügen, mit einem freundlichen Lächeln hinnehmen! Ist das mit dem Gesetz des sanften Himmels vereinbar, das in der ganzen Natur lebendig ist? Das Herz sagt „Nein!" und bebt! Der kaltblütige Verstand aber stellt fest: „Es dürfte nicht so sein, aber es ist so!"

Was also soll der Mensch tun? Ist er wirklich zum Leiden geboren?

Dritter Teil

ERSTES KAPITEL

Wo ist er denn? – O weh! Ich weiß es nicht!

Während in Herrn Prostakows ländlichem Heim alles durcheinanderging, auf eine angenehme Weise übrigens, denn der Anlaß waren die Hochzeitsvorbereitungen, herrschten in Orjol, im Hause des ehrenwerten Afanassi Pritschudin, völlige Stille, Frieden und Zufriedenheit. Es gab dort zwar keine Verzückungen geräuschvoller Freudigkeit, keine vor Wonne glänzenden Augen, keine vom raschen Kochen des Bluts geröteten Wangen. Doch auf dem Angesicht des alten Mannes lag ein sanftes, gütiges Lächeln, und Nikander oder Simon, wie Afanassi ihn nannte, der diese ständige Gelassenheit, den Lohn der Herzensreinheit, sah, ließ sich unmerklich von ihr beeindrukken. Gelegentlich verblaßte Jelisawetas Bild in ihm, und er sagte mit einem Seufzer: „Was kann man machen? Soll ich sie mit meiner Liebe zugrunde richten und mich selber abquälen? Nein, ich will dieses verderbliche Gefühl, so gut es geht, überwinden!"

Der aufmerksame Afanassi nahm diese Veränderung wahr und freute sich, denn das Geheimnis des jungen Simon war ihm zum Teil bekannt. Eines Tages sagte er mit einem Lächeln: „Meinen Glückwunsch, junger Mann. Der Nebel in deinem Kopf ist merklich im Verfliegen. Du wirst heiterer. Nur zu! Überlasse es mir, mich um dein Wohl zu kümmern. Von dir erwarte ich nur, daß du eifrig im Dienst bist und dich rechtschaffen führst. Oh, das ist für jemanden, der nicht die steilen Stufen zum Tempel des Ruhmes emporstürmen will, bereits sehr viel! Zwar wird man auf solche Weise das Innere dieses verlockenden Tempels nie zu Gesicht bekommen, aber man rutscht auch nicht aus und stürzt nicht jählings in den Abgrund!"

Nikander entgegnete: „Ich werde mich mühen, Ihren Wünschen gerecht zu werden, mein Wohltäter. Aus eigenem Antrieb und noch mehr, weil es die stille Heiterkeit verlangt, die sich ständig auf Ihrem Antlitz malt. Sie ist die Frucht eines weisen, tugendhaften Lebens, und sie zu trüben wäre von meiner Seite sehr undankbar."

„O mein Sohn!“ sagte der alte Mann. „Dein Blick ist noch unerfahren! Woher willst du wissen, ob ich nicht heimlich bittere Tränen vergieße und eine törichte Handlung beweine, die einen anderen wahrscheinlich noch mehr Tränen gekostet hat als mich, unendlich viele Tränen und Leiden! So ist es nämlich, mein Freund! Ich leide grausame Gewissensqualen, und wenn mich irgend etwas einigermaßen tröstet, so ist es nur der Gedanke, daß ich ein gutes Werk vollbringen wollte, aber ein schlechtes, nicht wiedergutzumachendes vollbracht habe.“

„Weshalb sich so darüber grämen?“ rief Nikander mit der selbstbewußten Miene eines Professors der Moralphilosophie. „Lesen Sie die Gesetzessammlungen, lesen Sie alle Gesetze nach, und Sie werden finden, daß auch schwere Verbrechen nicht geahndet werden, wenn der Täter etwas ganz anderes beabsichtigt hatte. Das ist das Schicksal, ist nur ein böses Verhängnis ...“

„O Simon, Simon!“ erwiderte der alte Mann. „Ich will einen Habicht treffen, der vor einem Busch sitzt und eine Taube in den Krallen hält, schieße und töte einen Menschen, der hinter diesem Busch geschlafen hat. Die Gesetze werden mich rechtfertigen, man wird keine Strafe über mich verhängen. Aber welche Gesetze können den Herzen der Kinder, der Frau, des Vaters oder der Mutter verbieten, unendlich über den Verlust der Mutter, des Vaters, des Sohnes zu leiden? Wer stillt ihre Tränen, wer hemmt ihr Klagen? Wer verwandelt mich in einen Stein und sagt: ‚Schau her, das ist dein Werk. Aber mach dir keine Sorgen und sei vergnügt wie bisher, denn vor dem Gesetz bist du gerechtfertigt!‘ “

Nikander fühlte, wie richtig das war, und verstummte. Er hätte zwar gern das Geheimnis seines Wohltäters erfahren, um nach Wegen zu suchen, ihn vor seinem Gewissen freizusprechen, doch die Bescheidenheit verbot es ihm, sich auf ein Wagnis einzulassen, das den tugendhaften Mann kränken konnte. Ich werde mich so verhalten, befahl Nikander sich selbst, daß er sich möglichst selten des unbeabsichtigten Verbrechens erinnert. Zu diesem Zwecke will ich meine Freundlichkeit verdoppeln und keine Gelegenheit versäumen, ihm ein Vergnügen zu bereiten.

Der alte Mann bemerkte diese Bemühungen seines jungen Freundes und schloß ihn mit väterlicher Zärtlichkeit in sein Herz.

Einige Tage darauf, als sich Nikander von Pritschudin verabschiedete, um zum Dienst zu gehen, erlebten sie eine Überraschung, die sie zwar freute, aber auch stutzig machte. Herr Krakalow trat über die Schwelle und sank ihnen in die Arme. Als die Umarmungen und Begrüßungen beendet waren, fragte Afanassi: „Sag bitte, Terenti Pafnutjewitsch, welchen Umständen ist dein Erscheinen, zumal in einem so seltsamen Aufzug, zuzuschreiben? Deine Kleidung ist zerknittert und verschmutzt, das Haar zerzaust, der Bart einen Viertelarschin lang. Deine Wangen sind bleich. Überhaupt erinnerst du an einen entsprungenen Zuchthäusler."

„Ich bin tatsächlich an einem Ort gewesen, der nicht viel besser als das Zuchthaus ist, konnte mich aber mit Gottes Hilfe befreien. Ich bin die ganze Nacht gelaufen und am Morgen bei euch angelangt. Ich hoffe, Afanassi Onissimowitsch, Sie werden mir erlauben, mich eine kleine Weile bei Ihnen auszuruhen, und mir danach mit etwas Geld zu Hilfe kommen, damit ich zu Iwan Jefremowitsch zurückkehren kann. Ich fürchte, mein guter Freund ist über mein seltsames Verschwinden äußerst in Sorge."

„Über Ihr Verschwinden?" riefen beide Freunde mit lebhafter Anteilnahme.

„Das erzähle ich euch später, zu gegebener Zeit", entgegnete Herr Krakalow, „ihr sollt erfahren, welchen Bubenstreich mir ein gewisser Taugenichts gespielt hat, der sich Fürst Swetlosarow nennt. Jetzt bedarf ich vor allem der Ruhe. Ich bin die ganze Nacht gelaufen, ohne mich umzuschauen, wie Lot, als das himmlische Feuer das frevelhafte Sodom hinwegraffte. Ich denke, mein Sodom wird wenigstens das irdische Feuer zu spüren bekommen."

Er zog sich in Nikanders Zimmer zurück, der junge Mann begab sich in den Dienst und der Kaufmann in sein Kontor.

Die ganze folgende Woche verging in großer Fröhlichkeit, denn Nikander war befördert worden und stand nunmehr im Offiziersrang.

Nachdem der in solchen Fällen unvermeidliche Lärm verrauscht war, verlief in Pritschudins Haus alles wieder wie früher. Obzwar der Gastgeber Herrn Krakalow ein- oder zweimal fragte, warum er das Prostakowsche Haus verlassen habe, redete sich Terenti Pafnutjewitsch jedesmal heraus und versprach, es nach seiner Rückkehr aus dem Dorf zu erzählen, wohin er gleich am folgenden Tage fahren wollte, um die besorgte Familie zu beruhigen. Afanassi Onissimowitsch gab sich damit zufrieden. Am Morgen des nächsten Tages hielt man zu dritt Rat und entschied, Herr Krakalow werde erst gegen Abend fahren. Er war schon gegen Mittag mit seinen Vorbereitungen fertig. Afanassi händigte ihm einen Brief für Iwan Jefremowitsch sowie das Reisegeld aus, als man plötzlich ein Schreiben brachte, das an Terenti Pafnutjewitsch adressiert war. Der nahm es und verschwand in seinem Zimmer.

„Bah“, sagte der Fürst, als er den Brief geöffnet hatte und die Unterschrift erblickte, „er ist von Nikander. Mal sehen, worum es sich handelt!“

Sehr geehrter Herr!

Ihr Erstaunen, Ihr Erschrecken wird nicht geringer sein als das meine, sobald Sie den beigefügten Brief des Herrn Prostakow an mich gelesen haben. Er hat mich niedergeschmettert, und ich bin einfach wie von Sinnen. Ergreifen Sie Ihre Maßnahmen und tun Sie, was Sie für richtig halten.

Ich mag Sie jetzt nicht sehen und will dieserhalb zum Kaufmann Aristarch, um dort zu Mittag zu essen. Ich werde gegen Abend zu Hause sein.

Ihr ergebener und so weiter Nikander

„Offenbar irgendeine Neuigkeit“, sagte der Fürst und faltete den Brief wieder zusammen. „Ob man etwa Jelisaweta unter die Haube gebracht hat? Desto besser! Wenn es schon ohne Dummheiten nicht geht, soll man ihnen wenigstens möglichst rasch ein Ende bereiten. Nun denn, was hat uns Iwan Jefremowitsch zu sagen?“

Mein lieber Freund Nikander!

Ich bin Dir, obwohl wir uns nicht sehen können, nach wie vor zugetan. Ich werde Dir in allem beistehen, als wäre ich Dein Vater, erwarte aber auch, daß Du mir wie ein Sohn gehorchst. Du bist noch so jung und unerfahren, daß Du Dich unschwer täuschen läßt und statt heftigen Haß gegen ein abscheuliches Laster zu empfinden, Zuneigung zu ihm verspüren könntest, denn das Böse zeigt nie sein wahres Gesicht, sondern verbirgt sich immer hinter einer trügerischen Maske. Glaube mir, mein Freund — wenn schon ich mich trotz meiner Jahre so täuschen konnte, wie soll es erst Dir ergehen? Es tut mir bitter weh, meine Torheiten einzugestehen, aber was kann man machen? Mögen sich andere bessern, wenn sie das sehen. Du weißt, wie sehr ich den Menschen geliebt habe, der in unserem Hause unter dem Namen Fürst Tschistjakow bekannt war. Was hätte ich nicht alles für ihn getan! Was hätte ich nicht alles für ihn geopfert! Und was stellt sich heraus? Was meinst Du, wer dieser Tschistjakow ist? Ein Bösewicht, von dem sich der Himmel abgekehrt hat. Ein Unmensch, der sich über das Unheil freut, das seine Spuren begleitet. Ein Ungeheuer, vor dessen Blick man sich hüten sollte wie vor dem Blick des Basilisken — kurz, dieser Fürst ist niemand anderer als ein berüchtigter Räuber, der die verschiedensten Masken und Namen annimmt. Die strafende Gerechtigkeit verfolgt ihn überall. Er ist zwar so schlau, daß er sich ihr bisher stets entziehen konnte, aber irgendwann wird er den schmählichen Gang zum Richtplatz antreten müssen. Vor einem Monat ist er — offenbar hatte er Wind von den Maßnahmen der Obrigkeit bekommen — abends aus meinem Hause entflohen. Am nächsten Morgen traf ein Kommando ein, das ihn ergreifen sollte. Sie haben überall nach ihm gesucht, aber vergebens. Sollte sich dieser Bösewicht im Hause des guten Afanassi Onissimowitsch zeigen, dann übergib ihn sofort der Polizei. Und zeige diesen Brief Herrn Pritschudin. Leb wohl! Ich verbleibe in unveränderter Liebe zu Dir und so weiter.

Wer beschreibt die Verfassung des Fürsten Gawrilo Simonowitsch nach der Lektüre dieses Briefes! Die Haare standen ihm zu Berge. Er rollte mit den blutunterlaufenen Augen, auf seinen Wangen traten blaurote Zornesflecken hervor. Den Blick gen Himmel gewandt, wollte er etwas sagen, doch seine Lippen zitterten zu sehr. Er knirschte mit den Zähnen und bebte am ganzen Leib. Seine Natur ertrug dieses heftige Ringen nicht lange. Er stöhnte auf und sank zu Boden.

Wohl eine Viertelstunde verharrte er in diesem schrecklichen Zustand. Dann kam er zu sich, stand auf, setzte sich auf einen Stuhl und klagte, den Brief in der Hand: „O Schöpfer! Wie hätte ich mir je vorstellen können, daß jemand so von mir denkt! Und das tut Prostakow, ja er bringt es sogar schwarz auf weiß zu Papier! O unglücklicher, betrogener alter Mann! Dein Mißtrauen, dein wetterwendisches Wesen und dein Leichtsinn, dazu in diesem Alter, sind einer harten Strafe würdig! So mögest du denn gestraft sein, mögen sich in der Tat die anderen bessern, wenn sie deine Torheit sehen! Ich entziehe dir mein Herz, und für immer. Stürze dich nur in den Abgrund, in den dich dieser Unmensch, dieser Fürst Swetlosarow, drängt. Die Hand des treuen, erfahrenen Freundes, meine Hand, wird dich nicht stützen. Oh! Auch du wirst stöhnen — wie in diesem Augenblick ich. Aber du wirst keine Ruhe finden, denn die donnernde Stimme des Gewissens wird dir sagen: Du bist schuldig und hast diese Strafe verdient. Ich, der ich mich weder vor den Menschen verberge, wie du behauptest, noch vor ihm, dem großen Richter über die Herzen, werde den Blick zu ihm erheben und sagen: ‚Durchdringe meine Seele und prüfe mich! Mein Herz und mein Verstand können geirrt und gefehlt haben. Daß aber mein Herz versucht hätte, seine Leidenschaften durch Frevel zu sättigen, und der Verstand die Mittel dazu erfunden hätte — o nein, das ist niemals geschehen! O weises, barmherziges Wesen! Du selbst bist der zuverlässigste Zeuge des Lebenswandels der Menschen!‘ “

Bei diesen Worten hatte sich der Fürst einigermaßen gefaßt, und seine Züge nahmen allmählich den früheren Ausdruck an. Er dachte ein wenig nach und kam zu dem Schluß: Ich muß sofort etwas tun, um den guten Hausherrn und Nikander vor einem Irrtum zu bewahren. Obwohl ich mir in guter Absicht einen anderen Namen zugelegt habe, ist er doch falsch. Afanassi soll meinen richtigen Namen erfahren, auch wenn er besudelt ist.

Pritschudin empfing ihn mit dem Vorschlag, gemeinsam zu frühstücken, doch der Fürst ergriff seine Hand und erklärte

geheimnisvoll: „Ich muß mit Ihnen sprechen, und zwar sogleich.“

„Dann gehen wir in mein Andachtszimmer“, entgegnete der Kaufmann, „dort tritt ohne meinen besonderen Befehl niemand ein.“

Sie setzten sich, und der Fürst begann: „Bei dem unsichtbaren, unfaßbaren Wesen, bei diesen Bildnissen der großen Männer, die seine frommen Diener waren, schwöre ich Ihnen, Afanassi Onissimowitsch, ich spreche die reine Wahrheit! Ein merkwürdiges Abenteuer, von dem Sie zu gegebener Zeit erfahren sollen, führte mich im vorigen Herbst in den Süden des Gouvernements Kursk, wo ich, fast nackt und bloß, in Prostakows Hause anklopfte. Er nahm mich auf, wie von einem gütigen, empfindsamen alten Mann nicht anders zu erwarten war. Ich lebte dort einige Zeit in Glück und Zufriedenheit, bis plötzlich — mich wollte gewiß der Himmel strafen! — ein Mann in diesem Hause auftauchte, der sich Fürst Wiktor Swetlosarow nennt. Dieser Name ist mir seit zwei Jahrzehnten bekannt, desgleichen der meine ihm. Ich hatte meine Gründe, Herrn Prostakow zu bitten, mir einen anderen Vor- und Zunamen zu geben — er gab mir den, unter dem Sie mich kennen.

Ich gewahrte alsbald, daß Fürst Wiktor darauf sann, Prosta-

kows jüngere Tochter zu umgarnen. Sie gab aus Überschuß an Temperament, aus Leichtsinn und eitlem Stolz allmählich seinem Werben nach. Das betrübte mich, und ich teilte meine Beobachtungen dem Vater mit. Sie erwiesen sich als richtig. Dennoch willigte Prostakow — sei es aus Mitleid mit seiner Tochter, sei es aus ebensolchem Leichtsinn und ebensolcher Eitelkeit — ein, sie ihm zu vermählen, sofern er das schriftliche Einverständnis seines Vaters beibrächte. Es wurde beigebracht. Der alte Fürst stimmte mit Freuden zu. Da ich aber vom Sohne selbst wußte, daß sein Vater wegen unausgesetzter Spitzbübereien vor mehr als zwanzig Jahren in die Verbannung geschickt worden und sicherlich längst gestorben und vermodert war, teilte ich das Prostakow mit. Es verfehlte seine Wirkung nicht. Ich war genötigt, meinen wirklichen Namen zu nennen, und ein einziger Blick von mir genügte, um den bösen Geist aus meines Freundes Hause zu vertreiben. Einige Zeit darauf wurde ich jedoch, als ich auf den Feldern spazierenging, von irgendwelchen Bösewichtern aus dem Anhang des Hochstaplers Swetlosarow entführt, in einen Wald geschleppt und in den Kerker geworfen. Ungefähr ein Monat verstrich, bevor es mir gelang, zu entfliehen und mich zu Ihnen durchzuschlagen.

Inzwischen hatte mich der Bösewicht vor Prostakow verleumdet und zum Unmenschen und Räuber gestempelt. Prostakow benachrichtigte Ihren jungen Schutzbefohlenen und bat ihn, mich an die Gerichte auszuliefern."

Hier hielt Fürst Gawrilo Simonowitsch inne. Herr Pritschudin schwieg eine Weile und fragte: „Woher kennt Sie denn dieser Fürst, und weshalb verfolgt er Sie?"

„Er kennt mich, weil er vor vielen Jahren meine Frau verleitet und entführt hat. Und er verfolgt mich, weil er fürchtet, ich könnte seine Heirat hintertreiben, wenn ich davon oder von anderen Umständen erzählte, die ihn nicht weniger bloßstellen. Immerhin habe ich, soviel ich konnte, von ihnen erzählt."

„Und Prostakow kann nach alledem noch schwanken!" sagte Pritschudin. „Aber wie ist denn nun Ihr richtiger Name?"

„Fürst Gawrilo Simonowitsch Tschistjakow."

Pritschudin sprang auf. Er zitterte an allen Gliedern, starrte den Fürsten erschrocken an und vermochte lange kein Wort hervorzubringen. Schließlich fragte er mit bebender Stimme: „Und wo sind Sie beheimatet?"

Der Fürst: „Am Rande des hiesigen Gouvernements, im Dorfe Falalejewka."

Pritschudin: „Und wie ist der Name Ihrer entlaufenen Frau?"

Der Fürst: „Fjokla."

Pritschudin: „Erinnern Sie sich des nicht mehr ganz jungen Kaufmanns, der Ihnen ..."

Der Fürst: „... der mir die Bücher meines Schwiegervaters abkaufte, dazu für einen so hohen Preis?"

Pritschudin: „Hatten Sie Kinder?"

Der Fürst: „Ja, einen Sohn namens Nikander. Er wurde mir entführt."

Hier prallte Pritschudin mit einem Aufschrei zurück, griff sich an den Kopf und raufte sich die grauen Haare. Der Fürst stürzte auf ihn zu und versuchte ihn daran zu hindern, aber der alte Mann rief: „Strafe mich, töte mich, tilge mich vom Antlitz der Erde! Ich war es, ich habe deinen Sohn Nikander entführt!"

Fürst Gawrilo Simonowitsch blickte auf den schluchzenden alten Mann und erwiderte kein Wort. So verharrten beide einige Zeit, bis Fürst Gawrilo Simonowitsch mit keuchender Stimme fragte: „Wo ist er denn? Wo haben Sie meinen Sohn gelassen?" Dann brach er in bitteres Schluchzen aus, sank vornüber auf die Tischplatte und stützte den Kopf in die Hände.

„O weh! Ich weiß es nicht!" entgegnete Afanassi Onissimowitsch. Er trat mit zitternden Knien auf den Fürsten zu, umarmte ihn und sagte, auch er unter Schluchzen: „O unglücklicher Vater, tröste dich! Du bist nur unglücklich, nicht schuldig! In welcher glücklichen Lage befindest du dich gegenüber dem Schuldigen, dem Verbrecher, den hier auf Erden das Gewissen martert und auf den drüben, in der Ewigkeit, die bittere Vergeltung wartet!"

So verflossen ungefähr zwei Stunden. Sie weinten, versuchten sich gegenseitig zu trösten, trockneten ihre Tränen, brachen aufs neue in Tränen aus und sanken einander in die Arme.

ZWEITES KAPITEL

Ein neuer Fürst Tschistjakow

Es wurde Zeit zum Mittagessen, aber keiner von beiden dachte daran. Der Tisch war gedeckt, doch keiner von den Dienern wagte es, dem Hausherrn Meldung zu machen. Als noch die Tochter im Hause lebte, durfte auch sie das Andachtszimmer nicht ohne Erlaubnis betreten. So hatte Pritschudin es eingeführt, weil er von niemandem gestört werden wollte, wenn er sich von der Erde löste und sich zum Throne des Ewigen erhob, um barmherzige Vergebung seiner Sünden zu erflehen.

„Dir, teurer Freund, ist also nicht bekannt, wo sich mein Sohn aufhält?" fragte Gawrilo Simonowitsch. „Durch welchen Zufall hast du ihn denn aus den Augen verloren? Fürchte dich nicht, verbirg mir nicht die Wahrheit. Großes Unglück zu ertragen, bin ich gewöhnt. Es tat meinem Herzen weh, sehr weh, als ich mein ländliches Haus betrat und den Sohn nicht vorfand! Ja, ich glich einem Tobsüchtigen. Aber seither sind mehr als zwanzig Jahre vergangen. Zwar bleibt auch die Erinnerung bitter, sie bedeutet jedoch nichts im Vergleich zu dem anfänglichen Gefühl dieses Verlustes. Die Macht des Höchsten ist grenzenlos, und man muß sich ihr ohne Murren fügen."

„Hör mein Geständnis an", sagte Pritschudin und begann: „Auch mein verstorbener Großvater war ein Fürst Tschistjakow und verbrachte seine frühe Jugend in dem kleinen Dorf Durnowo, wo die Fürsten in ebenso großer Zahl gediehen wie in Falalejewka. Er und dein Großvater waren Verwandte achtzehnten Grades, was ein Beweis für das Alter und den Kinderreichtum unseres Stammes ist. Da er des eintönigen Landlebens überdrüssig war und sein Vater ihm so gut wie nichts hinterlassen hatte, verließ er die Heimat und ging nach Orjol.

Hier lenkte ein günstiges Schicksal seine Schritte in das Haus des reichen Kaufmanns Pritschudin, dem er seine Dienste anbot. Der Kaufmann war zwar reich, verachtete aber verarmte Fürsten nicht, wie es heute üblich ist, und gab ihm bei

sich Arbeit. Der junge Wawila, mein Großvater, verschmähte seinerseits diese Stellung nicht. Er machte sich mit Eifer ans Werk und erwarb im Laufe weniger Jahre das Vertrauen seines Herrn in einem Maße, daß er ihn zum Kommis beförderte. Mein Großvater entwickelte im Handel besonderes Geschick und erzielte hohe Gewinne, und der Herr, der seine Treue und Ehrlichkeit sah, gab ihm die Tochter und einzige Erbin zur Frau. Fürst Wawila legte — sozusagen zum Entgelt für die Wohltaten des Schwiegervaters — seinen Familiennamen ab, der ihn ohnehin nur an seine frühere durchlauchtige Armut erinnerte, und nahm den Familiennamen Pritschudin an. Ich, sein Enkel, verwaltete, nachdem ich meine Eltern verloren hatte, das große Vermögen ziemlich geschickt, und mein Reichtum wuchs von Jahr zu Jahr. Als ich fünfundvierzig war, verstarb meine Frau und hinterließ mir die fünfjäh-

rige einzige Tochter Nadeshda. Ich war über diesen Verlust untröstlich, zumal ich bei meinem großen Vermögen keinen Erben männlichen Geschlechts besaß. Und mit fünfundvierzig Jahren ein zweites Mal heiraten hätte bedeutet, sich jeden Tag fünfundvierzigtausend Qualen auf den Hals zu laden. Ich beschloß also, lieber zuzulassen, daß die Familien Pritschudin und Tschistjakow erloschen, und das Vermögen wohltätigen Zwecken zuzuführen, als mich freiwillig zum Leiden zu verpflichten, nachdem ich ein angenehmes Leben gewohnt war. So vergingen weitere fünf Jahre, und ich schickte meine Tochter Nadeshda in das beste Pensionat in unserer Stadt, denn ich hätte sie gern als Frau eines Edelmannes gesehen. Da sieht man, was es bedeutet, von fürstlichem Blut zu sein! Aber mir blieb ja ohnehin nichts anderes übrig. Wem sollte ich meine Tochter, da ich keine Frau und keine Verwandten besaß, während meiner häufigen Abwesenheit in geschäftlichen Angelegenheiten in Obhut geben? Sie war schließlich keine Ware, die man unbedenklich einem Kommis anvertraut.

Eines Tages kam ich auf den Einfall, die alten Aufzeichnungen meines verstorbenen Vaters durchzusehen. Ich kramte darin herum und fand unter anderem ein kleines Heft mit einem Verzeichnis, nach dem er Bittgebete um Gesundheit oder Seelenfrieden in der Kirche bestellte. Hier erblickte ich an erster Stelle den Namen eines Fürsten Simon Gawrilowitsch Tschistjakow und an zweiter den seines Vaters, des Fürsten Gawrilo.

Das Herz schlug mir vor Freude. Es gibt also noch Fürsten von meinem Stamme, sagte ich mir. Sie sind wahrscheinlich arm. Warum sollte ich nicht den minderjährigen Sohn eines von ihnen bei mir aufnehmen, ihn vernünftig erziehen lassen, ihm — ohne meiner Tochter ein Unrecht zu tun — einen Teil meines Vermögens abtreten und auf diese Weise ein altes Adelshaus wiederherstellen? Schließlich sind auch sie irgendwann reich gewesen!

Nachdem ich diesen Gedanken gefaßt hatte, begann ich mich zu erkundigen, wo sich die Hütten der Fürsten Tschistjakow wohl befänden. Ich beratschlagte mit dem damals noch jungen Nikon, dem zuverlässigsten meiner Kommis. Er kam zu dem vernünftigen Schluß, das beste wäre, die ganze Gegend, angefangen vom Heimatdorf meines Großvaters, einige Meilen im Umkreis zu bereisen und sich überall zu erkundigen, ob es nicht irgendwo einen Fürsten Tschistjakow gäbe. Ich pflichtete mit Freuden bei, stattete Nikon mit verschiedenen Anweisungen und Geld aus und ließ ihn ziehen. Er kehrte nach drei Wochen zurück und erklärte zu meiner größten Freude, im Dorf Falalejewka gäbe es tatsächlich einen Fürsten Gawrilo Tschistjakow, den Sohn jenes verstorbenen Fürsten Simon, dessen mein Vater mit Bittgebeten gedacht hatte. ‚Er hat vor kurzem geheiratet', sagte Nikon, ‚und wiederum eine Fürstin, und er wird bald Vater werden.'

Du siehst also jenen reisenden Kaufmann in mir, der dir gewisse kirchliche Bücher abkaufte, obwohl er sie längst besaß. Ich wollte dir nur ein kleines Geschenk machen, gab dir aber nicht mehr, um keinen Verdacht zu erregen und um dich nicht zur Faulheit zu verleiten. Als ich abreiste, war ich entschlossen, deinen neugeborenen Sohn als Teilhaber meines Reichtums einzusetzen, ihn jedoch vorerst in der Obhut der Mutter zu belassen. Ich hatte vor, ihn mit eurer Zustimmung zu mir zu holen, wenn er acht Jahre alt sein würde, und euch bis dahin unauffällig unter die Arme zu greifen. Doch die Flucht deiner Frau, teurer Fürst, ich wußte von ihr, weil Nikon insgeheim alle zwei Monate über euch Erkundigungen einzog, ließ mich anderen Sinnes werden. Wie wäre er imstande, sagte ich mir, den Sohn, wie ursprünglich gedacht, bis zu seinem achten Lebensjahr zu unterhalten? Nehme ich ihn schon jetzt zu mir, dann wird der Vater nicht darauf verzichten wollen, ihn möglichst oft zu sehen. Das Kind wird erfahren, daß es ein Fürst ist und obendrein einen reichen Verwandten hat, der für seine Erziehung sorgt und es folglich niemals im Stich lassen wird. Das könnte seine Moral, seine Erfolge in den Wissenschaften und damit meine Absichten gefährden.

So entführte ich ihn denn und richtete es so ein, daß der Vater nicht wußte, wo sich sein Sohn befand, und der Sohn nicht das geringste über sich selbst. Ach, ein belangloser Vorfall machte all meine schönen Pläne zunichte!

Ich ließ ihn also in völliger Ungewißheit aufwachsen und brachte ihn schließlich in einem hiesigen Pensionat unter."

Fürst Gawrilo Simonowitsch trat mit keuchendem Atem und flammendem Blick auf ihn zu und fragte: „War es nicht das von Madame Delaveigne?"

Pritschudin wunderte sich über den veränderten Ausdruck des Fürsten und über seine Frage.

„Wieso vermutest du das?" fragte er in heftiger Erregung.

„Weil ich einen jungen Mann kenne, der Nikander heißt", entgegnete der Fürst. „Er weiß nichts über sich selbst, wurde auf Kosten eines unbekannten Wohltäters in besagtem Pensionat erzogen und wegen eines Kusses, den er dem Mädchen Prostakowa gab, davongejagt."

„Mein Gott! Mein Gott!" rief Pritschudin. „Er ist es, mein Nikander, dein Sohn! Ebendieser Umstand hat uns doch getrennt!"

Fürst Gawrilo Simonowitsch stand schweigend da, den Blick gen Himmel gerichtet, und Tränen der Rührung rannen über seine Wangen. „Ich danke dir, barmherziger Schöpfer", seufzte er schließlich mit dem stillen Entzücken eines Menschen, der einen verlorenen Schatz wiedergefunden hat, und sank in Afanassi Onissimowitschs Arme.

„Du kennst ihn also, du hast von ihm gehört? Wo ist er, wo?"

„Höre, du guter Alter", sagte der Fürst, „wie unbegreiflich die Wege der Vorsehung sind! Dein Schutzbefohlener, der junge Simon, ist mein Sohn Nikander!"

Freudiges Erstaunen malte sich in den Zügen des Kaufmanns. Er blickte voller Entzücken auf den Fürsten, streckte ihm die Arme entgegen, trat aber plötzlich einen Schritt zurück. Mißtrauen verschleierte seine Augen, und er sagte: „Nein, eines solchen Glücks bin ich nicht würdig! Du willst mich auf angenehme Weise täuschen, Gawrilo Simonowitsch!"

Aber dieser entgegnete: „Ich habe noch nie einen ehrlichen Menschen getäuscht. Hier, diesen Brief habe ich heute von Simon aus seiner Dienststelle erhalten. Sie sehen — der junge Mann unterschreibt mit Nikander, und auch Herr Prostakow redet ihn in seinem Brief mit diesem Namen an. Das bedeutet, daß wir beide sein Haus unter unseren richtigen Namen betreten haben und nur die Umstände uns zwangen, sie zu ändern. Im übrigen wird Ihnen Nikander selber von allen Einzelheiten seiner Kindheit erzählen."

„Das alles klingt sehr glaubwürdig", erwiderte Pritschudin, „und dennoch sollte man sich nicht hemmungslos an die Freude verlieren, solange man sich nicht völlig überzeugt hat. Gott bewahre uns davor, daß uns die Tugend Hoffnung trügt, so wie mich meine Hoffnung, meine Tochter Nadeshda, betrog, als sie aus diesem Hause, aus den väterlichen Umarmungen mit einem Schurken entfloh. Denn wenn ein ehrlicher Mensch sie liebgewonnen hätte, dann hätte er offen um sie freien können. Oh, wenn sich unsere Herzen täuschen — es wäre schwer zu ertragen, Fürst! Ich will es genau und zuverlässig wissen, und wenn sich alles so verhält, wie ich erwarte, dann gebe ich mich einer Fröhlichkeit hin wie in meinen Jugendjahren. Ich schicke unverzüglich nach Nikon, der als Bevollmächtigter in meiner Leinenmanufaktur arbeitet, zwei Werst von der Stadt entfernt. Ich habe ihm mein Vertrauen nicht entzogen, mochte ihn aber nicht sehen. Seit Nikander aus dem Pensionat verstoßen wurde, war ich nicht in der Manufaktur und Nikon nicht in meinem Haus. Er kann in dieser Angelegenheit besser als wir entscheiden, weil er Nikander sowohl bei der Wärterin als auch im Pensionat besucht hat, wobei er sich stets den Anschein gab, von weit her zu kommen, damit man nicht darauf verfiel, Nikanders Eltern oder Verwandte lebten in derselben Stadt."

Afanassi ging rasch hinaus und sandte den für den Fürsten bereitgehaltenen und schon bespannten Wagen nach Nikon aus, um ihn so bald wie möglich zur Stelle zu schaffen. Einen zweiten Wagen schickte er aus, um nach Nikander zu suchen — in allen Häusern, in denen er seiner Meinung nach sein konnte. Als er ins Zimmer zurückkehrte, sagte der Fürst: „Mir ist ein Umstand aus Nikanders Leben eingefallen. Stimmt es, daß Sie der Wärterin durch Nikon einflüstern ließen, er sei der uneheliche Sohn eines vornehmen Mannes?"

„Ja", rief Afanassi freudig, „es stimmt! Nikon erzählte mir, sie quäle ihn jedesmal erbarmungslos mit Fragen — wer dieses Kind sei, woher es stamme, wer seine Eltern wären und ob es Verwandte habe? Er wüßte nicht, was er antworten solle. Ich hieß ihn also erzählen, das Kind sei die Frucht der illegitimen Liebe zweier in Moskau sehr angesehener Persönlichkeiten. Zugleich wurde sie ermahnt, dieses Geheimnis strengstens zu hüten, wenn sie der versprochenen Belohnung nicht verlustig gehen wolle. Aber wie hätte sie das vermocht! Noch am selben Abend erfuhren es die nächsten Nachbarn, der Kirchendiener, der Nikander lesen und schreiben lehrte, der Seminarist, der ihm die Anfangsgründe des Rechnens beibrachte, und schließlich auch Nikander selbst. Ich war über diesen Vertrauensbruch keineswegs böse, im Gegenteil, ich freute mich über ihn, weil er mich meinem Ziel, Nikander und seinen Vater zunächst nichts voneinander wissen zu lassen, nur näher brachte. Bald darauf erfuhr ich zu meinem großen Kummer, daß der Vater meines Zöglings spurlos verschwunden war. Dieser Umstand verdoppelte meine Aufmerksamkeit dem Kind gegenüber. Als ich Nikander ins Pensionat schickte, ließ ich der Alten das Doppelte der versprochenen Belohnung auszahlen. Die Nachbarinnen platzten vor Neid und meinten: ‚Zieh hundert legitime Kinder groß, und du bekommst nicht das, was diese Hexe für eins bekommt! Gott verzeih mir!' "

Während sie sich auf diese Weise unterhielten und einander immer mehr von der Richtigkeit ihrer Schlüsse überzeugten, polterte ein Wagen über den Hof.

„Das wird Nikander sein", vermutete Herr Pritschudin. „Geh bitte ins Nachbarzimmer, Fürst, und verhalte dich still. Ich möchte zunächst allein mit ihm reden."

Nikander trat mit aufgeregter Miene ein. Der Brief, den er am Morgen erhalten hatte, wollte ihm nicht aus dem Kopf. Der Kaufmann forderte ihn mit einer Handbewegung auf, sich zu setzen, und er gehorchte.

„Warum wolltest du nicht mit uns zu Mittag essen", fragte Pritschudin, „wo unser gemeinsamer Freund doch zu unserem gemeinsamen Freunde fährt?"

Nikander: „Ich darf Ihnen nicht verbergen, Afanassi Onissimowitsch, daß ich heute früh einen Brief empfangen habe."

Pritschudin: „Ich habe diesen Brief gelesen, ebenso wie den deinen an unseren Gast."

Nikander (erregt): „Beide? Dann wissen Sie also, daß ..."

Pritschudin: „... daß Fürst Gawrilo Simonowitsch Tschistjakow der gutherzigste und ehrlichste unter allen meinen Verwandten ist! Er ist bei diesem wankelmütigen Iwan Jefremowitsch verleumdet worden. Oh, jener listige Bösewicht kann einen guten Menschen selbst bei dem Weisesten der Weisen verleumden! Was Wunder also, wenn er es bei diesem Prostakow vermag, der, gutmütig von Natur, dem ersten Eindruck traut, sein Dorf nie verläßt — außer, um in die benachbarte Kreisstadt zu fahren — und die Eigenheiten der heutigen Menschen überhaupt nicht kennt. Vor dreißig Jahren waren die Menschen noch ganz anders."

Nikander: „Ich bin unendlich froh, daß dieses Ihre Meinung vom Fürsten ist. Ich habe selber um ihn gezittert und nicht daran geglaubt, befürchtete aber schlimme Folgen."

Pritschudin: „Lassen wir das jetzt beiseite! Erkläre mir, junger Mann, was hat dich dazu bewogen, deinen Namen zu ändern? Und dann erzähle mir alles, was du von deiner Kindheit und frühen Jugend weißt!"

Nikander: „Ich selber habe meinen Namen keineswegs geändert, o tugendhafter alter Mann! Nur wußte Iwan Jefremowitsch, als er mich in die Stadt zu dieser Dienststelle schickte, nicht recht, wie er die Sache anfangen solle, da ich doch weder einen Stand noch einen Familiennamen hatte — nur meinen Vornamen Nikander."

Hier schilderte der junge Mann mit der Offenherzigkeit eines guten, gehorsamen Sohnes alles, was sich in seiner frühen Jugend ereignet hatte. Er berichtete von seinem Bemühen um die Wissenschaften und erwähnte auch, als er bei dem Zeitpunkt anlangte, da man ihn aus dem Pensionat verstieß, obzwar errötend, die Geschichte mit dem unschuldigen Kuß.

Als er geendet hatte und einen tiefen Seufzer ausstieß, meldete man Afanassi, daß der Kommis eingetroffen sei. Afanassi gab ein Zeichen, und Nikon trat ein, verneigte sich und blieb in der Erwartung von Befehlen ein wenig abseits stehen, wie das bei Kaufleuten üblich ist.

„Komm näher, Nikon", bat Pritschudin, „und schau dir diesen jungen Mann aufmerksam an. Versuche dich zu erinnern, ob du ihn irgendwann gesehen hast!"

Nikon trat näher, musterte den verwunderten Nikander von Kopf bis Fuß und schrie schließlich freudig auf. Er umarmte ihn, brach in Tränen aus und murmelte: „Er ist es! Er ist derselbe, den wir ... erinnern Sie sich, Afanassi Onissimowitsch?"

Er hatte noch nicht ausgesprochen, als sich Pritschudin mit einem Aufschrei in Nikanders Arme warf. Aus dem Nachbarzimmer stürzte der gerührte Fürst Gawrilo Simonowitsch herein, streckte die Arme aus, fiel Nikander um den Hals und sagte: „Du bist mein Sohn, Nikander! Erkenne deinen Vater in mir, in diesem betagten Manne aber deinen Freund und Wohltäter!"

„Wie?" stammelte Nikander, einer Ohnmacht nahe. „Sie?"

„Ja, ich, ich bin dein Vater", entgegnete der Fürst. Und Nikander sank vor ihm nieder, umschlang seine Knie und schluchzte.

Oh, wie glücklich sie in diesem Augenblick waren!

Nachdem sich alle einigermaßen beruhigt und niedergesetzt hatten, sagte Afanassi Onissimowitsch in feierlichem Ton: „Mögen uns die bösen Menschen jetzt hassen, mögen sie uns verleumden, mögen sie uns mit übler Nachrede verfolgen. Wir haben es nicht verdient und werden es — vertrauend auf die Gnade Gottes — nie verdienen! Was kümmert uns ihr Urteil? Es ist parteiisch und gründet sich auf Neid, auf Stolz, auf Hochmut und ähnliches mehr! Erblicken wir unser Glück in der Herzensgüte, in der Erfüllung unserer Pflichten gegen Gott und das Vaterland. Lassen wir den Notleidenden nicht betrübt von unserer Türe scheiden, und kehren wir uns nicht an die Meinung dessen, der sich mit Sternen behängt. Ich bin überzeugt, daß die Segenswünsche des einen den Thron des gerechten Richters erreichen, die Schmähungen und Verwünschungen des anderen jedoch auf sein hochmütiges Haupt zurückfallen."

Den Rest des Tages, den Abend und die halbe Nacht verbrachte das ganze Haus in eitel Freude und Fröhlichkeit. Der letzte unter den Bediensteten verspürte das Wohlwollen und die Freigebigkeit des Herrn. Alle wurden beschenkt, jeder nach seinem Rang und der verrichteten Arbeit. Zur Abendtafel waren alle besseren Kaufleute in der Stadt und ein Teil der Adligen geladen — diejenigen, die zu Pritschudins guten Freunden zählten. Auf dem Hof standen Fässer mit Honigwein, Bier und Schnaps, dazu ein langer Tisch für alle Knechte und Diener, die mit der Herrschaft gekommen waren. Afanassi Onissimowitsch erzählte all und jedem mit vielem Eifer, wie Gott der Herr ihn an diesem Tage mit einer großen Freude gesegnet und ihm einen Verwandten, dem er Unrecht getan, und dazu den verlorenen Pflegesohn wiedergegeben habe — den Fürsten Nikander Gawrilowitsch.

„Ja, verehrte Gäste, dieser mittellose junge Mann, der unter dem Namen Simon Falalejew bei mir lebte, ist ein Fürst Tschistjakow und ein Verwandter von mir, wenn auch ein sehr entfernter. Er ist mir jedoch, nachdem meine leichtfertige Tochter davongelaufen ist, als einziger geblieben und wird mein Erbe sein. Jawohl, mein Erbe. Und dieser Herr, sein ehrenwerter Vater, mein Freund und mein Gefährte!"

Erhitzt von der unerwarteten Freude, zum Teil auch von einigen guten Gläschen Schnaps, redete Afanassi Onissimowitsch viel und laut und wandte sich an jedermann mit der Frage: „Wie? Was? Was sagen Sie dazu?"

Alle versicherten eifrig, sie nähmen an seiner Freude teil — der eine ehrlich, der andere heuchlerisch —, denn er war reich. Wenn ein Reicher will, daß andere sich über sein Glück freuen, muß man es wohl oder übel tun.

Am nächsten Morgen zog Herr Pritschudin, noch ehe Fürst Gawrilo und sein Sohn das Schlafzimmer verlassen hatten, seinen Feiertagsrock mit den silbernen Knöpfen an und begab sich zum Herrn Gouverneur. Man hielt ihn im Vorzimmer nicht auf, weil man wußte, wer er war, sondern ließ ihn ohne weiteres ein. Die Bedienten kannten auch den Herrn Stadthauptmann, den Kreispolizeimeister und die Richter, ließen sie aber für gewöhnlich warten. Ob sich dahinter nicht ein Geheimnis verbarg?

Nachdem der Kaufmann der Exzellenz sein Anliegen im einzelnen auseinandergesetzt hatte, bat er um Ausfertigung einer Urkunde, der zufolge der bislang beim Gericht beschäftigte Falalejew nunmehr als Fürst Tschistjakow zu gelten habe und in die Kanzlei Seiner Exzellenz zu übernehmen sei. Seine Exzellenz willigte mit Freuden ein, und wenige Tage darauf wurde Falalejew feierlich zum Fürsten Tschistjakow proklamiert und zum Sekretärsgehilfen bei dero Exzellenz Kanzlei befördert.

Die Fürsten Gawrilo und Nikander Tschistjakow waren voller Erkenntlichkeit ihrem Wohltäter gegenüber.

„Ich muß aus Dankbarkeit gegen euch mehr tun als das", entgegnete Pritschudin, „denn ihr seid jahrelang durch meine Schuld ein Spielball des rauhen Zufalls gewesen, und dennoch verzeiht ihr mir so großmütig!"

Unmittelbar darauf befahl er, mit den erforderlichen Umbauten und Verschönerungen im Hause zu beginnen, damit er seinen neuen Verwandten eine standesgemäße Unterkunft zu bieten habe.

DRITTES KAPITEL

O dieses Geld!

Als alles in geziemender Weise fertiggestellt war, wies Pritschudin den Fürsten — dem Vater wie dem Sohn — getrennte Räume und eine eigene Bedienung an. Danach ging jeder an sein Geschäft — Nikander verschwand in die Kanzlei, der Kaufmann in sein Kontor, und Gawrilo Simonowitsch beschäftigte sich, womit er wollte. Den Nachmittag verbrachte man mit Unterhaltungen, oder die beiden Alten spielten Dame und erinnerten sich an kleine Begebenheiten aus ihren Jugendjahren.

Eines Tages sagte Pritschudin bei dieser Gelegenheit: „Warum erzählst du uns nicht von deinen Abenteuern, Fürst? Sie müssen recht fesselnd sein."

„Ich wollte Ihnen gerade dasselbe vorschlagen", entgegnete dieser, „und ordnete die Ereignisse in meinem Gedächtnis schon in der Reihenfolge an, in der sie sich zugetragen haben. Der Abend ist schön. Gehen wir in die Gartenlaube und bestimmen wir sie zu dem Ort, an dem ich, solange der Sommer anhält, meine Geschichte erzählen werde!"

Sie gingen hinüber und setzten sich auf die Bänke, und Gawrilo Simonowitsch erzählte ihnen von seinen Anfängen und seiner Herkunft, von seinen Erfolgen in der Liebe und deren Konsequenzen. So verstrichen mehrere Abende, bevor er bis zu der Stelle kam, da er in einem kleinen Dorf des Gouvernements Tula in der Hütte einer guten alten Bäuerin Rast machte und sich entschloß, einige Zeit zu bleiben und, ohne ihr zur Last zu fallen, mit Hilfe des Geldes, das er dem Popen Awksenti entwendet hatte, nicht eben schlecht zu leben.

„In den ungefähr drei Wochen, die ich in diesem Dorf verbrachte, lernte ich den und jenen kennen. Die Bauern sahen mich als Kleinbürger an, dazu als einen, der nicht geizig war. Ich kaufte bei einem fahrenden Trödler für ein paar Rubel Kleinkram ein und verschenkte ihn an Burschen und junge Mädchen — hier einen Spiegel, dort ein Tüchlein, Ohrgehänge oder einen Fingerring. Diese Üppigkeit und Freigebigkeit trug mir erhöhte Achtung und gesteigertes Wohlwollen ein. Sobald ich ein Haus betrat, erhob sich freudiger Lärm. Der eine fegte rasch die Bank ab, der andere schüttelte den Schnee von meinem Hut — kurz und gut, alle waren bemüht, mich durch eine angenehme Geschäftigkeit zu beruhigen. Freilich zeigte auch ich mich nicht undankbar. ‚Ihr guten, friedlichen Leute', sagte ich, ‚mit wie wenigem ihr glücklich und zufrieden seid! Ich sehe weder einen stolzen Dorfältesten noch hochmütige Fürsten noch eigennützige Richter bei euch, wie in Fatesh und Falalejewka. Und ihr seid bei weitem glücklicher, als es die dortigen Einwohner sind.'

Tag für Tag schob ich die Fortsetzung meiner Wanderung nach Moskau hinaus, und jedesmal wenn ich daran dachte, daß ich meine Wirtin verlassen müßte, verfinsterte ich mich. Aber nicht die gebrechliche Alte war der Grund, sondern die nette Gesellschaft, in der ich mich befand. Was denn für eine Gesellschaft, werdet ihr fragen, in einem einsamen Dorf, bei einer armen, alten Frau? Nun, bei meinem damaligen Bildungsstand konnten sich Kopf und Herz ein schöneres Vergnügen gar nicht vorstellen. Nach einer althergebrachten Sitte, die in fast allen Gegenden Rußlands verbreitet ist, bestimmen die jungen Leute mit Erlaubnis des Dorfältesten (eine Art

Polizei gibt es überall, seit sich in uralten Zeiten ein paar Familien zu einem Gemeinwesen zusammenschlossen), bestimmen also die jungen Leute die Hütte einer Witwe oder auch einer verheirateten Frau für die Dauer des Winters zum Treffpunkt, an dem sich die jungen Mädchen zu abendlicher Handarbeit versammeln. Sie finden sich denn auch mit Spindeln, Spinnrocken, Stickrahmen und dergleichen ein.

Diese Ehre war auch meiner Wirtin zuteil geworden. Jeden Abend kamen unsere Schönen bei ihr zusammen. Die eine spann Flachs, die andere nähte, die dritte stickte mit Seide, und ihre hellen Lieder hallten durch die ganze Straße.

Nun ist eine solche Belustigung zwar etwas sehr Schönes, man wäre ihrer jedoch leicht überdrüssig geworden, wenn nicht die dörfliche Politik auf ein Mittel verfallen wäre, ihr nachzuhelfen. Man gewährte zu diesem Zweck den ledigen Burschen im Dorf ungehindert Zutritt. Er war zwar auch den verheirateten Frauen und Männern nicht verwehrt, doch gerieten diejenigen unter ihnen, die von diesem Recht zu oft Gebrauch machten, unweigerlich in Verruf, so daß es nur selten vorkam. Dagegen durften junge Witwen und alle Witwer — selbst solche mit grauem Bart — ohne Gewissensbisse an der Vergnügung teilnehmen.

Die Mädchen schmückten sich zu den Abendkränzchen, wie man sie nannte, als ginge es zur Kirche oder zu der Frau Dorfältesten. Die Männer aber — auch sie versuchten einander schon durch den Aufzug auszustechen — brachten für die Schönen Geschenke und Süßigkeiten und für die Hausfrau alles mit, was diese zur Zubereitung eines guten Abendmahls brauchte. Und während sie alle Hände voll zu tun hatte, machten die jungen Burschen Musik — der eine spielte eine dreisaitige Geige, der andere den Dudelsack, der dritte blies das Horn, während die, welche eine kräftige Lunge hatten, allerlei Lieder sangen.

Ich bin später, während meines Aufenthalts in Warschau, als ich der Sekretär eines hohen Würdenträgers und eine wichtige Persönlichkeit war, in den glänzendsten Konzerten gewesen und habe den besten Sängern und Sängerinnen aus Paris, Rom und Wien gelauscht, aber nie ein solches Wohlbehagen empfunden wie auf den Abendkränzchen bei meiner Wirtin.

Wenn alle ermüdeten — der eine vom Dudelsackblasen, der andere vom Singen —, machte man sich ans Essen und Trinken, wobei fröhliches Lachen und Lärmen das eine wie

das andere begleitete. Ich habe während der ganzen Zeit in dieser Hütte weder einen schmachtenden Blick noch einen schweren Seufzer noch den Schatten eines Kummers auf jemandes Gesicht bemerkt. Und diese Feste wiederholten sich jeden Tag — außer am Mittwoch, am Freitag und an den Feier tagen.

Eines Sonntags streckte ich mich nach dem Mittagsgottesdienst auf meiner Hängepritsche aus und überdachte, den Kopf nach unten gewandt, mein bisheriges und mein künftiges Leben. Plötzlich öffnete sich rasch die Tür, und ein hochgewachsenes, stattliches, schönes Mädchen in einem seidenen Sarafan und einem mit Fuchsfell gefütterten ärmellosen Brokatjäckchen stürzte herein. Das schwarze Haar war mit weißen Glasperlen, der Zopf mit prächtigen Bändern durchflochten. Die großen, von langen Wimpern beschatteten schwarzen Augen glänzten. Doch nicht mit dem Licht einer sanften Empfindsamkeit, sondern mit dem eines wilden, mir damals ganz unverständlichen Taumels. Sie schien zwanzig Jahre oder etwas darüber zu sein. Ich hatte sie bis dahin nie gesehen, doch schon der erste Blick nahm meine Seele völlig für sie ein.

Nachdem sie eingetreten oder, wie ich schon sagte, hereingestürzt war, blieb sie mitten im Raum stehen und brach, als sie bemerkte, daß meine Wirtin auf der Bank lag und schlief, in ein so schreckliches Gelächter aus, daß ich zusammenfuhr und mich zurückzog, während die Alte wach wurde. Dann streckte ich den Kopf wieder vor, aber nicht weiter als bis zur Nasenspitze, denn ich befürchtete, sie könnte mich gewahren und in Verwirrung geraten. Und hier begann die folgende Unterhaltung.

Die Alte: ‚Ach, du bist es, Annuschka! Guten Tag, meine Liebe! Worüber hast du so gelacht, als du zu mir in die Stube tratest?'

Annuschka: ‚Wie hätte ich nicht lachen sollen? Ich habe zuerst geglaubt, du wärst gestorben!'

Die Alte: ‚Vielen Dank für die Anteilnahme! Wo warst du denn die ganze Zeit? Du hast dich einen vollen Monat nicht auf den Abendkränzchen blicken lassen.'

Annuschka: ‚Ich will dir alles berichten. Es ist einen Monat her, da schickte der Mann meiner Tante aus dem Nachbardorf zu uns, mein Onkel Karp und ich sollten kommen — meine Tante, seine Frau, liege todkrank danieder. Wir fuhren also los und kamen an ...' (Sie weint.)

Die Alte: ‚Warum weinst du denn, Annuschka? Es ist besser und gesünder, grundlos zu lachen als grundlos zu weinen.'

Annuschka: ‚Wirklich? Gut, dann werde ich nur noch lachen. Wir kamen also an und sahen — meine Tante lag auf dem Bett, war totenblaß und spindeldürr und hatte so komische Augen.' (Sie lacht.) ‚Lachen ist doch gesünder als weinen, hast du gesagt.' (Sie stimmt ein Liedchen an.)

Die Alte: ‚Singen kannst du auch später, liebe Annuschka, erzähle erst mal, was du dort erlebt und getrieben hast.'

Annuschka: ‚Bitte sehr! Der Mann meiner Tante trat auf den Onkel zu, verneigte sich tief und sagte: »Nimm mir's nicht übel, teurer Schwager, wenn ich dich bemüht habe. Du siehst, deiner Schwester, meiner Frau, geht es sehr schlecht. Du bist reich, und ich bin arm — hilf mir mit etwas Geld aus, damit ich eine Wundertäterin kommen lassen kann. Wir haben hier eine berühmte Zauberin, die allerlei Krankheiten heilt. Man schickt sogar aus der Stadt nach ihr, nur verlangt sie, daß man im voraus zahlt, sonst krümmt sie keinen Finger. Das ist auch bei den Ärzten in der Stadt nicht anders, behauptet sie.« Mein Onkel machte ein ziemlich saures Gesicht und kratzte sich den Nacken, zog aber doch den Beutel hervor und zählte dem Schwager das Geld für die Zauberin her. Wir brauchten denn auch nicht lange auf sie zu warten. Ach, welch schrecklicher Anblick!‘ (Sie lacht.) ‚Sie stellte sich neben die Kranke, blies und spie sie an und vollführte allerlei Verrenkungen. Wir waren sehr erschrocken, aber noch mehr erschraken wir, als meine Tante ihrerseits auf die Zauberin blies, sie anspuckte und sich noch schlimmer verrenkte als jene. Da konnte man staunen! Nach vielerlei seltsamen Kunststücken, die die Zauberin vollbrachte, gestand sie, am Ende ihrer Weisheit zu sein, die Kranke sei in der Zauberei offenbar stärker. Sie rief uns alle in die gute Stube und fragte den Ehemann, ob er nicht irgendwelche Besonderheiten an seiner Frau entdeckt habe. Er entgegnete, das könne man wohl sagen — sie habe die Gewohnheit angenommen, nachts zu einem Nachbarn zu gehen, der schon seit langem im Ruf eines Zauberers stehe. Er sei, nachdem er das bemerkt habe, durch eine Bodenluke eingestiegen und durch den Flur in die Stube gelangt, wo er denn gewahrte, daß jener Nachbar sie allerlei seltsame Dinge lehrte. Der Nachbar aber sei böse geworden und habe ihn verprügelt. Dafür nun habe er seiner Frau am Morgen aufgelauert und sie dermaßen verdroschen, daß sie bis heute das Bett hüten müsse. Hier faßte mein Onkel den Schwager an der Hand und sagte: »Ich, mein Bester, ich bin in Tula aufgewachsen, habe dort lange gelebt und weiß darum mehr als du. Komm, wir gehen zu deiner Frau und versuchen, ob wir sie nicht nach meinem Rezept heilen können! Schließlich bin ich in diesen Fragen ein Kenner, obwohl ich als Junggeselle alt geworden bin.«

Sie gingen in die Krankenstube hinüber, packten die Kranke an den Haaren, zerrten sie aus dem Bett und behandelten sie auf eine Weise, daß es zum Lachen war.

Die Tante schrie, knirschte mit den Zähnen und trat mit den Beinen nach ihnen, doch die Behandlung dauerte an, bis sie verstummte. Man legte sie wieder ins Bett und ließ sie ausruhen. So eifrig man sie aber auch weiter behandelte — am fünften Tage war sie tot. Man begrub sie, und der Onkel und ich kehrten nach Hause zurück.‘

Die Alte: ‚Behüte uns Gott vor der Bekanntschaft mit Zauberern und Hexen! Wie leicht ist ein Unglück geschehen!‘

Annuschka: ‚Leb wohl, Großmutter! Ich komme morgen mit meinem Spinnrocken zu dir. Ich würde jetzt am liebsten weinen, da du aber gesagt hast, lachen ist gesünder, lache ich lieber.‘

Sie brach in lautes Lachen aus und verschwand. Obwohl ich

mich schon in einer Gegend befand, die viel weiter von Falalejewka entfernt lag als die, in der sich mein Onkel umgetan hatte, der bis Orjol gelangt war, hatte ich dergleichen nicht gesehen. Ich war nicht wenig darüber erbost, daß die schöne Annuschka lachte, wo selbst der Gleichgültigste unwillkürlich bittere Tränen vergießt, und wußte nicht, was ich davon halten sollte. Vergeßt bitte nicht, daß ich mich damals weder durch meine Erziehung noch durch meine Lebensweise oder sonst etwas von den Bewohnern des Dorfes unterschied, in dem ich mich aufhielt.

Nachdem Annuschka gegangen war, neigte ich mich bis zum Gürtel von meiner Hängepritsche hinunter und sagte zu der Alten: ‚Großmutter! Nicht wahr, auch du hast, solange du auf dieser Erde lebst, nur selten ein schönes Mädchen gesehen, das sich so schamlos benimmt? Wie kann man wie eine Besessene lachen, während man von den letzten Stunden seiner leiblichen Tante erzählt? Oh, wenn der verstorbene Fürst ...‘

Die Alte: ‚Was kümmern uns die Fürsten, mein Bester? Du bist eben Kleinbürger, und man merkt, daß du mit vornehmen Leuten zu tun hattest. Aber Gott mit ihnen! Wenn du wüßtest, wie Annuschka noch vor drei Jahren war, würdest du ihr wohl keine Vorwürfe machen.‘

Ich: ‚Du tust mir einen Gefallen, Großmutter, wenn du mir erzählst, weshalb ein so hübsches Mädchen so unausstehlich geworden ist.‘

Die Alte: ‚Gut, Simonytsch, ich will dir alles erzählen, du wirst dann bestimmt nicht wieder über sie schelten.‘

Sie kletterte auf den Ofen, setzte sich mir gegenüber nieder, rieb sich die Stirn und kratzte sich den Nacken. Dann hüstelte sie ein-, zweimal, wie das wohl jemand tut, der, wo es auch sei, eine öffentliche Rede halten will, und begann: ‚Ich bin im hiesigen Dorf geboren, habe hier geheiratet und meinen Mann begraben und hoffe, selber hier begraben zu werden. Das sage ich dir, damit du weißt, daß mir hier alles bis ins kleinste bekannt ist. Du wirst am Ende unseres Dorfes zwei Häuser an der Straße bemerkt haben, eins gegenüber dem anderen. Sie sind jetzt leer wie alte Gräber.

Es gab eine Zeit, da waren auch sie von Menschen bewohnt, und von guten. Im Hause links lebte der Bauer Iwan, ein alter Witwer, mit seiner Tochter Annuschka. Du hast sie gesehen, ich brauche weiter kein Wort über sie zu verlieren. Auf der rechten Seite lebte die Witwe Marja mit ihrem jungen Sohn Andrej. Ihn hast du nicht gesehen, und über ihn muß ich einiges sagen. Er war vor drei Jahren fünfundzwanzig, hoch von Wuchs, rotbackig, stark und arbeitsam.

Obwohl Iwan und Marja die ärmsten Bauern in unserem Dorfe waren, schämten sich auch die reichsten nicht, einzugestehen, daß sich kein Mädchen besser aufs Spinnen, Weben und Sticken verstand als die schöne Annuschka und daß kein Bursche den forschen Andrej an Fleiß übertraf, sei's bei der Feldarbeit, sei es im Hause. Die Gemeinsamkeit in der Armut brachte es mit sich, daß die Häuser gleichsam zu einem wurden. Wenn Iwan Andrej in seinem erblickte, behandelte er ihn, als wäre er sein eigener Sohn. Genauso verhielt sich Marja gegen Annuschka. Als Annuschka siebzehn wurde — Andrej war fünfundzwanzig —, kamen die Eltern überein, sie zu verheiraten, und setzten den Tag der Hochzeit fest.

Ich bin nun bald siebzig Jahre alt. In dieser Zeit hat es bei uns viele gute Dorfälteste gegeben, aber noch mehr böse. Als Annuschka und Andrej einander versprochen wurden, hatten wir schon den jetzigen, Onissim. Obwohl er schon alt ist und Kinder hat und, wie das bei uns so geht, ein Griesgram und Geizhals sein müßte, galt er schon damals im ganzen Dorf den Alten als Bruder, den Leuten mittleren Alters als Onkel, der Jugend als Vater. Du, Simonytsch, bist nicht mehr neu bei uns und hast gewiß bemerkt, wie man ihn auf der Straße grüßt. Man würde keinen Amtsschreiber so grüßen! Kurz — der Dorfälteste Onissim mischte sich in die Angelegenheit ein, kam, da er wußte, wie arm der Bräutigam und die Braut waren, zu Iwan und sagte: »Du bist ein guter Mensch, Iwan, aber sehr arm. Auch dein zukünftiger Schwiegersohn Andrej ist ein lieber Bursche, doch ebenfalls arm. Ich habe es vielleicht gar nicht verdient, bin aber zehnmal reicher als ihr. Und hier also mein Vorschlag. Sobald du die Kinder verheiratet hast, trete ich ihnen zwei Pferde, eine Kuh, einige Schafe und was man sonst im Hause braucht ab. Werden sie reich, dann geben sie es zurück, wenn nicht mir, dann meinen Kindern. Wenn ich im Grabe liege, werden sie sich meiner erinnern und ihren Kindern erzählen: Onissim war kein böser Dorfältester.«

Iwan verneigte sich vor ihm für diese Freundlichkeit bis zur Erde, und der Tag der Trauung wurde endgültig festgesetzt. Der Älteste verpflichtete ein paar Frauen, der Braut bei den Vorbereitungen zu helfen, darunter war auch ich. Der Sonntag brach an. Kaum dämmerte es, da waren wir schon alle auf den Beinen. Die Hähne hatten noch nicht zum drittenmal gekräht, als an Iwans Tür gepocht wurde und eine Stimme rief: »Gäste!« Wir öffneten, und ein Mann trat ein, in städtischem blauem Rock und rotem Hemd, mit schwarzem, graumeliertem Bart. Er fiel dem verblüfften Iwan um den Hals und rief: »Wie? Du kennst deinen Bruder Karp nicht mehr?« — »Ach«, entgegnete Iwan, schluchzte auf und umhalste ihn seinerseits.

Nachdem man sich ein wenig beruhigt hatte, erzählte Iwan von seinen Bewandtnissen und fügte hinzu, dies sei der Tag der Trauung seiner Tochter mit dem Nachbarn Andrej. Der Onkel sah sich die Braut an, schüttelte den Kopf, strich den Schnurrbart zurecht, glättete den Bart und sagte: »Bruder Iwan! Du weißt, ich stehe auf dieser Welt allein. In den mehr als zehn Jahren, die ich in Tula gelebt habe, habe ich einiges erspart und bin entschlossen, den Rest meiner Tage mit dir und deiner Tochter zu verbringen. Ich galt schon in Tula nicht als der letzte unter den Kleinbürgern und werde es hier erst recht nicht sein. Eben aus diesem Grunde bin ich auf den Gedanken gekommen, einen Bräutigam für deine Tochter auszuwählen — gleichfalls einen dortigen Kleinbürger. Er ist zwar etwas älter als ich, dafür aber klug und wohlhabend. Also, Bruder Iwan, gib deinem Andrej den Laufpaß und warte auf meinen Freiersmann. Und hier ist fürs erste ein Stück Mitgift für die Braut.«

Er holte einen großen Lederbeutel unter dem Rockaufschlag hervor und schüttete einen Haufen Geld auf den Tisch, lauter Silber. Nicht eine Kupfermünze war dabei! Alle schrien: »Ach!«, und Iwan konnte sich von dem Anblick gar nicht mehr losreißen. Man brach vor Freude in Lachen aus. Nur die Braut stand kreidebleich da und klammerte sich an den Türpfosten. »Onkel«, sagte sie unter Tränen, »was sollen wir mit Ihrem Silber? Wir waren bis heute auch ohne es glücklich!« — »Du bist ein Bauerntrampel«, entgegnete der Vater. »Wenn wir schon ohne Silber glücklich waren, dann werden wir mit Silber zehnmal glücklicher sein!« — »Machen Sie, was Sie wollen, ich für mein Teil will weder Gold noch Silber. Ich brauche nur Andrej.« Mit diesen Worten ging sie hinaus. Die beiden Brüder lachten über Annuschkas Halsstarrigkeit, besiegelten die Sache durch Handschlag und machten sich ans Feiern. Niemand im ganzen Dorf wußte etwas von dieser Begebenheit.

Ach, Simonytsch, du wirst sicherlich zugeben, daß auch alte Frauen ein Herz haben, wenn auch ein anderes als junge Mädchen, aber doch ein Herz. Mir blutet mein Herz noch heute, wenn ich daran denke, was dann folgte. Aber hör zu!' "

VIERTES KAPITEL
Macht Reichtum glücklich?

„,Es war im Sommer, und die Sonne stand schon ziemlich hoch, als Andrej auf dem Hof erschien, umringt von einem Haufen Volk. Er betrat die Stube, verneigte sich nach allen Seiten und stutzte, als er den ihm ganz unbekannten Onkel Karp erblickte. Und hier begannen sie, das heißt der Vater der Braut, der Onkel und der Bräutigam, eine Unterhaltung.

Der Vater: »Wieso hast du dich so herausgeputzt, Andrej?«

Andrej: »Wie, lieber Vater, zieht man sich denn an seinem Hochzeitstag nicht möglichst fein an?«

Der Onkel: »Ist denn heute Hochzeit? Wieso sehe ich dann den Bräutigam nicht hier?«

Andrej: »Mit Verlaub, Euer Gnaden — der bin ich!«

Der Onkel: »Das glaube ich nicht und will ich auch nicht glauben. Ich kenne den Bräutigam wie mich selbst. Er muß bald hier sein.«

Andrej: »Wenn du's nicht glauben willst, dann laß es von mir aus bleiben. Wo ist denn die Braut?«

Iwan: »Komm zu dir, Andrej. Dies ist mein leiblicher Bruder Karp, der Onkel der Braut, ein Kleinbürger aus Tula!«

Andrej wußte nichts mehr zu sagen und verfärbte sich. Als er wieder zu sich kam, wollte er sich bei Onkel Karp einschmeicheln, aber der blieb unnahbar. Während dieser Verstimmung öffnete sich die Tür, und ein grauhaariges altes Männlein trat ein. »Das ist Awtonom, Annuschkas Bräutigam«, rief Onkel Karp und umarmte den Gast. Andrej stand da wie eine Birke auf dem Feld. Er sprach kein Wort mehr, setzte sich auf die Bank neben der Tür und starrte so unverwandt zu Boden, als suchte er dort einen Schatz.

Um der Wahrheit die Ehre zu geben — der grauhaarige Freier war noch prächtiger angezogen als Onkel Karp, aber das half nichts. Als man die Braut hereinführte und er in städtischen Wendungen zu ihr redete, schnitt sie ihm stracks das Wort ab. »Und wenn du doppelt und dreifach so reich wärst, ich will nicht die Deine sein!« — »Kindereien«, sagte der Vater, »das wird sich finden. Womit gedenkt denn der Bräutigam der Braut eine Freude zu machen?« Der Bräutigam eilte hinaus und schleppte zusammen mit einem Knecht eine große Truhe herbei, öffnete sie und begann den Inhalt vorzuzeigen — solche Schätze hatte man sein Lebtag nicht gesehen! Was für Ohrgehänge, Ringe und Halsketten, was für Mäntelchen und Sarafane, was für Kopfputz es da gab, und von allem eine unüberschaubare Menge! Onkel Karp sah mit spöttischem Lächeln zu, während Annuschkas Vater an einen hungrigen

Wolf erinnerte, der das Schaf betrachtet, das er gerissen hat ... Man zerrte die Braut in eine andere Stube. Und sosehr sie sich auch loszureißen suchte und weinte — wir zogen ihr die neuen Kleider an und brachten sie zum Bräutigam. Er faßte sie bei der Hand und zerrte sie mit sich fort in die Kirche. Wir alle folgten. In einiger Entfernung schleppte sich Andrej hinter uns her. Er war so benommen, daß ihn jedermann für einen Betrunkenen gehalten hätte.

Ich weiß nicht, wie ich mich ausdrücken soll, Simonytsch. Jedenfalls war unser damaliger Geistlicher ein äußerst merkwürdiger Mann — für ihn gab es in der Kirche keine Unterschiede, einerlei, wer vor ihm stand, ob Bauer, Kaufmann oder Edelmann. Er redete oft und viel von Dingen, die wohl selbst der Gemeindeschreiber nicht verstand. Ich habe aber dennoch einiges begriffen. Manchmal zum Beispiel sagte er: »Wenn ihr dasteht und betet, dann seid ihr vor Gott alle gleich. Gott blickt nicht auf euren Aufputz, sondern auf eure Inbrunst. Habt ihr die Kirche aber verlassen, dann denkt daran, daß ihr den Oberen zu gehorchen habt, wie das in aller Welt der Brauch ist.« Und manchmal . . .'

‚Aber Großmutter', wandte ich ein und drehte mich auf meiner Hängepritsche auf die andere Seite, ‚du wolltest mir doch von Annuschka erzählen!'

‚Schon gut', entgegnete sie und fuhr in ihrer Erzählung fort. ‚Als endlich die Trauung begann, fragte Vater Michail wie üblich den Bräutigam, ob er die Braut zum Weibe wolle, worauf er zur Antwort erhielt: »Ja!« Die Reihe war nun an der Braut, und sie erwiderte: »Nein!« Der Geistliche stutzte, und das Hochzeitsgefolge war starr, vom Bräutigam ganz zu schweigen. So drohend die Blicke auch waren, die Onkel Karp ihr zuwarf, sosehr die anderen ihr allerlei Zeichen machten — es half nichts. Der Geistliche wiederholte die Frage und erhielt dieselbe Antwort. Worauf er, ungeachtet der Bitten von Onkel Karp, ungeachtet der Beschwörungen des Bräutigams, die Trauung nicht vollzog. Welche Schande für uns alle, besonders für den Bräutigam und für Onkel Karp! Als ich an Andrej vorbeikam, bemerkte ich, daß er zwar immer noch weinte, aber seine Tränen nun ganz andere waren.

Muß ich dir erst erzählen, welchen Empfang Iwan seiner Tochter bereitete, als er von ihrem Starrsinn erfuhr? Ich habe sie immer geliebt, und es bedrückt mich, von ihrem Kummer zu sprechen.

Nachdem man Annuschka in eine Kammer gesperrt und sich bei einem Gläschen Schnaps ein wenig beruhigt hatte, beschloß man, geduldig darauf zu warten, daß sich die Braut besinne. Man brachte volle drei Tage mit Feiern zu, als sei die Angelegenheit tatsächlich schon geregelt. Nur einer fehlte bei dem Gelage — Annuschka.

Gegen Mittag des vierten Tages beehrte uns der gute Dorfälteste.

Alle waren hocherfreut, und Onkel Karp kredenzte ihm

ein Gläschen vom besten Schnaps. Er leerte es, setzte sich und sagte: »Beglückwünscht mich, liebe Leute, ich habe einen Schatz gefunden.«

Einige von den Leuten: »Ach was! Ist er groß? Reicht er für lange?«

Der Dorfälteste: »Vielen wird er ganz wertlos erscheinen, für mich jedoch ist er sehr groß. Ob er aber für lange reichen wird, weiß ich nicht. Ich glaube, nur für ganz kurze Zeit.«

Onkel Karp: »Hach! Pafnutjitsch! Als wärest du ein Verschwender! Worin besteht er denn, der Schatz? Aus Silber, aus Gold oder aus Perlen? Du weißt, ich habe in der Stadt mit so manchem Handel getrieben und kenne den Wert einer Sache. Zeig mir den Schatz, vielleicht kauf ich dir etwas ab!«

Der Dorfälteste: »Er ist mir zugefallen und unverkäuflich. Außerdem würde ihn niemand in die Hände bekommen.«

Der Bräutigam: »Trinke noch ein Schnäpschen und erzähle uns, wie du ihn gefunden hast. Einen Schatz zu finden ist mir mein Lebtag nicht geglückt.«

Der Dorfälteste: »Ich erzähle es euch auch ohne Schnäpschen. Am letzten Sonntag, als wir alle in der Kirche waren und die Schlappe Seiner Gnaden des Herrn Bräutigams erlebten, kam in der Abenddämmerung Andrej zu mir und bat: Ich habe schon seit langem keinen Vater mehr. Sei du mein Vater und erteile mir deinen Segen! — Den Segen wozu? — Du weißt, ich bin unglücklich. In einem Dorf, unweit von hier, liegt ein Regiment in Quartier, und der Kommandeur nimmt gerne unbeschäftigte Leute in seine Truppe auf. Ich gehe morgen früh hin. — Gut, mein Sohn. Und deine alte Mutter? — Das ist es ja! Alles, was ich habe, ist ein neues Haus und meine alte Mutter! Nimm und behalte beides. Wir führen gerade Krieg gegen die Ungläubigen, und irgendwer muß schließlich für den Zaren und die Kirche sterben. Vielleicht falle ich — dann laß für meinen Seelenfrieden beten!

Mir kamen bei den Worten des guten Burschen die Tränen. Ich ging zu seiner Mutter, beratschlagte mit ihr und stattete ihn mit allem aus, was er unterwegs brauchte. Das erforderte zwei Tage, und heute früh nahm ich die untröstliche alte Mutter an meine rechte, den schluchzenden Sohn an meine linke Hand und führte sie auf die Straße hinaus, wies dem Sohn wortlos den Weg, denn Worte fand ich in diesem Augenblick nicht, und brachte die Alte zu mir ins Haus, wo sie in Frieden bis an ihr Ende leben mag. Und jetzt gönnt mir ein Gläschen Schnaps und beglückwünscht mich, gute Leute!«

Hier griff er unaufgefordert ein Gläschen vom Tisch und trank es mit großem Behagen leer. Erst schauten ihn alle verwundert an, dann brachen sie in so schallendes Gelächter aus, daß die Wände bebten. Und Onkel Karp sagte: »Das also ist dein Schatz, Dorfältester? Du bist nicht zu beneiden!«

Gerade wollten sich auch der Vater und der Bräutigam einmischen, als man in der Kammer nebenan lautes Poltern hörte und alles unwillkürlich dorthin stürzte. Wie sehr aber erschraken wir, als wir die arme Annuschka regungslos auf dem Fußboden fanden! Wir hatten lange zu tun, sie zu Bewußtsein zu bringen. Schließlich schlug sie die Augen auf, musterte alle aufmerksam und lachte so laut, daß wir noch ärger erschraken. Ihre Augen funkelten wie glühende Kohlen, die eben noch blassen Wangen flammten wie roter Mohn. »Was hast du nur, Annuschka?« fragte man der Reihe nach. Sie aber sprang plötzlich auf und gab fröhlich zur Antwort: »Bis jetzt habt nur ihr gelacht, während ich weinte. Nun lache auch ich! Ach, wie gut sich doch alles trifft! Er zieht in den Krieg, kommt dort um, wird niedergesäbelt oder erschossen, und sein Blut...« Hier befiel sie ein Zittern, sie setzte sich still auf die Bank, starrte alle mit abwesenden Augen an, spielte an ihren Fingern und kniff sich die Hände blutig. Ich vernahm aber keinen einzigen Seufzer von ihr. Als erstem rollten dem Dorfältesten die Tränen über die Wangen. Er eilte auf sie zu, zog sie in seine Arme, hob sie hoch und fragte: »Was ist denn, liebes Mädchen?« Sie brach, statt zu antworten, in Lachen aus, schmiegte sich an ihn und fragte mit leiser Stimme: »Wo bin ich?« Hier wurde allen klar, daß die arme Annuschka von Sinnen war.

Der Vater, Onkel Karp und der Bräutigam erhoben ein furchtbares Wehgeschrei, wie man es hört, wenn ein geliebter Mensch ins Grab gesenkt wird. »Jetzt ist es zu spät«, sagte der Dorfälteste und trocknete Bart und Schnurrbart, an denen immerzu Tränen herabliefen, mit dem Taschentuch ab. »Vorerst bleibt sie bei mir. Vielleicht steht der Herrgott ihr bei.«

Der Dorfälteste nahm sie mit, und unser Mittagessen glich einem Leichenschmaus. Es gab zwar viel zu essen und zu trinken, aber niemand rührte etwas an. Iwan traute sich nicht, seinen Bruder anzusehen, sein Bruder Karp nicht den Bräutigam und dieser nicht die beiden Brüder. Aber was ist da noch viel zu reden! Der Bräutigam reiste gleich am folgenden Tage ab, wenige Wochen später starb die gute Marja, und Iwan, der sich für schuldig an ihrem Tode hielt, ließ den Kopf hängen, erkrankte und verstarb bald darauf ebenfalls. Karp nahm Annuschka bei sich auf, ließ allerlei Wundertäter kommen und gab viel Geld dafür aus, aber geholfen hat es nicht. Annuschka ist noch immer dieselbe.‘

Hier trocknete die Alte ihre Tränen, rutschte vom Ofen und sagte:

‚Schon recht, schlaf gut, ich gehe noch auf einen Sprung zu ihr.‘

Ich wälzte mich vergeblich auf meiner Hängepritsche hin und her und konnte kein Auge zutun. Immerfort schwebte mir das Bild der liebenswerten und über alle Maßen unglücklichen Annuschka vor. Gegen Morgen, als ich gerade am Einschlafen war, klappte wieder die Tür, und ich hörte meine Wirtin schluchzen.

‚Was hast du?‘ fragte ich.

‚Ach, Simonytsch! Wenn du das gesehen hättest! Ich saß bis zur Abenddämmerung bei Annuschka und lauschte ihren wehmütigen Liedern. Man brachte eine Kerze herein, denn Onkel Karp kann Leuchtspäne nicht ausstehen. Plötzlich pochte jemand an die Tür. Die Tür ging auf, und wir sahen — ein hochgewachsener Bursche trat ein, grün gekleidet, auch an der Mütze eine grüne Feder. Wir errieten sogleich, daß er Soldat, und zwar Jäger war. Annuschka heftete die großen Augen auf ihn, ich desgleichen. Sie wurde blaß, und ich, Gott verzeih mir meine Sünde, machte die Dummheit und rief, als ich den Gast erkannte: »Andrej! Bist du es wirklich?« — »Andrej!« wiederholte Annuschka leise, streckte die Hände nach ihm aus, wollte aufstehen und sank auf die Bank zurück. Wir stürzten zu ihr hin. Sie seufzte zwei-, dreimal, die Augen schlossen sich, und Annuschka, Simonytsch, ist nicht mehr. Man schickte nach dem Geistlichen und nach dem Dorfältesten. Sie eilten auch bald herbei, konnten aber nur noch bestätigen, daß man für morgen einen Sarg braucht. Ach, meine Annuschka, liebe Annuschka! Hätte nicht ich gebrechliche Alte unter die Erde gehört und nicht du, liebes Mädchen?‘

Die Alte schluchzte herzzerreißend. Ich hatte die Unglückliche sozusagen nur einen Augenblick gesehen, aber auch ich konnte die Tränen nicht unterdrücken.

‚Was geschieht nun bei ihnen?‘ fragte ich.

‚Das kannst du dir doch denken! Andrej wird entweder bald sterben, oder auch er verliert den Verstand. Onkel Karp ist verzweifelt. Der Dorfälteste gebärdet sich wie ein kleines Kind. Nur der gute Vater Michail versucht alle zu trösten, aber auch er unter Tränen. Kommst du morgen zum Begräbnis?'

‚Davor bewahre mich Gott', entgegnete ich. ‚Womöglich kriege ich einen Tobsuchtsanfall und verprügele Onkel Karp!'

‚Das hätte er auch verdient', gab die Alte zur Antwort und ging wieder.

Nachdem ich mich in diesem Dorf genügend ausgeruht hatte, beschloß ich, es beim ersten Hahnenschrei zu verlassen. Meine Wirtin kehrte gegen Mitternacht nach Hause zurück und schlief, ermüdet von den Scherereien mit dem Begräbnis, fest ein. Ich stand, wie ich mir vorgenommen hatte, in aller Frühe auf, zog mich an, legte einiges Geld auf den Tisch, trat, nachdem ich mich dreimal bekreuzigt hatte, auf die Straße hinaus und machte mich auf den Weg, wobei ich Gott darum bat, Annuschka in ihrem gegenwärtigen Leben glücklicher werden zu lassen als in ihrem irdischen."

FÜNFTES KAPITEL

Die Leidenschaft für die Wissenschaften

„Als die Sonne aufging, war ich schon fünfzehn Werst vom Dorf entfernt und fest entschlossen, nirgends länger als einen Tag zu verweilen, um die ruhmreiche Hauptstadt Moskau desto schneller zu erreichen. Der Monat März machte mir das Wandern leicht, und vierzehn Tage später langte ich vor den Toren der prächtigen Hauptstadt an, von der ich schon in Falalejewka geträumt hatte.

Ich stand wohl eine Stunde am Serpuchower Tor und sah mich staunend nach allen Seiten um. Die Menschen wogten wie die Wellen eines mächtigen Stromes. Die einen strebten in die Stadt, die anderen aus ihr hinaus — in Kutschen und Kaleschen, in Schlitten und Schlittchen, die Stutzer sogar in Droschken, denn hier und da trat schon das Steinpflaster unter dem Schnee hervor. Das Schreien der Menschen, das Poltern und Knarren der Equipagen riefen in meinen Ohren ein solches Brausen hervor, daß ich, weil ich es nicht gewohnt war, die einzelnen Laute nicht unterschied. Auch flimmerte es mir vor den Augen. Ich hatte schon lange Hunger, fürchtete mich jedoch, durch das Tor hineinzugehen. Da ich aber gewahrte, daß andere, die nicht besser gekleidet waren als ich, es mutig taten, bekreuzigte ich mich und folgte ihrem Beispiel. Kaum hatte ich hundert Schritte auf der Straße zurückgelegt, als mich ein unbeschreiblicher Schrecken befiel. ‚Geh beiseite! Geh schon!' rief jemand hinter mir. Ich blickte mich um und sah eine sechsspännige Kutsche auf mich zusprengen. Ich stürzte in größter Eile nach rechts. ‚Beiseite!' rief es auch hier. Eine Kutsche jagte mir entgegen. Ich wandte mich ganz verwirrt nach links. ‚Beiseite!' hieß es auch da. Aus, ich bin verloren, dachte ich. Entsetzen packte mich. Ich wich zurück und hörte plötzlich ein helles ‚Ach!'. Ich konnte mich gerade noch umschauen und eine prächtig gekleidete junge Frau erkennen, der ein von Kopf bis Fuß betreßter Herr folgte, konnte mir gerade noch vornehmen, mich höflich zu entschuldigen und zu erklären, ich hätte hinten keine Augen und bäte den kleinen Zusammenstoß großmütigst zu entschuldigen, als der hochgewachsene Herr mit den Tressen auf mich zusprang und mir die Faust so geschickt auf den Kopf hieb, daß ich wankte und zusammenbrach. ‚Ach', erklang es aufs neue, aber nun schon mehrstimmig und in furchterregenden Baßtönen. ‚Ach, der Spitzbube! Na warte, uns wirst du nicht entwischen!' Zwei bärtige Kerle faßten mich am Kragen und richteten mich auf, wobei der eine mich anfuhr: ‚Sieh, was du angerichtet hast, du Bösewicht! Mein ganzes Tragebrett mit den Piroggen hast du in den Straßenschmutz gekippt! Sofort bezahlst du mir den Schaden — oder auf zum Revier!'

‚Was ist das — ein Revier, mein Freund?' erkundigte ich mich.

‚Das ist eine nette Örtlichkeit, an der man die Wahrheit im Nu herausbringt und der geschädigten Seite Gerechtigkeit widerfahren läßt.'

‚Gerechtigkeit!' rief ich aus, und ein Zittern befiel mich. ‚Oh, bitte, mein Freund, ich ersetze dir deinen Schaden! Auf wieviel beläuft er sich denn?'

Der Mann zählte seine Piroggen.

‚Sieh her, es waren dreiunddreißig. Das Stück zwei Kopeken. Rechne dir aus, was es macht!'

‚Sechsundfünfzig Kopeken', entgegnete ich.

‚Oh, oh!' sagte der Mann und kratzte sich hinterm Ohr. ‚Ich sehe, ohne Revier geht's nicht!'

‚Ja, wieviel macht es denn?' rief ich ungeduldig und holte den Beutel mit dem Kleingeld hervor.

‚Also paß auf — drei mal zwanzig macht achtzig, und für

diese drei, weil sie besonders mitgenommen sind, bezahlst du neun Kopeken. Zusammen also fünfundneunzig Kopeken. Los, zähl sie her oder komm mit!' Und er packte mich am Kragen. Da ich jedoch befürchtete, er könne auf diese Weise ebensogut mehr als einen Rubel errechnen, zahlte ich auf der Stelle und ging mit langsamen Schritten weiter, wobei ich mich möglichst nahe an der Wand hielt. Der Mann las die Piroggen auf, pustete über sie hin, wischte sie ab und pries sie aufs neue an. ‚Hierher! Zu mir! Hier noch die heißen!'

Ich suchte mir eine Herberge und mietete einen Winkel, in dem ich bleiben wollte, bis ich den schmalen Pfad zu Ruhm und Glück gefunden hatte. Der Sohn des Wirts, ein äußerst lustiger Vogel, versprach, mir gleich am nächsten Tage Moskau und alles Sehenswerte darin zu zeigen. Er hielt auch Wort und führte mich eine volle Woche in allen Straßen, auf allen Plätzen, in allen Kirchen umher. In den ersten Tagen wuchs

mein Erstaunen mit jedem Schritt. Sobald mir ein Herr mit Tressen unter die Augen kam, versuchte ich, einen Sashen zur Seite zu springen, doch mein Begleiter hielt mich fest und sagte: ‚Hab keine Angst, das ist ein ganz gewöhnlicher Diener, nur dient er offenbar bei einem reichen Mann oder bei einem Verschwender. Du wirst mit der Zeit noch Leute kennenlernen, die ihren Besitz vergeudet haben und nur vom Kartenspielen leben. Sie legen sich oft genug mit leerem Magen schlafen, fahren aber am nächsten Morgen vierspännig aus, begleitet von einem goldstrotzenden Lakaien.‘

Ich prägte mir die Moskauer Straßen rasch ein, und wenn ich gelegentlich ziemlich weit abkam, ließ ich mir den Weg zu der Straße, in der ich wohnte, von den Vorüberkommenden zeigen.

Auf diesen Spaziergängen blieb ich jedesmal vor einer Tür stehen, über der ein Bild angebracht war. Es stellte ein Schiff an der Landebrücke dar, aus dem man Fässer ans Ufer rollte, wo eine prächtig gekleidete Dame saß, die sich von einem Teufel Weintrauben reichen ließ. Ich betrachtete dieses Bild stets eine Weile. Eines Tages, als ich es länger als gewöhnlich anstaunte, trat ein Kaufmann mit schwarzem Bart aus der Tür und fragte mich in freundlichem Tone: ‚Was stehst du da und gaffst, junger Mann?‘

Ich drückte offenherzig meine Verwunderung darüber aus, daß die Dame auf dem Bild mit so zufriedener Miene Weintrauben vom bösen Geist entgegennahm, an den auch nur zu denken man sich fürchtet! Der Kaufmann brach in lautes Lachen aus und sagte: ‚Oh, man merkt, daß du noch nicht lange hier bist, sonst hättest du dich an diesen bösen Geistern längst satt gesehen! Es gibt hier genug davon. Und die vornehmen Damen lehnen ihre Dienste keineswegs ab.‘

Er hatte Mühe, das Befremden zu zerstreuen, in das mich seine Worte versetzt hatten, indem er mir umständlich erklärte, bei diesen bösen Geistern handele es sich um Mohren. ‚Da ich merke‘, fuhr er fort, ‚daß du hier keine Beschäftigung hast — willst du nicht als Kommis bei mir arbeiten? Deine Arbeit wird im Anfang ganz einfach sein, und zwar sollst du Wein in Flaschen füllen, die Flaschen versiegeln und mit Etiketts versehen. Die Kost bei mir ist nicht schlecht, und auch der Lohn wird reichen.‘

Ich stimmte mit Freuden zu, rechnete noch am selben Tag mit dem Herbergswirt ab und siedelte in den Keller zum Kaufmann über. Ich kaufte mir ein Bett mit allem Zubehör, erwarb auf dem Trödelmarkt recht anständige Kleidung im Kaufmannsgeschmack, trat schon am folgenden Tag meinen Dienst an und bewunderte mich selbst.

Die Zeit verging schnell. Ich tat meine Arbeit möglichst ordentlich, und alle gewannen mich lieb — der Hausherr, seine Frau und die Köchin. Ich gab mir Mühe, mit allen gut Freund zu sein, und hatte auch Erfolg damit. Der Frühling kam. Sawwa Trifonowitsch, mein Prinzipal, behandelte mich wie einen Anverwandten. Jedesmal wenn er mit Samowar und Piroggen, mit Frau und Freunden einen Ausflug in die Worobjower Berge oder in das Wäldchen Marjina rostscha machte, nahm er mich mit. Ich führte ein ruhiges Leben, das aber bald durch einen völlig belanglosen Zufall ein Ende fand.

Eines Tages, als ich im Weinkeller allein war, hörte ich einen Hausierer ausrufen: ‚Bücher, Bücher!‘ Die Lust am Lesen gehörte zu meinen angeborenen Leidenschaften. Ich rief ihn herein und erwarb einige Poeme, Tragödien, Komödien und philosophische Romane. Als ich zahlte, legte er noch Feders ‚Logik' und ‚Metaphysik' und die Werke Baumeisters dazu.

Ich verbrachte ganze Nächte über der Lektüre. Ich las die Poeme, die Tragödien und Opern, muß aber gestehen, daß ich keinen Sinn und Verstand darin fand. Überall Lüge, Fanatismus, Anpassung an die Zeit, das Bemühen, es den Großen recht zu tun.

Diese Dummheiten lassen mich kalt, sagte ich mir blasiert und steckte die Poeme und theatralischen Dichtungen unter mein Bett, damit sich die Spinnen haltbare Nester zulegen konnten. Dann machte ich mich an die ‚Metaphysik' und war, obwohl ich nicht das geringste begriff, unwillkürlich gefesselt. Je mehr ich las, desto mehr entzündete sich meine Phantasie; nur entzog sich mir die Wahrheit leider desto mehr, je eifriger ich mich um sie bemühte. Ich war hinter ihr her wie der leidenschaftliche Liebhaber hinter seiner spröden Schönen, doch der Erfolg blieb aus. Mit metaphysischen Dingen beschäftigt, vergaß ich die physischen, das heißt das Versiegeln der Flaschen und das Aufkleben der Etiketts. Herr Sawwa Trifonowitsch bemerkte meine Säumigkeit im Dienst, erinnerte mich ein-, zweimal an meine Pflichten und erteilte mir schließlich einen Verweis.

‚Was machst du denn, Herr Tschistjakow? Schläfst du in einem fort?'

‚Ach nein!' entgegnete ich. ‚Mich hat der böse Geist verleitet — ich habe angefangen, die Metaphysik zu studieren.'

‚O Himmel', rief der Kaufmann, ‚da ist wahrhaftig der schlimmste aller bösen Geister in dich gefahren! Wie kann man sich an eine so hohe Wissenschaft wagen, ohne viel mehr als lesen und schreiben zu können, und auch das nur einigermaßen? Wenn du glücklich sein und dein Leben ohne allzuviel Sorgen verbringen willst, dann laß von der Metaphysik ab und wende dich mit ganzem Herzen den Weinen zu — der Erkenntnis ihrer Güte und der Kunst, sie zu schönen. Zu den nächsten Großen Fasten fahre ich nach Petersburg, um an der Börse Weine einzukaufen, und ich nehme dich mit — da wirst du rasch in alle Geheimnisse eindringen und mit der Zeit selber ein guter Kaufmann werden! Denke gründlich darüber nach und vergiß die Torheiten!'

So vernünftig der Kaufmann mir auch zuredete, ich war nicht imstande, mir die schöne Metaphysik aus dem Kopfe zu schlagen. Ich war rasend in sie verliebt und schwor ihr ewige

Treue. Bei dem Gedanken, ich solle dieser hohen Wissenschaft untreu werden, erschrak ich. Sie war das Maß alles Seienden und alles nicht Seienden und befaßte sich mit den Geistern der Hölle, dem Paradies und anderem mehr von derselben Wichtigkeit.

Der gute Sawwa duldete meine Trägheit noch einige Monate großmütig. Als er am Ende aber sah, daß ich dem Wahnsinn nahe war, sagte er eines Tages: ‚Nun, Gawrilo Simonowitsch, ich sehe, daß deine Krankheit unheilbar ist. Also gut, Gottes Wille geschehe! Ich habe dich ins Herz geschlossen und wollte dir zu deinem Glück verhelfen. Da sich aber jeder sein Glück auf eigene Weise vorstellt, widersetze ich mich nicht. Ich habe mich mit meinem Freund Bibarius, einem angesehenen hiesigen Metaphysiker, schon über alles geeinigt. Er ist bereit, dich für einen erträglichen Preis bei sich zu beherbergen, mit Speise und Trank zu versorgen und innerhalb dreier Jahre in allen Wissenschaften auszubilden. Ziehe mit Gott!‘

‚Nein, mein großmütiger Gönner‘, rief ich, durch seine Freigebigkeit gerührt, ‚ich habe selber so viel Geld, daß ich die Ansprüche des hochgelahrten Bibarius befriedigen kann.‘

‚Laß den Eigensinn‘, entgegnete der Kaufmann, ‚leg diese Kleidung an, die ich für dich beschafft habe, und komm!‘ Er hatte einen Rock nebst Hosen und Weste für mich gekauft, kurz — alles, was man braucht, um einen anständigen Menschen im Zivilstand zu präsentieren.

Während ich mich anzog, sagte er: ‚Wenn deine Leidenschaft für die Metaphysik erkaltet, wie Leidenschaften für gewöhnlich tun, dann kehre zu mir zurück, lege deine alte Kaufmannskleidung an und sei der Teilhaber meiner Mühen und meines Gewinstes.‘

‚Nein‘, erwiderte ich, ‚das wird nie geschehen! Wie wäre es möglich, daß ein gebildeter Mann Wein in Flaschen füllt und sie versiegelt? Ihm steht es weit besser an, zum Beispiel so zu verfahren ...‘ Hier ergriff ich eine Flasche Wein, entkorkte sie im Nu und trank zu Sawwa Trifonowitschs nicht geringem Erstaunen die Hälfte in einem Zuge leer.

‚Ich sehe ein‘, sagte er, ‚daß du das Zeug zu einem Gelehrten hast!‘

Bibarius nahm uns freundlich auf und wußte lange nicht, welchen Platz er dem ehrenwerten Sawwa Trifonowitsch anbieten sollte. Er hatte graue Haare und wirkte wie ein alter Mann, obwohl er nicht mehr als fünfundfünfzig Lenze zählte.

Die Wissenschaften hatten seinen Körper erschöpft. Wenn man sein blasses Gesicht, die eingefallenen Augen, die zitternden Glieder sah, empfand man unwillkürlich Mitleid mit ihm und heftigen Widerwillen gegen die Gelehrsamkeit. Ich war jedoch unerschütterlich. Die Bedingungen wurden endgültig festgelegt, die Fuhren mit meinen Habseligkeiten und Herrn Bibarius' Honorar trafen ein. Ich blieb gleich da und verabschiedete mich unter Tränen vom redlichen Sawwa.

‚Weine nicht, mein Freund', sagte der Kaufmann, ‚dies ist kein Abschied für die Ewigkeit. Ich komme Anfang jeden Monats zu Herrn Bibarius, um abzurechnen. Wir werden uns des öfteren sehen.'

Der Gelehrte begann gleich am folgenden Tag mit dem Unterricht, und zwar mit der Etymologie der lateinischen Sprache. Er war tatsächlich ein Mann von großem Wissen und ich ein fleißiger Schüler. Wir kamen darum gut voran und waren miteinander sehr zufrieden. Morgens befaßten wir uns, außer mit der lateinischen Sprache, auch mit Geschichte, Geographie und Mathematik. Der Nachmittag war dem Zeichnen und der Musik gewidmet, in welchen beiden Künsten mich ein besonderer Lehrer unterrichtete, ein Freund von Herrn Bi-

barius. Die Feiertage blieben der Erholung vorbehalten. Ich ging spazieren, unterhielt mich mit den Gästen meines Professors, lauter gelehrten Männern wie er, oder ich blies in meinen Mußestunden die Flöte. Nach Verlauf eines Jahres war ich in der lateinischen Sprache und den anderen Fächern schon ziemlich bewandert. Bibarius freute sich, und Sawwa Trifonowitsch desto mehr. Er verdoppelte zum Dank das Honorar, und der ehrenwerte Professor machte sich im neuen Jahr mit doppeltem Eifer ans Werk. Er eröffnete den Unterricht in Sawwas Gegenwart mit der Betrachtung, daß es nie zu spät sei, mit dem Lernen anzufangen, wie es nie zu spät sei, damit anzufangen, seine Laster zu überwinden. ‚Viele haben erst in einem ehrwürdigen Alter begonnen, sich mit den Wissenschaften zu befassen, und dennoch den Grad eines großen Philosophen erreicht', sagte er. ‚Die Fähigkeiten sind bei den Menschen unterschiedlich verteilt. Die einen offenbaren schon in frühester Jugend die Größe und den Reichtum ihres Genies — so Pindar, Tasso, Voltaire und andere, über die man bereits staunte, als sie noch nicht ohne fremde Hilfe die Kleider anziehen konnten. Die anderen dagegen, zum Beispiel Milton, schufen ihre Werke erst im vorgerückten Alter, betraten den Tempel des Ruhms und bleiben mit immergrünen Kränzen geschmückt, obwohl ihre Gräber von Gras überwuchert und ihre sterbliche Hülle längst vermodert und zu Staub geworden ist. Die Denkmäler sind den großen Männern in den Herzen der Nachfahren errichtet. Sie werden erst zerbröckeln, wenn die Sonne erlischt und in der Welt wieder das Chaos die Herrschaft antritt.'

Nach dieser Vorrede entfernte sich Sawwa Trifonowitsch, vermutlich aus Furcht, er könnte sich von der Leidenschaft für die Wissenschaften anstecken lassen und seinen Weinkeller aufgeben. Der Unterricht in Logik, Mathematik und Enzyklopädie, römischem Recht, Moralphilosophie und so weiter begann. Kurz und gut, ich wurde im Laufe weiterer zwei Jahre ein schrecklich gelehrter Mann, der bereit war, über jedermann herzufallen und ihm in Disputen über die Seele, den Verstand, die Lebensgeister und andere wichtige Gegenstände gehörig einzuheizen. Ich spielte auch recht angenehm die Flöte. Mein Triumph war unbeschreiblich. Wo ich auch ging und stand — alle meine Gedanken galten den verschiedenen Zweigen der Philosophie. Der Verlust Fekluschas berührte mich nicht im geringsten mehr. Das war natürlich geschehen, damit das Gleichgewicht der Welt erhalten blieb. Wer weiß, ob die Harmonia praestabilitata nicht in Unordnung geraten wäre, hätte man mir nicht meinen Sohn entführt? Die Lebensgeister in ihren verschiedenen Formen verfolgten mich selbst im Traum.

Ich muß gestehen, daß mein Professor, so gelehrt und herzensgut er war, doch Mensch blieb und menschliche Schwächen hatte. Abgesehen von seiner heftigen Neigung zum Entkorken von Flaschen, hing er auch mit flammender Liebe an seiner Frau, die ich bisher mit keinem Wort erwähnt habe, weil ich sie in den drei Jahren kein einziges Mal zu Gesicht bekam und auch nichts über sie hörte. Ich wußte nur von dritter Seite, daß es sie gab. Dann war er wohl sehr eifersüchtig? werdet ihr fragen. Ja, natürlich, das war er! Eine weitere Schwäche, die, wie man annehmen sollte, im Kopf eines Gelehrten keinen Platz haben konnte, gesellte sich hinzu — er hatte schreckliche Angst vor Teufeln und Gespenstern, vor Sinnestäuschungen und was dergleichen mehr ist. Er erging sich mit großem Eifer über die Teufel, wobei er nicht nur die Möglichkeit ihrer Existenz, sondern auch die ihres Erscheinens in den verschiedensten Tiergestalten vertrat. ‚Erschiene nämlich der Teufel', so meinte er, ‚dem Menschen in seiner wahren Gestalt, dann hielte es der Mensch nicht aus und würde einfach sterben.'

Ich war über die Schwächen des sonst so vernünftigen Alten im höchsten Grade erstaunt."

SECHSTES KAPITEL

Erfolge in der Liebe und in den Wissenschaften

„Als meine Ausbildung beendet war und ich in Bibarius', besonders aber in meinen eigenen Augen würdig erschien, mich in der großen Welt zu zeigen und hohen Ruhm zu ernten, bedeutete mir mein Lehrer eines Tages, ich solle mich für eine Prüfung bereit halten. Er beorderte zu diesem Zwecke etwa ein Dutzend seiner gelehrten Standesbrüder zu sich, die einem solchen Ruf auf jeden Fall zu folgen pflegen, und lud auch Sawwa Trifonowitsch ein. Dieser erschien, von einem Knecht mit allerlei Beuteln und Tüten begleitet. Was sie enthielten, wird man unschwer erraten.

Hierauf begannen mir die Gelehrten abwechselnd Fragen vorzulegen, der eine aus dem Bereich der Ontologie, der andere aus dem der Pneumatologie, der dritte aus dem der Naturtheologie. Ich war zuerst ein wenig verwirrt, faßte aber rasch Mut und beantwortete die Fragen mit solchem Schneid, daß selbst die Examinatoren staunten. ‚Oh, Herr Bibarius', sagten die ehrenwerten Männer, ‚man sieht, Sie haben Ihre Zeit mit diesem jungen Mann nicht verschwendet. Er ist des Lobes und einer Belohnung würdig.' Dann erhob sich der Älteste unter ihnen, nahm ein großes beschriebenes Blatt vom Tisch und verkündete mit lauter Stimme, Gawrilo Tschistjakow, dem Sohne Simons, werde dieses durch Unterschriften beglaubigte Zeugnis über seine Erfolge in den Wissenschaften ausgestellt, welches zu besitzen für jedermann schmeichelhafter sei denn der Besitz zahlreicher anderer Patente.

Alle unterschrieben in der Reihenfolge ihres Ranges, und man überreichte mir das Papier. Ich war außer mir vor Begeisterung.

Danach begann — im wahrsten Sinne des Wortes — ein Gelage, das bis Mitternacht andauerte. Man aß, trank und schrie durcheinander, bis alle heiser waren und die Zungen nicht einmal ein russisches, geschweige denn ein lateinisches Wort mehr aussprechen konnten. Der gute Bibarius stand den anderen in keiner Weise nach. Am folgenden Morgen sprach ich ihm, meinem Wohltäter, den gebührenden Dank für seine Fürsorge aus und schwor, das würde ich ihm nie vergessen.

‚Was ich getan habe, genügt noch nicht', sagte der Alte, ‚ich habe auch schon eine nette Stellung für dich in Aussicht, die du alsbald antreten kannst. Du kennst doch Herrn Jastrebow, dessen Neffen ich seinerzeit unterrichtet habe? Ein angesehener Edelmann! Sein Sekretär ist schon recht alt, und Jastrebow hat keine Verwendung mehr für ihn. Sowie er den wichtigen Auftrag, mit dem er nach Petersburg geschickt worden ist, erledigt hat, wird er entlassen, und du trittst das Amt an. Wundere dich nicht — er hat es mir versprochen und wird sein Wort auch halten, dessen bin ich sicher!'

‚Ich wundere mich nicht darüber, daß Sie mir weiterhin helfen wollen', rief ich, ‚ich kenne Ihre Herzensgüte und bin es gewohnt, Sie stets um andere bemüht zu sehen! Mich befremdet nur, daß Seine Exzellenz einen Mann entlassen will, weil er in seinen Diensten ergraut ist!'

‚Das ist bei vornehmen Leuten heutzutage gang und gäbe', entgegnete Bibarius mit der Bestimmtheit eines Mannes, der seine Erfahrungen hat. ‚Heute will jeder einen jungen Sekretär, der gewandt ist, sich zu bewegen, zu sitzen und zu blicken weiß, wie es die Sitte in der großen Welt verlangt, und der auch nicht übel ausschaut, damit die Gäste, vor allem die weiblichen, nicht über ihn lächeln. Das ist auch durchaus vernünftig. Was soll man mit einem alten Mann, so groß sein Wissen auch sein mag?'

Ich gab Herrn Bibarius recht und wartete in Ruhe auf die Verabschiedung des alten Sekretärs. Ihr werdet fragen, ob ich diese drei Jahre denn so eintönig, so ohne jedes Abenteuer verbracht habe, das der Erwähnung wert wäre'. Oh, ich hatte ein keineswegs unbedeutendes Abenteuer, das mir jedoch, so schön es an und für sich war, später Kummer und Mißbehagen bereitete.

Eines Tages, gegen Abend, trat Bibarius mit heiterer Miene und hocherhobenen Hauptes bei mir ein, was selten vorkam, da er den Kopf für gewöhnlich hängen ließ. Er betrachtete sich mehrmals im Spiegel, strich sich über die Wangen und zupfte wie ein Geck an sich herum. Ich glaubte schon, der gelahrte Herr sei übergeschnappt, als er auf mich zutrat und fragte: ‚Wie findest du mich, Herr Studiosus? Nicht wahr, du hieltest mich für einen schwachen, klapprigen, zu nichts mehr zu gebrauchenden alten Knaster? Wie? Stimmt's nicht? So wisse, du hast dich gewaltig geirrt! Soll ich dir die Wahrheit verraten? Ich werde in einigen Monaten Vater — das hat mir heute meine Frau eröffnet!'

Er schloß mich freundschaftlich in seine Arme, nahm Platz und fuhr fort: ‚Ich will ganz offen mit dir sein. Vor ungefähr fünf Jahren heiratete ich die Tochter eines Pastors. So geschickt, so nett und unterhaltsam sie auch war, bemerkte ich doch, daß sie schon einmal entbunden hatte. Obwohl mich das nicht allzusehr berührte, wurde ich, ich weiß nicht, aus welchem Grunde, eifersüchtig — in den fünf Jahren meines Ehelebens hat kein Mann meine Frau zu Gesicht bekommen.'

‚Die Eifersucht ist ein Laster, vor dem man sich hüten sollte', entgegnete ich. ‚Ein allzu eifersüchtiger Mann kann selber der Grund dafür sein, daß seine Frau die Regeln des Anstands vergißt und ihm untreu wird.'

‚Das mag schon stimmen', erwiderte der Professor, ‚und doch ist es zweierlei — Lektionen in Moralphilosophie erteilen oder danach handeln. Nimm alle großen Männer unseres Vaterlandes, und du wirst finden, daß auch sie ihre Schwächen haben. Sie schreiben so und handeln anders. Ist es darum verwunderlich, wenn ein Professor der Metaphysik eifersüchtig ist, zumal er triftige Gründe dafür hat? Ich wählte also das kleinere Übel, mein junger Freund, und sperrte meine Frau, nachdem ich sie geheiratet hatte, wie eine Gefangene ein. Ich lasse sie bis auf den heutigen Tag nicht heraus. Der Gedanke, daß ich in dieser Hinsicht ein Sultan bin, schmeichelt mir, obzwar ich nur eine und nicht tausend Sklavinnen besitze.'

,Alles ganz schön und gut', sagte ich, ,aber warum seine Frau als Sklavin betrachten?'

,Wer völlig beruhigt sein will', entgegnete der Professor, ,muß, wie ich meine, so handeln. Die Geschöpfe, die man Frauen nennt, sind eben eigenartig! Was sie heute bezaubert, kann morgen der Gegenstand ihres Hasses sein. Was sie am Morgen lieben, kann ihnen am Abend widerwärtig erscheinen. Aus bloßem Leichtsinn, aus Neugier, aus Langeweile oder weil sie den Einfall hatten, wie sie es selber ausdrücken, lieben sie, was sie vorher abscheulich fanden. Ich habe mein Eheleben auf diese tiefe Erkenntnis gegründet und danke der Vorsehung, daß ich es bis auf den heutigen Tag nicht zu bereuen brauchte. Meine Frau Nymphodora bekommt außer mir und der alten Köchin niemand zu sehen. Dafür ist sie auch keusch und ehrlich und ihrem Manne treu und wird ihn bald zum Vater eines kleinen Apoll oder einer jungen Muse machen!'

,Ihre Aufrichtigkeit und Ihr Freimut', erwiderte ich, ,verlangen ein gleiches Verhalten von mir. Ich muß Ihnen gestehen, auch ich habe Glück in der Liebe und soll bald Vater werden, verdanke das alles jedoch einem eifersüchtigen Gatten!'

,Wie das? Auf welche Weise?' rief Bibarius.

,Hören Sie zu', entgegnete ich, ,und Sie werden sehen. Als ich vor ungefähr sechs Monaten durch unsere Straße ging und über die Argumente a priori und a posteriori nachdachte, hörte ich vor der Nachbarpforte eine leise Stimme: »Gawrilo Simonowitsch!«

Ich blieb stehen, erblickte eine alte Frau und fragte, was sie wünsche.

»Möchten Sie glücklich sein«, fragte die Alte zurück, »und wissen Sie ein Geheimnis zu wahren?«

»So viele du willst«, entgegnete ich, denn ich ahnte schon, daß mir ein Liebesabenteuer bevorstand. Meine Wegweiserin faßte mich an der Hand, führte mich auf den kleinen Hof, der an unsere Wohnung grenzt, und von da in ein Zimmer. Hier erblickte ich eine schöne Frau von etwa fünfundzwanzig Jahren, die mich sehr liebenswürdig empfing.'

‚Welches sind ihre Kennzeichen', fragte Bibarius und wurde blaß, ‚und hängen diese Zimmer nicht mit unseren zusammen?'

‚Was haben Sie?' rief ich. ‚Sie sehen im Gesicht so verändert aus!'

‚Das hat nichts zu bedeuten', entgegnete der Professor schon ruhiger. ‚Das ist so eine Angewohnheit von mir. Die Eifersucht auf meine Frau hat sich in eine allgemeine verwandelt. Ich kann nicht ruhig zuhören, wenn von einem Liebesabenteuer erzählt wird — ich versetze mich unwillkürlich an die Stelle des Ehemannes, des Vaters oder des Bruders. Aber das hat nichts zu bedeuten. Fahr bitte fort, ich werde dich nicht mehr unterbrechen.'

‚Nachdem die üblichen Begrüßungskomplimente vorüber waren', erzählte ich weiter, ‚entschuldigte sich die Schöne der Mühe wegen, die sie mir verursacht habe. Ich erfuhr, daß sie unglücklich war und meine Hilfe brauchte. »Ich habe mir sagen lassen«, erklärte sie, »Sie seien ein geschickter Mann und wüßten Mittel und Wege, einer Unglücklichen zu helfen. Mein Gatte ist in einem Grade eifersüchtig, daß ich seit meiner Verheiratung keinen Mann zu Gesicht bekommen habe. Er belustigt sich über meine Seufzer, bereitet mir aber selber nicht das geringste Vergnügen und sperrt mich ein wie eine Gefangene. Ich halte es nicht länger aus. Ich will mich von ihm scheiden lassen und erwarte, daß Sie mir beistehen.«

Bevor ich ihr zu etwas raten konnte, sagte mir meine Sinnlichkeit: Nimm die Gelegenheit wahr! Ich folgte ihrer Stimme und wurde rasch zum glücklichen Liebhaber. Kaum waren die ersten Ausbrüche der Leidenschaft verrauscht, da hörten wir, wie im Türschloß des Zimmers, in dem wir uns befanden, ein Schlüssel umgedreht wurde. »Mein Gott«, sagte die Unbekannte, »das ist mein Mann! Wo sollen wir hin?« Hier packte sie mich am Arm, zeigte mit dem Finger, wo ich mich verbergen solle, und ich verschwand im Nu unter dem Bett. Der Ehemann kam herein, schnaufte, stöberte herum, die Frau fragte immerfort, was er denn suche, er gab jedoch keine Antwort. Nachdem er fort war und die Tür wieder verschlossen hatte, kroch ich unter dem Bett hervor und belohnte seine schönere Ehehälfte mit den zärtlichsten Umarmungen. Sie schwor mir grenzenlose Liebe und nötigte mir das Versprechen ab, unser Geheimnis zu wahren und unter keinen Umständen danach zu forschen, wer sie sei.

Mit derlei Kurzweil verbrachten wir etwa ein halbes Jahr. Wir wurden oft genug vom Ehemann überrascht, aber die Geistesgegenwart ließ meine Geliebte nie im Stich. Sie versteckte mich bald im Schrank unter der schmutzigen Wäsche, bald in der Ecke hinter ihrer Mantille oder wo sonst immer. Jedenfalls vermochte der arme Alte seinen Rivalen nie zu finden. Und vorgestern nun machte sie mich doppelt glücklich und eröffnete mir, sie trage die Frucht meiner Liebkosungen unter ihrem Herzen. Auch ich werde also bald Vater werden, Herr Bibarius, obwohl ich diesen Namen nicht führen darf!‘

Hier schloß ich den ehrenwerten Alten mit der Zärtlichkeit eines Sohnes in die Arme, er war jedoch wie aus Stein. Von seiner Stirne rann Schweiß, die Knie zitterten ihm, er wollte etwas sagen, doch seine bläulichen Lippen brachten nur ein Stöhnen hervor. Ohne auf meine Sympathiebekundungen einzugehen, nahm er einen Schlüssel aus der Kommode, ergriff meine Hand und führte mich in sein Arbeitszimmer, wo ich noch nie gewesen war, weil er mich nie dahin bestellt hatte. Ich fand dort nichts Besonderes. Der Professor schloß eine Tür auf, führte mich in ein anderes Zimmer, dann durch zwei weitere, deutete schließlich auf eine

Frau, die sich in äußerstem Erstaunen erhob, und fragte: ‚Ist es die?‘

Mir schwanden fast die Sinne, als ich meine Unbekannte erblickte. Ihre Lage war nicht besser als die meine. Der Zorn über meine mangelnde Verschwiegenheit, die Scham, die sie beim Anblick ihres Mannes empfand, ließen sie erstarren. Ich erwartete einen großen Auftritt und bereitete mich darauf vor, meine Rolle durchzuhalten, wie es einem unerschrockenen Manne geziemt, den das Schicksal auf eine glitschige Bahn geraten ließ.

Ich brauchte meine Unerschrockenheit jedoch nicht unter Beweis zu stellen. Bibarius trat auf seine Frau zu, schloß sie zärtlich in die Arme und sagte: ‚Hab keine Angst! Mir ist alles bekannt, und ich verzeihe dir. Ich allein bin schuld an allem. Ich schwöre dir, von Stund an von meiner törichten Eifersucht abzulassen, den Schlüssel zu dieser Tür in den Brunnen zu werfen und die Frucht deiner Liebe zu meinem Freunde zu lieben wie mein eigenes Kind.‘

Eine solche Wendung hatte ich nicht erwartet, zumal von einem Gelehrten; denn diese Klasse Mensch sieht Zärtlichkeit im Umgang als einen Fehler an. Doch Bibarius war, wie man sieht, nicht nur gelehrt, sondern auch klug. Ich umarmte ihn mit der Hingabe eines Sohnes und versprach, nie wieder den Fuß über jene Zimmerschwelle zu setzen. Wir söhnten uns alle miteinander aus und aßen zum erstenmal zu dritt zu Abend.

Bald darauf kehrte Herrn Jastrebows Sekretär aus Petersburg zurück. Er hatte seine Sache sehr gut gemacht und wurde darum kurzerhand entlassen, worauf Bibarius und ich uns zu dem großen Herrn begaben. Ich zitterte wie im Fieber, als ich seine Gemächer betrat. Julius Cäsar befand sich beim Überschreiten des Rubikon in keiner größeren Not als ich beim Überschreiten dieser Schwellen. Herr Jastrebow war ein Mann von etwa fünfundvierzig Jahren, hoch von Wuchs, kräftig gebaut und mit einer äußerst hochmütigen Miene. Er nickte Bibarius zu, maß mich von Kopf bis Fuß mit einem Blick und fragte: ‚Sind Sie bereit, gegen ein gewisses Entgelt in meine Dienste zu treten?‘ — ‚Ich werde mich glücklich schätzen, es Euer Exzellenz recht zu machen‘, entgegnete ich mit einer tiefen Verbeugung. Er stellte mir einige Fragen, die ich zu seiner Zufriedenheit beantwortete, und ich gefiel ihm. Ich verabschiedete mich noch am gleichen Tag von meinem Wohltäter Bibarius, der die Tränen nicht unterdrücken konnte und versprach, das

Kind, das seine Frau gebären würde, mit aller Zärtlichkeit zu lieben. Ach, der Ärmste! Es verging kein Monat, als er plötzlich starb und seine ehrenwerte Gattin, zu der ich schon eilen wollte, um sie zu trösten, eine Woche nach seinem Tode einen Franzosen heiratete, der sich als Winkeladvokat betätigte. Böse Zungen behaupteten, die Frau habe keinen geringen Anteil am Schlaganfall ihres Mannes gehabt, aber man weiß, was mißgünstige Menschen alles zusammenreden. Mir wies man, wie nicht anders zu erwarten war, die Tür, und ich verließ die Treulose auf Nimmerwiedersehen.

Ich diente Herrn Jastrebow bereits ein halbes Jahr, und wir schienen miteinander zufrieden. Ich war bemüht, es nicht nur ihm und seiner Frau, sondern auch dem geringsten Diener im Hause recht zu machen. Nach und nach gewann ich sein Vertrauen und erreichte sogar, daß seine hochmütige Miene bei meinem Erscheinen herablassend wurde. Ich hatte mich rasch an meinen Dienst gewöhnt, schrieb und schrieb das Geschriebene immerfort ab und genoß Herrn Jastrebows Vertrauen am Ende in einem Grade, daß ich zu seinem Merkur in Liebesangelegenheiten wurde. Zugleich erwarb ich den Offiziersrang und die allgemeine Achtung derer, die mich nötig hatten. Ja, auch die Großen haben ihre Schwächen! Wir stammen eben alle von Adam ab!

Eines Tages rief er mich in sein Arbeitszimmer und sagte: ‚Ich habe dich in mein Herz geschlossen, Herr Tschistjakow, und will dein Glück. Nur verlange ich, daß du mir ehrlich ergeben bist und meine Geheimnisse wahrst, wie es einem Sekretär gebührt.‘ Ich versicherte ihn meiner grenzenlosen Anhänglichkeit, und er fuhr fort: ‚Gut, ich bin reich und angesehen, komme aber ohne fremde Hilfe nicht aus. Frau Bywalowa ist auf den Einfall verfallen, mir ihre Liebe zu schenken. Sie ist eine vornehme Dame, seit langem verwitwet und dank ihrer zahllosen verwandtschaftlichen Beziehungen überall hoch geehrt. Ich bin ihr dieses Umstandes wegen mit meinem ganzen Wesen zugetan, außer mit meinem Herzen, denn dieses gehört der schönen Lisa, die ich anbete und für deren Unterhalt ich sorge. Du siehst, ich werde von zwei einander entgegenwirkenden Kräften beherrscht, gar nicht zu reden von meiner Frau, die bis auf den heutigen Tag närrisch in mich verliebt ist und jeden meiner Schritte überwacht. Dieser Umstand also, Herr Tschistjakow, nötigt mich, dich in meine Geheimnisse einzuweihen. Als meine Frau vor ungefähr vier Jahren entdeckte, daß ich mich außerordentlich gut mit einem ihrer Stubenmädchen stand, geriet sie in solchen Zorn, daß sie die Scheidungsklage einreichen wollte und nur mit Mühe und Not von ihren Verwandten davon zurückgehalten wurde. Du kannst daraus ersehen, daß ein Geheimnis möglichst gut gehütet werden muß. Und wenn ich meine Frau auch nicht liebe, so wäre es dennoch unangebracht, erwachsenen Töchtern ein schlechtes Beispiel zu geben. Hier hast du zwei Briefe: einen für Lisa mit der Benachrichtigung, daß ich bei ihr zu Abend speisen werde, und einen für Frau Bywalowa, in dem ich mich bei ihr entschuldige — ich sei so sehr beschäftigt, daß ich sie auf keinen Fall vor morgen vormittag besuchen könne.‘

Ich war kaum aus dem Zimmer, als mich eines der Stubenmädchen zu der Herrin rief. Ich fand sie allein, auf einem Sofa liegend, in eine Wolke von Parfüm gehüllt und mit weißer und roter Schminke bemalt.

Nach einer Vorrede, in der sie ihrer Hoffnung auf meinen Verstand und Scharfsinn Ausdruck gab, eröffnete sie mir, sie sei seit ungefähr acht Tagen in einen jungen Dragoneroffizier verliebt, der ihr bereits seit langem nachstelle. In Anbetracht des liederlichen Lebenswandels ihres Mannes sei sie entschlossen, den neuen Bewerber glücklich zu machen, und habe darum die Absicht, ihn durch ein Billett davon in Kenntnis zu setzen.

‚Kannst du also‘, fragte sie, ‚dieses Geheimnis wahren? Es würde dein Glück sein! Befördere den Brief entsprechend der Adresse an den Herrn Offizier und vertraue auf eine angemessene Belohnung.‘

Ich wußte einfach nicht, was ich machen sollte. So viele Aufträge auf einmal! Diese Vertrauensbeweise abzulehnen hätte Ärger bedeutet. Ich versicherte also Ihre Exzellenz meiner bedingungslosen Ergebenheit und verließ mit drei Liebesbriefen das Haus!“

SIEBENTES KAPITEL
Lohn der Treuherzigkeit

„Jetzt mußt du aber zeigen, daß du etwas gelernt hast, sagte ich mir, als ich allein war. Es allen recht zu machen ist unmöglich, zumal allen zu gleicher Zeit. Es heißt also nachdenken!

Seine Exzellenz wird abends bei Lisa und morgen vormittag bei Frau Bywalowa sein. Ich eile vor allem zu dieser vornehmen Person und erst danach zu jener Schönen. Absagen müssen rasch erledigt werden. Obwohl ich jetzt zu vornehmen Leuten Beziehungen habe, will ich mir ihre schlechten Gewohnheiten nicht zulegen und niemanden hinhalten.

Auf diese löblichen Gedanken gestützt, ging ich zu Ihrer Durchlaucht. Als Sekretär und Abgesandter eines Liebhabers von Distinktion betrat ich mit stolzer Miene den Flur, wurde aber von einem Diener zurückgehalten, der mich nicht weitergehen ließ.

‚Du weißt nicht, wer ich bin, mein Freund', rief ich aus. ‚Das ist ein Brief von Exzellenz Jastrebow, und ich bin sein Sekretär und obendrein Offizier.'

‚Und wenn Sie Jastrebow selber wären — es ist unmöglich! Ihre Durchlaucht geruht im Augenblick zu beten und darf von niemandem gestört werden. Gedulden Sie sich, sie wird bald klingeln.'

Sie betet, dachte ich und setzte mich auf eine Bank. Kurios! Sie betet schon am Abend um Vergebung der Sünden, die sie nachts begehen wird. Ausgezeichnet! Man könnte es ökonomische Vorsorge nennen.

Ich hatte schon eine wunderbare Rede für die schöne Frau Bywalowa präpariert, als sie klingelte. Man führte mich in ihr Zimmer, und ich erblickte eine Frau von etwa vierzig Jahren, die eben die Verschlüsse an ihrem Gebetbuch zuhakte. Sie sah mich mit Wohlgefallen an, setzte die Brille ab und fragte: ‚Kommst du von ihm?' — ‚Jawohl, Euer Durchlaucht', entgegnete ich und übergab ihr den Brief. Sie nahm ihn, seufzte und las. Man merkte aber, daß ihr der Inhalt nicht eben gefiel. Nachdem sie mit dem Lesen fertig war, zog sie die Stirn in Falten und fragte: ‚Wie alt sind Sie?' — ‚Ich stehe im achtundzwanzigsten Jahr', erwiderte ich. ‚Wieviel Gehalt zahlt man Ihnen?' — ‚Ich weiß selber noch nicht, wie Seine Exzellenz es festzusetzen belieben wird.'

‚Wenn er Sie kärglich entlohnt, dann wenden Sie sich an mich', sagte meine neue Beschützerin, ‚ich habe mir die Verpflichtung auferlegt, seine Fehler gutzumachen.'

Ich bedankte mich bei Ihrer Durchlaucht für die Anteilnahme und ging mit dem anderen Brief zur schönen Lisa. Sie bewohnte recht annehmbare, sehr sauber gehaltene Räume. Ich kam ins Wohnzimmer und fand sie malerisch auf einem Atlassofa hingelagert. Sie las den Brief und fragte: ‚Sie stehen bei Herrn Jastrebow in Diensten?' — ‚Jawohl', entgegnete ich, ‚ich bekleide das Amt eines Sekretärs bei ihm.' — ‚Geben Sie sich Mühe, diese Stellung nicht zu verlieren. Seine Exzellenz ist freigebig und kargt nicht mit Belohnungen. Auch der frühere Sekretär wäre bei ihm geblieben, aber er war zu alt und ungeschickt und mißfiel der Familie. Frau Jastrebowa', fuhr Lisa fort, ‚gehört nicht zum Schlage jener antiken Hirtinnen, die lange vergebens zu seufzen liebten. Nein! Sie verkündet den Triumph ihres Überwinders und sucht nach einer Gelegenheit, ihn zu beglücken — in einem Augenblick der Schwäche, wie sie sich auszudrücken beliebt. Da aber ihr ganzes Leben aus solchen Augenblicken der Schwäche besteht, verfaßte schließlich ein Spötter ein ziemlich gepfeffertes Epigramm über sie, das volle zwei Tage in der Stadt umlief.'

‚Wieso kennen Sie sie so gut?' fragte ich. ‚Ich kann mir nicht denken, daß Sie sich oft begegnet sind!'

‚O doch', erwiderte Lisa, ‚wir sind gut befreundet und sehen uns oft in den Theatern, in den Klubs und auf Maskenbällen. Ich habe ihr zuliebe auf einen schönen Offizier verzichtet und mich statt dessen ihrem Mann gewidmet. Ich beglückwünsche Sie im voraus zu diesem Posten, Herr Tschistjakow, und rate Ihnen, die Gelegenheit nicht zu versäumen, Ihre Fähigkeiten unter Beweis zu stellen.'

Ich ging und konnte nicht genug über Lisas Leichtfertigkeit staunen. Gewiß, sagte ich mir, der Brief an den Dragoner ist ein überzeugender Beweis für Frau Jastrebowas Sittsamkeit, doch ist es nicht gut, ja einfach dumm von Lisa, die Sache auszuposaunen, namentlich vor Fremden.

Als ich am folgenden Tage Jastrebows Arbeitszimmer mit Papieren betrat, erschien er mir heiter und sehr mit sich zufrieden. ‚Sie haben Lisa gut gefallen, Herr Tschistjakow. Sie hat mich gebeten, Ihnen in Ihren Nöten beizustehen. Ich habe es ihr versprochen und werde mein Wort auch halten. Hier fürs erste Ihr Gehalt für das abgelaufene halbe Jahr und für ein halbes Jahr im voraus.'

Ich steckte das Geld ein, verneigte mich und sagte, von dankbarem Eifer und heißer Ergebenheit für Seine Exzellenz erfüllt: ‚Gnädiger Herr! Ich fühle aufrichtige Anhänglichkeit an Sie und habe es jederzeit zu beweisen gesucht. Ich wäre wahrhaft glücklich, könnte ich Ihren guten Namen vor Schaden bewahren. Ich weiß sehr wohl, was Ehre bedeutet, besonders in einem vornehmen Haus. Sie sind gutmütig und sehen alles ringsum mit gelassenen Augen an. Dabei redet und spot-

tet man über Sie und mißbraucht Ihr Vertrauen. Hier, gnädiger Herr, der Beweis für die Richtigkeit meiner Worte! Lesen Sie dieses Schreiben und ergreifen Sie Ihre Maßnahmen!'

Hier übergab ich ihm den Brief seiner Frau an den Dragoneroffizier. Er las ihn aufmerksam durch, sah mich unverwandt an und brach in solches Lachen aus, daß ich befürchtete, er könne bersten. Dann schickte er nach seiner Frau. Sie kam, und er fuhr immer noch fort zu lachen. Ich begriff nicht, was das bedeuten solle und wieso ihn ein Liebesbrief seiner Frau in solche Fröhlichkeit versetzte. ‚Was hast du nur, mein Freund?' fragte sie vergnügt und lachte mit, obwohl sie den Grund für die Heiterkeit ihres Mannes noch gar nicht kannte.

‚Ich kann mich nur wundern, Verehrteste', entgegnete der Ehemann, ‚daß du, obwohl du heiratsfähige Töchter hast, so unerfahren bist! Wie konntest du glauben, dieser Einfaltspinsel und Zögling des Bibarius sei zu Geschäften befähigt, die Gewandtheit, Feingefühl und lange Gewöhnung erfordern! Nun, du hast dich selber für deine unverzeihliche Fahrlässigkeit gestraft. Daß dein zärtlicher Brief, über den du dir höchstwahrscheinlich lange den Kopf zerbrochen hast, statt bei dem jungen schönen Dragoner bei deinem Ehemann landen würde, hast du wohl nicht gedacht? Da! Laß ihn durch jemand anderen überbringen!'

Das Erstaunen der Ehegattin war unbeschreiblich, ebenso unbeschreiblich wie das meine. Sie wurde feuerrot, nahm den Brief, sah mich wütend an und ging hinaus. Ich erblaßte, stand da und zitterte am ganzen Körper.

‚Du siehst, wie dumm du bist, mein Herr Student! Was nutzen dir die Wissenschaften, wenn du nicht klüger durch sie wirst und dir an Stelle von Protektion nur Zorn und Verfolgung einhandelst? Du hättest eine harte Strafe verdient, doch ich verzeihe dir. Indessen wirst du verstehen, daß deines Bleibens nicht länger in meinem Hause ist. Gott befohlen! Geh auf der Stelle, und tritt mir nicht wieder unter die Augen.'

Als er sah, daß ich mich in äußerstem Erstaunen nicht vom Fleck rührte, winkte er zwei bärenstarke Lakaien heran. Sie packten mich am Kragen, zerrten mich aus dem Zimmer, dann durch den Flur und durch das Haustor, gaben mir einen Schubs und ließen mich auf der Straße allein.

Da hast du die Belohnung für deinen Eifer und deine Ergebenheit! sagte ich mir und schritt die Straße entlang. Augenscheinlich haben sich die Menschen sehr verändert, oder in den Büchern stehen lauter Märchen! Ich seufze bis auf den heutigen Tag, wenn ich mich an Fekluscha erinnere, während Herr Jastrebow sich bald totgelacht hätte, als er von der offensichtlichen Untreue seiner Gattin erfuhr. Was soll man danach von den Kindern erwarten? Was sagt eine solche Mutter zu ihrer Tochter, wenn diese auf die schiefe Bahn gerät? Was muß der Sohn vom ganzen weiblichen Geschlecht halten, wenn er die alte Mutter auf dem Pfade der Schmach und Schande wandeln sieht? Hier sprach ich bewegt ein paar Verse aus Horaz vor mich hin, in denen der Dichter sagt:

Damnosa quid non imminuit dies?
Aetas parentum, peior avis, tulit
Nos nequiores mox daturos
Progeniem vitiosiorem.

Ich lenkte meine Schritte zum Hause der Frau Bywalowa.

Der Pförtner sagte mir, sie sei zur Mittagsmesse gefahren, wolle danach zu Bekannten, dann zum Nachmittagsgottesdienst in die Kirche, dann ins Theater und schließlich zu einem Abendessen — kurz, ich könne sie an diesem Tage nicht treffen. Ich schlenderte also umher, war im Kreml, besuchte mehrere Kirchen und überlegte, als es Mittag wurde, in welcher Gastwirtschaft ich speisen solle. Ich trat auf eine Wirtschaft zu, ließ mich jedoch vom Anblick eines Mannes ablenken, der mir bekannt erschien. Er lehnte an einer Hausecke und starrte zu Boden. Sein Gesicht war blaß, der Blick finster, die Kleidung zerlumpt. Er bot das Bild eines Bettlers, der sich seines Zustandes schämt.

Wer hätte geglaubt, dachte ich, daß dieser Habenichts derselbe Chwostikow ist, der erst vor zwei Jahren so häufig seinen früheren Lehrer Bibarius besuchte! Nur war er damals wohlgenährt und fröhlich, während er heute ...

Ich trat auf ihn zu und schloß den alten Bekannten mit herzlicher Anteilnahme in die Arme. Nachdem die ersten Begrüßungsworte gewechselt waren, sagte er: ‚Ja, lieber Tschistjakow, das Glück hat mir zornig den Rücken gekehrt. Ich befinde mich in einer Lage, daß ich am liebsten ins Wasser ginge. Meine Frau und der Säugling sind ohne einen Bissen Brot. Sie warten auf mich, aber womit kann ich sie schon erfreuen? Bin ich doch selber hungrig, nackt und bloß!‘

‚Das ist schlimm‘, entgegnete ich, ‚zumal ich gerade meine Stellung verloren habe — aus purer Dummheit. Immerhin habe ich noch Geld genug und werde mit dir teilen, wie es dann weitergeht, werden wir sehen!‘

Chwostikows Begeisterung kannte keine Grenzen. Er wußte nicht, wie er mir danken sollte. Wir kauften alles Erforderliche für ein Mittagessen ein und machten uns mit zufriedener Miene in seine Wohnung auf, in der er mich so lange zu bleiben bat, bis ich eine passende Stellung gefunden hätte. Unterwegs erzählte er mir: ‚Die erste sträfliche Torheit, die ich beging, bestand darin, daß ich mich bald nach der Schulentlassung verheiratete, ohne mich vorher zu fragen, wovon ich meine Frau und die zukünftigen Kinder ernähren würde. Marja, die Tochter eines Kirchendieners, bei dem ich wohnte, war die Verführerin. Im ersten Jahr unserer Ehe starben mein Schwiegervater und meine Schwiegermutter und wurde unser Sohn geboren. Wie du weißt, kann man ohne Geld auf dieser Welt nichts anfangen. Der Mensch wird geboren, getauft, wächst heran und heiratet, zeugt Kinder und stirbt — zu alledem braucht man Geld, da ich aber nur wenig davon besaß, waren wir nach einem Jahr am Bettelstab. Solange ich meine Stellung hatte, schlugen wir uns noch schlecht und recht durch. Nachdem ich sie aber vor ungefähr einem Monat verlor, weiß ich selber nicht, wieso wir bis heute nicht Hungers gestorben sind.

Der Grund für den Verlust meines Postens waren törichte Treuherzigkeit und das Bemühen, meinem hohen Herrn nützlich zu sein! Du weißt, daß ich in der Kanzlei des Grafen Dubinin beschäftigt war, eines angesehenen Mannes, der als gescheiter Kopf gilt. Ich war mit ganzem Herzen auf seinen Nutzen bedacht und bemühte mich, ihm alles recht zu machen, doch der stolze Würdenträger blickte mich mit jener aufgeblasenen Miene an, die zu sagen scheint: Du bist ein Wurm. Krieche im Staub und betrachte es als dein Glück, wenn ich dich nicht aus lauter Verachtung zertrete! Ich suchte lange nach Mitteln und Wegen, sein gnädiges Augenmerk auf mich zu lenken, bis ich am Ende das Gewünschte gefunden zu haben glaubte. Ich hatte bemerkt, daß der Graf weder die Regeln der russischen Rede noch die der Rechtschreibung beherrschte. Warte, dachte ich, ich zeige mich bei der ersten Gelegenheit als großer Kenner in dem wie in jenem. Ich werde Bewunderung und damit auch Liebe ernten. Die, deren Vorzüge man bewundert, schließt man unwillkürlich ins Herz. Bald bot sich eine ausgezeichnete Möglichkeit. Der Graf, der ausfahren wollte und es eilig hatte, übergab mir einen Brief und sagte: »Versiegele ihn und schicke ihn unverzüglich an den Adressaten ab.« Allein geblieben, las ich den Brief durch und stellte zu meiner großen Freude fest, daß es darin von Verstößen gegen die Eigentümlichkeiten der Sprache, der Grammatik und der Rechtschreibung wimmelte. Ich dachte gründlich nach und machte mich ans Verbessern, strich und änderte, bis vom Brief des Grafen kein Wort mehr übrigblieb. Nachdem ich diese glorreiche Tat vollbracht hatte, legte ich den Brief auf seinen Tisch, ging ruhig nach Hause und malte mir aus, wie angenehm der Graf davon berührt sein werde, daß sich unter seinen Dienern ein solcher Weiser befindet.

Kaum trat ich am folgenden Tage bei ihm ein, als er mich fragte: »Hast du den Brief abgeschickt?« — »Nein, Euer Durchlaucht. Da liegt er noch! Belieben Sie ihn noch einmal durchzulesen. Es war eine stattliche Anzahl von Fehlern darin. Ich habe sie beseitigt und glaube, er nimmt sich jetzt bei weitem besser aus!«

Stell dir den drohenden, zugleich verächtlichen Blick vor, mit dem mich Graf Dubinin ansah! Der Schrecken packte mich. Ich zitterte, doch das Verbrechen war nun einmal geschehen. »Du willst mich belehren?« fragte er mit leiser, gedehnter Stimme. »Ich brauche keinen, der mich belehrt!« Mit diesen Worten zerschnipselte er den Brief mit meinen Korrekturen, warf mir die Fetzen ins Gesicht, wandte sich ab und knurrte: »Fort, du Rindvieh, und komm mir nie wieder unter die Augen!«

Das wäre so meine Geschichte, teurer Freund! Ich habe mir geschworen, in Zukunft nie an den Fehlern der Großen herumzubessern, um es nicht später zu bereuen.'

Er war mit seiner Erzählung zu Ende, und wir erreichten seine Wohnung oder, besser gesagt, seine Höhle, wo ich eine junge Frau und ein Kind erblickte. Sie war trotz ihrer ärmlichen Kleidung nicht übel anzuschauen und empfing mich freundlich, besonders als Chwostikow ihr auseinandersetzte, ich sei ihr Wohltäter. Wir verbrachten den Tag recht heiter. Die Nacht verschlief ich ruhig auf einer Unterlage aus Filz.

Am Morgen ging ich zu der ehrenwerten Frau Bywalowa, aber sie hatte sich in ihrem Gebetzimmer eingeschlossen. Ich fragte ein zweites und ein drittes Mal nach ihr, sie war jedoch zum Mittagsgottesdienst oder zur Abendandacht in der Kirche. Eine erstaunlich gottesfürchtige Frau, sagte ich mir, sie scheint nicht älter als vierzig oder fünfundvierzig Jahre zu sein und denkt an nichts weiter als an die Seligkeit. Das ist lobenswert, und ich darf mich nicht ärgern, wenn man mich nicht bei ihr vorläßt. Irgendwann werde ich diese gütige Dame, die sich von selber erboten hat, mir in der Not zu helfen, schon zu Gesicht bekommen.

Ich verbrachte drei Wochen mit Warten und verlor allmählich die Geduld."

ACHTES KAPITEL
Die Unsichtbare

„Schließlich kam der günstige Augenblick: Man ließ mich bei Frau Bywalowa vor. Sie saß auf einem Sofa vor einem Lesepult, auf dem ein großes kirchliches Buch und Notenhefte lagen. Sie sagte zu mir: ‚Du wunderst dich vielleicht, daß man dich so lange nicht vorgelassen hat. Mir war bekannt, daß du deine Stellung verloren hattest, und ich erriet — du suchtest meine Protektion. Ich wollte mich aber, bevor ich dir etwas versprach, überzeugen, daß du dessen würdig bist, das heißt die Tugenden besitzt, die ich brauche — Geduld und Diskretion. Wie sich zeigte, entsprichst du meinen Erwartungen, und ich bin geneigt, dir meine Gunst zu schenken. Willst du als Sekretär in meine Dienste treten? Deine Aufgabe wird in der Führung meiner Korrespondenz bestehen, wobei du aber die erforderliche Verschwiegenheit bewahren mußt. In den freien Stunden wirst du mir aus geistlichen Büchern vorlesen, wozu es der Geduld bedarf. Der gesamte Unterhalt geht auf meine Kosten, darüber hinaus bekommst du auch einen anständigen Lohn. Bist du's zufrieden?'

Weshalb hätte ich mich sträuben sollen? Ich zog noch am selben Tag von Chwostikow zu ihr und verbrachte etwa zwei Monate höchst angenehm. Frau Bywalowas Haus, eines der besten in der Stadt, gefiel mir sehr gut. Obwohl es viele Bediente beiderlei Geschlechts darin gab, verstand es der Verwalter, ein erfahrener Mann, alle zusammenzuhalten, als wären sie eine Familie.

Unsere Korrespondenz war nicht umfangreich, und die schriftlichen Arbeiten fielen mir nicht schwer. Dafür empfand ich das Vorlesen aus den Heiligenleben als etwas lästig. Um zehn Uhr abends wurde alles im Hause still. Ich betrat mit ihr das Gebetzimmer, setzte mich ans Lesepult, sie neben mich, und ich las vor — manchmal bis nach Mitternacht. Ihre Exzellenz seufzte, vergoß Tränen der Rührung und rief: ‚Ach, wenn schon die Liebe von Mensch zu Mensch die Ursache wichtiger Begebenheiten sein kann, um wieviel mehr die himmlische!' Ihre Verzücktheit hinderte sie daran, zu merken, daß mir die Kehle ausdorrte und meine Zunge sich verhedderte. Da sie mich aber stets freundlich behandelte, der Unterhalt gut war und ich pünktlich mein Gehalt bekam, daneben auch Geschenke, versah ich meinen Dienst mit Eifer und murrte nicht. Außerdem hatte sie mir auch von vornherein gesagt, ich würde der Geduld bedürfen.

Ich verbrachte einen weiteren Monat in diesem Hause, als Ihre Exzellenz erkrankte und das Schlafzimmer nicht mehr verließ. Damit hörten sowohl die Briefe als auch das Vorlesen auf, und ich konnte mich eine Zeitlang ausruhen.

Eines Mitternachts wachte ich staunend auf. Irgendwer preßte mich feurig in seinen Armen und überschüttete mich mit leidenschaftlichen Küssen. Auf meine Frage: ‚Wer bist du?' flüsterte mir jemand ins Ohr, aber so leise, daß es kaum zu vernehmen war: ‚Schweig still, lieber Freund, und genieße deinen Triumph. Wenn du verschwiegen bist, wird dein Glück beständig sein! Versuche mich nie nach etwas zu fragen.

Ich habe das letztemal zu dir gesprochen.‘ Die Unbekannte verstummte, fuhr aber fort, mich auf das zärtlichste zu herzen. Ich verzichtete auf alle weiteren Fragen. Nach ungefähr zwei Stunden verließ sie mich, und ich fiel in einen äußerst wohligen Schlaf.

Am folgenden Tage sah ich mir alle weiblichen Wesen im Hause aufmerksam an, kam aber nicht dahinter, wer es gewesen sein konnte. Die eine war zu dick, die andere zu groß und so weiter. Und jemand, der nicht zum Hause gehörte, kam nicht in Betracht. Ein Tag, danach ein zweiter, ja eine ganze Woche verstrich. Die Krankheit meiner Herrin dauerte an, und die Unbekannte fuhr fort, mich regelmäßig in meiner Kammer zu besuchen. Ich schwieg ihr zuliebe und verschwendete die Zeit nicht mit leeren Reden. Nach einem Monat erschien die Herrin — nicht gerade zu meiner Freude — wieder auf dem Plan, und wir nahmen unsere Beschäftigungen auf. Die Unsichtbare besuchte mich zwar seltener, blieb aber nicht aus, und ihre Liebkosungen erkalteten nicht.

Ein Jahr verging, ich genoß mein Glück in diesem Hause und konnte mir nichts Besseres wünschen. Doch dann ritt mich der Teufel, und ich begehrte die unbekannte Geliebte zu sehen. Sosehr ich meine Neugier zu zügeln suchte und mir vorhielt, ich könnte damit ihr Schamgefühl verletzen — es half nichts! Der Böse ist stark. Er gewann die Oberhand über meine Vernunft, und ich entschloß mich, zu demselben Mittel zu greifen, dessen sich Psyche bei Apulejus bedient, um ihren zärtlichen Gatten zu erblicken.

Eines Nachts, nach dem Vorlesen aus den Heiligenlegenden, bei dem meine Zuhörerin nicht wenig geseufzt und die tränenfeuchten Augen gen Himmel erhoben hatte, kam ich in mein Schlafzimmer, zündete eine Blendlaterne an, stellte sie unter das Bett und wartete klopfenden Herzens auf das Kommen der geheimnisvollen Göttin. Sie ließ auch nicht lange auf sich warten. Als der Augenblick, das Geheimnis aufzudecken, günstig schien, griff ich unter das Bett, holte die Laterne hervor, blendete sie auf und — o Himmel ...

‚Ach!‘ rief ich aus. ‚Ach!‘ rief auch Frau Bywalowa.

Hier wurde mir mein ganzer Unverstand klar, aber es war zu spät. Mit Vergossenem kann man das Glas nicht wieder füllen. Ihre Exzellenz schrie auf und verschwand eiligst hinter einem Bild an der Wand. Ich stand lange niedergeschmettert da. Dann untersuchte ich das Bild und fand eine geheime Tür, die auf einen kleinen Gang, eine Art Garderobe, hinausführte.

Mit meiner grausamen Verzweiflung allein geblieben und die verderbliche Neugier nebst allen Neugierigen verwünschend, zog ich mich an, steckte mein Geld und die Sachen ein, die die Herrin mir geschenkt hatte, setzte mich in einen Sessel und beschloß, auf das Ende der beklagenswerten Komödie zu warten.

Als der Morgen graute, hörte ich eine Kutsche über den Hof poltern und Peitschen knallen. Nachdem alles verstummt war, trat der Verwalter in mein Zimmer, überreichte mir respektvoll einen Brief und blieb in Erwartung der Antwort ein wenig abseits stehen. Ich öffnete den Umschlag und las:

Kleinmütiger!

Habe ich meine Schwäche für Dich nicht genügend gezeigt, daß Du mich zum Gespött des ganzen Hauses machen wolltest? Hat es Dir an etwas gefehlt? Gib zu, dies war nicht der Fall. Und nur der Leichtsinn und die Prahlsucht haben Deinen Händen das Glück entwunden, das Dich erwartete. Ich habe Dich zärtlich geliebt und wollte Dich glücklich machen, wenn Du gehorsam sein würdest. Ich sah nicht ein, warum ich mir einen Zwang antun sollte. Ich brauche, da ich sehr reich bin und einen angesehenen Namen führe, auf ein Vergnügen nicht zu verzichten. Begreifst Du, welchen Glücks Du Dich durch Deine Unbeherrschtheit beraubt hast? Jetzt ist alles verloren, unwiederbringlich! Ich fahre in meine ukrainischen Dörfer. Auch Du wirst es, vermute ich, nicht angenehm finden, länger in meinem Hause zu bleiben. Mein Verwalter wird Dir zum Lohn für Deine Mühen zweitausend

Rubel auszahlen. Du magst daran ermessen, welches Glück Dich erwartet hätte, wenn Du nicht so neugierig gewesen wärst.

Mein erster Gedanke nach dem Lesen des Briefes galt dem versprochenen Geld. Doch der Verwalter entschuldigte sich und gab an, er habe bestenfalls eintausend Rubel im Hause, die ich denn auch erhalten solle, wenn ich bereit sei, eine Quittung über zweitausend auszuschreiben. Ich willigte ohne Bedenken ein, bekam das Geld und ging, um nie wieder zurückzukehren. Da ich reich war, mietete ich eine anständige Wohnung und stellte einen Diener an. Ich brachte meine Tage mit Lesen, Spazierengehen und dem Besuch des Theaters zu. Zu dieser Art Vergnügen faßte ich bald eine leidenschaftliche Neigung. Ich sah mir fast alle Aufführungen an und wollte selber Komödienschreiber werden. Das Theater ist mir immer als vortreffliche Einrichtung erschienen, die mehr Beachtung verdient als manche Schulen. Gewiß, Alexander der Große, Vespasian oder Marc Aurel werden oft von einem Taugenichts oder Spitzbuben verkörpert. Aber was kümmert mich das, wenn er gut spielt! Was kümmert es mich, wenn das Mädchen, das eine Unschuld darstellt, die bereit ist, aufs Schafott zu steigen, damit der mächtige Tyrann nicht ihre Reinheit befleckt, in Wirklichkeit ein liederliches Frauenzimmer ist, das älteren durchlauchtigen Satyrn nachstellt, um den Goldglanz, den sie ausstrahlen, zu mindern! Es genügt mir, wenn sie auf der Bühne eine Göttin ist — sei sie zu Hause, wie sie wolle! Ein großer Teil der Gebildeten wirft den Schauspielern ihr Privatleben vor, und in manchen Ländern waren die Gesetze früher so ungerecht und hart, daß man ihnen sogar die Ehre des Begräbnisses verweigerte.

Während ich in Muße solchen Gedanken nachhing, meldeten die Zeitungen, am Soundsovielten finde die Erstaufführung eines Dramas statt, in dem die soeben aus Petersburg eingetroffene Schauspielerin Fiona die Hauptrolle spielen werde. Wenn ich den Inhalt des Stückes gekannt hätte, wäre ich wahrscheinlich nicht hingegangen. Da er mir aber nicht bekannt war, eilte ich in die Vorstellung. Eine große Menge Menschen war zusammengeströmt. Die allgemeine Ungeduld, mit der man Fionas Auftritt erwartete, war außerordentlich, und kaum zeigte sie sich auf der Bühne, als im Parterre donnernder Beifall erklang. Ich starrte sie unentwegt an. Und je länger ich hinsah, desto fester war ich davon überzeugt, daß die berühmte Schauspielerin Fiona die ehrenwerte Fürstin Fjokla Sidorowna Tschistjakowa war. Der Wuchs, die Haltung, die Stimme — alles verriet es mir. Allerdings war sie sehr verlockend geworden, aber was bewirkt nicht alles die Zeit! Vielleicht hatte auch sie Unterricht bei einer Professorin gehabt wie ich bei Bibarius. Die widersprechendsten Gefühle bewegten mich. Liebe, Haß, Bedauern, Zorn, Sinnlichkeit und Rachgier ergriffen abwechselnd von meinem Herzen Besitz. Als das Schauspiel zu Ende war und die vornehmen Leute auf die Bühne eilten, um die neue Schauspielerin mit Glückwünschen zu überschütten und ihr verlockende Versprechungen zu machen, ging ich zum Ausgang — ich wollte mich nach der Adresse meiner Fürstin erkundigen und mir erst dann überlegen, wozu ich mich entschließen sollte. Obwohl sie schon über fünfundzwanzig war, erschien sie, zumal auf der Bühne und bei Kerzenschein, dank der Hilfe gewisser Künste bezaubernd! Doch welche Frau greift gegebenenfalls nicht zu der Hilfe gewisser Künste!

Die prächtige Karosse des Fürsten Latron fuhr vor, eines sehr vornehmen, ein wenig stutzerhaften Mannes und großen Liebhabers von Schauspielerinnen, Tänzerinnen und überhaupt allen Nymphen der Freude und des Vergnügens. Fekluscha trat aus der Tür, mit Brillanten und Perlen übersät und von Heiducken und Meldeläufern Seiner Durchlaucht gefolgt, stieg ein und rollte davon. Ich stürzte hinterher und schaffte es auch, den Wagen nicht aus den Augen zu verlieren. Er hielt in der Twerskaja-Straße vor einem prächtigen Haus. Die Theatergöttin stieg aus und entschwand.

Ich verbrachte fast die ganze Nacht ohne Schlaf und sann, was ich mit meiner Frau beginnen solle. Vom Hörensagen wußte ich sehr gut, daß Fürst Latron ein einflußreicher Mann war. Und ich schloß daraus, daß nicht er meine Fürstin entführt habe. Die verschiedensten Leidenschaften tobten in mir — die Liebe ging über in Haß, und Rachgier kochte in meinem Herzen. In solcher Absicht wechselte ich die Wohnung und mietete mich in der Twerskaja-Straße in einem Gasthof ein, um meinen Plan bequemer ausführen zu können. Ein Tag nach dem anderen verstrich, es wurde ein ganzer Monat, ich litt und mochte meine Frau nicht treffen. Es war hundertmal besser, die Treulose nicht zu sehen als Zeuge davon zu sein, wie sie den Anstand verletzte. Wenn ich sie auf der Bühne betrachtete, erkannte ich sie kaum wieder. War das dieselbe Fekluscha, die im Kattunkleidchen zu mir in den Garten gekommen war oder sich unter dem Tragejoch geduckt hatte? Nein! Es war eine vornehme, in Überfluß und Verzärtelung aufgewachsene Frau! Ihre hochmütige Miene, die Manieren, der Gang — alles bewies die gründlichen Kenntnisse der heutigen Sitten, das Bewußtsein des eigenen Liebreizes und der eigenen Vorzüge.

Der Winter war angebrochen. Eines Abends saß ich in meinem Zimmer und blickte versonnen auf den Rauch, der von meiner Tabakspfeife aufstieg. Mein bisheriges Leben zog in der Reihenfolge an mir vorüber, in der es abgerollt war. Nachdenklichkeit bemächtigte sich meiner, bis mich zwei Stimmen im Zimmer nebenan daraus erweckten. Sie gehörten zwei Gasthofbekannten, die sich gerade darüber einigten, mich zum Tee zu bitten. Und wirklich trat bald darauf der eine bei mir ein und machte mir den Vorschlag, zu ihnen herüberzukommen. Ich nahm an. Es war ein junger Mann von fünfundzwanzig oder knapp dreißig Jahren, von ansehnlichem Äußeren, ziemlich redegewandt und im gesellschaftlichen Umgang und dergleichen recht beschlagen. Sein Gefährte zählte — wie ich — rund fünfunddreißig Jahre und wirkte mißmutig, finster und ungesellig. Das hinderte uns jedoch nicht, vergnügt zu sein. Nachdem wir ein Glas Punsch getrunken hatten, wurden wir offenherziger zueinander als sonst, und der Fröhlichere fragte mich: ‚Sag mal, mein Freund, bist du nicht mit dem Fürsten Tschistjakow im Dorf Falalejewka, Gouvernement Orjol, verwandt?‘ Im ersten Augenblick verwirrte mich diese Frage, ich faßte mich aber gleich und entgegnete, ohne mit der Wimper zu zucken: ‚Es setzt mich in Erstaunen, daß es Fürsten meines Namens gibt, wie du sagst. Ich bin der Sohn eines sehr armen Kleinbürgers aus Serpuchow und verdanke meine Erziehung, so gut oder so schlecht sie sein mag, der Wohltätigkeit fremder Leute.‘

‚Es freut mich sehr‘, sagte der Unbekannte, ‚daß du nicht zu dem Stamm dieser Fürsten gehörst. Ich habe einem von ihnen ziemlich übel mitgespielt. Höre dir meine Geschichte an — sie ist kurz und wird dich nicht langweilen. Ich habe da einen vorzüglichen Plan, über den ich dich gleich hinterher unterrichten will. Ich vermute, daß du es nicht ablehnen wirst, einem ehrlichen Manne bei einem vorteilhaften Unternehmen zu helfen. Ich verspreche dir, du wirst es nicht bereuen, denn der Gewinn wird brüderlich geteilt.‘

Und er begann wie folgt.“

NEUNTES KAPITEL
Der Dreierbund

„‚Mein Vater, ein Herr Goloworesow, war ein reicher Landedelmann, dessen Gutshof und Herrenhaus unweit der vortrefflichen Stadt Kursk lagen. Meine Erziehung war, an den dortigen Verhältnissen gemessen, die allerbeste. Mit siebzehn Jahren las und schrieb ich russisch und schimpfte nicht schlechter als jeder Franzose auf französisch. Mein Vater liebte die Treibjagd und mich — beides über die Maßen. Meine Mutter und meine Schwester dagegen haßte er, weil er in ihr das Unterpfand der Liebe seiner Frau zu einem anderen sah. Sosehr sich die Nachbarn auch bemühten, ihm diese — wie sie versicherten — irrige Meinung auszureden, glaubte mein Vater doch, Gründe dafür zu haben. Meine Hauptbeschäftigung bestand darin, mit dem Vater auf die Jagd zu reiten. In meinen Mußestunden stellte ich den Mädchen vom Hofgesinde nach, oder ich holte die Lakaien zusammen und befahl ihnen, aufeinander einzuschlagen. Ich konnte mich an dem Blut, das aus Mündern und Nasen troff, und an den herumwirbelnden Haarbüscheln nicht satt sehen. Mein Vater staunte über diese geistreiche Erfindung und beteuerte, aus mir werde mit der Zeit ein großer Mann werden. Wenn meine Mutter für den einen oder anderen eintrat, musterte mein Vater sie verächtlich und nötigte mich, ihr ins Gesicht zu spucken, was ich denn auch mit großem Geschick besorgte.

Unsere Angelegenheiten standen recht gut, bis eine unbedachte Handlung meines Vaters alles verdarb.

Eines Tages, als er in meiner Begleitung von der Jagd zurückritt, kehrten wir kurz bei unserem leibeigenen Schmied ein. Mein Vater, der über den Durst getrunken hatte und in entsprechender Stimmung war, machte sich reichlich unverschämt an die Frau dieses Vulkan heran, eine Schönheit mit pechschwarzen Augenbrauen, eine rechte Venus. Der Schmied geriet in höchste Wut, und bald darauf kam es so weit, daß er den Hammer packte und meinem Vater den Schädel einzuschlagen drohte. Ich riet dem Vater, die Abrechnung auf den Morgen zu verschieben. Aber wann hört schon ein Edelmann von echtem Schrot und Korn auf einen Rat, so vernünftig dieser auch sein mag? Auf seinen Befehl wurde der Schmied ergriffen, man fesselte ihn an Armen und Beinen und legte ihn auf den Amboß. Mein Vater genoß das Vergnügen, sich auf die grausamste, schmählichste Weise gerächt zu sehen. Ich kehrte nach Hause zurück und ermahnte die Hundeknechte strengstens, über diesen Streich zu schweigen, doch die verdammten Kerle verplapperten sich, und das ganze Haus erfuhr davon. Mein Vater war noch in der Schmiede, als aus Kursk schon ein Polizeikommando eintraf und ihn mitnahm. Einige Zeit darauf wurde er, wie man hörte, in die Jagdgründe hinter dem Baikalsee verbannt.

Nachdem ich auf diese Weise alleiniger Herr über meine Handlungen geworden war, wünschte ich auch alleiniger Herr über das Gut zu sein. Ich beriet mich mit einem gescheiten Kopf unter den Hundeknechten, fuhr in die Stadt und reichte eine Bittschrift ein, in der ich, so gut ich konnte, auseinandersetzte, ich allein habe Anspruch auf das Erbe.

Meine Angelegenheit zog sich ein halbes Jahr hin. Ich hatte bereits ein Viertel des Besitzes für Gelage und Geschenke verschleudert, als endlich die Entscheidung fiel — zu meinen Gunsten. Meine Schwester wurde ganz als Erbin ausgeschlossen, während mir hinsichtlich der Mutter nur auferlegt wurde, bis an ihr Lebensende für ihren Unterhalt zu sorgen.

Ich kehrte triumphierend ins Dorf zurück und verkündete ihnen das Urteil des Gerichts. Die Ärmsten waren niedergeschmettert. Meine Mutter schluchzte, die Schwester sank auf die Knie. Ich blieb jedoch standhaft, wie es einem Edelmann geziemt. Die Schwester setzte ich an die Luft, wobei ich ihr erklärte, in Kursk sei ein Fürst aus Moskau eingetroffen, der gerne hübsche Mädchen als Bedienung anstellte. Die Mutter verbannte ich auf den Viehhof.

Zwei Jahre lebte ich als rechter Edelmann. Jeden Tag wurde gepraßt und gezecht, jeden Tag gab es Kampfspiele und versammelten sich zahllose Freunde bei mir. Dafür schrieb ich jede Woche einen Wechsel aus, was mich indessen in keiner Weise beunruhigte. Einer von meinen Kumpanen versicherte mir, so hielten es alle Leute von Rang in Moskau und Petersburg. Die Dinge nahmen jedoch bald eine neue Wendung. Die halsstarrigen Gläubiger wandten sich, meiner Absagen überdrüssig, an das Gericht, das schon damals stark dazu neigte, ihre Partei zu ergreifen. Mein gesamter Besitz wurde gepfändet und öffentlich versteigert. Ich verließ das Dorf mit

zwei Dienern und wenigen hundert Rubel in der Tasche. Mich in Kursk zu zeigen, schämte ich mich und fuhr darum nach Orjol, um dort mein Glück zu versuchen. Da aber auch dort, wie ich mir sagte, wenn nicht meiner, so doch der Name meines Vaters der bewußten Begebenheit halber bekannt sein mochte, befand ich es für richtig, mir den wohlklingenden Namen eines Fürsten Swetlosarow zuzulegen.

Man nahm mich in den besten Häusern mit offenen Armen auf. Ich machte mir kein Gewissen daraus, von meinem Reichtum und von dem Ansehen und Einfluß meiner nahen Verwandten zu erzählen, alles in der Absicht, irgendeinen reichen Kaufmann zu verleiten, mir seine Tochter zur Frau zu geben. Das ist für einen ruinierten Edelmann das einzige Mittel, seine Umstände zu verbessern.

Abgesehen von vielen anderen Häusern, war ich auch häufig Gast im Hause eines Herrn Perewjortow, eines bejahrten und reichen Steuerpächters. Er war hoch von Wuchs, hatte graue Haare und einen Kopf wie ein Bierkessel, war aber Millionär und wurde überall mit außerordentlichem Respekt empfangen. Er besaß eine einzige, nicht mehr ganz junge, aber noch ledige Tochter, und ebendieser wandte ich meine ungeteilte Aufmerksamkeit zu, wobei ich mich dem Vater gefällig zeigte, wo immer ich konnte.

Der alte Perewjortow war zwar sehr geizig, wenn es sich um die anderen handelte, knauserte aber nicht, soweit es ihn persönlich und sein Vergnügen betraf. Er frönte seltsamen Gewohnheiten. Natürlich hing er diesen gemeinen Gewohnheiten, da er in niederen Verhältnissen geboren war, auch noch im Alter an. Er hielt eine Kaufmannstochter, eine Bäuerin und ein Stubenmädchen aus, die ihn recht teuer zu stehen kamen. Liebesgöttinnen dieses Schlages kosten reiche und nicht mehr junge Galane nicht weniger Geld als vornehme Damen.

Eines Tages rief mich der alte Perewjortow unter geheimnisvollem Gebaren in sein Arbeitszimmer. Ich glaubte schon, er habe mein Werben um seine häßliche Tochter bemerkt und wolle mir, geblendet von meinem Titel, vorschlagen, sie zu heiraten, doch er belehrte mich eines Besseren und erklärte: »Teuerster Fürst! Du wunderst dich vielleicht über meinen Geschmack und fragst dich, warum ich mich nicht um die Gunst all dieser eleganten Damen und ihrer affektierten Töchter bewerbe? Nun, ich kann die dürren und blassen Zierpuppen, deren Phantasie durch die Theorie des Liebesgenusses bereits mit fünfzehn Jahren erschöpft ist, nicht ausstehen. Ich liebe nur Frauen aus einfachem Stande, Frauen von üppigem Wuchs. Mit ihrer Seele aber habe ich nichts im Sinn! So wisse denn, teuerster Fürst, ich habe da ein Auge auf eine hübsche Bäuerin — das ist sie nämlich, obwohl sie sich Fürstin nennt. Ungefähr zweihundert Werst von hier gibt es ein Dorf, das Falalejewka heißt und von armen Fürsten nur so wimmelt. Die Frau eines von diesen Fürsten ist nicht älter als zwanzig Jahre, rotwangig, gesund und wohlgerundet. Mir wäre nichts zu schade, wenn ich sie dazu bringen könnte, mein ländliches Serail zu zieren. Würdest du es nicht übernehmen, sie herbeizuschaffen, mein Freund? Mir, in meinen Jahren, fällt es zu lästig, sie vor den Augen ihres Mannes zu betören. Auf die Kosten soll es mir nicht ankommen. Außerdem gebe ich dir einen Brief an den Dorfältesten mit, der mir zutiefst verpflichtet ist und keine Mühe scheuen wird.«

Ich überlegte ein wenig und willigte mit Vergnügen ein. Jetzt kann ich mich bei dem alten Satyr endlich beliebt machen, sagte ich mir und brach einige Tage darauf in Begleitung meines Dieners auf, wohlversorgt mit goldenen Ringen und Ohrgehängen, Halstüchern, verschiedenfarbigem Taft und anderen Ködern für die Dorfschöne. Ich richtete es so ein, daß ich ziemlich genau um Mitternacht in Falalejewka eintraf. Als der Dorfälteste den Zettel gelesen hatte, auf dem unter anderem geschrieben stand, er würde hundert Rubel erhalten, wenn er mich bei meiner Aufgabe unterstützen werde, wollte er sich vor Eifer schier zerreißen. Ich wünschte vor allem inkognito zu bleiben. Er wies mir darum eine Giebelstube an, schloß den Wagen im Schuppen und die Pferde im Stall ein und ging, als er am folgenden Tage hörte, worum es sich handelte, schweigend davon. Nach einer halben Stunde kehrte er mit einem jungen Mädchen zurück, das ich schon für die Fürstin Tschistjakowa hielt. Er sagte jedoch: »Hier, durchlauchtigster Fürst, ist die Fürstin Makrida Ugorelowa, eine gute Freundin von Fjokla Sidorowna, von der Sie so bezaubert sind.« Ich brach vor Makruscha in Tränen aus und eröffnete ihr, wie lichterloh entflammt ich für ihre schöne Freundin sei. Ich weiß nicht, was sie so rasch überzeugte – meine Tränen, der Ring, den ich an ihren Finger steckte, oder das Tuch, das ich ihr um den Hals legte –, jedenfalls schwor sie mir, ich werde das Ersehnte bald erlangen.

Und wirklich erschien Makruscha am dritten Tage mit der Fürstin bei mir, und man ließ uns unter irgendeinem Vorwand allein. Auch mir, dem geborenen Edelmann, erschien Fjokla sehr schön, und der Wunsch, sie zu besitzen, wurde zum beherrschenden Gedanken in mir. Sie, Herr Tschistjakow, wissen vielleicht nicht, wie leicht eine Dorfschöne zu betören ist. Ich küßte ihr plötzlich die Hände, sank auf die Knie und schwor ihr ewige Liebe. Das hatte die Ärmste von ihrem Bauerntölpel von Mann noch nie gesehen. Keine Stunde verging, und sie wurde – halb lachend, halb weinend – die Meine. Ihr linkisches Wesen gefiel mir, ich übergab dem Dorfältesten die versprochenen hundert Rubel und beschloß, eine Weile meinem Vergnügen mit ihr zu leben, bis ich sie überreden würde, mit mir zu fliehen, denn damals zögerte sie noch. Fünf Tage später eilte sie mit ihrem Bündel zu mir und sagte: »Fahren wir! Ich bin jetzt überzeugt, daß keine Sünde dabei ist – mein Mann hat mir auseinandergesetzt, daß andere Schlimmeres tun.« Ich jagte sogleich mit ihr davon und erreichte schon bald das Dorf, in dem Herr Perewjortow ein Landhaus besaß, dem er den Namen »Pathos« gegeben hatte.

Der Alte war entzückt, die junge Dorfschöne dagegen bekam einen heftigen Schreck, als sie erfuhr, ich sei nur ihr provisorischer Liebster gewesen, der ständige aber würde er, der Alte, sein. Mehrere Tage weigerte sie sich, ihn zu beglücken, später löschten die Geschenke des Verliebten, meine Beredsamkeit und das Beispiel der Kaufmannstochter und des Stubenmädchens ihre Zweifel aus, und Perewjortow überreichte mir eines Morgens einen kostbaren Brillantring, wobei er lächelnd sagte: »Hier, Fürst, das ist für Ihre Mühen!«

Ich erachtete die Gelegenheit für günstig, eröffnete ihm mit vielem Feuer meine Leidenschaft für seine Tochter und bat um seine väterliche Zustimmung. Er starrte mich mit Augen an, in denen ich nichts von der gewünschten Antwort las. »Wie?« rief er aus. »So weit wagen Sie Ihre Wünsche zu spannen? Das ist sehr unbesonnen von Ihnen! Wissen Sie nicht, daß meine Tochter die Alleinerbin eines großen Vermögens ist, das ich in fünfzig Jahren unermüdlichen Fleißes zusammengebracht habe? Seit langem werben viele reiche Männer, die hohe staatliche Ämter bekleiden, um ihre Hand. Ich habe es aber nicht eilig. Sie ist noch keine dreißig Jahre alt, und eine Braut mit einer Millionenmitgift findet auch noch mit fünfzig angesehene junge Freier. Ich ersuche Sie, ohne Widerrede mein Haus auf der Stelle zu verlassen und sich nie wieder bei mir zu zeigen, Fürst!« Und er wandte sich ab und ließ mich stehen. Ich befahl anzuspannen und verließ den Undankbaren, ihn selbst und seine Millionen verwünschend.

Beinahe fünf Jahre führte ich ein richtiges Nomadenleben. Ich bin in zahlreichen Städten und Dörfern gewesen, habe mal Glück gehabt, mal Unglück erduldet, kam schließlich nach Moskau und freundete mich mit diesem ehrenwerten Leidensgefährten an, der mit dem Schicksal ringt wie ich. Er ist seinem unwahrscheinlich geizigen Vater, einem Fatesher Popen, ausgerückt und befindet sich auf der Jagd nach dem Glück.‘

Mir fielen sofort Silvester, der Pope Awksenti und die Fatesher Rechtsprechung ein, und ich war ziemlich verwirrt, faßte mich aber gleich wieder und fragte: ‚Wie ging es denn weiter, verehrter Freund?‘

‚Das werden Sie gleich erfahren‘, fuhr er fort. ‚Nachdem ich einige Zeit in Moskau gelebt hatte, sah ich zufällig meine Feklusch auf der Bühne wieder, und meine Leidenschaft flammte sofort wieder auf — weniger die Leidenschaft für sie als für die Brillanten, die an ihr funkelten. Ich brachte rasch in Erfahrung, daß sie vom Fürsten Latron, einem angesehenen polnischen Magnaten, ausgehalten wird, der nicht mehr der Jüngste und unwahrscheinlich eifersüchtig ist. Er hält sie wie eine Gefangene, ohne ihn darf sie nirgends hin, selbst ins Theater fährt sie, von einem Haufen seiner Diener begleitet, in seiner Kutsche. Ich brachte es trotz dieser Vorsichtsmaßregeln fertig, sie eines Abends nach der Vorstellung zu sehen. Sie erkannte mich wieder, war angenehm überrascht und gestand unter Tränen, sie wäre sofort bereit, zu mir zurückzukehren — mit allem, was sie besitze, und das sei keineswegs wenig —, fürchte sich aber vor dem alten Nabob, der sehr mächtig sei. »Macht nichts, meine reizende Fekluscha«, entgegnete ich, »ich werde darüber nachdenken und finde bestimmt ein Mittel, dich aus den Klauen dieses Unmenschen zu befreien.« Sosehr aber mein Freund Silvester und ich darüber nachdenken, sehen wir keine Möglichkeit, zu zweit damit fertig zu werden. Der eine darf sich nicht vom Kutschbock rühren, der andere muß neben der Strickleiter stehen, denn die Türen sind alle verschlossen. Wir brauchen einen dritten, der in ihr Zimmer einsteigt und das herausreicht, was leicht und möglichst wertvoll ist. Also, mein Freund, bist du bereit, der Dritte in unserem Bunde zu sein? Die Belohnung ist dir sicher! Die Beute wird in vier gleiche Teile geteilt — der eine geht an Fekluscha, gleichsam als Mitgift, die übrigen drei an uns. Ich mache mich aus dem Staube nach Petersburg und ihr, wohin ihr wollt. Tut, was euch beliebt.'

,Wie könnte man einem so vortrefflichen Vorschlag widerstehen!' rief ich mit gespielter Freude, obwohl mir das Herz stockte und jeder Blutstropfen nach Vergeltung schrie. Wir drückten einander die Hand, tranken, damit das Bündnis desto fester sei, zwei Flaschen Wein und gingen auseinander.

Später, als ich im Bett lag, grübelte ich darüber nach, wie ich mich an diesem Betrüger und dem treulosen Weibe am besten rächen könne. Ich verfiel auf einen ausgezeichneten Gedanken und schlief die ganze Nacht sehr angenehm. In meinen Träumen sah ich mich triumphieren.

Am Morgen, als sich meine Komplizen an die Arbeit machten — der eine an das Besorgen der Kutsche, der andere an die Beschaffung einer Strickleiter —, stürzte ich zum Hause Latrons. Ein Diener sagte mir, ich könne ihn an diesem Tage nicht sprechen, da er von wichtigen Geschäften in Anspruch genommen sei.

,Das steht der Sache nicht im Wege', entgegnete ich, ,lauf hin und melde mich! Ich komme nicht als Bittsteller. Die Angelegenheit, die mich herführt, betrifft nicht mich, sondern ihn. Wenn er mich nicht empfangen will, wird er es morgen um diese Zeit bitter bereuen und großen Kummer leiden.'

Der Diener blickte mir erstaunt in die Augen und ging. Wenige Minuten später führte man mich in das Arbeitszimmer des großen Herrn."

ZEHNTES KAPITEL
Die Vergeltung

„Ich fand mich einem nicht mehr jungen Manne gegenüber, der groß von Wuchs und massig von Statur war. Er saß an einem mit Papieren bedeckten Tisch, vor ihm lag ein aufgeschlagenes Buch. Ich verneigte mich und stand schweigend da.

‚Was hast du mir mitzuteilen, mein Freund?' fragte er.

Als ich erklärte, ich müsse ihn unter vier Augen sprechen, und der Bediente auf seinen Wink verschwunden war, setzte ich ihm in aller Ausführlichkeit auseinander, was der Taugenichts Swetlosarow und die treulose Fekluscha im Schilde führten.

Seine Durchlaucht wurde zornrot, sprang auf und rief: ‚Oh! Ich werde diesen Anschlag auf meine Ehre zu rächen wissen! Habe nicht ich die undankbare Kreatur aus dem Staube erhoben und ihr eine glänzende Laufbahn eröffnet? Habe ich sie nicht mit Wohltaten überschüttet? Oh, sie wird sogleich das ganze Ausmaß meiner Rache spüren. Ich werde sie zertreten, wie man einen Wurm zertritt.'

Er wollte schon das Zimmer verlassen, ich wagte es jedoch, ihn zurückzuhalten, und sagte mit einer tiefen Verbeugung: ‚Verzeihen Sie mir die Kühnheit, gnädigster Herr! Ich rate Ihnen abzuwarten. Vor allem sollten Sie sich überzeugen, daß ich kein Verleumder bin und Ihnen nicht in böser Absicht Märchen auftische. Außerdem wäre es zuwenig, nur die Frevlerin zu bestrafen — auch der Taugenichts, der sich nicht scheut, Ihnen solchen Kummer zu bereiten und seine unwürdigen Augen zum Gegenstand der Leidenschaft eines Mannes wie Sie zu erheben, sollte eine nicht minder schwere Strafe davontragen. Ich würde Ihnen also raten, gute Miene zum bösen Spiel zu machen und sich noch wohlwollender zu zeigen als sonst. Statt die Türen abzuschließen, würde ich ihr Räume mit einem separaten Eingang zuweisen, damit wir nicht genötigt sind, auf Strickleitern hinaufzuklettern, was ja nicht ungefährlich ist.'

Der Fürst dachte nach und musterte mich aufmerksam.

‚Ich verstehe Ihren Blick, gnädigster Herr', rief ich aus. ‚Mein

Vorschlag scheint Ihnen verdächtig? Aber was hindert Sie daran, eine geheime Wache aufzustellen, ganze Dutzende von Dienern, die alles sehen, ohne selber gesehen zu werden?‘

Das beruhigte ihn. Er versprach, mich angemessen zu belohnen, wenn meine Worte zuträfen und er sich von der Untreue der geliebten Person überzeugen würde.

Ich verließ das Haus in der heitersten Stimmung. In meinem Herzen war keinerlei Mitleid mit Fekluscha. Ich kehrte in den Gasthof zurück, fand meine Komplizen aber noch nicht vor und wartete mit wohliger Gelassenheit auf sie. Ich gestehe, daß Rachsucht ein Laster ist, zu dem das menschliche Herz aber sehr neigt. Wie sollte ein Mensch nicht leiden, wenn der Gegenstand seiner Liebe und Anhänglichkeit, das Geschöpf, dem zu Gefallen er weder Mühen gescheut noch seine Gesundheit geschont hat, ihn auf so schändliche Art verrät und sich einem anderen hingibt, der nichts dergleichen für sie getan hat? Ich ging die Angelegenheit nach allen Regeln der Logik durch und lieferte mir selber den unumstößlichen Beweis, daß ich richtig handele. Nichtsnutzige Menschen müssen eben bestraft werden, einmal, damit sie sich bessern, und zweitens, um ein Exempel zu statuieren.

Meine Komplizen kamen zum Mittagessen in den Gasthof und waren des Erfolges wegen, den sie bei ihren ersten Schritten gehabt hatten, guter Dinge. Silvester hatte eine solide Kutsche nebst Dreigespann, Fürst Swetlosarow eine feste Strickleiter besorgt. Wir fielen zwecks Hebung unseres Mutes über die Flaschen her und überlegten in aller Ruhe, was wir mit unserem Anteil an Fionas Reichtum beginnen würden.

‚Ich habe die Absicht, dieses Lotterleben aufzugeben‘, sagte Silvester. ‚Ich kaufe mir ein kleines Dorf und treibe Ackerbau. Ich habe es satt, ständig in Gefahr zu leben und irgendwelcher Dummheiten wegen meine Freiheit und möglicherweise mein Leben aufs Spiel zu setzen!‘

‚Ich will es ganz anders anfangen‘, erklärte Fürst Swetlosarow. ‚Sobald ich in Petersburg bin, bemühe ich mich um eine Stellung, während Fiona Theater spielt. Meine Gewandtheit und Tatkraft, ihr Zauber und ihre Reize werden uns, so hoffe ich, in kurzer Zeit zu etwas kommen lassen. Ich kenne viele Leute, die diesen Weg gegangen sind und auch ihr Glück gemacht haben!‘

‚Auch das ist nicht schlecht‘, bemerkte Silvester. ‚Und du, Herr Tschistjakow, was gedenkst du mit deinem Gelde zu tun?‘

Ich entgegnete, ich würde Zeit genug haben, darüber nachzudenken, wenn ich das Geld erst in der Tasche hätte. Gegen Ende des Mittagsmahls erschien, vom Kellner begleitet, ein kleines Mädchen an unserem Tisch und erkundigte sich: ‚In wem habe ich den Fürsten Wiktor Apollonowitsch vor mir?‘

‚Was hast du denn auf dem Herzen, mein Liebling?‘ fragte der Fürst. ‚Der bin ich.‘

Das Mädchen übergab ihm wortlos einen Brief. Er las ihn und war wie aus dem Häuschen. Er hüpfte und lachte, sah sich strahlend nach allen Seiten um, setzte sich schließlich nieder, um ein paar Zeilen zu schreiben, überreichte sie dem Mädchen zusammen mit einigen Rubeln in Silber und sagte: ‚Geh, mein Schatz, und bring das deiner schönen Herrin. Aber plaudere nicht!‘

Nachdem die Abgesandte fort war, leerte der selbsternannte Fürst sein Glas und rief: ‚Dies war mein Dankopfer, dargebracht dem Glück, das die Liebenden beschützt! Mir nach, ihr Freunde, Courage!‘

‚Bist du übergeschnappt, mein Freund?‘ erkundigte sich Silvester. ‚Welches ist der Anlaß deiner maßlosen Freude?‘

‚Hier, lies und staune über die Wege der Vorsehung!‘ rief der falsche Fürst.

Silvester las:

Ich weiß nicht, mein Teuerster, wer unter einem glücklichen Stern geboren ist — ich, Du oder wir beide. Bemühe Dich nicht weiter, nach Mitteln zu meiner Flucht zu suchen. Mach Dir keine Gedanken über die Gefahren, es gibt keine mehr, ich werde noch heute in Deinen Armen liegen! Folgendes hat sich ereignet. Heute früh läßt mein Durchlauchtigster mich rufen, heißt mich neben sich Platz nehmen und erklärt in freundlichem Ton: ‚Liebe Fiona! Ich fühle, daß ich dich bis heute ungerecht und grausam behandelt habe. Meine Erfahrungen mit den Frauen machten mich mißtrauisch gegen deine Standhaftigkeit, und ich wandte Zwangsmaßnahmen an, um deine Tugend zu schützen. Da ich jedoch sehe, daß du ein Phönix in weiblicher Gestalt bist, wird sich mein Verhalten von Stund an ändern. Die schönen Räume im Erdgeschoß, zu denen ein separater Eingang führt, werden deine Gemächer sein. Du kannst Besuche empfangen und selber Freundinnen besuchen, soviel es dir beliebt. Du wirst eine eigene Equipage und deine besondere Dienerschaft haben, kurz, alles, was das Leben einer jungen Frau angenehm macht.‘

Ich brach in Tränen aus, warf mich ihm an den Hals, gab

mir einen so kunstvollen Ausdruck von Dankbarkeit und überhäufte ihn mit so viel Zärtlichkeiten, daß er verwundert war und mich befremdet ansah. Eine solche Aufnahme meiner Liebkosungen hatte ich nicht erwartet und wunderte mich meinerseits. Er nahm dann aber wieder den früheren Ausdruck an und sagte: ‚Schon gut, meine Liebe, bedanken kannst du dich später, ich bin im Augenblick sehr beschäftigt. Zu Mittag wirst du in deinen neuen Gemächern speisen!‘

Das wäre es, lieber Freund. Ich schreibe Dir aus dem Zimmer, in dem ich Dich um Mitternacht erwarte. Packen werde ich erst, wenn es Nacht wird, da ich keinen Verdacht erregen will. Lebe wohl, ich harre mit unbeschreiblicher Ungeduld der ersehnten Stunde.

‚Nun, Herrschaften, was meint ihr dazu? Bin ich nicht ein Glückspilz?‘ fragte der Fürst und warf sich in die Brust.

‚Gewiß, gewiß‘, bestätigten wir einstimmig.

‚Wahrhaftig‘, fuhr er fort, ‚wäre ich gebildeter, dann schriebe ich aus diesem Anlaß eine ausgezeichnete Komödie. Ja, Herr Tschistjakow, da fällt mir ein, du sagtest doch, du hättest irgendwo, und zwar mit ziemlichem Erfolg, studiert! So tu mir den Gefallen, Freund, und verfasse die Komödie statt meiner. Der Gegenstand ist es wert!‘

‚Bitte sehr, ich schreibe dir eine Tragikomödie, die sich sehen lassen kann, und beginne, sobald wir unser Unternehmen abgeschlossen haben!‘

‚Eine Tragikomödie? Ich hoffe, uns stößt dabei nichts Trauriges zu!‘

‚Du vergißt wohl den Fürsten? Mal dir die Lage aus, in der er sich morgen befinden wird! Es ist schließlich keine Kleinigkeit, die angebetete Geliebte und einen Haufen Kostbarkeiten zu verlieren! Und beides zugleich!‘

‚Das ist allerdings richtig, und ich würde viel dafür geben, wenn ich sehen könnte, was er dann anstellt!‘

‚Nun, wenn du es auch nicht siehst, du erfährst vielleicht davon!‘

‚Hoffentlich!‘

Sie verstauten ihr Gepäck indessen im Wagen — ohne mich, denn ich erklärte, die Umstände nötigten mich, Moskau vorerst nicht zu verlassen.

Dann war der ersehnte Augenblick gekommen. Silvester setzte sich auf den Kutschbock und fuhr davon, der Fürst und ich folgten zu Fuß. Hundert Schritt vom Haus des Fürsten Latron entfernt hielt unser Reisewagen an. Wir kamen ans Tor und sahen Fekluschas kleine Botin davor stehen. Sie blickte uns an, erkannte uns im Schein ihrer Laterne, lächelte und öffnete uns die Tür. Wir traten ein. Nachdem wir ein Dutzend Stufen hinaufgestiegen waren, bogen wir links ab und gelangten in einen Gang. Hier sagte ich: ‚Geh du allein zu ihr, mein Freund, ich halte hier Wache. Der Zufall ist unberechenbar. Sobald ich etwas Verdächtiges bemerke, melde ich mich. Das Wichtigste zusammenpacken könnt ihr auch ohne mich.' Er war von meinem Scharfsinn beeindruckt und ging.

Zehn Minuten später schlich ich mich zu Fekluschas Vorzimmer, verschloß die Tür und erhob ein fürchterliches Geschrei. ‚Zu Hilfe! Diebe, Räuber!' Ich hörte ein lautes ‚Ach!'. Der falsche Fürst rüttelte an der Tür, aber ich hielt sie fest zu und fuhr fort zu schreien. Im Handumdrehen eilten zwei Dutzend bewaffnete Diener und gleich darauf auch Fürst Latron persönlich herbei. Jeder Zug seines Gesichts verriet flammenden Zorn.

Wir schlossen auf und traten ein. Die Übeltäter standen mit leichenblassen Gesichtern wie zum Tode Verurteilte da. Als

Fekluscha meiner ansichtig wurde, schrie sie auf und fiel in Ohnmacht.

‚Treuloses, undankbares Frauenzimmer!' sagte der Fürst und gab ein Zeichen. Im Nu waren beide an Händen und Füßen gefesselt.

O weh! Ich wurde Zeuge einer unerbittlichen Exekution. Man zog Fekluscha bis auf das Hemd aus ... Aber wozu die grausame Bestrafung schildern? Sie entsprach der Missetat. Ich war von ihren Leiden gerührt und bereute schon ein wenig meine Rache. Nachdem die Züchtigung vollzogen war, hob man sie auf Befehl des Fürsten auf, jagte sie barfuß und im bloßen Hemd in den Schnee hinaus und verschloß das Tor. Ich erstarrte zu Stein und litt um ihr Schicksal, aber es war nicht mehr zu ändern! Das hast du nun davon, du liederliches Frauenzimmer, dachte ich und gab mir alle Mühe, hart zu bleiben, aber das Herz blutete mir, und ich war dem Weinen nahe.

Danach kam Seine Durchlaucht an die Reihe. Oh, mit ihm verfuhr man unerhört grausam. Sein ganzer Körper verwandelte sich in eine einzige Wunde. ‚So strafe ich Bösewichter, die es wagen, mich zu beleidigen!' rief Latron. ‚Schafft den Verbrecher in den Keller und schickt meinen Hausarzt zu ihm.'

Nachdem die Diener Swetlosarow fortgetragen hatten — er war nicht nur unfähig, sich zu bewegen, sondern er atmete kaum noch —, wandte sich der Fürst an mich und sagte: ‚Du, mein Freund, kommst morgen nachmittag zu mir. Ich bin dann frei und will versuchen, dich für deine guten Dienste zu belohnen!'

Ich verneigte mich tief und ging. Dann lag ich in meinem Gasthofbett, fand aber lange keinen Schlaf — die Ereignisse dieser Nacht bewegten mich. Was für ein Unterschied zwischen Jastrebow und Latron! sagte ich mir. Der eine erfährt von der Untreue seiner Frau und lacht! Der andere ertränkt die Untreue seiner Geliebten in Blut. Jener hat mich zum Lohn für meinen Eifer auf ehrlose Weise aus dem Haus gejagt, dieser will mich belohnen. So verschieden entgelten die Großen die Dienste der Kleinen!

Ich erwachte gegen Mittag und rätselte, auf welche Weise mich Seine Durchlaucht wohl belohnen werde. Mit Geld oder Geschenken? Mit beidem war ich dank der Freigebigkeit der gottesfürchtigen Frau Bywalowa versorgt. Am besten erschien mir, er würde mich in seiner Kanzlei anstellen. Er war so angesehen, daß er mir mühelos dazu verhelfen konnte, rasch mein Glück zu machen. Und warum sollte er es auch nicht tun? Ich hatte eine annehmbare Bildung genossen, bewegte mich bereits seit einer ganzen Weile in großen Häusern und würde ihm keine Schande bereiten. Ich brauchte nur darauf anzuspielen, und er wäre sicherlich bereit. Ich würde ein, zwei Jahre bei ihm arbeiten und womöglich zum Sekretär aufrücken! Und das wäre nicht zu verachten!

Gegen Abend brach ich auf. Ich stolzierte so selbstbewußt, so aufgeblasen einher wie jemand, der vom ländlichen Schankwirt zum Steuerpächter aufgestiegen ist. Ich bedauerte sehr, daß ich keinen Bekannten traf, zu dem ich hätte sagen können: ‚Weißt du auch, zu wem ich gehe? Zum Fürsten Latron! Er hat mich für heute abend zu sich bestellt!'

Kaum betrat ich den Torweg, als mich zwei riesengroße Diener unterfaßten und die Treppe hinaufschoben. Ich lächelte ein wenig und dachte: Da, was es bedeutet, einem großen Herrn einen Dienst zu erweisen. Hätte ich, da ich in Falalejewka lebte, je an solche Ehren gedacht? Nie im Leben! Da geht es in der Hauptstadt anders zu! Gewiß, Herr Jastrebow hat mir unrecht getan, aber schließlich besteht die Welt nicht aus lauter Jastrebows, und Fürst Latron ist ein unwiderleglicher Beweis dafür!

Als man mich unter solcherlei Ehren in das Arbeitszimmer Seiner Durchlaucht beförderte, bemerkte ich, daß er blaß, finster und offenbar sehr schlechter Laune war. Seine Nachdenklichkeit war so groß, daß er unser Eintreten erst bemerkte, als die Diener laut und vernehmlich meldeten: ‚Hier ist er!' Da sah er mich wortlos aus blutunterlaufenen Augen an. Ich verneigte mich tief und sagte: ‚Gnädigster Herr! Mir wurde gestern das Glück zuteil, für heute zu Euer Durchlaucht befohlen zu werden.'

‚Ja doch, du tückischer Bube', entgegnete er, ‚du kommst mir gerade recht! Ich werde dir den Dienst entgelten, durch den du mich um die reizende Fiona gebracht hast — ohne sie ist mir das Leben eine Last! Tut, was ich euch befohlen habe!'

Die Diener packten mich am Kragen und zerrten mich hinaus.

Ich zitterte wie im Fieber. Meine Zähne klapperten, die Lippen bebten, ich konnte kein Wort hervorbringen und stöhnte nur. Ich mußte plötzlich lebhaft an Swetlosarows Leiden denken. Man führte mich durch mehrere Höfe in einen kleinen Kellerraum, in dem ein schwaches Lämpchen brannte.

‚Das ist Ihr Bett', sagte der eine von meinen Begleitern und zeigte auf eine schmale, mit grober Sackleinwand bedeckte Lagerstatt.

Allein geblieben, sank ich verstört darauf nieder und gab mich meiner Verzweiflung hin."

ELFTES KAPITEL
Verzweiflung

„Ich verharrte bis zum Morgen in diesem Zustand. Die Gedanken wogten in meinem Kopf gleich Nebelschwaden, die der Sturmwind zerreißt. Ich versuchte, mir die schönen Sinnsprüche ins Gedächtnis zurückzurufen, die ich während meines Studiums gelesen hatte: ‚Mundus hic est quam optimus. Virtus nullo dominatu premitus' und was dergleichen mehr ist, aber sie ärgerten mich nur.

Gegen Mittag kam ein älterer Mann zu mir herein, der — nach den roten Wangen und dem dicken Bauch zu urteilen — wohl der Haushofmeister war. Er legte ein Stück Roggenbrot auf den kleinen Tisch und stellte eine Flasche Wasser dazu. ‚Was ist das?' fragte ich. ‚Ihr Essen und Trinken', entgegnete er, ging hinaus und verschloß die Tür. O Grausamkeit! O Unmenschlichkeit! Wie kann man, nur weil man reich und mächtig ist, einen freien Mann eigenmächtig der Freiheit berauben? Bedeutet das nicht, die Gesetze zu verhöhnen und das Recht des Stärkeren in Anspruch zu nehmen, das dem Recht des Räubers gleichkommt? Nein, ich lasse mich nicht entwürdigen, ich beuge mich dem Tyrannen nicht und weise seine kümmerliche Gabe zurück. Ehe ich vergesse, daß ich aus fürstlichem Stamme und ein gebildeter Mann bin, sterbe ich lieber den Hungertod!

Ich wandte mich vom Tischchen ab und widerstand bis zum Abend. Dann gab ich der Versuchung nach. Ich warf einen Blick auf das Brot, griff unwillkürlich zu, aß mit Appetit und trank Wasser nach.

Auf solche Weise verbrachte ich etwa zwei Wochen in meiner einsamen Klause. Der Haushofmeister schaute zweimal am Tage zu mir herein; er brachte mir Brot und Wasser, füllte Öl in das Lämpchen und ging, obwohl ich ihn mit Fragen bestürmte, wortlos hinaus. Schließlich hatte ich einen ausgezeichneten Gedanken. Wie lange soll ich diese Possen noch mitmachen? fragte ich mich. Der Haushofmeister ist zwar stämmig und hat einen Bauch, und ich bin vom langen Fasten geschwächt, dafür ist er aber auch über fünfzig, und ich bin noch keine dreißig. Was hindert mich also daran, wenn er am Abend kommt, über ihn herzufallen, ihn an diesen Pfeiler zu fesseln und mein Heil in der Flucht zu suchen? Beschlossene Sache, ich tu's! Wenn Räuber und Mörder ihrem Verbrechen ein neues hinzufügen und aus dem Gefängnis entfliehen, warum sollte ich es nicht wagen, der ich gewaltsam der Freiheit beraubt und unschuldig bin?

Ich löste einen Strick von der erforderlichen Länge aus dem Bettboden heraus, verbarg ihn und wartete mit klopfendem Herzen — wie ein Räuber vor dem Überfall. Der Haushofmeister kam, tat Brot und Wasser auf den Tisch und wollte eben auf das Lämpchen zutreten, als ich mich wie ein Rasender auf ihn stürzte und ihn zu Boden warf. ‚Ach', rief er aus, ‚erbarme dich!' — ‚Wenn du dich auch nur muckst, erwürg ich dich auf der Stelle. Bist du aber still, dann geschieht dir weiter nichts, als daß ich dich locker an diesen Pfeiler binde und mich davonmache. Du brauchst dann nur zu rufen, und jemand kommt und befreit dich, ohne daß du dich vierzehn Tage herumquälen und auch nur eine Stunde fasten mußt! Nun, was hast du dazu zu sagen? Überlege und wähle, aber rasch!'

‚Was gibt es da schon zu überlegen?' entgegnete er keuchend. ‚Ich habe längst gewählt. Also bitte, fessele mich! Ist schließlich keine Sache, bei Wasser und Brot zu sitzen und zu darben!' Ich band ihn an den Pfeiler und machte mich, die Dunkelheit nutzend, aus dem Staube. Kaum hatte ich das Tor erreicht, als ich die klägliche Stimme meines Gefangenen hörte: ‚Zu Hilfe, ach, zu Hilfe!'

‚Helf dir Gott!' sagte ich und rannte, so rasch mich meine Beine trugen, zu meinem Gasthof. Ich langte bei meinem Zimmer an, besah das Schloß und freute mich, daß alles in Ordnung war. Ich schloß auf und trat ein — alles war an seinem Platze. Gott sei Dank, dachte ich, nicht alle Gastwirte sind so ehrlich! Vor allen Dingen bestelle ich mir ein gutes Abendessen, damit das Defizit in meinem Magen abgedeckt wird — mit Zins und Zinseszins! Nachdem ich also mit Genuß gespeist und zwei Glas Wein getrunken hatte, legte ich mich zu Bett, sank, von angenehmen Phantasiegebilden gewiegt, in Schlaf und wachte erst wieder auf, als die Sonne bereits am Himmel stand und überall die Kirchenglocken läuteten.

Ich hielt es für das beste, unverzüglich zu zahlen, zu packen und den Gasthof zu verlassen, denn ich war überzeugt, Fürst Latron werde von dem gefangengehaltenen Swetlosarow meinen Aufenthaltsort erfahren und mich aufs neue in den Kerker sperren lassen. Zu diesem Zweck rief ich den Wirt und befahl, mir die Rechnung auszuhändigen; aus ihr ersah ich, daß ich für Unterkunft und Verpflegung, Bedienung und Getränke fast fünfzig Rubel schuldete. Das war zwar sehr viel, ich willigte jedoch ein, da ich mich ohne zwingenden Grund auf einen Streit nicht gerne einlasse, und griff in den Koffer. Aber o weh! Offenbar hatte ein böses Schicksal bei meiner Empfängnis beschlossen, mir ständig Widrigkeiten in den Weg zu legen! Ich kramte in allen Ecken, fand aber nirgends den Beutel mit meinem Geld. Mir zitterten die Knie, Schweiß trat auf meine Stirn, und ich erbebte wie ein Bösewicht bei der Verlesung seines Todesurteils.

‚Was haben Sie, Herr Tschistjakow?‘ erkundigte sich der Wirt.

‚Die Überzeugung‘, entgegnete ich mit dem Ingrimm eines Tigers, dem seine Jungen geraubt worden sind, ‚daß Sie die Moskauer Justiz auf den Hals bekommen werden! Wo ist das Geld aus meinem Koffer geblieben? Es war eine ganz schöne Summe.‘

‚Wer hat denn den Zimmerschlüssel gehabt?‘ fragte er kaltblütig.

‚Ich natürlich!‘

‚Und war Ihre Tür verschlossen?‘

‚Selbstverständlich!‘

‚Befand sich alles an seinem Platz, als Sie das Zimmer betraten?‘

‚So schien es gestern, aber heute sieht die Sache ganz anders aus.‘

‚Warum haben Sie es mir nicht schon gestern gesagt? Mein Gasthof ist wie der Ozean — ein ununterbrochener Wechsel von Ebbe und Flut. Gestern abend und heute morgen sind ungefähr ein halbes Hundert Gäste ausgezogen und ebenso viele wieder eingezogen.‘

‚Wie konnte ich denn annehmen‘, rief ich ungeduldig, ‚daß sich in diesem Ozean Diebe und Spitzbuben befinden? Was bist du für ein Wirt, wenn du nicht aufpaßt! Oder teilst du mit den Halunken die Beute und besitzt Nachschlüssel?‘

‚Ehrenwerter Herr!‘ sagte der Wirt und verneigte sich. ‚Wenn Sie das Geld, das Sie mir schulden, nicht bezahlen und sich darüber hinaus auch noch halsstarrig zeigen und die Ruhe und Ordnung stören, lasse ich den Reviervorsteher holen — mit dem können Sie sich dann über Spitzbuben und Nachschlüssel unterhalten! Warten Sie bitte!‘ Mit diesen Worten verließ er das Zimmer.

Was fange ich jetzt an? fragte ich mich. Man hat mich ausgeplündert, es ist mir nichts geblieben als etwas Wäsche und Kleidung und das bißchen Geld, das ich während der Haft in der Tasche hatte.

Wäre es nicht das beste, ich mache mich mit dem Rest meiner Habe davon, bevor man mich ins Gefängnis wirft? Mit diesen Worten stopfte ich alles, was ich besaß, rasch in den Koffer, stahl mich über die Hintertreppe aus dem Haus und stürzte davon. Eine ganze Weile später erfuhr ich, daß mein Wirt gar nicht daran gedacht hatte, sich um die Hilfe der Rechtshüter zu bemühen, sondern nur abwarten wollte, was ich tun würde. Als er sah, daß ich mich aus dem Staube machte, wollte er vor Lachen schier bersten und schickte Leute aus, die auf der Straße hinter mir herrannten und schrien: ‚Haltet ihn, haltet ihn!‘ Ich hörte es und schlug Haken wie ein Hase.

Bis zum Dunkelwerden irrte ich in den Moskauer Straßen umher, ohne an ein Nachtquartier auch nur zu denken — in solchem Aufruhr befand sich mein Inneres. Ich war so erbittert, daß ich jedem Vorüberkommenden gierig in die Augen schaute — ob ich nicht einen Dieb, Räuber oder Mörder in ihm erkenne. Ich hätte ihm die Hand gereicht und gesagt: Bruder! Ich bin dein Gefährte! Laß uns gemeinsam Rache an diesen Unmenschen, diesen Ungeheuern nehmen, die sich ehrliche Leute nennen!

Da ich jedoch nur sanfte Mienen, wohlgefällige Blicke und freundschaftlich lächelnde Lippen sah, sagte ich mir: Nein, von euch Krokodilen lasse ich mich nicht täuschen! Ihr lächelt, doch eure Zähne und Krallen sind fürchterlich. Ich brauche einen Freund, dessen Blick finster, dessen Augen blutunterlaufen, dessen Wangen bleich und eingefallen sind. Das Haar muß sich ihm sträuben. Ich würde einen Unglücklichen wie mich in ihm erkennen und mich in seine Arme werfen.

Mir schwindelte der Kopf, mir wurde schwarz vor Augen, ich sank bewußtlos mit dem Gesicht in den Schnee.

Als ich zu mir kam, fühlte ich, daß ich in einer Kutsche

fuhr. Ich war nicht wenig darüber erstaunt. Wie komme ich hierher? fragte ich mich. Wußte ich doch noch genau, daß ich zusammengebrochen und in den Schnee gefallen war. Ich tastete die Umgebung ab und fand mein Köfferchen neben mir. Sollte mir die Vorsehung das schuldlos erlittene Ungemach entgelten wollen? Offenbar doch! Eine Viertelstunde später fuhr die Kutsche in einen geräumigen Hof ein, in dessen Mitte sich ein recht ansehnliches Haus erhob.

Nachdem ich die Kutsche mit Hilfe zweier Diener, die sich sehr dienstbeflissen zeigten, verlassen hatte, kam ich in einen großen Saal, wo ich mich vor lauter Schüchternheit und Verwirrung kaum umzublicken wagte. Alles ringsum bewies, daß der Herr des Hauses ein reicher und angesehener Mann war. Ich fragte mich schon, ob ich nicht wieder zum Fürsten Latron geraten sei, ob er mich nicht in ein anderes seiner Häuser hatte bringen lassen, um mich dort für meine Flucht zu martern. Ich wurde blaß, und Zittern befiel mich. Da trat ein Mann von etwas über vierzig Jahren auf mich zu, vorzüglich gekleidet, mit einem Brillantring am Finger und goldenen Schnallen an den Schuhen.

‚Nur Mut, junger Mann!' sagte er in freundschaftlichem Ton. ‚Dieses Haus gehört einem Herrn, der nicht will, daß auch nur eine einzige Träne auf den Fußboden seiner Gemächer fällt oder ein einziger Seufzer des Schmerzes in der Luft verweht, die er atmet!'

‚Euer Exzellenz', entgegnete ich beruhigt, ‚ich habe nicht die Ehre, den Herrn dieses Hauses zu kennen. Ich war nur ein wenig verwirrt, weil ich mich eines Mannes erinnerte, der mir bitteres Unrecht zugefügt hat.'

‚Danken Sie der Vorsehung', erwiderte der Unbekannte, ‚daß Sie bei Herrn Dobroslawow sind. Niemand verläßt ihn ungetröstet, und auch Ihnen wird er nach Möglichkeit helfen.'

‚Ich wäre Eurer Exzellenz verpflichtet', entgegnete ich mit einer tiefen Verbeugung, ‚wenn Sie, mein Herr, ein Wörtchen für mich einlegen und mir Herrn Dobroslawows Schutz und Gunst verschaffen wollten!'

Seine Exzellenz versprach es, und ich fuhr in meinen Verneigungen fort, als plötzlich sich geräuschvoll die Tür auftat und ein Mann von sanfter Miene und imposantem Wuchs das Zimmer betrat. Meine ‚Exzellenz' stürzte auf ihn zu und half ihm aus dem kostbaren Pelz. Ich gewahrte zwei blitzende Sterne auf Herrn Dobroslawows Brust.

Er sah mich wohlwollend an. Ich verbeugte mich so tief, daß meine Nase fast den Boden berührte. Dobroslawow nickte mir lächelnd zu und ging weiter, gefolgt von meiner ‚Exzellenz', die den Pelzmantel einem Lakaien übergab. Ich fragte diesen in äußerster Verwirrung, wer denn der Herr wäre, der Dobroslawow gefolgt sei. ‚Das ist Olimpi, Seiner Exzellenz Kammerdiener', entgegnete er, ‚und genauso Leibeigener wie wir!'

Ich schämte mich ein wenig meiner Einfalt. Wie hätte ich aber auch ahnen können, daß ein Bedienter in Gold und Brillanten herumstolzierte! Aber natürlich, Herr Dobroslawow war eben ein großer Herr!

Eine Viertelstunde später kam Olimpi zurück und erklärte, Seine Exzellenz habe heute keine Zeit, ich möge mich bis zum Morgen gedulden. Mittlerweile wies man mir eine kleine, recht sauber ausgestattete Dachkammer zu und setzte mir ein gutes Abendessen vor, und schließlich schlief ich ein, die Güte der Vorsehung und die Freigebigkeit Seiner Exzellenz preisend.“

ZWÖLFTES KAPITEL
Ein musterhafter Mensch

„Als ich erwachte und über mein künftiges Schicksal nachsann, trat Olimpi ein und sagte: ‚Unser Herr ist ein musterhafter Mensch! Er ist reich und angesehen und hat viele mächtige Freunde, setzt aber all diese Werkzeuge nur zum Zwecke der Wohltätigkeit ein. Er hat zwei Tage in der Woche bestimmt, an denen sich alle Hilfsbedürftigen an ihn wenden können. Abgedankte Soldaten ohne Pension, schutzlose Witwen und Waisen, arme Mädchen, die mangels Mitgift vergeblich einen Freier suchen — alle stellen sich beim mildtätigen Dobroslawow ein und finden Erquickung bei ihm. Er ist bemüht, seine Wohltaten geheimzuhalten, und hofft, daß die himmlische Gerechtigkeit sie ihm am Tage des Jüngsten Gerichts entgilt. Du hast die Wirkung seiner guten Taten gestern am eigenen Leibe verspürt! Als er abends im Wagen spazierenfuhr, sah er dich im Schnee liegen. Es erbarmte ihn gleich dem Manne aus Jericho, er stieg aus, ließ dich hineinschaffen und legte den Rest des Weges zu Fuß zurück.‘

‚Oh‘, rief ich aus, ‚gäbe es mehr solcher Menschen auf dieser Welt, sie wäre wahrhaftig nicht schlecht! Nur wird man, bevor man an einen guten, ehrlichen Mann gerät, von tausend Spitzbuben ausgeplündert. Sie peinigen dich, saugen dich aus bis auf den letzten Tropfen Blut und rühmen sich auch noch, wenn sie dich nicht mit Haut und Haar verschlungen haben!‘

Gegen zehn Uhr holte man mich in Dobroslawows Arbeitszimmer. Er hörte sich meine Geschichte geduldig an. Ich kam dabei auch auf meine Erfolge in den Wissenschaften, auf die Dienste, die ich Jastrebow und Latron erwiesen hatte, und auf den Lohn zu sprechen, der mir dafür zuteil geworden war.

Dobroslawow zuckte mit den Schultern und sagte voller Sanftmut: ‚Da ist guter Rat teuer, mein Freund. In deiner Lage solltest du die Geduld zu deinem obersten Gebot erheben und warten, bis der Zufall deine Lebensumstände wendet. Über angesehene, mächtige Leute murren bedeutet Steine in einen bewegten See werfen. Vermagst du ihn dadurch zu glätten?

Da du so viel gelernt hast, könntest du vielleicht eine Stellung antreten, die ich dir anbieten möchte. Obzwar auch ich ein Mensch und demzufolge von allerlei Schwächen und Lastern heimgesucht bin, läßt mich die himmlische Barmherzigkeit eine süße Herzenslabe darin finden, denen, die in Not geraten sind und zu mir kommen, so gut es in meinen Kräften steht, zu helfen. Hättest du Lust, eine Art Sekretär bei mir zu werden? Deine Tätigkeit würde darauf beruhen, die Bittgesuche durchzusehen, sie ins Register aufzunehmen und nachzuforschen, ob die Bittsteller der Hilfe, um die sie bitten, würdig sind. Nicht selten nämlich legt das Laster die Larve der hilflosen Tugend an, erhält Hilfe und mißbraucht sie, um andere zu verderben. Auch Helfen will gelernt sein, sonst wird der Wohltäter zum Sittenverderber, zum Helfershelfer der Taugenichtse. Ich kenne einen großen Herrn, der dank den Verdiensten seiner Ahnen und seinem Reichtum hohes Ansehen genießt. Er wollte als mildtätig gelten und ließ an jedem Gedenktag in seinem Haus, das heißt an den Geburts- und Namens-, den Hochzeits- und Todestagen und so weiter, Säcke mit Kupfermünzen durch die Straßen fahren und unter jene verteilen, die die Hand nach ihnen ausstreckten. Man hätte meinen können — ein gottgefälliges Werk, des Lobes und der Nachahmung wert. Doch welches waren die Folgen? Edelmütige Armut ist bescheiden und verschämt wie eine unschuldige Jungfrau. Sie jammert nicht um ein Almosen, sie wirft sich nicht dem Vorüberkommenden mit gellendem Schrei vor die Füße. Sie harrt mit gesenktem Blick aus und überläßt es dem forschenden Auge des Guten, an ihren bleichen Wangen, den schweren Seufzern, an ihrer Verlegenheit zu erkennen, daß sie der Hilfe bedarf.

Mein Nabob war anderer Meinung. Scharen von Bettlern und Herumtreibern beiderlei Geschlechts und des verschiedensten Alters drängten sich heulend um seine Geldfuhren. Alle bekamen etwas, und wer geschickter oder unverschämter war als die anderen, bekam auch zwei-, dreimal hintereinander. Dann stürzte man geradewegs in die Kneipen, betrank sich, randalierte, ging, nachdem man die ganze Nacht gezecht hatte, auf die Straße und raubte die Vorüberkommenden aus.

Das will ich vermeiden. Wenn du also bereit bist, bei mir

zu bleiben, mein Freund, dann soll es mich freuen. Du wirst Unglückliche, vom Schicksal Verfolgte aufspüren, die insgeheim seufzen und schweigen. Führ sie zu mir. Verschaff mir die Gelegenheit, ihr Los zu mildern, und teile die Süße der Mildtätigkeit mit mir. Oh, der Segen eines getrösteten Dulders ist duftender Weihrauch vor dem Throne der himmlischen Barmherzigkeit! Er wäscht deine Seele rein wie klares Wasser deine Glieder, er macht sie dem einstmals obersten unter den Cherubim gleich, er macht sie würdig, neben dem Altar des Gotteslammes zu stehen.'

Tränen entquollen den Augen des guten Mannes. Er wischte sie lächelnd fort, und ich sank weinend zu seinen Füßen nieder und küßte voller Rührung die Hände, die so viel Gutes taten. Ich trat die mir so angenehme Stellung an und schwelgte einen Monat in Seligkeit. Ach, wie süß es doch war, der Tröster von Unglücklichen zu sein! Zu diesem Zweck allein wünschte ich mir, reich zu sein, wünschte ich mir, Zepter und Diadem zu tragen.

Der Morgen war der Entgegennahme von Bittgesuchen und ihrer Durchsicht vorbehalten; den Nachmittag widmete ich dem Kennenlernen der Bittsteller. Wo ich auch hinkam — ich wurde mit Stöhnen und Klagen, mit dem Schwur, man besitze auch nicht das mindeste, empfangen und mit der Versicherung ewigen Dankes verabschiedet. Ich sah mir alles prüfenden Auges an und lehnte nicht selten ab; ja, ich tat es selbst, denn Seine Exzellenz brachte mir ungetrübtes Vertrauen entgegen. Trotz all meines Scharfsinns jedoch (ich setzte restlos ein, soviel ich davon besaß), unterlief mir eines Tages ein Schnitzer, und zwar ein ziemlich grober. Ein junges Mädchen, das von einer alten Frau begleitet wurde, trat mit flehentlichen Bitten an mich heran. Die Schilderung ihres Elends war so erschütternd, ihre Tränen um den Verlust der Mutter und des Bruders waren so rührend, ihr Antlitz und alle ihre Gesten so überzeugend, daß ich ihr vollen Glauben schenkte und die Schöne mit der Alten eine recht beträchtliche Unterstützung erhielt, ohne daß ich Erkundigungen über ihre Lebensumstände eingeholt hätte.

Zwei Wochen später wurde ich zu Dobroslawow gerufen und las Strenge und Entrüstung in seinem Gesicht. Dieser ungewohnte Ausdruck verwunderte mich, und ich fragte schüchtern nach dem Grund.

‚Der Grund meines Mißvergnügens bist du selber', entgegnete er. ‚Hast du dich denn nach den Umständen und der Lebensführung jener Alten und des Mädchens erkundigt, für die du dich kürzlich so eingesetzt hast?'

‚Ich muß gestehen — nein. Aber ihr Äußeres, ihre Tränen ...'

‚Sie waren Betrug und Heuchelei! Hör dir an, was dabei herausgekommen ist. Vor einiger Zeit tauchte in Moskau eine Bande von Strolchen auf, die die Polizei in Unruhe versetzte und die Bewohner drangsalierte und ausplünderte. Lange konnte man die Spur zu ihrem Versteck nicht finden, entdeckte es aber schließlich doch. Die Alte und ihre Tochter, die du mir so empfohlen hast, entpuppten sich die eine als Herbergsmutter der Diebe, die andere als die Geliebte des Bandenführers. Mit Hilfe des Geldes, das sie von mir bekommen hatten, bestachen sie die Gefängniswärter, um einige ihrer Kumpane zu befreien, und wollten aus der Stadt entfliehen, zum mindesten für einige Zeit. Der Plan mißlang, sie wurden ergriffen, und wenn du dich von der Wahrheit meiner Worte überzeugen willst, dann geh am nächsten Markttag auf den Platz, wo du dir ansehen magst, wie ihnen die verdiente Strafe zuteil wird.'

‚Mein Gott!' rief ich aus, erblaßte und trat erschrocken zurück.

‚Mein Freund', fuhr Dobroslawow fort, ‚ich will es nicht halten wie andere, die dich für einen solchen Fehler wahrscheinlich entlassen hätten. Ich verlange nur, daß du in Zukunft umsichtiger bist und nicht für Tugend nimmst, was ihre Larve trägt. Man sagt, das Krokodil versteckt sich im Gebüsch und ahmt einen weinenden Säugling nach. Der Unerfahrene kommt näher, um nachzusehen, und wird zum bemitleidenswerten Opfer des schrecklichen Ungeheuers.'

Ich schwor, fürderhin genau seine Weisungen zu befolgen. Ein Jahr verging mit diesem Dienst. Ich war mit Dobroslawow sehr zufrieden und er mit mir.

Hier muß ich eines anderen Abenteuers gedenken, das großen Einfluß auf mich hatte, oder, besser gesagt, ich auf das Abenteuer. In den ersten Monaten meines Dienstes bei Dobroslawow, als ich häufig die Theater und die öffentlichen Veranstaltungen besuchte, lernte ich den jungen Franzosen Lucien kennen. Er hatte ein anziehendes Äußeres und war liebenswürdig, still und gut, wie es schien. Ich freundete mich ehrlichen Herzens mit ihm an. Er war in Moskau geboren und wirkte darum gar nicht wie ein Franzose. Er stellte mich alsbald seiner Mutter, der braven Vorsteherin eines Pensionats,

vor, in dem junge Mädchen aus gutem Hause erzogen wurden. Die Alte gewann mich lieb, und wir verbrachten die Abende auf angenehme Weise zu dritt. Mittlerweile ging der Geschichtslehrer ab, und man bot mir sein Amt an. Ich griff mit Vergnügen zu, da ich mir dachte, zwei Stellungen zu haben und ein doppeltes Gehalt zu beziehen sei keineswegs von

Übel. Ich befaßte mich also vormittags mit den Angelegenheiten Herrn Dobroslawows, gab nachmittags drei Stunden Geschichte und fuhr danach umher, um Erkundigungen über die Bittsteller einzuziehen. Seiner Exzellenz sagte ich nichts von meiner neuen Tätigkeit, da ich befürchtete, er möchte sie mir verbieten. Schuld daran war meine Habsucht, darüber hinaus der Ehrgeiz, zwei Stellungen zugleich bekleiden zu können. Wenn es auch einigermaßen zutreffen mag, sagte ich mir, daß man nicht zweien Herren dienen kann, so gilt diese Regel offenbar nicht für alle. Bin ich doch Diener zweier Herren zugleich, und beide sind mit mir zufrieden.

Eines Abends nahm mich Madame beiseite, führte mich in ihr Schlafzimmer, ließ mich Platz nehmen und begann seufzend: ‚Ich hoffe, verehrter Freund, Sie werden die Absichten einer kindesliebenden Mutter richtig verstehen und, falls Sie es ablehnen sollten, ihr zu helfen, doch das Geheimnis bewahren, welches sie Ihrem Herzen anvertrauen will. Sie könnten einst selber Vater werden — dann würden Sie beurteilen können, was Liebe zum einzigen Sohn bedeutet.‘

Diese Einleitung ließ mich aufhorchen. Meine Einbildungskraft war entflammt. Ich erinnerte mich Nikanders mit solcher Lebendigkeit, als hätte ich ihn erst gestern verloren, und schwor Madame, ich würde ihr bei allen ihren Unternehmungen zur Seite stehen, gleich, was es koste.

Und sie fuhr fort: ‚Sie werden, glaube ich, in meinem Pensionat ein Mädchen bemerkt haben, das Maria heißt und so bescheiden, still und schön von Angesicht und Seele ist, gleichzeitig aber auch so schüchtern und schamhaft, daß sie sogleich errötet, wenn sich ein Mann in ihrer Nähe zeigt. Sie kann das Wort Liebe nicht hören, ohne daß sie ein Zittern befällt, obwohl sie selbst die Frucht einer flammenden Liebe ist, das heißt die illegitime Tochter eines vornehmen Herrn und einer Fürstin, die eher bereit war, dem Liebsten eine natürliche Tochter zu schenken als ihn zu heiraten und damit sich und ihren enttäuschten Verwandten ewige Schande zu bereiten. »Ich würde mein Schicksal gern an deines binden«, sagte sie gelegentlich einer Stunde glühender Wonnen zu ihm, »aber bedenke selbst: Der erste deiner Ahnen, der in der Chronik des russischen Reiches verzeichnet ist, hat zu Peters des Großen Zeiten gelebt, während meiner von fürstlichem Geblüt und ein direkter Nachkomme Rjuriks war und schon am Hofe Iwan Wassiljewitschs des Schrecklichen den Rang des Ersten Bojaren innehatte.«

Solchen Argumenten konnte auch der Geliebte nicht widerstehen. Er wartete geduldig auf die Entbindung seiner Angebeteten, und als diese niedergekommen war, gab man Maria zur Erziehung in meine Hände. Der Vater und die Mutter zahlten von Zeit zu Zeit bei einer ausländischen Bank nicht unbedeutende Summen auf den Namen der Tochter ein, und ihre Mitgift beläuft sich jetzt auf runde hunderttausend Rubel. Sagen Sie selber, ob das nicht eine Braut ist, teurer Freund! Ich habe sie längst für meinen Sohn auserkoren, der, wie Sie zugeben werden, ihrer würdig ist. Aber diese schrecklichen Vorurteile! Die Mutter, die jetzt mit einem Fürsten Derewjaschkin verheiratet ist, einem gebrechlichen, aber sehr angesehenen alten Mann, der sein Geschlecht vom Fürsten Ki herleitet, will ihre Tochter nur als Frau eines Gardeoffiziers aus vorneh-

mem Hause sehen – für diese Kreise ist sie sehr eingenommen! Jetzt werden Sie meinen Plan wohl verstehen. Es bleibt nichts anderes übrig, als die reizende Maria der Liebe meines Sohnes geneigt zu machen. Dann lägen die Dinge einigermaßen anders. Ein Gardeoffizier würde sie nicht mehr freien! Sie würde meine Schwiegertochter werden, und Sie bekämen eine angemessene Belohnung.

Sie erraten vielleicht noch nicht, worum ich Sie bitten möchte? Passen Sie auf! Ich als die Mutter kann, ohne Verdacht zu erregen, meinem Sohne nicht beistehen. Das Lob der Mutter würde angezweifelt werden. Sich jemand anzuvertrauen wäre gefährlich. Ich bin von meinen Erziehungsbefohlenen, von deren Stubenmädchen und allerlei sonstigem Gesindel umgeben, das mich nur selten allein läßt. Das beste wäre, wenn Sie sich der Sache annähmen, Sie als Unbeteiligter, auf den niemand besonders achthat und der obendrein Lehrer ist! Nun, was meinen Sie dazu? Sind Sie bereit, mir zu helfen? Meine Dankbarkeit wird dem erwiesenen Dienst entsprechen.‘

Also sprach die beredte Madame, und ich begann zu überlegen, welche Antwort ich ihr auf dieses schmeichelhafte Angebot geben sollte. Ich bat mir einige Stunden Bedenkzeit aus und versprach, ihr meinen Entschluß zur gleichen Stunde des folgenden Tages mitzuteilen.

Dann lag ich auf meinem Bett und sagte mir folgendes: Lucien ist mein Freund, und seine Mutter hat mich sehr lieb — warum also sollte ich ihr nicht einen Dienst erweisen? Marias Mutter ist zwar eine Durchlaucht, aber ein törichtes Frauenzimmer, über das man kein Wort zu verlieren braucht. Offenbar bleibt sie auch im reifen Alter launisch wie ein verzogenes Kind. Ich habe schon zwei großen Herren mit Eifer gedient und bin nur schlecht dafür belohnt worden. Jetzt will ich ihnen zuwiderhandeln und zusehen, was dabei herauskommt!

Am nächsten Morgen schrieb ich einen Zettel, der an Maria gerichtet war und die Liebe des guten Lucien in den glühendsten Farben, den schwungvollsten, überzeugendsten Worten schilderte. Welcher Zauber, welcher Genuß, welche Seligkeit sie in den Armen des jungen Mannes erwarte! Ich wollte dieses schriftliche Geständnis in ihr Heft schieben, während ich sie in der Stunde prüfen würde. Und ich empfahl ihr, mir offenherzig Antwort zu geben — am folgenden Tage und auf demselben Wege.

Ich tat, wie ich mir vorgenommen hatte, und meine Rechnung ging restlos auf. Madame war aus dem Häuschen, als sie davon erfuhr. ‚Sie sind zu Großem geboren', erklärte sie, und ich strich lächelnd über mein Backenbärtchen. Ich räume gerne ein, daß mein Vorgehen unverzeihlich war und unbedingten Tadel verdiente. Ich bin jedoch entschlossen, die volle Wahrheit zu sagen und meine Fehler nicht zu verhehlen.

Am folgenden Tage händigte mir die schöne Maria, den Blick zu Boden gesenkt, mit glühenden Wangen und wogendem Busen ihr Heft aus, in dem ich ein Briefchen fand. Ich nahm es geschickt an mich und kehrte in das Zimmer der Pensionatsvorsteherin zurück, wo wir gemeinsam das Folgende lasen:

Mein Herz duldet keine Heimlichkeiten und keine Verstellung. Lucien liebt mich also? Sie haben mir eine überraschende und beglückende Neuigkeit mitgeteilt! Ich selber bin seit langem leidenschaftlich in ihn verliebt, habe mich aber gescheut, die Regungen meines Herzens zu zeigen. Da Sie an ihnen jedoch Anteil nehmen, will ich meine Gefühle nicht länger verbergen und offenherzig bekennen, daß ich, sobald Sie eine Gelegenheit ermitteln, bereit bin, mich in die Arme dessen zu werfen, den ich so feurig liebe!

Die Pensionatsleiterin starrte mich, die Brille in die Stirn geschoben, verwundert an, während ich aus vollem Halse lachte.

‚Da sieht man, was offenherzig, was aufrichtig sein bedeutet!‘ rief ich. ‚Das also ist die Erziehung, die man in Ihrem Pensionat genießt!‘

‚Spotten Sie nicht über die Erziehung in meinem Pensionat‘, entgegnete Madame. ‚Ich kann Ihnen versichern, daß sie in keiner Weise hinter der zurücksteht, die man in den besten Pariser Instituten bekommt.‘

Nach dem zufriedenstellenden Verlauf der Beratung nahm die Korrespondenz ihren Fortgang. Ich ließ Lucien schon bald in eigenem Namen schreiben, das heißt kopieren, was ich verfaßt hatte. Unmöglich, das Entzücken zu schildern, das die junge Unschuld empfand, als sie die Handschrift des Geliebten las! Mit einem Wort, es vergingen keine vier Monate, und Luciens scharfäugige Mutter bemerkte, daß Maria das Unterpfand ihrer Liebe und ihres Glücks unter dem Herzen trug, und teilte es mir mit. ‚Jetzt muß man darüber nachdenken‘, sagte sie, ‚wie man die Sache, die so geschickt eingefädelt worden ist, zu einem guten Ende bringt. Und das, Herr Tschistjakow, nehme ich auf mich, damit will ich Sie nicht bemühen! Sie können in aller Ruhe auf den Ausgang und eine Belohnung warten, die Ihrer Mühe würdig ist. Zugleich empfehle ich Ihnen, sich nicht weiter mit Stundengeben zu verzetteln. Widmen Sie sich ganz dem Dienst bei Dobroslawow, und Sie werden es nicht bereuen.‘

Diese plötzliche Wendung erschien mir sonderbar, doch ich beschwichtigte mich mit dem Gedanken, die Belohnung, die ich am Ende der Komödie erhalten sollte, werde mir genügen — auch ohne das Honorar für meine Stunden. Ich widmete mich mit ganzer Seele den Geschäften Dobroslawows, versah meinen Dienst, besuchte gelegentlich Madame, wo man mich freundlich empfing, und mein Leben floß dahin wie ein stiller klarer Bach in einem blumigen Tal. Zwar hatte mich die Begebenheit mit der schönen Bittstellerin, die ich zuvor erwähnte, in einigen Aufruhr versetzt, da mein Wohltäter die Angelegenheit jedoch vergaß, ließ auch ich mir keine grauen Haare mehr darüber wachsen. Ich sah die ganze Welt mit Gleichmut an. In Polen tobten damals innere Wirren, in der Türkei war Krieg, in Schweden herrschte Hungersnot. Ich seufzte über die Not der leidenden Menschheit, sagte mir aber: Sie tragen selber die Schuld daran! Warum wollen die Menschen mehr sein, als ihnen zukommt? Kann man denn mehr sein als glücklich? Sich unverständig aufführen und dafür leiden ist das Los der unglücklichen Menschen. Selig ist, wer gleich mir eine friedliche Zuflucht gefunden hat, lebt, indem er sich mit wenigem begnügt, und nicht zu besitzen strebt, was über den Kreis seiner Möglichkeiten hinausgeht."

DREIZEHNTES KAPITEL
Die Königin der Nacht

„Als ich eines Morgens in meinem Zimmer saß und in meinen Papieren kramte, war ich äußerst erstaunt, in Dobroslawows Arbeitszimmer ein mehrstimmiges Schreien zu hören, von Frauenstimmen, wie mir schien. Da das bisher nie vorgekommen war, fühlte ich mich beunruhigt und eilte hinzu. Wer beschreibt meine Verwirrung über den Anblick, der sich mir bot! Dobroslawow saß im Sessel, den Kopf hatte er auf den Tisch gelegt und mit den Händen bedeckt. Maria lag vor ihm auf den Knien, umschlang unter Schluchzen seine Beine und jammerte: ‚Erbarme dich, mein Erzeuger!' Neben ihr schrie in einer kleinen Wiege ein Kind, und in der Ecke stand, den Blick zu Boden gerichtet, die traurige Madame.

Kaum hatte ich all das überblickt, was mich so sehr verblüffte, als Madame mich wütend ansah, auf mich zuschoß, mich am Arm ergriff und, zu Dobroslawow gewandt, loskeifte: ‚Hier, mein Herr, ist jener Bösewicht, jener Unmensch, der das unerfahrene Mädchen in Versuchung geführt hat. Er hat sie mit seinen teuflischen Ratschlägen in die Arme des feurigen Lucien getrieben. Hier sind die Beweise seines Verrats! Lesen Sie sie, mein Herr, lesen Sie sie und überzeugen Sie sich von meiner und meines Sohnes Unschuld. An allem ist nur der listige Bube schuld! Diese unseligen Briefe, mit denen er Maria verleitete, habe ich gefunden, als das Unglück schon geschehen war!'

Hier übergab sie mit der Miene der gekränkten Unschuld Dobroslawow meine Briefe an Maria, die sie mir, man könnte fast sagen, selber diktiert, auf jeden Fall aber alle gelesen hatte, bevor ich sie Maria zusteckte. Ich war von dieser Neuigkeit wie erschlagen, stand da wie angewurzelt und starrte bald Madame, bald Dobroslawow an. Ich zweifelte an mir selbst!

Schließlich erhob sich Seine Exzellenz und blickte mich an — zwar ohne Zorn, aber dunkelrot und mit Augen, die vor Empörung flammten.

‚Ich habe jetzt nicht die Muße, mich mit Ihnen zu befassen', sagte er. ‚Gehen Sie auf Ihr Zimmer und warten Sie, bis ich Sie rufen lasse!'

‚Mein Herr!' rief ich, ernstlich erzürnt. ‚Belieben Sie mich anzuhören, bevor Sie mich verurteilen!'

‚Verlassen Sie mich', sagte er und wandte sich ab.

Ich eilte zornig hinaus, aufgebracht über die treulose Madame und den leichtgläubigen Dobroslawow. Zwei Wochen bekam ich ihn nicht zu Gesicht, ließ mir aber von dem Burschen, der mich bediente, berichten, daß er nur selten zu Hause gewesen war. Der Tisch blieb jedoch für mich gedeckt, und ich harrte voller Ungeduld des Augenblicks der Versöhnung oder des völligen Bruchs zwischen uns.

Eines Tages las ich in einem Buch und verweilte an der folgenden erstaunlichen Stelle: ‚Wahnwitzig ist, wer zu träumen wagt, das menschliche Herz, seine geheimen Schwankungen, Regungen, Zu- und Abneigungen zu kennen! Weder der Wind, der über das Antlitz des Himmels hinjagt, noch der wogende Schoß des Meeres sind so veränderlich, so wetterwendisch wie die Herzen der Menschen! Wie oft verstehen, wie oft erraten wir nicht einmal unsere eigenen Wünsche — wie sollten wir also die fremden erraten?'

Kaum hatte ich diese Worte gelesen und angefangen, sie logisch zu ordnen, trat plötzlich Herr Dobroslawow bei mir ein, nahm feierlich Platz und begann: ‚Hör zu, Herr Tschistjakow! Du hast mir ein Mißvergnügen bereitet. Ob du nun daran schuld bist oder nicht — das Mißvergnügen bleibt. Die Angelegenheit als solche ist bereinigt. Maria ist bereits Luciens Frau, der — dank meinem Bemühen — in einer passenden Stellung unterkommen konnte. Ich habe alles vergessen und allen vergeben, möchte aber, bevor wir uns an unsere laufenden Geschäfte machen, wissen, welchen Anteil du an dieser Intrige hattest.'

‚Gnädiger Herr', rief ich aus, ‚wenn mir Madame eröffnet hätte, daß Maria Ihre Tochter ist — ich hätte mich nie und nimmer auf die Geschichte eingelassen. Das schwöre ich Ihnen! Ich hatte nicht die geringste Ahnung!'

Hier erzählte ich ihm mit aller Offenheit, wie alles vor sich gegangen war. Als ich meine Geschichte beendet hatte, sagte Dobroslawow: ‚Ich sehe, du bist mir gegenüber schuldlos, und freue mich darüber. Was aber die Sache selbst betrifft, so hast du allerlei Schuld auf dich geladen! Um jedoch zu beweisen, daß mein Vertrauen zu dir größer denn je ist, möchte ich dir meinen Plan zur Begründung deines Glücks eröffnen. Wisse, daß es hier eine Vereinigung der Wohltäter der Welt gibt. Sie tut das Gute insgeheim, und man kennt weder ihre Mitglieder noch den Ort, an dem sie sich versammeln. Die Mitglieder kennen sich auch untereinander nicht und tagen in Masken, die das halbe Gesicht verdecken. Ein neues Mitglied wird unter dem Namen des Sternes eingetragen, der im Augenblick seines Eintritts in den Orden im Zenit steht. Willst du einen Begriff von der hohen, geheimnisvollen Weisheit erlangen, die den Himmel durchdringt und die verborgenen Regungen der himmlischen Geister erleuchtet? Willst du die Pläne der europäischen Höfe, die Vorhaben der Großen, den ganzen Lauf der irdischen Dinge erkennen? Möchtest du zusammen mit mir und meinem Freund, der der oberste Gebieter und Aufklärer der Vereinigung ist, eine Leuchte der Welt, ein Freund und Lenker der Menschen werden? Mit einem Wort — ein Freimaurer, wie der gedankenlose Pöbel diese großen Männer nennt?‘

Ich saß da und starrte Dobroslawow an. Dieser seltsame, ja wunderliche Vorschlag setzte mich in Erstaunen. Mein Herz erbebte und war angenehm erregt, das Blut in meinem Busen wogte. Ich drückte ihm meinen tiefempfundenen Dank für die hohe Meinung aus, die er von mir besaß, und erklärte, ich vertraue mich mit kindlichem Gehorsam seiner Führung an.

‚Gut‘, entgegnete er. ‚Eine heimliche Ahnung sagt mir, daß unsere Seelen bereits brüderlich verbunden waren, bevor das Nirwana zum Leben erwachte und die Natur das Schlagen der Pulse fühlte. Ich werde dich von nun an nur meinen Bruder nennen — rede auch du mich so an. Vor einiger Zeit habe ich der Vereinigung vorgeschlagen, einen neuen Bruder aufzunehmen, dessen Verstand, Wachsamkeit, besonders aber Bescheidenheit ich während eines Jahres auf die Probe gestellt habe. Mein Vorschlag wurde einstimmig gebilligt, und du brauchst dich nur noch einzufinden — was wir denn heute abend auch gemeinsam tun wollen.‘

Ich bedankte mich aufs neue bei meinem Wohltäter, und wir trennten uns, äußerst zufrieden miteinander. Mir schwindelte der Kopf, meine Einbildungskraft war entflammt. Ich erinnerte den ganzen Tag an einen Fieberkranken. Wie? fragte ich mich. Auch ich soll die Handlungen des Himmels und der

Geister, die ihn bevölkern, verstehen lernen? Ich soll ihren Gesprächen lauschen, ihre gewiß bezaubernden Gestalten bewundern dürfen? Oh, wie sehr sich doch diejenigen versündigen, die sich über die heilige Metaphysik und besonders über deren hochweise Tochter, die Pneumatologie, lustig machen! Sobald ich den hohen Grad erreiche, den Dobroslawow mir in Aussicht stellt, will ich den aufsässigen Ignoranten beweisen, daß sie sich auf das gröbste täuschen. Ich werde die Zweifel der Welt zerstreuen, den undurchdringlichen Vorhang lüften und ihr die Himmelsbewohner zeigen!

So sagte ich mir in meinem Eifer und vergaß dabei, daß Dobroslawow vor allem Stillschweigen von mir verlangte. Aber der Mensch ist schwach! Wie sollte er nicht begeistert sein, wenn er sich darauf vorbereitet, in die Geheimnisse des Himmels einzudringen und eine solche Seltenheit wie Himmelsgeister zu schauen! In alten Tagen sind sie den Menschen immerhin hier und da erschienen, während sie heute spurlos verschwunden sind.

Mit solchen Grübeleien verbrachte ich den Tag. Die Dämmerung brach herein. Dobroslawow und Olimpi traten bei mir ein, verbanden mir die Augen, führten mich auf die Straße und halfen mir in den Wagen. Dann fuhren wir ab. Mein Wohltäter ermahnte mich, den Mut nicht sinken zu lassen, und ich blieb ziemlich gefaßt. Nach einer Stunde Fahrt hielt der Wagen an, und wir stiegen aus. Man führte mich lange umher, und schließlich sagte Dobroslawow: ‚Bleibe hier vorerst stehen!' Man nahm mir die Binde ab, die man mir über die Maske gelegt hatte, und ich erblickte — o Schrecken! — ein geräumiges, mit schwarzem Tuch ausgeschlagenes Zimmer. Das Tuch war mit Vögeln, Vierfüßern, Reptilien, Fischen und Insekten in Weiß bestickt. In der Mitte des Zimmers stand ein großer Tisch mit vielen Kerzen, an dem mit gesenkten Köpfen wohl fünfzig schweigende Männer saßen — in schwarzen Mänteln, auf denen man geheimnisvolle Zeichen in flammenden Farben sah, wie Sternbilder, Planeten, schwebende oder kriechende, gute und böse Geister.

Der Oberste unter ihnen erhob sich, betrat die Rednertribüne, verneigte sich dreimal sehr tief vor den Versammelten und sagte: ‚Ehrenwerte und hochehrenwerte, aufgeklärte und hochaufgeklärte Brüder! Ist es mir gewährt, über die Aufnahme eines neuen, unserer Vereinigung würdigen Mitglieds zu sprechen?'

Alle erhoben sich, verneigten sich dreimal ebenso tief wie

er und erwiderten: ‚Sprich, unser höchstaufgeklärter Unterweiser und Bruder!‘

Er begann mit lauter Stimme und mit den Armen fuchtelnd und redete so hochtrabend und verzwickt, daß ich kein Wort davon verstand. Wie sollte ich auch! Er bemühte die himmlische Harmonie, die eheliche Verbindung von Sternen, den erhabenen Plan Jehovas zur Erschaffung des Menschen. Die Rede dauerte wohl eine Stunde, und ich verzagte immer mehr, da ich nicht das geringste begriff. Ich bin gewiß noch nicht würdig, die Sprache der wahren Weisheit zu verstehen, dachte ich und hörte nicht mehr zu. Mein Herz war beklommen.

Endlich schloß der Redner mit der Frage: ‚Seid ihr also einverstanden, Brüder?‘ Statt zu antworten, klatschten sie sich zum Zeichen der Bejahung mit voller Wucht auf ihre Glacéschürzen. Hierauf trat der Mann, der gesprochen hatte, an ein Teleskop, richtete es auf die Sterne, blickte lange hinein, trug schließlich etwas in ein großes Buch ein, das geöffnet auf dem Tisch lag, und verkündete mit lauter Stimme: ‚*Steinbock* wird der Name des *Kindes* sein, das nach Aufklärung trachtet!‘ Darauf gingen einige in ein anderes Zimmer hinüber, die übrigen stimmten ein Lied an, legten mir in dessen Verlauf einen Mantel um, setzten mir einen Hut auf und begannen mich zu beglückwünschen. Von allen Seiten hörte ich sagen: ‚Ich beglückwünsche dich, *ehrenwerter Steinbock*! Du hast den lichten Pfad der Wahrheit beschritten. Du hast den Strahl der Vernunft in dich aufgenommen, der den Himmelsgemächern entspringt. Mögen wir dich bald *Jünger* und schließlich auch *Bruder* heißen können!‘

Ich verneigte mich nur nach allen Seiten, da ich nicht wußte, wie ich sie anreden sollte.

Dann verließ der Oberste den Raum, und alle folgten ihm. Ich erblickte einen riesigen, festlich erleuchteten Saal; seine Wände waren mit rosa Samt bespannt. Schöne Bilder in prächtigen Rahmen hingen daran. Auf dem einen sah man Adam in der Umarmung Evas, als sie sich noch im seligen Zustand der Unschuld befanden. Auf einem anderen einen verzückten Weisen, der mit flammenden Augen die Reize einer jungen Schönen betrachtete, die sich in einem Bache wusch. Auf einem dritten Salomo im Kreise zahlreicher Jungfrauen von unbeschreiblicher Schönheit. Die eine beräucherte seine Kleider, die andere besprengte sie mit den Wohlgerüchen des Orients, die dritte durchflocht sein Haar mit Gold und Perlen. Alle Bilder waren von ähnlichem Inhalt. Ringsum zogen sich Sofas mit Bezügen aus blutrotem Atlas hin. In der Mitte des Saales stand ein großer, mit Speisen und Getränken beladener Tisch.

Nachdem sich alle gesetzt und einiges von dem wie von jenem genossen hatten, begann eine heitere Unterhaltung, und Freude blitzte in jedermanns Augen auf; es waren ja auch nur die Augen zu sehen, daneben nur Nase, Mund und Kinn; den oberen, edleren Teil des Gesichts verdeckten nach wie vor die Halbmasken. Der eine sprach von den Annehmlichkeiten eines ruhigen, genügsamen Lebens; ein anderer gab der Liebe eines schönen Mädchens den Vorzug; ein dritter bemühte sich zu beweisen, daß ohne Wein selbst die glühendste Umarmung eisig erscheinen müßte. Alle redeten, alle scherzten, aber ohne Spott, ohne Anzüglichkeiten, vielmehr auf brüderliche Art, und die Fröhlichkeit war darum ungeheuchelt. Nur ich allein saß schweigend da und wußte nicht, wie und an wen ich mich wenden sollte.

Schließlich fragte mich mein Nachbar: ‚Warum bist du so schweigsam, ehrenwerter Bruder Steinbock? Gefallen dir denn unsere Vergnügungen nicht? Ich schwöre dir, so und nicht anders sollten die Vergnügungen eines Weisen beschaffen sein! Frage den Höchstaufgeklärten, und er wird es dir bestätigen!‘

‚Ich schweige nicht, weil es mir hier nicht gefiele, ich wage nur nicht zu sprechen, weil ich niemanden kenne.‘

‚Wie? fragte mein Nachbar. ‚Du brauchst den Leuten nur auf den Rücken zu schauen, und du weißt ihren Namen. Dort steht in flammenden Farben der Name des Sterns oder Planeten geschrieben, unter dem sie im Buch der allewigen Weisheit eingetragen sind. Ich heiße *Skorpion.* Dort sitzt der *Stier*, der offenbar ein großer Herr ist, weil er immer Brillanten trägt und so feierlich und gedehnt spricht. Das ist der *Große Hund* oder *Sirius.* Er muß, nach seinen Reden zu urteilen, ein hoher Amtsschreiber sein — so tückisch ist alles, was er sagt! Da ist der *Widder*, ein Kaufmann, wie man merkt. Und da der *Wassermann*, er scheint Verfasser von epischen Gedichten zu sein. Nur hält sein Name nicht, was er verspricht — er fürchtet das Wasser wie Gift und gießt immer nur Wein in sich hinein. Er sollte richtiger das *Weinfaß* heißen. Was aber mich betrifft, so übe ich den achtbaren Beruf eines Schauspielers am hiesigen Theater aus und lade Sie zu uns ein. Sie müssen ein Ehrenmann sein, da Sie für würdig befunden wurden, in unserer Mitte zu sitzen, dazu nach Vorstellung durch den Höchstaufgeklärten persönlich.‘

‚Gut', sagte ich, ‚aber wie soll ich Sie erkennen, wenn ich weder Ihr Gesicht sehe noch Ihren Namen weiß?'

‚Das macht nichts', entgegnete er, ‚Sie brauchen auf der Bühne, wo sich nach der Aufführung die Theatergötter und -göttinnen und deren Anbeter versammeln, nur das Freimaurerzeichen zu machen, und ich bin im Bilde.'

‚Und was für ein Zeichen ist das?' fragte ich ungeduldig.

‚Sie berühren mit dem Zeigefinger der rechten Hand den Daumen der linken', entgegnete er, ‚beschreiben einen kleinen Kreis auf der Stirn und kratzen sich den Nacken. Dann weiß ich sofort, daß ich ein Mitglied dieses berühmten Heiligtums vor mir habe.'

Bruder Skorpion nannte mir während des Abendessens die

Namen aller Mitglieder und teilte mir seine Vermutungen über deren weltliche Stellung mit. Ich fand in diesem einen Saal den ganzen irdischen, himmlischen und höllischen Viehhof versammelt. In der Tat, es gab hier Löwen, Tiger, kleine und große Bären, Drachen, Skorpione, Krebse, Gänse, Schwäne und so weiter.

Nachdem man sich an den Gaben der Erde gelabt hatte, schlug der Höchstaufgeklärte dreimal mit einem Hämmerchen auf den Tisch, und tiefes Schweigen trat ein. Es dauerte zwei oder drei Minuten, worauf alle die Stimme erhoben und das folgende Lied sangen:

‚Frohlockt, ihr Brüder, die ihr schreitet,
Vom Klange der Musik begleitet,
Erkennet, wo Vernunft gedieh!

Daß Hindernisse ihr nicht kennet,
Die heiligen Gesetze nennet
Der Wahrheit euch Geometrie.

Der weise Bauherr dieser Welten,
Die uns als brüderliche gelten,
Zeigt uns den Weg zum Paradies.

Auf daß wir dort uns selig regen,
Gab er uns selbst dazu den Segen,
Den Stern, der uns zum Ziele wies.‘

Nach Beendigung dieser wohltönenden Verse nahmen wir alle auf den Sofas Platz. Sogleich schlug eine unsichtbare, gewaltige Harmonie an unser Ohr; rasch öffneten sich geheime Türen zum Saal, und eine Schar von jungen, reizenden, nach griechischem Geschmack gekleideten Nymphen flatterte herein, in leichten weißen Gewändern, Blumenkränze auf den Häuptern, die vollen Brüste halb entblößt. Feuer durchwogte mein Herz, meine Augen schwammen in süßer Feuchte, und meine Blicke wandten sich in wildem Verlangen von einem Gegenstand zum anderen. Die verlockenden Nymphen begannen einen bezaubernden Tanz. Sie wirbelten umher, näherten sich einander, umarmten sich und wirbelten wieder davon. Jede ihrer Bewegungen war Feuer und glich dem Wind. Wenn die eine durch ihren schlanken, biegsamen Wuchs auffiel, glänzte die andere mit ihrem bezaubernden hellen Teint; wenn die eine durch ihren raschen, alles durchdringenden

Blick gefangennahm, tat es die andere mit ihrem schmachtenden, zärtlichen, flehenden. Mit einem Wort, jeder Zug, jeder Blick, jede geringste Bewegung bildeten einen neuen Reiz, eine neue Wonne, einen neuen Genuß. Ich war versucht zu glauben, ich sei in Mahomets Paradies versetzt und von den ewig unschuldigen Huris umgeben, oder ich wäre, nachdem ich einen Abend hier am Tisch gesessen hatte, dank einigen Gläsern Wein schon so erleuchtet, daß mir gegeben sei, die Himmelsbewohner zu schauen und mich am Zauber ihrer Blicke zu berauschen. Mein ganzes Wesen war Entzücken; jeder Atemzug glich dem sanften Feuer der jungen Sonne im Mai, die die erblühende Rose wärmt, ohne den zarten Kelch durch glühende Hitze erschlaffen zu lassen.

Die Wanduhr im Saal schlug zwölf, und sogleich verstummte alles; die Musik brach ab, der Reigen auch; die Mädchen standen in tiefem Schweigen; das dauerte mehrere Sekunden. Dann erhob sich der Höchstaufgeklärte vom Sofa und fragte mit lauter Stimme: ‚Welche von diesen Schönen ernennt ihr zur Königin dieser Nacht?‘

‚Die schöne Licorissa sei es, möge sie dich durch ihre Liebe erquicken‘, riefen die Stimmen der ehrenwerten Brüder; im gleichen Augenblick wuchs unter dem Fußboden ein Thron hervor, verziert mit glänzenden Schnitzereien, die Amoretten in den verschiedensten Stellungen zeigten. Zur rechten Seite des Thrones stand ein besonderes Tischchen mit einer Porzellanurne, zur linken lag auf einem ebensolchen Tischchen ein Myrtendiadem. Der Höchstaufgeklärte verließ seinen Platz, trat auf eine der Nymphen zu, geleitete sie zum Thron, drückte ihr den Kranz auf das Haupt, küßte sie auf die rosigen Wangen und setzte sich wieder. Die junge Schöne nahm eine Harfe, griff, während alles verstummte, in die Saiten, und ihre reine, volle Stimme strömte dahin, von den Klängen des Instruments begleitet.

‚Gelobt sei, wer das Leben meistert,
Die Liebe zu dem Schönen wahrt!
Auch wenn das Blut allmählich kalt wird,
Natur und Geist bleiben gepaart.

Wer liebt, bleibt jung, auch wenn er grau ist,
Der Wein erwärmt sein kühles Blut.
Die Lieb im Arm der jungen Nymphe
Gibt ihm zurück die sel'ge Glut!‘

Ich verschlang die unnachahmliche Sängerin mit gierigen Blicken. Die Liebe traf mein Herz gleich einem Blitzschlag, und es entflammte lichterloh. Nur sie erschien mir meinen Liebkosungen würdig, alle übrigen waren gewöhnliche Buhlerinnen. Allein der Klang ihrer Stimme erhob mich in den Himmel, und ich trank seligen Genuß von ihren roten Lippen; allein der Gedanke, daß sie einem anderen und einem schwächlichen Greis gehören werde, ließ mich zu Eis erstarren. Mein Herz versteinerte; ich wandte unwillkürlich die Augen von ihr ab und stöhnte. Ich weiß nicht, warum ich so plötzlich für Licorissa entbrannt war; ich kannte sie nicht, mußte aber mit Sicherheit annehmen, daß sie schon viele meiner Brüder beglückt hatte. Ob es nun dieses oder die Feierlichkeit war, mit der die Handlung zelebriert wurde, die große Pracht der mich umgebenden Gegenstände, die mir so neue Gewandung der Mädchen, der Zauber der Harmonie oder am Ende der Wein, den ich bei Tische genossen hatte — ich weiß es nicht; vermutlich hatte mich alles zusammen zu Licorissas Anbeter gemacht, und ich schwor mir, nicht eher zu ruhen, bis sie mich selbst beglücken würde.

Der Gesang verstummte. Die Brüder erhoben sich und traten vor den Thron. Die Königin ließ uns Lose aus der Urne ziehen, auf denen griechische oder römische Mädchennamen geschrieben standen. Die Reihe kam auch an mich. Ich faßte aufgeregt und fast widerwillig hinein, zog ein Los und las vor: ‚Lavinia.‘ Sogleich nahm mich ein Mädchen bei der Hand, führte mich mit gesenktem Blick, geröteten Wangen und wogendem Busen beiseite und bedeutete mir, mich auf einem Sofa neben ihr niederzulassen. Sie wagte vor Scham nicht aufzuschauen, während ich, von Liebe zu Licorissa bewegt und von Eifersucht gequält, abgewandt dasaß, bis ich plötzlich mit Schrecken bemerkte, daß die Wände auseinandertraten, die Kerzen in den Kronleuchtern allmählich erloschen und die Sofas in Bewegung gerieten; im Nu befand ich mich in einem sauberen, verschwiegenen kleinen Raum, in dessen einer Ecke ein Lämpchen brannte. Alles ringsum verstummte.“

VIERZEHNTES KAPITEL

Eine Entdeckung

„Lavinia war über mein anhaltendes Schweigen und meine Fühllosigkeit verstimmt. Sie preßte mich zärtlich, ja hitzig in ihren Armen und überschüttete mich mit leidenschaftlichen Küssen, aber ich blickte sie nicht einmal an. Der vergeblichen Liebesmüh überdrüssig, sagte sie ärgerlich: ‚Sie sind wohl zu Marmor erstarrt, ehrenwerter Steinbock?' Der Klang ihrer Stimme brachte mich einigermaßen zur Besinnung; ich sah sie an, und ein Zittern befiel mich.

Die Unbekannte bemerkte es und fragte mit einem Lächeln: ‚Sind Sie im Umgang mit Frauen wirklich so neu, daß Sie zittern, ehrenwerter Bruder, wenn Sie mit einer Frau allein sind? Dazu besteht kein Grund — wir sind gar nicht so schrecklich!'

‚Fürstin Fjokla Sidorowna!' rief ich, stieß sie mit einer Hand zurück und riß mit der anderen die Maske herunter. Sie schrie auf, erblaßte und sank ohnmächtig auf das Sofa.

Ich empfand in diesem Augenblick nichts als Entrüstung und Ärger über sie und gab mir auch keine Mühe, sie zu Bewußtsein zu bringen. Verachtungswürdige! dachte ich. Du hättest eine andere Strafe verdient. Du hast meine Tage mit Bitternis erfüllt; du hast mich dazu verurteilt, das Leben eines Vaganten zu führen und ständig in der Gefahr zu schweben, mein Obdach zu verlieren. O Laster! Wie furchtbar sind deine Folgen! Man braucht nur von ferne mit dir zu liebäugeln, und du eilst wie der Wind herbei und preßt das unglückselige Opfer in deinen schrecklichen Umarmungen!

Nachdem meine Lavinia zu sich gekommen war, sagte sie mit der Festigkeit einer Heldin: ‚Fürst! Wir wollen diese Stunden nicht mit Vorwürfen zubringen — was vorbei ist, ist vorbei. Zorn und Verdruß sind hier nicht recht am Platz. Ich bin überzeugt, auch du bist in den fünf oder sechs Jahren seit unserer Trennung nicht ohne Schuld geblieben. Meine Umarmung biete ich dir nicht an; du würdest kein Vergnügen an ihr finden, und ich bin es gewohnt, Beglückte an meinem Busen zu sehen. Das hindert uns aber nicht, Freunde zu bleiben und einander Vorteile zu verschaffen. Nenne mir eine beliebige von meinen Freundinnen, und du wirst mit ihr glücklich sein. Auch ich bin manchmal die Königin der Nacht.'

Diese Überlegungen der Fürstin waren natürlich die Frucht einer tief verwurzelten Schamlosigkeit, heiterten mich jedoch wider Erwarten auf. Hätte sie geweint, wäre sie mir zu Füßen gefallen, hätte sie bereut, um Vergebung gebeten, mich zu versöhnen versucht und so weiter, dann wäre meine Liebe vielleicht wieder erwacht, wenn auch nicht wirklich, nicht im Herzen, so doch in meiner Phantasie; mich hätte Eifersucht gepackt, und ich wäre sicherlich wieder unglücklich geworden. Da sich meine philosophierende Gattin jedoch so gleichmütig zeigte, übertrug sich ihre Gelassenheit auch auf mich, und ich sah sie wie eine alte Bekannte an, mit der man lange nicht zusammengetroffen ist.

‚Du weißt recht ordentlich zu argumentieren', sagte ich zu ihr, ‚und hast dich nach der Aufklärung durch mich offenbar fortgebildet und eine gute Schule besucht.'

‚So ist es', entgegnete sie lächelnd.

Als ich ihr dann aber erzählte, ich hätte unseren Sohn aus den Augen verloren, brach Fekluscha in Tränen aus. Selbst die leichtfertigste Mutter bleibt dennoch Mutter und kann ihr Kind lieben, auch wenn sie den Vater nicht leiden mag.

Wir plauderten die ganze Nacht, und ich erzählte ihr offenherzig von meinen Liebesabenteuern. Ich wollte Fekluscha damit treffen und ihr beweisen, auch ich sei nicht der Letzte unter den Verführern und verstünde die menschlichen Herzen zu betören wie sie. So sind sie eben, die menschlichen Herzen!

Noch sonderbarer aber war, daß Fekluscha sich alles anhörte, errötete und lächelte, ihren Verdruß jedoch nicht zu verbergen vermochte. Ich wiederhole: So sind eben die menschlichen Herzen! Hier gestand ich ihr meine heftige Leidenschaft für Licorissa. Lavinia lachte.

‚Weißt du auch', fragte sie, ‚daß Licorissa die Geliebte dieses Höchstaufgeklärten ist? Er ist alt und schwach und kann der Liebe nicht mehr frönen; er tröstet sich damit, daß auch die anderen der Möglichkeit beraubt sind, ihre jungfräuliche Umarmung zu genießen.

Licorissa ist eine gute Freundin von mir und gesteht mir, wenn sie — was nicht selten vorkommt — weinend an meiner Brust liegt, daß ihr der höchstaufgeklärte Alte schier unerträglich ist. Sie würde sich gern mit aller Zärtlichkeit in die Arme eines anderen stürzen, ihr unglückliches Schicksal läßt dies jedoch nicht zu.'

,Aber wieso denn nicht?' fragte ich. ,Entscheidet nicht das Los darüber, wem welche Schöne gehören soll?'

,Gewiß', entgegnete sie, ,das gilt für alle in der Vereinigung, mit Ausnahme des Höchstaufgeklärten — für ihn ist nach den Statuten die Königin der Nacht bestimmt, die von der Gemeinschaft gewählt wird. Da alle Mitglieder seine Leidenschaft für Licorissa kennen, wird sie am häufigsten gewählt; begehrt aber einer von den Brüdern das schöne Mädchen selber zu besitzen, und eine andere wird gewählt, dann lehnt der Alte ab, verzichtet auf die Ehre und bestimmt Licorissa für sich. Und alle fügen sich, da er das Haupt und der Gesetzgeber ist.'

,Aber wie gelangt ihr hierher', erkundigte ich mich, ,und könnt ihr jederzeit ausscheiden?'

,Wir kommen durch Zufall hierher — wie auch ihr, genießen aber nicht dieselbe Freiheit. Wir dürfen nur im Garten spazierengehen, der zum Haus gehört und von einem hohen Zaun umgeben ist. Dennoch kann jede von uns, die dieses Lebens überdrüssig ist, um ihre Entlassung bitten, und man entläßt sie — unter der Bedingung, daß sie über die Lage des Hauses und seine Geheimnisse schweigt. Aber kann man des paradiesischen Lebens denn überdrüssig werden? Man sagt, es habe, seit der Orden besteht, nur einen einzigen solchen Fall gegeben, und auch den nur darum, weil einer von den Brüdern, ein angesehener Mann, von der Schönheit seiner Angebeteten so betört war wie du von Licorissas Reizen, sie nicht mehr als Gegenstand des Genusses anderer sehen wollte und überredete, um ihre Entlassung zu bitten, die sie auch anstandslos bekam.'

Mit solchen und ähnlichen Gesprächen verbrachten wir die Nacht, bis schließlich ein dumpfer Glockenschlag durch die Gemächer hallte.

,Das bedeutet, daß es Morgen ist', sagte Lavinia, ,und die Brüder sich bereit halten müssen, nach Hause zu fahren, um bis zum nächsten Sonnabend ihren Geschäften nachzugehen. Die Versammlungen finden einmal in der Woche statt. Leg die Maske an, teurer Fürst, und leb wohl! Verlaß dich hinsichtlich Licorissas auf mich. Sie wird deine Leidenschaft bald belohnen. Und wenn du darüber hinaus meine Handlungen mit einigem Gleichmut betrachten kannst, dann wirst du sehr zufrieden sein — das kann ich dir versichern!'

Ich trat in den Saal hinaus und sah beim schwachen Schein eines kleinen Lämpchens schon einen großen Teil der Brüder versammelt. Dobroslawow kam auf mich zu, nahm mich an der Hand und führte mich hinaus; im Vorzimmer verband man mir wieder die Augen, und wir fuhren nach Hause, wo Herr Dobroslawow und ich bis Mittag schliefen. Natürlich hatte auch er die ganze Nacht durchwacht. Ich bekam ihn den ganzen Tag nicht zu Gesicht.

Am nächsten Morgen ließ er mich rufen und sagte: ‚Lieber Bruder und Freund! Damit du dich in deinem neuen Stande richtig verhältst, mußt du das Ziel und die Bestimmung der Vereinigung kennen, deren Mitglied du bist. Diese Welt, obwohl vom Großen Baumeister bestens eingerichtet, ist von den vergänglichen Menschen so verdorben und entstellt, daß es der ständigen Bemühungen des Weisen bedarf, damit die Vorgänge auch der festgesetzten Ordnung folgen. Wie viele ehrliche und brave Familien gibt es, die durch Hunger und Kälte ums Leben kommen! Wie viele gedankenlose Bösewichter gibt es, die mit Gold und feisten Wangen prunken, deren Seele aber so dürr und häßlich ist, daß sie eher an den Teufel als an das Ebenbild Gottes erinnert! Heißt es also nicht edel handeln, entspricht es nicht den Grundsätzen der Höchsten Weisheit, wenn man das Gleichgewicht herstellt, also dem reichen Toren einen Teil seines Besitzes fortnimmt und dem besitzlosen Weisen überläßt? Den einen also zwingt, zur Vernunft zu kommen und die Eitelkeit irdischen Besitzes einzusehen, dem anderen aber die Mittel gibt, das Licht seines Verstandes in einem möglichst großen Kreise leuchten zu lassen! Die reichen Toren sind jedoch stolz und verstockt. Das Vorhalten der Wahrheit rührt sie nicht, denn ihre Irrtümer sind tief eingewurzelt. Um den erloschenen göttlichen Funken in ihnen zu wecken, gibt es nur einen Weg — sie durch Schmeichelei, Gefälligkeiten und versteckte Aufklärung aus dem Schlafe zu reißen.

Zu diesem großen Unternehmen erwählen ich und der Hohe Baumeister unserer Vereinigung dich, lieber Freund. Du hast gestern in der Versammlung den Bruder Stier und den Bruder *Polargans* gesehen. Der eine ist ein Graf, der andere Fabrikbesitzer. Beide sind reich wie Krösus und stumpfsinnig wie Ölgötzen, dabei aber böse und eigenwillig wie Meerkatzen. Du wirst auf unsere Empfehlung zuerst bei Polargans Dienst tun und uns behilflich sein, wo es der Nutzen der Welt verlangt. Dann machst du dich an den Stier heran. Wenn du bei beiden dein Ziel erreichst, wird die Belohnung deinen Mühen entsprechen — du wirst den Rest deiner Tage vollauf zu leben haben.'

Diesem Vorschlag vermochte ich nicht zu widerstehen. Ich wäre vielleicht standhafter gewesen, hätte mich nicht Tag und Nacht das Bild der lieblichen Licorissa verfolgt. Ich machte Dobroslawow Hoffnung, ich werde alle seine Wünsche erfüllen, und schied, mehrmals von ihm umarmt. Es ergötzte mich im voraus, daß ich der Wiederherstellung des Gleichgewichts

in der Natur und der Helfer großer Männer sein sollte, wo es der Nutzen der ganzen Welt verlangte. Oh, wie schön das war! Es rührte meine Seele wie Licorissas Liebreiz mein Herz.

Gegen Abend besuchte ich das Theater, um nach Schluß der Vorstellung den ehrenwerten Bruder Skorpion zu sehen, aber man gab eine deutsche Komödie, von einem bekannten Verfasser und in deutsch. Die Zuschauer zerflossen in Tränen; die Worte der Schauspieler gingen in ihren Seufzern unter.

‚Was finden Sie an dieser Komödie so Trauriges, daß Sie sich so darüber grämen?' fragte ich einen alten Mann, der neben mir saß.

‚Ach', entgegnete er mit einem tiefen Seufzer, ‚wie soll man gleichgültig bleiben, wenn man den größten Teil der Zuschauer weinen sieht? Ich selbst verstehe kein Wort Deutsch!'

‚Empfindsamkeit bleibt eine löbliche Tugend', sagte ich, wandte mich an den Nachbarn zu meiner anderen Seite und erkundigte mich: ‚Verraten Sie mir bitte den Inhalt dieser rührenden Komödie, ich meine — wenn Sie der Sprache mächtig sind?'

‚Wie sollte ich nicht, mein Herr! Ich bin zwar in Polen geboren, entstamme aber dem Adelsgeschlecht derer von Wolf-Kalbshausen, das in Niedersachsen beheimatet ist. Ich habe mir deshalb nicht nur die Muttersprache, sondern auch die Vorzüge des Deutschen bewahrt, als da sind — Seelenadel, Empfindsamkeit und unerschütterliche Gelassenheit. Wissen Sie auch, warum in Rußland die meisten Sattler, Wurstmacher und Schornsteinfeger Deutsche sind? Weil sie mit unnachahmlichem Seelenadel Riemen zuschneiden, mit größter Empfindsamkeit Würste stopfen und mit heldenhafter Gelassenheit auf den Dächern herumklettern und Schornsteine fegen!'

‚Durchaus mit allem einverstanden', erwiderte ich, ‚nur wollte ich wissen, was in dieser Komödie vor sich geht. Seien Sie so gut und verraten Sie es mir!'

‚Bitte schön! Ein deutscher Baron aus altem Adel, der noch keine fünfzig ist, heiratet, wie bei Baronen des Heiligen Römischen Reiches üblich, ein fünfzehnjähriges Mädchen und zeugt entgegen allen Erwartungen zwei Kinder mit ihr — er selbst, der Herr Baron persönlich. Er liebt sie, wie sich's für einen Deutschen von Seelenadel gehört, das heißt mit viel Empfindsamkeit und Gelassenheit, trinkt sein Bier, raucht seinen Tabak, reitet zur Hatz und was dergleichen mehr ist — wie bei Baronen üblich.

Die junge Baronin findet an diesem Leben keinen Gefallen. Sie macht insgeheim die Bekanntschaft eines Windbeutels, vermutlich eines Franzosen, verläßt den Mann und ihre beiden Kinder und läuft mir nichts, dir nichts davon. Obwohl dergleichen Vorkommnisse in vornehmen Baronshäusern nicht selten sind und jeder Deutsche von Seelenadel ihnen mit Gelassenheit begegnen sollte, ergeht es unserem Baron ganz anders. Ach, der arme, bedauernswerte Mann! Er verfällt in Schwermut, gibt seine Liebhabereien auf, reitet nicht mehr zur Hasenjagd, schwört dem Bier und dem Tabak ab und verändert sich — o weh! — mit der Zeit immer mehr! Sosehr der

Diener ihm auch zuredet, etwas zu essen, damit er nicht verhungert — er bietet ihm himmlische Gerichte an, wie Selleriesalat, Bratkartoffeln, sogar Butter, Wurst und Holländerkäse —, es hilft nichts, alles ist vergebens!‘

Der Edle von Wolf-Kalbshausen faltete die Hände über der Brust, blickte traurig zum Himmel, brach in Tränen aus und murmelte zwischen den Zähnen: ‚Was ist von einem Unglücklichen schon zu erwarten, den selbst ein Butterbrot nicht reizt!‘

Ein solcher Jammer hinderte ihn, zu bemerken, daß ich aufstand und das Theater verließ. Auf dem Heimweg konnte ich nicht genug über die törichte Prahlerei und den Hochmut dieses deutschen Schwätzers staunen. Im Laufe der Zeit erfuhr ich dann, daß viele solche hochmütigen Toren, die in der Heimat brotlos geworden sind, nach Rußland kommen, oft genug mit nichts als einem Felleisen auf dem Rücken und in Lumpen; aber bald verschaffen sie sich — mit Unterstützung ebensolcher Auswanderer wie sie — durch Niedertracht, Schmeichelei und andere gemeine Mittel vorteilhafte Stellungen, sehen auf die eingeborenen Russen stolz und schamlos herab und drangsalieren sie. Hier erkannte ich, daß der Bildungsstand unserer Staatsbürger noch sehr weit von jenem der Bürger anderer Nationen entfernt ist; denn man findet Beispiele dieser Art nur bei uns.“

FÜNFZEHNTES KAPITEL
Ein großes Unternehmen

„Am Morgen trat Olimpi bei mir ein, ließ sich freundschaftlich nieder und sagte: ‚Ich komme auf Herrn Dobroslawows Befehl, um dir zu sagen, was er mir aufgetragen hat. Wisse, daß auch ich Mitglied der Vereinigung bin und mich dort den *ehrenwerten Bruder Delphin* nenne. Du wirst unter den Mitgliedern den Bruder Polargans bemerkt haben, der mit weltlichem Namen Kuroumow heißt und ein schwerreicher Steuerpächter ist. Er ist aber kein Geizhals wie andere, sondern verschwendet seinen Reichtum für die Freunde und leidenschaftlich geliebten Freundinnen so rasch, daß sein Besitz sich bald in ein Nichts auflösen wird. Kurzum, es wäre unverzeihlich, wenn die Vereinigung der Aufklärer einer so törichten Verwendung des Besitzes gleichgültig zusehen wollte, dieser Gabe Gottes, die uns von oben gesandt wird, damit wir Gutes tun, damit wir wohltätige Anstalten und überhaupt die notleidende Menschheit unterstützen. Wir haben dich auserkoren, lieber Bruder, das große Vorhaben unseres Ordens gemäß seinen Zielen ins Werk zu setzen. Du wirst das heilige Werkzeug des Höchsten sein und dort wie hier dafür belohnt werden — dort mit der schimmernden Strahlenkrone, hier mit irdischen Gütern! Zu diesem Zwecke sollst du Kuroumows Kammerdiener werden und eine genaue Weisung von Dobroslawow erhalten. Nach dieser handelnd, wirst du unser edles Unternehmen gewiß zum Ziele führen. Eine der Liebsten dieses Krösus ist gut mit mir befreundet und wird uns behilflich sein, dich unter dem Vorwand, du seist ihr naher Verwandter, in seinem Hause unterzubringen. Selbstverständlich darf er nicht wissen, daß du Mitglied unserer Vereinigung bist.

Der Herrgott, der die guten Absichten unterstützt, wird auch uns seine Hilfe nicht versagen. Komm, gehen wir zur schönen Lisa!'

‚Wie?' rief ich aus. ‚Ist es etwa dieselbe Lisa, die einst Herrn Jastrebow gehörte?'

‚Sie ist es', sagte Olimpi. ‚Da ich der Erste unter ihren Freunden bin, fühle ich mich verpflichtet, mich um ihr Wohlergehen zu kümmern. Der große Herr bildet sich ein, er könne das hübsche Mädchen schon durch die glänzende Equipage, in der er bei ihr vorfuhr, oder die prahlerischen Erzählungen von seiner und seiner Ahnen Herrlichkeit für sich gewinnen! Lisa sah, daß sie, auf Atlassofas hingestreckt und von prächtigen Spiegeln gespiegelt, am Hungertuche nagen oder sich einen neuen Liebhaber suchen mußte. Ich nahm mich ihres Geschickes an, und bald darauf war sie der Gegenstand der Anbetung Kuroumows, der sich auf die Liebe versteht, wie es einem reichen Steuerpächter zukommt.'

Wir erreichten Lisas Wohnung, und sie empfing Olimpi wie einen zärtlichen Freund. Sie besann sich auch auf mich und fragte lachend: ‚Wie? Sie sind nicht mehr bei Jastrebow?'

‚Man dient nicht gerne Leuten, die nicht wissen, was sich gehört!' entgegnete ich.

‚Und die einem die geleisteten Dienste mit Erzählungen über die Siege ihrer Ahnen und die Beute, die sie gemacht haben, entgelten', ergänzte Lisa.

Als sie von unseren Plänen hörte, billigte sie sie in vollem Maße und forderte mich auf zu bleiben, da Kuroumow zu ihr geschickt habe, um sich zum Abendessen anzukündigen. Nach dem Mittagessen machte sich Olimpi auf den Heimweg. Lisa und ich vertrieben uns die Zeit mit Kartenlegen.

‚Ihre Absicht, lieber Freund, ist sehr lobenswert', sagte sie. ‚Wenn irgend möglich, soll man den Toren an seinen Dummheiten hindern. Ist er aber angesehen und reich und demzufolge eigensinnig wie ein böses Weib, dann muß man seine Laster in den Dienst der guten Sache stellen. Wenn ein Fluß nun einmal über die Ufer treten muß, soll er wenigstens die Felder überfluten, mit seinem Schlamm den Boden düngen und die Voraussetzungen für eine reiche Ernte schaffen — statt die Hütte eines armen Ackermannes fortzuschwemmen und eine ganze Familie ins Unglück zu stürzen.'

‚Sie haben recht, schöne Lisa', erwiderte ich. ‚Vielleicht ist unsere Absicht, wenn man sie nach den Regeln der Moralphilosophie untersucht, jedoch nicht so ganz ehrlich. Aber sei's drum! Ich habe mich bisher nach Kräften bemüht, nicht vom rechten Weg abzuweichen, war aber jedesmal der Betrogene, der Unterdrückte, der Geprügelte. Jetzt versuche ich auf gut Glück, meine Handlungen nicht mit allzu strengem Maßstab zu messen. Ich will doch sehen, was dabei herauskommt und ob es mir so nicht besser ergeht.'

‚Bestimmt', rief Lisa, und wir vernahmen das Geratter eines Wagens vor dem Eingang. ‚Das ist Kuroumow! Stell dich in jene Ecke, mein Freund, und paß auf!'

Wenige Minuten später wälzte sich ein riesiger Mann von etwa fünfzig Jahren durch die Tür. Sein Bauch glich einem Faß; die dunkelroten Wangen und das Kinn zitterten wie Sülze; er streckte der Schönen beide Arme entgegen und schnaufte mit gebleckten Zähnen: ‚Guten Tag!' Ich bemerkte, daß es ihm schwerer fiel, ein Wort hervorzubringen, als Sisyphus im Tartarus den Stein bergauf zu rollen.

Lisa tätschelte ihm zärtlich die Wange und sagte: ‚Lieber Freund! Ich habe oft von dir gehört, du brauchtest einen Kammerdiener, der auch das Amt des Sekretärs versehen könnte. Hier ist ein Vetter von mir, der sich mit gutem Erfolg in vielen Wissenschaften umgetan hat. Er ist aus dem Dienst bei einem vornehmen Herrn, der kein Gehalt mehr zahlte, ausgeschieden, und ich bitte dich, ihn bei dir aufzunehmen. Für seine Treue und Verläßlichkeit verbürge ich mich wie für mich selbst.'

Kuroumow schaute mich mit trüben Augen an und entgegnete: ‚Ich brauche keinen Kammerdiener und habe auch nie davon zu dir gesprochen. Der, der mich jetzt bedient, ist ein geschickter Mann und hat sich bei mir eingelebt. Ich bin mit ihm zufrieden.'

‚Wie? Du könntest so blind sein?' fragte Lisa zornig. ‚Merkst du denn nicht, daß er in einem fort um mich herum ist und dich aus meinem Herzen verdrängen möchte?'

‚Oh, das glaube ich dir nicht! Er steht bereits in einem Alter ...'

‚Du glaubst mir nicht? Ach, ich Unglückliche! Ist das der Lohn für meine grenzenlose Liebe? So wisse denn, du Blinder, dein Kammerdiener, zugleich Verwalter und Bevollmächtigter, hat mir seine Leidenschaft bereits bekannt! Er hat auf den Knien vor mir gelegen und darum gefleht, erhört zu werden. Er werde, so versprach er, ein Haus für mich mieten und mich viel üppiger aushalten als du, der häßliche Geizhals, wie er dich nannte.‘

Lisa vergoß bittere Tränen. Ich stand da und staunte über ihre Künste.

Kuroumow, der abwechselnd erblaßte und rot wurde, wischte sich mechanisch den Schweiß, der in Bächen über Bart und Schnurrbart rann. Schließlich rief er in großem Zorn: ‚Wie? Ich — ein häßlicher Geizhals? Eine Schöne besser aushalten als ich? Nein, du Spitzbube, daraus wird nichts! Auf der Stelle verläßt du mein Haus! ... Beruhige dich, Lisa, du sollst weder ungerächt noch ohne Belohnung bleiben!‘

Mit diesen Worten steckte er Lisa einen Brillantring an den Finger und fuhr, zu mir gewandt, fort: ‚Du bleibst bei mir! Ich hoffe, ihr — du und deine Kusine Lisa — werdet mit mir zufrieden sein. Und jetzt fahren wir hin und nehmen Rache! Danach komme ich wieder her!‘

Lisa geleitete uns hinaus, setzte eine traurige Miene auf und bat Kuroumow, sein Versprechen ja nicht zu vergessen und noch am gleichen Abend wiederzukommen. ‚Ich vergesse es nicht, mein Herzchen‘, entgegnete er und nahm unter Ächzen und Krächzen in der Kutsche Platz, ich neben ihm. Er ächzte und krächzte auch während der ganzen Fahrt; es klang wie das Knarren eines alten Baumes, an dem ein heftiger Wind rüttelt.

Als wir im Hof des Hauses anlangten, half man Kuroumow aus der Kutsche, und er schrie mit drohender Stimme: ‚Her mit dem nichtsnutzigen Sawkin!‘ Sawkin erschien, und ich erblickte ein betagtes Männlein mit Glatze und grauem Bart. Er war nicht mehr als zwei Arschin und einen Werschok groß, dürr, kurzsichtig, stupsnäsig und etwas bucklig. Wer konnte glauben, er sei noch imstande, sich zu verlieben, insbesondere in Lisa? Kuroumow schien ihn jedoch als noch ganz strammen Burschen anzusehen. ‚Wie konntest du Ungeziefer es wagen‘, rief er, ‚einer Person, in die ich selber verliebt bin, einen Antrag zu machen und mich auch noch einen häßlichen Geizhals zu nennen?‘

Der arme Sawkin wurde leichenblaß, riß die Äuglein auf und zitterte; er wußte nicht, was er seinem Herrn entgegnen sollte, denn er begriff nicht das geringste. Kuroumow faßte Sawkins Verhalten als Geständnis seiner Verfehlung auf, geriet in Wut, hob die zentnerschwere Rechte, nahm Maß und holte schwungvoll aus; doch das kleine wandelnde Gerippe sprang beiseite, und der dicke Steuerpächter schlug der Länge nach hin.

Neuer Schrecken befiel Sawkin; er wollte das Weite suchen, doch die Kommis und Lakaien, die im ersten Augenblick glaubten, er habe ein Kapitalverbrechen begangen, ergriffen ihn und brachten ihn vor Kuroumow; der hatte sich inzwischen mit Hilfe dreier Männer hochgerappelt und zeterte: ‚Herrgott, erbarme dich! Der Bösewicht bringt mich noch um! Ich erkenne jetzt mit aller Deutlichkeit, was das für ein Verbrecher ist! Packt den Sittenstrolch am Kragen, jagt ihn aus dem Haus, verriegelt das Tor und werft ihm die Lumpen nach — über den Zaun!'

Des reichen Mannes Befehle wurden rasch befolgt. Der eine Teil der Diener drängte Sawkin knuffend und puffend zur Tür, der andere stürzte nach seinen Habseligkeiten und schleuderte sie, ohne etwas zu schonen, über den Zaun. Der arme Sawkin konnte sich nicht wehren; er ging davon, den Blick zum Himmel gewandt, und murmelte: ‚Der Herrgott entgelte es dir, o Kuroumow, wie du die Dienste seines Knechtes Sawkin entgolten hast!' In fünf Minuten war alles erledigt; der Hausherr hieß die Diener, mich in die Räume seines ehemaligen Verwalters und Bevollmächtigten einzuweisen, stieg in die Kutsche und sagte: ‚Nun, Gawrilo Simonowitsch! Ich fahre jetzt zu Lisa und esse dort zu Abend. Sieh dir inzwischen deine neue Behausung an und schaff, was du an Habe besitzt, von deinem früheren Herrn hierher!'

Die Kutsche rollte aus dem Hof. Man zeigte mir meine beiden künftigen Räume; sie waren klein, aber recht anständig ausgestattet. Nachdem ich meine Anordnungen getroffen hatte, stürzte ich davon zu Dobroslawow, erzählte ihm und Olimpi von meinen Erfolgen und versetzte damit beide in Entzücken. ‚Laß nicht nach, mein Freund', riet mir Dobroslawow, ‚und wenn der Abschluß des Unternehmens dem Beginn entspricht, wirst du reichlich belohnt werden.' Danach unterwies er mich eine gute Stunde, wie ich mich zu verhalten habe, beschenkte mich, um meinen Eifer anzuspornen, mit einem Säckel voller Goldmünzen und hieß mich am dritten Tag, sobald Kuroumow das Haus verlassen haben werde, zu ihm zu eilen, damit wir gemeinsam zur Versammlung der Aufklärer fahren könnten. Ich verabschiedete mich, und zwei Diener trugen mir meine Habe nach.

Am folgenden Tage trat ich den neuen Dienst an, der nach Kuroumows eigenen Worten darin bestehen sollte, den Briefwechsel mit seinen Schönen zu führen, erstens mit Lisa, dann mit Mascha, Gruscha und so weiter; daneben in der Überwachung der Kommis und in der Prüfung ihrer Rechnungen.

Herr Kuroumow war nicht nur ein reicher Steuerpächter — es handelte sich in seinem Fall um die Branntweinsteuer —, sondern besaß zugleich auch große Fabriken, deren Erzeugnisse er nach Übersee versandte. Sein Haus glich von außen einem Palast, war aber innen schlimmer als eine Scheune. Der Vorraum dieses Hauses bestand aus einem großen Zimmer, das mit Peitschen und Rutenbündeln vollgehängt war; Herr Kuroumow hatte nämlich gehört, die Vornehmen unterschieden sich von den gewöhnlichen Sterblichen unter anderem dadurch, daß sie ihre Leibeigenen erbarmungslos züchtigen ließen — unbedeutender Vergehen wegen und oft genug auch unschuldig, aus reiner Willkür, damit die Leute nicht vergaßen, daß sie einen Herrn hatten. ‚Wir sind Leibeigene!' — das sprechen viele Bauern mit einer Miene und in einem Tone aus, als wollten sie damit sagen: Wir sind in diesem Leben zu ständigem Leid verurteilt! Herr Kuroumow wollte beweisen, daß er, wenn auch seit kurzem, Gutsbesitzer war, und man hörte in seinem Hause stöhnen. Der Salon des Hauses war mit üppigen Malereien und vergoldeten Gesimsen geschmückt; dafür hing statt des Kronleuchters ein Sack mit geräucherten Schinken von der Decke herab und standen an Stelle von Armleuchtern Fäßchen mit Kaviar der verschiedensten Sorten herum. In dieser Art waren auch alle anderen Räume ausgestattet. Hier sah man Fässer mit Schmalz, dort Stapel von ungegerbten Rindshäuten; im Schlafzimmer aber, in dem man von einem stoffbespannten Bett geblendet wurde, stand ein Bottich mit Teer — der Teer verbrannte schwelend an einem Dutzend Stellen in flachen Schalen. Einer von den ausländischen Ärzten hatte Kuroumow überzeugt, er neige zur Apoplexie und wäre kaum zu retten, wenn er nicht ständig Teer in seinem Schlafzimmer verbrenne — in einer bestimmten Dosierung natürlich.

Ich hatte die neuesten Anweisungen Dobroslawows fest im Gedächtnis und darum nicht die Absicht, meinem Herrn die Albernheiten auszutreiben, die sich in seinem Kopfe festgesetzt hatten; ich wollte nur ihre Richtung in meinem Sinne ändern. Ich wußte, daß es unmöglich war, einen vernünftigen Menschen aus ihm zu machen; dazu war er vom Glück zu sehr verwöhnt, sofern man Reichtum und die Vorteile, die ihm entspringen, mit diesem Namen benennen kann. Den ersten Tag verbrachte ich damit, mir einen Überblick über das Haus und alle, die in ihm wohnten, zu verschaffen; danach beschloß ich, der Überlegung folgend, daß übereilt handeln schlecht handeln bedeutet, erst an die Verwirklichung meines Planes zu gehen, nachdem ich die Lebensweise, die Sinnesart, die Leidenschaften und — falls vorhanden — die Tugenden Kuroumows erkundet haben würde; inzwischen aber wollte ich die Zeit nicht ungenutzt lassen und alle Mühe darauf wenden, bei der schönen Licorissa Gehör zu finden. Fekluscha, meine ich, ist zum Beistand verpflichtet, sagte ich mir. Ich habe ihr so großmütig verziehen! Außerdem hat sie mir Hoffnungen gemacht! Warum also zweifeln?

Am Abend darauf eilte ich, sobald sich Kuroumow fortbegeben hatte, um die Polargans zu mimen, zu Dobroslawow und bestieg mit ihm und Olimpi die Kutsche; dann jagten wir davon. Dieses Mal verband man mir nicht mehr die Augen. Unterwegs erzählte ich ihnen von meinen Beobachtungen und meinen Absichten hinsichtlich Kuroumows."

SECHZEHNTES KAPITEL
Der Prinz von Golkonda

„Als wir in unseren festlichen Gewändern den Saal betraten, fanden wir schon einige Brüder vor, darunter Bruder Polargans und den kleinen Skorpion, der, als er meiner ansichtig wurde, sofort und — wie man merkte — mit Vergnügen auf mich zueilte, nach meiner Hand griff und mit freundschaftlichem Vorwurf sagte: ‚Warum hast du dein Wort denn nicht gehalten, teurer Steinbock? Ich habe mir jedesmal die Augen aus dem Kopf geguckt, ob ich nicht jemanden erblicke, der das Freimaurerzeichen macht. Da ich jedoch niemanden sah, begann ich mir selber den Nacken zu kratzen, aber vergebens.'

‚Das hat einen wichtigen Grund, teurer Skorpion', entgegnete ich. ‚Ich bin seit einigen Tagen am Hofe eines mächtigen Mannes mit einer Mission betraut, doch hindert mich dieser Umstand nicht, jeden Sonnabend auf den Versammlungen der Aufklärer zu erscheinen. Sobald ich meine wichtige Mission zu einem erfolgreichen Ende gebracht habe, besuche ich dich unbedingt und hoffe deine Freundschaft zu gewinnen.'

‚Ich verstehe dich ganz und gar nicht', sagte der Skorpion.

‚Je nun', erwiderte ich wichtigtuerisch, ‚dann bist du eben noch nicht aufgeklärt genug, und dein Blick vermag nicht gleich meinem den Schleier der Ewigkeit zu durchdringen und die Geister zu schauen.'

Der Skorpion wich ehrfurchtsvoll zurück; hier meldete man die Ankunft des Höchstaufgeklärten, und alle setzten sich auf ihre Plätze; als er den Saal betrat, standen die Brüder auf und stimmten das Lied an:

‚Es flammte auf das dreifach Licht,
Sein Strahl durchdrang die Nacht mit Klarheit!
Zum Heiligtum ward frei die Sicht:
O Augen, nehmet auf die Wahrheit!

Im Licht der dreifach' Strahlenspur
Erkennt die Ordnung der Natur!'

Während dieses Gesanges schritt der Höchstaufgeklärte, dem sieben brennende Leuchter vorangetragen wurden, von Wohlgerüche verströmenden Räuchergefäßen begleitet, zu seinem Thron. Nachdem er diesen erreicht hatte, erhob er die Hände zum Himmel und sprach ein stilles Gebet. Darauf begann er zu reden, erst leise, dann immer lauter und hitziger: ‚O du, erhabene Einheit, die sich der mitherrschenden Zweiheit verbunden hat und alle Zahlen bis neun im Kreise bewegt! Du bist für die, die auf der Erde wohnen, unbegreiflich, unsichtbar, unfaßbar! Doch der Blick deiner weisen Freunde dringt ein in deine Substanz. Dein Inneres, das einem feurigen Ozean gleicht und angefüllt ist mit den erhabenen Früchten vom Baum des Lebens, ist ihnen offenbar. Sie durchdringen das Undurchdringliche und sehen, wie du, den Zirkel in der donnerträchtigen Hand, seinen einen Schenkel auf deine Brust setzt und mit dem anderen zirkelst und Kreise beschreibst.'

Hier stellte ich fest, daß ich trotz größter Aufmerksamkeit wieder nicht das geringste verstand, und hörte nicht länger zu; vielmehr beschäftigte ich mich in meiner Phantasie einzig und allein mit Licorissa und ihren Reizen. Soviel der Höchstaufgeklärte auch donnerte, sosehr er sich auch erhitzte, ich schaute ihn ruhig an und dachte: Ach, wann kommt denn endlich der Augenblick jenes Vergnügens, das unvergleichlich schöner ist als das Betrachten der Vergnügungen im Schoße der Ewigkeit!

Die Rede war zu Ende; ich wartete mit Ungeduld auf den

Moment, da wir das Paradies betreten würden, das uns in einem anderen Lied verheißen worden war; doch meiner Ungeduld zum Trotz stimmten die aufgeklärten Brüder wieder eine traurige Weise an:

,Von hinnen, wessen Herz verhärtet,
Vor dem umsonst die Träne quillt;
Flieh, Geiziger und Mitleidloser,
Hier wird des Nächsten Not gestillt!'

Nach Beendigung dieses Gesanges, der eher an das klägliche Geheul von hungrigen Wölfen gemahnte, erhoben sich alle, und ich gewahrte, wie sich Bruder Polargans zu einem Tischchen wälzte, auf dem ein aufgeschlagenes Buch lag, und etwas hineinschrieb. Ihm folgten nacheinander der Stier, der Widder, der Löwe und viele andere große Tiere. Was mich und den bescheidenen Skorpion betrifft, so standen wir abseits und sahen dem Gedränge zu. Nachdem wir das Gemach der geistigen Freuden betreten (so nannten die Brüder den Saal mit der Samtbespannung) und uns zu Tisch gesetzt hatten, erkundigte ich mich beim Skorpion: ,Aus welchem Grunde haben sich die aufgeklärten Brüder zu diesem Buche gedrängt, und was haben sie hineingeschrieben?'

,Wie', fragte er erstaunt, ,wo bist du denn gewesen, während der Große Vorsteher die schönste Rede der Welt hielt?'

,Ich muß gestehen', erwiderte ich, ,ich war zwar ganz in der Nähe, aber durchaus nicht in jenem finsteren Saal. Meine Gedanken irrten an einem viel angenehmeren Ort umher, und ich wäre dir sehr verpflichtet, wenn du mir den Grund zu jener Zeremonie entdecken würdest!'

Der Skorpion erklärte sich bereit und erzählte mir während des Abendessens folgendes: Der Höchstaufgeklärte habe sehr anschaulich über die Harmonie der Geister und die Sympathie der Seelen gesprochen, dank denen sie, obwohl in Körpern eingeschlossen, einander sehen und miteinander sprechen könnten, auch wenn sich die einen in Moskau, die anderen in Philadelphia, die einen im Paradies, die andern in der Hölle befänden; dann habe er dargelegt, wie er mit Hilfe dieser Harmonie einer unglücklichen Familie ansichtig geworden sei, die sich wie folgt zusammensetze: aus dem hochweisen alten Vater, seiner sehr tugendhaften Frau, zwei Söhnen, tapfer wie Mars und erhaben wie Apoll, und schließlich zwei Töchtern, die schön wie Venus und keusch wie Diana seien.

Der Vater und die Familie lebten ursprünglich in Moskau

von den Erträgen ihres großen Gutes; als aber dann eine allgemeine starke Reiselust erwachte, machten auch sie sich nach Petersburg auf, bestiegen ein Schiff und vertrauten sich dem Ozean an. Ihre Seefahrt verlief lange Zeit sehr glücklich; doch dann erhob sich ein furchtbarer Sturm. Das Schiff war vier Monate lang ein Spielball der Wellen und drohte zu bersten, was schließlich auch an irgendwelchen fernen Gestaden geschah. Der Alte klammerte sich an eine Schiffsplanke, die Alte wiederum an ihn, der eine Sohn an sie, der andere wieder an diesen, und in derselben Weise machten es auch die Töchter. Sie trieben dreizehn Tage auf den schäumenden Wogen umher, bis sie an Land gespült wurden. Sie wären ohne Zweifel in den Wellen versunken, hätten sie nicht eine *Kette* gebildet, woraus man schließen muß, daß sie Freimaurer waren. Am Ufer aber fielen einige hundert wilde Menschenfresser über sie her, fesselten sie an Händen und Füßen und führten sie in die Gefangenschaft ab, dorthin, wo sich die brüllende Mississippa über schreckliche Felsen in die Tiefe ergießt. Das Los der Familie sei höchst beklagenswert und die Menschenfresser seien so geizig, daß sie ohne Geld nichts hergeben; die braven Gefangenen ernährten sich darum nur von Gräsern und Wurzeln — wie einst Nebukadnezar. Doch dieser König sei äußerst hochmütig und ein großer Sünder gewesen und habe nichts anderes verdient; weshalb aber litten die Tugendhaften?

Bruder Skorpion erzählte die Geschichte in so betrübtem Ton, daß ich in lautes Lachen ausbrach. Die hochaufgeklärten Brüder, die hitzig darüber stritten, welche Genüsse der Seele nach dem Verlassen des Körpers am ziemlichsten seien, bemerkten es nicht.

‚Worüber lachst du denn, Bruder?' erkundigte sich der Skorpion.

‚Über deine seltsame Geschichte', entgegnete ich. ‚Lies alle Berichte über Reisen — kreuz und quer durch die Welt und an ihrem Rande — nach, und du wirst nirgends etwas Ähnliches finden! Woher will der Höchstaufgeklärte denn all das wissen?'

‚Er erfährt es vermittels der Harmonie der Seelen', gab er zur Antwort. ‚Die vorige Nacht war sternenklar. Der Hohe Vorsteher beobachtete, um die Geschicke der Welt zu ergründen, den himmlischen Drachen. Unwillkürlich wandte sich sein Auge gen Westen. Er erblickte den Alten an der Quelle der Mississippa, begann ein Gespräch mit ihm und erfuhr so alles.'

‚Aber auf welchem Wege denn?'

‚Wie? Du zweifelst daran? Sollte der, der das Künftige durchdringt, in die Abgründe des Himmels schaut und die ewigen Geheimnisse begreift — sollte der nicht über den Ozean, über Berge und Wälder hinweg sehen können? So, lieber Steinbock, ist es nämlich gewesen! Der Höchstaufgeklärte erfuhr aus dem Gespräch, das er mit den Gefangenen führte, die bösen Wilden würden sie nur gegen ein Lösegeld von fünftausend Rubel freilassen. Da sie aber für ihre Rückreise die gleiche Summe noch einmal benötigen, wandte sich der fromme Mann an die Versammlung — ob die aufgeklärten Brüder nicht bereit wären, diesen Betrag zu zeichnen? Er sprach so hinreißend, daß sich die Brüder Stier, Polargans und *Krebs des Westens* sofort mit fünfzehntausend Rubel eintrugen, welche Summe dem Höchstaufgeklärten gleich morgen zugestellt werden soll, damit er sie, der Eingebung der Sympathie gehorchend, dem Empfänger übermittelt.'

Ich mußte aufs neue lachen, als ich diesen Unsinn hörte. Nach Aufhebung der Tafel erschienen wie gewöhnlich die Schönen, und der Reigen begann; ich bemerkte, daß meine

Fekluscha mir finstere Blicke zuwarf; dafür übertraf Licorissa sich selbst. Ihre Schwerelosigkeit, ihre Anmut, das Feuer, das jeder Zug an ihr verriet, machten sie zur Göttin. Es entging mir nicht, daß sie mich wiederholt verstohlen ansah. Ich war entzückt, und als der Höchstaufgeklärte schließlich fragte, wen wir zur Königin der Nacht erwählten, rief ich als erster: ‚Licorissa!' — ‚Licorissa!' erklang es von allen Seiten, und sie bestieg den Thron. Ich trat in äußerster Erregung an die Urne, zog mein Los und las stöhnend den Namen ‚Philomela'. Ich war also der Gelegenheit beraubt, mit Fekluscha und damit auch mit Licorissa zusammenzukommen. Meine Lavinia fiel bald darauf dem Bruder Skorpion zu, und das erweckte neue Hoffnungen in mir. Ich ging zu ihm und sagte in schmeichelndem Ton: ‚Lieber Bruder! Die mir Bestimmte ist schön wie ein Maientag und frisch wie eine eben erblühte Rose! Wenn du willst, trete ich sie dir ab, sofern du zu meinen Gunsten auf Lavinia verzichtest!' — ‚Mit Vergnügen', entgegnete er. Wir tauschten also, ließen uns auf den Sofas nieder und befanden uns bald darauf in den verschwiegenen Asylen.

‚Nun, meine teuerste Fürstin', fragte ich und legte ungeduldig die Maske ab, ‚was hast du erreicht?'

‚Ich weiß einfach nicht, was ich dir darauf erwidern soll, mein Freund. Es hat sich etwas zugetragen, das ich nicht erwartet habe. Licorissa ist entweder halb verrückt oder eine große Spitzbübin! Als ich ihr eröffnete, wie leidenschaftlich du in ihre Reize verliebt seist, lächelte sie, schüttelte den Kopf, brach in Tränen aus und erkundigte sich: »In welchen Verhältnissen lebt er denn?« — »Darüber kann ich dir nichts Bestimmtes sagen«, entgegnete ich, »ich habe nur gehört, er ist ein berühmter Mann!« — »Und auch reich?« — »Auch darüber weiß ich nicht Bescheid, aber ich hoffe es!« Hier entdeckte sie mir unter dem Siegel der Verschwiegenheit, sie sei ein Sproß aus dem regierenden Hause der Fürsten von Tibet, habe in jungen Jahren ihre Eltern verloren und sei von einem Bösewicht um ihren ganzen unermeßlichen Besitz gebracht worden; sie habe sich danach geschworen, niemanden zu erhören denn einen Fürsten von gleichem Rang, der den Besitz, der ihr geraubt worden sei, mit Waffengewalt oder mit Hilfe von Gold für sie zurückgewänne. Sag selber, was du davon hältst!'

‚Was ist da lange zu überlegen!' rief ich aus. ‚Wenn sie eine so vornehme Fürstin ist und sich dabei nicht scheut, in diesem Tempel Priesterin zu sein — was hindert mich daran, mich als regierenden Fürsten oder Erbprinzen auszugeben?'

Lavinia zollte meinem Gedanken lachend Beifall; dann hörten wir leichte Schritte. Mein Atem stockte, mein Herz stand still, mein Blut wallte. Die Tür ging leise auf, und Licorissa erschien, strahlend von tausendfältigen Reizen. Ein weißes Nachtgewand umschmeichelte ihre liliengleiche Gestalt. Schamröte überzog die Wangen; sie blickte zu Boden und schwieg. Der Busen der reizenden Schönen wogte.

Ich sank sogleich auf die Knie und rief mit theatralischer Stimme: ‚Bezaubernde, angebetete Fürstin! Nimm das flammende Liebesgeständnis eines Erbprinzen entgegen, der im Staub zu deinen Füßen liegt und dich anfleht, seine Liebe zu erwidern! Ich werde der glücklichste aller Herrscher über die Völker sein, wenn du mich eines wohlwollenden Blickes würdigst!'

Nach dieser schönen Rede ergriff ich feurig ihre Hand, bedeckte sie mit glühenden Küssen und wiederholte in einem fort: ‚Vergib mir die Kühnheit, teuerste Fürstin, vergib, daß ich es wagte, meine Augen zu dir aufzuschlagen! Oh, wie sich mein bejahrter Vater und meine zahlreichen Untertanen freuen werden, wenn sie erfahren, daß ich eine solche Göttin auf den Thron erhebe!'

‚Stehen Sie auf, Prinz!' sagte sie mit zarter, von Süße erfüllter Stimme. ‚Es kommt Ihnen eher zu, an meinem Busen zu liegen als zu meinen Füßen. Ein so begehrenswerter Mann wie Sie kann selbst von einer Prinzessin Gegenliebe erwarten.'

Ich warf mich ihr in die Arme und drückte sie an mein Herz.

Als wir uns auf dem Sofa niederließen, war Lavinia plötzlich verschwunden. Offenbar überließ sie es mir, mich um mein weiteres Glück zu kümmern.

‚Verraten Sie mir, Fürstin, was Sie bedrückt! Ihre Freundin hat mir erzählt, Bösewichter hätten Sie ausgeplündert und um Ihren Besitz gebracht? Oh, Sie brauchen sie nur zu nennen, und in wenigen Wochen zieht das gewaltige Heer meines Vaters aus, um Ihre Rechte zu verteidigen.'

‚Ach!' sagte Licorissa mit einem tiefen Seufzer. ‚Ich soll der Anlaß eines furchtbaren Blutvergießens sein? Nein, lieber Prinz, ich schrecke davor zurück und würde mir wünschen, daß man die Angelegenheit ohne Gewaltanwendung bereinigen könnte. Der Tyrann, der mich aus meinen Besitztümern vertrieben hat, ist bereit, sie mir für einige tausend Rubel zurückzugeben.'

‚Vortrefflich!' rief ich mit größtem Ernst. ‚Ich schreibe

gleich morgen an meinen Vater, und in ein paar Wochen treffen Berge von Gold bei mir ein. Ich stelle sie Ihnen zur Verfügung.'

‚Wo liegen denn die Besitzungen Ihres Vaters?' erkundigte sie sich. Ich war ein wenig verwirrt, faßte mich aber sogleich und erwiderte: ‚Die Stadt, in der mein Vater residiert, nennt sich Golkonda und liegt in Indien. Dort gibt es haufenweise Gold und Diamanten. Dort ist ...'

‚Aber Indien liegt doch, soviel ich weiß, sehr weit!'

‚Das ist ein anderes Indien. Es gibt ja so viele! Das Indien, das meinem Vater untertan ist, ist unweit des Kaspischen Meeres gelegen. Ein Brief braucht hin und zurück drei Wochen, bei gutem Wetter sogar noch weniger.'

Obwohl jedoch die Fürstin hier und da ein wenig zärtlicher wurde und ich je länger, desto unverschämter log, endete alles damit, daß wir beim Einläuten des Morgens einigermaßen verstimmt übereinander waren. Die Fürstin von Tibet verlangte Beweise meiner Liebe von mir, will sagen Gold. Doch woher nehmen? Ich war schließlich kein Alchimist! Sosehr ich die Unerbittliche auch anflehte — sie schwor, nicht eher die Meine zu werden, bevor die Antwort meines Vaters nebst den dazugehörigen Dukaten eingetroffen sei. Und sie entzog sich meinen Umarmungen.

Ich legte die Maske an und seufzte: O Grausame! Wie hätte ich ahnen sollen, daß das schnöde Metall mehr Macht über dein Herz besitzt als der glänzende Titel eines Prinzen von Golkonda?"

SIEBZEHNTES KAPITEL
Fortschritt in der Aufklärung

„Da ich in der Liebe keinen Erfolg gehabt hatte, wollte ich mich mindestens hinsichtlich der Aufträge bewähren, die mir die Vereinigung der Aufklärer gegeben hatte. Zu diesem Zwecke ging ich im Geiste der Reihe nach alle Weisungen Dobroslawows durch, betrat eines Tages Kuroumows Zimmer und erklärte: ‚Mein Herr! Wundern Sie sich nicht, wenn ich Ihnen offen die Wahrheit sage! Sie lieben meine Kusine Lisa, und sie betet Sie an. Aus diesem Grunde kann auch Lisas Vetter nicht umhin, Sie mit der uneigennützigsten Liebe zu lieben und sich für Ihre Vorteile einzusetzen. Ich habe da neulich in den ausländischen Zeitungen gelesen, ein Pariser Steuerpächter, der weniger Kapital und Verstand besitzt als Sie, habe alle seine Mitbürger durch seine Gedankenschärfe, durch die Großartigkeit seiner Phantasie und die edelsinnige Verwendung seines Reichtums in Erstaunen versetzt. Sein Haus, das man einen Palast nennen könnte, prunkt mit Gold, kostbaren Gemälden, Stichen und aller Art Raritäten. Die Bibliothek ist denkbar erlesen! Die vornehmsten Männer betrachten es als ein Glück, bei ihm zu Mittag zu speisen, den Abend mit dem Anhören eines Konzertes oder einfach mit Plaudern zu verbringen. Ist es nicht bedauerlich, daß Sie bei Ihrem Verstand und Ihrer Aufgeklärtheit nicht im mindesten danach streben, Ihren Namen in der großen Welt bekannt zu machen, damit die Zeitungen über Sie schreiben und das, was sie schreiben, in alle fremden Sprachen übersetzt wird und man in allen Hauptstädten von ihren unnachahmlichen Tugenden spricht, zum Beispiel von Ihrem Geschmack, Ihrer Gastfreundschaft, Ihrem Mitleid mit den Besitzlosen?‘

Kuroumow war von meinen beredten Worten entzückt. Er wurde zuerst nachdenklich, dann knüpfte er eine lange Unterhaltung mit mir an, auf welche Weise das große Ziel, von dem ich gepredigt hatte, zu erreichen sei. Ich überredete ihn, vor allem die Schmalzfässer, die Rindshäute, den Teer und sämtliches Mobiliar hinauszuwerfen, und übernahm die Verpflichtung, neue Möbel in besserem Geschmack, eine prächtige Bibliothek und Bilder bekannter Meister herbeizuschaffen; Kuroumow ging mit Freuden auf alles ein und verwünschte den früheren Verwalter Sawkin, der so beschränkt gewesen sei, daß er von allem, worüber die Zeitungen schrieben, immer nur Anzeigen von Auktionen und Lieferangebote gelesen und für Bilder infolgedessen nicht das geringste Verständnis gehabt habe.

Noch am selben Tag wurde alles aus dem Haus in die Scheuern gebracht; und als der neue Weise Kuroumow abends zu Lisa fuhr, um sie mit einer teuren Halskette und der Kunde von dem Scharfblick und dem Eifer ihres Vetters zu erfreuen, stürzte ich zu Dobroslawow, erzählte ihm alles und versetzte ihn in helle Begeisterung. Er gab mir Olimpi zur Unterstützung mit, und wir kauften innerhalb einer Stunde eine solche Menge von Möbeln, Büchern und alten Bildern auf dem Trödelmarkt auf, daß zehn Fuhren kaum ausreichten, um sie ins Haus des neuen Besitzers zu befördern. Das Entzücken, in das er beim Anblick dieser kostbaren Zeichen des guten Geschmacks und einer hohen Weisheit geriet, läßt sich nicht vorstellen. Ebenso unvorstellbar war meine Verblüffung, als ich ihn ansah und entdeckte, daß er weder Bart noch Schnurrbart mehr hatte und sein Haar nach der neuesten Mode geschnitten war.

‚O Himmel!' rief ich. ‚Welcher Gottheit verdanken Sie eine so glückliche Verwandlung? Gewiß war es ein guter Genius, der auf den Spuren großer Männer wandelt ...'

‚Dieser Genius', entgegnete Kuroumow mit dem Lächeln eines Silens, ‚ist klein von Wuchs und hat funkelnde schwarze Augen und volle rosige Wangen. Kurz — es war deine Kusine Lisa. Sie hat mir im Spaß, sozusagen aus Schabernack, das Haar gestutzt und den Bart rasiert. Ich bin es übrigens zufrieden! Versteh ich doch selber nicht mehr, wie ich mit meinem bisherigen widerwärtigen Äußeren jungen Mädchen gefallen und an den Sitzungen aufgeklärtester Männer teilnehmen konnte. Wisse, mein Freund, ich bin Mitglied einer Körperschaft, die die Geheimnisse des Künftigen durchdringt und Geister zu schauen vermag! Zwar habe ich diese Stufe der Vollendung noch nicht erreicht und nenne mich bescheiden

»ehrenwerter Bruder Polargans«, soll aber bald zum aufgeklärten Bruder geweiht werden und werde dann selber Geister sehen und mich mit ihnen unterhalten.'

Ich tat erstaunt, täuschte Ehrfurcht vor einer so hohen Persönlichkeit vor und behauptete, von zahlreichen Fällen gelesen zu haben, in denen die großen Aufklärer der Welt Geister und was dergleichen mehr ist beschworen hätten. Bruder Polargans war vor Entzücken außer sich und erzählte mir im voraus, worüber er mit den Geistern reden wolle.

Die Möbel, die Bücher, die Bilder und Stiche — alles war in einer Liste mit über die Maßen hohen Preisen aufgeführt. Ich nannte ihm Namen von Malern, Kupferstechern und Verfassern von Büchern, die es nie gegeben hat; aber ich kannte damals auch selber keinen einzigen großen Maler mit Namen.

Um noch nicht durch allzu ausführliche Schilderungen all der Dummheiten zu langweilen, auf die sich Kuroumow dank unserer gemeinsamen Einflüsterungen einließ, sage ich nur, daß wir in wenig mehr als zwei Monaten so ziemlich eine halbe Million aus ihm herauspreßten — bald für den Loskauf von Gefangenen oder Häftlingen, bald für die Unterstützung adliger Familien, die in Kamtschatka, an den Ufern des Ural, des Jenessei oder irgendwo anders herumirrten. Es fand kaum

eine Versammlung statt, in der der Höchstaufgeklärte nicht mit der größten Beredsamkeit davon gesprochen hätte, wozu der bescheidene Bruder Steinbock Kuroumow schon überredet habe. Zu unser aller Unglück ergab sich der Steuerpächter jedoch dem Müßiggang, der Faulheit, der schrankenlosen Wollust und überließ es seinen Kommis, sich um die Geschäfte zu kümmern; die Kommis aber sorgten mehr für sich als für ihren Herrn, wie das so üblich ist. In den Verpflichtungen traten bedeutende Versäumnisse ein; Kuroumows Gut wurde gepfändet, das Haus, die Bibliothek und die Bilder kamen unter den Hammer. Hier sah er mit Erstaunen, daß unsere seltenen Bilder und Bücher, die so viel Geld gekostet hatten, keinerlei Beachtung fanden und für ein Butterbrot verkauft wurden. Ich war bei diesem beschämenden Vorgang zugegen. Zuerst stand Kuroumow regungslos da und starrte den ausrufenden Auktionator entgeistert an. Dann schaute er sich finster nach allen Seiten um. Allein sein Zähneknirschen verriet, daß er kein Feigling war. Er schlug sich wiederholt an die Stirn und rang die Hände.

Als alles vorüber war und der neue Besitzer des Hauses ihm die Tür wies, bemächtigte sich meiner, ich weiß nicht, warum, eine solche Narrheit oder, besser gesagt Tollheit, daß ich plötzlich alle Belehrungen des weisen Dobroslawow vergaß; von Hochmut, von dem Bedürfnis getrieben, mit meinen Heldentaten, will sagen Gaunereien, zu prahlen, nahm ich Kuroumow beiseite und sagte, boshaft lächelnd und laut mit den Füßen scharrend: ‚Entschuldigen Sie, ehrenwerte Polargans! Erinnern Sie sich des gar nicht so bescheidenen Bruders Steinbock? Also — der bin ich!‘

Kuroumow sah mich zuerst erstaunt, dann wutentbrannt an. ‚Wie?‘ rief er aus. ‚Dann bin ich also ein Spielball, ein Werkzeug des Betruges gewesen? Oh, das werdet ihr Bösewichter büßen!‘

Er drohte mir mit dem Stock und verließ ziemlich wackeren Schrittes das Haus. Wo hatte der Mann, der bisher nur mit Hilfe mehrerer Diener die Treppe hinuntergehen und in die Kutsche steigen konnte, auf einmal die Kräfte her? Ich lachte und rief ihm nach: ‚Guten Weg, du Polargans!‘

Nachdem ich diese Torheit begangen hatte, kam ich zur Besinnung; ich war unzufrieden mit mir und beschloß, da ich einen Rüffel befürchtete, Dobroslawow nichts davon zu sagen. Ich kehrte in sein Haus und in die alte Stellung zurück. Der Hochaufgeklärte und Olimpi überschütteten mich mit

Lob, zahlten mir eine bedeutende Summe aus und erlaubten mir, mich auszuruhen, bis die Zeit für neue Taten gekommen wäre. Kuroumow erwies sich zu meiner nicht geringen Betrübnis einfältig wie ein Kind. Er erzählte allen Bekannten und Unbekannten von seinem Unglück und dessen Ursache; ein Spötter verpflichtete einen Verseschreiber, der denn auch eine äußerst bissige Satire verfaßte, in der die Polargans in völlig gerupftem Zustand erschien und, statt zu den Sternen emporzuschweben und die Geister zu schauen, bescheiden zu Fuß ihres Weges zog, mit hängendem Kopf, bis an die Knie im Schlamm.

Kuroumow las die Satire und schwor uns unversöhnlichen Haß. Meine Mitstreiter auf dem Gebiet der Aufklärung erfuhren davon durch ihre Spione und dachten ihrerseits über die Mittel nach, der gerupften Polargans den Schnabel zu stopfen.

Die Sitzungen nahmen indessen ihren Fortgang, Licorissa besuchte mich in meinem verschwiegenen Asyl, blieb aber ebenso unbeugsam wie zuvor. Sie wartete auf die Antwort meines erlauchten Vaters, des Königs von Golkonda. Ich schrieb die Schuld an seinem Schweigen bald dem schlechten Wetter, bald der Nachlässigkeit der Post oder den Räubern zu, die die Abgesandten des Geldes beraubt, erschlagen, ertränkt haben konnten und so weiter.

Sie schien dies einzusehen, war zärtlich wie eine Schwester und stellte mir ewige Liebe und Treue in Aussicht, sobald ich ihr den geraubten Besitz zurückverschafft haben würde. Ich verlor mich in Plänen, wie ich sie überlisten und mein Ziel erreichen könnte.“

Vierter Teil

ERSTES KAPITEL
Heilmittel gegen die Hypochondrie

Nachdem Fürst Gawrilo Simonowitsch in seiner Lebensgeschichte bis zu dem Zeitpunkt gekommen war, da er der Polargans eine so eindrucksvolle Lektion in Aufklärung erteilt hatte, reiste der Kaufmann Pritschudin in Handelsgeschäften in eine andere Stadt; mit dem Sohn Nikander allein geblieben, schob der Fürst die Fortsetzung seiner Erzählung bis zur Rückkehr des Freundes auf.

Der rauhe Herbst war da, und die Oktoberstürme brausten über das Land. Die Bäume verloren rasch ihr Laub. Bleierne Wolken jagten am Himmelsgewölbe über Orjol dahin und verdüsterten das Antlitz der Natur. Ihre Schwermut rief unmerklich auch eine gewisse Nachdenklichkeit auf den Gesichtern unserer Helden hervor — dem glücklichen Zustand zum Trotz, in dem sie sich befanden. Fürst Gawrilo erinnerte sich vergangener Tage, sein Sohn der unvergeßlichen Jelisaweta, die um so mehr sein Herz beschäftigte, um so mehr seine Seele erfüllte und in der feurigen Phantasie des Jünglings mit allem jungfräulichen Reiz des angebeteten Gegenstandes erstrahlte, als die Natur, der Quell der Freuden, die Mutter und Trösterin der Bekümmerten, das Abbild der ewigen Weisheit, bei dessen Betrachtung sich der Weinende tröstet, der Trauernde beruhigt und selbst der Ungläubigste den Blick in demütiger Ehrfurcht zum gestirnten Firmament erhebt und vor ihm niederfällt — um so mehr also, als die Natur unter einer Bürde zu stöhnen schien und bis zur Auferstehung im Lenz zu erstarren drohte.

Diese verzagte Gemütsverfassung hinderte Nikander aber nicht, zu bemerken, daß sein Vater von Tag zu Tag, von Stunde zu Stunde düsterer, scheuer, sozusagen unzugänglicher wurde. Fürst Gawrilo vernachlässigte sich. Sein Rock war eine Woche nicht mehr gebürstet, sein Haar ebensolange nicht mehr gekämmt worden. Die Augen waren trüb, die Wangen blaß und eingefallen. Er aß möglichst früh zu Abend, schloß sich danach in seinem Arbeitszimmer ein und tauchte erst am nächsten Tag wieder auf, wenn sein Sohn zum Mittagessen vom Dienst zurückkam. Und er glich dann einem Toten, der aus dem Grabe auferstanden ist.

Dieses unverständliche Gebaren betrübte Nikanders zärtliches Herz. Er gewahrte sehr wohl, daß sein Vater nicht ganz gesund war, konnte aber den Grund seiner Erkrankung nicht feststellen. Und den Fürsten danach zu fragen erschien ihm als eine Unbescheidenheit, die den Unwillen des Vaters hervorrufen konnte. So taktvoll und zart empfand er. Seit er Jelisaweta zum erstenmal gesehen hatte, waren seine Gedanken noch nie so wenig mit ihr beschäftigt gewesen wie in der Woche von Herrn Pritschudins Abwesenheit. Gewiß, er liebte sie nach wie vor, vielleicht sogar noch mehr als früher, aber er wußte, daß sie sich im väterlichen Hause befand, im Schoße ihrer Familie, die sie wenn auch nicht zu erheitern, so doch nach Möglichkeit zu zerstreuen trachtete ... Ach, wie konnte man ihre Lage mit der eines alten Mannes vergleichen, dessen Jugend- und Mannesjahre auf dem stürmisch bewegten Meer dieser Welt vergangen waren? Er war eine Waise auf dieser volkreichen Erde, und nur die Mitleidenden hatten ihm nahegestanden. Wäre Nikander von frühester Kindheit an unter den Augen seines Vaters herangewachsen, dann hätte er vielleicht nicht jene Schüchternheit und Scheu empfunden, die ihn hinderte, seine Bedenken und Befürchtungen seinem Vater zu gestehen; so jedoch liebte er den Fürsten zwar mit aller kindlichen Zärtlichkeit, blickte aber auch ehrfurchtsvoll zu ihm auf wie zu einem weisen, vielerfahrenen Mann, der nicht von Anfang an zu ihm gehört hatte. Ob das nun gut war oder schlecht — die Folgen der häuslichen oder anderwärtigen Erziehung werden hier für jedermann sichtbar.

Dennoch glaubte Nikander, der sich nicht entschließen konnte, den Vater zu befragen, einen Weg gefunden zu haben, die Art seiner Erkrankung und damit die Mittel zu seiner Heilung festzustellen; und zwar beschrieb er auf einem Bogen Papier die Symptome auf des Fürsten Gesicht, sein Verhalten, die Art, sich zu bewegen, auch was er aß und trank, und legte seine Beobachtungen den angesehensten und gelehrtesten Ärzten der Stadt vor, das heißt all jenen, die namentlich von Verschwendungssüchtigen, Erbberechtigten, Friedhofsgeistlichen und Apothekern in den Himmel gehoben wurden, denen sie bemerkenswerte Vorteile verschafften. Nur waren sich der russische, der deutsche, der gallische und der britische Äskulap, einzeln befragt, über die Ursache der Erkrankung und über die Mittel zu ihrer Heilung — leider! — durchaus nicht einig; Nikander blieb als letztes also nur übrig, ein ärztliches Konsilium zu berufen und sich anzuhören, zu welchem Ergebnis man sozusagen in corpore kommen würde.

Da er nicht wagen durfte, dieses Konsilium im Hause abzuhalten, bestellte er in einer der besten Gastwirtschaften der Stadt ein erlesenes Mittagessen. Alle nahmen seine Einladung bereitwillig an, stellten sich auch vollzählig ein und waren mit

dem freundlichen Empfang und der Bewirtung äußerst zufrieden. Der Russe bekam seine Stschi und eine ausgezeichnete Pirogge, der Deutsche sein Butterbrot nebst Schinken und Würstchen, der Franzose Suppe und Soßen, der Engländer Roastbeef oder Beefsteak vorgesetzt.

Auch die Getränke waren den Speisen angepaßt.

Als das Mittagessen beendet war und die Gäste sich in der besten Laune befanden, eröffnete Nikander die Sitzung mit einer wohlgegliederten Rede, in der er den Zustand des Kranken ausführlich schilderte und um Rat und Beistand bat. Nach einigem Hin und Her beschlossen die Mediziner, die Jüngeren unter ihnen sollten als erste sprechen, und der Disput verlief wie folgt.

Der Russe: „Meiner Ansicht nach, meine Herren, spielt der Patient verrückt. Man sollte trotz seiner Wunderlichkeiten die Tür aufbrechen und ihm, auch wider seinen Willen, ein gehöriges Glas Punsch in die Gurgel gießen. Wenn das nichts fruchtet, ein zweites, und wenn auch das noch keinen Erfolg hat, ein drittes. Ich verbürge mich dafür, daß die Arznei dann wirkt."

Der Franzose: „Ach, du lieber Gott! Wie kann man mit einem Kranken nur so gewalttätig umspringen! Das steht wahrhaftig nur den Herren Russen an! Punsch? Punsch wäre Gift für einen Hypochonder! Ich bin ganz anderer Meinung! Aus allem läßt sich ersehen, daß sich sein Blut verdickt hat. Außerdem ist er verschleimt. Das eine wie das andere muß also unbedingt gelöst werden. Und dafür gibt es keine bessere Medizin als ein gesundes, hübsches, gewandtes junges Mädchen. Das ist das Universalmittel gegen die Hypochondrie. Und einen solchen medizinischen Schatz habe ich auch schon im Auge. Die Nichte oder, wie böse Zungen behaupten, die leibliche Tochter der Inhaberin eines hiesigen Pensionats für adlige Mädchen wäre durchaus dazu geeignet. Oh! Rose Innocence — so heißt sie — ist ein Phönix in weiblicher Gestalt! Sie hat rote Wangen und ist wohlgerundet wie eine russische Bürgerin, stolz wie eine deutsche Baronesse, zart wie eine englische Miß und gewandt, erfinderisch und bezaubernd wie eine französische Schauspielerin. Sie unterrichtet die Mädchen im Pensionat in gutem Benehmen, und der Erfolg ist eklatant. Wie viele Hypochonder habe ich schon mit Hilfe ihrer Gaben von ihrer schrecklichen Krankheit geheilt! Ja, Herrschaften! Ich überantworte meine Seele sämtlichen Teufeln in dieser riesigen Welt, wenn das Mädchen unserem Kranken nicht innerhalb einer Woche so auf die Beine hilft, daß er wieder lacht und tanzt. Und wenn er sich dann vielleicht gelegentlich auch weiter in seinem Zimmer einschließt, so ganz bestimmt nicht, um zu grübeln und den Kopf hängenzulassen. Und alles das wird nur ganz wenig kosten. Ein kleiner Brillantring, eine Perlenschnur, ein indischer Schal oder eine ähnliche Bagatelle — das macht Ihnen doch nichts aus!"

Der Deutsche (laut lachend): „O weh, o weh! Das nennt man einen Arzt nach der Mode! Mir scheint, Sie wollen mit diesem Universalmittel die Mädchen und Witwen von der Hypochondrie heilen! Da werden Ihnen die Apotheker aber nicht allzu dankbar sein, bei denen derlei Medikamente nicht hergestellt werden. Das alleinige Privileg dafür haben sich die Französischlehrer und die Inhaber von Pensionaten für Jungen angeeignet. Hören Sie zu! In Jena, Leipzig und Göttingen weiß man sehr gut, wer Grabschaufel ist. Mein Name — allein schon mein Name — genügt, um eine Meinung über mich einzuflößen, deren ich würdig bin! Ja, der Patient leidet an Hypochondrie, aber nicht, wenn Sie gestatten“ (zum Franzosen gewandt), „weil sein Blut verdickt ist, sondern infolge Überlaufens der Galle und einer Entzündung der Gehirn- und Blutgefäße.“ (Zu Nikander:) „Sagten Sie nicht, daß der Kranke häufig in Nachdenken versinkt?“

Nikander: „Ja, das stimmt!“

Der Deutsche: „Wendet er den Blick nicht manchmal zur Seite, ohne sich von der Stelle zu rühren?“

Nikander: „Ja, das kommt vor!“

Der Deutsche: „Kommt es nicht auch vor, daß er den Mund öffnet, als wollte er etwas sagen, aber plötzlich innehält, schweigt und ein unzufriedenes Gesicht zieht?“

Nikander: „Ja, ich erinnere mich, auch das war mehrmals der Fall.“

Der Deutsche: „Das genügt mir. Ich behaupte, daß es kein besseres Mittel als das folgende gibt. Da sich der Kranke einschließt und niemanden einläßt, muß man ihn auch von außen einschließen und eine ganze Woche lang nicht herauslassen und ihm auch nichts zu essen und zu trinken geben. Dafür kann man im Zimmer nebenan kleine Gelage veranstalten, Sinfonien spielen, allerlei Liedchen singen, Walzer tanzen und so weiter. Wenn man dann aber merkt, daß die Galle durch das Fasten zu ihrem ursprünglichen Zustand zurückgekehrt und der Patient nicht mehr imstande ist, sich vom Bett zu erheben, kann man zu anderen Heilmitteln greifen, unter keinen Umständen jedoch zu den französischen, sondern nur zu den deutschen, das heißt, man kann ihm Bier, Salate, Butter und Käse geben und hier und da auch eine Pfeife Tabak gestatten. Das zeitigt eine erstaunliche Wirkung! Ich weiß es aus Erfahrung. Was meint der hochberühmte Todborough dazu?“

Der Engländer: „Dazu kann ich nur sagen, daß man Grabschaufel, wenn er solche Ansichten in England zum besten gäbe, einige Tage früher ins Irrenhaus sperren würde als unseren Patienten, der, um ehrlich zu sein, gleichfalls nicht weit davon entfernt ist. Das Urteil des Russen war reichlich roh, das des Franzosen ausgesprochen dumm, während du, Deutscher, geradezu wahnwitzig urteilst. Nein! In England pflegt man die Leute von dieser Krankheit ganz anders zu heilen. Mein Ratschlag wäre folgender: Man lade eine Pistole mit zwei Kugeln, drücke sie dem Kranken, sobald er sich zeigt, in die Hand und sage zu ihm: ‚Beklagenswerter! Du fällst dir selbst und andern zur Last. Verlasse diese Welt, wenn sie dir so zuwider ist! Man sieht aus allem, daß du das Ertränken für zu langsam, das Erdolchen für widerwärtig, das Erhängen für entehrend hältst. Hier hast du eine Pistole! Es ist der rascheste, edelste, vornehmste Tod — ein großer Teil der besten und weisesten Briten ist ihn gestorben. Dafür gilt unser Volk auch bei jedermann als einzigartig und groß!' Dein Punsch, Herr Russe, an und für sich ein ausgezeichnetes Getränk, taugt in diesem Falle gar nichts. Deine Mamsell, Monsieur Franzose, gehört an den Galgen. Dein Bier und deine Salate, o Deutscher, sind eher etwas für Bullen, zu denen man dich mit Recht zählen kann. Die Pistole — und nur die Pistole — ist das Universalmittel gegen die Hypochondrie."

Der Deutsche: „Es heißt zu Recht, wollte man alle übergeschnappten Engländer einsperren und in Ketten legen, dann würde sich ganz England in ein einziges Irrenhaus verwandeln. Für die Herstellung der Ketten würde das Eisen ganz Sibiriens und Schwedens nicht ausreichen."

Der Russe: „Ich bin gern bereit, meine Meinung hinsichtlich des Patienten zu ändern, auf keinen Fall jedoch die über den Punsch, und ich hoffe zuversichtlich, daß unser teurer Freund und Gastgeber uns dieses fürtreffliche Mittel ohne Aufschub verschreibt."

Der Franzose: „Meinetwegen — tut oder laßt, was ihr wollt! Für mich bleibt Mamsell Rose ein unübertreffliches Mittel gegen die Verdickung des Bluts und der sonstigen Lebenssäfte."

Der Engländer: „Ihr tut auch beide gut daran, mit euch reden zu lassen. Was aber Grabschaufel betrifft, so ist er, soviel ich davon verstehe, ein echter Deutscher, das heißt dumm wie Bohnenstroh, böse wie eine Meerkatze und halsstarrig wie ein ukrainischer Bulle!"

Der Deutsche: „Stimmt haargenau. Ein ausgezeichnetes Selbstporträt von Todborough! Ich schwöre — in meiner Perücke ist mehr Verstand als in seinem Kopf!"

Der Engländer: „Dann ist es unverzeihlich, ja eine Sünde wider den Herrn, einen solchen Schatz der Menschheit vorzuenthalten! Geh hin, Perücke, und erleuchte das russische Volk!"

Mit diesen Worten riß der Engländer dem Deutschen die Perücke vom Kopf, warf sie aus dem Fenster und setzte sich wieder gelassen auf seinen Platz. „Ach!" rief es von allen Seiten. Grabschaufel sprang wie von der Tarantel gestochen hoch, ergriff eine Flasche Bier und schleuderte sie dem Gegner mit voller Wucht an den Kopf; der wich dem Geschoß jedoch aus, trat voller Selbstbewußtsein auf den tapferen Doktor zu, packte ihn, da sich auf seinem Schädel kein Härchen fand, an den Ohren und schleifte ihn zum Fenster, um ihn der Perücke nachzusenden. „Mein Gott! Jesus, Maria!" rief der Deutsche, vergaß dabei aber nicht, sich mit aller Gewalt zu wehren, und hieb und stieß kräftig mit Fäusten und Füßen um sich, einerlei, wohin er traf. Gott weiß, womit das alles geendet hätte, wären der russische Arzt, der erschrockene Gastwirt und Nikander nicht dazwischengetreten und hätten die beiden Rivalen in Wissenschaft und Körperkraft nicht auseinandergebracht.

Was den Franzosen betrifft, so lachte er aus vollem Halse und sagte: „Ich schwöre bei allen einstigen, gegenwärtigen und zukünftigen Ärzten, daß der Punsch nur selten und die unvergleichliche Rose Innocence nie der Anlaß zu blutigen Taten gewesen wären wie die Salate, Butterbrote und Pistolen! Rose und alle Fachärztinnen für Hypochondrie — sie leben hoch!"

Die Kampfhähne waren also getrennt. Der Engländer strich sich die zerzausten Haare glatt, setzte den Hut auf, nahm Nikander an der Hand und sagte: „Leb wohl! Vergiß nicht, zu meinem Medikament zu greifen, und ihr werdet noch heute eure Ruhe haben." Mit diesen Worten ging er. Der arme Grabschaufel setzte vor dem Spiegel die von der Straße heraufgeholte Perücke auf und trocknete unter Tränen das Blut, das von seinen mißhandelten Ohren rann.

„Der gewissenlose Mensch!" rief er wütend. „Solche Heilmittel zu empfehlen! Ist er nicht ein Mörder, ein Ungeheuer? Wenn ich zu bestimmen hätte, dann würde ich solche Ärzte hängen, ertränken, rädern oder vierteilen lassen! Nein, das wird ihm nicht geschenkt! Ich habe schon eine Abhandlung von dreihundertsiebenundachtzig Seiten in folio fast fertig, in der unwiderleglich bewiesen wird, daß die englische Heilmethode reiner Mord ist und härteste Bestrafung im Diesseits wie im Jenseits verdient. Der heutige Vorfall bietet mir Stoff für mindestens zweihundert weitere Seiten."

Er ging, wobei er gräßliche Flüche gegen Todborough, ganz England und alle Weltteile ausstieß, in denen man solche blutgierigen Ärzte duldete. Der Russe zog unter Kopfschütteln, der Franzose ein Liedchen trällernd davon.

Damit war Nikander der Hoffnung beraubt, seinem Vater

helfen zu können. Er mußte seine Heilung drei anderen Ärzten überlassen — Gott, der körperlichen Verfassung und der Zeit. Er hatte gerade die Abrechnung mit dem Gastwirt abgeschlossen und wollte eben aufbrechen, als ein Diener von zu Hause hereinstürzte. Sein kreidebleiches Gesicht, der umherirrende Blick und das Zittern an allen Gliedern versetzten auch Nikander in einen ähnlichen Zustand.

„Was hast du?“ rief er und starrte den Diener mit unbeweglichen Augen an.

„Fürst“, entgegnete jener, „vertrauen Sie auf die Hilfe Gottes und erschrecken Sie nicht! Bei uns zu Hause steht nicht alles zum besten. Bleiben Sie vor allem standhaft und erschrekken Sie nicht! Die Macht und die Güte Gottes sind groß!“

„So sprich schon, rede endlich!“

„Ihr Vater, der ehrenwerte Fürst Gawrilo Simonowitsch ...“

„Rasch, rasch!“

„... ist unwiderruflich, unabänderlich und für alle Zeiten ...“

„Er ist gestorben?“ rief Nikander verzweifelt.

„Nein, Euer Durchlaucht“, fuhr der Diener fort, „gelobt seien Gott der Herr und alle Heiligen! Ihr Vater erfreut sich nach wie vor bester Gesundheit, nur ist er ein bißchen ...“

„Spann mich nicht auf die Folter, sag es geradeheraus. Ich will ja alles ertragen, wenn er nur lebt ...“

„Er lebt und ist gesund, nur hat er unwiderruflich, unabänderlich und für alle Zeiten den Verstand verloren!“

Ein Zittern befiel Nikander; er wankte, verlor das Bewußtsein und brach wie vom Blitz getroffen zusammen.

ZWEITES KAPITEL
Die Dichter

Nikander kam bald wieder zu sich und sah, daß er vom Gastwirt und von dessen Weib und Kindern umgeben war. Der Diener rieb ihm die Schläfen mit Essig ein, und zwar so eifrig, daß er ihm fast die Haut heruntergerissen hätte. Unter ein paar Fremden erkannte er Goljakow, den Sohn eines ziemlich vermögenden Landedelmannes.

Goljakow trat mit freundschaftlicher Anteilnahme auf Nikander zu und sagte: „Teurer Fürst! Wäre es nicht besser, du würdest nach Hause gehen, statt dich hier der Peinlichkeit auszusetzen, von Leuten begafft zu werden, die hinterher irgendein dummes Märchen über dich in Umlauf bringen?"

„Nie trete ich über die Schwelle des Hauses, in dem mein unglücklicher Vater leidet", entgegnete Nikander.

Nachdem sich alle ein wenig gefaßt hatten und Nikander mit Herrn Goljakow und dem Diener allein geblieben war, bestürmten die beiden Freunde diesen mit Fragen, woher er denn so sicher sei, daß der Fürst den Verstand verloren habe.

Der Diener erwiderte: „Daran ist nicht zu zweifeln! Als Seine Durchlaucht sich immer häufiger einschloß und ein so einsames Leben aufnahm, begannen — wie nun einmal üblich — alle Diener und Stubenmädchen zu rätseln, Verdacht zu schöpfen, zu spionieren und zu lauschen, um auf diese Weise dahinterzukommen, warum sich der Fürst so verändert hatte. Als erster stellte der Beschließer fest, daß Ihr Vater manchmal bis nach Mitternacht vor einer brennenden Kerze saß. Diese Entdeckung wurde durch das Schlüsselloch gemacht. Die Waschfrau wiederum hatte ihn des öfteren murmeln, mit den Fingern auf den Tisch trommeln und mit den Füßen stampfen hören.

Jedermann wird verstehen, daß man solche Beobachtungen einander mitteilte, ja mitteilen mußte und hinterher auch Schlüsse aus ihnen zog. Die einen vermuteten, Ihr Vater sei seinerzeit gewiß ein großer Sünder gewesen und wolle seine Seele durch Fasten und Gebete läutern. Die anderen behaupteten, er erinnere eher an einen Zauberer und übe sich nachts in der Magie, das Klopfen aber, das aus seinem Zimmer zu hören sei und vom Stampfen herrühre, hänge mit der Beschwörung und dem Erscheinen der bösen Geister zusammen, mit denen er spreche. Ich muß gestehen, zu dieser Ansicht neigte auch ich, weil ich ihn manchmal sehr deutlich Wörter wie böser Geist, Teufel und so weiter aussprechen hörte. Alle im Hause fürchteten, sich dem Asyl des Hexenmeisters auch nur zu nähern. Wir sahen unseren Irrtum jedoch bald ein. Es gibt in dieser Stadt, wie jedermann weiß, eine alte Zigeunerin, die im Ruf einer Zauberin oder Wahrsagerin steht. Wir schickten in aller Stille ein paar Leute zu ihr. Sie fragte sie gründlich über die Lebensweise Seiner Durchlaucht, Ihres Vaters, aus, zog alle Umstände in Betracht, rätselte hin und her und entschied schließlich: ‚Nein, euer Herr ist kein Zauberer! Erstens gehen solche Leute immer heimlich zu Werke und achten darauf, daß niemand in ihre Nähe kommt. Sie betreiben ihr Geschäft gewöhnlich im finsteren Wald oder auf freiem Felde, mindestens aber auf dem Dachboden. Zweitens kann sich kein Zauberer, Schwarzkünstler oder Hexenmeister länger als bis zwölf Uhr nachts betätigen. Drittens hat es Fürst Gawrilo Simonowitsch nicht nötig, sich mit Teufeln zu unterhalten, denn er kann, da er reich ist, gute Freunde auch unter den Menschen finden. Da er sich aber ganz anders verhält — er

bleibt in seinem Arbeitszimmer und geht seinem seltsamen Tun fast bis zum Mittagessen des folgenden Tages nach —, muß man daraus schließen — und so verhält es sich auch —, daß der Ärmste den Verstand verloren hat!' "

Mit diesen Worten beendete der weise Redner seine Erzählung. Nikander versank, trotz aller Torheit dieses Geredes, in finsteres Nachdenken. Dagegen brach sein junger Freund Goljakow — statt Mitgefühl zu zeigen — in ein so schallendes Gelächter aus, daß Nikander und der Diener zusammenzuckten und ersterer, außerstande, sich zu beherrschen, ihm sein Benehmen verwies, welches weder mit ihrem freundschaftlichen Verhältnis noch auch nur mit dem Anstand zu vereinbaren sei.

„Nur Geduld", entgegnete Goljakow, „und du wirst selber lachen! Verlaß dich darauf! Dein Vater ist genauso gesund wie früher. Ich stehe mit meinem Kopf dafür ein, er leidet an derselben ‚Krankheit', die vor einiger Zeit auch meinen älteren

Bruder zu allerlei Seltsamkeiten trieb. Hör dir das kleine Abenteuer an, und du wirst ganz beruhigt sein.

Nicht lange vor dem Tage, da man dich aus dem Pensionat hinauswarf — du entschuldigst die familiäre Ausdrucksweise —, kam ich ins väterliche Dorf zu Besuch, um dort zu warten, bis sich eine Stelle für mich fände. Beim Vater traf ich meinen älteren Bruder Jakow an, der eine Moskauer Schule beendet hatte und sich in der gleichen Hoffnung wie ich zu Hause aufhielt. Mein Bruder war ein gebildeter Mann, der schlimmste aller Metaphysiker, den man sich denken kann, der halsstarrigste aller Philosophen und der hitzigste aller Poeten, obendrein auch noch Tragiker — was besonders gefährlich ist. Zu seinem großen Unglück verstand unser Vater von den Wissenschaften gerade so viel, daß er eben noch seine Unterschrift unter die Briefe setzen konnte, die der außerplanmäßige Kirchendiener unseres Dorfes für ihn abfaßte. Meine Mutter wußte noch weniger als er. Stell dir also beider Erstaunen vor, als sich Jakow über die Geheimnisse der Metaphysik und Poesie vor ihnen erging und auf Aphorismen, Denkkategorien, Jamben und Anapäste zu sprechen kam! Wenn jemand nichts von einer Sache begreift, langweilt es ihn, in einem fort darüber reden zu hören, namentlich wenn er es nicht nötig hat. Mein Vater duldete die metaphysischen Attacken seines Sohnes lange Zeit, erklärte aber schließlich klipp und klar, mit solchen Dummheiten habe er sich niemals abgegeben, werde es auch in Zukunft nicht tun und rate seinem Sohn, von diesen Possen abzulassen. Jakow nannte ihn — wie einem gelehrten Mann sicherlich zusteht — geradeheraus einen Einfaltspinsel und Ganter, seine Mutter eine Pute, die Schwestern Gänse und so weiter. Der Alte ärgerte sich und verwünschte die, die ihm empfohlen hatten, den Sohn in eine vornehme Schule zu schicken.

Um sich am Vater zu rächen und seine glänzenden Fähigkeiten noch eindrucksvoller unter Beweis zu stellen, faßte Jakow den tollkühnen Entschluß, eine Tragödie zu schreiben, und zwar eine Tragödie, wie es sie auf der Erde noch nie gegeben hatte, nicht geben würde und auch nicht geben dürfe.

Eines Tages, als wir allein waren, sagte er zu mir: ‚Ja, Bruder, ich will meinen Namen unsterblich machen und damit meiner Familie, meinem Geburtsort, dem Vaterland, dem Jahrhundert und überhaupt der ganzen Welt einen wichtigen Dienst erweisen. Der Plan der Tragödie ist fertig. Sie handelt vom Leben Iwans des Schrecklichen und soll sich aus zehn oder mehr Akten zusammensetzen. Ich mag weder die griechischen noch die römischen noch die französischen Tragiker. Alles bei ihnen erscheint mir seelenlos, ohne rechten Geschmack, ohne Gefühl. Mir gefallen nur die deutschen, noch mehr aber die englischen Tragiker. Bei ihnen ist alles Natur, und was für eine Natur! Natura naturans und nicht natura naturata.

An handelnden Personen werden in meiner Tragödie bis zu zehntausend auftreten. Wozu sich unnötig beschränken? Der erste Akt soll das Leben des Zaren vom Tage seiner Geburt bis zu seiner Volljährigkeit umfassen, da er die Herrschaft über seine Besitztümer antritt. Der größeren Genauigkeit halber und um den Zuschauern Tränen der Rührung zu entlocken, werde ich nicht verfehlen, einleitend zu zeigen, wie die stolzen Ratgeber und Regenten das gekrönte Kind zur Zeit seiner Minderjährigkeit auf jede erdenkliche Weise übervorteilen und kränken. Es weint und bittet um Gnade — was könnte rührseliger sein? Dann folgt eine allgemeine Feuersbrunst in Moskau, bei der zwei Drittel der Stadt mit Kirchen und Palästen abbrennen und eine Verwandte des Zaren, die eine große Hexe ist, mit ihrer Tochter durch die Lüfte fliegt und den Brand anfacht. Ist das nicht ganz nach Shakespearescher Art? Durch die Lüfte schwebende Hexen! Ach, wie hinreißend das ist! Danach sieht man deren Hinrichtung, die Abrechnung mit den Bojaren, die inneren Wirren, Hunger und Pestilenz, die Eroberung von Kasan und Astrachan, die Ausrottung des Nowgoroder Adels und seiner Geistlichkeit, und dieses ganze erhabene Schauspiel endet mit der Ermordung des Sohnes und dem Tode des Zaren. All das wird lebendig gestaltet sein, man wird die Sitten und Gebräuche der Zeit gewahrt finden. Armeen werden aufeinanderprallen, Ströme von Blut werden fließen, Schreien und Stöhnen wird zum Himmel aufsteigen. Wölfe und Krähen werden die Leichen der in den Schlachten Gefallenen oder der von Hunger und Pestilenz Dahingerafften verschlingen. An passender Stelle sollen auch Narren und Possenreißer erscheinen. Kurzum, ich will, daß meine Tragödie das Spiegelbild der ganzen Welt wird. Wenn auch sie nicht den gewünschten Eindruck, das heißt Mitleid und Furcht hervorruft, wie Aristoteles es verlangt, dann wehe unserem Vaterland und diesem Jahrhundert! Dann werde ich in aller Klarheit erkennen, daß alle Menschen meinem ungebildeten Vater gleichen.‘

So dachte mein beredter Bruder Jakow und machte sich mit

unermüdlicher Tatkraft an die Arbeit. Ich fuhr, um einen Verwandten zu besuchen, in ein entferntes Dorf. Zwei Wochen danach wurde das Haus meiner Eltern von Entsetzen gepackt. Man muß wissen, daß mein Bruder ganz für sich allein im Gartenhäuschen lebte. Um Mitternacht erhob sich dort ein Lärm, als hätten die Hauskobolde der ganzen Welt das Gartenhaus zu ihrem Tummelplatz erwählt. Man vernahm Ächzen, Stöhnen und Schmerzensschreie. Stühle wurden gerückt, die Fensterscheiben klirrten, Tische knarrten und so weiter. Kurzum, niemand wagte, sich dem Gartenhaus auch nur zu nähern. Am Morgen fragte der Vater Jakow, welches die Ursache des ungewöhnlichen Lärms in seinen Stuben gewesen sei. ‚Ich weiß nicht, ich habe nichts gehört', war Jakows Antwort. Die zweite, die dritte und die vierte Nacht vergingen ebenso; das ganze Haus versank in düstere Verzagtheit; mein Vater beschloß, obwohl er alt und unwissend war, zu handeln wie in den Tagen seiner tapferen Jugend, um Ruhe und Ordnung wiederherzustellen. Nachdem sich dieser Gedanke in ihm festgesetzt hatte, berief er, so heimlich wie irgend möglich, einen Rat ein, der aus einem halben Dutzend der kräftigsten und beherztesten Männer des Hofgesindes bestand. Man faßte den Beschluß, noch in der gleichen Nacht mit Gott und Waffengewalt gegen die Kobolde anzurücken; denn daß ein solcher Lärm von einem einzigen herrühren könne, glaubte man nicht. Sobald es elf Uhr nachts geschlagen hatte, zur Stunde also, da die bösen Geister mit ihrem Spuk gewöhnlich begannen, brach mein unerschrockener Vater mit seiner Heerschar auf, wobei er nicht vergaß, vor dem Heiligenbild Georg des Drachentöters zwei Kerzen anzuzünden. Einer der Recken trug eine große Laterne.

Mit der einen Hand alle Augenblicke das Kreuz schlagend, in der anderen einen Säbel oder rostigen Speer, mit dem man vor dreihundert Jahren gegen die Tataren gekämpft hatte, betraten die Krieger den Gang, der zu des Bruders Stuben führte. Ein wenig verwundert sahen sie an seinem anderen Ende eine kleine brennende Laterne hängen; auf dem Fußboden stand ein Sessel, in dem ein in Lumpen gehülltes Ungetüm saß. Sein Kopf lag auf der Armlehne, und sein Gesicht war darum schlecht zu erkennen. Unsere Recken gerieten außer Fassung; Zittern befiel sie. ‚Archip', flüsterte mein Vater, ‚geh hin und sieh nach, wer es ist. Du hast einen Speer und kommst besser an ihn heran!' — ‚Die Muttergottes beschütze mich', entgegnete Archip, ‚ich bin nicht lebensüberdrüssig! Ich soll dem bösen Geist freiwillig in den Rachen kriechen? Das käme eher Ihnen zu. Sie sind der Herr, und außerdem ist Ihr Säbel frisch geputzt. Mit meinem Speer aber kann man sich nicht mal eines Hundes erwehren, geschweige denn des Teufels!' Hier bekreuzigten sich alle aufs neue. Sie standen lange unentschlossen da und schwiegen. Im Hause herrschte mitternächtliche Stille, bis man in einiger Entfernung plötzlich eine schwache, gequälte Stimme hörte: ‚Gnade! Erbarmen!' — ‚Nein, nichts da von Gnade, nichts von Erbarmen!'

Dann erhob sich ein furchtbares Gebrüll, begleitet von einem so schrecklichen Gepolter, als stürzte das Haus zusammen; geräuschvoll flog eine Seitentür auf, und mit gezücktem Dolch fiel ein zweites Ungeheuer über das erste her — über das im Sessel —, stach mehrmals zu, nahm den Dolch zwischen die Zähne, biß auf ihm herum und stampfte, atemlos vor Wut, mit den Füßen.

Die Recken erstarrten zu Stein; während das eine Gespenst so grausam mit dem anderen umsprang, standen sie regungslos da wie Tote; ihre Lippen waren blau, ihre Wangen überzog erschreckende Blässe; sie wagten einander nicht anzusehen. Ein Unglück kommt selten allein, sagt das Sprichwort — so war es auch hier. Archip, der Tapferste der Tapferen, wenn es sich um einen Faustkampf oder eine Auseinandersetzung in der Kneipe handelte, begann zu zittern, wankte und wäre umgesunken, hätte er sich nicht auf den Speer gestützt; er stieß ihn dabei jedoch so laut auf, daß er die Aufmerksamkeit des Gespenstes erregte. Es drehte sich um. Seine Augen waren blutunterlaufen, der dichte schwarze Bart reichte bis an den Gürtel, den Kopf schmückte eine Mütze, die einem Zuckerhut glich. Es starrte die Ankömmlinge an, rief plötzlich:

,O teuflischer Verrat! Was sieht des Auges Strahl?
Fahrt hin zur Hölle all in Pein und böser Qual!'

und stürzte auf die Geisterseher zu. ,Der Herr erhebe sich aus dem Grabe und zerstreue seine Feinde!' flüsterte mein Vater hastig mit bebenden Lippen und wandte sich als erster zur Flucht; alle folgten seinem Beispiel, jeder nach Maßgabe seiner Beherztheit — der eine rasch, der andere noch rascher; immerhin gelang es allen, sich in Sicherheit zu bringen, bevor der böse Geist sie für ihre Neugier strafte.

Ich wußte von alledem noch nichts, da ich gerade erst zurückgekehrt war — im Morgengrauen nach jener Nacht, in der die Recken so viel Mut bewiesen hatten.

Ich meldete mich gegen Mittag bei meinem Vater und traf ihn in ungewöhnlich finsterer Laune an. Jeder Zug seines Gesichtes verriet Verstimmung.

,Mein Sohn', sagte er und hieß mich Platz nehmen. ,Ich habe großen Kummer!' Und er erzählte offenherzig von den Ursachen und Folgen des nächtlichen Kampfgetümmels und fügte hinzu: ,Ja, ich habe Gründe, zu befürchten, daß dein Bruder Jakow durch die verdammten Wissenschaften Beziehungen zu bösen Geistern eingegangen ist und ihnen seine Seele verkauft hat. Wie soll man an einem Ort, an dem es solche Schrecken gibt, ruhig schlafen? Aber er macht sich keine Gedanken darüber! O ich Unglücklicher!'

,Vater', erwiderte ich in scherzhaftem Ton, was den Alten in nicht geringes Erstaunen versetzte, ,Sie grämen sich völlig grundlos! Ihr Sohn hat nie daran gedacht, solche Beziehungen einzugehen. Er ist vielmehr bemüht, sich selbst, seine Familie, das Vaterland, das Jahrhundert und überhaupt die ganze Welt mit Ruhm zu krönen — kurz, er ist mit seiner *Tragödie* beschäftigt.‘

Der Alte riß die Augen auf.

‚Was ist denn das für eine Person, mein Freund?‘ fragte er rasch. ‚Etwa des Teufels Großmutter?‘

Ich beschrieb ihm die Vorzüge und sonstigen Eigenschaften dieser hohen Gattung mit viel Ausführlichkeit.

Der Vater seufzte bei jedem Wort, erhob die Augen zur Ikone der Muttergottes aller Leidenden und sagte schließlich: ‚So! Jetzt erkenne ich das ganze Unglück! Der Ärmste ist entweder mondsüchtig, oder er hat den Verstand verloren. Man muß ihm so rasch wie möglich helfen.‘

Er verbot mir auf das strengste, zu irgend jemandem von unserem Gespräch zu reden, ließ anspannen und jagte auf und davon ins Nachbarstädtchen. Ich wollte mit meinem Bruder sprechen und ihn trotz des Verbotes warnen, klopfte aber, sooft ich es versuchte, immer vergeblich bei ihm an. Offenbar dichtete er gerade an einem grimmigen Monolog. Der Vater kam gegen Abend zurück — mit einem Arzt. Nachdem alle zu Abend gegessen hatten, klärte mein Vater die alten Kampfgefährten über sein neues Vorhaben auf und ermahnte sie, Mut zu bewahren; der ganze Spuk gehe von niemand anderem als seinem Sohne aus, der zwar genug über Teufel rede und schreibe, aber keine Beziehungen zu ihnen unterhalte.

Als die festgesetzte Stunde heran war, machten wir uns auf den Weg zum Tragiker, versahen uns aber dieses Mal statt mit Säbeln und Speeren mit einer ausreichenden Menge von Stricken. Als Archip — der unerschrockene Archip — den Gang betrat, fürchtete er sich vor gar nichts mehr. Er und ein anderer Bedienter stellten sich neben die Tür, durch die das Schreckgespenst kommen mußte. Es ließ auch nicht lange auf sich warten. Bald erhob sich ein dermaßen wüster Lärm, daß man tatsächlich glauben konnte, die Wohnung meines Bruders sei eine Freistatt der Teufel oder er habe den Verstand verloren. Die Tür tat sich auf, und er stürzte sich wie gestern auf den Gegenstand seiner Wut. Er hatte jedoch noch keine fünf Schritte getan, als Archip und sein Gefährte ihn von hinten anfielen; die übrigen eilten herbei, warfen ihn zu Boden, entrissen ihm den Dolch und banden ihn an Händen und Füßen. Mein Bruder erinnerte an einen Tobsüchtigen. Hier kamen auch wir dazu und sahen, daß der Poet ein altes Maskenkostüm trug; seinen Kopf zierte ein Papierhut in der Art der früheren Zarenkronen. Nachdem man ihn all dieses Schmucks, auch seines falschen Barts und Schnurrbarts beraubt hatte, trat der Arzt mit seinen Instrumenten oder, besser gesagt, seinen Folterwerkzeugen an ihn heran. Soviel der arme Jakow auch um Erbarmen flehte, soviel er auch beteuerte, er werde nie wieder eine so schreckliche Tragödie, auch keine Rührstücke und keine Komödien mehr schreiben — es half nichts. Der Vater blieb unerbittlich. Man ließ Jakow zur Ader, rasierte ihm den Hinterkopf und legte ein Spanischfliegenpflaster auf; der Vater befahl zwei Dienern, nicht von seinem Bett zu weichen, bis die Wunde verheilt und die Haare am Hinterkopf nachgewachsen seien.

In der gleichen Nacht übergab man seine neue Tragödie und alle sonstigen Werke dem Feuer; sämtliche deutschen und englischen Theaterstücke erlitten das gleiche Schicksal. Ich mußte alle fremdsprachigen Titel aus der Bibliothek meines Bruders übersetzen, und der Vater warf die Bücher bei dem geringsten Zweifel ins Feuer, wobei er sagte: ‚Vergehe, du Teufelswerk!'

Der Popanz aber, der einen vornehmen Häftling darstellte, wurde in Stücke gehauen. Mein Bruder war bald wieder gesund und vergaß seine Tragödie und den Ruhm, mit dem er das Vaterland, das Jahrhundert und überhaupt die ganze Welt hatte krönen wollen. Wenn auch dein Vater an dieser schrecklichen Krankheit leidet, dann ist er leicht zu heilen, weil er erfahrener und klüger als mein Bruder Jakow ist. Gehen wir also hin und sehen wir nach, wie es um ihn steht."

Unsere Freunde begaben sich zu Fürst Gawrilo Simonowitsch und trafen ihn zu ihrer Freude dabei an, wie er sich eben ans Abendessen machte. Er nahm den Gast freundlich auf und bat ihn, sich an seinen Tisch zu setzen. Nikander und sein Gefährte stellten nicht ohne Verwunderung fest, daß der Kranke vergnügt und gesprächig war und angenehm scherzte.

Als das Abendessen beendet war und der Sohn auf die Veränderung im Benehmen des Vaters anspielte, das das ganze Haus und besonders ihn, den Sohn, in solche Besorgnis versetzt hatte, lächelte der Alte und erklärte: „Mein Freund, du bist noch neu auf dieser Welt und weißt nicht, daß Menschen, die nach dem Ruhm des Schriftstellers trachten, manchmal noch ganz andere Dinge tun! Ja, Nikander, ich wollte unter die Autoren gehen und will es auch jetzt noch!"

„Herr des Himmels!" rief der Sohn betrübt. „Ich hätte nie geglaubt, daß Sie, bei Ihrem Verstand ..."

„Daß ich bei meinem Verstand so töricht sein könnte, wolltest du sagen?" fiel ihm der Fürst ins Wort. „Immer langsam, mein Freund! Schreiben, etwas verfassen ist keineswegs so töricht. Nur muß man wissen, wie man es anfängt."

„Barmherziger Gott!" entgegnete Nikander noch betrübter. „Wenn Sie wenigstens einen Roman, eine Komödie oder etwas anderes im leichteren Genre schreiben wollten! Aber nein — eine Tragödie! Ich schwöre Ihnen — das Verfassen von Tragödien hat schon jüngere Leute als Sie um den Verstand gebracht! Fragen Sie meinen Freund!"

„Wer hat dir denn gesagt, daß ich an einer Tragödie schreibe?" fragte der Fürst einigermaßen erstaunt, und Nikander gestand in aller Offenheit und Ausführlichkeit, wie traurig er gewesen sei, ihn immer so abwesend zu sehen. Er erzählte auch von den Beobachtungen aller Hausbewohner, von den Ratschlägen der Ärzte zur Heilung seiner Hypochondrie, von den Heldentaten des jungen Tragikers Jakow und überhaupt von dem allgemeinen Rätselraten.

Gawrilo Simonowitsch mußte trotz all seines Ernstes lachen. „Meine Freunde", sagte er, „jetzt will ich euch meinerseits ein Geheimnis entdecken. Ja, ich war auf den Gedanken verfallen, meine Mußestunden dem Nachdenken und der Schriftstellerei zu widmen — zu meinem eigenen Vergnügen und möglicherweise auch zum Nutzen der Gesellschaft. Ich mußte nur die Gattung finden, mit der ich dem Namen der Tschistjakows Berühmtheit verschaffen konnte. Das ist es, worauf es ankommt. Vor allen Dingen muß man sich, bevor man die Feder ins Tintenfaß taucht, überlegen, ob man den Gegenstand, über den man schreiben will, auch gründlich genug kennt; ob das Geschriebene den Menschen gefallen und nützen kann und ob die eigenen Kräfte ausreichen. Trifft das nicht zu, dann wird der Verfasser niemandem einen Nutzen erweisen — abgesehen von den Papierwarenhändlern und den Erzeugern von Tinte und Druckerschwärze; denn letzten Endes gibt es kein Übel, das nicht auch einiges Gute hätte.

Auf diese Einsichten gestützt, sann ich darüber nach, wozu ich am ehesten befähigt sei und woran ich mich eigentlich machen sollte.

Nach reiflicher Überlegung entschied ich mich ..."

In diesem Augenblick erschien ein Kurier und überbrachte Nikander den Befehl, unverzüglich zum Gouverneur zu kommen. „Ich bin gleich wieder da", sagte Nikander zu seinem Vater und zum Gast und eilte hinaus.

„Nach reiflicher Überlegung also", fuhr Fürst Gawrilo Simonowitsch fort, „entschied ich mich zunächst für das Epos, das Poem, als die bedeutendste Hervorbringung des menschlichen Genies. Ich ging im Geiste alle Vertreter der epischen Dichtung durch, fand unerhörte Begabung, unerschöpfliche Phantasie, viel Höhenflug und so weiter bei ihnen, aber zugleich auch ebensoviel Unsinn und Ungereimtheiten und absolut nichts von Nutzen für unsere irdische Welt. Wird man etwa ein besserer Mensch, ein besserer Bürger, wenn man in der ‚Ilias' liest, wie Achilles seine Konkubine, eine Gefangene, Agamemnon nicht abtreten will und den König der Könige einen Säufer und Hundsfott nennt? Oder in der ‚Odyssee' die Beschreibung vom Schlafgemach der Zauberin Circe, in der, so scheint es, jede einzelne Stecknadel aufgezählt ist, mit der die mächtige Buhlerin die Hüllen feststeckte, die ihre Reize umgaben? Dabei gilt Homer bei uns als der Vater der epischen Dichtung und wurde und wird von allen zum Muster genommen.

Ich ließ also von der Epopöe ab und wandte mich der Tragödie zu. Von den Tragikern der Antike will ich erst gar nicht reden. Das, worauf mein Herz aus war, habe ich bei ihnen nie gefunden, und ich verstehe nicht, wie sich die Neueren, die tiefer in die menschliche Natur, die Wissenschaften, die Künste eingedrungen sind, für sie begeistern können! Auch scheint mir schon die Tatsache, daß jeder von ihnen (sofern die Philologen recht haben) einen solchen Haufen geschrieben hat, zur Genüge zu beweisen, daß sie eine Tragödie in wenigen Tagen verfaßten. Was kann dabei Gutes herauskommen?

Kehren wir uns also den Neueren zu. Die französischen Tragödien wirkten wie schmale, flache Boote, in denen als Achilles, Agamemnon, Hektor, Alexander oder irgendwelche Cäsaren verkleidete Popanze auf einem Blasen treibenden Bach dahinfahren, in Kammerherrenröcken, Perücken aus dem siebzehnten Jahrhundert auf dem Kopf, die Zopfenden in einen Beutel gesteckt. Die englischen Tragödien und ihre deutschen Kopien erinnerten mich größtenteils an ein weites Tal, das das Auge nicht zu überblicken vermag. Da schäumen Flüsse und brodeln Bäche — neben Sümpfen, in denen Frösche quaken und Schlangen zischen. Wunderschöne Blumen — Rosen, Lilien und Nelken — verflechten sich mit Brennesseln und Kletten; Donner dröhnt, Blitze zerreißen den Himmel und beleuchten die Schwerter streitender Krieger und das Blut, das sie vergießen; Narren mit Kappen voller Schellen hüpfen vor ihnen her und rasseln mit Kinderklappern. Um der Wahrheit die Ehre zu geben, muß ich aber eingestehen, daß England und Deutschland sich einiger wirklich vorzüglicher Tragiker rühmen dürfen, die die alten und die neuen aller Jahrhunderte und Völker völlig in den Schatten stellen und als würdige Muster dienen dürfen.

Da ich fand, daß ich mich mit ihnen nicht messen, geschweige denn sie übertreffen könne, aber auch nicht schlechter sein wollte als sie, seufzte ich und wandte mich bescheiden der Komödie zu.

Ich glaube nicht, daß man den Ursprung oder die Entstehung dieser Gattung dem Wunsch zuschreiben kann, die menschlichen Sitten zu bessern. Eher sollte man annehmen, daß wir sie der Rachsucht, der Bosheit, dem Haß verdanken. Wer solche Gefühle nicht offen gegen jemanden äußern konnte, stellte den Gegner unter einem falschen Namen dar, vergaß dabei aber nicht, ihn so auszuschmücken, daß jedermann unschwer erriet, wer gemeint war. Ursprünglich ließ man selbst diese Höflichkeit außer acht. Ich erkannte, daß diese theatralische Gattung die ganze Welt überschwemmt, weil eine allgemein menschliche Eigenschaft ihre Grundlage bildet. Obwohl es in meinem eigenen Leben genug Begebenheiten gibt, die der Anlaß zu einer gar nicht üblen Komödie oder selbst einem Rührstück sein könnten, in welcher Gattung sich, wie man weiß, besonders einige Deutsche hervorgetan haben, beschloß ich dennoch — aus einer Art Widerwillen, etwas Sittenloses zu schreiben —, Thalia genauso zu meiden wie Melpomene. Ja, heutzutage sind die Moral und der Geschmack sogar in unserem Vaterland so gesunken, daß keiner von den sogenannten besseren Leuten sich eine Komödie zum zweitenmal ansieht, wenn sie nicht ganz gewagte Zweideutigkeiten, verfängliche Situationen und überhaupt allerlei Schlüpfrigkeiten enthält. Käme aber jemand aus Mitleid mit seinen Landsleuten auf den Gedanken, eine echte Komödie zu schreiben, die die Sitten bessern und nicht verderben soll, dann würde man ihn bei der Premiere auspfeifen. Man braucht sich im Theater nur aufmerksam danach umzuschauen, wie sich die jungen Mädchen, die halben und die richtigen Bräute benehmen! Sie sehen mit geröteten Wangen, vor lauter Eifer kaum noch atmend, mit halb geöffneten Lippen und feuchten, schmachtenden Augen zu, wie ein junger Tunichtgut von Offizier oder Höfling einem Mädchen eine Liebeserklärung macht, ohne Wissen der Eltern und ohne die geringste Absicht, sie zu heiraten (darüber hat der valet de chambre seine Lisette schon unterrichtet), wie er sie dann entführt, mit ihr bald da-, bald dorthin reist und sie am Ende an ihren alten Platz zurückbringt. Die Eltern sind außer sich, sie weinen, stöhnen, stoßen Verwünschungen aus und was dergleichen mehr ist. Wie verhalten sich da die jungen Zuschauer und Zuschauerinnen? Nun, sie verzehren Apfelsinen, trinken Limonade, plaudern über die vergangenen Auftritte, die sie so sehr gefesselt haben, erläutern sie einander und warten mit Ungeduld darauf, daß irgendwelche jungen Toren wieder Beifall klatschen und mit den Füßen scharren. Das ist das Zeichen dafür, daß es aufs neue unmoralisch wird. Die Schönen verstummen und schauen atemlos zu. Hier haben Sie eine wahrheitsgetreue Schilderung der heutigen Komödie!

Ich verwarf also all diese Abgeschmacktheiten und beschloß, mein eigenes Leben zu beschreiben. Man wird genug Komödien, Tragödien und Rührstücke darin finden. Ich bin nicht schuld daran, wenn Toren aus meinem Beispiel nicht lernen. Meine Wunderlichkeiten, die Nikander und das ganze Haus so erschreckten, waren die Folgen der Reue, des Bedauerns, des Mißvergnügens und anderer Leidenschaften, die ich bei der Betrachtung meines Lebensablaufs empfand."

Es schlug Mitternacht. Der Gast verabschiedete sich und ging. Fürst Gawrilo Simonowitsch legte sich schlafen und sagte: „Meinen Sohn hat offenbar etwas Wichtiges aufgehalten."

DRITTES KAPITEL

Die Eheschließung fand nicht statt

Am Morgen fragte der Fürst den Diener: „Wann ist Nikander nach Hause gekommen?"

Statt der Antwort erhielt er einen Zettel, auf dem er die folgenden Zeilen las: „Ich verlasse im Auftrage des Herrn Gouverneurs um Mitternacht die Stadt. Ich möchte Sie nicht beunruhigen und nehme nicht erst Abschied. Hoffe bald wieder zurück zu sein."

Der Fürst war ein wenig besorgt. Warum schreibt er nicht klarer, fragte er sich, wohin er fährt, wozu und für wie lange? Ist denn auch mein Nikander nicht anders als andere Söhne?

Der Tee und das Frühstück schmeckten ihm nicht. Er zog sich rasch an und eilte zum Gouverneur, um Näheres zu erfahren. „Sie brauchen sich keinerlei Sorgen zu machen", sagte Seine Exzellenz, nachdem der Fürst ihm seine Bedenken vorgetragen hatte. „Ich habe Ihren Sohn mit diesem Auftrag betraut, um ihm Gelegenheit zu geben, sich auszuzeichnen und die Aufmerksamkeit höherer Stellen auf sich zu lenken. Wohin und wozu er entsandt ist, kann ich Ihnen nicht sagen, bevor die Angelegenheit erledigt ist. Sie ist ziemlich wichtig und erfordert vorerst Geheimhaltung."

Der Fürst war von der Antwort des Gouverneurs nicht ganz befriedigt, mußte sich aber mit ihr begnügen und beschloß, die Stunden des Alleinseins seiner Lebensbeschreibung zu widmen, wobei er sich aber nicht mehr in seinem Zimmer verschanzte, um bei Hausangehörigen und Nachbarn keinen Verdacht zu erregen.

Da sich in Pritschudins Haus im Augenblick nichts Besonderes ereignete, versetzen wir uns in das Dorf der Herrschaften Prostakow. Vielleicht ist dort etwas Bemerkenswertes zu verzeichnen.

Der November war angebrochen. Fürst Swetlosarow wirbelte wie der Maiwind durch das Haus. Katerina glich einer voll erblühten roten Rose. Um Iwan Jefremowitschs Greisenmund spielte ein Lächeln. Die fröhliche Maremjana Charitonowna lief hin und her, war betriebsam und geschäftig, sah überall nach dem Rechten, erteilte Befehle und änderte sie ab — aber ohne Zorn und ohne zu schelten. Nur Jelisaweta blieb teilnahmslos gegen alles. Aus ihren Augen sprach finstere Gelassenheit. Die allgemeine Freude schien sie nicht im geringsten zu berühren. In den Umarmungen des Vaters und der Mutter fühlte sie sich wie eine Waise. Den größten Teil des Tages verbrachte sie in ihrem Schlafgemach mit einem Buch, am Stickrahmen oder über einer ähnlichen Beschäftigung.

Der Tag der Eheschließung war gekommen. Im Hause stand man in aller Herrgottsfrühe auf. Überall hörte man hämmern und klopfen. Der eine befahl, der andere gehorchte — jeder hatte alle Hände voll zu tun. Die Einladungen zur Hochzeitsfeier waren rechtzeitig versandt worden. Als man im Salon zusammenkam, fragte Iwan Jefremowitsch Katerina: „Wieso bist du noch nicht angezogen? Es ist bald acht, und bis zur nächsten Kirche haben wir eine Stunde Fahrt. Geh, mach dich fertig. Ich habe schon Befehl gegeben, anzuspannen."

„Ach, du lieber Gott!" rief Maremjana hoheitsvoll. „Was hast du vor, mein Freund? Willst du dich wirklich für alle Zeiten blamieren? Die Tochter nach dem Mittagsgottesdienst trauen lassen! Das ist doch nur bei Bauern und Kaufleuten Sitte, ein Mädchen aus dem Adel läßt sich nach Mitternacht trauen! Erinnere dich, wie es bei der Frau Kommissar, bei der Frau Rat und bei den anderen war!"

Fürst Swetlosarow und Katerina schlossen sich ihrer Meinung an; doch der Hausherr ließ sich nicht überzeugen. Er beharrte wie Zeno und Krates unerschütterlich auf seinem Willen. „Ich wünsche, daß meine Tochter", sagte er, „bevor sie ihrem Gatten ewige Liebe und Treue gelobt, dem Herrgott ihre Gebete darbringt und ihn bittet, barmherzig zu ihr in ihrem künftigen Stande zu sein. Katerina, geh, zieh dich an, wir müssen uns sputen, damit wir zum Mittagsgottesdienst zurechtkommen!"

Es blieb nichts übrig, als zu gehorchen. Mutter und Tochter machten sich an die Toilette, und Fürst Wiktor befahl, auch seine Kutsche anzuspannen.

Die Gäste trafen ein, und nach einigen kleinen Meinungsverschiedenheiten über den Staat der Braut waren alle fertig. Die Kutschen standen bereit, der Vater erteilte, eine Ikone in den Händen, den Verlobten den Segen, der Bräutigam bot der Braut den Arm, und man setzte sich in Bewegung; auf einmal hörte man Lärm und Pferdegetrappel auf dem Hof. Alle stürzten an die Fenster, in der Meinung, es kämen verspätete Hochzeitsgäste, waren dann aber nicht wenig erstaunt, als sie die ungewöhnliche Veränderung in Fürst Wiktors Gesicht bemerkten. Zittern befiel ihn. Er ließ Katerina los. Sein Atem stockte. Er wäre umgesunken, hätten ihn nicht erschrockene Augenzeugen gestützt. Während alle hin und her hasteten und nicht wußten, was sie tun sollten, tat sich rasch die Tür auf, und ein junger Mann in Uniform kam herein, begleitet von einem zweiten in Handschellen. Sechs Mann Bewachung folgten.

„Nikander!" rief Jelisaweta und streckte ihm die Arme entgegen, rührte sich aber nicht von der Stelle. „Nikander!" sagte Herr Prostakow und trat einen Schritt zurück. „Nikander!" stammelte Maremjana, biß sich auf die Zunge und ließ die Arme sinken.

Ja, es war Nikander! Er ging höflich auf Prostakow zu und sagte: „Entschuldigen Sie die Aufregung, die ich Ihnen bereite! Sie dient Ihrem ganzen Hause zum Heil."

Hier trat der mitgebrachte Häftling vor, streckte die Hand zum Fürsten Swetlosarow aus, der wie versteinert war, und sagte: „Mein Freund, ich bin des Lebens, das wir geführt haben, überdrüssig. Ich habe der Obrigkeit, welcher mich das Schicksal ausgeliefert hat, alles gestanden. Es bedarf nur noch deiner Bestätigung. Folge mir!"

Nikander gab ein Zeichen, und sogleich klirrten Handschellen an Fürst Swetlosarows Händen. Die Wachmannschaft umringte die beiden Freunde und führte sie die Treppe hinunter ab.

Nikander sagte zu Prostakow: „Ich vollziehe einen Befehl der Obrigkeit. Ihr Haus ist von einem Bösewicht befreit, den Sie zu Ihrem Schwiegersohn machen wollten und der Sie mit einem guten und klugen Mann, der Sie aufrichtig liebte, entzweit hat, dem Fürsten Tschistjakow. Ja, er fühlt sich von Ihnen gekränkt, hegt jedoch keinen Zorn und keine Rachegelüste gegen Sie. Über derlei Empfindungen ist er erhaben. Glauben Sie nicht, daß ich als sein Sohn und Freund parteiisch über ihn urteile. Nein! Ich habe schon während meines Aufenthalts in Ihrem Haus, als ich noch völlig unerfahren in allem war, einen Wohltäter und weisen Ratgeber in ihm gefunden. Ich verlasse Ihr Haus in der angenehmen Hoffnung, daß Ihre Gefühle gegen meinen Vater wieder dieselben sein werden wie früher. Er war ihrer immer würdig!"

Nikander verneigte sich, ging hinaus, warf sich in die Kutsche und galoppierte davon. Die Lage, in der sich die Familie befand, ist kaum zu beschreiben. Katerina als Hauptbeteiligte war in äußerster Verwirrung; Prostakow stand unbeweglich da und starrte zur Tür, durch die man seinen künftigen Schwiegersohn abgeführt hatte und durch die auch Nikander entschwunden war. Maremjana sah bald zu ihrem Mann, bald zu der Tochter und murmelte: „Ach, du lieber Gott! Was haben sie mit Fürst Wiktor gemacht? Wie? Nikander — Fürst Gawrilo Simonowitschs Sohn?"

Jelisaweta war wie zu Stein erstarrt. Sie war von Nikanders Auftauchen so betroffen, daß sie kaum die Hälfte von seinen Worten begriffen hatte. Ihre Augen irrten umher, der Kopf schwindelte ihr, die Knie wurden ihr weich; schließlich brach sie in Tränen aus, stöhnte, deckte die Hände vors Gesicht, zog sich in ihr Schlafgemach zurück und warf sich aufs Bett. Jelisaweta schien in diesem Augenblick alles vergessen zu haben — die Furcht vor dem Vater, die Scheu vor der Mutter, den Gästen, den Hausangestellten. Nikander beherrschte alle ihre Gedanken und Gefühle.

Iwan Jefremowitsch kam als erster zu sich, wie es einem Mann, vor allem einem Ehemann und Vater, auch zukommt; er setzte sich auf das Sofa und sagte: „Herr, dein Wille geschehe! Seitdem diese Fürsten in meinem Hause aufgetaucht sind, bin ich unglücklich! Der eine Fürst vertreibt den anderen, der eine schwärzt den anderen an. Erst sucht die Polizei nach Tschistjakow, der ein Dieb und Räuber sein soll, findet ihn aber nicht, und jetzt verfährt der junge Tschistjakow genauso wie Swetlosarow. Da steckt etwas dahinter! Einer von beiden ist ein Verbrecher. Man muß die Wahrheit herausfinden. Ich dulde nicht, daß man sich solche schändlichen Scherze mit mir erlaubt, ich bin ein alter Mann."

„Dazu ein Edelmann", warf Maremjana ein, die ihre Sinne wiedererlangt hatte. „Oh, wenn man das im Hause meines verstorbenen Vaters gewagt hätte, der Bälle gab und ein eigenes Theater besaß!"

„Der Teufel hole all diese Theater", brauste der Ehemann auf. „Die Komödie, die man uns eben vorgespielt hat, reicht mir! Man braucht sich nur an das Poltern der Hellebarden und an das Klirren der Ketten zu erinnern! Ich fahre gleich morgen nach Orjol und verschaffe mir Klarheit, damit wir wissen, was wir von alledem zu halten und was wir zu tun haben!"

Wie sich im Hause alles verändert hatte! Ein Teil der Gäste war fort, die anderen überredete man zu bleiben, damit die

Speisen nicht verdarben. Es schnitt einem ins Herz, zu sehen, mit welch betrübter Miene Katerina den Brautstaat ablegte. Sie verzichtete aus Scham und Kummer auf das Mittagsmahl, legte sich zu Bett und weinte vor Ärger. Der Tag verlief sehr traurig — zumal, da man erwartet hatte, ihn angenehm und

fröhlich zu verbringen. Am späten Abend brachen die Gäste auf, um ihren Hausangehörigen und jedem, der es hören wollte, von den Wunderdingen zu erzählen, die sich bei den Prostakows zugetragen hatten. Am folgenden Tag machte sich Iwan Jefremowitsch auf den Weg nach Orjol, um der Wahrheit nachzuspüren.

Unser Reisender langte am fünften Tage in größter Verlegenheit vor dem Stadttor an. Er überlegte, wo er absteigen solle; zu Pritschudin zu fahren, wie er es sonst getan, erschien ihm unpassend; er durfte mit Sicherheit annehmen, der Alte sei durch Nikander über seinen Verdacht gegen den Fürsten Gawrilo Simonowitsch längst unterrichtet. Auch mit Nikander zusammenzutreffen wäre äußerst bedrückend gewesen. So mietete er sich in einem Gasthof ein.

Er hatte eine Stunde in der Gaststube gesessen, als er auf einmal bemerkte, wie alles zu den Fenstern stürzte. Er folgte diesem Beispiel, steckte den Kopf zum Fenster hinaus und prallte sogleich zurück, als habe er ein Ungeheuer zu Gesicht bekommen. Fast hätte er dabei drei ebensolche Neugierige wie er zu Boden gerissen.

Und in der Tat — er hatte Grund genug, entsetzt zu sein! Kaum hatte er, wie ich schon sagte, den Kopf aus dem Fenster gesteckt, als er eine Eskorte mit gezogenen Säbeln erblickte und in ihrer Mitte — aneinandergekettet — den Fürsten Swetlosarow und seinen Kumpan. Sie sahen aus wie Nachtgespenster! Wo waren des Fürsten einstige Gewandtheit, sein Zauber, seine Fröhlichkeit geblieben! O weh! Das entlarvte Verbrechen erschrickt vor seinem eigenen Anblick.

Nachdem der Zug mit den Gefangenen vorüber war, wandten sich die Neugierigen von den Fenstern ab und setzten sich wieder, oder sie rannten zur Tür; Iwan Jefremowitsch saß unbeweglich auf seinem Stuhl. Er sah in seiner Phantasie in einem fort die Ketten vor sich und hörte ihr Klirren. Erst gegen Mittag, als ziemlich viel Volk zusammenströmte, faßte er sich einigermaßen. Natürlich wurden neben den üblichen Gasthofgesprächen auch die beiden Übeltäter nicht vergessen. Besonders tat sich dabei ein kleiner Mann in Beamtenuniform mit dickem Bauch und ungekämmtem Haar hervor. Er fiel allen ins Wort und übte drei wichtige Künste auf einmal aus. Er aß, trank und redete ununterbrochen. Die rechte Hand schwang wie ein Pendel vom Teller zum Mund, die linke wischte den Schweiß vom dunkelroten Gesicht. Als das Mittagessen beendet war, sagte sich Iwan Jefremowitsch mit gutem Grund, der dicke Schwadroneur werde seine Neugier besser befriedigen können als jeder andere, lud ihn zum Kaffee ein und fragte ihn, wer die beiden Verbrecher gewesen seien und welches Schicksal sie erwarte.

„Alldieweil Euer Wohlgeboren die reine Wahrheit zu wissen begehrt“, entgegnete der Dickwanst, „will ich als der Ihnen ergebene Diener, der ich bin, versuchen, sie in aller Kürze darzulegen. Ich bin Tischvorsteher beim Kreisgericht und aus diesem Anlaß über alles unterrichtet. Die obenerwähnten Häftlinge sind: der eine, größere, der Sohn eines

Geistlichen, der andere, wie sich aus den Ermittlungen ergibt, ein Edelmann — wie Euer Wohlgeboren. Beide haben, was sie besaßen, durchgebracht und sich auf gesetzwidrige Handlungen eingelassen. Sie hatten gefälschte Pässe und lebten unter falschem Namen. Bald traten sie als Kaufleute, bald als Adlige, Fürsten, Grafen und so weiter auf — je nach Bedarf. In Wirklichkeit waren sie Diebe, Räuber und Brandstifter. Sie raubten Vätern die Töchter, Ehemännern die Frauen, und alles um des Gewinnes willen. Man hat unweit der Stadt, in einem finsteren Wald, ihr Räubernest entdeckt, in dem etwa zwanzig ihrer Kumpane die vielen von ihnen entführten Mädchen bewachen. Jetzt führt man sie hin, um die Räuberhöhle auszuheben und die betrügerisch Gefangengesetzten zu befreien. Dann wird man die Halunken hinter den Baikalsee abschieben, wo sie versuchen mögen, von ihrem ruchlosen Handwerk zu leben.

Am merkwürdigsten und komischsten aber ist, daß diese Spitzbuben — namentlich der, der von adligem Geblüt ist wie Sie, Euer Wohlgeboren — gelegentlich allerlei Seltsames ausheckten. Wenn sie merkten, daß ein Familienvater ein bißchen einfältig und die Mutter hochnäsig gewesen war, erschienen sie in prächtigster, anziehendster Gestalt, spielten den Freier, erhielten die Einwilligung zur Heirat, entführten die Tochter in ihre Höhle, teilten sie und die Mitgift mit den Kumpanen und sperrten die Ärmste hinterher in ihre unterirdischen Verliese. Kürzlich fand der eine von ihnen — der Dingsda, der Adlige — heraus, daß in einem entlegenen Dorf des hiesigen Gouvernements ein reicher, aber auch reichlich dummer alter Knaster lebt — wie hieß er doch noch? Durakow? Nein! Filin? Nein, Filin auch nicht!"

„Einerlei!" rief Prostakow und kratzte sich den Nacken.

„Ach ja, jetzt weiß ich's!" fuhr der Dickwanst fort. „Prostofilin hieß er! Der Spitzbube verschaffte sich einen Zugang zu seinem Haus, verdrehte seiner Frau, einer wahren Äffin, den Kopf, ebenso seiner Tochter, einer richtigen Zierpuppe, und wurde bald zu deren Verlobten erklärt. Zu seinem Pech jedoch lebte in Prostofilins Haus irgendein kleinkarierter Fürst, der von seinen Schurkereien wußte und sie dem Alten hinterbrachte. Unser Tausendsassa erkannte, daß seine schlaue Rechnung nicht aufgehen wollte, schnappte eines Tages den Feind in der Umgebung des Dorfes und setzte ihn in seiner Räuberhöhle gefangen. Dann staffierte er seine Leute als Husaren, Dragoner und weiß der Teufel was aus. Sie sprengten zu Prostofilins Haus, sahen sich überall um und taten, als suchten sie den, der längst in ihrem Gewahrsam saß. Sie schalten ihn einen Dieb und Räuber, was sie in Wirklichkeit selber waren, und der dumme Prostofilin glaubte alles und erneuerte sein Wort gegenüber dem ehrlichen Bräutigam. Eben wollte er die Tochter mit ihm trauen lassen, als auf einmal einer von den Unseren bei ihm auftauchte, ein gewandter Bursche — ungefähr wie ich —, der Sohn jenes kleinen Fürsten, über den ich, wenn sich Euer Wohlgeboren erinnern wollen ..."

„Haltet ein!" sagte Prostakow und wischte sich den Schweiß. „Es ist genug! Hier — das ist für Eure Mühen!"

Er reichte ihm einen Silberrubel hin, und der Dickwanst, der ihn mit ehrerbietiger Verbeugung entgegennahm, ging unter vielen Bücklingen hinaus, wobei er bemerkte: „Für die freigebige Spende von Euer Wohlgeboren mach ich mir eine vergnügte Stunde und ergötze mich mit meinen Freunden über diesen Prostofilin. Der Einfaltspinsel! Nein, mich hätte man so nicht hereingelegt! Kein Gedanke!"

Iwan Jefremowitsch blieb allein; er war äußerst verdrossen. Scham, Ärger und Reue bewegten seine Seele. Wo wende ich mich jetzt hin, fragte er sich betrübt, wie soll ich meiner Tochter in die Augen schauen, nachdem ich sie durch Leichtsinn und Unbesonnenheit beinah in einen furchtbaren Abgrund gestürzt hätte? Was sage ich meiner Frau, der leichtgläubigen, ehrsüchtigen Mutter, nachdem ich selber an ihren Torheiten beteiligt war? Ich hatte einen ehrlichen Freund, der sich mit ganzer Seele zu meinem Nutzen einsetzte, und ich verlor ihn durch meinen Kleinmut. Wer tröstet mich? Wer gibt mir einen Rat, wenn alles im Hause seufzt und stöhnt?

So klagte Iwan Jefremowitsch über sein Los. Er verweilte drei Tage im Gasthof, ohne sich entscheiden zu können, ob er Fürst Gawrilo Simonowitsch aufsuchen solle oder nicht; denn daß er nach der Aushebung des Räubernestes befreit werden und bei Pritschudin Zuflucht suchen würde, erschien ihm sicher. Wiederholt war er drauf und dran, zu ihm zu gehen, ihn in die Arme zu schließen und zu sagen: „Verzeih! Dieser Bösewicht hat mich getäuscht!" Er griff nach Hut und Stock, trat auf die Straße hinaus und kehrte wieder um. Die Scham erlaubte ihm nicht, sein Vorhaben auszuführen.

So kam er gegen Abend des vierten Tages zu dem Entschluß, in sein Dorf zurückzufahren. Er stieg in seine überdachte Kutsche und trabte los. Die Reise verlief glatt, und bis zu einem Dorf, das auf halbem Wege zu seinem Hause lag, ereignete sich nichts Bemerkenswertes. Eine rauhe Nacht zog herauf, es regnete und schneite abwechselnd, und Iwan Jefremowitsch beschloß, in einem Bauernhause anzuklopfen und sich selbst, den Leuten und den Pferden eine Rast zu gönnen.

VIERTES KAPITEL

Die einen sterben, die anderen heiraten

Als Prostakow sich ein wenig erwärmt hatte und nachdenklich in den Rauch blickte, der sich über seiner Tabakspfeife kräuselte, hörte er draußen im Flur die Stimme des Hausherrn; sie klang ziemlich barsch: „Ich habe keinen Platz für dich, meine Liebe! Versuch's woanders!" — „Erbarme dich", entgegnete eine andere, schwache und zittrige Stimme, „ich bin so durchgefroren, daß ich nicht weiter kann! Und im Dorf schlafen schon alle."

Wie man weiß, hatte Iwan Jefremowitsch ein weiches, mitfühlendes Herz. Er nahm die Kerze vom Tisch, eilte in den Flur hinaus und erblickte eine Frau — fast in dem gleichen Aufzug, in dem das erstemal Fürst Gawrilo Simonowitsch bei ihm erschienen war.

„Komm hier herein", sagte er, und die Unbekannte trat in sein Zimmer, warf sich ihm zu Füßen und stammelte mit keuchender Stimme: „Seien Sie großmütig, Herr! Erlauben Sie einer Unglücklichen, die Nacht in einem Winkel dieser Hütte zu verbringen! Der Hausherr will mich nicht einlassen, er fürchtet, es würde Sie stören!"

„Aber wieso denn?" rief Prostakow und hob sie auf. „Setz dich und ruh dich aus!"

Die Unbekannte war eine wohlgestalte Frau. Das Gesicht ließ trotz seiner Blässe erkennen, daß es einstmals sehr reizvoll gewesen sein mußte. Ungeachtet des verwahrlosten Zustandes, in dem sich ihre Kleidung befand, sah man, daß es nicht die einer Bäuerin war.

Nachdem Iwan Jefremowitsch ihr Äußeres betrachtet hatte, erkundigte er sich: „Wer sind Sie, und womit kann Ihnen jemand dienen, der wohlhabend und auch guten Willens ist, es zu tun? Wie ist Ihr Name, und von welchem Stande sind Sie?"

„Ich bin eine Unglückliche“, entgegnete die Frau, „das ist der einzige Name, der mir zukommt. Ich habe weder einen Stand noch irgendwelchen Besitz. Sie wissen vielleicht, daß man im hiesigen Gouvernement einer Bande von Strolchen auf die Spur gekommen ist, die weder Scham noch Glauben oder ein Gewissen besaßen. Ich gehöre zu den unglücklichen Opfern, die jene verleiteten, entführten und gefangenhielten. Die Behörden haben die ruchlose Bande zwar entdeckt und uns die Freiheit wiedergegeben. Doch was bedeutet die Freiheit, wenn man den Seelenfrieden und die bürgerliche Existenz verloren hat?“

Iwan Jefremowitsch war von den Worten der Unglücklichen zutiefst gerührt. Er vergegenwärtigte sich mit aller Lebendigkeit, daß er beinahe die eigene Tochter in dieses Elend gestürzt hätte, in das die Unbekannte durch ihre Jugend und Unerfahrenheit geraten war. Das Herz wurde ihm weich, und er beschloß, ihr Obdach in seinem Hause zu gewähren.

„Mir scheint“, sagte er, „Sie haben eine recht ordentliche Erziehung erhalten. Die Not und die Jahre werden Sie darüber belehrt haben, daß der, der die Regeln mißachtet, zu denen sich Gesellschaft und Kirche bekennen, sich seines Glükkes begibt und ins Verderben rennt. Ich biete Ihnen ein Asyl in meinem Hause an, wo Sie sich nach Wunsch betätigen können. Ich habe zwei erwachsene Töchter und hoffe, sie werden eine erfahrene, wohlwollende Ratgeberin und Freundin in Ihnen finden. Natürlich dürfen meine Töchter den Grund Ihres Unglücks nicht erfahren. Ihr Name?"

„Charitina."

„Das genügt mir!"

Nach dieser Unterhaltung wies man Charitina eine Schlafecke zu; am nächsten Morgen mietete Iwan Jefremowitsch bei dem Bauern ein Gefährt für seine neue Hausgenossin und machte sich mit ihr auf den restlichen Weg zu seinem Dorf. Als die Reise beendet war und er die neue Hausbewohnerin der Familie vorstellte, sah Jelisaweta sie teilnahmsvoll an und sagte: „Sie sind unglücklich — ich werde Sie als meine Schwester betrachten." Katerina dagegen nahm kaum von ihr Notiz, und Maremjana blickte ihren Mann an und zuckte nur mit den Schultern.

Nachdem man Charitina eine Kammer zugeteilt und Prostakow die Töchter angewiesen hatte, ihr dies und das von ihrer Wäsche und Kleidung abzutreten, fragte Maremjana, mit ihrem Mann allein geblieben: „Was hast du denn nun gesehen und gehört, mein Freund?"

„Ich habe alles mit eigenen Augen gesehen und mich von meiner Torheit überzeugt. Fürst Swetlosarow ist ein Scheusal, das diese Strafe verdient. Reden wir nicht mehr von ihm! Es soll das letztemal gewesen sein, daß dieser schreckliche Name bei uns gefallen ist!"

„Aber wo nimmst du nur all dieses Gesindel her?" fuhr die Ehefrau fort. „Erst den Nikander, dann diese Charitina und was weiß ich wen noch! Den einen sind wir los, und schon kommst du mit dieser anderen!"

„Sie ist unglücklich", erwiderte der Ehemann, „und das sollte genügen, ihr Hilfe zu gewähren."

Ungefähr zwei Monate waren nach diesen Abenteuern ins Land gegangen, und die Familie vergaß sie allmählich. Iwan Jefremowitsch und seine Frau waren ziemlich guter Dinge, und Katerina machte sich über ihre mißglückte Heirat gelegentlich sogar lustig; sie versicherte, ihr früherer Bräutigam habe keinerlei Spur in ihrem Herzen hinterlassen. An Charitina hatten sich alle gewöhnt. Iwan Jefremowitsch fand sie gebildet und klug, Maremjana arbeitsam und geschickt im Nähen, Sticken und in anderem mehr. Auch den Töchtern gefiel sie durch ihr sanftes Wesen und ihr zartes Gefühl. Alles schien der ländlichen Familie ungestörte Ruhe und ein friedliches, angenehmes Dasein zu verheißen, bis ein unerwartetes Unglück sie in einen Abgrund von Tränen stürzte und der Anfang zu manchem weiteren Unheil wurde.

Etwa zehn Tage vor Weihnachten brach Iwan Jefremowitsch, wie es seine Gewohnheit war, in die Stadt auf, um Einkäufe zu machen. Ob nun seine Jahre oder eine Unvorsichtigkeit daran schuld waren — er holte sich eine leichte Erkältung. Und hier beging er zwei schwere Fehler. Auf dem Dorf erkältete er sich des öfteren, kam aber immer glücklich über die Gefahr hinweg; hier, in der Stadt, befolgte er den Rat irgendwelcher Freunde und begab sich in die Behandlung eines Arztes, der ein gebürtiger Neapolitaner war. Der zweite Fehler bestand darin, daß er die Krankheit auf die leichte Schulter nahm und mit dem Arzt nach Hause fuhr, um die Familie nicht zu betrüben. Zum allgemeinen Kummer langte er in äußerst leidendem Zustand bei den Seinen an. Maremjana, Jelisaweta, Katerina und Charitina wichen nicht von seinem Krankenlager. Die eine stöhnte, die andere seufzte, die dritte weinte. Nur der Arzt, Signore Mortifero, der solche Szenen gewohnt war, blieb hoheitsvoll und ruhig. „Mein Herr", sagte er zu Prostakow, „danken Sie der barmherzigen Vorsehung, daß ich und nicht ein anderer Sie behandelt. Meine Kollegen in der Stadt sind wahre Menschenschinder und haben von der Heilkunst nicht die geringste Ahnung. Ich habe in Ravenna studiert und kann, ohne zu prahlen, behaupten — mit ausgezeichnetem Erfolg. Dafür hat mich der Herrgott auch gesegnet. Selten beklagt sich über mich, wer in meine Hände gerät. Meine Kunst verschließt jedem Tadler den Mund. Ich bin durch ganz Europa gekommen und weiß, wie man die Leute kuriert. Dem Engländer gebe ich eine Dosis wie einem Pferd, dem Franzosen wie einem Ziegenbock, dem Deutschen wie einem Bullen, dem Russen wie einem afrikanischen Neger. Einem hundertjährigen Russen muß man so wirksame Mittel verschreiben wie einem vierzigjährigen Engländer oder Deutschen, einem dreißigjährigen Franzosen und einem zwanzigjährigen Italiener. Die Vertreter der letzten vier Völker gelangen im angegebenen Alter zu voller Kraft und Widerstandsfähigkeit, und die des ersten büßen sie einfach nicht ein."

Herr Mortifero ging kraft seiner Regeln, die auf der gründlichen Kenntnis der Sitten und Lebensgewohnheiten aller Völker beruhten, Herrn Prostakow mit solchem Eifer zu

Leibe, daß dieser am Morgen des fünften Tages seit seiner Erkrankung nach dem Geistlichen und nach Stempelpapier für das Testament schickte. Sowohl der Geistliche als auch das Stempelpapier waren am späten Abend zur Stelle. Iwan Jefremowitsch machte sein Testament, beichtete und nahm das Abendmahl, wie es einem guten Christen geziemt; dann wandte er sich mit ruhigem Gewissen an die Familie, die schluchzend sein Lager umringte. „Meine Lieben! Das Ende eines alten Mannes, eures Vaters, Ehemannes und Freundes, naht! Er war immer bemüht, euch den wahren Weg zu weisen, um so mehr ist er es jetzt, in der Stunde des Abschieds von dieser Welt. Maremjana! Ich danke dir für deine Liebe und Treue. Du warst mir eine gute Frau und wirst, wenn du nicht ehrsüchtig und stolz bei der Auswahl der Freier für unsere Töchter bist, auch eine gute Mutter sein. Ich lege dir das Wohl unserer Kinder, all derer, die mir Gehorsam schuldeten, und unserer Charitina ans Herz. Wenn die Geister der Verstorbenen Verständnis für irdische Dinge haben, wird es mir lieb sein, zu sehen, wie meine Frau — der beste meiner Freunde — meine Wünsche erfüllt, den Unglücklichen Gutes tut und einem himmlischen Wesen immer ähnlicher wird. Meinem Sohn den väterlichen Segen! Schickt einen Eilboten zu Fürst Gawrilo Simonowitsch und seinem Sohn Nikander nach Orjol. Sagt jenem, wie bitter ich auf meinem Sterbebett gelitten habe, weil ich so furchtbar irren und einen Unschuldigen verdammen konnte. Bittet beide, mir zu vergeben. Jeder von euch wird vor seinem Ende erfahren, wie angenehm es ist, zu sterben, wenn man auf Erden keine Gläubiger hinterläßt. Helft Charitina, soviel ihr könnt. *Selig sind die Barmherzigen, denn sie werden Vergebung finden!* Möge auch eines Unbeteiligten Träne mein Grab benetzen. Das wird Weihrauch vor dem Throne des himmlischen Richters sein! Töchter! Gehorcht eurer Mutter! Diener und Dienerinnen, gehorcht eurer Herrin! So ist es von Gott und dem Zaren bestimmt. Umarmt mich! Und verzeiht!"

Mit diesen Worten neigte er den Kopf. Die Augenlider schlossen sich; der Atem stand still. Er lebte nicht mehr. Ein allgemeines Schluchzen erfüllte das Haus. Klagen und Seufzer — damals noch ungeheuchelte — erhoben sich in jedem Winkel des Dorfes. Alt und jung, Männer und Frauen drängten zum Totenbett des erkalteten Iwan Jefremowitsch; man küßte seine mildtätigen Hände und segnete sein Andenken. Niemand in der Familie wußte, was zu tun war — so verwirrt hat-

ten sich jedermanns Gedanken. Des Begräbniszeremoniells mußten sich die nächsten Nachbarn annehmen. Sie bekleideten den Verstorbenen mit dem Waffenrock — dem mit dem durchschossenen Schoß — und senkten ihn in das finstere Grab; es befand sich am Ende des Gartens, wo eine weitverzweigte Linde stand, die Iwan Jefremowitschs Altersgefährtin war und ihn zu heißer Mittagsstunde beschattet hatte, wenn er gelegentlich mit einem Buch und seiner Tabakspfeife auf dem grünen Rasen lag. Die Stelle war auf seinen Wunsch gewählt worden. Auf Bitten der weinenden Jelisaweta verteilte man an dem frischen Grabe an Bauern und Bäuerinnen die Geschenke, die der Verstorbene ihnen zum Fest zugedacht hatte.

Den ganzen Winter hindurch herrschte in jedermanns Seele Leere, doch als der Frühling anbrach, gab man den Ratschlägen wohlmeinender Nachbarn nach und versuchte sich einigermaßen zu trösten. Jelisaweta pflanzte auf ihres Vaters Grab Heckenrosen, Veilchen und Vergißmeinnicht und suchte es auf, um über ihre Verluste zu seufzen. Maremjana und Katerina machten sich an ihre früheren Beschäftigungen, und Zufriedenheit und dauerhafter Friede schienen zurückgekehrt. Aber wie unbeständig sind der Sinn und die Meinungen des Menschen! Selbst ein alter Mann, der am Rande des Grabes steht, kann nicht sagen: „So denke ich, und so handle ich, und so werde ich immer denken und handeln!"

Zum Unglück der verwaisten Familie Prostakow traf — gewissermaßen als Tröster — der junge Graf Firsow bei ihr ein. Er hatte dasselbe Kadettenkorps absolviert, in dem Iwan Jefremowitschs Sohn erzogen wurde, und war zur Garde gekommen, wo er nach althergebrachter Sitte zwei Drittel seines Vermögens durchbrachte; er mußte den Abschied nehmen und vom Rest seines Besitzes leben. Seinen Wohnsitz hatte er in dem recht leidlichen Städtchen Mzensk, sah jedoch ein, daß sich die heiratsfähigen Mädchen in der Stadt, soweit sie etwas darstellten, von seinem verblichenen Glanz nicht allzusehr beeindrucken ließen, und wandte seine Aufmerksamkeit den Mädchen auf dem Lande zu. Er hatte viel Gutes über die Prostakowschen Truhen gehört, fand eine passende Gelegenheit und meldete sich, mit allen Allüren des Gardeoffiziers gewappnet und von einem Verwandten begleitet, zu Maremjana Charitonownas Diensten.

Und in der Tat — er war ein richtiger Verführer. Jung, hübsch und glänzend, gesprächig und witzig, kurz — eine verbesserte Auflage des Fürsten Swetlosarow. Auch hier vermochte Katerina nicht zu widerstehen! Offenbar waren die Durchlauchten eben ihr Schicksal. Es kam schon bald zu förmlichen Unterhandlungen, beide Seiten schienen auf eine rasche Erledigung zu drängen; immerhin wollte sich Maremjana nach der Lektion, die sie von Katerinas erstem Freier erhalten hatte, und auf Jelisawetas und Charitinas Rat genauer über Seine Durchlaucht erkundigen. Zu diesem Behufe schrieb sie, so gut sie es verstand, drei Briefe an ihre alten Freundinnen, die — damals noch junge Mädchen — die Theateraufführungen und Maskenbälle bei ihrem verstorbenen Vater besucht hatten. Sie hielt sie für gewissenhafte und geschmackvolle Frauen; und ebendarum bat sie sie, ihr mit den gewünschten Auskünften und einem guten Rat zur Seite zu stehen, was ihnen ja nicht schwerfallen dürfte, da sie in Mzensk oder in dessen unmittelbarer Umgebung lebten.

Die Antworten gingen nach einiger Zeit bei ihr ein und bestanden aus den reinsten Lobeshymnen auf den jungen Grafen. Die eine schrieb, er sei unglaublich gescheit, spreche ein unvergleichliches Französisch und könne singen und tanzen — er sei mit einem Wort immer die Seele der Gesellschaft. Die andere teilte mit, sein Haus in Mzensk sei nach dem neuesten Geschmack möbliert, und die Kutsche, die Pferde, die Melder, die Musikanten und so fort seien die besten in der Stadt.

Wie hätte Katerina solchen Beschreibungen widerstehen können! Selbst Maremjana, die ihr den Brief vorlas, meinte mit zärtlichem Lächeln zu ihrer Tochter: „Genauso war es bei deinem verstorbenen Großvater!“

Dann brauchte man also gar nicht erst lange zu überlegen? Gewiß nicht! Und man tat es auch nicht. Katerina war bald darauf Durchlaucht, und der verliebte Gatte entführte sie und die ganze Familie in die Stadt, um ihnen die Pracht und Fröhlichkeit des dortigen Lebens zu zeigen. Jelisaweta weinte am Grabe ihres guten Vaters; sie schwor bei seinem Andenken, vom Pfade der Unschuld und des reinen Herzens nicht abzuweichen, und gelobte dem Geliebten ihrer Seele ewige Liebe und Treue, selbst für den Fall, daß eine Durchlaucht oder gar mehr um sie anhalten sollte.

Fürst Gawrilo Simonowitsch und Nikander erfuhren nicht ohne Verwunderung und Anteilnahme von den Ereignissen im Hause der Prostakows. Sie beweinten den Tod des guten alten Mannes, seufzten und sagten: „Katerinas Ehe verspricht nichts Gutes! Auch Jelisaweta wird sich jetzt in einem geräuschvollen städtischen Haus bewegen. Ach, was vermag ein böses Beispiel nicht alles anzurichten — selbst im reinsten, unschuldigsten Herzen!“

Verlassen wir also die Damen Prostakow, den jungen Grafen mit seiner Gräfin und alle übrigen Liebhaber geräuschvoller Vergnügungen und wenden wir uns unseren bescheidenen, guten Freunden zu, dem Fürsten Gawrilo Simonowitsch, seinem Sohn Nikander und Afanassi Onissimowitsch Pritschudin! Mit einer Brautwerbung, einem Todesfall, einer Eheschließung in der einen Familie beschäftigt, haben wir die andere seit langem aus den Augen verloren. Ihr widmen wir uns jetzt für eine Weile.

FÜNFTES KAPITEL
Die Höhe der Aufgeklärtheit

Herr Pritschudin, der seine Handelsgeschäfte abgeschlossen hatte, war zur allgemeinen Freude nach Hause zurückgekehrt. Die Tageseinteilung wurde wie ehedem festgelegt, und Fürst Gawrilo Simonowitsch nahm die Fortsetzung seiner Lebensgeschichte am ersten freien Abend mit folgenden Worten auf:

„Ihr habt aus dem letzten Abschnitt meiner Geschichte ersehen, in welcher Lage ich mich bezüglich der Aufklärung, der Liebe zu Licorissa und des Besitzes befand. Nachdem ich in Herrn Dobroslawows Hause beträchtliche Zeit ruhig gelebt und die Versammlungen in den Hallen der Weisheit besucht hatte, trat mein Herr und Lehrmeister eines Tages bei mir ein und sagte im Ton des Gönners: ‚Mein Freund! Du hast dich nach deinen rühmlichen Taten bei der Polargans genügend erholt! Der Mensch ist zum Handeln geboren. Auch für dich ist es an der Zeit, dich an ein anderes Tier heranzumachen — an ein bedeutend größeres. Hast du den *Himmlischen Stier* bemerkt? Erschrick nicht! Er ist trotz seiner Riesenhaftigkeit nicht klüger als die Gans. Du wirst längst wissen, daß er Graf Takalow heißt und ein reicher alter Mann ist, der dank der Aufklärung durch uns leidenschaftlich der Wohltätigkeit anhängt, obwohl er von dieser Kunst nicht das geringste versteht. Dem armen Manne muß geholfen werden. Und dazu bist du erwählt, teurer Freund. Olimpi wird dir unseren Plan auseinandersetzen.‘

Mit diesen Worten drückte er mir freundschaftlich die Hand und ging; gleich darauf trat Olimpi ein und begann: ‚Ich beglückwünsche dich zu deinen Erfolgen, ehrenwerter Bruder! Nicht jeder kommt in der Aufklärung so rasch voran! Mancher wird sein Lebtag nicht mit so wichtigen Aufgaben betraut. Gib dir Mühe, mein Freund, und aus dir wird ein Mensch! Du sollst also jetzt in Graf Takalows Dienste treten. Nichts wird dir dabei nützlicher sein, als wenn du seiner Frau gefällst, die er fürchtet und der er wie ein kleines Kind gehorcht. Sie ist flatterhaft, verliebt sich leicht und kann unverschämt werden, ist aber gleichzeitig so gottesfürchtig, daß sie jeden Tag drei Mittagsandachten besucht — in Begleitung der siebzehnjährigen Jefrossinja, die dem Wesen wie dem Gesicht nach ihr ausgesprochenes Ebenbild ist und die sie ihr Pflegekind nennt, um den Verleumdern zu begegnen, die allerlei Märchen über ihre Herkunft verbreiten. Du mußt ihr also fürs erste in alle Kirchen folgen, dich so oft wie möglich beim Gebet verneigen und unter Tränen seufzen. Das Weitere wird sich finden! Zunächst aber will ich sie dir zeigen!'

Wir machten uns also, nachdem wir meinen neuen Einsatz eingehend besprochen hatten, zum Haus des Grafen Takalow auf und setzten uns etwas abseits auf eine Bank. Sobald die Glocken zu läuten begannen, verließ unsere Gräfin das Haus, in einer Kutsche, die sechs Pferde zogen. Wir eilten hinter ihr her und verloren sie auch nicht aus den Augen, da es damals noch nicht Mode war, wie besessen durch die Straßen zu galoppieren. Ich kam in die Kirche, stellte mich in einiger Entfernung von der Gräfin auf und erging mich in so maßlosen Verbeugungen, stieß solche herzzerreißenden Seufzer aus und schlug mir so heftig an die Brust, daß man es in der ganzen Kirche hörte und Olimpi mir zuflüstern mußte, ich möge meinen Eifer ein wenig dämpfen, da man mich sonst des Ärgernisses wegen mit Schimpf und Schande hinausbefördern könnte. Ich hörte auf den vernünftigen Rat und mäßigte mich ein wenig.

Von diesem Tage an hielt ich an meinen geistlichen Exerzitien fest; das dauerte etwa zwei Wochen — bis zu dem Augenblick, da ich den ersten Schritt zu meinem Ziel machte; und das geschah auf ziemlich bemerkenswerte Weise. Eines Tages, als ich mich, der Winke Olimpis nicht mehr eingedenk, mit solchem Eifer im Gebet erging, daß mein Lamentieren durch die ganze Kirche schallte, sah sich die Gräfin unwillkürlich nach mir um, wobei ihr Gesicht einen einigermaßen erstaunten Ausdruck annahm.

Ihr Lakai, der die Bewegung seiner Herrin offenbar mißdeutete, trat auf mich zu und sagte: ‚Verehrtester! Wenn du es schon gewohnt bist, deine Gebete mit solcher Lautstärke und solchem Ungestüm zu verrichten, dann solltest du dich zu diesem Zweck hinter die Kirchenumfriedung zurückziehen, oder wenigstens auf den Vorplatz. Du störst nämlich die anderen und erinnerst eher an einen Spötter. Geh lieber, geh!'

‚Schau herab auf mein Flehen, o Schutzengel!' seufzte ich, ohne seine Worte zu beachten, warf mich nieder und berührte den Fußboden, stöhnend und das Kreuzeszeichen vollführend, dreimal mit der Stirn.

‚Oho!' sagte der Lakai und packte mich am Arm. ‚Da du so eigensinnig bist, mein Freundchen, muß ich dir schon ein bißchen nachhelfen!' Mit diesen Worten zerrte er mich zum Ausgang, wobei ich mich aber nach Kräften wehrte und demütig murmelte: ‚Herr, erhöre deinen Knecht!' Es sah nach einem wirklichen Ärgernis aus. Die Gräfin rief den Lakaien zurück und sagte würdevoll: ‚Laß ihn in Ruhe! Er fällt niemandem zur Last! Bete, mein Freund', fuhr sie, an mich gewandt, fort, ‚ein frommes, zerknirschtes Herz weist der Herrgott nicht ab.'

Ich machte mir diese Aufforderung zunutze und versenkte mich mit tiefer Inbrunst in mein Gebet. Die einen hielten mich für einen großen Sünder, der vor versammeltem Volke Buße tut; die anderen für einen Spitzbuben, der seine Absichten verfolgt, die dritten schließlich für einen Irren. Man sieht, die zweite Kategorie erriet die Wahrheit.

Nach Beendigung des Gottesdienstes winkte mich die Gräfin heran und erkundigte sich: ‚Sag mir, mein Freund, worum du so eifrig betest.'

‚Gnädigste Herrin', entgegnete ich mit verlegen gesenktem Blick, ‚ich bitte Gott, mir eine Stelle zu verschaffen — bei einem Herrn wie dem, dem ich bislang als Sekretär gedient habe!'

‚Moskau ist groß, und Stellungen gibt es genug', lautete ihre Antwort.

‚Gewiß', erwiderte ich, ‚aber wo finde ich eine, die meiner Sinnesart entspricht? Ich möchte mich im Hause eines frommen, demütigen Christen betätigen. Mir sind auch viele Stellen angeboten worden, aber ich habe jedesmal gefunden, daß der Brotherr ein Spötter, Heuchler oder lasterhafter Mensch war und daß nur selten einer von ihnen dem Gottesdienst öfter als einmal im Monat beiwohnte, obwohl es in Moskau beinahe in jedem Hause eine Kirche oder Kapelle gibt.'

‚Deine Sinnesart gefällt mir', entgegnete die Gräfin. ‚Bei meinem Mann ist kürzlich eine Stelle frei geworden. Ich werde mit ihm sprechen. Komm morgen wieder her. Wenn du ihm zusagst, wirst du eher einen Freund denn einen Vorgesetzten in ihm finden. Auch sein bisheriger Sekretär war ein sehr brauchbarer Mann, aber zu eigensinnig und über die Maßen von sich eingenommen. Ich hoffe, du wirst klüger sein.'

Und damit trennten wir uns. Ich vergaß nicht, einen tiefen

Diener vor ihr wie vor der liebenswerten Afrossja zu machen. Als ich, nach Hause zurückgekehrt, Dobroslawow und Olimpi von allem berichtete, schlossen sie mich ob meiner Geschicklichkeit in die Arme.

Am folgenden Tage stellte ich mich schon sehr früh in der Kirche ein und lag, als die Gräfin erschien, schon vor der Ikone ‚Der brennende Dornbusch' auf den Knien, die sie der Kirche gestiftet hatte. Als ich sie kommen sah, stand ich auf und verneigte mich tief.

‚Bedanke dich bei der allgütigen Vorsehung', sagte sie, ‚mein Mann ist einverstanden. Er ist ehrlich, fromm und mildtätig. Sei gegen Abend bei uns und melde dich bei mir.'

Versteht sich, daß ich danach ein ungeheucheltes Dankgebet verrichtete — für den Beistand, den uns der Himmel bei unserem Vorhaben gewährte. Ich meldete mich zur festgesetzten Stunde bei Ihrer Durchlaucht und wurde wohlwollend aufgenommen. Sie stellte mich ihrem Gatten vor und lobte mich über den Klee; ich siedelte noch am gleichen Tage zu ihnen über. Man wies mir ein Zimmer an, und der erste Auftrag, den ich erhielt, bestand in einem Bittgesuch an den Fürsten Latron, in dem ich möglichst beredt nachweisen sollte, die Würde des Stadthauptmanns sei Seiner Durchlaucht zu Unrecht aberkannt worden. Ich mühte mich im Schweiße meines Angesichts und war mit dem Ergebnis zufrieden, Takalow desto mehr. Das Bittgesuch hatte zwar nicht den geringsten Erfolg, aber ich wurde nicht schlecht belohnt.

Ich brachte ein rundes halbes Jahr bei ihm zu, schwadronierte in einem fort über Mitleid und Wohltätigkeit und regte die Phantasie meines Grafen so an, daß diese Tugenden ihm selbst im Traum in den schönsten Farben erschienen. Wenn er einem kriegsbeschädigten Offizier oder einem Mädel, das infolge übertriebener Enthaltsamkeit die Nase verloren hatte, einen Rubel gab (er tat es wahllos), verfaßte ich zu seinem Preis eine Ode, übergab sie einer Zeitschrift zur Veröffentlichung und erntete Lob und Belohnung. Als Herr Dobroslawow glaubte, wir hätten Takalow genügend eingeheizt, verkündete der Höchstaufgeklärte in der nächsten allgemeinen Versammlung mit großer Feierlichkeit, wir würden in dieser Nacht für würdig befunden werden, himmlische Geister — allerdings nur von weitem — zu sehen und ihre Worte zu hören.

Ein solches Versprechen erfüllte jedermanns Innerstes mit den verschiedensten Regungen — mit Schrecken, mit Entzükken, mit Neugier. Fast alle zitterten bei dem Gedanken an die Geister. Ich wußte damals selber nicht, was ich davon halten sollte. War unser Vorsteher wirklich so mächtig, daß er über Geister verfügen konnte? Woher diese Macht? Warum erreichten andere diesen Grad der Aufgeklärtheit nicht? Ich verlor mich, auf den Beginn des Wunders wartend, in Grübeleien.

Gegen Mitternacht führte man uns in einen besonderen Raum, in dem ich noch nie gewesen war. In seiner Mitte war ein Altar aufgebaut, über dem ein kleines Lämpchen hing, das kaum die Wände beleuchtete. Auf dem Altar verbrannten wohlriechende Harze und Kräuter. Nachdem wir uns im Halbkreis davor aufgestellt hatten, sank der Höchstaufgeklärte auf die Knie, erhob die Hände und begann mit beschwörender Stimme: ‚Anfang aller Weisheit, Quell aller Erleuchtung, Funke allen Begreifens — erhabene Einheit! Erhöre die Gebete deiner treuen Verehrer und sende einen der sieben Geister, die an deinem Throne stehen, zu uns herab, auf daß er uns deinen Willen künde! Möge uns gegeben sein, ihn von Angesicht zu Angesicht zu schauen oder, so wir dessen heute noch nicht würdig sind, seine Worte zu vernehmen und uns zu überzeugen, daß du du bist und kein anderer ist außer dir! Befiehl, und Gabriel, Zachariel, Samuel, Michael, Raphael oder Otheel wird vor uns erscheinen.‘

Er hielt inne, lauschte und rief, von Entzücken erfüllt: ‚Habet acht! Hört ihr den sanften Flügelschlag des Himmelsboten? Fallt nieder und bezeugt eure Ehrfurcht!‘ Er warf sich neben dem Opferaltar auf die Erde, wir folgten seinem Beispiel und hörten bald darauf eine Stimme die folgenden Worte sagen: ‚Ersterbet in Ehrfurcht! Ich bin Raphael, der zur Rechten des Thrones des Allewigen steht! Ich bringe euch Gnade und Frieden! Wartet noch eine kleine Zeit. Der Herr des Himmels will, daß ihr ihm ähnlich werdet durch Mildtätigkeit zu euren ärmeren Brüdern. Gebe jeder den Armenanstalten von seinem Überfluß! So eure Herzen sich meinen Ermahnungen nicht verschließen, werdet ihr mich erschauen. Heute aber wird solches nicht geschehen!‘

Die Stimme verstummte. Wir waren ganz benommen, bis uns die Worte des Vorstehers zur Besinnung brachten. ‚Erhebet euch‘, sagte er, ‚und trage jeder ins Buch der Habe ein, wieviel er opfert, um die Geister zu schauen und Gottähnlichkeit zu erlangen.‘

Hier drängte sich alles zu dem wunderbaren Buch, und mein Stier zeichnete fünfundzwanzigtausend Rubel, die ich dem Höchstaufgeklärten dann selbst in einem versiegelten Umschlag überbrachte. Der Graf vermutete nicht im geringsten, daß auch ich zu dem himmlischen Viehzeug gehörte. So gut wir die Phantasie unseres Stiers jedoch auch präpariert hatten, die angeborenen Anlagen, die Gewohnheit oder jemandes böser Rat gewannen Macht über ihn. Drei, vier Tage nach der Versammlung wurde Graf Takalow ungewöhnlich finster, seufzte, zog sich öfter zurück, knackte mit den Fingergelenken und murmelte etwas vor sich hin. Das versetzte mich in einige Unruhe. Ein Vorgefühl sagte mir: Paß auf! Bring die Ursache dieser Betrübnis in Erfahrung und sei klug!

Ich betrat sein Arbeitszimmer, warf mich ihm zu Füßen und sagte in kläglichstem Ton: ‚Euer Durchlaucht! Verzeihen Sie, wenn ich Sie anzusprechen wage! Mein grenzenloser Eifer ist der Grund dafür! Ihre Verstimmung erschüttert mich in tiefster Seele. Entdecken Sie mir, was an Ihrem Kummer schuld ist! Vielleicht gelingt es mir, ihn zu lindern!'

‚Mein Freund!' entgegnete er und hob mich auf. ‚Ich wollte eben nach dir schicken. Du mußt eine Vorlage an die Behörden schreiben. Der Grund ist folgender: Es gibt hier in der Stadt eine Bande von Bösewichtern, die um so gefährlicher sind, als sie ihre Taten unter dem Vorwand der Wohltätigkeit vollbringen. Sie nennen sich die Aufklärer der Welt und ziehen Leichtgläubigen auf die verschiedenste Weise das Geld aus der Tasche. Es treibt mir die Schamröte ins Gesicht, gestehen zu müssen, daß auch ich auf meine alten Tage so töricht war, in ihre Bande einzutreten und mich zum Narren halten zu lassen. Wieviel Geld sie mir schon entlockt haben! Erst vor vier Tagen ließ ich durch dich ihrem Oberspitzbuben fünfundzwanzigtausend Rubel überbringen.'

Hier setzte er mir auseinander, auf welche Weise sich die Hochaufgeklärten Geld beschafften, was mir nicht weniger gut bekannt war als ihm, und fügte hinzu: ‚Schreib also eine Vorlage, mein Freund, in der du all diese gewissenlosen Abscheulichkeiten darstellst, und ich reiche sie ein. Ich hoffe, die Justiz wird diese Angelegenheit nicht auf sich beruhen lassen!'

Ich war über die Absicht des Grafen nicht wenig erstaunt, genauso wie Dobroslawow, dem ich alles an demselben Abend brühwarm erzählte. ‚Hach, der alte Tor!' rief der Hochaufgeklärte. ‚Er will also die Geheimnisse verraten, die zu bewahren er einen heiligen Schwur geleistet hat? Er muß raschestens aufgeklärt werden!' Er dankte mir für meinen Eifer, entließ mich und fuhr zum Höchstaufgeklärten, um sich mit ihm zu beraten.

In der ersten Versammlung, die darauf folgte, erblickte ich auch den Himmlischen Stier. Der Vorsteher war sehr ernst. Nachdem er die üblichen Gebete verrichtet hatte, sagte er: ‚O tempora, o mores! O unglückliches Jahrhundert! O unglückselige Erdenbewohner! Die Bruderliebe ist aus dieser Welt gewichen. Heilige Gelöbnisse werden nicht gehalten. Ehre und Gewissen sind verbannt! Sind das nicht Vorboten des Verderben bringenden Zusammenbruchs des Sternenmechanismus und des endgültigen Untergangs der Erde? Ja, meine aufgeklärten Freunde und Brüder! Den Vorhang der Ewigkeit lüftend und mit den Himmelsbewohnern redend, habe ich erfahren, daß einer von uns aus Geldgier, Kleinmut und Unbesonnenheit seine Schwüre vergessen hat und seine Brüder den Blicken der Unaufgeklärten aussetzen will!' Hier ging ein allgemeines Murren durch die Versammlung, man war empört, und einige riefen dem großen Aufklärer zu: ‚Eröffne uns den Namen des unglückseligen, des vermessenen Sterblichen! Und Rache wird auf sein Haupt herabkommen!‘

‚Der Himmel wird ihn euch eröffnen!‘ entgegnete der Aufklärer, und o Wunder! Die Wände wankten, ein furchtbarer Donnerschlag ertönte, die Lichter erloschen, und eine laute, schneidende Stimme sagte mit großer Deutlichkeit: ‚*Stier* lautet der Name des Frevlers!‘

Allen sträubten sich die Haare, und der arme Stier sank auf die Knie und bekannte mit zitternder Stimme: ‚Ja, ich Unglückseliger habe gefehlt! Ich werde meine Schuld durch doppelte Spenden gutzumachen versuchen.‘ Kaum hatte er diese Worte ausgesprochen, als krachend die Türen aufgingen. Wir sprangen auf — in der Erwartung, ein ganzes Regiment von Geistern anrücken zu sehen, die kommen würden, um den frevelhaften Stier zu strafen, gerieten aber — besonders ich — in nicht geringe Verwirrung, als wir Herrn Kuroumow erblickten, der mit einem furchterregenden Gefolge von schnurrbärtigen Dragonern mit überlangen Hellebarden den Raum betrat. Einige trugen brennende Fackeln in den Händen. Kuroumow rief aus Leibeskräften: ‚Hier habt ihr die Diebe und Räuber beisammen! Hier betreiben sie ihre seelenverderbenden Zauberkünste! Ergreift vor allem den verfluchten Steinbock! Er ist der ärgste Spitzbube und Betrüger unter allen!‘

Ich brauche wohl kaum zu sagen, daß wir bei seinem Erscheinen schleunigst davonstürzten und zu entwischen suchten. So rein war das Gewissen der Aufklärer dieser Welt! Stühle fielen um, wir fielen über die Stühle, ein allgemeines Poltern und Schreien erhob sich — kurzum, es war die reinste Hölle. Wie hätte es in einem Geisterhaus auch anders sein sollen? An der Tür entstand ein großes Gedränge; die hinter mir waren, traktierten mich mit kräftigen Püffen, damit ich mich spute, ich zahlte es meinen Vordermännern mit der gleichen Münze heim, entschlüpfte schließlich in ein anderes, dann in ein drittes und viertes Zimmer und hielt, an allen Gliedern zitternd, nach einem Ausgang aus diesem Sündenbabel Ausschau. Ich stieg irgendwelche Treppen hinauf; wo ich verschlossene Türen fand, brach ich sie auf; und immerwährend verwünschte ich eine Aufklärung, die einem zur Bekanntschaft mit der Justiz verhalf. Gottlob hatte ich in meiner unentwegten Liebe zu Licorissa, um deren Leidenschaft für das Gold einigermaßen zu befriedigen, zweihundert Dukaten eingesteckt — sozusagen als Anzahlung auf die unermeßlichen Reichtümer, die ich von meinem Vater, dem Kaiser von Indien, erwartete. Ich erkannte in aller Deutlichkeit, daß ich in Dobroslawows Haus nichts mehr zu suchen hatte. Er war dem rachsüchtigen Kuroumow zu gut bekannt. Von der Aufklärung hatte ich genug! Es war die höchste Zeit, dem Geistersehen abzuschwören, so man nicht selber ein Geist werden wollte."

SECHSTES KAPITEL
Geistersehen auf dem Dachboden

„Nach einer nächtlichen Wanderung von annähernd einer Stunde, auf der ich alle Augenblicke den Atem anhielt und auf das Geräusch meiner eigenen Schritte lauschte, gelangte ich in einen weitläufigen, nur durch ein Rundfenster spärlich erhellten Raum. Ich trat auf das Fenster zu, spähte hinaus und kam bald dahinter, daß ich mich auf dem Dachboden des Hauses der Aufklärer befand.

Ich lehnte mich an das Fenster, versank in trübe Mutlosigkeit hinsichtlich meines künftigen Schicksals und dachte: Mein Gott! Welchen Wechselfällen das menschliche Leben doch unterworfen ist! Welche Leidenschaften unser Herz bewegen! Lohnt es sich denn, eines zeitweiligen Besitzes wegen solche gemeinen Betrügereien auszuhecken? Und lohnt es sich, aus bloßer Neugier, das Unsichtbare zu sehen, sein Gold für solche Raritäten zu verschleudern? O Eitelkeit der Eitelkeiten! Ich, Fürst Gawrilo Simonowitsch, habe mich also auf Betrügereien eingelassen? Ja, mein Gewissen sagt mir, ich selber habe zwar keine Spitzbübereien begangen, wohl aber anderen bei ihren Spitzbübereien geholfen! Und ist das nicht dasselbe? Das hätte ich von einem Schüler des weisen Bibarius nie und nimmer erwartet! Was mag aus meiner Fürstin Fjokla Sidorowna geworden sein? Was wird mit Licorissa, der schönen Fürstin von Tibet, geschehen? Und was — o weh! — mit dem Prinzen von Golkonda?

So beweinte ich denn mein bitteres Los und mußte, da ich nichts Erfreuliches für mich voraussah, tief seufzen; plötzlich hörte ich auf der Treppe, die zum Dachboden führte, leichte Schritte. Ich fuhr zusammen und erstarrte zu Stein; ich faßte mich jedoch gottlob alsbald wieder, stürzte in eine Ecke, wo ich zu meinem Glück einen Haufen alter Bastmatten fand, und verbarg mich darunter, so tief ich konnte. Nur Augen und Mund blieben frei. Es verging keine Minute, und auf dem Dachboden erschien ... o Schrecken! Ich glich einem Menschen, der sich plötzlich erinnert, wie er einst auf einer schmalen, dünnen Bohle über einen bodenlosen Abgrund schritt, und ein Zucken in allen Muskeln verspürt; ich sah also, wie ein Wesen, das gewiß nicht von dieser Erde war, auf dem Dachboden auftauchte. Sein Gesicht, das vielerlei Reize in sich vereinte, war wie vom schimmernden Schein des Vollmonds überflutet. Das lange Haar wallte in lässigen Locken auf Schultern und Brust herab. Nichts als ein leichtes Gewand nach griechischem Geschmack umhüllte seine Glieder. Auf die Brust hing eine sonderbare, golden funkelnde Schärpe herab; in der einen Hand hielt es einen Myrtenzweig, in der anderen einen kostbaren Stab. Das Schuhwerk bestand aus leichten, mit Bändern durchflochtenen Sandalen. Wohlgeruch verbreitete sich bei jeder seiner Bewegungen. Es trat ans Fenster und blieb stehen.

Ich Unglückseliger bin verloren, sagte ich mir, zähneklappernd und am ganzen Leibe zitternd. Das ist ohne Zweifel einer der Geister, die gekommen sind, um dem Höchstaufgeklärten und seiner ehrenwerten Bruderschaft beizustehen! Ach, wie konnte ich, in der Finsternis der Unwissenheit befangen, an der Existenz der Geister zweifeln und ihre Beschwörung Spitzbüberei nennen? Ich Elender! Sehe ich nicht einen Geist mit eigenen Augen vor mir? Sicherlich ist der große Mahner mit Hilfe der Sympathie schon hinter meine gotteslästerlichen Schmähungen gekommen und hat diesen schönen Boten als Rächer zu mir entsandt!

Mit derlei bekümmerten Gedanken befahl ich meine sündige Seele Gottes Barmherzigkeit und wartete mit zusammengekniffenen Augen auf mein Ende, als mich ein neuer Vorfall sie rasch wieder öffnen ließ. Ein schrecklicher Lärm, mehrstimmiges Geschrei und eine Art Poltern und Brüllen erhob sich in mittlerer Höhe der Treppe. Ich erbebte aufs neue, was mich jedoch nicht hinderte, zu bemerken, daß auch den Himmelsboten ein Zittern befiel und er zwar leise, aber ziemlich deutlich sagte: ‚Ach, du lieber Gott! Was soll nun werden?‘

Eine neue Erscheinung und ein neuer Schrecken! Mit viel Mühe schleppte sich ein Ungetüm die Treppe zum Dachboden hinauf. Zwei große Hörner schmückten seinen finsteren Kopf. Die Finger und Zehen waren mit schrecklichen Krallen bewaffnet. Am Rücken hing majestätisch ein langer Schwanz herab, an den sich jedoch bereits ein kräftiger Dragoner klammerte, der hinter ihm aufgetaucht war und sich mit einigen Kameraden auf das Ungetüm — den bösen Geist, wie ich vermutete — stürzte. Und hier entbrannte im Schein vieler Fakkeln und Laternen, mit denen andere Dragoner herbeieilten, eine furchtbare Schlacht.

Der böse Geist war gewiß kein schlechter Haudegen; er hieb mit unnachahmlichem Geschick auf seine Gegner ein, und die Schlacht wäre vielleicht gar nicht so bald zu Ende gewesen, hätte er es mit gewöhnlichen Sterblichen und nicht mit Polizeidragonern zu tun gehabt, von denen mancher hinter einem Teufel kaum zurücksteht. Darüber hinaus wollte der halsstarrige Dragoner, der sich am Schwanz des Dämons festhielt, einer Ohrfeige ausweichen und fuhr so heftig zurück, daß der Schwanz nachgab und beide Gegner zu Boden fielen. Die ganze Mannschaft machte sich über den entsetzlich brüllenden

Teufel her, band ihn an Händen und Füßen und schleifte ihn die Treppe hinunter. Noch lange hörte man sein infernalisches Wehgeschrei.

Mein schöner weißer Geist war also der Notwendigkeit enthoben, sich mit den Hütern von Ruhe und Ordnung auseinanderzusetzen! Beim ersten Auftauchen des Teufels und seiner Verfolger rief er ‚Ach!' und seufzte, seine Knie zitterten und knickten ein, dann sank er bewußtlos zu Boden. Er hätte natürlich die Aufmerksamkeit der Polizeiargusse erregt, wäre der Teufel nicht so widerspenstig gewesen; so jedoch fand alles mit dessen Ergreifung sein Ende. Und letztlich verlangt ja selbst die unerbittlichste Gerechtigkeit, daß der Böse bestraft und der Gute belohnt wird, einerlei, ob es sich nun um Geister oder Menschen handelt.

Tiefe Stille trat ein. Unser Dachboden war nicht mehr vom Mond erhellt. Die Finsternis und die Stille vertieften meine Mutlosigkeit! Es war schließlich keine Kleinigkeit, nachts auf dem Dachboden mit einem Geist allein zu sein, mochte es auch kein böser sein! (Er verlor allmählich die schimmernde

Helligkeit des Gesichts und verfinsterte sich bald ganz.) Was sollte ich von alledem halten? Was tun? Hier, glaube ich, wäre allenfalls der weise Salomo entschlossener gewesen, und auch der nur darum, weil er einen Zauberring besaß!

Nachdem ich eine geraume Weile in dieser unerträglichen Lage verbracht hatte, bemerkte ich, daß es auf dem Dachboden etwas heller wurde, woraus ich folgerte, das Morgengrauen sei da. Das freute mich, denn ich hatte schon in Falalejewka gewußt, daß Geister — einerlei, ob gute oder böse — zu dieser Stunde ihre Macht verlieren. Ich bekreuzigte mich und stand auf. Es begann tatsächlich schon zu tagen, und ich faßte mir ein Herz und wollte auf meinen Nachbarn zutreten. Da kam er zu sich, schlug die Augen auf und sagte mit einem leisen Seufzer: ‚O Gott! Wo bin ich? Wo ist mein Bruder?‘

Wer beschreibt meine Verblüffung! Ich traute meinen Sinnen nicht und rieb mir die Augen, um mich zu überzeugen, daß ich nicht träume. Dann eilte ich auf den Geist zu und rief: ‚Ist es möglich? Du, schöne Licorissa? Welcher glückliche Umstand verschafft mir die Gelegenheit, die Fürstin von Tibet wiederzusehen, dazu in diesem rätselhaften Aufzug?‘

‚Prinz von Golkonda‘, entgegnete Licorissa, ‚ich hoffe, Sie werden meiner Bitte nachkommen und mich und meinen Bruder retten! Ach, ich war Ihnen nicht gleichgültig, und Sie versicherten mir ...‘

‚Ich versichere dir auch jetzt noch‘, fiel ich ein, ‚daß ich bereit bin, alles zu tun, was in meinen Kräften steht, aber leider haben mir die verdammten Dragoner einen ziemlichen Streich gespielt! Wisse, teuerste Licorissa, sie haben mich meines Prinzentitels beraubt, und ich bin nur noch der arme Steinbock. Das hindert mich jedoch nicht, dich wie bisher zu lieben und dir zu dienen, wie einem treuen Untertan geziemt.‘

‚Ach‘, sagte Licorissa, ‚Ihre Aufrichtigkeit ist auch mir Anlaß, mich Ihnen anzuvertrauen! Sie sollen wissen, ich habe Sie getäuscht und bin nichts anderes als Licorissa, die Schwester des Schauspielers Chwostikow, der in dieser Betrügerzunft den Namen Skorpion führte.‘

‚O Himmel‘, rief ich. ‚So bist du also die Schwester meines Freundes!‘ Damit schloß ich das schöne Mädchen in meine Arme. Nachdem wir uns ausgiebig über die Vorgänge dieser Nacht und unsere gemeinsamen Schrecken unterhalten hatten, erzählte mir Licorissa folgendes: ‚Ich muß vorausschicken, daß die Armut unser Erbteil war. Wir waren noch Kinder, als wir die Eltern verloren, und verdanken unsere Erziehung der Barmherzigkeit von Verwandten. Mein Bruder wurde in einer Schule untergebracht, und mich nahm eine nicht mehr junge Tante bei sich auf, die sich zu ihrer Zeit am hiesigen Theater einen Namen gemacht hatte und von den Früchten ihrer arbeitsamen Jugend lebte. Ich erschien ihr der Fürsorge würdig, denn sie meinte eine Wiederholung ihres eigenen Ich in mir zu sehen. Sie scheute keine Kosten, da sie überzeugt war, sie würden sich später schon auszahlen. Und in der Tat konnte ich mit fünfzehn Jahren schon sehr ordentlich Klavier spielen, singen und tanzen, Blicke werfen und Körperbewegungen vollführen, die die kältesten Herzen zu entflammen vermochten. Natürlich fanden sich bald Verehrer, und meine Tante ließ sie nicht lange seufzen und schmachten. Der Mann, der vom Schicksal dazu bestimmt war, als erster meinen Gürtel zu lösen, war ein nicht mehr ganz junger Würdenträger von außerordentlichem Verstand, aber in solchem Grade wollüstig, daß er zu jedem Opfer bereit war, wenn er die Reize einer Schönen auszukosten wünschte. Natürlich verkaufte ihm meine Tante die Erstlingstriebe meiner Jugend nicht eben billig. Von da an führte ich bis zu meinem neunzehnten Jahr ein Leben, an das ich mich mit unwillkürlichem Erröten erinnere. Meine Tante nutzte jede Gelegenheit, die Auslagen für meine Erziehung wieder hereinzubekommen. Es fehlte mir zwar an nichts, aber ich mußte jede Kleinigkeit aus ihren Händen entgegennehmen, und dieser Umstand machte mir das Dasein am Ende bitter. Mein Bruder hatte damals kaum ein Stück Brot; ich lebte im Überfluß, war aber außerstande, ihm zu helfen. Ich brachte meiner Tante Tausende ein und konnte meinem Bruder keine Kopeke davon abgeben. Besaß ich doch nichts als meine Reize, aber auch über diese verfügten andere.

Um diese Zeit zwangen die Not, Unumgänglichkeiten und die Ratschläge unserer Tante meinen Bruder, sich auf ein verwegenes Unternehmen einzulassen und Gegenstand des öffentlichen Geredes, des Lobes, des Tadels, des Beifalls oder der Pfiffe, mit einem Wort, Schauspieler zu werden! Das besserte jedoch seine Lage. Auch seine Frau, meine teuerste Schwägerin, kam zur Vernunft. Gute Freundinnen setzten ihr auseinander, es sei nicht immer von Nutzen, wenn man mit seinen Reizen allzusehr geize. »Man ist nur einmal jung«, sagten sie, »wer seine Jugend nicht zu nutzen versteht, erinnert an einen Geizhals, der Berge von Gold besitzt und den Hungertod stirbt.« Die Schwägerin war dieses Mal sehr verständig, der Bruder nicht allzu genau, und so nahmen die Dinge ihren Lauf. Sie lernte Herrn Dobroslawow kennen, der physische Tröstungen ebensowenig verachtet wie metaphysische; bald darauf machte sie auch ihren Gatten mit ihm bekannt. Die hochaufgeklärten Brüder wünschten sich schon lange, einen geschickten Mann in ihrem Gefolge zu haben, und mein Bruder schien ihnen für ihre Zwecke geeignet. Er wurde bald zum Teilhaber an den Geheimnissen der hohen Weisheit, erfuhr die Zusammenhänge und das Ziel dieser Institution und schlug mir vor, ebenfalls unter die Aufklärer zu gehen.

Ich billigte diesen Plan, da mir die Abhängigkeit von der Tante gleichbedeutend mit Sklaverei erschien und ich nach eigenem Ermessen zu lieben wünschte. Der Höchstaufgeklärte und Herr Dobroslawow nahmen mich in Augenschein und erachteten mich würdig, Priesterin jener Gottheit zu werden, für die ich ausersehen war; ich packte heimlich meine Siebensachen und siedelte in die Prunkgemächer der Weisheit über, ohne mich viel um die Meinung der Tante und ihrer Freunde zu kümmern.

Hier verbrachte ich zwei Jahre in vollster Zufriedenheit, die jedoch noch fühlbarer gewesen wäre, hätte sich der Höchstaufgeklärte nicht als so eifersüchtig erwiesen. Aber was man nicht offen tun darf, macht man eben heimlich. Mein Bruder kam auf den Einfall, sich ebenso auf meine Kosten zu bereichern wie vorher meine Tante. Und schließlich fand auch ich Gefallen daran, das Angenehme mit dem Nützlichen zu verbinden, und ernannte mich aus eigener Machtvollkommenheit zur Fürstin von Tibet. Jetzt kennst du Licorissa.‘

Dem ehrenwerten Bruder Steinbock war diese Offenherzigkeit nicht eben angenehm. Wo blieben die schönen Träume von Licorissas Unschuld? Sie verflogen, wie Nebel verfliegt, und ich sah die vielerfahrene Buhlerin in ihr, das würdige Reis ihrer mit allen Wassern gewaschenen Tante! Was war da zu machen! Sie befand sich im Unglück, und Unglücklichen muß man helfen, auch wenn sie ihre Fehler haben.

‚Aber was bedeutet deine gestrige Maskerade‘, fragte ich nach längerem Schweigen, ‚und die dieses bösen Geistes, dem die Polizisten den Schwanz abrissen?‘

‚Du hast den richtigen Namen dafür gefunden!‘ entgegnete sie. ‚Es war tatsächlich reine Maskerade. Dem Höchstaufgeklärten war zu Ohren gekommen, daß die übrigen Brüder, die zwar ihr Geld hergaben, aber noch immer nicht für würdig befunden wurden, die versprochenen Geister zu sehen und den Vorhang der Ewigkeit zu durchdringen, allmählich zu murren begannen. Die Vernunft gebot, ihre Wünsche einigermaßen zu befriedigen. Dazu wurden ich und mein Bruder auserkoren. Er sollte als böser Geist erscheinen und die Seele des Himmlischen Stieres fordern, weil der sich kleinmütig gezeigt und nicht mehr an die Geheimnisse der erhabenen Weisheit geglaubt hatte. Ich sollte den Teufel besiegen und versichern, der Stier werde zum Zeichen seiner Reue und Besserung die doppelte Summe zahlen. Die Komödie war ausgezeichnet angelegt, nur hat uns die verdammte Polargans das Konzept verdorben.‘

Die schöne Licorissa hatte ihren Bericht beendet. Obwohl er mir, wie schon bemerkt, nicht in allen Punkten gefiel, betrachtete ich sie doch als ein Opfer der Armut und Verführung. Ach, was die Armut nicht alles anrichtet! Ich beschloß, ihr beizustehen und ihr auf irgendeine Weise aus diesem Haus herauszuhelfen. Aber wo sollte ich mit ihr hin? Ich hatte selber keine Zuflucht!

Eine sonderbare Veränderung war plötzlich in mir vorgegangen. Die frühere wahnsinnige Liebe war verflogen; an ihre Stelle trat ein eigentümliches Gefühl, das mir sagte: Du bist ein Mann, sie ist ein Mädchen — hilf ihr! Mein Herz stellte sich um, ich küßte sie wie ein Bruder die Schwester und sagte: ‚Verzage nicht, meine Liebe! Solange Gawrilo Simonowitsch ein Stück Brot hat, brauchst du nicht zu verhungern!‘ Hier erzählte ich ihr zum Dank für ihre ungewöhnliche Offenheit auch meinerseits meine Abenteuer, ohne das mindeste zu verschweigen.

Es war Nachmittag geworden, und wir mußten daran denken, uns aus unserem Gefängnis zu befreien. Mir fiel mein ehrlicher Wohltäter, der Weinhändler, ein, der für die Ausbildung, die ich bei Herrn Bibarius in aller Art Weisheit genossen hatte, aufgekommen war. Ich hoffte auf ihn wie auf meinen Vater, die ganze Schwierigkeit bestand nur darin, mit meiner lieben Freundin aus einem Gebäude herauszugelangen, auf das die Polizei vermutlich ein wachsames Auge hatte.

Ich band meinem liebenswerten Geist die Engelsflügel ab, zog mir den Mantel mit dem Zeichen des Steinbocks aus und machte mich in meiner gewöhnlichen Kleidung auf, um nach dem Ausgang aus diesem Labyrinth zu suchen; auf Schritt und Tritt befürchtete ich, auf einen Polizeiminotaurus zu stoßen und meine schöne Ariadne verlassen zu müssen — in Trauer, Ungeduld und Sehnsucht. Ich benahm mich in dieser Hinsicht unvergleichlich gewissenhafter als Theseus, auf den sich die alten Griechen so viel zugute hielten. Der ließ seine Geliebte, die unglückliche Ariadne, obwohl von ihr geliebt und beglückt, auf einer unbewohnten Insel zurück, während ich mich aus reiner Bruderliebe um meine Schöne bemühte und sie den Krallen der Justiz zu entreißen suchte, die, wie man annehmen mußte, äußerst scharf auf sie war."

SIEBENTES KAPITEL

Eine Beratung im Weinkeller

„Ich stieg mit angehaltenem Atem die Treppe hinunter und schlich mich, in ständiger Furcht, der Polizei in die Arme zu laufen, aus einem Zimmer ins andere. Welche Verwüstung überall! Wo waren die schönen Bilder geblieben, an deren Anblick sich die Aufgeklärten geweidet hatten? Wo die Lüster? Alles war verschwunden! Als hätte sich im Haus ein Erdbeben ereignet. Was man nicht fortzutragen vermochte, hatte man wenigstens zerstört. Welch schreckliches Ding ist doch die Justiz! Hier und da lagen noch Fetzen von Mänteln mit Hieroglyphen und einige Masken herum — das war alles.

Meine Befürchtungen erwiesen sich glücklicherweise als unbegründet. Es war nirgends jemand zu sehen, ich gelangte in den Hof und stürzte, was mich die Beine trugen, davon zum Weinkeller meines Wohltäters Sawwa Trifonowitsch. Ich traf ihn zu Hause an und entdeckte ihm mit der Miene des reuigen Sünders die ganze Wahrheit, auch die kritische Lage, in der sich meine Freundin und ich gegenwärtig befanden.

Als ich meinen Bericht beendet hatte, bekreuzigte sich der gute Sawwa und sagte mit dem Ausdruck des Bedauerns: ‚Gott steh uns bei! Was kann an all diesen Wissenschaften Gutes sein, wenn sie uns mit bösen Geistern bekannt machen! Der Herrgott vergebe mir, daß ich dich zu Bibarius geschickt habe! Aber wie hätte ich glauben können, du würdest dich mit der gottlosen Freimaurerei einlassen! Ach, mein Freund, du warst wahrhaftig drauf und dran, dem Teufel in den Rachen zu kriechen! Danke Gott, daß er dich rechtzeitig davor bewahrt hat, und läutere deine Seele durch Buße!'

Nach dieser Predigt erklärte sich Sawwa bereit, mir und

meiner Freundin Asyl zu gewähren, bis sich der Sturm gelegt hatte. Zu diesem Zweck versah er mich mit Frauenkleidern und mancherlei Eßbarem und schickte mich zurück; nach Eintritt der Dunkelheit sollten wir unseren Dachboden verlassen und zu ihm herüberkommen; er versprach, sich inzwischen zu erkundigen, was aus den Brüdern geworden sei, die die Polizei ergriffen hatte.

Licorissa bedankte sich mit viel Zärtlichkeit für meine Anteilnahme an ihrem Geschick. Als wir merkten, daß es auf unserem Dachboden dunkelte, nahm ich sie an der Hand und führte sie hinunter; wir erreichten ohne Zwischenfälle den Weinkeller. Sawwa hielt Wort; wir befanden uns in vollster Sicherheit und hatten alles, was wir brauchten, nur blieb uns unbekannt, was aus Fekluscha und den übrigen Aufklärern geworden war.

Doch das Schicksal kümmerte sich insgeheim um unser Los. Eines Abends, als ich bei einer Flasche Wein mit Sawwa Trifonowitsch im Schein eines Lämpchens plauderte und mit großer Lebendigkeit von meinen Abenteuern erzählte, während Licorissa und Sawwas Frau begierig zuhörten und kein Auge von mir wandten, ging plötzlich die Tür auf, und wir erblickten mit freudigem Erstaunen Chwostikow. Er war nicht weniger verwundert, Licorissa mit uns zu sehen.

Nach den ersten begeisterten Umarmungen sagte er zu mir: ‚Gawrilo Simonowitsch! Ich muß dich in einer wichtigen Angelegenheit sprechen, und zwar unter vier Augen.‘

‚Das erübrigt sich‘, entgegnete ich. ‚Ich habe vor meinen lieben Gastgebern nichts zu verbergen. Ja, ehrenwerter Bruder Skorpion! Du siehst den bescheidenen Bruder Steinbock vor dir. Ich hatte in der letzten Nacht der Aufklärung, also vor rund zwei Monaten, die Ehre, Zeuge der unvergleichlichen Tapferkeit zu sein, mit der du dich auf dem Dachboden mit dem halsstarrigen Dragoner herumschlugst. Oh, wäre nicht der verdammte Schwanz gerissen, sie wären nicht so leicht mit dir fertig geworden! Schade, daß die schöne Licorissa infolge ihrer tiefen Verwirrung und Erschrockenheit die Heldentaten ihres kriegerischen Bruders nicht sehen konnte!‘

Chwostikow wurde im Anfang meiner Rede sehr verlegen, riß die Augen auf und brachte kein Wort hervor. Schließlich mußte er lachen, umarmte mich aufs neue und sagte: ‚Ich wundere mich, daß ich dich damals nicht an der Stimme erkannt habe! Aber wie hätte ich andererseits darauf kommen sollen, daß der Steinbock mein alter Bekannter ist?‘

Nach diesen Worten übergab er mir einen Brief; kaum hatte ich einen Blick auf die Anschrift geworfen, da wußte ich, daß ich die Hand der keuschen Fürstin Fjokla Sidorowna vor mir hatte.

Offenbar hat mich das Schicksal in die Welt gesetzt, um beständig mit mir zu spielen, wie der Wind mit dem Grashalm auf dem Felde spielt. Ich hatte in jener Nacht der Geisterbeschwörung nicht das Glück, der Justiz zu entgehen wie Du. Man ergriff mich und schleifte mich hinaus. Die Sinne schwanden mir, und als ich wieder zu Bewußtsein kam, fand ich mich in einem dunklen, kaum erleuchteten Zimmer wieder. Drei Tage und drei Nächte verbrachte ich bei Wasser und Brot, mein Bett bestand aus einem Bündel Stroh, Spinnweben schmückten die Wände, und statt Musik hörte man das Flattern von Fledermäusen. Ach, wie könnte man diese Behausung mit dem Tempel der Aufklärer vergleichen!

Am vierten Tag erklärte mir der Wärter, ich werde jetzt dem Richter vorgeführt. Er fügte hinzu: ‚Seine Durchlaucht ist ein großer Meister in der Ermittlung der Wahrheit. Er wird ans Tageslicht fördern, was ihr insgeheim getrieben und welcher Gottlosigkeiten ihr euch schuldig gemacht habt. Du bist noch jung, mein Kind. Ich rate dir aus christlicher Liebe, alles sogleich zu gestehen und nicht zu warten, bis die Folter einsetzt!‘

Beim Wort ‚Folter‘ erstarrte das Blut in meinen Adern zu Eis. Ich zitterte am ganzen Körper. Man schleppte mich mit Gewalt vor den strengen Richter, neben dessen Sessel eine furchtgebietende Wache stand. Ich sah ihn an, schrie auf und verlor das Bewußtsein völlig. Ich hatte meinen einstigen Verehrer, den Fürsten Latron, erkannt, dem Du in Deinem Eifer einen kleinen Fehltritt von mir verrietst, für den ich grausam bestraft wurde.

Als ich wieder zu mir kam, lag ich auf einem üppigen Sofa, von irgendwelchen Frauen umringt. Meine Gedanken waren durcheinander, mir schwindelte der Kopf. Ich brachte kein Wort hervor. Nichts als ein Stöhnen entrang sich meiner Brust.

Nach einer halben Stunde trat Fürst Latron persönlich ein, und alle, die mich umgeben hatten, verschwanden. Ich ließ mich mit größter Anstrengung vom Sofa gleiten und fiel vor ihm nieder. Er wartete eine Weile, maß mich mit schrecklichen Blicken, hob mich am Ende auf, geleitete mich zum Sofa zurück, setzte sich neben mich und sagte: ‚Lausche aufmerksam meinen Worten, Fiona. Ich möchte von einem Gegenstand zu dir sprechen, der ziemlich wichtig für dich ist. Ich habe dich leidenschaftlich geliebt. Du hast mich betrogen und bist gebührend bestraft worden. Jetzt hat man dich mit einer Bande von Betrügern erwischt, und du müßtest bei weitem schwerer bestraft werden. Ich bin in dieser Sache der Oberste Richter! Wenn du dich verpflichtest, deine früheren Beziehungen zu vergessen und keine neuen einzugehen, verzeihe ich dir. Du wirst mir angehören wie früher, wie früher bei mir leben und alles haben, was dein Herz begehrt.'

Ich glaube, daß auch Du, mein teurer Fürst, wärest Du in derselben Lage gewesen, nicht lange gezögert und Deiner Feklusсha abgeschworen hättest! Foltern sind schließlich kein Spaß, namentlich für eine Frau! Ich warf mich ihm also ein zweites Mal zu Füßen und schwor, ihn treuer und heftiger zu lieben denn je. So blieb ich gleich bei ihm in seinen ungemein prächtigen Räumen. Da ich Dir aber Deine einstige Liebe und die Nachsicht, mit der Du mich im Hause der Aufklärer behandelt hast, entgelten und mich auch Chwostikow gegenüber erkenntlich zeigen wollte, der mich an gleicher Stelle wiederholt so zärtlich liebkost hat, zerfloß ich vor meinem Anbeter in einem Strom von Tränen und sagte mit schmachtender Stimme: ‚Gnädigster Herr! Da ich das Glück hatte, Ihrer Geneigtheit würdig befunden zu werden, gestatten Sie mir auch, um Gnade für meine nahen Verwandten zu bitten. Der Vereinigung, zu der ich zählte, gehörten auch mein Bruder Tschistjakow und mein Vetter Chwostikow an. Sollten auch sie dem Arm der strafenden Gerechtigkeit nicht entgangen sein, dann bitte ich Sie, ihnen die Freiheit wiederzugeben — aus Liebe zu mir! Ihre und meine Dankbarkeit wird grenzenlos sein!' Er schaute mich gleichgültig an und erwiderte: ‚Gut! Ich werde zusehen, was sich machen läßt!' Mit diesen Worten verließ er mich. Am folgenden Tage trat er bei mir ein, und — o Freude! — mit Chwostikow. ‚Teuerster Vetter!' rief ich und stürzte mich in seine Arme, damit er meine kleinen Listen nicht verrate. Der arme Chwostikow war leichenblaß und zitterte am ganzen Leibe. ‚Was ist denn, Vetter', rief ich, ‚willst du dich bei Seiner Durchlaucht für die hohe Gnade, die er dir erweist, nicht bedanken?' Chwostikow warf sich seinem Richter mit Schwung vor die Füße, fuhr, Schauspieler, der er war, mit dem Arm durch die Luft, sperrte den Mund auf und wollte offenbar etwas sagen, doch seine Zunge war wie gelähmt, und er erinnerte in dieser kläglichen Lage durchaus

nicht an jenen tapferen Teufel, der sich so hartnäckig gegen die Polizisten wehrte und sich gewiß nicht so leicht ergeben hätte, wäre ihm nicht der majestätische Schwanz gerissen! Hier zeigte er sich als echter Skorpion und demütiges Kriechtier!

An dieser Stelle wandte ich mich an den rot gewordenen Chwostikow und flocht ein: ‚Nicht wahr, Herr Skorpion, die schöne Lavinia versteht sich darauf, Porträts zu malen? Ich muß gestehen, man kann auf diesem Bildnis nicht das geringste von der Unerschrockenheit erkennen, die ich nach jener Heldentat auf dem Dachboden von Ihnen erwartet hätte! Aber andererseits bleibt auch wahr, daß Sie Schauspieler sind und den Helden aus der Hölle genauso vortrefflich spielten wie einen Erdenbewohner auf der Bühne! Warum sollten Sie auch, nachdem Sie in den Prunkgemächern der Weisheit ein demütiger Skorpion gewesen waren, in denen eines hohen Würdenträgers nicht ein reuiger Sünder sein?‘

‚Mir scheint‘, entgegnete er, ‚ich habe mich immer noch tapferer erwiesen als Sie. Wie hätten Sie sich denn vor den Augen Ihres Richters benommen, nachdem Sie auf dem Dachboden so sehr vor mir erschraken? Ein einziges Wort von ihm wiegt für den Unschuldigen ebenso schwer wie für den Sünder ein ganzes Hundert der grimmigsten Teufel! Und wieviel bedeutet es erst für einen Schuldigen!'

,Da bin ich mit Ihnen einverstanden', sagte ich und fuhr mit der Verlesung des Briefes fort:

Fürst Latron sagte: ,Steh auf, du Taugenichts! Ich verzeihe dir um deiner schönen Kusine willen! Du schuldest ihr dein Leben. Sei dankbar! Um aber meine Liebe zu ihr noch deutlicher zu beweisen, will ich versuchen, für dein Glück zu sorgen, ebenso wie für das Glück ihres Bruders Tschistjakow, der genauso ein Taugenichts ist wie du. Ihr braucht die Ermittlungen der Justiz nicht im geringsten mehr zu befürchten, einerlei, in welcher Uniform oder in welchem Rock sie auftritt! Meldet euch bei mir in Warschau, wohin ich mich morgen begebe, und ihr erhaltet beide eine Stellung.' Mit diesen Worten verließ er das Zimmer. Ich erzählte Chwostikow ausführlich, was ich von allem wußte, und ich verfiel sogar auf den Gedanken, die schönen Szenen, die wir nachts im Hause der Allweisheit geprobt hatten, auch mal bei Tage zu repetieren. Doch Chwostikow erwies sich in diesem Punkte noch kleinmütiger als der Skorpion. Er war ein einziger Eisblock. So nutzte ich die Abwesenheit des Fürsten Latron, um diesen Brief an Sie zu schreiben, Fürst Gawrilo Simonowitsch, denn Ihren Aufenthaltsort habe ich, sobald ich frei war, mit Leichtigkeit ausfindig gemacht. Ich will Ihnen von Herzen wohl und rate Ihnen, die Vorschläge Seiner Durchlaucht nicht in den Wind zu schlagen und nach Warschau zu fahren. Dort werde ich mich *mit Leib und Seele* dafür einsetzen, Sie möglichst glücklich zu machen!

Nach der Verlesung dieses beredten und so verwirrenden Briefes blickten wir uns lange wortlos an. Schließlich entspann sich zwischen uns folgendes Gespräch:

Ich: ,Ein nichtsnutziges, liederliches Frauenzimmer! So wie sie damals im Morgengrauen das Kohlbeet jäten kam, treibt sie's bis auf den heutigen Tag. Beachten Sie, verehrter Sawwa Trifonowitsch, die Schamlosigkeit dieser Kreatur! Kaum ist sie wieder die Geliebte des vornehmen, mächtigen Satyrs, beginnt sie auch schon, über das Schicksal der anderen zu verfügen — wie irgendeine Fürstin oder Gräfin, die nach längeren Schwierigkeiten zur Mätresse des Herrschers aufgerückt ist, verächtlich auf seine Ehefrau herabblickt und jenen seelenlosen Schmarotzern Woiwodschaften und Würden verspricht, die sich — trotz ihrer hohen Herkunft, trotz der Ruhmestaten ihrer großen Ahnen und ihrer von Gold und Edelsteinen funkelnden Röcke mit Brillantknöpfen — nicht schämen, einer solchen Favoritin den Fächer aufzuheben, ihr die Schuhschnalle zu schließen, einen Nasenstüber von ihr zu empfangen und was dergleichen mehr ist ... Ja, es schmeichelt ihnen sogar, und sie prahlen damit vor allen Leuten.‘

Der Weinhändler (lächelnd): ‚Gawrilo Simonowitsch urteilt zwar ganz vernünftig, doch wird man zugeben müssen, daß hier Persönliches mit im Spiele ist. Obwohl sein Eifer entschuldbar ist, muß man bei einem Menschen, der in der Hitze der Leidenschaft spricht, die Worte wägen und sich fragen, ob er in allem recht hat.‘

Chwostikow (zum Weinhändler): ‚Sie argumentieren ausgezeichnet, aber ...‘

Der Weinhändler: ‚... aber im Weinkeller, wollen Sie sagen? Ich versichere Ihnen, es wird mitunter nicht nur in einem Keller, sondern auch in mancher Hütte richtiger geurteilt als in Senaten, Parlamenten und Staatsräten! Wenn ich Ihnen jetzt etwas sage, Gawrilo Simonowitsch — glauben Sie bitte nicht, Scham und Ehrgefühl seien mir fremd! Durchaus nicht! Obzwar ich auch nur ein Mensch bin und diesen Gefühlen nicht immer die Treue bewahre, liebe ich die von Herzen, die ihnen treu zu sein versuchen. Gestatten Sie mir indessen einige Fragen?‘

Ich: ‚Ich stehe Ihnen gern zu Diensten!‘

Der Weinhändler: ‚Ein armer Mann, der einen Fetzen Land besaß, pflanzte ein Apfelbäumchen. Da er nichts anderes hatte als diesen Apfelbaum, wandte er all seine Sorge darauf, ihn großzuziehen, und nicht genug damit, sah er ihn schon als wohlgewachsenen, schönen Baum, in dessen Schatten er der Ruhe pflegen und dessen Früchte er genießen würde.‘

Chwostikow (wichtigtuerisch): ‚Das ist eine Allegorie, ein Gleichnis!‘

Der Weinhändler: ‚Wie Sie das nennen, ist mir einerlei! Ob es nun an dem kärglichen Boden oder den guten Säften, die das Bäumchen nährten, an den Stürmen, der Sonnenglut oder der Unaufmerksamkeit des Besitzers lag — das Bäumchen begann zwar zu blühen und verhieß die schönsten Früchte, neigte sich aber immer mehr über den Zaun in den Garten des reichen und mächtigen Nachbarn hinüber.‘

Chwostikow: ‚Ich verstehe. Und wie geht es weiter?‘

Der Weinhändler: ‚Der arme Besitzer war bekümmert, murrte, versuchte seine Rechte auf das Bäumchen geltend zu machen, aber umsonst. Der reiche Nachbar ließ ihn wissen, er werde nicht das geringste von den Früchten abbekommen und, wenn er sich weiter so halsstarrig verhalte, auch strengstens bestraft werden und sein bißchen Land verlieren.‘

Chwostikow: ‚Ich verstehe.‘

Der Weinhändler: ‚Dem Ärmsten blieb nichts übrig, als sich zu fügen! Schließlich aber rief ihn der reiche Nachbar — auf die Vorstellungen seiner Frau, der Kinder oder seiner Freunde — zu sich und sagte: »Die Früchte von deinem Apfelbaum schmeckten mir so gut, daß ich dir keinen einzigen abgeben werde. Damit du aber von deinen Mühen etwas hast — bei mir steht ein anderer Apfelbaum, und den darfst du jedes Jahr abernten.« Was meint ihr, was unser Armer tat?‘

Chwostikow: ‚Er hat den Vorschlag ohne Zweifel mit Dank und Freuden angenommen!‘

Der Weinhändler: ‚Er dachte nicht daran, er lehnte stolz ab! War dieser Mann nicht dumm?‘

Chwostikow (aufspringend): ‚Ein ausgemachter Tor, ein richtiger Esel!‘

Ich: ‚Schön und gut! Aber immerhin, Sawwa Trifonowitsch . . .‘

Der Weinhändler: ‚. . . immerhin, Gawrilo Simonowitsch, handelt es sich darum, daß deine liederliche Frau dir vermittels ihrer Liederlichkeiten helfen will. Und daraus schließe ich, daß auch Liederlichkeiten zu etwas gut sein können. Du willst auf ihre Hilfe verzichten? Das wäre richtig, wenn sie dir versprechen würde, in Zukunft eine ehrliche Frau zu werden. Doch daran denkt sie nicht und wird es wohl auch in Zukunft nicht tun.‘

Ich: ‚Natürlich nicht!‘

Der Weinhändler: ‚Was steht der Sache also im Wege? Würdest du zu jenen hohlköpfigen Taugenichtsen gehören, die auf solche Art etwas zu werden versuchen, dann hätte ich mich in diese Angelegenheit nicht eingemischt. Ich sah dich jedoch von Anfang an als brauchbaren, aber vom Glück verlassenen Menschen an, übernahm es, für dich zu sorgen, und schickte dich zwecks Unterweisung in den Wissenschaften zum verstorbenen Bibarius, da ich erkannte, daß du von der Pest der Gelehrsamkeit bereits angesteckt warst. Und eben aus diesem Grunde — ich wiederhole: weil ich dich schätze — rate ich dir, bekreuzige dich mit beiden Händen, bete vor dem

Heiligenbilde Nikolaus' des Wundertäters und mache dich auf den Weg nach Polen. Wenn ihr kein Geld habt — ich rüste euch damit aus. Kommt ihr zu Reichtum, dann gebt ihr es mir zurück — mit Verstand kann man schon einiges Geld erwerben. Hättet ihr aber Hunderttausende und keinen Verstand, würde ich euch keine Kopeke anvertrauen. Denn immer häufiger verhungern törichte Reiche, die sich nicht vorsehen und das von ihren Eltern Ererbte verschwenden.'

So lehrreich predigte der Weinhändler, und der begeisterte Chwostikow rief: ‚Ausgezeichnet, Sawwa Trifonowitsch! Sie argumentieren so überzeugend, Sie bringen Argumente vor wie ...'

‚Wie wer?' fragte der Weinhändler.

‚Ich weiß im Augenblick wirklich nicht, wer es war, aber irgend jemand muß es gewesen sein, und vermutlich kein Dummkopf!'

‚Was ist da lange zu reden', warf ich fröhlich ein, ‚ich bin einverstanden! Laßt uns, sobald alles einigermaßen geregelt ist, unser Glück auf dem weiten Meer dieser Erde suchen, ohne uns viel darum zu kümmern, aus welcher Quelle es stammt! Gold bleibt Gold, selbst wenn es im Straßenschlamm liegt. Und man gewinnt es ja auch aus schwarzem oder grauem Gestein. War es in der Tat nicht töricht von mir, mich aufs neue an die Moralphilosophie zu klammern, die mich schon des öfteren auf so tyrannische Weise gegängelt hat? Außerdem habe ich mir schon einmal geschworen, es mit den Gewissensfragen nicht so genau zu nehmen und zuzusehen, ob ich nicht glücklicher werde, wenn ich ein wenig vom Wege abweiche. Wir mieten eine bequeme Kutsche und fahren los. Ich, als das wichtigste Werkzeug unseres künftigen Glücks, placiere mich in der Mitte. Zu meiner Rechten sitzt die schöne Licorissa, zu meiner Linken ihr ehrenwerter Bruder Chwostikow. Ich habe mir sagen lassen, es hat schon mancher sein Glück — zum mindesten das irdische — gemacht, der sich dem bösen Geist verschrieb. Sollte ich unter einem so unglücklichen Stern geboren sein, daß ich auf meinem Wege zum Tempel des Ruhmes und des Glücks, zur Rechten von einem guten, zur Linken von einem bösen Geist begleitet, das Unterfangen nicht zu einem guten Ende führen könnte?'

Alle brachen in Lachen aus. Ich drückte dem guten Sawwa Trifonowitsch die Hand, umarmte Chwostikow und küßte die errötende Licorissa auf die Wange. Sie sah mich mit einem sanften, schmachtenden, zugleich aber auch wägenden und alles durchdringenden Blick an, und ich schwor mir, sie nicht anders als eine zärtliche Schwester zu lieben, auch wenn ich von allen Göttern und Göttinnen zum Günstling der Liebe und des Reichtums erkoren würde.

Aber — o weh! Wie bald vergaß ich diesen Schwur! Wie bald schon wurde die geliebte Schwester zur Geliebten ... Doch davon später!"

ACHTES KAPITEL
Unterwegs

„Unser Wohltäter Sawwa Trifonowitsch stattete uns in kurzer Zeit für die Reise aus, wie es sich für Leute geziemte, die bald die Ehre haben sollten, den Bruder oder Vetter der Mätresse eines angesehenen polnischen Edelmannes zu spielen. Wenn das kein Rang war, der sich sehen lassen konnte! Wir verpflichteten den Lohnkutscher Nikita, einen glatzköpfigen, zahnlosen Alten, der aber fröhlich zu schwadronieren wußte. Selbst über die Schicksalsschläge, die ihn im Leben betroffen hatten, machte er sich lustig.

An einem schönen Sommermorgen begleitete uns Sawwa Trifonowitsch bis vor das Stadttor hinaus, schloß jeden von uns freundschaftlich in die Arme und kehrte nach Hause zurück. Uns allen kamen die Tränen. Ich stand in der Kutsche auf und sah lange mit traurigen Augen auf das allmählich versinkende Moskau zurück. Nach einem letzten Blick auf die Gotteshäuser und ragenden Türme verneigte ich mich zum Abschied, seufzte und setzte mich wieder hin. Mir gingen die Wechselfälle durch den Kopf, die ich in Moskau erlebt hatte. Wo mochte meine Unsichtbare sein? Wo Dobroslawow? Wo waren die Polargans und der Himmlische Stier? O weh! Wie viele Wandlungen vom Bösen zum Guten und umgekehrt hatte es gegeben! Ich seufzte ein zweites Mal, und tiefer als zuvor, meine Reisegefährten hörten es und seufzten ihrerseits. Meine reizende Nachbarin bemerkte, daß ich noch feuchte Augen hatte, und eine blitzende Träne verfing sich in ihren Wimpern. Ich griff behutsam nach ihrer Hand und drückte sie zärtlich, und sie erwiderte mir auf dieselbe Weise. Wie hätte ich da nicht in süße Nachdenklichkeit verfallen sollen? Sie

hielt jedoch nicht lange an. Wir hörten plötzlich eine rauhe, heisere, aber erschreckend laute Stimme neben uns, sahen auf und erkannten, daß sich unser Nikita, mit der Peitsche fuchtelnd, gewaltig aufblies, um möglichst laut zu singen. Er wandte sich zu uns um, bleckte den nackten Gaumen, denn Zähne hatte er ja nicht, und fragte: ‚Nun? Allerhand, nicht wahr? Oh, wenn ihr mich erst in meinen jungen Jahren gehört hättet! Das war was!‘

‚Hört sich auch heute noch gar nicht übel an‘, entgegnete ich, ‚nur haben wir zum Zuhören keine Zeit. Wäre es also nicht besser . . .‘

‚Ich soll aufhören?‘ rief er. ‚Ja, was habt ihr denn zu tun, daß ihr keine Zeit habt?‘

‚Wir denken nach!‘ erwiderte Chwostikow mit dem Ernst eines jungen Pedanten, worauf Nikita zu ihm sagte: ‚Wenn ihr tatsächlich nachdenkt, dann seid ihr sicher nicht ganz glücklich. Solange ich in der Welt herumkutschiere — und ich bin in Moskau und Petersburg, in Leipzig, Berlin und Jassy gewesen, von kleineren Städtchen ganz abgesehen —, hab ich noch nirgends bemerkt, daß jemand nachdenkt, der sich glücklich fühlt. Man denkt erst über etwas nach, wenn es zu spät ist. Wahrhaftig, so ist es! Ich selbst habe mich ziemlich spät ans Nachdenken gemacht und irre darum auf meine alten Tage mit morschen Knochen auf den Landstraßen umher — im Sommer wie im Winter, bei Wind und Wetter. Was bleibt einem anderes übrig, meine Herrschaften! Hört euch zum Beweis der Wahrheit folgende kleine Geschichte an!

Der glatzköpfige Alte, der auf dem Kutschbock vor euch sitzt, war nicht immer nur der Nikita. Es hat eine Zeit gegeben, da redeten ihn die Großen wie die Kleinen, die Reichen wie die Wohlhabenden mit Nikita Perfiljewitsch an und setzten die Bibermütze ab, während sie sich tief vor ihm verneigten. Ich war damals Kaufmann, und nicht der Letzte in unserem Städtchen, und handelte mit Pferden. Der Umsatz war zwar nicht allzugroß, aber ich lebte immerhin in einem ordentlichen Haus und hatte genug zu essen und zu trinken. Meine Frau und die Kinder hatten es gut, ich selbst kam aus dem roten Hemd und dem blauen Rock mit dem prächtigen Gürtel nicht mehr heraus. Wie hätte ich damals an den schmieriggrauen Rock, den ich heute trage, denken können?

Aber dann verfiel zu meinem Unglück ein Landsmann von mir — er war vom gleichen Stand — auf die Steuerpächterei. Weiß der Teufel, was das eigentlich ist! Wir höhnten zuerst über seinen Einfall, sahen dann aber wider Erwarten, daß er zwei Jahre später bereits ein steinernes Haus und mehrere Läden besaß, in denen er Kommis einsetzte, während er selber nichts tat, als zu Besuch zu gehen und Gäste zu empfangen und zum erklärten Freund des Kreispolizeimeisters, des Richters und selbst des Stadthauptmanns wurde, eines ausgesprochen unzugänglichen und finsteren Mannes. Sie alle reichten ihm lächelnd die Hand und erkundigten sich nach dem Befinden seiner Frau, der Kinder und des ganzen Hauses. Wen hätte ein so rascher und glücklicher Wandel nicht verlockt? Es fanden sich zwei Ohrenbläser, die mir in einem fort zuraunten: »Laß doch den Pferdehandel und werde Steuerpächter oder übernimm eine Lieferung für den Staat. Wir haben Krieg, es wird viel Proviant und Fourage für den Feldzug im Ausland gebraucht. Du hast rund hundert Pferde. Da kannst du, wenn du zugreifst, einen hübschen Batzen Geld verdienen. In einem Sommer wirst du mit Gottes Hilfe reicher sein als unser aufgeblasener Landsmann.«

Wie hätte ich den Einflüsterungen so mächtiger Ratgeber, das heißt des bösen Geistes und meiner teuren Gattin, widerstehen können? Obwohl ich damals Nikita Perfiljewitsch hieß, war ich doch noch der alte Nikita, das heißt — ein Mensch.

Ich übernahm einen Auftrag, verpflichtete Arbeiter und machte mich auf den Weg zum Bestimmungsort. Da ich aber weder seine genaue Lage noch die dortigen Entfernungen kannte und auch nicht wußte, daß ich den vereinbarten Preis niemals erhalten würde und obendrein den einen bestechen, den anderen bewirten mußte, während sich der dritte selber schadlos hielt, da ich mit einem Wort in dieser Sache ein ausgemachter Dummkopf war, brach mein ganzer Transport bereits auf halber Strecke zusammen. Ich sah's, aber es war zu spät! Soviel ich auch bat und bettelte, man möge mich nicht drängen — vergeblich! Man übertrug die Lieferung sehr bald auf meine Rechnung an andere, beschlagnahmte meinen Besitz und verkaufte ihn zur Begleichung der ungedeckten Schuld. Ich rannte wie ein Wahnsinniger von einem zum anderen, aber alles umsonst. Der eine lachte mich aus, der andere beschimpfte mich ungehörig. Solange ich imstande gewesen war, die Leute zu beschenken, war ich der teure Freund und hieß Nikita Perfiljewitsch. Man verneigte sich ziemlich ehrerbietig vor mir und drückte mir freundschaftlich die Hand. Jetzt, da ich bettelarm war, konnte ich mich krümmen, daß es aussah, als wäre ich ein Krebs — sie bemerkten mich gar nicht. Und einer — allerdings ein Deutscher — erwies sich als solcher Grobian, daß er fuchsteufelswild wurde, als ich ganz vorsichtig darauf anspielte, wie oft er sich auf meine Kosten hatte vollaufen lassen. Er packte mich am Kragen, drehte mich mit dem Rücken zu sich, versetzte mir für meine Säumigkeit beim Liefern ungesäumt einen Schlag in den Nacken und dann einen Tritt, der es in sich hatte, drängte mich hinaus und sagte: »Mund halten, bärtiges Rindvieh! Wisse — ich bin Dragonerhauptmann!«

Was konnte ich gegen einen Dragonerhauptmann ausrichten? Ich ging meiner Wege, tat einen tiefen Seufzer und verwünschte aus tiefstem Herzen die Ratschläge des bösen Geistes und meiner teuren Gattin.

Von allem, was ich besessen hatte, waren mir nur meine Frau, zwei Söhne und zwei Töchter, drei Mähren, ein Hund und zwei Katzen geblieben. Sieh zu, wie du zurechtkommst! Ich kehrte nach Hause zurück und sagte zu meiner Frau: »Ja, meine Liebe! Da haben wir beide unser Geschäft aber schön umgestellt! Nun stell auch du dich um — von Jacken auf Sarafane!«

Nun ja, es war uns damals zwar ziemlich traurig zumute, aber wir verschmerzten es nach und nach. Ich schlüpfte aus dem blauen in den grauen Rock, betete zu Gott und wurde Kutscher. Und der Herrgott segnete mich. Die Töchter habe ich mit ordentlichen Kleinbürgern verheiratet, die Söhne mit vermögenden Mädchen, und heute fährt jeder von ihnen in einem ansehnlichen Dreigespann.

Jedesmal, wenn ich bei ihnen zu Besuch bin, müssen sie mir versprechen, daß sie sich nie in irgendwelche Veränderungen einlassen werden, damit ihr Glück nicht in Unglück umschlägt und sie Kopfnüsse oder Fußtritte in Kauf nehmen müssen.'

Mit diesen Worten beendete Nikita seine nachdenkliche Geschichte, die unsere Schwermut tatsächlich einigermaßen zerstreut hatte. Wir waren schon zwei Wochen unterwegs und durch mehrere Städte, Städtchen, große und kleine Dörfer gekommen und machten eines schönen Tages in einem Weiler Station, um zu Abend zu essen und zu übernachten. Der Weiler lag nur eine Tagereise von Kiew entfernt, das damals zu Polen gehörte."

NEUNTES KAPITEL
Fortsetzung der Reise

„Ich glaube, ich brauche mich nicht des langen und breiten darüber auszulassen, daß ich bereits seit einer Weile Glück in der Liebe hatte. Der Bruder meiner Freundin blickte mich scheel an, wir taten jedoch, als ob wir es nicht merkten. Er war bis dahin gleichgültig geblieben oder hatte wenigstens so getan. An diesem Abend nun, der der Erholung von unseren

Reisestrapazen gewidmet sein sollte, kamen Licorissa und ich auf den unglücklichen Gedanken, in einem nahen Hain spazierenzugehen, der unmittelbar an einen Wald grenzte. Als wir uns in seinem Dickicht mit Pilzesammeln vergnügten, verdunkelte ein schreckliches Unwetter den Himmel. Regen und Hagel prasselten auf uns nieder, und wir mußten die ganze Nacht im Schutze der weitverzweigten Tannen zubringen.

Dann brach ein wunderbarer Morgen an. Wir krochen aus unserer Zuflucht hervor, wußten aber nicht, wohin wir unsere Schritte lenken sollten.

Wir sahen uns nach allen Seiten um, fanden aber keinen anderen Ausweg, als auf gut Glück nach einem Pfad zu suchen. Und den entdeckten wir denn auch, sogar doppelt, das heißt, wir stießen gleich auf zwei schmale Pfade.

‚Gott sei Dank', rief Licorissa erfreut, ‚einer von diesen beiden Pfaden führt bestimmt zu unserem Dorf.'

‚Ohne Zweifel', entgegnete ich, ‚und zwar der nach rechts.'

‚Aber nein', sagte sie, ‚es ist ohne Zweifel der, der sich nach links wendet!'

‚Weshalb denn das?' fragte ich hitzig.

‚So überlege doch! In welche Richtung sind wir beim Pilzesammeln gegangen?'

‚Soweit ich mich erinnere — nach links!'

‚Genauso ist es!'

‚Dann wäre also diese linke Seite auf dem Rückweg zur rechten geworden, und wir müßten uns infolgedessen links halten?'

Ihre Argumente erschienen mir recht überzeugend, ich pflichtete ihr bei, und wir machten uns auf den Weg; ich umfing sie mit der linken Hand und bog mit der rechten die Zweige auseinander, damit sie nicht das zarte Gesicht, den vollen Busen und die weißen Hände meiner Gefährtin zerkratzten. Entzückt über das Grün des Grases, das Gezweig der Bäume und den Gesang der Vögel, gerieten wir in eine Art süßen Liebesrausch und blieben, das Dickicht rundum nützend, alle Augenblicke stehen und umarmten uns; ich kann nicht mit Bestimmtheit sagen, ob die Langsamkeit, mit der wir dahinschlenderten, oder die Länge des Weges daran schuld war — jedenfalls stand die Sonne, als wir eine Lichtung erreichten, schon hoch im Zenit. Wir erblickten in der Ferne ein Dorf, freuten uns, umarmten uns ein letztes Mal und eilten darauf zu. Doch wer beschreibt unser Erstaunen, als wir aus allen Anzeichen erkannten, daß es nicht jenes war, in dem wir Station gemacht hatten.

‚Gawrilo Simonowitsch', sagte Licorissa und erblaßte, ‚wir haben uns natürlich verlaufen. Was soll nun werden?'

‚Warten wir ab', entgegnete ich, ‚vielleicht irrst du dich.'

Da kam ein Bauer des Weges. Ich sprach ihn an und fragte: ‚Augenblick, mein Freund! Hat hier nicht gestern abend ein Dreiergespann haltgemacht?'

Er: ‚Kein Mensch hat hier haltgemacht.' (Er will gehen.)

Ich: ‚Warte doch! Wo liegt denn dann das Dorf, in dem es haltgemacht hat? In dieser Richtung oder in jener?'

Er: ‚Das müssen die wissen, die mit dem Dreigespann gekommen sind!'

Und er ging. Licorissa seufzte.

Ich: ‚Warum gleich seufzen? Gehen wir erst mal ins Dorf, dort werden wir sicherlich einiges erfahren. Am dümmsten ist, daß ich keine Kopeke bei mir habe — ich habe mein ganzes Geld im Koffer gelassen. Wie unvorsichtig von mir! Aber wer konnte das ahnen! Ich glaube, Licorissa, auch du bedarfst der Stärkung. Es war schließlich keine Kleinigkeit, die ganze Nacht in der feuchten Luft zu verbringen und so viele Werst zu Fuß zurückzulegen — bei Morgentau, in einem leichten Kleidchen und leichten Schuhen!'

Licorissa stieß aufs neue einen tiefen Seufzer aus und neigte den Kopf auf ihren weißen Busen. Kein Tropfen Blut belebte ihre Wangen. Wo war die Lust zu den Umarmungen, den Küssen, den Zärtlichkeiten geblieben? Gewiß, wir schauten uns hier und da an, aber nicht mehr mit jenen glühenden Blicken, die von Liebe und Seligkeit zeugen. Da sieht man, was Liebe ohne Geld bedeutet! Die Liebe ist eine zarte, schöne Blume. Solange man sie hegt und pflegt, solange lebenspendender Regen und nährender Tau ihre Stiele tränken, funkelt sie wie ein Edelstein. Aber nimm ihr diese Nahrung — und sie siecht dahin und verwelkt.

‚Warte, meine beste Freundin! Ich habe mich schon wiederholt in einer ähnlichen Lage befunden und bin trotz allem, wie du siehst, gesund und munter. Zu dieser Stunde essen die Bauern zu Mittag. Ich gehe hin und überrede sie, uns etwas abzugeben. Natürlich kann sich ihr Tisch nicht mit dem Tisch im Hause der Aufklärung messen. Aber was hilft's?'

Ich betrat das Haus, vor dem wir uns niedergesetzt hatten.

Man war beim Mittagessen; ich erblickte einen beleibten, rothaarigen Bauern, wie ich erriet — den Hausherrn. Neben ihm saß seine Frau, dann folgten fünf, sechs Kinder. Er aß seine Kohlsuppe mit solchem Schmatzen wie ich in Fatesh mein Butterbrot, wofür ich vom Hüter der Ruhe und Ordnung gezüchtigt wurde.

Ich: ‚Ehrenwerter Hausherr! Hast du nicht für mich und meine Frau, die draußen wartet, etwas zum Mittagessen übrig?'

Er: ‚Wie sollte ich nicht! Bei uns gibt es eine gute Kohlsuppe mit Schweinefleisch, gekochtes Hammelfleisch und ein gebratenes Ferkel. Hausfrau! Tummel dich!'

Ich: ‚Nicht doch, nicht doch! Wir brauchen nicht so viel, wir sind nur auf der Durchreise! Auch haben wir zufällig kein Geld bei uns.'

Er (sich den Schnurrbart wischend): ‚Hehe, mein Herr! Dann steht es schlecht! Solche Gäste sind uns nicht eben willkommen! Hausfrau, bemüh dich nicht!'

Ich wagte nicht auf Licorissa zuzutreten. Sie saß auf der Bank und preßte beide Hände an die Augen. Ich sah am Wogen ihres Busens, daß sie lautlos weinte. Die Ärmste! So weit hatte uns mein Unverstand gebracht!

Ich ging in ein zweites Haus und hörte dieselbe Antwort, in einem dritten dieselbe mit Zugabe, also Ablehnung mit

Spott, und im vierten zur Ablehnung und dem Spott auch noch Schimpfen; im fünften gesellten sich zu allen anderen Annehmlichkeiten, mit denen man mich empfing, sogar noch Drohungen. Kurzum, ich klopfte im ganzen Dorfe an, und überall zahlte sich's aus — hier mehr, dort weniger.

Ich kehrte mit hängendem Kopf langsam zu Licorissa zurück und wußte nicht, was ich ihr sagen sollte, als ich auf einmal Staub über der Landstraße aufsteigen sah und bald darauf ein Dreigespann erblickte. ‚Herzallerliebste! Ich glaube, das ist unsere Kutsche! Fasse Mut!' Die Kutsche kam immer näher; ich konnte schon deutlich Nikitas kahlen Schädel unterscheiden, der in den Strahlen der Mittagssonne an eine Kugel erinnerte.

‚Ich fürchte', sagte Licorissa seufzend, ‚mein Bruder wird mir zürnen, weil ich die ganze Nacht . . '

‚Und wenn er vor Ärger platzt! Was kann er dir schon anhaben? Du bist kein kleines Mädchen mehr und stehst nicht unter seiner Aufsicht. Wieso hat dir dein ehrenwerter Bruder denn nicht gezürnt, während du bei den Herren Aufklärern lebtest? Im übrigen habe ich für alle Zeiten die Pflicht übernommen, dich gegen jedermann zu verteidigen, wer es auch sei.'

Die Kutsche war herangekommen, Nikita erkannte uns sogleich, hielt an, sprang vom Bock, sperrte lächelnd den breiten Rachen auf und sagte: ‚Hach, ihr Herumtreiber! Wo habt ihr denn gesteckt? Ist schließlich kein Spaß — so eine Nacht wie diese! Ich habe in der Scheune unter der Kutsche gelegen und kein Auge zugetan, und ihr vergnügt euch irgendwo im Freien! Oh, oh!'

Hier trat Chwostikow mit finsterer Miene auf uns zu; man merkte, daß er bereits den Gaben des Bacchus zugesprochen hatte.

Chwostikow: ‚Das geht dich nichts an, Nikita. Kümmere dich um deine eigenen Angelegenheiten! Wo hast du denn die ganze Zeit gesteckt, Verehrteste? Wer hat dir das Recht gegeben, dich nachts herumzutreiben, dazu mit einem fremden Mann?'

Ich (gekränkt): ‚Mit einem fremden Mann, mein Herr?'

Chwostikow (ohne mich anzublicken): ‚Ich heische Antwort, Licorissa!'

Licorissa (weinend): ‚Ach, Bruder!'

Ich (selbstbewußt): ‚Herr Chwostikow! Du siehst — das arme Mädchen ist vom Fußmarsch und vom Hunger erschöpft. Sie muß sich beruhigen und stärken. Danach haben wir Zeit genug, deine Neugier zu befriedigen. Ich bitte aber zu beachten — die Neugier, und weiter nichts!'

Er sah mich vielsagend an und ging, um einen passenden Gasthof zu suchen. Nikita folgte ihm, die Pferde am Zaum, und ich folgte mit Licorissa der Kutsche. Sie schluchzte immer noch.

Ich: ‚Ich bitte dich, mach dir doch nicht unnütz Sorgen! Wenn er versucht, dich weiter auszuhorchen, dann leuchte ich ihm heim, daß ihm die Lust vergeht, meine gute, zärtliche Herzensfreundin noch einmal zu belästigen.'

Beim Worte ‚Herzensfreundin' schlug sie die schmachtenden Augen zu mir auf und lächelte, wie die Abendröte lächelt, wenn ihre letzten Strahlen die Erde treffen. Ein Augenblick noch, und sie erlöschen; Dunkelheit sinkt auf den Horizont herab. So plötzlich war auch die Farbe auf Licorissas Wangen erloschen.

Wir kamen im Hof der Herberge an und machten halt. Chwostikow trat auf die Schwester zu und sagte in barschem Ton: ‚Bereite das Mittagmahl! Das ist deine Aufgabe!'

Ich (auf ihn zutretend): ‚Keineswegs die ihre, sondern die der Wirtin. Sie soll sich hinlegen. Wenn das Mittagmahl fertig ist, wecken wir sie und speisen — danach magst du uns ausfragen, soviel dein Herz begehrt. Leg dich schlafen, Licorissa! Wir trinken ein Gläschen Wodka gegen die Müdigkeit und sprechen uns aus.'

Dagegen ließ sich nichts einwenden. Wir holten den Wodka hervor, gingen vors Tor, setzten uns auf die Bank und stärkten uns mit einem Gläschen und einem guten Imbiß. Hier fand sich, nachdem er die Pferde versorgt hatte, auch Nikita ein — mit einer hölzernen Schüssel voller Stschi, mit Kwaß, einem Laib Brot und einer Taschenflasche Schnaps; er machte sich ans Werk und kam auch, obwohl ihm sämtliche Zähne fehlten, ausgezeichnet damit zurecht. Nachdem er das halbe Fläschchen geleert hatte und noch vergnügter als sonst geworden war, mischte er sich in unsere Unterhaltung ein — es ging um die vergangene Nacht.

Nikita riß die Augen auf, die Hand mit dem Brotkanten erstarrte einen halben Werschok vor dem Mund, und er erkundigte sich: ‚Sagt mal, Herrschaften! Woher kommen wohl Donner und Blitz?'

Chwostikow (wichtigtuerisch): ‚Woher der Donner kommt? Komische Frage! Aus den Wolken!'

Nikita: ‚Und der Blitz?'

Chwostikow: ‚Ebenfalls aus den Wolken!‘

Nikita: ‚Wieso denn das? Der Blitz und der Donner — beides aus den Wolken? Wenn es das eine oder das andere wäre — meinetwegen! Aber so — nimm dich vor beiden in acht! Da stimmt was nicht. Soviel ich gehört habe, kommt der Donner daher, daß der Prophet Elias, dessen Rösser bei weitem feuriger als die meinen sind und dessen Kutsche erst recht die meine aussticht, am Himmel spazierenfährt und dann und wann zum Spaß ein bißchen poltert, der Gute!‘

Chwostikow: ‚Hahaha! Elias, die Rösser, die Kutsche?‘

Nikita: ‚Warum nicht? Ist es vielleicht verständlicher, daß Donner und Blitz aus den Wolken kommen sollen? Und woher kommen die Wolken?‘

Chwostikow: ‚Die Wolken kommen von der Bewölkung.‘

Nikita: ‚Sind Bewölkung und Wolken denn nicht dasselbe?‘

Chwostikow: ‚Keineswegs! Die Wolke ist verdichtete Bewölkung, während die Bewölkung, nun ja, eine noch nicht ganz fertige Wolke ist!‘

Hier brach ich in lautes Gelächter aus.

Chwostikow: ‚Was versetzt dich in solche Heiterkeit?‘

Ich: ‚Ich wundere mich, daß Nikita Ihnen nicht glaubt und den Ausführungen eines hochgelehrten Physikers, wie Sie es sind, nicht folgen kann.‘

Chwostikow (trinkt): ‚Und ich freue mich, in Ihnen einen Zuhörer gefunden zu haben, der besser dazu imstande ist.‘

Ich: ‚Zuviel der Ehre, mein Herr! Mich von derartig weisen Lehrern belehren zu lassen, bin ich nicht gewohnt.‘

Er: ‚Ich meine nicht ganz ungebildet zu sein!‘

Ich: ‚Das haben Sie mit Ihren Ausführungen über den Donner, den Blitz und die Wolken soeben bewiesen.‘

Er: ‚Dann machen Sie es doch besser!‘ (Er trinkt.)

Ich: ‚Ich pflege vor solchen Leuten wie Sie nicht zu sprechen.‘

Er (dreht sich zu mir um): ‚Was meinen Sie mit »solchen« Leuten?‘

Ich: ‚Solche Leuchten der Wissenschaft!‘

Er (gibt mir einen Nasenstüber): ‚Sie Ärmster! Hahaha!‘ (Er wendet sich ab.)

Ich wurde böse. Was sollte auch dieser alberne Scherz? Ich versetzte ihm also, ohne Zeit zu verlieren, eine Kopfnuß, daß er mit der Nase auf den Tisch schlug, an dem er saß. Dazu sagte ich: ‚Armer Skorpion, hahahaha!‘

Er geriet — im wahrsten Sinne des Wortes — außer Rand und Band, machte sich den Vorteil des Stehenden gegenüber dem Sitzenden zunutze, faßte mich mit beiden Händen am Toupet und schüttelte mich hin und her, wobei er sagte: ‚Verdammter Steinbock! Ich breche dir die Hörner!'

Auch ich erhob mich, packte ihn an beiden Ohren und riß daran, daß sie bluteten. Dann ließ ich, da sie verwundet und damit kampfunfähig waren, von ihnen ab, erwischte ihn mit der einen Hand am Zopf und preßte ihn mit der anderen an mich, daß er ein Stöhnen von sich gab, aber nicht aufhörte, sein Mütchen an meinem Toupet zu kühlen. Von seinen Ohren tropfte Blut, aus meinen Augen rollten Tränen.

‚Herrschaften, Schluß jetzt! So was von Kampfhähnen! Haltet ein! Was soll das? Die reinsten Teufel! Nein, wirklich, schämt euch! Hört ihr denn nicht? Hol euch Halunken der Satan! Die reinsten Banditen! Da! Seht euch das an, wie die Haarbüschel fliegen! Du wirst genauso kahl sein wie ich, Gawrilo Simonowitsch, und du, Herr Chwostikow, genauso stutzschwänzig wie mein scheckiger Wallach! Dein Zopf hängt nur noch an einem Härchen. Aber was rede ich noch mit euch Scheusalen! Laßt mich meine Kohlsuppe löffeln und als Nachtisch mein geliebtes Fläschchen leeren!'

Hier nahm ich alle Kraft zusammen, um den großen Kampf zu beenden — auf einen Streich, wie man zu sagen pflegt; ich ließ seinen Zopf fahren, packte Chwostikow mit beiden Händen, hob ihn hoch, schüttelte ihn durch und neigte ihn vornüber, um ihn zu Boden zu werfen. Da er sich aber eisern an mein Toupet klammerte, brachte er auch mich zu Sturz, der Tisch fiel auf uns beide und mit dem Tisch auch Nikitas Schüssel mit den Stschi, sein geliebtes Fläschchen und alles übrige.

Hier erhob Nikita ein großes Geschrei: ‚Zu Hilfe, um Christi willen, zu Hilfe! Hierher, zu Hilfe! Sie bringen sich um! Wie die wilden Tiere!'

Im Nu strömte eine Menge Volk herbei. Die einen versuchten uns zu trennen, die anderen lachten, die dritten standen da und schwiegen.

Nikita las mit der einen Hand die Scherben seiner zerschlagenen Flasche auf, strich sich mit der anderen über den Hinterkopf und schalt: ‚Nie im Leben sollt ihr Frieden finden! Was habt ihr Nichtsnutze angerichtet!'

Man brachte uns auseinander. Wir rappelten uns hoch und gingen daran, uns wieder instand zu setzen. Jemand kämmte die ausgerissenen Haare aus meinem mißhandelten Toupet, ein anderer nahm sich des Chwostikowschen Zopfes an und wusch ihm das Blut von den Ohren. Wir saßen auf der Bank und schielten einander grimmig an. Zu allem Unglück war die empfindsame Licorissa vom Lärmen und Schreien aufgewacht, erfuhr von der Schlägerei und glaubte, dies sei die Fortsetzung unserer Unterhaltung von vordem; sie trat weinend vor das Tor, hielt sich die Schürze vor die Augen und blieb in einiger Entfernung stehen. Ich erblickte sie, da sie mir am nächsten stand, früher als die anderen und sagte: ‚Was willst du hier, Licorissa? Geh ins Haus!'

Mein Widersacher drehte sich rasch um, sah sie, sprang auf, stürzte mit erhobenen Fäusten auf sie zu und rief: ‚Ich werde dich lehren, Herumtreiberin!'

Kaum war er neben mir, sprang auch ich auf und versetzte ihm so geschickt einen Stoß in den Rücken, daß er Hals über Kopf durch das Tor schoß und der Länge nach in den Schlamm vor der Viehtränke fiel. Ich eilte auf ihn zu, setzte ihm den Fuß auf den Nacken und sagte: ‚Lieg da, du giftige Kröte, du elender, verdammter Skorpion!'

Ich kam in den Hof, gewahrte die immer noch weinende Licorissa, faßte sie an der Hand, führte sie ins Haus und sagte: ‚Tröste dich! Wir essen allein zu Mittag. Dein Bruder ist nicht nur unwürdig, mit uns zu essen, er ist es nicht einmal wert, das Tageslicht zu schauen! Liebst du mich?'

Sie sah mich mit Augen an, über deren Ausdruck ich mich verwunderte — sie verrieten etwas wie Unsicherheit oder Scheu.

‚Und danach fragst du noch?' entgegnete sie. ‚Liebst du mich denn nicht mehr wie früher?'

‚Verlassen wir also deinen törichten Bruder', unterbrach ich sie, ‚und fahren wir allein nach Warschau. So unzertrennlich wie wir selbst werden auch unsere Herzen sein. Wäre es dir, die du den einzigen Reiz meines Lebens bildest', hier sank Licorissa in meine Arme, ‚das einzige Gut, nach dem ich so lange ungestüm und vergeblich gestrebt habe, denn angenehm, im weiteren Verlauf der Reise vielleicht ein halbes Dutzend solcher Auftritte zu erleben oder womöglich noch mehr! Bis heute war dein Bruder friedlich. Aber frage dich selbst, was werden soll, wenn er bei der bloßen Vermutung, du könntest mich lieben, in solche Wut geriet, was also werden soll, nachdem er sich über unsere gegenseitige Liebe im klaren ist. Entscheide dich!'

‚Ich habe dir Liebe geschworen und bin bereit, dir zu folgen, wohin mich deine Hand auch führt!'

Ich rief den Wirt und Nikita, wir gingen in die Scheune und luden Chwostikows Habe aus; ich übergab sie dem Wirt zur Verwahrung; dann ließ ich anspannen, nahm Schulter an Schulter, Hand in Hand mit Licorissa in der Kutsche Platz und verließ mit ihr das Dorf, wo Chwostikow, wie ich von einem Gasthofbedienten wußte, in bleiernem Schlafe lag, eher vom Wodka denn durch die blutige Schlacht außer Gefecht gesetzt.

Wer beschreibt den Liebestaumel, der uns beseelte! Wir fuhren den Rest des Tages hindurch, bezogen Nachtquartier in einem Dorf und sanken in süßen Schlummer. Ich schlug die Augen erst auf, als die Sonnenstrahlen auf meinen Wangen brannten. Ich überließ mich einem angenehmen Halbschlaf und träumte von meinem gegenwärtigen und künftigen Glück. Plötzlich weckte mich die heisere Stimme Nikitas — er sang ..."

ZEHNTES KAPITEL

Der Prinz aus fremden Landen

„‚Schämst du dich nicht, Nikita, die Leute zu belästigen und sie mit deinem Heulen aus dem Schlummer zu reißen? Um diese Stunde Lieder — was soll das?'

‚Bitte zürne mir nicht, hoher Herr', entgegnete er. ‚Ich

habe geglaubt, auch deine Gnädige sei wach und ihr vertreibt euch die Zeit mit gottlosem Tun!'

‚Womit zum Beispiel?'

‚Mit Nachdenken!'

‚Und warum sollte Nachdenken gottlos sein?'

‚Weil es zu gar nichts taugt! Wie denn, Gawrilo Simonowitsch, glaubst du vielleicht, ich sei Analphabet und wüßte über nichts Bescheid? Schlag doch die zehn Gebote nach — nirgends steht geschrieben, du sollst dich nicht mit dem Gedanken tragen, zu stehlen, du sollst dich nicht mit dem Gedanken tragen, zu töten! Dort steht ganz einfach — du sollst nicht stehlen, du sollst nicht töten. Meinem beschränkten Verstand will allerdings scheinen, gestern abend hättest du ruhig ein bißchen nachdenken und dir sagen sollen: Ich bin jung, und auch das Mädchen ist jung und obendrein schön. Der Teufel ist stark, er bringt selbst Mönche vom Pfade der Tugend ab, mich zu verleiten ist für ihn also ein Kinderspiel.'

‚Du kommst mit deiner Gelehrtheit zur unrechten Zeit, Nikita, hör bitte auf!'

‚Schon gut', entgegnete er und scheuchte die Fliegen von seiner Glatze. ‚Ich möchte nur noch hinzufügen — gestern abend warst du, wie ich bemerkte, zum Nachdenken nicht aufgelegt, und heute ist es zu spät.'

Ich pflichtete der Meinung des weisen Nikita bei, und wir setzten unsere Reise gemächlich fort. Die Tage verstrichen friedlich und heiter. Unser Leben floß, um es auf Dichterart auszudrücken, gleich einem hellen Bach dahin, der über silbrigen Sand zwischen blumigen Ufern zum Ziele strebt.

Wir waren bereits fünfzig Kilometer hinter Kiew und folglich schon im eigentlichen Polen, als Licorissa mich aufs neue um eine Rast im nächsten Dorfe bat. Sie war noch nie im Leben weiter fort als in den Worobjower Bergen, dem Wäldchen Marjina Rostscha oder anderen Teilen der Moskauer Umgebung gewesen. Ich war sogleich bereit; Nikita rechnete uns zwar mit ziemlichem Nachdruck vor, welche Verluste er infolge der zusätzlichen Wartezeiten erleide, lächelte aber und erklärte sich mit allem einverstanden, als ich ihm versprach, die Kosten für seine Verpflegung und das Pferdefutter zu übernehmen und ihm täglich zwei gute Glas Wodka zu spendieren. Wir kamen gegen Mittag in ein ansehnliches Dorf, das sich besonders durch zwei Kapellen mit nicht von Menschenhand geschaffenen Heiligenbildern auszeichnete. Abseits vom Dorf stand in einiger Entfernung ein niedriges, von einem hohen Zaun umfriedetes Haus. Ich mietete die beste Stube im besten Gasthof und ließ mich mit meiner schönen Freundin darin nieder. Wir beschlossen, so lange zu bleiben, wie es uns gefallen würde. Die Tage sollten Spaziergängen, dem Lesen von Büchern und der Unterhaltung, die Nächte sollten der Ruhe gewidmet sein. ‚Wir brauchen uns nicht zu beeilen', sagte ich, ‚denn es ist nie zu spät, sein Glück zu suchen, wie es nie zu spät ist, sich zu bilden!'

Am Tage nach unserer Ankunft im Dorf bemerkten wir mittags eine allgemeine Bewegung unter den Bewohnern. Der Grund dafür waren, wie wir erfuhren, die Trauerfeierlichkeiten für den verstorbenen reichen kleinrussischen Pan Slatnizki. Ich hätte alledem keine besondere Beachtung geschenkt, wäre nicht einer von den Edelleuten, die dem Toten das Geleit gaben, zufällig im selben Gasthof abgestiegen. Er hatte keine Zeit, dem Sarg bis Kiew zu folgen. Beim gemeinsamen Mittagmahl entspann sich ein Gespräch, und der Edelmann sagte: ‚Mein Herr! Ich sehe, Sie sind ein aufgeklärter Mann, und ich möchte Ihnen daher ehrerbietig vorschlagen, sich eine kleine Geschichte anzuhören, die ich über den Verstorbenen verfaßt habe. Es gibt in unserer Gegend so wenig Leute, die würdig wären, etwas halbwegs Sinnvolles vorgetragen zu bekommen, daß man es schon als Glücksfall betrachten muß, einem gebildeten Menschen zu begegnen.'

Licorissa und ich nahmen den Vorschlag des gefälligen Edelmannes mit Vergnügen an.

Er zog eine Rolle beschriebenen Papiers aus der Tasche, hüstelte und begann: ‚Jeder vernünftige Mensch ist, wenn er erkennt, daß der andere einem Laster verfallen ist, verpflichtet, ihn zu bedauern. Nur der Stolze erscheint dessen nicht würdig, denn seine Torheit ist selbstgewollt. Man sollte zwei Arten von Stolz unterscheiden — den Hochmut und die Anmaßung. Hochmütig kann man denjenigen nennen, der sich durch seine Fähigkeiten hervorgetan und einen gewissen Ruhm in seinem Kreis erworben hat, sich aber allzuviel darauf zugute tut und die Verdienste der anderen herabsetzt; und anmaßend den, der nichts Vernünftiges geleistet hat, sich aber vor den anderen mit seinem Reichtum oder der vornehmen Herkunft brüstet.

Da lebte in der Ukraine bis vor kurzem ein reicher Gutsbesitzer, ein gewisser Pan Slatnizki. Er leitete sein Geschlecht in gerader Linie von mehreren ukrainischen Hetmanen her und zählte die letzten unter ihnen zu seinen nahen Anverwandten.

Er war schon alt, besaß aber keinerlei Rang, da er ungeachtet der Ermahnungen seiner Freunde und Verwandten auf keinen Fall in den Staatsdienst treten wollte. »Wozu sollte ich das«, sagte er, »wenn keinerlei Hoffnung für mich besteht, Hetman zu werden?« Jeden Tag verwünschte er den Hetman Chmelnizki, der sich als erster dem russischen Zepter unterworfen hatte.

Den größten Teil des Tages brachte er in einem Zimmer zu, das mit den Bildnissen alter Hetmane und ihrer Frauen geschmückt war. Er setzte sich an den Tisch in der Mitte des Raumes, starrte die Bildnisse an, stöberte in Bergen von alten Handschriften und gab sich dieser Beschäftigung hin, bis sich sein Appetit regte. Dann trat er (tief seufzend) aus der Tür und sagte: »Oh, wie glücklich ich bin, daß ich das Andenken meiner hochgebildeten Ahnen nicht beleidigt und mich nicht mit Leuten eingelassen habe, die nur darauf aus sind, einen Dienstrang zu erwerben! Was soll ich mit einem solchen Rang, wenn ich doch meiner Geburt nach schon edler denn jeder Edelmann bin?«

Seine Bedienten mußten, wenn sie ihm etwas zu reichen oder von ihm entgegenzunehmen hatten, vor allem auf der Hut sein, ihm zu nahe zu kommen, denn er fürchtete, ihr Atem könnte sich mit dem seinen vermischen. »So verhielten sich alle Sultane und alle kleinrussischen Hetmane«, behauptete er. Von allen seinen Nachbarn sah er — auch das mit äußerster Selbstüberwindung — nur Pan Priluzki als würdig an, in seinem Thronsaal empfangen zu werden. So nannte er das Zimmer mit den Bildnissen der Hetmane. Im übrigen durfte auch niemand von den Bedienten hinein. Das Entfernen der Spinnweben und des Staubs von den Bildnissen hatte seine einzige Tochter Jewdokija zu besorgen, die ebenso sanft, angenehm und umgänglich war wie ihr Vater rauh und wunderlich.

Aber auch Pan Priluzki war auf seine Weise nicht weniger sonderbar. Zwar konnte er sich seiner Ahnen kaum rühmen, denn alt war sein Geschlecht gerade nicht, doch meinte er, es gäbe niemanden, der sich bezüglich seiner Verdienste mit ihm vergleichen könne. Im Innersten seines Herzens verachtete er Pan Slatnizki, besuchte ihn aber dann und wann. Wenn er über ihn sprach, versäumte er nie die Gelegenheit, sich über seinen geradezu wahnwitzigen Hochmut lustig zu machen. Und da er sich tatsächlich gewisse Verdienste erworben hatte und im Majorsrang stand, hätte man ihn nicht nur erträglich, sondern auch liebenswert gefunden, wäre er nicht so oft auf diese seine Verdienste zurückgekommen. Sein Sohn Alexej diente bei der Armee, hatte sich wiederholt hervorgetan und galt — im Gegensatz zu seinem Vater — sowohl in geistiger und seelischer als auch in körperlicher Hinsicht bei jedermann als angenehm.

Eines Tages, als sich Slatnizki in seinem Thronsaal zum Mittagessen bereitmachte und die alten Pergamente auf einen Stapel legte, erhob sich hinter der Tür ein fürchterliches Geschrei. Gleich darauf wurde die Tür aufgerissen, und herein stürzte Pan Priluzki. Er rang nach Atem.

Pan Priluzki: »Guten Tag, ehrenwerter Nachbar! Seit wann sind bei dir so vornehme Sitten eingeführt, daß selbst ein verdienter alter Major nicht ohne Anmeldung bei dir Einlaß findet? Deine nichtsnutzigen Diener wollten ihn mir verwehren! Gestatte, daß ich mich setze!« (Er setzt sich.)

Slatnizki (in äußerster Verwunderung): »Ich träume wohl einen schrecklichen Traum? Wie? Du willst zu mir — ohne Anmeldung? Und das in Gegenwart meiner hohen Ahnen? Pan Priluzki, hilf mir aus einem furchtbaren Zweifel — wer von uns beiden hat den Verstand verloren, ich oder du?«

Priluzki: »Laß mich nachdenken und dich aufmerksam betrachten! So! Ich schwöre dir bei meiner Ehre, der Übergeschnappte bist du! Du redest von der Gegenwart deiner Ahnen? Was ich sehe, sind ein paar männliche oder weibliche Fratzen in seltsamem Staat! Pfeif auf sie, mein Freund, und sei nicht albern! Komm, setz dich her, und ich erzähle dir eine angenehme Neuigkeit! Ich bin nicht hergekommen, um dir Verdruß zu bereiten! Ich weiß zwischen Feind und Freund zu unterscheiden. Wenn ich manchmal vor der Schlacht . . .«

Slatnizki: »Wenn du willst, daß ich mit dir rede, dann verlassen wir diesen geheiligten Raum. Die Schatten meiner Ahnen werden mir die Beleidigung nicht verzeihen, wenn ich mit einem solchen Manne vor ihnen spreche.«

Priluzki: »Ich habe mich wohl verhört? Mit einem solchen Manne? Ein verdienter Major, der unerschrocken vor den feindlichen Reihen gestanden hat, darf dieser Sudeleien eines bäurischen Malers wegen nicht reden?«

Slatnizki: »Was bedeutet schon der Rang im Vergleich zum Adel der Herkunft? Ich habe Anspruch auf die Hetmanswürde! Oh, dieser Chmelnizki!«

Priluzki: »Anspruch auf die Hetmanswürde? Alter Schwätzer! Wer hat dich denn daran gehindert, ihn geltend zu machen? Wer hat denn zugelassen, daß diese hohe Würde auf andere Häuser überging? Wärest du, als du achtzehn warst, geschmückt mit dem Schwert deiner Ahnen, auf dem Schlachtfeld erschienen und hättest du, ohne um dein Blut und deinen Frieden zu bangen, das eine wie das andere dem Vaterland zum Opfer gebracht, dann hätte dich der dankbare Monarch in Anerkennung deiner Vorzüge und Verdienste gewiß vor allen anderen ausgezeichnet, die dir vielleicht nach Verdiensten

gleich, aber nicht ihrer Herkunft nach gleich gewesen wären! Aber wo warst du? Du hast dich nicht weiter als zehn Werst von deinem Dorf entfernt! Und zu welchem Zweck? Um einen Wolf oder Fuchs zu jagen! Was hast du die ganze Zeit über getrieben? Gegessen, getrunken, geschlafen und was dergleichen mehr ist! Und du beklagst dich über den Verlust des Hetmansstabes? Wärest du vierzig Jahre im Felde gewesen wie ich, dann wärest du bestimmt Major oder vielleicht sogar . . .«

Ohne das Ende der philosophischen Betrachtungen des Majors abzuwarten, hielt sich Slatnizki die Ohren zu, keuchte: »Ich – ein Major? O meine hohen Ahnen!« und stürzte aus dem Thronsaal.

Pan Priluzki wurde zuerst ein wenig nachdenklich und gestand sich ein, er sei wohl zu soldatisch vorgegangen. Ein Unbefangener, der Slatnizki zu richten gehabt hätte, wäre auch mit Priluzki nicht zufrieden gewesen. Doch hätte ihn einigermaßen entschuldigt, wer den Grund seines Besuches kannte, den wir in Kürze erfahren werden.

Priluzki saß den Bildnissen gegenüber im Sessel und überlegte: »Ich habe vierzig Jahre gedient, stehe im Rang eines Majors und muß mich auf meine alten Tage so schmählich behandeln lassen! Und von wem? Von einem Hetmansenkel, der selber keinerlei Rang besitzt! Ich — ein erblicher Edelmann und Major!«

Kaum hatte er sein Gemurmel beendet, als ein Diener eintrat und erklärte: »Der Herr läßt Ihnen bestellen, Sie möchten unverzüglich sein Haus verlassen, anderenfalls ...«

»Anderenfalls«, brauste der Major auf und hob den Stock, »anderenfalls ich dir, wenn du noch einmal den Mund aufmachst, sämtliche Knochen breche! Sag deinem Herrn, dem hochwohlgeborenen Hetmansenkel, der aber keinerlei Rang besitzt, daß ich einen anderen Abgesandten von ihm erwarte als dich oder deinesgleichen!« Der Diener rannte davon und war froh, sich seiner Mission so rasch entledigt zu haben. Gleich darauf erschien die sanfte Jewdokija und wiederholte zitternd im Namen ihres Vaters, was schon der Diener gesagt hatte. Der Alte sah sie lange unverwandt an und entgegnete schließlich in freundschaftlichem Ton: »Es tut mir leid, du gutes, hübsches Mädchen, aber ich kann dein Begehren nicht erfüllen! Ich bin fünf Werst gefahren, und eigentlich deinetwegen! Ich muß das Gespräch mit deinem Vater unbedingt zu Ende führen. Dann werden wir ja sehen, ob ich noch des öfteren Gast in seinem Hause sein oder es nie wieder betreten werde! Bestell ihm das!«

Jewdokija, in der insgeheim gewisse Ahnungen hochstiegen, entfernte sich rasch, kehrte bald darauf zurück und erklärte dem Major, ihr Vater habe den ganzen Zwist bereits vergessen und stehe ihm zur Verfügung, und sei es den ganzen Tag — allerdings nicht im Thronsaal.

Der Major, der sich im stillen über diese Torheit wunderte, gab gerne nach, nahm Jewdokija an die Hand und verließ mit ihr das Zimmer. Man söhnte sich alsbald wieder aus und speiste gemeinsam zu Mittag. Als die Diener gegangen waren und auch Jewdokija aufbrechen wollte, hielt Pan Priluzki sie zurück und sagte: »Ehrenwerter Nachbar! Gib zu, daß die Erinnerung an die Verdienste unserer Ahnen nur dann etwas

Gutes ist, wenn wir es ihnen gleichtun. Mein Urgroßvater hat die Schlacht bei Poltawa nur als Kornett mitgemacht, es aber trotzdem verstanden, sich auszuzeichnen, und unser großer Monarch belohnte ihn mit einem Gut. Mein Großvater ist als Oberleutnant, mein Vater als Hauptmann gestorben, und ich stehe schon jetzt im Rang eines Majors. Ist das nicht schön? Ist es nicht besser, wenn mein Sohn nicht weniger als Oberst wird und seinem Sohn die Fähigkeiten vererbt, General zu werden, als wenn man der Sohn eines Hetmans ist und völlig unbekannt stirbt? Ich sehe, du willst mir mit einer Gegenfrage antworten! Gemach! Mein Sohn Alexej ist aus dem Krieg als Hauptmann nach Hause zurückgekehrt! Wie findest du das?«

Slatnizki: »Es gereicht ihm zur Ehre! Selbstverständlich müssen Leute seiner Herkunft damit schon sehr zufrieden sein!«

Priluzki: »Aha! Du fängst schon wieder an? Aber gedulde dich ein wenig! Ich will zu dir sprechen, wie einem Major geziemt, das heißt geradeheraus! Dieser Hauptmann, mein Sohn, hatte Gelegenheit, deine Tochter in der Kirche zu sehen. Er gewann sie lieb, und vermutlich sie ihn auch. Ein tapferer Bursche kann einem hübschen Mädchen nicht zuwider sein. Kurzum — ich bin hier, um für meinen Sohn um die Hand deiner Tochter anzuhalten! Und nun magst du antworten!«

»Gerechter Gott und ihr Heiligen alle!« rief Slatnizki. Er wurde blaß, und ein Zittern befiel ihn. »Wie weit es doch mit meinem Vaterland gekommen ist, da selbst eine Unverschämtheit wie diese ungestraft bleiben muß! Wenn ein solcher Mensch vor hundertfünfzig Jahren einem meiner Ahnen einen Vorschlag wie diesen gemacht hätte, wäre er unweigerlich eines schmählichen Todes gestorben, aber heute — o Himmel! Heute darf er das ungestraft! O Chmelnizki! Meine Tochter ist keine zwanzig Jahre alt und von einer Herkunft, daß allenfalls ein deutscher Prinz es wagen könnte, um sie zu freien, aber auch der mit Vorsicht! Selbst ein polnischer Fürst würde sich nicht erkühnen, es zu tun, denn er weiß, wer wir sind — ich und sie! Die letzten Tage des Vaterlandes sind da — es wird Zeit, daß ich sterbe!«

»Dann stirb, du alter Narr, aber tu's bald«, rief Pan Priluzki ergrimmt und sprang von seinem Sessel auf, »auf diese Weise befreist du wenigstens deine Tochter und sämtliche Nachbarn von einem einmaligen Toren! Ich bin schön dumm gewesen, meinem Sohn zuliebe den größten Kindskopf im ganzen Umkreis aufzusuchen! Ein Jammer nur um seine arme Tochter! Er wird sie zum Gehorsam zwingen!«

»Leute! Herbei!« rief Slatnizki böse, doch Priluzki zog den Säbel und entgegnete: »Wer es wagt, sich einem verdienten alten Major auch nur zu nähern, der kehrt mit Sicherheit ohne Nase oder Ohren aus der Schlacht zurück!« Er gelangte ungehindert aus dem Haus, denn die Diener wußten seit langem, daß er sein Majorswort zu halten pflegte, bestieg den leichten Wagen und fuhr davon, die Anmaßung derer verwünschend, die nur auf ihren Stammbaum pochen. Slatnizki schwanden vor Zorn und unbefriedigtem Rachebedürfnis die Sinne, und Jewdokija vergoß bittere Tränen. Keiner im Hause traute sich danach, den Namen Pan Priluzki auszusprechen, und sei es nur in Gedanken. Jewdokija durfte nicht mehr zur Kirche fahren, ja nicht einmal den Garten betreten. Was sollte ihr armes Herz beginnen?

Priluzki war indessen zu Hause angelangt und unterrichtete seinen Sohn von dem Erfolg des Antrags. Er überantwortete ausnahmslos jeden der Verdammnis, der so unsinnig mit seinen Ahnen protzte. Und er schloß seine Rede mit dem Gelöbnis, nie wieder werde sein Fuß das Haus dieses Hetmanssprosses betreten.

»Ihnen, Vater, wird es nicht schwerfallen, Ihr Versprechen zu halten, aber wie ergeht es mir? Mein Herz hängt mit allen Regungen an der liebreizenden Jewdokija. Ich habe sie schon gekannt, als ich noch ein Niemand war, und muß jetzt, da ich voller Hoffnungen in Ihr Haus zurückgekehrt bin, alles verlieren! Das tut unsagbar weh!«

Der Vater: »Dummheiten, mein Junge! Ich bin in meiner Jugend mindestens zehnmal verliebt gewesen und habe jedesmal Brautwerber ausgeschickt, es ist jedoch nie etwas daraus geworden. Dann habe ich deine Mutter geheiratet, ohne im entferntesten das zu empfinden, was man Liebesleidenschaft nennt, habe sie nach und nach aber liebgewonnen und bis an ihr Ende treu an ihr gehangen. Ich war stets glücklich mit ihr, während von meinen früheren Schönen kaum eine ihren Mann nicht äußerst unglücklich gemacht hat. Warte, Freund! Ich weiß eine vortreffliche Braut für dich, mit der wirst du gewiß sehr glücklich sein — ich meine Chawronja.«

Der Sohn: »Ach, Vater, sie ist doch einäugig!«

Der Vater: »Desto weniger wird sie nach schmucken Besuchern ausschauen und dafür, wenn auch nur mit einem Auge, mehr nach ihrem Mann!«

Der Sohn: »Ihre Haut ist rauh wie eine Gurkenschale!«

Der Vater: »Um so weniger wird sie in den Spiegel gaffen!«

Der Sohn: »Sie ist krumm und lahmt.«

Der Vater: »Desto weniger wird sie tanzen und springen.«

Der Sohn: »Sie hat den Wuchs und den Gang eines Bären!«

Der Vater: »Das wird sie hindern, sich andern an den Hals zu werfen!«

Der Sohn: »Zu alledem ist sie anscheinend auch noch böse!«

Der Vater: »Da versündigst du dich aber gegen sie, denn Verleumdung ist eine schwere Sünde! Ich habe bald das sechste Jahrzehnt hinter mir, aber noch keine sechs Frauen gesehen, die schön und gleichzeitig gut gewesen wären. Anders dagegen die weniger hübschen. Sie geben sich Mühe — wenn eine einäugig ist, daß die Augen ihrer Seele heil bleiben, wenn sie eine rauhe Haut hat, daß ihr Herz dafür zart ist, wenn eine krumm ist und hinkt, daß ihre Unschuld nicht hinkt und auf Abwege gerät. Schau dir die Schönen an — ihr ganzes Sinnen und Trachten dient der Eitelkeit. Sie gewahren sehr wohl, daß ein Dutzend gewandter Verehrer hinter ihnen her ist. Und läßt einer von ihnen ab, dann bleiben immer noch elf, unter denen sie nur zu wählen brauchen.«

Der Sohn: »Ich glaube, Sie haben im ganzen recht, aber würden Sie das auch von der liebenswerten und schönen Jewdokija sagen?«

Der Vater: »Natürlich nicht! Aber was hilft's, wenn sie zu ihrem Unglück die Urenkelin eines Hetmans ist!«

Der Sohn: »Ob man es nicht mit einem kleinen Betrug versucht?«

Der Vater: »Für Betrug bezieht ein Soldat Prügel, wie also muß man erst einen Offizier bestrafen, der betrügt? Zum mindesten — hängen! Stellen wir uns also mit Gottes Hilfe auf die ehrenwerte Chawronja ein!«

Mit diesen Worten ließ der Vater den Sohn in äußerster Verwirrung allein. Er dachte nach, riet hin und her, war am Ende offenbar mit sich einig und rief: »Ja, so und nicht anders wird es gemacht!« Der Alte fand sich nun des öfteren bei Chawronjas Vater ein und spielte beiläufig auch auf den Zweck seiner Besuche an; er wurde von Mal zu Mal freundlicher und herzlicher aufgenommen, und die Braut harrte ungeduldig des Tages, an welchem sie ihren Bräutigam, ohne

Zweifel ein Muster an Vollkommenheit, zu sehen bekommen würde. Über Jewdokija wurde in Pan Priluzkis Haus kein Wort gesprochen.

Bald darauf versetzte jedoch eine für diese Gegend unerhörte Neuigkeit die ganze Nachbarschaft in Unruhe. Es verbreitete sich das glaubwürdige Gerücht, ein Erbprinz aus fremden Landen mit Namen Nord-West-Süd-Ost sei in der Ukraine eingetroffen und habe in einem nahe gelegenen Dorf, das Pan Priluzki gehöre, Quartier bezogen.

Der Pan geriet genauso aus dem Häuschen wie alle anderen, lächelte wohlgefällig und meinte: »Man sieht, Nachfahren von Hetmanen sind, wenn sie selber keinen Rang besitzen, aus der Mode gekommen, sonst hätte der erlauchte Prinz nicht meinen kleinen Weiler Slatnizkis reichem Kirchdorf vorgezogen. Offenbar weiß er persönliche Verdienste höher zu schätzen als die der Abstammung! Ich muß mich bei Seiner Durchlaucht für diese Gnade bedanken!«

Er hatte schon Befehl gegeben, sein Schlachtroß bereitzuhalten, den Waffenrock mit den neuen Tressen, den Damaszenersäbel und alles übrige Zubehör zu putzen, damit er sich dem Prinzen in vorschriftsmäßigem Aufzuge präsentieren könne, erstarrte aber auf der Stelle zu Stein, als er erfuhr, dieser Nord-West-Süd-Ost sei eigens in die Ukraine gereist, um Slatnizkis Tochter Jewdokija zu freien. Wer beschreibt sein Erstaunen? Er starrte seine Leute mit unbeweglichen Augen an, kreuzte schließlich die Arme und sagte entmutigt: »Offenbar gibt es noch mehr Toren auf der Welt als nur diesen Slatnizki! Daß so etwas möglich ist! Nein! Ich verzichte nicht nur darauf, diesen Prinzen meines Besuches zu würdigen, ich schreibe auch sofort an den Dorfältesten, er soll weder ihm noch seinem Gefolge auch nur ein Hähnchen abgeben, bevor nicht das Vierfache des üblichen Preises dafür erlegt wird!« Nach diesen Worten spie er ärgerlich aus und ging in sein Zimmer.

Jetzt vergegenwärtige man sich andererseits das Erstaunen, die Freude, ja das Entzücken, das Pan Slatnizki empfand, als die Kunde auch ihm zu Ohren drang. Er wanderte mit langen Schritten in seinem Thronsaal auf und ab, blickte vergnügt zu den Bildnissen seiner Ahnen und sagte sich: Endlich scheint die Sonne auch für uns! Oh, wie gut ich daran getan habe, den Antrag dieses dummen kleinen Majors abzulehnen! Es ist doch etwas ganz anderes, einen Prinzen zum Schwiegersohn zu haben, dessen Name so seltsam klingt, daß man ihn beim besten Willen nicht gleich auszusprechen vermag. Aber habe ich das denn nötig? Meine Tochter muß das können. Mir genügt es, wenn ich weiß, mein Schwiegersohn ist ein Prinz aus fremden Landen!

Während dieser Überlegungen geriet im Hause alles in Aufregung, als man Pferdegetrappel und den Klang von Pauken und Trompeten hörte und eine stattliche Zahl berittener Krieger in den Hof sprengte. Man hielt sie zuerst für Räuber,

erfuhr dann aber zur allgemeinen Freude, es sei der außerordentliche Gesandte des Prinzen eingetroffen. Er begehre, von dem Sproß hochgebietender Hetmane in wohlwollender Audienz empfangen zu werden. Auf Befehl dieses letzten wurde der Gesandte untergefaßt und in das Empfangszimmer geleitet, wo wenige Minuten später, aus seinem Thronsaal kommend, auch der Pan erschien.

Der Gesandte verneigte sich bis zum Gürtel und sprach: »Erhabenes Reis eines Geschlechts von Hetmanen! Mein Herr, der Erbprinz Nord-West-Süd-Ost, wünscht Euch und Eurer Tochter Wohlergehen und Frieden! Ich, sein hoher Ratgeber, bin beauftragt, Euch in kurzen Worten zu verkünden, in welcher Absicht er hierorts weilt! Er, der von den Vorzügen Eurer teuersten Tochter so viel gehört hat, bittet Euch um

Zustimmung zum heiligen Bund der Ehe zwischen ihm und ihr, zu dem er die seines erlauchten Vaters bereits erhalten hat. Da wir indessen gerade Krieg gegen unsere Nachbarn führen, ist die Anwesenheit des tapferen Prinzen dort von größter Wichtigkeit, denn er befehligt die Reiterei und die Flotte; sofern also auch Ihr, der hochverehrte Sproß eines Geschlechts von Hetmanen, der Ehe zustimmt, sollte man die Angelegenheit so rasch wie möglich zu Ende führen, auf daß man des Prinzen Erzeuger nicht durch langes Zögern verstimme.«

Slatnizki: »Ich danke vor allem für die Ehre, die mir der Prinz Nord-Mord-Post-Fest erweist!«

Der Gesandte: »Der Prinz Nord-Ost-Süd-West! Sie ersehen schon aus dem Namen, welch alter Herkunft die Könige seines Geschlechtes sind. In dieser Hinsicht ist er — das soll durchaus kein Vorwurf gegen ihn sein — ein wenig wunderlich. Was hat man ihm nicht alles an Bräuten aus Königsgeschlechtern angeboten! Er ging ihre Ahnentafel durch und fand ihre Häuser weit jünger als seins!«

Slatnizki: »Und woher weiß Prinz Nord et cetera, daß mein Geschlecht bei weitem älter als das von vielen Königen ist? Sein Königreich liegt doch weit weg, hinter dem Meer?«

Der Gesandte: »Gewiß, das tut es, doch besitzen wir eine beachtliche Flotte, dank der sowohl Militärpersonen als auch Kaufleute in aller Welt herumkommen und mancherlei zu erkunden vermögen, das sie dem Herrscher melden.«

Slatnizki: »Sie sagen, man führt gerade Krieg gegen die Nachbarn?«

Der Gesandte: »Jawohl, und einen höchst blutigen! Fast jeden Tag ereignet sich ein Scharmützel!«

Slatnizki: »Was sind denn das für Leute — Ihre Nachbarn?«

Der Gesandte: »Die nichtsnutzigsten, die man sich denken kann! Die einen sind grimmig, die anderen listig, die dritten feige — ergreifen das Hasenpanier, sobald wir anrücken.«

Slatnizki: »Alles schön und gut, ich stimme dieser Heirat auch durchaus zu, das können Sie Ihrem erlauchten Prinzen mitteilen. Aber wann werde ich ihn denn von Angesicht sehen?«

Der Gesandte: »Auf keinen Fall eher als nach Vollzug der kirchlichen Trauung. Haben Sie, der ruhmreiche Nachfahre von Hetmanen, denn vergessen, daß die gekrönten Häupter in ganz Europa sich meist durch einen Gesandten bei der Eheschließung vertreten lassen?«

Slatnizki: »Ach ja, das stimmt! Ich habe davon gehört!«

Der Gesandte: »Der Vater meines Prinzen hatte auch die Absicht, mich als Vertreter zum Vollzug der Trauungszeremonie zu entsenden, der Prinz jedoch ließ sich durchaus nicht darauf ein und wünschte selbst die Ehre und das Vergnügen zu haben, Sie zu sehen, sofern das auf schickliche Weise geschehen könne. Aus diesem Grunde bittet er Sie dringend, die Angelegenheit auch Ihrerseits nicht zu verzögern, nachdem Sie Ihr Wort als Edelmann bereits gegeben haben.«

Slatnizki: »In drei Tagen ist Hochzeit!«

Der Gesandte entfernte sich unter demselben Zeremoniell wie bei der Ankunft, und Pan Slatnizki ließ, von eitler Freude berauscht, die Tochter zu sich rufen, umarmte sie und sagte: »Danke dem Herrgott und mir — du wirst Prinzessin!« Jewdokija zeigte eine zufriedene Miene, was der Vater auf ihre grenzenlose Ergebenheit in seinen Willen zurückführte; die Hausangestellten allerdings, besonders die einstigen Ammen und Kinderfrauen, konnten sich nicht genug darüber wundern, daß sie sich so willig darein schickte, einen ungläubigen Fremden zu heiraten, obwohl sie Alexej von Kindheit an liebte — das wußten sie besser als jeder andere.

Die Vorbereitungen für eine prächtige Hochzeit begannen. Slatnizki geizte mit nichts. Am Tage vor der Feier sandte er Eilboten zu allen Edelleuten aus und bat sie zur Hochzeitstafel; er lud auch Pan Priluzki ein, um ihn nur desto fühlbarer zu treffen. Der Pan wehrte sich zunächst mit Händen und Füßen, gab aber schließlich Alexejs Beweisgründen nach. Der sagte: »Wenn Sie fortbleiben, wird niemand glauben, Sie hätten abgelehnt, vielmehr werden alle vermuten, Sie seien nicht eingeladen worden! Und warum sollte man sich auch nicht versöhnen? Darüber hinaus bekommen wir einen ausländischen Prinzen zu Gesicht. Dieses Glück hat man nicht alle Tage!« Der Alte sagte zu.

Kaum war der Hochzeitstag heran, konnte man in Slatnizkis Haus und Hof vor lauter Gästen mit Kindern und Gesinde nicht treten. Die Braut, aufs prächtigste geschmückt, nahm die Glückwünsche mit der Miene der zukünftigen Prinzessin entgegen. Der Gesandte des Prinzen erschien mit zahlreichem Gefolge. Als die Braut in die Kutsche stieg, um zur Kirche zu fahren, wollten viele Neugierige sie begleiten. Der Gesandte erhob jedoch entschieden dagegen Einspruch und führte aus, vorzeitige Neugier könne nur von Schaden sein und der Prinz werde zürnen, überdies besitze er, sein nächster Ratgeber und Bote, genügend Rechte, um die Ehre des Prinzen zu wahren.

Slatnizki meinte mit einem Lächeln: »Man muß die Bräuche eines jeden Landes achten, namentlich wenn man es mit gekrönten Häuptern zu tun hat!« Er gab ein Zeichen, die Brautkutsche setzte sich in Bewegung, der Gesandte und sein Kommando umringten sie und sprengten mit ihr davon; die Gäste kehrten ins Haus zurück, und jeder vertrieb sich die Zeit, wie er es für gut und richtig hielt.

Die Kirche lag am anderen Ende des Dorfes, eine Werst vom Herrenhause entfernt; man brauchte darum nicht lange auf die Rückkehr der Jungvermählten zu warten. Sie tauchten auf, und Slatnizki ließ das Hofgesinde zu ihren Ehren aus Gewehren feuern; die Begleitung des Prinzen antwortete mit einem Salutschuß. Als sie das Haus betraten, standen die Gäste in zwei Reihen Spalier, während der Hausherr am Eingang zum Thronsaal wartete; er wollte es sich nicht nehmen lassen, den Prinzen persönlich hineinzugeleiten und ihm die Ahnen vorzustellen.

Natürlich richteten sich alle Blicke begierig auf Ihre Durchlauchten, und eine unbeschreibliche Verblüffung befiel viele der Anwesenden. Auch Slatnizki, der schon die Arme ausgestreckt hatte, um den Prinzen an seine Brust zu drücken, wich sichtlich erschrocken zurück, wischte mit der einen Hand den Schweiß vom Gesicht, rieb sich mit der anderen die halb zusammengekniffenen Augen und seufzte: »Gewiß treibt der Böse seinen Schabernack mit mir und hält mich zum Narren! Das wird er mir noch büßen! Selbst dem Teufel ist nicht gestattet, sich über einen Nachfahren kleinrussischer Hetmane lustig zu machen! Sogleich werden hundert Bittgottesdienste zur Austreibung des bösen Geistes bestellt! Oder bin ich vielleicht auch ohne Teufel, aus bloßem Übermaß an Freude so durcheinander, daß ich Gespenster sehe?«

Hierauf wandte er sich an seinen Schwiegersohn und fragte: »Sagen Sie, Ihr Vater ist doch in fremden Landen ein angesehener Herrscher?«

Der Schwiegersohn: »Ein Herrscher zwar nicht, wohl aber ein Herr, und angesehen auch — in seiner Gegend.«

Slatnizki: »Gehört nicht zu Ihrem Besitztum ein Meer?«

Der Schwiegersohn: »Ja, allerdings kein großes. Man würde es besser einen See nennen!«

Slatnizki: »Aber es fahren doch Kriegs- und Handelsschiffe darauf?«

Der Schwiegersohn: »Ja, nur sind es eigentlich keine Schiffe, sondern bessere Tröge!«

Slatnizki: »Und Sie haben eine starke Garde?«

Der Schwiegersohn: »Allzu stark zwar nicht, doch kommt der Feind bei uns nur selten ungerupft davon!«

Slatnizki: »Ich habe von Ihrem Gesandten gehört, Ihre Feinde sollen grimmig, listig und zum Teil auch feige sein.«

Der Schwiegersohn: »Das ist die reine Wahrheit! Es gibt in unserer Gegend keine Feinde, die grimmiger wären als die Wölfe, listiger als die Füchse und ängstlicher als die Hasen.«

Slatnizki (mit verborgener Wut): »Ich verstehe! Ist nicht auch Ihre Flotte von demselben Kaliber?«

Der Schwiegersohn: »Sie besteht aus einem halben Dutzend gut ausgerüsteter Kähne, mit denen wir auf unserem kleinen Meer herumfahren und Hechte, Zander und Karauschen gefangennehmen. Gelegentlich geht uns auch ein vornehmer Wels ins Netz.«

Slatnizki (nach Luft schnappend): »Dieser Prinz Nord-Mord ...«

Der Schwiegersohn: »... hat aus Anlaß der Trauung seinen Namen geändert — Ihr Schwiegersohn ist wieder der Sohn Ihres einstigen Freundes Priluzki und Ihr ergebenster Diener!«

»Nein«, donnerte Slatnizki los, »nicht der Teufel ist am Betruge schuld, und der Schuldige soll seine Strafe erhalten!«

Mit diesen Worten stürzte er in seine Waffenkammer, und die Gäste, die nicht wußten, ob sie lachen oder das Weite suchen sollten, entschieden sich rasch für das erste; sie stemmten sich gegen die Kammertür, entschlossen, einen vorzeitigen Ausfall des Gegners mit vereinten Kräften zu verhindern. Hier trat Pan Priluzki rasch auf die Neuvermählten zu, faßte sie an den Händen, führte sie hinaus, warf sie sozusagen in die Kutsche und hieß sie unverzüglich in sein Dorf davonjagen; er selbst sprang auf sein Pferd und folgte ihnen mit dem hohen Ratgeber des Prinzen und dessen Kommando.

Als das Dorf außer Sicht war, fuhr und ritt man langsamer, und der Pan erkundigte sich bei dem Ratgeber: »Sagen Sie mir um Himmels willen, was das alles zu bedeuten hat. Ich bin zwar ein verdienter alter Major, bin Gott weiß wo herumgekommen und habe weiß der Teufel was alles gesehen, aber diese Komödie kann ich mir nicht erklären.«

»Ich erkläre sie Ihnen«, sagte der hohe Ratgeber. »Wenn Sie mir bitte Gehör schenken wollen! Sie wissen, daß das Regiment, bei dem Ihr Sohn ist, nicht weiter als zehn Werst von hier entfernt liegt. Auch ich diene bei diesem Regiment und stehe im gleichen Rang wie er. Wir sind gute Freunde und Kameraden. Nun wird Ihnen bekannt sein, daß Militärpersonen in Liebesaffären einander bereitwilliger helfen als Zivilisten. Ihr Sohn erzählte mir von seiner alten Liebe zu Jewdokija und von der mißlungenen Brautwerbung, an der nur das törichte Vorurteil des Vaters schuld war. Wir entwarfen im Handumdrehen einen Plan. Alexej wurde zum Prinzen aus fremden Landen und ich zu seinem Gesandten ernannt. Unser Gefolge aber bildeten teils Kosaken aus meiner Kompanie, teils Leute von Ihrem Hofgesinde. Zu unserem Standort erwählten wir aus diesem Grunde ein abgelegenes Dorf, das Ihnen gehört. Sie haben selber gesehen, daß unser Unternehmen von Erfolg gekrönt war. Für meine Dienste als Gesandter hoffe ich auf der Hochzeit meines Freundes zu schmausen. Aber auch die Kosaken dürfen nicht vergessen werden!«

Die Kutsche und die Leibwache waren unterdessen auf Priluzkis Gutshof angekommen; die Recken saßen ab, und der prinzliche Herr Gesandte, der dem glücklichen Paar aus der Kutsche half, sagte zu Jewdokija: »Ich bin sicher, meine Gnädigste, daß Sie den Verlust Ihres erlauchten Titels nicht bedauern.«

Als man sich im Hause zusammenfand, umarmte Pan Priluzki seine Schwiegertochter mit väterlicher Zärtlichkeit, wandte sich an seinen Sohn und sagte: »Herr Hauptmann! Du bist ein ausgemachter Tunichtgut, denn du hast deinen Vater, einen verdienten alten Major, in eine peinliche Lage gebracht. Hätte er je geglaubt, die Hochzeit seines einzigen Sohnes auf solche Weise begehen zu müssen? Hier ist es anders als in Moskau oder Petersburg, wo man oft genug mir nichts, dir nichts heiratet oder eines plötzlichen Todes stirbt, und niemand kümmert sich darum. Hier will man, daß alles seine Ordnung hat! Aber sag selbst, was fange ich jetzt an? Wie nehme ich meine teure Schwiegertochter auf? Wer geleitet sie ins Brautgemach? Wer ist ihr am nächsten Morgen beim Aufstehen zur Seite? Außer den Stubenmädchen ist keiner da! Willst du vielleicht auch sie zu Staatsdamen und Hoffräulein befördern? Sag also, was ich machen soll, ich selber weiß mir keinen Rat. Eine einzige Schande!«

»Vater«, entgegnete der Sohn, »diesen Kummer können wir leicht aus der Welt schaffen. Meine liebe Frau wird das Schlafzimmer meiner verstorbenen Mutter beziehen, und sie dort hin zu geleiten und ihr morgens aus dem Bett zu helfen soll meine Sorge sein. Meine Reiterei begibt sich auf die Felder, wo sie genug ängstliche Feinde finden und gefangennehmen wird, das Fußvolk in den nächsten Wald, wo es Hasel- und Birkhühner, Trappen und Schnepfen und allerlei anderes Federwild gibt. Die Flotte sticht in See und kehrt bestimmt nicht ohne reiche Beute zurück. Mein Freund und Gesandter aber zieht mit seiner Garde zur Landstraße, in die Nähe des Hauses meines Schwiegervaters, und kommandiert die Hochzeitsgäste, ob sie wollen oder nicht, zu uns. Sie werden sich gewiß nicht lange sträuben und meinen hohen Schwiegervater alsbald verlassen. Sie, Vater, übernehmen sicherlich mir zuliebe das Kommando über die Aufseherinnen von Hühnern, Puten, Enten, Gänsen und was dergleichen mehr ist, besonders aber die Mobilmachung Ihres Kellers, mit dem Sie Ehre einlegen können! Ich sehe, daß Ihr mit meinen Vorschlägen einverstanden seid! Wir haben erst Mittag, und bis zum Abend läßt sich mancherlei ausrichten. Um aber keine Zeit zu verlieren, gebe ich Euch ein Beispiel tatkräftigen Handelns.«

Er faßte seine verwirrte Frau an der Hand und führte sie in das Zimmer der Mutter.

Nachdem er verschwunden war, schlug Pan Priluzki freudig die Hände zusammen und rief mit dem Ausdruck des Entzükkens: »Nicht wahr, Herr Gesandter, mein Sohn kann mit der

Zeit ein brauchbarer Oberst werden? Aber schon gut! Befriedigen wir erst einmal unseren Appetit und löschen wir unseren Durst. Dann gehe jeder an sein Werk!«

Gesagt — getan. Während die Reiterei, das Fußvolk und die Flotte des Prinzen ebenso wie sein Gesandter eifrig ihren Aufgaben nachkommen, wenden wir uns dem Hause des hohen Nachfahren der Hetmane zu. Wir hatten ihn in seiner Waffenkammer verlassen, die die verängstigten Gäste von außen verschlossen hielten.

Als er darauf verfiel — er hatte in seinem ganzen Leben nie nachgedacht, sondern war immer nur auf etwas verfallen —, daß sein Zorn und seine Waffen ausreichten, um sich an dem falschen Prinzen und der eigenen Tochter zu rächen, die er an der verderblichen Verschwörung für beteiligt hielt — wie übrigens auch Pan Priluzki —, warf er sich mit voller Wucht gegen die Tür. Da er aber sah, daß sie verschlossen war, geriet er in Raserei und hieb, um sich einen Ausgang zu verschaffen, unter fürchterlichem Fluchen mit dem Säbel auf sie ein. Die Gäste fanden, das sähe nicht mehr nach Spaß aus, und rannten fort, so rasch sie die Beine trugen. Ein entsetzliches Durcheinander entstand! Man schrie, man lärmte, die Frauen ächzten und stöhnten — es war nicht zu beschreiben! Immerhin erreichten alle, wenn auch mit Mühe und Not, ihre Equipagen und fuhren, jeder seines Weges, davon. Slatnizki hieb sich schließlich frei, trat aus der Kammer, sah, daß niemand mehr da war, verlor vor Erschöpfung das Bewußtsein und sank zu Boden. Erst da wagten es die Bedienten, sich ihm zu nähern; zunächst versteckten sie seine Waffen, und möglichst gut, dann hoben sie ihn auf, trugen ihn fort und legten ihn ins Bett.

Der Gesandte und Freund des Prinzen hatte inzwischen mit seinem Kommando Stellung an der Landstraße bezogen. Sobald sich ein paar Hochzeitsgäste näherten, übermittelte er ihnen Priluzkis Wunsch, und alle bogen mit dem größten Vergnügen zu seinem Dorfe ab. Niemand befürchtete, dort auf solche Schrecken zu stoßen wie im Hause des ruhmreichen Hetmanensprosses. Gegen Abend sah sich Priluzki von einer großen Schar Gäste umringt, er freute sich, und alle freuten sich mit ihm. Mehrere Tage vergingen in geräuschvoller Fröhlichkeit; dann trat Jewdokija an ihren Mann und ihren Schwiegervater heran und fragte, ob sie denn nicht versuchen wollten, sich mit ihrem Vater zu versöhnen. Ihrer Bitte schlossen sich viele Nachbarn an, und man entsandte eine feierliche Abordnung zum Pan. Vergebliche Liebesmüh! Er lag, von den Bildnissen seiner Ahnen umgeben, im Sterben. Kaum hatte er den früheren Gesandten des Prinzen aus fremden Landen erkannt, als er zu sich kam, stöhnte, undeutlich einen Fluch murmelte und verschied.

Als Jewdokija davon erfuhr, brach sie in Schluchzen aus, ihr Mann seufzte aus tiefstem Herzen, und der verdiente alte Major sagte mit lauter Stimme: »Friede seiner Seele! Immerhin hätten wir, wäre er einige Jahre früher gestorben, einige Jahre früher glücklich sein können!«'

Wir dankten dem Edelmann ehrlichen Herzens für diese Geschichte. Er verabschiedete sich von uns und fuhr auf sein Gut; wir hatten die Absicht, noch ein paar Tage zu verweilen, worauf wir unsere Reise fortsetzen wollten. Allein geblieben, teilten wir unsere Zeit nach Art der Philosophen ein.

Morgens führte ich Licorissa in die Umgebung des Dorfes, zeigte ihr die schönsten, malerischsten Plätze, die ringsum verstreut waren, und erläuterte ihr das weise Weben und Wirken und die Gesetze der Natur, dieses Lieblings des großen, allwissenden Wesens. Mir kam nicht im entferntesten in den Sinn, wieviel Kummer mir mein übertriebener Eifer im Aufklären schon verursacht hatte. Ich klärte Fürstin Fjokla auf, und sie verließ mich; ich klärte Jastrebow auf und wurde schmählich des Hauses verwiesen; ich klärte Kuroumow auf und wäre fast ins Unglück geraten. Nun, Licorissa ist keinem von ihnen ähnlich, sagte ich mir und beruhigte mich; außerdem bin ich nicht mehr derselbe wie in Falalejewka und werde nie wieder so töricht sein wie damals. Wir traten nicht selten auf das Haus im Walde zu — so nannten die Bauern den Landsitz ihrer Herrschaft —, gingen um das Haus herum, bekamen aber nie ein lebendes Wesen zu sehen; man hörte nicht das leiseste Geräusch. Durch die Lücken in der Umfriedung erkannte man einen geräumigen, von Brennesseln und Kletten überwucherten Hof. Aus den Mauerritzen sprossen Gänseblumen. Bruchweidenbüsche wuchsen auf dem Dach. Überall Einsamkeit und Ödnis!

'Offenbar ist dieses Haus seit langem nicht mehr bewohnt', sagte ich zu meiner Begleiterin. 'Schade! Es ist so schön gelegen!'

Es schien, mein Glück sei dauerhaft, das Schicksal habe aufgehört, mit mir zu spielen wie der Wind mit dem Grashalm. Mir zur Seite schritt eine reizende, von Liebe und Zärtlichkeit erfüllte Freundin; wir erfreuten uns blühender Gesundheit und hatten zwar nicht allzuviel Geld, dafür aber desto mehr Hoffnungen. Wir brauchten nur in Warschau aufzutauchen, und wir würden das Gold scheffeln. Was also konnte mir noch fehlen? Ach, vieles, sehr vieles! Und zwar? Hört zu!

Nachdem wir einige Zeit in diesem Dorf verweilt hatten, bemerkte ich zu meinem großen Befremden und gleichzeitigem Kummer, daß meine zärtliche Licorissa von Stunde zu Stunde nachdenklicher, trauriger, unaufmerksamer gegen meine Liebkosungen wurde. Diese Verfassung des Gegenstandes meiner Liebe griff mir unwillkürlich ans Herz. Wenn sie neben mir saß, den Kopf betrübt auf die Brust gesenkt, hörte sie mir nicht zu und schenkte weder meinen Befürchtungen noch meinen Klagen Beachtung. Und wenn ich allzu ungestüm mit Fragen auf sie eindrang, entzog sie mir ihre Hand und ging davon; ich wandte mich blutenden Herzens in die andere Richtung. Was hat das wohl zu bedeuten, fragte ich mich und verlor mich in Grübeleien.

Zwischen zwei Herzen, die nicht geschaffen waren, sich ihrer Härte zu rühmen, konnte dieses gespannte Verhältnis nicht lange andauern. Eines Morgens saßen wir bald nach Sonnenaufgang in einem wunderhübschen Wäldchen am Ufer eines hellen Bachs. In einiger Entfernung angelte ein Bauer in einem kleinen Weiher, in der entgegengesetzten Richtung blies, die Kühe, Schafe und Ziegen zusammenholend, der Hirte in sein Horn. Schwalben strichen laut zwitschernd über uns hin und neckten einen Bauernjungen, der, von ihrer Kühnheit verlockt, vom Schneckensammeln abließ und ihnen nachjagte. Die versonnene Licorissa war von der Schönheit der ländlichen Natur an diesem wolkenlosen Morgen unwillkürlich ergriffen. Diesem Mädchen, das in der prächtigen Hauptstadt aufgewachsen war, erschienen solche Bilder völlig neu, und eben ihre Neuheit vervielfachte Licorissas Empfindsamkeit und mit der Empfindsamkeit auch ihre düstere Verzagtheit. Sie hatte mechanisch einige Feldblumen gepflückt und in der Schürze gesammelt; sie versuchte sie zu einem Strauß zu binden, änderte aber in einem fort die Zusammenstellung. Hätte ich nicht die Bewegungen ihrer zarten Finger, das Auf und Ab ihres Busens gesehen, ich hätte mir gesagt: Das ist ein marmornes Trauermal, errichtet über dem Grab des angebeteten Gegenstandes.

Um sie aufzuheitern oder wenigstens einigermaßen zu zerstreuen, zog ich meine Flöte aus der Tasche; ich trug sie auf allen Spaziergängen bei mir, um so noch mehr einem arkadi-

schen Hirten zu gleichen, der sich in Lobeshymnen auf die Reize seiner Liebsten ergeht; ich begann mit einer Arie; Licorissa sah mich an, eine Träne fiel auf den Strauß, sie warf ihn mißmutig in den Bach und wandte sich ab, die Schürze an die Augen gedrückt.

‚Der reine Teufelsspuk', sagte ich, legte die Flöte ins Gras und stürzte zu Licorissa. ‚Sage mir bitte, wieso bist du plötzlich so verwandelt? Liebst du mich denn nicht mehr, und falle ich dir zur Last? Oder zweifelst du vielleicht an meiner Gegenliebe? Da tätest du mir unrecht, Liebste, ich bin derselbe, der ich war! Mein Herz ist von Liebe zu dir erfüllt. Meine Gedanken sind ständig in den Reizen meiner Freundin befangen!'

Sie (seufzend): ‚Der Freundin? Offenbar muß ich für immer daran verzweifeln, mehr für dich zu sein!'

Ich: ‚Ich verstehe nicht das geringste! Was kann man mehr sein?'

Sie: ‚Es gab eine unglückselige Zeit, an die ich mit Grauen

zurückdenke. Eine Zeit, da ich viele beglückte, ohne die geringste Neigung zu jemandem zu verspüren. Ich schenkte den Verehrern meine kalten, frevelhaften Umarmungen und war lasterhaft, aber ruhig! Heute sind meine Umarmungen glühend, ich bin lasterhaft wie früher, aber wo ist meine einstige Ruhe oder wenigstens die Gleichgültigkeit gegen meine Lage geblieben? O weh, mir bricht das Herz! Ich fühle, daß mein Lebensfaden verglimmt und ich bald hinwelken werde wie gegen Mittag dieses noch frische Vergißmeinnicht, das meine Hand am Morgen pflückte!'

Ich (zu mir selbst): ,Hier steckt etwas dahinter! Entweder — sie hat den Verstand verloren, oder sie will mich um den meinen bringen. Ich finde es nicht heraus!' (Laut:) ,Schöne Licorissa! Du weißt, ich habe beim weisen Bibarius allerlei Wunderdinge gelernt und meine Künste später beim hochaufgeklärten Dobroslawow unter Beweis gestellt. Das Rätselraten jedoch gehörte nicht zu unserem Aufklärungspensum, und ich bin in diesen Dingen ein völliger Laie. Ich bitte dich inständig, drücke es einfacher aus!'

Sie: ,Es macht mich unglücklich, daß Sie mich nicht verstehen. Ich sehe mit aller Deutlichkeit, mein Herz war Ihnen auch vorher fremd — und das macht mich noch unglücklicher!'

Ich: ,Klarer, bitte ergebenst — klarer!'

Sie: ,Wenn das Eis so tief im Keller liegt, daß die Sonnenstrahlen es unter keinen Umständen erreichen können — kann die schwache Flamme eines Kienspans es schmelzen?'

Ich: ,Ein wunderschöner Vergleich, die Sache wird aber nicht verständlicher. Ich bitte deshalb . . .'

Sie (rasch): ,Und ich will deine Bitte erfüllen, einerlei, was es mich kostet! Ja, mein Freund! Ich bin mehr als glücklich, ich bin selig, denn ich entschlummere und erwache in deinen Armen. Aber wer, welcher Himmelsbewohner, kann mich überzeugen, daß deine Umarmungen nicht mit der Zeit erkalten werden? Wer beruhigt Licorissas armes, leidendes Herz und sagt ihr, daß ihr einziger Freund, der ihr den Weg auf dieser Erde weist, immer ihr Freund bleiben wird? Daß nicht andere schöne Frauen das Bild der zärtlichen, glühenden, um ihn weinenden Licorissa aus seinem Herzen verdrängen werden?'

Ich (feurig): ,Mein ewiger, mein feierlicher Schwur — er sagt es dir! Bei dir, erhabener, von den goldenen Strahlen des großen Tagesgestirns erhellter Himmel, bei dir, du schöne, von Blumen und schattenspendenden Bäumen umkränzte Erde, bei dir, du großer Allerhalter des Seienden im All, schwöre ich — ich werde meine zärtliche, gute, unvergleichliche Licorissa immer und ewig lieben!'

Sie (sich in meine Arme werfend): ‚So wiederhole diesen Schwur vor dem Altar, vor dem Priester des Allerhalters und gib mir statt des Namens Freundin den Namen *Ehegattin*!'

Ich (einigermaßen sprachlos): ‚Was höre ich da, Licorissa?'

Sie: ‚Warum wunderst du dich? Wenn deine Liebe zu mir tatsächlich so beständig ist, wie du versicherst, wenn unsere Herzen nur durch den Tod geschieden werden können, wenn du in mir und ich in dir den einzigen Gegenstand sehen, der uns ans Leben bindet — warum solltest du mich, wenn alledem so ist, nicht mit dem heiligen Namen deiner Gattin beglücken, damit ich, ohne zu erröten, vor jedermann sagen kann: Er ist mein! Der Himmel hat ihn mir gesandt, die Kirche hat die Wahl meines Herzens bestätigt und unseren Bund gesegnet! Aber mag alles so bleiben! Möge ich Unglückliche verurteilt sein, mein schimpfliches Los zu beweinen. Möge ich der Gegenstand der Verachtung für jeden sein, einerlei, welchen Alters und Geschlechts er ist, mögen sich meine Gefährtinnen meiner Gesellschaft schämen, mögen die Mütter mich ihren Töchtern zeigen — als Beispiel des Lasters, als Gegenstand des öffentlichen Tadels und des Zornes Gottes! Mag alles das so bleiben, ich bin mit allem einverstanden! Was aber, mein teurer Freund, haben unsere zukünftigen Kinder verschuldet, da sie, noch bevor sie das Licht der Welt erblickten, bevor sie einen einzigen Atemzug getan, von ihrem hartherzigen Vater verurteilt wurden, ein Leben in Mißachtung zu führen, ein Leben voller Elend, Bedrückung und Ungemach aller Art?'

Ich (nach längerem Schweigen): ‚Aber so fasse dich doch und höre mich an, meine zärtliche Licorissa! Hast du denn vergessen, daß ich verheiratet bin und meine Frau noch lebt?'

Sie: ‚Sie lebt? Das kannst du sagen, ohne zu stocken, ohne dich zu schämen, ohne Gewissensbisse zu fühlen? Lebt sie? Lebt sie für dich? Ach, nein! Für dich ist sie längst tot! Ich kenne nicht alle Wege, die sie in ihrem Leben gegangen ist, und ich will sie auch nicht kennen, aber eins werde ich nie vergessen — daß sie es war, die sich mit allen Mitteln darum bemühte, uns miteinander bekannt zu machen und dich in meine versengenden Umarmungen zu treiben. Das machte ihr Vergnügen, sie fieberte danach, und ich erfüllte ihr den

Wunsch, gelenkt vom Zufall, und verwandelte mich, trotz mancher Erfahrung, aus einer Unglücklichen, die nichts empfand, in eine Unglückliche, die ihr Unglück fühlt. Und sie lebt für dich?'

Ich (einigermaßen gerührt): ,Meine Liebe! Der gütige Himmel hat dich ebensosehr mit Gaben des Geistes wie des Herzens gesegnet. Mein Leben gehört dir. Verfüge darüber nach deinem Willen. Dennoch gibt es Dinge, die der Mensch nicht ändern kann oder, besser gesagt, nicht ändern sollte. Du kennst die Gesetze!'

Sie (lebhaft): ,Die Gesetze? Wozu werden Gesetze gemacht? Unterschreibt ein ansonsten wohltätiger, guter und sanfter Herrscher schweren Herzens ein Todesurteil nicht darum, weil es das Wohl seiner Untertanen verlangt? Aber wem tust du ein Unrecht, indem du mich zu deiner Frau erwählst? Wen stürzt du dadurch ins Unglück? Einen Vater, eine Mutter oder Kinder hast du nicht, und deine Frau — ich schäme mich bei der bloßen Erinnerung an ihren Familienstand und Namen! Sie war Mutter, aber sie trug keine Bedenken, ihren Erstling zu verlassen! Kann eine solche Frau die Übertretung des Eherechts ahnden wollen, hat sie ein Recht dazu und wird sie es geltend machen, wenn sie die Übertretung selber wünscht, wenn sie darüber lacht und die heiligsten Gesetze menschlichen Zusammenlebens mit Füßen tritt?'

Ich: ,Ausgezeichnet gesprochen, meine Gnädigste, aber solche Umstände erfordern einige Überlegung!'

Sie (bitter): ,Ich verstehe! Man sagt zu Licorissa nicht mehr »Du liebe, gute, zärtliche Licorissa!«, man nennt sie »Gnädigste!«. Und wer tut das? Genug — ich verstehe! Für den Fürsten Gawrilo Simonowitsch Tschistjakow ist die arme, sterblich in ihn verliebte, ihn vergötternde Licorissa keine passende Braut!'

Ich (hitzig): ,Ganz im Gegenteil, meine Gnädigste! Fürst Gawrilo Simonowitsch ist nicht so unvernünftig, daß er sich schmeicheln könnte, ein standesgemäßer Mann für die schöne Fürstin von Tibet zu sein! Auch ist mein Vater, der König von Golkonda, von Bösewichtern ruiniert und besitzt fast kein Gold mehr, ohne das die verliebte, den Prinzen vergötternde Fürstin von Tibet nicht auskommen kann!'

Licorissa starrte mich mit ihren großen Augen an. Ihre Wangen wurden noch blasser, die Lippen nahmen die Farbe von Hyazinthen an, und sie verharrte eine kleine Weile völlig regungslos — höchstens, daß ein krampfhaftes Zucken über ihre Glieder hinging; schließlich hob sie ihre schönen Hände, schlug sich an die lilienweiße Brust, stöhnte, brach in Schluchzen aus und neigte den Kopf bis an den Uferrasen.

Ich berufe mich auf alle Kenner des menschlichen Herzens! Man kann den Bitten, den Liebkosungen, den Zärtlichkeiten, nicht aber den Tränen einer liebenden und geliebten Frauensperson widerstehen — das geht über die Kraft eines Sterblichen. Ich nehme an, auch die Urmutter Eva konnte Adam nicht anders dazu bewegen, von den Früchten am Baume der Erkenntnis zu kosten, als dadurch, daß sie einige ihrer zauberhaften Tränen an seiner Brust vergoß! O Stammvater, wie ungerecht sind die, die dich der Schwäche zeihen!

Ich sank der angebeteten Geliebten mit flammendem Herzen, mit dem Gefühl der Liebe, der Zärtlichkeit, der Reue zu Füßen und umfaßte ihre Knie.

‚Licorissa!‘ rief ich und vergoß Tränen gleich ihr. ‚Ich danke Gott, daß du mich nicht zum Verbrecher, Totschläger, Räuber, Brandstifter oder Giftmörder machen willst! Ich wäre zu allem bereit, nur um nicht länger deinem traurigen Blick zu begegnen, du Schöne! Gut denn! Ich schwöre dir, ich will dein Ehegatte sein! Da aber unter gebildeten Menschen selbst die heftigste Leidenschaft ein Verbrechen nicht entschuldigt, müssen auch wir uns an die Regeln halten. Sobald wir in Warschau sind, trete ich meine Stellung beim Fürsten Latron an, gewinne seine Gunst und kläre ihn bei passender Gelegenheit über alles auf. Ich verlange, mit seiner Billigung von der Fürstin geschieden zu werden, setze mich ohne Zweifel durch und erhebe dich, ohne irgend etwas befürchten zu müssen, zur Fürstin Tschistjakowa und zu meiner Ehefrau!‘

Licorissa, die gleichsam aus dem Schlaf erwachte, zog mich mit einem leisen, zärtlichen, wonnetrunkenen Seufzer hoch und drückte mich an ihr Herz; mir schien, in ihren Blicken, auf ihren Wangen, auf ihren Lippen, in ihrem ganzen Wesen rege sich neues Leben, ein neuer Zauber, eine neue Zärtlichkeit!

Wir verließen das Wäldchen und kehrten in unser Quartier zurück. Als der erste Taumel vorüber und Licorissas Tränen getrocknet waren, als ich meine Gefühle ein wenig besser zu unterscheiden vermochte, schien mein Gewissen zu sagen: Kaum zu bestreiten, Gawrilo Simonowitsch, daß man dich einen abgeschmackten Narren und deine ehrenwerte Licorissa eine ziemliche Spitzbübin nennen kann!“

ELFTES KAPITEL

Der fröhliche Bettler

„Bevor ich mich der weiteren Beschreibung meiner Lebensgeschichte zuwende, muß ich im Zusammenhang mit den Ereignissen Pachoms gedenken. Nach den Worten der Dorfbewohner war dieser Pachom einen Monat vor unserer Ankunft bei ihnen aufgetaucht. Er war wohl schon ein alter Mann, hatte einen großen Buckel, und die Hälfte seines Gesichts bedeckte ein speckiges schwarzes Tuch; denn er war, wie er vorgab, einstmals ein wackerer Streiter gewesen und hatte das eine Auge und mehrere Zähne in einer Schlacht verloren, die in Moskau an der Neglinnaja zwischen Kürschnern und Eisenwarenhändlern einerseits und Seminaristen der Moskauer Akademie andererseits geschlagen worden war. Pachom erzählte Wunderdinge von dieser denkwürdigen Bataille, die noch blutiger verlaufen wäre, hätten sich — Gott weiß, warum — nicht die Polizeidragoner mit ihren Nagaikas eingemischt. Beide Seiten kehrten, mit reicher Beute beladen, in ihre Stellungen zurück, und zwar die Seminaristen mit Büscheln von Kaufmannsbärten, die Kaufleute mit gegnerischen Zöpfen, Lateinfibeln und theologischen Dissertationen. Pachom humpelte auf einem Stelzbein, und am anderen lahmte er. Er ernährte sich von seiner Hände Arbeit, und zwar klimperte er vor den Fenstern der Dorfbewohner auf der Bandura und erweichte damit die fühllosesten Herzen. Zu den Klängen des Instruments sang er allerlei Lieder — ländliche und städtische, friedliche und kriegerische, fromme Weisen und Liebeslieder; auf diese Art machte er es allen recht — den alten Männern und den Männern in den besten Jahren, den alten wie den jungen Weibern und den Mädchen; er gewann das Wohlwollen aller und erhielt von jedermann eine Gabe. Jeden Feiertag erschien Pachom mit seiner Bandura vor dem Tor des Dorfältesten und spielte und tanzte so lange, bis die versammelten Bauern und Bäuerinnen sich verleiten ließen und ihm nacheiferten. Zwar waren ihm das Stelzbein und das andere, lahme beim Tanzen recht hinderlich, doch ließ er sich nicht entmutigen, und diese seine Bravour gefiel den Dorfbewohnern außerordentlich. Sie überließen ihm durch einstimmigen Beschluß eine halbzerfallene Hütte, deren letzte Besitzerin infolge des häufigen Erscheinens ihres seligen Mannes gestorben war; sie hatte ihm tagtäglich von der Abenddämmerung bis zum Sonnenaufgang zugesetzt, während er sich dafür von Sonnenaufgang bis zur Abenddämmerung in der Schenke tröstete. Auf diese Weise hatte er sich — in ständigem Wechsel zwischen Tröstung und Qual und Qual und Tröstung — für alle Zeiten getröstet. Die Hütte stand auf dem Gemeindeanger, und nicht jeder wagte sich nachts in seine Nähe, aus Furcht vor einem gemeinsamen Auftauchen von Mann und Frau. Doch der *fröhliche Bettler* — so wurde Pachom im Dorf für gewöhnlich genannt — war nicht ängstlich und verbrachte die Nächte unverdrossen in seinem wohlerworbenen Besitz. Als ich ihn und seine Lebensweise kennenlernte, ergötzte auch ich mich an den Kunststücken dieses halben Menschen und dankte dem barmherzigen Gott unwillkürlich unter heißen Tränen für die Gaben, mit denen er mich gesegnet hatte. Wie, dachte ich, und da erkühne ich mich noch, gelegentlich über deine Vorsehung zu murren, gerechter Schöpfer! Meine Augen, meine Arme und Beine sind heil, ich bin gesund und kräftig, und ich war trotzdem manchmal unzufrieden und habe aus Kleinmut geweint, während dieser Krüppel da singt und tanzt!

Dennoch fiel mir bei all seinem seltsamen Gehüpfe des öfteren auf, daß ein finsterer Nebel sein einziges Auge verhüllte und unter den Lumpen hervor ein tiefer Seufzer sich seiner Brust entrang. Das zeigte sich namentlich dann, wenn er vor uns beiden sang oder spielte und die zärtliche Licorissa mich mit ihren lilienweißen Armen umschlang und einen leidenschaftlichen Kuß auf meine Wange drückte. Er ging dann ein Stück beiseite und wischte sich — soweit man nach seinen Bewegungen urteilen konnte — die Tränen. ‚Vielleicht hat auch er einst geliebt', sagte ich zu Licorissa, ‚und den Gegenstand seiner Liebe verloren. Der Verschmachtende kann nicht ruhig zusehen, wenn ein anderer klares, frisches Wasser trinkt. Jemand, der unglücklich liebt oder geliebt hat, kann nicht gleichgültig bleiben, wenn er glücklich Liebende sieht.' Wie dem auch sei, wir schlossen den fröhlichen Bettler ins Herz, und ich hörte seinen Späßen, in denen ich viel Verstand und Witz fand, immer mit Vergnügen zu. Manchmal schien er sich zu vergessen, ließ von den Possen ab und redete gesetzt, besann sich dann aber plötzlich und spielte und sang mit heiserer

Stimme irgendein närrisches Lied. Nikita fand ein besonderes Vergnügen darin, Pachom zu sekundieren; da gab es dann oftmals ein wunderbares Konzert, in das die Hofhunde mit ihrem Heulen einstimmten.

Die Zeit, die Reise fortzusetzen, war gekommen. Am Tage vor der Abfahrt führte ich meine Freundin bei Sonnenuntergang zum Haus im Wald, um Abschied von dem Zauber der ländlichen Natur zu nehmen, an der man im Lärmen und Dröhnen der Hauptstadt keinen Genuß finden kann. Wir suchten alle Büsche, alle kleinen Hügel, alle Quellen auf und ließen uns schließlich am Fuße eines weitverzweigten Faulbeerbaums gegenüber dem eisernen Tor zum Haus im Walde nieder. Eine süße Nachdenklichkeit deckte ihre rätselhaften Flügel über uns. Wir verharrten ziemlich lange in dieser Lage, und am blauen Himmel zog bereits majestätisch der silberne Mond herauf. Wir wollten uns erheben und ins Dorf zurückkehren, aber eine überraschende Beobachtung hielt uns zurück. Aus dem Dickicht des Waldes tauchten zwei ziemlich gut bewaffnete Männer auf; Licorissa, die sie für Räuber hielt, erschrak, ich beruhigte sie jedoch und gebot ihr zu schweigen. Die Unbekannten traten auf das eiserne Tor zu, und der eine

von ihnen ließ drei laute Pfiffe hören. Bald darauf ertönten ebensolche Pfiffe auf dem Hof. Einer der Männer eilte in den Wald und war bald mit zwei schwer bepackten Pferden zurück. In diesem Augenblick hörten wir Schlüssel klirren und das Tor kreischen. Ich gestehe, hier hätte auch ich eine Ermutigung gebraucht, denn daß das Haus ein Räubernest war, schien sicher. Was tun? Wir mußten auf Gottes Willen vertrauen.

Aus dem Tor trat ein hochgewachsener Mann in dunklem Rock. Er konnte nicht mehr jung sein, denn als er den Hut abnahm, erglänzte im Mondschein eine Glatze, die nicht schlechter als die von Nikita war.

Hier begann ein Gespräch.

Der Mann mit der Glatze: ‚Guten Tag, Jungens! Was macht der Graf?'

Der erste Ankömmling: ‚Es geht, Gott sei Dank! Und wie steht es bei euch?'

Der Mann mit der Glatze: ‚Unverändert! Und von ihm ist nichts zu hören?'

Der zweite Ankömmling: ‚Nicht das geringste! Spurlos verschwunden! Was macht das Kind?'

Der Mann mit der Glatze: ‚Es lebt! Schade nur, daß ich einen so schlechten Gehilfen habe. Er ist oft krank. In der Nacht muß ich den Rundgang um das Haus selber machen. Nun, schafft den Proviant auf den Hof, und ab — mit Gott! Ins Haus tragen wir uns alles selber.‘

Die Ankömmlinge führten die Pferde auf den Hof, luden die Saumlast ab, erklärten: ‚Sonnabend sind wir wieder da‘ und entfernten sich. Der Mann mit der Glatze schloß das Tor von außen zu und sagte vor sich hin: ‚Ich geh mal um den Hof herum!‘

Kaum hatte er ein paar Schritte getan, als hinter einer Ecke hervor — zu unserem größten Erstaunen — der fröhliche Bettler Pachom trat — in vollem Staat, das heißt in seinen Lumpen, mit der Bandura auf dem Rücken. Beide blieben stehen und maßen einander aufmerksam mit dem Blick.

Pachom: ‚Gestatten Sie eine Frage, mein Herr! Sind Sie vielleicht aus diesem Haus?‘

Der Mann mit der Glatze: ‚Wozu mußt du das wissen? Wer bist du?‘

Pachom: ‚Aus meinem Äußeren läßt sich mit Sicherheit schließen, daß ich nicht mehr als ein Bettler bin. Allerdings kein gewöhnlicher und kein unbegabter. Ich liebe es nicht, mit dem Namen Gottes hausieren zu gehen, sondern erweiche die Herzen der Menschen mit meiner Kunst, denn ich singe und spiele — der Wahrheit die Ehre! — sehr schön.‘

Der Mann mit der Glatze: ‚Geh, geh mit Gott! In diesem Hause hat man für derlei lustige Vögel nichts übrig.‘

Pachom: ‚Und wer, wenn Sie gestatten, wohnt darin?‘

Der Mann mit der Glatze: ‚Das geht dich nichts an — wer du auch seist!‘

Pachom: ‚Ach, ich sehe schon, Sie zweifeln an meiner Kunst. Und ich muß Sie um meines ehrlichen Namens willen auf der Stelle eines Besseren belehren.‘

Der Mann mit der Glatze: ‚Geh, geh schon — gib dir keine Mühe!‘

Pachom (eine Klarinette hervorholend): ‚Hören Sie bitte aufmerksam zu!‘ (Er improvisiert auf der Klarinette.)

Der Mann mit der Glatze: ‚Das ist entweder ein Spitzbube und Spion oder ein Verrückter! Hörst du endlich auf?‘

Pachom: ‚Reden Sie nicht soviel, hören Sie lieber zu.‘ (Er spielt.)

Ich (leise zu Licorissa): ‚Dieser Pachom ist nicht der, den wir kennen, ist nicht mehr der *fröhliche Bettler*!‘

Licorissa (ebenso): ‚Ich bin im höchsten Grade erstaunt! Er spielt vortrefflich und könnte die Leute in der Hauptstadt statt derer in den Dorfschenken unterhalten.‘

Der Mann mit der Glatze (ärgerlich): ‚Wenn du nicht aufhörst, vertreibe ich dich mit dem Knüppel.‘

Pachom: ‚Wirklich? Dann mache ich es wie Orpheus und locke mit meinem Spiel die Bäume herbei!‘

In diesem Augenblick öffnete sich im Hause ein Fenster, und hinter einem Eisengitter erschien eine weibliche Gestalt in weißem Gewande. Die Strahlen des Mondes beleuchteten sie. Als der Mann mit der Glatze das sah, geriet er außer sich, eilte auf Pachom zu, entriß ihm die Klarinette und hieb sie ihm zwei-, dreimal auf den Buckel, wobei das Musikinstrument in Stücke zersprang. Auch der Wurm krümmt sich, wenn er getreten wird. Wie hätte es Pachom nicht tun sollen? Aus dieser Folgerung läßt sich erraten, daß ihn seinerseits die Wut packte, er sich aufrichtete und seinem Widersacher eine Maulschelle gab, daß der umfiel und mit den Beinen zappelte.

‚Ha‘, rief er und richtete sich allmählich auf, ‚deine Frechheit wirst du mir teuer bezahlen! Wie? Den Haushofmeister eines vornehmen Herrn schlagen? Du — ein Bettler? Na warte! Zu Hilfe!‘

Hier stürzte er zum Tor und schickte sich an, es aufzuschließen. Wir zitterten um das Schicksal des armen Pachom, der gewiß auf allerlei gefaßt sein mußte; doch Pachom setzte sich ins Gras, machte sich an seinem Stelzbein zu schaffen, hielt es plötzlich in der Hand, stand auf und rannte rascher als ein Hirsch davon.

‚Was sind denn das für Sachen‘, sagte ich, ‚das eine Bein war doch nicht brauchbar, und an dem anderen lahmte er!‘

‚Dahinter verbirgt sich wahrscheinlich ein Geheimnis‘, entgegnete Licorissa, ‚aber wie findet man es heraus?‘

‚Wir müssen es ergründen‘, erwiderte ich, ‚vielleicht sind wir vom Schicksal zu Werkzeugen bestimmt, mit deren Hilfe es Unglückliche glücklich machen will.‘

Wir eilten zum Dorf und rätselten hin und her, was das alles zu bedeuten habe. Wer war Pachom, wer war der Mann mit der Glatze und wer die weißgekleidete Unbekannte hinter dem Eisengitter?“

ZWÖLFTES KAPITEL
Reue und Buße

„Wir konnten den größten Teil der Nacht über kein Auge zutun — so quälte uns die Neugier; namentlich Licorissa, die kraft des Zartgefühls, das dem weiblichen Geschlechte nun einmal eigen ist, viel Anteilnahme für Pachom zeigte. ‚Wie wäre es möglich', wiederholte sie in einem fort, ‚daß ein gewöhnlicher Bettler so klug sein und so vortrefflich auf der Klarinette spielen könnte? Sicherlich ist er von adligem Geblüt und nur vom Unglück verfolgt. Und vielleicht auch vom Unglück in der Liebe! Ach, wie bemitleidenswert er ist! Aber wieso ist er im Nu genesen? Sollte seine Klarinette, die in den Händen des Mannes mit der Glatze eine so geheimnisvolle Kraft bewies, ein Talisman, ein Zauberstab gewesen sein? Oder hat er etwa bis heute den Lahmen und Einbeinigen nur gespielt? Vermutlich ist er auch gar nicht einäugig.' — ‚Mag sein', entgegnete ich und machte mich am folgenden Morgen zu dem Bettler auf, mit dem Ziel, der Wahrheit auf den Grund zu gehen, koste es, was es wolle.

Der arme Pachom hatte die Nacht offenbar allein verbracht und darum keinen Anlaß gehabt, sich lange im Bett zu rekeln. Sein Häuschen war verschlossen; ich fragte also Buben, die in der Nähe ihren Mutwillen trieben, wohin Pachom gegangen sei. Sie zeigten auf den nahen Hain, und ich erriet, er halte sich nicht ohne Absicht in der Nähe des ‚Hauses im Walde' auf. Einige Zeit darauf gewahrte ich ihn tatsächlich. Er war angezogen wie immer, saß unter einem Baum, starrte zu Boden und seufzte alle Augenblicke. Kaum war ich auf ihn zugetreten und wollte ein Gespräch beginnen, als ich rechter Hand einen ziemlichen Lärm und verschiedene Stimmen hörte. Ich wandte mich um, und es bot sich mir ein merkwürdiges Bild, das einen guten Vorwurf für einen Maler hätte abgeben können. Auf einer kleinen Lichtung, auf der zwei Wagen warteten, duellierten sich zwei Männer. Der eine schien, nach dem Umhang, dem Hut und dem überlangen Degen zu urteilen, ein Spanier zu sein; der andere, nach dem langschößigen Rock, den Schlitzärmeln und dem Säbel zu schließen, ein

Pole. Neben ihnen standen zwei weitere Männer; der eine mußte ein Franzose sein, denn statt in den Kampf einzugreifen, verrenkte er sich auf die seltsamste Weise, fuchtelte mit den Armen und vollführte allerlei Sprünge; kurzum — er ahmte in allem die Körperbewegungen der Duellanten nach, wobei er sie auch noch anfeuerte: ‚Bravo, Herrschaften, bravo! Courage! Ja, doch, gib ihm!' Der andere war ohne Zweifel ein Deutscher, was man aus seinem mächtigen Wanst, der riesigen, mit roten Äderchen gezierten Nase, der langen Tabakspfeife, die er, an einem Baumstamm lehnend, rauchte, und aus dem noch längeren, an seinem Nacken gleichsam angeschraubten Zopf ersah. Zu seinen Füßen lag ein weinendes junges Frauenzimmer auf den Knien, das man recht hübsch gefunden hätte, wäre es nicht so klein gewesen und hätte es einen weniger dicken Bauch gehabt. Das Weib umklammerte die Knie des Deutschen und flehte: ‚Vater, vergeben Sie mir!' Er klopfte gelassen die Tabakspfeife am Baumstamm aus und rief zum Kutscher des in der Nähe wartenden Wagens hinüber: ‚Iwan! Stopfe mir eine neue und bring mir eine Flasche Bier!'

Pachom schien weder alle diese Heldentaten noch meine Anwesenheit zu bemerken.

‚Was soll denn das, Herr Banduraspieler', fragte ich, ‚siehst du denn nicht, was sich neben dir tut? Man muß die Streitenden trennen! Wir haben friedliche Zeiten.'

Pachom sah auf, warf einen Blick auf die Duellanten, lächelte und sagte: ‚Ich versuche es mit der Macht der Musik — vielleicht bringt sie die Kampfhähne zur Vernunft.'

Mit diesen Worten erhob er sich, nahm seine Bandura, humpelte zu den Rittersleuten hinüber und fing, ohne ein Wort zu verlieren, ein lustiges Liedchen zu spielen an, zu dem er sang und allerlei Sprünge vollführte. Der Deutsche nahm die Pfeife aus dem Mund und schaute ihn einigermaßen verwundert an; der Spanier und der Pole ließen voneinander ab, senkten die Mordwerkzeuge und warfen sich einen Blick zu, als wollten sie fragen: Wer zum Teufel kommt uns denn da in die Quere? Was den Franzosen betrifft, so wäre er vor Lachen bald geplatzt. ‚Wahrhaftig — ein echter Barde vom Hofe Fingals, berufen, die Taten seiner Helden zu besingen!' Und er brach aufs neue in Lachen aus.

Ich machte mir diese glückliche Pause zunutze, trat auf die erstaunten Kämpen zu und sagte: ‚Meine Herren Kavaliere! Ich beschwöre Sie im Namen aller Heiligen und im Namen der Ehre — lassen Sie von Ihrer Fehde bis auf weiteres ab! Ist es nicht viel schöner, in Frieden miteinander zu leben und die Gaben der Natur zu genießen, statt sich gegenseitig umzubringen?‘

Der Spanier: ‚Im Namen aller Heiligen? Ich wäre der Auswurf meines Vaterlandes, wollte ich einer solchen Beschwörung nicht gehorchen!‘ (Er steckt den Degen in die Scheide.) ‚Im Namen aller Heiligen? Ich schwöre beim heiligen Jago von Compostella — ich wäre würdig, alle Pein der heiligen Inquisition zu erleiden, würde ich Ihrer Mahnung nicht Folge leisten!‘

Der Pole (die Schnurrbartenden zwirbelnd): ‚Sie sagten etwas von Ehre? Wer wüßte besser über sie Bescheid als der Pole! Reich mir die Hand, spanischer Pan! Und füllen wir, statt einander zur Ader zu lassen, lieber unsere Adern in der Schenke des nächsten Dorfes mit ein paar Flaschen Wein auf!‘ (Sie umarmten sich.)

Der Deutsche: ‚War nicht von den Gaben der Natur die Rede? Ich gestehe, ich bin ein leidenschaftlicher Liebhaber davon! Wahrhaftig, was hat es für einen Sinn, sich gegenseitig umzubringen? Da ist es etwas anderes, an einem Tisch zu sitzen vor Schüsseln mit Schinken und Würsten, mit Würstchen, Käse und einem Krug Bier. Wenn mir der Herrgott dazu noch eine Pfeife Tabak vergönnt, sehe ich den Himmel offen und lauter Engel, die Orgel spielen.‘

Der Franzose: ‚Ich habe am wenigsten Grund, auf diesen Friedensvorschlag nicht einzugehen. Wenn es sich so verhält, verehrtester Herr Schafskopf — ich bin der Ihre, und mit mir meine Luise!‘

Der Deutsche: ‚Hol euch alle beide der Teufel! Erhängt euch meinetwegen an der ersten besten Espe!‘

Der Franzose schloß ihn freundschaftlich in seine Arme, danach noch freundschaftlicher Luise, die sich nach dieser Wendung der Dinge beruhigte; wir kehrten allesamt in unser Dorf zurück, geführt von Pachom, der einen besonders klangvollen Marsch spielte. Die beiden Kaleschen folgten.

In meinem Zimmer setzten wir uns an den Tisch, wo auf Herrn Schafskopfs Befehl ein ungemein sättigendes Frühstück aufgetragen wurde; nachdem wir den Gaben der Natur gründlich zugesprochen hatten und infolgedessen in Stimmung kamen, schlug ich der Gesellschaft vor: ‚Meine Herren! Während meine Frau‘ — ich hielt es für ratsam, Licorissa diesen Namen zu verleihen — ‚und die ehrenwerte Luise sich in der

Küche um das Mittagessen kümmern, könnten wir uns einander anvertrauen und denen, die nicht in alles eingeweiht sind, erklären, was es mit dem heutigen Abenteuer auf sich hat.‘

Alle gingen bereitwillig darauf ein. Und da der Bettler Pachom gewissermaßen der eigentliche Friedensstifter war, durfte auch er unseren Erzählungen lauschen, allerdings in einiger Entfernung — darauf bestanden der Spanier und der Pole.

‚In meinem Vaterland‘, sagte dieser, ‚dürfen Narren und Possenreißer selbst im Sejm zugegen sein. Sobald sie merken, daß der Kronsmarschall und die hohen Räte infolge der großen Anspannung ermüden, sind sie berechtigt, mit Schellen zu klingeln, Knallerbsen zu werfen und Seifenblasen steigen zu lassen. Das muntert die Herren auf, ihre Gedanken werden frischer, und sie fassen die weisesten Beschlüsse!‘

Man einigte sich über die Reihenfolge, und der Spanier begann: ‚Ich habe nicht allzuviel zu erzählen. Mein Vater Ambrosio war nicht der Letzte unter den Bürgern der Stadt Olmedo. Meine Mutter Ines übertraf an Keuschheit die Keuschheit selber. Sie war von Kopf bis Fuß mit großen und kleinen Kreuzen, Reliquien und Heiligenbildchen behängt, mit denen sie ihr Beichtiger, Vater Antonio, ein Benediktinermönch, bedachte. Der Rosenkranz meiner Mutter wog wohl ein halbes Pud. Was sie auch tat — immer rief sie die Hilfe eines Heiligen an. Diese beispielhafte Frömmigkeit vererbte sich auch auf mich. Mir war alles erlaubt — schimpfen, sich mit anderen Jungen prügeln, stehlen —, vorausgesetzt, daß alles das unter Anrufung Gottes geschah!

Wenn meine Mutter von häuslichen Verrichtungen frei war, schloß sie sich mit dem guten Vater Antonio in ihrem Andachtszimmer ein und tat mit solchem Eifer Buße, daß man ihr Stöhnen im Nachbarzimmer hörte. Sie schrie sogar manchmal auf — so setzte ihr der Beichtiger zu. Diese Umstände flößten meinem Vater Mitleid mit der armen Sünderin ein, zumal sie nach zwei Stunden Bußetuns so blaß, erschöpft und geschwächt zum Vorschein kam, daß sie sich kaum noch auf den Beinen hielt. Wenn mein Vater mit der Absicht, sie zu trösten, auf sie zutrat, erschrak sie, bekreuzigte sich und sprach Gebete, die zur Austreibung von bösen Geistern bestimmt waren.

Mein Vater bekam dieses eintönige Leben schließlich satt. Er wollte selber der Beichtiger seiner Frau sein und versteckte in Anbetracht dieser Absicht vorsorglich den Schlüssel zu ihrem Andachtszimmer. Eines Tages, als die Seufzer der Büßenden lauter waren als sonst, tauchte er plötzlich vor ihr auf. »O Himmel!« rief meine Mutter und fiel in Ohnmacht, wobei sie durch die heftige Bewegung in eine äußerst unanständige Lage geriet. Dafür verlor der heilige Vater nicht die Geistesgegenwart. Er stand auf, denn das Erscheinen meines Vaters hatte auch ihn auf die Knie gezwungen, nahm Haltung an und sagte gedehnt: »Wie? Sehe ich einen Spanier vor mir? Unmöglich! Wer sich damit vergnügt, fromme Übungen zu stören, ist ein besonders schlimmer Ketzer oder gar der Satan in Person! Weißt du denn nicht, daß dies eine der schwersten Sünden gegen die Gebote unseres heiligen Glaubens ist? Du verdienst, verbrannt zu werden!«

Ich weiß nicht, warum, aber mein Vater nahm von den verständigen Worten des heiligen Mannes keine Notiz. Ihn packte die Wut, und er hob, unbeeindruckt von der furchtgebietenden Person Antonios, den auf dem Fußboden liegenden Rosenkranz meiner Mutter auf und schlug damit auf den Gerechten ein, einerlei, wohin er traf. Der Mönch setzte sich zur Wehr, fügte aber, da er dick und obendrein durch seine Kleidung behindert war, seinem Gegner nur wenig Schaden zu. Der Kampf dauerte an, bis sich der Mönch, völlig erschöpft, in seiner Kutte verfing und unter lautem Gepolter und Keuchen zu Boden stürzte. Meine Mutter, die durch diesen Fall zu sich kam, öffnete die Augen, sah die blauroten Flecken, mit denen ihr Beichtiger übersät war, und das Blut, das von seiner

Stirne rann, sprang auf, stieß einen Schrei aus und rannte, bevor mein Vater den rächenden Rosenkranz auch gegen sie erheben konnte, auf ihn zu, faßte ihn zähneknirschend am Schnurrbart und riß aus Leibeskräften daran. Das war auch die rechte Art, mit jemand umzugehen, der fromme Übungen störte und eine würdige Person beleidigte, die ihrer Seele den Weg zur höchsten Seligkeit wies. Ich war jedoch damals noch jung und infolgedessen ebenso vermessen wie unerfahren. Da stand ich Elender in der offenen Tür, sah den ungleichen Kampf und rief: »Vater! Sehen Sie zu, daß Sie mit Mutter fertig werden, den Mönch überlassen Sie mir!« Ich nahm einen Anlauf, sprang auf Antonio zu, verwickelte ihn in seiner Kutte wie die Spinne eine Fliege in ihrem Netz und begann auf ihn einzuschlagen und ihn zu zwacken. Mein Gefangener schloß die Augen und keuchte: »Ach, erbarme dich!« Da ließ ich von ihm ab und bemerkte, daß sich mein Vater nicht weniger unerschrocken mit seiner besseren Hälfte auseinandersetzte. Auch sie lag auf dem Boden und jammerte bei jedem Hieb mit dem Rosenkranz. Als wir sahen, daß unsere Gegner sich nicht mehr wehrten, ließen wir uns erweichen und stellten dem Mönch anheim, sich aus dem Staube zu machen, was er denn auch schleunigst tat. Meine Mutter aber zerrte der Vater aus dem Haus, stieß sie auf die Straße und verriegelte die Tür.

Die Angelegenheit schien damit in jeder Hinsicht erledigt, hatte aber doch Folgen, und zwar erstaunliche. Preis dem Himmel, der die Aufsässigen bändigt, die sich gegen die Gesetze des Mönchtums auflehnen!

Die Nacht war kaum angebrochen, als der Vater und ich schon in den düsteren Verliesen der heiligen Inquisition schmachteten. Unsere Nahrung bestand aus einem Stück trokkenen Brots, zum Trinken bekamen wir muffiges Wasser. So bändigte man uns über ein Jahr. Es fehlte nicht viel, und man hätte uns gewaltsam zu Heiligen befördert. Aber schließlich fällte man ein gnädiges Urteil.

1. Für die freche Störung des Gebetes einer Büßenden; für ihre Versetzung in eine ungewollt sittengefährdende Lage; für die Mißhandlung der heiligen Person Antonio; für das Zerfetzen seines dem Seelenheil dienenden Gewandes; für den gotteslästerlichen Mißbrauch des Rosenkranzes, der zur Züchtigung eines weltlichen Mannes, geschweige denn eines Weibes, nicht zu verwenden ist, und für sonstige frevelhafte Handlungen wird der Verbrecher Ambrosio zwecks Errettung

seiner Seele und seines Fleisches sowie der Belehrung anderer dem Henker überantwortet — zur Verbrennung bei lebendigem Leibe. Er kann sich indessen retten. Die stets auf Milde bedachte Kirche eröffnet ihm sichere, rasche Möglichkeiten dazu, und zwar folgende: Er übereigne die Hälfte seines Besitzes der schwer von ihm beleidigten keuschen Ehefrau Ines, die andere aber einem Kloster, das er selber wählen darf, denn die auf Milde bedachte Kirche überläßt dies seinem Willen. Nach diesen Beweisen seiner Reue entsage er der verderbten Welt und nehme die Kutte — in einem Kloster, das er sich ebenfalls selber aussuchen kann; auch dies billigt die auf Milde bedachte Kirche. Anderenfalls — Fluch über ihn!

2. Sein Sohn Alonso, der der gleichen gotteslästerlichen Handlungen überführt wurde, ist mit der gleichen Strafe zu bestrafen. Indessen zügelt die auf Milde bedachte Kirche auch ihm gegenüber ihren gerechten Zorn. Wenn er von Herzen bereut und seine von ihm beleidigte keusche Mutter Ines und den höchst ehrenwerten Antonio um Verzeihung bittet, ist ihm die Strafe zu erlassen. Anderenfalls — Fluch über ihn!

Der Vater und ich überlegten nicht lange. Er nahm die Kutte, und ich erhielt die zugesicherte Vergebung. Das Leben meiner Mutter verlief von da an in beispielloser Heiligkeit. Der gottgläubige Vater Antonio verließ kaum noch ihr Andachtszimmer. Er liebte mich wie seinen eigenen Sohn. Seine Frömmigkeit übertrug sich alsbald auch auf mich. Ich tat nur noch eins — ich betete. Ich konnte die Tränen der Rührung nicht unterdrücken, wenn ich die tiefen Seufzer meiner Mutter und ihres Beichtigers hörte.

Meine Gotteshingabe wuchs mit jedem Tag. Auch ich begann mich einzuschließen und seufzte wie meine Mutter. Die Religionsspötter, deren es auch in Spanien genug gibt, nannten meine heiligen Verzückungen Raserei. O Sittenverderbnis! O über alle Maßen traurige Gesinnung!

Ein halbes Jahr nachdem ich begonnen hatte, mein Heil in der Einsamkeit zu suchen, belohnte Gott meine Ausdauer. Mir träumte nicht selten von Engeln, die sich mit mir unterhielten. Des Glückes, ihrer in Wirklichkeit ansichtig zu werden, war ich wohl noch nicht würdig. Eines Nachts erschien mir ein Bote des Himmels. Er war zwar nicht ganz so schön wie die Himmelsboten auf den italienischen Gemälden, doch wie ein Mensch nicht dem anderen gleicht, gleicht auch ein Engel nicht dem anderen Engel. Daß es aber bestimmt kein Teufel war, ersah ich daraus, daß er weder Hörner noch Hahnenpfoten noch einen zottigen Schweif hatte, und eben daran erkennt man ja die Teufel. »Hör meine Worte, Alonso«, sprach der Engel zu mir. »Vergiß nicht, daß du eine Todsünde begingst, als du die heilige Person Antonio beleidigtest. Du wirst deine arme Seele nicht vor dem Fegefeuer erretten, ehe du nicht zu Fuß nach Rom pilgerst, dem heiligen Stellvertreter Gottes den Schuh küßt und alle Klöster besuchst, in denen fromme Männer römischen Glaubens leben.« Ich erwachte, dachte nach, überlegte hin und her und brachte mehrere Wochen damit zu. Reue peinigte meine Seele. Wie konntest du, elender Sünder, sagte ich zu mir selbst, eine so gottlose Freveltat begehen und deine verfluchten Hände gegen das teure Haupt Antonios erheben, der Tag und Nacht bemüht ist, deine büßende Mutter zu trösten? Weh dir ob deiner Verfehlung!

Ich entschloß mich, mein Elternhaus zu verlassen, in dem mich alles an meine Sünde gemahnte, ließ mir den Segen meiner Mutter und ihres Beichtigers geben und machte mich auf die Pilgerschaft, wobei ich aber versprach, mich jedesmal zu melden, wenn mir das Geld ausginge. Und sie versicherten mir, sie würden mich nie im Stich lassen.

Im Laufe von fünf Jahren besuchte ich alle Klöster in Spanien, Frankreich, Italien, Ungarn und Böhmen. In meinem übergroßen Eifer verfiel ich auf den Gedanken, auch zu den katholischen Kirchen zu pilgern, die in barbarischen Ländern liegen, zum Beispiel in der Türkei, in Rußland und in Polen. Nachdem ich auf diese Weise überall herumgekommen war, schlug ich mich mit meinem Freund Pan Chłopowicki wieder nach Polen durch, wo wir auf Herrn Schafskopf stießen . . .'

Mit diesen Worten beendete der fromme Spanier seine Erzählung."

DREIZEHNTES KAPITEL
Allerlei Geschichten

„,Jetzt ist die Reihe an mir', sagte der Pole. ,Don Alonso hat so bescheiden angekündigt, er habe nicht viel Bemerkenswertes aus seinem Leben zu erzählen. Zu Unrecht! War nicht in einem fort von Heiligtümern, von Engelserscheinungen die Rede? So viele Wunderdinge wird es in meiner Geschichte nicht geben. Zwar habe auch ich eine Erscheinung gehabt, aber nur eine von Fleisch und Blut — die eines sündigen Menschen. Ich entstamme einem vornehmen Geschlecht der Zinsschlachta. Mein Vater war ein echter polnischer Edelmann. Stolz wie ein Engländer, tapfer wie ein Russe, höflich wie ein Franzose und edel wie ...' (,Natürlich wie ein Deutscher!' unterbrach ihn Schafskopf überzeugt.)

,Mein Vater und ich dienten bei der Garde des Fürsten Kępkowski. Das war ein überaus seltsamer Mann von etwa sechzig Jahren. Stolz oder, besser gesagt, Hochmut, geräuschvolle Fröhlichkeit und bestialisches Verhalten gegen die armen Bauern bildeten die hervorstechendsten Züge Seiner Durchlaucht. Er liebte die Hetzjagd und die Frauen. In seinem Haus, das man mit Recht einen Königspalast nennen könnte, wimmelte es ständig von Menschen, Pferden und Hunden. Wenige Worte genügen, um seinen Reichtum und seine Macht deutlich zu machen. Begegnete ihm auf der Jagd eine alte Frau — das galt als böses Vorzeichen —, zwang er sie, auf den nächsten Baum zu klettern und wie ein Kuckuck zu rufen. Die Unglückliche erfüllte den Willen des Gutsherrn, er schoß mit der Pistole nach ihr, lachte aus vollem Halse und schrie: »Ist das nicht allerhand? Den Unglücksvogel auf Anhieb herunterzuholen!« Oder er ließ auf Anraten meines Vaters, der seine Gunst genoß, drei oder vier Juden an den Bärten zusammenbinden und zwang sie zu tanzen — zum Klang des Jagdhorns und zum Knallen der Peitschen, die erst die rechte Lust dazu in ihnen weckten.

Nach allen diesen Taten blieb er gewöhnlich ungeschoren. Als aber der König eines Tages der ständigen Klagen über den Fürsten überdrüssig wurde und ihn zum Zwecke einer Aussprache zu sich berief, wollte der hohe Herr auch hier seine Größe unter Beweis stellen. Er ließ die ganze Straße von seinem Haus in Warschau bis zum Königspalast mit feingestoßenem Zucker bestreuen, um mitten im Sommer den Winter vorzugaukeln. Dann bestieg er einen teuren Schlitten, vor den acht Bären gespannt waren. Der Rest seines Triumphzuges entsprach dem Anfang, und er stieg auch, nachdem er angekommen war, nicht aus, bevor der König zu seiner Begrüßung auf der Freitreppe erschien. Jedermann wird erraten, daß er und der König in Freundschaft schieden. Aber dann geschah etwas Überraschendes. Ob nun eine Hofintrige der Anlaß war oder der Unwille der eigenen, durch seine übermäßige Liebe zu ihren Frauen und Töchtern beleidigten Untertanen — jedenfalls starb der Fürst eines plötzlichen Todes. Weder sein Sohn und Erbe noch seine Tochter, die junge Witwe Marianna, noch der König selbst dachten daran, der Ursache seines Todes auf den Grund zu gehen. Alle schrieben ihn einmütig einem Schlaganfall zu, und damit hatte die Angelegenheit ihr Ende. Der junge Fürst Stanisław trat seine Rechte an, und wir erkannten alsbald — er war ganz der Vater, nur im Superlativ.

Zu den Heldentaten, die er kurz nach dem Tode seines Erzeugers vollbrachte, gehörte — und nicht zuletzt — die Entführung meiner Schwester Marysia, die denn auch, als ihre Zeit gekommen war, Mutter wurde. Durfte sich ein polnischer Edelmann mit einer solchen Unziemlichkeit abfinden? Mein Vater wandte sich ehrerbietigst an den König, der dem Fürsten, gestützt auf seine Macht, befahl, Marysia in die väterlichen Umarmungen zurückzuführen, sofern sie es selber wünsche. Obwohl diese Bedingung nicht mit Sicherheit Erfolg verhieß — konnte ein polnischer Edelmann an ihm zweifeln? Er bestieg den Fuchs, der schon seinem Vater gedient hatte, und machte sich auf den Weg. Wangen, Brauen, Augen und Schnurrbart flammten vor Zorn. Doch sein Selbstvertrauen hatte ihn getäuscht. Meine Schwester zeigte nicht die geringste Lust, den Palast gegen die frühere Wohnstatt zu vertauschen und sich aus einer Sultanin in ein gewöhnliches Edelfräulein zurückzuverwandeln. Die übliche Schwäche der Frauen! Mein Vater geriet in echten Edelmannszorn, stieß Drohungen gegen sie aus und versetzte ihr in der Hitze des Gefechts kraft der Macht, die den Eltern über die Kinder gegeben ist, eine Ohrfeige. Das durfte sie, da ja auch sie von edlem Blute war, auf keinen Fall gleichmütig hinnehmen. Sie spie dem Vater hoheitsvoll ins Gesicht, sagte: »Alter Esel! Danke Gott, daß du mein Vater bist! Sonst wärest du nicht so billig davongekommen!« und entfernte sich.

Konnte ein polnischer Edelmann eine solche Schmach überleben? Natürlich nicht! Und das tat mein Vater auch nicht! Er verstarb bald darauf und hinterließ mich als alleinigen Herrn über seinen Besitz, das heißt vor allem über den Fuchs, denn viel mehr war nach dem Bruch mit dem Fürsten Kępkowski nicht übriggeblieben.

Aus der mir angeborenen Neigung meiner Edelmannsseele heraus begann ich darüber nachzudenken, wie ich mich für den Schimpf rächen solle, der dem Namen der Chłopowickis angetan worden war. Nach längerem Überlegen fand ich es am vernünftigsten, meine Schwester im unangefochtenen Besitz des Fürsten zu belassen und ihm dafür mit gleicher Münze heimzuzahlen. Für solche Unternehmungen ist ein polnischer Edelmann immer zu haben! Obwohl die schöne Witwe, Fürstin Marianna, ein beinah allen bekanntes Verhältnis mit einem russischen Husarenobersten hatte, beschloß ich, den Sturm auf sie zu wagen, und trug mich zu diesem Behufe bei ihrem Gefolge ein. Ich sparte weder mit zärtlichen Blicken noch mit schmachtenden Seufzern und amourösen Anspielungen. Und schließlich hatte ich Erfolg! Marianna erwiderte sie, und ich war entzückt.

Um mir ihre Gegenliebe und zärtliche Gewogenheit deutlicher zu zeigen, riß mir die schöne Witwe gelegentlich die Mütze herunter und klatschte mir — eine ausgesuchte Liebkosung — mit dem Fächer auf meinen rasierten Kopf. Nicht selten empfing ich auch einen kräftigen Nasenstüber, und meine Liebe wurde von Stunde zu Stunde flammender. Eines Tages erhielt ich durch den Pagen der Fürstin ein Billett, in welchem ich zu Mitternacht in die Gartenlaube neben dem Teich befohlen wurde, aus dem ein marmorner Cupido emporragte. Wer beschreibt mein Entzücken! Fast bis unmittelbar an die festgesetzte Stunde säuberte ich mich, brannte ich mir den Schnurrbart, wusch ich mich mit duftenden Essenzen, die ich von einer jüdischen Händlerin erworben hatte. Ich blickte in den Spiegel und konnte mich nicht satt sehen, so schön kam ich mir vor!

Als es vom Turm des Schlosses Mitternacht schlug, betrat ich wonnevoll erschauernden Herzens die geheiligte Laube, in der ich meiner Göttin und meinen Rachegelüsten ein Opfer darbringen wollte. Der Mond schien durch das Fenster, und mit seiner Hilfe erkannte ich, daß sich auf dem Sofa etwas Weißes regte. Ich riß eiligst meinen Rock herunter, stürzte, von Liebe getrieben, zu meiner Schönen, preßte sie an mein feuriges Herz und drückte einen glühenden Kuß auf ihre Lippen.

Ich wollte entsetzt zurückweichen, als ich auf den Lippen meiner Göttin einen Schnurrbart fühlte, wurde aber so fest von zwei eisenstarken Armen umklammert, daß ich kaum atmen konnte.

»Was, zum Teufel, soll das?« erklang eine Stimme, die nicht nur keiner Frau, sondern auch keinem Polen gehören konnte. Im gleichen Augenblick traf ein furchtbarer Fausthieb

meine Stirn. Ich sah Millionen von Sternchen. Kaum war ich halbwegs zur Besinnung gekommen, als ein zweiter Schlag, und ein schlimmerer als der erste, folgte und jemand so an meinem Schnurrbart riß, daß ich bald seiner mitsamt der Lippe verlustig gegangen wäre. Ich rollte auf den Fußboden und zählte die Püffe und Tritte nicht mehr, mit denen man mich für meine flammende Liebe belohnte. Sie waren auch nicht zu zählen. Ich dachte nur noch, so könne mir höchstens ein Teufel zusetzen, und zwar der allergrimmigste.

Bald darauf hörte ich Lärm, die Tür sprang auf, und unter furchtbarem Gelächter traten Fürst Kępkowski, dessen zärtliche Schwester Marianna, meine Schwester Marysia und einige Diener mit Kerzen ein. Neben mir stand im bloßen Hemd der russische Oberst.

Er sah sich gelassen im Kreise um und fragte Marianna: »Erklären Sie mir, Gnädigste, was der Auftritt, den Sie mir da eingebrockt haben, zu bedeuten hat?«

»Nichts«, entgegnete sie und lachte noch immer wie eine Wahnsinnige, »es war nur ein Scherz, durch den ich Ihre Treue und Unerschrockenheit auf die Probe stellen wollte! Jetzt bin ich befriedigt. Nur eine Überraschung!«

Mit diesen Worten faßte sie meine Schwester an der Hand und ging mit ihr hinaus, vermutlich anstandshalber — um nicht vor allen Leuten die verborgenen Vorzüge des Herrn Obersten in Augenschein zu nehmen.

»Pan Chłopowicki!« sagte der junge Fürst zu mir. »Sie werden nach alledem sicher verstehen, daß für Sie in meinem Schloß kein Platz mehr ist. Leben Sie wohl!«

Ich hatte dort in der Tat auch nichts mehr zu suchen. So

ging ich bald darauf meiner Wege und verpflichtete mich als Steigbügelhalter beim Fürsten Poniatowski. Er machte sich dann aus zwingenden Gründen zum russischen Hofe auf und ließ mich, als er nach Polen zurückkehren mußte, in Petersburg zurück. Einige Jahre wartete ich in der nordischen Hauptstadt auf mein Glück, aber vergebens. Zufällig lernte ich Don Alonso kennen, der nach Polen wollte. Wir schlossen uns zusammen und wanderten gemächlich dahin, bis wir den Herrn Franzosen und den Herrn Deutschen trafen . . .'

,War das der Schluß?' rief der Franzose ungeduldig. ,Obzwar dem Herrn Schafskopf schon die strahlenden Augen zufallen, soll mich das nicht hindern, Ihre Neugier zu befriedigen. Er mag sich meine Geschichte ein andermal anhören.'

,Was mich betrifft', entgegnete der Deutsche, ,so hätte ich am liebsten weder von dir noch von deinen Dummheiten je etwas gehört!' Er streckte sich auf die Bank, gähnte und schnarchte bald darauf los.

Alle sahen lächelnd zu ihm hin, und der Franzose begann: ,Obwohl mich streng denkende Menschen nicht in allem loben werden, will ich offenherzig sein, wie einem Franzosen geziemt, und freimütig die Wahrheit sagen. Die hübsche schwarzhaarige Heloise war Wäscherin beim Kloster Saint-Denis. Der Abt desselben, Abälard, ein Mann von vierzig Jahren, galt als Wunder der Eloquenz und Frömmigkeit. Dennoch hatte auch er seine menschlichen Schwächen. Als er Heloise sah, erinnerte er sich, daß er Abälard hieß, und beschloß, da er den alten Roman von den berühmten Liebenden Heloise und seinem Namensvetter gelesen hatte, sich an einen neuen Roman zu machen. Er ging mit Heloises Beistand ans Werk, und die Folge seiner eifrigen Übungen in diesem wohlmeinenden Tun war meine Geburt. Als ich das Alter erreichte, in dem man den Unterschied zwischen den Geschlechtern begreifen lernt, beschloß mein Vater im Geist und im Fleisch und Blut, mir eine möglichst gute Erziehung zu geben, in der Absicht, irgendwann auch mich in einem geistlichen Amte unterzubringen. Es muß bemerkt werden, daß er keineswegs arm war. Wo gibt es in einem Kloster schon Arme? Doch die Natur läßt sich nicht nötigen. Ich fühlte eine unüberwindliche Zuneigung zum schönen Geschlecht und strebte nur in jenen Fertigkeiten nach Erfolg, mit denen man ihm am ehesten gefallen kann. Ich bemühte mich, möglichst flüssig und frei zu plaudern, und lernte mehrere Instrumente spielen, singen, tanzen und fechten. Mein Vater, der sich davon überzeugte, daß ich für Philosophie und Theologie nicht viel übrig hatte, überließ mich meinen Neigungen und begnügte sich damit, mich mit Geld zu unterstützen. Meine ersten Heldentaten vollbrachte ich bei den Frauen und Töchtern der Klosterbedienten. Ich war noch keine zwanzig Jahre alt, als ich bei den Ehemännern bereits als arger Beförderer zum Hörnerträger und bei den Vätern als schlimmer Mädchenverführer galt. Sie waren offenbar böse von Natur, da derlei Kleinigkeiten sie gegen mich aufbrachten. Ich verließ mich auf die Macht meines Onkels — so nannte ich nach hergebrachter Ordnung den Abt — und fürchtete mich vor nichts. Aber wie unbeständig ist alles auf dieser Welt! Mein Onkel starb plötzlich, und man schob mich langsam aus dem Kloster ab. Ich sage langsam, denn man fesselte mir die Hände, zwei Diener führten mich durch das ganze Kloster, und einige andere Bösewichter schlugen auf meinen Rücken, meine Schultern und meine Beine mit Riemen ein. Nachdem sie mich im Triumph vor die Umfriedung geleitet hatten, vervielfachten sie ihre Freundlichkeiten gegen mich und ließen mich schließlich halbtot auf der Straße liegen.

Zum Glück verfielen sie nicht darauf, meine Taschen zu leeren, in denen sich eine Summe befand, die fürs erste genügte. Nachdem ich mich von den Schlägen erholt und die von den Rächern zerfetzten Kleider durch neue ersetzt hatte, begab ich mich nach Paris, wo ich meinen Unterhalt durch Musik- und Fechtunterricht gewinnen wollte. Da ich jedoch nicht die erforderlichen Empfehlungen besaß, um Einlaß in vornehme Häuser zu finden, und meine Künste in den mittelmäßigen Häusern nicht allzusehr geschätzt wurden, verlegte ich mich darauf, Geschichte, Geographie und selbst Poetik zu lehren, kurzum — lauter Wissenschaften, von denen ich nicht das geringste verstand. Alles wäre gut gegangen, hätten sich nicht zu meinem Unglück fast in allen diesen Häusern gelehrte Pedanten gefunden, die sich nicht eben schmeichelhaft über meine Kenntnisse äußerten, worauf ich schmählich an die Luft gesetzt wurde.

Als ich eines Tages in einem jener Häuser eine Geographiestunde gab, und zwar über Rußland dozierte, hörte mir ein zufällig anwesender Mann in mittleren Jahren — ein englischer Lord, wie ich bald erfuhr — aufmerksam zu und fragte schließlich: »Sagen Sie bitte, wissen Sie über die Lage im russischen Zarenreich Bescheid? Ich höre, es gibt dort viele

Merkwürdigkeiten, und habe die Absicht hinzufahren. Heutzutage ist es überall so eintönig.«

Ich: »Oh, dort gibt es Merkwürdigkeiten die Menge! Die Menschen ähneln Bären, und von ihren Gesichtern sind nur Nase und Ohren zu sehen. Mehr kann man nicht erkennen! Ihre Sprache erinnert an das Bellen von Hunden, die dort so groß und stark sind, daß die Russen auf ihnen reiten, insbesondere zur Jagd. Der Hund erfüllt zwei Aufgaben auf einmal — er trägt den Reiter und fängt Hasen oder Wölfe, wie sich's trifft. Burschen und junge Mädchen laufen bis zu ihrer Verheiratung nackt herum und wälzen sich gern im Schnee — wie die Hühner zur Sommerszeit im Staub!«

Er: »Sie erzählen wahrhaftig Wunderdinge! Es lohnt schon, sich das anzuschauen!«

Ich: »In Hinsicht ihrer Sitten sind sie noch seltsamer. Je mehr einer Haare im Gesicht hat, desto geachteter ist er. Die Länge des Bartes entscheidet über die Ernennung für dieses oder jenes Amt. Stellen Sie sich vor, was für einen Besen der Herr Kanzler haben muß!«

Er: »Irgendwie unverständlich! Flunkerst du auch nicht?«

Ich: »Gottbewahre! Dann werden Sie mir vielleicht auch nicht glauben, daß in Rußland die Männer das Recht haben, ihre Frauen zu prügeln, zum Krüppel zu schlagen und Gott weiß was mit ihnen anzustellen, und zwar ungestraft?«

Er: »Oh, dieser Brauch ist vortrefflich! Er müßte in der ganzen Welt eingeführt werden!«

Ich: »Ihr Hauptvergnügen zu Hause ist das Saufen. Die Frauen sitzen dabei hinter Schloß und Riegel!«

Er: »Gut, sehr gut! Das deckt sich mit dem englischen Geschmack!«

Ich: »Die öffentlichen Vergnügungen bestehen in folgendem: Man versammelt sich auf einem Platz oder draußen auf dem Feld, postiert sich in zwei zahlenmäßig gleich starken Reihen und fordert einander zum Faustkampf heraus.«

Er: »Weiter, weiter!«

Ich: »Zuerst beharkt man sich verhältnismäßig leicht. Die Fäuste landen in den Flanken, auf Bauch und Rücken. Dann kommt der Kopf mit seinem Zubehör dran, das heißt die Augen, Ohren, Zähne, die Schnauze und die Nase. Büschel von Haaren wirbeln umher. Zähne sausen durch die Luft, und das Blut fließt in Strömen.«

Er (aufspringend): »Bravo! Dieses herrliche Land muß man gesehen haben! Und sollten Sie, Herr Lehrer, hierzulande

nichts Besseres zu tun haben, als Kinder zu mißleiten, dann fahren wir doch zusammen hin und vervollkommnen uns in der hohen Kunst des Faustkampfs! Wir haben Sommer. Die Reise wird vergnüglich sein, und für die Kosten komme ich auf! Außerdem habe ich gehört, daß Leute Ihres Standes dort oft ihr Glück gefunden haben!«

Ich nahm sein Angebot an. Wir brachen auf, langten nach nicht allzu langer Zeit in Petersburg an und mieteten uns in einem Gasthof ein. Am folgenden Tage steckte mein Lord den Beutel mit den Goldfüchsen ein, und wir machten uns auf, um uns die russischen Merkwürdigkeiten zu Gemüt zu führen. Am Newa-Quai blieb er stehen und betrachtete aufmerksam die Vorüberkommenden. Als in der Ferne ein stämmiger Mann auftauchte, freute er sich. Er krempelte die Ärmel hoch und trat ihm, als jener heran war, mit solcher Wucht vor den Bauch, daß der, da er eine solche Bewillkommnung keineswegs erwartet hatte, der Länge nach hinschlug. Er erhob sich, sah den Lord grimmig an, sprang hinzu und hieb ihm die Faust an den Kopf, daß auch der Engländer wankte und umgesunken wäre, hätte ich ihn nicht gestützt. Rasch entbrannte eine schwere, von Gezeter begleitete Schlägerei. Dem Russen blutete schon die Nase, und beim Lord waren beide Augen angeschlagen; eine russische Mütze und ein englischer Hut trieben auf der Newa. Schließlich verhakten sich die beiden ineinander. Sie krümmten sich, richteten sich wieder auf, verbogen sich, und am Ende erwischte der Russe den Lord so geschickt am Bein, daß der kopfüber hinstürzte. Er rappelte sich hoch und ging den Gegner aufs neue an, doch das Ergebnis war wieder dasselbe. Auch beim dritten Mal hatte er kein Glück. Da maß er den Bärtigen von Kopf bis Fuß mit dem Blick, wandte sich zu mir um und sagte: »Schade, daß er kein Engländer ist!« Dann holte er mehrere Goldmünzen aus der Tasche und hielt sie dem Mann hin. Der verstand nicht im geringsten, was das bedeuten solle, und wich zurück.

Der Lord warf ihm die Goldmünzen zu, stieg die Stufen zum Wasser hinab und sagte zu mir: »Ich habe eine außerordentliche Seltenheit gesehen! Leb wohl, Monsieur! Ich fahre nach Kronstadt und von da geradeswegs nach London.«

Er stieg in ein Boot mit zwei Ruderern und fuhr davon. Ich sah ihm mit unbeschreiblicher Verwunderung nach.

Als er außer Sicht war, seufzte ich tief und sagte: »Da hat man's! In einem fremden Land, in dem man keine Menschenseele kennt, ohne Geld, ohne Empfehlungen! Ach, verdammter Insulaner, was hast du mir da eingebrockt!«

Ich brauche Ihnen mein ferneres Leben, das aus Armut und Kummer bestand, nicht lange zu beschreiben. Obzwar ich Franzose und ein Klostersprößling bin, ging es mir doch sehr schlecht, und ich dachte oft darüber nach, wie ich meine Lage verbessern könnte.

Ich bin hintereinander Friseur, Barbier, Abbé, Kellner, Krämer, ein vom Unglück verfolgter, aus seinem Vaterland vertriebener Marquis, dann Hundedresseur und Erzieher in modischen Pensionaten gewesen — und alles ohne Erfolg! Ich wechselte aus einer Stadt in die andere, aus einem Dorf ins andere, versuchte mich überall, und überall war es das gleiche Lied. Ich machte mich entweder selber davon, oder man setzte mich vor die Tür. Schließlich ging mein Glücksstern auf. Ich wurde in Kiew Getränkekellner im deutschen Klub.

Nachdem ich dort einige Zeit gearbeitet hatte, fielen mir zwei Frauenspersonen auf, bei denen offenbar auch ich schon Aufmerksamkeit erregt hatte. Ich bediente sie besonders zuvorkommend, und wir wurden bald miteinander bekannt. Eines Tages, als sie sich in einem separaten Raum mit Glühweintrinken vergnügten und die Nase der Älteren, die ich für die Mutter oder Tante hielt, ebenso rot wurde, wie jetzt die Nase von Herrn Schafskopf ist, trat ich auf sie zu und sagte: »Ehrenwerte Dame! Das ist bestimmt Ihre reizende Tochter?«

»Nein! Ich bin nur Beschließerin und Aufsichtsdame in ihrem Haus!«

Ich: »Wer sind Sie denn, liebes Fräulein?«

Sie: »Ich bin Luise Schafskopf.«

Ich: »Was für ein ausdrucksvoller, harmonischer Name! Schafskopf! Ich schwöre Ihnen bei allem, was mir heilig ist — so schöne Mädchen mit so angenehmen Namen gibt es in Frankreich nicht!«

Sie: »Sie sind natürlich Franzose?«

Ich: »Jawohl, Mademoiselle! Ich bin ein angesehener französischer Edelmann, der aber, von seinen Feinden beim König verleumdet, Hof und Vaterland für eine Weile verlassen mußte! Welchen Beruf übt denn Ihr hochverehrter Herr Vater aus?«

Sie: »Er ist Wurstmacher!«

Ich: »O Himmel! Wie gut das klingt! Wurstmacher Schafskopf! Ist er vielleicht hier anwesend?«

Sie: »Ja. Er raucht dort hinten in der Ecke seinen Tabak, trinkt sein Bier und räsoniert über Politik!«

Ich: »Welch bedeutender Kopf! Wie hoheitsvoll sich seine Nasenflügel blähen! Wie selbstbewußt er sich hält! Wie feierlich sich sein schneeweißer Zopf bei jeder Wendung des Kopfes verschiebt! Ich wünschte mir — ach, wie wünschte ich mir —, mit einem solchen Manne bekannt zu sein und ihn Freund nennen zu dürfen! Großer Gott! Wie glücklich ich wäre!«

Sie: »Und weshalb sollte das nicht möglich sein? Er nimmt bereitwillig Lehrlinge bei sich auf! Sie sind zwar Franzose . . .«

». . . aber immerhin kein Russe!« fiel die Aufsichtsdame ein und sah mich mit Augen an, die sich gerade noch hinter den verklebten Wimpern regten. »Das richte ich schon ein.«

Wir schieden wie alte Bekannte. Ich verließ auf Eingebung meines guten Geistes den Klub, meldete mich bei Schafskopf und wurde als Lehrling in seiner vielgerühmten Kunst aufgenommen. Er behauptete, es sei bei weitem leichter, ein Schiff im Sturm oder ein aufsässiges, in Aufruhr begriffenes Volk zu führen als mit gebührendem Zartgefühl Schweinefleisch zu hacken und es mit gebotener Finesse in Würste zu füllen!

»Das gilt nicht nur in Hinsicht des Würstemachens, mein Freund!« sagte ein Gast, der zufällig anwesend war. »Auch Stiefel und Schuhe machen ist ein Geschäft von nicht geringer Wichtigkeit!«

»Zugegeben«, entgegnete mein Lehrherr.

Luise und ich wußten gar bald, daß unsere Liebe nicht ohne Folgen geblieben war. Wir verloren jedoch nicht die

Fassung. Der Vater schrieb Luises füllige Formen dem übermäßigen Genuß seiner Würste zu und riet ihr, enthaltsamer zu sein. Dennoch wußten wir, irgendwann mußte es an den Tag kommen. Ich überredete sie zu fliehen, und wir jagten auf der Straße nach Warschau davon — nicht ohne uns einigermaßen versorgt zu haben, aber natürlich nicht nur mit Würsten.

Auf ebenderselben Lichtung, auf der Sie den Zweikampf sahen, trafen wir Don Alonso und Pan Chłopowicki. Die Stelle gefiel uns, und wir ließen uns zu einem gemeinsamen Frühstück nieder. Luise war schon bei den Vorbereitungen, als uns plötzlich Herr Schafskopf überraschte und mich mit überaus böser Stimme zum Zweikampf forderte. Da ich seine Kunst in diesem Handwerk kannte, ging ich ohne Zögern darauf ein und stellte mich in Positur. Plötzlich bemerkte er, daß er in der Eile keine Waffe mitgenommen hatte — nur seine Tabakspfeife hatte er zum Zeitvertreib eingesteckt. Wir waren in größter Verlegenheit, aber hier boten ihm der Don seinen Degen und gleichzeitig der Pan seinen Säbel an. Beide begannen das Lob ihrer Waffe zu singen, kamen auf Alter und Ruhm ihres jeweiligen Vaterlandes zu sprechen, und das Ergebnis von alledem war jener grimmige Waffengang, dessen Zeuge Sie wurden und dem Sie ein Ende machten . . .‘

Als der Franzose mit diesen Worten geschlossen hatte, traten Licorissa und Luise bei uns ein. Diese weckte ihren Vater und verkündete, das Mittagessen sei fertig — man habe im

Gemüsegarten unter einer Birke gedeckt. ‚Rechts vom Tisch', sagte sie zartfühlend, ‚wächst wunderbarer Salat, links wachsen junge Gurken.' Schafskopf, den diese Beschreibung an seiner schwachen Stelle traf, lächelte, tätschelte der Tochter den Bauch und ging hinaus. Wir alle folgten, und mit uns auch Pachom, der sich ein wenig abseits auf einem Beet einrichtete.

Als alle gesättigt waren und Herrn Schafskopfs Wangen aufs neue wie Rubine glühten, sagte er: ‚Hört aufmerksam zu, ich erzähle euch, was sich in meinem Leben zugetragen hat!

Mein Vater Johann Schafskopf war der Enkel jenes berühmten Bartholomäus Schafskopf, der so schmackhafte Würste machte, daß ihn ein deutscher Fürst in den Rang eines General-Wurstmachers erheben wollte. Als er dann aber eines Tages so viel von ihnen aß, daß er beinah geplatzt wäre, schob er diese vortreffliche Absicht auf. Mein Großvater, der nicht minder berühmte Wurstmacher Kaspar Schafskopf, verließ gewisser Umstände halber, und zwar weil meine Großmutter Charlotte mit einem Schornsteinfeger durchgebrannt war, sein Vaterland und wanderte nach Rußland aus. Mein Vater war ebenfalls Wurstmacher und ist als Gründer des ersten deutschen Klubs in Petersburg in die Geschichte eingegangen. Als ich herangewachsen war und selber schon recht ordentliche Würste stopfen konnte, starb er. Ich wurde damit richtiger Wurstmacher und heiratete bald darauf die Tochter eines Deutschen, der ebenfalls Wurstmacher ist. Wir haben einen erwachsenen Sohn, der sich auch schon als Wurstmacher betätigt, und diese Tochter, die ich dem guten Fritz, meinem Gesellen, zugedacht hatte, die aber auf den Einfall kam, diesen nichtsnutzigen Franzosen zum Vater ihres Kindes zu wählen. Ich wäre untröstlich, hätten wir nicht den Sohn, dank dem sich die vortreffliche Kunst des Würstemachens in der braven Familie der Schafskopfs erhalten wird. Das ist alles!'

Ich: ‚Nicht eben viel! Man hat von weiter nichts als den Schafskopfs, von Wurstmachern und ihren Frauen gehört! Sie haben sich reichlich knapp gefaßt.'

Der Deutsche: ‚Jedenfalls war ich ehrlich, wie einem guten Deutschen geziemt! Diese Herrschaften da' (er zeigte auf den Spanier und den Polen), nehmen es mit der Wahrheit nicht so genau. Wer kann denn glauben, daß ein Mensch noch lebt, der sich — und sei es nur zwei Tage — von weiter nichts als Wasser und Brot ernährt hat? O Himmel! Alonso behauptet, er und sein Vater haben es ein ganzes Jahr ertragen! Nein, das glaube ich nicht!'

Der Spanier: ‚Viel seltsamer ist, daß sich Ihr hochverehrter Großvater nach der Flucht seiner Frau damit begnügte, seinerseits nach Rußland zu fliehen! Ein Spanier hätte nie auf eine blutige Rache verzichtet!‘

Der Deutsche: ‚Sollte er etwa ins Kloster gehen wie Ihr Vater? Wir haben doch gar keine Klöster!‘

Der Franzose: ‚Bravo! Ich möchte wetten, Sie gäben, wären Sie nicht Wurstmacher, einen vortrefflichen Justizrat ab!‘

Der Pole: ‚Es scheint, daß meine Geschichte als einzige von niemandem angezweifelt wird!‘

Der Spanier: ‚Beileibe nicht! Ich bin der erste, dem unverständlich ist, wie ein Mensch mit gesunden Augen, dazu bei Mondschein, einen Mann von einer Frau nicht unterscheiden kann und statt der reizenden Lippen seiner Schönen zärtlich die schnurrbärtigen eines Obersten küßt!‘

Der Pole: ‚Ich war berauscht, ich flammte vor Liebesbegehren — da kann man sich schon täuschen. Wäre mir aber ein ganzes Regiment von Engeln erschienen und hätte von mir verlangt, ich solle die Welt durchwandern, nur weil ich irgendeinen ...‘

Der Spanier: ‚Wie? Sie vergleichen fromme Werke mit ...‘

Ich: ‚Ruhe, Herrschaften, Ruhe! So viele Merkwürdigkeiten Sie auch erzählt haben — ich kann Ihnen von einem Wunder berichten, über das Sie staunen werden. Dabei wird alles die reine Wahrheit sein. Ich war Augenzeuge, wie ein einäugiger, einbeiniger Hinkefuß durch drei, vier Schläge auf den Rücken von all seinen Gebrechen geheilt wurde und wie ein Hirsch gelaufen ist.‘

Der Spanier: ‚Das ist wahrhaftig ein Wunder! Ist er vielleicht Katholik?‘

Die anderen: ‚Wer er auch sei — es ist kaum zu glauben!‘

Schafskopf: ‚Wie? Er ist gelaufen wie ein Hirsch? Der Herr verzeih mir! Ist doch weiß Gott schon das Gehen beschwerlich genug. Und dann erst das Laufen!‘

Der Bettler: ‚Meine Herren! Ich werde Ihnen beweisen, daß Gawrilo Simonowitschs Worte die reine Wahrheit sind. Gedulden Sie sich einen Augenblick!‘

Er stand auf und entfernte sich.“

VIERZEHNTES KAPITEL
Wer ist denn nun dieser Bettler?

„Nachdem Pachom gegangen war, ergriff Don Alonso leidenschaftlich für mich Partei und verteidigte die Möglichkeit von Wundern, selbst größeren als diesem. Der Franzose widersprach auf das entschiedenste, der Pole zweifelte ein wenig, und der Deutsche, der sich hinsichtlich der plötzlichen Heilung weder der einen noch der anderen Meinung anschloß, wollte nicht verstehen, wie ein Mensch, dieses edelste aller Geschöpfe, laufen könne — das sei doch eigentlich den Tieren vorbehalten. Hier betrat ein unbekannter junger Mann in schwarzem Überrock das Zimmer. Er war stattlich und angenehm anzuschauen. Der Schatten eines verborgenen Kummers geisterte auf seinem Gesicht. Das Äußere und der Blick verrieten einen Mann von Adel, der mit seinem Schicksal haderte. Er nahm ohne Umstände neben uns Platz und setzte uns durch folgende Worte in Erstaunen: ‚Meine Herren! Nachdem Sie mich Ihres Vertrauens gewürdigt und von den wichtigsten Begebenheiten in Ihrem Leben erzählt haben, wäre es ungehörig von mir, das meine vor Ihnen zu verbergen. Nein! Das werde ich nicht tun, um so mehr, als ich Ihnen einen kleinen Dienst erwiesen habe und hoffe, daß auch Sie mir Ihrerseits beistehen werden.‘

Der Spanier: ‚Sie haben uns einen Dienst erwiesen? Kennen Sie uns denn von früher, und haben Sie etwa Ablaßspenden geleistet, um unsere Seelen aus dem Fegefeuer zu erlösen?‘

Der Pole: ‚Das ist für einen Reichen ohne Belang! Aber Sie haben sich vielleicht gelegentlich für die Rzeczpospolita eingesetzt, wenn deren Ehre angegriffen wurde?‘

Ich: ‚Weder das eine noch das andere! Er hat euch vor einem Bruderzwist bewahrt!‘

Alle sahen ihn mißtrauisch an, aber der junge Mann erklärte, er sei tatsächlich der frühere lahme Bettler. Hier kam ein allgemeines Raunen auf, Fragen wurden laut, Anzeichen der Verwunderung zeigten sich. Namentlich unsere Frauen und der Franzose ließen den heftigen Wunsch erkennen, mehr zu erfahren, und alle versprachen zu helfen, soweit es irgend möglich sei.

‚Gut', sagte er, ‚ich will Ihre Neugier befriedigen. Meiner Herkunft kann ich mich weder rühmen noch schämen. Mein Vater, ein angesehener reicher Edelmann, der die täglichen Zwistigkeiten mit seiner Frau satt bekam — sie war ohne Übertreibung ein wahrer Satan —, beschloß, sich von ihr scheiden zu lassen. In nicht geringem Maße sprach dabei der Umstand mit, daß ihre jüngere Tochter während seiner dreijährigen Abwesenheit das Licht der Welt erblickt hatte, und zwar zu einer Zeit, da ihm selbst das schöne Stubenmädchen Anjuta einen Sohn gebar. Diesen Sohn sehen Sie vor sich. Nachdem die Scheidung vollzogen war, trug mein Vater meiner Mutter die Ehe an, sie erklärte jedoch entgegen den Erwartungen der ganzen Stadt, sie liebe in ihm den Menschen und nicht den Herrn und möchte durch die Einwilligung, ihn zu heiraten, nicht seiner Ehre schaden.

Ein so edelmütiges Herz war würdig, belohnt zu werden. Mein Vater stellte den Gedanken an die Heirat zurück und traf Fürsorge für die Frucht seiner Liebe. Er zahlte bei einer Moskauer Bank auf den Namen Ljubimow — das war der Name, den man mir gegeben hatte — fünfzigtausend Rubel ein. Meine Jugend verlief auf die übliche Art. Die Mutter starb, und bald darauf erkrankte auch der Vater. Er wollte die Kinder seiner früheren Frau nicht benachteiligen, teilte seinen Besitz unter sie auf und verstarb, wobei er die Vollendung meiner Erziehung seinem besten Freund, dem Grafen Dubinin, überließ, den er mit Wohltaten überhäuft hatte, als der Graf noch ein völlig unbedeutender Landedelmann war.'

‚Er ist ein stolzer, anmaßender, eigenwilliger Mensch!' rief ich aus.

‚Mein Gott', sagte Ljubimow, ‚Sie kennen ihn?'

‚Ein guter Bekannter von mir hatte die Ehre, in seinen Diensten zu stehen, und wurde für seine Aufrichtigkeit mit Undank belohnt. Aber fahren Sie fort!'

‚Im ganzen Hause, in der ganzen Familie des Grafen Dubinin entdeckte ich keinen einzigen vernünftigen Menschen — mit Ausnahme seiner guten, empfindsamen, unschuldigen Tochter Sofia. Wer schildert die Liebesglut, der ich verfiel? Und konnte ihr zartes Herz widerstehen?

Mein Gott, welches Glück wir genossen! Und ach, wie kurz es war! Wenn wir in schönen Sommernächten in den schattigen Alleen des weitläufigen gräflichen Gartens spazierengingen, einander umschlungen hielten und bei jedem Schritt stehenblieben, um einen leidenschaftlichen Kuß auf des anderen Lippen zu drücken, schwelgten wir in paradiesischen Wonnen, aber ach — sie waren für uns verderblich! Sofia war achtzehn Jahre alt, ich zwanzig. Wie hätten wir uns in jedem Fall beherrschen können? Auf einem dieser Spaziergänge zeigte sie sich zärtlicher, ich mich feuriger als sonst, und unsere Unschuld war dahin.

»Was fangen wir jetzt an?« flüsterte Sofia und seufzte.

»Warten wir ab«, entgegnete ich und seufzte meinerseits.

So jung wir waren, wachten wir doch sorgfältig über unser Geheimnis, und es wäre vielleicht auch für immer unser Geheimnis geblieben, da Sofia schwor, niemand anderen als mich zu heiraten. Doch dann bemerkte sie mit Schrecken, daß ihr Gesicht immer blasser, ihre lilienschlanke Gestalt immer fülliger wurde. Die Gräfin oder, genauer gesagt, ihre Kammerfrau entdeckte es und meldete es der Herrin. Wie hätte sich auch die Mutter um solche Kleinigkeiten kümmern können!

Danach geriet das Haus in ziemliche Verwirrung. Man berief, um die Art der Erkrankung festzustellen, fünf Ärzte, und der Deutsche setzte als erster die Brille auf und rückte so nahe an das Gesicht der Kranken heran, daß er es fast mit seinem Kranichschnabel berührte. Sie habe die Wassersucht; er werde, um die Komtesse zu retten, das Wasser sogleich abzapfen. Und damit holte er selbstbewußt sein Taschenbesteck hervor, öffnete es und suchte allerlei Messer heraus, teils gerade, teils krumme.

»Um Gottes willen!« rief der russische Medikus. »Was hast du vor?«

Sofia, die bei dem Anblick der Instrumente erschrak, fiel auf die Knie, streckte die Hände zu den Eltern aus und rief: »Vater! Mutter! Habt Erbarmen mit mir! Meine Krankheit ist von ganz anderer Art!«

»Von welcher denn? So rede!«

»Ich liebe leidenschaftlich und werde leidenschaftlich geliebt — die Frucht dieser Liebe ist der Grund.«

Allgemeines Schweigen trat ein. Sofia fiel in Ohnmacht.

Niemand dachte daran, der Unglücklichen zu helfen. Nur der russische Arzt — als findiger Mann — zog ein Fläschchen mit Riechspiritus aus der Tasche und hielt es Sofia unter die Nase. Sie kam allmählich zu sich und brach in Schluchzen aus.

»Vater!« sagte sie. »Mein Liebster ist ein Mann, der meiner

würdig ist! Vereinen Sie uns vor dem Altar, und wir sind alle glücklich!«

»Wer ist denn dieses Ungeheuer?«

»Wenn er ein Ungeheuer ist, so jedenfalls ein äußerst sanftes, äußerst liebenswertes! Es ist Ihr Pflegesohn Ljubimow!«

»Himmel!« rief der Graf außer sich und erhob die Hände.

»Und weshalb darf er es nicht sein?« fragte der russische Arzt mit freundlicher Gelassenheit.

»Du weißt nicht, was man der Ehre schuldet, Doktor, wenn du mir rätst zuzustimmen und jemanden meinen Sohn zu nennen, der ...«

»Ist es denn mit der Ehre besser vereinbar, Graf, wenn man jedermann von seinem Enkel sagen hört, er sei ...«

»Zerschmettere mich Gottes Zorn! Bevor ich das erlebe, wird die gewissenlose Mutter zugrunde gehen und das Kind in ihrem Schoß verderben. Ich wünsche ...«

Alle waren sprachlos. Die arme Sofia seufzte, doch statt der erwarteten zweiten Ohnmacht als Folge verletzter Empfindsamkeit befiel sie Verzweiflung. Sie richtete sich langsam auf — mit Augen, die vor Erbitterung wie glühende Kohlen funkelten — und sagte hoheitsvoll: »Strafe mich, Kindesmörder! Da du die Regungen meines Herzens nicht erraten hast, das dir mit kindlichem Gehorsam ergeben war, erfahre jetzt seine Verbitterung! Ich bin geboren, um grenzenlos zu lieben und ebenso zu hassen. Du nennst Ljubimow meiner unwürdig? Warum? Weil ich Komtesse bin? Und wem verdankt unser ganzes Haus seine Würde, seinen Grafenstand, seinen Glanz, wenn nicht Ljubimows ehrenwertem Vater, unserem Wohltäter? Was bedeuteten unsere kümmerlichen Ahnen, bevor seine Hand uns aus dem Staub erhob?«

»Genug«, rief der Graf, »das hat mir gerade noch gefehlt!« Er gab ein Zeichen, und die Unglückliche wurde ergriffen und hinausgezerrt. Ihr Jammern hallte durch alle Räume.

Ich wußte nichts davon und schlenderte im Garten umher. Der Doktor kam auf mich zugeeilt, klärte mich kurz über alles auf und rief: »Fliehe, unglücklicher junger Mann! Flieh, ohne dich im Hause blicken zu lassen, wenn du nicht ärgeren Schimpf erleben willst, als ihn Adam und Eva erfuhren, da sie der Cherub mit flammendem Schwert aus dem Garten Eden vertrieb. Dich allerdings wird kein Cherub vertreiben, und nicht mit flammendem Schwert, aber vertreiben wird man dich, erbarmungslos vertreiben!

Wenn du arm wärst, mein Freund, würde ich dir eine aus-

reichende Summe anbieten, denn Geld habe ich. Doch du bist selber reich und kannst dir morgen früh für Rechnung deiner Zinsen so viel geben lassen, wie dir beliebt. Ich rate dir, es nicht lange hinauszuschieben, denn auch da könnten sie nach dir suchen. Mein Haus ist zwar recht ordentlich, und du könntest ein schönes Zimmer darin haben, aber ich lade dich nicht zu mir ein. Bei mir schauen sie wohl noch eher herein als in der Bank. Und du weißt ja, daß ein Graf einen Arzt erst dann zu schätzen weiß, wenn er infolge übergroßer Aufgeblasenheit von den Phrenitiden oder infolge maßloser Gier nach Ehren vom Morbus sacer befallen wird. Was vermag Gewalt nicht alles anzurichten! Man würde dich so tief in der Versenkung verschwinden lassen, daß keine hundert Rolande dich aus dem Kerker befreien könnten. Da kannst du dich über Ungerechtigkeiten beklagen, soviel du willst! Also — mit Gott! Hier hast du einen Säckel mit Silbermünzen, es reicht für einen Tag, um Kost und Obdach zu bezahlen, und morgen, wenn du dein Geld bekommen hast, flieh aus Moskau, was dich die Beine tragen, und kehre nicht so bald zurück!«

Er nahm mich bei der Hand, führte mich aus dem Garten und fügte lachend hinzu: »Da sieht man, was es auf sich hat, das menschliche Geschlecht vermehren zu wollen, ohne auf das Geschlecht zu achten! Und in der Tat! Wie kann ein Bursche von geringer Herkunft nicht darauf achten, wer jene ist, von der er einen Ableger seiner selbst begehrt? Ob ihr Kleid eine lange Schleppe hat oder nur bis ans Knie reicht? Ob sie einen Pelzmantel oder einen Bauernkittel trägt? Ob in ihrem Haar Diamanten oder Glasperlen glitzern? Ob ihr Kleid einen Ausschnitt hat oder den Busen verbirgt? Ob sie Harfe spielt oder Weizen zu schneiden versteht? Man muß eben zu unterscheiden wissen! Zeugt ein erlauchter Graf mit einem armen Edelfräulein, einem Stubenmädchen oder einer drallen Bäuerin ein Ebenbild seiner selbst — oh, dann ist das etwas anderes! Dieses Kind wird unbedingt ehrbar sein und mit der Zeit mindestens ein halber Edelmann werden. Wenn aber ein armer, obzwar verdienter Mann, der seinem Herrn durch Klugheit, Begabung und Fleiß schon manchen Ordensstern und manches Ordenskreuz eingebracht hat, die Augen zu dessen Tochter zu erheben wagt — oh, dann ist das verdammungswürdig! Wie könnte man da etwas Vernünftiges erwarten?«

Er ging von dannen, und ich blieb in äußerster Bestürzung, in grenzenloser Pein und tiefem Kummer zurück. Ich sollte Sofia im Stich lassen? In ihrer Lage? Aber was konnte ich tun? Ihr zu helfen war völlig unmöglich. Allein daran zu denken bedeutete sich selbst verderben und ihr Los noch unerträglicher machen! Ich versah mich also, dem Rat des guten Doktors folgend, mit Geld und war den dritten Tag schon weit von der Hauptstadt entfernt. Fünf Jahre lang irrte ich in der Welt umher, und überall begleitete mich die Herzenspein. Ich habe an blutigen Schlachten und mörderischen Feldzügen teilgenommen, ich habe Hunger und Kälte ertragen, ich bin durch Schnee und Sümpfe gestapft — und ich bin am Leben geblieben, weil eine unbestimmte Herzensregung mir sagte: Sie lebt!

Von dieser Regung geleitet, schied ich aus dem Dienst und kehrte nach Moskau zurück. Hundertmal näherte ich mich dem Haus des Grafen Dubinin, und hundertmal wich ich erschrocken zurück. Ich sann auf Wege, in das Haus einzudringen, und zitterte bei der bloßen Vorstellung all des Unheils, das mich erwarten mochte. Aber die Macht der Liebe, und besonders der Gattenliebe, ist groß! Entgegen allem menschlichen Recht und Gesetz war ich Sofias Ehemann nach dem Recht der ewig wirkenden Natur.

Ich rang mit mir selbst und entschloß mich zu guter Letzt, über den Gartenzaun zu klettern und auf der Lauer zu liegen, bis ich Sofia erblicken würde. So tat ich denn auch, bekam sie aber nicht zu Gesicht. In der zweiten und in der dritten Nacht war es dasselbe. Meine Ungeduld kannte keine Grenzen. Endlich — o Himmel! In der vierten Nacht sah ich — die Gartenlaube war schwach erhellt. Ich trat klopfenden Herzens auf das Fenster zu und erblickte meine Sofia, aber — himmlische Mächte! — unter welchen Umständen! Sie stand, Rosen im offenen Haar, mit dem Rücken zu mir, schaute in den Spiegel und schminkte sich. Ist es möglich, sagte ich zu mir selbst, meine Sofia eine Frau wie alle anderen? Aber offenbar ist es von der Vorsehung so bestimmt! Ganz außer mir riß ich die Tür zur Laube auf, stürzte hinein, wodurch die Kerze auf dem Tisch erlosch, warf mich der Geliebten zu Füßen, umklammerte ihre Knie und rief aus: »Endlich seh ich dich wieder, du Holde!«

Sie (in Lachen ausbrechend): »Was haben Sie? Woher diese Verzückung? Ihre Stimme klingt völlig verändert!«

Ich (in äußerster Verwunderung): »Wie? Sie lachen? Nach dieser langen Trennung? Gerechter Gott!«

Sie (zurückprallend): »Wer sind Sie?«

Ich (mich erhebend): »Wie? Sie erkennen Ljubimow nicht?«

Sie: »Ach, Sie Unglücklicher! Und Sie wagen sich hierher? Aber die Liebe ist eine große Macht, und ich will Ihnen helfen. Hat sich denn meine Stimme in den fünf Jahren so verändert? Sie sehen Dunjascha, Sofias früheres Stubenmädchen, vor sich! Der alte Graf ist gegenwärtig leidenschaftlich in mich verliebt, und dieses ist der Ort unseres Stelldicheins. Er wird bald hiersein — dann sind Sie verloren!«

»Aber wo ist denn Sofia? Warum ist sie so viele Nächte nicht zu sehen gewesen?«

»Das ist leicht zu beantworten! Sie befindet sich über fünfhundert Werst von hier, unweit von Kiew, in einem Dorf, das nach Polen zu liegt und dessen Namen ich vergessen habe. Dort wird sie seit dem Tage Ihrer Flucht gefangengehalten. Drei Männer, die dem Grafen unbedingt ergeben sind, bewachen sie.

Das Haus oder Schloß liegt im Wald, eine halbe Werst vom Dorf entfernt — Sie werden es mit Leichtigkeit daran erkennen. Das Haus gilt als unbewohnt, und selbst die Nahrung wird nicht aus dem Nachbardorf, sondern aus einem weiter entlegenen hingeschafft, aber auch das unter Wahrung des strengsten Geheimnisses. Man wärmt das Essen und heizt die Räume mit Hilfe von Kohlenbecken. Aber jetzt gehen Sie rasch, der Graf wird nicht auf sich warten lassen ...«

Worauf sollte ich noch hoffen? Ich verabschiedete mich von der farbenprächtig geschminkten Dunjascha und entschlüpfte auf die Straße. Ohne mich im geringsten zu bedenken, machte ich mich auf den Weg, um nach dem Ort zu suchen, an dem Sofia festgehalten wurde, und fand ihn nach Dunjaschas Beschreibung auch bald. Da ich aber nicht vor der Zeit von Spionen erkannt werden wollte, legte ich die Kleidung eines Bettlers an. O meine Sofia! Was hat mein Herz während des Aufenthalts in diesem Dorf alles gelitten!

Und jetzt, meine Herren, bitte ich Sie um Ihre Hilfe! Im Schloß befinden sich drei Mann, und wir sind sechs. Da sollten wir mit ihnen nicht fertig werden? Mag sie die Angst vor der Bestrafung zur Tapferkeit ermuntern, uns spornen die Liebe und die Ehre an!‘

Wir alle stimmten seinem Vorschlag bereitwillig zu. Der Deutsche und der Spanier widersetzten sich zwar ein wenig. Jener aus Trägheit, dieser, weil sich sein Gewissen regte. Aber schließlich willigten alle ein, dem Verliebten zu helfen, wobei ein Blutvergießen jedoch unter allen Umständen vermieden werden sollte.

Als Zeit des außerordentlichen Unternehmens wurde die nächste Nacht ausersehen.“

Fünfter Teil

ERSTES KAPITEL

Die Nachtschwärmer

„Der Rest des denkwürdigen Tages verging mit Vorbereitungen zum nächtlichen ‚Blutvergießen'. Jedermann versah sich mit einer Waffe, und gegen Mitternacht brach alles zum Feldzug auf. An der Spitze schritt Pan Chłopowicki einher, die eine Hand am Griff seines Säbels, mit der anderen den Schnurrbart zwirbelnd. ‚Behüte Gott, daß unsere Feinde sich zur Wehr setzen', sagte er. ‚Ich verstehe mich darauf, Widerspenstige zu zähmen — da bleibt kein Ohr verschont, und erst recht bekommen es die Nasen ab!' Ihm folgte Don Alonso, tief seufzend und mit gesenktem Kopf. So zogen wir dahin, am Schluß — außer Atem vor Erschöpfung — Schafskopf. Wir waren zweihundert Sashen vom Herrenhaus entfernt, als der Pole stehenblieb, aufmerksam zum Wald hinüberspähte, rasch auf uns zukam und mit gedämpfter Stimme sagte: ‚Meine Herren Kavaliere! Ich erkenne einen Haufen Menschen! Hu! Es ist Nacht, und die Gegend ist waldig — wäre es nicht besser, die Schlacht auf einen anderen Zeitpunkt zu verschieben?' Wir guckten uns die Augen aus dem Kopf, bemerkten aber nichts und rieten dem Polen, seinen Mut zusammenzunehmen. Plötzlich erklang auf dem Dach des Hauses der Klageruf eines Uhus. Alonso hielt schaudernd inne, bekreuzigte sich und sagte: ‚Ach, ein böses Omen! Der Uhu ist ein Unglücksvogel!' Er war nicht leichter zu ermuntern als zuvor der Pole, und unsere Erörterungen dauerten an, bis wir unmittelbar vor der Umfriedung anlangten. Der Pole war schon hinter der Ecke verschwunden, kehrte aber spornstreichs zurück und jammerte: ‚Weh mir, weh mir!' Gleich hinterher tauchten aus derselben Richtung der schon bekannte Mann mit der Glatze und ein zweiter, jüngerer auf. Als sie unser ansichtig wurden, blieben sie stehen und sahen einander an. Der Mann mit der Glatze fragte: ‚Meine Herren, wer sind Sie?'

Ljubimow: ‚Wir möchten unsererseits wissen — wer sind Sie?'

Der Deutsche: ‚Wir alle sind ehrliche Leute, wenn auch nicht alle Deutsche!'

Der Spanier: ‚Auf jeden Fall Knechte Gottes und gute Christen.'

Ich: ‚Mir ist bekannt, daß Sie zum Hause gehören. Wir sind in diesem Land unterwegs und bitten Sie, uns ein Nachtquartier zu gewähren.'

Der Mann mit der Glatze: ‚Es tut mir sehr leid, so ehrenwerte Leute abweisen zu müssen. In diesem Hause wohnt ein böser Geist, der Fremden allerlei tückische Streiche spielt.'

Mit diesen Worten wollte er rasch an uns vorbei. Als er neben Schafskopf war, fiel der von hinten über ihn her, umklammerte seinen Hals und hängte sich mit dem ganzen Gewicht seines Körpers an ihn. Das hielt der Unbekannte nicht aus, und beide fielen hin. Der Pole und der Spanier stürzten sich auf den am Boden liegenden Feind und packten ihn. Der Deutsche setzte sich im Gras zurecht, umschlang mit beiden Händen seinen Bauch, holte Luft und verkündete: ‚Sieg!' Auch Ljubimow und ich verloren keine Zeit und überwältigten den anderen Widersacher mit Leichtigkeit. Man fesselte sie auf Ljubimows Befehl an Armen und Beinen und schleifte sie zum Zaun.

‚Wo ist der Schlüssel?' erkundigte sich Ljubimow.

‚Laßt mich Buße tun', entgegnete der Mann mit der Glatze. ‚Der Schlüssel zum Tor steckt hier, in meiner Tasche.'

‚Wieviel Männer sind noch im Schloß?'

‚Zwei!'

‚Und wieviel Frauen?'

‚Keine!'

‚Du lügst! Sag die Wahrheit, wenn dir dein Leben lieb ist!'

Hier drang Alonso, der nicht tatenlos zusehen wollte, auf den Gefangenen ein und ermahnte ihn seinerseits, bei der Wahrheit zu bleiben. ‚Denn der Lügner wird des Himmelreichs nicht teilhaftig, sondern kommt geradeswegs ins höllische Feuer', sagte er.

Der Mann mit der Glatze — ob er nun um sein Leben bangte oder sich vor dem höllischen Feuer fürchtete — eröffnete uns, daß Sofia und ihre in diesem Schloß geborene Tochter lebten. Mehr brauchten wir nicht. Wir überließen die Bewachung der Gefangenen Don Alonso, der denn auch mit gezogenem Degen hoheitsvoll vor ihnen auf und ab zu schreiten begann, stürzten zum Tor, schlossen es auf, betraten unauffällig den Hof, öffneten eine Tür und bewegten uns im Schein unserer Blendlaternen einen schmalen Gang entlang. An der ersten Seitentür klopften wir an und erblickten, als sie geöff-

net wurde, einen alten und einen jungen Mann, die zurückprallten, als sie uns gewahrten. Wir nahmen auch sie gefangen und nötigten sie, uns zu Sofia zu führen. Sie versuchten zwar, sich zu weigern, doch Chłopowicki, der erkannte, daß wir nichts zu befürchten hatten, schwang drohend den Säbel und versprach, jeden Widerstand mit dem Tode zu ahnden. Was sollten sie machen? Sie führten uns ins obere Stockwerk, und gleich darauf lagen sich Sofia und Ljubimow in den Armen. Welches Erstaunen, welches Entzücken! Sofia war eine schöne Frau mit griechischem Profil, groß gewachsen und schlank. Sie legte ihre Tochter unter Tränen in die Arme des Freundes, der sich nicht genug über die Frucht seiner flammenden Liebe freuen konnte.

Nachdem der erste Taumel abgeebbt war, fragte Sofia: ‚Welchem glücklichen Zufall habe ich dieses Wiedersehen zu verdanken, und wer sind deine Gefährten? Hat sich mein Vater etwa erweichen lassen?‘

,Nein', fiel ihr Ljubimow ins Wort, ,dein Vater ist ebenso unerbittlich wie früher und einer Tochter wie meiner teuren Sofia nicht würdig. Der Zufall — der bloße Zufall — und diese meine Freunde und Gefährten haben mir die Tür zu dir geöffnet. Aber jetzt wollen wir unverzüglich aufbrechen. Ich bringe dich zu mir, in meine Gegend, dort kann dich keine menschliche Macht meinen Armen entreißen!'

Sofia legte den Arm in den Arm des Geliebten, nahm ihr Töchterchen in den anderen, und wir verließen das Haus, wobei wir unseren Begleitern strengstens untersagten, uns zu folgen. Außerhalb der Umfriedung angelangt, stellten wir fest, daß Don Alonso unverdrossen wachte und sich die Zeit vertrieb, indem er seinen Gefangenen sagte: ,Vertraut in eurem Kummer auf den Herrn, und er wird euch trösten!' Wir befreiten sie, und sie trotteten betrübt ins Schloß.

Nachdem wir in unser gemeinsames Quartier zurückgekehrt waren, befahl Schafskopf Luise, sich sofort um Speise und Trank zu kümmern. Beim Abendessen wurde viel über Schafskopfs Heldentat gelacht, durch die er den Mann mit der Glatze niedergezwungen hatte. Er lächelte und sagte nur: ,Ich bin eben ein Deutscher!' und aß weiter — für drei. Nach dem Nachtmahl richteten sich unsere Damen, das heißt Licorissa, Luise und Sofia mit Töchterchen, alle zusammen in einem Zimmer zur Ruhe ein. Vergebens versuchte der Franzose zu beweisen, er würde ruhiger neben seiner Luise schlafen. Schafskopf drohte ihm mit einem Schulterblatt vom Kalb, und unser Verliebter mußte sich zufriedengeben, obwohl auch Luise die Brauen runzelte und zum Vater sagte: ,Wie gefühllos Sie sind! Jetzt verstehe ich auch, warum Ihre Großmama mit dem Baron davongelaufen ist!', worauf sie ihm zornig den Rücken kehrte. Er warf ihr das Schulterblatt nach und machte sich ans Bier; und damit hatte der Abend sein Ende.

Am nächsten Morgen ließ sich Ljubimow mit seiner Sofia trauen — das war damals noch einfach. Ihre Gesichter strahlten vor Freude. Sie war unschuldig und rein. Wir alle waren bei der Hochzeitsfeier anwesend. Ljubimow und ich spielten wieder die Musikanten, und der Franzose und Luise drehten sich im Walzertakt, obwohl ihre Fülle sie etwas behinderte. Licorissa sang einige Arien, und das Lob, das man ihr spendete, berührte mich unangenehm. Gegen Abend traf Ljubimows Kalesche ein, die er in einem Nachbardorf abgestellt hatte, und als wir uns versammelten, um voneinander zu scheiden, zog er mich beiseite und sprach: ‚Lieber Freund! Sie waren in hohem Maße daran beteiligt, mir zu meinem Glück zu verhelfen. Ich bin vermögend, Sie sind es nicht. Nehmen Sie dies als sicheres Unterpfand meiner beständigen Freundschaft und Dankbarkeit. Sie erhöhen damit mein gegenwärtiges Glücksgefühl.‘ Mit diesen Worten drückte er mir einen großen Beutel mit Goldmünzen in die Hand, umarmte mich, stieg mit Sofia und dem Töchterchen in die Kalesche und fuhr davon. Für den folgenden Tag hatten wir anderen unseren Abschied festgesetzt. Der Spanier und der Pole brachen zu den katholischen Heiligtümern im Inneren Polens auf; Schafskopf, seine Tochter und der zukünftige Schwiegersohn rollten in Richtung ihres Wohnsitzes davon, und Licorissa und ich reisten in Nikitas bescheidenem Dreigespann gen Warschau, wo wir auch bald darauf ohne Abenteuer anlangten. Ich entschloß mich, Licorissa als meine Frau auszugeben.

In der berühmten Hauptstadt des Königreichs Polen eingetroffen, mieteten wir ein kleines Zimmer und stellten eine Köchin an, denn ich wollte nicht, daß Licorissa ihre zarten Hände durch grobe Arbeit verderbe. Da ich nur das beschreibe, was — wenn auch nur einigermaßen — mich selbst berührt, gehört die Schilderung der Kirchen, Plätze, Straßen und so weiter nicht in den Plan meiner Erzählung. Nachdem ich mich einige Tage von der Reise erholt hatte, erkundigte ich mich nach dem Wohnsitz des Fürsten Latron und nahm mir vor, ihm am nächsten Feiertag — er stand kurz bevor — meine Aufwartung zu machen. Was verwandten Licorissa und ich für Mühe auf meinen Staat! Wieviel Streit über den Geschmack es gab! Und wie oft wir die Meinung wechselten! Aber schließlich wurden wir uns — gerade noch rechtzeitig — halbwegs einig, und ich brach klopfenden Herzens und voll wirrer Gedanken zum Hofe Seiner Durchlaucht auf. Ich sage absichtlich zum Hofe, weil man die Häuser der hohen polnischen Würdenträger mit gutem Recht Paläste nennen kann.“

ZWEITES KAPITEL

Das Vorzimmer des Würdenträgers

„In dem riesigen Vorzimmer des Fürsten Latron drängten sich Menschen aller möglichen Stände. Man sah Uniformen und Röcke von unterschiedlichem Zuschnitt und in den verschiedensten Farben; die einen Besucher zeichneten sich durch teure Kleidung aus, andere standen im Gegensatz dazu demütig in speckigen Lumpen herum, aber alle hatten Gesichter, als warteten sie vor dem Taufbecken von Siloam, daß der Engel das Wasser aufrühre. Besonders fiel mir ein älterer, nicht eben großer Mann auf, dessen Rock und Haar voller Flocken hingen, der aber selbst mit Ordensträgern sehr ungezwungen und sogar hochmütig umging. Diese Beobachtung weckte in mir den Wunsch, zu erfahren, wer er war, und ich erkundigte mich bei einem Manne, der in der Nähe stand und mir mit einem tiefen Seufzer zur Antwort gab: ‚Wie? Sie kennen Herrn Gadziński nicht, den Sekretär Seiner Durchlaucht? Ihn kennt doch ganz Polen!‘

Hier trat Gadziński auf mich zu und fragte, ohne mich anzusehen: ‚Und was ist dein Begehr, mein Freund?‘

‚Ich muß Seine Durchlaucht sprechen‘, entgegnete ich einigermaßen selbstbewußt.

‚Unmöglich! Hier warten angesehene Leute, die muß ich zuerst vorlassen!‘

‚Dann lassen Sie mich wenigstens bei meiner Schwester Fiona vor.‘

‚Wie‘, rief er hell begeistert, ‚Sie sind der Bruder dieser ehrenwerten Person? Habe die Ehre, Sie zu beglückwünschen! Erlauben Sie, daß ich Sie umarme! Ich werde Sie sofort, gleich diese Minute melden.‘

Wir umarmten uns, und er eilte in den Arbeitsraum des Fürsten. Bald darauf führte man mich zu ihm. Der Fürst musterte mich von Kopf bis Fuß und sagte in freundlichem Ton: ‚Ich hoffe, du wirst mit mir zufrieden sein. Kannst du einigermaßen Polnisch?‘

‚Ich hoffe — ja!‘

‚Gut! Ich erwarte nur Gewandtheit und Zuverlässigkeit von

dir. Du wirst in meinem Hause wohnen. Deine Tätigkeit wird äußerst einfach sein und in der Führung einer genauen Liste aller Besucher meines Hauses bestehen. Du hast dabei nicht nur auf jedes Wort, sondern auch auf jeden bedeutsamen Blick zu achten und mir jeden Morgen einen schriftlichen Bericht vorzulegen. Es versteht sich, daß niemand davon erfahren darf. Sekretär! Zeig ihm sein Zimmer!'

Ich verneigte mich so tief, daß mein Körper einen rechten Winkel bildete, verließ den Arbeitsraum Seiner Durchlaucht und fragte mich zu den Räumen Fekluschas durch, in deren Vorzimmer ebenfalls allerlei ehrenwerte Bittstellerinnen warteten.

Sie warf sich mir an den Hals und rief:

‚Ach! Wahrhaftig? Du, lieber Bruder?'

‚Ergebensten Dank, teuerstes Schwesterchen! Ich sehe, du hast dein Versprechen gehalten und dich mit Leib und Seele für mich eingesetzt. Seine Durchlaucht hat mir eine fabelhafte Stelle zugewiesen!'

‚Was sollst du denn werden? Gehilfe des Sekretärs?'

‚Mehr als das!'

‚Ach, du meine Güte! Etwa der Sekretär?'

‚Reicht nicht!'

‚Jetzt bin ich aber sprachlos! Wie gut, daß du auf mich gehört hast und hergekommen bist! Was bist du denn nun geworden?'

‚Türsteher in Seiner Durchlaucht Vorzimmer!'

Sie wäre vor Lachen bald geborsten.

‚Mein Freund', sagte sie, ‚du mußt den Fürsten Latron erst näher kennenlernen. Ich will ihn dir genau beschreiben, du kannst dich darauf verlassen, daß ich gründlich über ihn Bescheid weiß. Er ist im höchsten Grade ehrgeizig und kann Rivalen nicht ausstehen. Er ist nur Leuten gewogen, die ihm ergeben und gefällig sind. Widersprich ihm nicht und übernimm den Dienst, den er dir auferlegt, mit der gebührenden Dankbarkeit. Gedulde dich ein Weilchen, und du wirst dich von der Wahrheit meiner Worte überzeugen. Du kennst die hiesigen Höflinge noch nicht, das ist ein Menschenschlag ganz besonderer Art. Gegen die kannst du ohne List nichts ausrichten. Du mußt deine Berechnung haben, das heißt vor denen kriechen, denen die Möglichkeit des Höhenflugs gegeben ist, denn Vögel, die hoch fliegen, haben scharfe Krallen. Rede nicht von dem, was du beschämend an ihnen findest. Was kümmert's dich, wenn sich der Frosch aufbläht? Lobe ihn! Wenn ein Dummkopf, der über Macht gebietet, etwas Geistreiches sagt, das er in einem Buch gefunden und auswendig gelernt hat, dann staune, erstarre zu Stein oder tu so, als fielst du vor Verblüffung sogar in Ohnmacht — um hinterher auszuposaunen, einen Weisen wie ihn gäbe es nicht auf der Welt.'

So urteilte meine beredte Gattin, und ich fühlte mich einigermaßen getröstet. Dagegen war Licorissa, als sie davon erfuhr, äußerst betroffen. Wo blieben unsere hochtrabenden Pläne vom künftigen Glück? Ich traute mich nicht, das Angebot abzulehnen, beschwichtigte Licorissa, so gut es ging, und siedelte in das Haus des Fürsten über, um dort den Posten eines Türstehers zu übernehmen.

Ich versah meinen Dienst einige Tage mit größter Sorgfalt, blickte den Leuten streng ins Gesicht und führte gewissenhaft Buch über ihr Verhalten. Am nächsten Morgen legte ich dem Fürsten mein Elaborat vor, in dem unter anderem folgendes zu lesen war: ‚Als erster erschien Oberst Trudowski. Er wollte mit niemandem ein Wort sprechen, seufzte jedoch laut. Dann erschien der Kammerherr A . . . ski und schlug solchen Lärm, daß es drei Zimmer weiter zu hören war. Er erregte sich darüber, daß er keine Pension bekommt.' Und so weiter.

Der Fürst lobte mich und sagte: ‚Nur weiter so, mein Freund! Deine Bemerkungen sind zwar heute noch ziemlich dumm, aber du wirst schon noch klüger werden.'

Licorissa, die ich nicht zu mir zu nehmen wagte, bekam ich kaum zu Gesicht, allenfalls für einen Augenblick. Sie langweilte sich, und das quälte mich. Ich beschloß jedoch, der Ratschläge meiner vielerfahrenen Fürstin Fjokla Sidorowna eingedenk, abzuwarten, was sich mit Geduld erreichen lasse, und fuhr, trotz Licorissas Bitten, mit dem größten Eifer in meinen Beobachtungen fort. Man hatte es wohl bemerkt, denn wenn ich erschien, machten mir große wie geringe, weltliche wie geistliche Personen Platz und musterten mich neidisch. Selbst der Sekretär Gadziński verneigte sich tiefer vor mir als vor dem grauhaarigen Obersten, den ich jeden Morgen im Vorzimmer traf. Er bemühte sich um eine Pension. Da er jedoch arm, das heißt ihrer nicht würdig war, bekam er auch keine, und das mit Fug und Recht. Heißt es doch klipp und klar:

‚Denn wer da hat, dem wird gegeben; und wer nicht hat, von dem wird man nehmen, auch was er hat.'

Wie dem auch sei, das Äußere des alten Obersten weckte mein Mitgefühl. Gewöhnlich stand er mit über der Brust gekreuzten Armen da; er verneigte sich unterwürfig vor Herrn Gadziński, doch der schien ihn nicht einmal wahrzunehmen. Der alte Mann seufzte und schaute, die Augen voller Tränen, zum Himmel auf.

Obwohl ich zu den Höflingen des Fürsten zählte, obwohl ich schon wiederholt durch ein heuchlerisches Äußeres getäuscht worden war und in der ersten Hitze geschworen hatte, den Pfad der für mich so abträglichen Tugend zu verlassen, schrie doch mein angeborenes Gefühl für Menschlichkeit und Verantwortung in mir auf: Hilf, wenn du helfen kannst! Eines Tages, als ich aus dem Arbeitszimmer Seiner Durchlaucht trat, näherte ich mich dem Alten, machte ihm ein Zeichen, mir zu folgen, führte ihn in mein Zimmer und begann folgendes Gespräch:

‚Sehr geehrter Herr! Sie werden gewiß entschuldigen, wenn ich, der ich noch keinen Dienstrang besitze, Sie anzusprechen wage. Ich bin selber unglücklich und habe das unüberwindliche Bedürfnis, anderen zu helfen, wenn sich die Mittel und Wege dazu finden. Ihr Aussehen verrät mir, daß Sie mit Ihrem Schicksal unzufrieden sind. Erklären Sie mir offen, worum es sich handelt. Sie sehen jemanden vor sich, der zum erstenmal den Türsteher spielt und dessen Leben von den Launen des Glücks beherrscht wird. Sagen Sie mir, woran es Ihnen fehlt.‘

Er (sich die Tränen wischend): ‚Ich habe volle drei Jahre jeden Morgen im Vorzimmer des Fürsten Latron gewartet, und Sie sind der erste Mensch, der ein freundliches Wort für mich übrig hat. Der letzte Küchenjunge Seiner Durchlaucht setzt seinen Ehrgeiz darein, dem armen Obersten, der um die Gunst des Fürsten bemüht ist, eine Grobheit zu sagen! Sie fragen, woran es mir fehlt? Ich erkläre es geradeheraus — an einem Stück Brot!‘

Ich: ‚Bei Ihrem Rang? Sonderbar!‘

Er: ‚Ich verstehe, daß Sie sich ehrlich wundern, möchte aber ebenso ehrlich hinzufügen, daß mich weder die Karten noch der Wein oder die Frauen um mein Auskommen gebracht haben. Sie scheinen ein guter Mensch zu sein, schade, daß Sie offenbar machtlos sind.‘

Ich (indem ich eine wichtige Miene annehme): ‚Hoffen Sie auf Gott! Ich habe gute Freunde, die Seiner Durchlaucht nahestehen!‘

Er (zurückweichend): ‚Sie? Und dann bekleiden Sie einen solchen Posten?‘

Ich: ‚Das tut nichts zur Sache! Manchmal muß man, um auf eine schöne Wiese zu gelangen, durch schlammigen Morast!'

Er: ‚Sie sind erfahrener, als man bei Ihrer Jugend vermuten sollte!'

Ich: ‚Das Unglück ist ein fürtrefflicher Lehrmeister! Aber sagen Sie mir — in welchem Grade sind Sie arm?'

Er: ‚In einem Grade, daß . . . Kurz — wenn ich nicht heute etwas geborgt bekomme, wie ich schon gestern etwas geborgt bekam, dann werde ich, meine bejahrte Frau, unsere arme Tochter und mein altersschwacher Diener morgen früh verhungert sein und unser unglückliches Leben beschlossen haben.'

Ich (ehrlich gerührt): ‚Barmherziger Gott! So hoffnungslos mit seiner ganzen Familie dazustehen! Mein Herr! Ich bitte Sie herzlich, mir nicht zu zürnen — erweisen Sie mir die Gunst, eine kleine Unterstützung von mir anzunehmen.'

Mit diesen Worten stürzte ich zu meinem Koffer, holte rasch einen kleinen Geldsäckel hervor — der Hauptbetrag befand sich bei Licorissa — und überreichte ihn dem Obersten; der stand eine Weile regungslos da, brach dann in Tränen aus, nahm die ihm angebotene Hilfe an, wies zum Himmel und sagte: ‚Er, der gerechte Vater, wird es Ihnen vergelten. Ich selbst bin nicht in der Lage dazu.' — ‚Warten Sie', entgegnete ich, ‚nachdem ich Genaueres über den Sachverhalt erfahren habe, werde ich keine Mühe scheuen, um Ihnen mit mehr zu dienen!' Er überschüttete mich mit Segenswünschen und ging.

Das erste, was ich tat, war — zu Fekluscha stürzen. Ich schilderte ihr beredt die Lage der armen, aber würdigen Familie und bat um ihre Fürsprache. Aber selbst wenn ich nicht so beredt gewesen wäre, die bloße Beschreibung der Armut hätte ihr Herz erweicht, das einst unter ähnlichen Verhältnissen gelitten hatte. Fekluscha schwor, aufs neue alle Kräfte des Leibes und der Seele einzusetzen, um Oberst Trudowski zu helfen und den Makel auf ihrem Leben, das nicht gerade sündenfrei war, vor Gottes Blicken einigermaßen zu verbergen. Sie bat sich drei Tage dazu aus, und ich willigte mit Freuden ein, da ich mir dachte, diese Zeit sei nichts im Vergleich zu der, die er mit dem vergeblichen Warten im Vorzimmer verloren hatte.

Ich stellte mich zur verabredeten Stunde bei meiner Gönnerin ein; sie empfing mich freundlich und sagte mit heiterer Miene: ‚Nun, Gawrilo Simonowitsch, stimmt es nicht, daß Schönheit und gewisse Künste schwerer wiegen denn Klugheit und alle Verdienste? Ich habe in drei Tagen erreicht, was ein verdienter Mann nicht in drei Jahren zu schaffen vermochte.'

‚Aber auf welche Weise? Erzähle es mir, mein Herz!' rief ich begeistert. ‚Besitzt du etwa einen Zaubergürtel, oder haben hier Verdienste, wenn ihnen nicht Durchtriebenheit oder der Zufall zu Hilfe kommen, nicht das geringste Gewicht und werden nicht nach Gebühr belohnt?'

‚So ungefähr verhält es sich', entgegnete sie, ‚aber setz dich doch und hör zu!'

Hier berichtete sie mir folgendes:

‚Den ersten Tag nach deiner Verwendung für Herrn Trudowski benutzte ich zur größtmöglichen Verschönerung meiner natürlichen Reize durch die Kunst. Als Seine Durchlaucht bei mir eintrat, war er vor Staunen außer sich. Er glaubte eine Nymphe oder Göttin vor sich zu sehen. Ich atmete Zärtlichkeit und Liebe, und der Fürst schmolz dahin. In seinem Freudentaumel sagte er zu mir: »Du hast mich schon lange nicht mehr um etwas gebeten. Sag, was du haben möchtest!« — »Ach, Euer Durchlaucht«, erwiderte ich mit einem tiefen Seufzer, »wenn ich mich traute!« — »Schon gut«, gab er zur Antwort, »sage es mir! Sicherlich handelt es sich um eine Halskette, um ein Armband, einen Schal oder ähnliche Bagatellen?« — »Nein«, entgegnete ich, »das alles brauche ich nicht. Ich habe dank Ihrer Großmut reichlich von allem, wenn Sie mich aber glücklich machen wollen, dann erwirken Sie eine Pension für meinen Onkel mütterlicherseits, den Obersten Trudowski!«

Er war verwundert. »Wie? Trudowski ist dein Onkel? Und du hast mir bis heute nichts davon erzählt?« — »Ich habe es nicht gewagt! Er ist offenbar in Ungnade gefallen, da er seit drei Jahren vergeblich in Ihrem Vorzimmer wartet!« — »Man hat ihn bei mir angeschwärzt und als äußerst lästigen Mann hingestellt«, unterbrach mich der Fürst, »wenn er aber dein Onkel ist, soll die Sache geregelt werden. Was kümmert es mich, ob er lästig oder nicht lästig ist, mir genügt, daß du für ihn bittest!« Ich zerfloß in Tränen der Dankbarkeit — natürlich solchen, wie man sie um einen Menschen vergießt, den man nie im Leben zu Gesicht bekommen hat.

Der Fürst fuhr fort: »Da ich die Prinzessin jedoch aus bestimmten Gründen mit der Bitte für Trudowski nicht bemühen will, werde ich ihm zum Entgelt für seine Verdienste, die in der nahen Verwandtschaft mit dir bestehen, eine Pension aus meinen eigenen Mitteln festsetzen. Das kann mir niemand zum Vorwurf machen. Inzwischen will ich versuchen, ihm einen Posten zu verschaffen. Fürs erste aber nimm diesen Beutel mit hundert Dukaten und übergib ihn deinem Onkel.« Damit ging er. Und nun, liebster Freund, beauftrage ich dich, dieses Geld zu deinem Schützling zu bringen. Du bist es wert, Zeuge der Segenswünsche der beglückten Familie zu sein!'

Ich verstand meine Gefühle nicht mehr. Ob es die Rührung über die Wohltätigkeitsbeflissenheit meiner Gattin, ihr zärtlicher, vertrauensvoller Blick oder die schmachtende Stimme war, mit der sie ‚liebster Freund!' zu mir sagte — ich weiß es nicht; jedenfalls zerfloß mein Herz in Zärtlichkeit, ich sank in ihre Arme und drückte einen feurigen Kuß auf ihre glühenden Lippen. Sie erstarrte. Ihre Blicke irrten umher. Eine Art Scheu malte sich auf ihrem Antlitz. Der Busen wogte. Ich erschrak, trat rasch zurück und fragte in meiner Verwirrung:

‚Was hast du, meine Liebe?'

‚Meine Liebe!' wiederholte sie, deckte die Hände vor das Gesicht und sank schluchzend auf das Sofa. Ich wollte auf sie zustürzen, um ihr zu helfen, hörte aber im Zimmer nebenan die Schritte eines Mannes und zog mich rasch zurück, da ich nicht dem Fürsten Latron begegnen wollte. Ich eilte zu Trudowskis Wohnung und fand sie auch nach längerem Suchen."

DRITTES KAPITEL
Ein trüber Quell

„Ich betrat das Zimmer und traf den alten Trudowski an — er saß in einer Ecke und las die Lobeshymne auf seinen Schutzengel. Eine ältere Frau, offenbar seine Gattin, flickte abgetragene Wäsche, Maria, die Tochter, ebenso schön wie Licorissa, aber unschuldiger als sie, stickte mit Gold- und Seidenfäden am Saum eines Kleides; es war für ein Mädchen bestimmt, das von einem Grafen ausgehalten wurde. Als der Alte meiner ansichtig wurde, sprang er rasch auf, rief: ‚Da ist er, da ist unser Wohltäter!' und schloß mich in seine Arme. Die Kappe rutschte ihm vom Kopf, doch er bemerkte es in seiner Erregung nicht, trampelte auf ihr herum und wiederholte in einem fort: ‚Ein hochherziger Mann!' Auch seine alte, schwächliche, vom Schicksal gebeugte Frau — man sah es an jedem Blick, an jedem Zug ihres Gesichts — würdigte mich einer Umarmung und drückte ihre blauen Lippen auf meine geröteten Wangen. Nur die schamhafte Maria stand regungslos da und hielt die schönen Augen zu Boden gesenkt. Sie war das echte Ebenbild der Unschuld. Ach, Fekluscha, ach, Licorissa! Was sind eure durch Kunst gesteigerten Reize gegen die schlichte Natur!

Man hieß mich Platz nehmen, und ich sagte mit zufriedenem Gesicht: ‚Mein Herr! Ich habe inzwischen dies und jenes für Sie erreicht!'

Hier übergab ich ihm den Beutel und unterrichtete ihn über die Absichten des Fürsten bezüglich seiner Pension und einer Stellung.

Der Alte war wie von Sinnen. Er weinte, betete, wechselte in einem fort den Platz und die Haltung und rief mit dröhnender Stimme: ‚Ha, Frau! Ha, Tochter! Hab ich euch nicht gesagt, daß wirkliche Verdienste und Tugenden nie ohne Belohnung ausgehen? Ihr wolltet es mir nicht glauben, aber jetzt könnt ihr euch selber überzeugen!'

Er ließ zwei Flaschen Wein holen, und als wir sie zur Feier des Tages geleert hatten und die Farbe seines Gesichts ins Himbeerrot hinüberwechselte, schob er die Kappe auf das eine

Ohr und fragte mich: ‚Sagen Sie mir, wie ist es möglich, daß ein alter, verdienter Oberst drei Jahre lang im Vorzimmer herumsteht, und alles vergebens, während Sie, der Sie nur — aber lassen wir das! —, während Sie in so kurzer Zeit so viel ausgerichtet haben? Bitte erklären Sie mir, durch welches überirdische Wunder das zustande gekommen ist. O Verdienste! O Tugenden!‘

Ich: ‚Ich habe Ihnen schon erklärt, daß ich Freunde habe, und die sind auf meine Bitte vorstellig geworden.‘ (Ein wenig gekränkt:) ‚Im übrigen haben Sie am eigenen Leibe erfahren, daß Ihre Tugenden und Verdienste drei Jahre lang unbeachtet blieben und wohl kaum je wieder Würdigung gefunden hätten.‘

Er: ‚Wie? Sehen Sie denn nicht, daß sie gewürdigt wurden?‘

Ich: ‚Ja, das sind sie zwar, aber nicht von selbst! Die Sache mußte erst in die Wege geleitet werden, und ich habe mich dazu der Gelegenheit und der Bemühungen und dringlichen Bitten von Leuten bedient, die Seiner Durchlaucht nahestehen.‘

Er: ‚Ich bitte ergebenst, mir deren Namen zu nennen, damit ich mich ihnen entsprechend den mir erwiesenen Wohltaten erkenntlich zeigen kann.‘

Ich (hoheitsvoll): ‚Sie haben alles meiner leiblichen Schwester Fiona zu verdanken.‘

Er (stand auf und trat einen Schritt zurück): ‚Wie? Derselben, die mit ihrer Schande auch noch prahlt, die sich damit brüstet, die Konkubine Seiner Durchlaucht zu sein? Ich soll mich dieser Kreatur verpflichtet fühlen?‘

Ich war im höchsten Grade verwirrt und wußte nicht, was ich auf eine solche Freundlichkeit erwidern sollte. Seine Frau und Tochter befanden sich in keiner besseren Lage; sie blickten mich und den Obersten flehentlich an, doch er blieb fest wie eine hundertjährige Eiche.

‚Gerechter Gott‘, rief er aus, warf die Kappe ab und erhob Hände und Blicke zum Himmel, ‚gerechter, barmherziger Gott! Fünfzig Jahre habe ich dem König und dem Vaterland gedient. Ich habe Hitze und Kälte, Hunger und Durst ertragen — und nicht gemurrt. Ich habe schwere Wunden empfangen, habe gelitten — und nicht gemurrt. Als das Alter meine Kräfte erschöpft hatte und ich dem Vaterland nicht mehr nützlich sein konnte und um ein Stück Brot für mich bat, bekam ich es nicht, hungerte manchmal ein, zwei Tage hintereinander —

und murrte nicht. Ich hörte meine Familie stöhnen, litt im Herzen — und murrte nicht. Jetzt, guter Gott, höre mich in meinem tiefen Kummer aufschreien und zum erstenmal murren. Ich frage dich — wo bleibt deine Gerechtigkeit? Ich habe mein ganzes Leben nach wahrer Ehrenhaftigkeit gestrebt — weshalb sollte ich dulden, daß das Ende meiner Tage durch die Almosen einer Konkubine befleckt wird? War denn mein Leben Fürsten und Buhlern gewidmet? Großer Gott! Sieh meine Werke an und sei mir ein gerechter Richter!'

Nachdem er diese Rede beendet hatte — mit einem Blick und einer Stimme, daß mir die Sinne schwanden, brach er in bittere Tränen aus, setzte sich schließlich nieder, deckte mit der einen Hand die Kappe vor die Augen, hielt mir mit der anderen den unglückseligen Geldbeutel hin und sprach: ‚Mein Herr! Nehmen Sie dieses Geld zurück, übergeben Sie es Ihrer Schwester und bestellen Sie ihr — der arme Trudowski ist eher bereit, seine Familie Hunger leiden zu sehen, eher bereit zu verdursten als auch nur einen Tropfen aus einem so trüben Quell zu schöpfen. Wenn ich nicht mehr bin, werden alle, die mich gekannt haben — natürlich nur die Guten —, sagen: »Er war sehr arm, aber ehrlich. Er hätte ein besseres Los verdient. Gesegnet sei sein Andenken!« Das wäre die schönste Grabinschrift für mich!'

Ich griff mit einer krampfhaften Bewegung nach dem Beutel, stürzte aus der armseligen Höhle ins Freie und eilte zu Licorissa, deren Wohnung näher lag als unser Palais. Der Frost brannte auf meiner Haut, die Knie knickten mir ein, der Schweiß rann in Strömen von meiner Stirn; die Augen starrten unbeweglich vor sich hin, die Lippen bebten. Alle, die mir begegneten, wichen mir aus — wie einem tollen Hund. Ärger, Zorn, Bitterkeit bewegten meine Brust. Statt der erwarteten Belohnung für einen Dienst, den man erweisen wollte, beleidigende Verachtung zu empfangen — was könnte unerträglicher sein! Nachdem ich mich einigermaßen gefaßt hatte, verlangsamte ich meine Schritte und sagte mir: Wie lange gedenkst du noch der ahnungslose Tor zu bleiben, Fürst Gawrilo Simonowitsch? Wann wirst du das menschliche Herz, wenn auch nur halbwegs, beurteilen lernen? Hättest du nicht bei Trudowskis ersten Worten bemerken müssen, daß er vielleicht zwar ehrlich, aber äußerst eigensinnig und völlig erstarrt in seinen Grundsätzen ist? Welche Schande! Und dennoch habe ich nicht gewagt, ihm zu widersprechen. Ich brachte keine Silbe über die Lippen! Was hätte er, der sich schon derart über meine Schwester empörte, erst gesagt, wenn er gewußt hätte, daß diese vermeintliche Schwester meine Frau war und ich mit ihren Reizen hausieren ging? Vermutlich hätte er mich und sie der ewigen Verdammnis befohlen, und — offen gesagt — mit Recht!

Hier wurde ich sehr nachdenklich, erinnerte mich dann aber plötzlich der Ratschläge, die mir Sawwa Trifonowitsch in seinem Weinkeller erteilt hatte. Ich überdachte rasch seine Worte, erheiterte mich und rief wohlgemut aus: ‚Genauso ist es! Trudowskis Verhalten beweist nicht etwa strenge Tugendhaftigkeit, sondern nur unverzeihlichen Starrsinn, pedantischen Hochmut und maßlose Taktlosigkeit. Wenn ich, meine Frau und meine Kinder am Verhungern sind und jemand mir ein Stück Brot reicht — was frage ich danach, wer es tut? Ob es ein Mann, eine Frau oder ein Mädchen ist, ob dieses Mädchen unschuldig oder sündig ist — was geht es mich an? Ich kann meinen Hunger stillen, und das genügt mir. Er spricht von einem trüben Quell? Gewiß, es ist nicht eben angenehm, seinen Durst aus einem trüben Quell zu löschen, aber was will man machen, wenn es in der Nähe keinen reinen gibt? Wenn man einen suchen wollte, könnte man sich auch von dem trüben zu weit entfernen und sterben. Käme das nicht einem Selbstmord gleich? Und würde sich diese schreckliche

Sünde nicht durch den Mord an Frau und Tochter verdreifachen? Ein trüber Quell! Man denke! Wenn alle Menschen auf der Welt nach klaren suchen würden, dann gingen bestimmt zwei Drittel, wenn nicht drei Viertel von ihnen zugrunde. Und hat nicht der Erlöser selbst der Ehebrecherin erlaubt, seine Füße mit Öl zu salben, soviel ihn Judas — wie jetzt Trudowski — dafür auch tadelte? Ein trüber Quell? Nein, dein Durst ist, wie man sieht, noch keineswegs so schlimm, sonst würdest du auch aus dem trübsten trinken!‘

Nachdem ich alles gründlich überlegt hatte, beruhigte ich mich und gab, bei Licorissa angelangt, die seltsame Geschichte zum besten. Sie schüttelte den Kopf und sagte: ‚Trudowski hat tatsächlich nicht richtig nachgedacht. Sieht man sich die Quellen genauer an, dann wird man jede einigermaßen trübe finden, und sei es auch nur gelegentlich! Gibt es auch nur einen Quell auf der Welt, der wirklich klar ist?‘ Diese so weise Bemerkung Licorissas bestärkte mich noch mehr in meiner Absicht, nach allem, was auf dem Fluß dahintreibt, zu greifen, ohne danach zu fragen, ob seine Quelle mächtig oder klein, tief oder seicht, schmal oder breit ist und ob Rosen an seinen Ufern blühen oder übelriechende Gräser.

Aus diesem Grunde erzählte ich meiner Fekluscha, nachdem ich zu ihr zurückgekehrt war, mit vielem Eifer von der Kränkung, die man ihr zugefügt hatte, und vergaß nicht, ein dutzendmal betont und mit gedehnter Stimme den trüben Quell zu erwähnen.

Fekluschas Augen flammten wie glühende Kohlen, und ich erhob, um sie noch mehr aufzustacheln, die Stimme und sagte: ‚Oh, wäre ich an deiner Stelle!‘ Sie wurde nachdenklich, ich auch. Dann fiel mir etwas ein, und ich fügte hinzu: ‚Liebe Fekluscha! Er wird ja doch die ihm schon zugedachte Belohnung und seine Pension bekommen.‘

Fekluscha sank bei meinen ersten Worten wie einst an meine Brust, brach wie einst in Tränen aus, drückte mich an sich und bat mit schwacher Stimme: ‚Fürst! Nenne mich nicht bei diesem Namen! Du zerreißt mir das Herz. Es hat eine schöne Zeit gegeben, da schmeichelte er mir, und ich brauchte mich nicht zu schämen, aber jetzt ... jetzt ... Oh! Wie sehr ich meine Strafe verdiene und wie unglücklich mich die Gewissensbisse machen ...‘ Hier preßte sie mich noch fester in ihren Armen.

Ich wußte nicht, wie mir geschah, so verwirrt waren meine Gefühle durch die augenblickliche Lage und die Erinnerung an die von zuvor, als plötzlich ein drohendes ‚Was soll das heißen?' uns zur Besinnung brachte. Wir fuhren zusammen, sprangen auf und erstarrten zu Stein, als wir den Fürsten Latron vor uns erblickten, mit Kreuzen und Sternen behängt, die vor Diamanten blitzten. Ich wußte nicht, was tun. Fekluscha — o unvergleichliche Macht der Gewohnheit! —, Fekluscha senkte die Augen und sagte, mit den Fingern spielend und Schamröte auf den Wangen: ‚Euer Durchlaucht! Ich bitte um Entschuldigung — ich habe Sie betrogen!'

Ich (vor mich hin): ‚Die Treulose! Ich bin verloren! Das ist die Rache für meine Rache.'

Der Fürst: ‚Was heißt das? Ich muß die Wahrheit wissen, denn ich liebe dich.'

Fekluscha: ‚Mein Bruder hatte mich gebeten, mich bei Ihnen für unseren Onkel, den Obersten Trudowski, zu verwenden. Er tat es, weil dessen Frau und Tochter ihn darum anflehten. Euer Durchlaucht gingen auf meine Vorstellung ein und wollten ihn mit Wohltaten überhäufen. Da ich heute aber keine Lust zum Ausfahren hatte, beauftragte ich meinen Bruder, ihm den Beutel mit dem Geld zu überbringen. Aber — o weh! Er traf den Obersten in äußerster Erregung an, denn er wußte bereits, daß ich mich bei Euer Durchlaucht für ihn verwendet hatte, äußerte sich in den schmählichsten Wendungen über mich und warf mir die Liebe vor, die ich zu Ihnen hege. Er schleuderte den Beutel auf den Fußboden, trampelte darauf herum und befahl meinem Bruder, mir auszurichten, ich solle mich in acht vor ihm nehmen; er werde mich eher mit dem Degen durchbohren als sich bereit finden, die Tochter seiner Schwester in den Armen eines grausamen Bösewichts zu sehen. Da ist auch der Beutel.'

Der Fürst (erblassend): ‚Und das hat der Wurm gewagt! Ich weiß, was ich mit ihm mache.'

Er verließ in heftigem Zorn das Zimmer, und noch am gleichen Abend geschah allerlei Seltsames. Ich wurde zum Sekretär Seiner Durchlaucht ernannt, und Trudowski verschwand Gott weiß in welcher Versenkung. Herr Gadziński beglückwünschte mich, wie eine Krähe eine andere beglückwünschen mag, die ihr die Beute aus den Krallen gerissen hat. Ich tat jedoch, als glaube ich an sein Wohlwollen.

Als Gadziński und ich aber am Abend bei einem freundschaftlichen Mahl ins Erzählen kamen, konnte ich mich nicht beherrschen und rief: ‚Du unglücklicher alter Mann, du arme Frau, du bemitleidenswerte Tochter! Was soll jetzt aus euch werden? Wahrscheinlich vergießt ihr eures halsstarrigen Mannes oder Vaters wegen bittere Tränen, weil er es ablehnt, aus einem trüben Quell zu trinken, und euch einfach verhungern läßt! Ihr weint mit Recht! Wozu seine eigenen Gesetze aufstellen wollen und die seit alters gültigen in den Staub treten? Das ist ein Sakrileg! Die Weisen im Altertum sagten: Versuche zu sein, was du scheinen möchtest! Sehr schön! Sie kannten die Rechte der Menschen und die Naturgesetze und haben, soviel ich weiß, niemals gesagt: Versuche zu scheinen, was du in Wirklichkeit bist! O Menschen, Menschen! O trübe Quellen!‘ “

VIERTES KAPITEL

Mein Gott! Was wird jetzt aus mir werden?

„Seitdem ich die Würde des Sekretärs erhalten hatte, war ich wie umgewandelt. Die vielen Erfahrungen, die ich gemacht hatte, wenn ich ein gutes Werk vollbringen wollte und dadurch nur in Not geriet, hatten mich aufgeklärt. Auch die letzte Begebenheit trug nicht wenig dazu bei. Gadziński gewann mich lieb, wenigstens tat er so, weil er möglicherweise fürchtete, den angesehenen Bruder der vielvermögenden Fiona zu kränken.

Wie dem auch sei, ich war mit mir selbst und Seiner Durchlaucht sehr zufrieden — er zeigte sich von Tag zu Tag wohlwollender, die Besucher in seinem Vorzimmer duckten sich infolgedessen immer tiefer vor mir, und ich hielt mich immer gerader.

Eines Abends, als Gadziński und ich in Muße bei einem Glas Sekt freundschaftlich miteinander plauderten, steckte er die Hand in die Tasche, lehnte sich im Sessel zurück und sagte mit Nachdruck zu mir: ‚Mein Freund, du siehst, ich habe dich gern, und da du auf deinem Posten noch neu bist, während ich, mich im Dienste der Vornehmen aufreibend, ergraut bin, möchte ich dir einen Rat erteilen und schwöre dir, daß es der weiseste ist, den es gibt. Hör also zu! Erstens: Sieh jeden Vornehmen, dem du dienst, als über allen anderen Sterblichen stehend an. Sollte sich aber dein Gewissen dagegen auflehnen, dann bändige es, so gut es geht. Verneige dich möglichst tief vor ihm, das wird dir das Rückgrat nicht brechen. Lobe ihn, hebe ihn immerfort in den Himmel, ins Gesicht wie hinter dem Rücken, und versichere, wenn sich eine Gelegenheit dazu bietet, daß du sogar nur ihm zu Ehren träumst. Zweitens: Bewahre dich Gott davor, auch nur mit einer Silbe anzudeuten, du dientest nur dem Vaterland! Unsinn! Das Vaterland bedenkt uns mit seinen Gaben ebensowenig ohne fremde Vermittlung wie Gott. Man braucht überall einen geneigten Anwalt. Drittens: Vergiß die altmodischen Wörter, die heute als abgenutzt gelten und völlig außer Gebrauch gekommen sind. Dazu gehören: *Tugend, Wohltätigkeit, Gewissen, Sanftmut* und ähnliches mehr. Ich bin der Ansicht, daß man diese Ausdrücke demnächst aus allen Wörterbüchern der Welt verbannen wird, und das zu Recht. Man kommt mit ihnen im besten Fall an den Bettelstab. Viertens: Nach deiner gegenwärtigen Lage zu urteilen, bist du kein völliger Neuling mehr in dieser Welt. Ich will damit sagen, du hast eine unverzeihliche Torheit vermieden, der manchmal sogar gescheite Leute verfallen, das heißt — du nutzt die Reize deiner Schwester Fiona aus und zwingst sie nicht, damit zu geizen. Und in der Tat, mein Freund, es hat schon manche Ehefrau, Schwester, Tochter oder Nichte einen Leutnant zum König gemacht! Was meinst du, wo ich noch heute stünde, wäre nicht meine Frau dank einem besonders glücklichen Umstand für würdig befunden worden, einige Gunstbeweise von Seiner Durchlaucht zu empfangen! Was wäre der Fürst selber ohne unsere Prinzessin! Mein Freund! Wer stark, reich und angesehen ist, kann sich noch so sehr mit Dreck beschmieren — jedermann wird ihn Durchlaucht nennen. Und das bleibt er ja auch! Sieh dir an, wie unser Fürst gelegentlich mitten im Oktober aus bloßer Laune zu Fuß zum Palast der Prinzessin trottet, während die prächtige, vergoldete Karosse mit all den Vorreitern, Heiducken und Meldern ihm auf dem Fuße folgt! Fühlt sich nicht jeder glücklich, dem er zunickt und zu dem er sagt: »Ach! Sie sind es!«? Wenn du dir meine Ratschläge zu Herzen nimmst, Gawrilo Simonowitsch, wird es dir immer vortrefflich ergehen. Tust du es nicht, dann beklage dich bei dir selbst.‘

Mit diesen Worten beendete Gadziński seine erbauliche Predigt. Ich gelobte, diese frommen Regeln zu beherzigen. Und ich verstehe wahrhaftig nicht, wie ich zu einem völlig fühllosen Menschen werden konnte. Ich sah der armen Witwe, die vor mir weinte, gelassen in die Augen. Stöhnen und Seufzer fochten mich nicht an. Richtig ist allerdings, daß

Freund Gadziński mit sicherem, scharfem Blick erkannte, wenn ich weich wurde, und mir zu Hilfe eilte. ‚Laß dich nicht einschüchtern', sagte er oft zu mir, ‚Tränen können sehr trügerisch sein. Wenn du dich durch Tränen rühren läßt, wirst du selber weinen.' Ich hörte auf solche tiefsinnigen Reden und wurde hart wie Stein.

In dieser Weise brachte ich etwa zwei Jahre beim Fürsten zu, und mein Ansehen wuchs. Ich will nicht all die Brutalitäten, Ungerechtigkeiten, ja Gesetzwidrigkeiten beschreiben, deren wir uns schuldig machten.

Der Fürst hielt sich blindlings an unsere Ratschläge, und wir an unseren Vorteil. Mein Säckel war schon gut gefüllt, doch meine Goldgier nahm mehr und mehr zu.

Ich muß jedoch, dem Faden der Ereignisse folgend, einige davon, die einen größeren Einfluß auf mein Schicksal hatten, schildern.

Beginnen wir damit, daß Fjokla Sidorowna damals in Moskau mir nicht umsonst versprochen hatte, sich mit Leib und Seele dafür einzusetzen, einen Menschen aus mir zu machen. Ihre Wohltaten mir gegenüber waren ohne Zahl, und wie hätte Seine Durchlaucht Fürst Latron der vielerfahrenen Fiona etwas verweigern können, wenn Seine Durchlaucht Fürst Tschistjakow schon gegenüber dem schlichten Landmädchen Fekluscha nicht imstande dazu gewesen war? Und dabei — welcher Unterschied! Eins erschien mir sonderbar — ich hatte längst eine gewisse Scheu oder Schüchternheit und äußerste Verwirrung an ihr bemerkt, wenn ich ihr brüderliche Zärtlichkeiten erwies. Sie stieß mich dann manchmal zurück und verließ unter Tränen das Zimmer. Aber manchmal preßte sie mich auch mit keineswegs mehr schwesterlicher Glut an ihre Brust, senkte verschämt den Blick und schwieg.

Als ich eines Tages in meinem Zimmer saß und überlegte, welche Wendung man der Angelegenheit eines schuldigen, aber reichen und zur Stunde sehr freigebigen Spitzbuben geben sollte, öffnete sich die Tür, und Fekluscha trat ein. Nach den ersten nichtssagenden Wendungen erklärte ich ihr, ich vermute, sie habe einen geheimen Kummer, und bat sie, mir seinen Grund zu nennen.

‚Mein Freund', begann sie mit Tränen in den Augen, ‚wir leben seit langem unter einem Dach, und dennoch habe ich dir noch nichts von meinen Abenteuern seit jener unglückseligen Stunde erzählt, da ich unsere Hütte verließ. Wenn ich dir nicht zur Last falle, will ich sie dir jetzt eröffnen. Auf meinem Herzen lastet ein schrecklicher Berg, und ich fühle, ich werde sterben, wenn ich nicht alles vor dir bekenne.'

Ich ging bereitwillig darauf ein, in der Hoffnung, es würde mich nicht übermäßig betrüben, von ihren Treuebrüchen zu hören, und sie erzählte mir folgendes:

‚Wenn ich mich auf die damaligen Umstände besinne, kann ich mir unschwer denken, daß dir der Anfang meiner Abenteuer offenbar ist — du kennst den Fürsten Swetlosarow, meinen ersten Verführer. Dieser Verräter behielt mich nur wenige Tage — aus bloßer Neugier auf die Liebeskünste einer Dorfschönen. Dann überließ mich der Bösewicht dem alten Steuerpächter Perewjortow. Wenn mein erster Liebhaber meiner überdrüssig wurde, so wurde ich es des zweiten noch viel mehr. Er hatte die seltsamsten Einfälle und verlangte gelegentlich Dinge von mir, in die selbst das ehrloseste Frauenzimmer nicht ohne weiteres eingewilligt hätte. Als er sah, daß ich mich nicht fügte, überantwortete er mich zur Nacherziehung seiner anderen Geliebten, einer Kaufmannsfrau, die selbst ihn in der Erfindung aller möglichen Albernheiten übertraf. So verderbt ich schon im Herzen war, widerte mich das Leben in seinem Hause doch an, zumal sich damals ein

Herrensöhnchen von etwa siebzehn Jahren in mich verliebte, der Sohn eines reichen Vaters, der ihn gerade nach Moskau zu schicken gedachte, damit er dort seine Bildung vervollständige. Sein Erzieher, der Abstammung nach ein Deutscher, war unser Vermittler, und schließlich rollten wir alle drei in die Hauptstadt davon.

So lebte ich eine ganze Weile in Moskau, ohne feststellen zu können, daß mein Liebhaber gegen mich erkaltete, und meine ganze Sorge bestand darin, die Hälfte der Einnahmen, die meine Reize mir einbrachten, gewissenhaft an den Erzieher abzuführen. Nur unter dieser Bedingung hatte er versprochen, das Geheimnis meines Geliebten gegenüber dem Vater zu wahren und seine Liebe zu mir zu begünstigen. Nun mußt du wissen, daß ich, in der Hauptstadt angekommen, den Namen Fiona angenommen hatte. Das unerforschliche Schicksal ließ mich die Bekanntschaft einer Französin, Madame Amoureuse, machen. Sie wohnte in unserer Nähe und handelte mit der einträglichsten Ware, die auch bei uns in Rußland nicht mehr als Konterbande gilt, und zwar kaufte sie kleine Dorfmädchen auf, bildete sie in allerlei Fertigkeiten und Künsten aus — der Musik, dem Tanz, je nach den Fähigkeiten des be-

treffenden Mädchens —, um sie später, nachdem sie ihre Reize einige Zeit ausgebeutet hatte, in die Sklaverei an reiche alte Satyrn zu verkaufen. Da sie mit mir nicht so eigenmächtig verfahren konnte, sagte sie eines Tages, als ich zu Besuch bei ihr war: »Liebes Mädchen« — als solches sah sie mich an —, »ich bin Menschenkennerin, und Sie können sich auf mein Urteil verlassen. Ich stelle hervorragende Fähigkeiten und eine Schönheit an Ihnen fest, die wahrhaftig nicht zu verachten sind. Was erwarten Sie von Ihrem Liebhaber? Er steht unter der Fuchtel eines gestrengen Vaters, der, wenn er von Ihrem Verhältnis erfährt, Sie ohne Zweifel in ein Spinnhaus stecken wird! Überlegen Sie sich's, meine Liebe! Ziehen Sie einfach zu mir! Sie wären — nach einigen kleinen Korrekturen — würdig, die Geliebte eines Grafen, Fürsten oder Prinzen zu werden. Ich nehme alles auf mich. In einem Jahr oder etwas mehr mache ich Sie zu einer wahren Göttin und verlange von Ihnen nur eins — daß Sie sich ein weiteres Jahr blindlings meinen Wünschen fügen, die auch für Sie nichts Unangenehmes haben werden. Bedenken Sie, welch blendende Rolle Sie mit der Zeit spielen können!«

Ich weiß nicht, ob es die Hoffnung auf ein üppiges und vergnügtes Leben oder die Angst vor dem Spinnhaus war, die mich veranlaßte, auf ihre Vorstellungen einzugehen. Ich zog bald darauf — zur Verzweiflung meines Liebhabers — zu ihr. Seine Leidenschaft für mich war noch immer so groß, daß er wiederholt vor unser Haus kam, mich herausbitten ließ und mich schonungslos des Undanks beschuldigte. Doch die Ratschläge der Madame Amoureuse gewannen in solchen Fällen sogleich Gewalt über mich. Ich lachte meinem Liebhaber ins Gesicht, und als er eines Tages ein wenig grob zu mir war, versetzte ich ihm kurzerhand ein paar Ohrfeigen.

Er ging davon, verwünschte mich und kehrte nicht wieder.

Ob es das Vergnügen daran, ob es tatsächlich meine Fähigkeiten waren oder auch beides zusammen, jedenfalls wurde ich in anderthalb Jahren zum begehrtesten Mädchen in diesem neuartigen Pensionat. Ich sang, ich musizierte und tanzte ganz vortrefflich — wenigstens nach Meinung meiner Prinzipalin. Dann brach die Zeit an, da ich für alles bezahlen mußte, und die Freuden, die sie mir in Aussicht gestellt hatte, fand ich, ehrlich gestanden, nicht. Erst spielte ich die Vestalin. Obwohl mir mein Leben keineswegs behagte, da ich mich größtenteils wenn auch nicht völlig entkräfteten, so doch betagten Männern widmen mußte, wartete ich ziemlich geduldig auf den Abschluß meiner Prüfungen, als ein überraschender Vorfall unserem Treiben ein Ende setzte. Ein angesehener Würdenträger von etwa sechzig Jahren erlag dem Zauber einer meiner Wahlschwestern, der Madame ebensooft einen neuen Geliebten zuführte wie mir. Unglücklicherweise war sie nicht ganz einwandfrei in Hinsicht der Medizin, und unser Bojare erkrankte, nachdem er ihre Liebe genossen hatte. Er raste, machte Gebrauch von seiner Macht und ließ Madame dort einsperren, wo sie längst hingehörte. Wir zerstreuten uns in alle Himmelsrichtungen wie Schafe, die der böse Wolf in Abwesenheit des Hirten überfällt. Mich verschlug es zufällig ans Theater, und ich spielte dort keine unbedeutenden Rollen, als sich Fürst Latron in mich verliebte. Du kennst das Abenteuer, das uns auseinanderbrachte. Dein Vorgehen war natürlich hart, aber gerecht. Im Haus der Aufklärer brachte mich eine gute Bekannte unter, die selber dort nicht lebte, da sie infolge ihrer Jahre keinerlei Zuneigung mehr bei den Aufklärern wecken konnte, ihnen dafür aber andere Frauen vermittelte, die dazu fähig waren.

Welches Ende diese Angelegenheit nahm, weißt du. Was du aber nicht weißt, was du dir nicht vorstellen kannst und woran ich selber nie gedacht hätte ...‘

Sie stockte, senkte den Blick und verstummte.

‚Was ist dir denn noch begegnet, teure Fekluscha?‘ rief ich in der Vermutung, ich würde eine ungewöhnliche Liebesgeschichte hören.

‚Fürst‘, sagte sie und setzte eine gelassene Miene auf, obwohl ihre Lippen zitterten und ihr Busen heftig wogte. ‚Ach, wie schwer hat es eine Frau in meiner Lage! Ich habe nicht geglaubt, daß ich nach allem, was ich erlebt habe, in einem Alter, da man zur Vernunft finden sollte, aufs neue jener furchtbaren, flammenden Leidenschaft verfallen könnte, die, wenn sie nicht befriedigt wird, mich mit jedem Atemzug eines Teilchens meines Seins beraubt. Mein Zustand ist um so bedrükkender, als ich in einem Alter stehe, da die natürliche Lebenskraft sich voll entfaltet hat und ihre Macht unwiderstehlich ist.‘

Diese Rede erschien mir zuerst tatsächlich sonderbar. Wie ist es möglich, dachte ich, daß eine Frau, die jahrelang ein liederliches Leben geführt hat, sich ehrlich verlieben kann? Aber dann fiel mir meine Licorissa ein, ich wurde nachdenklich und sagte zu Fekluscha: ‚Wer ist denn der Glückliche, zu dem du in so heftiger Liebe entbrannt bist?‘

‚Fürst!' entgegnete sie und errötete noch tiefer. ‚Ich schäme mich, aber ich muß es aussprechen. Sie sind der Mann, zu dem meine frühere Liebe zurückgekehrt ist — mit dreifacher Gewalt. Was sage ich! Ich habe Sie früher nicht geliebt! Der Zufall, die Nachbarschaft, die Sinnlichkeit der unerfahrenen Jugend ließen mich vor der Zeit Mutter werden. Da ich verloren hatte, was nicht wiederzubringen war, und einen so mittellosen Vater wie Fürst Sidor besaß, blieb mir nur übrig, Ihre Frau zu werden oder betteln zu gehen — mit dem Kind an der Brust und dem Stab in der Hand. Heute jedoch — großer Gott! —, heute, da anmutige Fertigkeiten und Künste meinen Verstand geschmückt und meine Gefühle verfeinert haben, heute, da ein üppiges Leben in Genuß und Vergnügen meine Phantasie verzärtelt hat, heute siedet mein Blut, und ich verbrenne.'

Mit diesen Worten richtete sie den flammenden Blick auf mich und wartete auf Antwort. Ich verharrte lange in echter Verlegenheit. Die unterschiedlichsten Regungen durchwogten meine Seele und mein Herz. Fekluschas Stellung war so reizend, ihr Seufzen so schmachtend, jede Bewegung so ausdrucksvoll und so vom Rausch der Leidenschaft erfüllt, daß selbst der hartnäckigste Diogenes an meiner Stelle gewiß geschwankt hätte. Mir standen die ersten Tage unserer Liebe vor Augen, das Vergnügen, das wir, einer in des anderen Armen, empfunden hatten, und ich geriet in Feuer, wollte schon die Arme nach ihr ausstrecken und ihre zarte Brust an meine drükken, als plötzlich in meiner Phantasie die liebe, gute, glühende Licorissa erschien, die längst das Unterpfand unserer gegenseitigen Liebe unter dem Herzen trug. Ich glaubte in meiner Erregung ihre Stimme zu hören: Liebster! Obwohl ich viel Schuld auf mich geladen habe, obwohl du nicht das in mir gefunden hast, was du suchtest, bin ich doch, jedenfalls seit ich die Deine wurde, ohne Schuld vor dir, werde die Mutter deines Kindes werden und es niemals verlassen, wie deine Frau getan!

Ich riß mich zusammen und fragte mit aller Härte, die mir der Herrgott vergeben möge: ‚Was soll denn daraus werden, Fürstin Fjokla Sidorowna?'

Sie war äußerst betroffen, kam aber bald wieder zu sich und entgegnete freundlich und leise, daß ich errötete: ‚Mein Freund! Was wollen wir noch in der großen Welt? Was ich besitze, übersteigt unsere Bedürfnisse. Auch du bist nicht arm. Wir haben mehr als alle Gutsbesitzer in der Nachbarschaft Falalejewkas, und nicht nur mehr als die dortigen Fürsten oder Dorfältesten. Kehren wir also in unsere Heimat zurück! Wenn du durch meine Fahrlässigkeit deinen Sohn verloren hast — er findet sich vielleicht wieder an, oder ich schenke dir einen neuen.'

Ich muß gestehen, auf das Verführen verstand sie sich, und wäre nicht Licorissa gewesen ... dieser Name allein genügte, mich wieder zur Besinnung zu bringen, und ich entgegnete ebenso freundlich wie sie: ‚Meine Liebe! Deine Vorschläge sind verlockend. Ich würde gern auf sie eingehen, bin aber schon durch neue Herzensbande gefesselt.'

Sie (äußerst beunruhigt): ‚Was höre ich? Wie soll ich das deuten?'

Ich: ‚Ich habe dich für immer für mich verloren geglaubt und mich aus diesem Grunde um Gegenliebe bei deiner Freundin vom Haus der Aufklärer, der schönen Licorissa, bemüht. Ich war erfolgreich und hoffe bald Vater zu werden. Was aber am wichtigsten dabei ist — diese Mutter wird ihr Kind bestimmt nicht verlassen!'

Sie (indem sie erbleicht und sich erhebt): ‚Das ist wahrhaftig eine Neuheit, mit der ich nicht gerechnet hatte. Ich mag gefrevelt haben — ich leugne es nicht —, ich habe zum mindesten die Gesetze des Anstands verletzt. Aber wozu noch davon reden? Nach allem, was wir einander jetzt bekannt haben, müssen wir es, schon um uns gegenseitig zu schonen, vermeiden, uns unter vier Augen zu sehen. Das würde uns nur das Herz zerfleischen. Ich bitte Sie inständig — verwünschen Sie mich nicht! Ich habe einst an Ihrem Herzen geruht und einen Teil davon ausgefüllt. Die neue Liebe vergebe ich Ihnen gern, ich habe diesen Schicksalsschlag verdient, und es geschieht mir recht, wenn mich der allerhöchste Richter im gleichen Augenblick bestraft, da ich zum Pfad der Tugend zurückkehren wollte. Warum indessen sollte ich verzweifeln, wenn auch die heilige Magdalena, die einstmals ebensoviel gesündigt hatte wie ich, durch Buße seine Vergebung erflehte? Ich freue mich, Sie, da ich von Ihnen scheide, von einem reizenden Mädchen geliebt zu wissen. Gott segne Sie! Mögen Sie in ihren Armen für alle Bitternis entschädigt werden, die Sie durch mich erlitten haben! Glauben Sie bitte nicht, daß ich die Absicht habe, Sie im Dienst zu schädigen. Davor bewahre mich mein Schutzengel! Wenn Ihnen der Himmel die Gnade gewährt, unseren Sohn wiederzufinden, dann sagen Sie ihm, er möge sich am Beispiel seiner Mutter klarmachen, wie gefährlich, wie verderblich es ist, von den Geboten abzuweichen, die uns der Himmel einzuhalten befiehlt. Gewähren Sie mir eine letzte Freude in meinem Leben, lassen Sie mich zu Ihren Füßen niederfallen, den Staub von ihnen küssen und ein tröstendes Wort der Vergebung hören! Verzeihen Sie mir! Vergeben Sie!‘

Sie sank vor mir nieder und küßte meine Knie. Man wird sich unschwer vorstellen können, wie bestürzt ich war. Ich wußte nicht mehr, wie mir geschah. Eine Art heiligen Schrekkens verschloß mir den Mund. Und als sie stöhnend und schluchzend, ohne sich von den Knien zu erheben, in einem fort wiederholte: ‚Ich beschwöre Sie im Namen Gottes — vergeben Sie mir!‘, vermochte ich gerade noch hervorzubringen: ‚Vergebe dir der barmherzige Gott, wie ich dir vergebe!‘ Hier hob ich sie auf, drückte sie, selber schluchzend, an mein Herz und küßte sie zum Zeichen der Versöhnung. Sie sprang rasch auf, deckte die Hände vor das Gesicht und ging in ihre Räume hinüber. Ich hörte sie bitterlich schluchzen. Mein Zustand war nicht weit von dem ihren entfernt, und ich dachte die ganze Nacht über die sonderbaren Umstände nach, in denen wir uns befanden. Fekluschas Tränen, ihre erniedrigende Lage und ihre letzten Worte wollten mir nicht aus dem Kopf. Ich verwünschte bald sie, bald mich und bald mein Schicksal. Manchmal durchzuckte mich der Gedanke, sie würde es — trotz ihres Versprechens — nicht unterlassen, sich zu rächen, und mich schauderte, da ich die Allmacht des Fürsten Latron kannte. Mein Gott, sagte ich mir schließlich, was wird jetzt aus mir werden? Herr, dein Wille geschehe! Gegen Morgen schlief ich ein, nachdem ich beschlossen hatte, mich möglichst bald mit Licorissa zu beraten. Frauen sind in derlei Angelegenheiten hellhöriger, dachte ich bei mir, und sobald ich am Fürsten die geringste Veränderung bemerke, mache ich mich, ohne mich einen Augenblick zu besinnen, aus dem Staube.“

FÜNFTES KAPITEL

Ministerallüren

„Im Morgengrauen des folgenden Tages eilte ich zu Licorissa, aber kaum betrat ich ihr Schlafzimmer, als sich mein Herz zusammenkrampfte. Die Wehen peinigten sie, und sie konnte nicht niederkommen. Die alte Köchin, die meiner Freundin versichert hatte, sie sei in solchen Fällen ein wahrer Zögling Äskulaps, erkannte die Schwierigkeit der Geburt, stellte sich, statt zu helfen, vor das Heiligenbild und sagte mit lauter Stimme Gebete her, wobei sie hinter jedem Absatz zusammenhanglose Wörter einschob, die sie für sympathetisch hielt. Ich stürzte zur leidenden Licorissa, aber es gab keine Hilfe mehr für sie — zur Verwunderung der Alten, die, als sie merkte, daß ihre sympathetischen Mittel nichts nutzten, die Arme sinken und den Kopf hängen ließ. Plötzlich rief sie voller Begeisterung: ‚Hach, ja doch! Mir ist ein weiteres sympathetisches Mittel eingefallen, das uns bestimmt nicht enttäuschen wird.' Worauf sie die Arme hob und äußerst laut anstimmte: ‚Es fuhr ein Pharao über Land wie über das Meer.' Es war der Anfang eines sympathetischen Gesangs. Ich ärgerte mich und weinte.

‚Und wäre dein verdammter Pharao durch die Lüfte geflogen — ich bitte dich, hör auf!'

‚Gottbewahre', entgegnete sie. ‚Durch die Lüfte fliegen nur Zauberer und Hexen, während er, der Gute, ein rechtgläubiger Mann war und obendrein Christ. Bitte mich nicht zu unterbrechen!' Dann riß sie den Mund noch weiter auf und heulte noch lauter als zuvor.

Auch das half nicht, und meine liebe, zarte, unvergleichliche Licorissa verschied. Sie starb in meinen Armen. Bevor sie ihr Leben aushauchte, drückte sie meine Hand an ihr Herz und sagte: ‚Ich danke Gott, daß ich — sterbend — von dir geliebt bin! Es tut mir bitter weh, daß du die Frucht meiner flammenden Liebe nicht sehen wirst! Aber so hat es der Himmel gewollt. Leb wohl auf ewig!' Mit diesen Worten ließ sie den Kopf auf meine Brust sinken, und ich ... Aber wie soll ich meine Gefühle schildern? Ich war in Tränen aufgelöst, ich erinnerte an einen Irren; so groß jedoch mein Kummer auch war, sosehr ich unter dem Verlust des liebsten Gegenstandes auf dieser Erde litt, muß ich doch eingestehen, daß dieses Leid bei weitem kleiner war als das einstige über den Verlust Fekluschas. Ich habe immer gefunden, daß es erträglicher ist, seine Frau durch Feuer oder Wasser zu verlieren, sie vom Blitz oder von einem einstürzenden Gebäude erschlagen zu sehen als zu wissen, daß sie lebt und in den Armen eines anderen ruht. Aber wie dem auch sei — ich mußte an die Ausrichtung der Beerdigung denken. Ich befand mich zwar in einer anderen Lage als damals, bei der Beerdigung meines Schwiegervaters, des Fürsten Sidor, und hatte Geld in Hülle und Fülle, aber ich wußte nicht, wie ich es Seiner Durchlaucht erklären sollte, denn ich brauchte mindestens zwei Tage Urlaub. Wenn Fekluscha davon erfuhr, konnte sie neue Hoffnung auf die Wiedervereinigung mit mir schöpfen, und das wollte ich auf keinen Fall. Doch das Notwendige ist nun einmal nicht zu umgehen. Als ich vor Seine Durchlaucht trat, traf ich ihn beim Lesen eines Briefes an — seine Laune schien äußerst trüb, seine Augen verrieten seelische Verstimmung.

‚Was ist?' fragte er trocken.

Ich verneigte mich tiefer denn je und sagte mit zitternder Stimme: ‚Ich komme, um meine sklavische Ergebenheit zu bekunden und ehrlich zu gestehen, daß ich einen Umstand vor Ihnen verborgen habe, der jetzt sein Ende gefunden hat.' Dann erzählte ich ihm auf sein Geheiß von Licorissas Tod, die ich auch hier — wie überall — als meine Frau ausgab.

Der Fürst hörte mich gnädig an und entgegnete: ‚Du bist schon selber schuld, mein Freund, wenn du es mir verheimlicht hast. Sie hätte mit dir in meinem Hause wohnen können und wäre vielleicht noch am Leben, denn ich habe immer einen ganzen medizinischen Rat zur Verfügung. Du kannst drei Tage vom Dienst beurlaubt werden, um das Begräbnis vorzubereiten und der Toten die letzte Ehre zu erweisen. Im übrigen rate ich dir, dich zu trösten, denn wir befinden uns beide fast in der gleichen Lage. Nimm diesen Brief und lies.'

Ich nahm den Brief aus seiner Hand und las zu meiner maßlosen Verwunderung die folgenden Zeilen:

Gnädiger Herr! Früher oder später müssen die Irrtümer des Herzens und des Verstandes ein Ende haben. Ich verlasse die Bahn, auf der ich bisher gewandelt bin. Glauben Sie nicht, daß ich zu einem anderen Sterblichen gehe — nein! Das wird es nie mehr geben! Es ist an der Zeit, daß die Treulosigkeiten aufhören. Forschen Sie nicht nach meiner Zuflucht — sie zu entdecken ist unmöglich.

Fiona

Ich erstarrte, blickte den Fürsten unverwandt an und schwieg.

Auch er sah mich an und schwieg. In seinem Blick und seiner ganzen Haltung konnte man, so schien mir, lesen: Tschistjakow, du bist ein großer Spitzbube! Wie ist es möglich, daß Fiona etwas Wichtiges unternimmt, ohne mit ihrem Bruder gesprochen zu haben? Ist der Tod deiner Frau nicht ein bloßer Vorwand, um die Hauptstadt mit deiner Schwester zu verlassen und brüderlich den Besitz mit ihr zu teilen, den sie mittlerweile erlangt hat?

Um solchen unvorteilhaften Gedanken über meine Ehrlichkeit zuvorzukommen, wie ein gewandter Mann auch muß, bat ich ihn, einigen seiner Diener und Dienerinnen zu gestatten, mir bei der Ausrichtung der Trauerfeier unter die Arme zu greifen. Da jedermann im Hause das Gesicht meiner Wahlschwester Fiona kennen mußte, machte der Fürst ein zufriedenes Gesicht und sagte: ‚Ich will der Zeremonie selber beiwohnen. Ruf meinen Verwalter, ich gebe ihm die notwendigen Weisungen und trage die Kosten.‘

Ich eilte, um den Willen Seiner Durchlaucht zu erfüllen, zum Totenbett der unvergeßlichen Licorissa. Auf den Gedanken, mich zu fragen, wo Fekluscha geblieben und was aus ihr geworden war, kam ich gar nicht. Sosehr der Verwalter und seine Frau mir auch zuredeten, mich zu beruhigen und mich nicht in fremde Angelegenheiten einzumischen — ich konnte es nicht lassen und steckte meine Nase in alles. Licorissa wurde geschmückt wie eine wirkliche Fürstin, und als sich herumgesprochen hatte, daß Fürst Latron die Kosten trage und persönlich zugegen sein werde, tauchten, weiß der Himmel, woher, so viele Popen und Mönche auf, daß man bald keinen Platz mehr für sich selber fand, obwohl sich alles in einer Wohnung abspielte, die um ebensoviel geräumiger war als die frühere wie mein Geldbeutel gegen den von einst.

Der Fürst hielt Wort und sagte, nachdem er Licorissa aufmerksam betrachtet hatte: ‚Schade um sie, sie war eine schöne Frau!‘

‚Und dabei herzensgut!‘ fügte ich hinzu und schluchzte bitterlich.

Dann war alles vorüber. Man begrub sie auf dem Friedhof des Kapuzinerklosters, und nach einiger Zeit befahl der Fürst aus besonderer Großmut, ein Grabmal für sie zu errichten und ein Epitaph darauf anzubringen. Zu diesem Zweck verpflichtete er den ersten der ihm empfohlenen russischen Dichter, war mit den Versen zufrieden, belohnte ihn freigebig und ließ sie einmeißeln. Ich ging hin, um mir die Grabinschrift für meine Geliebte anzusehen, und las folgenden Vierzeiler:

Begraben liegt unter dem Stein
Licorissa, die Ehefrau, allein.
Ihr Mann, der untröstlich erscheint,
Gar bittre Tränen um sie weint!

Schade, daß sich mein Wohltäter in der Poesie so wenig auskannte! Ich hätte die Tafel am liebsten entfernt und durch eine andere ersetzt, fürchtete aber, der Fürst würde entrüstet darüber sein, daß man etwas schlecht finden könne, was ihm gefiel. Ich begnügte mich also damit, einen Bleistift hervorzuholen und ziemlich deutlich unter die Verse zu schreiben: ‚Liebe, holde Frau, trauere nicht darüber, daß auf der schönen Grabplatte, die deinen schönen Leib bedeckt, in schöner Schrift die schlechtesten, albernsten Verse eingemeißelt sind. Du warst auch im Leben verträglich und nicht auf Rache bedacht. Ewiger Friede deiner sanften Seele!‘

Kaum hatte ich den Bleistift eingesteckt, als ein Mann auftauchte, der an einen deutschen Pastetenbäcker erinnerte. Er trat auf mich zu und sagte: ‚Guten Tag! Du staunst natürlich über die Verse! Und das kann man auch!‘

Hier trug er mit zufriedener Miene seine Verse vor. Als er geendet hatte und den Zusatz darunter entdeckte, rief er aus: ‚Was ist denn das? Kaum ist das Grabmal errichtet, zollt jemand schon den Versen sein Lob!‘

Er begann laut und mit gedehnter Stimme vorzulesen, wurde aber mit jedem Wort immer leiser und verstummte, in der Mitte angelangt, ganz.

‚Oh, welch abscheuliches Geschreibsel!‘ rief er aus. ‚Die ruchlose Hand, die dieses niedergeschrieben hat, verdient verbrannt oder mindestens abgehackt zu werden, Gelenk für Gelenk!‘

Er zog ein schmieriges Schnupftuch hervor und machte sich ärgerlich daran, das Lob seiner Verse wegzuwischen. Als er damit fertig war, hockte ich wieder neben dem Grabe nieder.

‚Was hast du vor, Verehrter?‘ fragte er herausfordernd.

Ich: ‚Aufs neue hinzuschreiben, was du weggewischt hast.‘

Er: ‚Dann war es also dein Werk, du Menschenverderber?

Weißt du auch, daß ich in einer Stunde tausend Verse zu dichten vermag, und bei jedem einzelnen werden sich dir die Haare sträuben?'

Ich: ,Ich würde mich freuen, wenn du ein Exemplar davon am Tor des Hauses anbringst, in dem ich wohne.'

Er: ,Und wo wohnst du, und wer bist du überhaupt, du Barbar?'

Ich: ,Im Palais des Fürsten Latron. Ich bin sein Sekretär und der Mann der Verstorbenen, die hier ruht!'

Einen solchen Schrecken hätte ihm selbst der heftigste Donnerschlag nicht einjagen können. Er prallte zurück, riß den Hut vom Kopf und brachte kein Wort mehr hervor. Ich ließ ihn, befriedigt über meine Rache, ebenso wortlos stehen.

Ich siedelte nach Licorissas Tod ganz in das Palais des Fürsten über, erholte mich allmählich von meinem Kummer und nahm meine frühere Tätigkeit wieder auf. Obwohl sich an der Gewogenheit meines Wohltäters nach Fekluschas Verschwinden nichts geändert hatte, gehorchte mir die Dienerschaft nicht mehr blindlings und verneigten sich die Bittsteller nicht mehr ganz so tief vor mir wie früher.

Eines Abends bemerkte ich eine große Unruhe im Haus, und als ich mich nach deren Ursache erkundigte, sagte mir mein Kammerdiener — ich hatte mir schon vor einiger Zeit eine eigene Dienerschaft zugelegt —: ,Wie? Sie wissen nicht, daß in den einstigen Räumen Ihrer Schwester Mamsell Viktoria, die Erste Tänzerin vom hiesigen Theater, Einzug hält?'

Und auch er stürzte davon, um ihr beim Einrichten zu helfen. Seine Durchlaucht hat sich aber rasch getröstet, dachte ich bei mir. Wird es nicht Zeit, Gawrilo Simonowitsch, daß auch du deine Koffer packst und dich gescheiterweise davonmachst, bevor der Bruder, Schwager oder Onkel der neuen Göttin dir erst die Stelle streitig macht und dich hinterher auch noch der wenigen Habe beraubt, die du den Mühen deines Schwesterleins verdankst, das sich mit Leib und Seele für dich eingesetzt hat? Daß die schöne Mamsell keinen nahen Verwandten haben sollte, ist unwahrscheinlich, da ja auch meine Fürstin keinen Mangel in dieser Hinsicht litt!

Während ich darüber grübelte und nicht wußte, wie ich es beginnen sollte, ohne mir den Zorn des Fürsten einzuhandeln, einfach auszuziehen, statt zu warten, bis ich hinausgeworfen würde, trat ein alter Diener des Hauses bei mir ein, der mir besonders wohl gesinnt war, und sagte: ,Gnädiger Herr, Sie versäumen den günstigsten Augenblick! Unser ganzer Hof —

angefangen bei Gadziński — macht Mamsell Viktoria seine Aufwartung. Eilen Sie hin und beglückwünschen Sie sie zu ihrem neuen Heim. Auch Ihre Schwester war mir böse, weil ich diese Höflichkeit außer acht gelassen hatte. Aber ich bin alt und brauche keine besondere Gunst mehr.'

Früher hätte auch ich es nicht getan, da aber mein Charakter völlig verdorben war, nahm ich den Rat des Alten gerne an, ergriff eine Schüssel, tat nach russischer Sitte Brot und ein Schälchen Salz hinein und begab mich in Viktorias Gemächer. Dort traf ich außer Gadziński und dem gesamten Gesinde auch den Fürsten an, der mit übergeschlagenen Beinen in einem Sessel saß. Diese unerwartete Begegnung brachte mich in große Verwirrung, und es wäre leicht zu einer ziemlich törichten Begrüßungsansprache von mir gekommen, hätte mir nicht Gadziński Gelegenheit zu gründlicher Überlegung gegeben. Er stand in straffer Haltung vor Viktoria, die linke Hand, in einem fort die Finger bewegend, an der Brust, mit der rechten in der Luft herumfuchtelnd, und hielt mit zitternder Stimme — im Namen aller — eine geschraubte Rede. Die übrigen erregten sich wie die Fakire, scharrten mit den Füßen und stießen sich im Gedränge. Ich war aus diesem Grunde genötigt, hinten stehenzubleiben und auf das Ende dieser Ko-

mödie zu warten, die in eine Tragödie nach dem Geschmack Shakespeares umschlug. Viktoria war tatsächlich eine schöne Frau und bedeutend jünger als Fekluscha. Während Gadzińskis Ansprache vergnügte sie sich damit, zwei kleine Affen zu nekken, die vor ihr herumsprangen. Nachdem Gadziński seine Pflicht als Redner getan hatte, vollführte er vor der Göttin des Tempels eine so ungestüme Verbeugung, daß sein dicker Zopf über den Nacken hinweg nach vorne fiel und dem einen der Affen auf den Kopf klatschte. Man weiß, wie rachsüchtig diese Tiere sind. Der Affe krallte sich in dem Zopf fest, und als der Sekretär sich aufrichtete, ihn sah und erblassend ‚Ach!' rief, setzte der andere Affe dem ersten nach, erklomm im Nu Gadzińskis Rücken und schlug die Krallen in sein Genick. Sobald Gadziński die Hand nach ihnen ausstreckte, um sie herunterzuholen, bissen sie um sich; nicht anders erging es den beherzten unter den Lakaien, wenn sie versuchten, dem Sekretär in seiner Not zu helfen.

Der Fürst ermahnte Viktoria mit einem Lächeln, die Tiere zurückzuholen, sie hatte es damit jedoch nicht eilig, lief in einem fort um Gadziński herum und lachte so laut, daß aus ihr, der Tänzerin, gewiß auch eine bemerkenswerte Sängerin geworden wäre. Gadziński, der an einem Dutzend Stellen blutete, wurde äußerst böse darüber, daß man ihm, dem Redner, mit solchem Undank begegnete, biß die Zähne zusammen, packte den einen Affen am Schwanz und zog aus Leibeskräften daran. Der Affe wollte nicht loslassen und klammerte sich mit Krallen und Zähnen an seinem Nacken fest, während der andere, als er die Absicht des Sekretärs erkannte, ihm die Haare zu raufen und damit nach den Leuten zu werfen begann. Es war eine regelrechte Schlacht! Gadziński blieb jedoch unnachgiebig, wie sich das für einen Sekretär gehört. Tränen stürzten aus seinen Augen, er ächzte und krächzte, zog aber weiter am Affenschwanz. Schließlich raffte er alle Kraft zusammen, hockte nieder und riß mit solcher Gewalt daran, daß das Tier, das Maul und die Vorderpfoten voller Haare, seinen Nacken losließ. Vielleicht war gar nicht einmal Gadzińskis Wut oder Rachgier daran schuld, sondern nur der Schwung seiner Arme — jedenfalls schlug das Tier so heftig auf dem Fußboden auf, daß es entsetzlich zu wimmern begann. Sein erschrockener Gefährte sprang ebenfalls ab. Man muß gesehen und gehört haben, mit welchem ängstlichen Gesicht Viktoria aufschrie und zu ihrem kreischenden Liebling stürzte! Man hätte meinen können, es handle sich um einen Wettstreit —

wessen Stimme die durchdringendere sei. Viktoria nahm den Affen auf den Arm, streichelte ihn und wandte sich mit majestätischer Miene an den Fürsten. ‚Wer ist dieser Rohling und Grobian, daß er sich solche Unverschämtheiten in Ihrer Gegenwart erlaubt, und das gegenüber meinem Affen?'

Während sie das sagte, blickte das verdammte Tier seinen Widersacher, der sich die Tränen aus den Augen wischte, grimmig an, hielt die Pfote plötzlich unter das Gesäß, verrichtete seine Notdurft und schleuderte den Inhalt der Pfote Gadziński ins Gesicht. Dem hatte er nichts mehr entgegenzusetzen. Er deckte die Hände vor die Augen und wandte sich, die Menge auseinanderstoßend, zur Flucht. Viktoria war von der Heldentat des Affen im höchsten Grade entzückt und lächelte. Ich nutzte den günstigen Augenblick, trat mit Tanzmeisterschritten auf sie zu und sagte, den Kopf wie ein echter französischer Geck auf die Seite geneigt: ‚Gnädige Frau! Gestatten Sie mir, Sie zum Einzug in Ihr neues Heim zu beglückwünschen und mir die Ehre zu geben, Ihnen — nach altem russischem Brauch — ein wenig Salz und Brot darzubringen.'

Damit stellte ich mein Präsent auf den Tisch, vollführte eine kunstvolle Verbeugung, trat zurück und erstarrte wie eine Eins. Sie sah wohlwollend erst das Geschenk, dann mich an, winkte mir zu und erkundigte sich beim Fürsten: ‚Welche Stellung nimmt er bei Ihnen ein?'

‚Er ist mein Sekretär und ein sehr braver Mann', entgegnete er. ‚Herr Tschistjakow', fuhr er fort, ‚wenn du deinen Dienst weiter mit solchem Eifer versiehst, sollst du von mir nicht vergessen werden!' Ich verneigte mich und ging hinaus, äußerst zufrieden mit meinem glänzenden Auftritt. Da Gadziński von alledem nichts gesehen und gehört hatte, ritt mich der Teufel, zu ihm zu gehen und vor ihm zu prahlen. Mochte er wissen, daß ich, obwohl erst zwei Jahre im Dienste des großen Herrn, auf dem Posten war und einen so glänzenden Einfall gehabt hatte. Er, der ihm schon so viele Jahre diente, war nicht darauf gekommen.

Ich traf ihn in äußerster Verzagtheit an. Er wanderte mit langen Schritten im Zimmer umher. Vergebens bestürmten seine Frau und seine Tochter ihn mit Fragen. Er blieb stumm. Schließlich fragte er mich mit müder Stimme: ‚Haben Sie Mamsell Ihre Aufwartung gemacht?'

‚Ja', entgegnete ich vergnügt, ‚und nicht nur das — ich habe dabei auch vortrefflich abgeschnitten!'

Und ich erzählte ihm, ohne auf seine Aufforderung zu warten, von meinem kühnen Streich. Er hörte mir aufmerksam zu, und als ich geendet hatte, geriet er in Wut, griff sich an beide Ohren und sagte, den Blick zur Decke gewandt: ‚Ich Unglückseliger! O törichte Frau, o unvernünftige Tochter! Ihr habt gewußt, wohin ich mich begab und wozu! Wie konntet ihr vergessen, an ein Geschenk zu denken, wenn ich selbst so eine Schlafmütze war und nicht darauf verfiel? Jemandem beim Einzug in ein neues Heim ein Geschenk zu machen ist zwar eine russische Sitte, doch wird man sie überall als angenehm empfinden. Sagen Sie bitte, Gawrilo Simonowitsch, wie war der Fürst, nachdem ich das Zimmer verließ?‘

Ich weiß nicht, wieso mich der Hafer stach, mir einen Spaß mit ihm zu machen. Jedenfalls erwartete ich keine schwerwiegenden Folgen davon.

‚Ach‘, entgegnete ich, ‚hätten Sie lieber nicht gefragt!‘

‚Wieso, was war denn?‘

‚Der Fürst ergrimmte wie ein Tiger oder wie ein geflügelter Drache. Er knirschte mit den Zähnen, trampelte mit den Füßen, trommelte auf den Tisch und sagte schließlich: »Wie? Er wagt es, in meiner Gegenwart jemanden am Schwanz zu ziehen? Und wen? Einen Affen! Und wessen Affen? Herrgott im Himmel! Den Affen der Mamsell Viktoria! Ist es nicht dasselbe, wie bei Hofe in Gegenwart des Monarchen gegen jemanden den Degen zu ziehen? Na, warte! Dir werde ich's zeigen!«‘

Um ihm noch mehr Angst einzujagen, verzog ich dabei das Gesicht mit solchem Eifer, daß ich mir fast die Kiefer ausgerenkt hätte.

‚Barmherziger Gott!‘ rief er verzweifelt, wurde von Zittern befallen und schlug lang hin. Wir eilten ihm zu Hilfe und hoben ihn auf. Er atmete zwar, aber nur noch ganz schwach und öffnete auch nicht die Augen.

Seine Frau jammerte: ‚Ach, du mein Guter, warum erschrickst du so? Immerhin bin ich mit dem Fürsten einigermaßen bekannt und habe ihn nicht schlechter bedient als andere. Und ist meine Tochter Matrjona dem jungen Fürsten Latron bis auf den heutigen Tag nicht ebenfalls gefällig gewesen?‘

Ihre Hoffnungen erschienen zwar begründet, aber Gadziński kam nicht wieder zu Bewußtsein, und wir schickten nach einem Arzt. Der untersuchte den Kranken mit vielem Eifer und erklärte freundlich lächelnd, er sei gelähmt und es bestehe auch keinerlei Hoffnung auf Heilung. Alle schrien betroffen auf, und ich erbebte vor Schrecken. Ich wollte nicht länger Zeuge des traurigen Schauspiels sein und ging nach Hause, wobei ich nicht wußte, worüber ich mich am meisten wundern sollte — über meinen Unverstand, über die Ängstlichkeit meines Kollegen oder über die Schamlosigkeit, auf die seine Frau ihre Hoffnungen gründete.

Als der Fürst Gadziński drei Tage nicht zu Gesicht bekam, erkundigte er sich nach ihm, und ich erzählte ihm von seiner gefährlichen Erkrankung.

‚Was soll ich mit einem Kranken?' fragte der Fürst kühl. ‚Machen Sie die Entlassungspapiere fertig. Sie schaffen die Arbeit auch allein.'

Noch am selben Tage war der verhängnisvolle Entlassungsbescheid unterschrieben, und als ich mich schlafen legte, sagte ich mir: Nun, Fürst Gawrilo Simonowitsch, jetzt bist du der wirkliche, der alleinige Sekretär, paß also auf und sei klug! Blamier dich nicht und beweise, daß du nicht vergebens bei Bibarius in allerlei Fertigkeiten ausgebildet worden bist! Jetzt könnte ich Sawwa Trifonowitsch überzeugen, daß ich zu Wichtigerem geboren bin, als Flaschen in seinem Weinkeller zu versiegeln!

Im Ergebnis solcher Überlegungen setzte ich gleich am folgenden Tage eine äußerst hochmütige Miene auf und ging mit aufgeblasenen Wangen, die Hände mit den spielenden Fingern in den Hosentaschen, im Wartezimmer umher, ohne die tiefen Verneigungen selbst der vornehmsten Damen zu beachten. Wenn mich jemand grüßte, erwiderte ich den Gruß — je nach Ansehen der Person — mit einem ‚Ergebenster Diener!', einem ‚Ihr Diener!' oder einfach mit einem Kopfnicken; und manch einen starrte ich lange mit aufgerissenen Augen an und tat, als ob ich ihn nicht sehe. Dann schlug ich mich plötzlich an die Stirn, richtete den Blick zur Decke, stand da, als versuchte ich, mich auf etwas zu besinnen, murmelte hastig: ‚Ach! Welche Vergeßlichkeit!' und stürzte wie ein Irrer aus dem Zimmer. Draußen stellte ich mich an die Tür, spähte durchs Schlüsselloch und freute mich, wenn ich bemerkte, daß mir alle erwartungsvoll nachblickten.

Auf so gescheite Art vertrieb ich mir eine ganze Weile die Zeit, bis ich dann eines Tages für diesen Trick bestraft wurde. Dicht an der Tür stand gewöhnlich ein Hauptmann, dem in der Schlacht ein Bein durch eine Kanonenkugel abgerissen worden war. Er war entweder sehr arm oder sehr geizig, und Leute mit solchen Eigenschaften waren nicht nach unserem

Geschmack. Er beschränkte sich auf altmodische, das heißt sehr tiefe Verbeugungen, aber was hatte man davon? Als ich eines Tages wieder durch das Schlüsselloch lugte und die Leute im Vorzimmer beobachtete, sagte er in der Meinung, ich sei weit weg, zu seinem Nachbarn: ‚Ich habe geglaubt, der neue Sekretär werde brauchbarer sein als der alte, denn so schien es zuerst, doch er hat sich als genauso ein Halunke entpuppt wie der frühere, wenn nicht als ein noch schlimmerer. Der alte hat mich ein halbes Jahr an der Nase herumgeführt, und dieser tut es schon den dritten Monat, der Schuft! Wäre ich mächtig, und sei es nur für eine Minute, dann würde ich diese Minute in zwei Hälften teilen. In der ersten halben Minute würde ich sagen: »Gebt mir ein sicheres Stück Brot, damit ich nicht im Alter mit meinem Holzbein auf dem spiegelnden Parkett eines Würdenträgers herumklappern muß!« Und in der zweiten:

»Hängt das Scheusal Tschistjakow mit dem Kopf nach unten auf, soll er an Hunger krepieren!«‘ Als ich diese für mich nicht eben schmeichelhaften Worte hörte, schämte ich mich unwillkürlich und trat von der Tür zurück. Zu meinen bevorzugten Kunstgriffen gehörte auch, Papiere, die ich keineswegs brauchte, zu einem Stapel zusammenzupacken und, wenn ich ins Wartezimmer ging, von einem Kanzleidiener hinter mir hertragen zu lassen. Ich stellte mich ans Fenster und sah den Stapel durch, wobei ich eine Lorgnette an die Augen hielt, obwohl ich so kein Wort entziffern konnte und mit dem bloßen Auge tausendmal besser sah. Dann hauchte ich im Ton eines völlig Erschöpften: ‚Trag diese Papiere in die Kanzlei zurück, mein Freund! Und erinnere mich daran, wenn der Fürst und ich zum Palast der Prinzessin fahren. Ach, diese ewigen Bittgesuche, da schwindelt einem einfach der Kopf!‘

Ja, so ein durchtriebener Bursche war ich geworden! Ich machte mir über nichts mehr Gedanken. Fekluscha und Licorissa waren längst vergessen, und selbst an meinen Sohn erinnerte ich mich selten. Mein Kopf war mit allerlei törichten Ministerallüren und dem Erfinden neuer Kunstgriffe befaßt, mit denen ich wichtig tun konnte.

Eines Tages, als ich in meinem Zimmer saß, traten — natürlich nach Meldung — die Frau meines früheren Kollegen und seine Tochter bei mir ein. Hier spielte ich einen total Verrückten, wie man aus unserem Gespräch ersehen wird.

Sie (mit einer tiefen Verneigung): ‚Mein Herr! Ich fühle mich verpflichtet, Sie davon zu unterrichten, daß mein Mann noch am gleichen Tage, da er die Schlacht mit den Affen schlug, nach Gottes Ratschluß verstorben ist.‘

Ich (lachend): ‚Wirklich? Ich gratuliere, ich gratuliere! Unter uns gesagt — er war ein rechtschaffener Mann, der seiner Frau ein erlaubtes Vergnügen nicht mißgönnte, aber immerhin der Ehemann — er hätte Ihnen aus Eigensinn hinderlich sein können. Dabei stehen Sie in den besten Jahren und sind wahrhaftig noch wert, beachtet zu werden.‘

Sie: ‚Er hat aber so lange gedient, mein Herr, daß ich mir wohl Hoffnungen auf eine Pension machen darf?‘

Ich (die Beine auf das Sofa legend, auf dem ich sitze): ‚Sie haben eine reizende Tochter! Wie alt ist sie denn?‘

Sie: ‚Zwanzig. Kann ich Antwort auf meine Frage haben, mein Herr?‘

Ich (an den Fingernägeln nagend): ‚Ja, selbstverständlich!‘

Sie: ‚Und wie lautet sie, wenn ich fragen darf?‘

Ich (mich auf dem Sofa ausstreckend): ‚Au! Was für ein schreckliches Bauchgrimmen ich habe! Sie werden es nicht glauben, gnädige Frau, wie oft ich daran leide! Wissen Sie kein Mittel dagegen? Ich hätte es gerne von Ihnen, gerade von

Ihnen! Nein, wirklich, wie reizend Ihre Tochter ist! Ach, diese Augen, diese Hände! Erlauben Sie, daß ich sie küsse, gnädige Frau?'

Ich küßte der Tochter die Hand und eilte, ein Liedchen pfeifend, aus dem Zimmer. Man wird aus dieser kurzen Unterhaltung ersehen, in welchem Grade meine Moral gesunken und was für ein Bursche ich geworden war. Als ich den Saal jedoch erreichte, kamen mir Bedenken. Ich rief mir ins Gedächtnis zurück, daß mein alberner Scherz die Frau zur Witwe gemacht hatte, und beschloß, dem Fürsten gleich am folgenden Tag von ihrem Anliegen zu berichten.

Nachdem ich eine halbe Stunde bei den Leuten verbracht hatte, die auf seine Rückkehr warteten, betrat ich wieder mein Zimmer und traf dort zu meiner Verwunderung die Tochter meiner Bittstellerin an, und zwar allein. Sie errötete und sagte: ‚Entschuldigen Sie, mein Herr, Mama hat sich aus bestimmten Gründen an einen Ort unweit von hier entfernt!'

Nachdem ich mich mit ihr eine Weile unterhalten hatte, befiel mich ein sonderbares Gefühl. Die sinkende Sonne beleuchtete ihre rundlichen, roten Wangen. Ihre Augen waren so ausdrucksvoll, ihr Atem so glühend, daß ich ihre Hand ergriff, einen Kuß darauf drückte und, ohne sie loszulassen, sagte: ‚Sie sind wahrhaftig ein entzückendes Mädchen!'

Sie: ‚Ihre Lippen sind so heiß!'

Ich: ‚Mein Herz ist es noch mehr!'

Sie: ‚Sie sind ein gefährlicher Mann. Ach!'

Ich: ‚Teuerstes Mädchen!'

Sie: ‚Ich traue Ihren Worten nicht!'

Ich: ‚Ich kann Ihnen beweisen, wie wahr meine Worte sind.'

Aber wozu von den Torheiten erzählen, die wir uns sagten und die wir begingen! Als unser Rausch verflogen war, strich meine neue Geliebte, die zu bezwingen mich ebensowenig gekostet hatte, wie das Bezwingen von Mädchen, die um Pensionen nachsuchen, Ministersekretäre eben kostet — strich also meine neue Geliebte das Schultertuch über der Brust zurecht und erklärte: ‚Ach! Es ist schon neun Uhr abends, und meine Mama hat mir gesagt, wenn sie um diese Zeit nicht da sei, würde sie nicht mehr kommen. Ich solle mich allein nach Hause begeben. Was fange ich an? Ich bin, ehrlich gestanden, ein bißchen ängstlich!'

Ich begriff sehr wohl, worauf sie hinauswollte, war aber aus verschiedenen Gründen genötigt, sie hinauszukomplimentieren. Dafür versprach ich, ihr und der Mutter in ihrer Not zu helfen.

Wozu noch lange von solchen Dummheiten reden? Es genügt, wenn ich erwähne, daß diese Begebenheit trotz der Abneigung des Fürsten gegen die Familie Gadziński der Witwe und ihrer Tochter zu einer ansehnlichen Pension verhalf, die sie, genaugenommen, nicht einmal brauchten."

SECHSTES KAPITEL

Ausgesprochene Belanglosigkeiten

„Gegen Abend flog ich auf Flügeln des Liebesentzückens zur Wohnung der Gadzińskis. Ich traf die Tochter allein zu Hause an. Sie empfing mich mit dem zwanglosesten Wohlwollen, und als sie hörte, daß die Angelegenheit eine so glückliche Wendung genommen hatte, bedankte sie sich tausendmal. Ich als glücklicher Liebhaber und höflicher Kavalier schob das Verdienst daran mit zärtlichem Lächeln ihr selber zu. Auf einem himbeerfarbenen Sofa mit mir sitzend, kraulte sie mit der rechten Hand meinen Backenbart — ich hatte mir, der ansteckenden Mode bei Hofe folgend, einen so gewaltigen zugelegt, daß ich eher einem wilden Tier denn einem Menschen glich —, umfing mit der linken meine Taille, drückte mich an ihre Brust und schwärmte: ‚Ach, Gawrilo Simonowitsch! Was sind Sie für ein Glückspilz!'

‚Ohne Zweifel', entgegnete ich, ‚da ich neben einem so lieben, so unschätzbaren Mädchen sitze!'

‚Ich wollte damit etwas ganz anderes ausdrücken', fiel sie errötend ein und schmiegte ihre Wange an die meine, ‚ich meinte damit das Glück, in so kurzer Zeit eine so hohe Stellung zu erreichen. Ohne Ihre Unterstützung hätten wir vergebens Hilfe beim undankbaren Fürsten Latron gesucht. Sie waren Zeuge, wie er meine Mama zunächst empfing, obwohl sie ihm einmal ...'

Hier fiel mir ein, was Matrjona selbst dem jungen Fürsten Latron einmal gewesen war, und ich erkundigte mich: ‚Sagen Sie, meine Teure, wieso haben Sie, die Sie seinerzeit freundschaftliche Beziehungen zum jungen Latron unterhalten haben, sich mit Ihrer Bitte nicht an ihn, sondern an mich gewandt, völlig vergessend, daß er der Sohn des Würdenträgers ist, in dessen Diensten ich stehe?' Matrjona wurde feuerrot, und die Flamme des Ärgers und der Empörung blitzte in ihren Augen auf.

‚Er ist ein Bösewicht, ein Unmensch', erwiderte sie hitzig, ‚und da Sie so offenherzig zu mir sprechen, will ich nicht undankbar sein und Ihnen gegenüber ebenso handeln. Sie haben die Sinnesart meines verstorbenen Vaters und seine Lebensregeln gekannt. Der junge Fürst Latron, das schwöre ich Ihnen, war allerhöchstens der dritte vornehme Herr, den Papa in meinem Schlafzimmer einführte. Über ein Jahr blieb ich seine gehorsame Tochter. In dieser Zeit — das erzähle ich Ihnen mit gutem Gewissen — mußte ich auf Geheiß meiner Eltern zehn Kammerherren, zwölf Kammerjunker, vier Tafeldecker, einen Bierbrauer, einen Engländer und zwei Ofenheizer bei mir einlassen, welch letztere, um bei der Wahrheit zu bleiben, ich allerdings heimlich bei mir empfing, denn sie besaßen außer ihrer Jugend und ihrer Schönheit nichts. Urteilen Sie also selbst, ob der junge Fürst mir mit Recht zürnen, ob er mich mit Recht treulos nennen durfte! Da hätte er sich erst einmal seine ältere Schwester und seine Mama ansehen müssen! Aber wozu viel Worte machen! Er hat sich endgültig von mir getrennt — eine Woche vor dem Tode Papas. Gott hab ihn selig! Friede seiner Asche! Das war ein Vater, wie es wenige auf der Welt gibt! Aber was soll man tun? Alle sind auf Abwege geraten und haben sich auf das Moralpredigen und auf das Philosophieren gestürzt! Und welchen Nutzen hat man davon?'

‚Weiter, weiter, teuerste Matrjona!' rief ich aus, verblüfft von dem, was meine Liebste mir berichtete. Ich hätte nie geglaubt, daß ein Mädchen einen solchen Grad von Unvoreingenommenheit erreichen könnte. Ich, der Höfling, wunderte mich darüber — was würden erst die Leute aus der Provinz dazu sagen, namentlich unsere russischen! Vermutlich würden sie die Jungfrau in ihr erblicken, die den Antichrist gebären soll!

Matrjona fuhr bescheiden fort: ‚Soviel ich Mama auch zu überreden versuchte, mich nicht zum jungen Fürsten zu schicken, um im Zusammenhang mit Vaters Tod um Hilfe für uns zu bitten — vergebens! Sie schminkte mir eigenhändig das Gesicht, besprühte mich mit Parfüm und putzte mich überhaupt heraus, daß ich eher einer Braut vor dem Gang zum Traualtar denn einer verwaisten Tochter glich. Ich drang ungehindert in das Schlafzimmer des Fürsten vor, da er es offenbar nicht für nötig befunden hatte, seine Dienerschaft von unserem Bruch zu unterrichten, und war einigermaßen erstaunt, einen Arzt bei ihm anzutreffen.

Als der Fürst mich erblickte, sprang er auf, lachte, eilte auf mich zu, umarmte mich, vergaß, daß wir nicht allein waren, und sagte ... aber wozu darauf eingehen! Ich erstarrte. So erschlagen war ich von dem, was ich sah und hörte. Ich nahm mich jedoch zusammen, rief das Gefühl meiner Schuldlosigkeit zu Hilfe und sagte: »Ich komme, um Sie zu bitten, sich bei Ihrem Vater um eine Pension für meine Mutter zu verwenden.« — »Wozu erst beim Vater verwenden«, rief er fröhlich, »wenn ich selber dazu in der Lage bin?« Hier trat er wieder auf mich zu, verabfolgte mir wohl anderthalb Dutzend Ohrfeigen, drehte mich mit dem Rücken zu sich um und stieß mich mit dem Knie in den dazu geeigneten Körperteil, daß ich ohne Zweifel hingefallen wäre, hätte mich nicht sein Kammerdiener aufgefangen. Der packte mich an den Händen und schleifte mich zur Treppe. Da war nichts mehr auszurichten, und Mama und ich kamen auf den Gedanken, uns an Sie zu wenden, und wir bereuen es nicht, da wir, nachdem sich der junge Latron als Bösewicht erwiesen hat, im Sekretär seines Vaters unseren Wohltäter fanden.‘

Hier schloß sie mich aufs neue zärtlich in ihre Arme — offenbar wollte sie mich mit ihren Umarmungen und Küssen aus der Lethargie erwecken, in die ich verfallen war. Mein Blut erstarrte zu Eis, und mich schauderte, wenn ich mich in die Lage des jungen Latron versetzte. Sie konnte den Grund nicht verstehen und war ein wenig unzufrieden mit mir. Wir trennten uns, beide übereinander verstimmt.

Zum erstenmal seit meinem Aufstieg in die glänzende Stellung eines Ministersekretärs dachte ich beim Einschlafen nicht über neue Möglichkeiten, den vielvermögenden Mann hervorzukehren, sondern über andere Ehrenzeichen nach. Die Sonne ging auf, und ihre glutroten Strahlen drangen durch die Seidenvorhänge an den Fenstern und an meinem Bett. Ich erwachte, und meine erste Sorge war, meinen Gesundheitszustand zu prüfen. ‚O Himmel!‘ Ich stellte unzweifelhafte Anzeichen der Krankheit fest. Die Haare standen mir zu Berge. Ein Kälteschauer überlief meinen ganzen Körper. ‚O Treulose, o Frevlerin!‘ rief ich und stöhnte. ‚Du hast nicht nur ein Dutzend Ohrfeigen, sondern das Siebenfache davon verdient!‘ Ich jammerte so kläglich, daß mein Kammerdiener im bloßen Hemd zu mir hereinstürzte und in der Annahme, ich rede wie alle angesehenen Höflinge im Wachen ebenso irr wie im Traum, auf mich zutrat und sich erkundigte: ‚Fehlt Ihnen etwas?' — ‚Hole sofort den Doktor!' rief ich verzagt. Der Kammerdiener sah den ungewöhnlichen Ausdruck meines Gesichts, glaubte, ich phantasiere, und hatte es darum nicht eilig. Als ich aber meinen Befehl in drohendem Ton wiederholte, machte er sich auf den Weg und kehrte nach einer halben Stunde mit dem Arzt zurück. Während seiner Abwesenheit hatte ich hin und her überlegt und war zu dem Schluß gelangt, daß Scham in solchen Fällen unangebracht sei und daß man sie um seines Wohles willen für eine andere Gelegenheit aufheben sollte; und ich erzählte dem Doktor ohne Umschweife von meiner Krankheit; sosehr ich mich aber auch zusammennahm, sooft ich mir auch meine Heldentaten im Wartezimmer des Fürsten ins Gedächtnis rief, ich konnte mich nicht enthalten, mit einem Seufzer zu sagen: ‚Es ist mir sehr peinlich, daß ich, nachdem ich über fünfunddreißig Jahre auf der Erde lebe, mich einer Krankheit wegen behandeln lassen muß, die selbst bei jungen Leuten unverzeihlich ist und stets auf ein ausschweifendes Herz und einen verdorbenen Geschmack hinweist. Bitte ergebenst, sich meiner anzunehmen, ich für mein Teil versichere, Sie werden mich nicht undankbar finden.'

Mit diesen Worten zog ich, um den Äskulap zu ermuntern, einen Beutel unter dem Kissen hervor, zählte ihm zehn Dukaten her und war äußerst erstaunt, daß er, statt sich dankbar zu zeigen, aus vollem Halse lachte. Als er sah, daß ich ihn befremdet anblickte, strich er das Angebotene ein und sagte: ‚Mein Herr! Ich bin wahrhaftig in einiger Verlegenheit, da ich in Ihrem Gesicht eine gewisse Verwirrung feststelle, was immer auf den Zustand der Seele hinweist. Ach, du lieber Gott! Sie sind noch kein ganz richtiger Höfling! Wenn junge Leute aus den angesehensten Häusern einander begegnen und sich umarmen, fragen sie: »Weißt du schon, mon cher, daß mich die Gräfin Miloglasowa mit einem ziemlichen Geschenk bedacht hat?« — »Pfui Teufel«, entgegnet der andere, »diese Auszeichnung von einer Vierzigjährigen zu empfangen ist, bei meiner Ehre, allerhand! Nein, Herr, da bin ich bedeutend wählerischer! Ich habe dasselbe, aber nicht von der Mama, sondern von ihrer hübschen Tochter, die ihr wohl alle für ein Heiligtum der Reinheit und Makellosigkeit gehalten habt. Und in der Tat — sie spielt die Vestalin keineswegs übel!« Warum also grämen Sie sich, mein Herr?' fuhr der Doktor fort. ‚Sie haben in der kurzen Zeit, da Sie sich bei Seiner Durchlaucht aufhalten, schon solche Fortschritte in den höfischen Wissenschaften gemacht, daß Sie sich unbedenklich mit ihren ergrauten Schülern messen können. Wenn sich bei Ihnen indessen noch einiges von der Angst erhalten hat, die Provinzlern, besonders russischen, so eigen ist — ich verbürge mich mit meinem Kopf, daß Sie in weniger als sechs Wochen völlig gesund sind. Ich hoffe, daß Sie, obwohl Sie der Sekretär eines mächtigen Würdenträgers sind, sich meinen Anordnungen fügen werden. Ich meinerseits werde, da ich Ihre Verdienste kenne, obwohl ich Arzt und, was noch wichtiger ist, Höfling bin, in Ihrem Fall von meiner Gewohnheit abweichen und — statt dem Beispiel meiner Kollegen zu folgen und die Krankheit zu verschlimmern, um möglichst viel dabei herauszuholen — die Kunstgriffe der berühmtesten Ärzte anwenden, um Sie, und das recht bald, bei bester Gesundheit zu sehen. Es gibt nichts Ärgerlicheres', fuhr er, in Stimmung gekommen, fort, ‚als vornehme junge Leute zu kurieren. Schauen Sie sich zum Beispiel den Sohn unseres Fürsten an! Morgens bringe ich ihm die erforderlichen Medikamente und rede ihm gut zu, wenigstens ein Drittel der vorgeschriebenen Dosis einzunehmen. Er trinkt zum Frühstück nicht mehr als zwei Gläschen Likör und zwei Glas Madeira. Nach dem Theater speist er gewöhnlich mit einer französischen oder italienischen Schauspielerin zu Abend und macht sich am nächsten Morgen wieder an meine Medikamente. Was kann dabei Vernünftiges herauskommen? Doch dieser junge Mann berechtigt zu den schönsten Hoffnungen. Mit dreiundzwanzig Jahren hat er bereits vergessen, was Scham, Gewissen und Gottesfurcht bedeuten. Bescheidenheit und Anstand sieht er als so entsetzliche Laster an, daß er sich mit allen Mitteln ihrer enthält. Ich führe, um das zu beweisen, ein Beispiel an. Eines Abends bemerkte unser junger Herr, daß die Erste Kammerzofe seiner Mutter merkwürdig oft zum Wachhaus im Palasthof gelaufen kam. Das weckte seine Neugier, und er beschloß, in Erfahrung zu bringen, womit diese Besuche enden würden. Und wirklich sah er kurz nach Mitternacht, wie die Zofe einen jungen Gardekavalleristen über den Hof führte. Und wohin? Geradewegs in das Schlafgemach der Fürstinmutter! Das erschien ihm höchst beachtlich, und da es ihm leid getan hätte, alleiniger Nutznießer dieser schönen Entdeckung zu sein, stürzte er zum Schlafgemach seiner Schwester Lisette, die ihn jedoch nicht einlassen wollte, weil sie sich in einer äußerst schwierigen Lage befand. Latron war erstaunt. Er horchte, hörte das schwere Stöhnen einer Leidenden und bald darauf den Schrei eines Säuglings. »Danke, Schwesterchen«, sagte er durch das Schlüsselloch, »was hast du uns geschenkt — einen Kavalier oder eine Dame?« Dann ging er ruhig auf sein Zimmer und lachte lange mit seinen Bedienten über die schwierige Situation von Schwester und Mutter. Am folgenden Tag erfuhr es das ganze Haus. Die Tochter errötete ein wenig, die Fürstin lächelte gleichgültig, und der Fürst sagte gelassen: »Ein fixer junger Mann! Ich hoffe, mit der Zeit einen würdigen Menschen aus ihm zu machen!«'

Damit schloß der diskrete Doktor die Erzählung von seinen Beobachtungen. Ich versprach hoch und heilig, seine Anordnungen zu befolgen. Allein geblieben, überlegte ich, wie ich mich rächen könnte, und schrieb der Frevlerin Matrjona folgende grimmige Epistel: ‚Treulose, liederliche Person! Du wärest es wert, daß dir Latron statt der anderthalb Dutzend anderthalb Tausend schallende Maulschellen versetzte. Wisse, du Ruchlose, ich bin jetzt selber krank!' Ich schickte den Brief ab und wartete auf Antwort. Allmählich tat es mir schon leid — ich stellte mir vor, wie schrecklich mein Zorn die Unglückliche treffen mußte! Ich brauchte jedoch nicht lange um sie zu bangen, denn der Abgesandte kehrte zurück und meldete, Fräulein Gadzinska lasse mich grüßen und mir bestellen, sie schenke meinen Worten keinen Glauben. Im übrigen solle ich mich, falls sie wahr wären, bei meinen eigenen Geschlechtsgenossen bedanken, durch die sie zur Quelle meiner Anstekkung geworden sei. Darüber hinaus empfehle sie mir, da ich so rachgierig sei, dieses Geschenk dem ersten besten Mädchen weiterzureichen, das sich mir hingäbe. Ich war über diese äußerste Schamlosigkeit nicht wenig erstaunt und nahm mir fest vor, künftig in solchen Fällen nicht so verwegen zu sein. Die eine Lektion genügte mir.

Die Krankheit hinderte mich nicht, meine Tätigkeit auszuüben, und der Fürst bemerkte keinerlei Veränderung an mir.

Mäßigkeit im Essen und Trinken und meine gute körperliche Verfassung halfen mir, und ich fühlte mich nach einigen Wochen wieder völlig gesund. Meine Dankbarkeit gegenüber dem Doktor entsprach meiner Freude. Ich will nicht verschweigen, daß ich, während ich mich krank fühlte, eine weichere Wesensart annahm. Ich hörte mir geduldig Bitten an, gab nachsichtig Antwort und bemerkte, daß die Besucher mich zwar weniger ergeben, dafür aber freundlicher, wohlwollender ansahen. In dieser bemerkenswerten Zeit erwirkte ich auch für den Hauptmann mit dem Holzbein einen angemessenen Posten und ein anständiges Gehalt. Als er sich liebedienerisch bei mir dafür bedankte, sagte ich ihm, um mich für seine einstige Grobheit zu rächen: ‚Mein Herr! Ich schwöre Ihnen — hätte man mich entsprechend Ihrem Wunsch mit dem Kopf nach unten aufgehängt und verhungern lassen, dann wären auch Sie kaum einem ähnlichen Schicksal entgangen.‘ Seine Beunruhigung und Verwirrung waren für mich Rache genug. Ja, so war ich damals! Aber ach, wie lange? Oh, wie schwach der Mensch, wie uneinig mit sich selbst er ist! Kaum erklärte mich der Doktor für völlig geheilt, als ich aufs neue vergaß, daß auch ich ein Mensch und aus dem Dunkel der Namenlosigkeit hervorgegangen war. Ich schritt noch aufgeblasener als früher einher, und jeder Tag war durch eine neue Albernheit gekennzeichnet, die ich seinerzeit für einen blendenden Einfall hielt. Meine Torheit ging so weit, daß ich den Blick nicht nach oben zu richten wünschte, und wenn jemand groß war und in gerader Haltung mit mir sprach, machte er sich mit Sicherheit zu meinem Feind, weil ich von mittlerem Wuchs bin und Riesen nicht ausstehen konnte.

Inmitten solcher Heldentaten, da ich den vielvermögenden Mann hervorkehrte, kam der 10. Mai, der Tag des Gedenkens an meinen Vater Fürst Simon. Ich hätte mich nie daran erinnert, wäre mir nicht ein gewisser Umstand zu Hilfe gekommen. Als ich in meinem Arbeitszimmer saß und mich mit einer Tasse Schokolade erquickte, ließ man einen Mann bei mir ein, in dem ich auf den ersten Blick den Verseschreiber erkannte, der das Epitaph für Licorissa verfaßt hatte. ‚Was wünschen Sie?‘ fragte ich, den Blick auf meine Tasse gerichtet, und er reichte mir ein Heft in einem Umschlag aus Goldpapier. Ich hielt es seines gebeugten Rückens und seiner untertänigen Miene wegen für ein Bittgesuch und sagte, ohne es im mindesten zu beachten: ‚Lassen Sie es hier, ich sehe es mir an!‘ — ‚Gnädiger Herr‘, entgegnete der Verseschmied mit gedämpfter Stimme, die Hände — wie bei den Polen üblich — bis an den Fußboden gesenkt, ‚ich beschwöre Sie beim Schutzengel Ihres seligen Vaters, beglücken Sie mich und werfen Sie einen einzigen Blick auf meine Handschrift!‘ Ein unwillkürliches Gefühl sagte mir: Sieh sie dir an! Ich nahm das Heft in die Hand, und wie groß waren meine Freude und mein Entzücken! Das Blatt begann mit den folgenden Worten: ‚Ode an den gnädigen Herrn Gawrilo Simonowitsch Tschistjakow zum Tage des ewigen Gedenkens an seinen Erzeuger.‘ Diese wenigen Worte erschienen mir, obwohl ihr Ton mir gut bekannt war, neu und wunderschön. Ich hieß den Verfasser Platz nehmen, befahl, ihm eine Tasse zu bringen, und bat ihn, seine Ode möglichst deutlich vorzulesen. Er begann:

‚Oh, schautest du vom Himmel hoch
Herab auf unsre ird'schen Dinge,
Du lächeltest vermutlich doch,
Apostel Simon, Gottes Klinge,
Sähst du des andern Simon Sohn!
Gut russisch schreitet er durch Polen,
Tritt, was er will, unter die Sohlen,
Gleich Simson, alter Zeiten Kron!‘

Wie hätten mich so schöne Verse nicht bezaubern sollen? Was konnte man Phantasievolleres erfinden? Was gab es nicht alles darin? Gesichte und Prophezeiungen sagten meinem Vater, dem ehrenwerten Simon, er werde einen Sohn erzeugen, der ... mein Gott, was der nicht alles für Wunder vollbringen würde! Ich war als Apoll dargestellt, der seinen Lieblingen, die mühsam den Helikon erklimmen, die helfende Hand reicht. Strahlen umflorten mich. Von meiner Stimme in Entzücken versetzt, ließen die Musen liebliche Lieder erklingen ...

Ich bedachte den Verfasser mit einem freigebigen Geschenk und befahl, das wertvolle Gedicht zu drucken. Und bald darauf lasen es alle bei Hofe, in unseren Gemächern und an den Straßenkreuzungen. Man zeigte mit dem Finger auf mich. O Freude, o Triumph!"

SIEBENTES KAPITEL
Unschuld! Wo bist du hin?

„Bis hierher hatte ich, der ehrenwerte Sohn des Fürsten Simon Tschistjakow, wie jeder sehen kann, zwar tausend Nichtswürdigkeiten, Ungerechtigkeiten und Torheiten begangen, doch klagte mich das Gewissen keines wirklichen Verbrechens an. Gewiß, die Angelegenheit mit dem alten Trudowski sah einem Verbrechen ähnlich, doch wollte ich mir in meiner Rechtlichkeit und Bescheidenheit nicht die Werke anderer zu eigen machen und überließ die Ehre, die Handlung ausgeführt zu haben, meiner würdigen Gattin und Seiner Durchlaucht. Die Begebenheit aber, die bald darauf folgte, muß man schon meiner allumfassenden Erfindungskraft zuschreiben; möge mir der barmherzige Gott verzeihen, wie der Betroffene mir verziehen hat!

Als ich eines Tages das Arbeitszimmer des Fürsten betrat, traf ich ihn in ziemlich trüber Stimmung an. ‚Mein Freund', sagte er und sah müde zu mir auf. ‚Ich möchte dir etwas anvertrauen, das ich niemand anderem anvertrauen würde, nicht einmal meinem leiblichen Sohn. Ich will dich in ein Geheimnis einweihen, von dem mein Seelenfrieden abhängt. Hör zu! Zwar bin ich höher erhoben als alle anderen, zwar erscheine ich wie ein Koloß, der unerschütterlich auf seinem Sockel steht, und doch gibt es Erdbeben, die auch Kolosse zu Fall bringen. Ich gleiche einem Seiltänzer, der hoch über der Menge balanciert. Eine unvorsichtige Bewegung, und er stürzt kopfüber in die Tiefe. Meine Beziehungen zu der Prinzessin, die fast unumschränkt über das Königreich gebietet, sind dir bekannt. Sie ist eine Frau und wollte mich infolgedessen weniger aus Liebe denn aus Eitelkeit, Laune und Leichtsinn in diese Würde einsetzen, um vor ganz Europa sagen zu können: »Ich habe gesprochen, und dabei bleibt es!« Sie sieht über meine häufigen Untreuen hinweg, genauso wie ich es ihr gegenüber halte. Ich lasse ihr die Freiheit, ruhig die sinnliche Liebe zu genießen, bemühe mich aber, wie mir die Klugheit gebietet, sie von der Herzensliebe fernzuhalten. Bisher ging alles gut. Nun ist aber vor kurzem, wie du weißt, der junge Graf Pustoglawski, der auf Reisen war, aus Paris zurückgekehrt — ein Mann, der Frauen sehr gefährlich werden kann. Ganz zu schweigen davon, daß er ein angenehmes Äußeres hat, ist er auch leichtfertig, gefällig und ein Draufgänger und hat in seinem ganzen Leben noch kein vernünftiges Wort geäußert. Wie sollte ein solcher Mann den Frauen nicht gefallen? Und nun, mein Freund, bemerke ich, daß die Prinzessin Tag für Tag mehr Feuer fängt, und wenn er bisher auch keinen endgültigen Sieg über sie errungen hat, so liegt das nur an dem Eigensinn und der gespielten Begriffsstutzigkeit, durch die er seine Unerfahrenheit in diesen Dingen zu beweisen und die Leidenschaft seines Opfers desto stärker zu entfachen sucht. Ich beauftrage dich also, dich mit ihm anzufreunden, sein Herz durch einen anderen Gegenstand abzulenken und, wenn es schon nicht möglich ist, daß er sich wirklich verliebt, ihn wenigstens zu veranlassen, daß er so tut, worauf ich nicht versäumen werde, ihn bei passender Gelegenheit vor der Prinzessin im grellsten Lichte darzustellen.'

Ich nahm den äußerst schwierigen Auftrag an und erschien mir in meinen eigenen Augen als großer Herr. Nach kurzer Zeit war ich gut mit Graf Pustoglawski bekannt, bemühte mich, bis zu den geheimsten Triebfedern seines Herzens vorzudringen, und fand nach einem Monat astronomisch subtiler Beobachtung heraus, er sei ein junger Mann von ausgesprochen romanhaftem Temperament, das heißt ein richtiger Galgenstrick, der um des Wohles der Allgemeinheit willen längst aufs Schafott gehört hätte. Um ihn immer enger an mich zu binden, versuchte ich, all seine Kunststücke nachzumachen. Das waren nun schon ganz andere Torheiten als meine Übungen in Ministerallüren. Der Graf und ich stiegen jeder Frau nach, die uns begegnete, stürzten uns, noch ehe die erste entschwunden war, auf eine andere, blickten ihr gerade ins Gesicht und wieherten, ohne ein Wort zu sagen, wie die Irren. Um noch liebenswerter zu erscheinen, stellten wir uns so zerstreut wie möglich. Wir ergingen uns in frechen Zweideutigkeiten und verschwendeten Komplimente ohne jeden Sinn und Verstand. Er zum Beispiel pries nicht selten die blauen Augen einer Schönen, obwohl sie schwarze hatte, und ich spielte eines Tages einen verwegenen Stutzer, der laut die Schönheit und den Glanz der Augen einer vornehmen alten Dame bewunderte, die den Star hatte. Graf Pustoglawski gewann seine Kopie unwillkürlich lieb, nur mußte ich zu meiner Enttäuschung feststellen, daß sein Herz genauso hohl war wie sein Kopf. Er war nicht imstande, sich jemandem anzuschließen. Alle Frauen fand er reizend, er stellte jeder nach, hielt auch fast bis zum endgültigen Sieg durch, ließ sie dann aber links liegen und knüpfte neue Beziehungen an.

Als ich mir eines Tages überlegte, wie ich ihn überlisten könnte, hatte ich einen ausgezeichneten Gedanken, an dessen Erfolg ich kaum zweifelte.

‚Graf', sagte ich bei unserem nächsten Wiedersehen, ‚warum sind Sie so unbeständig und verlassen jede Schöne, bevor sie Sie für würdig erachtet, von ihr beglückt zu werden?'

‚Mein Freund', entgegnete er, umarmte mich und lachte aus vollem Halse. ‚Das kommt nur daher, daß sie es alle so eilig haben, uns ihre welken Reize anzubieten, noch ehe unsere Begierde geweckt ist!'

Ich: ‚Sie kennen sich in den Frauen nicht wirklich aus und schließen von einigen auf alle, Graf! Nicht jede ist so leicht zu haben!'

Er: ‚Wie? Ich sollte mich in den Frauen nicht auskennen! Und das sagen Sie mir? Ich für mein Teil habe noch nie erlebt, daß mir eine von ihnen ...'

Ich: ‚Ich verschaffe Ihnen die Gelegenheit, es zu erleben!'

Er: ‚Wohl eine Hundertjährige? Da widerspreche ich nicht! Ist sie erst neunundneunzig, dann haben Sie verloren!'

Ich: ‚Sie ist siebzehn! Was gilt die Wette?'

Er ging mit Freuden auf meinen Vorschlag ein. Wir wetteten um tausend Dukaten, und ich versprach, ihm die Widerspenstige in spätestens drei Tagen vorzuführen. Wer war nun die Unglückliche, die meine Politik dazu ausersehen hatte, ein Opfer des Lasters zu werden? Es war Maria, die gute, unschuldige, unerfahrene Tochter des Obersten Trudowski, der, wie ich erst viel später erfuhr, wegen seiner offenherzigen Äußerungen über die trüben Quellen in einer Irrenanstalt saß.

Als ich dem Fürsten von meinem Plan erzählte, schloß er mich in seine Arme. Selbstverständlich mußte ich die Wette mit allen Mitteln zu verlieren suchen. Drei Tage später tauchte Maria im Palast des Fürsten Latron als sogenannte Jungfer bei Ihrer Durchlaucht auf. Das arme Mädchen wußte selber nicht, wie ihr geschah. Ihr genügte es, daß sie nach all der bitteren Not versorgt war, die Möglichkeit erhalten hatte, ihrer Mutter unter die Arme zu greifen, und hoffen durfte, später auch ihrem Vater helfen zu können.

Als der Graf sie sah, gestand er, daß ihm ein weibliches Wesen wie sie noch nicht begegnet war. ‚Sie ist entweder eine ganz große Schauspielerin oder tatsächlich eine echte Unschuld!' meinte er. Er legte sich einen Plan zurecht und begann mit dem Angriff. Er machte ihr mehr Komplimente als allen anderen und sparte weder mit Kratzfüßen noch mit zärtlichen Worten. Maria, die ihn keineswegs mied, wie das die anderen taten, um ihn erst recht zu veranlassen, ihnen nachzustellen — Maria hörte ihm geduldig zu, blickte ihm ruhig in die Augen und sagte, wenn er allzu dick auftrug: ‚Graf! Entweder Sie langweilen mich, oder Sie bringen mich zum Lachen. Ich lache gern, wenn Sie Ihre Purzelbäume vor anderen schießen, und langweile mich, wenn Sie es vor mir tun!'

Hier sahen wir alle, das heißt ich, der Graf und Mamsell Viktoria — denn auch sie war an der Verschwörung beteiligt —, daß man an Maria ganz anders herantreten mußte. Der Graf befürchtete, ich würde ihn behindern, um die Wette zu gewinnen, und ich im Gegenteil, er könne Marias Hartnäckigkeit satt bekommen und das Mädchen aufgeben. Doch meine Befürchtungen erwiesen sich dieses Mal als unbegründet. So nachgiebig sind die Herrschaften bei Hofe nicht. Gewöhnlich fliehen sie vor denen, die ihnen nachlaufen, und laufen jenen nach, die vor ihnen fliehen. Wäre Daphne nicht so eigensinnig gewesen, dann gäbe es keinen Lorbeerbaum. Diese Einsicht ließ den Grafen sein Verhalten ändern und es auf Marias Sinnesart abstimmen.

Vor allem aber mußte sich Viktoria Marias annehmen und sie umerziehen, das heißt aus einem schlichten, guten, unschuldigen Mädchen ein liederliches Frauenzimmer machen, was um so leichter zu bewerkstelligen sein mußte, als alle in einem Hause wohnten. Also hatten sich gegen das unerfahrene Mädchen, das ohne Vater war (jedenfalls moralisch, denn physisch existierte er ja noch), vier geriebene Nichtsnutze verschworen — anders kann man sie wohl nicht nennen! Viktoria knüpfte engere Beziehungen zu ihr an, und wie hätte Maria die falsche Freundin durchschauen sollen, wenn selbst Graf

Pustoglawski sich von mir täuschen ließ? Es treibt mir die Schamröte ins Gesicht, wenn ich mich meiner weiteren Taten erinnere; und da ich mich bei der Erinnerung an ein gutes Werk aufrichtig freue, verlangt es die Gerechtigkeit, daß ich auch meine bösen nicht verschweige. Die Erziehung durch Viktoria begann mit dem Kennenlernen modischer Bücher und Kunstdrucke, die es wahrhaftig verdient hätten, öffentlich verbrannt zu werden, zusammen mit ihren Erzeugern. Wenn Maria Mund und Augen nicht aufzutun wagte, tat es Viktoria für sie, und da sie eine gute Schauspielerin war, spielte sie ihre Rolle sehr ordentlich. Maria unterlag gleichsam einer Eingebung von außen. Sie glaubte in Viktoria ihren Schutzengel und — wie soll ich es anders ausdrücken? — auch ihren Liebhaber gefunden zu haben! Ja! Mit der französischen Mode ergoß sich das Gift, das früher nur in den Serails des Orients verbreitet gewesen war, über ganz Europa. Frauen suchten die Liebe von Frauen, und mit genau dem gleichen Ziel. Maria ließ die Umarmungen der arglistigen Viktoria zunächst in aller Unschuld über sich ergehen. Bald jedoch verlor diese Unschuld ihren Glanz. Was vermag das böse Beispiel selbst im unschuldigsten Herzen nicht alles anzurichten! Viktoria setzte ihr nach und nach auseinander, daß solche Liebe denn doch sehr unbefriedigend sei und nicht den vollen Liebesgenuß gewähre — und eben da tauchte wieder Graf Pustoglawski auf, aber nun schon nicht mehr als Windbeutel und Leichtfuß, sondern in der Rolle eines arkadischen Hirten. Seine schmachtende, scheue Miene zog unwillkürlich die Aufmerksamkeit der schmachtenden, scheuen Maria an. Sie vertraute sich in ihrer Harmlosigkeit Viktoria an, hörte auf ihre Ratschläge und verabredete nach zwei Monaten mit dem Unwürdigen ein heimliches Stelldichein. Da ich von jedem Schritt Marias erfuhr, blieb er natürlich auch Fürst Latron nicht verborgen. Im gleichen Augenblick, da die ahnungslose Maria in die Arme des tückischen Geliebten sank, erschien, die Prinzessin am Arm, Fürst Latron an ihrem schändlichen Lager. Jeder Zug im Gesicht der Gebieterin verriet Empörung. Die Verlegenheit der Schuldigen war unbeschreiblich. Die Prinzessin wandte den Blick von ihnen ab und sagte: ‚Ihr bleibt hier!‘ Eine halbe Stunde später rief man das Paar in die Hofkapelle, wo es trotz ihrer äußersten Verwirrung und Verängstigung auf der Stelle getraut wurde. Graf Pustoglawski erhielt die Weisung, die Hauptstadt unverzüglich zu verlassen, was er denn auch in der gleichen Nacht tat, wobei er seine Frau der Aufsicht des Verwalters seines Stadthauses überantwortete. Ich verstehe selber nicht, wieso sich damals mein Gewissen nicht regte. O Macht des bösen Beispiels und der Sittenverderbnis! Wie wâr es möglich, daß mich nicht schauderte, als ich die Unschuld des guten Mädchens opferte? War nicht ich der Schuldige an ihrem Untergang? So glaube ich heute. Aber damals ..."

ACHTES KAPITEL

Ein Gelehrtengelage

„Damals konnte ich meine Tat nicht genug bewundern. Der Erfolg eines Unternehmens, das für den im Hofdienst ergrauten Fürsten so viel Kitzliges hatte, hob mich in meinen Augen, und ich fand niemanden, der sich mit mir vergleichen konnte. Ich wurde von Stunde zu Stunde anmaßender, und da alle meine törichten Vorhaben von Erfolg gekrönt waren, glaubte ich, meiner Hoffart seien keine Grenzen gesetzt. Es verging kaum eine Woche, in der ich nicht in der oder jener Zeitschrift ein Lobgedicht auf mich las, dem zufolge ich — wenn man die prunkende Ausdrucksweise meiner Horaznachfolger wörtlich nahm — bei weitem freigebiger als Maecenas und mehr als nur eines Poems würdig war. Auch ich selbst hatte keine geringere Meinung von mir.

Herr Nekrassin, der russische Poet, der das Epitaph für Licorissa und später die Ode zu Ehren meines großen Vaters, des Fürsten Simon, verfaßt hatte, tauchte nach einer Weile wieder bei mir auf und lud mich ein, ein Festmahl durch meine Anwesenheit zu zieren, zu dem er die berühmtesten Mitglieder der Warschauer Akademie gebeten habe. Den Anlaß zu dieser Feier bildete die Wahl Nekrassins zu ihrem Mitglied, wobei er dieser Ehre für würdig befunden wurde, weil er ein kleines Poem in russischer Sprache geschrieben hatte, in dem er den Sieg des Moskauer Fürsten Dmitri über den stolzen, wilden Tatarenkhan Mamai besang. In diesem Poem gab es wahrhaftig viel Merkwürdiges, zum Beispiel zwei-, dreitausend Donnerschläge und nicht weniger Blitze. Der Don kochte, die Neprjadwa rauschte, und die Metscha zischte. Bei dieser Gelegenheit wurde auch eine wichtige Entdeckung hinsichtlich des russischen Altertums gemacht, nämlich die, daß

Mamai, der böse Tatar, einen längeren Bart als Fürst Dmitri hatte, dafür aber sein Pferd einen bedeutend kürzeren Schweif, so daß Mamai die Schlacht hauptsächlich aus diesem Grunde verlor.

Selbst wenn ich nicht zu dem Verseschmied begleitet worden wäre, ich hätte seine Wohnung ohne Schwierigkeiten nach dem Lärm und Geschrei gefunden, das an allen Enden der Straße widerhallte. Wenn die Gelehrten schon bei einem Gelage so lärmten, was taten sie erst in einer Schlacht, falls eine größere Zahl von ihnen im Heer zusammenkäme? Entweder würden sie den Kanonendonner übertönen oder selber verstummen, denn die Erfahrung lehrt, daß der, der bei Lappalien schreit, wenn's Ernst wird, die Stimme verliert. Ein hohles Faß ist eben lauter als ein volles.

Als ich den Speisesaal des Versemachers betrat, traf ich dort etwa zehn Gelehrte an, polnischer, russischer oder anderer Nation, daneben auch einige Schauspieler, manche mit ihren Frauen. Als sie meiner ansichtig wurden, bezeigten sie mir ihre Hochachtung, und ich wollte meinerseits auch nicht unhöflich sein und ließ in einigen Punkten von meinen Ministerallüren ab.

Als alle ihren Hunger, besonders aber ihren Durst gestillt hatte die Gelehrten ertragen diesen weniger geduldig als jenen —, fragte ein hagerer älterer Mann einen Schauspieler, der ihm gegenübersaß: ‚Sagen Sie bitte, wie kommt es, daß die Schauspieler und Schauspielerinnen, die ja die Aufgabe übernehmen, der Gesellschaft öffentliche Belehrungen zu erteilen, wenn auch von anderen verfaßte — wie, frage ich, kommt es, daß sie häufig selber nicht verstehen, was sie vortragen?‘

Der Schauspieler (das Glas in der Hand): ‚Und wie kommt es, daß der Professor der Moralphilosophie, wenn er vom Katheder herunter über die Enthaltsamkeit spricht, oft eine so schwere Zunge hat?‘

Der Mathematiker: ‚Das passiert, das passiert!‘

Der Moralist: ‚Besser mit schwerer Zunge reden, aber gescheit, statt mit Donnerstimme Dummheiten zum besten geben.‘

Der Philologe: ‚Ein Gelehrter, der nichts Neues entdeckt, ist wie ein Feigenbaum, der keine Früchte trägt und zu verdorren verdient. Ist es nicht ein Unterschied, eigenes zu erfinden, denn fremdes vom Katheder oder von der Bühne herunter zu deklamieren?‘

Der Schauspieler: ‚Gutes Fremdes gut deklamieren ist bedeutend lobenswerter als neue Dummheiten erfinden, wie Sie das tun, Herr Philologe!'

Der Philologe: ‚Wie, du Taugenichts von einem Gesichteschneider? Ich erfinde Dummheiten? Habe ich nicht als erster schöne neue Wörter in die russische Sprache eingeführt? Habe ich nicht den Schauspieler *Gesichteschneider*, die Schauspielerin *Gesichteschneiderin* genannt, die Bühne *Spielplatz*, die Tragödie *Trauergetöse*, den Billardtisch das *Kugelrollfeld*, das Queue den *Stoßstock* und den Billardbeutel das *Durchschnittsloch*? Wie? Habe all das nicht ich vollbracht?'

Die Frau des Philologen: ‚Am gelungensten von allen diesen neuen Wörtern finde ich den *Stoßstock* und das *Durchschnittsloch.*'

Der Schauspieler: ‚Etwa darum, weil sie genauso ein Paar bilden wie Sie und Ihr Mann?'

Der Philologe: ‚Wie, du Bösewicht? Ich — ein *Stoßstock*?'

Seine Frau: ‚Wie, du Elender? Ich — ein *Durchschnittsloch*?'

Der Mathematiker: ‚Hahaha! Ich gratuliere zum neuen Rang, Herr Stoßstock und Frau Sowieso ... Nenn sie meinetwegen, wie du willst!' (Er trinkt.)

Der Philologe (versetzt ihm zwei Ohrfeigen): ‚Da hast du mein a plus b!'

Der Mathematiker: ‚Oh! Oh! Jetzt hört der Spaß aber auf! Ich werde dir beweisen, daß der, der die Sterne beobachtet, dem überlegen ist, der sich mit Durchschnittslöchern befaßt!'

Mit diesen Worten hieb er dem Philologen auf den Kopf und fragte: ‚Wieviel Sternchen siehst du?' Alle sprangen auf. Während sich der Mathematiker mit dem Philologen auseinandersetzte, der sich auch hier erfinderisch erwies und immer neue Stellen entdeckte, auf die sich gut einschlagen ließ, verkrallte sich seine Frau in den Haaren des Himmelsbeobachters; die Frau des Schauspielers aber, die erkannte, daß ihr Mann den Anlaß zu diesem Handgemenge gegeben hatte, stürzte mit einem wahrhaft tragischen Aufschrei auf die Philologenfrau zu und verabfolgte ihr mehrere Ohrfeigen. ‚Verdammte Gesichteschneiderin!' rief die Gelehrtenfrau, überantwortete die Männer ihrem Schicksal und wandte sich der Göttin des Spielplatzes zu. Da hatte man die Bescherung! So laut der Hausherr und ich auch schrien, sosehr wir die Kampfhähne zu beschwichtigen suchten — vergebens! Eher bringt man zwei hungrige Wölfe auseinander denn zwei Gelehrte. Doch der Schauspieler, der die Sache schneller überschaute als wir andern, fand rasch das Mittel, den Frieden wiederherzustellen. Ohne danach zu fragen, wer recht und wer unrecht hatte, bedachte er alle mit ein paar gewichtigen Maulschellen, wobei er aus irgendeiner Tragödie rezitierte:

‚Ich bänd'ge die Empörer und werf die Feinde nieder,
Versenge wie der Blitz Buben wie Schmeichler hinwieder.'

Und wirklich hatte er die Buben bald gebändigt, die Schmeichler hinwieder nicht, denn diese riefen sich weiter höchst offenherzig zu: ‚Dummkopf! Saufbold! Esel!' und was dergleichen mehr ist. Die Perücke des Professors der Moralphilosophie lag irgendwo in einer Ecke; der Hosenboden des Philologen krachte in allen Nähten. Die Männer standen still, doch welches Schauspiel bot sich ihren Augen! Die Gesichteschneiderin und die Frau des Erfinders dieser Bezeichnung wälzten sich auf dem Fußboden. Jene war bemüht, das Kleid ihrer Widersacherin über der Brust, diese das der anderen am entgegengesetzten Ende aufzureißen. Beide hatten Erfolg, und wir erblickten Reize, die uns bis dahin verborgen geblieben waren. Der Philologe geriet darüber in Zorn, war aber dieses Mal vernünftiger und fiel, statt sich an jener zu rächen, die seine Ehehälfte gekränkt hatte, über diese, will sagen die Ehehälfte, her und zwang sie durch Püffe, das Schlachtfeld zu verlassen. Der Schauspieler wollte ihm an Edelmut nicht nachstehen, attackierte die Gesichteschneiderin und schmückte sie mit einigen blauen Flecken, so daß sie, wie ich annehme, nicht so bald wieder Gesichter schneiden konnte. Beide Hel-

dinnen waren über ihre Ehemänner erzürnt, verließen die Versammlung und verhalfen uns auf diese Weise zu einer gewissen Mäßigung. Der Tag verlief zwar reichlich laut und bewegt, aber ohne Schlägereien, um deren Verhütung der Hausherr und ich uns besonders bemühten. Bei Sonnenuntergang strebten oder, besser gesagt, krochen alle nach Hause. Mich befiel, da ich mich in der Nähe des Kapuzinerklosters befand, der Wunsch, am Grabe meiner Licorissa zu verweilen und mir die glücklichen Tage in Erinnerung zu rufen, die ich mit ihr verbracht hatte. Ich betrat den Friedhof. Mein Herz war niemals ruhig, wenn ich an Licorissa dachte, obwohl ich mich, ehrlich gesagt, schon seltener an sie erinnerte; dennoch war mir ihr Andenken teuer. Beim Anblick des Grabhügels krampfte sich mir das Herz zusammen. Ich lehnte mich, ein Maßliebchen in der Hand, an ihr Grabmal und blickte auf die sinkende Sonne, dann auf den alsbald am Himmel aufziehenden Mond. Wie schön du leuchtest, Königin der Nacht! sagte ich mir. Du bist die Zierde des Himmels, wie meine Licorissa die Zierde der Erde war. Auch sie war einst die Königin der Nacht! Vergebe ihr die himmlische Gerechtigkeit!

In solche und ähnliche Gedanken am Grabe meiner entschlummerten Herzensfreundin vertieft, gab ich mich, wenn man so sagen kann, mit Genuß einem unbestimmten Gefühl der Wehmut hin, als ich in der Nähe Stimmen hörte. Ich sah auf und erblickte, ein Dutzend Schritte von mir entfernt, zwei Männer mit entblößten Köpfen. Der eine war ein bärtiger Alter, der andere, ein junger Mann, führte ihn am Arm; sie tra-

ten auf ein prächtiges Grabmal zu, knieten nieder und begannen ein Gespräch, das mich in Schrecken versetzte und schaudern ließ. Ach, noch auf dem Totenbett werde ich mich an jedes ihrer Worte erinnern! So sehr erschütterten sie mich.

Der Alte: ‚Hier also ruht die Märtyrerin, mein Sohn? Das unglückliche Opfer der Bosheit und der Verführung? Bist du hier, Maria, meine liebe, gute Maria?‘

Der junge Mann: ‚Ja, unglückseliger alter Mann, hier ruhen die sterblichen Überreste jener, deren Herz du mir bestimmt hattest! Hier, unter dieser kühlen Erde! Maria, wann seh' ich dich wieder, um einen Kuß der Vergebung auf deine himmlischen Wangen zu drücken?‘

Der Alte: ‚Rühre nicht im Zorn an ihr Andenken. Sie hat dich immer geliebt, auch dann geliebt, als die tückischen Bösewichter sie dem Laster in die Arme trieben. O Latron! O Tschistjakow! Wird es wirklich kein Gottesgericht über euch geben? Aber sage mir, mein Sohn, wie ist es dir gelungen, mir diesen Augenblick der Freiheit zu verschaffen, damit ich wenigstens dieses eine Mal Tränen der Trauer am Grabe meiner Maria vergießen darf? Auf welche Weise? So ohne Geld und ohne Freunde?‘

Der junge Mann: ‚Eben durch einen Freund ist es mir gelungen, einen Freund, der mit dem Aufseher des Hauses verschwägert ist, in dem man dich eingesperrt hält! Kaum hatte ich die Armee verlassen, kaum eilte ich hierher, um mein Schicksal für immer mit dem deiner unvergeßlichen Tochter zu verbinden, als mich die Nachricht von dem, was man dir angetan hatte, und das Gerücht von Marias Verheiratung mit Graf Pustoglawski niederschmetterten. Man erzählte mir, er habe sie noch am Tage der Eheschließung verlassen und seinen treuen Diener beauftragt, alles Erdenkliche zu tun, um sie so bald wie möglich unter die Erde zu bringen. Als ich sie wiedersah — o weh! —, lag sie bereits im Sarge. Wer je geliebt hat, wird sich meinen Zustand vorstellen können. Der Graf kam herbeigeeilt, befahl, um jeden Verdacht von sich abzulenken, ein prunkvolles Leichenbegängnis und ließ dieses Grabmal für sie errichten. So ist das alles gewesen, o ehrwürdiger alter Mann! So ist es oft genug auf dieser Erde, wo blutgierige Bösewichter die Macht besitzen, nach eigener Willkür zu verfahren! O Latron! O Tschistjakow!‘ “

NEUNTES KAPITEL

Die Geschichte eines jungen deutschen Barons

„Diese kurze Erzählung des jungen Unbekannten erschien mir äußerst lang. Die düsteren Grabmäler, das feierliche Dunkel der Nacht vertieften die Wirkung seiner Worte. Ich hätte mir in diesem Augenblick gewünscht, nicht Tschistjakow, sondern irgendwie anders zu heißen, nur um nicht meinen Namen nennen zu hören. Bei seinen Ausrufen, bei dem Ton, in dem er sagte: ‚O Tschistjakow!', glaubte ich die Stimme des Engels zu vernehmen, der mich vor den Richterstuhl des obersten Richters lädt. Sie fuhren noch lange in ihrem Gespräch fort, und jedes ihrer Worte traf mich wie ein väterlicher Fluch. Ich wagte nicht, mich zu rühren, wagte kaum zu atmen, und als sie sich schließlich entfernten, glaubte ich zu sehen, wie sich Maria, die bleiche, vom Schicksal zugrunde gerichtete Maria, aus ihrem Grab erhob, mich mit drohenden Blicken durchbohrte und, mit dem Finger zum gestirnten Himmel weisend, zu mir sagte: Siehst du den Thron des obersten Richters? Erbebe! Der Tag des Gerichts ist nahe! Ich verließ, an allen Gliedern zitternd, den Friedhof und wagte mich erst umzublicken, als ich bereits ein ganzes Stück davon entfernt war. O Tugend! Wie groß ist deine Macht, selbst dann, wenn du in Lumpen einhergehst! O Laster! Wie schwach und ohnmächtig du bist, selbst dann, wenn du dich mit Krone und Purpur schmückst!

Ich konnte mehrere Nächte nicht ruhig schlafen, mir stand in einem fort die schöne Maria vor Augen. Zu alledem tauchte in meiner Erinnerung auch das verdammte Bild beim Dorfältesten von Falalejewka auf, auf dem man Teufel mit glühenden Zangen die Zunge des Verführers ausreißen sah. Und doch — was löscht die Zeit nicht alles aus! Was vermag allein die Ablenkung! Der nächtliche Besuch auf dem Friedhof verlor allmählich alles Schreckliche für mich, und ich entschloß mich schließlich, dem Fürsten Latron alles zu melden und ihn zu bitten, den alten Trudowski in Ketten schmieden zu lassen, damit er sich in Zukunft nicht nachts an einem Ort herumtreibe, der als letzte Ruhestätte rechtgläubiger Christen gedacht war. Nachdem ich diese löbliche Absicht gefaßt hatte, mit der Ausführung jedoch auf eine günstige Gelegenheit warten wollte, erschien eines Abends ein junger Husarenoffizier in meinem Schlafgemach. Sein Gesicht verriet äußerste Verwirrung; er trat auf mich zu, verneigte sich, legte sehr unauffällig einen Säckel mit Goldmünzen auf den Tisch und sagte mit bitterem Lächeln: ‚Mein Herr! Ich bin so gut wie verloren, wenn Sie mir nicht helfen. Bitte seien Sie mein Anwalt!'

‚Mein Herr!' entgegnete ich und schielte mit dem einen Auge zu ihm, mit dem anderen zu dem Goldsäckel hinüber. ‚Solange ich den Grund nicht kenne, der Sie zu dieser Bitte veranlaßt, kann ich nicht versprechen, Ihnen zu helfen. Heute paßt es nicht, kommen Sie morgen wieder!'

‚Ich würde Ihrem Befehl gern gehorchen', erwiderte der Offizier, ‚aber man wird mich ohne Ihr Eintreten noch heute in die Festung sperren.'

‚Bah!' sagte ich gedehnt. ‚Das bedeutet, daß Ihre Angelegenheit gewichtig ist!'

‚So ist es', unterbrach er mich und legte ohne viel Federlesens einen Brillantring auf den Tisch.

‚Also schön', war meine Antwort, ‚erzählen Sie mir von Ihrer Angelegenheit, damit ich Seiner Durchlaucht berichten kann, sobald er aus dem Schloß zurück ist.'

Ich zeigte auf einen Stuhl, er setzte sich und begann seine Geschichte mit folgenden Worten: ‚Meine Heimat ist die Toskana. Mein Vater war der deutsche Baron von Braun, meine Mutter ist Italienerin. Selbst wenn man Dutzende von Baronen addiert und mit sich selbst multipliziert, wird man kaum so viel törichten Hochmut beisammen haben, wie meinem Vater eigen war. Er trug den Kopf beim Gehen möglichst hoch und wäre, obwohl er häufig stolperte, eher bereit gewesen, in einen tiefen Graben zu fallen als darauf zu achten, wohin er trat. Das Haupt neigte er nur, um in den Punschbecher zu blicken; denn er trank als deutscher Baron nie aus dem Glase, sondern stets aus einem vom Vater ererbten silbernen Becher. Er bemühte sich, mir seine Lebensregeln und Auffassungen von der Ehre einzutrichtern, und hätte auch vollen Erfolg gehabt, wäre nicht ein bestimmter Umstand dazwischengekommen. In unserer Nachbarschaft lebte ein italienischer Maler, der mit Bildern seiner Tochter handelte, die er in den verschiedensten Posen darstellte — in den Umarmungen Amors, in Gestalt der Psyche und so weiter. Zufällig kamen mir einige dieser Bilder vor Augen, und da der Vater mir nicht verbarg, wer zu ihnen Modell gesessen hatte, verliebte ich mich in Angelika, die auch in Wirklichkeit ein wunderschönes Mädchen von etwa fünfzehn Jahren war. Ich bemühte mich um ihre nähere Bekanntschaft und hatte dank der Unterstützung durch ihre fromme Mutter allmählich auch Erfolg. Ich schwor — und mein Schwur war ehrlich —, ich wolle Angelika zu meiner Frau erwählen. Als ich dies meinem Vater mitteilte, erblaßte er; die Pfeife fiel ihm aus dem Mund, und er starrte mich lange aus aufgerissenen Augen an. Als er die Sprache schließlich wiedererlangte, sagte er zornig: »Wie? Die Tochter eines Farbenklecksers soll die Schwiegertochter eines deutschen Barons werden? O Himmel! Wenn du noch ein Wort darüber verlierst, kriegst du nie wieder auch nur ein Butterbrot von mir — ich lasse dich verhungern!« Diese grimmige Drohung nahm mir noch nicht alle Hoffnung; ich versuchte ihn bei verschiedenen Gelegenheiten durch Anspielungen an meine Herzensnot zu erinnern, nachdem ich jedoch über drei Monate ausgeharrt hatte, sagte ich mir, ein Mann sei mit achtzehn Jahren sein eigener Herr, überredete meine Liebste, ließ mich vom ersten besten Geistlichen mit ihr trauen und geleitete meine junge Frau feierlich in das Haus des Barons. Es geschah etwas, was wir nicht erwartet hatten — statt der Vergebung erhielten wir Ohrfeigen und wurden mit kräftigen Püffen aus dem Hause gejagt — mit dem Ersuchen, nie wieder zurückzukehren. Da aber auch ich Baron war, und kein unbedeutenderer als mein Vater, stieß ich kurzerhand einen Fluch gegen ihn aus und machte mich für das Geld, das meine Mutter mir gab, mit meiner Baronin nach Polen auf, um dort mein Glück zu versuchen. In der ersten Zeit lebten wir von unserer Liebe, ohne auf den Gedanken zu kommen, daß man ohne Brot nicht leben kann.

Die Entdeckung dieser Wahrheit brachte uns zur Vernunft, und wir dachten darüber nach, wie wir uns auf ehrliche Art ernähren sollten. Aber wo kann man es schon auf ehrliche Art? Jedenfalls nicht in Warschau! Wir fanden also, nachdem wir zahlreiche Mißerfolge bei diesem Versuch erlitten hatten, keinen anderen Ausweg, als zu einer Warschauer Theatergruppe zu stoßen, was wir denn auch sehr bald taten. Aber töricht ist, wer glaubt, man könne in diesem Beruf sorgenfrei leben, wenn nicht die Frau das Ihre dazu beiträgt; und die meine war eine wahre Lukretia. Welcher Kummer! Ich blickte neidisch auf die Schauspieler, die in Karossen herumfuhren und auf großem Fuße lebten, während wir uns von nichts als auswendig gelernten Versen ernährten; und das ist eine sehr magere Nahrung. Die Dürftigkeit und ihre Schwester, die Trübsal, untergruben die Gesundheit meiner Frau, und im zweiten Jahr unserer Ritterfahrt durch die Welt verstarb sie. Das Theater wurde mir unerträglich, und ich zog mich, ohne im mindesten zu zögern, davon zurück. Ich schrieb mehrmals an meinen Vater und bat um Verzeihung — vergebens! Ein verärgerter Baron ist grimmiger als ein Krokodil; doch der Himmel, der sich der Unglücklichen erbarmt, ließ auch mich nicht im Stich, ich lernte bald darauf den jungen Sohn eines reichen Kaufmanns kennen. Meine Fähigkeiten beeindruckten ihn; denn ich spielte nicht schlecht auf der Gitarre, sang sehr anständig und schwatzte viel; all das konnte er nicht; er überredete darum seinen Vater, mich als Buchhalter in seinem Kontor aufzunehmen. Ich sah die Buchhaltung nicht als Wissenschaft an, wie viele heute tun, um damit zu prahlen, sondern betrachtete sie als Fertigkeit oder Handwerk, wer aber damit noch keineswegs ungeschickter als der Buchhalter des Königreichs, der nichts von seiner Sache verstand und mit seinen Kenntnissen nur großtat. Ich beschloß, es diesem bedeutenden Manne nachzumachen, und trat die Stellung an. Da aber der Sohn des Kaufmanns und ich uns nur um Rechnungen kümmerten, welche die Weinkeller, die Putzwarenläden und meine alten Bekannten, die Damen vom Theater, betrafen, schloß ich meine Bilanz bereits nach kurzer Zeit endgültig damit ab, daß ich das Kontor schleunigst verlassen mußte. Der Sohn gab mir ein Reitpferd und zweihundert Rubel in Silber mit auf den Weg, und ich brachte Warschau mit Gottes Hilfe hinter mich.

Als ich hörte, daß russische Truppen in Polen einmarschiert seien, kam mir der Einfall, eine Weile unter ihren Fahnen zu dienen und so mein Glück zu versuchen. Ich wandte mich also nach Grodno, ritt irgendwo über eine Brücke, brach an ihrem Ende ein und stürzte mit meinem Pferd kopfüber in den Fluß. Ich rettete mich mit Mühe und Not ans Ufer, mein braves Pferd jedoch wurde mitsamt dem Koffer, der meinen gesamten Besitz enthielt, von der Strömung fortgerissen. Ich stand lange am Ufer und blickte tränenden Auges meiner verlorenen Habe nach; da aber nichts mehr daran zu ändern war, machte ich mich zu Fuß auf den Weg zur russischen Armee. Man nahm mich bereitwillig in einem Jägerregiment auf, aber nur als einfachen Jäger. So tapfer ich auch auf echte Baronsart stritt, ich geriet zweimal in polnische und ebensooft in russische Gefangenschaft. Als dieses Abenteuer vorbei war, erfuhr ich zu meinem größten Vergnügen, daß der hochwohlgeborene Baron von Braun durch Gottes Willen zu seinen edlen Ahnen abberufen worden war. Ich sandte unverzüglich eine flehende Epistel an meine Mutter ab, in der ich meine klägliche Lage beschrieb und um Vergebung und ihren Segen bat. Sie war zwar Italienerin, aber mitfühlender als ein Deutscher und schickte mir die erforderlichen Diplome zum Nachweis meiner Baronswürde und genügend Geld, damit ich nach Hause, in ihre Arme zurückkehre. Ich wurde in diesem Zusammenhang bald darauf zum Offizier befördert und hätte natürlich meinen Abschied genommen, wäre das nicht durch die Liebe — mein Element — vereitelt worden. Ich war schon seit langem mit Karolina, der Tochter des ehrenwerten Pans Kruczyński, befreundet und heiratete sie, nachdem ich meine Beförderung zum Offizier erhalten hatte.

Ein halbes Jahr danach wurden wir nach Moskau in Marsch gesetzt, und da ich keine Möglichkeit hatte, meine Frau mitzunehmen, ließ ich sie im Schoß des elterlichen Hauses zurück. In Moskau fanden wir es recht vergnüglich; wie hätte man uns Helden, die wir als Sieger vom Schlachtfeld zurückkehrten, auch nicht gut empfangen sollen? Zu meinem Unglück wurde ich im Hause des russischen Kaufmanns Karjakin einquartiert. Das Unglück bestand darin, daß er ein halsstarriger Altgläubiger, seine Frau eine alberne Schwätzerin, dafür aber seine Tochter Dunjascha so schön und anmutig war, daß ich mich unwillkürlich in sie verliebte. Und warum sollte ich nicht? Da ich von ihren Eltern nichts Gutes erwarten durfte — sie wußten nicht einmal, was Barone vorstellen, und glaubten, das Wort sei eine spöttische Verdrehung für »ohne bar« —, entschloß ich mich zum äußersten Mittel und entführte die schöne Dunjascha. Die Alten waren — wie in solchen Fällen üblich — ungemein böse, verziehen uns aber — ebenfalls wie üblich —, weil sie keine deutschen Barone waren. Ich verbrachte ein ganzes Jahr in Glück und Zufriedenheit, und als ich zu einem Husarenregiment versetzt wurde und nach Petersburg mußte, ließ ich auch diese Frau — und aus dem gleichen Grunde wie die erste — im Schoße der Familie zurück.

Dort, in Petersburg, bezog ich im selben Hause Quartier wie Hauptmann von Nierendorf, mein Kompanieführer. Ich stand zwei Jahre im Briefwechsel mit meinen beiden Frauen, wobei ich der einen wie der anderen vormachte, ich würde

bald zu ihr zurückkehren, damit sie nicht auf den Gedanken kam, mich ihrerseits zu beehren, der Grund aber war der, daß ich mich heftig in Dorothea, die Tochter meines Hauptmanns, verliebt hatte. Um die Gelegenheit nicht zu verpassen, bewarb ich mich schleunigst um ihre Hand, erhielt auch mühelos die Einwilligung und ließ mich mit ihr trauen. Und auch hier wurde mein Friede etwa ein Jahr nicht gestört.

Ich fuhr in meinem Briefwechsel mit beiden Frauen fort und entlockte ihnen Geld. Neue Unruhen in Polen nötigten die Regierung, ihre Truppen wieder in dieses Land zu schikken. Ich ließ meine letzte Frau in Rußland zurück, tat mich wieder mit Karolina zusammen und führte das angenehmste Leben. Heute abend, als ich mir mit dem Schwiegervater und einigen Gästen die Zeit mit Kartenspielen vertrieb, trat eine junge Frau ein, sah sich um, warf sich mir an den Hals und rief: »Teuerster Gemahl!« Ich und alle Anwesenden erstarrten. Es war Dorothea. Ich war noch nicht zur Besinnung gekommen, als eine andere Frauensperson hereineilte, mich ebenfalls umarmte und sagte: »Mein lieber Mann!« Es war Dunjascha. Stellen Sie sich die allgemeine Verblüffung vor! Alle blickten sich an, ohne das mindeste zu verstehen, bis Pan Kruczynski die Stille mit schrecklicher Stimme brach: »Wie, Verräter? Du wagst es, dich über einen Edelmann, obendrein einen polnischen, lustig zu machen? O Bösewicht! Ich werde dich zu strafen wissen!« Mit diesen Worten zog er zornig den Säbel und stürzte auf mich zu. Seine Bewegung brachte mich zu Bewußtsein, und ich tat dasselbe; kaum hatten wir ein paarmal die Klingen gekreuzt, als der Säbel des Pans auf den Fußboden polterte und drei seiner Finger danebenfielen. Nichts Gutes für mich davon erwartend, ergriff ich die Flucht und rettete mich geradeswegs zu Ihnen. Ich hoffe, mein Herr, Sie lassen mir Gerechtigkeit widerfahren und gewähren mir Ihre Hilfe. Ich habe Ihnen alles offenherzig gestanden!'

Hier beendete der Offizier seine lange Geschichte. Obwohl er augenscheinlich ein ziemlicher Taugenichts und Galgenstrick war, sagte ich im Hinblick auf den Ring und die Dukaten:

‚Mein Herr, Sie sind zwar nicht ohne Schuld, aber der Pan ist im Unrecht. Was ist das schon für ein Unglück, wenn seine Tochter zwei Nebenbuhlerinnen hatte! Ich rate Ihnen, sich für diese Nacht eine Unterkunft bei einem Ihrer Freunde zu suchen, und morgen sehen wir zu, was sich machen läßt!'

Er ging zufrieden davon, und ich legte mich noch zufriedener zu Bett."

ZEHNTES KAPITEL
Das Unwetter

„Mir scheint, ich habe genug Beschreibungen von meiner damaligen Verhaltensweise gegeben. Ich unterließ nur solche Nichtswürdigkeiten, auf die ich nicht verfiel, und war so unverfroren, daß ich Gewissensregungen als schweren Fehler ansah. Ständig von Glanz umgeben, von allen Seiten nur Liebenswürdigkeiten und Höflichkeiten gewohnt, hatte ich mein einstiges Leben in Falalejewka und die Ratschläge Fürst Simons, meines verstorbenen Vaters, völlig vergessen. Jetzt erwachte der heftige Wunsch in mir, mein Recht, mich Durchlaucht zu nennen, sozusagen unter dem Scheffel hervorzuholen. Wie, fragte ich mich eines Nachts und wälzte mich auf meinem Lager hin und her, warum soll ich länger verbergen, daß ich von ebenso ruhmreicher, wenn nicht noch ruhmreicherer Abstammung bin als Fürst Latron? Und die Verdienste

— sind sie etwa gar nichts? Ja! Da ich noch keine vierzig bin und meine Fekluscha verschollen ist, kann ich die Ehe mit einer Fürstentochter oder Komtesse eingehen, und in meinen Gemächern wird es dann aussehen wie in einem Schloß; Lakaien, Melder, Heiducken, und alle mit goldenen Tressen. Für mich sind, Gott sei Dank, andere Zeiten angebrochen als die, da ich noch mit Fekluscha nach der Geburt meines Sohnes Nikander Erwägungen über meine zukünftige Größe anstellte. War es nicht überhaupt törich von mir, meine Herkunft bis heute zu verheimlichen? Da wird Seine Durchlaucht aber staunen! Und wer weiß! Vielleicht gibt er mir seine Tochter zur Frau! Ja doch, er tut es bestimmt; und ich werde meinerseits nicht dumm sein und mir nicht anmerken lassen, daß ich einiges von ihren Liebesabenteuern weiß. Schließlich muß sich eine vornehme Dame ja auch von einer einfachen Kleinbürgerin unterscheiden, die ihre Unschuld als den wichtigsten Teil ihrer Mitgift betrachtet. Da werdet ihr staunen! Gleich morgen soll es der Hof, soll es die ganze Stadt erfahren, daß Tschistjakow nicht einfach Tschistjakow, sondern Fürst Gawrilo Simonowitsch Tschistjakow ist!

Ich lächelte vergnügt über meinen prächtigen Einfall und tätschelte mir zur Belohnung den Bauch, als mich plötzlich ein wirres Schreien und Lärmen im Nachbarzimmer stutzig machte. Ich hob den Kopf und sperrte den Mund auf, um nach dem Kammerdiener zu rufen; da wurde die Tür meines Schlafgemachs aufgerissen, und ein Dutzend schwerbewaffneter Soldaten erschien mit Fackeln auf der Schwelle. Sie stürzten sogleich auf mich zu, und während einer von ihnen mich fesselte, indem er das Bettuch über mir zusammenschlug, sagte ihr Anführer: ‚Paßt auf! Schafft diesen Dieb und Räuber recht vorsichtig dahin, wo er hingehört! Soll die Justiz ein Beispiel an ihm statuieren!‘ Man schleppte mich die Treppe hinunter, legte mich auf ein Gefährt und jagte mit mir davon. Entsetzen packte mich. Mein Atem stand still, und ich erstarrte zu Stein. Die Fahrt dauerte mehrere Stunden; dann hörte ich ein Tor knarren. Man hob mich vom Gefährt, trug mich fort, blieb stehen und legte mich auf die Erde; einer meiner Begleiter versetzte mir im Fortgehen einen Tritt und sagte: ‚Da hast du, krepieren sollst du, du Hund!‘ Dann wurde es still. Als ich fühlte, daß man mich nicht mehr in meinem Bettuch würgte, wagte ich es, den Kopf zu heben; ich öffnete die Augen, aber ringsum herrschte völlige Dunkelheit. Ich lag wie im Grabe und befahl meine arme Seele demütig dem Herrn.

Nachdem — soweit ich das beurteilen konnte — mehrere Stunden vergangen waren, begann ringsum der Tag zu grauen, erst schwach, dann immer stärker, und schließlich drang durch ein kleines Fenster so viel Licht zu mir ein, daß ich die Gegenstände unterscheiden konnte, die mich umgaben. Ich befand mich in einer kleinen Zelle mit einer eisernen Tür. In einer Ecke lag ein Bündel Stroh, in einer anderen stand ein altersschwacher kleiner Tisch, auf dem ich einen Kanten Brot und einen Becher mit Wasser erkannte. Nachdem ich mir alles aufmerksam angesehen hatte, fiel ich auf die Knie und sagte unter Stöhnen: ‚O mein Schöpfer! Wie lange werde ich noch der Spielball des Zufalls bleiben? Wie lange werde ich auf dem bewegten Meer meines Lebens noch Stürme erleben? Oder soll dieser Kerker das letzte Obdach sein, in das mich deine strafende Hand geführt hat? Ja, ich bin ein großer Frevler gewesen und deines gerechten Zornes würdig! Ich habe in meinen glücklichen Tagen an deine Vergeltung nicht gedacht und verdiene es in den Tagen des Unglücks, von dir verlassen zu werden!‘

Nachdem ich mich auf diese Weise in den Willen der Vorsehung gefügt hatte, erhob ich mich und spähte aus dem Fenster, erblickte aber nichts als Felder und einige Wacholderbüsche. Vögel kreisten in der Luft und zeigten mit ihrem Schreien ein Unwetter an. Und wirklich verdichteten sich die Wolken, und meine Bedrängnis nahm zu. Ja, so ist das alles, Fürst Gawrilo Simonowitsch, sagte ich seufzend zu mir selbst, so begrüßt du den Tag, an dem du aller Welt die Vornehmheit deiner Herkunft entdecken und eine Gemahlin aus fürstlichem Geblüt erwählen wolltest! Wo sind deine Gemächer, deine Heiducken und Melder? O weh! Alles ist dahin, und wahrscheinlich für immer! Gegen Mittag hörte ich einen Schlüssel im Türschloß knarren. Die Tür sprang auf, und ich sah einen hochgewachsenen Mann in grober Kleidung, mit blassem Gesicht und finsteren Augen vor mir. Er füllte aus einem Krug Wasser in meinen Becher nach, legte ein Stück Brot auf den Tisch, zeigte mit dem Finger darauf und sagte barsch: ‚Dein Mittagessen.‘ Dann drehte er sich um und wollte gehen. ‚Bester Freund‘, sagte ich rasch, ‚sag mir um Gottes willen — wo befinde ich mich?‘ — ‚An einem sicheren Ort‘, entgegnete er, ging und schloß die Tür wieder zu. So verstrich ein ganzer Tag. Gegen Abend erschien er aufs neue, brachte Brot und Wasser, deutete darauf und verkündete: ‚Das Abendessen.‘ Was sollte ich machen? Ich wartete noch eine

Weile, aß von dem Brot und trank vom Wasser, ließ mich in dem rosaseidenen Schlafrock, in dem man mich ergriffen hatte, auf mein Strohlager fallen und seufzte unwillkürlich unter Tränen: ‚O Eitelkeit der Eitelkeiten! Alles ein einziger Wahn!‘ Man wird unschwer erraten, daß ich die Nacht nicht ruhiger verbrachte als den Tag; und so verflossen noch viele Tage und Nächte. Meine Verzagtheit wuchs. Ich starrte mit blicklosen Augen aus dem Fenster meines Asyls. Und nichts ergriff mich, nichts rührte an mein Herz. Wenn sich der blaue Himmel in der Ferne zu dem sanften, smaragdgrünen Antlitz der Fluren neigte, um es gleichsam zu küssen, dachte ich mir: Wie lange wird das währen? Bald, o Himmel, werden Wolken deinen Scheitel überziehen, Wirbelwinde werden aufkommen, Regen und Hagel niedergehen und die Natur ein einziges Bild der Verwüstung bieten. O Zeit, o Zeit! Wie unbeständig du bist!

Über zwei Monate verbrachte ich nach meiner Rechnung in dieser Einsamkeit und gewöhnte mich allmählich daran, wie man sich eben meist an das Unglück gewöhnt. Ich überdachte in Muße mein Leben und alle Torheiten, die ich begangen hatte, und wurde inne, daß ich zu Unrecht über die weise Vorsehung murrte, die mich noch nie im Stich gelassen hatte. Hatte sie mich nicht mit einem weichen Herzen ausgestattet, das von mir selbst verdorben worden war; mit genügend Verstand, den ich auf die Erfindung und die Verfeinerung von Ruchlosigkeiten verwandt hatte? Ich vergoß Tränen der Reue und nahm mir im Innersten vor, wenn ich die Freiheit je wiedererlangen und die Möglichkeit erhalten sollte, all meinen Verstand darauf zu wenden, ein anderer Mensch zu werden; ich wollte den Kerker mit geläuterter Seele verlassen, wie man das Bad mit gereinigtem Körper verläßt.

Eines Morgens, als ich betete, und viel inbrünstiger als damals in der Kirche, da ich die Gräfin Takalowa beeindrucken wollte und mich darauf vorbereitete, den Himmlischen Stier aufzuklären, tat sich die Tür meines Kerkers auf, und ich prallte erschrocken zurück, als ich zusammen mit meinem Wärter Oberst Trudowski eintreten sah. Er blickte mich eine Weile starr an, sagte schließlich: ‚Folge mir!‘ und ging hinaus. Ich schritt stumm hinter ihm her und glaubte, man führe mich zum Schafott. Ans Leben zu denken, wagte ich nicht mehr. Ein schrecklicher Tod schwebte mir vor. Wir kamen durch viele Gänge und Durchgänge und gelangten auf einen kleinen, von hohen Mauern umgebenen Platz. Mehrere kleine

Hügel, über denen hölzerne Kreuze ragten, ließen mich erkennen, daß es der Friedhof war, auf dem man unglückliche Gefangene wie mich begrub. Trudowski trat an eine frische Grube, an deren Rand ein ärmlicher, roh gezimmerter Sarg stand, blieb stehen und sagte zu mir: ‚Schau her!' Ich warf einen Blick in den Sarg, und mein Blut erstarrte zu Eis. Unter einem einfachen Leichentuch lag in grobem Totengewand der, vor dem das ganze Königreich gezittert hatte, auf dessen Befehl Armeen sich in Bewegung setzten, dessen Blick die Menschen glücklich machte oder ins Unglück stürzte, dessen Freundschaft gekrönte Häupter suchten — dort lag Latron.

‚Hast du's gesehen?' rief der Oberst mit einer Stimme, wie ich noch keine gehört hatte. ‚Wo sind die Pracht und der Glanz geblieben, die ihn umstrahlten? Wo das Gold und die Edelsteine, die an ihm funkelten? Wo der Stolz, den jeder seiner Blicke offenbarte? Da liegt er, gleich dem letzten Knecht!

Wer fürchtet noch seinen schrecklichen Wink? Wer singt ihm Loblieder? Ist er nicht ein Klumpen Erde, über den der hungrige Wurm dahinkriechen wird? Barmherziger Gott! Ist all diese Eitelkeit es denn wert, daß der Mensch in den Tagen des Reichtums und des Glücks seine Winzigkeit vergißt? Ja, Tschistjakow, du und dein Wohltäter, der Fürst, ihr wart hartherzig und seid meines Fluches würdig. Ihr habt mich viele Tränen und Seufzer gekostet, aber ich schwöre beim großen Kenner des menschlichen Herzens — ich vergebe euch! Wie hättet ihr ahnen sollen, daß der arme, hilflose Trudowski der Aufseher über jenes Gefängnis werden könnte, in dem ihr euren Hochmut und eure Grausamkeiten sühnen würdet? Aber das geschah! Tschistjakow! Du bist frei! Ich habe gestern den Befehl erhalten, dich zu entlassen, aber nur unter der Bedingung, daß du unverzüglich nicht nur die Hauptstadt, sondern auch das Königreich verläßt. Gott geleite dich! Du bist jetzt natürlich arm — hier hast du meinen Beutel!'

Er entfernte sich, und ich folgte dem Gefängniswärter und vergoß bittere Tränen. Nachdem ich auf freiem Fuß war, besorgte ich mir als erstes Kleidung, machte mich sogleich in die Hauptstadt auf und erwies dem Andenken meiner unvergeßlichen Licorissa die letzte Ehre; danach sagte ich Warschau, in dessen Mauern ich so viel Glück und Unglück, so viel Genuß und Kummer erfahren hatte, Lebewohl. Ich verließ es, um nie wieder in diesen bodenlosen Abgrund zurückzukehren.

Ich war einige Tage unterwegs, bevor ich den Boden der Woiwodschaft Kiew betrat; und eines Morgens, als ich zwischen Feldern dahinschritt, sagte ich mir: So habe ich denn bereits meine zweite Heimat verlassen. Fast zwanzig Jahre ist es her, da kehrte ich Falalejewka den Rücken und war ebenso arm wie jetzt. Dort wie hier hatte ich meine Frau und meinen Frieden verloren. Aber damals war ich noch jung und also voller Hoffnungen, die ja den wichtigsten Teil unseres Besitzes ausmachen, während ich heute ... worauf soll ich heute hoffen? Der Himmel ist über meine Nichtswürdigkeiten erzürnt, die Menschen verabscheuen meinen Namen. Oh, jetzt sehe ich erst, wie töricht diejenigen sind, die ihr Glück auf eitle Ehren und vergängliche Reichtümer gründen!

Bei diesen Überlegungen vergoß ich unwillkürlich bittere Tränen. Meine Augen trübten sich, ich konnte nichts mehr unterscheiden, als eine unbekannte Stimme mich plötzlich mit der Frage aufhielt: ‚Wohin?' Ich fuhr zusammen, schaute mich um und erkannte, daß ich mich hart am Ufer eines ziemlich ungestümen Bachs befand. Hier standen einige alte Linden, und unter einer von ihnen saß ein bejahrter Mann in dunklem Rock. Mehrere Warzen schmückten sein braunes Gesicht; das graumelierte Haar war kurz geschoren. Neben ihm lag ein Lederranzen und auf dem Lederranzen ein Heft. Der Unbekannte hielt einen Bleistift in der Hand und schien in Nachdenken vertieft.

Als ich meine Geistesabwesenheit überwunden hatte, trat ich auf ihn zu, vollführte, da ich mein Komplimentieren vor dem Minister noch nicht verlernt hatte, eine elegante Verbeugung und sagte: ‚Mein Herr! Der Kummer hat mich blind gemacht! Sie haben einen Menschen vor dem Tode des Ertrinkens bewahrt. Ohne Sie läge ich jetzt auf dem Grunde dieses Bachs. Erlauben Sie, daß ich Ihnen danke!‘

‚Ich bedaure, daß ich einen Narren wie dich vor einem Bad bewahrt habe‘, entgegnete der Unbekannte. ‚Wenn du von Warschau kommst, bist du ein ziemlicher Taugenichts. Willst du aber erst hin, dann kann man, nach deinen Manieren zu urteilen, noch allerhand von dir erwarten!‘ “

ELFTES KAPITEL

Der Weise

„Ich war verblüfft und wußte nicht, was ich dem sonderbaren Mann darauf erwidern sollte. Doch der Wunsch, ihn näher kennenzulernen, machte mich erfinderisch. Da ich bemerkte, daß er eine Art Gelehrter sein mußte, setzte ich mich ohne Umstände neben ihn und sagte: ‚Ein wunderschöner Morgen heute! Die reine Luft und die Ermüdung durch den Weg erwecken die Lust zu einem kleinen Frühstück. Hast du nicht etwas in deinem Ränzel?‘

Er sah mich aufmerksam an, dachte eine Weile nach und erwiderte gleichgültig: ‚Du bist hungrig und hast nichts zu essen! Gut denn, komm mit in meine Hütte! Sie ist fünf Werst von hier entfernt.‘

Und damit machten wir uns auf den Weg. Zwischendurch fragte er mich: ‚Du kommst von Warschau?‘

‚Ja.‘

‚Und warum hast du diese Stadt verlassen?'

‚Unglückliche Begebenheiten!'

‚Du hast also in der Hauptstadt, obendrein in der polnischen, dein Glück gesucht? Törichter Mensch! Weißt du denn nicht, daß, je dichter und undurchdringlicher der Wald, desto grimmiger und wilder die Tiere in ihm sind? Jede Stadt ist wie ein weites und tiefes Meer, das allerlei garstiges Getier beherbergt. Es ist zwar reich an Perlen, aber wer könnte damit prahlen, er werde eine finden, bevor er in die Fänge eines starken Ungeheuers gerät, von denen es darin wimmelt? Von solchen Ungeheuern wimmelte es bis vor kurzem auch in der dortigen, der Warschauer Verwaltung. O ihr Undankbaren, ihr Blinden! Ist die Natur mit ihren ländlichen Reizen denn nicht schön? Geizt sie vielleicht mit ihren Gaben? Spendet dieser Baum nicht angenehmen Schatten? Ist das Wasser dieses Bachs nicht kühl? Was sucht ihr mehr? Riesige Gemächer? Glänzenden Zierat? Ihr Unglücklichen! Für eine Handvoll Gold gebt ihr ein wesentliches eurer Güter her — und wozu? Um, vor der Schwelle der Vornehmen auf dem Bauche kriechend und im Staub zu ihren Füßen erstickend, sagen zu können: »Ich sterbe in einem Mantel aus Goldbrokat, und über meinen Gebeinen wird man ein marmornes Mal errichten!« Hat denn das den geringsten Wert?'

Dieser Anfang überzeugte mich noch mehr, daß mein Gefährte zwar sonderbar, aber keineswegs dumm war. Ich besann mich darauf, daß auch ich an den Wissenschaften genippt hatte, und sagte mit selbstgefälliger Miene: ‚Mein Herr! Jeder geht den Weg, der ihm vom Schicksal vorgezeichnet ist. Der eine begnügt sich damit, gleich dem Wurm den Schlamm zu durchwühlen. Der andere steigt gleich einem Adler zur Sonne auf!'

‚Er steigt zur Sonne auf?' entgegnete er. ‚Aber erreicht er je den Gegenstand, zu dem er strebt? Du wirst mir entgegenhalten, es zeuge von Edelmut, nach einem hohen Ziel zu streben, auch wenn man es nicht zu erreichen hofft? Recht so! Nur muß ich, wenn ich so handle, ganz sicher sein, daß ich den raschen Blick des Adlers und die Muskelkraft seiner Schwingen besitze, sonst wird mich jeder mit Äsops Schildkröte vergleichen, die eine unüberwindliche Lust zum Fliegen verspürte, flog und in Stücke zerschellte.'

Ich gab mit Nachdruck zur Antwort: ‚Wenn wir unsere Tätigkeit auf den Bereich beschränken wollen, innerhalb dessen wir geboren sind, wieviel Nützliches ginge der Welt verloren!

Hätte sie einen Wladimir, einen Alexander, einen Dmitri, einen Peter gesehen?'

‚Gut', sagte mein Kauz, ‚aber sie hätte auch keinen Juri, keinen Otrepjew, Rasin, Latron, Cromwell oder andere Geißeln der Menschheit gesehen. Du wirst erwidern, auch die Bösewichter bringen der Welt einen Nutzen, wie es Hunger und Pestilenz, Feuersbrünste und Überschwemmungen tun? Nun, ich will nicht widersprechen, denn sowohl die Philosophen als auch die Theologen haben diesen kläglichen Trost akzeptiert. Wenn man aber *glaubt*, natürlich so, wie es der menschlichen Kreatur geziemt, dann wird man finden, daß es besser wäre, die Tausende von Unglücklichen, die den Tyrannen zum Opfer fielen, würden noch leben, als daß Millionen über den gräßlichen Untergang der Tyrannen frohlocken.'

Inzwischen waren schwere Wolken heraufgezogen, und Blitze durchzuckten sie. Unsere Unterhaltung brach ab. Wir beschleunigten unsere Schritte. Der kalte Wind drang durch die Kleider, und plötzlich prasselte ein schwerer Hagel nieder. Wir sahen bereits die Kirche des Dorfes vor uns, in dem wir zu rasten gedachten, als uns ein Mann in Uniform mit einer goldenen Troddel am Degen begegnete. Die Uniform und der Degen verrieten, daß er so manche Schlacht überstanden hatte, auch wenn es seinerzeit noch nicht üblich war, Degen mit der Aufschrift ‚Für Tapferkeit' zu verleihen. Der bloße Anblick des Alten und seines Degens bezeugte, daß er ihn nicht für Feigheit erhalten hatte. Als wir uns trafen, zog der Krieger den Dreispitz, dessen Ecken je zwanzig Risse oder Kerben aufwiesen und ihn auf diese Weise sechzigeckig machten, und blieb respektvoll stehen.

Mein Begleiter sah ihm forschend in die Augen und fragte: ‚Wer, wohin, woher?'

‚Geradeswegs von jenseits der polnischen Grenze, mein Herr', versetzte der Alte. ‚In der letzten Schlacht, die wir mit den dortigen Rebellen schlugen, empfing ich fünf Wunden und bin jetzt in meine Heimat, die Ukraine, unterwegs, um mich dort dem letzten Ansturm entgegenzuwerfen, dem des Gebieters *Tod*, der mich desto rascher besiegen wird, als er zunächst seinen ruhmreichen Heerführer *Hunger* gegen mich vorschickt. Und der ist ein so tapferer Recke, daß er jedermann sogleich zu Boden streckt. Er hat bereits mit den Vorgeplänkeln begonnen.'

‚Wie', rief mein Gefährte, ‚und sie haben dich ziehen lassen — so, ohne alles?'

‚Wieso denn ohne alles?' entgegnete der Krieger. ‚Nach über dreißig Jahren Dienst habe ich mir mein Herz, mein Gewissen, beide Arme und beide Beine bewahrt, und das gelingt nicht jedem! Im übrigen . . .'

‚Im übrigen ist es kalt', unterbrach ihn mein Gefährte, ‚und es wird bald regnen. Du bist alt und folglich schwach. Hier hast du meinen Rock — häng ihn dir um.'

Mit diesen Worten zog er seinen Rock aus, legte ihn dem Mann um die Schultern und sagte, an mich gewandt: ‚Wohlan denn!'

Der verblüffte Alte fragte: ‚Aber wem bin ich denn nun verpflichtet?'

‚Ich heiße Iwan', entgegnete er und setzte seinen Weg fort. Wir hatten noch keine hundert Schritte zurückgelegt, als ein schwerer Regenguß auf uns niederging. Iwan — seinen Namen hatte ich erst in diesem Augenblick erfahren — war bis auf die Knochen durchnäßt, schritt aber munter aus und sang vor sich hin: ‚Selig ist der Mann, welchem Gott die Sünde nicht zurechnet.'

Eine halbe Werst vor dem Dorf holten wir einen Bettler ein, der sich in Lumpen, mit bloßem Kopf und nackten, geschwollenen Füßen im Straßenschlamm dahinschleppte. ‚Mein Gott', sagte Iwan und stöhnte, ‚gibt es denn keine mitfühlende Seele auf der Erde?' Er eilte beiseite, setzte sich auf einen Grashügel, zog die Stiefel aus, gab sie dem Bettler, setzte ihm seinen Hut auf und ging, ohne dem Gemurmel des Überraschten zuzuhören, noch rascher weiter als zuvor. Ich war so verblüfft, in solchem Grade verwirrt, daß ich kein Wort hervorzubringen wagte. Größte Ehrfurcht für Iwan erfüllte mich, und ich stapfte hinter dem verschmutzten, völlig durchnäßten Mann im bloßen Hemd, ohne Hut und ohne Stiefel, mit solcher Befriedigung im Herzen einher, als begleitete ich einen Helden oder Monarchen bei einer feierlichen Prozession.

Kaum betraten wir das Dorf, als Kinder, die in den Pfützen herumpatschten, den lauten Ruf ‚Iwan, Iwan!' erhoben, auf ihn zustürzten, ihn umringten und ihm einen guten Tag wünschten. Gleich darauf erschienen Bauern und Bäuerinnen, der eine mit einem Hähnchen, der andere mit Eiern, der dritte mit irgendwelchem Grünzeug in den Händen. Iwan winkte zum Zeichen, daß er nichts brauche, ab, und sie verschwanden enttäuscht in ihren Häusern.

Schließlich erreichten wir die Wohnstatt Iwans. Es war eine

kleine Hütte, die am Rande eines weitläufigen Gartens stand, hinter dessen Wipfeln das Dach eines riesigen Hauses hervorsah. Das Innere der Hütte entsprach ihrem Äußeren. Zwei Bänke, ein Tisch, auf dem ein paar Bücher lagen, in der Ecke ein Heiligenbild in Susdaler Malweise bildeten die ganze Einrichtung. Iwan hieß mich willkommen, indem er mich aufforderte, Platz zu nehmen, und ging ans Wirtschaften; er machte

Feuer im Herd, und ehe die Holzscheite recht aufgeflammt waren, trat ein Junge ein, der ein geschlachtetes Huhn, eine Kalbskeule, Brot, eine kleine Karaffe mit Wodka und einen Krug Wasser brachte. ‚Pjotr', wandte sich mein Gastgeber an ihn, ‚sage Wladimir, daß ich keinen Rock, keine Stiefel und keinen Hut mehr habe, und bringe noch zwei Hähnchen und mehr Brot mit — ich habe heute einen Gast.' Der Junge lief schweigend hinaus. Der Hausherr machte sich ans Zubereiten der Speisen, ich wußte nicht, was ich tun und denken sollte, und wagte schließlich die Frage, wer dieser Wladimir denn sei, dem er Befehle erteile. ‚Ich hoffe — ein Mensch', entgegnete Iwan. ‚Übrigens bist du durchnäßt und durchgefroren. Hier hast du, solange das Mittagessen nicht fertig ist, einen Schluck Wodka und Brot und hier Vergils »Äneis« — ich habe bemerkt, daß du nicht ungebildet bist.' Ich fügte mich, in Erwartung der Auflösung des Rätsels, in alles.

Etwa fünf Minuten später sah ich durch das kleine Fenster der Hütte einen großgewachsenen älteren Mann im Umhang durch den Garten kommen, einen goldbetreßten Lakaien neben sich, der einen aufgespannten Regenschirm über ihm hielt. Der Junge von vorhin trug ihm einen großen Korb nach. Der neue Gast betrat die Stube und warf den Umhang ab. Ich gewahrte zu meiner größten Bestürzung, daß zwei Sterne an seinem Rock blitzten. Er setzte sich auf die Bank, die Bedienten gingen hinaus, und zwischen ihm und dem Hausherrn entspann sich eine Unterhaltung besonderer Art, wie ich sie als Sekretär eines hohen Würdenträgers nie gehört hatte.

Wladimir: ‚Hier im Korb befinden sich ein trockener Rock, ein Hemd, Unterwäsche, ein Paar Stiefel und was dergleichen mehr ist.'

Iwan: ‚Gut!' (Er holt alles der Reihe nach heraus.) ‚Sehr gut! Aber warum die Sterne an deinem Rock? Du hast vergessen, eine Kerze mitzubringen! Bei dem Wetter würde sie uns besser leuchten als ein Dutzend von deinen Sternen.'

Wladimir: ‚Da hast du recht. Gib mir ein Messer. Ich trenne die Sterne ab.' (Er macht sich an die Arbeit.) ‚Ich muß dieser Tage unbedingt nach Petersburg.'

Iwan: ‚Glückliche Reise!'

Wladimir: ‚Mein Sohn ist zum Kammerjunker und meine Tochter zum Hoffräulein ernannt worden. Ich muß mich bedanken.'

Iwan: ‚Ja, das mußt du!'

Wladimir: ‚Warum bist du so halsstarrig und willst nicht mitkommen?'

Iwan: ‚Was soll ich da?'

Wladimir: ‚Nun, dir die Stadt, die Leute, die Vergnügungen bei Hofe anschauen!'

Iwan: ‚Unsinn, Freund Wladimir! Stadt ist Stadt, der ganze Unterschied besteht nur darin, daß es in der einen mehr und in der anderen weniger Holz und Ziegelsteine gibt. Und was die Menschen betrifft, so habe ich mehr als nötig von ihnen gesehen, um sie noch halbwegs ausstehen zu können. Die Vergnügungen bei Hofe aber bedeuten nichts im Vergleich zu denen des Herzens. Gestehe doch ehrlich: Ist es ein Vergnügen, Narren und Possenreißern zuzugaffen, die die wichtigsten Ämter im Staat bekleiden, oder dummen Jungen, die nichts anderes gelernt haben, als Nymphen nachzustellen, oder Thalien und Terpsichoren, die Armeen kommandieren und ins Verderben schicken? Ist es nicht besser, all diese Abgeschmacktheiten nicht zu sehen als sie zu sehen und über das Los des ärmeren Volksteils zu seufzen?'

Wladimir: ‚Du betrachtest alles durch ein Vergrößerungsglas und findest an allem mehr Böses, als in Wirklichkeit vorhanden ist.'

Iwan: ‚Ach was! Gebe Gott, daß du recht hast! Aber versprich mir, ehrlich ein paar Fragen zu beantworten.'

Wladimir: ‚Gern, so viele du willst!'

Iwan: ‚Du fährst also in die Hauptstadt, um dich für die Ernennung deines Sohnes zum Kammerjunker zu bedanken? In Wirklichkeit ist es nur einer der Gründe, die dich dazu veranlassen. Du bist immer noch hier und hast es mit dem Bedanken nicht so eilig. Um aber inzwischen nicht untätig herumzusitzen, stellst du ein Register zusammen, in dem du notierst, wen du um etwas bitten und wen du beschenken mußt — welchen Fürsten oder Grafen, welches Hoffräulein, welche Staatsdame, welchen Kammerdiener oder Garderobenmeister, ja, da sie einen gewissen Einfluß hat, auch Ihre Gnaden, die Aufseherin über die Konkubinen —, all das, damit dein Sohn rascher den Rang eines Staatsrats erhält und an die Staatsgeschäfte herankommt, nicht wahr?'

Wladimir: ‚Dein letzter Gedanke ist einigermaßen zutreffend.'

Iwan: ‚So warte doch! Wirst du, wenn er diesen hohen Rang erhält, nicht zu neuen Bemühungen oder, besser gesagt, Intrigen greifen, um ihm eine diesem Rang und seiner Herkunft entsprechende Stelle zu verschaffen, das heißt, ihn auf den Woiwodenstuhl zu setzen? Wie?'

Wladimir: ‚Was wäre denn dabei? Mit Gottes Hilfe werde ich es auch erreichen!'

Iwan: ‚Hüte dich, den geheiligten Namen Gottes da zu gebrauchen, wo es eher mit dem Teufel zugeht, und denke gründlich nach. Dein Sohn Wolodja ist jetzt zwanzig Jahre. Er spricht gut Französisch und einigermaßen Russisch. Er hat zwei Mädchen vom Hofgesinde zu Müttern gemacht, einem

Dutzend Hundewärtern je zwei, drei Zähne ausgeschlagen und zu verschiedenen Zeiten mehr als zwanzig Hasen den Garaus gemacht. Als er aber ein einziges Mal vom Pferde fiel, zerschlug er sich die Knochen und siecht seither dahin. Du siehst, er hat trotz seiner jungen Jahre schon einiges vollbracht! Doch dieses einige ist keineswegs das Rechte, ihn der Stellung eines Woiwoden als würdig zu erweisen, eines Mannes also, von dessen Verstand und Tatkraft die Ruhe und vielleicht sogar das Leben und die Ehre einer halben Million Menschen abhängen. Soll also dein Wolodja Kammerjunker, Kammerherr oder was immer sein oder werden, laß es dabei bewenden, denn in diesen Rang erhoben zu werden ist dasselbe, als würde man jemanden zum Jupiter, Neptun und so weiter ernennen und ihm das Recht einräumen, Blitze zu schleudern und das Meer aufzuwühlen. Beim Anblick solcher neuernannter Götter könnte ich fröhlich lachen, in der festen Überzeugung, daß mich ihre Macht nicht im geringsten berührt und für die Welt ohne Belang ist. Wenn sich aber dieser imaginäre Blitz, mein Freund, durch einen blinden Zufall in der Hand eines Menschen, der mit ihm nicht umzugehen versteht, in eine gewöhnliche Zuchtrute verwandelt, dann wehe ihm und allen, die ihm nahestehen! Er wird das Schicksal Phaethons erleiden, doch auch die arme Erde, der Fluß, die Bäume werden dabei zu Schaden kommen. Fahr also mit Gott in die Hauptstadt, Wladimir, ruf aber seinen heiligen Namen nicht an, damit er dir hilft, deinen Wolodja zum Woiwoden zu machen, sondern tu's, damit er dich vor der Todsünde bewahrt, dich darum zu bemühen oder auch nur daran zu denken. Hör ich von dir: »Wolodja ist der Kammerherr über alle Kammerherren, alle Hunde, Adler und Geier, alle Affen am Hofe geworden«, dann werde ich herzlich lachen und sagen: »Gott sei Dank!« Erlebe ich aber das Unglück, zu hören: »Wolodja ist Woiwode!« — oh, dann wird mir das Herz bluten, ich werde schluchzen und seufzen: »Herr! Vergib Wladimir diese Sünde, er ist wirklich ein guter Mensch, aber leider auch Graf!«'

Iwan verstummte und befaßte sich wieder eifrig mit der Zubereitung des Essens. Graf Wladimir sah ihm aufmerksam zu und verbog zerstreut die abgetrennten Ordenssterne zwischen den Fingern. Dann stand er auf, rieb sich die Stirn, brummte durch die Zähne: ‚Auf Wiedersehen, Iwan!' und ging rasch hinaus. — ‚Leb wohl!' entgegnete Iwan und schloß die Tür hinter ihm zu.

Obwohl ich lange Sekretär beim größten aller denkbaren Favoriten gewesen war, obwohl ich mich daran gewöhnt hatte, sämtliche Seltsamkeiten der körperlichen und der moralischen Welt mit Gleichmut hinzunehmen, erschien mir Iwan als das Wunder aller Wunder. Wer war dieser Iwan, der sich durch nichts als die fünf Warzen in seinem Gesicht vor anderen auszeichnete, dabei aber so herrisch über die Handlungen von Sternenträgern befand? War nicht auch er ein Graf? Doch er erinnerte eher an einen Bettler. Da hantierte er selber am Herd, erteilte aber dabei einem Würdenträger eine Lektion. Worauf war seine Macht gegründet? Hatte etwa auch er eine Schwester wie Fiona? O nein, dieser Gedanke ließ sich mit seinem Wesen nicht vereinen! Wie dem auch sei, ich wollte wissen, wer dieser rätselhafte Iwan, der Mann mit den fünf Warzen, war.

Während des Mittagessens und teilweise auch am Abend bemühte ich mich, Gespräche über die verschiedensten Gegenstände anzuknüpfen und mit allen Mitteln, wenn auch vorsichtig, anzudeuten, daß ich einen besseren Empfang verdient hätte als den, den er mir am Bach bereitete. Seine Entgegnungen waren eine wie die andere — kurz und klar. Immerhin wurde er allmählich nachgiebiger und bewies mehr Vertrauen als zuerst. Am Abend warf ich einen Blick durchs Fenster und sagte: ‚Das Wetter will sich nicht bessern. Es gießt noch immer!‘

‚Bleib hier und übernachte bei mir‘, entgegnete er, ‚du fällst mir nicht zur Last. Vielleicht macht die Morgensonne die Verdrießlichkeiten dieses Tages gut.‘ Ich willigte in seinen Vorschlag gerne ein.

Der Abend verging angenehm. Als es Zeit wurde, schlafen zu gehen, führte mich mein Gastgeber in einen kleinen Verschlag, dessen Fußboden mit einer Schicht Heu von einem Arschin Höhe ausgelegt war. Als Bettuch diente ein großes gegerbtes Leder und als Decke ein Stück Segeltuch. ‚Schlaf gut‘, sagte Iwan, ‚und nimm keinen Anstoß daran, daß du auf Heu statt auf Schwanendaunen ruhst — so haben die seligen Patriarchen geschlafen. Sie waren glücklich auf dieser Erde und sind im Himmel wahrscheinlich noch glücklicher. Je mehr unser Bett dem zukünftigen, allen gemeinsamen Bett in der Erde ähnelt, desto häufiger denkt der Mensch an sein unvermeidliches Ende, und desto besser, so scheint mir, wird er.‘

Iwans Wunsch ging in Erfüllung, das heißt, ich schlief in

seinem Verschlag bedeutend besser als früher in Fürst Latrons Palast. Zu meiner Freude hatte sich das Wetter keinen Deut gebessert, und ich verweilte, meinem Wunsch und Iwans Aufforderung entsprechend, fünf Tage bei ihm. Graf Wladimir kam oft zu uns herüber, blieb manchmal mehrere Stunden und lernte mich allmählich näher kennen.

Iwans Art und Weise zu leben, zu denken und zu urteilen blieb immer dieselbe. Aller Überfluß war ihm fremd. Er ließ keinerlei Nötigung gelten, außer in Kleinigkeiten, wenn es der Anstand gebot. Als er erfuhr, daß ich kein schlechter Lateiner und Philosoph war, führte er gern Zitate in dieser Sprache an und überließ mir die Ehre, sie Graf Wladimir zu übersetzen. Seine Lieblingsbücher waren: die Bibel, Epiktets ‚Encheiridion' und Platos ‚Dialoge'. Iwan war offenbar ein guter Christ, obwohl er hinsichtlich seiner Zitate keinerlei Unterschiede machte. Wenn er einen Gedanken durch ein Argument bekräftigen wollte, war er bei der Wahl ganz unbefangen und erklärte geradeheraus: ‚So hat Johannes der Theologe, Kapitel N, Vers N, gesagt.' — ‚So hat Sokrates, Kapitel N, gesagt.' — ‚So dachte Epiktet, siehe Kapitel N' und so weiter. Graf Wladimir machte ihn auf das Seltsame dieses Verhaltens bei einem Christen aufmerksam und fügte lächelnd hinzu, in Spanien oder Portugal würde man ihm nicht lange erlauben, die Heiden so zu erhöhen und sie auf die gleiche Stufe mit gottgefälligen Männern zu stellen.

‚Ich würde es in Spanien auch nicht tun', entgegnete Iwan. ‚Der eigensinnige Blinde, der den Knüppel gegen den Rücken dessen erhebt, der ihm den Weg weist, verdient es, in den Abgrund zu fallen, denn er fügt dem unverschuldeten körperlichen Mangel einen verschuldeten seelischen hinzu. Was mich betrifft, so kommt es mir auf den Namen des Mannes, der dies oder jenes gesagt hat, nicht an. Ich muß wissen, was er gesagt hat, prüfen, ob es richtig oder falsch, ob es nützlich oder schädlich ist, und wenn ich das Gute darin herausgefunden habe, es nach meinem Bedarf verwenden können.' "

ZWÖLFTES KAPITEL

Mißlungene Vorhaben

„Das Wetter änderte sich. Ein wunderschöner Tag brach an, und obwohl ich den guten, hochherzigen, klugen Iwan nicht gern so bald verließ, bedankte ich mich aus Furcht, er könne meiner überdrüssig werden, und um den Anstand zu wahren, für die freundliche Aufnahme und bat ihn, mir als besondere Freundlichkeit seinen Namen zu nennen, damit ich sein Andenken bis an das Grab hochhalte. ‚Ich könnte dir', entgegnete Iwan lächelnd, ‚ziemlich dasselbe antworten, was Christus einst dem Apostel Philippus geantwortet hat: »So lange bin ich bei euch, und du kennst mich nicht, Philippus?« Wohin willst du nun?' — ‚In meine Heimat, ins Gouvernement Orjol.' — ‚Gut, auch ich möchte Kiew besuchen, laß uns morgen zusammen ziehen, und heute bleib noch bei mir. Ein friedlicher, kühler Abend bricht an, wir können ihn im Garten genießen. Töricht ist, wer eine Woche im Hause gesessen hat und nicht hinauseilt, um sich in reiner Luft zu erquicken, die Wohlgerüche der Blumen und Bäume einzuatmen, sich des Anblicks der Sterne Gottes zu erfreuen und im Innersten seines Herzens vor dem allmächtigen Herrscher des Alls zu verneigen!'

Wir betraten vor Sonnenuntergang den gräflichen Garten, der seiner Größe und seiner Schönheit halber unbedingte Beachtung verdiente. Helle Bäche rieselten von künstlich geschaffenen Anhöhen in steinerne Wasserbecken, die von alten Ahornen und Linden umgeben waren. Seltene Statuen schmückten die Alleen, und an geeigneten Stellen waren Lauben in englischem, italienischem, chinesischem oder in anderem Geschmack verstreut. Wir erreichten, über zahlreiche mit Kies bestreute Wege und Pfade schlendernd, eine Ecke im rechten Teil des Gartens, fast unmittelbar neben dem gräflichen Hause. Dort verflochten sich Akazien ineinander, zu deren Füßen Nachtviolen, Vergißmeinnicht und Maßliebchen blühten. Unter dem Laubdach der Bäume stand eine hölzerne Bank, zu deren beiden Seiten steinerne Sockel mit Marmorbüsten Peters I. und einiger seiner Freunde schimmerten. Iwan trat auf die Bank zu, zog den Hut, verbeugte sich vor dem Abbild Peters, setzte sich nieder und sagte: ‚Er war der größte unter den irdischen Herrschern! Sein Beiname »der Große« scheint mir seine Vortrefflichkeit aber nur unzureichend auszudrücken.'

Nachdem er sich geraume Zeit mit jugendlichem Feuer für diesen unvergeßlichen Zaren begeistert hatte, schloß er mit einem Dank an den Höchsten, der Rußland von Zeit zu Zeit mit solchen Herrschern segnete. Dann hielt er inne, schwieg eine Weile und stimmte leise den bekannten Vers aus dem Psalter an: ‚Ich will den Herrn loben, solange ich lebe, und meinem Gott lobsingen, solange ich hier bin.'

Hier zog er eine Flöte aus der Tasche, die vom Alter einige Risse bekommen hatte und mit Nähgarn umwickelt war; das hinderte Iwan jedoch nicht, eine Weise in ähnlichem Ton auf ihr zu spielen. Als er aufgehört und ich der Kunst Beifall gezollt hatte, mit der er trotz der Mängel des Instruments auf ihm spielte, nahm ich ihm die Flöte aus der Hand und intonierte zu seiner nicht geringen Verwunderung ein lustiges Liedchen, kam aber nur bis zur Mitte der ersten Strophe, als aus dem Hause der Klang eines Horns herüberdrang. Mir fiel vor lauter Überraschung die Flöte aus der Hand, und Iwan, der eine Weile zuhörte, sagte: ‚Wladimir hat offenbar Gäste. Nichts hindert uns, der Musik zu lauschen, und das mit desto größerem Genuß, als wir hier allein sind und nicht die Aufmerksamkeit und Neugier der vornehmen Dummköpfe erregen werden, die über einen Menschen, an dessen Kleidern kein Gold und Silber hängt, so staunen, als sähen sie ein Meeresungeheuer vor sich.' Als das Horn verstummte, ertönte eine Instrumentalmusik, die von einem Sängerchor begleitet wurde. ‚Ein richtiges Fest', sagte Iwan, steckte die Flöte in die Tasche und hörte nachdenklich und aufmerksam zu, mit einem Gesicht, das sein Vergnügen an der Musik verriet. Bei dieser Beschäftigung brachten wir ungefähr eine Stunde zu, bis eine Männerstimme hinter unserer Laube uns ablenkte. Wir schauten uns um und erblickten, selber unsichtbar bleibend, zwei Männer durch das Gezweig der Bäume. Der eine war nicht eben groß, hatte einen ungemein dicken Bauch und den Rock voller Tressen; der andere trug die Uniform der Armee und hatte ein äußerst hohes Toupet.

Iwan betrachtete sie und flüsterte mir ins Ohr: ‚Das ist ein alter Brigadeführer, Liebhaber von Hunden, Wein und ähnlichem mehr, mit seinem Sohn, der Sergeant bei der Garde war und als Hauptmann entlassen wurde, obwohl er bisher nur auf Hausgänse geschossen hat. Doch hören wir uns ihre Unterhaltung an!'

Der Vater: ‚Laß das Schwindeln, du Taugenichts! Wie wäre das möglich?'

Der Sohn: ‚Mag ich — wenn Sie so wollen — auch ein Taugenichts sein. Dafür bin ich jung, hübsch und wohlerzogen, gewandt und feurig — kurz, durchaus in der Lage, die Widerspenstigste zu verlocken . . .'

Der Vater: ‚Hahaha! Jung und hübsch! Ein hübsches Hundejunges — was hat man davon?'

Der Sohn: ‚Bravo, Papa! Welch ein Vergleich! So recht eines Brigadiers würdig!'

Der Vater: ‚Jawohl, das ist er auch! Was kann ein Mädel schon an dir finden? Den Wuchs? Siehst aus wie eine vertrocknete Klette, an die ja auch der Kopf erinnert. Dein Gesicht? Wie eine welke Gurke! Da guck mich mal an! Wenn mich eine umarmen will — an mir ist doch wenigstens was dran! Mich küssen? Da weiß sie doch, wohin! Sie will umarmt sein? Ich habe was, womit ich eine umarmen kann — hach! Ich zeig es dir gleich an einem Beispiel. Wie hast du Gelbschnabel dich angestellt, wie hast du dich verrenkt, verdreht, gewunden, um Julia, die Tochter meines Gutsverwalters, herumzukriegen! Und was hast du erreicht? Ich habe alles bemerkt und gelacht — hahaha! Aber kaum machte ich mich an sie heran, jawohl, ich selbst, da taute Julia auf. Zuerst allerdings widersetzte sie sich, aber wir wissen ja, wie man ein bockiges Pferd aufzäumt, und Julia ergab sich schließlich, und zwar im vollsten Sinne des Wortes! Was sagst du nun, du Verführer?'

Der Sohn: ‚Und wie lange ist es her?'

Der Vater: ‚Eine Woche! Ja! So rede schon, hübscher, gewandter junger Mann!'

Der Sohn (kratzfüßelnd und lachend): ‚Ich habe die Ehre, mein Herr Papa, Sie zu diesem großen Glück, diesem großen Erfolg in Ihren fortgeschrittenen Jahren zu beglückwünschen!'

Der Vater: ‚Na also!'

Der Sohn: ‚Ich wünsche Ihnen, auch weiterhin ihre Vorzüge zu genießen! Da bin ich ehrlich neidisch! Und ich, Ihr ergebener Sohn, will nicht verfehlen, im ganzen Umkreis auszuposaunen, daß mein Papa, der Brigadier, sich bereits glücklich schätzt, wenn er mit Müh und Not auf allen vieren in eine Festung eindringt, die sein Sohn, der Hauptmann, im

Sturm genommen, deren Tor er aufgebrochen und so einen freien, bequemen Zugang für jedermann geschaffen hat.'

Der Vater: ‚Wie? Was soll das heißen?'

Der Sohn: ‚Daß ich Julias Reize bereits seit über einem Monat genossen habe — das schwöre ich Ihnen als Hauptmann und ehrlicher Mensch.' (Er eilt davon.)

Der Vater: ‚Ach, das liederliche Frauenzimmer! Habe ich ihrem Vater, dem armen, abgedankten kleinen Major, nicht Obdach, Brot und Gehalt, kurz, alles gewährt, wenn auch im Hinblick darauf, daß er im selben Regiment mit mir gedient und seinerzeit einen Türken niedergesäbelt hat, der nach mir zielte, als ich hinter einem Busch lag und schlief. Aber was konnte ich dafür, daß ich, um mir Mut zu machen, einiges über den Durst getrunken hatte und auf dem Schlachtfeld einschlief? Ach, die Nichtswürdige! Ich habe all das Gute nur seiner hübschen Tochter wegen an ihm getan! Und das verdammte Frauenzimmer ... Oh! Fort mit ihr vom Hof, ich nehme ihr alles ab bis auf den letzten Faden, und aus, scher dich zum Teufel!'

Mit diesen Worten lief er eilig davon. Der silberne Mond war aufgegangen, Schatten breiteten sich über den Garten und verbargen mich und Iwan, der eben etwas sagen wollte, aber innehielt, als Frauenstimmen an unser Ohr schlugen.

Wieder merkten wir auf und hörten das folgende Gespräch.

Die eine: ‚Nein, das verzeih ich dir nie! Wie ist es möglich, daß ich so eine dumme Gans, so eine menschenscheue, ungehobelte Holzpuppe vor mir erblicke! Oh! Wenn ich gewußt hätte, daß die Erziehung im Kloster so unglückliche Folgen haben würde, hätte ich diese Bildsäule nie hingeschickt! Ich bin Gott sei Dank keine Bettlerin. Mein Mann ist General und hat tausend Leibeigene.'

Die andere: ‚Was soll ich denn tun, Mamachen? Ich weiß es nicht!'

Die eine: ‚Dumme Gans! Was du tun sollst? Du bist neunzehn Jahre alt, und du weißt nicht, was du tun sollst? Merkst du nicht, daß der junge Graf in einem fort um dich herumscharwenzelt? Er spart nicht mit allen erdenklichen Sentiments, und da hört man doch zu! O Himmel, wenn ich in deinem Alter wäre! Was sagt er dir denn, wenn er Gelegenheit dazu findet?'

Die andere: ‚Daß er mich liebt!'

Die eine: ‚Gut! Und was noch?'

Die andere: ‚Er bittet, ihm ein Stelldichein ...'

Die eine: ‚Sehr gut! Und was erwiderst du ihm darauf?'

Die andere: ‚Nichts!'

Die eine (ärgerlich): ‚Wenn du mir noch einmal so eine Antwort gibst, sollst du mich kennenlernen! Du wirst dem Grafen von nun an nichts mehr abschlagen, verstehst du? Nichts! Er ist jung, hübsch, reich und Kammerjunker.'

Die andere: ‚Und wenn er mich hinterher nicht nimmt?'

Die eine: ‚Dann nimmt dich eben ein anderer, und der Graf wird es nicht unterlassen, ihm zu einer ehrenvollen Stellung zu verhelfen. Wodurch ist denn dein Vater etwas geworden?'

Die andere: ‚Wenn aber der andere nicht an mir findet, was die Mädchenehre ausmacht?'

Die eine: ‚Dann werde ich diesem Mädchen mit den Ehrbegriffen beibringen, wie man der Mutter gehorcht, die sich mit allen Kräften um das Glück ihres Kindes bemüht. Geh jetzt, aber außen herum. Ich sehe, da kommt jemand!'

Die Tochter ging. Iwan und ich rückten an das äußerste Ende der Bank, und er flüsterte mir zu: ‚Da haben wir zwei Beispiele der allerbesten Erziehung. Der Vater streitet sich mit dem Sohn, wer als erster ein liederliches Frauenzimmer zu seiner Geliebten gemacht hat. Und die Mutter — o Gott, ich begreife nicht, daß dein Zorn sie nicht niederstreckt!'

Hier schlenderte ein hochgewachsener Mann in mittleren Jahren heran, der die Uniform eines Dragonerobersten trug.

Der Vollmond spielte auf seinen dunkelroten Wangen, er schwankte ein wenig, suchte aus diesem Grunde bald an den Bäumen, bald gegenüber an einem Gitterzaun Halt und rief auf Schritt und Tritt den Teufel und dessen Großmutter an. Er näherte sich der promenierenden Dame, blieb stehen, sah sie aufmerksam an, drehte sie schließlich mit dem Gesicht zum Vollmond, schmatzte sie ab und sagte: ‚Du bist es! Ich fürchtete schon, mich zu irren!'

Sie: ‚Laß das, Oberst! Wenn wir allein sind, bist du immer so verwegen!'

Er: ‚So gehört es sich auch!'

Sie: ‚Komm, sonst könnte womöglich mein Mann ...'

Er: ‚Der alte Esel? Er hockt in einer Ecke und predigt wie ein guter Seminarist, auf welche Weise er feindliche Batterien erstürmt. Man soll nicht davon reden, was man tut, sondern es lieber tun! Ich möchte also mit Ihrer freundlichen Erlaubnis gleich hier, in diesem Augenblick, eine Festung in äußerst angenehmer Lage stürmen.'

Sie: ‚Hier muß irgendwo eine Bank sein — welche Finsternis!'

Er (an ihrer Seite): ‚Wozu brauche ich Licht? Aber nimm dich in acht, daß du nicht dein Gesicht zerkratzt, sonst trägt dein Mann einen doppelten Schaden davon!'

Sie: ‚So, ich sitze schon! Hierher, mehr rechts!'

Er (macht einen Schritt, stolpert über die Ecke der Bank und fällt hin): ‚Hunderttausend Teufel sollen den Kerl holen, der diese Bank aufgestellt hat! Ich bin mit dem Kopf genau gegen die Kante gestoßen.'

Sie: ‚Schon gut, schon gut, steh auf, ich helfe dir! Habe ich dir nicht oft genug gesagt, ein Krieger darf nach errungenem Sieg auch mal ein bißchen feiern und über die Stränge schlagen, aber du bist damit immer schon vor der Schlacht bei der Hand. Nun?'

Er: ‚Nun — ich sitze. Und du?'

Sie: ‚Wie hart es ist, aber meinetwegen — es sei!'

Er: ‚Nein! Ich bin zwar kein Kavallerist, aber ich weiß, was sich gehört! Hilf mir den Waffenrock ausziehen!'

Sie machten sich an die Arbeit, die jedoch gar nicht so leicht vonstatten ging, da der Dragoneroberst schwankte; aber sie schafften es schließlich doch.

Hier zupfte Iwan mich am Ärmel und stieß einen leisen Pfiff aus.

Sie: ‚Ach! Was war das? Ein Pfiff?'

Er: ‚Soll doch pfeifen, wer will! Bah, ein zweiter Pfiff! Wer da? Heraustreten! Niemand zu sehen! Es muß uns nur so vorgekommen sein. Wo willst du hin? Was, zum Teufel, soll das? Kaum hat man sich ...'

Sie: ‚Pst, pst! Ich höre leise Stimmen, auch irgendwelche Schatten sind zu erkennen. Um Gottes willen, schweig still!'

Er: ‚Wie? Ich, ein Dragoneroberst, soll schweigen? Aber ich höre tatsächlich sprechen. Paß auf — kein Wort!'

Hier näherte sich ein zweites Paar, und wir erkannten an den Stimmen, daß es Wolodja und die Tochter der ehrenwerten Dame neben uns waren.

Wolodja (zieht sie hinter sich her): ‚Hierher, liebe Natascha! In dieser finsteren Grotte errichten wir der Liebe einen Altar!'

Natascha: ‚Mein Gott! Sie würgen mich ja! Warten Sie! Ich komme schon selber. Ach, wie dunkel es ist!'

Wolodja: ‚Hab keine Angst! Dein leidenschaftlicher Liebhaber ist neben dir!'

Wolodja stieß in der Dunkelheit mit der Frau Generalin zusammen, sie erschrak, taumelte beiseite und prallte mit der Stirn gegen die des Dragoners. Der brüllte los, sprang auf, traf auf Wolodja und brachte ihn zu Fall. Er selbst verlor das Gleichgewicht, verkrallte sich im Fallen ins Haar der ehrenwerten Mutter, und alle drei lagen auf der Erde. Natascha in ihrer besinnungslosen Angst wollte die Flucht ergreifen, stürzte geradewegs auf mich zu, fuhr zusammen, als sie an ein lebendes Wesen geriet, und sank bewußtlos auf die drei, die sich am Boden wälzten. Wir waren nicht dazu gekommen, ihr zu helfen.

Hier nun nahm eine regelrechte Komödie ihren Anfang. Als sich alle wie die Schlangen durcheinanderwanden, sprang ich aus Mitgefühl mit der armen Natascha auf, packte sie an der Hand und zog sie aus dem Kreis der Streitenden heraus, die ihre Kampfhandlungen bereits eröffnet hatten. Der Dragoner, der stärker als die beiden anderen war, hieb mit zusammengekniffenen Augen um sich. Wolodja, der zwei, drei kräftige Maulschellen und einige Püffe abbekommen hatte, geriet in Wut und setzte sich seinerseits ziemlich tapfer zur Wehr. Die Frau Generalin wäre längst aufgestanden, hatte sich aber zu ihrem Unglück so in den Sporen des Dragoners verfangen, daß sie einfach nicht in der Lage dazu war. Als sie und Wolodja es nicht mehr aushalten konnten, griffen sie zum letzten Mittel aller Schwachen, das heißt, sie riefen aus vollem Halse um Hilfe.

Iwan, der bis dahin untätig geblieben war, wollte dem Tumult auf irgendeine Weise Einhalt gebieten, stieg auf die Bank, damit es scheine, seine Worte kämen von oben, und sagte mit lauter Stimme: ‚So lasset ab! Ich bin es, der zu euch spricht!' Schrecken packte die Streitenden. Die Zungen der Besiegten und die Arme des Siegers waren wie gelähmt.

Iwan, der sie noch stärker beeindrucken wollte, fuhr fort: ‚Ich will, daß sich jeglicher unter euch schweigend erhebt und wandelt in seine Hütte!'

Das hätten sie vielleicht auch getan, wären nicht hinter der Laubenecke Leute mit Fackeln und Kerzen aufgetaucht, die bald darauf das Schlachtfeld betraten.

Graf Wladimir nahm, umringt von einer Schar Gäste, erstaunt in Augenschein, was sich den Blicken bot, und ein alter Mann mit gezogenem Degen in der Hand, der ihn begleitete, sagte: ‚Befürchten Sie nichts, ich bin bei Ihnen, Graf! Oh, ich habe schon ganz andere Feinde in meinem Leben gebändigt!' Als er uns alle aber genauer gemustert hatte, erblaßte er, Zittern befiel ihn, und er stöhnte: ‚O Gott! Meine Frau und meine Tochter — und in welchem Zustand! Was soll das heißen?'

Und in der Tat — zu staunen gab es genug. Die Generalin war zerzaust, ihr Rockschoß aufgeschlitzt und voller Stiefelwichse, und zu beiden Seiten der Nase zog sich der Abdruck eines nachgeschwärzten Dragonerschnurrbarts hin. Auch die Kleidung ihrer Tochter befand sich in größter Unordnung.

Wolodja glich einem Teufel und der Dragoner Satan in Person.

‚Was hat das zu bedeuten?' erkundigte sich Graf Wladimir bei Iwan, der noch immer in Rednerhaltung auf der Bank stand, und Iwan entgegnete: ‚Fragen Sie diese Dame! Die ganze Komödie geht auf sie zurück, und sie hat sie auch vom Anfang bis zum Ende miterlebt. Sie befahl der Tochter, deinem Wolodja ihre Gunst zu bezeigen, und kam hierher, um ihrerseits dem Herrn Oberst gefällig zu sein. Wolodja, der das nicht wußte, fand sich mit seiner Geliebten gleichfalls hier ein. Das war der Anfang, und das Ende . . .'

‚Das Ende sehe ich selbst!' rief wütend der Ehemann und stürzte auf den Dragoner zu, der ihm jedoch in den Arm fiel und gelassen sagte: ‚Warten Sie, Herr General, und hören Sie mich an! Sie denken vielleicht bezüglich meiner und Ihrer

Gattin Ehre an etwas Kränkendes? Da sind Sie aber im Irrtum! Ich bin nun schon den dritten Tag hintereinander betrunken, und ein Betrunkener, obendrein einer in meinen Jahren, ist in dieser Hinsicht ungefährlich! Aus dieser Tatsache müssen Sie schließen, daß Ihre Gattin die Ihnen gebührende Treue nun schon den dritten Tag nicht mehr gebrochen hat. Das schwöre ich Ihnen bei meiner Ehre als Dragoneroberst. Sollten Sie's aber nicht glauben, dann fragen Sie Ihre Frau — sie wird es Ihnen bei ihrer Ehre als Generalin schwören!'

Ohne eine Erwiderung abzuwarten, nahm er den Waffenrock unter den Arm und ließ die verdutzten Zuhörer stehen. Wolodja folgte ihm, danach verschwand die Generalin, und der betrübte Ehemann faßte seine Tochter an der Hand, um sie ins Haus zu führen, und sagte: ‚Was nutzt mir mein Rang, was nutzt mir mein Reichtum, wenn ich so unglücklich bin!'

Iwan kletterte von seiner Rednertribüne herunter, trat auf den Grafen zu und fragte in freundschaftlichem Ton: ‚Hast du die letzten Worte des armen Ehemannes und Vaters gehört, Wladimir? Wenn Rang und Reichtum die Menschen nicht glücklich machen, wozu sollen ich und meinesgleichen nach ihnen streben, die wir auch ohne sie zufrieden und folglich auch glücklich sind, so glücklich, wie man auf Erden nur sein kann?'

Statt zu antworten, drückte der Graf Iwan die Hand und sagte: ‚Leb wohl und gute Nacht! Wir sehen uns morgen früh wieder. Im Augenblick ist meine Anwesenheit im Hause erforderlich!'

Wir trennten uns, und Iwan und ich begaben uns in unsere Hütte."

DREIZEHNTES KAPITEL

Zwei Urteile

„Kaum wachte ich am frühen Morgen auf, betrat Iwan meine Schlafkammer und sagte: ‚Wird Zeit, daß du dich rüstest. Wer einen langen Weg vor sich hat, soll nicht bis Sonnenaufgang warten. Wir gehen zusammen. Während man mir die Antwort auf meinen Brief an Wladimir bringt, ziehst du dich an.'

Tatsächlich traf ich, als ich die Stube betrat, dort unseren

Jungen und Iwan, der die Antwort las, an. Als er damit fertig war, knotete er ein Bündel auf, entnahm ihm einige Sachen und sagte: ‚Danke! Da sind ein Hemd, zwei Taschentücher und ein neuer Psalter im Sechzehntelformat. Das sind Dinge, die man unterwegs brauchen kann. Aber was ist denn das für eine Rolle?' Er öffnete sie und schüttelte eine Handvoll halber Imperiale auf den Tisch. ‚Bah, was soll ich mit dem vielen Zeug?'

Er zählte vier von den Münzen ab und sagte zu dem Jungen: ‚Bring die übrigen zurück! Oder nein, warte, ich habe ganz vergessen, daß ich mich ja nicht allein auf den Weg begebe. Gawrilo, du brauchst das Geld vielleicht eher, nimm dir den Rest!'

Ich hatte in der Tat mit Bedauern zugesehen, wie er das viele Geld zurückgab. Ich ließ mich also nicht zweimal bitten, besonders nicht von Iwan, der nie jemand zu überreden versuchte, tat das Gold in die Tasche und erklärte ihm, ich hätte in der Heimat ein Häuschen und brauchte es, um mir eine Wirtschaft einzurichten. Ich hatte seine Art schon einigermaßen kennengelernt und unterließ es, mich zu bedanken, aus Furcht, er könne mir alles wieder wegnehmen. Wir schulterten unsere Ranzen, in denen sich außer allem Notwendigen an Wäsche und dergleichen genügend Eßbares und eine Reiseflasche mit Wodka befanden, und brachen auf.

Am wolkenlosen Himmel zeigte sich die liebe Sonne. Lerchen flirrten in der Luft, Hänflinge hüpften am Straßenrand. Alles zeugte von Freude und Genuß. Im Grase zirpte der fröhliche Heuschreck, die arbeitsame Ameise kroch aus ihrer Höhle und begann ihr Tagewerk. Bald tauchten auch die Akkerbauern mit ihren Weibern und Kindern auf. Der eine war mit einer Sichel, der andere mit einer Sense, der dritte mit einer Forke oder einem Rechen bewaffnet. Man hörte in der Ferne ihre fröhlichen Lieder, die sich mit dem Gesang der Vögel, dem Summen der Insekten, dem Flüstern der Gräser, der Blumen, der Blätter an den Bäumen vermischten und für mich, besonders aber für Iwan zu einer bei weitem angenehmeren Harmonie verschmolzen als die gestrige gräfliche Musik. Wir schritten voller Entzücken dahin und verspürten keine Müdigkeit, bis sich die Sonne dem höchsten Punkt ihrer Bahn näherte und Schweiß auf unsere Stirne trat. Iwan wandte sich zu mir um und sagte: ‚Sieh, wie die Geschöpfe Gottes in der Natur ihre Zeit zu nutzen verstehen! Sie wissen, wann sie sich ihres Lebens freuen und wann sie ausruhen sollen. Man hört keine Lerche, man sieht keinen Hänfling mehr — alles ruht aus, rasten also auch wir!'

Wir bogen vom Wege ab, betraten ein Birkengehölz, aßen vom mitgenommenen Vorrat, tranken jeder einen Schluck Wodka und streckten uns friedlich im Grase aus. Iwan sagte: ‚Ausruhen muß nicht immer schlafen bedeuten. Wenn du willst, kann ich dir jetzt einiges von mir berichten. Was ich hier nicht schaffe, erzähle ich dir unterwegs — wir müssen vor Anbruch der Nacht in Kiew sein und haben noch ungefähr dreißig Werst vor uns.'

Ich dankte ihm für das Vertrauen, und er begann wie folgt:

‚Ich bin in der kleinrussischen Ebene geboren, stamme aus dem Hause eines Landedelmannes und wurde nach Abschluß des ersten häuslichen Unterrichts in die Kiewer geistliche Akademie geschickt; nach einigen Jahren verstand ich mich, da ich nicht unbegabt war, bereits sehr ordentlich auf die lateinische und die polnische Sprache und zeichnete mich mit der Zeit auch in der Philosophie und der Theologie aus. Einem alten Brauch gehorchend, der dort eingeführt war und vielleicht noch heute besteht, hielt ich an Sonn- und Feiertagen von der Kirchenkanzel herunter Predigten und versetzte die dortigen achtbaren Bürger und Bürgerinnen in Entzücken. Den meisten Ruhm trugen mir zwei Predigten ein, die spitzfindiger als alles bislang Dagewesene und überhaupt Mögliche waren. Meine Beredsamkeit hatte erstaunliche Folgen. Noch im gleichen Monat behaupteten drei angesehene Bürgermädchen, unter den schweren väterlichen Fäusten stöhnend, sie wüßten selber nicht, woher ihre Bäuche so geschwollen seien; und fünf Diebe, die zur Vollstreckung des Urteils auf ihren Rücken zum Richtplatz geführt wurden, beteten demütig vor dem zusammengeströmten Volk: »Herr, gedenke meiner, wenn du in dein Reich kommst.« Obwohl ich in den Wissenschaften von Mönchen ausgebildet und auch in allem anderen von ihnen angeleitet wurde, konnte ich mich an ihre Lebensweise nicht gewöhnen. Soviel die frommen Väter mich auch zu überreden suchten, in ihre Bruderschaft einzutreten, ich ließ mich nicht dazu bewegen und sagte, die Erkrankung meiner Eltern zum Anlaß nehmend, den Gelehrten und der Gelehrsamkeit, den Theologen und der Theologie Valet und kehrte in unser Dorf zurück.

Mein sterbender Vater sagte zu mir: »Iwan! Höre meine letzten Worte und empfange meinen Segen! Sei immer gerecht und ehrlich. Hoffe weder auf Fürsten noch Menschensöhne. Liebe die Einfachheit und meide den eitlen Wahn. Bedrücke nicht die, die niedriger stehen als du, denn sie sind deine Brüder!«

Ich schwor in meinem Herzen, diesem Vermächtnis treu zu bleiben. Es bestimmte mich zum Erben eines neuen Hauses und eines wunderschönen Gartens, zum Erben von Teichen, Äckern und zweihundert lebenden Geschöpfen, die man *Leibeigene* nennt — Bullen, Kühe und Schafe, die zahllosen Hühner und Gänse nicht mitgerechnet.

Nachdem ich lange und nach allen Regeln der Logik überlegt hatte, kam ich zu dem Ergebnis, daß der Leibeigene genauso ein Mensch ist wie ich und die gleichen Vorzüge der Seele und des Leibes besitzt, wie ich sie gegenüber den Tieren besitze, das heißt mit einer unsterblichen Seele und einem freien Willen begabt ist. Aus diesem Grunde schien mir, daß diesen unterdrücken — jenen beleidigen und sich dem erhabenen Schöpfer beider entgegenstellen hieße. Auf solche tiefsinnigen Grundsätze gestützt, wollte ich die einstigen Ungerechtigkeiten meiner Vorfahren gutmachen und hielt gleich am nächsten Feiertag vor versammeltem Volk eine schwülstige Predigt, in der ich den Leuten erklärte, sie hätten, da sie Menschen seien, dieselben Rechte und Vorzüge wie ich, und sie bat, sich irgendwelchen Launen von mir nicht ohne weiteres zu unterwerfen oder durch sie bedrücken zu lassen; sie möchten mich vielmehr, sollte ich etwas befehlen, was gegen die Menschenwürde verstoße, daran erinnern, daß auch sie Kinder Gottes seien.

Diese Rede hatte bedeutsamere Folgen als die früheren in Kiew. Das Volk begleitete mich unter freudigen Zurufen und Segenswünschen bis vor mein Haus und nannte mich seinen Vater und Wohltäter. Ich verbrachte den Tag in einem Freudenrausch, während die Nacht mir schmeichelhafte Traumbilder vorgaukelte — ich sah mich darin als Menschheitsbeglücker.

Ein, zwei Monate vergingen einigermaßen erträglich, wenn ich auch jeden Tag neue Veränderungen in meinem Hause und im Dorf bemerkte, leider Veränderungen zum Schlechten. Selbst die maßvollsten Stammgäste der Kneipen und der Hütten verwitweter Frauen begannen diese wie jene immer häufiger zu besuchen — zuerst heimlich, dann offen. Diese beiden Tendenzen wurzelten sich tief ein und brachten entsprechende Triebe hervor. Zuchtlosigkeit, ja Unzucht, Trägheit und allgemeine Sittenverderbnis ergriffen von meinem Dorf Besitz. Ich hielt noch einige Predigten, in denen ich zu beweisen suchte, daß dem Willen des Menschen, obwohl er frei sei, Grenzen gesetzt wären; doch der Erfolg war gering — sobald die Bauern merkten, daß ich in eine andere Tonart verfiel, verließen sie gleich zu Anfang der Predigt die Kirche und zogen in die Kneipe. Dort betranken und prügelten sie sich, versöhnten sich, betranken sich und prügelten sich aufs neue. Es gab im ganzen Dorf kein einziges erwachsenes Mädchen von makellosem Ruf und keines, das sich darob geschämt hätte, keinen Familienvater, der sich darüber grämte, keinen Ehemann und keine Ehefrau, die Wert auf gegenseitige Treue legten. Und alles das hatte ich in wenig mehr als zwei Jahren mit meinen weisen Predigten erreicht! Eines Tages geriet das Volk an einer Straßenkreuzung mit einem Polizeiaufseher in Streit und verabreichte ihm eine Tracht Prügel. Der gekränkte Aufseher stürzte zu seinem Schwager, dem Oberaufseher, und forderte Vergeltung. Der Oberaufseher schüttelte nur den Kopf und sagte: »Was kann man da machen, wir sind doch alle gleich!« Der unzufriedene Aufseher spie ihm ins Gesicht und lief zum Dorfältesten, der aber eben eine Witwe bewirtete und, da er gerade mit der einen Sache beschäftigt war, nicht in die Untersuchung einer anderen eintreten wollte und den Bittsteller hinauswarf. Dieser nun trommelte eine Schar junger Leute zusammen, kam vor das Haus des Ältesten, zerrte ihn auf den Hof und verdrosch ihn ohne alle Maßen, worauf man unter Absingen von Kosakenliedern davonzog. Auf diese Weise begann ein Aufruhr, der meine Untertanen viel Blut, viel Haare, Zähne und Beulen, viel blaue Flecken und so weiter kostete. Obwohl ich sah, daß ich aus meiner Monarchie eine Anarchie gemacht und die Druckfedern, mit denen das Toben des wütenden Pöbels gebändigt wird, völlig gelockert hatte, mischte ich mich, nach Rettung der auf den Abgrund Zusteuernden trachtend, unter die Menge und rief: »Höret mich an!« — »Wen? Dich?« schrien alle zugleich, »du allein bist der Urheber allen Übels!« Stockhiebe prasselten auf mich nieder und begleiteten mich bis an mein Haus; hier schloß ich mich ein und stellte eine Wache aus dem Hofgesinde auf, das dieses Mal aus irgendeiner Laune heraus für mich Partei ergriff.

Vorgänge solcher Art konnten nicht geheim bleiben. Der eine erzählte es dem anderen, und schließlich erfuhr der Woiwode davon; eine Untersuchung wurde eingeleitet, und bald darauf traf ein Beamter mit einem Trupp Soldaten bei mir ein.

»Mein Herr«, sagte er, nachdem er zur Tür herein war,

»freuen Sie sich, Ihre Angelegenheit ist entschieden. Da Sie unfähig sind, Ihr Gut zu verwalten, hat die Kanzlei die Einsetzung von Vormündern verfügt. Es handelt sich um ehrliche, gewissenhafte Männer, und zwar um mich sowie ...«

»Vormünder«, rief ich aus, »über mich?«

»Jawohl«, entgegnete er, »das heißt nicht über Ihre Person, wohl aber über das Gut!«

»Das Gut brauche ich nicht«, erklärte ich, »ich verzichte auf alles. Lassen Sie mich in Frieden nach meinem Willen leben. Mit dem Gut aber machen Sie, was Sie wollen; ich trete es jedem ab, der sich bereit erklärt, diese schwere Last zu übernehmen.«

»Herrgott im Himmel!« sagte der Beamte leise. »Sie urteilen so vernünftig, wie selbst ein Woiwode es selten tut. Sie haben jedoch nach den Bestimmungen nicht das Recht, Ihr Gut jemandem abzutreten — es ist ein Stammgut. Sie können es allenfalls verkaufen — das wäre etwas anderes. Zwar sind die Bauern nicht viel wert, alles Säufer und Diebe, doch kann ich Ihnen einen rechtlich denkenden Käufer vorstellen, der einen guten Preis für Sie bieten wird, dazu in barer Münze und nicht in Schuldverschreibungen, auf Grund deren man ja nur selten den vollen Betrag hereinbekommt. Diesen Käufer haben Sie in mir vor sich.«

Was war da lange zu reden! Wir wurden uns rasch einig; ich verkaufte das Dorf für zweitausend Rubel in Silber und verließ es, aus tiefstem Herzen darüber seufzend, daß ich, der

das Gute gewollt, den Menschen so viel Böses getan hatte. Der Beamte ließ, wie ich später hörte, allen — den Schuldigen wie den Unschuldigen — vor allem eine Tracht Prügel verabfolgen, besuchte das Dorf möglichst oft, gerbte den Leuten jedesmal das Fell und machte sie in zwei Jahren wieder zu arbeitsamen, nüchternen Bauern. Mein Gott, sagte ich mir, ist die Natur des Menschen wirklich so beschaffen, daß nur das drückende Joch ihn zwingen kann, den rechten Weg zu gehen? Wird er denn ohne Zaum immer nur felsige Gipfel erklimmen, um von da desto sicherer in den Abgrund zu stürzen?

Nachdem ich den Besitz meiner Ahnen so vorteilhaft veräußert hatte, überlegte ich lange, was ich in meiner neuen Lage beginnen solle. Man sagte mir, die beiden Hauptstädte seien die Quellen des Glücks, verbarg aber auch nicht, daß man, um dieses zu erlangen, sich aufs Buckeln, Kriechen und Liebedienern verstehen müsse. Das gefiel mir ganz und gar nicht, und ich schwor mir, immer zu bleiben, was die himmlische Weisheit aus mir gemacht hatte, das heißt ein freier Mensch. Aus diesem Grunde beschloß ich, aufs neue Kiew zu besuchen, verpflichtete Charko mit Wagen und Pferd und fuhr aus dem Dorf ab. Charko war ein grauhaariger alter Mann und galt als der ehrlichste Mensch im ganzen Umkreis; ich unterhielt mich darum unterwegs voller Achtung und brüderlichem Vertrauen mit ihm.

Am dritten Tage machten wir, als die Sonne schon fast im

Zenit stand, in einem Eichenwäldchen neben der Straße Rast und aßen zu Mittag; ich legte mich unter einen Baum ins Gras und schlief fest ein. Als ich erwachte, vermochte ich mich, sosehr ich mich auch bemühte, nicht aufzurichten; Charko blickte mich spöttisch an und mahlte mit seinen Kiefern auf einem Stück Schinken herum.

»Wie kommt es«, rief ich aus, »daß ich mich nicht erheben kann?«

Er: »Weil du an dieser Eiche festgebunden bist!«

Ich: »Wer hat mich denn festgebunden?«

Er: »Ich!«

Ich: »Und warum?«

Er: »Damit ich mich mit deinem Geld davonmachen kann.«

Ich: »Das verfluchte Silber! Ich trete dir freiwillig alles ab, nur binde mich wieder los!«

Er: »Ich habe schon graue Haare, und du willst mich betrügen! Nein, Freundchen, mich legt nicht mal ein Jude herein. Ich brauche dich nur loszumachen, und du bindest mich deinerseits und bringst mich womöglich vors Gericht! Nein! Bleib nur, wo du bist, und Gott befohlen — er wird dir schon einen schicken, der dich von deinen Banden befreit!«

Der alte Taugenichts zog den Hut, verneigte sich vor mir wie auf dem Lande ein Hochzeitsgast, bestieg den Wagen und fuhr ab. Er hatte jedoch noch keine zwanzig Schritt zurückgelegt, als er auf einmal anhielt und Hals über Kopf vom Wagen sprang. Schrecken malte sich auf seinem Gesicht! Kurze Zeit darauf kam wohl ein halbes Hundert Reiter auf uns zugesprengt, mit langen Spießen, langen Reitergewehren und langen Schnurrbärten. Ich wußte selber nicht, was ich davon halten sollte.

Nachdem die Recken abgesessen waren und uns umringt hatten, fragte ein Mann von niedrigem Wuchs, der über und über mit Dolchen und Pistolen behängt war und sich von den anderen durch einen roten Rock unterschied, an Charko gewandt: »Wer bist du, wo kommst du her, und wo willst du hin?«

»Gnädige Herren«, entgegnete der Alte, »ich bin ein einfacher Bauer und habe mich verdingt, jenen Mann in die Stadt zu befördern — er hat zu seinem Unglück den Verstand verloren und ist über die Maßen bösartig. Eben aus diesem Grunde habe ich ihn ...«

»Eben aus diesem Grunde muß er befreit werden«, sagte der Anführer grimmig. »Weiche, gutherzige Menschen sind auf dieser Welt, wo alles vergessen ist — Ehre, Gewissen, Recht —, zu nichts zu gebrauchen!«

Man band mich los; und als man mich nötigte, die Wahrheit über mich zu sagen, erzählte ich alles, ohne etwas zu verschweigen. Der niedrig gewachsene Recke nahm eine finstere Miene an. Seine Augen funkelten Zorn und Rache, und jedes Härchen seines Schnurrbarts sträubte sich.

Schließlich sagte er zu der Schar, die ihn umgab: »Brüder und Kampfgefährten! Wir haben uns bei unserer gegenseitigen Treue und bei der himmlischen Gerechtigkeit geschworen, treu und gerecht auch gegen andere zu sein. Wer hätte gedacht, daß wir schon heute Vollstrecker des heiligen Willens des Höchsten sein würden?«

Danach verhörte man Charko; man zeigte sich dabei nicht weniger geschickt in der Ermittlung der Wahrheit als die erfahrensten Offiziere der Geheimkanzlei.

Er gestand, fiel vor dem Anführer auf die Knie und flehte um Gnade.

Der Anführer schwieg eine Weile, auf sein Gewehr gestützt, und verkündete schließlich das folgende Urteil:

»Ich habe es gewußt, ich habe mich selber davon überzeugt, daß viele reiche, vom Glück verwöhnte Menschen von Lüge und Arglist, von Unverschämtheit und allerlei Ungerechtigkeiten erfüllt sind. Ich habe gewußt, daß sie die Gesetze übertreten oder dazu verwenden, die niederen Schichten des Volkes zugrunde zu richten. Ich habe gewußt, daß sie im Schweiß, im Blut, in den Tränen der Unglücklichen gebadet sind — all das habe ich gewußt und mich zum Richter über sie zu setzen begehrt, nach dem Recht, das mir die Natur verliehen, nach dem Recht des Starken! Aber nie hätte ich gedacht, daß auch der niedere Teil des Volkes, der Gebote Gottes und des Zaren vergessend, ebenso böse und ungerecht sein könne wie der, der ihn unterdrückt. Das Verbrechen dieses alten Schuftes ist klar erwiesen, und ebenso klar sei auch unser Gericht und unser Urteil über ihn. Hängt ihn am nächsten Baume auf!«

Trotz meiner Bitten, trotz Charkos Jammergeschreis und seiner Tränen wurde er nach allen Regeln der Kunst gehenkt und befahl alsbald seine sündige Seele dem, dem sie nach seinem Tode gehören sollte. Worauf der oberste unter den Richtern zu mir sagte:

»Zieh deines Wegs und behalte dein Geld! Höre dir aber dazu noch eine Belehrung an: Vertraue dich nie einem Menschen an, der — in welcher Beziehung immer — niedriger steht als du, denn Neid und Habsucht sind die ständigen Begleiter unseres Lebens. Man muß sich vor den Menschen noch mehr in acht nehmen als vor den Bären — das kannst du mir, Garkuscha, dem ruhmreichen Ataman all dieser tapferen Rekken, glauben!«

Hier schwangen sie sich auf die Pferde und sprengten davon.

Ich konnte mich kaum fassen, als ich den Namen des schrecklichen Richters über Charko hörte. Es war ein berühmter Räuber mit einer vielköpfigen Bande, der zum Schrecken des ganzen Kreises geworden war. Besonders wütete er gegen den Adel. Seine Greueltaten überstiegen alles Maß; und man hätte die armen Adligen, die seine Opfer geworden waren, wohl den Heiligen zugeordnet, wäre diese Mode nicht schon vorüber gewesen. Doch hatte er sich bei alledem als ein gerechter Richter zwischen Charko und mir erwiesen.

Ich wagte den Gehenkten nicht anzurühren, bestieg den Wagen und fuhr los; aber auch ich war keine zwanzig Schritt gefahren, als ich einen Trupp auf mich zusprengen sah. Ich hielt auf Befehl des Anführers an und beantwortete seine erste Frage, ob mir Garkuscha begegnet sei, mit Ja. Man durchsuchte mich, und als man das Silbergeld entdeckte, schrien alle schadenfroh: »Aha! Er gehört zu seiner Bande.« Ich wollte ihnen mein Abenteuer erzählen, doch diese neuen Recken waren nicht so geduldig wie die anderen. Und als sie den toten Charko hängen sahen, erhoben sie ein großes Geschrei und entschieden auf der Stelle, daß ich ein Dieb und Räuber sei — ich hätte den Bauern aufgehängt, um mich des Geldes zu bemächtigen und so weiter und so weiter. Was nutzte es mir, daß ich das Gegenteil versicherte? Man band mich wieder, legte mich neben Charko auf den Wagen und fuhr mich mit einem so prahlerischen Triumph zur Stadt, als hätte man den Räuberhauptmann in Person gefangen.

Ich will nicht von dem Gefängnis reden, in das man mich in der Stadt sperrte; auch nicht von den fünf Monaten, die das Gericht zur Findung der verschütteten Wahrheit brauchte. Genug, daß man mich schließlich ziehen ließ, wohin der Herrgott meine Schritte lenken mochte, nackt, elend und bloß, wie ich dem ursprünglichen Gefängnis, dem Schoße meiner Mutter, entsprungen war.

Ich verließ die Stadt, verfluchte mit der schuldigen Inbrunst das Silber und seine leidenschaftlichen Liebhaber und schwor mir, nie mehr davon zu besitzen, als man an einem Tag für seine Nahrung benötigt. Ich legte den Weg nach Kiew wie ein alter Patriarch zurück – wenn ich Hunger verspürte, ging ich ins erste beste Haus und bat um ein Stück Brot. Wenn man mich abwies, was aber nicht öfter als zweimal geschah, betrat ich ein anderes Haus und erhielt das Gewünschte. In Kiew, der Wiege meiner Gelehrsamkeit, meldete ich mich bei meinen geistlichen und weltlichen Bekannten, schilderte ihnen meine Abenteuer und rief bei diesen Mitleid, bei jenen schallendes Gelächter hervor. Aber auch sie hatten ein Einsehen und boten mir, nachdem sie genügend über meine Einfalt gelacht hatten, die Stelle eines Lehrers der Moralphilosophie an der dortigen Akademie an. Ich willigte gerne ein und wurde Pädagoge!'"

VIERZEHNTES KAPITEL
Der Einzelgänger

„,Mit der Übernahme der heiligen Verpflichtung, junge Leute in den Lebensregeln zu unterrichten, damit sie möglichst glücklich würden, faßte ich zugleich einen Vorsatz, durch den ich mich gänzlich von den anderen Lehrern unterschied; und zwar schwor ich mir, nicht nur vom Katheder herunter Sanftmut, Enthaltsamkeit und Gerechtigkeit zu predigen, sondern auch mein Leben lang sanftmütig, enthaltsam und gerecht zu sein; das heißt nicht nur in Worten, sondern auch in den

Handlungen. Ein solches Verhalten konnte nicht unbemerkt bleiben. Ich kam in den Ruf, ein *Einzelgänger* zu sein, und wurde überall unter diesem Namen bekannt. Um meine Reden überzeugender und die Regeln sozusagen augenfälliger zu machen, bemühte ich mich, diese durch Beispiele zu erhärten, und nicht — wie üblich — durch irgendwelche entfernten, sondern im Gegenteil durch sehr naheliegende, die sich vor aller Augen abgespielt hatten. So sagte ich eines Tages: »Wißt ihr auch, daß der Kosakenataman und sein Major im Gefängnis sitzen? Und weshalb? Weil sie, als sie bei einer verwitweten Schankwirtin zusammentrafen, sich zuviel Walachischen zu Gemüte führten, in Streit gerieten, sich prügelten und schließlich die Stadtpolizisten verdroschen, die herbeieilten, um sie zu trennen. Was ist die Ursache davon? Völlerei, Trunksucht und Hochmut!«

Ein anderes Mal bat man mich, die Grabrede auf den verstorbenen Stadthauptmann zu halten. Ich begann so: »Da liegt vor euren Augen ein Toter — nach seinem Körper ein alter Mann, nach dem Gemüt ein Kind, nach dem Verstand geringer als jegliches Tier! Was bedeutet der Umfang seines unermeßlichen Bauches? Etwa Enthaltsamkeit? Was seine aufgedunsenen Wangen?« Weiter ließ man mich nicht reden, sondern führte mich aus der Kirche geradewegs in den Kerker ab, wo ich denn auch drei Tage bei Wasser und Brot zubrachte, denn unser Vorsteher war der Bruder des verstorbenen Stadthauptmanns. Das tat jedoch meinem Eifer für die Gerechtigkeit keinen Abbruch, und mein Ruhm verbreitete sich überall. Ich weiß nicht, wie es geschah, jedenfalls erhielt ich aus Petersburg den Offiziersrang und legte wider Willen einen Degen an. Als ich am selben Tag mit dem Selbstbewußtsein des Lehrers auf einem Steg über einen Bach schritt, geriet mir der Degen zwischen die Beine, ich trat fehl und stürzte kopfüber ins Wasser. »Verdammter Einfall!« sagte ich und kletterte ans schlammige Ufer. »Was, zum Teufel, soll ein Zivilist mit einem Degen, dazu in friedlichen Zeiten?« Ich riß ihn ab, warf ihn in den Bach und beschloß, nie wieder einen anzulegen und mich auch meines Offiziersrangs nie mehr zu erinnern; eine Schar Jungen begleitete mich unter lautem Geschrei bis vor mein Haus.

Nachdem ich mich mehrere Jahre dieser Tätigkeit gewidmet hatte und mit der Zeit immer fester auf meinen Regeln beharrte, erfuhr ich, obwohl mit ruhigem Gewissen, daß das ganze Kloster gegen mich war und die Akademie sich gegen mich auflehnte. Es gab keinen Tag, an dem ich nicht Ärger gehabt hätte. Schlenderte ich an einem Zaun entlang, dann traf meinen Rücken nicht selten ein Stein, den eine unsichtbare Hand geschleudert hatte. Ständig verfolgten mich Kinder, die dazu angestiftet worden waren, johlten und riefen mir allerlei Nichtswürdigkeiten nach. Wer sich dabei durch Frechheit auszeichnete, bekam von meinen Widersachern ein Geschenk nach kindlichem Geschmack, das seinem Wagemut entsprach. Ich sah, von wo das alles ausging, und fuhr, ohne mich im geringsten beirren zu lassen, in meinen Belehrungen und Beispielen fort. Gelegentlich ermahnte mich der Rektor persönlich, nachsichtiger gegen die Bruderschaft und die Menschen überhaupt zu sein. Ich versicherte ihm jedoch, die Beispiele, die ich anführte, hätten eine erstaunliche Wirkung auf meine Hörer, und hielt mich weiter an meine Regeln. Das rächte sich jedoch. Ich erfuhr von einem meiner Schüler, daß ein angesehener Ratsherr, ein nicht mehr junger Mann und Familienvater, der zwei Monate in Moskau geweilt hatte, um Einkäufe zu machen, mit allerlei überseeischen Annehmlichkeiten zurückgekehrt war — mit Zucker, Kaffee, Vanille und einer Krankheit, deren sich damals selbst noch ganz junge Männer schämten. Ich versäumte es nicht, diesen Fall zur Belehrung der Jugend heranzuziehen, und sagte bei der ersten Gelegenheit vor der Klasse: »Die Heuchelei ist ein schlimmes Laster, und wer sich ihm ergibt, erfreut damit die Teufel. Wer hätte zum Beispiel nicht geglaubt, unser Ratsherr sei ein ehrlicher alter Mann? Pflegt er nicht, wenn er betet, tief zu seufzen, sich an die Brust zu schlagen und die Augen gen Himmel zu erheben? Dabei ist alles Betrug, wie sich herausstellt.« Hier erzählte ich die Geschichte in aller Ausführlichkeit und ermahnte die jungen Leute, vor Versuchungen auf der Hut zu sein, die sie ins Unglück stürzen könnten. Einer meiner Zuhörer, der Neffe einer reichen Bürgerin, die die Gevatterin des Ratsherrn war, meldete dies seiner Tante; die Tante geriet aus irgendeinem Grunde in Zorn, lief zu Seiner Ehren, gab ihm ein paar Maulschellen, riß ihm ein Büschel Haare aus und sagte im Davongehen zu dem verdutzten Alten: »Da hast du's, du Nichtsnutz! Wage es nicht, noch einmal über meine Schwelle zu treten! Damit du's weißt, du Diebsgesicht — ich schicke noch heute nach dem Bürgermeister, der schon lange ein Auge auf mich geworfen hat. Hol dich Banditen der Teufel!«

Der Ratsherr erfuhr sehr bald, wo das Unwetter seinen Anfang genommen hatte, und ließ mich schleunigst holen. Seine Augen flammten vor Zorn, und seine Lippen bebten, als er hervorbrachte: »Wie konntest du verdammter Bursche es wagen, solche Schändlichkeiten über mich zu erzählen, dazu vor der versammelten Schule?«

Ich: »Aber es ist doch die Wahrheit!«

Er: »O Seelenverderber! Du wiederholst es, und auch noch in meiner Gegenwart?«

Ich: »Ich bin bereit, es vor aller Welt zu wiederholen. Benimm dich nicht so gemein!«

Er: »Gütiger Himmel und ihr, o Heiligen alle! Hat man je so einen gottlosen Menschen gesehen?«

Ich: »Du meinst — wie dich? Du bist ein Heuchler, ein Pharisäer, der das eine sagt und das andere tut!«

Er: »Herr, vergib deinem Knecht!«

Mit diesen Worten schlug er mit seinem Rohrstock auf mich ein. Ich war arg verblüfft, verlor aber nicht die Geistesgegenwart. Da ich außer einem ledernen Pfeifenrohr nichts in der Nähe fand, ergriff ich dieses und hieb mit aller Kraft, die mir die Vorsehung geschenkt hatte, nach rechts und links. Die Wut steigerte sich auf beiden Seiten. Als wir merkten, daß weder der Rohrstock noch das Pfeifenrohr die rechte Wirkung hatten, packte er mich am Zopf und ich ihn — da er wie ein Pole herumging — am Schnurrbart. Ein Bild, das eines Raffael würdig gewesen wäre! Schließlich erhoben wir beide aus Übermaß an Tapferkeit ein furchtbares Geschrei, auf das seine Dienerschaft herbeieilte, mich — wie billig — ergriff und meiner Obrigkeit vorführte, vor der der Ratsherr hitzig erklärte, ich würde, wenn mich das Kloster nicht bestrafe, den öffentlichen Gerichten überantwortet werden. Unser Vorsteher befand seine Worte für vernünftig, und die Bruderschaft verurteilte mich einstimmig zu einer häuslichen Buße. Ich saß bei äußerster Abtötung des Fleisches zwei Monate im Klosterkerker. Jeden Morgen und Abend erschienen bei mir vier Mönche, taten Brot und Wasser auf den Tisch, legten mich auf den Fußboden und verabfolgten mir ein halbes Hundert Hiebe mit Ochsensehnen. Sie übten dieses Amt desto eifriger aus, als es keinen unter ihnen gab, den ich nicht im Unterricht als Beispiel angeführt hätte, leider nicht zur Erhärtung von Tugenden. Schließlich holte man mich wieder ans Tageslicht und trieb mich mit schweren Schlägen bis vor das Tor, wobei man mich in brüderlicher Liebe ermahnte, in Zukunft bescheidener zu sein und ehrliche Menschen nicht zu verleumden.

Das Gerücht von diesem Geschehnis verbreitete sich in der ganzen Stadt. Alle waren neugierig und wollten mich sehen; die einen bedauerten mich, die anderen lachten, die dritten schalten auf mich. Ob auf der Straße, ob in der Kirche, überall hörte ich sagen: »Da, da ist der *Einzelgänger*! Ach, wie kläglich er ausschaut, ach, wie komisch er ist, ach, wie er schon von Angesicht an einen Spitzbuben gemahnt!« Unter den ersten, das heißt denen, die mich bedauerten, fand sich einer, der mir vorschlug, Hauslehrer bei seinem Sohn zu werden. Ich willigte ein, und er nahm mich in sein Dorf mit, wo ich aufs

neue mit meinen schönen Reden beginnen sollte. Mein Schüler war ein ziemlich ordentlicher Junge, dafür aber sein Vater von einer Seltsamkeit, wie ich es noch nie gehört hatte, obwohl er von allen für klug und gut gehalten wurde, da er in Wohlstand lebte und vermittels kleiner Geschenke, wie Pferden, Kutschen, Kaleschen, Tabaksdosen und Uhren, von Zeit zu Zeit in einen neuen Rang aufrückte. Als ich bei ihm anlangte, war er schon Oberstleutnant. Er setzte sich am frühen Morgen auf das Sofa, rauchte Pfeife und starrte in ein Buch. Nach einer Weile sagte er mit möglichst leiser Stimme: »He, Junge!« Das wiederholte sich fünf-, sechsmal, und wenn er sah, daß niemand kam, sprang er wie ein Wahnsinniger auf, stampfte mit den Füßen und rief: »Leute! Leute!« Die armen

Diener eilten auf dieses Geschrei von allen Seiten herbei, und er fragte: »Wie kannst du es wagen, Pjotr, deinem Herrn nicht zu gehorchen und nicht zu erscheinen, wenn er dich ruft?« Ohne auf Pjotrs Entschuldigungen zu hören, rief er: »Iwan! Hau dem Taugenichts Pjotr eine herunter!« Und wenn Pjotr ein oder zwei Backpfeifen bekommen hatte, hielt er Iwan an und fragte mit strenger Miene: »Wie kannst du es wagen, ihn so schmerzhaft zu schlagen?« Danach befahl er Pjotr, sich an Iwan zu rächen und es ihm heimzuzahlen, befahl Foma den Sidor, Archip den Wlas und so weiter zu schlagen. Hier begann eine blutige Schlacht, wobei es den Dienern nicht verboten war, einander, wie in solchen Fällen üblich, zu beschimpfen. Wenn sich der Herr an diesem Schauspiel genug geweidet hatte und genug gelacht hatte, befahl er ihnen aufzuhören und ließ jeden ein Glas Wodka trinken. Man kann daraus auch auf die sonstigen Taten meines Brotherrn schließen und sich vorstellen, daß mir der Aufenthalt in seinem Hause nicht sonderlich angenehm war. Seiner Frau wusch er jeder Geringfügigkeit wegen den Kopf und rückte ihr auf den Leib, um sie zu verprügeln oder ihr wenigstens Angst damit zu machen; sie jedoch, die seine Gewohnheiten kannte, griff nach dem ersten besten, was ihr unter die Hände kam, und warf nach ihm, worauf er sich auf der Stelle zu Boden fallen ließ und totstellte. Nachdem er fünf Minuten dagelegen hatte, hob er den Kopf und fragte die Diener, die neben ihm standen, ob er blute. Wehe dem, der *nein* gesagt hätte! Und sie entgegneten darum immer: »Ja, Herr.« — »Und schlimm?« — »Sehr schlimm!« — »Ja, leb ich denn überhaupt noch?« — »Nein, Herr, Sie sind tot.« Darauf beklagte er sich bei seiner Frau: »Siehst du, Awdotja, jetzt hast du mich umgebracht! Gott sei dein Richter!« Er blieb noch eine Weile liegen, stand ruhig auf und machte sich an eine neue Posse.

Er hatte oft Zahnschmerzen, und wenn ihn dann jemand ärgerte, erging es ihm schlecht. Das erste, was er tat — er befahl, zahllose Kerzen vor einem Heiligenbild aufzustellen, fiel davor auf die Knie und bat mit herzzerreißender Stimme, seine Schmerzen zu lindern. Verspürte er keine Erleichterung, dann erhob er sich, richtete sich auf und sagte ärgerlich: »Wie? Du hilfst mir nicht? Wozu lasse ich denn die Kerzen vor dir aufstellen? Leute! Nehmt sie wieder weg, nicht eine Kopekenkerze soll er behalten!« Man erfüllte seinen Willen, und er ging ruhig davon. Bei einem solchen Verrückten konnte ich nicht lange bleiben. Eines Tages, als er wieder einmal auf dem

Fußboden lag, fragte er mich: »Nicht wahr, meine Frau hat mich umgebracht?« — »Wäre längst an der Zeit«, entgegnete ich, »einen solchen Narren in die Hölle zu schicken!« — »Wie! Was soll das heißen?« — »Daß alle dich und deine Albernheiten längst satt haben.« — »Hach! He, Leute!«

Die Leute eilten herbei. Und er versicherte ihnen mit wichtiger Miene, ich hätte ihn umbringen wollen und müßte eigentlich den Gerichten übergeben werden, das wünsche er jedoch nicht und ordne nur an, mich aus dem Hause zu jagen und mir mein Köfferchen durch das Fenster nachzuwerfen. Alles wurde befolgt, und ich dankte Gott, so billig von diesem Irren losgekommen zu sein. Mir fiel ein, daß in der Nähe eine verwitwete, nicht mehr ganz junge Gutsbesitzerin lebte, die erwachsene Kinder hatte, und ich wandte mich in ihr Dorf, um ihr meine Dienste anzubieten. Ich erzählte ihr, warum ich mich aus dem Hause meines früheren Herrn davongemacht hatte. Sie brach in schallendes Gelächter aus und sagte: »Sie haben gut daran getan, diesen Possenreißer zu verlassen. Bei mir werden Sie es fröhlicher haben, und ich bemerke im voraus, ich tue mir keinerlei Zwang an, lasse aber dafür auch die anderen in jeder Beziehung gewähren. Mag jeder leben, wie er will.«

Ich lobte diese Sinnesart und blieb als Mentor ihres zwanzigjährigen Sohnes, der achtzehnjährigen Tochter und einer gleichaltrigen Nichte in ihrem Haus.

Jetzt muß ich dir kurz von den neuen Seltsamkeiten erzählen, die ich hier zu sehen bekam — sie sind so ungewöhnlich, daß wohl nicht jeder mir Glauben schenken würde. Glaube wenigstens du mir als einem Menschen, der die Wahrheit leidenschaftlich liebt und sich ihretwegen Unannehmlichkeiten ausgesetzt hat, es aber nicht bereut.

Ich verbrachte eine Woche im Hause, unterrichtete und bemerkte, daß größte Zuchtlosigkeit in ihm herrschte. Die Diener lebten mit der Herrschaft wie mit ihresgleichen, und die Herrschaft hatte Scham, Gewissen und Anstand gänzlich in sich erstickt. Ich konnte mich nicht beherrschen, hielt wie gewöhnlich eine gutgemeinte Predigt und zog das Verhalten meiner Schüler als Beispiel heran. Die Mutter, die zufällig anwesend und von Bacchus inspiriert war, sagte lachend zu mir: »Ich hätte nicht vermutet, daß du ein solcher Duckmäuser bist! Wir alle wissen, daß uns das Leben nur einmal gegeben ist, wozu sich also Zwang antun, wozu sich abquälen? Ich erkläre dir unumwunden, ich sehe es als Vergnügen an, gut zu speisen, einen guten Tropfen zu trinken und hinterher der Ruhe zu pflegen!« Und sie eröffnete mir so viel Seltsames und Abscheuliches über die Regeln, nach denen sie und ihre Kinder lebten, dazu so offen und ohne alle Gewissensbisse, daß mich schauderte. Sie schloß mit einem Antrag, bei dem ich vor Staunen, vermischt mit tiefster Empörung, fast zu Stein erstarrte. Zu mir gekommen, bekreuzigte ich mich und betete ein »Herr, errette mich!«, denn ich meinte wahrhaftig, in die Hölle der Ruchlosigkeit geraten zu sein. Ich verließ mit zitternden Knien das Zimmer, ergriff meinen Ranzen und rannte, was mich die Beine trugen, aus Furcht, das himmlische Feuer könnte mich mit diesen Frevlern verbrennen. Ich wagte nicht einmal, mich umzuschauen, um nicht zur Salzsäule zu erstarren wie Lots Weib.

Damals faßte ich den festen Entschluß, nicht mehr die Stelle eines Hauslehrers anzunehmen und ein Leben zu führen, das meinen Neigungen und Regeln entsprach — mich immer an die Wahrheit zu halten, nicht zu schmeicheln, nicht zu liebedienern und allen Überfluß zu verschmähen, um auf niemanden angewiesen zu sein. Sobald der Adel und die Kaufmannschaft des Kreises merkten, daß ich ihrer nicht bedurfte, suchten sie um die Wette nach Gelegenheiten, mir gefällig zu sein. Wo immer ich erschien, brachte ich den Feiertag mit. Meine Forderungen wurden zum Gesetz, und jedermann sah es als gottlos an, mir etwas abzuschlagen. Ich forderte aber auch nichts Unmögliches, nicht einmal etwas Schwieriges. So habe ich über fünfundzwanzig Jahre gelebt und bin, dem Höchsten sei Dank, immer gesund und in der Seele zufrieden gewesen. Wozu brauche ich Gold, wozu Kostbarkeiten? Geben sie mir mehr Kraft, mehr Rüstigkeit, mehr Heiterkeit? Ganz im Gegenteil! Ich war immer überzeugt, daß es vergnüglicher ist, Zuschauer und nicht Gegenstand des Betrachtens zu sein. Und je komischer die Rolle eines Komödianten ist, desto mühevoller ist es, sie zu spielen. Wo aber Mühe ist, hört das Vergnügen auf.‘

Bei solchen und ähnlichen Gesprächen überraschte uns unterwegs die Nacht. Wir beschleunigten unsere Schritte und langten gegen Mitternacht vor den Mauern eines Klosters in der Nähe von Kiew an. Ringsum herrschte tiefe Stille.

‚Gawrilo‘, sagte Iwan, ‚in der Stadt müßten wir die Bewohner bemühen. Wäre es darum nicht besser, wir übernachten hier auf dem Klosterfriedhof? Die Pforte steht, wie ich sehe, offen.‘

Wir gingen hinein und streckten uns seelenruhig neben einem steinernen Grabmal zu Füßen einer Birke aus. Gerade wollten wir die Augen schließen, als sich in einiger Entfernung Lärm und Geschrei erhob; bald darauf zeigten sich brennende Fackeln und eine Menge aufgeregten Volkes beiderlei Geschlechts.

‚Was kümmern sie uns?' meinte Iwan. ‚Sie haben sich anscheinend den ganzen Tag ausgeruht und sind dafür in der Nacht auf den Beinen — schlafen wir!'"

FÜNFZEHNTES KAPITEL
Ein neues Wiedersehen

„Der Lärm nahm unterdessen zu. Wir öffneten zum zweitenmal die Augen und sahen, daß die erregte Menge näher kam. Schließlich erreichte sie uns, und eine Nonne, durch das Geraschel, das unsere Bewegungen hervorriefen, aufmerksam geworden, stürzte auf uns zu, stolperte über mich und fiel ins Gras. Ich wollte hochspringen, tat es aber irgendwie ungeschickt und schlug neben ihr hin. Wer schildert den allgemeinen Freudenruf: ‚Wir haben sie, wir haben sie!'

Nur Iwan stützte sich ruhig auf den Ellenbogen und fragte: ‚Wen habt ihr? Wenn ihr keine bösen Geister seid, dann geht und legt euch schlafen. Seid ihr aber lauter Teufel, an die ihr äußerlich auch erinnert, dann wisset, daß wir Christen sind und nicht so unverschämt mit uns spaßen lassen!' Mit diesen Worten bekreuzigte er sich mit einem großen Kreuz, sprach laut ein Gebet und blies und spuckte die verblüfften Leute an, wobei er sagte: ‚Hinweg, ihr bösen Geister!' Dann streckte er sich wieder auf dem Rasen aus.

‚Oho!' sagte gedehnt ein kleiner, glatzköpfiger alter Mann. ‚Die Bösewichter wollen sich wohl über uns lustig machen? Wir werden ja sehen! »Ich will erheben mein Horn und niederwerfen den Löwen wie den Drachen.«' Sie befahlen uns, aufzustehen und ihnen freiwillig zu folgen, wenn wir nicht allzu begierig seien, dazu gezwungen zu werden. Wir sahen, daß dagegen nichts auszurichten war, und gehorchten. Der Glatzkopf ging hinter uns her und sang: ‚Bezwinge Israel den Pharao und ernte hohen Ruhm!' Bald darauf befanden wir uns, von allen verlassen, in einer Zelle. Daß unsere Ränzel etwas der Neugier Würdiges enthielten, glaubte man offenbar nicht, denn man warf sie uns in unser Obdach nach. Iwan streckte sich unverzüglich auf dem Fußboden aus, legte den Kopf auf den Ranzen und empfahl mir, dasselbe zu tun.

‚Wie', fragte ich, ‚du befindest dich in dieser Lage und sorgst dich um nichts?'

‚Nun ja', entgegnete er, ‚an der frischen Luft zu schlafen wäre natürlich angenehmer gewesen, aber was hilft's? Wir sind schließlich nicht von selber hierhergekommen, sondern man hat uns dazu gezwungen. Worüber soll ich mir also Gedanken machen?' Nach diesen Worten schlief er ein und einige Zeit darauf auch ich.

Am nächsten Morgen wachten wir früh auf und mußten lange warten, bevor wir jemanden zu Gesicht bekamen, von dem wir den Grund unserer Gefangenschaft erfuhren.

Nach dem Frühgottesdienst trat der glatzköpfige Dicke von gestern bei uns ein und sagte: ‚Freut euch, ihr seid frei! Ein bloßer Zufall war daran schuld, daß man euch für Verdächtige hielt. Derlei Zufälle sind nicht selten, und auch unsereins, die erfahrenen Alten, sind nicht immer dagegen gefeit, denn auch David, der Prophet, sagte: »Wir sind alle Menschen und alle nur Fleisch und Blut!« Wenn ihr euren ergebenen Diener, den Küster Sidor, eines Besuches in seiner Klause würdigt und sein Morgenmahl mit ihm teilt, wird er euch erzählen, was ihm über die ganze Begebenheit bekannt ist.'

Wir gewahrten den guten Willen des Mannes und nahmen seine Einladung an, gingen in seine Hütte, die in einer Ecke neben der Umfriedung stand, und genossen seine einfachen Gaben, die in Brot, Zwiebeln, Rüben und ähnlichen Feldfrüchten bestanden. Als er sah, daß wir bereit waren, ihm zuzuhören, begann er mit folgenden Worten:

‚Der Herr hat durch den Mund eines heiligen Propheten gesagt — ich komme wirklich nicht darauf, wer es war, aber was macht das im übrigen schon aus —, genug, er hat gesagt: »Besser heiraten denn vor Liebe verbrennen.« Ein reicher Herr, der nicht weit von hier lebt, wollte, da er störrisch wie Bileams Eselin ist, diesen Worten nicht glauben und bestürmte bei jeder Gelegenheit Anfissa, die Tochter unserer Vorsteherin, die ebenfalls aus dem Adel stammt und nicht unbegütert ist, mit Liebeserklärungen, ohne ein Wort über das Heiraten zu verlieren. Unsere Anfissa nun ist klug wie eine Schlange und war, wenn auch nicht ohne Falsch wie eine Taube, aber immerhin rein genug, um den keuschen Jungfrauen nicht nachzustehen, die in unserem Kloster erzogen werden. Statt sich der Mutter zu eröffnen, bemühte sie sich, sein Herz durch ihre Reize und Zärtlichkeiten zu verlocken. Schließlich entflammte sie nach und nach selbst, vergaß die jungfräuliche Scham und gestattete dem Geliebten, vom Baume der Erkenntnis zu essen. Das kam schließlich an den Tag; denn es steht geschrieben: »Du kannst die Ahle nicht im Sack verbergen. Wer sich der Fleischeslust ergibt, ist des Teufels Knecht.« So erging es auch Anfissa. In der Absicht, zu ihrem Geliebten zu fliehen, hinterließ sie in ihrer Zelle einen Brief, in welchem sie ihrer Mutter den Plan entdeckte.

Kaum war sie zur Tür hinaus, als die Vorsteherin die Zelle betrat, den Brief las und ein solches Gezeter erhob, daß wir zuerst glaubten, sie ringe mit dem ärgsten aller Teufel. Als sie uns aber den Grund ihres Jammerns verriet, nahmen wir die Verfolgung auf, und bevor Anfissa aus der Umfriedung heraus war, hatte ich das Eichentor zwischen den eisernen Pfosten schon zugesperrt. Als erstes stießen wir auf euch, und da wir den einen für den Entführer, den anderen für seinen Helfer hielten, brachten wir euch an einen sicheren Ort. Während wir rasch die Mutter Vorsteherin benachrichtigten, stöberte ein anderer Teil der Späher Anfissa auf, die sich wie ein ängstlicher Hase hinter einem Stein verborgen hielt, denn es steht geschrieben: »Der Stein ist des Hasen Zuflucht.« Am Morgen hielt man über Anfissa Gericht. Die Vorsteherin erschien, angetan mit dem Äbtissinnenmantel und gestützt auf ihren Krummstab, in Begleitung der Mutter Gehilfin, der Mutter Beschließerin und aller anderen. Ich und der stimmgewaltige Kirchensänger Kiprian bildeten den Beschluß des Zuges. Als alle ihre Plätze eingenommen hatten, begann das Verhör. Es endete mit dem Geständnis Anfissas, sie habe den Brief an ihre Mutter nur aus Kinderei geschrieben, in dem Wunsch, ihr einen Schabernack zu spielen. Dann sei sie hinausgegangen, um frische Nachtluft zu atmen, habe aber, als sie die Fackeln und die vielen Menschen erblickte und das Schreien und Jammern hörte, geglaubt, ins Kloster seien Räuber eingedrungen, und sich aus diesem Grunde hinter einem Stein versteckt.

Nachdem die Vorsteherin dieses offenherzige Geständnis mit der gebührenden Aufmerksamkeit angehört hatte, erhob sie die Stimme und sprach: »Obwohl dein Vergehen unbedeutend ist und von kindlicher Unerfahrenheit zeugt, mußt du es körperlich büßen, Anfissa, auf daß die anderen darüber nachdenken, wie verwerflich es ist, sich mit der Vorsteherin, auch wenn sie eine nahe Verwandte ist, einen Scherz zu erlauben und nachts die Zelle zu verlassen.«

Auf ihren Wink kamen wir bescheidenen Klosterdiener, ich und der Kirchensänger Kiprian, jeder mit einem Rutenbündel in der Hand, nach vorn. Vergebens baten die anderen frommen Mütter um Erbarmen mit der unerfahrenen Jungfrau Anfissa. Sie erschien bald darauf vor uns wie dazumal Maria von Ägypten vor dem frommen Sossima. Ich prahle nicht, wenn ich sage, daß ich meine Waffe ebenso kunstvoll gebrauchte wie der Erzengel die seine, als er den Frevler Adam und seine Eva aus dem Garten Eden vertrieb. Er trieb jedoch beide hinaus, und ich nur eine kleine Eva. Zum allgemeinen Entsetzen erblickten wir gleich zwei, die schrien — die unerfahrene Jungfer Anfissa und ein noch unerfahreneres Mädchen, das unter unseren Rutenhieben zur Welt gekommen war. »Ein Wunder!« riefen wir alle. Die Vorsteherin aber sank mit einem Aufschrei zu Boden, verlor die Kapuze und zerschlug ihre Brille. Die übrigen wußten nicht, wie sie sich verhalten sollten, bis die Mutter Gehilfin, die in solchen Fällen stets eine heldenhafte Geistesgegenwart beweist, verkündete: »Lasset mich und die Vorsteherin allein. Wir wollen uns über die Gefahren klarwerden, die unerfahrenen Jungfrauen drohen, wenn sie nachts hinausgehen, um frische Luft zu schöpfen.«

Und wir entfernten uns. Da ich aber zu dem Ergebnis kam, daß ihr an alledem keine Schuld habt, lasse ich euch frei, damit ihr in Gottes Namen wandelt, wohin es euch beliebt. Zumal ich jenen Herrn, der Anfissa zu den nächtlichen Spaziergängen verleitet hat, zur Genüge kenne.'

Als unser beredter Sidor die Geschichte von der unerfahrenen Jungfer Anfissa beendet hatte, sahen wir die Nonnen an unserem Fenster vorüberziehen. ‚Da habt ihr unser ganzes scheinheiliges Gesindel vor Augen', sagte der Hausherr, ‚und wenn ihr wollt, kann ich euch dies und jenes über sie erzählen. Diese füllige, schon bejahrte Mutter Olympia war früher Inhaberin eines Hauses, in dem sich jung und alt versammelte, und das nicht, um Trübsal zu blasen. Aus irgendeinem Anlaß bekam sie Streit mit der Polizei, und diese bestimmte, sie habe die Stadt zu verlassen. Sie fand keinen anderen Ausweg, als den Nonnenschleier zu nehmen. Jene, ein wenig entferntere, die eher einem Gerippe denn einem lebenden Wesen ähnelt, ist ein Mädchen aus angesehenem Hause. Sie blieb lange gleich-

gültig gegen alle Bewerber; sie erschienen ihr der Gegenliebe nicht würdig, und sie lehnte ihre Anträge ab, bis die Liebe sie in unser Kloster brachte. Im Hause ihres Vaters lebte ein taubstummer Blödian. Dieser Gegenstand zog die Blicke der Unnahbaren an, und sie gestattete ihm mehr, als erlaubt ist. Man sagt, ein kluger Geliebter ist gefährlich, ich schließe jedoch aus dieser Geschichte, daß ein dummer nicht weniger gefährlich ist. Als man am nächsten Feiertag Gäste hatte und sie den Blöden sehen wollten, holte man ihn herein, und da auch die Blöden das Verlangen nach Speise, Trank und anderem haben, stürzte er sich auf seine junge Herrin, fiel über sie her und offenbarte, bevor die erschrockenen Zeugen eingreifen konnten, mehr, als zuträglich war. Die Folgen waren beklagenswert — die Mutter starb bald danach an Kummer, der Vater erschlug den Blöden und erhielt dafür eine Strafe — ich weiß nicht, welche; die Tochter aber wußte nichts Besseres zu tun, als sich in unser Kloster zu flüchten. Von der dritten dort, die den Blick zu Boden senkt, behauptet man, sie sei die Frau eines großen Spitzbuben gewesen, der der Liebling eines polnischen Ministers unter der früheren Regierung war und allerlei Freveltaten begangen hat. Die fromme Ehefrau hielt es mit diesem Verbrecher nicht aus, entsagte der Welt und ihrem eitlen Wahn und zog sich zu uns zurück.‘

Er brach seine Erzählung ab, als er gewahrte, daß ich mich im Gesicht veränderte. Ich hatte auch allen Grund dazu, denn ich erkannte in dieser Nonne meine Fekluscha. Gütiger Himmel, dachte ich, verstellt sie sich auch jetzt noch, auch unter dem Deckmantel dieser heiligen Kleidung?

‚Lieber Freund‘, sagte ich zu Sidor, ‚verschaff mir die Gelegenheit, allein mit dieser Nonne zu sprechen! Ich habe von ihrem Mann, den ich gut kannte, wichtige Nachrichten für sie.‘

‚Wahrhaftig?‘ fragte Iwan. ‚Ich bemerke aber gleich, Mutter Feodossija ist erfahrener als die Jungfer Anfissa, und ich weiß nicht, ob sie bereit sein wird, in den Garten zu kommen, um die Abendluft zu genießen. Aber wir werden ja sehen.‘

Wozu ausführlich Begebenheiten schildern, die uns Kummer bereiten? Ich traf meine erste Frau wieder, und das Herz blutete mir bei ihren Tränen.

‚So ist das menschliche Leben‘, sagte ich, ‚wie hätte ich ahnen sollen, daß ich, der verbannte Liebling eines der höchsten Würdenträger, in diesem Kloster von meiner Frau, der Nonne, Abschied nehmen würde?‘

‚Fürst‘, entgegnete sie, ‚wir müssen voneinander scheiden, und für immer. Jede Begegnung wäre für uns beide äußerst schmerzlich. Sie stehen noch in einem Alter, in dem Sie ein neues Glück begründen können. Ich habe mit Ihrer Liebe und Achtung unwiederbringlich mein Glück verloren und bin entschlossen, den bitteren Rest meiner Tage in dieser Zurückgezogenheit zu verbringen. Beten Sie zu Gott, damit er mir das viele Leid vergibt, das ich Ihnen zugefügt habe! Leben Sie wohl!‘

Mit diesen Worten entfernte sie sich, und ich sah sie nie wieder. Einige Monate danach erhielt ich die Nachricht, daß sie nicht mehr auf dieser Erde weile. Ich vergoß ehrliche Tränen zu ihrem Gedächtnis und flehte zu Gott für die reuige Mutter meines Nikander.

Iwan und ich verließen das Kloster und setzten unsere Wanderung fort. Unterwegs ereignete sich weiter nichts Erwähnenswertes. In Kiew mußten wir uns zu unserem beiderseitigen Bedauern trennen. Iwan machte sich zu seinen Bekannten auf, und ich wandte mich in Richtung Orjol und erreichte nach einiger Zeit Falalejewka, meine geliebte Heimat.“

SECHZEHNTES KAPITEL
Der Tote

„Die Sonne war eben untergegangen, als ich mich dem Dorf Falalejewka näherte. Ich erblickte die blechgedeckte Kuppel unserer alten Kirche, und mein Herz klopfte. Als ich am Friedhof vorbeikam, konnte ich es nicht unterlassen, die Gräber meiner Eltern aufzusuchen. Lange kniete ich am Grabe des Fürsten Simon. ‚Oh, hätte ich doch auf deine Worte gehört, mein Vater', sagte ich unter Tränen, ‚dann hätte ich meinen Gemüsegarten nicht zertreten, wäre nie im Leben Fekluschas Mann und der Sekretär eines großen Herrn geworden, wäre aber auch nie so unglücklich gewesen!' Was ich in dieser Minute fühlte, läßt sich nicht wiedergeben. Ich glich einem Kind, dem man die Mutterbrust vor der Zeit entzogen hat und nach einigen Tagen wieder zurückgibt. Nie habe ich Horaz' Vers ‚et fumus patriae dulcis' so lebhaft nachempfunden wie damals. Diese Worte fielen mir zur rechten Zeit ein, denn ich sah, als ich auf meine Hütte zutrat, daß sie auseinanderzufallen drohte. Im Gemüsegarten wucherten Brennesseln und Kletten. Mit einem Wort, der aufgehende Mond beleuchtete eine Wohnstatt der Zerstörung statt meines einstigen Heims.

Unmittelbar vor dem Tor oder, besser gesagt, der Stelle, wo es sich früher befunden hatte, denn ich fand keine Spur mehr davon, gewahrte ich einige ältere Fürsten, die, vor meinem Hause angelangt, feierlich das Kreuz schlugen und sagten: ‚Gott steh uns bei!' Die kleinen Fürsten und Fürstinnen, die ihnen folgten, steckten die Zunge heraus und riefen: ‚Huhu!', wobei sie aber nicht vergaßen, sich an die väterlichen Kittel zu klammern.

Ich schloß daraus, daß mit meinem Haus etwas nicht stimmte, hielt die Durchlauchten an und sprach: ‚Meine Herren! Ich möchte mich in diesem Dorf von der Wanderschaft ausruhen, und da es schon ziemlich spät ist, habe ich vor, in diesem leerstehenden Hause zu übernachten, um den ehrenwerten hiesigen Fürsten nicht zur Last zu fallen. Aber sagen Sie um Himmels willen — warum bekreuzigen Sie sich hier so eifrig und rufen den Herrgott um Hilfe an?'

‚Ihn und das heilige Kreuz', entgegnete der älteste der Fürsten. ‚Wisse, daß sich in diesem Haus der Geist eines Toten niedergelassen hat und uns keine Ruhe gönnt. Drei Tage und drei Nächte schon stöhnt er hier und läßt trotz aller Beschwörungen nicht nach. Und das bedeutet, daß er kein Christ ist! Wir haben beschlossen, ihn morgen auszutreiben, und das sollen unser Kirchendiener Jakow und der berühmte Hexenmeister Manuil vollbringen. Manuil, der früher Geistlicher war und Gott weiß warum abgesetzt wurde, hat sich der Zauberei verschrieben, ist ein bekannter Hexenmeister und weiß mit Teufeln umzugehen. Und diese Kunst hat ihn vor allem der ständige Umgang mit seiner Frau gelehrt. Sie ist — Gott steh uns bei! — der reinste Satan!‘

Mit diesen albernen Worten ließen sie mich stehen. Ein Toter? sagte ich mir. Was sollte einen Toten bewegen, sein friedliches Grab zu verlassen, in meine Hütte überzusiedeln und die Kinder und Fürsten von Falalejewka gruseln zu machen! Das lohnt der Mühe nicht! O göttliche Metaphysik, früher hätte ich mich vielleicht selber vor solcherlei Torheiten gefürchtet! Ich bin jedoch aufgeklärt und verachte all das Gefasel der Leute!

Den Hut ins Gesicht geschoben und die Jacke von oben bis unten zugeknöpft — warum, weiß ich selber nicht —, betrat ich tapfer den Hof und danach auch das Haus; ich muß jedoch gestehen, daß mich ein Schauer überlief und meine Hände zitterten. Ich rief die Metaphysik um Hilfe an und setzte mich auf die Bank; das Fenster zu öffnen, um frische Luft hereinzulassen, brauchte ich nicht, denn es erinnerte an ein Gitter, an dem nur hier und da noch Spuren von Glas zu entdecken waren. Der Vollmond hing am Himmel, die Nacht war wunderbar. Wer jemals fern der Heimat durch die Welt geirrt ist und wie ich freundliche und widrige Umstände erlebt hat, wird unschwer verstehen, in welcher Lage sich meine Seele befand, als ich die Gefilde wiedersah, die Zeuge meiner Geburt gewesen waren. Ich überlegte hin und her, wo ich morgen beginnen sollte, fühlte, daß mich der Schlaf übermannte, streckte mich auf dem Fußboden aus und schob den Ranzen unter den Kopf.

Kaum hatte ich die Augen geschlossen, als ich einen leisen Seufzer neben mir vernahm und bald darauf einen schwereren. Wo war meine Metaphysik geblieben? Ich erstarrte, alle meine Glieder waren wie gelähmt, besonders als die Seufzer nach und nach immer häufiger wurden; und schließlich glaubte ich sogar undeutliche Worte herauszuhören, die eher an das Zischen einer Schlange denn an eine menschliche Stimme erinnerten. Ich wollte schon alle Metaphysik fahrenlassen, zu einem anderen Mittel greifen und, wie bei Rechtgläubigen Brauch, ein Gebet zur Vertreibung von bösen Geistern verrichten, doch meine Zunge bewegte sich nicht, und meine Lippen taten sich nicht auf; ich betete also nur in Gedanken, dabei aber tausendmal inbrünstiger als damals in der Kirche, da ich mich so verrenkte, um die Aufmerksamkeit der Gräfin Takalowa zu erregen, oder auf meinem üppigen Lager beim Fürsten Latron. Mein Widersacher war jedoch hartnäckig und gab sich keineswegs geschlagen, sondern erhob die Stimme immer lauter und brachte bald sogar ziemlich deutlich hervor: ‚O Gott Israels! Warum hast du mich verlassen? Warum wendest du dein Angesicht von mir?‘

Wie ein römischer Gladiator, auf den ein starker Gegner eindringt und der nur den Sieg oder den nahen Tod vor sich sieht, seine letzten Kräfte sammelt, das Schwert packt und den Streich führt, der über sein Schicksal entscheiden muß, so nahm auch ich, nachdem ich mich überzeugt hatte, daß mein heimliches Gebet den Teufel nicht vertreiben werde, all meinen Mut zusammen, richtete mich halb auf, bekreuzigte mich und fragte mit bebender Stimme und zähneknirschend, daß man ebensogut mich selber für den Leibhaftigen halten konnte: ‚Wer da?‘ Das Schweigen in der Hütte dauerte an. Ich schloß daraus, der Tote habe es mit der Angst zu tun bekommen, faßte Mut, stand auf, trat ans Fenster und fragte lauter und deutlicher als zuvor: ‚Wer bist du? Antworte mir! Ich befehle es dir im Namen des Gekreuzigten! Entdecke mir, welches der Grund deines nächtlichen Umherschweifens ist! Hast du im Leben einen Greis gekränkt, der Tränen darüber vergießt? Hast du dir aus Habsucht das Erbe einer Witwe oder einer schutzlosen Waise angeeignet? Eröffne dich mir, und ich will den Himmel anflehen, dir zu vergeben. Deine Gebeine werden Ruhe finden, und dein Schatten wird aufhören, an den Wegkreuzungen zu klagen!‘

Diese schöne Rede hatte ich einst in einer berühmten deutschen Tragödie gelesen, und da mir in diesem Augenblick keine bessere einfiel, benutzte ich sie eben und sprach sie dem Toten ohne alle Gewissensbisse vor, obwohl ich ihn dabei aufforderte, zur Befriedung seiner Gebeine eine Unterschlagung zu gestehen. Der Tote ließ mich nicht ohne Antwort, und seine Rede war nicht weniger schön als die meine. ‚Wenn du vom Stamme Adams bist‘, sagte er, ‚wenn du gleich mir aus Fleisch und Bein bestehst, wenn ein Herz in deinem Busen schlägt und der Gedanke an die künftige Vergeltung in deinem Hirn lebendig ist — dann habe Mitleid mit einem der unglückseligsten Söhne dieser Erde! Ich bin kein Schatten, wie du vermeinst. Komm herüber und befühle meine Knochen! Tu's nicht den anderen Mitmenschen gleich, die glauben, dem Vater im Himmel zu dienen, indem sie seine Kinder verfolgen. Ich habe drei Tage kein Krümel Brot gesehen. Drei Tage schon brennen meine Lippen vor Durst, aber kein Tropfen lindert die Glut, die mich verzehrt. Wenn du ein menschliches Wesen, wenn du von einem Weibe geboren bist, dann erbarme dich meiner, der von allen verlassen ist, und der Gott Abrahams, Isaaks und Jakobs wird dich belohnen!‘

Ich mußte mir eingestehen, daß die Rede des Toten überzeugender war als meine, woraus man schließen muß, daß er sie selber verfaßt hatte. Nur eins verstand ich nicht — wieso der Tote Speise und Trank brauchte, und der Gedanke schoß mir durch den Kopf, er sei vielleicht nur in den Schädeln der Fürsten von Falalejewka tot. Erlaubte er mir doch, seine Knochen zu befühlen! Dieser letzte Gedanke wollte mir nicht aus dem Sinn; ich hieß ihn also warten und begann Feuer zu schlagen, denn ich führte auf Iwans Rat alles Erforderliche in meinem Ranzen mit, um jederzeit Licht machen zu können und so die Möglichkeit zu haben, Hunger und Durst zu stillen. Ich zündete eine kleine Wachskerze an, stellte mich an die Tür und schaute mich eher mit Schrecken als mit Neugier in meinem Hause um — es war völlig leer. Die ganze Einrichtung bestand aus einer kleinen Bank. In der linken Ecke lag ein Bündel Heu und darauf... die Haare sträubten sich mir, als ich das Schreckgespenst darauf erblickte. Es war ein zusammengekrümmtes kleines Etwas, das einem Menschen glich. Das Haar hing in Strähnen in das wie abgestorbene Gesicht und verdeckte die Augen; der zerzauste Bart starrte in die Luft, die dürren Finger stießen gegeneinander und verursachten einen sonderbaren Laut. Er war nur mit einem alten Umhang zugedeckt. ‚Gütiger Himmel‘, stieß ich mit gedämpfter Stimme hervor, ‚sehe ich wirklich einen Menschen vor mir?‘ Mit diesen Worten stürzte ich aufs neue zu meinem Ranzen, entnahm ihm die hölzerne Reiseflasche mit dem Wodkavorrat, goß einen Schluck davon in den hölzernen Becher, hielt ihn dem Gerippe hin und sagte: ‚Trink und stärke dich!‘ Er öffnete den Mund, und ich goß einige Tropfen hinein. Dann richtete ich ihn halb auf, schob ihm meinen Ranzen unter und ordnete den Umhang. Der Ärmste war offenbar von allen vernünftigen oder unvernünftigen Wesen verlassen — mit Ausnahme einer rauchgrauen Katze mit zwei Jungen, die zu seinen Füßen lagen. Als meinem Gast ein wenig wohler war, labte ich ihn aufs neue aus dem Becher, und nach einiger Zeit hatte er sich so weit erholt, daß er besser sprechen konnte. Sein erstes Wort war Dank.

‚Ich danke dir tausendfach, hochherziger Unbekannter‘, sagte er, ‚du hast die letzten Augenblicke meines Lebens versüßt. Der Herrgott zürnt mir, und seine schwere Hand lastet auf meinem Scheitel. Alles unter der Sonne hat mich verlassen, und unter den vielen Geschöpfen Gottes auf dieser Erde fand sich keines, das bereit gewesen wäre, mir die Augen zuzudrücken und die kläglichen Überreste des unglücklichen Juden Janka der Erde zu übergeben!‘

Bei diesem Namen befiel mich ein Zittern.

‚Gerechter Gott‘, rief ich aus, ‚bist du es wirklich? Und in dieser traurigen Lage? Du erkennst mich nicht? Erkennst deinen alten Freund Fürst Gawrilo Simonowitsch, den früheren Herrn dieser Hütte, nicht?‘

Janka zuckte zusammen, hob die Hand, strich die Haare aus dem Gesicht, streckte die Hand zu mir aus und sagte: ‚Bedankt sei der Höchste, der mich noch einen Menschen erblicken läßt, bevor ich vor seinen Thron trete!‘

Ich sank neben ihm auf die Knie und küßte voller Hochachtung sein ehrwürdiges Haupt. Er weinte, und auch ich konnte meine Tränen nicht unterdrücken. Lange wechselten Fragen und Antworten zwischen uns hin und her.

Schließlich begann Janka auf meine Bitte: ‚Ich will Ihren Wunsch befriedigen und in kurzen Worten berichten, was mich in meinen gegenwärtigen Zustand versetzt hat. Nach Ihrem Scheiden aus Falalejewka zog ich, wie Sie bestimmt hatten, in dieses Haus, obwohl sich der Dorfälteste und der Geistliche dem widersetzten und behaupteten, Ihr Eigentum sei an die Dorfgemeinde gefallen. Wie dem auch sei, ich behielt die Oberhand und lebte mehrere Jahre friedlich im neuen Heim. Man sagt, die Liebe sei die stärkste aller Leidenschaften. Ich pflichte dem bei, weil ich ihr Gegenteil, den Haß, erfahren habe. Ich weiß nicht, warum die Leute mich haßten. Ich weiß nur, daß sie mich mehr haßten, als nötig war. Der Geistliche fluchte mir in aller Öffentlichkeit, und wenn die Fürsten sich betranken und mir davon erzählten, sagte ich nur: »Gott wird entscheiden, wer recht hat, ich oder er!« Am Vorabend jedes Feiertages schickte ich ihm und dem Dorfältesten ein Maß guten Wodka. Sie nahmen die Gabe freundlich an, tranken und — verfluchten mich wie immer. Ich war so daran gewöhnt, daß ich mich gewundert hätte, wäre mir etwas anderes zu Ohren gekommen. Wenn mich der Herrgott mit einem Sohn oder einer Tochter segnete, geriet das ganze Dorf in Aufruhr, als drohte ihm ein großes Unglück, weil nun wieder ein Jude mehr war. Ich habe, wie Sie wissen, die Geduld stets zu den unentbehrlichsten Tugenden gezählt. Ich wappnete mich mit ihr und hörte mir die Verleumdungen und das Geschimpf der Leute gleichgültig an.

Es ist fünf Jahre her, da traf ein bewaffnetes Kommando aus der Stadt bei uns ein, um mich vor Gericht zu holen, und ich machte mich, da mein Gewissen rein war, ohne Furcht auf den Weg, wenn es mir auch leid tat, meine weinende Frau und die klagenden Kinder allein zu lassen. Ich saß mehrere Monate im Gefängnis, ohne zu erreichen, daß man mich dem Richter vorführte und mir sagte, wessen man mich beschuldigte. Schließlich erklärte mir mein Aufseher, ein äußerst frommer Mann, unter dem Siegel der Verschwiegenheit, ich werde, sofern ich nicht vorher sterbe, noch hundert Jahre im Gefängnis sitzen, wenn ich den Sekretär und die Richter nicht bewegen könnte, außer der Reihe über meine Sache zu verhandeln. »Wie soll ich sie dazu bewegen«, sagte ich, »wenn ich so lange warte, aber keinen von ihnen zu Gesicht bekomme?« — »Die wirst du auch nicht zu Gesicht bekommen, das ist jedoch kein Hindernis. Du hast eine Frau, eine Tochter, einen Sohn, einen Bruder, einen Schwager oder irgendwen sonst — sollen sie sich hier einfinden, aber nicht mit leeren Händen, vor allen Dingen nicht mit leeren Händen!«

Er setzte mir die Angelegenheit auseinander, brachte mir Papier und Tinte, und ich schrieb meiner Frau, sie solle sich unverzüglich in die Stadt aufmachen und alles tun, wozu mein braver Aufseher ihr raten werde. Die Arme tat alles, was man von ihr verlangte. Sie suchte das vorhandene Bargeld und einige Wertgegenstände zusammen, kam in die Stadt, bat und bettelte und brachte Geschenke, bettelte aufs neue und fuhr am Ende als halbe Bettlerin ins Dorf zurück, allerdings mit der Zusicherung, meine Angelegenheit werde in Kürze entschieden sein. Und tatsächlich wurde ich bald vor die Richter gerufen. Man verlas das Urteil, das wie folgt lautete: »Der Jude Janka Jankelewitsch aus Falalejewka ist nach dem Zeugnis des dortigen Geistlichen und der angesehensten Fürsten des unversöhnlichen Hasses gegen die Christen und gewisser damit zusammenhängender gotteswidriger Freveltaten überführt, die unter anderem in folgendem bestehen. Er, der Jude Janka, erfand, von dem seit alters den Menschen feindlichen Teufel beraten, ein Gift und mischte es dem Branntwein bei, den er verkaufte, wodurch bei denen, die ihn tranken, unverkennbare Schädigungen der Urteilskraft entstanden, und zwar: 1. Der angesehene Fürst Luka Sapiwochin versuchte den ganzen Tag die Wände zu erklimmen, kletterte auf Bäume, fiel herunter und brach sich das rechte Bein. 2. Fürst Miron Bestolkow lief im bloßen Hemd auf der Straße umher, machte Jagd auf die Fürstin Chawronja Bespalowa, erwischte sie und wälzte sich mit ihr auf der Erde herum. Hätte sie seinem Wunsch nicht entsprochen und sich freiwillig hingelegt, dann wären beide mit Sicherheit in den daneben befindlichen Brunnen gefallen. 3. Die Fürstin Akulina Saderichina geriet, ohne zu wissen, wieso, statt in das Bett des Fürsten, ihres Mannes, auf die Filzunterlage des jungen Knechtes Pantelej und stellte in besinnungslosem Zustand etwas mit ihm an, wofür sie hart bestraft wurde. Doch hat das Gift nach Aussage zuverlässiger Zeugen eine so starke Wirkung auf sie, daß sie jedesmal, wenn sie von Jankas Gebräu trinkt, sogleich auf die Filzunterlage zu Pantelej gerät. 4. Die junge Fürstentochter Poraskewija Podstjogina, die aus dem väterlichen Glas von diesem Gifttrank nippte, wurde, von feindlichen Gewalten überwältigt, schwanger. Solche offenbar gotteswidrigen Handlungen des Juden Janka würden ausreichen, ihn bei lebendigem Leibe zu verbrennen. Doch die nachsichtige Gerechtigkeit wendet ihm ihr Auge zu und bestimmt aus diesem Grunde: Sein gesamter Besitz ist einzuziehen und öffentlich zu versteigern, der Erlös aber zu Nutz und Frommen der Armen zu verwenden.«

Gegen diese nachsichtige Gerechtigkeit war nicht anzukommen. Meine Tränen riefen nur Gelächter hervor, und einer der Richter ermahnte mich, als er ging, in Zukunft keine Getränke mehr anzufertigen, die Christen und Christinnen solchen Schaden zufügten. Kurz gesagt, alles, was mir nach dem Verteilen der Geschenke geblieben war, wurde mir weggenommen und verkauft, und ich stand nackt und bloß da, wie ich aus dem Mutterschoß gekommen war. Die letzten fünf Jahre habe ich die Leiden Hiobs erduldet. Meine Frau starb vor Gram. Die Kinder folgten ihr — das eine wurde ein Opfer der Pocken, das andere des Hungers, das dritte der Schläge der Christen. Ich ertrug alles, ohne zu murren. Schließlich hielt es die erschöpfte Natur nicht mehr aus, und ich wurde sehr krank; die Bewohner von Falalejewka erfuhren davon und weinten. Sie besuchten mich in einem fort und sagten, wenn sie wieder gingen: »Krepieren sollst du, du Hund!« Ich verlor das Bewußtsein, und sie glaubten mich natürlich tot. Seither habe ich niemanden mehr erblickt, bis die Vorsehung Sie, hochherziger Mann, zu mir schickte, um meine sterbliche Hülle der Erde zu übergeben und die Rechtgläubigen daran zu hindern, sich und die Menschheit zu erniedrigen und sie zu schänden.'

Mit diesen Worten schloß Janka seine Erzählung; ich versicherte ihm, er sei mehr schwach als krank und ich würde, solange ich die Kraft besäße, den durchlauchtigen Fürsten und Fürstinnen die Knochen brechen und nicht zulassen, daß ihn jemand belästige.

Am Himmelsgewölbe über Falalejewka erschien die helle Sonne. Ich begrüßte sie mit einer dankbaren Träne, betete zu Gott und brach auf, um etwas Eßbares für Janka aufzutreiben. Bei Nachbarn, die mich nicht kannten, kaufte ich zwei Hähnchen und etwas Grünzeug, kehrte nach Hause zurück und machte Feuer im Herd. Jankas trübe Augen hellten sich auf, und ich konnte sicher sein, daß Entkräftung und Kummer die Hauptursache seiner Krankheit waren. Er schaute gierig zu der Katze, die ich mit den Innereien von meinen Hähnchen fütterte und die vermutlich fast ebenso lange gedarbt hatte wie ihr Herr.

Plötzlich hörte ich einen ungewöhnlichen Lärm und Stimmengewirr auf dem Hof."

SIEBZEHNTES KAPITEL
Die Austreibung

„Ich trat ans Fenster und erblickte eine Schar Menschen beiderlei Geschlechts, unter ihnen meinen alten Bekannten, den Kirchendiener Jakow, und einen kleinen hinkenden Mann, den ich als den Hexenmeister Manuil erkannte. Alle standen vor der Tür und spornten einander an, hineinzugehen, aber keiner traute sich, die Schwelle zu überschreiten. Mir fielen die Fürsten von gestern ein, und ich erriet, daß dieses ganze Gesindel herbeigeströmt war, um den Toten auszutreiben, und beschloß, mir einen Scherz mit ihnen zu machen. Ich drückte die Tür leise zu, legte den Haken vor und beobachtete durch ein Loch, das von den Holzwürmern stammte, was geschehen würde.

Hier sagte der glatzköpfige Kirchendiener Jakow, der inzwischen zwar stark gealtert war, aber den Mund nicht schlechter aufriß als die anderen: ‚Was ist denn nun, Manuil? Du hast den Vortritt! Du bist mit übernatürlichen Kräften ausgestattet. Worauf wartest du noch?‘

‚Mitnichten‘, entgegnete der abgedankte Pope, ‚du bist noch besser ausgestattet als ich, du hast ein Räuchergefäß bei dir. Außerdem ist deine Stimme lauter als meine. Es gehört sich also, daß du vorangehst. Dann folgen alle anderen — und ich zu eurer Unterstützung als letzter.‘

‚Aha‘, mischte sich eine hochgewachsene dürre Frau ein, ‚wenn sie dich in die Kneipe rufen, dann stürzt du als erster hin, sollst du dich aber bewähren, dann spielst du den Krebs. Bist ein Dummkopf! Ich werde dir beweisen, daß ich mich vor niemandem fürchte, und wäre es der Teufel in Person!‘

‚Wie sollte sich auch ein Teufel vor dem anderen fürchten‘, entgegnete der hinkende Hexenmeister und empfing einen gehörigen Nasenstüber. Dann stürzte seine tapfere Frau (denn sie war es) zur Tür, bekam sie aber, sosehr sie sich auch mühte, nicht auf.

Jakow sagte: ‚Laß es sein, Mutter! Der Feind hat offenbar den Weihrauch gerochen und sich eingeschlossen. Das ist jedoch kein Hindernis, wir können ihn auch von hier aus austreiben.‘

Die Handlung nahm ihren Anfang. Manuil schrie, so laut er konnte, Jakow noch lauter. Als ich die Albernheiten hörte, begann ich aus voller Kehle zu singen: ‚Am Tale stand …‘ Entsetzen packte die Beschwörer. Sie flohen Hals über Kopf aus dem Flur, und da die Hauptperson lahmte und ganz hinten stand, wurde sie als erste umgerissen, und über sie fielen Jakow und die anderen. Allgemeines Gezeter und Gejammer erfüllte die Luft, und statt den Teufel, wie vorgehabt, auszutreiben, rief man ihn um die Wette an, und das gleich dutzendweise. Ich konnte mich nicht beherrschen und brach in lautes Lachen aus, worüber die Herde und der Hirte nicht weniger erschraken als vorher über das Lied. Die, welche zuunterst lagen, setzten denen, die oben waren, um ihnen Dampf zu machen, mit den Fäusten zu, und Jakows Glatze bedeckte sich dank den Hieben des Hexenmeisters mit Beulen. Nach und nach fanden sie dann aber doch auseinander, retteten sich auf den Hof und starrten von weitem schweigend auf das Fenster. Ich glaubte schon, die Sache werde damit ein Ende haben, vergaß aber dabei, daß Leute aus dem geistlichen Stand genauso rachsüchtig sind wie die aus dem weltlichen. Die Ehefrau des Hexenmeisters schüttelte den Staub ab, ergriff einen Stein und schleuderte ihn gegen das Fenster. Jakow folgte ihrem Beispiel, und andere folgten dem seinen. Als ich diesen Überfall sah, beschloß ich, mich zur Wehr zu setzen, riß ein brennendes Holzscheit aus dem Herd, warf es mitten in den Haufen und traf die Anstifterin in den Rücken. Alle schrien und stoben auseinander wie hundert Dohlen, auf die man einen Schuß abfeuert.

Als alles vorüber war, kehrte ich an den Herd zurück, und bald konnten der Jude Janka und ich endlich zu Mittag essen, wobei Janka jedoch nur schlecht mithielt, sich aber immerhin wenigstens an der Brühe stärkte. Nach dem Mittagessen überlegten wir, was wir nun beginnen sollten, und Janka riet mir, ins Dorf zu gehen und sich den Leuten zu eröffnen, denn man müsse bei ihrer Bosheit und Unwissenheit auf alles gefaßt sein. Ich nahm seinen Rat an und ging zu dem neuen Dorfältesten, der Pamfil Paramonytsch abgelöst hatte. Man sagte mir, er sei nicht zu Hause, er befinde sich bei Manuil, um eine wichtige Angelegenheit zu besprechen. Ich ahnte, worum es sich handelte, machte mich zu dem listigen Frauenzimmer auf und traf dort tatsächlich den Dorfältesten, den

Kirchendiener Jakow und ein Dutzend Fürsten und Bauern an, die bei einer Flasche Wodka über den Toten schwadronierten. Als ich mich ihnen entdeckte, waren sie sehr verwundert und wußten nicht, was sie sagen sollten. Ich für mein Teil empfahl mich ihrer hohen Gönnerschaft und erklärte in den gewähltesten hauptstädtischen Wendungen, ich sehe es als Ehre an, wieder unter ihnen zu leben. Alle beglückwünschten mich, luden mich ein, Platz zu nehmen, und bewirteten mich.

Der Dorfälteste sagte: ‚Wir freuen uns sehr, daß Sie in die Heimat zurückgekehrt sind, Fürst, müssen Sie aber betrüben, denn Sie werden in der ersten Zeit keine eigene Bleibe haben. Ihr Haus, so haben wir beschlossen, soll niedergebrannt werden, und das wird heute bei Anbruch der Dunkelheit geschehen, denn wir als Rechtgläubige können nicht dulden, daß uns der Tote, der sich dort eingenistet hat, mit allerlei Unfug belästigt. Wir wollten ihn heute austreiben, doch der verflixte Bursche hielt stand.‘

‚Und wie unheimlich er ist‘, sagte einer der Fürsten und ergriff das Glas, ‚Augen wie Schalen mit Öl und rot wie glühende Kohlen!'

‚Und Ohren wie bei einem finnischen Schwein', flocht Manuil ein.

‚Dabei hat er einen Schwanz wie ein Ochse', meldete sich seine Frau.

‚Nein, Herzchen', widersprach ihr Mann, ‚ich habe es mit eigenen Augen gesehen — er hat einen richtigen Roßschweif, der im Winde weht.'

‚Hach, was für ein Unsinn', rief die Frau, ‚wer kann es besser wissen als ich, die er mit einem brennenden Holzscheit in den Rücken getroffen hat, der Verdammte! Er hat einen Ochsenschwanz!'

‚Und wenn er dich mit dem Holzscheit in den Bauch getroffen hätte — er hat einen Pferdeschweif!'

‚Einen Ochsenschwanz hat er!'

‚Einen Pferdeschweif!'

‚Bist selber ein Pferd', rief die Popenfrau, ‚da siehst du eben überall Pferde!'

Hier spie sie ihrem Mann — sage und schreibe! — auf den Bart. Die hochwohlgeborenen Fürsten schüttelten die Köpfe, und einige bemerkten, ein Schlag auf die Wange, gegen die Stirn oder einen anderen, nicht allzu edlen Körperteil — das ginge ja noch an, aber den Bart, ausgerechnet den Bart bespukken — Gott bewahre uns und unsere Kinder vor solcher Schmach! Diese Bemerkung versetzte den Hexenmeister in äußerste Wut gegen die Ehefrau, und er warf mit seinem halb geleerten Glas nach ihr; das Glas erreichte glücklich der Gattin Stirn, zersprang in Scherben, und Ströme von Blut ergossen sich über ihr Gesicht. Sie wollte sich auf ihn stürzen, doch der Dorfälteste und die übrigen Gäste vertraten ihr den Weg, und das rasende Weib begab sich weinend unter tausend Verwünschungen hinaus.

Nachdem der Friede wiederhergestellt war, wandte man sich aufs neue dem Niederbrennen meines Hauses und der Austreibung des Toten zu. Ich mußte all meine Beredsamkeit ins Feld führen, um sie zu beschwichtigen, nahm alle Gefahr auf mich und schwor, ich würde, sobald sie auch nur ein einziges Mal noch das geringste von seiner Tücke verspüren sollten, eigenhändig Feuer an meine Hütte legen und allem Streit über Ohren und Schweif des Toten ein Ende bereiten. Nach längerer Beratung ging man auf meine Vorstellungen schließlich ein, und ich kehrte zu Janka in mein Haus zurück. Er war, nachdem er gegessen und getrunken hatte, sichtlich erholt, und ich hegte keine Zweifel mehr, daß er genesen werde. Wir verbrachten den Abend in freundschaftlichem Gespräch und schliefen so angenehm, wie nur ein Mensch schläft, der nichts zu fürchten hat und sich mit keinerlei Überfluß verwöhnt.

Den Morgen begrüßten wir mit einem Dankgebet zum gütigen Gott, der Christen wie Juden gleichermaßen mit seinen Gaben beschenkt. Ich trat auf die Straße hinaus, wo ich viel Volk versammelt fand, das wissen wollte, was meine Tapferkeit mir eingebracht hätte. Alle beglückwünschten mich, alle waren sehr freundlich zu mir, besonders als ich, um ihrer lästigen Neugier zu entrinnen, die Angesehensten unter ihnen in die Dorfschenke einlud. Die, welche nicht eingeladen waren, hörte ich sagen: ‚Da steckt etwas dahinter! Ohne Hexerei kann's das nicht geben! Was man in Moskau und Warschau nicht alles lernt!' Ich hörte nicht auf ihr Geschwätz.

Kurz und gut — ich erneuerte meine Bekanntschaft und Freundschaft mit den Landsleuten. Um mir ihr Wohlwollen und ihr Vertrauen zu erhalten, bemühte ich mich, sowenig wie möglich von Moskau und Warschau zu sprechen, und gebrauchte fast nie einen Ausdruck, den sie nicht verstanden hätten. Der Jude Janka genas. Ich teilte meine Barschaft mit ihm, und er machte sich unauffällig auf den Weg in die Stadt und kaufte, jeden Gedanken an den Schnapshandel verwerfend, allerlei Kleinkram ein, wie Bänder, Schleifen, Litzen, rote und weiße Schminke und dergleichen mehr. Dann tauchte der tote Branntweinhändler als lebender Krämer in Falalejewka auf. Die Bewohner und Bewohnerinnen waren äußerst erstaunt, als sie den Juden, der selbst nach seinem Tode noch so viel Verwirrung gestiftet hatte, wieder gesund und munter sahen. Allmählich fand alles wieder ins gewohnte Gleis. Er ging seinen Handelsgeschäften nach, ich meiner Wirtschaft. Ich mietete zu meiner Unterstützung einen Knecht; wir statteten, um Verleumdungen und unnützes Gerede zu vermeiden, nur selten jemandem einen Besuch ab, taten wir es aber dennoch, dann nahm Janka immer irgendein städtisches Mitbringsel für den Hausherrn, die Hausfrau oder die Kinder mit.

Der Herbst, der Winter und das darauffolgende Frühjahr verliefen für Menschen, die so viel erduldet hatten, recht erfreulich; ich vergaß meine verflossene Vornehmheit und ließ mich nicht mehr durch törichte Träumereien von zukünftiger

Größe verlocken; kurzum — ich glaubte schon, ich würde meine Tage in Falalejewka beschließen, als ein merkwürdiges und unerwartetes Abenteuer meinem Leben eine neue Wendung gab. So unbeständig ist alles auf dieser Welt. Heute ist man frei und also auch glücklich, und morgen tauchen bei dem geringsten Anlaß Wünsche auf, dann kommen Vorsätze, kommen Sorgen, und der Mensch wird wieder zum Spielball seiner Leidenschaften.“

Sechster Teil

ERSTES KAPITEL
Der Kirchhof

Hier hielt Fürst Gawrilo Simonowitsch Tschistjakow, nachdem er seinem Freund Pritschudin und seinem Sohn Nikander die eigenen Abenteuer bis zur Rückkehr in die Heimat geschildert hatte, an der interessantesten Stelle seines Lebens inne.

„Meine Freunde", sagte er, „ihr habt mich von meiner Jugend bis in mein reifes Alter begleitet. Ihr habt meine angeborenen oder erworbenen Fehler und Tugenden gesehen. Ihr habt mich auf der Höhe des Glücks und gleich darauf im Abgrund des Unglücks erblickt. Mögest du, mein Sohn, aus meinem Beispiel lernen, daß wir, solange wir eher den Regungen des Herzens als den Eingebungen des Verstandes und des Gewissens folgen, nie richtig handeln und also nie den Seelenfrieden finden werden. Die Pflicht des Vaters, und eines Vaters, der es nicht nur dem Namen nach sein will, gebietet mir, dir zu sagen, daß Tugend an sich zwar immer wesentlich ist, daß sie jedoch, nach Ansicht mancher Menschen, bezüglich der Gesellschaft etwas Bedingtes ist, das heißt, daß tugendhaft sein im weiteren Sinne kein Räuber, kein Schurke sein bedeutet, nicht mehr! Das ist alles! Ich selber hielt mich, während ich Fürst Latron nahestand und tausend Ungerechtigkeiten beging, für einen einigermaßen anständigen Menschen, weil der Oberste über die Narren und Possenreißer bei Hof gemeiner war als ich. Wenn ich gegenüber dem Verdienst offenkundige Geringschätzung und Ungerechtigkeit bewiesen hatte und mir der Kopf, der auf einem seidenen Sofakissen ruhte, bei der Vorstellung meiner Nichtswürdigkeiten schwindelte, tröstete ich mich mit folgendem vortrefflichem Gedanken: Sieh dir doch an, was sie tun, der bejahrte Würdenträger und der unfähige Politiker des Worts! Der erste sorgt dafür, daß sein Geldbeutel dicker wird, denn sein Bauch ist es bereits, und der zweite läuft in den Straßen umher und blickt durch die Brille ... Auf wen? Auf den Himmel? O nein, er bringt die Leute, da er die Macht dazu besitzt, in ein Amt, befördert sie in den oder jenen Rang, schmückt sie mit Orden und stattet sie mit Geld aus, aber natürlich nicht mit dem eigenen — woher er es nimmt, das weiß er schon! Und warum? Aber wozu eine Sache erläutern, wenn ihr Sinn von selber klar ist! Natürlich wird sich mancher — der Mensch ist nun einmal schwach —, wenn er einen Fehler oder gar ein Verbrechen begangen hat, damit zu trösten suchen, daß andere Schlimmeres tun. Aber glücklich ist, wer dieses traurigen Trostes nicht bedarf! Ich bin sowohl mächtig als auch in aller Munde gewesen! Aber was hatte das alles für einen Sinn, wenn die Spitzbuben und Bösewichter, die mir ein Drittel ihrer Beute abtraten, triumphierten, während die Guten, Fleißigen, Friedlichen bei der Erwähnung meines Namens zitterten wie der Abergläubische bei dem Namen Satans? Mein Sohn! Bewahre dich Gott davor, irgendwann eine Stellung zu bekleiden wie die, in der sich dein Vater so ausgezeichnet hat!"

„Vortrefflich gesagt", rief Pritschudin bewegt, „deine Worte sind wahr, und mein Herz stimmt ihnen begeistert zu. Wir richten es so ein, daß Nikander, sollte er auf den törichten Gedanken verfallen, in deiner Weise nach Ruhm zu streben, es bald wieder aufgeben wird. Ich habe ein Mittel gefunden, ihm solche Wünsche auszutreiben, und dieses Mittel ist ebenso alt wie bewährt! Und worin besteht es? Es besteht darin, ihn mit einem hiesigen Mädchen zu verheiraten!"

Das Wort „verheiraten" scheint an und für sich nichts Schreckliches zu haben, und dennoch war der junge Mann davon ganz niedergeschmettert.

Er schaute den Vater so kläglich an, daß dieser lächelte und sagte: „Erschrick nicht, mein Sohn! Unser Freund und Wohltäter hat diesen Plan nicht gefaßt, um dich betrübt oder gar unglücklich zu machen. Die Ehe muß — wie alle menschlichen Bindungen oder Verpflichtungen — von dreierlei Seiten gesehen werden. Sie kann gut, schlecht oder mittelmäßig sein. Ich halte schon den für glücklich, der seine Ehe nicht als Übel betrachtet. Ihr habt von meiner Ehe mit Fürstin Fekluscha, von meinem Zusammenleben mit Licorissa, die man ebensogut meine Frau nennen könnte, gehört. Meine dritte Ehe nun war wahrhaftig die eines Ritters und würdig, mindestens in einer Ballade besungen zu werden. Ja, ich weiß auch schon einen Seminaristen, der für ein mäßiges Entgelt ein ganzes Poem darüber schreiben würde."

„Wie?" rief Pritschudin lebhaft. „Dann war Ihre Rückkehr in die Heimat noch nicht das letzte Kapitel Ihrer Abenteuer? Sie haben nach den beiden Frauen Ihr Glück mit einer dritten versucht, und vermutlich wieder mit einer Fürstin aus Falalejewka?"

„Nein, keineswegs", entgegnete der Fürst. „Meine dritte Ehe war — ich sagte es schon — ein regelrechter Roman."

„Und wir werden ihn nach meiner Rückkehr aus Korennaja sicherlich zu hören bekommen?" fragte Pritschudin.

„Gewiß", entgegnete der Fürst.

So trat in seiner Erzählung über sein Leben für eine Weile eine Unterbrechung ein. Der Kaufmann fuhr zur Messe. Fürst Gawrilo beschäftigte sich mit Schreiben und Lesen und sein Sohn mit Dienstgeschäften und Spaziergängen.

Als er eines Abends an dem Kaufhof vorbeikam, traf er einen Haufen Volk und mehrere Hüter der Ruhe und Ordnung davor an. Alle lärmten, schrien und erregten sich; Nikander trat aus Neugier, wie sie jedermann angeboren ist, hinzu und erblickte in der Menschenmenge zu seiner Verwunderung eine schöne Frau von majestätischem Wuchs, die zwar sauber, aber recht ärmlich gekleidet war.

„Wenn du selber zugibst", sagte der Oberste unter den Rechtsbewahrern der Straße, „daß die Sachen nicht dir gehören, dann mußt du auch erklären, wessen Eigentum sie sind. Anderenfalls bedeutet dies, daß sie gestohlen sind — gib sie also her und beliebe mir an einen Ort zu folgen, an dem es still, ruhig und kühl ist, will sagen ins Gefängnis."

Die arme Frau brach in Tränen aus.

„Ich habe schon erklärt", sagte sie, „daß es nicht meine Sachen sind. Ich bin nur beauftragt, sie zu verkaufen, aber von wem, verrate ich nicht, weil ich versprochen habe, es für mich zu behalten. Ich rufe alle Heiligen zu Zeugen für die Wahrheit meiner Worte an!"

„Schlimm genug", entgegnete der Polizist, „wenn du keine zuverlässigeren Zeugen hast. Du wirst dich schon mit der Justiz auseinandersetzen müssen." Nikander sah das bemitleidenswerte Äußere der Unbekannten, erkannte ihre Verwirrung, ihre Schüchternheit und Verzagtheit und nahm lebhaften Anteil daran. Er drängte sich zum Ordnungshüter vor und sagte in ziemlich scharfem Ton: „Mein Herr! Wenn Ihnen die Zeugen dieser Unbekannten nicht genügen — ich stehe für die Wahrheit ihrer Worte ein! Sie werden mich sicherlich kennen!"

„Oh, gewiß", erwiderte der Eiferer für das Recht, zog den Hut und verneigte sich tief vor Nikander. „Ich bin verpflichtet, Ihnen zu glauben; stellt sich aber heraus, daß hier etwas

nicht mit rechten Dingen zugeht, dann tragen Sie die Verantwortung. Dafür habe ich Zeugen."

Er entfernte sich, und Nikander zog seine Unbekannte beiseite und fragte sie, was sie denn mit der Polizei zu tun gehabt habe.

„Mein Herr", gab sie zur Antwort, „Sie haben mich vor einer möglichen Bedrängnis bewahrt, und die Dankespflicht gebietet mir, nicht zu verbergen, was ich Ihnen entdecken darf. Nicht Blutsverwandtschaft, sondern ein merkwürdiger Zufall hat mich mit einer ehrenwerten Familie zusammengeführt, als diese sich eines ziemlich sorgenfreien Lebens erfreute, während ich am Rande des Abgrunds stand. Unglückliche Umstände haben diese Familie in äußerste Not gebracht, und die Bande der Dankbarkeit lassen mich bei ihr ausharren. Nun hatte ich heute den Auftrag, diese goldene Halskette zu verkaufen, aber kaum zeigte ich sie ein paar Kauflustigen, als unvermittelt ein Polizist vor mir auftauchte und mich fragte: ‚Wem gehört dieser Gegenstand?' Ich durfte es ihm auf keinen Fall sagen, denn das war mir strengstens verboten, er beharrte jedoch auf einer Antwort und drohte, mich abzuführen.

Ich weiß nicht, was daraus geworden wäre, wenn Sie mich nicht in Schutz genommen hätten, hochherziger junger Mann!"

„Ich möchte nicht, daß Sie unverrichteterdinge nach Hause zurückkehren", entgegnete Nikander, „und will Ihre Kette darum erwerben."

„Hier ist sie!"

„Und was soll sie kosten?"

„Fünfzig Rubel."

„Hier ist das Geld", sagte Nikander, reichte es mit der einen Hand der Unbekannten und nahm mit der anderen die Kette entgegen. Er bemerkte, daß sie sich dabei die Tränen wischte.

„Was haben Sie?"

„Ach, das arme Mädchen! Sie hat bitterlich geweint, als sie sich davon trennen mußte! Es war ein Geburtstagsgeschenk von ihrem guten Vater."

„Wie", rief Nikander, „und sie hat sich bereit gefunden, eine solche Kostbarkeit herzugeben?"

„Was bewirkt nicht alles die Not!"

„Hier haben Sie die Kette zurück, und bringen Sie sie der guten Tochter! Ich leide dank der barmherzigen Vorsehung keinerlei Not, habe sie aber nicht vergessen. Wie heißt denn das liebenswerte Mädchen mit Vornamen?"

„Das ist das einzige, was ich Ihnen verraten darf. Ihr Name ist Jelisaweta."

„Jelisaweta!" wiederholte Nikander leise. „Ach, auch ich habe ein Mädchen dieses Namens gekannt. Um ihretwillen ist mir auch für die andere Jelisaweta nichts zu schade! Sagen Sie Ihrer Freundin, sie soll niemandem etwas verkaufen. Kommen Sie, sobald sich die Not Ihrer Türschwelle nähert, zu mir! Ich bin reich und weiß für mein Geld keine bessere Verwendung, als der in Not geratenen Sittsamkeit zu helfen. Sie können mich jeden Abend auf dem Kirchhof des heiligen Nikolai treffen. Vor einer halben Stunde hätte ich Ihnen gern auch meinen Namen genannt, aber jetzt bitte ich um Entschuldigung. Ihre Jelisaweta könnte mich für einen listigen Verführer halten, was diejenigen ja auch sind, die die unerfahrene Jugend unter dem Vorwand der Wohltätigkeit ins Garn locken möchten. Mein Name muß Ihnen darum verborgen bleiben — ebenso wie mir Ihre Wohnstatt. Ich will Jelisaweta nur helfen. Leben Sie wohl! Und vergessen Sie nicht — auf dem Kirchhof des heiligen Nikolai!"

Nikander verschwieg seinem Vater das Vorkommnis — warum, wußte er selber nicht. Vielleicht mochte er die Gefühle, die ihn zu seiner guten Tat veranlaßt hatten, mit niemandem teilen. Was hätte für einen gebildeten jungen Mann auch verlockender sein können, als der Wohltäter eines jungen Mädchens zu sein! In seiner Phantasie malte er sie sich in den glänzendsten Farben aus. Sicherlich war sie schön und ohne Zweifel tugendhaft. Und wenn nicht? Oh, das war unmöglich! Wie hätte ein Mädchen lasterhaft sein können, das den Namen Jelisaweta trug? Mit solchen Gedanken legte sich Nikander zu Bett, solche Gedanken schossen ihm durch den Kopf, als er sich von seinem Lager erhob. Er wartete mit einiger Ungeduld auf den Abend, und kaum bemerkte er, daß die letzten Strahlen der untergehenden Sonne über die Blechkuppel der Nikolaikirche glitten, eilte er zum Kirchhof und traf zu seinem größten Vergnügen die Unbekannte dort an — sie saß neben einem halb zerfallenen Grabmal unter einem Baum.

Als sie Nikanders ansichtig wurde, trat sie auf ihn zu, senkte den Blick und sagte: „Mein Herr! Entschuldigen Sie, wenn meine Worte Ihnen nicht ganz angenehm sein werden. Meine Freundin ist Ihnen für die Anteilnahme, die Sie an ihrem Schicksal zeigen, aufrichtig dankbar. Sie läßt Ihnen jedoch ausrichten, sie habe, da sie über ihr Eigentum verfügen könne, die Halskette verkaufen, nicht aber ein Almosen empfangen wollen, und der Gedanke, man könnte dies vermuten, betrübe sie grenzenlos. Hier ist also die Kette und hier Ihr Geld. Wählen Sie eins von beidem!"

Nikander war äußerst verwundert.

„Das ist wahrhaftig einigermaßen romanhaft", sagte er, „und ich hätte nicht geglaubt, daß man in der Not so wählerisch sein könne! Also gut, wenn Ihre Jelisaweta es wünscht — ich wähle die Kette. Da aber der Käufer das Recht besitzt, den Gegenstand, den er kauft, so einzuschätzen, wie er es für richtig hält, nehme ich dieses Recht für mich in Anspruch und füge weitere fünfzig Rubel hinzu. Hier sind sie! Und vergessen Sie nicht den Nikolaikirchhof!"

Mit diesen Worten verließ Nikander rasch den Ort des Stelldicheins. Die Unbekannte wandte sich in die entgegengesetzte Richtung. Mehrere Abende hintereinander kam er auf den Kirchhof, aber sie zeigte sich nicht. Eine Art Mutlosigkeit malte sich auf seinem Gesicht. Er war düster und in einem solchen Grade verändert, daß sich sein Vater teilnahmsvoll nach der Ursache dafür erkundigte. Und der Sohn erzählte ihm nach einigen Ausflüchten von seinem Abenteuer mit der Unbekannten. Die feierliche und zugleich schmachtende Miene, mit der er die Begebenheit schilderte, erheiterte den Fürsten, und er brach in lautes Lachen aus.

„Gott sei Dank", sagte er, „daß deine Verzagtheit keine wichtigeren Gründe hat. Lohnt es denn, sich Gedanken darüber zu machen, wenn eine Spitzbübin einem für eine Bagatelle hundert Rubel entlockt? Nur solltest du in Zukunft umsichtiger sein!"

„Aber Vater, was hat denn diese unsichtbare Jelisaweta dazu veranlaßt, mir die Kette und das Geld zurückzuschicken? Hätte sie die Gelegenheit nicht nutzen und beides behalten können?"

„Gewiß! Aber dann hätte sie nicht hundert statt fünfzig Rubel bekommen!"

„Das glaube ich nicht!"

„Stell sie doch auf die Probe!"

Die Unterhaltung endete damit, daß der Fürst sagte: „Also gut! Um zu klären, wer von uns beiden recht hat, nehme ich die Mühe auf mich, dich von heute abend an auf den Kirchhof zu begleiten. Irgendwann werden wir deine hoheitsvolle Unbekannte ja treffen und die Wahrheit herausfinden. Ich bin nicht so leicht hinters Licht zu führen."

Und sie besuchten den Kirchhof mehrere Tage hintereinander, aber vergebens.

„Du siehst", sagte der Fürst, „dein tugendhaftes Mädchen ist offenbar sehr genügsam. Sie ist mit hundert Rubel zufrieden, während sich eine andere kaum ein Gewissen daraus gemacht hätte, mehr anzunehmen."

Sie saßen lange vor der Kirchentür und plauderten miteinander. Die Stunden enteilten, ohne daß sie es gewahr wurden, und auf dem Glockenturm schlug es elf. Ein zauberhafter Mond zog langsam an einem zauberhaften Himmel dahin. Das Laub an den Bäumen bewegte sich kaum; nur Käfer und Grillen unterbrachen die Stille.

„Eine wunderschöne Nacht", meinte der Fürst und schlug die Rockschöße zusammen. Damit wollte er sich gerade erheben, als am Einfriedungsgitter ihnen gegenüber drei weibliche Gestalten auftauchten. Sie bewegten sich langsam auf die beiden Neugierigen zu. Diese blickten sich an und wußten nicht, was sie davon halten sollten. Als sich die Frauen genügend genähert hatten, glaubte Nikander in einer von ihnen seine Unbekannte zu erkennen, obwohl sie wie die beiden anderen schwarz verschleiert war. Die, die in der Mitte ging, schluchzte ziemlich laut und rang die Hände; die beiden anderen stützten sie und schienen sie leise zu trösten. Sie verharrten ein Dutzend Schritte vor ihnen, und Nikanders Unbekannte, die einen Korb auf die Erde stellte, trat auf die Kirchenwand zu und kniete nieder. Sie neigte den Kopf zum Kellerfenster und rief leise, aber deutlich: „Hu-uh, hu-uh!" Dem Fürsten und seinem Sohn lief ein Schauer über den Rükken. Das „Hu-uh!" wiederholte sich einige Male, und plötzlich kroch ein Schreckgespenst aus dem Keller hervor. Es war ein stattlicher Mann im Umhang, mit tief in die Stirn geschobenem Hut; kaum hatte er sich aufgerichtet, als die Weinende aufschrie, die Arme öffnete und ihm entgegenstürzte — wie er ihr. Sie sanken einander an die Brust. Die beiden anderen Frauen weinten leise. Dem Fürsten und Nikander traten unwillkürlich Tränen in die Augen.

„Ein trauriges Bild", sagte der Fürst leise zu seinem Sohn. „Geb Gott, daß sie nur unglücklich sind und keine Schuld auf sich geladen haben!"

„Dafür bürgt mir mein Herz", entgegnete der Sohn ebenso leise und drückte die Hand des Vaters an seine Brust. „Wir werden ja sehen!"

ZWEITES KAPITEL

Die nächtliche Schlacht und der neue Skalde

Aus dem Gespräch zwischen dem unbekannten Mann und den unbekannten Frauen ließ sich nichts Genaueres erfahren. Sie bedauerten etwas, das geschehen war, sprachen einander Trost zu und weinten. Nikander schien, er erkenne nach der Stimme in einer der Frauen seine unvergeßliche Jelisaweta, aber er sagte sich sogleich, diese Ähnlichkeit bestehe wohl nur in seiner Phantasie und werde besonders durch den Umstand hervorgerufen, daß auch die Unbekannte so heiße. Die nächtliche Szene auf dem Kirchhof endete damit, daß der Mann im Umhang wieder die eine Frau umarmte, den Korb von der Erde aufnahm, sich entfernte und sich im Kellergewölbe unter der Kirche verkroch. Die Frauen verharrten noch ein Weilchen und gingen schließlich mit langsamen Schritten davon. Wieder trat Stille ein, nur Nikanders Gefühle befanden sich in äußerstem Aufruhr.

Er umarmte seinen Vater und fragte mit gedämpfter Stimme: „Vater! Was halten Sie von alledem?"

Der Vater: „Um etwas Entscheidendes darüber zu sagen, muß man erst gründlich nachdenken!"

Der Sohn: „Haben Sie nicht die Stimme meiner Jelisaweta erkannt?"

Der Vater: „Die Stimme der einen hatte tatsächlich ziemliche Ähnlichkeit mit ihr. Doch die Stimme jener, die du deine Unbekannte nennst, erinnert mich noch viel stärker an die einer Frau, die seinerzeit großen Eindruck auf mich machte. Mein Gott, mir schwindelt der Kopf. Meine Phantasie ist entflammt! Du wirst mich fragen, was alles das bedeutet — du sollst es bald erfahren. Der Rest meiner Lebensgeschichte ist nur noch kurz, und du wirst aus ihm ersehen, warum mich die Stimme jener Unbekannten so im Innersten bewegt. Pritschudin kommt morgen zurück, und ihr sollt dann von meinem Schicksal nach meiner Heimkehr hören. Ich verbiete dir nicht, inzwischen den Kirchhof zu besuchen, aber sei vorsichtig. Es gibt Geschehnisse, die mit einem Lachen anfangen und mit bitteren Tränen enden."

Sie kehrten nach Mitternacht in ihre Wohnstatt zurück und trafen zu ihrer großen Freude Afanassi Anissimowitsch bereits zu Hause an. Er war mit dem Anschauen der Geschenke beschäftigt, die er mitgebracht hatte. Ihr Wiedersehen verlief wie immer, das heißt in Offenherzigkeit und ungeheuchelter Heiterkeit. Von der nächtlichen Begegnung erzählte der Fürst seinem guten Freunde noch nichts, damit er nach der langen Reise ruhig schlafe.

Mehrere Tage vergingen, in denen man sich einen Überblick über Pritschudins Käufe, Verkäufe und Tauschgeschäfte auf der Messe von Korennaja verschaffte. Fürst Gawrilo, der die Rechnungen der Kommis und die Eintragungen des Buchhalters prüfte, verbrachte fast die ganze Zeit im Kontor. Nikander hatte aus diesem Grunde viel Zeit und schlenderte auf seinem Kirchhof umher, aber vergebens. Seine Ungeduld verwandelte sich allmählich in Enttäuschung, und wäre er in jener Nacht nicht mit seinem Vater auf dem Kirchhof gewesen, er hätte alles für einen Traum oder ein Werk der übersteigerten Phantasie gehalten. Schließlich glaubte er dies tatsächlich und schwor sich, jene Stätte nicht wieder aufzusuchen und die vermeintliche Stimme Jelisawetas als pure Einbildung zu betrachten. Die Amtsgeschäfte, die Zerstreuungen im Kreise ebenso junger Freunde wie er ließen ihn mit der Zeit zur Ruhe kommen. Er vergaß die geheimnisvolle Szene auf dem Kirchhof fast ganz und dachte auch nicht mehr an die Unbekannte, konnte aber auf dem Gesicht seines Vaters nicht die gleiche Gelassenheit feststellen. Der schicksalhafte nächtliche Auftritt hatte eine starke Veränderung in seinem Verhalten hervorgerufen. Als sich Nikander zu ihm mit der Offenheit und Besorgtheit des Sohnes darüber äußerte, sagte Fürst Gawrilo gerührt: „Mein Sohn! Wenn du deinen Vater beruhigen willst, dann wende alle Mühe darauf, deine Unbekannte wiederzufinden. Verbirg ihr nicht mehr deinen Namen und achte sorgfältig darauf, welche Wirkung das hat, welchen Eindruck er auf sie macht. Dann erzähle mir alles, und wir werden sehen!"

Der Wunsch des Vaters war für den Sohn Gesetz. Er durchstreifte die Stadt wie ein verliebter Pariser, blickte allen Frauen in die Augen, fixierte sie durch die Lorgnette und so weiter. Selbst in Petersburg hätte er als Stutzer nach der neuesten Mode gegolten, und in Orjol erhielt er den bezeichnenden Namen „der Schwerenöter". Das kam ihm zu Ohren, focht ihn jedoch nicht an, denn er erfüllte ja nur den Auftrag seines Vaters, der immer seine Gründe hatte, wenn er etwas wünschte. Eines Tages faßte Nikander, des Herumirrens in den Straßen müde, den Entschluß, einige Abende oder, wenn es sein mußte, auch Nächte auf dem Kirchhof zu verbringen; ihm war der Gedanke gekommen, in der Stadt weiche man ihm vielleicht absichtlich aus, während er hier, zwischen den Grabmälern verborgen, möglicherweise Zeuge eines ähnlichen Auftritts werden könne wie vor einigen Wochen. Und er verfügte sich auf seinen Beobachtungsposten. Er setzte sich zu Füßen eines riesigen Grabmals nieder. Majestätische Kletten und blühende Brennesseln umgaben ihn. Solange er die Buchstaben noch einigermaßen zu entziffern vermochte, starrte er in ein Buch, obwohl er, ehrlich gesagt, keine Zeile darin las. Er wandte den Kopf in einem fort hin und her und klappte das Buch, als man beim besten Willen nichts mehr lesen konnte, gelassen zu.

Kaum war die Nacht, um es poetisch auszudrücken, was sicherlich auch angebracht ist, da jedermann Nikander in seiner augenblicklichen Lage für einen Musensohn gehalten hätte — kaum also war die Nacht mit trübem Blick und taugetränkten Flügeln auf den Erdenkreis um Orjol niedergesunken, als das entfernte Hallen von Schritten über die Grabsteine hinweg zu

Nikander drang und er an Stelle der drei Frauen von damals zwei Männer im Mondenschein gewahrte. Sie kamen langsam auf ihn zu, setzten sich unweit auf den Rasen zwischen den Gräbern, und einer sagte mit gedämpfter Stimme zum anderen: „Hoffentlich bereuen wir unser Unternehmen nicht, mein Freund!“

Der andere entgegnete: „Ein Edelmann aus altem russischem Stamm darf nichts bereuen, einerlei, was er getan hat. Ich habe von meinen Ahnen ein riesiges Gut geerbt und durchgebracht, bevor ich fünfzig Jahre alt war, bereue es aber nicht. Sei ehrlich — wer hatte bessere Hunde, wer bessere Pferde als ich? Was sagte die ganze Gegend zu meinen Mädchen aus dem Hofgesinde? Sie gehören jetzt allerdings anderen, aber was hilft's! Ich bin es nicht gewohnt, das Ungestüm meiner Wünsche zu bändigen! Ich habe mich in die Gräfin Firsowa verliebt und will sie mit deinem Beistand noch heute auf mein Waldgut entführen, ins einzige Dorf, das mir von meinem Besitz geblieben ist. Dort soll sie tun und lassen, was ihr beliebt! Wenn sie lachen will, soll sie lachen! Will sie weinen — meinetwegen auch das! Ich habe von meinen Kundschaftern die zuverlässige Nachricht, daß sich Graf Firsow wegen des Duells, in dem er mich getötet zu haben glaubt, vor den Gerichten fürchtet und irgendwo in der Nähe verbirgt. Seine liebenswerte Gattin, die sehr zuunpaß auf den romantischen Einfall gekommen ist, ihn plötzlich wieder zu lieben, soll nachts gelegentlich dieses Jammertal aufsuchen, das offenbar als Ort ihrer Zusammenkünfte dient. Will der Herr Graf ein Tänzchen wagen, wir spielen ihm gerne eins auf. Die schöne Gräfin wird vermutlich in Ohnmacht fallen — desto besser! Sie wird erst in meinem Wagen, in meinen Armen daraus erwachen. Schau her, siehst du die beiden Frauen? Ich verschreibe mich mit Leib und Seele einem ganzen Hundert von Teufeln, wenn jene etwas kleinere, schlankere nicht meine Prinzessin ist! Courage, mein Freund! Wozu noch zögern! Eilen wir ihnen entgegen!"

Und wirklich standen sie bei diesen Worten auf und stürzten den nächtlichen Wandlerinnen entgegen, in deren einer Nikander sogleich seine Unbekannte entdeckte. Er folgte darum, ohne sich lange zu besinnen, den beiden russischen Edelleuten, die nie etwas bereuten.

Kaum hatten sie die Frauen erreicht, als die eine erschrokken aufschrie und, das Bewußtsein verlierend, mit schwacher Stimme hervorstieß: „Himmel! Dieses Ungeheuer lebt noch!"

Der eine der Unbekannten packte sie, nahm sie auf die Arme und sagte zu der anderen Frau: „Du, Verehrteste, wirst hier nicht mehr gebraucht und magst dich scheren, wohin du willst. Eine schöne Frau begleiten kann ich nicht schlechter als du!"

Er wollte sein Opfer schon fortschleppen, als Nikander mit leisen Schritten von hinten auf ihn zutrat und ruhig fragte: „Wohin, mein Herr?"

Jener drehte sich rasch um, maß den Fragesteller von Kopf bis Fuß und entgegnete in verächtlichem Tone: „Derlei Fragen pflege ich mit einem kräftigen Backenstreich zu beantworten!"

Nikander wurde sehr böse darüber, daß man ihn in Gegenwart von Damen so grob behandelte, und rief: „Nun gut, dann muß ich mich eben deinem Geschmack anpassen!" Und er versetzte ihm einen solchen Hieb, daß er wie ein Klotz zu Boden schlug, mit dem Gesicht zur feuchten Erde.

Nikanders Unbekannte, die ihre Freundin halb aufgerichtet hatte und stützte, sagte: „Ich erkenne Sie wieder, hochherziger junger Mann! Ach, helfen Sie mir, Leben und Ehre dieser Unglücklichen zu retten!"

„Seien Sie unbesorgt", entgegnete unser Held, stand sprungbereit da und wartete, daß sich der Niedergestreckte erhebe, um neue Taten zu vollbringen. Jener stand tatsächlich auf, die Hände zerkratzt und die Stirn an mehreren Stellen zerschunden.

„He, Freund", rief er dem anderen zu, „willst du mir denn nicht helfen?"

„O nein", entgegnete der, „auch ich bin ein russischer Edelmann und weiß, was die Ehre verlangt! Wie könnten zwei über einen herfallen! Beweise deine Tapferkeit allein!"

Der wackere russische Edelmann bückte sich und begann mit beiden Händen einen Stein aus dem Erdreich zu graben, um seinen Gegner damit zu treffen; der jedoch war nicht auf den Kopf gefallen, erkannte das böse Vorhaben gegen sein leibliches Wohl, stürzte sich wie ein Luchs auf den Feind und riß ihn zu Boden, verhedderte sich aber in den Brennesseln und fiel — auf seinen Widersacher. Der befreite, unter der Last, die auf ihm ruhte, keuchend, mit Mühe und Not die Hände und vergrub alle zehn Finger im Toupet des tapferen Nikander. Arme und Beine waren ineinander verschlungen. Flüche, Schreie und Stöhnen hallten über den Kirchhof. Der Gefährte des zuunterst liegenden Recken setzte sich ruhig auf einen Stein und sagte: „Der Anfang zeigt, daß die Schlacht eine Weile dauern und blutig sein wird. Ich will darum nicht müßig dasitzen und mich für dieses Mal in einen neuen Skalden verwandeln." Dann nahm er eine Prise Tabak und hob feierlich, in singendem Tonfall und mit den Armen fuchtelnd, zu deklamieren an: „Warum stöhnen die Steine über den Gräbern? Warum biegen sich Brennesseln und Kletten? Weil sich zwei Recken grimmig um einer schönen Prinzessin willen befehden! Büschel von Haaren wirbeln durch die Lüfte, Fäuste gleiten über Zähne hin, Ströme von Blut entquellen den Nasen! Die Göttin des Ruhms aber wartet darauf, euch zu krönen! Dein Halstuch, o unbekannter Ritter, hängt in Fetzen herab und ist zu nichts mehr zu gebrauchen als zu Zunder. Doch auch dein Hemd, mein kriegerischer Freund, ist äußerst mitgenommen! O Nacht! O silbergleicher Mond und leuchtende Sterne! O ihr, Hornissen und Hummeln, und ihr, mit Hörnern begabte Käfer, erwacht und lauscht meinem Liede!"

Hier hielt er plötzlich inne und sagte gleich darauf mit leiser Stimme: „Aber was seh ich? Wer, zum Teufel, kommt da unter der Kirche hervorgekrochen? Sollten sich die Geister der Verstorbenen nahen, um die ruhmreiche Schlacht zu schauen und zu lauschen dem Gesang des Skalden? Ergebenster Diener! Selbst die tapfersten russischen Edelleute pflegen einer Schlacht mit übernatürlichen Mächten auszuweichen!"

Mit diesen Worten stand er auf und strebte mit raschen Schritten dem Ausgang zu. Diese Handlung des neuzeitlichen Skalden setzte der Schlacht ein Ende. Nikander und sein Gegner erhoben sich. Dieser brummte: „Wie töricht ich war, mir diesen Nichtsnutz zum Gefährten zu wählen!", stürzte, nicht fauler als sein Freund, zur Umfriedung und verschwand.

Der, welcher unter der Kirche hervorgeklettert war, kam auf die Frauen zugeeilt, sank, als er gewahrte, daß die eine immer noch nicht imstande war, sich aufzurichten, auf die Knie und fragte: „Sagt mir um Gottes willen, was all das zu bedeuten hat."

„Bedanken Sie sich bei diesem jungen Mann", entgegnete die ältere der Frauen, „er hat Ihre Gräfin gerettet!"

„Wovor denn?"

„Fürst Wichrewjortow, Ihr unwürdiger Freund, war eben hier und wollte sie entführen!"

„Himmel! Habe ich ihn nicht eigenhändig im Zweikampf erstochen? Es muß sein Schatten gewesen sein!"

„Mit einem Schatten hatte er wenig Ähnlichkeit", sagte der hinzutretende Nikander, „das spüre ich deutlicher als alle anderen. Die Körperlichkeit dieses Schattens fühlen meine Rippen, der Rücken, der Nacken und besonders mein Toupet sehr lebhaft."

„Ich danke Ihnen tausendmal für den Anteil, den Sie am Schicksal meiner Frau genommen haben", sagte der unbekannte Graf. „Wie ich mich über den Zufall freue, der mir Kenntnis davon gibt, daß dieses Ungeheuer lebt! Ich glaubte es unter meinen Hieben gefallen und hielt mich bei den Toten verborgen — in der Absicht, aus meinem Vaterland zu entfliehen. Gebe Gott, daß ich Ihnen den Dienst, den Sie mir erwiesen haben, irgendwann entgelten kann."

DRITTES KAPITEL

Die Gemeindeversammlung

Sie sagten einander eine Menge Höflichkeiten, und schließlich bat der Graf: „Ich beschwöre Sie, mein Herr, mir Ihren Namen zu nennen, damit meine Familie und ich uns allezeit dankbar an Sie erinnern!"

„Meine Handlung war, ehrlich gestanden, recht belanglos“, entgegnete Nikander, „und für die Püffe, die ich empfing, habe ich mich schon schadlos gehalten. Auf Dankbarkeit habe ich also keinen Anspruch, doch brauche ich Ihnen meinen Namen nicht zu verbergen. Ich bin Fürst Nikander Tschistjakow.“

„Himmel!“ riefen beide Frauen auf einmal, von dieser Mitteilung offenbar äußerst betroffen.

„Sollten Sie“, fragte die Gräfin, die den Gebrauch der Sinne wiedererlangt hatte, „sollten Sie wirklich derselbe sein, der aus einem hiesigen Pensionat verstoßen wurde, weil er meine Schwester Jelisaweta geküßt hatte?“

„O Gott“, rief Nikander außer sich, „dann sind Sie also Katerina, die Tochter des verstorbenen Iwan Jefremowitsch?“

„Die bin ich!“

„Und wo ist Ihre Schwester?“

„Sie lebt bei uns!“

„Wo könnte ich sie sehen?“

„Im Augenblick überhaupt nicht! Sie zeigt sich nirgends. Stellen Sie Ihre Neugier also für eine Weile zurück. Genaueres sage ich Ihnen bei unserer nächsten Begegnung. Den Dienst, den Sie uns erwiesen haben, werde ich niemals vergessen.“ Und sie ging mit dem Grafen davon. Nachdem dieser erfahren hatte, er habe seinen Gegner nicht erstochen, zeigte er sich einigermaßen beruhigt und überschüttete Nikander für die Tapferkeit, die er gezeigt hatte, zum Abschied mit tausendfachem Lob.

Nur die Unbekannte verweilte noch einen Augenblick und fragte mit zitternder Stimme: „Um Himmels willen, verbergen Sie es mir nicht! Wie heißt Ihr Vater oder Onkel mit Vornamen?“

„Mein Vater heißt Gawrilo Simonowitsch.“

„Mein Gott! Und wo lebt er?“

„Im Hause seines Verwandten, des hiesigen Kaufmanns Pritschudin.“

Die Unbekannte wich zurück, erhob die Hände zum Himmel und ließ Nikander plötzlich stehen. Nikander kam dies alles recht merkwürdig vor. Jelisawetas Bild tauchte in aller Lebendigkeit vor ihm auf. Er machte sich, in tiefes Nachdenken versunken, auf den Heimweg.

Als unser Held zu Hause anlangte, saßen der alte Pritschudin und Fürst Gawrilo beim Abendessen. Beide waren verblüfft, als sie seiner ansichtig wurden — so zugerichtet hatte ihn sein Gegner. Sie überschütteten ihn mit Fragen, und Nikander erzählte ihnen offen wie stets von allem, was er gesehen und erlebt hatte.

Fürst Gawrilo hörte sich alles an und sagte mit einem Seufzer: „Alles klar! Sie ist es!“

„Ja, wer denn?“

„Morgen, meine Freunde, werde ich eure Neugier befriedigen. Ihr werdet den Schluß meiner seltsamen Abenteuer hören, und du, Nikander, sollst erfahren, warum ich dich beauftragt habe, die Unbekannte zu suchen. Auf morgen also!“

Zur festgesetzten Stunde, als unsere Freunde zur Muße gefunden hatten, begann Fürst Gawrilo die Fortsetzung seiner Geschichte mit folgenden Worten:

„Ich bin, wie ich mich erinnere, in der Erzählung über mein Leben dort stehengeblieben, wo der gute Jude Janka und ich unsere kleine Wirtschaft neu aufgebaut hatten. Ich trieb Ackerbau und er Handel. Mit unseren Nachbarn lebten wir in Frieden und Eintracht und verweigerten ihnen, wenn sie etwas brauchten, niemals unsere Hilfe. Aber man sagt sehr richtig, der Teufel ist überall. Janka besuchte eine Messe und lernte dort den Juden Joseph kennen, welcher Händler war wie er, schloß ihn seiner Gewandtheit wegen in sein Herz und brachte ihn als Gast zu mir nach Falalejewka mit. Joseph war jung, recht stattlich von Gestalt und nicht arm. Wir kamen sogleich auf den Gedanken, unseren Besitz zusammenzulegen, um einen größeren Handel zu beginnen. Das brachte uns Joseph noch näher, denn nichts verbindet die Menschen so rasch wie der gemeinsame Nutzen. Wir wurden uns alsbald einig, begannen unseren Handel, und der Erfolg entsprach den Absichten. Ein ganzes Jahr blieben wir zusammen und waren miteinander zufrieden.

Ich glaube, ich habe schon etwas von meinen Gedanken über die Liebe und den Haß durchblicken lassen. Obwohl es zwei entgegengesetzte Gefühle sind, rufen sie oft genug dieselbe Wirkung hervor, und zwar den Untergang eines Menschen. In Falalejewka lebte eine Kleinbürgerin mit Namen Ustinja, Schankwirtin von Beruf. Diese Art Mensch ist jedermann zur Genüge bekannt. Sie war zwar ledig, führte aber ein lustiges Leben, ohne ans Heiraten auch nur zu denken. Unser Joseph machte zufällig ihre Bekanntschaft, und obwohl er ein ziemlich eifriger Verehrer des Gottes Abrahams war, hatte er in diesem Fall keine Skrupel, dem verfluchten Astaron zu opfern. Die Folgen dieses Götzendienstes erwiesen sich als sehr schwerwiegend.

Die keusche Ustinja stellte alsbald fest, daß sie schwanger war, und entdeckte die Neuigkeit ihrem Verführer.

‚Was soll ich denn tun?' sagte der erstaunte Hebräer. ‚Kann ich denn dafür, daß dich das Schicksal nicht als Jüdin zur Welt kommen ließ? Dann wäre es etwas anderes!'

‚Nein', erwiderte Ustinja, ‚ich glaube im Gegenteil, das Schicksal hat bei dieser Angelegenheit die Hand im Spiele gehabt, um dich zu meinem Ehemann und Christen zu machen!'

‚Warum nicht gar', erwiderte der Jude kaltblütig. ‚Als ob das Schicksal es nötig hätte, sich in die heimlichen Vergnügungen eines Juden mit einer Christin einzumischen!'

‚Oho', rief die Schankwirtin zornig, ‚dann werde ich dir gleich beweisen, daß ich niemandem erlaube, solche Scherze mit mir zu treiben, weder einem Verdammten wie dir noch dem Dorfältesten persönlich — zu dem geh ich jetzt hin.'

Mit diesen Worten ließ sie ihn stehen. Der Jude lachte nur über ihre Drohung, kam nach Hause und gab uns die Geschichte belustigt zum besten.

‚O mein Freund', verkündete Janka mit zum Himmel erhobenen Augen im Ton eines Propheten, ‚o Joseph, du bist verloren! Was hast du angerichtet, unglückseliger Jüngling! Ist dir mein Leben nicht bekannt? Bin ich nicht meines Weibes, der Kinder und all meines Hab und Guts beraubt, habe ich nicht im Kerker geschmachtet, nur weil mein Branntwein gewisse hiesige Fürstinnen, die über den Durst von ihm getrunken hatten, den Knechten in die Arme trieb und manche Fürsten aus demselben Grunde die Wände hochstiegen? Aber du, was hast du getan? Weh dir, mein Freund! Du hast ein Weib geschwängert, obendrein eins, das mit einem Erzeugnis handelt, zu dem die Richter dieses Dorfes eine verwandtschaftliche Neigung empfinden! Weh dir, o Joseph!'

Statt auf die klugen Ermahnungen des vielerfahrenen Janka zu hören und rasch seine Maßnahmen zu ergreifen, machte sich Joseph nur über ihn lustig und schloß, indem er sagte, daß er auf alle Richter dieses Dorfes pfeife.

Kaum hatte er diese wackeren Worte ausgesprochen, als man um unsere Hütte herum vielstimmiges Lärmen und Reden hörte — wie damals, da man den Geist des Toten austreiben kam. Bald darauf wälzte sich der Dorfälteste herein. Das übrige Gesindel umstellte das Haus; der Dorfälteste begann in solchem Zorn, daß sein Schnurrbart und Bart wie im Winde wehten: ‚Du also bist es, verfluchter Jude, der uns zum Dank für die Gastfreundschaft solche Schande beschert? Verruchter! Du wagst es, christliches Fleisch und Blut anzutasten? O du Verräter an Christus, du bist noch schlimmer als Judas! Los, komm, auf daß wir mit dir abrechnen! Bindet ihm die Hände auf dem Rücken, legt ihm die Fußfessel ans rechte Bein, und fort mit ihm in die Gemeindestube!‘

Als sich die Dorfpolizisten auf Joseph stürzten — mit all dem Eifer von Leuten, die in so kitzliger Sache gekränkt worden sind —, nahm sich der widerspenstige Jude nicht etwa seinen Namensvetter Joseph, den Sohn Jakobs, zum Vorbild, der in Ägypten so viel Demut bewies, sondern den tapferen Simson und traf den kühnsten der Angreifer aus voller Wucht mit der Faust. Der Hieb saß so gut, daß der Mann der Länge nach hinschlug, dabei aber im Fallen mit dem Hinterkopf gegen die Nase des Dorfältesten stieß, worauf auf Bart und Schnurrbart des Allgewaltigen ein blutiger Regen niederging. Jedermann wird verstehen, daß da der Spaß sein Ende hatte.

So tapfer sich Joseph auch wehrte, er mußte sich der Übermacht beugen. Das haben die Helden aller Jahrhunderte getan. Joseph wurde gefesselt und ins Gemeindehaus geschafft, wohin für den nächsten Tag auch der Gemeinderat berufen wurde. Auch ich war dazu eingeladen — gleichsam als Ehrenbürger des Dorfes.

Die Nacht verbrachte ich in Verzagtheit, Janka in tiefem Kummer. Er bat mich unter Tränen, alles zu versuchen, um seinen Freund zu befreien, und ich versprach es ihm, und zwar viel ehrlicher, als ich es in solchen Fällen im Dienste des Fürsten Latron getan.

Der Tag der Entscheidung war da, und ich begab mich in das Gemeindehaus. Ich errötete ein wenig, als ich unter die Amphiktyonen von Falalejewka trat und daran denken mußte, welche Rolle ich unter der früheren Regierung gespielt hatte.

Der Dorfälteste eröffnete die Sitzung mit folgenden Worten: ‚Rechtgläubige Gemeindeglieder! Ihr wißt, daß die Juden schon immer die großen Feinde der Christenheit gewesen sind. Sie, die Verdammten, haben Christus und viele Heilige zu Tode gemartert. Dafür hat sie der Herr auch gründlich gestraft. Wenn aber er diese Unmenschen nicht geschont hat, sollten auch wir Sündigen es nicht tun. Euch allen ist bekannt, daß dieses Scheusal die rechtgläubige Schankwirtin Ustinja verführt hat. Was sagt ihr dazu, was wollen wir mit ihm machen?‘

Erster Dorfpolizist: ‚Nach meinem beschränkten Verstand sollten wir ihn der Möglichkeit berauben, noch einmal eine solche Untat zu begehen.‘

Zweiter Dorfpolizist: ‚Du hast mit Recht bemerkt, daß dein Verstand beschränkt ist. Wie könnten wir etwas tun, wozu sich selbst der Landrichter mitsamt seinen Geschworenen nicht leicht entschließen würde. Was meinen die anderen?‘

Dritter Dorfpolizist: ‚Ich meine, wir sollten die Sache nicht auf die lange Bank schieben, ihn splitternackt ausziehen und mit dem Besen aus dem Dorf vertreiben!‘

Erster Dorfpolizist: ‚Diese Meinung taugt ganz und gar nichts. Das Recht, die Leute splitternackt auszuziehen, hat sich das Landgericht vorbehalten. Es wird sich darum viel weniger ärgern, wenn wir ihm die Möglichkeit nehmen zu sündigen.‘

Der Dorfälteste: ‚Was, zum Teufel, wollen wir also mit ihm anfangen?‘

Dritter Dorfpolizist: ‚Nachdem die Dinge nun einmal so liegen, soll sich der Hund doch taufen lassen, und wir verheiraten ihn mit der Schankwirtin! Damit hat die Geschichte ein Ende, er wird uns gut bewirten und den Männern Geld für Gürtel und den Weibern für Kopftücher spenden.'

Der Dorfälteste: ,Was sagen Sie dazu, Fürst?'

Ich: ,Er hat die verschiedenen Meinungen gehört — soll er sagen, was er selber darüber denkt!'

Der Dorfälteste: ,Richtig! Also rede, du Ungetaufter!'

Joseph: ,Ich kann nur sagen, daß ich in keiner Weise schuldig bin. Erstens weil nicht ich die Schankwirtin verführt habe, sondern sie mich — das schwöre ich bei den Zehn Geboten! Sie hat mit allen Mitteln versucht, mich ihren Absichten gefügig zu machen, und selbst gestanden, gleich beim ersten Blick den unwiderstehlichen Wunsch verspürt zu haben, den Unterschied zwischen einem Beschnittenen und einem Unbeschnittenen kennenzulernen. Sie hätte also genauso gehandelt, wenn ihr ein Türke, Perser oder Araber unter die Augen gekommen wäre. Zweitens hätte das Schicksal, wenn es unseren Bund nicht gewollt hätte, der Schankwirtin verbieten können, durch einen Juden Mutter zu werden. Da das Gegenteil der Fall war, ist klipp und klar erwiesen, daß es nichts dagegen hatte.'

Der Dorfälteste: ,O der gottlose Ketzer!'

Erster Dorfpolizist: ,O der verfluchte Jude!'

Alle: ,Er lästert Gott den Herrn!'

Der Dorfälteste: ,Immerhin ist die Angelegenheit verzwickt, und man muß mit Verstand an sie herantreten.'

Hier warf er einen Blick zum Fenster und fuhr fort: ,Die Sonne steht schon hoch! Wird Zeit, ein Gläschen zu trinken! Verschieben wir die Sache auf morgen. Der gottverfluchte Bursche wird bis dahin wohl nicht ins Gras beißen! Zu wem gehen wir also?'

Er sah mich so eindringlich an, daß ich sogleich begriff und freudig ausrief: ,Zu mir, Herrschaften, zu mir, bitte alle zu mir!'

Man ließ den Gefangenen im Gemeindehaus zurück, beauftragte zwei Bauern mit langen Knüppeln, ihn zu bewachen, und machte sich auf den Weg zu mir. Ich gab mir alle Mühe, die Herren Richter möglichst aufmerksam zu bewirten. Sie zeigten sich auch recht friedlich und waren gegen Mittag so betrunken, daß sie mit Mühe und Not auf allen vieren nach Hause fanden. Janka und ich blieben allein.

,Da haben wir das Gericht von Falalejewka', sagte ich mit einem Seufzer. ,Aber sind nicht alle Gerichte so? Schleichen sich in die Rechtsprechung nicht immer Bosheit, Habsucht und Fanatismus ein? Wenn der Richter auch nur einer dieser Regungen erliegt, wird der Angeklagte dementsprechend verurteilt werden. Der Boshafte wird ihm nichts ersparen, der Habsüchtige ihn bis auf den letzten Faden ausplündern und der Fanatiker den Übeltäter — je nach dessen Sinnesart — entweder schonen oder besonders hart bestrafen!‘ “

VIERTES KAPITEL

Der Böse ruht nicht . . .

„Ich sehe es als überflüssig an, von den Plänen zu erzählen, die wir im Laufe des Tages erwogen. Ich sage nur, daß Janka und ich, sobald die Dämmerung tiefer wurde, uns zum Gemeindehaus begaben, wohlausgerüstet mit Flaschen und Piroggen. ‚Ihr guten Leute‘, sagte Janka zu den beiden bärtigen Wachmännern, ‚wir haben uns heute einen guten Tag gemacht, und ihr habt gedarbt und seid sicherlich am Verdursten. Ich weiß, daß eure Frauen euch nichts als Brot gebracht haben. Damit unsere Freude aber nicht halb ist, haben wir auch euch nicht vergessen. Laßt uns also wenigstens ein bißchen nachfeiern!‘ Und er breitete alles vor ihnen aus. Sie nahmen es mit offenen Armen auf wie eine Mutter den Sohn, der nach langer Abwesenheit vom Schlachtfeld heimkehrt. Dann preßten sie die Lippen mit solcher Herzensglut an die Flaschenhälse, daß sie um Mitternacht völlig betrunken waren. Wir verabschiedeten uns von ihnen, hatten aber noch keine hundert Schritte zurückgelegt, als sie sich vor der Tür des Hauses ausstreckten. Wir schlichen uns leise zurück, sahen — sie schliefen wie die Toten, entwendeten den Schlüssel, den der eine hinter dem Gürtel stecken hatte, schlossen die Tür auf und holten den verwunderten Joseph heraus. Zu Hause angelangt, befreiten wir ihn vor allem von den Fesseln. Janka half ihm den Ranzen schultern, in den wir vorsorglich das Beste von Josephs Habseligkeiten und sein Geld getan hatten, drückte ihm ein Bündelchen mit Eßbarem in die Hand, begleitete ihn bis vor das Tor und sagte: ‚Geh mit Gott, dem Gott Israels, wohin er deine Schritte lenkt! Denk daran, wie gefährlich solche Beziehungen sind, besonders für einen Juden! Es gibt viele Christen, die Jüdinnen verführt und in den Abgrund der Wollust gestoßen haben. Darüber lacht man nur. Aber bewahre dich der Erzengel davor, Verhältnisse mit Christinnen einzugehen!'

Joseph verabschiedete sich und stürzte im Laufschritt aus dem Dorf. Wir legten uns schlafen.

Kaum drangen die ersten Sonnenstrahlen in unser Haus, als wir von einem lauten Pochen erwachten. Vielstimmiges Geschrei und Gejammer erklangen auf dem Hof. Wir wußten schon, was es zu bedeuten hatte, und waren auf alles gefaßt.

Ich öffnete die Tür, und der Dorfälteste stürmte herein und fragte in drohendem Ton: ‚Wo ist der Bösewicht?'

‚Ja, welcher denn?'

‚Was heißt hier — welcher? Der Jude!'

‚Woher sollen wir das wissen? Er war doch gut bewacht!'

‚Darin besteht ja eben das Unglück, daß er es nicht mehr ist! Warum hast du gestern die Wachleute betrunken gemacht, Fürst?'

‚Weil ich die ganze Gesellschaft bewirtet habe! Ich wollte, daß alle zufrieden sind!'

‚Gerade das Gegenteil ist dabei herausgekommen!'

Er lief hinaus, und alle eilten davon. Aber wo sie auch nach Joseph suchten, sie konnten ihn nicht finden. Des Suchens müde, versammelten sie sich wieder im Gemeindehaus, wobei ich diesmal nicht mehr eingeladen wurde. Nach einiger Zeit erfuhr ich von dritter Seite, daß die beiden Wachleute, die sich so fahrlässig über ihre Pflicht hinweggesetzt und den Anlaß zu Josephs Flucht gegeben hatten, vom Gemeindegericht streng bestraft und zur Abschreckung mit Ruten gezüchtigt wurden. Das mißfiel uns sehr, denn wir befürchteten, man werde sich an uns rächen. Um lästigen Besuchen und Vorwürfen fürs erste zu entgehen, schlichen sich Janka und ich aus dem Dorf, streiften über die Fluren und verbrachten den ganzen Tag und den ganzen Abend in einem kleinen Hain. Als es dunkel wurde, kehrten wir in einer Herberge an der Landstraße ein und setzten uns zum Abendessen nieder. Wir waren vergnügt und guter Dinge. Als sich dann unser Mahl aber dem Ende näherte, trat gelassen der Wirt ein, kratzte sich die Stirn und sagte zu seiner Frau: ‚In Falalejewka brennt's ganz ordentlich. Ob ich hingehe, um es mir anzusehen? Es ist nicht weiter als eine halbe Werst von hier.' Wir blickten uns sprachlos an. Dann zahlten wir rasch unsere Zeche und rannten davon. Wer schildert unsere Betroffenheit und unseren Schrecken, als wir, dem Dorf schon ziemlich nahe, mit Sicherheit erkannten, daß tatsächlich unsere Hütte brannte und daß mit ihr auch alle unsere Habe und Hoffnungen in Schutt und Asche sanken! Janka, der die Hände hinter dem Kopf verschränkt hielt, schaute zum gestirnten Himmel auf, schwieg eine Weile und sagte unter Stöhnen: ‚Herr des Himmels und der Erde, vergib einem Verzweifelten, wenn er dich fragt: Wo bist du, und warum verschließt deine Augen der Schlummer?' Von meiner Stirn troff kalter Schweiß. Ich starrte regungslos auf meine niederbrennende Hütte. Als man keine Flammen mehr sah, näherten wir uns teilnahmslos der Brandstätte, setzten uns etwas abseits ins Gras und wandten die Augen den dichten Rauchwolken zu, die bald in dieser, bald in jener Richtung abzogen. Wir verbrachten die ganze Nacht, ohne ein Wort zu wechseln.

Schließlich glomm am schönen Himmel ein feuriges Morgenrot auf. Fürsten und Bauern erschienen auf der Straße, aber niemand kam auf uns zu, niemand bedauerte uns in unserem Kummer.

Die Sonne ging auf, und zugleich mit dem Heraufkommen des Lichts wurde mir auch heiterer ums Herz. Mir fiel Iwan der Einzelgänger ein, ich mußte unwillkürlich lächeln und sagte, an Janka gewandt: ‚Hat dein Landsmann nicht zu Recht gesungen: O Eitelkeit der Eitelkeiten — überall Wahn?'

‚So ist es', entgegnete er mit trübem Blick, ‚und dennoch fühle ich Gewissensbisse. Offenbar war mir durch die Vorsehung schon lange der Untergang bestimmt. Aber du hast ihn abgewehrt. Allein hättest du unbehelligt auf dem ererbten Hof gelebt. Du hättest Joseph nicht kennengelernt. Er wäre nicht hergekommen und hätte nicht die Sünde mit jener Christin begangen — dein Haus wäre noch heil. Ich bin die Ursache allen Übels.'

Er bedeckte die Augen mit den Händen, sank vornüber mit dem Gesicht zur Erde und brach in bitteres Schluchzen aus. Seine Lage zerriß mir das Herz. Ich versuchte ihn zu trösten, redete ihm gut zu, drohte ihm seines Kleinmuts wegen Gottes Zorn an — vergebens! ‚Lange genug', sagte er mit dem Ausdruck der Verzweiflung, ‚lange genug, großer Gott, hat mein Fuß deine Erde beschwert! Ich habe den verehrungswürdigsten aller Menschen ins Unglück gestürzt. Ich erkenne deinen Zorn und ergebe mich in mein Schicksal! Siehe das Haupt des niedrigsten unter deinen Knechten niedergebeugt in den Staub. Erhebe deine Hand, tue ein Zeichen — und er weilt nicht mehr unter den Lebenden! Aber erlaube mir, o Herr über Donner und Blitz, erlaube mir auf meinem Totenlager zu hoffen, daß der Verehrer Jesu, dieser mein einziger Freund, noch hier auf Erden Trost und Erquickung findet. Das wäre Erquickung auch für meine Seele, die sich in den Schoß deines geliebten Abraham zu entfliehen anschickt. Ist die Verkündigung aber wahr, o Gott der Götter und Herrscher über die Herrscher, daß du die Juden lieber hast als alle Menschen unter der Sonne, dann sei barmherzig auch zu mir, der immer die Gesetze eingehalten hat, so niedergeschrieben stehen auf den Tafeln deines Knechtes Moses! Nackt bin ich hervorgegangen aus der Mutter Schoß, und nackt kehre ich zurück in den Schoß der Erde, der Mutter alles Lebendigen.'

Ich wich mit unwillkürlichem Entsetzen zurück, da trösten in solcher Lage eher das Leid vervielfachen bedeutet. Ein krampfhaftes Zucken befiel seine Glieder. Er kehrte das Gesicht gen Himmel, deckte aufs neue die Hände über die Augen und verstummte. Ich trat zögernd auf ihn zu und blickte ihn eine kleine Weile regungslos an — ob er sich wirklich nicht mehr rühren würde. Dann griff ich nach seiner Hand — sie war kalt. Die Augen blieben geschlossen. Da führte ich meine Hand an seine Brust — das Herz stand still, Janka war tot!

Ich brauche nicht zu sagen, was ich in diesem Augenblick fühlte. Wären meine Felder verdorrt, mein Blumen- und mein Gemüsegarten vom Hagelschlag vernichtet, wäre ich selbst zur Hälfte gelähmt — es hätte mich nicht so niedergeschmettert. Ich warf mich auf die Knie, küßte Janka auf die erkalteten Lippen und rief, Tränen in den Augen, die Hände zum Himmel erhoben: ‚O Gottes Sohn! Kannst du die Seele dieses Dulders von deinem Tische weisen, nur weil er dich nicht erkannt hat? Erbarme dich sein! Erbarme dich sein!'

Sosehr es mich im Innersten erregte, ich durfte nicht vergessen, den Christen einen guten Dienst zu erweisen und Jankas Leichnam ihren Blicken zu entziehen — sie hätten sich sonst entehren, sich an der sterblichen Hülle des Gerechten vergreifen können. Ich nahm ihn also auf die Arme, trug ihn in die entfernteste Ecke meines Gärtchens und legte ihn unter einen Hagebuttenstrauch, um ihn beim nächsten Mondaufgang neben dem Strauch zu begraben.

Allein geblieben, durchwühlte ich die Kohlen auf der Brandstätte, in der Hoffnung, noch einiges Geld zu meinem Unterhalt zu finden, denn ich war fest überzeugt, ich würde bei meinen Landsleuten vergeblich um ein Stück Brot betteln. Meine Hoffnung gründete sich darauf, daß das Papiergeld bei

uns wie in vielen anderen europäischen Ländern noch unbekannt war. Da ich wußte, wo wir unseren Schatz verwahrt hatten, grub ich nach ihm, fand aber nichts als zwei Dukaten. Das kränkte mich. Ich verstand, daß die Brandstiftung an meinem Hause nicht nur durch Bosheit und Rachsucht, sondern auch durch Habgier verursacht worden war. Und was konnte niederträchtiger sein? Doch dann fiel mir wieder Iwan der Einzelgänger ein, und ich tröstete mich. Ich beschloß, den Rest meiner Tage so zu verbringen wie er und alle Maßnahmen zu treffen, damit ich keiner menschlichen Hilfe bedurfte. Den Tag über hielt ich mich in der Herberge auf, wo ich zu Mittag und zu Abend aß, und machte mich, als es Nacht wurde, zu meinem Toten auf. Die Fürsten und die Bauern vermieden es den ganzen Tag, auch nur ein Wort mit mir zu wechseln, als wäre ich krank und könnte sie anstecken.

Ich schaufelte eine Grube neben dem Hagebuttenstrauch und übergab voller Ehrfurcht die sterbliche Hülle des guten Juden der Erde. Die ganze Nacht betete ich neben dem Grab für seinen Seelenfrieden. Ich sah keinerlei Sünde darin, daß ich es auf Christenart tat, und glaube, daß meine Totengebete nicht schlechter waren als die üblichen. Bei dieser Beschäftigung traf mich die aufgehende Sonne an. Ich hatte die ganze Zeit kein Auge zugedrückt. So sank ich, bis Mittag am Grabe sitzend, in einen leichten Schlummer. Dann sagte mir die Natur, daß es Zeit war, sich durch Nahrung und Schlaf zu stärken, und ich brach wieder in die Herberge auf, wo ich bis zum Dunkelwerden weilte. Ich konnte nicht mit mir einig werden, was ich als erstes beginnen solle. Wohin sollte ich mich wenden, nackt und bloß wie ich war? Eine Zuflucht besaß ich nicht — mochte mir Jankas Grab dazu dienen, mein Haupt zu betten! Ich kam bei ihm an und sah zu meinem Entsetzen, daß der Leichnam ausgegraben war und entstellt, geschändet auf der Erde lag. So viel Bosheit und Roheit brachten mich beinahe um den Verstand. Ich stieß einen feierlichen Fluch gegen alle Bewohner von Falalejewka aus und beschloß, meine Heimat zu verlassen, dieses Mal für immer. Dann begrub ich den Leichnam aufs neue, streckte mich neben dem Grabe aus und fiel in tiefen Schlaf. Ich wußte aus Erfahrung, daß der unschuldig Gekränkte besser schläft als der, welcher ihn gekränkt hat. Die Sonne stand schon hoch, als mich das Poltern einer Kutsche weckte. Sie war mit vier Pferden bespannt und hielt vor meinem Tore. Ein Lakai in prächtiger Livree sah sich die Stelle an, an der mein Haus gestanden hatte, und fragte einen kleinen Fürsten, der ihm vermutlich den Weg gewiesen hatte: ‚Ja, wo ist er denn?‘

Der Junge zeigte mit dem Finger auf mich und ging, während der Diener auf mich zutrat und sich respektvoll erkundigte: ‚Sind Sie Fürst Gawrilo Simonowitsch Tschistjakow?‘

‚Ja, der bin ich!‘ entgegnete ich verwundert.

Der Diener: ‚Sie sind, nach Ihrem Äußeren zu urteilen, ein ehrenwerter Mann!‘

Ich: ‚Danke fürs Kompliment!‘

Der Diener: ‚Möchten Sie glücklich sein?‘

Ich: ‚Wer möchte es nicht?‘

Der Diener: ‚Ihr Glück hängt nur von Ihnen ab!‘

Ich: ‚Wie soll ich das verstehen?‘

Der Diener: ‚Steigen Sie in diese Kutsche! Ich bringe Sie an einen Ort, an dem Sie ohne Zweifel Ihr Glück finden werden. Nur fragen Sie mich nicht, wo es ist. Die Zeit wird Ihnen alles erklären.‘

Was ich gehört hatte, setzte mich in Erstaunen, und ich

hätte mich unter anderen Umständen dem Unbekannten natürlich nicht anvertraut! Da aber meine Landsleute mein Haus in Brand gesteckt und meinen Freund, man konnte schon sagen, umgebracht hatten, entschied ich sogleich, schlechter als hier würde ich es nirgends haben, und willigte ein. Ich stieg in die Kutsche und ließ mich entführen, wohin man wollte. Der Diener setzte sich neben mich und schwatzte ununterbrochen während der ganzen Fahrt. Soviel ich mich auch bemühte, herauszubekommen, wer mich so plötzlich brauchte und wohin die Reise ging, er wich mir stets mit den Worten aus: ‚Sie werden es schon sehen!'

Am Ende des dritten Tages näherten wir uns einem riesigen dichten Wald.

‚Bitte zürnen Sie nicht, Fürst', sprach der Diener, ‚wenn ich jetzt den Willen dessen erfüllen muß, der mich zu Ihnen geschickt hat. Erlauben Sie, daß ich Ihnen die Augen verbinde!'

‚Und wozu?'

‚Es muß sein!'

Ich wurde ein wenig nachdenklich, sagte mir aber dann, ich könne dem Unbekannten, von dem ich mich drei Tage lang Gott weiß wohin hatte entführen lassen, schließlich auch diesen Wunsch erfüllen. Hätte man etwas Böses gegen mich im Sinne gehabt, dann wäre es längst vollstreckt worden. Ich beschloß also, mich allem zu fügen, was man von mir verlangte. Er verband mir die Augen. Nachdem wir ungefähr vier Stunden weitergefahren waren, hielt die Kutsche an. Man nahm mir die Binde von den Augen, und ich erblickte im Dunkel der fortgeschrittenen Dämmerung ein großes Holzhaus. ‚Sie können aussteigen, Fürst', sagte der Diener, und ich stieg aus. Man geleitete mich durch mehrere Zimmer in eine kleine, aber ziemlich geschmackvoll ausgestattete Stube. ‚Das ist Ihr Schlafgemach', erklärte der Diener, stellte eine Kerze auf den Tisch, verneigte sich und ging.

Ich sah mich in meinem Schlafzimmer um und erblickte ein bequemes Bett, einen Bücherschrank und einen Tisch mit Schreibpapier, Tintenfaß und anderem Schreibzubehör darauf.

Ich entschied, der Hausherr müsse mich kennen, da ihm meine Vorliebe fürs Lesen offenbar bekannt war. So holte ich denn die Geschichte des Gil Blas aus dem Schrank, vertiefte mich in das Buch und verglich den Helden in jeder neuen Lage, in die er geriet, mit mir selbst. Meine damalige Situation war in der Tat von ganz ähnlicher Art. Die Wanduhr in meinem Zimmer schlug elf. Die Tür tat sich auf, und der Diener trat mit einem Abendessen ein, das ich delikater fand als meine Schwelgereien in Falalejewka. Nachdem ich gegessen hatte, räumte der Diener ab, vollführte wieder eine Verbeugung und verschwand. Ich warf mich aufs Bett.

Ich wartete auf die Auflösung der Komödie, doch ich wartete vergebens. Ringsum herrschte tiefe Stille, und unmerklich übermannte mich der Schlaf. Ich erwachte am nächsten Morgen ziemlich spät und trat ans Fenster. Ein riesiger Hain breitete sich vor mir aus. Er wimmelte von Gemsen, Hasen und anderem Getier, woraus ich schloß, daß es natürlich ein Wildpark war. Nach einiger Zeit erschien wieder der Diener mit einem Frühstück, welches mir bewies, daß der Hausherr wirklich nicht geizig war. Der Diener sagte, ich könne in dem Wildpark spazierengehen. Als ich mich nach dem Hausherrn erkundigte, bekam ich dieselbe Antwort wie zuvor: ‚Sie werden schon sehen!‘ Er begleitete mich zum Eingang des Parks, ließ mich ein, schloß ab und entfernte sich, ohne zu warten, ob ich noch Fragen hätte.

Der Park ließ keine Schlüsse auf die Sinnesart des Hausherrn

zu. Hier standen irgendwo an einem Morast die schönsten Rosen und Lilien, und daneben wucherten Brennesseln. An einer Eiche hing mit dem Kopf nach unten ein wunderbarer marmorner Cupido. Was sollte die Allegorie? Ich stieß auf eine Sokratesbüste, die diesen heidnischen Heiligen offenbar in dem Augenblick zeigte, da er die Lippen öffnete, um den Schierlingsbecher zu leeren. Der heitere, zum Himmel gerichtete Blick, die ruhigen Gesichtszüge ließen mich vor ihm verweilen. Aber dann mußte ich unwillkürlich lächeln, als ich gewahrte, daß sein Mund mit allerlei Unrat vollgestopft war. Mit einem Wort, wo ich auch hinkam, es gab überall etwas zum Staunen, und ich gelangte schließlich zu dem Schluß, mein Hausherr müsse wenn nicht total verrückt, so jedenfalls nicht recht gescheit sein. Nachdem ich den ganzen Park durchwandert hatte, erblickte ich an seinem Ende eine reichlich kuriose Laube. Es war ein Tempelchen, umgeben von hölzernen Säulen, die von oben bis unten mit allerlei Getier bemalt waren — Vierfüßern, Vögeln, Fischen, Reptilien in den merkwürdigsten Stellungen oder Posen. Das Dach bestand aus

Stroh. Ich trat näher und entdeckte in der Laube eine Frau, die in einem weißen Morgengewand am Fenster saß und mir den Rücken zuwandte. Sie stickte, über einen Rahmen gebeugt, in Seide und war in ihre Arbeit so vertieft, daß sie mein Näherkommen nicht bemerkte. Dafür bemerkten es andere. Kaum hatte ich einen Augenblick vor dem Fenster verweilt, als mich das Klirren einer Kette und furchtbares Hundegebell zusammenfahren ließen. Ein riesiger Hund stand mit gefletschten Zähnen vor mir. Glücklicherweise war er angekettet! Ich prallte einen Arschin zurück. Die Unbekannte schrie auf, erhob sich rasch, gewahrte mich und sagte hastig: ‚Kommen Sie nicht näher! Das Tier ist ein wahres Ungeheuer!' Ich zog den Hut und verneigte mich ehrerbietig vor ihr. Es war eine Frau von ungefähr dreißig Jahren, man könnte sagen — schön und von majestätischem Wuchs. Sie erschien bald darauf vor mir, drohte dem Hund und bat mich in die Laube.

‚Ich glaube zu erraten, wer Sie sind', sagte sie. ‚Fürst Tschistjakow? Nicht wahr?'

‚Derselbe, gnädige Frau! Aber haben Sie die Güte, mir zu verraten, in wessen Haus ich mich befinde und mit wem ich die Ehre habe zu sprechen?'

‚Mit der Frau des Hauses', entgegnete sie. ‚Bitte treten Sie ein!'

Ich folgte der Einladung gern und betrat das Innere des Tempelchens. Auch hier gab es nicht weniger Seltsamkeiten als draußen, und man hätte das Ganze eher die Waffenkammer eines Räubers als eine Laube nennen können. Die Schöne knüpfte eine Unterhaltung mit mir an und erwies sich als recht scharfsinnig und verständig. Als die Zeit des Mittagessens heran war, schlug sie mir vor, es gemeinsam einzunehmen. Man wird gewiß erraten, daß ich mich nicht lange bitten ließ. Kurz, wir verbrachten den ganzen Tag zusammen und trennten uns erst nach dem Abendessen, also ziemlich spät. Auf ihren Wunsch gab ich mein Wort, auch am folgenden Tage sowohl das Frühstück als auch das Mittag- und Abendessen mit ihr zu teilen. Auf diese Art vergingen fünf Tage.

Nachdem wir am sechsten Tag — er wird mir unvergeßlich bleiben! — wie gewöhnlich gemeinsam gefrühstückt hatten, errötete sie ein wenig und sagte: ‚Fürst! Es ist an der Zeit, daß ich Ihnen eröffne, weshalb Sie hier sind. Ich bin Witwe und, wie Sie selber bemerkt haben werden, nicht eben arm. Als ich eines Tages durch Falalejewka kam, hatte ich Gelegenheit, Sie zu sehen und Sie vor allen Männern ausgezeichnet zu finden, die ich bis dahin erblickt hatte. Da ich alleinige Herrin über mein Schicksal bin, beschloß ich, mich ein zweites Mal dem Wagnis einer Ehe anzuvertrauen. Sie stehen in einem Alter, in dem ein Mann eine Frau glücklich zu machen versteht. Sie, Fürst, sind mein Erwählter! Sie sehen, wie offenherzig ich zu Ihnen bin — seien Sie es in gleichem Grade zu mir! Was haben Sie mir auf meinen Antrag zu erwidern?‘

Wer hätte in meiner Lage auf solche Aussichten verzichtet? Ein Mann von über vierzig, bettelarm, beinahe nackt und bloß, gewinnt das Herz einer jungen und schönen Frau, die obendrein auch noch reich ist! War das kein Wunder? Ich geriet aus dem Häuschen. Ich rief mir alles in Erinnerung, was ich für Petersburger Umgangsformen hielt, fiel schleunigst auf das eine Knie, streckte in Liebhabermanier die Arme zu ihr aus und rief: ‚Anbetungswürdige! Welcher Sterbliche würde eine solche Ehre ausschlagen? Verfüge nach Belieben über deinen gehorsamsten Diener!‘

Als sie mich bereit fand, ihren Antrag anzunehmen, reichte sie mir lächelnd die Hand, und ich erhob mich und drückte voller Entzücken einen Kuß darauf. Wie wahnwitzig der Mensch doch noch in vorgerücktem Alter sein kann! Wir faßten uns unter, und sie geleitete mich in ein Zimmer, in dem sie mir mehrere Schränke mit Männerkleidung und Wäsche zeigte.

‚Suchen Sie sich aus, Fürst‘, sagte sie zu mir, ‚was Ihnen gefällt und paßt. Der morgige Tag wird uns die Krönung unserer Wünsche bringen.‘

Mit diesen Worten ließ sie mich allein, und statt ihrer erschien der schon bekannte Diener. Er beglückwünschte mich zu der bevorstehenden Eheschließung, und wir gingen mit vielem Eifer an die Auswahl meines Hochzeitsstaates. Das war aber auch nötig, denn es kostete uns große Mühe. Der verstorbene Mann meiner Verlobten war, wie man sah, um ein volles Viertel größer als ich gewesen, dafür aber doppelt so schmal. Aber was sollten wir tun? Wo die Schneider hernehmen, die die Arbeit in vierundzwanzig Stunden bewältigen konnten? Der Tag verlief in einem einzigen großen Gehaste, und schließlich sank ich mit den angenehmsten Gedanken ins Bett. Ich fragte mich zwar, ob ich mich mit meiner dritten Heirat nicht allzusehr beeile, doch bei der bloßen Vorstellung von Charitinas Reizen verflogen derlei Überlegungen sehr rasch. Charitina — so hieß meine neue Wohltäterin. Der ersehnte Tag brach an. Kaum erfuhr man, daß ich die Augen aufgeschlagen hatte, als auf dem Hof Jagdhörner erklangen und bald darauf eine Abgesandte meiner Göttin eintrat, die deren Glückwunsch überbrachte und daran erinnerte, daß ich nach Brauch der Rechtgläubigen die Braut an diesem Tage erst bei der Trauung in der Kirche zu Gesicht bekommen werde. Schadet nichts, wenn ich sie tags nicht zu sehen bekomme, sagte ich mir, dafür kann ich mich hinterher an ihr satt sehen.

Als die Zeit heran war, sich zur Trauung zu rüsten, zog ich mir mit Unterstützung des Dieners den Rock an, betrachtete mich im Spiegel und hätte am liebsten aufgeschrien. Der Rock reichte mir bis an die Fersen, während die Arme dafür wie auf den Rücken gebunden erschienen. Aber was half's! Gegen Abend sagte man mir, da es im Haus nur eine Kutsche gäbe, in der die Braut zu fahren gedenke, möge ich freundlicherweise zur Kirche reiten. Ich willigte auch darin ein, bekreuzigte mich nach allen vier Himmelsrichtungen und machte mich in Begleitung von vier bewaffneten Dienern auf den Weg, glühend vor Ungeduld, alle Zeremonien möglichst rasch hinter mich zu bringen."

FÜNFTES KAPITEL

Welch überraschende Wendungen!

„Nach ungefähr zwei Stunden Wegs trafen wir in der Kirche ein. Die Lichter brannten schon. Kurz darauf tauchte die schöne Braut auf, und der Ehebund wurde in herzlichstem Einvernehmen geschlossen. Ich schwor begeistert ewige Treue, während sie ihr Gelöbnis nicht ganz so unbedenklich abzulegen schien, was ich jedoch dem weiblichen Schamgefühl zuschrieb. Ich war im siebenten Himmel, und als ich — nun schon in der Kutsche — mit meiner Frau zurückfuhr, dankte ich Gott für das Geschenk dieses Glücks.

Am Tor empfingen uns Diener mit Salutschüssen, und ich tat mir nicht wenig darauf zugute, mit welchen Ehren man mir beim Aussteigen half und mich in ein Gemach geleitete, in dem ein gedeckter Tisch voller Speisen und Getränke stand, obwohl nur zwei Personen tafeln sollten, denn Gäste waren nicht eingeladen, wie ich zu meinem Erstaunen erfuhr. Kurz nach Mitternacht erhoben wir uns vom Tisch. Zwei Diener faßten mich unter und geleiteten mich hinaus, aber nicht in das Brautgemach, sondern in mein bisheriges Zimmer. Ich sagte nichts, weil ich annahm, der Jungvermählten widerstrebe es, sich gleich in der ersten Nacht vor ihrem Ehemann auszuziehen. Man entkleidete mich und riet mir zu meiner nicht geringen Verwunderung, die Kleidung anzulegen, in der ich hergekommen war. ‚So wünscht es die Fürstin', erklärte man mir, und das genügte — ich unterwarf mich widerspruchslos ihrem Willen. Kaum hatte ich meine Lumpen angelegt, als sie in einem schönen Nachtgewand das Zimmer betrat und mir so zauberhaft erschien, daß ich zu ihren Füßen hinsank und die Hände ausstreckte, um ihre Knie zu umfassen. Sie wich drei Schritte zurück und sagte in hoheitsvollem Ton: ‚Zügeln Sie Ihre Begeisterung, Fürst. Setzen Sie sich und hören Sie mir zu! Ich zähle zu jenen Unglücklichen, die man Verführte nennt. Vor einigen Jahren verliebte sich in mich ein Fürst, und ich vermochte ihm nicht zu widerstehen. Ich bestahl meinen ehrwürdigen Vater und floh in diese Wüstenei. Jeden Tag versprach mir mein Entführer, mich zu heiraten, hat mich aber bis heute getäuscht. Ich schämte mich vor meinen eigenen Dienern, eine gewöhnliche Konkubine zu sein. Da ich aber wiederholt von ihm gehört hatte, es gäbe im Dorfe Falalejewka einen Fürsten Tschistjakow, nutzte ich seine Abwesenheit, und die Folgen sind Ihnen bekannt. Ich wurde Fürstin. Kehrt er jedoch zurück und ich habe es zugelassen, daß Sie auch nur ein einziges Mal von Ihrem Recht als Ehemann Gebrauch machen, dann sind wir verloren. Ich kenne seinen Charakter! Weisen Sie also, Fürst, der Mühen wegen, die Sie mit mir gehabt haben, ein kleines Geschenk nicht zurück und verlassen Sie bitte unverzüglich das Haus, ja, ich rate Ihnen, sich auch künftig nicht in seiner Nähe zu zeigen!'

Nachdem sie mit diesen Worten geschlossen hatte, stand sie auf, steckte mir einen Geldbeutel hinter den Rockaufschlag, verneigte sich und ging hinaus.

Ich saß da wie ein steinernes Götzenbild und hätte vielleicht noch lange so dagesessen, wären nicht drei Diener erschienen, von denen mich zwei aufs neue unterfaßten und hinausführten, während der dritte mich zur Eile antrieb, indem er mich in den Rücken puffte. Wir gelangten in den Hof, von da vor das Tor und betraten schließlich den Wald. Es war tiefe Nacht. Herbstlicher Regen strömte vom Himmel wie aus Kannen. Wenn mein Gefühl mich nicht trog, führten mich die verdammten Spitzbuben etwa zwei Stunden lang durch den

Wald, hielten schließlich an, wünschten ‚der Durchlaucht' eine gute Nacht und ließen mich allein. Noch eine ganze Weile hörte ich sie lachen. Ich lehnte mich an einen Baum, stand da und konnte lange nicht recht zu mir kommen. Dann befiel mich eine Bitterkeit, die an Verzweiflung grenzte. Ich sagte mir: ‚Du Tor! Und du schmeicheltest dir, glücklich zu sein? Da ist dein Hochzeitslager!' Und ich sank auf das nasse Moos oder Laub am Fuß eines Baums. Ich spürte die Feuchtigkeit nicht, obwohl ich, zu einer vernünftigen Seelenverfassung zurückgekehrt, beim Morgengrauen erkannte, daß ich beinah im Schlamm gelegen hatte. Da wurde ich von einem heftigen Schüttelfrost befallen. Ich zitterte an allen Gliedern, erhob mich und machte mich auf gut Glück auf den Weg. Meine sonstigen philosophischen Betrachtungen waren entschwunden, wie der letzte Strahl der Abendröte entschwindet, wenn eine Gewitterwolke den Himmel überzieht. Die Dichte des Waldes bereitete mir ständig Schwierigkeiten. Und da ich in meiner heftigen Entrüstung sozusagen mit dem Kopf durch die Wand wollte, war mein Gesicht schon nach kurzer Zeit gründlich zerkratzt. Die alten Wunden an meinem Bauernrock, die in Falalejewka halbwegs geheilt worden waren, öffneten sich an mehreren Stellen aufs neue. Nicht weniger mitgenommen waren auch meine Stiefel, und bei Sonnenuntergang verweigerte der eine seinem Herrn schlechtweg den Dienst. Es wurde Abend, dann Nacht, und ich fand keinen Ausweg aus dem verdammten Wald. Ich sagte mir schon, meine Angetraute sei eine böse Hexe, die ihren Mann an diesem verwunschenen Ort zugrunde richten wolle. Da ich mit aller Gewißheit voraussah, daß ich zum Abendbrot ebensoviel zu essen haben würde wie mittags, wählte ich eine höher gelegene Stelle unter einer weitverzweigten Tanne, häufte trokkenes Laub zu einem Lager auf, rief meinen Schutzengel um Hilfe an, streckte mich aus, deckte mich mit dem im Laufe des Tages getrockneten Rock zu und wollte eben in Morpheus' Arme sinken, als ich zu meiner Verwunderung in einiger Entfernung tiefe Stimmen hörte, die in einem fort ‚Huhu!' riefen.

Da haben wir's! sagte ich zu mir selber. Die verdammte Hexe hetzt mir offenbar Waldschrate an den Hals, damit sie mich erwürgen! Die Rufe kamen meiner Lagerstatt immer näher, und als ich merkte, daß keine Rettung war, sprang ich auf, nahm den Rock um und kletterte kurz entschlossen in die Krone der Tanne. Obwohl mich die Nadeln ziemlich dabei behinderten, suchte ich mir einen starken Ast mit dichtem

Nadelkleid aus, setzte mich rittlings darauf und beschloß, das Weitere abzuwarten.

Und wirklich trafen sie, von allen Seiten kommend, an meiner Tanne zusammen, und einer sagte: ‚Ruhen wir uns hier ein bißchen aus!‘

Erster Waldschrat: ‚Nun, wir können uns auf etwas gefaßt machen — der verdammte Kerl scheint uns entwischt zu sein.‘

Zweiter Waldschrat: ‚Ehrlich gesagt — ich weiß selber nicht, nach wem und weshalb wir den ganzen Tag in dieser Wildnis suchen.‘

Dritter Waldschrat: ‚Mach mal ein Feuerchen, damit wir uns daran aufwärmen. Ich habe auch noch ein Fläschchen Wodka da!‘

Erster Waldschrat: ‚Und ich ein tüchtiges Stück Braten. Ich habe geahnt, daß wir nicht so bald zurück sein würden.‘

Zweiter Waldschrat: ‚Und ich halte für den Nachtisch eine Pfeife und einen Beutel mit Tabak bereit.‘

Dritter Waldschrat: ‚Vortrefflich! Zünden wir also ein Lagerfeuer an!‘

Ich war nicht wenig erschrocken, denn selbst wenn die bösen Waldschrate mich nicht entdeckten — ich konnte im Rauch des Lagerfeuers ersticken!

Sie machten sich ans Werk, trugen ein Häufchen Holz zusammen, schlugen Feuer und streckten sich auf der Lagerstatt aus, die ich für mich bereitet hatte. Dann aßen sie mit Appetit vom Braten, nahmen hier und da einen Schluck aus der Feldflasche und griffen schließlich zur Tabakpfeife, die sie herumgehen ließen. Wie gerne hätte ich, der ich den ganzen Tag nichts gegessen hatte, mich Waldschrat nennen und als Vierter in ihrem Bunde sitzen wollen! Am meisten wunderte mich, daß sie durchaus an Menschen erinnerten und auch recht gut bewaffnet waren. Was wollen Teufel mit Gewehren und Pistolen? fragte ich mich. Ob es nicht eher Räuber sind? Dieser Gedanke erschien mir nicht unbegründet, und ich schmiegte mich, ich weiß nicht, warum, fester an den Baum. Offenbar waren Menschen in manchen Fällen schrecklicher als Teufel. Diese konnte man allenfalls durch ein Kreuz bannen, gegen jene half manchmal nicht mal ein Knüppel.

Nachdem die Arbeit der Zähne und Lippen beendet war, sagte der zweite von ihnen zum ersten: ‚Und nun, Verehrter, erzähle uns von dieser merkwürdigen Geschichte — du warst schließlich dabei!‘

Der erste erklärte sich bereit und erzählte in aller Ausführlichkeit von meinem Abenteuer in Charitinas Haus, von der Trauung, von meinem feierlichen Auszug — kurzum, ich erkannte in dem Schlingel jenen Diener, der mich in diese Räuberhöhle gebracht, mich dort betreut und schließlich durch Püffe in den Rücken hinausbefördert hatte.

‚Wir kehrten erst im Morgengrauen nach Hause zurück', fuhr er fort, ‚und hörten zu unserem nicht geringen Erstaunen Lärm, Schreien und Jammern. Wir traten ein — o Schrekken! —, die frischgebackene Fürstin Tschistjakowa lag vor dem rasenden Fürsten Swetlosarow auf den Knien . . .' "

Fürst Gawrilo wollte fortfahren und öffnete schon den Mund, als er zu seiner Verwunderung bemerkte, daß der alte Pritschudin kreidebleich geworden war.

„Wie", rief er mit zitternder Stimme, „du hast also in jenem Haus ein Frauenzimmer geheiratet, das ihrem Vater mit dem Taugenichts Swetlosarow entlaufen war?"

„Ja!"

„Wie groß ist sie?"

„Über mittelgroß."

„Und das Haar?"

„Von dunklem Blond!"

„Die Augen?"

„Die Augen sind schwarz und glänzen!"

„Hast du vielleicht ein kleines dunkles Mal am linken Nasenflügel bemerkt?"

„Wie sollte ich nicht! Es bildete einen besonderen Reiz!"

„Genug!" rief Pritschudin. „Genug! So wisse denn, daß deine jetzige Frau — habe Mitleid, hochherziger Mann, habe Mitleid mit deinem unglücklichen alten Freund! . . . Sie ist, ich muß es aussprechen, sie ist meine Tochter Nadeshda!"

Er brach in bitteres Schluchzen aus, deckte die Hände vor das Gesicht und ging mit schwankenden Schritten in sein Gebetzimmer, wo er sich einschloß, um den ganzen Tag, den Abend und die Nacht nicht wieder zum Vorschein zu kommen.

Die Fürsten — Vater und Sohn — blieben wie angewurzelt an ihren Plätzen. Schließlich sahen sie einander an, und Fürst Gawrilo ergriff des Sohnes Hand, drückte sie und sagte unter Tränen: „So wisse auch du! Meine jetzige Frau ist deine Unbekannte vom Kirchhof!"

Er erhob sich, begab sich in sein Schlafgemach und verbot Nikander, ihm zu folgen. Nikander blieb allein.

SECHSTES KAPITEL

Welches Wiedersehen!

Für Nikander, der so gerne Betrachtungen nachhing, fand sich nun eine Gelegenheit, diese Leidenschaft zu befriedigen. Zum Nachdenken gab es genug. Er schloß sich zwar nicht ein wie sein Vater und Pritschudin, sondern aß mit Appetit zu Abend und legte sich schlafen, aber eben da verfiel er darauf, seine Gedanken zu ordnen, und zwar wie folgt:

Ich habe meine Unbekannte auf dem Kirchhof zusammen mit Katerina gesehen, die mit irgendeinem Grafen verheiratet ist. Die schutzlose Jelisaweta lebt bei ihnen — daran besteht kein Zweifel. Im übrigen hat Katerina das selbst bestätigt. Ich werde also, sobald ich die Wohnstatt der nun schon bekannten Unbekannten, meiner Stiefmutter, der Fürstin Nadeshda Tschistjakowa, gefunden habe, auch diejenige Jelisawetas kennen. Das ist ein vortrefflicher Gedanke, den ich so bald wie möglich in die Tat umsetzen will.

Hier fiel ihm auch folgendes ein: Da sein Vater der gesetzliche Gatte von Pritschudins Tochter war und Swetlosarow hinter dem Baikalsee in der Verbannung lebte, eröffnete sich die Möglichkeit, den Ehemann mit seiner Frau zu versöhnen und Pritschudin auf seine alten Tage den Frieden wiederzugeben.

Kaum ging am Himmel über Orjol die Sonne auf, als sich seine Bewohner an ihre Geschäfte machten. Die Diebe zum Beispiel, die Kartenspieler und die Besucher der Nymphen des Vergnügens schlichen zu ihren Asylen, um von den nächtlichen Mühen auszuruhen. Die Kaufleute trotteten in ihre Läden und schalten auf den niedrigen Stand der Preise. Die Hüter der Gerechtigkeit und das arbeitende Volk, die mit dem einen Arm schlenkerten und mit dem anderen Kopf und Kleidung nach Federn und Fädchen absuchten, eilten — wie zur Verrichtung eines gewohnten Opfers im Tempel — mit raschen Schritten in eine Schankwirtschaft, worauf sie — und nun schon ganz gemächlich — den Arbeitsplätzen zustrebten, die ihnen das Schicksal bestimmt hatte. Nicht zu übersehen waren auch jene keuschen, gottesfürchtigen Jungfrauen, die sich mit halb geschlossenen Augen und blassen, starren Gesichtern unsicheren Schrittes in ihre bescheidenen Asyle schleppten. Und eben zu dieser Stunde trat oder, besser gesagt, schoß auch Nikander aus seinem Haus, um sich auf Straßen und Märkten umzutun. Überall war viel Volk, nur seine Stiefmutter entdeckte er nirgends! Laut riefen die Glocken die Rechtgläubigen in die Kirchen, damit sie dem Höchsten ihren Dank für die glücklich überstandene Nacht darbrächten. Nikander kam an keiner Kirche, keiner Kapelle vorbei, ohne darin zu beten. Nein, ohne in jedem Winkel nachzuschauen! Alles vergeblich! Er vergaß auch nicht, den Nikolaikirchhof zu besuchen, aber auch da hatte er kein Glück. Mit dem Ausdruck des Mißmuts auf dem Gesicht kehrte er nach Hause zurück, als die Sonne schon senkrecht über den Dächern stand. Kaum hatte er sich den Schweiß von der Stirn gewischt, als Fürst Gawrilo im Salon erschien. Seine Miene verriet nicht die geringste Erregung. Die Gesichtszüge wirkten frisch. Der Blick war ruhig. Er reichte Nikander mit freundschaftlichem Lächeln die Hand und hielt ihm mit der anderen einen Zettel hin. Nikander las:

Mein Freund Gawrilo Simonowitsch!

Eine dringende Angelegenheit veranlaßt mich, Euch für kurze Zeit zu verlassen — für etwa vierzehn Tage oder ein wenig mehr. Mit meinen Geschäften wißt Ihr Bescheid. Ich überlasse Euch die Schlüssel zu allen meinen Truhen, Kellern und Schränken — zu allem im Haus. Sobald ich meinen Bestimmungsort erreicht habe, erhaltet Ihr einen Brief von mir und könnt mir Eurerseits schreiben. Ich wünsche Euch, die Zeit recht angenehm zu verbringen. Bestell Nikander meinen Gruß!

Pritschudin

„Was fangen wir jetzt an?“ fragte Nikander ein wenig beunruhigt.

„Dasselbe, was wir bisher getan haben“, entgegnete der Fürst, „du tust das Deine und ich das Meine!“

„Und was ist mit Jelisaweta?“

„Du denkst noch immer an sie!“

„Vater! Wie könnte ich sie vergessen?“

„Und wenn nun sie dich vergessen hat?“

„Das ist unmöglich — ich schwöre dir bei Gott, das ist unmöglich! Dafür bürgt mein Herz.“

„Die unsicherste, unzuverlässigste Bürgschaft! Das beweist dir meine dritte Heirat!“

„Vater! Das ist etwas ganz anderes!“

„Vielleicht.“

„Ich werde sie ausfindig machen!“

„Mit Gott!“

„Und was werden Sie sagen, wenn ich sie finde?“

„Das wird sich zeigen!“

Der Fürst ging in sein Zimmer und ließ den Sohn in Ungewißheit zurück. Die Zeit des Mittagessens kam, und sie aßen zu Mittag. Man sprach über dies und jenes, aber über nichts Besonderes. So vergingen ein, zwei Tage, dann eine ganze Woche, und schließlich wurden es drei. Den Vater stimmte das Ausbleiben einer Nachricht von Pritschudin, den Sohn die völlige Unkenntnis über den Verbleib seiner Stiefmutter und damit Jelisawetas ein wenig nachdenklich.

Man glaube jedoch nicht, daß der zärtliche Nikander die Geliebte auch nur einen Augenblick lang vergaß! Er durchstreifte weiter die Stadt und deren Vororte, in der Hoffnung, am Ende doch noch auf den Gegenstand seines unermüdlichen Suchens zu stoßen. Eines frühen Morgens strich er etwa drei Werst von der Stadt entfernt umher, frühstückte, als es Zeit wurde, in einer Gastwirtschaft nahe der Landstraße und betrat ohne bestimmte Absicht einen Wald. Die heute zum System erhobenen *Spaziergänge ohne Plan und Ziel* kannte man damals noch nicht. Der Entdecker dieses großen Sakraments war, meine ich, Rousseau, die Fortentwicklung dieser weisen Wissenschaft verdanken wir jedoch einigen Landsleuten, welche sie so vervollkommnet haben, daß sie nicht nur plan- und ziellos spazierengehen, sondern auch plan- und ziellos leben — im häuslichen wie im gesellschaftlichen Sinne. Nikander pflückte weder Maiglöckchen noch Vergißmeinnicht — sei es, weil es keine gab, sei es, weil er mit wichtigeren Gedanken beschäftigt war. Er hielt in ihnen erst inne, als er unweit den Laut einer menschlichen Stimme vernahm. Er sah sich um und gewahrte durch ein wildwachsendes Himbeergebüsch einen jungen Mann, der im Grase saß und an einem halb verfaulten Baumstumpf lehnte. Seine Wangen waren blaßgelb, die Augen glommen in mattem Feuer; der Kopf mit dem zerzausten Haar ruhte auf dem Stumpf. Die rechte Hand war unter den Kopf geschoben, die linke berührte das Schloß einer Pistole, die zu seinen Füßen lag. Nikander zuckte bei diesem nie gesehenen Anblick zusammen. Er

stand, in tiefes Schweigen gehüllt, still und hörte den Unbekannten zu sich selber sagen: „So sehe ich dich zum letztenmal, himmlische Sonne! Nur dieser schattige Wald wird Zeuge des heldenhaften Todes eines Unglücklichen sein! Der räuberische Rabe wird über meinen entseelten Körper herfallen und unter lautem fröhlichem Rufen mein Herz unter seine Jungen verteilen! Mein Gott! Wie furchtbar!“ Hier versank er in Grübeleien, kam aber bald wieder zu sich, nahm die Pistole in die rechte Hand, hob sie hoch und rief mit schrecklicher Stimme: „Verzeih mir!“ Nikander, den das Entsetzen packte, schrie ihn an: „Halt ein!“ Dann stürzte er rasch auf den Verzweifelten zu, entriß ihm, ehe jener sich dessen versah, die Pistole, feuerte in die Luft und wartete schweigend auf Antwort.

Diese kam auch sogleich und begann mit einer Frage: „Wer sind Sie, junger Mann, der Sie mir diesen unheilvollen Dienst erwiesen haben? Sie sind natürlich glücklich, da Sie das Leben als so kostbar betrachten. Oh, wenn Sie wüßten, welche Bürde es für den Unglücklichen darstellt! Den zweiten Tag bereits hat nicht das kleinste Krümel meinen grimmigen Hunger gelindert! Was mag aus meiner armen Familie geworden sein? Seien Sie großmütig, junger Mann, und geben Sie mir das

Werkzeug zurück, das den letzten Lebensfunken in mir auslöschen soll!"

„Niemals", rief Nikander, „im übrigen haben Sie recht — ich kann mich nicht unglücklich nennen, da ich mich von denen geliebt weiß, die auch ich liebe. Und ebendarum müßte ich mich schämen, wenn ich mich nicht bemühte, nach Möglichkeit auch andere glücklich zu machen. Sie brauchen offenbar Geld. An Geld leide ich, Gott sei Dank, keinen Mangel. Da Sie aber vor allem der Stärkung bedürfen, kommen Sie gleich mit! Unweit von hier gibt es ein Haus, in dem Sie sich erquicken können!"

„Nein, hochherziger Mann!" entgegnete der Unbekannte. „Ich würde Ihren Vorschlag mit Freuden annehmen, aber ich kann nicht. Man fahndet nach mir, und im Gefängnis steht längst eine Zelle für mich bereit."

„Dann haben Sie also ein schweres Verbrechen begangen?"

„Ich habe Schulden, und meine Gläubiger bestehen auf ihrem Recht!"

„Und das ist alles?"

„Und ist das nicht genug?"

„Gut, bleiben Sie also hier, ich bin bald wieder zurück."

Nikander stürzte rasch zur Straße, eilte in die Gastwirtschaft, ließ sich einiges zum Essen und eine Flasche Wein geben und kehrte auf demselben Wege zu seinem Gefährten zurück. Er fand ihn bedeutend ruhiger als zuvor. Als er mit Speise und Trank auftauchte, schien sein einsamer Gast nicht wenig erstaunt und wollte seinen Augen nicht trauen. Nikander ging mit gutem Beispiel voran, und allmählich tat es ihm der Unbekannte mit bemerkenswertem Vergnügen gleich. Die Bratenschüssel und die Flasche waren bald leer.

Der Unbekannte wurde munterer und sagte: „Mein Herr! Sie haben mein Leben um volle zwei Tage verlängert. Nach Ihrer heutigen Tat zu urteilen, sind Sie ein guter Mensch. Würden Sie nicht auch meiner Familie einen Dienst erweisen? Ich selber kann nicht zu ihr. Bestellen Sie dort ..."

„Wie?" rief Nikander. „Auch Ihre Familie leidet Not? Eilen wir hin! Meine Börse ..."

„Ich kann Ihr Geld nicht annehmen", entgegnete der andere, „denn ich darf mich zu Hause nicht zeigen. Man lauert mir auf!"

„Dann warten wir, bis es dunkelt, und gehen zu meinem Vater! Er hat in seinem Leben viel Gutes und Böses erfahren, und ich verbürge mich dafür, daß er Sie mit ehrlicher Freude bei sich aufnimmt. Die Verantwortung für Ihre Familie trage ich — ich stehe für sie ein, vor Ihnen, vor meinem Vater, vor Gott!“

Aus den Worten des Unbekannten schloß Nikander, daß er wohlerzogen und offenbar von guter Herkunft war. Doch befand er sich in einer Lage, daß Nikander sich scheute, ihn zu fragen, wer er sei, woher er komme und wohin er wolle. Vor Sonnenuntergang machte sich unser Wandersmann wieder in die Gastwirtschaft auf und kehrte wohlgerüstet gegen Hunger und Durst von dort zurück. Der Abend wurde zwar nicht gerade fröhlich, aber wenigstens nicht trübselig verbracht.

Die Nacht brach an. Nikander faßte seinen neuen Unbekannten bei der Hand und führte ihn in die Stadt. Als sie den Speisesaal betraten, wollte Fürst Gawrilo seinem Sohn des ganztägigen Fortbleibens wegen schon eine Rüge erteilen, stellte diese Absicht jedoch zurück, als er einen Unbekannten in seiner Gesellschaft sah. Der Sohn gab dem Vater zu verstehen, er müsse ihn unter vier Augen sprechen, und als sie in sein Arbeitszimmer gingen und Nikander ihm von allen Abenteuern des vergangenen Tages erzählte, umarmte ihn Fürst Gawrilo unter Tränen und sagte: „Belohne dich Gott, mein Sohn, für das Geschenk, das du mir gemacht hast.“

Man bereitete für den Unbekannten, den niemand auch nur nach seinem Namen fragte, ein Bett in einem besonderen Zimmer, und Nikander, der ihn hinbegleitete, sagte: „Ohne den Anstand verletzen zu wollen — darf ich Sie fragen, mein Herr, wo Ihre Familie Zuflucht gefunden hat? Die Umstände verbieten es Ihnen, sich in der Gesellschaft zu zeigen. Bleiben Sie also bei uns, aber berauben Sie uns nicht des Vergnügens, Ihrer Familie nach Kräften zu helfen!“

Der Unbekannte erzählte seufzend, seine Frau und deren Familie lebten im Vorort, gleich neben dem Gemeindeanger, und erklärte, er heiße Firsow. Nikander war sprachlos, als er diesen Namen hörte — es war der Mann Katerinas, der Schwester seiner Jelisaweta! Sosehr er sich aber über diesen Umstand freute, versuchte er doch, den Zustand seiner Seele zu verbergen. Er wünschte dem Gast eine gute Nacht und zog sich in sein Schlafgemach zurück. Kaum dämmerte der Morgen, als er schon auf den Beinen war. Da er keinen von seinen Dienern zum Zeugen seines Glücks haben wollte, nahm er den Mantel um, ergriff einen Beutel mit Geld und machte sich auf den Weg zum Vorort. Nachdem er ihn durchschritten hatte, erkundigte er sich bei Kindern, die auf der Straße spielten, wo die Familie Firsow wohne. Sie zeigten auf ein Häuschen, das hundert Sashen vom Dorf entfernt war und fast schon im Walde stand.

Die Lage war recht angenehm. Unweit der Hütte eilte ein kleiner Bach dahin. Der Wald auf der einen, die Wiesen und Äcker auf der anderen Seite ergaben ein Bild von echtem ländlichem Reiz. Nikander trat freudig klopfenden Herzens auf die Hütte zu, als ihn eine unerwartete Erscheinung anhalten ließ. Es war ein Landmädchen im Sarafan, das, einen Tonkrug mit Wasser im Arm, vom Bach zurückkehrte. Stutzig machte ihn nur der ungewöhnliche Aufputz der Bäuerin — ihr Haar war sorgfältiger gekämmt als üblich, und frische Kornblumen schmückten ihre Brust. Nikander war stehengeblieben, um auf sie zu warten und sich zu erkundigen, ob dies wirklich die Hütte der Firsows wäre. Als sie näher gekommen war, schaute er sie aufmerksamer an und sie ihn auch, und plötzlich stammelten beide zugleich: „Nikander!" — „Jelisaweta!"

„Großer Gott!" rief der junge Mann. „Bist du es wirklich, unvergleichliches Mädchen? Und in welcher Lage!"

Der Krug entfiel ihr, die Kräfte verließen sie, die Natur gewann die Oberhand. Jelisaweta — denn sie war es — brach in Tränen aus. Nikander erinnerte an einen Geistesgestörten.

„Ich danke dir, barmherzige Vorsehung", sagte er, „du hast mir das Glück geschenkt, das einzige Gut meiner Tage wiederzufinden! Ja, Jelisaweta, nur der allgütigen Vorsehung verdanke ich es, daß ich an deiner Person einigermaßen entgelten kann, was dein verehrter Vater an mir getan hat! Er nahm die hilflose Waise bei sich auf, und jetzt ist diese Waise . . ."

„Halt ein", unterbrach ihn Jelisaweta, „du willst uns die Grausamkeit vorwerfen, mit der man dich aus dem Hause wies."

„Es stimmt zwar", entgegnete Nikander, „daß man mich damals nicht allzu freundlich behandelte, aber mit Recht! Wer weiß, wozu uns unsere Jugend und ihre Schwester, die Unvernunft, verleitet hätten!"

Nachdem die erste Entzückung der wenn auch vorausgeahnten Unverhofftheit vorüber war, erklärte der errötende Nikander, er wisse von der bitteren Lage, in der sie sich befänden, und werde sich bemühen, sie zu ändern. Er erzählte auch von seiner gestrigen Begegnung mit Herrn Firsow, und ihre Unterhaltung fand allmählich in ein freundschaftliches Gleis.

Bald tauchten auch Maremjana Charitonowna und Katerina auf. Maremjana vermochte den einstigen Maler durchaus nicht wiederzuerkennen. Erst als Jelisaweta sie darauf brachte und hinzufügte, es sei der jetzige Fürst Tschistjakow, warf sich die Alte ihm an den Hals, umarmte ihn wie einen geliebten Sohn und sagte unter Tränen: „Ach, du mein Bester, vergiß das Böse, das ich dir angetan habe!" Nikander wußte, wie er mit ihr umgehen mußte, und schon kurze Zeit darauf stellte sich eine angenehme Stille ein. Er schlug ein Frühstück am Bach, im Schatten einer weitverzweigten Linde, vor. Der Vorschlag wurde mit Vergnügen angenommen, und als sich das Frühstück dem Ende zuneigte, hätte sie jeder Fremde für eine Familie gehalten.

Doch Nikander, der seine Stiefmutter vermißte, hielt es schließlich nicht mehr aus und fragte: „Ihre Familie schien mir, nach den Umständen zu urteilen, in denen ich sie vor kurzem antraf, um eine Frauensperson größer gewesen zu sein?"

„Ach!" entgegnete Maremjana. „Das war unsere Charitina, die der selige Iwan Jefremowitsch Gott weiß wo aufgelesen hat. Ich will nicht verhehlen — sie war sehr gut und arbeitsam, ist aber nun schon seit über einer Woche spurlos verschwunden."

„Wie denn verschwunden?"

„Wie — das weiß Gott allein! Es ist, als hätte sie der Erdboden verschluckt."

Diese Neuigkeit war Nikander äußerst unangenehm. Da aber nichts mehr daran zu ändern war, versicherte er die ganze Familie seiner grenzenlosen Ergebenheit, beruhigte sie, so gut es ging, hinsichtlich des Schicksals des Grafen Firsow und wandte sich, von Segenswünschen begleitet, wieder in die Stadt. Seinen Geldbeutel ließ er in den Händen der erstaunten Maremjana zurück, die in diesem Augenblick entweder völlig vergessen hatte oder zu vergessen vorgab, daß im Hause ihres verstorbenen Vaters Theatervorstellungen und Maskenbälle stattgefunden hatten.

Fürst Gawrilo war nicht wenig verwundert, als ihm der Sohn ausführlich von seinem Morgenspaziergang berichtete. „Mein Freund", sagte er vertrauensvoll, „unsere Verhältnisse haben sich so gewandelt, daß du jetzt tatsächlich an Jelisaweta denken darfst, sofern deine Gefühle bis heute dieselben geblieben sind. Doch verlangen es die Gerechtigkeit und der Anstand, daß du keine Bindungen eingehst, bevor sich unser verehrter Freund Afanassi Anissimowitsch damit einverstanden erklärt. Ich glaube, daß er sich nicht widersetzen wird." Mit dieser Entscheidung seines Vaters mußte sich Nikander begnügen. Indessen nahmen die Dinge ihren Lauf. Er besuchte die ländliche Wohnstatt seiner Jelisaweta, rüstete die Familie mit allem Notwendigen aus und verwandte, nach Hause zurückgekehrt, alle Mühe darauf, Graf Firsow über deren Lage zu beruhigen. Der Graf für seinen Teil zeigte sich dankbar und versuchte die Freigebigkeit seiner Gastgeber durch Herzlichkeit zu entgelten. So verliefen die Tage einigermaßen erträglich. Eines Morgens nach dem Frühstück gab Fürst Gawrilo dem Grafen auf Umwegen zu verstehen, er würde nicht ungern die Gründe erfahren, die ihn in eine so schwierige Lage gebracht hätten. „Ich bin gerne bereit, Ihren Wunsch zu erfüllen", entgegnete der Graf, „erkläre aber im voraus, daß Sie von weiter nichts als allerlei Dummheiten hören werden. Da im übrigen aber auch Erzählungen über die menschlichen Torheiten ihren Nutzen haben, will ich nicht das geringste von der Wahrheit verschweigen. Hören Sie also zu!"

Fürst Gawrilo und sein Sohn rückten die Sessel näher heran und machten es sich bequem, und Graf Firsow begann.

SIEBENTES KAPITEL
Belohnung nach Verdienst

„Mein Vater, Graf Firsow, zählte zwar nicht zu den namhaftesten unter den Grafen im Russischen Reich, konnte jedoch als ziemlich angesehener Edelmann gelten. Im Umkreis seiner Güter war er der reichste und der rangälteste unter ihnen, und seine Hetzjagd war die beste in der ganzen Gegend. Er hatte bei der Armee gedient und stand im Ruf eines vortrefflichen Kriegers. Bevor er heiratete und Dienst bei der Garde nahm, ließ man sich mit ihm am besten nicht ein — weder in den Schenken noch bei den öffentlichen Schönen. Hier hätte er selbst einem Prinzen nicht nachgegeben, und es verging selten ein Tag, an dem er sich nicht mit neuen Lorbeeren schmückte. Dann heiratete er und lebte bis zu meinem zehnten Lebensjahr auf dem Lande. Da damals jedoch ein Krieg mit den Türken ausbrach, rückte mein Vater unerschrocken mit seiner

Kompanie ins Feld und war, als es Herbst wurde, zusammen mit allen anderen schon jenseits der Grenze. Mit der Zeit entdeckte man seltene Fähigkeiten und einen großen Tatendrang an ihm und betraute ihn, wie Sie gleich sehen werden, mit einer recht vertrackten Mission. Eines Tages versammelten sich beim Oberkommandierenden unserer Armeen alle Generale und die angesehensten Offiziere. Es war mitten im tiefsten Winter. Mit Verwunderung bemerkten sie, daß ihr Fürst die Stirn runzelte, sich krümmte, sich streckte und alle Fragen derer, die ihm nahestanden, mit einem heftigen Gähnen beantwortete, das die gleiche Wirkung auch bei den anderen auslöste. Schließlich taten es ihm alle gleich und gähnten, daß ihnen die Tränen kamen. Da hatte der Fürst Mitleid mit ihnen, und er sagte mit der Stimme eines Sterbenden: ‚Meine Herren! Ich bin sehr krank! Heute früh verspürte ich das unüberwindliche Bedürfnis, frische Kirschen zu essen. Ich fühle, daß eine einzige kleine Kirsche mich heilen würde, aber wo nimmt man sie in diesem barbarischen Land und mitten im Winter her?‘

Er verstummte. Die Anwesenden standen da wie die Helden bei Homer, schwiegen und blickten einander ratlos an. Und eben da trat wie ein neuer Achill mein Vater vor, nahm straffe Haltung an und sprach: ‚Durchlauchtigster Fürst! Sofern es Ihnen beliebt, diese Angelegenheit meiner Tatkraft und meinem unermüdlichen Eifer zu überlassen, stehe ich mit meinem Kopf dafür ein, daß Sie in zehn Tagen die schönsten Kirschen essen werden, die in der Hauptstadt aufzutreiben sind. Mögen Sie Ihnen bekommen!‘ — ‚Gut, mein Freund‘, sagte der Fürst durch die Zähne, denn er nagte gerade an seinen Fingernägeln, ‚mach dich auf den Weg.‘

Mein Vater besann sich nicht lange. Er warf sich in einen Kurierschlitten und galoppierte wie der Wind davon. In der Hauptstadt angelangt, verbrachte er Tage und Nächte buchstäblich ohne Schlaf, durchstöberte alle Orangerien, brachte rund hundert Kirschen zusammen, ließ sie von einem Gärtner frostsicher verpacken und wärmte sie auf der Rückfahrt auch noch an seinem Busen. Am Ende des achten Tages trat er, das Körbchen in der Hand, mit triumphierender Miene vor Seine Durchlaucht. Alle staunten, und der Fürst erkundigte sich: ‚Was hast du da, mein Freund?‘ — ‚Frische Kirschen, Euer Durchlaucht! Ich habe, Gott sei bedankt, sogar zwei Tage weniger gebraucht.‘ Der Fürst aß eine Kirsche, dann eine zweite und dritte und war von seiner Krankheit völlig geheilt.

Die übrigen verteilte er unter die Generale, die sie mitsamt den Kernen verspeisten, wobei sie versicherten, sie seien zwar auch vorher wohlauf gewesen, fühlten sich aber nun noch viel wohler — als hätten sie vom Elixier des Lebens getrunken. Da wandte sich der Fürst zu meinem Vater um und sagte: ‚Ich beglückwünsche Sie zum Major!' Alle drängten auf ihn zu und überschütteten ihn mit Höflichkeiten, und mein Vater sah diesen Tag als den glücklichsten seines Lebens an.

Das Frühjahr kam. Die Generale und Offiziere stellten das Kartenspielen ein, ließen die vollen Flaschen einpacken und die leeren zertrümmern und erschienen auf dem Schlachtfeld. Mein Vater, der ein vernünftiger Mann war, sagte sich, Türken zu hetzen sei nicht so leicht wie Hasen. Aus diesem Grunde ließ er vor der Schlacht die Pistolen aus den Satteltaschen entfernen und statt ihrer zwei Flaschen vom besten Wodka hineintun. Auf diese Weise ausgerüstet, begab er sich mit seinem Regiment auf höheren Befehl in einen dichten Wald. Sie sollten den Gegner umgehen. Da er jedoch, je tiefer man in den Wald eindrang, seine angeborene Tapferkeit immer mehr nachlassen fühlte, führte er sich unermüdlich künstliche zu, denn er hatte, wenn auch schon lange her, von seinem Hauslehrer gehört, die Kunst triumphiere nicht selten über die Natur. Und das tat sie denn auch! Bei Anbruch der Nacht befand er sich unversehens am äußersten Ende des Regiments, das er bald ganz aus den Augen verlor. Er wußte, daß der Feind in unmittelbarer Nähe stand und es diese Nacht ein Blutvergießen geben werde. Dieser Gedanke beunruhigte ihn. Er goß die letzte und stärkste Dosis von Tapferkeit in sich hinein und spornte seinen Gaul zu einer schnelleren Gangart an. Der Gaul tat einen Schritt, in der Ferne hallten plötzlich Kanonenschüsse, mein Vater fiel rechts hinüber, während das Tier nach links prallte, und die Folge dieser ungleichartigen Bewegungen war, daß er kopfüber in einen Abgrund stürzte und sich die Glieder an Stümpfen und Stämmen wund stieß. Als er merkte, daß er sich beim besten Willen nicht mehr aufrichten konnte, dachte er — soweit er dazu imstande war — nach und gelangte zu dem vernünftigsten Entschluß, zu dem ein Mensch in seinem Falle gelangen konnte. Und zwar zu dem Entschluß, zu schlafen, wo er sich gerade befand. Er befahl also seine tapfere Kompanie und seine arme Seele dem Herrn, schlug das Kreuz — natürlich nur in Gedanken, denn seine Hände gehorchten ihm nicht — und sank in einen so unerschrockenen Schlaf, daß er nicht einmal auf den Gedanken kam, sich vor den Türken im Feld, den wilden Tieren im Wald oder den türkischen Waldschraten zu fürchten. Nachdem er beim Morgengrauen erwacht war und ein Gebet verrichtet hatte, kroch er aus seinem Schlafgemach hervor und trottete auf gut Glück davon. Nach einem Weg von ungefähr zwei Stunden langte er auf einem freien Feld an, und der schreckliche Anblick, der sich ihm bot, traf ihn nicht minder schwer als tags zuvor die starke Ration künstlicher Tapferkeit. Seine finsteren Blicke glitten über das Schlachtfeld hin, und er wurde nachdenklich, denn ein unangenehmer Gedanke meldete sich in seinem Kopf: Was würde man sagen, wenn man erfuhr, er habe an der Schlacht nicht teilgenommen? Nach reiflicher Überlegung befand er wie folgt: Da ihn das unbarmherzige Schicksal nun einmal davon ausgeschlossen hatte, sich bei der Sache selbst mit Ruhm zu schmücken, gebot ihm jetzt die Vernunft, sich wenigstens ihren Ausgang zunutze zu machen! Er rief sich also die Tapferkeit seiner Ahnen ins Gedächtnis, die auf dem Kulikowo-Feld gestritten hatten, geriet in wilde Wut, zog sein Schwert und hieb auf alle Feinde ein, die noch ein Lebenszeichen von sich gaben. Bei dieser Gelegenheit sparte er weder mit Drohungen noch mit gräßlichen Flüchen. Wenn er aber über einen Türken stolperte und hinfiel, erhob er ein solches Geschrei, als sei er von einer Kanonenkugel durchbohrt und nehme Abschied von der Welt. Seine Tapferkeit steigerte sich schließlich bis zu einem solchen Grade, daß er sein Schwert schwang und rief: ‚Was

ist, ihr Widersacher Christi? Erhebt euch alle, alle — ich ganz allein säble euch Hammelherde nieder!‘ Kaum hatte er diese einzigartige Herausforderung hervorgebracht, als er ein lautes Lachen hinter sich hörte. Er blickte sich erschrocken um und sah eine Schar Leute auf sich zukommen. Wo sollte der Unglückliche hin, wo sich verbergen? Der Säbel entglitt seinen Händen, er schloß die Augen und befahl seine Seele ergeben Gott dem Herrn.

Als die Leute näher gekommen waren, sagte einer von ihnen: ‚Was, zum Teufel, du? Warum kneifst du denn die Augen zusammen? So mach sie doch auf!‘

Mein Vater gehorchte, schaute auf und erkannte zu seiner Freude und Verwunderung, daß er seinen Onkel vor sich hatte, einen alten Brigadier, der tapfer auf dem Schlachtfeld und witzig in der Unterhaltung war und beim Umtrunk hinter niemandem zurückstand.

‚Wie, Onkelchen, Sie sind es?‘ fragte mein Vater. ‚Und ich hab euch wahrhaftig für Türken gehalten!‘

‚Das ist auch kein Wunder‘, entgegnete der Onkel, ‚ich bin mit zwei Bataillonen abgestellt, um die Toten zu bergen. Und da es keinen Sinn hat, sich für diese Arbeit besonders schmuck zu machen, sind meine Krieger einfach in Mantel und Mütze angetreten, manche auch mit türkischen Fezen. Schön, Neffe, daß du so tapfer bist! Es ist gerade Zeit zu frühstücken, da kannst du mir von deinen Taten in der vergangenen Nacht erzählen. Das war schon eine Sache!‘

Beim Essen und Trinken — beides kam meinem Vater sehr gelegen — tischte er dem Onkel eine solche Geschichte auf, daß der Alte den Tränen nahe war.

Er schloß den Neffen zärtlich in seine Arme und sprach: ‚Komm deiner Pflicht auch künftig so eifrig nach, mein Freund! Das verlangen dein Glaube und deine Schuldigkeit vor Zar und Vaterland. Ich für mein Teil werde mein Möglichstes für dich tun!‘

Der ganze Tag verging mit dem Bergen der Toten. Gegen Abend waren sie in vier Massengräber gebettet. Man hielt das Totenamt für sie ab und kehrte erst ziemlich spät ins Lager zurück. Der Onkel meines Vaters verfehlte nicht, den Vorgesetzten zu melden, sein Neffe habe nicht nur die ganze Nacht gestritten, sondern in seinem Eifer fürs Wohl des Vaterlands auch noch den ganzen Morgen allein im Felde verbracht, um den Ungläubigen den Garaus zu machen. Dank dieser Empfehlung wurde mein Vater mit einem Orden geschmückt.

Doch wie entgeht man dem Neid? Er ist im menschlichen Herzen ein derart aufdringlicher Gast, daß man ihn, hat er sich einmal festgesetzt, nur schwer auf gewöhnliche Art wieder los wird, vielmehr Gewalt dazu anwenden muß.

Beim Regiment, in dem mein Vater diente, befand sich auch ein Oberst, der gleich zu Beginn der Schlacht zuerst ein Ohr und dann ein Auge verlor. Als er soweit geheilt war und hörte, Graf Firsow habe einen schmucken Orden bekommen, während man ihn übergangen hatte, bewies er seine gute Erziehung, indem er meinen Vater zum Duell forderte, dabei aber die Torheit beging, die Forderung brieflich auszusprechen und Ort und Zeit des Zweikampfes festzulegen.

Duelle waren damals schon streng verboten. Mein Vater fragte darum seinen Onkel, den Brigadier, um Rat und übergab ihm den Brief. Der Onkel zeigte den Brief dem General und dieser dem Fürsten persönlich. Der ordnete eine Untersuchung an, bei der mein Vater recht bekam, und der Oberst verlor durch Urteil des Militärgerichts sein Regiment und mußte die Armee verlassen. Mein Vater aber wurde für die bewiesene Tapferkeit und die Achtung vor den Gesetzen zum Obersten ernannt.

Die Kampagne dauerte mehrere Jahre, und immer verstand es mein Vater, seinen Ruf zu wahren, besonders dank der Unterstützung durch seinen Onkel, der damals schon General war. Das Regiment des Grafen Firsow stand häufig mitten im Feuer, und viele Leute fielen dabei, er selbst jedoch blieb jedesmal unversehrt. Man wußte nicht, worauf man dieses Wunder zurückführen sollte, und schrieb es der Fürbitte des heiligen Georg zu, dessen Kreuz er am Halse trug. Aber alsbald klärte sich alles auf. Und zwar so: Wenn eine Schlacht begann, zeigte mein Vater ein von ihm selbst verfaßtes Schreiben des Oberkommandierenden vor, dem zufolge er auf einen bestimmten Posten zu eilen hatte. Er übergab das Kommando seinem tapferen Oberstleutnant und hielt sich so lange an den geheimsten Stellen versteckt, bis er erkannte, daß der Feind geschlagen war und sich zur Flucht wandte. Dann kam er zu seinem Regiment gesprengt und half die Flüchtenden verfolgen. Vielleicht wären diese Strategeme, wie er sie nannte, irgendwann entdeckt worden und unser Held dadurch in eine wenig angenehme Lage geraten, doch schließlich kehrte auf des Höchsten Ratschluß der Engel des Friedens auf der Erde ein. Beide Reiche waren der Sorgen müde, die mit der Aufbringung des Geldes für derlei Zwecke verbunden sind, und beide Armeen der Mühen, die ununterbrochen auf ihnen lasteten. Nach vielerlei Wortgefechten, gegenseitigen Forderungen und Konzessionen, nach vielen Überlistungsversuchen von beiden Seiten war — dem Himmel sei Dank! — der Friede endlich geschlossen, und unglaubliche Feiern nahmen in beiden Lagern ihren Anfang. Auf der türkischen Seite verdunkelte der Rauch des Tabaks und des gebrannten Kaffees die Sonne, und auf der russischen hallte von einem Ende bis zum anderen das Knarren der Wagen, die mit Wodka heranrollten, dazu das Klirren der splitternden Flaschen und Gläser. Hier zeigte mein Vater, wozu er fähig war!

Dann ging es an das Verteilen von Belohnungen, die der Tapferkeit beziehungsweise Besonnenheit der Recken würdig waren. Mein Vater wurde zum Brigadier ernannt und, da man für Tapferkeit keine Verwendung mehr hatte, auf eigenen Wunsch nach Hause entlassen, wo er von seiner Tapferkeit erzählen mochte, soviel er wollte.

All diese Einzelheiten, die ich in Kürze wiedergegeben habe, stammen aus den geheimen Aufzeichnungen des Kammerdieners, der meinen Vater während der ganzen Zeit bei der Armee begleitete. Ich bewahre dieses Heft noch heute bei mir auf, denn als unser Besitz gepfändet wurde, sahen es die Gläubiger als völlig wertlos an und schlugen es einmütig meinem Erbeigentum zu.“

Anhang

Nachbemerkung

Der Roman „Der russische Gil Blas oder Die Abenteuer des Fürsten Gawrilo Simonowitsch Tschistjakow“ konnte, obwohl bereits vor mehr als eineinhalb Jahrhunderten entstanden, erst 1938 in vollständiger Fassung der Öffentlichkeit zugänglich gemacht werden; denn der Verfasser dieses satirischen Zeitbildes gehörte zu jenen progressiven Adligen, die — wie vor ihm bereits Nowikow, Radistschew und Fonwisin — nicht nur die Leser unterhalten, sondern auch an der Umgestaltung der bestehenden Verhältnisse mitwirken wollten.

Wassili Trofimowitsch Nareshny (1780—1825) entstammte einer Adelsfamilie aus der Gegend von Poltawa. Er absolvierte das vorzügliche Universitätsgymnasium in Moskau, ließ sich 1799 als Student immatrikulieren, mußte aber nach zwei Jahren — offenbar aus finanziellen Gründen — sein Studium abbrechen und in den Staatsdienst treten. Er bekleidete verschiedene bescheidene Ämter, betrachtete seinen Beruf aber wohl nur als Mittel zum Broterwerb. Sein Herz gehörte der Literatur. Im Jahre 1800 vollendete er ein Drama über den falschen Demetrius, mit dessen Schicksal sich zur gleichen Zeit auch Schiller (Demetriusfragment, 1805) und rund zwanzig Jahre später Puschkin (Boris Godunow, 1825) befaßten. Nareshnys Stück verdient Aufmerksamkeit, weil der Verfasser versucht, die klassizistischen Traditionen zu überwinden, indem er dem Volk eine eigenständige Handlungsfunktion einräumt, auf die klassischen drei Einheiten verzichtet und die obligatorischen Verse durch Prosa ersetzt. Im Jahre 1809 erschienen seine „Slawischen Abende“, eine Sammlung von Erzählungen, die sich mit den heroischen Zeiten des alten Kiewer Reiches befaßten und damit einem damals weitverbreiteten Interesse entsprachen, das besonders durch die Entdeckung und Publikation des Igorliedes geweckt worden war. Die freundliche Anerkennung, die die Kritik für diesen Band fand, ermutigte ihn, den Dienst zu quittieren und sich ganz seinem Hauptwerk zuzuwenden, in dem er seine Vorstellungen vom Wesen der russischen Gesellschaft seiner Zeit und den Voraussetzungen für eine glückliche Zukunft gestalten wollte.

Als jedoch Anfang 1814 die ersten drei Teile seines großen Romans erschienen waren, fragte der Polizeiminister Wjasmitinow beim Volksbildungsminister Rasumowski an, ob er nicht auch der Ansicht sei, daß gegen das Buch ernste Einwände geltend gemacht werden könnten. Zehn Tage später lag bereits die Antwort vor. Rasumowski hatte, wie erwartet, Bedenken. Sie betrafen die gesellschaftskritischen Passagen des Romans, seine „Anstößigkeit" und die Polemik gegen die Freimaurerei. Der Volksbildungsminister gehörte nämlich einer dieser geheimen Gesellschaften an, die sich zu jener Zeit einer — wenn auch recht kurzlebigen — Duldung und Förderung erfreuten. Der Polizeiminister ließ nun den Druck der drei letzten Teile sofort verbieten, untersagte den weiteren Verkauf der bereits ausgelieferten Exemplare und erteilte dem unaufmerksamen Zensor einen „strengsten Verweis".

Nareshnys Hoffnung auf eine freie Schriftstellerkarriere war damit zunichte geworden. Er nahm aufs neue eine bescheidene Beamtenstelle an und konnte hinfort nur nebenher schreiben, ab 1822 dann auch wieder veröffentlichen. Erwähnenswert sind ein Roman über einen ukrainischen Priesterschüler, „Der Seminarist" (1824), und die satirische Erzählung „Die zwei Iwane oder Die Prozeßsucht" (1825), die Gogol zum Vorbild für seine „Geschichte des Streitfalls Iwan Iwanowitsch gegen Iwan Nikiforowitsch" diente. Von seinen Zeitgenossen kaum gewürdigt, starb Nareshny im Alter von fünfundvierzig Jahren — ein Opfer der reaktionären Kulturpolitik während der zweiten Hälfte der Regierungszeit Alexanders I. (1801—1825).

„Der russische Gil Blas" steht entwicklungsgeschichtlich zwischen der Aufklärungsliteratur des 18. Jahrhunderts und der frührealistischen Prosa, die etwa durch Gogols „Petersburger Erzählungen" repräsentiert wird. Die Rahmenhandlung beginnt im Stil des empfindsamen Familienromans, wird dann aber in die Form eines Liebes- und Abenteuerromans hinübergeleitet. Dies ermöglicht die stilistische Zusammenführung mit der Binnenerzählung, dem eigentlichen Schelmenroman, der in der Ichform die Lebensschicksale des Titelhelden mitteilt und schließlich die Rahmenhandlung „einholt".

Der Autor bezieht sich bewußt auf Alain-René Lesage

(1668—1747), zu dessen von spanischen Vorbildern angeregtem Roman „Histoire de Gil Blas de Santillane“ (1715—1735) er die russische Entsprechung schaffen wollte. Es gibt eine ganze Reihe von Episoden und Motiven, deren französisches Vorbild leicht nachzuweisen ist. Doch bedeutet Nareshnys Werk weit mehr als eine bloße Übertragung in russisches Milieu. Schon die ausgedehnten Dorfszenen haben — ungeachtet der Anspielungen auf die Don-Quijote-Thematik — durchaus eigenes Gewicht. Sie legen zudem einen der sozialen Komplexe frei, aus denen Nareshny sein kritisch-positives Programm ableitet. Es geht von der These aus, daß die bestehende Ordnung weder mit der Natur des Menschen noch mit der Vernunft vereinbar ist und daher verändert werden muß. Dies ist dem vernünftig, einfach und natürlich lebenden Menschen aufgetragen, den in diesem Sinne „aufzuklären“ eine wichtige Aufgabe der Literatur ist. Ihre spezifischen Möglichkeiten setzt der Autor ein, um alles anzugreifen, was ihm widersinnig und unnatürlich erscheint: die nationale Überfremdung in der Adelskultur, aber auch die lächerlichen Bemühungen um einen Sprachpurismus und die anachronistische Schwärmerei für das altertümlich Russische, vor allem aber den Aberglauben inklusive der Freimaurerei, die Korruptheit, Amoralität und soziale Skrupellosigkeit der herrschenden Kreise, die Ausbeutung und Unterdrückung des Volkes. Noch 1841, als ein zweiter Versuch unternommen wurde, das Werk herauszugeben, legte die Zensur ihr Veto ein, da sie die herrschenden Kreise zu negativ, das Volk, insonderheit den Juden Janka, zu positiv dargestellt fand.

Die Haltung der Zensurbehörden — selbst die veröffentlichten Teile hatten sich wesentliche Eingriffe gefallen lassen müssen — erklärt wohl auch, warum Nareshny seinen Plan, die Episodenfigur des Räuberhauptmanns Garkuscha, eines ukrainischen Pugatschow, der in der Folklore eine nicht unwichtige Rolle spielt, zur Zentralgestalt eines eigenen Romans zu machen, nicht verwirklichte; nur ein Fragment konnte — erst 1951 — erscheinen. Die zu Lebzeiten Nareshnys publizierten Teile seines Hauptwerkes aber blieben bibliophile Seltenheiten, die unter Kennern von Hand zu Hand gingen.

Der Kritiker Belinski nannte Nareshny den Stammvater des russischen Romans. In diesem Urteil kommt zwar eine gewisse Unterschätzung der Literatur des 18. Jahrhunderts zum Ausdruck, in der Nareshny Vorläufer hat; doch die hohe Bewertung der Bedeutung Nareshnys für die Prosa des frühen

19. Jahrhunderts besteht zu Recht. Das erkannte auch der Romancier Gontscharow an, der 1874 schrieb: „Man kann nicht umhin, der Klugheit Nareshnys und seiner für jene Zeit ungewöhnlichen Fähigkeit, sich von Überholtem zu lösen und Neues zu schaffen, seine Anerkennung zu zollen."

Eberhard Reißner

Anmerkungen

5 *Homo sum ...* — (lat.) Ich bin ein Mensch, nichts Menschliches ist mir fremd.

123 *Docendo docemus* — Richtig: Docendo discimus (lat.) = Lehrend lernen wir.

169 *Milton* — John Milton (1608—1674), englischer Dichter; schuf das bedeutendste englische Epos, „Das verlorene Paradies" (1667), das den Kampf der himmlischen mit den satanischen Heerscharen und den Sündenfall des Menschen schildert und den Kampf des puritanischen Bürgertums gegen den Tyrannen symbolisiert.

175 *de possibili et impossibili* — (lat.) über Mögliches und Unmögliches.

178 *epikteteischer Leuchter* — Der griechische Philosoph Epiktet (50—138) schrieb gewöhnlich beim Schein eines tönernen Leuchters.

Das Los des ruhmreichen Sängers Orpheus — Orpheus wurde, als er sich dem Kult des Dionysos widersetzte, von Bacchantinnen zerrissen, sein Haupt und seine Leier sollen nach der Insel Lesbos, einem Zentrum der Poesie, geschwommen sein.

206 *De miraculis* — (lat.) Über Wunder.

329 *Damnosa quid ...* — (lat.) Was ändert nicht die verderbenbringende Zeit? Unsere Väter, die schlechter waren als die Großväter, haben uns schlechter gemacht; wir unsererseits machen die Nachkommenschaft bald noch lasterhafter.

334 *Apulejus* — Lucius Apulejus (geb. 125), römischer Schriftsteller. Seine „Metamorphosen" gehören zur Weltliteratur. In die Haupterzählung sind zahlreiche Zauber-, Räuber- und Liebesgeschichten eingebettet, die berühmteste ist die Erzählung von Amor und Psyche.

353 *Mundus hic ...* — (lat.) Diese Welt ist die beste der Welten. Die Tugend wird durch keine Macht unterdrückt.

364 *Rjurik* — (gest. 879), sagenhafter Warägerfürst; eroberte (nach der altrussischen Nestorchronik) mit seinen Brüdern um 862 die Stadt Nowgorod und wurde zum Begründer der russischen Dynastie der Rjrikiden.

409 *Stschi* — (russ.) Kohlsuppe.

418 *Natura naturans* ... — (lat.) Die entstehende Natur, nicht die entstandene.

427 *valet de chambre* — (franz.) Kammerdiener.

450 *O tempora, o mores!* — (lat.) O Zeiten, o Sitten!

535 *Rzeczpospolita* — Adelsrepublik. Der Expansionsdrang der polnischen Magnaten und Schlachtschitzen führte 1569 zur Lubliner Union, der staatsrechtlichen Verbindung Polens mit Litauen, der „Rzeczpospolita".

539 *Phrenitide* — Tollheit, Überspanntheit.
Morbus sacer — (lat.) Heilige Krankheit, Fallsucht.

597 *Daphne* — (griech.) Lorbeer; in der griechischen Mythologie eine Nymphe, die auf ihr Bitten während der Flucht vor dem Liebeswerben des Gottes Apollon in einen Lorbeerbaum verwandelt wurde.

659 *et fumus patriae dulcis* — (lat.) auch der Rauch des Vaterlandes ist süß.

ISBN 3-352-00270-3

3. Auflage 1991

Einbandgestaltung Gerhard Preuß/Gerhard Kruschel
Graphischer Großbetrieb Pößneck GmbH
Ein Mohndruck-Betrieb
Printed in Germany